国家社科基金重大项目（项目批准号：16ZDA176）阶段性成果之一

国家社科基金项目（项目批准号：14BZW102）经费资助

内蒙古"草原英才"专项经费资助

内蒙古大学双一流、部区合建专项经费资助

内蒙古大学铸牢中华民族共同体意识基地重点项目（项目批准号：NDZH202204）经费资助

中国古代
蒙古族汉诗研究

/ 米彦青 著

中国社会科学出版社

图书在版编目（CIP）数据

中国古代蒙古族汉诗研究／米彦青著. —北京：中国社会科学出版社，2021.12
（2022.8 重印）
ISBN 978-7-5203-9597-7

Ⅰ.①中… Ⅱ.①米… Ⅲ.蒙古族—汉诗—诗歌创作—研究—中国—古代
Ⅳ.①I207.2

中国版本图书馆 CIP 数据核字（2022）第 020980 号

出 版 人	赵剑英
责任编辑	宫京蕾　周怡冰
特约编辑	芮　信
责任校对	秦　婵
责任印制	郝美娜

出　　版	中国社会科学出版社
社　　址	北京鼓楼西大街甲 158 号
邮　　编	100720
网　　址	http：//www.csspw.cn
发 行 部	010-84083685
门 市 部	010-84029450
经　　销	新华书店及其他书店

印刷装订	北京君升印刷有限公司
版　　次	2021 年 12 月第 1 版
印　　次	2022 年 8 月第 2 次印刷

开　　本	710×1000　1/16
印　　张	40.75
插　　页	2
字　　数	694 千字
定　　价	218.00 元

凡购买中国社会科学出版社图书，如有质量问题请与本社营销中心联系调换
电话：010-84083683
版权所有　侵权必究

闯出一片自己的学术天地
——读米彦青《中国古代蒙古族汉诗研究》

有一种说法，天赋和勤奋会让一个人走得更高，而成长型思维模式才会使一个人走得更远。

一个学者的成长，通常与学位论文写作密切相关。一定意义上说，学位论文是其开始步入学术领域的一把钥匙。学士、硕士或者博士论文的选题和写作，偶然因素很多。多数情况下，选题多集中在老师研究的学术范围；有的时候，老师也会根据学生的基础和兴趣指定一个题目。这些题目多会涉及一些经典作家和作品，或者是一些比较重要的论题。从这些年的实际情况看，学位论文完成后，多数学生会以此为基础继续沿着既定的方向做下去，可能会伴随着他们好多年。这几乎成为一种学术模式。如果在一个比较好的学术环境中，他可能会做出不错的成绩；如果到一个地方院校任教，又有着割舍不下的"从一而终"的观念，不愿意轻易地改换专业选题，他就有可能面临不少的困难。这是因为，许多经典作家或比较重要的选题早已被关注，成果丰厚，没有雄厚的研究基础，固守传统经典选题，超越前人并不容易，有时甚至难以为继。鉴于这种情况，我只要有机会就会给年轻的同行提出建议，不要把自己束缚起来，局限于学位论文的选题，而是要养成一种成长型思维方式，凡是过往，皆为序章，要因地制宜，因时制宜，根据不同的工作环境，所在地域，随时调整研究方向，这样才有可能拓展新的研究领域，取得新的成就。我这样说的时候，心里有一个成功的榜样，那就是内蒙古大学的米彦青教授。

十五年前，米彦青在苏州大学随罗时进教授攻读博士学位，她的学位论文是《清代李商隐诗歌接受史稿》（2006年）。作者取得学位的第二年，论文就由中华书局出版，并获得了不同层级的奖项。按理说，李商隐是一个说不尽的话题，她完全可以沿着这个选题方向继续深耕细作，肯定还可以取得更多的成果。但是她没有这样做，而是根据工作需要，及时调整了专业方向，从唐代诗歌对蒙古族汉语创作的影响入手，将视野扩大到蒙古文化家族和蒙汉文化交流的研究上。她能做出这样的选择，是很不容易的。她知道，在得失之间，必须有所放弃，勇于尝试，才能看到不一样的世界。2009年，她以"唐诗对清代蒙古族汉诗创作的影响"为题申报国家社科基金青年项目，又以"清代蒙古族汉语韵文创作的唐诗接受史"为题申报教育部青年项目，均获得资助。同样在这一年，她又在内蒙古教育出版社出版了《清中期蒙古族汉语创作的唐诗接受史》。这些业绩，可以作为她学术转型的重要标志。在此基础上，她申报了国家社科基金资助项目"中国古代蒙古族汉诗创作研究"，后来又获得国家社科基金重大项目"元明清蒙汉文学交融文献整理与研究"。从这一系列获批项目看，她的选择是坚定的，也是正确的，正所谓"曲栏幽榭终寒窘，一看郊原浩荡春"。最近几年，她以蒙汉文学交融大事编年为纲，以重要作家、作品及文学活动为目，对元明清蒙古族作家的汉文创作进行了全面整理。在整理这些史料过程中，她积极组织研讨会，系统指导研究生，广泛收集史料，特别关注蒙古族作家的汉语创作和汉族诗人在蒙古族聚居地区的游历、仕宦、交往、题咏等活动，完成了《元明清蒙汉文学交融研究论文集》（主编，中国社会科学出版社2017年版）等著作，系统地研究了元明清三代蒙汉文化交流的历史盛况，呈现了无比宽阔的学术前景。

摆在读者面前的这部《中国古代蒙古族汉诗研究》是作者完成学术转型后的最重要的著作。全书分为三编，从时间和空间两个维度，系统深入地描述了元明清时期蒙古族汉诗创作的发轫、发展以及嬗变的轨迹，全方位地展现了蒙汉文化交流在中华民族凝神铸魂过程中的重要作用，站位高，视野宽，是作者多年积累的重要收获。诚如古人所说，"夫学者犹种树也，春玩其华，秋登其实"。经过十余年的辛苦耕耘，作者步入了收获的季节。

首先，作者占有丰富的史料，包括大量的诗文集、游记、日记等，为深入解读诗歌意蕴奠定坚实可信的基础。

元明清时期蒙古族文人诗集数量不菲，收集不易。如桂霖诗词集《观自在斋诗稿》《青霞室哀禅词》等，清人编《八旗艺文编目》，今人编《中国古籍总目》等均未著录。作者在第一历史档案馆查询桂霖档案，知道他曾在云南、贵州等地任职，沿着这样的线索，终于在云南省图书馆查到《观自在斋诗稿》，在贵州省图书馆查到了《青霞室哀禅词》。《青霞室哀禅词》虽然收录到《清词珍本丛刊》中，贵州图书馆所收为不同版本，有着独特的价值。至于收藏在民间的文献典籍，如恭铭《石眉课艺》，作者通过多方联系沟通才有机会看到影像资料。

有些诗集从未刊刻过，只存有钞稿本。如清代蒙古族文人和瑛的《泺源诗集》，稿本藏在我国台湾的傅斯年图书馆，壁昌的《星泉吟草》，稿本藏在中国人民大学图书馆，景文的《抱筠亭集》为海内孤本，藏在故宫博物院图书馆。这些稿钞本有着较高的文学价值，值得整理出来。譬如景文，他出身于世宦之家，父亲伍弥泰是乾隆朝的大学士，博学多识。景文从小就受到良好的教育，文武兼长，雅好操觚，称得上是蒙古王公大臣子弟中的佼佼者。景文创作最叫人感兴趣的，是与其外甥和珅、和琳的交游酬唱。和珅《嘉乐堂诗集》中有多首忆念景文的诗歌，流露出一些难得的情怀。如"齐心默祷为民请，幸获甘和三日霖"、"臣本无功民有福，志诚感恪颂吾皇。"（《步喜雨吟韵聊以解嘲》）等，能在颂圣之中体察民情。又《和彦翁渭阳近作二首》之一："我素不擅饮，寄情杯斗外。喜与雅士觞，厌共酒徒会。遮莫槽亦枕，何如酱可盖。昼起笑蚁旋，宵寝譬蛇蜕。名教乐地多，及乱万恶最。醉醒慎在躬，勿为行止害。"（《步醉吟篇韵借以奉笺》），写自己不擅长饮酒，喜欢雅士而厌恶酒徒，并时时警醒自己躬行勿醉。和坤的这些诗句呈现出与一般人印象中不一样的形象。

在史料取舍上，除诗文集外，作者还广泛阅读了蒙古文人日记、游记之类的作品。锡珍是清代蒙古族作家和瑛的曾孙，游宦四方，多有诗文纪行。同治十三年（1874）四月，锡珍奉使喀尔喀，六月归京，往返六十一日，他将沿途中见闻所感写成《奉使喀尔喀纪程》；光绪七年（1881），出使朝鲜，作有《奉使朝鲜纪程》；光绪十一年（1885）六月，赴台湾查办台湾道刘璈，又作《闽还纪程》等，诗文互证，可以看出锡珍的创作具有一定的史诗色彩。如出使朝鲜时，他的诗文中常常提到辽阳城、凤凰边门、通远堡、医巫闾等地名，有的在辽宁境内，也有的在今朝鲜境内，这有助于理解他的诗歌内容。他的诗多以自然之笔，抒写内心情感。如《朝鲜贫弱时事棘矣慨然有作》："营州踰海地东偏，犹是箕封礼俗传。赫赫中天依日月，茫茫下土奠山川。海潮终古无消长，人事于今有变迁。漫说通商为受命，他时涕出更谁怜。"记远行之景，抒忧民之嗟。锡珍赴台湾前后，清朝海军在马尾海战中全军覆没，中法战事成为作者一块心病：

"海上归槎迥，淮南返櫂轻。湖菱添客馔，堤柳入诗情。兴废徒怀古，关河正洗兵。翻悲身历碌，终是绊浮名。"（《宝应舟中》）。身为朝廷重臣，面对如此颓败的国事，亦无可奈何。结合《闽还纪程》，锡珍种种复杂的情感，得以形象地浮现出来。其他游记如柏葰《奉使朝鲜驿程日记》，花沙纳《滇輶日记》，文孚《青海事宜节略》，瑞洵《散木居奏稿》，托浑布《东道纪略》《西道纪略》《畿辅事宜》，博迪苏《朔漠纪程》，博明《西斋偶得》《凤城琐录》等，都为作者所关注，所征引，博观约取，足相参印，扩大了读者的视野。

在收集蒙古族汉诗创作资料的过程中，作者深感读书不易，于是萌生了将众多别集汇为一编的想法，为广大读者提供更加便捷、更为丰富的学术资源。在国家图书馆出版社的大力支持下，作者主持编纂了《清代蒙古族别集丛刊》，收录八十七种别集，合成四十册，已于2021年出版。《清代蒙古族别集丛刊续编》凡二十册也即将面世，《元明蒙古族别集丛刊》则在编纂中。这些文献的出版，为深入系统地研究华夏多民族文学，提供了基本资料，得到了学术界的广泛赞誉。

其次，在作家的判定上，作者从广义上界定文学家，提出四项取舍标准：一是有诗作或辞赋等文学作品存世者，二是有文学批评著作存世者，三是虽无作品传世而据传文或史志记其能诗而生平可考者，四是传统记载中认之为诗人者。按照这样的标准，作者采用史书常见的"互现法"，对一百多位元明清蒙古族汉诗创作者进行了历时性的研究。

元明清时期的蒙古族文人，多数并不显赫，有些甚至默默无闻。作者依靠地方志、科举文献、家谱、档案等资料，试图对元明清蒙古族文人的生平事迹作地毯式的清理。举例来说，清代蒙古族文人既有旗人，又有民籍，还有外藩的蒙古王公，查询他们的生平文献，途径不一，重点不同。以人数最多的旗人而论，研究清朝旗人世家、人物的官修典籍如《八旗通志初集》《钦定八旗通志》《八旗满洲氏族通谱》等书，收录范围截止到嘉庆时期，此后付之阙如。《清史稿》《清史列传》等史书，主要关注对当时有重要影响的将相臣僚，而那些为数众多的八旗子弟，很难悉入官方载集。他们的生平事迹，需要从笔记、方志、奏折、档案等材料中多方考察，并结合他们各自的创作，钩沉索隐，瞥观疏记，才能得知一二。问题的复杂性还在于，满蒙旗人的记述，习惯称名不称姓，记载蒙古人事迹的史料，常常不载姓氏，阅读时，稍有疏忽，就会忽略过去。如前面提到的乾嘉时期的蒙古族诗人景文，很多学者将其与咸丰、同治时期的驻藏大臣景纹相混淆，就是典型一例。有些民籍蒙古族诗人只能通过家谱、族谱去寻找其线索。至于外藩的蒙古王公，则需要借助《钦定外藩蒙古回部王公表传》《玉牒》《蒙古游牧记》《皇朝藩部要略》等典籍，甚至还要参考蒙文《金轮千福》等文献才能确定其身份。不管怎样，上述文人，多少还有一定地位，还可以在相关文献中寻找到蛛丝马迹。那些底层文人的生平事迹就更难探寻，真犹如大海捞针一般。如清代杭州驻防文人贵成的生平资料就很少，作者从第一历史档案馆中发现了一则《奏为热河道贵成边俸期满循例送部引见所遗员缺请旨简放》，其中有关于贵成生平行年的记载，令作者喜出望外，深深地感悟到了学术发现的艰辛和乐趣。

再次，在作品的评价上，作者秉持一种历史的眼光，既要考察其文学的意义，更要挖掘出历史的价值。

从文学的意义看，元代萨都刺、清中期法式善等，都是绕不过的重要作家。如萨都刺，作者用了近七万字的篇幅展开论述，如果能再充实一些文献考订的内容，完全可以成为一部专著。法式善的诗歌创作非常丰富，现存诗作近三千首。嗣孙来秀曾作《望江南词》40首，分为风土人情22首和钧游旧迹18首，堪称北京风情组画。不仅如此，法式善文学思想也很有特色，他的《梧门诗话》系统地评点了康雍乾及同时代诗人诗作，提倡"真性情"，与同时代的袁枚的"性灵"诗学思想相颉颃。所附"八旗诗话"是对八旗文人诗作及诗学思想的专门论述。总之，《梧门诗话》在蒙古族文人汉语创作中具有无可撼动的经典地位。与法式善相似，和瑛文学家族既是官宦世家，也是科举世家，四代皆有诗集存留，诗作千余首。这在蒙古族诗人中不多见，在清诗史上也是少有的。本书通过对上述作家作品的系统论述，强调说明了他们在中华文学史上的独特位置，言而有据，信而可征。

从历史的价值看，蒙古族诗人的创作，为我们了解一些重大历史事件，提供了很多背景资料。元明清时期的蒙古族文人多任职边疆，创作了很多描绘边疆风情的作品，明显有别于通过想象或者根据阅读得来的知识而写成的有关边地的诗文。解读这类作品，必须密切结合不同时期的边疆政策，不同地域的民俗风情，才能得其诗中三昧。譬如和瑛家族成员多有在边疆戍守的经历。类似这样的文人还有很多，譬如松筠任职新疆，文孚任职青海，三多任职外蒙古，恭钊任职西宁，果勒敏任职广州，桂霖任职云南，博明任职广西，托浑布任职台湾，等等。他们的创作，如《湟中竹枝词》《续湟中竹枝词》（恭钊著）、《广州土俗竹枝词》（果勒敏著）、《观自在斋诗稿》《青霞室哀禅词》（桂霖著）、《永昌竹枝词》《庐阳竹枝词》（博明著）、《台阳纪事八首并序》（托浑布著）等，或记述所见所感，或模仿地方民歌，形象地展现了新疆、西藏、甘肃、青海、岭南、云南等地的风土人情。

托浑布的纪事诗，详细记录了他任职台湾知府期间镇压暴乱的过程，具体而微，语简事赅。沧州驻防桂茂《德山诗录》，据事直书，内容丰富。其中如《弱秀才》《三百人》《老炮手》《义军叹》等诗，表现了太平天国战争期间的社会面貌，具有重要的史料价值。延清亲见亲闻了八国联军的侵华恶行，创作了二百多首《庚子都门纪事诗》，悲愤地记录了中国人民反抗外辱的不屈历程，被阿英选入《庚子事变文学集》中。

一部蒙古族汉诗创作的历史，连接着古代的华夏文明，又与现实密切相关，既是一个民族的记忆，也是中华民族多元一体的集体记忆。米彦青教授通过厚重的研究成果，开辟了中国古代蒙汉文化交流研究的新天地，彰显了中华民族共同体意识的深厚渊源和历史流变，意义是深远的。人们常说，学术研究的基本条件是用功用心，勤奋而缺乏天赋，或者有天赋而不勤奋，终究难有大成。孔子说，学而不思则罔，思而不学则殆，讲的就是这个道理。米彦青用功用心自不必说，更难能可贵的是，她一直在尝试着转换固有的思维模式，去就有序，变化有时，在学术探索的道路上，面向未来，勇于挑战，越走越远，越走越宽广。

作者在后记中说："感谢刘跃进老师接受我的请求，写下书序。"她用"请求"二字，让我不无惭愧之感。2014年，她获得中组部、教育部、科技部"西部之光"的项目支持，进入文学研究所深造。我作为合作导师，对于她的学术背景、研究计划有较多的了解。因此，为米彦青这部新著写序，于情于理，我都应该爽快答应。不过，我还是很犹豫。老实说，对于她所研究的对象，我确实比较生疏，说一些言不及义的套话，自会贻笑大方之家。全书开印在即，而作者仍抱以期待。我考虑再三，决定从作者的学术转型说起，用以表彰她为研究工作所付出的艰辛努力和取得的成就，同时也想借此机会表达我的欣喜之情。

刘跃进
辛丑年岁杪拟于京城爱吾庐

目　录

绪　论 ……………………………………………………………（1）

甲编　元代蒙古族汉诗创作

第一章　空间—政治秩序建构下的元代蒙古族汉诗创作 ………（41）
 第一节　元代概念的界说 ……………………………………（41）
 第二节　江南与两京的蒙古族汉诗创作 ……………………（44）
  一　元代蒙古族汉诗创作的空间性与政治性 ……………（45）
  二　元代忽必烈家族的汉诗创作 …………………………（49）

第二章　变动的仕宦空间中的萨都剌诗歌创作 …………………（52）
 第一节　萨都剌的多族多元交游述论 ………………………（53）
  一　萨都剌与儒士交游考述 ………………………………（53）
  二　儒学观对萨都剌的影响 ………………………………（68）
  三　萨都剌与江南道士的交游 ……………………………（73）
  四　书写蒙古族统治者与道教的关系 ……………………（76）
  五　萨都剌对道教典故及相关意象的灵活运用 …………（78）
  六　萨都剌与江南禅僧的交游 ……………………………（82）
  七　萨都剌对江南禅寺的吟咏 ……………………………（84）
 第二节　萨都剌江南山水书写的诗情画意 …………………（86）
  一　诗画兼善及萨都剌的题画诗 …………………………（87）
  二　运用绘画技法写作江南山水诗 ………………………（89）
  三　创造具有水墨韵味的诗歌意境 ………………………（94）
 第三节　叙事文学影响下的诗歌人物形象塑造 ……………（97）
  一　借人物形象抒发自己爱憎褒贬的感情 ………………（98）
  二　塑造类型人物形象 ……………………………………（103）
  三　借助多种艺术手法塑造人物形象 ……………………（106）

第四节　萨都剌诗作内蕴的民族情结 …………………………（112）
　　　一　萨都剌对草原风情的书写 …………………………………（112）
　　　二　对民族命运的关注 …………………………………………（121）
　　　三　站在蒙古族立场上评论古人 ………………………………（125）
第三章　南—北流转中泰不华的交游与诗歌创作 …………………（130）
　　第一节　泰不华与儒家文士的交游及诗歌中儒家风神的养成 …（131）
　　第二节　泰不华的双重身份及其诗歌特色 …………………………（136）
第四章　由北入南迁移的答禄与权的交游与诗歌创作 ……………（143）
　　第一节　答禄与权与文坛诗人交游考述 …………………………（144）
　　第二节　答禄与权诗歌的汉文化素质 ……………………………（151）
第五章　元代其他蒙古族诗人诗作述论 ……………………………（156）
　　第一节　忽必烈家族汉诗创作研究 ………………………………（156）
　　第二节　元代前期蒙古族诗人伯颜及其汉语创作 ………………（162）
　　第三节　元代后期蒙古族诗人创作与文坛思潮影响 ……………（165）
　　第四节　元代后期蒙古族诗人创作中的宗教影响 ………………（176）

乙编　明代蒙古族汉诗创作

第一章　精神—心灵秩序建构中的明代蒙古族汉诗创作 …………（185）
　　第一节　明王朝民族政策与蒙古族创作低谷时期的形成 ………（185）
　　第二节　苏祐家族的发展与文学力量的衍生 ……………………（186）
第二章　明代蒙古族汉诗创作散论 …………………………………（192）
第三章　苏祐家族：明代后期蒙古族汉诗创作的存续 ……………（194）
　　第一节　苏祐诗歌创作研究 ………………………………………（194）
　　　一　咏物写景诗 ………………………………………………（196）
　　　二　咏史怀古诗 ………………………………………………（202）
　　　三　边塞诗 ……………………………………………………（206）
　　　四　羁旅行役诗 ………………………………………………（217）
　　第二节　苏祐子孙诗文创作 ………………………………………（224）
　　第三节　苏祐家族交游考略 ………………………………………（226）
　　　一　苏祐交游考述 ……………………………………………（227）
　　　二　苏祐家族与明代文坛士人交游考述 ……………………（255）

丙编　清代蒙古族汉诗创作

第一章　历史—空间建构中的清代蒙古族汉诗创作 （275）
 第一节　绵延清代的蒙古族文学家族 （275）
  一　科举文学家族 （276）
  二　边地书写文学家族 （281）
  三　王公贵胄文学家族 （289）
 第二节　由武转文的驻防蒙古诗人 （293）

第二章　清初乾嘉诗坛的蒙古族汉诗创作 （300）
 第一节　乾嘉时期蒙古族诗人生卒行年考述 （300）
  一　乾嘉京师诗人生卒行年考述 （300）
  二　乾嘉驻防起家诗人生卒行年考述 （311）
  三　乾嘉边地诗人生卒行年考述 （314）
 第二节　乾嘉时期蒙古族诗人文学交游考述 （323）
  一　乾嘉京师诗人文学交游考述 （323）
  二　乾嘉驻防起家诗人文学交游考述 （342）
  三　乾嘉边地诗人文学交游考述 （345）
 第三节　乾嘉时期蒙古族诗人著作流播考述 （352）
  一　乾嘉京师诗人著作流播考述 （352）
  二　乾嘉驻防起家诗人著作流播考述 （368）
  三　乾嘉边地诗人著作流播考述 （370）

第三章　乾嘉诗坛思潮与蒙古族汉诗创作 （384）
 第一节　乾嘉诗坛的多族士人圈 （385）
 第二节　多元文化交融下的乾嘉诗坛创作 （394）
  一　创作题材广泛与艺术探寻伴行 （395）
  二　践行儒学为核心的主题创作与"盛世悲音"形成 （402）
 第三节　蒙汉交融视域下的乾嘉诗坛诗学思想演进 （406）

第四章　清中期道咸同诗坛的蒙古族汉诗创作 （414）
 第一节　道咸同时期蒙古族诗人生卒行年考述 （414）
  一　道咸同京师诗人生卒行年考述 （415）
  二　道咸同驻防起家诗人生卒行年考述 （421）

第二节　道咸同时期蒙古族诗人文学交游考述 （445）
一　道咸同京师诗人文学交游考述 （446）
二　道咸同驻防起家诗人文学交游考述 （456）
三　道咸同边地诗人文学交游考述 （470）
第三节　道咸同时期蒙古族诗人著作流播考述 （482）
一　道咸同京师诗人著作流播考述 （482）
二　道咸同驻防起家诗人著作流播考述 （494）
三　道咸同边地任职诗人著作流播考述 （502）

第五章　道咸同诗坛思潮与蒙古族汉诗创作 （517）
第一节　国变时期的民族书写 （517）
第二节　变革时代的使命意识 （523）
第三节　思想诉求的驱动：走向意识形态的经学批评 （527）

第六章　清末光宣时期的蒙古族汉诗创作 （534）
第一节　光宣时期蒙古族诗人生卒行年考述 （534）
一　光宣京师诗人生卒行年考述 （534）
二　光宣驻防起家诗人生卒行年考述 （537）
三　光宣王公诗人生卒行年考述 （549）
第二节　光宣时期蒙古族诗人文学交游考述 （553）
一　光宣京师诗人的文学交游 （553）
二　光宣驻防起家诗人的文学交游 （562）
三　光宣王公诗人的文学交游 （577）
第三节　光宣时期蒙古诗人著作流播考述 （584）
一　光宣京师诗人著作流播考述 （584）
二　光宣驻防起家诗人著作流播考述 （593）
三　光宣王公诗人著作流播考述 （601）

第七章　光宣诗坛思潮与蒙古族汉诗创作 （605）
第一节　光宣时期蒙古族创作中的晚清政局 （605）
第二节　满蒙汉文人交游与"觉世之诗"的创作 （613）
第三节　"西学东进"与光宣时期的蒙汉诗学思潮 （618）

结　语 （626）
参考文献 （631）
后　记 （642）

绪　　论

　　中国古代少数民族汉诗研究是作为古代文学领域一个独立的研究方向而存在的。一个研究方向必须有独立的研究内容、成熟的研究方法以及相关的规范。中国古代少数民族汉语创作是以文学史料学为基础，以中华多民族文学史、文学研究史和风格学为主体构架的基本研究格局。并力求将中国古代文学和文学史、文化史、语言学乃至历史学等研究结合起来，通过与各学科门类之间的互动，确立其在文学研究学术结构中的位置，以建构更具体系和内涵的中国古代少数民族汉语创作研究体系。

　　在中国古代少数民族汉语创作研究体系的建构过程中，始终存在两个问题。一是少数民族汉语创作文学史研究是类似艺术史的对象研究——只关注经典作家和作品，还是应该去做文学的历史研究，重在呈现发展源流与发展流变过程？这个问题引出第二个问题，中国古代少数民族汉语创作研究为什么长期没有得到重视并深入开展呢？两个问题殊途同归，这与中国学者惯常以文学成就史作为文学史研究的视点有关，也与少数民族汉语创作介于民族文学和古代文学夹缝之间有关。

　　历史上，当军事力量强大、文化力量薄弱的少数民族政权打败了汉族政权，原先汉族居住的地区就面临着文化建设的重新开始。北魏及北朝、金是如此，元朝和清朝也是如此。后者因其大一统政权，更为鲜明。为了追求更为稳定的统治，无论是哪个少数民族，都会或被动或主动地溯源汉族传统，学习汉文化，并且发展出与汉族士人相对稳定的共存方式。少数民族文化与汉文化的冲突与融合，封建王朝的稳定发展和进步，为中国古代少数民族汉语创作发展带来层次更为丰富的变化。以蒙古族汉诗创作为例，第一，这段历史中反复出现的民族交融是产生蒙古族汉诗创作的土壤。关于这一点，前人已有过丰富论述。而本书的着眼点是，这段时期内的诗作，有很多是反映少数民族治下的城市社会中的不同民族的士人人际关系、社会组织关系和人们的社会情感。第二，汉化的少数民族政权，不断更改针对蒙古族的科举考试制度，这对蒙古族或其他少数民族而言意义重大。这些蒙古族士人通过科举制度走上汉文化学习之途，并通过科举拔擢成为国家文化管理者，与汉族一道完成了汉文化传承之使命。他们中的部分人因为汉文化的学习，对汉诗创作日益关注，开始创作。当然，他们的最初学习，是通过学习经典汉诗来完成的。为接受美学奠定哲学基础的德国哲学家马丁·海德格尔指出：任何存在都不能超越一定历史环境，都是在特定时间和空间里的"定在"。存在的时间性和空间性，规定了人的认识和理解的历史具体性——我们认识、理解任何事物，都是以自己已有的先在、先见、先把握，即意识的"先结构"为基础，进行有选择、有变形的吸收。① 所以较之宋诗，元代和清代的蒙古族汉诗创作者文本中有更大量的习唐诗作，唐诗的风神情韵更能打动蒙古族创作者。

如前所述，中国古代少数民族汉语创作是中国少数民族文学受到中国古代文学影响的产物。中国古代文学不仅在创作上建立了难以企及的艺术高峰，也在思想理论和审美风格上先验地为中国少数民族文学汉语创作树立范式。若以纯文学的眼光来检视古代少数民族汉语创作，因其创作时间短暂，文学创作技巧必不能与汉文学家相媲美。因此，以社会批评的方法解释古代少数民族汉文学现象，对一部文本、一个作家、一个时代、一种现象，进行时代的、思想的、生活的、创作风格的阐释，是分析古代少数民族汉文学基础的、必须使用的方法。这些，前贤已做过很多工作。然而，社会批评方法的积极意义在于不拘泥于单纯的文学现象，而是将文学现象放到广泛的社会生活中解读，以时代的阶层的视角审视文学，对文学做出政治的社会的生活的分析。所以，本书更倾向于此。

在元明清蒙古族汉文创作研究方面，我们还须用朴学家的传统来研究文学文本，求真、求新、求精。为此，本书主要做了三个方面的有益探索。一是从广义上界定文学家。我们认为元明清蒙古族汉诗创作文学家应包含四种人，即有诗作或辞赋等文学作品存世者、有文学批评著作存世者、虽无作品传世而据传文或史志记其能诗而生平可考者、传统记载中以之为诗人者。到目前为止，本书收录元明清蒙古族汉诗创作者最全，总共

---

① ［德］马丁·海德格尔：《存在与时间》，陈嘉映、王庆节译，三联书店1999年版，第189—197页。

有一百多位。元明清蒙古族汉诗创作者之中，除了有诗集留存者在汉诗创作史上发挥了积极作用，其实，只有零星诗作留存的诗人，他们也同样对推动中国古代蒙古族汉诗创作发展做出了贡献。元明清三代，没有完整诗作留存诗人与有完整诗集留存诗人总数大抵接近，但诗歌总量悬殊。但从诗歌创作题材之丰富性、内容之变化性、创作形式之多样性来看，却是没有诗集留存者更胜。二是运用数字统计方法，对元明清蒙古族汉文创作文学作品作了地毯式的清理。依据的材料有《全元诗》及全国各大公共图书馆、高校图书馆所藏近五百种著作，得出如下结论：元代，蒙古族汉语创作文化中心在江南地区，上都地区为另一文化中心。明代，其文化中心在北京地区。清代则以京师地区为文化中心，驻防城市为次文化中心。三是将元明清蒙古族汉诗分为三个不同区块，具体考察其兴衰变迁。

蒙古族汉诗创作对于中华诗歌史的完善而言意义非凡，这一点或许对很多少数民族汉诗创作都能说得通。本书之所以认为中国古代蒙古族汉诗创作对于中华诗歌史的建构，尤其是元明清诗歌史的建构有着极其重要的作用，是因为蒙古族在元明清三个王朝的社会空间和发展秩序中意义重大，其中元代是蒙古族建立的王朝，明代是和北元政权对峙的朝代，而清代则是满蒙联姻共同组成国家管理层的王朝。

一

蒙古族入主中原之后，中国文学发展的空间与秩序出现了一些重要的转折。在元代前的中国历史上，从未出现过全国范围内的统一的少数民族政权，虽然在北方地区曾有过少数民族统治时期，但并不持久和安定，更重要的是，统治区域并不完整。而后来的元代、清代都是中华历史上由少数民族建立的大一统王朝。因之，此前一直居于中原王朝社会边缘的少数民族士人，通过少数民族政权的号召，走到历史舞台的幕前，成为推动蒙元王朝和清王朝文化发展的新的重要力量。少数民族诗文创作，虽然主要用汉语完成，但它们或隐或显地保留了民族属性所赋予创作者的文化气质。少数民族汉诗创作的文学力量，在元明清社会中的少数民族士人与中原汉地士人之间产生的文学互动，对重塑整个时代的文学面貌产生了积极作用。因此，本书所确定的元明清三个时期，蒙古族汉语创作这一文学方式以及与之相关的社会秩序，展示了与元代前较为纯粹的汉文学大不相同的、具有"特质"意味的文学特点。

公元 1206 年，铁木真统一蒙古各部，于斡难河源称成吉思汗，大蒙古国（Yeke Mongghol Ulus）由此诞生；成吉思汗 22 年（1227），蒙古灭西夏；窝阔台汗 6 年（1234），蒙古灭金；中统元年（1260），忽必烈即汗位，与阿里不哥争位，大蒙古国随之解体；元世祖至元 8 年（1271），忽必烈取改国号为"大元"，次年迁都大都；至元 16 年（1279），蒙古灭南宋，实现大一统；元顺帝至正 28 年（1368），明军破大都，元廷北遁，作为大一统王朝的元朝自此覆灭。在 163 年的蒙元历史上，族群涵化缓慢演进，形成多元文化与多元文学交融态势，涌现出一大批成就斐然的各族文学名家。蒙古族作为元代的统治民族，蒙古族文学家在元代文学史上占有重要地位，而蒙古族汉诗创作则是其中的重要组成部分。

在元代汉诗创作领域，萨都剌无疑是最为著名的蒙古族诗人，他的诗歌既是蒙古族文学史上的重要里程碑，也是元代文学史上的重要里程碑。萨都剌（约 1280—约 1345），字天锡，号直斋。祖上入居中原后，定居在大都附近，所以自称"燕山萨天锡"。他先后任镇江录事司达鲁花赤、南御史台掾史、燕南河北道廉访司照磨、福建闽海道廉访司制事等职。晚年居杭州，元顺帝至正年间去世。有《萨天锡诗集》《雁门集》等传世。是元代蒙古族诗人中留存诗歌最多的，《全元诗》收其诗 794 首。萨都剌之后的著名蒙古族汉诗创作者泰不华（1304—1352），本名达普化，字兼善。伯牙吾氏，原籍西域白野山，居台州（浙江临海）。17 岁时参加浙江乡试中魁首，至治元年（1321）状元及第，年仅 18 岁。授集贤修撰，累转监察御史。受到元文宗赏识，并亲自将"达普化"改译为"泰不华"。与修宋、辽、金三史，擢礼部尚书。至正 11 年（1351）迁浙东宣慰司使，与孛罗帖木儿夹击方国珍，方国珍降元，泰不华改任台州路达鲁花赤。战死后，追封魏国公，谥忠介。《全元诗》收其诗 32 首。泰不华之后的著名蒙古族诗人答禄与权（约 1311—1380），字道夫。至正 2 年（1342）进士，任职于秘书监。至正 21 年（1361）出使福建，元末出为河南江北道廉访司佥事。明初，寓居于永宁（河南洛宁）。洪武 6 年（1373）以荐授秦王府纪善，后任御史、翰林修撰等。洪武 11 年（1378）以年老致仕。有《答禄与权集》，久已散佚，现存《永乐大典》残帙尚可辑出他的数十首诗与少量文。《全元诗》收其诗 56 首。除了这三位著名蒙古族诗人之外，元代还有忽必烈家族 6 人留存汉诗 11 首。其他 28 位诗人存诗 90 首。另外还有 6 位诗人的身份未能确定，一般被记载为蒙古色目人，存诗 14 首。

整个元代的蒙古族汉诗创作尚不足千首。然而，它依旧彰显了元代蒙汉文学交融之深入。不过，因为元代蒙古族的统治地位，无论汉诗中展示的蒙汉文学交融视域如何包罗万象，即便是诗人们根据不同时代所关心的角度对所选取的文学素材如何加以解释、变动和编排，怎样显示了特定的文学特征，但其最后呈现的都更像是政治和社会的产物，而非纯粹的文学产物。究其由，一是元蒙统治者并不希望完全汉化，被动学习汉族文化和文学，甚至希望用蒙古文统一全国文字。如学者言，"元人入主中国，多数之蒙古语，遂杂入我国语中。今试取《元曲选》观之，如'兀的不''颠不剌的'等词触目皆是"①；二是蒙古族初入中原，对汉诗的格律运用还不够纯熟，对汉语的音义语境理解有所欠缺。"民族认同及其稳固持久性是受制于文化记忆及其组织形式的"②，很明显蒙古族汉诗创作在元初很少，创作质量较低，至中晚期诗人数量迅速增加，创作数量迅猛增加，创作质量也显著提高。但元代的蒙古族汉诗依旧有其独特性，元代后期蒙古族汉诗创作取得的成就，并不是仅向汉文学学习的结果，而是元代独特的社会历史和文化条件所形成的，也就是说，元人的生活场景、生活方式和文化教育形式养成了他们独特的气质，这些气质逐渐在他们的诗作中得到表现并最终形成鲜明的文学艺术特征。

萨都剌有两首关于李陵和苏武的诗歌，其一为《过李陵墓》，其二为《拟李陵送苏武》。诗中有"山头空筑望乡台"句，台即李陵台，传说是汉将李陵所建。李陵是李当户之子，"飞将军"李广之孙。据《史记·李将军列传》载："李陵既壮，选为建章监，监诸骑。善射，爱士卒。天子以为李氏世将，而使将八百骑。尝深入匈奴二千余里，过居延视地形，无所见虏而还。拜为骑都尉，将丹阳楚人五千人，教射酒泉、张掖以屯卫胡，数岁。天汉 2 年（前 99 年）秋，贰师将军李广利将三万骑击匈奴右贤王于祁连天山，而使陵将其射士步兵五千人出居延北可千余里，欲以分匈奴兵，毋令专走贰师也。陵既至期还，而单于以兵八万围击陵军。陵军五千人，兵矢既尽，士死者过半，而所杀伤匈奴亦万余人。且引且战，连

---

① 杨树达：《高等国文法》，上海古籍出版社 2013 年版，第 8 页。
② [德] 扬·阿斯曼：《文化记忆：早期高级文化中的文字、回忆和政治身份》，金寿福、黄晓晨译，北京大学出版社 2015 年版，第 168 页。

斗八日，还未到居延百余里，匈奴遮狭绝道，陵食乏而救兵不到，虏急击招降陵。陵曰：'无面目报陛下。'遂降匈奴。其兵尽没，余亡散得归汉者四百余人。"①李陵投降偷生，最初可能也像司马迁在《报任安书》中所推测的想在匈奴寻找机会报答汉朝，但结果却造成了包括母亲、妻子在内的家族中上百口人被杀，李陵成了不忠不孝的典型，成了陇西人耻辱的象征，永远无法得到亲族的谅解。李陵无法再回到大汉，思乡情切，便筑高台遥望家乡，后人称为李陵"望乡台"。元朝时的李陵台驿站，为帖里干驿道与木怜驿道之交会处，是漠南、漠北蒙古草原最为重要的驿站之一。在中华文化史上，李陵台不仅是一个地名、一处驿站，它牵扯着重要的文化问题，孔子有"志士仁人，无求生以害仁，有杀身以成仁"②之说，气节远比生命重要。李陵的投降，在看重"华夷之辨"的汉族政权社会中，就是失节败德。历代士人对此行为都持否定态度。萨都剌在诗中称匈奴为"天骄"，认为李陵所愧的不是投降毁节，而是作为将军之才能。他认为苏武的确是有节操的士人，但却遭遇悲惨，最终批判了汉朝统治者的"无恩"。萨都剌所持的态度，与民族属性一致。可以看出，萨都剌完全是站在少数民族的立场上来关照李陵投降的问题。

　　元代蒙古族汉诗创作的地域性非常鲜明。创作者及主体创作地区是在江南，两京（大都和上都）其次，其他地区仅存吉光片羽。以元代蒙古族汉诗创作者中最重要的诗人萨都剌、泰不华、答禄与权为例，萨天锡自泰定4年（1327）中进士后，在江南任职时间泰半，因而主要生活地区是江南，虽然其间曾短暂去过上都。因此，其诗作关于江南人文风物者最多，也有涉及上都物色者。与萨都剌由大都去往江南不同，泰不华是生长在江南，因科考由江南入居大都并死于江南。他的诗作主要是和大都相关人、事，但也有涉及江南题材的。答禄与权身历鼎革之变，生命中的岁月多半元少半明，他也是科举入仕，在大都为宦近二十年后短暂供职中原，元朝覆亡后，作为一个蒙古族汉诗作者他最终入明廷供职，在江南度过余生。他的诗歌也是既有关于两京的，也有涉及江南的。

　　元代虽然立国短暂，汉诗创作成就无法与清代相比，但是蒙古族汉诗创作的民族性、地域性、家族性特征，在元代显然都已经具备。蒙古族汉

---

① （汉）司马迁：《史记》卷109，中华书局1959年版，第2877—2878页。
② 杨伯峻译注：《论语译注》，中华书局1980年版，第163页。

诗创作在元代尽管只是发端，忽必烈家族还是有家族性汉诗创作。据传世文献来看，忽必烈家族中，有三位帝王、一位太子、一位亲王及一位公主6人留存汉诗。

中国历史上，政治与文学密不可分，历代帝王大多能文善诗，皇权话语的导引常常是文学兴盛的重要原因。元代的蒙古族汉诗创作勃发与元统治者的提倡是分不开的。《全元诗》中现存元世祖《陟玩春山纪兴》一首，此后元朝诸帝中最倾向于汉文化者是元文宗图帖睦尔（1304—1332），他出生、成长在汉族地区，四岁就开始跟随汉族儒士学习经史，诗、画、书法俱佳。因此，有元一代的帝王中，元文宗是推行汉化政策最有力者，自身的汉文化水平也最高。元文宗享国祚短，在位仅五年，然文治颇多。如兴建奎章阁学士院、大量任用汉儒、纂修《经世大典》等。传世文献中，元文宗留下了4首汉诗。即咏物诗《青梅诗》，写景诗《登金山》《望九华》，纪行诗《自集庆路入正大统途中偶吟》。元朝末帝即顺帝妥欢帖睦尔（1320—1370）汉文化水平也较高。元顺帝自幼即接受汉文化教育，幼年贬谪广西时，随大图寺长老学习《孝经》《论语》。即位后，广置经筵官，研习汉文经典，是元朝后期诸帝中汉文化修养较高者，他能诗善画，任用的宰相如马札儿台、脱脱、别儿怯不花、铁木儿塔识等，多已汉化。元顺帝还将宣文阁改为端本堂，成为皇太子接受经学教育的固定场所。元顺帝传世的汉文诗歌有3首，即《御制诗》（二首）和《答明主》。除了这三位元朝皇帝外，明叶子奇《草木子》中还载有爱猷识理答腊（1334？—1378）一首《新月》诗，爱猷识理答腊是元顺帝长子，至正12年（1352）被封为太子，27年（1367）受命统领天下兵马，元朝灭亡，他随顺帝北走开平后到应昌。明洪武3年（1370）顺帝崩于应昌，他即北元帝位，洪武11年（1378）薨于漠北南。他自幼接受汉文化教育，具备了较好的汉文化修养。这首小诗虽然仅有二十几个字，却巧用严子陵的典故与眼中之景——新月融为一体，"表现出国虽亡而志不降，地虽蹙而势仍在的思想。反映了有明一代，退居朔漠的元势力与明政权割据并行的社会现实"[①]。叶子奇在收录此诗后还评价说："真储君之诗。"在忽必烈家族中，还有两人留存下汉语诗歌。虽然这两人并非忽必烈直系后

[①] 云峰：《民族文化交融与元代诗歌研究》，内蒙古大学出版社2013年版，第123页。

裔，但都是成吉思汗的后代。一位是梁王巴匝拉瓦尔密（？—1381），他留存的汉诗仅一首，《奔威楚道中》是他逃难中目击战乱导致天地荒芜百姓尸横遍野的凄惨场景的实录。梁王巴匝拉瓦尔密之女阿盖亦能诗，钟惺《历代名媛诗归》、钱谦益《列朝诗集小传》闰集以及《元诗选》癸集都载有她的《悲愤诗》。关于她的事迹在杨慎《南诏野史》[①]和柯劭忞编《新元史·列女传》[②]中有详细记载。这是一首汉语、蒙古语、白语混杂的古体诗。诗歌风格凄怨，语言质朴，杂用几种民族语言，非常具有民族特色和时代特色。另据杨慎《南诏野史》记载，阿盖公主还留有一首《金指环歌》。

忽必烈家族留存的诗作有限，诗人亦不多，但瓜瓞绵延，贯串整个元代，断续中彰显汉文学对元代统治者一以贯之的影响。这个家族诗歌创作语言质朴简净，元代诗坛整体宗唐的诗学思潮似乎对他们影响并不大。这说明少数民族诗人在非母语创作初期语言不善雕琢，不能直接融入文坛潮流中；同时说明忽必烈家族对汉文化的喜爱有限，并没有投入太多的时间精力从事汉诗创作。这一点与清朝爱新觉罗家族形成鲜明对比。据此可见，元蒙统治者"蒙汉二元"的政策直接影响了他们汉语水平的提高，但同时我们也应该看到，他们的这种政策对于保护元代蒙古族的民族语言、文化是具有积极的历史作用的。

明朝代元而兴，元惠帝君臣北遁塞外，继续保持政权，后来分裂发展成鞑靼、瓦剌、兀良哈三卫和察哈尔后人统治的哈密、吐鲁番等部落，俗称北元。终明一朝，他们一直活跃于东起辽东、西迄甘肃的九边一线以北地区，与明朝有着错综复杂的密切关系，无论在政治、军事上，还是在社会、文化上，双边政权有密切的接触与交流。既有频繁的战争冲突，也有时断时续的和平通贡；既有政权的长期对峙状态，也有名义上的臣属关系；既有官方的交接，也有民间的往来；既有物质上的互通有无，也有文化上的相互渗透和影响。因此，不但朝廷以极大的物力和人力去处理北方防御和外交事务，各类典籍、文书都有言及蒙古边防事务，而且文人、武将，甚至是方外山人、闺中妇女也时刻关注北疆边情，除留下了较多的笔

[①] （明）杨慎：《南诏野史》卷下，丛书集成本，第10—12页。

[②] 柯劭忞：《新元史》卷245，上海古籍出版社、上海书店影印本《元十二种》1989年版，第943—944页。

记散文和边志外，还留下了大量的反映蒙汉交流的诗歌。粗略算来有两百多位诗人创作，计有数千首。但这其中，蒙古族创作的诗歌所占份额却很小。究其由，族属问题影响了明代蒙古族汉诗创作研究。

元惠帝退至漠北后，有一些蒙古族文人迫于政治压力，改名换姓继续留在中原地区。徐珂《清稗类钞》中载："盖元季之乱，蒙古、色目西域诸子姓转徙流亡，其存者皆从汉姓，至国朝而相仍弗替如，言其著者，则福建之萨为萨都剌后，江西之揭为揭奚斯后，江苏之廉为廉希宪后。"①随着时间的推移，族属无从考证，致使有文学才华的蒙古族文人汉文创作的诗文难以确考。

苏祐（1493—1573），字允吉，号舜泽，又号谷原，明东昌府濮州人。嘉靖5年（1526）丙戌科进士，初授吴县知县，改知束鹿。后被召拜广东道监察御史，先后奉诏巡按宣大、维扬十州府县、三晋，升江西提学副使，任满转山西参政，升左参政，分守雁门关。晋大理寺少卿，转都察院佥都御史巡抚保定，进右副都御史巡抚山西，入刑部右侍郎，改兵部左侍郎兼都御史总督宣大、山西军务，晋升兵部尚书。坐不请兵饷失事削籍，不久便恢复原职，致仕。后家居十八年，年八十而卒。关于苏祐的族属，吴中行《资政大夫兵部尚书兼都察院右都御史苏公墓志铭（代作）》、于慎行《明故资政大夫兵部尚书兼都察院右都御史谷原苏公行状》、梁梦龙《苏谷原传》、雷礼《国朝列卿纪》、陈子龙《皇明诗选》、钱谦益《列朝诗集》、朱彝尊《明诗综》、张豫章《御选宋金元明四朝诗》、宋弼《山左明诗钞》、陈田《明诗纪事》等载其事迹史料，都未提及。苏祐本人在他的《建立祠堂告文》中自称为高阳后裔，其子苏濂在《昆吾台记》中也说濮阳苏氏"系出高阳"②。然而，王士禛《池北偶谈》中"濮阳苏氏"条载："濮州苏氏，其先本元蒙古之后，至谷原兵侍祐，始以进士起家，官至总制，以文章名海内。其祠堂藏始祖某所用铁槊，重百斤，至今尚存。"③乾隆年间纂修的《曹州府志》中亦有几乎相同的记载："濮州苏

---

① （清）徐珂编撰：《清稗类钞》"蒙古色目西域人改汉姓"条，中华书局2010年版，第2145页。

② （明）苏濂：《昆吾台记》，周方林主编：《鄄城文史资料·鄄城史萃》第12辑，山东聊城大学印务中心印刷2005年，第182页。

③ （清）王士禛撰，靳斯仁点校：《池北偶谈·谈异四》卷23，中华书局1982年版，第549页。

氏，其先本元蒙古之后，至兵部侍郎。祐始以进士起家，官总制，以诗文名海内。其祠堂藏始祖某所用铁槊重百斤，今尚存。"① 查《元史·宽彻普化传》载："和尚者，封义王，侍从顺帝左右，多着劳效，帝出入常与俱。……28 年，顺帝将北奔，诏淮王帖木儿不花监国，而以和尚佐之，及京城将破，即先遁，不知所之。"② 根据这些记载和现存于河南范县和山东鄄城的苏氏宗祠、《苏氏族谱》，以及出土的碑文、碑刻等实物资料，今人基本确定苏祐的先祖就是蒙古义王和尚。和尚在大都将破之际逃至山东，落籍于濮州，改名苏克明。苏祐是明代的边疆重臣，作为蒙古族诗人，多年坐守北部明、蒙疆界。

苏祐著述颇丰，乾隆年间序刻的《曹州府志·艺文志》著录其诗文、杂著共八种。《千顷堂书目》录有《谷原诗集》八卷、《三巡集》一卷、《谷原文集》十卷、《云中纪事》一卷、《三关纪要》三卷、《谷原奏议》十二卷、《法家裒集》一卷、《舜泽翁岁历》一卷、《逌旃琐言》二卷、《孙子吴子集解》等十种。苏祐子孙亦有文名，《列朝诗集小传》丁集上中录入了苏祐父子——苏祐、苏濂、苏澹、苏潢，及其孙苏棨五人的小传。《曹州府志》载："祐数子皆能文，有苏伯子、苏仲子、叔子、季子等集行世，季子（笔者注：应为叔子）任侠，名重一时，人称苏八公子。"③（苏祐）"有四子，皆儒雅多艺，以贤豪称。诸孙美秀，而文称其家学。"④ 四子苏浣，字子新，号梅石，国子生。除了他无文名外，时人谓苏祐之子是青出于蓝胜于蓝。

苏祐长子苏濂（1513—1580），字子川，号鸿石。以荫授南京光禄寺署正，官至巩昌府通判。他科场不利，六上秋闱不第，终归而著述。《千顷堂书目》录其著有《石渠意见补遗》六卷、《四书通考补遗》六卷（《明史·艺文志（一）》亦录）。工诗文，鲁王朱中立评其诗云："鸿石

---

① （清）刘藻编纂：《曹州府志·杂志》卷 22，齐鲁书社 1988 年版，第 760—761 页。
② （明）宋濂等撰：《元史·宽彻普化传》卷 117，中华书局 1974 年版，第 2912 页。
③ （清）刘藻编纂：《曹州府志·杂志》卷 22，齐鲁书社 1988 年版，第 761 页。
④ （明）于慎行撰：《谷城山馆文集·明故资政大夫兵部尚书兼都察院右都御史谷原苏公行状》卷 28，《四库全书存目丛书·集部》第 148 册，齐鲁书社 1997 年版，第 87 页。

诗俊雅宏壮，视厥弟为亢。"①《明史·艺文志（四）》和《千顷堂书目》卷二十三录其《伯子集》十三卷（《曹州府志》录作《苏濂文集》），现存《苏伯子集十三卷》（存十一卷，卷一至六、九至十三），明嘉靖38年刻本，藏于中国社会科学院文学研究所。另辑撰《诗说解颐》四卷，书成于嘉靖癸亥（1563），有作者是年自序；崇祯戊寅（1638）刊板梓行，有作者仲孙苏曙是年跋语。全书分元、亨、利、贞四卷，系"掇拾旧闻，并附己意"（自序）而成；广涉诗评、辨体、诗法、考辨、逸闻、掌故、诗句源流等，自刘勰《文心雕龙》、钟嵘《诗品》、皎然《诗式》以下，至宋人诗话、诗论，采撷甚多。皆不注出处，排列亦随意。今存明红格钞本，藏于北京大学图书馆。苏濂子苏棽"有诗，见李北山（李先芳）《齐鲁集》"②，集已失传。

苏祐次子苏澹（约1520—1571），字子冲，号元石、玄石山人。嘉靖28年（1549）举人，《明史·艺文志》和《千顷堂书目》录其有《仲子集》七卷（《列朝诗集小传》和《明诗综》录为《苏仲子集》）。

苏祐三子苏潢，字子长，号杏石。官至河南布政司事，亦善诗，《千顷堂书目》卷二十三录其《苏叔子集》《游梁诗草》《元夕倡和集》和《荣善倡和集》。现存《清华轩集》六卷，明万历年间刻本。苏潢子苏本亦能诗。

明代的蒙古族诗人，对祖先的记忆是遥远的，是精神和心灵建构中的追忆。因此，他们的汉诗创作中并没有体现出鲜明的民族特色，但在考实其民族属性之后再去看苏祐写下的大量边塞诗，以及诗歌中将国家利益、国家信念置于个人民族记忆之上的诗歌，会越发感觉到其心路历程之艰难。

清代的蒙古族诗人，数量上大于元明总和数倍。创作者近百人，有诗集留存者50人。清代蒙古族诗人主要由两类人群构成，一是八旗蒙古诗人，二是藩部蒙古诗人。蒙八旗主要由主动来归或战争中俘获的蒙古族人构成。八旗蒙古的先祖在鼎革之际都随大清入关，这些从龙入关的武职军人，起初定居于京师，随着统治政策的变化，他们中的一些人又被派往不

---

① （清）宋弼选：《山左明诗钞》卷20，《四库全书存目丛书·集部·总集类》第412册，齐鲁书社1997年版，第195页。

② （清）钱谦益撰：《列朝诗集小传》丁集上，上海古籍出版社1983年版，第389页。

同区域驻防。他们先是融入八旗社会并"满洲化",后又融入中原汉族文化区域中,他们熟练掌握汉语,学习汉文化,因此产生众多蒙古族诗人并留存部分诗集。藩部蒙古则在归降清朝后留存故地,依旧享有相当大程度的自治权,其内部人口也大都按照原有的社会运转体系转动,和汉地接触较少,晚清时才渐渐产生蒙古族诗人,留存的诗集自然稀少。因此在约270年的漫长清代文学历史上,清代蒙古族汉诗创作高峰是出现在京师和八旗驻防地的不同空间中的。

与元代、明代相比,清代的蒙古族汉诗创作家族数量陡增,计有国栋家族、和瑛家族、法式善家族、清瑞家族、柏葰家族、托浑布家族、恭钊家族、恩成家族、锡缜家族、倭仁家族、花沙纳家族、瑞常家族、那逊兰保家族、善广家族、梁承光家族、旺都特那木济勒家族、延清家族、成堃家族等18家。其中,法式善家族是蒙古科举文学家族的代表;开封驻防倭仁家族、杭州驻防瑞常家族、京口驻防延清家族等均属驻防文学家族;和瑛家族为戍边文学家族代表;旺都特那木济勒家族则是晚清代表性的蒙古王公文学家族。

法式善家族文学特色鲜明。一是好唐音[①];二是有鲜明的地域写作特色。法式善现存诗近三千首,其中涉及京师地名者数百首,其孙来秀曾作《望江南词》四十首,分为风土人情22首和钓游旧迹18首,堪称北京风情组画。法式善父亲、儿子及家族中其他人的残存断笺中亦有涉及京师地名之作。

和瑛文学家族既是官宦世家,也是科举世家,四代有诗集存留,且诗作千余首,这在蒙古族诗人中不多见,在清诗史上也是少有的。其家族文学中的共性一是对唐诗的接受[②],二是边地书写。

蒙古王公大抵出于藩部蒙古,他们通过血亲和姻亲与满族贵族结成满蒙一体社会关系网络,构成清代的统治阶层,成为清朝社会文化中的特殊存在。不过,有清一代清廷对蒙古的控制都很严格。咸丰3年(1853),

---

① 参见米彦青《接受与书写:唐诗与清代蒙古族汉语韵文创作》第四章《杰出学者法式善及其家族对唐诗的接受》,中国社会科学出版社2014年版,第64—91页。

② 参见米彦青《接受与书写:唐诗与清代蒙古族汉语韵文创作》第五章《唐诗对和瑛家族的文学创作的影响》,第92—112页。

咸丰皇帝还谕旨内阁："不可任令（蒙古人）学习汉字。"① 然而，在当时全国汉化趋势明显的情况下，蒙汉融合已经势不可当。旺都特那木济勒和贡桑诺尔布父子，系成吉思汗勋臣乌梁海济拉玛的后裔，卓索图盟喀喇沁右旗世袭札萨克亲王。他们家族对汉诗的喜爱，始自旺都特那木济勒的父亲喀喇沁色王爷，发展于旺都特那木济勒，繁盛于贡桑诺尔布，而喀喇沁人学习汉族文化，也是循此路径。最终，祖孙三人的努力，成就了清代文学史上这一独特的蒙古王公文学家族。

明代始形成的建州女真、海西女真、东海女真三部，最终由建州女真首领努尔哈赤统一。努尔哈赤整合了东北地区少数民族，以八旗制度管理域内归顺和征掠来的人口，建立后金政权。天聪9年（1635）至崇德7年（1642）间，满八旗、蒙八旗、汉八旗的规制逐渐固定，八旗制度就此完备。顺治元年（1644）进入京师的八旗不但拱卫皇都，也随着清廷统治区域扩大逐次被派往全国各重要军事地区戍守，形成杭州、江宁、京口、福州、广州、西安等地驻防。自八旗民族共同体被建构后，满洲始终是其核心，故此，蒙八旗是伴随满八旗的军事移民而拱卫京师和走向驻防地区的。生活在各驻防地"满城"的八旗官兵，与周围的汉族在短暂冲突对峙后，随着清廷驻防安养制度的更改，居停留置在驻防地。他们逐渐适应当地汉文化习俗，交融于当地汉族，驻防八旗诗人就此产生。此后，随着驻防科举制度的施行，驻防八旗诗人队伍发展壮大，进而形成八旗诗歌创作群体。

早在驻防之初，为了防止这些携眷驻防旗人长久安居于驻防地，混同于当地民人，清廷实行"满汉分居"制度，为驻防旗人修筑"旗城"，俗谓"满城"。满城不同于一般兵营、堡寨，它不仅是一个军事要塞，而且是当地社会中一个相对独立的社区。城内举凡军事、行政、宗教、教育等各类设施都很完备，但兴建之初，并无商户，城内所需商品皆需出城购置或汉人商户白日入城售卖。民人不准夜间居停满城，而旗人亦不可外出从事农、工、商业。满城布局亦如京师，旗兵各按八旗方位分左右翼依序排列。满城的兴建，除了军事需要外，也便于对旗人的控制和管理。

在八旗组织中，最初驻防兵丁与京旗兵丁一样，归属在京的八旗都统

---

① 《清实录·文宗实录》，中华书局1986年版。

衙门管辖，旗籍也隶属于在京各佐领之下。清廷规定："驻防官兵亡故，除盛京等处外，其内地各省，不许在彼置立坟茔。情愿装盛棺木送京者，听其自送；如贫乏不能自送，仍火化官送。其妇女、闲散人等骨殖，亦于每年官送之便，附带至京。"① 但这样耗资、耗力的驻防制度，随着朝野非议增加，至乾隆 21 年（1756），正式颁定"驻防兵丁置产留葬例"，清高宗曾云："……朕思国家承平日久，在内在外皆已相安一体，若仍照例办理，则在外当差者，转以驻防为传舍，未免心怀瞻顾，不图久远之计，而咨送络绎亦觉纷繁，地方官颇以为累。嗣后驻防兵丁，着加恩准其在外置立产业，病故后即着在各该处所埋葬，其寡妻停其送京。"清廷对穷困旗兵无力置地安葬等相关问题作了规定，这是驻防旗人由客居转向土著的制度性的重大改革。条例中还规定：对于无力置产的下层兵丁，当地驻防旗可"酌动公项，置买地亩，以为无力置地穷兵公葬之用"。而"所有呈请回京之例，著停止，著为例"②。至此，归旗制度彻底废止。"归旗制度的废止和驻防旗人在当地安葬，成为驻防旗人族群土著化最重要的基本标志之一。"③ 随着时间推移，八旗驻防制度不断变革，到嘉道年间，驻防旗人由最初的城市戍卫者最终成为定居者。

　　土著化的旗人不只在物质生活层面迅速融于当地，在文化生活层面上，也日益认同驻防地。满蒙汉文化交融带来文学的繁荣，蒙古族驻防诗人产生于杭州驻防、京口驻防、荆州驻防、开封驻防、沧州驻防中。至今有诗集留存者 18 人，分别是杭州驻防瑞常、瑞庆、贵成、三多、完颜守典妻成堃；京口驻防达春布、布彦、清瑞、蘩清、善广、延清、云书，荆州驻防白衣保、恩泽，开封驻防倭仁、衡瑞，沧州驻防桂茂，广州驻防果勒敏。占留存至今的清代蒙古族汉诗集三分之一。

　　驻防旗人在清代是一个特殊存在的群体，主要作为军事设置而存在，因之弓马骑射于他们是必修的，当驻防子弟受汉习濡染日益深入，弓马骑射于他们而言，仅仅就成为制度上的存在技能，失去了设置之初的实质性目的。到乾隆朝，驻防子弟对骑射技艺日渐生疏，全身心地融入驻地文化系统。

---

① 《八旗则例》卷 12。
② 《高宗纯皇帝实录》卷 15，中华书局 1986 年版，第 379 页。
③ 潘洪钢：《八旗驻防族群土著化的标志》，《中南民族大学学报》2011 年第 5 期，第 65 页。

八旗驻防由武转文的历程中，科举的作用至关重要。顺治8年（1651），在吏部官员的一再建议下，清廷开始允许八旗子弟参加乡、会试，但对满、蒙旗人在文字上加以限制。例如，蒙古旗人参加乡试，要求用蒙古文作文一篇，参加会试，则写蒙古文两篇。这种考试中的特殊规定，既有利于巩固蒙古旗人自身的文化，也是为了照顾当时汉文化水平较低的蒙古旗人。顺治14年（1657），旗人参加科举考试被禁止，因顺治帝认为"八旗人民，崇尚文学，怠于武事，以披甲为畏途"①。康熙初，虽然一度恢复旗人科举，又因爆发"三藩之乱"而中止，直到清政府消灭台湾郑氏政权，完成中国统一大业之后，才于康熙26年（1687）允许八旗子弟参加科举考试，而且规定满、蒙旗人也要使用汉文，按照汉族同样试题参加考试。乾隆22年（1757），科举恢复试诗制度，就在同一年，康熙年间八旗文试前所加的骑、射考试亦停止。主要教习满洲、蒙古书及弓箭的八旗蒙古义学也于次年被裁汰。② 乾隆21年（1756）归旗制度废除③，嘉庆18年（1813）驻防科举本地化进程完成，此后，驻防八旗开始在驻防地参加科举考试，且受到驻防地文化的影响愈益深厚。

与此同时，八旗武备日渐松弛。为此，道光帝在道光23年（1843）谕令："近年以来，各驻防弁兵子弟，往往骛于虚名，浮华相尚，遂致轻视弓马，怠荒武备；其于应习之清语，视为无足重轻，甚至不能晓解……（驻防子弟）应文试者，必应试以翻译，庶不至专习汉文，转荒本业。"④ 应试内容的更改与驻防旗人汲汲于功名有一定关系，但主要源于彼时满语的衰落态势。清廷试图以科举制度的改革来改变驻防八旗习练汉文日益纯熟而母语逐渐被忘却的现象。翻译科举分为满洲翻译科和蒙古翻译科。满洲翻译科分两部分进行，首场以满文书写四书、孝经、性理论各一篇，第二场用满文翻译一篇汉文。自翻译科举设立以来，蒙古翻译科因

---

① 《清世祖实录》卷1，第23页。

② 八旗蒙古义学主要招收佐领下幼童或十岁以上者，教习满洲、蒙古书和弓箭。据《钦定八旗通志》等史料所载，清廷于乾隆23年（1758）裁汰了八旗蒙古义学，见王风雷：《蒙古族全史·教育卷》下，内蒙古大学出版社2013年版，第608页。

③ 乾隆21年（1756）谕令："嗣后驻防兵丁，著加恩准其在外置立产业，病故后，即著在各该处所埋葬，其寡妻停其送京。"《清实录·高宗实录》卷506，中华书局1986年版，第379页。

④ 中国第一历史档案馆编：《嘉庆道光两朝上谕档》第48册，广西师范大学出版社2000年版，第391页。

应试人数过少一直未予举行,所以蒙古八旗只能参加满洲翻译科翻译会试。然而,这样的亡羊补牢之举,对驻防八旗而言却是矫枉过正之举。改试翻译科后,多数驻防在最初的应试之年都因"人数未敷,停设中额"①。如荆州驻防在道光26年(1846)中翻译举人一人,广州驻防及杭州驻防自道光29年(1849)始中二人,京口驻防则在咸丰元年(1851)才有一人,说明各地驻防旗人对满语的掌握水平不但存在差异,也掌握得非常不够。针对仅开驻防翻译科试导致的驻防八旗科举仕进之路塞涩的状况,请求恢复文闱科举的奏议不断出现,如道光30年(1850)安徽学政李嘉端以恐读书之士日稀奏请,但以"似属太骤"②被驳回。这样的呼声在十几年后终于有了回响。咸丰11年(1861)大学士祁寯藻以"现在翻译考试,各省遵行已历有年,其驻防八旗中通达汉文积学之士,不克观光,诚为可惜"③,奏请恢复旧例,后予以准行。同治元年(1862)始,各省驻防"文闱与翻译兼行"④。

　　与考试内容艰难确定的矛盾同时存在的是,清廷在具体科考录取中从优增加录取蒙古旗人,这其实在一定程度上鼓励了八旗士子读书应考。童生考试是科举的初级考试,竞争最为激烈。汉族人一般是50名童生录取1名生员,蒙古旗人则较为容易。嘉庆初年"在京八旗满洲、蒙古童生,额进六十名,核计近年应试人数,均在五、六名内取进一名"⑤。录取率若按5比1计算,蒙古旗人参加童试录取率,是汉族的10倍,实际录取率甚至高于此数。不过,嘉庆年间规定驻防子弟中应试童生需"训习清语、骑射,府学课文艺"⑥。嘉庆帝也表明"其攻肄举业者,仍当娴习骑射,务臻纯熟"⑦。驻防子弟在乡会试前需经地方长官检查骑射技艺,合格后才可参加后续考试。清代各省乡试,录取举人有固定名额,蒙古旗人在顺天参加乡试,顺治8年(1651)首次乡试录取20名

---

① (清)张大昌辑,白辰文点校:《杭州八旗驻防营志略》,第109页。
② 《八旗贡监生员笔帖式等科举》,光绪《钦定科场条例》卷6,《近代中国史料丛刊三编》第48辑,文海出版社1989年版,第389—390页。
③ 长善等纂,马协弟、陆玉华校注:《驻粤八旗志》,第338页。
④ 《清实录·穆宗实录》卷38,中华书局1987年版,第1026页。
⑤ 《大清会典事例》卷381,第23页。
⑥ 赵尔巽等:《清史稿》卷106,中华书局1976年版,第3117页。
⑦ 《清实录·仁宗实录》卷62,中华书局1986年版,第832页。

举人。乾隆初年，顺天地区名额最多，达到135人。如此，会试录取名额也会相应增加。乾隆9年（1744），"定为满、蒙二十七，汉军十二。……会试初制，满洲、汉军进士各二十五，蒙古十。康熙九年，编满、合字号，如乡试例，各中四名"①。据此，蒙古旗人乡、会试都有专设名额，而且录取较易。

科举试诗制度极大地调动了八旗蒙古诗人汉诗写作的热情，而前文所述的18位有诗集留存的驻防八旗蒙古诗人中，仅有三多、果勒敏是袭职，成塈是女性，没有科考机会，蠻清因骤开翻译科，被迫放弃科试，其他14位俱是科举中试者。八旗驻防踊跃参加科举，八旗诗人也因此大量增加。

清代的蒙古族汉诗创作不但有时间性也有空间性。从空间上来看，蒙古族汉诗创作有明显的从京师到八旗驻防地方的分布态势。清代蒙古族汉诗创作的繁盛期始于乾嘉时期，彼时，八旗驻防诗人中只有零星创作。这是因为随着清廷对汉文化学习的深入，在政治中心和文化中心的京师，蒙古族汉诗创作蔚然成风。而驻防地诗人与汉文学的融合，更多地受到了制度的规约。但至嘉道时期，当驻防安养制度和科举制度定型后，八旗驻防地的蒙古汉诗创作活动与京师此消彼长，文学写作渐成气候。由京师到驻防地，蒙古族汉诗创作均发生了极大的变化。但是，由于这些活跃在京师或者驻防地的诗人，都出身于由武转文的家族，祖先都是弓马骑射的游牧民族，他们身上始终都有蒙古民族的因子在，即使他们的蒙古民族文化特性并不鲜明。事实上，这些由草原走向都城的蒙古诗人及其后代，是蒙古民族文化与中原汉文化两种文化重建的结果。

元明清蒙古族汉诗创作者的祖先都不以文学、学术见长，而以武勇善战著称。他们的后代由武转文，大抵处于蒙古社会的中层或其上阶级。蒙古社会中的下层阶级为世代生活在草原上的牧民，地位卑下及实力薄弱，不易进入城市，更没有机会接触汉文化。来自不同地域的蒙古族汉诗写作者，在学术背景和艺术倾向上往往不同，因此即便是在场合性作品中，他们一方面保持着自己的个性，注重个人情感的表达；另一方面却也因为他们共有的民族属性和相似的八旗官学教育背景，有着普遍相似的文化价值

---

① 《清史稿》卷108。

观念和文学观念。

　　蒙古族汉诗创作的进步得益于蒙古族创作者对汉诗追慕所形成的文学风气。中国古典诗歌的成就对于蒙古族汉诗发展的促进作用，一向被视为蒙古族汉诗发展的最为重要的因素。在此种情况下，过去的诗歌史研究一般是不把蒙古族汉诗创作纳入研究体系的，且一般认为是古典诗歌主导了少数民族汉诗创作的发展方向，并影响了其文学成就。而事实上，中国古代蒙古族汉诗创作的历史发展遵循了它自身的道路。在元明清历史变迁之中所形成的蒙古族汉诗创作发展局面，与中国古代诗歌史的发展并不相侔。中国古代蒙古族汉诗创作的巨大价值，正是在于它在七百年的民族融合和历史变革过程中，产生了能够使少数民族汉诗创作延续发展的发展机制。这个发展机制的内涵中有从中国古典诗歌中汲取的传统，也有从时代变革中激发出的新的质素。它逐渐形成，逐渐发展，也逐渐成熟并演进。蒙古族为汉诗创作所带来的特质，仍然是中华文学发展形态因素中值得重视，也是需要重新审视的。可以说，在约七百年的漫长历史变迁中，蒙古族汉诗的发展空间经历了这样的折返：在古典诗歌的发展遭到挫折的同时，作为统治民族的蒙古族中滋生出来的进入城市的汉诗写作者，同汉族和其他少数民族创作者一道，把古典诗歌弘扬发展开来，并形成具有自身特色的蒙古族汉诗创作群体。不过，这一群体随着蒙元统治的终结而渐至消亡，但草蛇灰线，在明代依旧有留存者。清朝建立后，向城市聚拢、回归的蒙古族，传承和创新汉诗创作，并推进蒙古族汉诗发展走向繁荣。这种在城市中上层士人中繁育出的巨大的文化再生力量，使得蒙古族汉诗创作发展秩序，可以适应战乱，适应不同民族统治，适应意识形态的变化而不断获得存续和重生。

　　总之，从社会历史变迁这个视角来看蒙古族汉诗的发展，将引出一系列的问题。比如，建立在民族基础之上的蒙古族汉诗发展机制究竟具有怎样的特点？蒙古族是如何从草原上的游牧民族走向城市后迅速接受了汉文学而开始汉诗创作，又拥有怎样的作品类型和艺术旨趣？他们在蒙古族统治下的创作和在汉族统治下、满族统治下的创作有何不同？他们和不同民族统治下的国家政治、宗教信仰和文学群体之间又会发生怎样的关系？而这些复杂的问题一旦提出，元明清的诗学思潮就不再作为问题讨论的背景而存在，而是它本身也将成为讨论的对象。在历史变迁和社会空间发展等历史条件下研究蒙古族汉诗发展史，不仅可以更为深入地呈现中国古代蒙古族汉诗创作发展历程，也能更好地揭示元明清诗歌差异产生的原因。也能更为深刻地理解，在元代和清代似乎有所改变的中国古典诗歌的发展结构，究竟是如何在社会历史的变迁中重建了它的发展秩序，又如何最终走向解体。

二

中国古代蒙古族汉诗创作文献整理和研究逐渐进入学者的视野，经过研究起步阶段、发展阶段和拓展深入期，已经形成了一定的研究体系，按照研究的对象大概分为个体或群体文献整理、蒙汉文学关系研究、个体或区域性蒙古族汉诗创作研究、家族文学研究、跨民族跨时代诗歌接受美学研究、诗坛诗学思潮中的蒙古族汉诗研究等，目前已经积累了丰富的成果。而上述研究，不外乎诗歌本体与本体之外的研究两个方面。故此，拟撮其要，大概观览文学史流变中的元明清蒙古族汉诗创作研究：

一、诗歌本体研究

文本是文学研究的基础。元以来，已有不少文人关注了蒙古族诗人的汉诗创作，刊刻作品，助其传播。选录元代蒙古族汉诗的选本有：元末蒋易《皇元风雅》，傅习、孙存吾《元风雅》，顾瑛《玉山名胜集》《玉山名胜外集》，苏天爵《元文类》；明代偶桓《乾坤清气》，孙原理《元音》，宋绪《元诗体要》，释来复《澹游集》；清代陈焯《宋元诗会》，张豫章《御选宋金元明四朝诗》，顾嗣立《元诗选》《元诗选癸集》，钱熙彦《元诗选补遗》，陈衍《元诗纪事》，张景星《元诗别裁集》；当代有邓绍基《金元诗选》，杨镰《全元诗》、王叔磐、孙玉溱《元代少数民族诗选》，而王叔磐等人编录的《古代蒙古族汉文诗选》，则囊括了元明清三代诗人作品。萨都剌、泰不华、聂镛、郝天挺、月鲁不花、察伋、伯颜等人作品是这些诗集选录的重点。但在诗人族属认定上，诗集之间还有较大差异，最为典型的就是萨都剌，其他诸如观音奴、完泽、买闾、答禄与权、察伋，究竟是否为蒙古族人，各家也结论不一。明代的蒙古族诗人寥寥无几，苏祐及子孙是为代表，俞宪《盛明百家诗》、陈子龙《皇明诗选》、陈田《明诗纪事》、朱彝尊《明诗综》、沈德潜《明诗别裁集》等选录其作品。清代蒙古族汉诗创作盛于元代，清沈德潜《国朝诗别裁集》、铁保《熙朝雅颂集》、符葆森《国朝正雅集》、孙雄《道咸同光四朝诗史》、延清《遗逸清音集》、近人徐世昌《晚晴簃诗汇》、当代钱仲联《清诗纪事》

均辑录相关诗人作品。除诗歌总集外,当代学者还致力于个体诗集的整理点校,20世纪80年代有《萨都剌诗选》[①],90年代有《萨都剌诗词选译》[②]《那逊兰保诗集三种》[③]《倭仁集注》[④],进入21世纪有《梧门诗话合校》[⑤]《西藏赋》[⑥]《法式善诗文集》[⑦]等。应该说,有存世诗集的元明清蒙古族诗人都不同程度地得到了学界的关注。

在辑录诗歌的基础上,学界开始将蒙古族文人视为一个创作群体,进行梳理概括。1980年《内蒙古社会科学》连载了朱永邦的《元明清蒙古族汉文著作家简介》。1983年谢启晃做了《少数民族人物志》(民族出版社),1988年门岿对一些蒙古族诗人的身份和族属做出考证[⑧],1990年赵相璧出版《历代蒙古族著作家述略》(内蒙古人民出版社)。世纪之交,白·特木尔巴根出版《古代蒙古作家汉文创作考》(内蒙古教育出版社2002年)。十多年后,多洛肯《元明清少数民族汉语文创作诗文叙录》(中国社会科学出版社2014年)收录元明清近140位蒙古族文人创作目录。这些对古代蒙古族诗人群体的勾勒,虽稍显粗略,但呈现了中国古代蒙古族诗人创作的基本面貌。

与此同时,学界也一直致力于诗人、作品的详考,著名诗人理所当然成为关注重点。

早在民国时期,《浙江省通志馆馆刊》(1945年2月15日)就刊载了张陈烈的《元台州泰不华殉难年日考》,其后,王叔磐《泰不华传略与族籍考正》[⑨]、云峰《元代状元泰不华族籍考》[⑩]通过详细考证论述泰不华当属蒙古族。萨都剌的生平存在较大争议,因此学者对其考证颇为重视,20

---

① 刘试骏、张迎胜、丁生俊编:《萨都剌诗选》,宁夏人民出版社1982年版。
② 龙德寿编:《萨都剌诗词选译》,巴蜀书社1994年版。
③ 孙玉溱编:《那逊兰保诗集三种》,内蒙古大学出版社1991年版。
④ 张凌霄编:《倭仁集注》,内蒙古人民出版社1992年版。
⑤ 张寅彭、强迪艺编校:《梧门诗话合校》,凤凰出版社2005年版。
⑥ 池万兴等校注:《西藏赋》,齐鲁书社2013年版。
⑦ 张寅彭、刘青山编校:《法式善诗文集》,人民文学出版社2015年版。
⑧ 门岿:《元代蒙古族及色目诗人考辨》,《文学遗产》1988年第5期。
⑨ 王叔磐:《泰不华传略与族籍考正》,《内蒙古社会科学》1991年第3期。
⑩ 云峰:《元代状元泰不华族籍考》,《中央民族大学学报》(哲学社会科学版),2017年第5期。

世纪八九十年代，林松、张旭光、王叔磐、周双利、刘真伦、桂栖鹏、萨兆沩、白朝晖等众多学者专注于此。① 进入21世纪以来，杨光辉《萨都剌生平及著作实证研究》②、刘真伦《陈垣先生〈萨都剌疑年〉补证》③ 继续推进了萨都剌基本资料的考证，而张旭光、龚世俊、杨光辉、段海蓉则致力于萨都剌作品的考证。④ 近些年对萨都剌的考证已转向细节，如毛建雷《日僧中岩圆月的萨都剌记述考》⑤、周明初《萨都剌入方国珍幕府说辨析》⑥ 就是显例。答禄与权也同时成为学者关注点。杨镰《答禄与权事迹钩沉》⑦ 论及其诗歌创作，《双语诗人答禄与权新证》⑧ 认为答禄与权是中国文学史唯一的乃蛮籍双语诗人，文章从双语文学史、西域人华化等角度入手，结合其家族聚落地河南洛宁的实地调研，对答禄与权作了专题研究。白·特木尔巴根《元代蒙古族文学评点家郝天挺和他的〈唐诗鼓吹集注〉》（2003）援引丰赡的史籍考证了元代蒙古族文学评点家郝天挺的生平和著述，并在此基础上对其《唐诗鼓吹集注》进行了评介和论述，涉猎的问题包括该著的特点、价值、版刻流传及其影响等诸多方面。

---

① 主要有林松、白崇人：《萨都剌族籍考》，《中央民族学院学报》1979年第4期；张旭光：《回族诗人萨都剌姓氏年辈再考订》，《扬州师院学报》（社会科学版）1983年第3期；王叔磐：《关于萨都剌的族属、家世、籍贯、生卒年、一生官历问题的考证》，《内蒙古大学学报》（哲学社会科学版）1986年第4期；周双利《萨都剌年谱》，《内蒙古民族学院学报》1987年第2期；刘真伦《萨都剌生年小考》，《晋阳学刊》1989年第5期；桂栖鹏：《萨都剌卒年考——兼论干文传〈雁门集序〉为伪作》，《文学遗产》1993年第5期；萨兆沩：《萨都剌考》，北京燕山出版社1997年；白朝晖：《萨都剌生年新考》，《古籍整理研究学刊》1999年第2期。

② 杨光辉：《萨都剌生平及著作实证研究》，高等教育出版社2005年版。

③ 刘真伦：《陈垣先生〈萨都剌疑年〉补证》，《民族文学研究》2008年第3期。

④ 张旭光、葛兆光：《萨都剌集版本考》，《扬州师院学报》1986年第1期；龚世俊：《日本刊〈萨天锡杂诗〉考论——兼谈萨都剌集版本》，《民族文学研究》2005年第2期；杨光辉：《萨都剌佚作考》，《文献》2003年第3期；杨光辉：《和刻本萨都剌集版本考》，《民族文学研究》2006年第3期；段海蓉：《萨都剌诗歌辨伪管窥》，《中国社会科学院研究生院学报》2007年第3期；段海蓉：《萨都剌〈雁门集〉（十四卷本）辨误》，《新疆大学学报》（哲学人文社会科学版）2015年第6期。

⑤ 毛建雷：《日僧中岩圆月的萨都剌记述考》，《佳木斯大学社会科学学报》2016年第3期。

⑥ 周明初、王禹舜：《萨都剌入方国珍幕府说辨析》，《南京师大学报》（社会科学版）2017年第3期。

⑦ 杨镰：《答禄与权事迹钩沉》，《新疆大学学报》1993年第4期。

⑧ 杨镰：《双语诗人答禄与权新证》，《许昌学院学报》2012年第6期。

清代蒙古族诗人大家非法式善莫属,杨勇军博士论文考证了法式善的家世、政治经历、政治隐喻诗、交游以及在文献学方面的贡献等内容①。在此基础上,他陆续发表《法式善家世考》《法式善整理文献考》《法式善尊崇李东阳考》②。李淑岩也曾就法式善生平展开探讨。③ 强迪艺《〈梧门诗话〉是如何从十二卷变十六卷的》④ 对比了北图本与台湾本《梧门诗话》的流变。此外,学界也关注了其他蒙古族诗人生平及著述。如杜家骥《清代蒙古族女诗人那逊兰保及其相关问题考证》⑤,方华玲《博明生卒年份考辨》⑥,孙文杰《〈清史稿·和瑛传〉新证》《和瑛生平考论》⑦,孙文杰、张亚华《清代蒙古族文人和瑛〈易简斋诗钞〉集外诗辑释》⑧,严寅春《和瑛著述考》⑨《西藏赋》的版本及流传⑩。应该说,学界在基础文献积累层面已经取得了丰厚的成果,诗人生平、作品已经有了大致的框定。由此,近些年学界基础文献考证的努力方向由大致钩陈转为精耕细作,不断发现新材料。如李淑岩《〈法式善诗文集〉集外诗文补遗四十二则》⑪、杨贵环《镇江方志所录萨都剌诗及其史料价值》⑫ 等。

在诗人诗作文献考辨明晰后,学界最初的研究重心在于概述诗人特点诗歌风格。早在 20 世纪 60 年代,长安、曹马就在报纸上刊文介绍萨都

---

① 杨勇军:《法式善考论》,华东师范大学 2013 年。
② 杨勇军:《法式善家世考》,《民族文学研究》2013 年 4 期;《法式善整理文献考》,《古籍整理研究学刊》2014 年第 6 期;《法式善尊崇李东阳考》,《海南大学学报》2015 年第 2 期。
③ 李淑岩:《法式善生平若干问题考论》,《古籍整理研究学刊》2013 年第 4 期。
④ 强迪艺:《〈梧门诗话〉是如何从十二卷变十六卷的》,《图书馆杂志》2004 年第 8 期。
⑤ 杜家骥:《清代蒙古族女诗人那逊兰保及其相关问题考证》,《民族研究》2006 年第 3 期。
⑥ 方华玲:《博明生卒年份考辨》,《石家庄学院学报》2014 年第 1 期。
⑦ 孙文杰:《〈清史稿·和瑛传〉新证》,《兰台世界》2016 年第 9 期。《和瑛生平考论》,《黑河学刊》2016 年第 4 期。
⑧ 孙文杰、张亚华:《清代蒙古族文人和瑛〈易简斋诗钞〉集外诗辑释》,《内蒙古民族大学学报》(社会科学版) 2020 年第 4 期。
⑨ 严寅春:《和瑛著述考》,《古籍整理研究学刊》2014 年第 2 期。
⑩ 严寅春:《和瑛〈西藏赋〉的版本及流传》,《西藏研究》2016 年第 6 期。
⑪ 李淑岩:《〈法式善诗文集〉集外诗文补遗四十二则》,《明清文学与文献》2016 年 00 期。
⑫ 杨贵环:《镇江方志所录萨都剌诗及其史料价值》,《镇江高专学报》2020 年第 4 期。

刺。① 进入80年代，赵相璧发表了系列论文，介绍清代蒙古族诗人那逊兰保、法式善、博明②。1983年白·特木尔巴根介绍了伯颜的诗歌，并分析了松筠创作的价值，后又关注了延清和梦麟③。1986年云峰在《元代蒙古族汉文诗歌漫谈》④概述了伯颜、泰不华等蒙古族诗人的作品，随后他开始以蒙古族汉文诗歌研究为方向，介绍了多位诗人的简要生平及作品大致特点。⑤ 同期，周双利发表《自是诗人有清气，出门千树雪花飞——萨都剌诗歌创作的艺术特色》⑥，白乙拉有《元代蒙古族诗人泰不华》⑦。李延年认为萨都剌的诗风雄浑清雅兼具⑧，在妇女题材诗中表现出进步倾向⑨。

---

① 长安：《萨都剌和他的诗词》，《新民晚报》1960年10月31日；曹马：《萨都剌的他的词》，《羊城晚报》1961年2月5日。

② 赵相璧：《清代蒙古族女诗人那逊兰保》，《内蒙古社会科学》1982年第4期；《用汉文著作的蒙古族学者兼诗人——法式善》，《蒙古学信息》1982年第4期；《清代蒙古族诗人博明》，《内蒙古社会科学》1985年第3期。

③ 白·特木尔巴根：《伯颜丞相和他的诗》，《内蒙古师范大学学报》（哲学社会科学版）1983年第7期；《松筠和他的〈厄鲁特旧俗纪闻〉》，《内蒙古大学报》1983年第4期；《清代蒙古族诗人延清及其〈奉使车臣汗记程诗〉》，《内蒙古师范大学学报》1985年第1期；《试论梦麟的〈大谷山堂集〉》，《内蒙古民族师院学报》（哲学社会科学·汉文版）1992年第2期。

④ 云峰：《元代蒙古族汉文诗歌漫谈》，《中央民族大学学报》（哲学社会科学版）1986年第3期。

⑤ 主要包括：《清代蒙古族诗人梦麟及其作品述评》，《民族文学研究》1985年第3期；《法式善诗歌美学观简论》，《中央民族学院学报》1988年第3期；《清代蒙古族诗人柏春诗歌述评》，《民族文学研究》1989年第2期；《近代蒙古族现实主义诗人延清》，《新疆社科论坛》1991年第2期；《清代蒙古族作家锡缜的诗文》，《中央民族学院学报》1991年第4期；《述诸边风土 补舆图之阙——论和瑛及其诗歌创作》，《乌鲁木齐职业大学学报》1993年第1、2期。

⑥ 周双利：《自是诗人有清气，出门千树雪花飞——萨都剌诗歌创作的艺术特色》，《固原师专学报》1987年第1期。

⑦ 白乙拉：《元代蒙古族诗人泰不华》，《内蒙古师范大学学报》（哲学社会科学版）1988年第3期。

⑧ 李延年：《雄浑清雅——萨都剌诗歌创作阳刚美、阴柔美初探》，《河北师范大学学报》（哲学社会科学版）1988年第3期。

⑨ 李延年：《试谈萨都剌别开生面的妇女题材诗》，《河北师范大学学报》（哲学社会科学版）1996年第4期。

而清代蒙古族诗人和瑛①、法式善②、博明③、升允④、燮清⑤、那逊兰保⑥等获得了学界越来越多的关注。其中法式善研究已渐成热点，代表学者是魏中林，他思考了法式善和乾嘉诗坛的关系，⑦对其诗学思想作简要分析。⑧法式善的诗学思想集中体现在《梧门诗话》中，陈少松《评法式善〈梧门诗话〉》⑨、刘靖渊《谈乾嘉之际诗歌的发展——兼述〈梧门诗话〉》⑩亦是对法式善诗学思想的回应。这一时期的成果奠定了后来的研究基础，丰富了古代文学研究的民族内涵。

进入21世纪，概述类文章已明显减少，对诗人作品研究趋于细致，何方形《泰不华诗歌创作初论》⑪、严程《清代蒙古族女诗人那逊兰保的创作历程》⑫就是这种改变的肇端。

近二十年针对诗歌本体研究呈现出如下趋向：首先是对诗人代表性作品进行深入分析，着意于挖掘作品的文学审美内涵和历史价值所在。萨都

---

① 星汉：《蒙古族诗人和瑛西域诗简论》，《新疆师范大学学报》1986年第2期。
② 马清福：《蒙古族文艺理论家法式善》，《民族文学研究》1986年第2期；席永杰：《法式善和他的〈陶庐杂录〉》，《内蒙古民族学院学报》（哲学社会科学版），1995年第4期。
③ 白凤岐：《略谈博明的〈凤城琐录〉》，《满族研究》1988年第3期。
④ 孙玉溱：《末代孤臣的哀鸣——清末蒙古族诗人升允简介》，《内蒙古大学学报》（哲学社会科学版）1987年第4期。
⑤ 孙玉溱：《鸦片战争炮火中的幸存者——蒙古族诗人燮清》，《内蒙古大学学报》（哲学社会科学版）1988年第3期。
⑥ 孙玉溱：《蒙古民族的"易安居士"》，《内蒙古大学学报》（哲学社会科学版）1989年第4期；魏中林：《心情自得诗书味 情深只好寄诗看——清代蒙古族女诗人那逊兰保诗歌创作简论》，《民族文学研究》1989年第6期；白代晓：《那逊兰保及其〈芸香馆遗诗〉》，《内蒙古社会科学》1992年第6期；祝注先：《清代满族、蒙古族的妇女诗歌》，《中南民族学院学报》（哲学社会科学版）1997年第4期。
⑦ 魏中林：《法式善与乾嘉诗坛》，《民族文学研究》1992年第3期。
⑧ 魏中林：《法式善的诗学思想及其在乾嘉诗坛上的地位》，《民族文学研究》1993年第3期。
⑨ 陈少松：《评法式善〈梧门诗话〉》，《南京师大学报》（社会科学版）1999年第5期。
⑩ 刘靖渊：《谈乾嘉之际诗歌的发展——兼述〈梧门诗话〉》，《内蒙古师范大学学报》（哲学社会科学版）1999年第6期。
⑪ 何方形：《泰不华诗歌创作初论》，《民族文学研究》2007年第1期。
⑫ 严程：《清代蒙古族女诗人那逊兰保的创作历程》，《民族文学研究》2017年第5期。

刺和法式善依然是热门研究对象。萨都剌的边塞诗①、宫词与艳情诗②、题画诗③、涉道诗④皆有专文论述。蒋寅《法式善：乾嘉之际诗学转型的典型个案》⑤是对法式善诗学思想的特点、地位、影响深入中肯的总结，是法式善研究的代表性成果。此前学界多通过《梧门诗话》理解法式善的诗学观，李淑岩将《八旗诗话》也纳入研究视野⑥，她还关注了法式善的题画诗⑦。后连续发表《法式善的宋诗趣尚》⑧和《法式善"宗陶"趣尚与乾嘉士林的隐逸之风》⑨，对法式善诗歌的审美特点进行了更为细致的分析。至于其他诗人，周振荣有《延清及其〈庚子都门纪事诗〉研究》⑩，马涛有《论清代蒙古诗人和瑛〈易简斋诗钞〉的理学底蕴》⑪，后者尤其体现出了作者对文本的细读及挖掘功力。另外，还有一些学者通过比较研究确立诗人创作特点，如刘淮南《萨都剌与元诗"四大家"之比较》⑫，刘青山《北方盟主与南地才子——法式善、洪亮吉之比较》⑬，包晓华《蒙古族女诗人那逊兰保与李清照之比较》⑭等。

其次是运用文学理论分析作品，突出文章的学理性。在这方面，米彦

---

① 龚世俊：《试论萨都剌的边塞诗歌》，《宁夏大学学报》（人文社会科学版）2000年第3期。
② 龚世俊、皋于厚：《试论萨都剌的宫词与艳情诗》，《宁夏大学学报》（人文社会科学版）2005年第6期。
③ 岳振国：《元代回族诗人萨都剌的题画诗研究》，《民族文学研究》2010年第2期；刘淮南：《萨都剌的题画诗》，《忻州师范学院学报》2015年第6期；赵延花：《萨都剌江南山水诗中的画意》，《内蒙古大学学报》（哲学社会科学版）2018年第2期。
④ 龚世俊：《萨都剌的涉道诗及其符号意义》，《学术交流》2008年第7期。
⑤ 蒋寅：《法式善：乾嘉之际诗学转型的典型个案》，《江汉论坛》2013年第8期。
⑥ 李淑岩：《论〈八旗诗话〉与法式善的诗学观》，《学术交流》2012年第5期。
⑦ 李淑岩：《法式善题画诗与京师文士生活趣尚》，《文艺评论》2015年第8期。
⑧ 代亮：《法式善的宋诗趣尚》，《民族文学研究》2019年第3期。
⑨ 李淑岩：《法式善"宗陶"趣尚与乾嘉士林的隐逸之风》，《民族文学研究》2020年第1期。
⑩ 周振荣：《延清及其〈庚子都门纪事诗〉研究》，《安徽文学》2009年第2期。
⑪ 马涛：《论清代蒙古诗人和瑛〈易简斋诗钞〉的理学底蕴》，《民族文学研究》2017年第2期。
⑫ 刘淮南：《萨都剌与元诗"四大家"之比较》，《中国文学研究》2016年第1期。
⑬ 刘青山：《北方盟主与南地才子——法式善、洪亮吉之比较》，《中国文学研究》2014年第1期。
⑭ 包晓华：《蒙古族女诗人那逊兰保与李清照之比较》，《大连民族学院学报》2011年第2期。

青是代表性学者。她自开始研究蒙古族汉文创作,就以清代蒙古族诗人对唐诗的接受为方向,《清代蒙古族诗人和瑛与他的〈易简斋诗钞〉》《清代蒙古诗人博明与其〈义山诗话〉》[①]已体现出接受美学的研究范式,此后,《论唐代"王孟"诗风对法式善诗歌创作的影响》《从〈梧门诗话〉看法式善的唐诗观》《论李杜对清代蒙古族诗人梦麟诗歌风格和意象形成的影响》《唐诗对清中期蒙古族汉诗创作的影响》《论锡缜及其诗歌的现实主义叙事风格》《杜甫"诗史"创作对延清〈庚子都门纪事诗〉的影响》[②] 更为明确地运用接受美学理论展开研究。米彦青将这一方向研究成果集结成著作《接受与书写:唐诗与清代蒙古族汉语韵文创作》,她在绪论中指明了以接受美学为方向的研究意义,"从审美的、理论的、阐释学和接受美学的角度做进一步的思考,以求对本书意义获得更深的理解,然后在深入理解的情况下,通过对个体诗人在诗史上的接受状况的研究,从而对诗歌创作、诗学原理和接受规律诸方面做出新的探索"[③]。这部著作突破了她以往对个体蒙古族诗人接受唐诗研究的局限,转向对清代蒙古族文人汉语韵文创作群体的唐诗接受研究。在文本细读的基础上,对清代诸多蒙古族重要的诗人和诗人群体的唐诗接受进行了细致的论述,一些汉诗创作较少,且尚未被学人充分注意的蒙古族诗人的唐诗接受也给予考量,借此观照唐诗与清诗中蕴含的丰富的历史观、社会观和人生观。这一方向的研究较为完整地呈现了清代蒙古族文人汉语韵文创作接受唐诗的全貌,揭示了蒙汉民族之间文化交流、文学融合

[①] 米彦青:《清代蒙古族诗人和瑛与他的〈易简斋诗钞〉》,《内蒙古社会科学》(汉文版) 2006年第4期;《清代蒙古诗人博明与其〈义山诗话〉》,《内蒙古大学学报》(哲学社会科学版) 2009年第5期。

[②] 米彦青:《论唐代"王孟"诗风对法式善诗歌创作的影响》,《南京师大学报》(社会科学版) 2010年第1期;《从〈梧门诗话〉看法式善的唐诗观》,《内蒙古大学学报》(哲学社会科学版) 2010年第2期;《论李杜对清代蒙古族诗人梦麟诗歌风格和意象形成的影响》,《阅江学刊》2013年第1期;《唐诗对清中期蒙古族汉诗创作的影响》,《中国文学传播与接受研究论文集》,岳麓书社2013年版;《论锡缜及其诗歌的现实主义叙事风格》,《民族文学研究》2014年第3期;《杜甫"诗史"创作对延清〈庚子都门纪事诗〉的影响》,朝戈金等主编《全媒体时代少数民族文学的选择》,中国社会科学出版社2016年版,第100页。

[③] 米彦青:《接受与书写:唐诗与清代蒙古族汉语韵文创作》,中国社会科学出版社2014年版,第1页。

的过程，具有很强的系统性与深入度。对跨民族的接受美学研究有开创之功。2019 年又发表《时代变局中的"诗史"书写——兼论清代京口驻防创作中的杜诗接受》(《江海学刊》2019 年第 6 期)，在时代变革与社会政治思想变化中，考量跨民族跨时代的文学接受。除米彦青外，还有刘嘉伟、徐爽的《色目诗人萨都剌对李白的接受》[1]，而李延年则考察了后世对萨都剌的传播与接受[2]。严寅春用叙事理论分析了和瑛的《西藏赋》[3]。王冲等人发表的《元代蒙古族诗人近体诗的用韵特点》[4]，以元代 48 位蒙古族作家的近体诗为研究对象，分析了其用韵特点。近些年王冲指导的硕士论文也以此为方向。[5]

再次是运用地域、家族、民族文化、女性等多元视角分析文本。地域是常见的研究视角，尤其是体现出多民族色彩的地域备受学者青睐，如米彦青《清代草原丝绸之路诗歌文学的特质》《清代草原丝路北疆诗作的生命体验与多元文化观》[6]，宋晓云《萨都剌丝绸之路相关题材诗歌创作引论》[7]，王若明《清代蒙古族大臣柏葰出使朝鲜纪行诗研究》[8]，赵延花《清代蒙古行记：地理空间的展现与地方性知识书写》[9]，路海洋《论清代蒙古行记中的纪行诗》[10]。而元代某些地域本身就是蒙汉文化交流的产物，如李陵台、元上都，对这些地域的书写也被学者关注，邱江宁的《元代上

---

[1] 刘嘉伟、徐爽：《色目诗人萨都剌对李白的接受》，《中央民族大学学报》（哲学社会科学版）2013 年第 5 期。

[2] 李延年：《试论传播接受视野中的萨都剌诗歌创作》，《民族文学研究》2006 年第 3 期。

[3] 严寅春：《和瑛〈西藏赋〉叙事策略研究》，《西藏民族大学学报》（哲学社会科学版）2019 年第 1 期。

[4] 王冲：《元代蒙古族诗人近体诗的用韵特点》，《汉字文化》2016 年第 3 期。

[5] 本书仅列一二以作参考，如高丽荣《清代蒙古族诗人法式善古体诗用韵研究》（内蒙古大学 2019 年），刘婧《清代蒙古族诗人法式善近体诗用韵研究》（内蒙古大学 2019 年）。

[6] 米彦青：《清代草原丝绸之路诗歌文学的特质》，《民族文学研究》2017 年第 5 期；《清代草原丝路北疆诗作的生命体验与多元文化观》，《内蒙古大学学报》（哲学社会科学版）2017 年第 4 期。

[7] 宋晓云：《萨都剌丝绸之路相关题材诗歌创作引论》，《民族文学研究》2009 年第 1 期。

[8] 王若明：《清代蒙古族大臣柏葰出使朝鲜纪行诗研究》，《学术探索》2014 年第 9 期。

[9] 赵延花：《清代蒙古行记：地理空间的展现与地方性知识书写》，《苏州大学学报》（哲学社会科学版）2019 年第 1 期。

[10] 路海洋：《论清代蒙古行记中的纪行诗》，《内蒙古社会科学》2020 年第 3 期。

京纪行诗论》① 通过上京纪行诗的繁荣、上京纪行诗的特征以及上京纪行诗的诗学史意义三方面的探讨，指出上京纪行诗是元代诗歌创作中最值得记写的主题，它代表了元诗创作山川奇险、民俗丰富又充满异地乡愁等典型特征，在改变南宋萎靡诗风、拓展诗歌题材、革新传统诗体等方面有其不容忽视的意义。刘嘉伟的《元大都多族士人圈的互动与元代清和诗风》② 以元大都为中心，考察多族士人圈的互动与诗风的关系，认为多元文化的碰撞融合促成了元代诗风的新变。米彦青的《元代草原丝绸之路上的上都书写》③ 认为上都既是流动的草原丝路的东端静止点，又是农牧文化集中交融之处，它所体现出的中国古代王朝中最具独特性的都邑范式，昭示了它所具有的纪念碑性的城市建筑群的意义。文人在对以上都为代表的游牧文化与农耕文化交织而成的新型都邑文化图解中，渐变式地交融、接受草原游牧文明。解读隐含在上都诗作其后的文人心态，可以进一步考察丝路诗歌背后所蕴含的汉文化对于草原游牧民族文化的真实理解，并由此谛视元人的历史观、社会观和人生观。赵延花亦有《元诗中的李陵台》《上都扈从诗的文学地理学解读》④。和瑛、松筠常年在边疆任职，因此学界对二人的研究也具有明显的"地域"色彩——学者来自边疆，研究内容直接和边疆相关。代表作品包括王若明、郝青云《论清代蒙古族作家松筠的咏藏诗》⑤，顾浙秦《松筠和他的〈西招纪行诗〉》⑥，孙文杰《和瑛诗歌与新疆》⑦《和瑛诗歌与西藏》⑧，严寅春《聊述新疆风土

---

① 邱江宁：《元代上京纪行诗论》，《文学评论》2011 年第 2 期。
② 刘嘉伟：《元大都多族士人圈的互动与元代清和诗风》，《文学评论》2011 年第 4 期。
③ 米彦青：《草原丝绸之路上元上都书写》，《西北民族研究》2021 年第 1 期。
④ 赵延花：《元诗中的李陵台》，《内蒙古大学学报》（哲学社会科学版）2014 年第 5 期。《上都扈从诗的文学地理学解读》，《内蒙古大学学报》（哲学社会科学版）2015 年第 3 期。
⑤ 王若明、郝青云：《论清代蒙古族作家松筠的咏藏诗》，《内蒙古民族大学学报》（社会科学版）2009 年第 6 期。
⑥ 顾浙秦：《松筠和他的〈西招纪行诗〉》，《西藏民族学院学报》（哲学社会科学版）2006 年第 1 期。
⑦ 孙文杰：《和瑛诗歌与新疆》，《西域研究》2013 年第 2 期。
⑧ 孙文杰：《和瑛诗歌与西藏》，《西藏大学学报》（社会科学版），2012 年第 4 期。

可补舆图阙如——论和瑛的西域诗》①《论驻藏大臣和瑛的大一统思想——以西藏诗为中心》②，那顺乌力吉《〈西藏赋〉与西藏的自然与社会》③等。

文学家族研究也是近些年较为热门的领域，米彦青和多洛肯为此着墨颇多。米彦青有《清代边疆重臣和瑛家族的唐诗接受》④《清代中期蒙古族家族文学与文学家族》⑤《蒙汉诗歌交流视域中的柏葰家族文学创作》⑥。多洛肯的研究重点在于"梳理总结"，如《清代八旗蒙古文学家族汉语诗文创作述论》⑦《清代后期蒙古文学家族汉文诗文创作述论》⑧《清中叶蒙古族和瑛家族诗歌创作谫议》⑨《中国文学史不可或缺的一部分——清代少数民族文学家族研究》⑩等。

最后是强调诗歌的民族文化特征，特别强调蒙汉文学互融互通。20世纪80年代，黄慧芳、王宜庭就探讨了萨都剌诗词中的民族特征⑪。近十年葛琦⑫和毕兆明⑬就这一问题再次进行了探讨。葛琦认为在萨都剌题画诗中，对自然景观和人文伦理的解读无不渗透着蒙古族的视角。另外还有学

---

① 严寅春：《聊述新疆风土 可补舆图阙如——论和瑛的西域诗》，《和田师范专科学校学报》2013年第6期。
② 严寅春：《论驻藏大臣和瑛的大一统思想——以西藏诗为中心》，《关东学刊》2016年第9期。
③ 那顺乌力吉、郝青云：《〈西藏赋〉与西藏的自然与社会》，《内蒙古民族大学学报》（社会科学版）2015年第6期。
④ 米彦青：《清代边疆重臣和瑛家族的唐诗接受》，《民族文学研究》2010年第2期。
⑤ 米彦青：《清代中期蒙古族家族文学与文学家族》，《内蒙古大学学报》（哲学社会科学版）2011年第2期。
⑥ 米彦青：《蒙汉诗歌交流视域中的柏葰家族文学创作》，《内蒙古大学学报》（哲学社会科学版）2014年第4期。
⑦ 多洛肯：《清代八旗蒙古文学家族汉语诗文创作述论》，《民族文学研究》2013年第3期。
⑧ 多洛肯：《清代后期蒙古文学家族汉文诗文创作述论》，《新疆大学学报》2013年第6期。
⑨ 多洛肯：《清中叶蒙古族和瑛家族诗歌创作谫议》，《兰州文理学院学报》（社会科学版）2016年第4期。
⑩ 多洛肯：《中国文学史不可或缺的一部分——清代少数民族文学家族研究》，朝戈金等主编《全媒体时代少数民族文学的选择》，中国社会科学出版社2016年版，第80页。
⑪ 黄慧芳、王宜庭：《萨都剌诗词的民族特征》，《民族文学研究》1984年第2期。
⑫ 葛琦：《元朝诗人萨都剌题画诗的民族特征》，《文艺评论》2013年第2期。
⑬ 毕兆明：《民族融合视域下的元代北方民族汉文诗文类特征综述——以萨都剌的汉文诗创作为例》，《黑龙江民族丛刊》2017年第2期。

者寻找诗歌中的民族语言元素，如严寅春的《藏语入诗添意趣　文化融合谱华章——论和瑛以藏语语汇入诗的意趣》①，周春兰的《延清〈奉使车臣汗记程诗〉对音译蒙语的运用》②。另外需要指出的是，对那逊兰保的研究还体现出了女性视角，如阿如那③的系列文章。

二、本体之外：诗人与社会关系研究

诗歌本体之外的研究，是对诗人心态、交游与社会关系的研究，进而从思想史、社会史、制度史等层面思考蒙古族汉文创作的价值和意义。

诗言志，通过诗歌分析诗人心态，是古代文学研究中常见的视角。马信《从萨都剌诗歌创作看其心态演变》④，朱胜楠《从萨都剌赠答诗看其诗歌创作的心态变化》⑤是对萨都剌心态的审视。李柏霖关注了延清的心态，见于《晚清蒙古诗人延清创作心态及其诗风嬗变》⑥。张丽华有《论八旗诗人延清的遗民情怀——兼及民初八旗遗民诗人的群体特征》⑦。而在蒙古族诗人心态方面，李桔松的研究更具代表性，他的《从〈可园诗钞〉看三多任库伦办事大臣前后之心路历程》《记忆、塑造和认同——清杭州〈城西古迹考〉〈柳营谣〉解读》⑧分析细致，引入社会心理学更是提升了个体心态研究的社会意义。

---

① 严寅春：《藏语入诗添意趣　文化融合谱华章——论和瑛以藏语语汇入诗的意趣》，《和田师范专科学校学报》2015年第1期。

② 周春兰：《延清〈奉使车臣汗记程诗〉对音译蒙语的运用》，《山西档案》2018年第1期。

③ 阿如那：《蒙古族"易安居士"那逊兰保——家庭、民族、性别对其诗歌创作的影响》，《呼伦贝尔学院学报》2006年第3期；《诗集〈芸香馆遗诗〉题材分析》，《长沙大学学报》2009年第1期；《诗集〈芸香馆遗诗〉所反映出来的民族精神》，《内蒙古民族大学学报》2009年第1期。

④ 马信：《从萨都剌诗歌创作看其心态演变》，《长沙铁道学院学报》（社会科学版）2010年第1期。

⑤ 朱胜楠：《从萨都剌赠答诗看其诗歌创作的心态变化》，《江西科技学院学报》2016年第1期。

⑥ 李柏霖：《晚清蒙古诗人延清创作心态及其诗风嬗变》，《兰州大学学报》（社会科学版）2018年第1期。

⑦ 张丽华：《论八旗诗人延清的遗民情怀——兼及民初八旗遗民诗人的群体特征》，《语文学刊》2020年第6期。

⑧ 李桔松：《从〈可园诗钞〉看三多任库伦办事大臣前后之心路历程》，《中国边疆史地研究》2016年第2期；《记忆、塑造和认同——清杭州〈城西古迹考〉〈柳营谣〉解读》，《贵州社会科学》2019年第2期。

交游诗直接反映了诗人的社交网络，对于还原诗人生活环境，把握时代风气具有重要价值，历来为学者所重视。对蒙古族诗人交游网络的研究亦是热门。李延年考证了萨都剌的交游①，龚世俊也有文分析萨都剌与僧道的交游②。刘青山等众多学者聚焦法式善交游研究③。特别需要指出的是陈健炜《嘉庆年间京师古文交流与评点研究——以法式善〈存素堂文集〉廿九家评语为中心》④一文眼光独到，作者利用《存素堂文集》中收录的29位文坛名家评语，还原出嘉庆年间京城的古文交流圈，其中秦瀛、王芑孙、陈用光又与桐城派关系密切，且当时文人喜好引入王士祯"神韵说"批评古文，这与法式善对王士祯的推崇有关。该文拓展了交游研究的深度。除法式善外，延清⑤、梦麟⑥的交游亦有学者关注。

从社会政治、文化等角度思考蒙古族诗人的创作价值起步于20世纪80年代，当时就有学者从文化交流层面论述蒙古族汉文诗歌创作整体情况。⑦萧启庆综合1985年发表的《元代蒙古人的汉学》与1988年发表的

---

① 李延年：《论萨都剌的交游与个性》，《河北师范大学学报》（社会科学版）1995年第1期。
② 龚世俊：《萨都剌与僧道的交游酬唱述论》，《南京师范大学文学院学报》2012年第3期。
③ 刘青山：《罗聘〈小西涯诗意图〉考论——兼论罗聘与法式善之交谊》，《艺术探索》2010年第12期；《名士法式善与"诗龛"》，《民族文学研究》2011年第1期；《洪亮吉与法式善交游考述》，《文化与传播》2012年第6期；《袁枚佚诗二首与佚札一通考述——兼及袁枚与法式善之交谊》，《现代语文》2014年第8期；《法式善与"西涯"》，《民族文学研究》2015年第2期；李淑岩：《法式善与铁保交游考论》，《明清文学与文献》2018年期；《袁枚序法式善诗集考——兼论袁、法二人的忘年之谊》，《文艺评论》2012年第4期。眭骏：《王芑孙与法式善交游述略》，《图书馆杂志》2011年第12期。王人恩：《法式善的〈题懋斋诗钞、四松堂诗集〉诗及其他》，《明清小说研究》2008年第1期。许珂：《乾嘉时期京师的士人延誉机制与画坛新变——以翁方纲、法式善为中心的考察》，《文艺研究》2021年第1期；《父子、师友与夫妻：法式善〈桂馨图〉及其题跋中的多重隐喻与人际网络》，《艺术工作》2020年第2期。
④ 陈健炜：《嘉庆年间京师古文交流与评点研究——以法式善〈存素堂文集〉廿九家评语为中心》，《北京社会科学》2021年第1期。
⑤ 冯海霞：《晚清蒙古族诗人延清的交游与诗歌创作》，《内蒙古大学学报》（哲学社会科学版）2020年第5期。
⑥ 周春兰：《梦麟与以"吴中七子"为代表的江南士子交游考论》，《内蒙古大学学报》2016年第4期。
⑦ 赫·乌力吉图：《古代蒙汉文化交流及蒙古族汉文诗歌的艺术成就》，《内蒙古民族师院学报》1988年第1期；席永杰：《简谈清代蒙汉文化交流对蒙古族诗歌创作的影响》，《内蒙古民族师院学报》1988年第3期。

《元代蒙古人汉学再探》,写成《元代蒙古人的汉学》,从居住环境、政府提倡、政治利益追求等内外部原因分析蒙古文人接触汉文化的原因。①《论元代蒙古人之汉化》又从姓名、礼俗及汉学三个方面衡量蒙古人所受汉文化影响。② 云峰自80年代起就以蒙汉文学关系为研究方向,先后出版了《蒙汉文化交流侧面观——蒙古族汉文创作史》③《蒙汉文学关系史》④《元代蒙汉文学关系研究》⑤《民族文化交融与元散曲研究》⑥《民族文化交融与元杂剧研究》⑦《民族文化交融与元代诗歌研究》⑧《清代蒙古族汉文创作及其儒学影响》⑨。这些论著将蒙古族创作群体置于文化交流背景下理解,增加了古代蒙古族诗人创作的历史价值。扎拉嘎的《比较文学:文学平行本质的比较研究——清代蒙汉文学关系论稿》(2002)以清代蒙汉文学关系中较为重要的学术话题为个案,细致地探讨了清代蒙汉文学关系,对其做了学理性上的归纳和总结,揭示了蒙古族文学和文化在接受汉文化时积极的主体重构精神。毕兆明也在蒙汉文化交流背景下探讨了泰不华的创作。⑩

近些年从思想史、社会史、制度史等层面研究蒙古族诗人汉文创作,是为发展方向。李淑岩⑪、罗鹭⑫撰文分析了法式善与当时社会的互动联

---

① 萧启庆:《元代蒙古人的汉学》,《蒙元史新研》,允晨文化出版1994年版。
② 萧启庆:《论元代蒙古人之汉化》,《蒙元史新研》,允晨文化出版1994年版。
③ 云峰:《蒙汉文化交流侧面观——蒙古族汉文创作史》,天津古籍出版社1992年版。
④ 云峰:《蒙汉文学关系史》,新疆人民出版社1997年版。
⑤ 云峰:《元代蒙汉文学关系研究》,民族出版社2005年版。
⑥ 云峰:《民族文化交融与元散曲研究》,广西师范大学出版社2011年版。
⑦ 云峰:《民族文化交融与元杂剧研究》,人民出版社2012年版。
⑧ 云峰:《民族文化交融与元代诗歌研究》,内蒙古大学出版社2013年版。
⑨ 云峰:《清代蒙古族汉文创作及其儒学影响》,《中央民族大学学报》(哲学社会科学版)2004年第4期。
⑩ 毕兆明:《论蒙汉文化交融对元代蒙古族汉文诗创作的影响——以泰不华汉文诗用典为例》,《社会科学战线》2012年第7期。
⑪ 李淑岩:《法式善怀人组诗与乾嘉文坛生态》,《社会科学辑刊》2013年第4期;《从〈梧门诗话〉编选与法式善诗坛地位之确立》,《求是学刊》2013年第5期。
⑫ 罗鹭:《法式善与乾嘉之际的元诗接受》,《民族文学研究》2015年第4期。

系。龚世俊[①]、张泽洪[②]则分析了萨都剌和宗教的关系。而在这一研究方向上，米彦青的成果尤其令人瞩目，《蒙汉交融视域下的乾嘉诗坛》《光宣诗坛的蒙古族创作与蒙汉诗学思潮》《时代变局中的中华民族文学书写——以道咸同时代的蒙古文学思潮为视角》《晚近变局中的"局内人"与局外人——以蒙古王公家族文学变迁为例》《清代八旗安养制度下的驻防蒙古文学》[③] 等文章运用文学社会学的研究方法，从政治思想、制度、社会思潮等方面，对中华多民族视域下的清代诗坛的蒙汉文学交融现象进行了深入的论述。以诗人笔下展示的历史过程为讨论对象，以探究社会存在对社会意识的决定性影响为目的，分析影响个体或群体蒙古族汉诗创作发展的多个因素——尤其是社会经济生活、地域和学术思潮之变迁与蒙古族汉诗创作发展之间的关系，最终多样性地呈现清代蒙古族汉诗创作的形成、变迁，以及与汉族创作相互融合的过程，借以展示清代诗坛中华多民族文学认同。这是对于蒙汉文学交融研究的进一步深化和某些文学史问题的重新审视，具有重要的学术价值，能够拓展中国古代文学的研究领域，促进和带动多民族文学交流研究。米彦青和其指导的研究生共同致力于这一方向的研究，耕耘多年。[④] 多洛肯《清代八旗进士群体文学创作活动叙略》[⑤]《蒙汉文学交融中的元代蒙古诗人汉文诗歌创作研究》[⑥] 等论文研究思路有巧妙之处，对如何拓宽古代蒙古族诗歌研究视角有一定的启发意义。

---

① 龚世俊：《萨都剌的诗歌与元代宗教》，《宁夏大学学报》（人文社会科学版）2004 年第 1 期；《文化社会学视角下的萨都剌道教诗歌探析》，《宁夏大学学报》（人文社会科学版）2007 年第 1 期。
② 张泽洪：《元代回族诗人萨都剌与道教》，《西北民族研究》2003 年第 3 期。
③ 米彦青：《蒙汉交融视域下的乾嘉诗坛》，《民族文学研究》2016 年第 4 期；《光宣诗坛的蒙古族创作与蒙汉诗学思潮》，《文学遗产》2018 年第 2 期；《时代变局中的中华民族文学书写——以道咸同时代的蒙古文学思潮为视角》，《民族文学研究》2019 年第 1 期；《晚近变局中的"局内人"与局外人——以蒙古王公家族文学变迁为例》，《内蒙古社会科学》2020 年第 3 期；《清代八旗安养制度下的驻防蒙古文学》，《民族文学研究》2020 年第 5 期。
④ 论文有近 30 篇，如硕士论文：李珊珊《蒙汉文学交融视域下的驻防诗人贵成研究》（内蒙古大学 2018 年）；博士论文：赵延花《蒙汉文学交融视域下的元诗研究》（内蒙古大学 2017 年），周春兰《蒙汉文学交融视域下的明诗研究》（内蒙古大学 2018 年）等。
⑤ 见《民族文学研究》2019 年第 4 期。
⑥ 见《内蒙古大学学报》（哲学社会科学版）2018 年第 6 期。

综合来看，古代蒙古族诗人汉文创作研究已进入繁荣期，学者队伍不断壮大，高质量成果不断增多，运用不同学科视角进行研究成为发展趋势，对诗歌、史料的深挖，使得近些年的研究的学术性更强，从而充分展现了蒙古族诗人在中华民族文学史上的地位，以及在中华民族历史演进中扮演的重要角色。

目前中国古代蒙古族汉诗研究虽然已经有了诸多成果，但迄今尚无系统性的诗歌史研究。而且在方法上还有很多可以超越或突破之处。创作者的民族属性、生卒行年、文学交游、著作流播需要得到更为清晰、深入的论证。而且中国古代蒙古族汉诗研究真正所需要突破的，正是其视野和方法。除了细节考证之外，也需要重新对之进行宏观把握，只有把蒙古族汉诗创作置于同时代的诗坛诗学思潮之中去观照，才能得到客观的整体性的认知。因此，"中国古代蒙古族汉诗研究"是一个建立在零散的蒙古族汉诗创作研究基础上的系统研究，在研究方法上则希望和过去的研究既紧密联系，又有所区别，尝试实现文学史研究的多种可能。

三

文学史学科发展已经百年有余，学界一直在反思文学史撰著的方法。传统的文学史研究，大都是文学成就史研究。即按照历史发展的时间顺序和基本背景，展开对经典作家和作品的集中描述。但这样的研究，并不完全适用于没有产生大量著名诗人和经典诗作的蒙古族汉诗创作。

何以这样讲？首先，相比汉族创作，元明清蒙古族汉诗创作的诗人和作品数量不够丰富。元代目前存有诗集者仅萨都剌1人，其他可确定族属者36人，存留汉诗多者50余首，少者1首。明代目前存有诗集者仅苏祐家族的苏祐、苏濬、苏潢3人。清代创作者和作品陡增，但目前可考存有诗集者50人，其他可确定族属者49人。其次，对于汉族诗歌创作而言，成就并不卓著。如果把蒙古族汉诗创作置于中华诗歌史上来看，不难看出它在语言艺术、文学价值方面，并没有堪与高水平汉族创作相媲美之作品，更不可能有超越之作。不可否认的是，在元、明、清诗坛上，汉族在文学艺术上有着极大的优越感。因此，汉族创作的诗歌成就，直到今天都是讨论蒙古族汉诗创作时的巨大阴影。撰写中国古代蒙古族汉诗创作成就史，总是不免陷入这样的尴尬：有的作者通过主观拔高蒙古族汉诗创作的艺术价值，以此来获得对研究意义的肯定，而这当然是不客观的。最后，在专门研究蒙古族汉语创作之外的人们对于蒙古族汉诗创作的历史，尚未形成如汉族创作那样印象鲜明的历史认知。元明清历史本身发展触及蒙汉交融的复杂性、多变性，决定了在进入文学史研究之前，要从事较为艰难的文学史料准备工作。这造成了中国古代蒙古族汉诗创作史作为中国古代蒙古族汉诗创作成就发展史来研究、撰著之艰难。在旧有的诗歌史中，元明清诗歌史曾经长期不为人们关心和注意。元明清少数民族汉诗创作更是长期被漠视。如果没有被大众共同接受的少数民族汉诗创作史的认知，是无法通过三言两语的背景介绍后就把其余笔墨都放在文学文本的分析之上的。因此，就中国古代蒙古族汉诗创作研究而言，似乎更应该把文学史作为历史学的分支，应该以"历史研究"的面目出现，着力于呈现文学现象发生、发展的过程，比较适合。

那么，中国古代蒙古族汉诗创作史究竟应该如何写？元明清蒙古族汉诗创作的体系难以寻觅，以社会环境的转变为基本的考察视角，来将零碎的材料加以整合与理解，或许能形成一些较为清晰的基本印象。在前贤的文献整理与文学研究基础上，本书希望以新的研究方法和角度来呈现一个系统性的中国古代蒙古族汉诗创作史。

第一，告别过去历史背景与文学史阐述的"两张皮"式写法，不是在简单的历史背景交代之后，再单纯对作家作品加以罗列，而是去深入讨论它们产生的根源，正视文学史发生的历史条件。中国古代蒙古族汉诗研究，当从史料出发，重视从文学史实中展现其发展的脉络和规律，挖掘蒙古族汉诗发展的"质"，这就要求研究者告别过去的成就史的写法。因此，本书试图以历史过程为讨论对象，以探究社会存在对社会意识的决定性影响为目的，分析影响中国古代蒙古族汉诗创作发展的多个因素——尤其是社会经济生活、地域和学术思潮之变迁，与蒙古族汉诗创作发展之间的关系，最终完整呈现中国古代蒙古族汉诗创作的形成、变迁，以及与汉族创作相互融合的过程。

第二，尊重传统文学史研究中的基本考订、艺术价值研究等方法。因此，本书对元明清蒙古族汉诗创作者生卒行年等，都进行了重新的详细考订和推敲。然而本书终究是要解决文学史发展的问题，因此讨论文学史内涵的问题至关重要，这就需要通过研究作品的艺术成就来加以解释。在这个过程中，着眼文献梳理中的全部作品，并从中找到具有经典价值的，置于文学史的阐释中。同时也会采用历史分析的方法，对元明清时期，尤其是清代诗人群体的一些基本状态做出分析。文学交游是诗人通过文学作品进行的社会交游、思想交流方式，它们呈现了文人个体和当时的文人群体之间究竟存在哪些社会关系。元明清蒙古族汉诗写作者大都在城市社会中成长，他们的诗学经验来源主要是城市社会，城市社会中的文人群体的交游对世人的精神塑造起到很大的作用。本书十分重视从社会史研究出发，关注诗人在社会中的成长。"社会视野之下的文学史研究更为关注社会中的文学主体对于文学成果和文学发展进程的共同贡献。"①

　　第三，在具体写法上，本书对各编之间的布局采用了"互现法"来进行勾连，实现历史时间线性上的首尾呼应。中国古代蒙古族汉诗研究中有很多不可回避的议题，例如文学发展的地域性、文学发展的家族性、文学发展的分期性、文学创作的不均衡性、不同时期思想文化发展的复杂性等。本书对这些问题的思考，其实是贯穿始终的，在各编之中有不同程度的偏重和"互现"。例如，阐释元明清蒙古汉诗创作地域性特点，读者可以在甲编第二章从大都到江南：萨都剌诗歌创作，第三章泰不华的交游与诗歌创作，第四章答禄与权的交游与诗歌创作中看到。乙编第三章苏祐家族：明代后期蒙古族汉诗创作的存续中也可看出。丙编第一章历史—空间建构中的清代蒙古族汉诗创作，其后各章基本都以京师诗人和地方诗人的角度切入，始终在贯穿地域文学特点研究。而关于思潮相关之研究，在乙编第三章苏祐家族：明代后期蒙古族汉诗创作的存续，丙编第三章乾嘉诗坛思潮与蒙古族汉诗创作，第五章道咸同诗坛思潮与蒙古族汉诗创作，第七章光宣诗坛思潮与蒙古族汉诗创作，都可以找到。本书对于专题性质的文学史研究也极为重视，例如关于家族相关之研究，在甲编第五章第一节忽必烈家族汉诗创作研究，乙编第三章苏祐家族：明代后期蒙古族汉诗创作的存续，丙编第一章第一节绵延清代的蒙古族文学家族都有专论。

　　总之，这本书就是着力于探讨元明清时期蒙古族汉诗创作如何发展的，文学的发展是如何发端，走向低谷，又如何繁盛的。在元代研究中，本书提出了空间—政治秩序建构下的元代蒙古族汉诗创作；在明代研究中，本书提出了精神—心灵秩序建构中的明代蒙古族汉诗创作；在清代研究中，本书提出了历史与空间建构中的清代蒙古族汉诗创作。本书试图

---

①　蔡丹君：《从乡里到都城：历史与空间变迁视野中的十六国北朝文学》，生活·读书·新知三联书店2019年版，第28页。

从时间和空间两个层面，绘制一幅中国古代蒙古族汉诗创作从弱至强、从散作到有计划的整体创作的演变图史。这样的叙事依旧会按照旧的朝代编年文学史的编纂体例，但核心是要凸显一个有机的中华民族文学书写观念。中国古代蒙古族汉诗研究，随着各个朝代的推进大致分为三个板块，并最终因世界历史格局改变所导致的传统的夷夏之分被颠覆，而混融于晚清的文坛之中，由此成就了汉文学为主导的中华民族文学书写。第一个板块是元代蒙古族的汉诗创作，第二个板块是在一、三板块的缝隙中出现的蒙古族汉诗创作时段。当然还是少数民族汉诗创作中的一个部分，然而就当时的情势来看，实际上是被打倒的蒙古族如何在汉族建构的帝国内进行汉诗写作的问题。第三个板块是本书稿的主要叙事区域，它们是蒙古族汉诗创作的繁盛期、高峰期。应该说明的是，中国古代蒙古族汉诗研究的核心就在这个板块。这个板块的写作，充分展示了蒙古族汉诗创作历经元、明至清建构了自身创作体系的能力。清代的蒙古族汉诗创作在一定程度上改变了汉族的汉文学创作格局，一步步和其他民族共同建构了新的中华民族文学书写的格局。

　　本书不是历史研究，也不是文学艺术价值研究，我们希望让文学史研究本身拥有更为丰富的内涵，可以让文学史在历史、文献、思想史等多个维度中展开讨论。同时也期望超越以往元明清蒙古族文学研究中汉族作家研究、蒙古族作家研究各自为政的局面，从蒙汉文学交融中的蒙古族文人的活动入手来研究清代蒙古族汉语创作，探讨蒙汉士人之间互通有无、彼此涵化，这才更接近历史的真实，所得出的结论也更为公允，其衍生出的诸如"文化包容""民族和谐"等普世价值也自然具有了当代意义。当然，本书作为民族文学与古代文学交叉产物，它是民族文学与古代文学价值的共存、情感的共在、文化的共生、文类的共荣，正可以弥补和丰富单一学科的单向度，它生发出来的理念可以扩展与推衍为被两个不同学科方向所汲取的精神资源。

甲 编

元代蒙古族汉诗创作

随着蒙古政权入主中原的步伐，元代形成了蒙汉文学交融的第一次高峰，元代各族民众从事汉诗创作者不绝如缕。有元一代，各少数民族和汉族之间的交流之繁盛，正如赵孟頫所形容，"一时人物从天降，万里车书自古无"①。元朝是一个多民族多元文化融合的统一王朝，开放的时代与开放的王朝，促进各民族士人在文化艺术领域中不断成长，仅从诗歌方面看，就涌现出大量的少数民族诗人。进入中原汉地的各族士人，在感受到汉文化汉文学的巨大魅力后，纷纷开始文学创作。在这样的时代背景下，蒙古族诗人进行诗歌创作者日益增多。但因为诗人身份及才性迥异，故对汉诗的接受程度大相径庭。毕竟，汉语并非他们的母语，对汉文化的传承也是随着时代的演进才逐步深化的。因此，从创作质量、数量来看，与其后的清朝时代的蒙古族汉诗创作不可同日而语。然而，元蒙诗人们的诗歌风格多样，内容丰富，受儒家文化影响没有那么深厚，题材较之元前诗歌也有创新。正如学者所述，"蒙古诗人群出现在汉文诗坛，是元诗史的特点之一，也是中国古典诗史仅有的文学现象"②。不过，这句评论的后半段显然是偏颇的，元后的清诗坛蒙古族诗人群相当庞大。

　　元代最有代表性的蒙古族诗人是萨都剌，存留作品较多者还有泰不华及元末明初之际的答禄与权。此三人专章论述，其他人则因只有零星诗作存留，故并置总述。

---

　　① （元）赵孟頫：《钦颂世祖皇帝圣德诗》，《海王邨古籍丛刊：松雪斋集》卷4，中国书店出版社1991年版。

　　② 杨镰：《元诗史》，人民文学出版社2003年版，第90页。

第一章

空间—政治秩序建构下的元代蒙古族汉诗创作

第一节 元代概念的界说

"元代"（Yuan dynasty），此一概念看似简单常见，实则歧义纷纭。而造成诸多歧义的原因，主要在于人们对元代享国时间的认识和理解难以达成一致。纵观13世纪至14世纪蒙古族群发展之重要历史节点：公元1206年，铁木真统一蒙古各部，于斡难河源称成吉思汗，大蒙古国（Yeke Mongghol Ulus）由此诞生；成吉思汗22年（1227），蒙古灭西夏；窝阔台汗6年（1234），蒙古灭金；中统元年（1260），忽必烈即汗位，与阿里不哥争位，大蒙古国随之解体；元世祖至元8年（1271），忽必烈取改国号为"大元"，次年迁都大都；至元16年（1279），蒙古灭南宋，实现大一统；元顺帝至正28年（1368），明军破大都，元廷北遁，作为大一统王朝的元朝自此覆灭。由此可见，若自蒙古政权统治之延续以观之，元代当从成吉思汗即位时算起，至明军破大都，共计163年；如果以统治重心在汉地以论之，又当以忽必烈即位为起点，元代存世唯109年；倘若紧扣"大元"国号之有无，元代则当始于元世祖至元8年（1271），享国仅98年；而若是以大一统王朝之建立推之，则又当以忽必烈灭南宋之至元16年（1279）为起点，元代存在时间不过90年而已。此外，假如像许多汉学家那样，将元朝纳入整个大蒙古国的演进中加以考察，则"元代"的概念必然更为复杂。以上诸说中，目前得到史学界主流认同的主要有163年和98年两种。如《中国历史辞典》称："元朝，朝代名。……从成吉思汗到元顺帝，历十五帝，一百六十三年。从元世祖定国号称'元'至顺帝北返蒙古草原，凡十一帝，九十八年。"① 又如《辞海》亦解释道："元。……朝代名。……（至正）二十八年，朱元璋军攻入大都，推翻了元朝的统治。自成吉思汗至此，共历十五帝，一百六十三年；自世祖（忽必烈）定国号起，共十一帝，九十八年。自成吉思汗建国起，历史上都泛称元朝。"② 具体到中国古代文学研究界，学者们对元代的理解和表述则又各持己见。如邓绍基主编《元代文学史》称："我国历史上的元代，是蒙古族的上层贵族集团掌握国家权力的时代，史称元朝。由于种种原因，元王朝统治中国的时间不长，如果自蒙古王朝灭金，统一北方算起，到惠宗妥欢帖木儿至正28年（1368），明兵攻下大都，元室北迁，统一的元王朝宣告灭亡为止，计有一百三十四年；如果自世祖忽必烈至元8年（1271）改国号为'大元'算起，则为九十七年；如果自至元13年（1276）元军占领临安，宋室投降，元王朝统一全国算起，只有九十二年。按照文学发展的实际情况，元代文学史的起讫时间大致可定为从蒙古王朝灭金到统一的元王朝灭亡。"③ 对于此说，袁行霈主编《中国文学史》继承之，谓"元代文学涵盖的时间，大致可以从蒙古王朝灭金、统一北中国（1234）起，到元朝被朱元璋领导的义军推翻、元顺帝逃离大都（1368）止，其间约一百三十四年"④。而钱仲联等主编《中国文学大辞典》则又依各文学家实际效命之地而划分其朝代归属，如元代部分开篇即载："丘处机（1148—1227）"⑤。此后，傅璇琮、蒋寅主编《中国古代文学通论》更称："元朝如从成吉思汗建国时计，则是起于1206年，迄于1368年。"⑥ 歧说之众，由此可见一斑。

自不同角度以观之，无论是史学界还是文学界，以上诸说，各自均有道理，故学者至今仍难就此达成一致。这不仅给普通民众认知历史造成许多困扰，而且导致文史学界的某些研究和讨论也存在逻辑或论域上的混

---

① 张作耀、蒋福亚、邱远猷等主编：《中国历史辞典》（第一册），国际文化出版公司2000年版，第179页。
② 夏征农、陈至立主编：《辞海》（第六版），上海辞书出版社2009年版，第2811页。
③ 邓绍基主编：《元代文学史》，人民文学出版社1991年版，第1页。
④ 袁行霈主编：《中国文学史》（第3卷），高等教育出版社2005年版，第187页。
⑤ 钱仲联等主编：《中国文学大辞典》，上海辞书出版社2000年版，第732页。
⑥ 傅璇琮、蒋寅主编：《中国古代文学通论》（辽金元卷），辽宁人民出版社2005年版，第1页。

乱。在相关理论取得突破之前，唯有于研究之初，首先根据论题对"元代"概念范围予以界定和说明方显得较为妥当。自族群涵化角度观之，在元代文学研究中，笔者以为史学界所持的广义元代概念颇值得借鉴，即指铁木真于公元1206年在斡难河源称成吉思汗并建立大蒙古国，至元顺帝至正28年（1368）秋明军攻陷大都，共计163年。该选择主要基于以下考虑：首先，自成吉思汗建立大蒙古国前后开始，蒙古军便发动西征花剌子模和南攻金、夏等战事，并以波浪推进式的冲击对南宋产生一定影响，后来出现的蒙古、色目、汉人和南人四大族群的涵化，实则在此时即已开始；其次，金末元初一代戏曲家，如元好问、杨果等，均生长于蒙古族群南下的战乱环境之中，此种经历对他们的生平、心理和创作必然产生重要影响；最后，族群涵化是一个缓慢且漫长的过程，在一个较长时段上考察其与元代文学发展之间的关系，可能更有利于把握相关问题的来龙去脉，也更便于本研究的展开。

值得注意的是，对于广义元代这一概念，目前国内史学界多尝试与国际史学界接轨，采用"蒙元"的称谓予以代替，如萧启庆、陈得芝、韩儒林、刘迎胜等历史学者即普遍采用这一概念。[①] 在历史学论域中，"蒙元"是大蒙古国与元朝的合称，"蒙"和"元"之间乃是一种并列关系结构。此概念具有较大合理性，毕竟在历史上，作为朝代名称的"元"直至至元8年（1271）忽必烈改国号为"大元"时方出现，若径直将大蒙古国成立至此之间的历史称为元朝，显然与史实相忤。正因如此，某些文学研究者亦逐渐采用此说。[②] 不过，不可讳言的是，"蒙元"概念也存在一定弊端，

[①] 参见萧启庆《蒙元史新研》，允晨文化实业股份有限公司1994年版；萧启庆主编：《蒙元的历史与文化——蒙元史学术研讨会论文集》，台北学生书局2001年版；陈得芝：《蒙元史研究丛稿》，人民出版社2005年版；郝时远、罗贤佑主编：《蒙元史暨民族史论集——纪念翁独健先生诞辰一百周年》，社会科学文献出版社2006年版；萧启庆：《内北国而外中国——蒙元史研究》，中华书局2007年版；方铁、邹建达主编：《中国蒙元史学术研讨会暨方龄贵教授九十华诞庆祝会文集》，民族出版社2010年版；韩儒林：《蒙元史与内陆亚洲史研究》，兰州大学出版社2012年版；陈得芝：《蒙元史研究导论》，南京大学出版社2012年版；陈得芝：《蒙元史与中华多元文化论集》，上海古籍出版社2013年版；刘迎胜：《蒙元史考论》，兰州大学出版社2014年版；张志强主编：《亚洲现代思想——重新讲述蒙元史》，生活·读书·新知三联书店2016年版。

[②] 参见王筱芸《文学与认同：蒙元西游、北游文学与蒙元王朝认同建构研究》，河北教育出版社2014年版。

在词语结构上易于产生歧义,既可如前所述,理解为并列结构,即"大蒙古国"和"元朝"的并称,又可视作偏正结构,以"蒙"修饰"元",理解为蒙古人建立的元朝,而后者在中国当下语境中显得较为敏感,容易引起某些不必要的误解和争议,以至于某些学者不得不以"(蒙)元"或"蒙·元"等形式进行表述①。有鉴于此,本研究仍暂取广义元代的概念来进行论述。

第二节 江南②与两京的蒙古族汉诗创作

从先秦起至元代,中国古典诗歌经历了两千多年的历史。随着社会生活的变化和语言的发展,诗歌题材不断扩大,各种诗体相继出现,表现艺术愈益成熟,在内容、形式、风格等各方面,汉语诗歌创作都积累了宝贵的创作经验。蒙古族文学家大都生长在汉地,尤其是汉文化中心江南,对于中国古典诗歌的魅力感同身受,他们以积极主动的心态,开始进行汉诗创作。他们对于中国古典诗歌的接受,从最初问世的诗歌直到刚刚灭亡的宋代范型,无不喜爱。中国古典诗歌不但涵养了汉民族的情趣,而且也滋润了蒙古民族的心灵。尤其是中国古典诗歌中的近体诗亦即格律诗,经初唐、盛唐文人定型后,其音律、词汇、句式,已积淀为古代诗人的一种

---

① 参见李翀《(蒙)元民族政策百年研究综述》,《忻州师范学院学报》2007年第6期;马建春:《钦察、阿速、斡罗思人在元朝的活动》,《西北民族研究》2002年第4期;马建春:《元代东迁西域人及其文化研究》,民族出版社2003年版。

② 元代江南与明清江南不同。明清时期特指吴越之地,而元代江南范畴大得多。如杨维祯(1296—1370)谈漕运时,称"国家定都于燕,控制万里外,军国百司之调度,皆仰给于江之南。汉仰漕山东,唐仰漕江淮,皆无道里遥绝之阻也。今京师去江南,相望水陆数千里"。又如虞集(1270—1348)所指称的"世祖皇帝岁运江南票,以实京师""国初,运外郡之票以实京师,数日以广,大江以南浮海而制者,岁以数百万石计",可知"江之南""大江之南"与"江南"的概念是叠合的。值得注意的是,元代的江南概念还兼具一特殊意义,即指涉恃长江以立国的南宋王朝故地,如"宋南渡,恃江以立国。……国朝既一海内,置三行省于江南""至正二十三年岁丙戌,江南平而四海一者十年矣""总率大军,以定江南,则丞相伯颜""世祖皇帝既定江南,取宋之臣,列置要地"等。详见李嘉瑜《不在场的空间——上京纪行诗中的江南》,《台北教育大学语文集刊》第18期,2010年7月,第57页。

"集体无意识",蒙古族汉诗作者对此体格外偏爱。因此,从汉文化中心的江南,到政治权力中心大都和上都,集聚了元代主要的蒙古族汉诗创作者,他们书写了元代的蒙古族汉诗创作史。

一 元代蒙古族汉诗创作的空间性与政治性

元代是多元文学交融的重要时期,涌现出一大批成就斐然的各族文学名家。蒙古族作为元代的统治民族,蒙古族文学家在元代文学史上占有重要地位,而蒙古族汉诗创作则是其中的重要组成部分。

在元代汉诗创作领域,萨都剌无疑是最为著名的蒙古族诗人,他的诗歌既是蒙古族文学史上的重要里程碑,也是元代文学史上的重要里程碑。萨都剌(约1280—约1345),字天锡,号直斋。祖上入居中原后,定居在大都附近,所以自称"燕山萨天锡"。他先后任镇江录事司达鲁花赤、南御史台掾史、燕南河北道廉访司照磨、福建闽海道廉访司制事等职。晚年居杭州,元顺帝至正年间去世。有《萨天锡诗集》《雁门集》等传世。是元代蒙古族诗人中留存诗歌最多的,《全元诗》收其诗794首。萨都剌之后的著名蒙古族汉诗创作者泰不华(1304—1352),本名达普化,字兼善。伯牙吾台氏,原籍西域白野山,居台州(浙江临海)。十七岁时参加浙江乡试中魁首,至治元年(1321)状元及第,年仅十八岁。授集贤修撰,累转监察御史。受到元文宗赏识,并亲自将"达普化"改译为"泰不华"。参与修宋、辽、金三史,擢礼部尚书。至正11年(1351)迁浙东宣慰司使,与孛罗帖木儿夹击方国珍,方国珍降元,泰不华改任台州路达鲁花赤。战死后,追封魏国公,谥忠介。泰不华好读书,以文章知名。元末政局腐败,不可收拾,他与色目人余阙独立支持局面,而且两人均长于诗文,后人往往相提并论。《全元诗》收其诗32首。泰不华之后的著名蒙古族诗人答禄与权(约1311—1380),字道夫。至正2年(1342)进士,任职于秘书监。至正21年(1361)出使福建,元末出为河南江北道廉访司佥事。明初,寓居于永宁(河南洛宁)。洪武6年(1373)以荐授秦王府纪善,后任御史、翰林修撰等。洪武11年(1378)以年老致仕。有《答禄与权集》,久已散佚,现存《永乐大典》残帙尚可辑出他的数十首诗与少量的文。《全元诗》收其诗56首,《杂诗四十七首》是他的代表作,名为《杂诗》,实为咏怀之作,内容与表现手法均比较丰富。

元代蒙古族诗人的汉文创作,与清代相比,从数量上来说,并不为多。除了著名诗人萨都剌存诗较多，泰不华、答禄与权二人皆几十首诗。其他诗人创作的汉文诗歌更是有限，皆为零星诗作①。忽必烈家族6人创作留存汉诗11首。其他28位诗人存诗90首。另外还有6位诗人的身份未能确定，一般被记载为蒙古色目人，共有诗歌14首。所以整个元代的蒙古族汉诗创作尚不足千首。

很明显，蒙古族汉诗创作在元初很少，创作质量较低，至中晚期诗人数量迅速增加，创作数量迅猛增加，创作质量也显著提高。而且，元代的蒙古族汉诗创作主要诗人基本都有大都和江南的生活经历②，因此，元代的蒙古族汉诗创作有很鲜明的空间性或者说地域性。创作者及主体创作地区是在江南，大都和上都其次，其他地区仅为吉光片羽。显然，这是借助大都和上都政治区位优势与江南历史文化优势双重建构的产物，也是大蒙古国南下迁都之后中国南北文学中心历史性转换的结果，在建构大都—江南两大文学中心以及重构整个元代蒙古族汉语创作文学版图中发挥了至为重要的作用。以元代蒙古族汉诗创作者中最重要的诗人萨都剌、泰不华、答禄与权为例，萨天锡自泰定4年（1327）中进士后，在江南任职时间最久，因而主要生活地区是江南。其间曾去往上都。因此，其诗作关于江南人文风物者最多，也有涉及上都物色者。与萨都剌由大都去往江南不同，泰不华是生长在江南，因科考而入居大都并死于江南。他的诗作主要是和大都相关人、事，但也有涉及江南题材的。答禄与权生命中的岁月多半元少半明，他也是科举入仕，在大都为宦近二十年后短暂供职中原，身历鼎革之变，作为一个蒙古族汉诗作者他最终入明廷供职，在江南度过余生。他的诗歌也是既有关于大都的，也有涉及江南的。大都和上都这两京是元代的政治中心，生活于政治中心的诗人，诗歌创作受制于政治体系和社会风潮较多；而远离政治中心，在思想较为开放的南方，尤其是江南都市，传统的知识体系和文化环境的自我维系力更强。因此，诗人们生活中的两京经历，使他们的诗歌创作不经意间带有皇城地域性文学创作的经世色彩；而江南经历，又使他们的诗歌创作不期然地涵育了江南地域性文学创作的"文"化与"雅"化。

---

① 月鲁不花有《芝轩集》一卷存世，录入《元诗选》三集，但仅有诗13首，且题材较为近似，故不单章讨论。

② 他们中有定居江南，具有江南经验的北人，亦有原籍江南，而宦游于北地者。文中详述。

第一章 空间—政治秩序建构下的元代蒙古族汉诗创作

除了空间性,元代蒙古族汉诗创作在一定程度上也显示了超越其他朝代的政治性,及隐含其间的民族坚守。因为元代蒙古族的统治地位,无论汉诗中展示的蒙汉文学交融如何包罗万象、潜力十足,即便是诗人们根据不同时代所关心的角度对所选取的文学素材如何加以解释、变动和编排,怎样显示了特定的文学特征,但其最后呈现的都更像是政治和社会的产物,而非纯粹的文学产物。究其由,一是元蒙统治者并不希望完全汉化,甚至希望用蒙古文统一全国文字,并不主动学习汉族文化和文学,如学者言,"元人入主中国,多数之蒙古语,遂杂入我国语中。今试取《元曲选》观之,如'兀的不''颠不剌的'等词触目皆是"①;二是蒙古族初入中原,对汉诗的格律运用还不够纯熟,对汉语的音义语境理解有所欠缺。"民族认同及其稳固持久性是受制于文化记忆及其组织形式的"②。元代后期蒙古族汉诗创作成就取得的原因,并不是仅向汉文学学习的结果,而是元代独特的社会历史和文化条件所形成的,也就是说,元人的生活场景、生活方式和文化教育形式养成了他们独特的气质,这些气质逐渐在他们的诗作中得到表现并最终形成鲜明的文学艺术特征。

萨都剌有两首关于李陵和苏武的诗歌,其一为《过李陵墓》,其二为《拟李陵送苏武》。这两首诗作,内蕴深厚。诗中有"山头空筑望乡台"句,台即李陵台,传说是汉将李陵所建。李陵是李当户之子,是"飞将军"李广之孙。据《史记·李将军列传》载:"李陵既壮,选为建章监,监诸骑。善射,爱士卒。天子以为李氏世将,而使将八百骑。尝深入匈奴二千余里,过居延,视地形,无所见虏而还。拜为骑都尉,将丹阳楚人五千人,教射酒泉、张掖以屯卫胡。数岁,天汉2年(前99年)秋,贰师将军李广利将三万骑击匈奴右贤王于祁连天山,而使陵将其射士步兵五千人出居延北可千余里,欲以分匈奴兵,毋令专走贰师也。陵既至期还,而单于以兵八万围击陵军。陵军五千人,兵矢既尽,士死者过半,而所杀伤匈奴亦万余人。且引且战,连斗八日,还未到居延百余里,匈奴遮狭绝道,陵食乏而救兵不到,虏急击招降陵。陵曰:'无面目报陛下。'遂降

---

① 杨树达:《高等国文法》,上海古籍出版社2013年版,第8页。
② [德]扬·阿斯曼:《文化记忆:早期高级文化中的文字、回忆和政治身份》,金寿福、黄晓晨译,北京大学出版社2015年版,第168页。

匈奴。其兵尽没，余亡散得归汉者四百余人。"① 李陵投降偷生，最初可能也像司马迁在《报任安书》中所推测的想在匈奴寻找机会报答汉朝，但结果却造成了包括母亲、妻子在内的家族中上百口人被杀，李陵成了不忠不孝的典型，成了陇西人耻辱的象征，永远无法得到亲族的谅解。李陵无法再回到汉朝，思乡情切，便筑高台遥望家乡，后人称为李陵"望乡台"。元朝时的李陵台驿站，为帖里干驿道与木怜驿道之交会处，是漠南、漠北蒙古草原最为重要的驿站之一。在中华文化史上，李陵台不仅是一个地名、一处驿站，它牵扯着重要的文化问题，孔子有"志士仁人，无求生以害仁，有杀身以成仁"② 之说，将气节看得比生命还重要。李陵的投降，在看重"华夷之辨"的汉族政权社会中，就是失节败德。李陵降匈奴失节之事，无论有多少情由，都是不争的史事。历代士人对此行为都持否定态度。然而，萨都剌在诗中称匈奴为"天骄"，认为李陵所愧的不是投降毁节，而是作为将军之才能。萨都剌认为苏武的确是有节操的士人，但却遭遇悲惨，最终批判了汉朝统治者的"无恩"。称颂匈奴为天骄、批判汉朝统治者实际上就是在称颂自己的民族。这两首诗中呈现的萨都剌的态度，与民族属性一致。从这里可以看出，萨都剌完全是站在本民族的立场上来观照李陵投降问题的。

除了或隐或显的民族性之外，元代蒙古族汉诗创作的特点在其诗歌主题中也可看出。他们作诗的主要目的并非描写社会现实，而是抒写内心情思。如萨都剌、泰不华、答禄与权的留存诗作主体皆非描写社会现实之作。由此可见，对蒙古族诗人而言，写诗的冲动主要源于诗人的自身遭际，其中既包括困厄等社会因素，也包括时光节物等自然因素。他们的诗学观念与《诗大序》一脉相承，更加强调诗人感受之个体性与当下性。正因如此，他们笔下最常见的诗歌主题有两类：一是耳目所及之风物景象，二是亲身所历之生活情状。这样的写作结果究竟是因为己身的民族属性所致，不愿意反映民瘼、针砭时弊，还是其他什么原因，尚有待更深入的探究。

---

① （汉）司马迁：《史记》卷109，中华书局1959年版，第2877—2878页。
② 杨伯峻译注：《论语译注》，中华书局1980年版，第163页。

二 元代忽必烈家族的汉诗创作

中国历史上，政治与文学密不可分，历代帝王大多能文善诗。帝王的爱好与提倡是文学兴盛的重要原因之一。比较古代帝王，元朝忽必烈家族留下的汉诗最少。据传世文献来看，忽必烈家族中，有三位帝王、一位太子、一位亲王及一位公主6人留下了汉文诗歌。

《全元诗》中现存元世祖《陟玩春山纪兴》诗一首。赵翼《廿二史札记》卷三十"元诸帝多不习汉文"条："元起朔方，本有语无字。太祖以来，但借用畏吾字以通文檄。世祖始用西僧八思巴造蒙古字，然于汉文则未习也。"[1] 认为元世祖"于汉文则未习"，间接指出元世祖并不会写作汉诗。虽然这一断论受到学者质疑，但对于元世祖能否写出优美的汉文诗歌，众说纷纭。蒙古族学者白·特木尔巴根认为，既然清康熙年间，顾嗣立《元诗选》、顾奎光《元诗选》，均未选元世祖诗，所以"此诗极有可能是他人代劳。忽必烈在万几之暇率臣僚登山览胜，不时用蒙语或汉语即兴吟诵几句，于是随侍儒臣和朝廷译员欣然效劳，将其联缀成上述七律"[2]。另一位蒙古族学者云峰则根据《元史赵孟頫传》中元世祖叹赏赵孟頫诗的记载认为："元世祖忽必烈对古汉语格律诗亦能欣赏并颇有心得。以此为依据，并结合世祖忽必烈多年经营汉地，身边有不少汉族文人学士之实际，说其精通汉语并熟悉汉文格律诗进而可以动手写作当为可信。"[3]《全元诗》根据《御选元诗》（《御选宋金元明四朝诗》之元代部分）选录了此诗，一者是因为《御选元诗》自清以来影响一直很大，二者是因为学者们对此诗非元世祖所作缺乏有力的证据。

此后元朝诸帝中最倾向于汉文化者是元文宗图帖睦尔（1304—1332），他出生、成长在汉族地区，四岁就开始跟随汉族儒士学习经史，诗、画、书法俱佳。因此，有元一代的帝王中，元文宗是推行汉化政策最有力者，自身的汉文化水平也成就最高。元文宗享国祚短，在位仅五年，然文治颇多。如兴建奎章阁学士院、大量任用汉儒、纂修《经世大典》等。不过，传世文献中，元文宗也仅留下了4首汉诗。即咏物诗《青梅诗》，写景诗

---

[1] （清）赵翼：《廿二史札记》，凤凰出版社2008年版，第460页。
[2] 白·特木尔巴根：《古代蒙古作家汉文创作考》，内蒙古大学出版社2002年版，第78页。
[3] 云峰：《元代蒙汉文学关系研究》，内蒙古大学出版社2005年版，第101页。

《登金山》《望九华》，纪行诗《自集庆路入正大统途中偶吟》。《青梅诗》是其少作，诗云："自笑当年志气豪，手攀银杏弄金桃。滇南地僻无佳果，问着青梅价也高。"① 诗歌采用对比手法，写出今昔遭遇之落差。

元朝末帝即顺帝妥懽帖睦尔（1320—1370）汉文化水平也较高。元顺帝自幼即接受汉文化教育，幼年贬谪广西时，随大图寺长老学习《孝经》《论语》。即位后，广置经筵官，研习汉文经典，是元朝后期诸帝中汉文化修养较高者，他能诗善画，任用的宰相如马札儿台、脱脱、别儿怯不花、铁木儿塔识等，多已汉化。元顺帝还将宣文阁改为端本堂，成为皇太子接受经学教育的固定场所。元顺帝传世的汉文诗歌3首，即《御制诗》（二首）、《答明主》。

除了这三位皇帝外，明叶子奇《草木子》中还载有元顺帝太子爱猷识理答腊（1334？—1378）一首《新月》诗："昨夜严陵失钓钩，何人移上碧云头。虽然未得团圆相，也有清光照九州。"② 爱猷识理答腊是元顺帝长子，至正12年（1352）被封为太子，27年（1367）受命统领天下兵马，元朝灭亡，他随顺帝北走开平后到应昌。明洪武3年（1370）顺帝崩于应昌，他即北元帝位，洪武11年（1378）薨于漠北南。他自幼接受汉文化教育，使他具备了较好的汉文化修养。这首小诗虽然仅有二十几个字，却巧用严子陵的典故与眼中之景——新月融为一体，"表现出国虽亡而志不降，地虽蹙而势仍在的思想。反映了有明一代，退居朔漠的元势力与明政权割据并行的社会现实"③。叶子奇在收录此诗后还有评价说："真储君之诗。"

在忽必烈家族中，还有两人留存下汉语诗歌。不过这两人并非其直系后裔，但都是成吉思汗的后代。一位是梁王巴匝拉瓦尔密（？—1381），他留存的汉诗仅一首，《奔威楚道中》是他逃难中目击战乱导致天地荒芜百姓尸横遍野的凄惨场景的实录。梁王巴匝拉瓦尔密之女阿盖亦能诗。钟惺《历代名媛诗归》、钱谦益《列朝诗集小传》闰集以及《元诗选》癸集都载有她的《悲愤诗》。关于她的事迹在杨慎《南诏野史》④ 和柯劭忞编

---

① 杨镰：《全元诗》第45册，中华书局2013年版，第185页。
② （明）叶子奇：《草木子》，中华书局1959年版，第79页。
③ 云峰：《民族文化交融与元代诗歌研究》，内蒙古大学出版社2013年版，第123页。
④ （明）杨慎：《南诏野史》卷下，《丛书集成续编》本，第10—12页。

《新元史·列女传》①中有详细记载。这是一首汉语、蒙古语、白语混杂的古体诗。诗歌风格凄怨，语言质朴，杂用几种民族语言，非常具有民族特色和时代特色。另据杨慎《南诏野史》记载，阿盖公主还留有一首《金指环歌》。

　　忽必烈家族留存的诗作有限，诗人亦不多，但瓜瓞绵延，贯串整个元代，断续中彰显汉文学汉文化对元代统治者一以贯之的影响。这个家族诗歌创作语言质朴简净，元代诗坛整体宗唐的诗学思潮似乎对他们影响并不大。这说明少数民族诗人在用非母语创作初期时语言不善雕琢，不能直接融入文坛潮流中；同时说明忽必烈家族对汉文化的喜爱有限，并没有投入太多的时间精力从事汉诗创作。这一点与清朝爱新觉罗家族形成鲜明对比。据此可见，元蒙统治者"蒙汉二元"的政策直接影响了他们汉语水平的提高，但同时我们也应该看到，这种政策对于保护蒙古族的民族语言、文化具有积极的历史作用。

---

① 柯劭忞：《新元史》卷245，上海古籍出版社、上海书店影印本《元十二种》1989年版，第943—944页。

第二章

变动的仕宦空间中的萨都剌诗歌创作

元代是多元文学交融的重要时期,涌现出了一大批成就斐然的各族文学名家。在诗歌创作领域,萨都剌无疑是最为著名的少数民族诗人,他的诗歌既是蒙古族文学史上的重要里程碑,也是元代文学史上的重要里程碑。

萨都剌(约1280—约1345),字天锡,号直斋。祖上入居中原后,定居在大都附近,所以自称"燕山萨天锡"。他是泰定4年(1327)的进士,先后任镇江录事司达鲁花赤、南御史台掾史、燕南河北道廉访司照磨、福建闽海道廉访司制事等职,长期不得重用,沉沦下僚。晚年居杭州,元顺帝至正年间去世。有《萨天锡诗集》《雁门集》等传世。是元代蒙古族诗人中留存诗歌最多的,《全元诗》收其诗794首。萨天锡也擅为词,其怀古之作流传较广。

萨都剌研究者众多,但在其族属[①]、生卒年[②]、占籍[③]方面并没有达成

[①] 大致有汉族人、蒙古族人、回回人、色目人、回纥人、维吾尔人、回族人等多种,其中持蒙古族人和回回人的说法最多,近年来持其为蒙古人者渐众。《哥伦比亚中国文学史》有"汉化的蒙古诗人萨都剌"这样的叙述,认为萨都剌属蒙古族。[美]梅维恒:《哥伦比亚中国文学史》,新星出版社2016年版,第426页。

[②] 目前学界提出的萨都剌的生年主要是以萨龙光为代表的元世祖至元9年(1272)说;周双利提出的元世祖至元19年(1282)说;王叔磐提出的元世祖至元20年(1283)左右说;陈垣提出的元世祖至元25年(1288)左右说;张旭光提出的元世祖至元27年(1290)左右说;刘真伦提出的元世祖至元29年(1292)左右说;张旭光为代表的元成宗大德4年(1300)说;无修为代表的元武宗至大元年(1308)说;杨光辉提出的元成宗大德十一年(1307)说等。见萨龙光:《雁门集》卷10,嘉庆12年(1807)刻本;周双利:《萨都剌》,中华书局1993年版,第123—129页;王叔磐:《关于萨都剌的族属、家世、籍贯、生卒年、医生官历问题的考证》,《内蒙古大学学报》1986年第4期,第1—17页;陈垣:《萨都剌的疑年——答友人书》,《陈垣学术论文集》(第二集),中华书局1982年版,第80—83页;张旭光:《回族诗人萨都剌姓氏年辈再考订》,《扬州师院学报》1983年第3期,第53—58页;刘真伦:《萨都剌生年小考》,《晋阳学刊》1989年第5期,第104—106页;张旭光:《萨都剌生平仕履考辨》,《中华文史论丛》1979年第2辑,第331—352页;吴修:《续疑年录》卷2,粤雅堂丛书本;杨光辉:《萨都剌生平及著作实证研究》,高等教育出版社2005年版,第5—40页。

[③] 传统的说法认为他是雁门人,但也有一些学者提出了燕山、河间、福州、京口等几种说法。

一致。因没有新的文献，本书姑且不再论。诗人的创作与其诗学思想及时代文化是分不开的，而其思想的形成则会受到交游者的影响。故本章先从萨都剌的交游考述入手，来看他的思想形成。

第一节 萨都剌的多族多元交游述论

根据萨都剌留存下来的作品及相关资料来看，他的交游是非常广泛的。萨都剌和中国古代传统士人一样，其思想也是儒释道三家并存的，因而与他交往者，以儒士（包括官员和隐士）、道士和僧侣为多。其中，以儒士为主。故此，本节希望通过萨都剌的多族多元交游及其作品，来阐发他的儒者情怀。

一 萨都剌与儒士交游考述

宋代以来，随着陆九渊心学盛行，"宇宙是吾心，吾心即是宇宙"的观念从哲学层面上肯定人的自我价值，肯定人的智慧。士人开始更多关注个体的生活和命运，更注意对俗世生活的表现。蒙古政权以武力建国，元蒙统治者对儒士价值轻视，儒士地位下降，元代士人因此更转向对内心世界的开拓和对个体情思的表述。萨都剌生逢这样的时代，这种思想潜移默化地在其精神中渗透，并影响到他的个性、交游及创作。

萨都剌现存诗作中，与儒士交游的作品有180多首，约占其诗歌总数的21%，交游者达100多人。其中既有政治地位较高者如虞集、马祖常、许有壬等，又有文坛宿儒张翥、杨维桢、杜本等，也有众多布衣。

1. 与都邑政坛高官的交游

萨都剌交游的第一位高官是虞集。虞集（1272—1348），字伯生，号道园，人称邵庵先生。元代著名学者、诗人。少受家学，尝从吴澄游。成宗大德初，以荐授大都路儒学教授，迁国子助教、博士。仁宗时，迁集贤修撰，除翰林待制。文宗即位，累除奎章阁侍书学士。领修《经世大典》，著有《道园学古录》《道园遗稿》。文宗驾崩，称病归隐。顺帝至正8年（1348）卒。虞集素负文名，与揭傒斯、柳贯、黄溍并称"元儒四家"；又与揭傒斯、范梈、杨载齐名，称"元诗四家"。

虞集与萨都剌有师生之谊。虞集是泰定4年（1327）进士科主考官，萨都剌乃此科进士。经虞集拔擢后，萨都剌自此走上仕途。先被授予应奉翰林文字，不到一年，迁镇江录事司达鲁花赤。在他即将赴任江南时，虞集作《与萨都剌进士》送行，诗云："今日玉堂须骑马，几时上苑共听莺。贾生谁谓年犹少，庾信空惭老更成。"诗歌前两句即言明萨都剌供职翰林院及迁转之事，后两句则将萨都剌比作北士南徙的少年才子贾谊，而自比为南臣北仕的垂老庾信。虞集家族祖籍四川，宋亡后徙居江西，虞集自谓南臣北仕，所言不虚。而萨都剌是雁门人，却要到镇江任官，虞集将之比作自洛阳到长沙为官的贾谊，也属相合。值得回味的是，作为文坛耆宿，虞集虽然用一"惭"字自谦，但"庾信文章老更成"之语世人皆知，虞集也毫不避讳，直言"老更成"，显然对自己的文学成就是自信的。贾谊之才世所罕见，虞集用贾谊来比萨都剌，显然对萨都剌的文学才华是称颂的，而贾谊的政治才能在汉代也是杰出的，那么虞集用贾谊来比附萨都剌，就不是简单的对他文学才华的肯定了，这里边也包含了对他政治才能、政治前途的期许。只是这个比附也一语成谶，"贾生年少虚垂泪"，才华横溢的贾谊却没有能够施展他的政治抱负，早早辞世。萨都剌则日后仕途多舛，这是虞集作诗时不曾料到的。

萨都剌在任镇江录事宣差时，作有《花山寺投壶》，诗云："落日花山寺，秋风铁瓮城。居人欢讼简，稚子说官清。系马岩花落，投壶野鸟惊。兴阑山下路，相送晚钟鸣。"① 诗中谈及自己在镇江任上简化民事诉讼的环节，获得百姓的称颂，就连小孩子都认为他为官清明。虞集在读到这首诗时，对他倍加赞赏，寄上一首《寄萨都剌镇江录事宣差》以表达思念："江上新诗好，亦知公事闲。投壶深竹里，系马古松间。夜月多临海，秋风或在山。玉堂萧爽地，思尔佩珊珊。"老师的牵记令萨都剌感怀，回赠唱和两首。其一为《和学士伯生虞先生寄韵》："白鬓眉山老，玉堂清昼闲。声名满天下，翰墨落人间。才俊贾太傅，行高元鲁山。独怜江海客，樽酒夜阑珊。"② 其二为《次韵答奎章虞阁老伯生见寄》："衰职须公称，江波属我闲。宦情鱼鸟畔，德誉董韩间。黄阁论思地，金焦放浪山。尽操舟泛泛，空忆佩珊珊。"③ 从和诗的视角来看，两首诗无疑都很合适，而

---

① 杨镰：《全元诗》第30册，中华书局2013年版，第263页。
② 杨镰：《全元诗》第30册，第112页。
③ 杨镰：《全元诗》第30册，第263页。

顾嗣立《元诗选》中只选了后者，将前者编入李孝光集中。萨龙光在《雁门集》中对此有辨证，认为：前诗（《和学士伯生虞先生寄韵》，引者注）是和，后诗（《次韵答奎章虞阁老伯生见寄》）是答。和者不必拘所寄之诗之意，答则必就其诗意应之。虞之寄诗为公《花山寺投壶》一首而寄也。故首句云："江上新诗好"，指花山寺之诗而言，虞诗中即用其语。今公此答，一句属虞，一句属己，两两相形，见一忙一闲之大不相类。盖由其官清讼简所致，而亦自寓下僚之恨也。少陵云"能者操舟疾若风"，而公操舟泛泛矣。前诗专就虞学士写，与此悬殊。并且指出考《元史》本传李无官镇江事迹，而情事亦绝不相侔。① 今人杨光辉在《萨都剌生平及著作实证研究》一书中认为顾嗣立没有误收，萨龙光的说法有误。理由如下：第一，从诗题看，两者称虞集口吻完全不同，进士萨都剌称其座主虞集为"奎章虞阁老"，而布衣李孝光则直接称"虞学士"，两者差别明显。第二，萨都剌中进士后任镇江录事司宣差，可谓"春风得意"，此一时期萨都剌诗作大多明快华丽，而"独怜江海客，樽酒夜阑珊"更合当时尚未出仕之李孝光的口吻。第三，诗提到"才俊贾太傅"，指"贾太傅"贾谊，虞集《与萨都剌进士》诗云"贾生谁谓年犹少"，已将萨都剌比作贾谊，萨岂会再用"贾太傅"来比拟虞集？而李孝光则没有此问题。第四，萨都剌与李孝光唱和较早，李孝光有可能是在萨都剌次韵虞集诗作之后和了一首诗，所以此诗应该是李孝光的作品。② 其他理由姑且不论，本书认为杨文理由三很有道理。学生给座主和诗，必定不会把老师称誉自己之古人再回称老师。

  虞集与萨都剌的唱和之作，显而易见地表明身居高位的虞集对于萨都剌这位蒙古族诗人是非常欣赏的，不但认为他文学才华出众，也有突出的政治才干。而萨都剌对于文坛盟主虞集也是发自内心的崇敬赞美，除了师生间的情谊外，亦有蒙古族对汉民族传统的诗书文化的认同。

  色目诗人马祖常是与萨都剌唱和的第二位高官。马祖常（1279—1338），字伯庸，雍古部人，寓光州（今河南潢川）。参加元仁宗延祐2年（1315）元代首科进士考试，获得会试第一、廷试第二的成绩。曾为奉翰林文字、监察御史、礼部尚书、参议中书省事、江南行台中丞、御史

---

① （元）萨都剌：《雁门集》，上海古籍出版社1982年版，第74页。
② 杨光辉：《萨都剌生平及著作实证研究》，高等教育出版社2005年版，第116—117页。

中丞、枢密副使等职。其散文学先秦两汉，多制诏、碑志，气势恢宏，语言富丽、新奇；诗歌则圆密清丽，多应酬之作，亦有反映民间疾苦的作品。马祖常在"（泰定帝）三年，考试大都乡贡进士。明年，同知礼部贡举，取士八十五人。又充廷试读卷官"（苏天爵《元故资德大夫御史中丞赠摅忠宣宪协正功臣魏郡马文贞公墓志铭》）①，所以马祖常也是萨都剌的座师。马祖常与萨都剌师生交游往来，时相唱和。萨都剌在江南任江南诸道御史台掾史时，听闻马祖常将拜官南台中丞，特地前往上都迎接，但马祖常又改任宣政院经历，分别时，马祖常作《送萨天锡南归》："千里钟陵路不遥，银河可惜未通潮。龙江拟去浮三翼，雁岭翻来给一轺。愧有简书烦远送，恨无诗句咏前朝。清溪水涨荷花满，留取南床再见招。"表达惜别之情。萨都剌随即和诗《和中丞伯庸马先生赠别中丞除南台仆驰驿远迓至上京中丞改除徽政以诗赠别》，以题代序，说明此诗创作的因由。诗中不但说明因缘，也表达依依不舍之情："江南驿使路遥遥，远赴龙门看海潮。桂殿且留修月斧，银河未许渡星轺。隔花立马听更漏，带月鸣珂趁早朝。秪恐淮南春色动，万竿烟雨绿相招。"② 萨都剌能够不远千里到上都去迎接自己的老师，萨都剌与马祖常的关系可见一斑。萨都剌不仅与马祖常交游唱和，与马祖常之子也有交游，曾作《送马伯庸子进京》。

赵世延是萨都剌交游的另一位色目高官。赵世延（1260—1336），色目雍古部人，秦国公按竺迩之孙，梁国公赵国宝之子。赵世延天资聪明，弱冠即被召入枢密院御史台，历世祖、成宗、武宗、仁宗、英宗、泰定帝、文宗、明宗、顺帝九朝，在任期间颇有善政。死后赠世忠执法佐运翊亮功臣、太保、金紫光禄大夫、上柱国，追封鲁国公，谥文忠。后世对其评价甚高。《元史·赵世延传》载："世延历事凡九朝，历省台五十余年，负经济之责，而将之以忠义，守之以清介，饰之以文学，凡军国利病，生民休戚，知无不言，而于儒者名教尤拳拳焉。"③ 萨都剌有诗《上赵凉国》："笑辞天上九鼎贵，来种江东二顷田。屈指已无元老在，全身惟有国公贤。新亭不必悲王道，彭泽何曾改晋年。如此声名半天下，人间野史

---

① 陈高华、孟繁青点校：《滋溪文稿》，中华书局1997年版，第141页。
② 杨镰：《全元诗》第30册，第168页。
③ （明）宋濂等：《元史》卷180，《景印文渊阁四库全书》第295册，商务印书馆1986年版，第427页。

亦堪传。"① 称颂赵世延的善政及声望。

元统乙亥（1335），萨都剌在京城候任，许有壬曾赠茶。萨都剌作《元统乙亥岁余除闽宪知事未行立春十日参政许可用惠茶寄诗以谢》表达谢意。有"紫薇书寄斜封印，黄阁香分上赐茶"②之语。许有壬（1287—1364），字可用，汤阴（今属河南汤阴）人。元武宗至大初与贯云石同游京师。后任学正，改山北廉访司访司书吏。延祐2年（1315）进士，授辽州同知，有治绩。延祐6年（1319）除山北廉访司访司书吏。至治元年（1321）迁吏部主事，次年转江南行台监察御史，打击贪官污吏，部内肃然。元英宗暴卒，许有壬尽力稳定政局，并向泰定帝上《正始十事》，受到嘉许。有人建言禁止汉人、南人学习蒙文、回鹘文，因许有壬极力反对，未能施行。至元初，告归彰德并南游湘汉间，至元6年（1340）起为参知政事。至正15年（1355）任枢密副使，复拜中书左丞。其时烽火遍地，许有壬极力出谋划策，力图稳定政局。许有壬历事七朝，从政近五十年，直言敢谏，不避权贵。诗文均有时名，对文坛影响长久广泛。所著有《至正集》一百卷，今存八十一卷。

许有壬官至参知政事，位高权重，正如萨都剌在《寄参政许可用》诗中所言："紫髯参政黑头公，日日鸣珂近九重。花底听莺黄阁散，御前批凤紫泥封。却将笔下文章润，散作人间雨露浓。未信吟诗趋幕府，寒霜翠袖依芙蓉。"③ 诗歌首联"紫髯"典出《三国志》，言三国时魏将张辽袭击孙权，却不识所见紫髯善射者为谁，向吴国降兵询问，得知乃为孙权，但此时孙权已经逃走，张辽叹恨不已。后世诗歌中常用"紫髯""紫髯将"典咏勇将。而"黑头公"则指年纪很小，头发尚黑，却已位列三公。《世说新语·识鉴》篇中王导以"明府当为黑头公"称赞诸葛道明才华过人。许有壬与萨都剌年纪相仿，但已经位至参知政事，所以萨都剌之"紫髯参政黑头公"句，既是称赞许有壬年轻位重，也不无羡慕之意。古代显贵者所乘的马以玉为饰，行则作响，因而称为"鸣珂"。"九重"借指皇帝所居之地。"日日鸣珂近九重"自然是强调许有壬之显贵。领联中的"黄阁"有三种意思：一是指三公官署，自汉代以后，三公官署厅门涂黄色，

---

① 杨镰：《全元诗》第30册，第185页。
② 杨镰：《全元诗》第30册，第174页。
③ 杨镰：《全元诗》第30册，第172页。

以区别于皇宫的朱门；二是唐时称门下省为黄阁；三是用来借指宰相。这里的"黄阁散"是将三种意思融合在了一起，指的是许有壬等三公在公署的办公会议结束了。"批凤"语出《论语·微子》："楚狂接舆歌而过孔子曰：'凤兮，凤兮，何德之衰？往者不可谏，来者犹可追。已而，已而！今之从政者殆而！'"后世诗歌中常用"批凤"典指对有德者的批评。"紫泥封"语，因古人用泥封书信，泥上盖印。皇帝诏书则用紫泥。后即以指诏书。颔联描写许有壬年少有为，身居高位，日日伴君，黄阁中与公卿商讨国事，金殿上敢于直言进谏，并且能获得皇帝的认可，形成诏书颁布天下。颈联和尾联夸赞许有壬的文学才能，同时不忘点题，许有壬位高权重，送茶给萨都剌，说明许有壬不以职位高低论交，具有礼贤下士的长者之风，同时也说明萨都剌虽然职位较低，却在文坛上有巨大的声誉，能够获得众多文人的认可。

2. 与江南文坛名士的交游

与萨都剌交往的文坛名士中，李孝光并不是最为年长的，但却是唱和诗留存最多的诗人，现存《和萨郎中秋日海棠韵》《陪萨使君志能游城西光孝院得茶字》《次萨郎中题铁塔寺壁》《次萨使君道林寺壁》等21题42首。李孝光（1285—1350），字季和，号五峰狂客。温州乐清（今属浙江）人。少博学，隐居雁荡山五峰下，南台御史屡次举于朝，至正3年（1343）诏求隐士，以秘书监著作郎召李孝光入京，至正4年（1344）在宣文阁向元顺帝进呈《孝经图说》，受到赏识。李孝光以文章负盛名于当世，著有《五峰集》。萨都剌诗作散佚较多，留存下来的写给李孝光的作品仅有两首，其一为《李五峰孝光携〈墨竹〉索题》（《全元诗》题为《题画竹》）："小雨春池湿凤毛，天孙深夜织鲛绡。何人更立湘江水，独倚熏风忆舜韶。"① 其二为《终南进士行和李五峰题马麟画〈钟馗图〉》："老日无光霹雳死，玉殿咻咻叫阴鬼。赤脚行天踏龙尾，偷得红莲出秋水。终南进士发指冠，绿袍束带乌靴宽。赤口淋漓吞鬼肝，铜声剥剥秋风酸。大鬼跳梁小鬼哭，猪龙饥嚼黄金屋。至今怒气犹未消，髯戟参差努双目。"② 萨都剌的这两首俱是题画诗，诗作题材限定，在内容上很难表现二人情谊。但李孝光索题，萨都剌便作题画诗；李孝光题画，萨都剌也赓

---

① 杨镰：《全元诗》第30册，第158页。
② 杨镰：《全元诗》第30册，第255页。

和，本身就可说明二人相知甚深，情谊笃厚。

　　李孝光曾作《怀萨使君》，诗云："人到中年畏别离，况逢多病转相思。夜深风雨满高竹，自起挑灯读寄诗。"① 描写诗人病中思念好友萨都剌，在风雨交加的深夜，挑灯读萨都剌寄来的诗作，以作慰藉。而在《次萨天锡使君六合诗韵》其一中作者先描写长江波浪滔天的景象："瞿塘雪解水初回，浪融金山怒转雷。"然后笔锋一转："惟有诗人天亦爱，迎船怪雨为君开。"② 由此可见作者对萨都剌的文学才华的肯定，以及自己与萨都剌的情谊之笃挚。李孝光对萨都剌的个性、情志都非常了解，"诗妙人皆颂，才高世不容。旧题经在眼，新别忆闻钟。市远依春树，川明见石春。南风洲渚静，幽窟闷鱼龙"③（《次萨使君道林寺壁》，也题作《次天锡题道林寺壁》）。经过李孝光的诗歌描写，由此我们约略可以探知少年得志、满腹经纶的萨都剌，为何会成为一生坎坷、抑郁不得志的行吟诗人。此诗是和萨都剌《投宿龙潭道林寺》："倦游借禅榻，客意稍从容。落日江船鼓，孤灯野寺钟。竹鸡啼雨过，山臼带云春。半夜波涛作，长潭起卧龙。"④ 两首合观，更可了解萨都剌的人品、心性。在萨都剌的诗歌中，作者期望有朝一日自己能够成为"长潭起卧龙"式的济世英雄，但李孝光在次韵诗中却称萨都剌"诗妙人皆颂，才高世不容"，说明了萨都剌不得志的时代悲剧。当然萨都剌不被时代所容，也是因为他特立独行的性格："自许痴儿了公事，肯教俗子议清流。明日醉骑五花马，吹箫踏月过扬州。"（萨都剌《偶成》三首其二）⑤ 李孝光在《次韵萨都剌杂咏》诗中也将他比作"竹林七贤"中人："扣（一作题）门人至后题（一作书）凤，写字谁怜可博鹅。独露亭中未归客，懒闲成癖奈诗何。"⑥ 李孝光与萨都剌的惺惺相惜，让他的宦途蹭蹬中有了些许安慰。

　　在萨都剌交游的文坛名士中，石岩是最年长的。石岩（1260—1344以后），字民瞻，号汾亭，京口（今江苏镇江）人。曾任彭泽县尹。工诗

---

① 杨镰：《全元诗》第 32 册，第 269 页。
② 杨镰：《全元诗》第 32 册，第 377 页。
③ 杨镰：《全元诗》第 32 册，第 318 页。
④ 杨镰：《全元诗》第 30 册，第 112 页。
⑤ 杨镰：《全元诗》第 30 册，第 284 页。
⑥ 杨镰：《全元诗》第 32 册，第 370 页。

善画，是元代著名的书画鉴赏家，许多流传后世的名作都留有他的题记或题诗，与余德邻、赵孟𫖯、虞集、郭畀等交往密切，年八十五仍然健在。未见文集传世，在《珊瑚木难》《式古堂书画汇考》等著录书画题跋的书籍中，都有石岩的题画诗文。《元诗选·癸集》辑入石岩诗二首，分别是《题子昂重江叠嶂图次虞学士道园韵》《题米元晖五洲图卷》。生平事迹见《书史会要》卷七、《元诗选·癸集》乙集小传、《存复斋集》等。萨都剌与石岩唱和的诗歌共有三题四篇作品，在《送石民瞻过吴江访友》诗中，萨都剌称石岩是"老友"，而且描写其形象是"矍铄绿玉杖，风流白纻袍"①。萨都剌在镇江任职期间写诗《寄石民瞻》："京口石彭泽，诗怀似鹤形。苍天容老健，白发照江清。夜鼎薰鸡舌，秋袍织凤翎。醉扶绿玉杖，应望石头城。"②萨都剌在这首诗中也描写了石岩的形象"苍天容老健，白发照江清"。结尾描写自己对老友的思念，却不直接言明，而是采用对写的形式，以彼之思己作结，表现了二人的交谊深厚。

　　萨都剌与石岩的唱和诗中最早的一首应该是《题江乡秋晚图》，而收录在《永和本萨天锡逸诗》中的《磵泉明府见示病中佳作次韵抒怀》（二首）应该是较晚的作品，两相比较，诗歌风格差异极大。《题江乡秋晚图》云："沙头潮下秋水枯，云山落日云模糊。草堂远近路长驱，萧萧行李行人孤。蹇驴渡桥归思急，村南村北天秋色。何者相呼鸡犬声，山前山后烟树立。江风水面吹残莎，打鱼小艇如飞梭。何人荡桨立船尾，钓者船头腰半驼。小李将军不可作，粉壁流传愁剥落。石门守者尤可奇，挂杖敲门索新跋。京口绿发参军郎，见君此画心即降。携家便欲上船去，买鱼煮酒扬子江。"③《磵泉明府见示病中佳作次韵抒怀》二首云："小斋终日下秋阴，门巷萧条落叶深。万里关河未传舍，五更风雨动归心。西邻隔屋送新酒，北固登楼入醉吟。却忆玉京天似水，奎章楼阁晚沉沉。"（其一）"十年心事西窗下，断简残编觅废兴。负郭有田归更好，还家无日梦难凭。解鞍官柳春风马，沽酒檐花夜雨灯。还忆旧游鹤禁寺，野猿啼月挂

---

① 杨镰：《全元诗》第30册，第111页。
② 杨镰：《全元诗》第30册，第118页。
③ 杨镰：《全元诗》第30册，第242页。

枯藤。"（其二）① 通过对比这三首诗，可以看出，萨都剌初到江南时，春风得意，借给朋友的画作题诗，表现自己的情怀是"京口绿发参军郎，见君此画心即降。携家便欲上船去，买鱼煮酒扬子江"。诗中情调轻快，诗风豪放不羁。萨都剌在镇江任后，被贬官，南台、燕南、闽海，南北流徙，所以在后两首诗中作者回忆早年的一些经历："却忆玉京天似水，奎章楼阁晚沉沉。""还忆旧游鹤禁寺，野猿啼月挂枯藤。"谈及自己这些遭遇，心绪烦闷："十年心事西窗下，断简残编觅废兴。"当年煮酒江上的豪情已经不再，仕途的坎坷，使那个绿发使君变成了一个落魄穷儒："小斋终日下秋阴，门巷萧条落叶深。万里关河未传舍，五更风雨动归心。"诗歌的风格也与初期明显不同，沉郁凄清。

杨维桢和萨都剌同年，是元后期文坛盟主。杨维桢（1296—1370），一作杨维祯，字廉夫，号铁崖，铁笛道人，晚号东维子。山阴（浙江绍兴）人。泰定4年（1327）进士，元顺帝至正初，授杭州四务提举，后逢战乱，避兵富春山，又迁居钱塘，浪迹山水之间。明洪武2年（1369），召修礼乐书。杨维桢明确表示不忘故国，次年放还。卒年75岁。杨维桢诗以务求新奇为特点，号称铁体或"铁崖体"，以竹枝词与古乐府流传最广，其文通俗易懂。编有《东维子文集》三十卷，《铁崖古乐府》十卷、《复古诗集》六卷、《铁崖咏史注》十八卷等。杨维桢有和萨天锡《宫词》（十二首），在组诗的序言中杨维桢对元代宫词创作及萨都剌的宫词进行了评价："为本朝宫词者多矣，或拘于用典故，又或拘于用国语，皆损诗体。天历间，余同年萨天锡善为宫词，且索予和什，通和二十章。今存十二章。"② 在这篇小序中杨维桢充分肯定了萨都剌的文学才能，《宫词》类诗歌历史悠久，元代作为蒙古族政权，作家们对于这个少数民族的宫廷生活充满好奇，许多人创作了相关作品，如张昱的《辇下曲》102首、杨允孚的《滦京杂咏》108首等。萨都剌保存下来的《宫词》并不多，却非常清新自然，得传统《宫词》之作的神韵。萨都剌诗集中有《经姑苏与张天雨杨廉夫郑明德陈敬初同游虎丘山次东坡韵》诗，诗题中的杨廉夫即杨维桢。

---

① （元）萨都剌撰，［日］岛田翰校，李佩伦校注：《永和本萨天锡逸诗》，山西古籍出版社1993年版，第55页。

② 杨镰：《全元诗》第39册，第89页。

与萨都剌交游的著名文士还有揭傒斯、宋本、张翥、顾瑛等。揭傒斯（1274—1344），字曼硕。龙兴富州（江西丰城）揭源人。与虞集、范梈、杨载齐名。皇庆初年，随程钜夫入朝，延祐元年（1314）荐为翰林编修。天历2年（1329），元文宗开奎章阁，揭傒斯获选为授经郎。此后数任集贤、翰林学士，并委任为《辽史》与《金史》总裁官之一。元文宗很赏识他的文才，死后，追封豫章郡公，谥文安。现存《揭文安集》有十四卷本、十八卷本等不同版本。揭傒斯死前，杨载、范梈已死，虞集以目疾归老，"元诗四大家"时代终结于至正初。元代文学史进入杨维桢"铁崖体"时代。萨都剌有诗《访揭曼硕秘书》："城中车马多如云，载酒问字无一人。碧桃花开光艳艳，砚池水暖波粼粼。先生楷书白昼静，家童画纸乌丝匀。落红满地送客去，十年不见江南春。"①

宋本（1281—1334），字诚夫，大都人。自幼颖悟。至治元年（1321）中举，赐进士第一；授翰林修撰。泰定元年（1324）除监察御史，直言敢谏，为人称道。元统2年（1334），累转为集贤学士，兼国子祭酒。是年，卒于官，谥正献。宋本善为古文辞，峻洁刻厉。著有《至治集》四十卷，《元史》有其传记。萨都剌诗集中有一首《京城春夜呈宋礼部》即是与宋本的交游之作："柳色无端染翠裙，官街车马去纷纷。莺花御苑春多少，漏箭宫壶夜几分。金缕悠扬燕市月，玉箫缭绕凤楼云。太平天子恩如海，亦遣余音客枕闻。"②

张翥（1287—1368），字仲举，号蜕庵。晋宁（山西临汾）人。自幼在父亲任职的南方生活。受业于江东大儒李存，又从仇远学诗，以诗文知名。后至元末，年逾花甲才被荐为国子监助教，分教上都生员。至正初，参与修辽、金、宋三史，书成，历任翰林应奉、修撰、直学士、侍讲学士，迁太常博士。仕至翰林侍读学士、国子监祭酒，以翰林学士承旨致仕，封潞国公。致仕后，寄居大都。张翥擅长作诗，近体、长短句尤工，文不如诗，但却以文自负。张翥死，元亡，其诗文亦散佚。仅存《蜕庵诗集》四卷。萨都剌有《和张仲举清溪夜行》，而张翥有《石头城用萨天锡韵》："委迤石路带城遥，古寺残僧薜半凋。一自降王归上国，空余故老说前朝。坏陵鬼剽传金盌，画壁仙妆剥凤翘。更欲留连尽奇观，夕阳江上

---

① 杨镰：《全元诗》第30册，第191页。
② 杨镰：《全元诗》第30册，第204页。

又生潮。"此诗是次萨都剌《登石头》（也作《秋日登石头城》）韵，还有《游石头城清凉寺用天锡题壁韵》，是萨都剌《秋日雨中登石头城访长老圭白岩不遇》的和诗。萨都剌还有一首《次张举韵题皖山金氏绣野亭》，在这首诗中诗人表现了对隐逸生活的向往："一樽浊酒青山暮，三径晚香黄菊秋。"①

顾瑛（1310—1369），一名阿瑛，又名德辉，字仲瑛。昆山（今属江苏）人。家业豪富，筑有玉山草堂，园池亭馆36处，声伎之盛，当时远近闻名。轻财好客，广集名士诗人，玉山草堂遂成诗人游宴聚会场所。萨都剌有《席上次顾玉山韵》诗："画墙班鸠啼绿树，白日紫燕穿朱帘。昼长深院弄瑶瑟，吴姬十指行春纤。"② 诗风绮艳，是典型的应景之作。

3. 与四方普通士子的交往

这里所说的普通文士，是指为官者官位不高，作文者声名不显，或者隐居林下的儒生。这是萨都剌交游最多的一类文士，留存的诗歌有上百首，但因为这些文士很多生平无考，兹列表如下：

德明。《次韵与德明小友》
郑复初。《凤凰台望祭郑复初录事》
赵逢吉。《偕赵逢吉避暑石头城日暮余归逢吉留宿山中次日寄逢吉并长老圭白岩》
朱顺咨。《同朱顺咨王伯循登金山妙高台》《寄朱顺咨王伯循了即休》《石门怀顺咨夜座》《寓升龙观时吴宗师持旨先驾之大都度湾川遂次韵赋此以寄并柬顺咨先生》
王伯循。《同朱顺咨王伯循登金山妙高台》《寄御史王伯循》《寄王御史》《次王御史》《寄朱顺咨王伯循了即休》《同御史王伯循时除广东金事济扬子江余除燕南照磨》《入闽过平望邑和御史王伯循题壁》《送君卿伯循二御史广东金宪时仆在燕南》《送王御史》
刘子谦。《送南台从事刘子谦之辽东》
韩仲宜。《录囚河南还司送宪使韩仲宜调山东》
杨子承。《立秋日登乌石山和杨子承》《和经历杨子承晓发山馆》
观志能，字志能，唐吾氏。《送观志能分得君字忠能与仆同榜又同南台从事考满北还》《余与观志能俱以公事赴北舟至梁山泊时荷花盛开风雨大至舟不相接遂泊芦苇中余折芦一叶题诗其上寄志能》《再过梁山泊有怀志能二绝》《和同观志能还武昌》《淮舟夜呈观志能》《淮安舟中呈观志能台郎（二首）》
莫秀才。《送莫秀才归番阳》

---

① 杨镰：《全元诗》第30册，第184页。
② 杨镰：《全元诗》第30册，第288页。

续表

朱县尹。《寄朱县尹》
管十班，广西宣慰使。《送管元帅南征》《送管十班监宪除广西宣慰使》
畅笃，字曾伯，襄阳人，曾任南台都事。《过淮安畅曾伯都事幽居二首》
郭昪，字天锡。《寄省郎郭天锡》
金德启。《送金德启之句容》
尚游。《都下同翰林诸公送御史尚游题紫骝马》
田美中。《龙潭送侍中田美中携酒十里雪作》
习思敬。《寄习思敬》
姚子征。《寄中台照磨子征》
郭思贞，字干卿。《次韵郭侍御》
索士岩，与萨都剌同年进士及第。《寄士岩台郎》《题进士索士岩诗卷士岩与余同榜又同为燕南官由翰林编修为御史台掾兼经筵检讨除为燕南廉访经历》《留别同年索士岩经历》
宣古木。《送宣古木》
范金事。《范金事幽居》
刘山长。《题刘山长雪夜板舆图》
张志道。《寄志道张令尹》
梅双溪。《次繁昌邑宰梅双溪韵》
丁太初。《送丁太初赴永嘉学正十八韵》
吴寅甫。《送吴寅甫之扬州》
完颜子忠。《寄铅山别驾完颜子忠》
丁三溪。《题汀州丁三溪知事卷》
杜清碧。《会杜清碧》
李竹操。《哭同年进士李竹操经历》
商学士。《登妙高峰题商学士画雨霁归舟图》
李溉之。《寄奎章学士济南李溉之》《题李溉之送别试卷》
王仲和。《补题淮西送王仲和从事试卷》
崔好德。《将入闽赵郡崔好德求题舆地图》
孟志学。《泊江家步无月同孟志学小酌溪上》
司暮春。《经历司暮春即事》
廉公亮。《彭城杂咏呈廉公亮金事》《偕廉公亮游钟山》
王叔能。《次王叔能御史》

续表

蒋景山，沛尉。	《沛尉蒋景山沛簿赵伯颜送予金钩月夜别去有怀》
赵伯颜，沛簿。	《沛尉蒋景山沛簿赵伯颜送予金钩月夜别去有怀》
郭翰卿。	《偕御史郭翰卿郭钟山大崇禧万寿寺文皇潜邸所建御榻在焉侍御索诗因为赋此》
刘涣中。	《题刘涣中司空山隐居图》
王世熙（？—1342?），字继学，东平人。	《和参政继学王先生海南还韵》《姑苏台奉和侍御继学王先生赠别》《寄呈江东廉使王继学》《奉次继学王先生海南还桂林道中韵》
卢疏斋。	《此学士卢疏斋题句容唐别驾》
易释董阿。	《登凤凰台御史大夫易释熏何公索诗援笔应命》
马昂夫。	《三衢守马昂夫索题烂柯山石桥》《寄马昂夫总管》《和马昂夫杂咏赏心亭怀古》
只儿合舟。	《元统乙亥岁集贤学士只儿合舟奉旨代祀真定路玉华宫睿宗仁圣景襄皇帝影堂仆备监礼》
也先不花。	《寄贺进士也先不花仲实除侍御通事舍人》
郭尚之。	《寄文济王府教授郭尚之》
王德新，字君实。	《送金事王君实之淮东》
王克绍。	《别江州总管真定王克绍》
陈众仲。	《赠陈众仲》
曹克明。	《同克明曹生清明日登北固山和韵》《清明日偕曹克明登北固楼》
米思泰。	《赠同年县尹米思泰》
刘子谦。	《送刘子谦照磨之广西》
李遵道。	《题李遵道画竹木图》
张都事。	《送张都事南台》
马允中。	《送南台察院吏马允中台》
王本中。	《寄王本中》
吴郎，广信司狱。	《同吴郎饮道院》
马怀素。	《广平马怀素寓居姑苏雨中见过》
陈行之。	《过姑熟怀陈行之教授》
曹学士。	《寄中曹学士除浙江财赋总管闻至姑苏》
张子寿。	《寄湖南张子寿以西台御史拜前职素有退志故举兼善劝之》
张御史。	《陪张御史游钟山》
泰不华，字兼善。	《芙蓉曲兼善状元御史》
贯云石。	《题鲁港驿和贯酸斋题壁》
葛秀才。	《京口寒夜和葛秀才床字韵》

续表

治将军。《相逢行赠别旧友治将军并序》（221）
李公艺。《七夕后一夜乐陵台上倚梧桐树望月有怀御史李公艺》
王君实。《北风歌送王君实并寄宪副顺子昌》
燕孟初。《走笔赠燕孟初》
卞敬之。《偕卞敬之游吴山驼峰紫阳洞》
李伯贞。《蛾眉云谢照磨李伯贞遗白石》
寿监司。《题寿监司所藏美人织锦图》《题寿监司所藏瘦马图》
广信司狱。《送广信司狱》
刘定斋。《高堂刘侯定斋野友亭》
丘臣敬。《贺山长丘臣敬复淮西田》
南宫子。《题南宫子蜡嘴图》
韩司业。《送韩司业》
沙子中。《寄省郎沙子中》
方七高。《为九江方七高赋》
惟英。《送惟英之淮安》
刘致中《洞房曲和刘致中员外作》
赵仲穆。《桃源行题赵仲穆画》
杨善卿。《偕杨善卿丘以敬刘载民游法云寺以色即是空分韵得即字》
郑文学。《北上别郑文学》
陈子平。《为姑苏陈子平题山居图》
鲜于伯机。《再泊钓台次鲜于伯机》
区谦。《次龙潭壁间韵忆新之区谦二台节》
新之。《次龙潭壁间韵忆新之区谦二台节》
阴锡。《贺阴君锡封赠》
丘郡博。《贺丘郡博持敬新修镇江儒学》
赵南山。《送南安镇抚赵南山捧表西省》
张子寿。《黄河夜送西台御史张子寿时新除湖广金宪》
兀颜子方。《黄河夜雨怀兀颜子方》
王御史。《送王御史时巡历河道接舟金陵》
慎翁。《送外舅慎翁之燕京》
王郎。《送王郎还钱塘》

续表

谢雪田。《访谢雪田山居》	
王本中。《次王本中灯夕观梅》《和王本中直台事书》《戏赠王本中柳枝词》《镇江寄王本中台掾》	
邓善之。《奉和邓善之学士赠陈尧夫教授之作》	
王侍御。《过江东驿次王侍御韵》	
王幼达。《送王幼达之北京》	
崔知印。《送崔知印之江东》	
许荣达。《寒夜即事次韵呈许荣达》	
萧学士。《题先春卷上有萧滕王三学士赞》	
滕学士。《题先春卷上有萧滕王三学士赞》	
王学士。《题先春卷上有萧滕王三学士赞》	
王廉访。《题淮东王廉访清凉亭》	
苏天爵。《秋江横笛图为维扬苏天爵题》	
成居竹。《过江后书寄成居竹》	
功父。《金陵道中遇雨寄功父光国》	
光国。《金陵道中遇雨寄功父光国》	
武侍御。《送武侍御朝章》	
程宗赐。《次程宗赐》	
王功甫。《戏王功甫》	
聂经历。《寄浙东聂经历》	
翟志道。《端居书事答翟志道知事见寄韵》	
赵孟頫（1254—1322），字子昂，号松雪道人，别号鸥波、水精宫道人等。吴兴（今浙江湖州）人，宋室后代。元代书画家。《子昂画卧雪图》	
王文林，御史。《病起戏笔奉答御史王文林》	
脱脱景颜。《逢脱脱景颜》	
元鲁宣差。《寄金坛元鲁宣差行操二年兄》	
李蓟丘。《题李蓟丘画松》	
陈基（1314—1370），字敬初，临海人。《和韵寄吴城陈敬初》《经姑苏与张天雨杨廉夫郑明德陈敬初同游虎丘山次东波旧题韵》	
顾瑛（1310—1369），一名阿瑛，又名德辉，字仲瑛。昆山（今属江苏）人。家业豪富，筑有玉山草堂，园池亭馆36处，声伎之盛，当时远近闻名。轻财好客，广集名士诗人，玉山草堂遂成诗人游宴聚会场所。《席上次顾玉山韵》	
陈子平。《去吴留别干寿道中陈子平诸友》	

续表

吴僧子庭。	《吴僧子庭古木竹》
张菌阁。	《张外史菌阁》
赵万户。	《送赵万户奉母丧归葬》
廉公亮。	《寄廉公亮》
靳处宜。	《寄靳处宜诸公》
王侍郎。	《次韵王侍郎游湖》

从上表可以看出，萨都剌与普通文士的交游面极为广泛。从民族属性上来说，有蒙古人泰不华，有色目人观志能、马伯庸子、脱脱景颜、马昂夫等，汉人最多，他们有的是低级官吏，有的是山长、教授，也有隐居林下的诗人、画家。这一方面说明久在江南做官的萨都剌早已摒弃了民族歧视观念；另一方面也说明在元代多元文化共存，汉族文士也能摒弃"华夷之辨"观念，与其他民族文人真诚交往，从而成就元代文坛的多民族士人圈，并建构元代的中华民族文学书写。

二 儒学观对萨都剌的影响

萨都剌的祖辈已经入居中原，萨都剌从小接受的是儒学教育，参加了以儒学经典为考试内容的科举考试，并中举走上仕途，长期在儒家思想影响深远的江南为官。其师友也多是秉持儒家思想的士人，从而形成了他的儒者情怀。具体看来，萨都剌的儒者情怀有如下几方面内涵：

首先是"奉儒守官"的入仕精神。子路曾言："不仕无义。长幼之节，不可废也；君臣之义，如之何其废之？欲洁其身，而乱大伦。君子之仕也，行其义也。道之不行，已知之矣。"[1] 长幼的人伦道德尚且不可废止，君子必须出仕、去承担社会责任。"仕"才是君子行义的基本方式，所以"孔子三月无君，则皇皇如也，出疆必载质"[2]。孔子一生都在积极谋求出仕，无论是在鲁国，还是"周游列国"时期在卫国、宋国、齐国、郑国、晋国、陈国、蔡国、楚国，都没有停下追求仕进、弘扬儒道的脚步。孟子

---

[1] 杨伯峻译注：《论语译注》，中华书局1980年版，第196页。
[2] 杨伯峻译注：《孟子译注》，中华书局2005年版，第142页。

也同样强调出仕以尽君臣之节、天下之义，"士之仕也，犹农夫之耕也"。他把士人出仕比作农夫耕耘，而且认为"士之失位也，如诸侯之失国家也"①。儒家知识分子积极入仕的理想，自春秋战国后，一直根植于每个士子的心中。萨都剌也不例外，同样有这种积极入仕的儒者情怀。萨都剌在进士及第时作有两首相关诗歌：

  禁柳青青白玉桥，无端春色上宫袍。卿云五彩中天见，圣泽千年此日遭。虎榜姓名书敕纸，羽林冠盖竖旌旄。承恩朝罢频回首，午漏花深紫殿高。(《丁卯年及第谢恩崇天门》)

  内侍传宣下玉京，四方多士预恩荣。宫花压帽金牌重，舞妓当筵翠袖轻。银瓮春分官寺酒，玉杯香赐御厨羹。小臣涓滴皆君泽，惟有丹心答圣明。(《敕赐恩荣宴》)②

这两首诗充分表现了萨都剌中举时的激动心情，抒发了作者对统治者的无限感激，表明了自己丹心报主的忠诚，充分表现了儒家知识分子积极入世的精神。即使在多年后，萨都剌对自己的进士及第还是非常自豪，梦中还不断复现那美好的情景："禁柳青青白玉桥，无端春色上宫袍。蓬莱云气红楼近，阊阖天风紫殿飘。士子拜恩文物盛，舍人赞礼旺声高。小臣虽出江湖远，马上听莺梦早朝。"(《殿试谢恩次韵》)③ 诗歌首联重复了自己《丁卯年及第谢恩崇天门》的首联，后六句描写殿试后谢恩时所见、所闻、所感，在最后一句用"梦早朝"三字说明自己虽居江湖之远，犹在梦中上早朝。萨都剌一生心怀"丹心答圣明"之念，然而就像很多文人一样，虽然拥有积极入仕、建功立业的理想，但是终生沉沦得不到重用。元代是蒙古政权，萨都剌是才华出众的蒙古人，然而进士及第后却仕途蹇滞，基本没有机会任高官、要职，这种怀才不遇就更加鲜明，所以他常常在与友朋的酬唱中书写自己的愤懑、痛苦。所谓"独怜江海客，樽酒夜阑珊"(《和学士伯生虞先生寄韵》)④ 是也。

---

① 杨伯峻译注：《孟子译注》，第 142 页。
② 杨镰：《全元诗》第 30 册，第 179 页。
③ 杨镰：《全元诗》第 30 册，第 196 页。
④ 杨镰：《全元诗》第 30 册，第 112 页。

其次是以天下为己任的社会责任感。儒家以"仁"为核心,主张"亲亲而仁民,仁民而爱物"①,"博施于民而能济众"②"以天下为己任"的精神是儒家文化的根本精神。在蒙古族诗人的汉文诗歌中,这种责任感更多地表现在诗人们对民生的关注。萨都剌的代表作《早发黄河即事》,用黄河边上的百姓与"长安里中儿"进行对比,谴责了统治者的骄奢淫逸,描写了百姓们"力穑望有秋",但即使丰收"秋稻上陇丘",仍然是"短褐长不充,粝食长不周"。因为这些粮食"尝新未及试,官租急征求"。不但要充国赋,还"夜有盗贼忧"。赋税、盗贼已经让百姓生活困窘,这却还不是全部,他们还要被迫去服劳役:"去年筑河防,驱夫如驱囚。人家废耕织,嗷嗷齐东州。饥饿半欲死,驱之长河流。"通过这些描写表达了作者对百姓的同情,也批判了"无良谋"的鄙夫。③再如萨都剌《鬻女谣》中所写:"道逢鬻女弃如土,惨淡悲风起天宇。荒村向日逢野狐,破屋黄昏闻啸鬼。人夸颜色重金璧,今日饥饿啼长途。悲啼泪尽黄河干,县官县官何尔颜。金带紫衣郡太守,醉饱不问民食艰。传闻关陕尤可忧,旱荒不独东南州。枯鱼吐沫泽雁叫,嗷嗷待食何时休。"④诗中也使用了对比手法,描写关陕、两河、东南发生旱灾后,难民四处逃难,背井离乡,无奈卖儿卖女的悲惨状况。与《早发黄河即事》一样批判了统治者的骄奢淫逸,表达了对苦难百姓的无限同情。萨都剌这种对底层百姓生活的关注比比皆是,如"飞骑将军朝出猎,打门县吏夜催徭"⑤"去岁干戈险,今年蝗虫忧。关西归战马,还内买耕牛"⑥"又不闻,田家妇,日扫春蚕宵织布。催租县吏夜打门,荆钗布裙夫短裤"⑦,等等。在关注民生、鞭挞统治者的同时,萨都剌对关怀人民的官员也进行了赞颂。如其《寄朱县尹》之"地僻民安乐,官清县少衙。江东贤令尹,心地似海华"⑧,刻画了带给百姓安宁的朱县尹;《寄志道张令尹》描写春天张令尹带领百姓依

---

① 杨伯峻译注:《论语译注》,第109页。
② 杨伯峻译注:《论语译注》,第26页。
③ 杨镰:《全元诗》第30册,第134页。
④ 杨镰:《全元诗》第30册,第254页。
⑤ 杨镰:《全元诗》第30册,第202页。
⑥ 杨镰:《全元诗》第30册,第262页。
⑦ 杨镰:《全元诗》第30册,第327页。
⑧ 杨镰:《全元诗》第30册,第118页。

时耕种："青山行不断，绿野尽开耕。令尹张公子，儿童知姓名。"①《赠莫州同年县尹米思泰》诗中也同样赞扬米思泰带领百姓开荒种田的善政："倦客重来忆去年，荒城斜日淡炊烟。民居星散无官讼，里巷秋深尽水田。禾稼半生城郭里，槐花乱落县门前。路傍父老头如雪，共道文章令尹贤。"②《次繁昌县宰梅双溪韵》中赞扬梅双溪："抚字三年政，歌谣百里民。"③

最后，推崇儒家提倡的一些道德观念。其一是推崇孝义思想。儒家提出"百善孝为先"，把孝作为封建伦理道德的基础。萨都剌在诗歌《寄舍弟天与》《九月七日舟次宝应县雨中与天与弟别》《将至大横驿舍舟乘舆暮行二首》等诗中通过描写自己四处宦游，表达了自己无法尽孝悌之义的无奈、痛苦；在《哭同年进士李竹操经历》等诗中通过描写朋友或早逝或宦游无法尽孝，表达了自己的孝义思想。在《溪行中秋玩月并序》诗中表现自己得以尽孝的快乐。因此序及诗歌对了解萨都剌其人有很大助益，故录如下：

  余乃萨氏子，家无田囊无储。始以进士入官，为京口录事长，南行台辟为掾，继而御史台奏为燕南架阁官。岁余，迁闽海廉访知事。又岁余，诏进河北廉访经历。皆奉其母而行，以禄养也。后至元三年八月望，舟泊延平津。是夕星河灿然，天无翳云，月如白日，溪声潺湲若奏乐，四山环抱，如拱如立，如侍左右奔走执事者。萨氏子奉母坐船上，与其妇具酒肴盘馔，奉觞上寿。继而若妹、若婿、若婢、若仆，以次而进。和而不亵，谨而怡怡，月色荡酒而溪韵杂笑谈。母欢甚，至舟人醉饮，亦相与鼓枻作南歌而乐。今夕何夕，不知奉亲之在异乡也。嗟夫！昔人所谓宦游之乐不如奉亲之乐，实天乐也。萨氏子于是命妇盥爵满以酒，再拜为母寿，而作歌曰：

  龙津秋水涵太虚，今夕何夕光景殊。皓月当镜星贯珠，河汉倒影垂平芜。微波漾漾风徐徐，新凉拂拂飘裙裾。阿母今年八十余，清晨理发云满梳。起居俨重天人如，有子在官名在儒。奉母禄养南北区，

---

① 杨镰：《全元诗》第30册，第129页。
② 杨镰：《全元诗》第30册，第184页。
③ 杨镰：《全元诗》第30册，第130页。

晨昏不忍离斯须。荆楚燕赵闽粤吴，今年去官南海隅。北上咫尺天子都，官船轧轧如安车。阿母坐卧襟怀舒，清晨夜泊不知挐。母在船上重褥铺，芙蓉映水摇氍毹。开瓮酒熟浮新蛆，秋园摘果雨剪蔬。船尾曲突通行厨，家鸡水鸭美且腴。鲤鲫鲜大如江鲈，奉觞酌酒前拜趋。月波荡酒如浮酥，子为母寿妇寿姑。阿妹次进偕婿夫，酌献亦及婢与奴。熙熙春盎无亲疏，行礼有节俱欢娱。阿母笑语情愉愉，有妇右策儿左扶。舟人醉饱从欢呼，鼓枻节歌声呜呜。四山叠翠开画图，溪濑漱石如笙竽。双壶酒尽村可酤，盘馔狼藉溪可渔。人生此乐更有无，异乡到处同里闾。惟期母寿庄椿踰，有子愿效返哺乌。作诗记实无浮誉，至元丁丑仲秋书。①

其二是对儒家提倡的安贫乐道思想的践行。《论语·雍也》说："一箪食，一瓢饮，在陋巷，人不堪其忧，回也不改其乐。"②颜回作为孔子的得意门生，他安贫乐道的精神一直为后世儒家知识分子推重。萨都剌在诗歌中也表达了这种思想，如《寄友》中说自己"度日轻肥马，朝天借蹇驴"③。在《病中抒怀二首》之一中也有这样的诗句："半月闭门坐，萧然远俗氛。病中心似水，门外马如云"④。作者用自己的心似水与门外马如云的对比，表现了自己的这种思想。在《题进士索士岩诗卷士岩与余同榜又同为燕南官由翰林编修为御史台掾兼经筵检讨除为燕南廉访经历》中描述索士岩的人品时，曾提到他的生活是"弱妻贫且病，羸马瘦仍僵。穷巷回车辙，空厨泛酒浆"⑤。也表现了这一思想。

其三是歌颂"抱节守志"思想。儒家提倡女子为亡夫"抱节守志"，这种思想与蒙古族的传统文化颇有不合之处，但深受儒家思想影响的诗人萨都剌也写有《题潭州刘氏姊妹二孀节妇》，歌颂"嫁作儒家妇"的"刘氏好姊妹"在各自丈夫去世后，相依为命，一起为夫守节的事迹："双藤本同根，长大附高树。树倒何所依，不离树根土。刘家好姊妹，嫁作儒

---

① 杨镰：《全元诗》第 30 册，第 245—246 页。
② 杨伯峻译注：《论语译注》，第 59 页。
③ 杨镰：《全元诗》第 30 册，第 125 页。
④ 杨镰：《全元诗》第 30 册，第 126 页。
⑤ 杨镰：《全元诗》第 30 册，第 130 页。

家妇。儒生游不返,姊妹何所去。忆昔嫁夫时,各期以偕老。今日无所归,骨肉自相保。一炉铸两镜,悬置东西窗。窗前无主人,两镜复一双。哀哉复贤哉刘二孀。"①

李泽厚曾说过:"由孔子创立的这一套文化思想,在长久的中国奴隶制和封建制的社会中,已无孔不入地渗透在广大人们的观念、行为、习俗、信仰、思维方式、情感状态……之中,自觉或不自觉地成为人们处理各种事务、关系和生活的指导原则和基本方针,亦即构成了这个民族的某种共同的心理状态和性格特征。值得重视的是,它由思想理论已积淀和转化为一种文化——心理结构。"② 从萨都剌的汉语诗歌中,我们可以感受到传统知识分子积极入仕、刚健有为的人生理想,关心民瘼、以天下为己任的精神境界以及崇尚儒家传统美德等值得称道的儒家风范。由此可以观之,文化认同在多族共存的元代真切地表现在士人身上,即是对儒家文化的认同,而这样的文化认同是不分民族的。

除了和儒士交往,萨都剌存留诗歌中,表现与道士交往或者吟咏道教宫观圣地的作品有80多首,占其诗歌总数的十分之一,说明诗人与道士交游广泛,喜欢游览并吟咏道教圣地。研究萨都剌与道士的交游及其涉道诗作,可以了解萨都剌思想的多样性,加深对其作品的理解。

三 萨都剌与江南道士的交游

蒙元时期,许多道士是由儒入道的,具有较高的文化修养,能和文人诗酒唱和,结成友朋。一些身处高位的道教领袖还能利用自己与统治者的关系,为士人入仕提供帮助。比如吴全节,"雅好结士大夫,无所不倾其交,长者尤见亲而敬,推毂善类,唯恐不尽其力。至于振穷周急,又未尝以恩怨异其心,当时以为颇有侠气云"③。在此时代背景下,士人大都愿与道士交往,萨都剌也不例外。因为萨都剌生命中的大部分时间都在江南度过,所以,他与许多江南道士过从密切。具体交游情况见下表:

---

① 杨镰:《全元诗》第30册,第133页。
② 李泽厚:《中国古代思想史论》,人民文学出版社1994年版,第34页。
③ (明)宋濂:《元史》,中华书局1976年版,第4529页。

冯友直，紫薇观道士。《题紫薇观冯道士房》《云中过龙潭紫薇观访道士不值》《紫薇观道士冯友直与余同宿苗阁次日予过元符宫友直同僧安上人过五云观写诗赠友直》
良豸冠。《送道士良豸冠还楚丘》
稽秋山。《题冶城道士稽秋山卷》
胡琴月，茅山道士。《赠茅山道士胡琴月》
张雨，字伯雨，茅山道士。《将游茅山先寄道士张伯雨》《同伯雨游疑神庵因观宋高宗赐蒲衣道士张达道白羽扇》《寄句曲外史》《次韵寄茅山伯雨二首》《寄良常伯雨》《酬张伯雨寄茅山志》《拥炉夜酌嘲张友寄诗谢》《经姑苏与张天雨杨廉夫郑明德陈敬初同游虎丘山次东波旧题韵》《和韵三茅山呈张伯雨外史》《宿玄洲精舍芝菌阁别张伯雨》《梦张伯雨》
石山辉，茅山道士。《春日过丹阳石仲和宅会茅山道士石山辉》
陈华隐。《赠道士陈华隐》
王守素，紫阳庵女道士。《赠吴山紫阳庵女道士并引》
陈玉泉，清玄道士。《句曲赠清玄道士陈玉泉朝京还山复拜广陵观》
刘尊师。《赠刘尊师》
舒真人。《题舒真人仙山楼观图》
茅山道士。《答茅山道士见寄》
王习龄。《送王习龄新授宗师朝京》
林道士。《寄新原林道士》
吴全节。《和题吴闲闲京馆王本中醉作竹石壁上》《寓升龙观时吴宗师持旨先驾至大都度湾川遂次韵赋此以寄并柬顺咨先生》《和闲闲吴真人》《寓台城寄吴宗师》
梅石道士。《题茅山梅石道士卷》
谢舜咨。《寄茅山谢舜咨》《赠谢舜咨羽士》《升龙观招道士谢舜咨饮柏台赐酒》
张道士。《赠张道士》

由上表可以看出，与萨都剌有来往的道士很多，从诗题中可以看到的道士有胡琴月、江野舟、稽秋山、良豸冠、冯友直、石山辉、陈华隐、谢舜咨、彭元明、张雨、吴全节、王习龄、王守素等人，另外还有没有名字的舒真人、茅山道士、刘尊师、茅山梅石道士、张道士等。

萨都剌交游的道士中，与其交往最为密切的是张雨。张雨（1283—1350），字伯雨，又名天雨，原名张泽之，号贞居子，句曲外史，道名嗣真，钱塘人。二十岁时游历天台、括苍诸名山，在茅山拜许道杞的徒弟周大静为师，出家入道。张雨曾主持西湖福真观、茅山崇寿观、元符宫、开元宫等。还曾陪开元宫王真人（王寿衍）入京。王寿衍颇受元蒙统治者爱重,"成宗时,两宫眷顾,宠赉甚厚。仁宗呼为眉叟而不名"①,曾奉诏到江南访求遗逸。在王寿衍的力荐之下,元廷让张雨还俗入仕,但被他拒绝了。张雨好作诗,与京中名士赵孟頫、范梈、袁桷、虞集、马祖常、黄溍、揭傒斯等时相唱和。轻仕路而广交游,使得张雨声名鹊起。萨都剌非常敬重张雨的学识,为其赋《寄句曲外史》,诗云:"霞佩翩翩出洞天,当时仿佛见臞仙。几年海上张公子,今日山中葛稚川。沧海尘飞丹已熟,玉堂人去榻空悬。林间载酒来相觅,乞写丹经与世传。"②不但称赞张伯雨风度翩翩,如同清瘦的神仙,经过多年的修炼,已可以与西汉的葛洪相比,而且诗人热切盼望张雨可以写出传世的经书留名青史。后来萨都剌专程到茅山探访张雨,二人成为好友。萨都剌有关张雨的诗有《将游茅山先寄道士张伯雨》《同伯雨游疑神庵因观宋高宗赐蒲衣道士张达道白羽扇》《寄句曲外史》《次韵寄茅山张伯雨二首》《寄良常伯雨》《酬张伯雨寄茅山志》《拥炉夜酌嘲张友寄诗谢》《经姑苏与张天雨杨廉夫郑明德陈敬初同游虎丘山次东波旧题韵》《和韵三茅山呈张伯雨外史》《宿玄洲精舍芝菌阁别张伯雨》等,二人诗词唱和频繁,且同游名山大川,可见交往密切。张雨去世后,萨都剌思念友人成梦,醒后作《梦张伯雨》诗:"政恐梅花即是君,一床蝴蝶两床分。邀予悟读玄真子,羡尔偕升太素云。开箧取书银字灭,卷帘呼酒玉笙闻。觉来不省谁同梦,雪影翻窗似水纹。"③诗中通过庄周梦蝶的典故和读《玄真子》、开箧取书等细节描写,再现了梦中的情景,而醒后想起友人已逝,再无人同梦,表达了对张雨的深切怀念之情。

萨都剌和男道士交游唱和之作颇多,在文化多元的元朝,似这样的诗作在诗歌史上并不鲜见。值得注意的是,萨都剌还关注过女道士的生存状态。他曾作有《赠吴山紫阳庵女道士》,诗歌的序言介绍了这位女道士及其丈夫的基本情况:"武林吴山紫阳庵淅民有丁姓者,弃俗为全真。一日,忽召其妻入山,书诗四句云:'懒散六十三,妙用无人识。顺逆两俱忘,虚空镇常寂。'坐抱一膝而逝,俗谓之骑鹤化。其妻束发簪冠为女道士,奉其夫尸二十年不下山,几于得道。神仙渺茫,姑不暇论,其妇一节乃可

---

① (清)顾嗣立:《元诗选·癸集》,中华书局2001年版,第1362页。
② 杨镰:《全元诗》第30册,第192页。
③ 杨镰:《全元诗》第30册,第298页。

尚也。妇年七十，王其姓，讳守素，亦洌人云。登览之余，因为赋诗。"小序中，萨都剌叙写了丁姓道士预见自己将要寿终，召妻子入山及仙去的经过，作者还从儒家思想出发表彰了丁道士妻子王守素为丈夫守节二十年的事迹。在诗中作者也从这种思想出发，议论说："石竹泪干斑雨在，玉箫声断彩云飞。洞门花落无人迹，独坐苍苔补道衣。"① 运用舜之二妃泪竹成斑的典故，赞扬了王守素对其夫的深厚感情及守节终老的节义。

四　书写蒙古族统治者与道教的关系

萨都剌在他的诗歌中描写了统治者与道教的密切关系。虽然蒙元政权从成吉思汗开始就与道教关系密切，但此前从无诗人描写帝王游览道观的作品，萨都剌通过对元文宗游览道教宫观的描写，为诗歌史填补了这一空白。

元文宗图帖睦尔（1304—1332）出生、成长在汉族地区，四岁就开始跟随汉族儒士学习经史，诗、画、书法都很见功力，所以他的汉文化水平是蒙古诸帝中的翘楚。在《全元诗》第 45 册选录了他的 4 首汉文诗歌：《自集庆路入正大统途中偶吟》《青梅诗》《望九华》《登金山》。图帖睦尔在未登帝位前，被封为怀王，潜邸在金陵（今南京）。在江南生活时，他常常游览钟山、茅山等地道观。萨都剌的五言律诗《夜宿升龙观》云：

旧日宸游地，朱栏护辇纹。龙飞九天雨，鹤梦一龛云。神火丹炉见，仙音客枕闻。殷勤谢道士，深夜礼茅君。②

"宸"即北极星所在之处，诗中代指帝王。这首诗歌首联写的是文宗在江南潜邸时，曾经游览茅山升龙观，留下"辇纹"。颔联之"龙飞九天雨"是指文宗自金陵入正大统。不只诗作描述文宗游览道观事，萨都剌也曾有词记录文宗游览道观事。其《酹江月·游钟山紫薇观赠道士其地乃文宗驻跸升龙之处》词，就是描写文宗图帖睦尔在江南时驻跸紫薇观的史事。上片开头"金陵王气，绕道人丹室"，说文宗游历道观将金陵的王气带到了道观中，而文宗登基离去则"一夜神光雷电转，江左玉龙飞去"，

---

① 杨镰：《全元诗》第 30 册，第 176 页。
② 杨镰：《全元诗》第 30 册，第 114 页。

文宗虽然离开了，但是这里"总是神游处"，连观中的草木"承恩犹代风雨"。下片是写紫薇观的"野服黄冠"的"落魄"道士因为与文宗的因缘，在他即位后获得了"榻前赐号"的荣宠。①

蒙元时期，道教的各个派别都受到统治者的重视，南北各派的掌教及著名的道士常常被皇帝召见，或被赐以道号或被委任为使者，甚至成为道官。蒙元帝王、官僚集团对道教的法术也颇为认同，常请道士祈祷、驱邪、禳灾，提高了道教的地位，促进了道教在元代的发展，也使蒙汉文化不断交融。萨都剌的诗歌中相关作品很多。比如关于道士吴全节与统治者的互动关系，萨都剌在《和闲闲吴真人》二首其一首联即说"几度驱车上京国"，说明吴全节与统治者的密切关系；第二首中描写吴全节进宫为皇帝讲授养生之法，称吴全节为居于天上的神仙，可以在"丹凤楼"也就是皇宫前驾驭"鹿车"，诗中作者将吴全节比作修道成仙的周灵王太子晋，也就是"王子晋"，②表达了作者对吴全节的敬重之意。吴全节在京城时间很长，得到蒙元几朝皇帝的信用，时间长达40年之久，这是一般文臣也无法获得的宠遇，所以萨都剌在多篇诗中都称他是"天上吴夫子"。吴全节与一般大臣一样参与"扈从行幸"，萨都剌作有《寓升龙观时吴宗师持旨先驾至大都度湾川遂次韵赋此以寄并柬舜咨先生》，"扈跸千官取次行，道人先踏雪泥晴"③。点明吴宗师这个扈从道官地位尊贵。

不仅掌教会得到统治者重用，著名道士得到蒙元统治者召见的例子也比比皆是，仅就茅山派道士获得的荣宠，萨都剌相关的诗歌就很多，如《送王习灵新授宗师朝京》，诗中的王习灵是茅山道士，被统治者封为"宗师"，并被授以道官。再如《送李恕可随王宗师入京》中说的王宗师是上首诗歌中的王习灵，诗作首联有"借得茅山鹤，乘风飞上天"之语，尾联又谓"待闻金马诏，复见玉堂仙"④。诗人说李恕可因王宗师之故，获得了统治者的求贤诏书，所以乘风而去，进入青霄之途。还如《句曲增清玄道士陈玉泉朝京还山复拜广灵观》中描写的是茅山道士陈玉泉骑黄鹤

---

① 唐圭璋：《全金元词》，中华书局1979年版，第1090页。
② 杨镰：《全元诗》第30册，第276页。
③ 杨镰：《全元诗》第30册，第266页。
④ 杨镰：《全元诗》第30册，第117页。

离山,获得"曾向春班趁早朝"①的殊荣。著名道士所感受的皇恩,对于仕途困顿的士子来说都是可望而不可即的天恩。所以有感于茅山道士的际遇,一直官居下僚的萨都剌在《赠刘尊师》诗中,先说刘宗师获得了"天上赐衣沾雨露"的礼遇,然后表达了自己"拟借茅君三日鹤","乘风骑到玉皇家"②的心声。

蒙元统治者对道教各宗派的尊崇,虽然不排除加强政治统治的目的,但客观上促进了道教文化的发展,而道教这一本土宗教与蒙元政权的合作,本身也是蒙汉文化融合的先例。在这样的时代氛围下,似萨都剌这样的蒙古族士人,受到道教文化或道家思想影响是顺理成章的,因此萨都剌关注道教与执政者的关系,在诗歌中扩大这一题材的书写范围。但同时也可见出,萨都剌对宗教与政治、政治与文学之间的关系是深入思考过的,最终能够呈现在诗歌文本中,说明他的汉文诗歌写作确实是其言志之作。

五 萨都剌对道教典故及相关意象的灵活运用

道教在长期的发展演变过程中,形成了特色鲜明的宗教文化。无论隶属何道派,抑或修炼何种道术,教义的核心都是养生、修炼以求长生不死、修道成仙。为自神其教,道教将上古的神话人物和其后历代长寿者、修道者都拉入其神仙谱系,这些神仙往往都会有一个曲折离奇的修道故事,这些人物及其故事经过历代文人的播迁,渐次成为诗词中常用的典故。道教徒在修炼过程中,往往要通过炼制丹药延年益寿,为了除情去欲喜欢隐遁深山,与清泉、云霞为伴,成仙时往往是化鹤而去或者骑鹤升天,所以又形成了众多相关的意象。萨都剌在其涉道诗歌中也运用了许多独具道教文化特色的意象和典故。

道家思想重视养生,尤其是庄子的著作中还有很多关于神仙的描述,所以老庄也就成了道教的神祇,他们的相关故事是文学中最多的涉道典故。萨都剌《题舒真人仙山楼观园》诗中有"光流汉殿青鸾舞,霞拥函关紫气明"之句,这里的"函关紫气"就与老子有关。传说函谷关总兵尹喜很崇敬老子,听说他要经过函谷关西去,于是日日向东眺望,一天发现日出的地方紫气浩荡,不久老子骑青牛而至,于是便拜老子为师,请老

---

① 杨镰:《全元诗》第30册,第181页。
② 杨镰:《全元诗》第30册,第191页。

子写下了《道德经》。在《梦张伯雨》一诗中则有关于庄子的典故，"政恐梅花即是君，一床蝴蝶两床分"①，诗句运用了《庄子·齐物论》中庄周梦蝶事："昔者庄周梦为蝴蝶，栩栩然蝴蝶也。自喻适志与！不知周也。俄然觉，则蘧蘧然周也。不知周之梦为蝴蝶与？蝴蝶之梦为周与？周与蝴蝶则必有分矣。此之谓物化。"② 在道教仙话中黄帝是比老庄年代更久远的神仙，"鼎湖龙去御床空，辇路花开旧日红"（《升龙观九日海棠杏花开二首》其二）③ 就与黄帝有关。据说远古时期，黄帝汲取小秦岭北侧、荆山脚下的一处湖泊中的水铸鼎，此湖因此得名鼎湖。不过对于传说中的黄帝就是在鼎湖乘龙升天，而茅山升龙观又言黄帝是在这里骑鹤升天，萨都剌接受的是后者。

秦汉的神仙传说中，萨都剌诗中提到了武夷君、淮南王刘安、丁令威和葛洪的故事。《宿武夷》诗云：

舣舟山水间，借宿武夷观。月挂水晶帘，风吹紫霞幔。鸡犬过云间，笙乐度天半。传语武夷君，酒熟幸相唤。④

道教的第 16 洞天是武夷山，据说在秦始皇 2 年（前 245）八月十五日，武夷君曾经在武夷山幔亭峰上建幔亭，置美酒佳肴，邀请乡人聚会，这也是幔亭峰之名的由来。萨都剌诗中"风吹紫霞幔"和"传语武夷君，酒熟幸相唤"三句就是来自这个传说。"鸡犬过云间，笙乐度天半"一联则是运用了淮南王的典故：刘安是汉高祖刘邦之孙，袭封为淮南王，他喜欢神仙之道，常与一些方士研究长生之术。有一天来了八位老者，有的能腾云驾雾，有的能移山填海，有的能点石成金……他们后来煮了神药，刘安一家饮后一起升天，连他家中的鸡犬舔食了药汁后也飞升天界，因而有了"一人得道，鸡犬升天"的典故。《赠吴山紫阳庵女道士》中提到的丁令威本是汉代辽东人，在灵虚山修道，成仙后化鹤归来，落在城门华表上，成为道教中著名的神仙。曾经被封为关内侯的东晋道教学者

---

① 杨镰：《全元诗》第 30 册，第 298 页。
② 孙雍长注释：《庄子》，花城出版社 1998 年版，第 35 页。
③ 杨镰：《全元诗》第 30 册，第 280 页。
④ 杨镰：《全元诗》第 30 册，第 141 页。

葛洪，字稚川，是著名的炼丹家、医药学家，他曾隐居罗浮山炼丹，还著有对道教神仙谱系及神仙理论具有重要影响的《神仙传》《抱朴子》等著作，也被称为道教的神仙。萨都剌在《寄句曲外史》诗中将张雨比作葛洪："几年海上张公子，今日山中葛稚川。"[1]

萨都剌对唐宋以来以及当代一些道教名流的故事也很关注。如"邀予悟读玄真子，与君偕升太素云"（《梦张伯雨》）[2]一联中的玄真子就是唐代的会稽山阴人张志和，他博学能文，曾考中进士。传说他修真得道，一次与好友颜真卿饮酒时，在水上铺了一张席子，独坐其上，席子来去自由如同小舟，还有一些白鹤伴其左右。后在水上挥手与颜真卿道别，飞升而去。而《升龙观夜烧香印上有吕洞宾老树精》诗中的"兰风吹动吕仙影"，以及"铁笛一声吹雪散，碧云飞过岳阳楼"[3]三句运用的是唐宋元时期产生的"八仙"故事中有关"吕洞宾"的传说。

道教在历史发展过程中，受到文人的关注，其中一些流行的故事就变成了诗歌典故，萨都剌的涉道诗中常常运用这些典故。如他的《题舒真人仙山楼观图》："瑶花琪树间霓旌，十二朱楼接五城。台上吹箫秦弄玉，云边度曲许飞琼。光流汉殿青鸾舞，霞拥函关紫气明。方丈蓬莱俱咫尺，不须东望问长生。"[4]这首诗句句涉道。如"瑶花琪树"常指仙境中的琼花、玉树，"霓旌"，传说仙人出行以霓虹为旌旗；"秦弄玉""许飞琼"都是仙女，传说秦弄玉是春秋时期秦穆公的女儿，嫁给萧史为妻，萧史善吹箫，二人吹箫作凤鸣，后夫妻成仙，乘凤离去；许飞琼是神话传说中西王母美艳绝伦的侍女；青鸾是传说中的神鸟，多为神仙坐骑；"函关紫气"是与老子有关的典故；方丈、蓬莱是古代道教传说中三神山之二；长生是道教徒修炼的终极追求。纵观萨都剌的诗集，我们发现萨都剌在涉道诗中特别喜欢使用一些极具道教文化色彩的词汇或意象，道人（士）这一词就出现几十次，如"道人（士）爱幽居，年来一事无"[5] "殷勤谢道

---

[1] 杨镰：《全元诗》第30册，第192页。
[2] 杨镰：《全元诗》第30册，第298页。
[3] 杨镰：《全元诗》第30册，第274页。
[4] 杨镰：《全元诗》第30册，第192页。
[5] 杨镰：《全元诗》第30册，第108页。

士，深夜礼茅君"①"踏雪何处去，清溪道士家"②，等等。如果说像道人这样的词汇，只是直接表明这是涉道诗，而没有深入道教文化内核的话，那么"鹤"这个意象似乎可以解决这一问题。在道教文化中，有道之人往往可以化鹤成仙，鹤也是仙人的坐骑，连道士的衣服也被称为是"鹤氅"。可以说"鹤"这个意象象征着养生长寿、修道成仙、飞升天界等诸多内涵。在萨都剌的涉道诗中有大量包含"鹤"字的诗句，如"白日莫放鹤，清溪闲钓鱼"③"龙飞九天雨，鹤梦一龛云"④"借得茅山鹤，乘风飞上天"⑤，等等。从中可以看出萨都剌对道教文化的熟悉和热爱。道教文化中长生的途径除了修炼还要服食丹药，所以涉道诗歌中往往会出现"丹""丹炉""丹砂""丹灶"等意象，萨都剌诗歌中含有这些词汇的也不少。如"沧海尘飞丹已熟，玉堂人去榻空悬。林间载酒来相觅，乞写丹经与世传"⑥"神火丹炉见，仙音客枕闻"⑦"丹砂出鼎无余火，白发翻经有太玄"⑧"云护烧丹灶，泉香洗药池"⑨等。

萨都剌诗歌中具有鲜明道教文化烙印的意象不仅这些，还有如"云""云霞""仙人""仙家"等，说明在蒙元时期，由于统治者对道教文化的尊崇，道教文化深入人心，在皇权话语宣导下产生的诗歌也会濡染上宗教文化色彩，而这也从另一个侧面反映出蒙汉文化文学交融的历史轨迹。

综上所述，元蒙统治者利用道教笼络中原民众之心，鼓励其发展，对其教主、教众进行敕封，既促进了道教的发展，同时也使道教文化融入蒙古族传统文化之中。萨都剌诗歌将蒙汉文化交流中出现的这种新气象纳入作品，具有重要的学术史意义。

元代蒙古族统治者对汉传佛教很重视，给予优惠政策，促进其发展。蒙古族诗人也喜欢游览佛寺，与名僧交游、唱和，参禅学佛，创作出具有

---

① 杨镰：《全元诗》第 30 册，第 114 页。
② 杨镰：《全元诗》第 30 册，第 109 页。
③ 杨镰：《全元诗》第 30 册，第 109 页。
④ 杨镰：《全元诗》第 30 册，第 114 页。
⑤ 杨镰：《全元诗》第 30 册，第 117 页。
⑥ 杨镰：《全元诗》第 30 册，第 192 页。
⑦ 杨镰：《全元诗》第 30 册，第 114 页。
⑧ 杨镰：《全元诗》第 30 册，第 196 页。
⑨ 杨镰：《全元诗》第 30 册，第 119 页。

禅趣的诗作。元代萨都剌、泰不华、月鲁不花、笃列图、察伋、察罕不花、达溥化、朵只、童童、埜剌、答禄与权、伯颜景渊等十几位蒙古族诗人都有涉佛诗作，他们的作品既反映了元代汉传佛教的流传情况，也反映了蒙古族诗人对汉传佛教的认同。萨都剌的诗歌中相关作品最多。

六　萨都剌与江南禅僧的交游

萨都剌进士及第后，最早任镇江录事司达鲁花赤，历南御史台椽史、淮西北道经历、福建闽海道廉访司知事，晚年寓居杭州。半生的江南经历，萨都剌与多位江南禅僧结下友谊。具体交游情况见下表：

闻上人。《送闻师之五台》
无传上人。《题北固山无传上人小楼》
景南亨上人。《送景南亨上人归江西》
圭白岩。《偕赵奉吉避暑石头城日暮余归逢吉留宿山中次日寄逢吉并长老圭白岩》《秋日雨中登石头城访长老圭白岩不遇》《未归》
焦山方丈。《题焦山方丈壁和僧韵》
李恕可。《送李恕可随王宗师入京》
王宗师。《送李恕可随王宗师入京》
益山长老。《正觉寺晚归赠益山长老》
笑隐，名大䜣，南昌人。《赠䜣笑隐长老》《寄贺天竺长老鑫笑隐召住大龙翔集庆寺》
焦山方丈。《题焦山方丈壁》
了即休。《寄朱顺咨王伯循了即休》《寄京口鹤林寺长老了即休》《鹤林僧送竹笋》《送鹤林长老胡桃一裹茶三角》《病中寄即休上人》《用韵再寄了翁》《病中寄了上人》《忆鹤林即休翁》《春日登北固多景楼录奉即休长老》《寄即休翁》《寄鹤林休上人》《游竹林寺》
简上人。《雪中渡江过山饮旸谷简上人房》
圆上人。《送镜中圆上人游钱塘》
达上人，仁王寺。《赠仁王寺达上人》
庐山僧。《送僧归庐山》
澹上人。《赠学古澹上人》
约上人。《送龙翔寺约上人之俗归宜兴状寺》
休上人。《休上人见访》
鹫峰上人。《赠别鹫峰上人并引》
休上人。《次韵休上人见寄》

龙江上人。《复次韵柬龙江上人》
虚白上人。《谢龙江虚白上人雨中见过》
金山长老。《寄金山长老》
清凉寺长老。《次和清凉寺长老韵》
来复上人。《赠答来复上人》
隐上人。《题隐上人房》
于上人。《宿延陵昌国寺书于上人房》
雪岩祖钦禅师。《赠钦师》

　　从上表可以看出，萨都剌与了即休的交往最多。了即休是京口鹤林寺长老，也是一位诗僧，萨都剌曾在镇江录事司任达鲁花赤三年，常常光顾鹤林寺，与了即休禅师交往频繁。萨都剌在《寄鹤林休上人》诗中盛赞了即休禅师的才华："上人才思塞胸次，强欲禁之无不鸣。一日相望吐奇句，满林光彩照山精。"① 萨都剌与了即休禅师志趣相同，二人交往密切。清明节萨都剌到鹤林寺，"且伴山僧煮新茗"；② 新笋初绽，了即休便"棕鞋桐帽"顶风冒雨前来送笋③，而萨都剌则以老胡桃一裹茶三角回赠："胡桃壳坚乳肉肥，香茶雀舌细叶奇。枯肠无物不可用，寄与说法谈禅师。"④ 当萨都剌卧病在床，感叹世态炎凉："主人病久来车少，门巷秋深落叶多。金帐人趋新党项，尘寰谁识老维摩。"⑤ 于是寄信给了即休："狂邻卧病在江城，怀抱思君空作恶"⑥ "衲子清游处，何妨问病人。"⑦ 了即休随即便来看望："京口参军门不出，鹤林老子轿相过。"⑧ 萨都剌病体初愈，马上来鹤林寺回访老友："病起借禅榻，高眠避市喧。"⑨ 萨都剌与了

---

① 杨镰：《全元诗》第46册，第285页。
② 杨镰：《全元诗》第46册，第258页。
③ 杨镰：《全元诗》第46册，第205页。
④ 杨镰：《全元诗》第30册，第239页。
⑤ 杨镰：《全元诗》第30册，第188页。
⑥ 杨镰：《全元诗》第30册，第240页。
⑦ 杨镰：《全元诗》第30册，第263页。
⑧ 杨镰：《全元诗》第30册，第188页。
⑨ 杨镰：《全元诗》第30册，第264页。

即休的情谊在日常的你来我往甚而饮食递赠的牵挂中日渐加深。所以，分别之后，萨都剌时时忆念了即休，经常寄诗倾诉自己的思念之情："遥忆题诗旧游处，夜深东壁月苍苍"①"苔老应无屐齿痕，旧游历历眼中存""秋径山风多落叶，隔林疑是马蹄声"②。

除了了即休，与萨都剌交游的僧人还有很多，如早年在南京结识的长老珪白岩，萨都剌曾写有《秋日雨中登石头城访长老珪白岩不遇》《偕赵逢吉避暑石头城日暮余归逢吉留宿山中次日寄逢吉并长老珪白岩》《未归》三首诗。《赠钦师》中提到雪岩祖钦禅师，《宿延陵昌国寺书于上人房》《题隐上人房》《送闻师之五台》《送僧归庐山》《赠学古澹上人》《送镜中圆上人游钱塘》《寄金山长老》《和清凉寺长老韵》《送约上人归宜兴湖㳇寺》《柬东龙江上人》等诗歌中提到禅僧。

七　萨都剌对江南禅寺的吟咏

汉传佛教在汉地民间一直拥有雄厚的基础和巨大的影响力，尤其是长江以南地区。陈垣在《释氏疑年录》中录有231位僧人，其中158位僧人主持的寺庙在江南，主要分布于长江沿线和福建。至元代中期，蒙汉文化交融深入，宗教影响更为广远。蒙古族诗人受到佛教思想的影响，经常游览、吟咏寺庙，萨都剌吟咏寺庙的诗歌有50多首。他笔下的寺庙大多数都在福建和长江沿线。属于今江苏省镇江市的如《清明游鹤林寺》《夏日游鹤林寺》《花山寺投壶》《丹阳普宁寺席上》《宿丹阳普照院》《宿经山寺》等诗中描写的鹤林寺、花山寺、普宁寺、普照院、经山寺等；属于江苏省南京市的如《宿龙潭寺》《投宿龙潭道林寺》《寄贺天竺长老忻笑隐召住大龙翔集庆寺》《偕侍御郭翰卿过钟山大崇禧万寿寺文皇潜邸所建御榻在焉侍御索诗因为赋此》《再过钟山大禧万寿寺有感》《题半山寺》《和清凉寺长老韵》等诗中提到的龙潭寺、大龙翔集庆寺、大崇禧万寿寺、半山寺、清凉寺等；属于江苏省丹阳区的如《宿延陵昌国寺书于上人房》《宿陵口寺》等诗中的延陵昌国寺、陵口寺等；属于今江苏无锡的如《过鹅湖寺》中的鹅湖寺；属于今江苏常州的如《正觉寺晚归赠益山长老》中的正觉寺；属于今浙江省的如《宿台山寺绝顶》中提到的金华台山寺、

---

① 杨镰：《全元诗》第30册，第168页。
② 杨镰：《全元诗》第30册，第283页。

《游金山寺》《夜宿金山题金山图》《寄金山长老》等诗中提到的杭州金山寺以及《游崇国寺》中写到的浙江温岭崇国寺等；属于安徽的有《宿淮南长芦寺》中描写的长芦寺。还有属于湖北随州的，如《游铁塔寺》《铁塔寺寓怀》等诗中描写的铁塔寺。属于今福建的有《过光孝寺》《再游崇禧寺》中描写的光孝寺和崇禧寺。

萨都剌在描写汉传佛寺时，不仅描写佛寺附近的风光，还会涉及许多佛教典故，表现出诗人对佛教文化的熟稔。萨都剌《登乌石山仁王寺横山阁》之"深堂说法夜，应有石头听"[1]有石头听之语，来自汉传佛教中著名典故"生公说法，顽石点头"，据传晋末15岁就登坛讲法的高僧竺道生，20岁时到庐山讲授佛法，名震江南。当时《涅槃经》刚传入中国，他潜心研究其中的奥妙，参悟到"人人皆可成佛"，然而因此被逐出庐山。他流浪到苏州虎丘山讲法，顽石都为之点头。

萨都剌笔下也会使用一些汉族历史文化方面的典故，了即休主持的镇江鹤林寺是萨都剌常去的地方，这座小桥流水环绕的古寺，位于镇江（京口）南郊磨笄山北麓，始建于东晋元帝大兴4年（321），原名竹林寺。南朝宋武帝刘裕即位前曾游竹林寺，有黄鹤在上空飞舞，刘裕即位后，即改名为鹤林寺。萨都剌除了有《清明游鹤林寺》《夏日游鹤林寺》之外，还写有《游竹林寺》，开头四句即点出此寺原名及改名的由来："野人一过竹林寺，无数竹林生白烟。江左玉龙埋碧草，月明黄鹤下青田。"[2]萨都剌在《登乌石山仁王寺横山阁》诗中有"山川几緉屐"[3]句，魏晋阮氏家族名士众多，其中阮孚因收藏癖为人所知。刘义庆《世说新语》："祖士少好财，阮遥集好屐，并恒自经营。同是一累，而未判其得失。人有诣祖，见料视财物，客至，屏当未尽，馀两小簏，着背后，倾身障之，意未能平。或有诣阮，正见自吹火蜡屐，因叹曰：'未知一生当着几緉屐？'神色闲畅，于是胜负始分。"[4]这里的"緉"字是量词，专用于鞋，相当于"双"。苏轼曾有"人生当着几緉屐，定心肯为微物起"（《次韵答舒教

---

[1] 杨镰：《全元诗》第30册，第116页。
[2] 杨镰：《全元诗》第30册，第196页。
[3] 杨镰：《全元诗》第30册，第116页。
[4] （南朝·宋）刘义庆著，龚斌校释：《世说新语校释》，上海古籍出版社2011年版，第703—704页。

授观余所藏墨》）①之语，辛弃疾亦有"此生能着几緉屐，何处高悬一缕丝"（《诸葛元亮见和复用韵答之》）②之句。萨都剌此诗句，与苏轼、辛弃疾同一语意。

任何宗教都是人们逃避现实的工具，所以涉佛作品往往都会表达诗人厌倦尘俗、向往超脱的思想感情。仕途不畅的萨都剌在诗作中常常表达归隐心绪。"石床茶灶如招隐，还许闲人一半分"（《过鹅湖寺》）③"何日挂冠寻旧隐？山中应有故人招"（《宿经山寺》二首其一）④"回首人间春又老，将军白马几时归（《兴圣寺即事》）"⑤等，都流露出作者希望有朝一日挂冠归隐，与山水清音、梵寺钟鼓相伴的情趣。

与其他南下中原的少数民族相比，蒙古族在守护本民族文化传统方面是非常坚定的。蒙古族退回漠北后，立即恢复了本民族的制度和文化传统，汉族文化基本没有了存续的余地。但在元蒙政权下，蒙古族诗人的汉语诗歌中，汉文化的影响是极为深远的。尤其是蒙古族统治者极力推行的儒释道三家文化已经成了蒙古族文化的一部分，成为蒙古族人民生活的一部分。这说明中华民族文化在历史发展过程中，不断地将一个或几个单一民族文化，整合为所有民族共同的精神财富，而诗歌恰恰就是这种文化整合的历史见证。

第二节　萨都剌江南山水书写的诗情画意

萨都剌在泰定4年（1327）进士及第后，任职多在江南，半生都在江南度过，对江南山水风物极为熟稔，而且江南秀丽的山水风光也大大激发其诗兴，故此，萨都剌的江南吟咏颇多。值得注意的是，这些江南山水诗与江南的山水一样都具有画的意趣，形成了萨都剌诗歌诗画兼容的特色。

---

① （宋）苏轼：《苏轼诗集》卷16，中华书局1982年版，第837页。
② 傅璇琮：《全宋诗》第48册，北京大学出版社1998年版，第30008页。
③ 杨镰：《全元诗》第30册，第177页。
④ 杨镰：《全元诗》第30册，第289页。
⑤ 杨镰：《全元诗》第30册，第276页。

一　诗画兼善及萨都剌的题画诗

自唐开始，诗画兼善的文人开始出现，但唐代诗人是精英阶层，而画师、画工地位却比较低，所以唐代兼善诗画的文人很少，如王维般二者兼长成为美谈。宋代诗画兼善者开始增多，但依然是文坛上的少数人。元代文士中，诗画兼善者却非常多。胡应麟就曾指出："宋以前诗、文、书、画，人各自名，即有兼长，不过一二。胜国则文士鲜不能诗，诗流靡不工书，且时旁及绘事，亦前代所无也。"[1] 萨都剌有"雁门才子"之称，工诗、善画、精于书法。遗憾的是其画作留存下来的不多，不过，透过这些遗存，依旧可以管窥萨都剌的诗情画意。

作于元顺帝后至元6年（1340）的《严陵钓台图》诗，是萨都剌对自己所绘严陵钓台图的完整记录，诗云："山川牵惹我心旌，迢递驱驰万里程。跂步薜分声柝柝，瀑流涧汇响硑硑。钓竿台上无形迹，丘壑亭中有隐名。富贵可遗志不易，鼎彝犹似羽毛轻。"写出画图题材内容。诗后作者自跋："予自都门历南，跋涉驱驰奔走几半万里，闻严台钓矶，山秀寰拱，碧水澄渊。余强冷启敬共登，既而游归。启敬强余绘图，漫为作此。至元己卯八月燕山天锡萨都剌写，并题于武林。"[2] 说明作画缘起，作者与朋友冷子敬一起游览严陵钓台，并应冷子敬之请创作了这幅画并题诗。

萨都剌诗画兼善，而且诗名远播，连当时的文坛盟主杨维桢也对他极为称道，所以时有朋友邀请萨都剌为自己的画作题诗。萨都剌留存下来的题画诗有二三十首，分为两类，一是为人物画题诗，二是为山水画题诗。萨都剌的山水类题画诗，往往能够抓住画作的主要特点，进行传神描摹。如他的《画》二首："树色浓堪掬，痴岚扑雨秋。道人岩下住，屋角挂奔流。""草迷苍耳子，鸟弄白头翁。十里湖山树，平分杳霭中。"[3] 第一首前两句是远景，后两句是近景；而第二首中前两句是近景，后两句是远景。有对画面整体的描绘，也有对画作细节的刻画。再如《题画》二首："绿树阴藏野寺，白云影落溪船。遮却青山一半，只疑僧舍茶烟。""百重

---

[1] （明）胡应麟：《诗薮外编》卷6，上海古籍出版社1958年版，第240页。
[2] 杨镰：《全元诗》第30册，第300页。
[3] 杨镰：《全元诗》第30册，第290页。

树湿飞瀑,千朵峰棻断霞。满着青鞋布袜,来寻石髓胡麻。"① 这两首对画面的色彩描摹最为真切,第一首中的"绿""白""青";第二首中的"绿树""红霞""青鞋",将画面描摹得如在目前。

强调诗与画的同一,是宋代之后普遍的美学追求。钱锺书曾说:"自宋以后,大家都把诗和画说成仿佛是异体而同貌。"② 但同时诗人们也认为诗远胜于画,诗中之画很多时候是画所无法表达的。如王安石就认为:"丹青难写是精神"(《读史》),所以宋代和元代出现了大量的题画诗,目的就是表达画家无法画出的精神和气韵,萨都剌的题画诗也能够揣摩画家的思想,再现画境的同时,写出画家的思想寄托。如前面提到的《题江乡秋晚图》,作者在诗中先描绘了画中的情景:秋日黄昏,扬子江边,烟树迷茫,掩映这一片江村渔舍,村前古道上,有一羁旅行驿之人策蹇驴前行,村中有人呼朋唤友,引得鸡犬相鸣;而在江上,小艇如飞,近处一艘渔船,荡桨者立于船尾,船头一人驼腰独钓。画者描绘了江边渔村的静谧、安宁,与古道上奔竞者的生活形成鲜明对照,表现了画者厌倦尘俗、向往隐居的心理。而作者在描绘完画面后,言及自己的感受:"京口绿发参军郎,见君此画心即降。携家便欲上船去,买鱼煮酒扬子江。"③ 既是称赞画者高超的画艺,也是揭明画者及自己的人生寄托。

题画诗不仅可以根据画面进行描摹写意,还可以运用想象,以虚实相生的手法补充甚至生发画境。"题画之作,别是一种笔墨。或超然高寄,霞想云思;或托物兴怀,山心水思。"④ 萨都剌的题画诗往往可以化虚拟为现实,在诗中表达自己的理想。虽然古代诸多文人士大夫艳羡江山之美,生隐逸之思,但是并没有多少人真正归隐,萨都剌也是如此。如他在《钓雪图》诗中即表明此意:"天寒日暮乌鸦啼,江空野阔黄云低。村南村北人迹断,山前山后玉树迷。歌楼酒香金帐暖,岂知篷底鱼羹饭。一丝天地柳花春,万里烟波莲叶远。风流不数王子猷,清兴不减山阴舟。人间富贵草头露,桐江何处觅羊裘。还君此画三叹息,如此江湖归未得。洗鱼

---

① 杨镰:《全元诗》第 30 册,第 291 页。
② 钱锺书:《中国诗与中国画》,《七缀集》,上海古籍出版社 1985 年版,第 4 页。
③ 杨镰:《全元诗》第 30 册,第 242 页。
④ (清)郭麐:《灵芬馆诗话》卷 8,《续修四库全书》本。

煮饭卷孤篷,江上云山好颜色。"① 作者还给朋友画作时,为心中不能忘却仕情而不能归隐于清逸江湖"叹息"。在《题喜里客厅雪山壁图》中作者借题画描写自己宦游各地,但在结尾还是表明自己期望能够在仕途上有所建树,报效国家。"一年在京口,雪片深冬大如手。独骑瘦马入谁家,四面云山如瓮牖。大江东去流无声,金焦二山如水晶。瓜州江口人不渡,时有蓑笠渔舟横。一年在建业,腊月杨花满城雪。五更冻合石头城,霜风鼓寒冰柱裂。秦淮酒楼高十层,钟山对面如银屏。鹭洲不见二水白,天外失却三山青。一年在镇阳,燕山积雪飞太行。滹沱冰合断人迹,井陉路失迷羊肠。长空万里绝飞鸟,卷地朔风吹马倒。狐裘公子猎城南,茅店酒帘悬树杪。今年入闽关,马蹄出没千万山。瘴云朝暮气霭霭,石泉日夜声潺潺。雪花半落不到地,但见晴空涌流翠。海头鼓角动边城,木末楼台出僧寺。何人蹇驴踏软沙,出门无处不梅花。江潮入市海船集,水暖游鱼不用叉。良工写出雪山壁,过眼令人忆南北。玉京银阙五云端,待漏何年凤池侧。"② 宦海颠簸,但依然是诗人虽然纠结但又不能轻易舍弃的追求。

元代高度繁荣的诗画艺术以及题画之风的盛行,使得诗人们在山水诗歌创作中大抵会借鉴绘画艺术。由于萨都剌是诗人也是画家,这使得其诗歌在题材选择、篇章结构、意境情调等方面与绘画更有相通之处,从而使其诗歌具有明显的诗画交融特征。

二 运用绘画技法写作江南山水诗

绘画作为一种艺术形式,有其独特的思维方式和技术、技法,萨都剌将这些绘画技巧运用至诗歌创作中,从而使其山水诗具有新奇、活泼的特色。大略述之,有如下几个特点:

首先,绘画讲究色彩的运用。元代人在多种艺术形式上都继承了唐宋以来的传统,文人画勃兴,元代文人不仅学习宋代水墨山水画,也学习唐人及唐前的青绿山水画,比如著名画家、诗人赵孟𫖯就兼善两类画法。萨都剌的山水诗在设色方面具有青绿山水画的特色,非常注重色彩的运用。如其"雪窦泉花白,霜林柿叶红"(《录囚河间还司送宪使韩仲宜调山

---

① 杨镰:《全元诗》第30册,第231—232页。
② 杨镰:《全元诗》第30册,第229—230页。

东》)①、"禁阙红云上,家乡碧海边"(《送李恕可随王宗师入京》)、"白雁寒沙月,黄云老树秋"(《题焦山方丈壁和僧韵》)②,这几句诗作中"白"与"红"、"红"与"碧"、"白"与"黄"等色彩词的运用,使得诗歌中的画面色彩对比极为鲜明,给人强烈的色彩冲击。而像这样进行设色的诗歌在萨都剌的诗集中比比皆是,形成其诗歌的一个重要特色。论者认为其诗歌在色彩的运用上学习了晚唐诗人李贺,"元人萨天锡,文心绣腑,绰有风华。为诗声色相兼、奇正互出,无长吉之奇彩,有长吉之高格。雅溯中原迭代之人,不多得也"③。其后学者多继承这一观点,邓绍基认为:"就其捕捉形象的思力和熔铸诗歌语言的才力来说,又有深细新巧和色泽浓烈的特点,这主要是受李贺、李商隐的影响。"④

江南山水本就具有青绿山水画的特色,画境自然天成。萨都剌热爱江南山水,因之,其诗歌设色浓艳却又自然生动,通观萨都剌诗歌,其中青、绿、碧等色彩运用最多。句如"门前绿水清溪绕,石上花砖碧藓封"(《游崇国寺》)⑤、"青杨吹白花,银鱼跳碧藻"(《送吴寅甫之扬州》)⑥、"青山行不断,绿野尽开耕"(《寄志道张令尹》)⑦、"江左玉龙埋碧草,月明黄鹤下青田"(《游竹林寺》)⑧等,而在《过嘉兴》一诗中就有"芦芽短短穿碧沙""细雨小寒生绿纱""花落莺啼满城绿"三句,像青山、青丝、青溪、绿水、绿树、碧水、碧溪、碧萝等语词更是特别多见。

其次,萨都剌善于吸收绘画对位置经营的匠心,诗歌描绘空间层次多样、立体感强烈。如《钟山晓行》诗云:"楼阁龙云气,苍茫第几峰。长风万松雨,落月半山钟。石磴盘空险,僧廊落叶重。吾皇曾驻跸,千古说

---

① 杨镰:《全元诗》第30册,第115页。
② 杨镰:《全元诗》第30册,第117页。
③ (明)潘是仁:《雁门集序》,殷孟伦、朱广祁校点:《雁门集》,上海古籍出版社1982年版,第431页。
④ 邓绍基:《元代文学史》,人民文学出版社1991年版,第444页。
⑤ 杨镰:《全元诗》第30册,第272页。
⑥ 杨镰:《全元诗》第30册,第132页。
⑦ 杨镰:《全元诗》第30册,第128页。
⑧ 杨镰:《全元诗》第30册,第196页。

蟠龙。"① 在这首律诗中，前六句写景，宛然一幅空间层次清晰的图画，落月位于画面最上层，是一重空间；隐于云气之中的山峰位于画幅中间，是第二重空间；僧廊、落叶位于画幅最下方，是第三重空间；盘空而上的石磴将这三重空间连接在一起。诗歌中的"万松"使画幅可以向左右任意延伸，如无尽的"长卷"，盘空而上的石磴，苍茫云气掩映的山峰又让这幅画可以上下随意扩展。由于诗歌具有突破时空限制的特长，这种取景方法也可以被诗人充分地发挥出来，萨都刺这类诗作非常多，如《宿大横驿》："灯火明沙渡，牛羊过水西。村春千涧落，野店四山齐。桂树偏宜月，人家尽向溪。秋蟾莫相恼，惟听度关鸡。"诗中写驿站周遭景物，既有远处的山涧、四山，也有中远的渡口、牛羊，近处的桂树、人家。全诗恰似一幅平远的山水横卷，既有山水云月、林壑野趣，也有人的活动，充满了生活的情趣。

绘画艺术要在平面上构图，要用空间透视之法，使各个不同空间充分表现出来。萨都刺为了能够表现诗歌中的画境，所以特别注重景物的高低、远近、大小、明暗，从而显现出画家空间构图的艺术匠心。如他的《偕赵奉吉避暑石头城日暮余归逢吉留宿山中次日寄逢吉并长老圭白岩》："竹下一僧坐，城头独客还。星河下平地，风露满空山。犬吠松林外，灯明石壁间。故人借禅榻，心共白云闲。"② 诗中的景物空间层次清晰，高的星河，低的竹林、山僧；远的归客，近的禅僧；暗的松林，明的灯光，可谓诗的绘画，绘画的诗歌。当然，诗中有画最终仍然是诗，而诗歌对山水景物的描绘，尤其以把握山水的流动变化为特长。这时诗歌中体现的绘画特色，主要是为读者提供一个窥视风景的窗口，而其意蕴则完全是属于诗歌的。对此《中国诗歌美学》中说："古代山水诗对空间构图效果的追求，还表现为偏爱纳风光于倒影，列远岫于窗中，观雨雾于帘内，抚晴岚于栏头。"③ 这种手法的奥秘就在于通过一窗、一水，观察的角度会随时变化，而眼中所见的景致也会随之发生变化，这样画面会不断更换，美的享受也会无限地丰富起来。萨都刺的诗歌中也擅长运用这种手法，我们来看其纳风光于倒影的诗句："病形如瘦鹤，照影向清池"（《病中杂咏七

---

① 杨镰：《全元诗》第 30 册，第 112 页。
② 杨镰：《全元诗》第 30 册，第 113 页。
③ 肖驰：《中国诗歌美学》，北京大学出版社 1986 年版，第 211 页。

首》其四）①、"绝顶寻仙踪，寒泉照病容"（《游梅仙山和唐人韵四首》其二）②、"野花多映水，山鸟自呼名"（《玉山道中》）③、"晴日赤山湖水明，湖中山影一眉青"（《同伯雨游疑神庵因观宋高宗赐蒲衣道士张达道白羽扇》）④，再看列远岫于窗中的诗句："尽日无人到，小窗兰叶青"（《过紫薇庵访冯道士三首》其三）⑤、"松窗灯下酒，竹屋深夜棋"（《此王御史韵》）⑥、"小窗无处着春色，一树梅花雪里开"（《雪中渡江过山饮旸谷简上人房》）⑦、"过客不知春早晚，午窗晴日睡闻莺"（《憩奉真道院》）⑧、"雨摇窗竹图画润，风落瓶花笔砚香"（《访谢雪田山居》）⑨。在这两组诗歌中，萨都剌妙用了"水""窗"这个画框，但画出来绝不只是一幅图画，我们可以通过诗歌语言进行想象，诗人只要换一个视角或者换一个方位，那水中、窗中的画面就会随之发生变化，这样扩大了诗歌的画境，留下了诸多想象的空间。

　　中国古典诗歌最喜欢采用比兴手法，随着诗画的交融，诗人们也乐于用绘画来比喻诗歌的山水风物，如林逋的诗中写道："忆得江南曾看着，巨然名画在屏风。"（《乘公桥作》）陆游在《湖上晚望》中也有"峰顶夕阳烟际水，分明六幅巨然山"的诗句。萨都剌的江南山水诗中也喜欢用绘画来比喻山形水态，如"空遗故国山如画，依旧长江浪拍天"（《层楼感旧》）⑩、"风涛不动鱼龙国，烟雨翻成水墨图"（《平望驿道》）⑪、"吟归山似画，醉卧草如茵"（《病中寄了上人》二首其一）、"春风玉树留歌韵，暮日青山立画屏"（《望金陵》）⑫，等等。这些诗句都采用了明喻的

---

① 杨镰：《全元诗》第30册，第110页。
② 杨镰：《全元诗》第30册，第128页。
③ 杨镰：《全元诗》第30册，第129页。
④ 杨镰：《全元诗》第30册，第152页。
⑤ 杨镰：《全元诗》第30册，第180页。
⑥ 杨镰：《全元诗》第30册，第128页。
⑦ 杨镰：《全元诗》第30册，第144页。
⑧ 杨镰：《全元诗》第30册，第145页。
⑨ 杨镰：《全元诗》第30册，第271页。
⑩ 杨镰：《全元诗》第30册，第185页。
⑪ 杨镰：《全元诗》第30册，第207页。
⑫ 杨镰：《全元诗》第30册，第181页。

手法，以画比喻现实的山水，使得诗画交融。

诗人们热爱自然，热爱山水，他们的生活无论是处于顺境还是逆境，总喜欢寄情山水，借山水表达自己的愉悦，也借山水安慰自己受伤的心灵。诗人们的慧眼发现了大自然的神奇魅力，所以大自然以他们为知音。陶渊明诗中描写这种物我欣赏的情景是"采菊东篱下，悠然见南山"（《饮酒》其五）。李白则与敬亭山"相看两不厌"。萨都剌也是这样一位热爱自然山水的诗人，当然也会获得大自然的青睐，会把最美的风景主动呈现在作者面前。在《送王郎还钱塘》诗中萨都剌写道："北固雪晴山出画，西湖春动水明楼。"① 诗中依然是用图画比喻北固山的风景，但着一"出"字，把明喻变为了曲喻，从而更生动地表现了自然山水与作者的亲和关系，那北固山就像一位画家，它为作者描画出一幅雪后初晴的美景。诗境就因这一"出"字变得活泼风趣。又如《宿青阳云松台二首》其二中的描写："县门遥接九霞山，日日天开图画看。"② 县门前的九霞山，犹如是美丽的图画，这对于身居其中的作者来说是多么幸运，而更为幸运的是九霞山也把作者视为知己，"日日天开图画看"，天气的晴雨变化都能使九霞山变幻出不同的景色，而且作者还在前面加了"日日"二字，形象地表达了面对如此富于变幻的瑰奇景色，作者不胜惊喜的心情。

萨都剌不但把自然山水以画为喻形成诗画交融的意境，而且在题画诗中也以画喻画，虚实结合，画中有画、诗中有画。如《舟中题画卷》诗云："两岸好山如画，丹崖翠壁楼台。爱杀南闽风景，小官何日归来。"③ 诗题中言及"舟中"，说明作者在坐船离开某地。诗中前两句说舟行的水岸两侧山水如画，有"丹崖""翠碧"，还有"楼台"，这时我们不禁要问作者说的如画的风景是画中的，还是现实的？如果说是画中的风景，说明这幅画描写的是闽地的山水，萨都剌曾经在闽地为官，那么后两句就是说明他已经离开闽地，但因为这幅画又勾起了回忆，不知何日才能再回到如画的山水中去。但我们也可以这样理解，作者是从居官的闽地离开，面对如画的山水怅然若失，而这时恰好有人让他在描摹闽地的山水画上题诗，这时诗歌的前两句就是虚实结合，既是描摹画中的山水同时也是

---

① 杨镰：《全元诗》第 30 册，第 270 页。
② 杨镰：《全元诗》第 30 册，第 201 页。
③ 杨镰：《全元诗》第 30 册，第 111 页。

在描摹舟子经行处的山水，可谓匠心独运，别出心裁，给读者留下了无穷的想象空间。

三 创造具有水墨韵味的诗歌意境

元代山水画继承宋代传统，以水墨山水画为主。而水墨画最适宜表现江南烟雨迷蒙的景色。《雁门集》前言评论萨都剌的山水诗，说："他的山水诗像一幅幅优美的水墨画，点染的栩栩如在目前，自然而无斧凿痕迹，使人赏心悦目。"[1] 萨都剌的诗歌在用画比喻自然山水时，也会运用水墨画："风涛不动鱼龙国，烟雨翻成水墨图。"（《平望驿道》）[2] "更主要的是，水墨技法更适于表现萧索淡然的心情和山幽水寒，空寂寥落的意境。"[3] 所以画家多去描摹气象萧疏之景，表达静寂旷远的情趣。萨都剌所画的《严陵钓台图》及他为之题诗的山水画，如《题刘山长雪夜板舆图》《题江乡秋晚图》《钓雪图》《题喜里客厅雪山壁图》等，也都是水墨山水画，而且都具有这种幽远清寒、空寂寥落的境界。由此可见，萨都剌是非常喜爱水墨画的，也深谙水墨山水画的精髓和美学倾向，所以他的江南山水诗也借鉴了水墨画创造意境的方式，颇具水墨韵味，具有悠远、淡泊、清冷的特点。具体到诗歌创作中，则又有不同的艺术技巧。

首先，萨都剌偏爱暮秋深冬景色，诗中自然带有这两个季节特有的冷落寒寂境界。相关的组诗就有十几组，如他的《过高邮射阳湖杂咏九首》描写的是"秋风吹白波，秋雨鸣败荷"[4]的深秋景色，《游梅仙山和唐人韵》（四首）描写的是"深秋霜叶满"[5]的深秋景色，《寄朱顺咨王伯循了即休》（五首）描写的是"木落淮南秋"[6]的仲秋景色；《雪霁过清溪题道士江野舟南馆二绝》《寒夜独酌三首》《雪中渡江过山饮旸谷简上人房》（二首）等则描写的是冬景。单篇作品就更多，如《溪行中秋望月》《题

---

[1] 殷孟伦、朱广祁：《雁门集·前言》，殷孟伦、朱广祁校点：《雁门集》，上海古籍出版社1982年版，第4页。

[2] 杨镰：《全元诗》第30册，第207页。

[3] 陶文鹏：《论宋代山水诗的绘画意趣》，《中国社会科学》1994年第2期，第215页。

[4] 杨镰：《全元诗》第30册，第109页。

[5] 杨镰：《全元诗》第30册，第128页。

[6] 杨镰：《全元诗》第30册，第135页。

焦山方丈壁》《江城玩雪》《京口寒夜和葛秀才床字韵》《枯荷》《雪中饮升龙观》等上百首。

其次,萨都剌即便是描写春夏之景,也多带有冷寂寒苦之意。为了突出这样的意境,作者爱写水上、雨中的景色,如他的《道中谩兴二首》描写的是江南四月的景色,四月的江南,本来是万物蓬勃生长,百花盛开,姹紫嫣红的好时节,但作者却着意选取雨中空蒙之景来入诗。"云气千峰暝,溪流水拍桥。竹溪泥滑滑,榕树雨萧萧。"① 诗中描写的全部是冷色调的意象,"云气""溪流""竹溪""榕树""雨",没有温暖的色彩和事物,让整首诗笼罩在一种清冷寒凉的氛围中。

"暝色起羁愁",对于游宦在外的人来说,"最难消遣是黄昏"。不管是如何美丽的景色,不管是如何生气蓬勃的季节,一旦到了日暮时分都会笼罩上凄苦的色调。萨都剌描写春夏景色时,也多选择黄昏时分来写。如他的《登姑苏台》(二首)描写的是苏州"阊门杨柳自春风"的时节,但选择的具体时间却是"落日昏鸦无限愁"的黄昏②,从而在本该明丽的景色外笼罩上了凄苦的情调。

水、风雨、黄昏每一种都足以令诗歌的意境充满了空溟寒冷的色彩,萨都剌还经常把这些组合到一首诗中,有一种入骨的清寒之感。如其《过采石驿》:"客路青山外,乡心落照边。润烟浮野树,凉雨过淮天。水调谁家笛,江帆何处船。蛾眉台上月,今夜照孤眠。"③

萨都剌也爱写夜晚的景色,如《夜泊钓台》:"双崖屹立几千仞,下由一叶之孤舟。繁星乱垂光晔晔,长藤古木风飕飕。荒祠幽黑山鬼集,怪石如人水边立。锦峰绣岭云气深,万壑千岩露华滴。山僧对语夜未央,不知风露满衣裳。唤船振锡渡江去,林黑无由归上方。高寒宇宙无人语,乱石滩声洒飞雨。欲从严子借羊裘,坐待船头山月吐。"④ 夜晚本来就是一天中温度最低的时候,给人的感觉就比较冷。而诗人又选择描写"孤舟""繁星""古木""长藤""荒祠""怪石""云气""万壑千岩""风露""乱石"这样一些景物,不唯是荒寒冷淡,已经有森森的鬼意了。

---

① 杨镰:《全元诗》第30册,第129页。
② 杨镰:《全元诗》第30册,第155页。
③ 杨镰:《全元诗》第30册,第117页。
④ 杨镰:《全元诗》第30册,第226页。

再次，萨都剌有很多赠别怀人诗，这些诗歌中往往会描写江南的风景，通过阅读我们发现，这些诗歌中的风景也充满了清冷孤寂的色彩。如《送闻师之五台》中的风景描写是"西风洞庭树，落日楚淮舟"①，《送南台从事刘子谦之辽东》描写的是"朔风吹野草，寒日下边城"，而《送景南亨上人归江西》中描写得更加凄清："登高伤远别，鸿雁几行飞"②。像这样的送别诗还有《送观志能分得君字忠能与仆同榜又同南台从事考满北还》《送莫秀才归番阳》《寄习思敬》《送人》等几十首，从另一个侧面说明了萨都剌对于营造清幽冷寂诗歌意境的钟爱。

诗歌是诗人抒发自己情怀的载体，正如《毛诗序》中所言："诗者，志之所之也，在心为志，发言为诗。情动于中而形于言。"萨都剌的诗歌中偏爱这种水墨山水画的清幽氛围，实际上投射了诗人的主观意绪，是诗人孤寂落寞情怀的展示。形成萨都剌这种心境的最重要的原因，是其一生仕途坎坷所造成的怀才不遇的悲慨。萨都剌虽然是蒙古族，但家族地位不高，没有世袭的爵禄可以享受。他自幼接受了儒家教育，才华出众，诗书画皆精通，他的人生理想与传统汉族士人没有任何区别，希望通过科举考试出仕为官，"致君尧舜上，再使风俗醇"。泰定帝4年（1327），萨都剌进士及第，他以为自此后就可以逐步去实现自己的理想了。但元蒙统治者并不很重视文治，众多的儒家士子都沉沦下僚，萨都剌的民族身份也未能对他的前途有些许帮助，"怀才不遇"成为积郁已久的情绪，理想破灭，自然悲愤满腔。而且作者生活的时代，元王朝在不断走下坡路，民族矛盾、阶级矛盾都非常尖锐，尤其是在南方，这种问题就更加突出，文人阶层特有的对社会苦难的敏感性，便加剧了现实的忧患在他内心的痛苦投影。这些内心的情绪，与其诗中表现的景物相交融，从而形成了这种特有的凄苦寒凉的意境。

最后，萨都剌深受佛教禅宗思想的影响，这种清寒的艺术境界也与此相关。由前所论可以看出，萨都剌与诸多禅僧交往，经常游览佛寺，难免会与这些僧侣朋友一起礼佛、参禅，再加上作者仕途不顺，理想破灭，所以常常生出出世隐居之想，如他在《为姑苏陈子平题山居图》中，就借助题画表达了这种思想："尘途宦游廿年余，每逢花月满幽居。烟萝荦确走

---

① 杨镰：《全元诗》第30册，第111页。
② 杨镰：《全元诗》第30册，第113页。

麋鹿，云錾窈窕通樵渔。那如隐君不出户，读尽万卷人间书。人生穷壤贵自撼，布韦轩冕奚锱铢。便当买山赋归欤，石田老我扶犁锄。"① 在宦游二十年后，作者期望买田、隐逸、幽居，过一种渔樵耕读的简单生活。这种生活的情趣逐渐会引起其审美情趣的变化，葛兆光在《禅宗与中国文化》中说："士大夫们接受了禅宗的人生哲学、生活情趣，心理越加内向封闭，性格由粗豪转为细腻，由疏放转为敏感，借以调节心理平衡的东西，并由立功受赏、浴血扬名、驰骋疆场、遨游山林等外在活动转向自我解脱、忍辱负重等自我内心活动，因此，审美情趣也发生了潜移默化的演变，向着静、幽、淡、雅，向着内心细腻感受的精致表现，向着超尘脱俗，忘却物我的方向发展。"② 在这种审美趣味的支配下，萨都剌自然喜欢选择深山古寺、寒江烟雨、落日夕阳、深秋夜月、寒山暮雪等自然意象，借此表现作者超越尘俗、物我相忘的人生哲学，清静无为、淡泊名利的生活趣味，以及幽深玄远的禅趣禅思。

总之，萨都剌深受文人山水画的影响，诗作中喜欢运用绘画技巧进行创作；而他与僧侣的交游，使其思想中融入了佛禅清静无为的追求，这也促使其江南山水诗创造出古朴淡泊、荒寒清远的意境。

第三节 叙事文学影响下的诗歌人物形象塑造

在以抒情为主的诗歌中融入叙事因素，从而塑造人物形象，在《诗经》中就已出现。经屈原、曹植、陶渊明等著名诗人的运用，至唐代这种手法日渐成熟，出现了众多描写人物形象的诗歌，不必说杜甫的"三吏""三别"、白居易的《长恨歌》《琵琶行》等长篇叙事诗，就是一些抒情之作也可以看作人物素描诗，如王维的《少年行》、高适的《营州歌》、王昌龄的《采莲曲》、杜甫的《饮中八仙歌》等作品。宋代诗歌与社会生活的联系更加紧密，描写人物也是诗歌的主要功能，王禹偁、欧阳修、苏轼、陆游等人，都有很多人物描写的相关作品。到了元代，随着人物画和以描写人物故事为主要内容的小说、戏剧等叙事文学体裁的发展和繁荣，

---

① 杨镰：《全元诗》第30册，第259页。
② 葛兆光：《禅宗与中国文化》，上海人民出版社1986年版，第125页。

诗人们博采众长，在抒情诗中刻画人物的手法日渐丰富和成熟，著名诗人如虞集、杨载、范梈、揭傒斯等人，都写作了众多的人物素描诗。杨镰在《元诗叙事纪实特征研究》一文中论述了元代诗歌对杂剧等叙事文学手法的借鉴和运用，而且元代诗人在诗歌中也有相关的书写，如元初诗人刘秉忠《近诗》绝句说："诗如杂剧要铺陈，远自生疏近自新。本欲出场无好绝，等闲章句笑翻人。"汪元量在上都所作的《开平雪霁》末句云："伟哉复伟哉，造物真戏剧。"程文《赠写真僧镜》也说："视身既非真，写真亦何以。玩世作戏剧，真妄等戏耳。何当写我真，寝貌着冠履。似我固可嘉，不似亦可喜。我诗如写真，送子非溢美。"所谓"诗如杂剧要铺陈""造物真戏剧""我诗如写真""真妄等戏耳"等诗句，说明元杂剧这样的长于叙事的文体影响深远，元代诗人通过观摩杂剧，潜意识中已经把对杂剧的感受置于诗歌创作中了。元人的这种感知对于抒情诗歌中塑造人物形象有极大的启发作用。

萨都剌擅长作画，虽然目前还未发现他存留下来的人物画，但他却存留下诸多题人物画的诗作，这些诗歌往往能再现画中情境，塑造鲜明的人物形象。其叙事诗或抒情诗歌也塑造了众多的人物形象，体现出元代不同文学体裁交融的直接成果。本节仅对萨都剌诗歌中塑造人物形象的艺术，做初步的探讨。

一　借人物形象抒发自己爱憎褒贬的感情

抒情是诗歌最本质的艺术特征。诗人在诗歌中描写艺术场景、塑造人物形象，并不是要讲述一个完整的故事，而是借助这种描写来抒发自己的爱憎褒贬的思想感情。作为一个优秀的诗人，萨都剌深谙诗歌以情动人的奥秘，虞集在《傅与砺诗集序》中就评价说："马伯庸中丞用意深刻、思致高远，亦自成一家，观者无间言。而进士萨天锡者，最长于情，流丽清婉，作者皆爱之。"[①] 萨都剌总是选择那些自己最熟悉和敬重、喜爱的人物进行歌咏，努力发掘这些人物的道德品质、才学、神情风度，并用深情的笔触去摧摹、赞颂，从而使人物具有了以情动人的艺术魅力。

萨都剌作为儒家士子，对于老师非常敬重。而虞集作为元代著名的大

---

① 虞集著，王颋点校：《虞集全集》，天津古籍出版社2007年版，第591页。

儒，不仅学识富赡，又是"元诗四大家"之一，对作者也非常赏识，所以萨都剌在诗中塑造的虞集形象是"声名满天下，翰墨落人间。才俊贾太傅，行高元鲁山"（《和学士伯生虞先生寄韵》）[1]的才华超群、人品高尚的座师。

萨都剌是进士出身，与其同年登进士第者多是当世才子，他们有的和作者一样沉沦下僚，也有的境遇比作者稍好一些，他和同年诗书往来频繁。萨都剌诗歌中呈现的同年们多是儒林才子、国之栋梁，诗笔中充满了敬重与爱戴。如其和同年索士岩交游唱和，作有《寄士岩台郎》《题进士索士岩诗卷士岩与余同榜又同为燕南官由翰林编修为御史台掾兼经筵检讨除为燕南廉访经历》《留别同年索士岩经历》等诗歌，其中《题进士索士岩诗卷士岩与余同榜又同为燕南官由翰林编修为御史台掾兼经筵检讨除为燕南廉访经历》是一篇长诗，从诗题中可以看出，索士岩虽然曾经做过翰林编修和经筵检讨，有机会接触最高统治者，也有机会向统治者阐述自己的治国思想、理政方略，但如今仅是燕南廉访经历，官职不显。萨都剌诗中塑造的索士岩形象极为鲜明。诗云：

忆昔登天府，文华萃帝乡。俊才鱼贯列，多士雁成行。宝剑悬秋水，骊珠耿夜光。三场如拾芥，一箭已穿杨。上策师周孔，蜚声陋汉唐。凤池开御宴，虎榜出宫墙。赐笏丘山重，恩袍雨露香。天花皆剪翠，法酒尽封黄。冠盖游三日，声名满四方。历阶超宰辅，捧表谢君王。第甲分三馆，镌碑立上庠。曲江嘉宴会，合席尽才良。契谊同昆弟，比和鼓瑟簧。誓辞犹在耳，离思各惊肠。台阁需材器，儒林作栋梁。超迁乌府掾，辉映绣衣郎。迫晏封几事，平明出奏章。日披坟典旧，时念簿书忙。检讨超经幄，论思近御床。圣朝稽古道，日暮下回廊。羁旅燃薪桂，长吟出锦坊。弱妻贫且病，羸马瘦仍僵。穷巷回车辙，空厨泛酒浆。故人传奏目，请便趣行装。皇极三台重，燕南各道昌。承恩辞魏阙，揽辔去恒阳。晓幙芙蓉露，秋空柏树霜。诸司循直矢，群吏肃宏纲。汉水浮神马，岐山出凤凰。行须冠獬豸，已见走豺狼。惭愧蓬蒿翼，乘风亦下翔。[2]

---

[1] 杨镰：《全元诗》第30册，第112页。

[2] 杨镰：《全元诗》第30册，第130页。

萨都剌在诗中有意贬抑自己，突出索士岩，对索士岩的才华、境遇、品节进行了赞颂。不过这样的写法反而使得"契谊同昆弟"的二人形象都光彩照人。然而全诗洋溢着怀才不遇的落寞。由于诗歌中的思想感情同笔下人物的经历息息相关，才使得索士岩的形象特别突出。

萨都剌作为底层官员，其朋友中也有很多是官职较低的人士，比如学正、教授、山长等学官。虽然这些文士官职不高，但都是与作者志趣相投的儒家士子，作者同情他们的境遇，称颂他们的人品，赞扬他们的作为。如《送丁太初赴永嘉学正十八韵》中就塑造了丁太初的形象："国学崇儒代，人才绝妙年。风云千里骏，日月九重天。翰苑司抡选，中书属次铨。光荣毛义檄，奋发祖生鞭。学广儒官制，书传子弟员。宦情依冷掾，官舍拥寒毡。筮仕无逾此，如君更颖然。永嘉今永郡，多艺夙多贤。咨访兼留意，英髦孰接肩。旧家疑寂寞，遗业想流传。会看声华盛，应知德业全。高情何特达，朦目共周旋。春着花间屐，秋乘柳下船，篇章微点染，山水自清妍。荐豆登霜柚，充厨载海鲜。洞箫吹月下，玉树立风前。已作鱼龙变，何嫌雨露偏。群公争荐进，拭目着腾骞。"[①]诗中刻画的这位丁太初是学识广博的儒者，但因为做的是学官、冷掾，薪俸待遇自然不好，所以"官舍拥寒毡"。但他并不因此沉沦，而是寄情山水，歌咏自然。可以吃到新鲜的水果、海鲜，有月下吹箫的清闲惬意，自然内心也是快乐平和的。诗人通过对比的手法，把一个身居下位却生活惬意的学官形象塑造得亲切自然，充满仙风道骨。

历史人物的经历、故事往往成为后代诗人撷取的诗材，用以借古讽今或抒情言志。萨都剌诗中也塑造了一些古人的形象，他往往把自己进步的思想和价值观寄托在对古人的描写中，从而赋予了古人新的价值内涵，重塑了古人的形象。如其《过池阳有怀唐李翰林》，这首诗歌是为唐代的大诗人李白所作，萨都剌是师法唐人的主力军之一，评论家认为："在博采众长的基础上，萨都剌较多地吸收了李白、李商隐、温庭筠等人的传统，形成了以清新流丽豪放奇崛为其个性的创作风格。"[②]萨都剌熟悉李白、感念李白，所以他在诗中用饱蘸深情的笔触，叙事写人，塑造了李白豪放不羁、蔑视权贵的形象，表达了对李白遭遇的同情："我思李太白，有如

---

① 杨镰：《全元诗》第30册，第131页。
② 周双利：《萨都剌》，中华书局1993年版，第113页。

云中龙。垂光紫皇案,御笔生青红。群臣不敢视,射目目尽盲。脱靴手污袜,蹴踏将军雄。沉香走白兔,玉环失颜容。春风不成雨,殿阁悬妖虹。长啸拂紫髯,手捻青芙蓉。挂席千万里,遨游江之东。濯足五湖水,挂巾九华峰。放舟玉镜潭,弄月秋浦中。羁怀正浩荡,行乐未及终。白石烂齿齿,貂裘泪蒙蒙。神光走霹雳,水底鞭雷公。采石波浪恶,青山云雾重。我有一斗酒,和泪洒天风。"① 再如《回风坡吊孔明先生》中,重塑了诸葛亮的形象,对他得遇贤主表示了仰慕之情,对其忠心不二的人品进行了歌颂:"大将东流日夜白,已矣英雄不堪说。朔风挟雨过江来,犹向矶头溅腥血。汉家神气四海摇,奸雄贼子相贪饕。二龙雌雄尚未决,将军战骨如山高。先生谋略满怀抱,坐视腥膻不为扫。若非蜀主三顾贤,终只如龙卧南亩。仰天一出摧奸锋,纶巾羽扇生清风。许君意气肝胆裂,兵枢尽在掌握中。赤壁楼船满江夏,伏剑登坛惟叱咤。忠心耿耿天必从,烈火回风山亦赭。可怜一炬功未成,将星已坠西南营。力吹汉水灰未醒,呜呼天命何不平?伫立矶头盼吴越,感慨令人生白发。先生虽死遗表存,大义晶晶明日月。"②

萨都剌深受儒家仁爱思想影响,有关怀百姓的仁心。他自己在诗中说:"平生睥睨纨绔习,不入歌舞春风乡。"(《鬻女谣》) 俞希鲁曾在《送录事司达鲁花赤萨都剌序》中,阐扬了萨都剌的治绩:

> 圣朝制大,不为路、府、州、县,路又设录事司,以掌其城居之民,狱讼、钱谷、工役、簿书、期会之务,一兴州、县等。非若古录事参军,惟勾稽案牍,以纠郡事而已。润虽齿下路,然富南北衡要,为江浙重地。其民具五方之俗,达官寓公,第宅麟比,而穷闾败室,凋瘵尤甚,故往往号为难理。达鲁花赤燕山萨都剌君天锡之始至也,设格阛阓而制权衡焉,俾市物者各得其平。天历己巳,岁大祲,民嗸嗸饥甚,官出粟捐直以籴,君慨然曰:"民命如缕,纵斗米三钱,钱从何出?"乃为辞白大府,意气恳激,于是尽发仓廪以济焉。既又劝分巨室,饥者食,病者药,死者殣,流离者转移,以口计者八十余万,多赖以生。民张成等四家,俱逼官廪,府议徙居他所。请于府

---

① 杨镰:《全元诗》第 30 册,第 131—132 页。

② 杨镰:《全元诗》第 30 册,第 257 页。

曰:"穷民当歉岁,糊口之不计,毁其屋而逐之,是致之死地也,岂为民父母之意哉?"不允。适君以送兵仗赴京师,比行,取白金壶质缗钱百,呼四家与之,使各僦屋以迁,府闻之愧而止。又卜妪者,乡里称悍妇,一日诣庭诉厥子。君察其非罪,谓妪曰:"儿实无罪,今汝妄加罪汝子,使汝子当罪,汝得无悔耶?"即逮其子械送狱。妪果叩头泣请曰:"儿实无罪,幸见宥。"君再三谕遣之,妪遂为慈母,而子益孝。时郡守有幸奴,黠横为民扰。偶市民有宴客者,奴以主命辄入座,索歌妓不得,径造君诬民詈其主,君叱使出。守闻之怒,立呼至府责曰:"部民詈守告尔,尔曷弗之直?"君徐对曰:"凡詈,注亲闻乃坐。且以三品官,与百姓争一妓较是非,适以累盛德,不可使闻于邻郡也。"守抚案起谢曰:"终是读书人。微尔言,吾几冤吾民。"淮安张士谦,以儒籍为府吏,八年不得疑脱一字。其父兄相继殁,贫无以为敛。君时方病起,即肩舆往吊,割己俸赙之。吴俗尚楼,有巫舆木偶市,闲言祸福,动人取钱物,君悉抽其党笞决之,焚木偶于庭,毁其祠。凡君之敦孝让,禁豪猾,恤贫匮,类若此。若夫通币法,平谷价,修废补坠,凡职之所当举者,知无不为。故三载之间,吏不犯,民不欺。而其既去也,则宜思之者实众矣。君丁卯进士也。尝谓选举得人,前代故不论,自我朝设科以来,搜罗俊彦,济济在官,廉声能绩,恒赫中外。然则儒者之效,诚有益于国家也。观君所为如此,其去是而登要津,掇华贯,使益展其抱负,将必大有可观者焉。其行也,郡之父老,道其事而属予书于祖行之帐云。①

从这篇赠序中可以看出,萨都剌热爱百姓,关心百姓,在任职期间能够为百姓兴利除害。所以他有一些诗作反映百姓生活的困顿,塑造了困苦中的百姓形象。《鬻女谣》描写的是百姓无以为生,卖儿卖女的凄惨情状,诗中描写被卖的女子:"闭门爱惜冰雪肤,春风绣出花六铢。人夸颜色重金璧,今日饥饿啼长途。悲啼泪尽黄河干,县官县官何尔颜。"②《征妇怨》描写思妇在丈夫出征后的愁肠百结,日日垂泪,终致容颜衰老:"黄昏寂寞守长门,花落无心理针线。新愁暗恨人不知,欲语不语颦双眉。

---

① 李修生:《全元文》第33册,凤凰出版社2004年版,第50页。
② 杨镰:《全元诗》第30册,第254页。

妾身非无泪,有泪空自垂。云山烟水隔吴越,望君不见心愁绝。梦魂暗逐蝴蝶飞,觉来羞对窗前月。窗前月色照人寒,迟迟钟鼓夜未阑。灯阑有恨花不结,妆台尘惨恨班班。"① 因为对百姓满怀同情,萨都剌非常敬重那些为国家安定做出贡献的官员,对于那些争权夺利,为一己私利而置国家安危、百姓福祉于不顾的官员行为也进行了批判。萨都剌在元文宗去世后曾作《鼎湖哀》《威武曲》和十二首《如梦曲哀燕将军》,诗中塑造了元代后期著名权臣燕铁木儿的形象,其相貌是"赤面注丹砂,虬髯如插戟"。其主要政绩是扶助元文宗即位、稳定政局、治理天下:"当年意气何鹰扬,手扶天子登龙床。五年垂拱如尧汤,白日骑龙升上苍。桓桓燕将军,威武何可量。"② 诗人同时也描述了在文宗驾崩后,燕铁木儿参与皇室内部的斗争,塑造了这位蒙古族权臣形象。萨都剌的作品既颂扬功绩,也不美恶,对燕铁木儿的专权误国据实写出,表现了作者的爱憎分明。

从以上所论可以看出,萨都剌写人,总是饱含深情,既注重描摹人物的外貌,更刻意描画人物的内心,并且将自己的思想情致和价值观念融入自己所写的人物身上,在再现中表现,从而描摹出独具特色的人物形象。

二 塑造类型人物形象

诗人描绘人物,都力求刻画出人物的个性特征,表现人物独有的精神气质。但诗歌篇幅较短,不能像小说、戏剧那样展开故事情节,从而多角度、多侧面地展示人物的形象特征。所以诗歌就需要抓住某类人物的主要特征,来图人物之貌、写人物之神。

萨都剌与众多的文士有交游,所以他笔下塑造了众多的文士形象,这些文士都具有卓越的才华,能诗善文。如他写御史王伯循:"旷达王夫子,才高早避名"(《寄御史王伯循》)③;写金德启:"乡情犹越分,诗句尽唐音"(《送金德启之句容》)④;写姚子征:"诗成裁书锦,酒饮赐天香"(《寄中台照磨子征》)⑤,等等。在萨都剌笔下,文士们为官的都是清官

---

① 杨镰:《全元诗》第 30 册,第 251 页。
② 杨镰:《全元诗》第 30 册,第 212 页。
③ 杨镰:《全元诗》第 30 册,第 114 页。
④ 杨镰:《全元诗》第 30 册,第 121 页。
⑤ 杨镰:《全元诗》第 30 册,第 123 页。

能吏,能够治理好地方,能够为民谋求福利。如前节文中所谈《寄朱县尹》中的朱县尹、《寄志道张令尹》描写的张志道、《赠莫州同年县尹米思泰》诗中赞扬的米思泰等,莫不如此。在萨都剌笔下,文士都是不畏权贵、直言敢谏的。如在《送王御史》诗中描写王御史"入谏频瞻咫尺天"①。《贺山长丘臣敬复淮西田》中描写的丘臣敬也是一位直言敢谏的方正儒者。他"开口磊落肝胆明",为人光明磊落,不畏权贵。在元朝官学都有学田,可以为学中的老师和学生提供必要的粮食。诗作描写丘臣敬所在地区前年获得了丰收,但学中却"夏无麦";去年雨量充沛,也获得了丰收,但学中却"秋无粟"。于此,"先生激烈气不平","扬眉掉臂傍无人,义动天子耳目臣"。丘臣敬凭借自己的胆气,直言当地官府的腐败行为,直达天听,最终让官府归还了学田,"坐令孔席回阳春"②。

儒家士人大抵是积极入世的,即使生活不如意,也满怀豪情,自强不息,但是长期的坎坷经历也会消磨理想壮志,久之,让他们产生归隐的想法,这样的况味在萨都剌笔下主要表现在自己身上。萨都剌初到江南任镇江录事司达鲁花赤时,青春正健,意气风发,以为可以凭借自己的胸中之才,有为于天下,为国尽忠,为民尽职,实现人生的理想。所以他诗中自我的形象是气概昂扬的,如《题江乡秋晚图》所云:"京口绿发参军郎,见君此画心即降。携家便欲上船去,买鱼煮酒扬子江。"③"绿发"二字既描绘了诗人的外在形象,同时也写出了作者内心的激情。在他入仕早期,即便是写贫病交加的自我形象,清瘦之中却依然有凌云之气,如《病中杂咏七首》中作者描写自己在病中度过了困顿的中秋和重阳佳节:"陶令贫无酒,郎官菊也无。家僮烧柿叶,邻舍送茱萸。"因为思念故乡,依仗出门,独看孤云的作者是"病形如瘦鹤,照影向秋池"。但就是在这种情境下,作者写自己却是"自有冲霄志,游鱼莫见疑"④。但在入仕多年后,作者饱尝了仕途坎坷、南北流徙、理想破灭的痛苦,当年的冲霄志已经不再,满腔豪情也被消磨,那个绿发使君变成了一个落魄穷儒:"十年心事西窗下,断简残编觅废兴。"于是不愿再流连官场,满怀归情:"小斋

---

① 杨镰:《全元诗》第30册,第208页。
② 杨镰:《全元诗》第30册,第235页。
③ 杨镰:《全元诗》第30册,第242页。
④ 杨镰:《全元诗》第30册,第110页。

终日下秋阴，门巷萧条落叶深。万里关河未传舍，五更风雨动归心。"①

萨都剌写道士，往往会抓住他们幽居道院、研读经书、烧汞炼丹的生活习惯，描写他们超凡脱俗、仙气飘飘的形象。张雨是著名的道士诗人，也是萨都剌的好友，萨都剌《寄句曲外史》诗描绘了张雨炼丹、写经的生活，刻画了其翩翩风度，如同清瘦的神仙。萨都剌曾到茅山访张雨，二人成为好友，经常一起诗词赠答，也一起游览名山大川。萨都剌在《将游茅山先寄道士张伯雨》《同伯雨游疑神庵因观宋高宗赐蒲衣道士张达道白羽扇》《寄句曲外史》《次韵寄茅山张伯雨二首》《寄良常伯雨》《酬张伯雨寄茅山志》《拥炉夜酌嘲张友寄诗谢》《经姑苏与张天雨杨廉夫郑明德陈敬初同游虎丘山次东波旧题韵》《和韵三茅山呈张伯雨外史》《宿玄洲精舍芝菌阁别张伯雨》等诗歌中都描写了张雨的超凡脱俗的形象，即便在张伯雨去世后，出现在萨都剌梦中的张雨依旧是"邀予悟读玄真子"（《梦张伯雨》）②的形象。作者描写的其他道士也多是如此，如在《过紫薇庵访冯道士三首》中描写的冯道士是"爱幽居"的"自点太玄经"③的道士形象。《次韵宋人还茅山》中的茅山道士是"丹砂出鼎无余火，白发看经有太玄"④。

僧侣与道士同为出家人，他们大多缁衣布鞋，甘于寺中简单、寂寞的生活，有一些还很有文学才能，具有超脱尘俗的特色，萨都剌笔下的了即休即是如此。了即休是京口鹤林寺的僧人，萨都剌在镇江录事司达鲁花赤三年任上，常常光顾鹤林寺，与了即休禅师交往频繁。在萨都剌诗中，了即休生活简朴，读书念经，不惧时光荏苒，而且具有飘然出尘的仙姿："白头不出城南寺，枯坐蒲团笑客忙。过暑葛衣从破碎，逢秋竹院愈荒凉"⑤ "飘飘鹤林僧，布袜青鞋双"⑥。了即休还是一位诗僧，萨都剌在《寄鹤林休上人》诗中盛赞其才华："上人才思塞胸次，强欲禁之无不鸣。

---

① （元）萨都剌撰，[日] 岛田翰校，李佩伦校注：《永和本萨天锡逸诗》，第55页。
② 杨镰：《全元诗》第30册，第298页。
③ 杨镰：《全元诗》第30册，第108页。
④ 杨镰：《全元诗》第30册，第196页。
⑤ 杨镰：《全元诗》第30册，第168页。
⑥ 杨镰：《全元诗》第30册，第134页。

一日相望吐奇句，满林光彩照山精。"① 僧侣会云游四方，化缘访友。萨都剌在《送闻师赴五台》用"岁月棕鞋底，江湖竹杖头"来描绘这类僧侣的形象。元代比较特殊的是，以藏传佛教为国教，对番僧给以极高的荣宠。但并没有冷落汉传佛教，有些禅僧会受到皇帝的召见，赐以尊号，给以封赏，所以很多僧侣会借化缘之机，奔走名利。在元代后期有一位著名的诗僧释来复（1319—1391），字见心，俗姓王，受法于径山南楚悦禅师，属于临济宗名僧。早年曾北游大都，与公卿权贵来往密切，与虞集、欧阳玄、张翥、黄溍、萨都剌等文人唱和。萨都剌有《赠来复上人》四首。从萨都剌诗歌中描写的雪深的古北口、急如箭的山风、枯萎的苜蓿，还有"梅花""凉露""秋月"等意象，我们可以看出释来复到京城的时间应该是秋冬时节；而从"手持一钵走京华，乞食王侯宰相家"一句，可以看出释来复此行的目的；从萨都剌诗中的"五云楼阁碧玲珑，口吐莲花入紫宫"②的诗句来看，释来复到京城后，应该还是得到了统治者的青睐。但是释来复并没有获得自己想要的结果，于是离开京城，航海至鄞县，止于慈溪定水寺，后主持天宁寺。元成宗、元武宗、元仁宗、元英宗、泰定帝都是虔诚的佛教信徒，尤其是元文宗，在至顺元年（1330），将金陵潜邸改建为大龙翔集庆寺，位列五山之上，总辖天下僧尼。欣笑隐是大龙翔集庆寺的第一任住持，曾经到京城为文宗说法。因为讲说佛法深合文宗心意，被赐以"金衲衣"，僧人本来着黑衣，自此后其徒皆穿黄色衣。萨都剌《赠欣笑隐长老》一诗中就抓住了欣笑隐僧衣的这一特征，突出了元代僧侣的特殊地位："佛宫天上有，人世见应稀。客遇钟鸣饭，僧披御赐衣。"③

总之，萨都剌笔下的三教人士，都具有这类人一些共同的特点，所以他塑造的这些人物会让读者觉得是真实可信的，是那个时代催生出来的典型形象。

三 借助多种艺术手法塑造人物形象

萨都剌在诗歌中塑造人物形象时，还擅长运用多种艺术手法描摹出人

---

① 杨镰：《全元诗》第46册，第285页。
② 杨镰：《全元诗》第46册，第281页。
③ 杨镰：《全元诗》第46册，第121页。

物独特的形神特色。前面我们所论的是萨都剌善于写出某类人物的特点，这样就可以将之与其他类型的人物区别开来。这里所说的写出人物的独特个性，是指即便是对同一类型的人物，要人各有其性情，人各有其气质，绝不雷同。为了能够做到这一点，就要把人物与众不同的独特之处，或眼神，或性情，或细节，或对话，逼真地表现出来。

萨都剌善于运用白描手法，简笔勾勒，把人物的独特个性或神态突出出来，达到以一当百的艺术效果。萨都剌的好友石岩，是他交往的文士中最年长的，也是最长寿的，年八十五仍然健在。萨都剌与石岩唱和的诗歌共有三题四篇作品，在这些诗歌中，萨都剌描写石岩形象时主要抓住其高寿、精神矍铄、风采卓然的特色。如在《送石民瞻过吴江访友》诗中，萨都剌称石岩是"老友"，而且描写其形象是"矍铄绿玉杖，风流白纻袍"①。萨都剌在镇江任职期间写诗《寄石民瞻》："京口石彭泽，诗怀似鹤形。苍天容老健，白发照江清。夜鼎薰鸡舌，秋袍织凤翎。醉扶绿玉杖，应望石头城。"② 萨都剌在这首诗中也描写了石岩的形象："苍天容老健，白发照江清"。

章学诚在《文史通义》中对于细节描写有这样的论述："陈平佐汉，志见社肉；李斯亡秦，兆瑞厕鼠。推微知著，固相士之玄机；搜间传神，亦文家之妙用也。但必得其神志所在，则如图画名家，颊上妙于增毫。"③ 章学诚这里谈"搜间传神"，意思是，细节运用得当，用得妙，可以收到"颊上增毫""阿睹传神"之妙。萨都剌在写人时，也善于描写人物的细节，从而使人物传神。如《凤凰台望祭郑复初录事》中描写郑复初是"须翘如插戟，体弱不胜衣"④。诗人对郑复初的外貌，只是描写了他的胡须，如同是剑戟，通过这样的简笔勾画，读者就能知道郑复初是一位刚正不阿的文士，而"体弱""不胜衣"的描写则说明郑复初身体状况不佳，这也许是因为苦读诗书，也可能是因为长期操劳政事，这也可能是造成他早逝的原因。《杨花曲》中描写善于骑射的燕京女子："燕京

---

① 杨镰：《全元诗》第 30 册，第 111 页。
② 杨镰：《全元诗》第 30 册，第 118 页。
③ （清）章学诚：《文史通义》，上海古籍出版社 2015 年版，第 174 页。
④ 杨镰：《全元诗》第 30 册，第 113 页。

女儿十六七，颜如花红眼如漆。兰香满路马如飞，窄袖短鞭娇滴滴。"①诗中写这一女子的外貌，拈出了"眼如漆""颜如花""窄袖短鞭""娇滴滴"，却写出了马上女子的飒爽英姿。《北上别郑文学》中描写自己的好友是"朔风吹散鸿雁群，郎君马上气如云。绕街鞭影拂河汉，氎袍貂帽文将军"②。这里的郑文学不像一般的文士，是一个威武、豪壮，充满了将军风采的人物，所以作者在诗中称他是"文将军"，而作者为了描画其与一般文士不同的风采，选择了四个字的细节"氎袍貂帽"，这是长期马上征战的将军为了御寒的穿戴，对于表现文将军的形象却极为传神。

萨都剌非常喜欢并善于在动态中捕捉和表现人物的性格神采。德国文艺评论家莱辛说："诗描绘物体，只通过动作去暗示。""那就是化美为媚。媚就是动态中的美。"③萨都剌描绘人物，喜欢从一连串的动作神态中截取一个片段，或是举手投足，或是喜怒哀乐，或是眉目顾盼，将其定格，从而来显示人物的性格、心境或神采。如《西湖六绝句》中的四首：

  涌金门外上湖船，狂客风流忆少年。十八女儿摇艇子，隔船笑掷买花钱。（其一）
  少年豪饮醉忘归，不觉湖船渐渐移。水面夜凉银烛小，越娘低唱月生眉。（其二）
  惜春曾向湖船宿，酒渴吴姬夜破橙。蓦听郎君呼小字，转头含笑背银灯。（其四）
  待得郎君半醉时，笑将纨扇索题诗。小红帘卷春波绿，渡水杨花落砚池。（其五）④

在这几首诗中，诗人描写的西湖上的女子，各有情态，各有气质。但却都运用了同样的写作手法，那就是在动态中表现人物。第一首诗中描写那个十八女儿，作者用了"摇""笑""掷"三个动词，塑造了一个聪慧、

---

① 杨镰：《全元诗》第30册，第210页。
② 杨镰：《全元诗》第30册，第258页。
③ ［德］莱辛著：《拉奥孔》，朱光潜译，人民文学出版社1979年版，第173、121页。
④ 杨镰：《全元诗》第30册，第298页。

活泼、灵巧的少女形象，而且我们发现这里的女孩子不是大家闺秀、风尘女子，这是一个靠自己的劳动生存的女子，却也是充满了灵动气息的女子。第二首中描写一位唱曲的越娘，"低唱"这一动作的描写，将越地歌女柔美的姿态描画出来。第三首中描写一位吴姬，作者运用了"破""听""转头""含笑"等动作描写，吴姬那种娇羞之态、那种深情款款之貌满溢诗中。第四首与第三首很相似，描绘的也是一个生活场景，充满了散曲的那种轻灵、优美的味道。诗中的女子俏皮、聪明，句中那一"待"、一"笑"、一"索"三个动词，生动、形象，使人物逼人眉睫。

　　写作中要求动态描写和静态描写相互结合，达到以形写神的目的。比如《诗经·卫风·硕人》写人："手如柔荑，肤如凝脂。领如蝤蛴，齿如瓠犀。螓首蛾眉，巧笑倩兮，美目盼兮。"诗中对于"手""肤""领""齿""首""眉"等的描写是静态的，而之后写其"笑""盼"则是动态的描写，是"画龙点睛"，一静一动，形神兼备，一倩一盼栩栩如生。萨都剌的诗作中，也有一些诗歌采用了动静结合的手法来写人物之行，来传人物之神。如《题四时宫人图》中对图中女子的刻画就采用了这种写法。春天的宫人图："紫宫风暖百花香，玉人端坐七宝床。凤凰小架悬夜月，一女侍镜观浓妆。背后一女冠乌帽，茶色宫袍靴色皂。手持团扇不动尘，一掬香弯立清晓。一女浅步腰半驼，小扇轻扑花间蛾。淡阴桐树一女立，手抱胡床眼转波。床头细锁悬金钟，白鹤双飞花影重。词人见此神恍惚，巫山梦里曾相逢。"诗中描写第一个女子运用静态描写，她端坐于床上。描写第二个女子则注重其动态，写她"侍镜""观妆"。描写第三个女子主要突出其装束，"乌帽""宫袍""靴"，虽然此女手中持有团扇，却不动摇。第四、第五两个女子的描写又是着眼于动态，写她们"浅步""驼腰""扑蛾""抱床""转目"等动作神态，栩栩如生。夏季宫人图："金猊吐烟清昼长，美人坐倚白玉床。蓝衫一女鬟垂耳，手持方扇立坐旁。一女最小不会妆，高眉短发耀漆光。玉纤绿笋握金剪，柳下轻挽宫人裳。金盘玉瓮左右列，红桃碧藕冰雪凉。冰壶之旁立一女，背后随以双白羊。手拱金瓶泻水忙，洒翅洒雪惊鸳鸯。鸳鸯得水自双浴，美人抱膝空断肠。"诗中描写第一、第二、第四三个女子的静态，一个美人坐倚白玉床，一个"鬟垂耳"的蓝衫女子，手持方扇站在旁边，第四个站在柳树下；而描写第三、第五两个女子则选择了其动态，描写高眉短发的幼小女子，一手握金剪，一手挽裳，而另一个则手拱金瓶泻水。动静结合，使整幅画面生动传神。在秋季宫人图中，作者描写了5个女子形象："盆池露冷荷半枯，碧波风细双游鱼。美人坐此碧玉椅，屏山方案碧蟾蜍。椅后二女执缨立，案前二女娇滴滴。大女手扶小女腰，小女娇倚大女膝。凉风入树落翠槐，秋深不见羊车来。金铃响处吠黄犬，美人笑托芙蓉腮。"居于画面中心的这位美人，她"笑托芙蓉腮"，一"托"一"笑"，神态逼真；而椅后执缨侍立的两个女子的描写属于静态的，椅前两个娇滴滴的侍女，作者描写得非常细腻传神，"大女手扶小女腰，小女娇倚大女膝"。"手扶""娇倚"二词既描摹了人物的动态，也表现了二人的神态、心理，可谓妙笔。冬季宫人图："锦屏三面围绣床，沉香椅上凤褥光。美人端坐袖双手，临眉半蹙愁夜长。椅后一女摇白羽，一女执缨更回顾。一女乌帽金缕衣，玉指纤纤携小女。小女手挽大女腰，笑看孔雀双翠翘。可怜美人独自坐，翠竹雪响风前梢。"这幅图画极富动态美，作者写每一个人物都运用了恰当的动词，写女主人公是"袖双手""半蹙双眉"，侍女中一个"摇扇"，一个"执缨回顾"，一个手携小女，而小女"手挽大女腰"，"笑看孔雀双翠翘"。① 这首题画长诗，让我们充分领略了萨都剌描写人物的笔力，行为、动作、神态的描摹，笔笔生动传神，准确地刻画了人物的外貌和性格特征，并能够揭示人物的心态。显然，正是动静结合的手法，才使人物如此富于神韵。

  诗歌是最富有想象的文学体裁，"没有想象就没有诗。诗人的最重要的才能就是运用想象"②。诗歌塑造人物形象时不宜太实，而应该运用大胆的想象进行虚写，使笔下的人物活起来。萨都剌喜欢借喻像写人，就是凭借虚构的有效方法，通过联想想象，用新奇的比喻写人，在夸张、变形中突出人物的风采神情。他写病中的自己是"病形如瘦鹤"（《病中杂咏七首》其四）③。他写清瘦的好友是"炼得身形瘦似梅"（《病起戏笔答御史王文林》）④。萨都剌非常仰慕李白，写李白是"我思李太白，有如云

---

① 杨镰：《全元诗》第 30 册，第 232—233 页。
② 艾青：《和诗歌爱好者谈诗》，王郊天等编：《新诗创作艺术谈》，江苏人民出版社 1982 年版，第 145 页。
③ 杨镰：《全元诗》第 30 册，第 110 页。
④ 杨镰：《全元诗》第 30 册，第 284 页。

中龙"(《国池阳有怀唐李翰林》)①。他描写自己的好友，也爱选择用李白作喻，如描写友人李溉之，"山东李白似刘伶，投老归来酒未醒""碧罗衫色乌纱帽，便是开元李谪仙"(《寄奎章学士济南李溉之》)②。描写另一友人李伯贞："仙人李太白，俊逸天下闻。"(《峨眉云歌谢照磨李伯贞遗白石》)③

萨都剌还通过自己的想象，描写了一些具有神话色彩的人物形象，具有浪漫主义的奇情异彩。例如《终南进士行和李五峰题马麟画钟馗图》，叙写的是钟馗捉鬼的神话传说："老日无光霹雳死，玉殿咻咻叫阴鬼。赤脚行天踏龙尾，偷得红莲出秋水。终南困士发指冠，绿袍束带乌靴宽。赤口淋漓吞鬼肝，铜声剥剥秋风酸。大鬼跳梁小鬼哭，猪龙饥嚼黄金屋。至今怒气犹未消，髩戟参差努双目。"④ 关于钟馗捉鬼，在敦煌藏经洞发现的唐代的傩文中就已经记载除夕时要请钟馗驱鬼。《梦溪笔谈》中记载了这样的传说：唐玄宗患了疟疾，久治不愈，一日做得一梦，有大小二鬼，小鬼穿大红无裆裤，偷杨贵妃之香囊和明皇的玉笛，绕殿而跑。大鬼则穿蓝袍戴帽，捉住小鬼，挖掉其眼睛，一口吞下。明皇喝问，大鬼奏曰：臣姓钟馗，即武举不第，愿为陛下除妖魔，明皇醒后，疟疾痊愈，于是令吴道子照梦中所见画成钟馗捉鬼之画像，命画工摹拓镌版，印赐两府辅臣，并传告天下于端午时，一律张贴，以驱邪魔。历代画师画钟馗的不少，现存年代最早的钟馗画像，是五代时期人物画家石恪的作品。明代苏州吴门四家之一的画家文徵明，也画过"寒林钟馗"图。萨都剌这里和的是李五峰描写南宋画家马麟所画的《钟馗图》，从萨都剌的诗歌中可以看出，这幅画基本上是按照《梦溪笔谈》的记载画成的。萨都剌此诗对这位捉鬼的奇人进行描摹，选题已经带有奇趣，全诗写的似真似幻，尤其是对钟馗形象的书写，无论是外貌的"髩戟参差努双目"的怒气，还是"发指冠""赤口淋漓吞鬼肝"的行为描写，都非常有气魄。作者在描写钟馗时还将视觉形象和听觉形象结合起来，如对其行动、外貌的描绘是眼中所见，而描写钟馗吞吃鬼肝"铜声剥剥秋风酸"则是耳中所闻。通过这样的描写，

---

① 杨镰：《全元诗》第30册，第131页。
② 杨镰：《全元诗》第30册，第153页。
③ (元)萨都剌：《雁门集》，上海古籍出版社1982年版，第256页。
④ 杨镰：《全元诗》第30册，255页。

使其笔下的这一神话人物更加鲜明突出。

虽然萨都剌诗作中塑造的人物也有不甚成功之处，但从总体上看来，他用诗歌塑造人物还是取得了相当高的成就，成为具有典范意义的佳作。萨都剌在抒情诗中塑造人物形象的艺术构思，其实在不经意间已经借鉴了叙事文学中的人物塑造手法，从一个侧面反映了在元代经由元杂剧的推广，叙事文学的影响力是深远的。

第四节　萨都剌诗作内蕴的民族情结

萨都剌的诗集为《雁门集》，是因为其祖、父均为武臣，随蒙古族统治者入关，以世勋镇守云、代，所以他以雁门为籍。作为蒙古人，本为游牧民族，萨都剌作为长期生活于中原地区的第三代游牧民族后裔，尽管在文化融合的大背景下对其他民族文化尤其是汉民族文化有吸收与融合，但他的根深深地扎在草原文化的沃土里，其创作也依然是依托于厚积的民族文化传统，创作中依然弥漫出浓郁的草原文化气息，体现出他的民族情结。

一　萨都剌对草原风情的书写

萨都剌自幼生活在中原地区，少年时家道中落，曾到南方经商。泰定4年（1327）进士及第后，主要在南方任各种地方官职，也曾入翰林国史院。晚年致仕，寓居杭州。对于民族发祥的草原地区比较陌生，一生中只在元顺帝元统元年（1333）到过一次上都草原。这年春天，萨都剌座师马祖常被任命为江南行御史台中丞，五月，萨都剌赴上都迎接。途中作《余与观志能俱以公事赴北舟至梁山泊时荷花盛开风雨大至舟不相接遂泊芦苇中余折芦一叶题诗其上寄志能》："题诗芦叶雨斑斑，底事诗人不奈闲。满泺荷花开欲遍，客程五月过梁山。"[1] 六月，在上都作《上京即事》（十首）等，旅途中有《过居庸关》《过李陵墓》《拟李陵送苏武》等诗，后马祖常改迁同知徽政院事。萨都剌离开上都南返，分别时，马祖常作

---

[1]　杨镰：《全元诗》第30册，第147页。

《送萨天锡南归》诗，萨都剌有和诗《和中丞伯庸马先生赠别中丞除南台仆驰驿远迓至上京中丞改除徽政以诗赠别》。秋天，萨都剌自京返回南台，作《再过梁山泊有怀志能》（二绝），并在此年马祖常之子进京，他有诗《送马伯庸子进京》。萨都剌与草原的亲密接触时间短暂，所作诗歌也比较有限，但始终却充分表现了他对草原的挚爱之情，书写了他的民族情结。分析萨都剌的草原诗作，可从一定程度上看出他的民族情结凝结之处。

萨都剌诗歌的草原文化特色，首先表现为对塞外的气候与风光的描绘。蒙古族蕃息的大漠南北地区纬度高，气候比较寒冷，刘秉忠在《和林道中》曾说："扶桑日晓雨初收，襟袖凉生六月秋。"[1] 即使是在六月，雨后的草原都会给人深秋的感觉。上都地处漠南的北纬42°地区，与江南相比气候差异很大。萨都剌来到上都也是六月，他感觉是这里气温低，风也大，"上京六月凉如水""五更寒袭紫毛衫""紫塞风高弓力强"（《上京即事》十首其六、其十、其九），都使得这个早已远离草原的蒙古人无法适应。

独特的气候条件造就了独特的生态环境，元代的上都地区"尽原隰之地，无复寸木，四望惟黄云白草"[2]。杨允孚诗中有"野草黄云入画图""铁番竿下草如茵"[3]"李陵台北连天草，直到开平县里青"[4] 等语。除了草原还有沙漠，刘秉忠在《大碛》中就描写道："漫川沙石地枯干，入夏无青雨露悭。人马数程饥渴里，风程一月往还间。"[5] 萨都剌诗中也描写了这里的沙漠和草原："大野连山沙作堆，白沙平处见楼台。行人禁地避芳草，尽向曲阑斜路来。"（《上京即事》十首其五）这首诗歌中描写了上京地区原野广阔、山脉连绵，而就在这山脉上、在遍地黄沙中竟然屹立着殿阁楼台，这就是上都城，也是皇家禁地，所以行人要回避。萨都剌眼中的上都环境是阔大辽远的，对于自己的民族能够在这恶劣的环境中建立都城、殿阁，他的心中充满了自豪。

---

[1] 杨镰：《全元诗》第3册，第151页。
[2] （元）李志常：《长春真人西游记》，河北人民出版社2001年版，第28页。
[3] 杨镰：《全元诗》第60册，第403—404页。
[4] 杨镰：《全元诗》第60册，第409页。
[5] 杨镰：《全元诗》第3册，第162页。

独特的地理环境会促成独特的生产方式,萨都剌《上京即事》十首其八写道:"牛羊散漫落日下,野草生香奶酪甜。卷地朔风沙似雪,家家行帐下毡帘。"诗歌描写上都草原风光和草原人民的生活,将自然风光和民族风情完美融合,别具艺术魅力。前两句描写草原风景中祥和宁静的一面:草原上牛羊悠闲地享受着落日余晖,广阔的草原上弥漫着草香和奶酪的甜味;三四句则着眼于草原风景中暴烈野性的一面:北风劲吹,满天白沙似雪,牧民赶紧放下毡帐的门帘遮挡。诗歌在对上都草原生态、风光、气候的变幻、民俗风情的勾勒中,描绘出迥异于中原的风情,传达出新鲜的、刺激的美感。这首诗作视野开阔深远,展示了典型的北国特色,可以与南北朝民歌《敕勒歌》相媲美。

独特的气候环境中,也产出独特的生物。草原上不仅有肥壮的牛羊,还有很多多情的生灵。白翎雀就是其中之一,它是上都草原上的代表性生物,是"乌桓城"的精灵。此鸟总是雌雄双飞,象征着说不尽的情爱。"白翎雀"还是草原"留鸟",只在燕山迤北的地区栖息,这种鸟的生活习性,在元人看来别有意蕴。忽必烈有感于此鸟留恋生态环境恶劣的草原,认为他是不忘故土、热爱草原的象征,于是让乐工们制作了著名的乐曲"白翎雀"歌(词)。无论是狩猎结束、还是宴会进行,都常演奏此曲,供人欣赏。元代众多诗人吟咏过此鸟,如虞集《白翎雀歌》:"乌桓城下白翎雀,雌雄相呼以为乐。"诗中说乌桓城下有众多的白翎雀,他们一般都是雌雄双栖,呢喃细语,非常快乐。乃贤《塞上曲》其五:"乌桓城下雨初晴,紫菊金莲漫地生。最爱多情白翎鸟,一双飞近马边鸣。"诗歌描写草原雨后初晴,紫菊金莲生长繁茂,白翎鸟在放养的马匹附近多情鸣唱,平和、温馨、美好、和谐。萨都剌也写有《白翎雀》诗:"凄凄幽雀双白翎,飞飞只傍乌桓城。平沙无树巢弗营,雌雄为乐相和鸣。"[1] 诗中说成双成对的白翎雀,在茂盛的草原上唱着美丽的歌。而这种多情的鸟儿只依傍乌桓城飞舞、嬉戏。在这一望无际的草原上,树木稀少,它们的窝巢都还没有搭建,而它们雌雄双飞,互相唱和,和乐无比。

其次,萨都剌描写了蒙古族统治者在上都草原上举行的皇家宴会。

---

[1] 杨镰:《全元诗》第3册,第252页。

第二章 变动的仕宦空间中的萨都剌诗歌创作

"国朝大事,曰征伐,曰搜狩,曰宴飨,三者而已。虽矢庙谟,定国论,亦在于樽俎餍饫之际,故典司玉食,供亿燕犒,职掌视前世为重。"(王恽《大元故关西军储大使吕公神道碑铭》)① 王恽所说虽然不免夸张,但也说明征战、狩猎、宴飨在元朝廷政治生活中的重要意义。元代实行"两都制",上都作为避暑的夏都,每年四月,元朝皇帝便去上都避暑,八、九月秋凉返回大都。元帝巡幸上都期间,诸王、嫔妃、公主、驸马和文武百官都要扈从,声势浩大,蔚为壮观。可以说,在这段时间,元廷就迁移至上都。每年元帝要在上都会见漠北诸王,举行"忽里台"贵族会议。所以巡幸上都期间,蒙古族的宫廷宴会也是最为重要的活动之一。叶新民在《两都巡幸制与上都的宫廷生活》一文中,论述蒙元统治者在上都的生活内容,主要有朝会、宴飨、祭祀、游猎、宫廷歌舞、角抵与放走、游皇城。② 陈高华、史为民《元上都》也对宴会、佛事、狩猎、祭祀等上都宫廷生活做出阐释。诈马宴对参加者的资格和参宴着装都有严格的要求。能够出席这种大宴的都是宗室、贵戚、重臣、近侍等人,参加宴会者都要穿着皇帝御赐的同色服装,虽然精粗、样式有差别,但总称为"质孙"服。这种规格极高的宫廷宴会也就统称为"质孙宴",也称为"诈马宴"。马可·波罗在其行纪中说能参加这种宴会的人有一万二千人,都是皇帝的"委质之臣名曰怯薛丹者",皇帝赐给这些大臣袍服各十三次。"每次颜色各异,此一万二千袭同一颜色,彼一万二千袭又为别一颜色,由是共为十三色。""每年在十三次节庆中,命各人各衣其应服之袍服。君主亦有袍服十三袭,颜色与诸男爵之袍服同。惟较为富丽,而其价值未可以数计也。"③ 萨都剌在这次的上都之行中也见证了这具有蒙古族传统文化特色的"质孙宴",并行诸吟咏。他的《上京即事》其一到其四都是有关"诈马宴"的记录。诗云:

一派箫韶起半空,水晶行殿玉屏风。诸王舞蹈千官贺,高捧葡萄寿两宫。

---

① 李修生:《全元文》第 6 册,第 497 页。
② 叶新民:《元上都研究》,内蒙古大学出版社 1998 年版,第 37—54 页。
③ [意]马可·波罗著,[法]沙海昂注:《马可·波罗行纪》,冯承钧译,商务印书馆 2012 年版,第 204 页。

上苑棕毛百尺楼，天风摇曳锦绒钩。内家宴罢无人到，面面珠帘夜不收。

凉殿参差翡翠光，朱衣华帽宴亲王。红帘高卷看风起，十六天魔舞袖长。

中官作对道官车，小样红靴踏软沙。昨夜内家清暑宴，御罗凉帽插珠花。①

这四首诗歌传达了元代上都皇家宴会的众多信息。第一，是举行的时间。据前所论，萨都剌是六月来到上都的，恰恰赶上了诈马宴的举行。周伯琦作为元顺帝朝重要的汉族大臣，多次扈从顺帝到上都，也曾多次参加诈马宴，至元6年（1340）宴后，作诗《诈马行有序》记述诈马宴的盛况，其序言曰："国家之制，承舆北幸上京，岁以六月吉日。命宿卫大臣及近侍服所赐只孙，珠翠金宝，衣冠腰带、盛饰名马。清晨，自城外各持彩仗，列队驰入禁中。于是，上盛服御殿临观，乃大张宴为乐。惟宗王戚里、宿卫大臣，前列行酒。余各以所职叙坐合饮。诸坊奏大乐，陈百戏，如是者凡三日而罢。其佩服，日一易。太官用羊二千，嗷马三百匹，它费称是。名之曰只孙宴。只孙，华言一色衣也，俗呼曰诈马筵。"② 文中大致勾勒出上京举行诈马宴的基本程序：选择六月吉日、盛装入宫、宴会开始、歌舞百戏助兴、宴会结束。由此可见，元朝皇帝在上都举行诈马宴的时间基本都在六月。

第二，诈马宴举行的地点。周伯琦在《诈马行并序》中说上都举行的诈马宴"三日而罢"，相似的说法如郑泳的《诈马赋》："宴于棕王之殿三日。"张昱的《辇下曲》第三十首："皇舆清暑驻滦京，三日当番见大臣。"③ 许有壬《龙冈赐燕》："衮服盛装三日燕，和铃清振九游旗。"④ 连续三日的大宴，举行的地点，也往往要变换。既可能在汉式宫殿中举办，如张昱诗中所说："祖宗诈马宴滦都，挏酒哼哼载憨车。向晚大安高阁上，

---

① 杨镰：《全元诗》第30册，第148页。
② 杨镰：《全元诗》第40册，第345页。
③ 杨镰：《全元诗》第44册，第50页。
④ 杨镰：《全元诗》第34册，第335页。

红竿雉帚扫珍珠。"① 这天的宴会地点是大安阁,而萨都剌《上京即事》其一中描写此年是在水晶殿举行的宴会。当然诈马宴也会在蒙古式的宫帐中举行,萨都剌《上京即事》其二中提到了上都巨大的穹庐式宫殿——棕毛殿:"上苑棕毛百尺楼,天风摇曳锦绒钩。"咏叹了棕毛殿高出云表,巍峨高耸的磅礴气势。规模巨大的棕毛殿蒙古语称为失剌斡耳朵,因这座大帐以黄金抽丝与彩色织物作为内饰,柱与门以金裹,钉以金钉,失剌斡耳朵汉译为金帐或黄色的宫帐。柳贯有《观失剌斡耳朵御宴回》诗:"氍幕承空挂绣楣,彩绳亘地掣文霓。辰旗忽动祠光下,甲帐徐开殿影齐。芍药名花围簇坐,葡萄法酒拆封泥。御前赐酺千官醉,坐觉中天雨露低。"②《马可波罗行纪》中记载:"此草原中尚有别一宫殿,纯以竹茎结之,内涂以金,装饰颇为工巧。宫顶之茎,上涂以漆,涂之甚密,雨水不能腐之。茎粗三掌,长十或十五掌,逐节断之。此宫盖用此种竹茎结成……此宫建筑之善,结成或折卸,为时甚短,可以完全折成散片,运之他所,惟汗所命。给成时则用丝绳二百余系之。"③ 柳贯在诗歌的开头就描写了毡帐承空而立,雕梁画柱,牵曳毡殿的彩绳遍地,像一道道彩虹的景象。元代常在这里举行盛大的皇家宴会,诗歌颔联和颈联描写的就是大宴宗王的场面:旌旗猎猎,大帐徐徐拉开,里面人影憧憧,鲜花团簇,美酒罗列。尾联以大汗赐宴,千官取醉,歌颂皇恩作结。这座宏大的宫帐是元朝皇帝宴请朝廷重臣和前来觐见的蒙古王公贵族、各行省主要官员的地方,可同时容纳上千人。柳贯诗中自注:"车架驻跸,即赐近臣洒马奶子御筵,设毡殿失剌斡耳朵,深广可容数千人。"因为防雨而在帐顶铺设厚厚的棕毛,所以失剌斡耳朵也俗称为棕殿或棕毛殿。为期三天的诈马宴一般都会在此殿中举行一场,如乃贤《失剌斡耳朵观诈马宴奉次贡泰甫授经先生韵》、柳贯《观失剌斡耳朵御宴回》,两诗的诗题中已经表明宴会的地点是失剌斡耳朵。贡师泰《上都诈马大燕》中有"棕榈别殿拥仙曹"④,《上京大宴和樊时中侍御》中有"平沙班诈马,别殿燕棕毛"⑤,杨允孚

---

① 杨镰:《全元诗》第 44 册,第 50 页。
② 杨镰:《全元诗》第 25 册,第 166 页。
③ [意]马可·波罗著,[法]沙海昂注:《马可波罗行纪》,冯承钧译,第 158 页。
④ 杨镰:《全元诗》第 40 册,第 284 页。
⑤ 杨镰:《全元诗》第 40 册,第 322 页。

《滦京杂咏》中有"圣驾棕毛殿里回"①，也说明了同样的问题。

　　第三，诈马宴的目的和歌舞演出。元朝作为中国历史上疆域最广大的朝代，"众星拱北乾坤大，万国朝元日月明"（周伯琦《次韵王师鲁待制史院题壁二首》其一）②。要想保证永远有"百蛮入贡""万国朝元"的美好图景，武力威慑只是一个方面，通过质孙宴沟通与漠北、西北诸王以及各友好邻邦的感情就是另一个方面了。因而质孙宴不仅仅是喝酒吃饭，还具有重要的政治目的，是蒙古帝国巩固统治的手段。萨都刺《上京即事》其一中说："诸王舞蹈千官贺，高捧葡萄寿两宫。"说明参加宴会人物的身份，很多是漠北诸王。诈马宴上不仅要饮酒，还有歌舞演出。萨都刺诗中"十六天魔舞袖长"所咏的即是这一问题。并且提到宴会上演出的一种歌舞——"十六天魔舞"。"十六天魔舞"源于西域，在唐代长安宫廷中已经流行，经过唐宋的发展，演变为具有多民族文化特色的舞蹈。蒙古族是能歌善舞的民族，入主中原后，除继承和发展本民族的歌舞外，元朝宫廷还接受了宋朝、金朝及其他民族的乐舞。元朝末年，元顺帝喜爱此歌舞，召集宫廷艺术家对之进行加工，形成了独具特色的乐舞。二八年华的舞女们美貌非常，装扮成"天魔"，手背翻转为莲掌，踏着河西参佛的乐曲在宫苑前翩翩起舞。张翥《宫中舞队歌词》曾咏此舞："十六天魔女，分行锦绣围。千花织布障，百宝帖仙衣。回雪纷难定，行云不肯归。舞心挑转急，一一欲空飞。"③张昱《辇下曲》第十七首、第五十六诗也是描写这种舞蹈："西天法曲曼声长，璎珞垂称衣艳装。大宴殿中歌舞上，华严海会庆君王。"④ "西方舞女即天人，玉手昙华满把青。舞唱天魔供奉曲，君王长在月宫听。"⑤ 这部舞蹈的主角是十六个"天魔"，但其本意是赞扬佛祖的法力。舞蹈中十六个伶人分行排列，装扮成菩萨的样子。身上穿着艳丽的仙衣，上面装饰着各种珠宝和美丽的"璎珞"。这些舞者手里都拿着道具，比如昙花、铜铃之类。她们用这种形式表现天魔假借菩萨的面貌欺骗世人，最终被佛祖降伏的情景。舞蹈的动作轻盈灵动，似乎在云

---

①　杨镰：《全元诗》第 60 册，第 405 页。
②　杨镰：《全元诗》第 40 册，第 343 页。
③　杨镰：《全元诗》第 34 册，第 18 页。
④　杨镰：《全元诗》第 44 册，第 49 页。
⑤　杨镰：《全元诗》第 44 册，第 52 页。

端飞舞，舞蹈中人物形象婀娜多姿，栩栩如生。

作为蒙古族低级官吏，且为官多在江南，萨都剌若不是偶尔来到上都，恐怕一生都不会领略皇家诈马宴的风采。所以在不多的上都诗作中，萨都剌用了四首的篇幅来写出诈马宴带给他的心灵震撼。

再次，萨都剌描写了蒙古族统治者在上都举行的具有蒙古族民族特色的祭祀。《左传》说："神不歆非类，民不祀非族。"[①] 所以祭祀礼仪是封建王朝的大事。元蒙政权虽然不是汉民族政权，但入主中原后，也完全遵从汉民族之礼仪制度。《元史·祭祀志》开篇即说："礼之有祭祀，其来远矣。天子者，天地宗庙社稷之主，于郊社祇尝有事守焉。以其义存乎报本，非有所为而为之。故其礼贵诚而尚质，务在反本循古，不忘其初而已。"[②] 皇帝作为宗庙社稷之主，主持大型的祭祀是理所当然的。萨都剌《上京即事》十首其八描写了元帝在上都主持的祭祀活动："祭天马酒洒平野，沙际风来草亦香。白马如云向西北，紫驼银瓮赐诸王。"与汉民族的祭祀略有不同的是，元帝祭天时是以洒马奶酒的形式进行的。蒙元政权自元世祖忽必烈开始，祖宗祭祀分别在上都、大都两处致祭。大都的祭祀是在太庙中进行的，元太庙始建于中统4年（1263），三年后落成。初定太庙七室之制，后赠为八室。烈祖神元皇帝、皇曾祖妣宣懿皇后第一室，太祖圣武皇帝、皇祖妣光献皇后第二室，太宗英文皇帝、皇伯妣昭慈皇后第三室，皇伯考术赤、皇伯妣别土出迷失第四室，皇伯考察合带、皇伯妣也速伦第五室，皇考睿宗景襄皇帝、皇妣庄圣皇后第六室，定宗简平皇帝、钦淑皇后第七室，宪宗桓肃皇帝、贞节皇后第八室。[③] 忽必烈在太庙的祭祀上并没有完全依照汉地礼俗，而是加入了蒙古旧俗。《元史》中就说："其祖宗祭享之礼，割牲、奠马湩，以蒙古巫祝致辞，盖国俗也。"[④] 张昱诗中曾记载太庙祭祀："清庙上尊元不罩，爵呈三献礼当终。巫臣马湩望空洒，国语辞神妥法宫。"[⑤] 清庙就是太庙，诗中说元蒙君主

---

① （晋）杜预、（宋）林尧叟注，（明）王道焜、赵如源辑：《左传杜林合注》卷10，文渊阁四库全书本，第114页。
② （明）宋濂：《元史》，第1779—1780页。
③ （明）宋濂：《元史》，第1832页。
④ （明）宋濂：《元史》，第1831页。
⑤ 杨镰：《全元诗》第44册，第50页。

到太庙祭祖，按照礼仪向祖先三献酒，这些礼仪结束后，由蒙古巫臣向空中洒马奶酒，并用国语也就是蒙古语致辞，然后皇帝才离开太庙回到"法宫"，也就是日常处理政事的正殿。元帝还有一种特殊的祭祖形式，就是以祭祀祖先的斡耳朵来祭祖。虞集《张宗师墓志铭》中记载忽必烈曾亲自"祠幄殿，裕宗皇帝以皇太子侍"①。应该就是依照这种传统祭祀形式祭祖。忽必烈自从与阿里不哥争夺四大斡耳朵的控制权和祭祀权取胜后，其子孙就一直掌控成吉思汗四大斡耳朵及其祭祀设置，这也成为其政权具有正统性并获得漠北诸王认同的重要象征。忽必烈及其后代君主，也模仿漠北诸王保留生前斡耳朵，为后代祭祖之用，在大都东华门内设置此类斡耳朵，称为"火室房子"。在上都进行的祭祖仪式，主要是按照蒙古族传统礼俗进行。周伯琦说："国朝岁以七月七日或九日，天子与后素服望祭北方陵园，奠马酒，执事者皆世臣子弟。"并有诗记载："大驾留西内，兹辰祀典扬。龙衣遵质朴，马酒荐馨香。望祭园林邈，追崇庙祐光。艰难思创业，万事祚无疆。"②从诗歌的内容和注释来看，蒙古族统治者对祖先的祭祀是由帝后及世臣子弟一起到近郊，遥望故乡，以洒马奶酒的形式进行祭奠，追忆祖先创业艰难，祈望国家长盛不衰。这也是萨都剌在上都观看到的祭祀形式。

最后，萨都剌还描写了上都狩猎。如前所述，众多当代学者在论述元帝在上都的活动时，都提及他们会举行狩猎活动。飞放和狩猎这是蒙古族的传统，《蒙古秘史》中就多次叙述元太祖行猎之事。张德辉《塞北纪行》、耶律铸《双溪醉饮集》等作品中记录了忽必烈在上都举行的狩猎活动。元代描写蒙古族统治者在上都举行狩猎活动的诗歌非常多，如乃贤《塞上曲》五首其一之"秋高沙碛地椒稀，貂帽狐裘晚出围。射得白狼悬马上，吹笳夜半月中归"③，就是描写秋日的夜晚，牧人们来到广阔的沙碛，围猎白狼，至半夜时分，狩猎成功，在月光下骑马吹笳而归的情景。萨都剌《上京即事》其九诗云："紫塞风高弓力强，王孙走马猎沙场。呼鹰腰箭归来晚，马上倒悬双白狼。"描写在边塞的秋风中，"王孙走马猎沙场"，他们"呼鹰腰箭"，马悬白狼，至晚方归。诗歌采取了平铺直叙

---

① 李修生：《全元文》第27册，第658页。
② 杨镰：《全元诗》第40册，第363页。
③ 杨镰：《全元诗》第48册，第37页。

的手法，没有渲染打猎所注重的斩获、追逐等热点，只是淡淡说去，令人无法感受狩猎中那刀响弓鸣、马蹄飞扬的场景。按照常情，第一次去草原的人，看到走马猎沙场的情景一定会觉得新奇，会重墨渲染，但萨都剌只去过一次草原，却在诗歌中呈现了出乎意料的平静。只能认为，这是萨都剌的民族身份决定的，游牧、狩猎是蒙古族的重要生产方式，并不是什么奇特之事，所以写来也就没有惊险刺激而显得平和自然。

萨都剌虽然只到过一次上都，不但目睹了皇家宴会的盛况，而且目睹了皇家祭祀、狩猎的情景，他用自己的诗笔，记录实景实情，留下的诗作，成为后人研究蒙古族民俗文化的重要文学史料。从这些诗作中也可以看出，萨都剌作为一个已经汉化的蒙古族文人，对于本民族的文化还是非常关注的，从一定程度上看，萨都剌的这次上都之行就是一次寻根之旅，这些诗作自然也是寻根文学的重要组成部分。

二 对民族命运的关注

作为深受儒家文化影响的蒙古族士子，萨都剌充满忧患意识，对民族的命运极为关注。我们知道，一个民族的历史命运，关联着所有民族成员的命运。但民族命运的走向却往往掌握在少数上层人士的手中，所以元朝统治者的作为直接影响到所有蒙古族部众的命运。

萨都剌从民族利益出发，关心蒙古族皇室的斗争。元代汉化程度最高的文宗在驾崩后，萨都剌曾作《宣政同知眼睛间报国哀时文皇晏驾》《鼎湖哀》两诗，前者只是记录文宗驾崩的历史事实，后者则涉及较广，诗云：

> 荆门一日雷电飞，平地竖起天王旗。翠华摇摇照江汉，八表响应风云随。千乘万骑到阙下，京师亦睹龙凤姿。三军卵破虎北口，一矢血洗潼关尸。五年晏然草不动，百谷穤稌风雨时。修文偃武法古道，天阁万丈奎光垂。年年北狩循典礼，所有雨露天恩施。宦官留守扫禁阙，日望照夜随金羁。西风忽涌鼎湖浪，天下草木生号悲。吾皇骑龙上天去，地下赤子将焉依。吾皇想亦有遗诏，国有社稷燕太师。太师既受生死托，始终肝胆天地知。汉家一线系九鼎，安肯半路生狐疑。

孤儿寡妇前日事，况复将军亲见之。①

此诗前八句描述的是元文宗图帖木儿（1304—1332）从江南入大都登基事。元文宗是元武宗次子，元明宗弟。关于他的即位，明初人瞿佑在《归田诗话》（卷中）载："盖泰定帝崩于上都，文宗自江陵入据大都，而兄周王远在沙漠，乃权摄位，而遣使迎之。下诏四方云：'谨俟大兄之至，以遂固让之心。'及周王至，迎见于上都，欢聚一夕，暴卒。复下诏曰：'夫何相见之倾？宫车弗驾，加谥明宗。'"②元明宗是在天历2年（1329）八月来到上都，元文宗宣布逊位，而元明宗却在前往大都的途中暴卒，一般认为是被燕铁木儿毒死。萨都剌在《纪事》一诗中记载了此事："当年铁马游沙漠，万里归来会二龙。周氏君臣空守信，汉家兄弟不相容。只知奉玺传三让，岂料游魂隔九重。天上武皇亦洒泪，世间骨肉可相逢。"③这首诗写在此事发生后不久，秉笔直书文宗兄弟相残之事。本诗中"三军卵破虎北口，一矢血洗潼关尸"一句也是暗写文宗夺权的历史。此诗9句到16句是第二层，概括地描述了文宗在位期间的善政。文宗是元朝诸帝中最心仪汉文化的，在位期间皇室内部斗争虽然很激烈，但社会还是比较安定，所以萨都剌诗中说他在位的五年百谷丰登、风调雨顺，偃武修文，用儒家古道治理国家，在位期间创建奎章阁学士院，修《经世大典》，延揽名儒，讲授儒学。遵从祖制年年北狩，安边定塞。但在至顺3年（1332），他却病死上都。此诗最后的12句是第三层，主要描述文宗晏驾后，皇室内部与权臣燕铁木儿斗争的史实。顾嗣立在《元诗选》中收录此诗，并在诗后评述："此诗为文宗晏驾时作也，文宗之立也，燕铁木儿有力焉。文宗崩，燕铁木儿请立皇子，燕帖古思皇后不可，乃立明宗幼子鄜王，一月殂，后命迎明宗长子妥欢贴睦尔于静江，至京师，久不得立，燕铁木儿死，后乃与大臣定议立之，是为顺帝。"④萨都剌在诗歌中认为文宗会有遗诏，也就是让自己兄长之子继位，但肯定不是鄜王这位幼子，然后用文宗即位之事与如今情状进行比较，对这位蒙古权

---

① 杨镰：《全元诗》第30册，第219页。
② （明）瞿佑：《归田诗话》，《历代诗话续编》本，中华书局1983年版。
③ 杨镰：《全元诗》第30册，第295页。
④ （清）顾嗣立：《元诗选》初集中，第1187页。

臣左右朝政进行评论，明褒实贬。萨都剌还有一首《威武曲》和十二首《如梦曲哀燕将军》是描写燕铁木儿逝世的史实，其中《威武曲》云："桓桓燕将军，威武天下一。赤面注丹砂，虬髯如插戟。当年意气何鹰扬，手扶天子登龙床。五年垂拱如尧汤，白日骑龙升上苍。桓桓燕将军，威武何可量。熹微日色出东方，早令一出照八荒。毋使三月人皇皇，毋使三月人皇皇。"诗中对燕帖木儿的形象、政绩都做了叙述，也谈到了他拥立文宗的史实。顾嗣立认为萨都剌这一类诗歌"得古人诗史之意矣"①。

萨都剌也关注元王朝与漠北诸王的关系。萨都剌在元统元年（1333），写下《过居庸关》一诗，与郝经的写法相似，都是咏史，却有自己的特色："居庸关，山苍苍，关南暑多关北凉。天门晓开虎豹卧，石鼓昼击云雷张。关门铸铁半空倚，古来几度壮士死。草根白骨弃不收，冷雨阴风泣山鬼。道旁老翁八十余，短衣白发扶犁锄。路人立马问前事，犹能历历言丘墟。夜来锄豆得戈铁，雨蚀风吹失颜色。铁腥惟带土花青，犹是将军战时血。前年人复铁作门，貔貅万灶如云屯。生者有功挂玉即，死者谁复招孤魂。居庸关，何峥嵘，上天胡不呼六丁，驱之海外休甲兵。男耕女织天下平，千古万古无战争。"②萨都剌诗中先描绘了居庸关的险峻悲凉景象，渲染气氛：居庸关，莽莽苍苍，横断南北，气候也由此分界，关南暑热，关北凉爽。山势高耸入云，山峰犹如虎豹横卧山间，即使是白天击打石鼓，仍然有云雷之气。铸铁的关门横倚在半空中，自古以来守关战士，出生入死，不知有多少为国捐躯。白骨满山无人收拾，阴风冷雨中，山鬼哀号。继之通过老翁口述，回顾了古往今来此地频繁进行的残酷战争。道旁短衣白发的八十老翁，扶犁种地，向路人回忆前尘往事，还能历历在目：锄豆时还能找到战争遗留下的戈铁，经过雨蚀风吹已半棱折。但铁上犹腥，那是将军战士之血。最后描述如今的居庸关，前年关口又做了铁关门，驻扎了无数勇猛的士兵。作者想到每次战后，有功且生还者都能加官晋爵，而那些战死者却无人招魂。作者期望上天能派遣六丁神将，将入侵者驱赶到海外，使战争停息，士兵卸甲归田，从此男耕女织，天下太平。萨都剌作为深受儒家思想影响的蒙古族诗人，在诗歌中表达了他的反战思想。居庸关北是元朝的"腹里"地区，而此时在居庸关陈兵，说明了元朝

---

① （清）顾嗣立：《元诗选》初集中，第1187页。
② 杨镰：《全元诗》第30册，第217页。

统治者与漠北诸王之间既亲密又疏离的关系。这种关系始自忽必烈与其弟阿里不哥的汗位之争。蒙哥汗死后，忽必烈在上都登基，阿里不哥则在和林称汗，两人均获得了一部分蒙古贵族的支持，于是战争不可避免。这场战争表面上是帝位之争，其实也是阿里不哥代表的蒙古草原部落政治传统与忽必烈为代表的中原化政治模式的斗争。这场战争的结果是导致了蒙古帝国的分裂，此后四大汗国虽然还尊元朝皇帝为大汗，将自己汗国的户册交给元朝廷，元廷也会将诸汗在中原的食邑送给他们，但诸汗在自己的属地各行其是，元朝只是诸汗国名义上的宗主国。① 正是元廷与蒙古诸汗国的这种关系，所以居庸关一直是作为蒙古族政权内部斗争的防御阵地，"居庸千古翠屏环，飞骑将军驻两关。万里车书来上国，太平弓矢护青山"（杨允孚《滦京杂咏》其六）②、"数骑朝还驿，千夫夜守关"（贡师泰《居庸关观新寺》）③，居庸关虽然是天堑，但历史经验说明这也并不是固若金汤，正如袁桷《居庸关》所云："石皮散青铜，云是旧战铠。天险不足凭，历劫有成败。"④ 石头上布满青铜，那是旧日战争所赐，虽然是天险，却见证无数成败。说明地理形胜也罢，雄关天堑也罢，都不足凭，所以对于在居庸关陈兵的现象萨都剌非常关注，忧虑蒙古族内部的纷争，忧虑民族的命运。

　　萨都剌出于对民族命运的关注，诗歌中也描写了当时的阶级矛盾。如前所述，萨都剌在《早发黄河即事》诗中描绘了贫穷百姓在横征暴敛和天灾、盗贼并发的情况下，无以卒岁的苦难情景，并以贵族纨绔子弟酒色无度的荒淫生活作对比，深刻地写出了当时蒙汉民族矛盾、阶级矛盾之深。《鬻女谣》中作者描写贫穷百姓无法生存，只能卖掉自己的亲生女儿的惨状，满怀愤怒地指出，这些百姓的悲惨遭遇都是由统治者造成的，人民已经被迫害的不能度日了，各级官员仍然无动于衷，继续敲骨吸髓，以民脂民膏供养自己，元蒙统治者不重视汉族士人，对于本民族的士人也不重视，萨都剌的泣血呼告最终无人理会，自己只有在诗歌中忧生嗟叹。

---

① 李漫：《元代传播考——概貌、问题及限度》，北京大学出版社2013年版，第159页。
② 杨镰：《全元诗》第60册，第402页。
③ 杨镰：《全元诗》第40册，第269页。
④ 杨镰：《全元诗》第21册，第306页。

三 站在蒙古族立场上评论古人

正如学者所言:"在评论萨都剌的诗词时,我们还不能忽视他的一些怀古之作。"① 萨都剌对于汉族的历史非常熟悉,有多篇咏史怀古的作品。拜谒季子墓,凭吊季札的学识人品;上歌风台,俯仰汉高祖的历史;过采石矶,感叹项羽的成败;登北固楼,缅怀孙、刘结盟抗曹的往事。萨都剌无论是在江南为官时,还是在其诗词中,对汉族人民都没有任何歧视,但他在评论李陵、杨贵妃等历史人物时还是会不自觉地站在民族立场上进行关照,显示出他的民族立场。

萨都剌有两首关于李陵和苏武的诗歌,其一为《过李陵墓》:"降入天骄愧将才,山头空筑望乡台。苏郎有节毛皆落,汉主无恩使不来。青草战场雕影没,黄沙鼓角雁声哀。那堪携手河梁别,泪洒西风骨已挥。"其二为《拟李陵送苏武》:"仝是肝肠十九年,河梁携手泪潸然。铁衣骨朽埋沙碛,白首君归弃雪毡。海北牧羊无梦到,上林过雁有书传。汉家恩爱君须厚,剪纸招魂望塞边。"② 这两首诗作,内蕴深厚。诗中有"山头空筑望乡台"句,我们先来看李陵台。李陵台传说是汉将李陵所建。李陵是李当户之子,是"飞将军"李广之孙。据《史记·李将军列传》载:"李陵既壮,选为建章监,监诸骑。善射,爱士卒。天子以为李氏世将,而使将八百骑。尝深入匈奴二千余里,过居延,视地形,无所见虏而还。拜为骑都尉,将丹阳楚人五千人,教射酒泉、张掖以屯卫胡。数岁,天汉二年(前99年)秋,贰师将军李广利将三万骑击匈奴右贤王于祁连天山,而使陵将其射士步兵五千人出居延北可千余里,欲以分匈奴兵,毋令专走贰师也。陵既至期还,而单于以兵八万围击陵军。陵军五千人,兵矢既尽,士死者过半,而所杀伤匈奴亦万余人。且引且战,连斗八日,还未到居延百余里,匈奴遮狭绝道,陵食乏而救兵不到,虏急击招降陵。陵曰:'无面目报陛下。'遂降匈奴。其兵尽没,余亡散得归汉者四百余人。"③ 从这则简短的记载可以看出,李陵在擅于骑射和关爱士卒方面颇有其祖父遗风。不幸的是所率汉卒五千人遭到八万匈奴兵的围困,又没有救兵援助,兵败

---

① 殷孟伦、朱广祁校点:《雁门集·前言》,第5页。
② 杨镰:《全元诗》第30册,第266页。
③ (汉)司马迁:《史记》卷109,第2877—2878页。

投降。单于因李陵的家室及其在战场上的表现,"乃以其女妻陵而贵之。汉闻,族陵母妻子。自是之后,李氏名败,而陇西之士居门下者皆用为耻焉"。李陵投降偷生,最初可能也像司马迁在《报任安书》中所推测的,想在匈奴寻找机会报答汉朝,但结果却造成了包括母亲、妻子在内的家族中上百口人被杀,李陵成了不忠不孝的典型,成了陇西人耻辱的象征,永远无法得到亲族的谅解。李陵无法再回到汉朝,思乡情切,便筑高台遥望家乡,后人称为李陵"望乡台"。关于此台所在的地理位置,元人的诗歌中有大致的说明,周伯琦《纪行诗》第十九首曰:"汉将荒台下,滦河水北流。岁时何衮衮,风物尚悠悠。"①曹溍《李陵台》诗说:"日暮官道旁,土室容小憩。汉将安在哉,荒台独仿佛。"李陵台建在滦水畔,位于驿路旁。《中国历史地名大辞典》"李陵台"条载:"为上都南驿路第二站。在今内蒙古正蓝旗南闪电河旁之黑城子。明初为开平卫驿站,名威虏驿。后废。"②可见元朝时的李陵台驿站,为帖里干驿道与木怜驿道之交会处,是漠南、漠北蒙古草原最为重要的驿站之一。而在中华文化史上,李陵台不仅是一个地名、一处驿站,它牵扯着重要的文化问题,这就是气节。气节历来被中华民族所看重,孔子就有"志士仁人,无求生以害仁,有杀身以成仁"③之说,将气节看得比生命还重要。孟子也说:"居天下之广居,立天下之正位,行天下之大道,得志,与民由之,不得志,独行其道。富贵不能淫,贫贱不能移,威武不能屈,此之谓大丈夫。"④"大丈夫"精神与后世所说的气节异曲同工。李陵的投降,在看重"华夷之辨"的汉族政权社会中,就是失节败德。正如司马迁所说:"自是之后,李氏名败,而陇西之士居门下者皆用为耻焉。"班固在《汉书·李广苏建传》中讲李陵曾奉单于之命去劝羁留在匈奴多年的汉朝使节苏武投降,遭到苏武拒绝。后苏武归汉,李陵"椎心而泣血",起舞作歌曰:"'径万里兮度沙幕,为君将兮奋匈奴。路穷绝兮矢刃摧,士众灭兮名已聩。老母已死,虽欲报恩将安归!'陵泣下数行,因与武决。"⑤这之后苏武成为了尽忠守

---

① 杨镰:《全元诗》第40册,第392页。
② 史为乐:《中国历史地名大辞典》,中国社会科学出版社2005年版,第1238页。
③ 杨伯峻译注:《论语译注》,第163页。
④ 杨伯峻译注:《孟子译注》,第141页。
⑤ (汉)班固:《汉书》第24卷,中华书局1962年版,第2464—2466页。

第二章　变动的仕宦空间中的萨都剌诗歌创作　　127

节的代表，李陵却成为失节辱身的典型。元代周应极在《宿李陵台》诗中就说："持节苏卿真壮士，开边汉武亦奇才。"① 李陵降匈奴失节之事，无论有多少情由，都是不争的史事。历代士人对此行为大都持否定态度。不过，到了元代，诗歌史上的描述出现了变调。因为昔日的夷狄成了统治者，汉族文人们也与李陵一样侍奉了异族之君。所以在李陵台诗中，批评李陵失节的作品并不多，汉族诗人中只有柳贯的《望李陵台》例外。"覆车陷囚虏，此志乃大妄。一为情爱牵，皇恤身名丧。缕缕中郎书，挽使同跌踢。安知臣节恭，之死不易谅。"② 柳贯从李陵兵败说起，认为不管他是怕死，还是像司马迁猜测的那样是要寻找机会报答汉朝，都是错误的。何况，李陵娶了单于的女儿，陷入情爱的牵绊中，损毁了自己的生前身后名。所以柳贯认为作为人臣，要守节操，否则即便是死后也将无法得到别人的谅解。

　　蒙古族士人萨都剌这两首诗表明的自己的态度，与民族属性一致。他在诗中称匈奴为"天骄"，认为李陵所愧的不是投降毁节，而是作为将军之才能。萨都剌认为苏武的确是有节操的士人，但却遭遇悲惨，最终批判了汉朝统治者的"无恩"。从这里可以看出，萨都剌完全是站在少数民族的立场上来观照李陵投降问题，称颂匈奴为天骄、批判汉朝统治者实际上也是在称颂自己的民族。值得关注的是三位少数民族诗人在诗歌中也涉及了节操问题。一位就是萨都剌，他是蒙古人，侍奉自己民族的君主自然是要尽忠守节，所以他批判李陵就合情合理。第二位是元代庸古部诗人马祖常，他在《李陵台二首》之一中说："故国关河远，高台日月荒。颇闻苏属国，海上牧羝羊。"③ 开头两句说李陵的故国距离遥远，他修筑的望乡台也日渐荒芜。后两句没有评价李陵，却提到了苏武被羁押在匈奴，坚决不降，被流放到北海牧羊的故事。昭帝始元 6 年（公元前 81），苏武在牧羊十九年之后，回到了汉朝。作者将二人进行对比，虽然没有任何评价，但其观点已经寄寓其中。第三位是突厥葛逻禄诗人乃贤，他的批评是非常直接的："落日关塞黑，苍茫路多岐。荒烟淡暮色，高台独巍巍。呜呼李将军，力战陷敌围。岂不念乡国，奋身或来归。汉家少恩信，竟使臣节

---

① 杨镰：《全元诗》第 23 册，第 8 页。
② 杨镰：《全元诗》第 25 册，第 100 页。
③ 杨镰：《全元诗》第 29 册，第 359 页。

亏。所愧在一死，永为来者悲。千载扶遗迹，凭高起遐思。褰裳览八极，茫茫白云飞。"（《李陵台》）① 乃贤在诗中首先描绘了日暮时分李陵台畔的景色，接着描写李陵的遭遇：李陵奋勇抵抗匈奴，结果身陷重围，战败被俘。对于李陵的投降，乃贤认同司马迁的观点，认为他绝不会弃故国真心投降异族，他是要保全性命寻找机会逃脱，或者是寻找机会为汉朝做一番大事，但汉武帝刻薄寡恩，杀害了李陵全家，最终造成了他的失节。柳贯认为李陵不能杀身成仁，又为情爱所牵，终身抱憾。而乃贤却提出了一个全新的观点，他认为是汉武帝的残暴，造成了臣子的失节。乃贤是元代的"色目人"，不是"汉家"子民，他批判"汉家"统治者自然毫不客气。不过，乃贤虽然在民族身份上与汉人不同，但他的家族已移居汉地多年，他自己在浙江出生，在汉地长大，自幼接受儒家文化教育。所以他在诗中说："所愧在一死，永为来者悲。"认为李陵不管因为什么原因没有自杀成仁，都会让后人悲慨。元朝统一海宇，众多少数民族移居汉地，接受了汉族文化，对于扩大汉文化的影响，增进各民族间的关系意义非凡。

有关杨贵妃的形象，萨都剌曾在两首诗中进行了正面描绘，其一是《鹦鹉曲题杨妃绣枕》，此诗以议论为主，谈及杨贵妃的"可恨可怜"，谈及安史之乱造成的亡家败国，其中对于杨贵妃形象的描写颇有传统宫词的特色："牙床端坐杨太真，云冠霞佩绛色裙。双成小玉尽宫样，绣衣乌帽高将军。雕笼七宝挂宫树，玉案银盘看鹦鹉。"② 其二是《华清曲题杨妃病齿》："沉香亭北春昼长，海棠睡起扶残妆。清歌妙舞一时静，燕语莺啼空断肠。朱唇半启榴房破，胭脂红注珍珠颗。一点春酸入瓠犀，雪色鲛绡湿香唾。九华帐里熏兰烟，玉肱曲枕珊瑚偏。玉钗半脱翠蛾敛，龙髯天子空垂涎。妾身虽侍君王侧，别有闲情向谁说？断肠塞上锦绷儿，万恨千愁言不得。城都遥进新荔枝，金盘紫露甘如饴。红尘一骑不成笑，病中风味心自知。君不闻，华清宫，一齿作楚藏祸根。又不闻，马嵬坡，一身浅血未足多。渔阳一日鼙鼓动，始觉开元天下痛。云台不见汉功臣，三十六牙何足用？明眸皓齿今已矣，风流何处三郎李？"③ 关于此诗，章培恒主编的《中国文学史》认为有几点值得注意："（一）关于杨贵妃与安禄山

---

① 杨镰：《全元诗》第 48 册，第 34 页。
② 杨镰：《全元诗》第 48 册，第 208 页。
③ 杨镰：《全元诗》第 48 册，第 109—210 页。

有染的传说，习惯上是通俗的市井文艺形式才会采用的材料（如王伯成《天宝遗事》诸宫调、白朴《梧桐雨》杂剧），而萨都剌把它写进了一向被认为是严肃的诗歌中来；（二）此诗自'君不闻'以上，不但写杨妃的美貌笔法铺张而大胆，而且对她与安禄山的私相爱慕表示同情（"塞上锦绷儿"指安禄山），这种与传统伦理纲常直接冲突的内容，实际表现了对非礼生活情感的一种认可；（三）诗中的语言，色彩艳丽，想象丰富，可以看出受李贺诗的影响，但不同的是：此诗以暖色调为主，而不像李贺诗的所谓'冷艳'，因而更能反映情绪的活跃，表现出世俗化的情调。"[1] 这一评论恰好说明了我们要论述的问题，那就是萨都剌在评论古人时融入了自己的价值观念，杨贵妃与胡人私相爱慕，汉族文人不能认同，所以无论是《长恨歌》《长恨歌传》还是《梧桐雨》《长生殿》都讳莫如深，而是特别突出李、杨之间刻骨铭心的爱情。即便一些作品中涉及二人的关系，也是持一种批判的态度。但这首诗歌中对杨贵妃与安禄山的这段隐情却持的是同情态度："妾身虽侍君王侧，别有闲情向谁说？断肠塞上锦绷儿，万恨千愁言不得。"这可能就是因为作者本身就是汉族眼中的"胡人"，对于具有同样民族身份的安禄山，作者便表现了不同于汉族文人的民族立场。

元代作为中国历史上第一个由少数民族建立的统一封建王朝，疆域广大，大量少数民族因为战争、通商、出使等原因进入中原地区，促成了多民族诗人齐聚汉语诗坛的现象。元代文坛文人族属空前广泛，包括"汉、蒙古、畏兀、唐兀、吐蕃、康里、大食、钦察、回回、拂林、哈剌鲁、乃蛮、阿鲁浑、克列、塔塔尔、雍古、渤海、契丹、喀喇契丹等数十个"[2]。在《全元诗》中共收录200多名少数民族诗人，作为统治民族的蒙古族诗人也首次出现在汉语诗坛上。萨都剌是元代最优秀的蒙古族诗人，其诗歌取得了极高的成就。不仅是在蒙古诗人群中，就是在整个元代文坛上也占有重要的地位。萨都剌作品题材广泛而内蕴丰厚，艺术上俊逸洒脱，清新自然。历来受到评论家的广泛关注，给予极高的评价。

---

[1] 章培恒：《中国文学史》（下），复旦大学出版社1997年版，第108页。
[2] 杨镰：《全元诗·前言》，中华书局2013年版。

第三章

南—北流转中泰不华的交游与诗歌创作

泰不华（1304—1352），本名达普化，字兼善。伯牙吾台氏，原籍西域白野山，居台州（浙江临海）。十七岁时参加浙江乡试中魁首，至治元年（1321）状元及第，年仅十八岁。授集贤修撰，累转监察御史。受到元文宗赏识，并亲自将"达普化"改译为"泰不华"。参与修宋、辽、金三史，擢礼部尚书。至正11年（1351）迁浙东宣慰司使，与孛罗帖木儿夹击方国珍，方国珍降元，泰不华改任台州路达鲁花赤。战死后，追封魏国公，谥忠介。他好读书，以文章知名。元末政局腐败，不可收拾，他与色目人余阙独立支持局面，而且两人均长于诗文，后人往往相提并论。

泰不华生长于浙东，因科举入仕去往大都，后从大都前往浙东抗农民起义，最终战死沙场。他的人生是循着南北流转的轨迹而行的，这期间也可见出元代后期众多蒙古士人的迁转足迹。他们虽然民族属性不同于汉人，但他们早已远离祖居之地，从小生长于汉文化中心的江南，因科举而入仕而去往蒙古统治的核心区大都，又因元廷派遣回南。在时空的变幻中他们行走于两重区域中，民族属性、祖先血脉的遗存、科举向心力凝聚之所在政治中心大都，但自身的思想内涵与文学表达趋向却是汉文化中心江南濡染出来的。

泰不华的族属是学界一直关注的问题。主要有两说，一者是色目人说。以清人钱大昕的《元史氏族表》和近人陈垣的《元西域人华化考》为代表。二者是蒙古人说。持此说的当代学者众多，如朱永邦的《元明清蒙古族汉文著作家简介》，王叔磐、孙玉溱的《古代蒙古族汉文诗选》，赵相璧的《历代蒙古族作家述略》，云峰的《元代蒙古族汉文诗歌漫谈》，门岿的《元代蒙古族及色目诗人考辨》，萧启庆的《蒙元史新研》，白·特木尔巴根的《古代蒙古作家汉文创作考》等。所持证据非常翔实，所以泰不华属于蒙古族基本得到了学术界的普遍认同。本书也认可泰不华为蒙古族。

泰不华曾师从萨都剌之友李孝光,明代诗评家胡应麟曾说:"泰兼善绝句,温靓和平,殊和唐调。"① 并推许他是才藻气节兼备的诗人。《元诗选》初集选入他的诗24首,题为《顾北集》。《全元诗》收其诗32首。其中交游诗21首。故本章对泰不华的研究拟从其与儒家士人交游入手。

第一节 泰不华与儒家文士的交游及诗歌中儒家风神的养成

《全元诗》收泰不华诗32首,其中21首是酬唱诗。与士人酬唱者有《赋得上林莺送张兵曹》(二首)、《春日次宋显夫韵》《上尊号听诏李供奉以病不出奉寄》《送赵伯常淮西宪副》《送刘提举还江南》《送新进士还蜀》《桐花烟为吴国良赋》《送友还家》《寄姚子中》《春日宣则门书事简虞邵庵》《寄同年宋吏部》《送王奏差调福州》《送赵季文之湖州参军》《题柯仲敬竹》《题玉山所藏水仙画卷》《邬处士挽诗》等,与道士酬唱的有《题祁真人异香卷》,与僧侣交游的诗作有《赠坚上人重往江西谒虞阁老》,与武将交游的则有《与萧存道元帅作秋千词分韵得香字》《送琼州万户入京》。在这些作品中,作者酬赠、送别的对象也可能有非汉族人士,比如萧存道有可能是契丹人,而琼州万户也有可能是色目人或蒙古人,但绝大多数还是汉族儒家士人。

泰不华早年受教于儒士周仁荣,较早地接受了儒家思想文化,这对于他性格的养成和文学风格的形成具有重要的作用。后来师事著名文人李孝光,李孝光是当时著名的诗人,有道名儒,他对于泰不华的教导也是以儒家思想为主的。至正4年(1344)泰不华在李孝光《汉洛阳令方圣公储传》之后题字:"先师所谓语人而不语神,庶几近之。"② 泰不华这里以《论语》中"子不语怪、力、乱、神"之语评价老师的文章,而李孝光送《送达兼善典金》中也以儒家思想劝勉弟子:"上言赤子天哀怜,仁人在位如解悬。大臣不让皋夔贤,天下画一徽张弦。未将俎鼎烹小鲜,如吾但

---

① (明)胡应麟:《诗薮·外编》卷6,上海古籍出版社1979年版,第242页。
② (明)程敏政:《新安文献志》卷100,《四库全书》本。

愿兴力田。眼见霖雨开丰年，墙下饭牛荠花圆。"① 泰不华参加科考的座师是文坛耆宿、当世大儒袁桷，泰不华状元及第后，袁桷对于这位晚生非常器重。曾于至治3年（1323）作赠序《送达兼善祠祭山川序》，达兼善此行是奉旨南下祭祀山川，袁桷乃浙江人，对于江南至为熟悉，因为文中对于南方多地的人文风俗多所介绍，并希望达兼善在南方遇到有才之士："宜表而出之，系疏归以俟明天子之清词，则得之矣。"这种关爱和期望也是从儒家选贤任能的思想出发的。

　　元代科举，分左右两榜，泰不华是至治元年（1321）右榜状元，而同年左榜状元是宋本（1281—1334）。宋本与泰不华二人相交甚厚，泰不华有诗《寄同年宋吏部》："金镜承恩对紫薇，锦鞯白马耀春晖。谩随仙杖朝天去，不记宫花压帽归。海国风高秋气早，关河云冷雁声稀。嗟予已属明时弃，自整丝纶觅钓矶。"② 诗歌中用对比的写法，描写二人遭逢不同，诗歌最后一联借孟浩然诗歌和严子陵的典故表现了儒家知识分子在宦海沉浮中遭遇不如意之后的惆怅之情。泰不华还与宋本的弟弟宋褧结成了好友，宋褧字显夫，泰不华有《春日次宋显夫韵》："帝城三月多春色，南陌风光画不如。踯躅花深啼杜宇，鸬鹚滩暖聚王余。玉楼似是秦宫宅，金水元非郑国渠。处处笙歌移白日，扬雄空读五车书。"③ 诗中作者以扬雄自比，以"空读五车书"来感叹自己的怀才不遇，中正平和。泰不华与另一同年吴师道也有交往，吴师道在参加科举中举时结识宋本、宋褧兄弟以及泰不华，吴师道有《宋显夫司业出乃兄诚夫尚书中秋五首并达兼善侍郎诗因次其韵》，可见四人间的关系。吴师道在泰不华任官绍兴时，曾作赠别诗《分韵赋石鼓送达兼善出守绍兴》，诗歌中对泰不华的才华大为赞誉，并勉励他："愿言宣仁化，嗣续垂千秋。"这里以儒家"仁"思想劝勉自己的朋友，可见二人的志趣相投。

　　泰不华进入奎章阁，与文坛耆宿虞集成为同僚。虞集是"元诗四大家"之首，曾有《开奎章阁奏疏》，建言开奎章阁。泰不华在诗中称誉他为汉代的司马相如："三月龙池柳色深，碧梧烟暖日愔愔。蜂粘落絮萦青幔，燕逐飞花避绿沉。仙仗晓开班玉笋，云韶春奏锡琼林。从臣尽献河东

---

① 杨镰：《全元诗》第32册，第311页。
② 杨镰：《全元诗》第45册，第174页。
③ 杨镰：《全元诗》第45册，第171页。

第三章　南—北流转中泰不华的交游与诗歌创作　133

赋,独有相如得赐金。"① 文宗去世后,虞集致仕归江西。泰不华对于昔日的老友依旧未曾忘怀,坚上人往江西探望虞集,他有诗《赠坚上人重往江西谒虞阁老》,诗中将虞集比作南臣北仕的庾信:"绝代佳人怜庾信,早年词赋动天颜。"② 两诗中均夸赞虞集因奏疏获得统治者的认可,表达了作为儒家士人泰不华对名士虞集的钦慕,也是自己期望获得知遇的心声吐露。虞集对这位蒙古族同僚也极为欣赏,曾为泰不华的画作题诗《为达兼善御史题墨竹》。泰不华到江南任南台御史时,曾与同僚一起为泰不华送行,同僚多所作诗,虞集作有《送达溥化兼善赴南台御史诗序》:"古人有言,朝廷天下之事,宰相可行之,台谏可言之。行者或不无牵制,而言者庶几得以尽心焉。非其位不得言,得其位或不足于言,故世以为难也。兼善以先朝进士第一任,事今上天子于奎章之阁。一日,辍以为行台御史,此所谓得言之位,可言之时,能言之人者乎？予闻之,事有大小缓急之异,小而急者骤言之,大而缓者深言之。而又有大且急者,如东南水旱频仍,民力凋耗,赋用不急者乎！吾意兼善受命之日,念固已在此矣。医之为病也,知证易,用药难。药具矣,而病家用不用,服不服,又有不可知者,而医不敢尽其技。圣天子在上,视民如伤,当宁以思,无言不从,无谏不入。兼善在阁下,朝夕之所见者也。使数千里之远,如在旒黈之下,非兼善,吾谁望乎？诸贤赋诗赠之,虞集为之序。"③ 在此序中,虞集言及当时送泰不华者众多,所作诗歌应该也有不少,是否结集不得而知,但他要先作序言。并且,虞集从儒家思想出发,期望泰不华能尽言臣职责,辅佐天子,施行仁政,造福一方。

泰不华到江南后,曾到玉山草堂拜访顾瑛。顾瑛（1310—1369）,又名顾德辉、顾阿英,字仲英,号金粟道人,昆山（今属江苏）人。家富资财,风流文雅,尤好于诗。与李孝光、张翥、张雨、杨维桢等人交往密切。筑有玉山草堂,并在此处招待诗友,定期举办觞咏之会,一直延续到江南陷入战乱中。后尽散家财,削发为在家僧,自称金粟道人。能够出席顾瑛家的觞咏之会,是时人具有诗人身份的标志。泰不华是蒙古族诗人中较早参加草堂雅集的诗人,顾瑛在《拜石坛记》中描写自己有爱石癖,后

---

① 杨镰:《全元诗》第45册,第174页。
② 杨镰:《全元诗》第45册,第176页。
③ 李修生:《全元文》第26册,第163页。

至元戊寅（1338）四月在东城之庵得一奇石，上有"老坡题识觞咏之语"，第二年"御史白野达兼善来观"，为此石"作古篆'拜石'二字于坛，又隶寒翠以美其所，石之名由是愈重"。① 由顾瑛文中可知，泰不华是在顺帝后至元5年（1339）造访玉山草堂的。除了为顾瑛所宝奇石题识外，《全元诗》中收录四首泰不华为顾瑛所藏名画的题诗，包括《题梅竹双清图》、《题柯仲敬竹》（二首）和《题玉山所藏水仙画卷》等。

泰不华在江南结识的另一著名诗人是杨维桢，杨维桢（1296—1370），字廉夫，号铁崖，又号铁笛道人、铁心道人、铁冠道人、铁龙道人、梅花道人等，会稽（浙江诸暨）枫桥全堂人。泰定4年（1327）进士，与萨都剌同年。曾作天台县尹、杭州提举、建德路总管推官等职。元末避乱隐居，明洪武2年（1369）至京师，议订各种仪礼法典，事毕，请归，归后不久逝世。以杨维桢创作为代表的"铁崖体"在当时影响广泛，他发起唱和的"西湖竹枝词"是元代后期规模空前的"同题集咏"。在泰不华现存诗歌中没有竹枝词作品，泰不华有没有参与集咏，无法考证。但杨维桢在泰不华逝后曾作诗《挽达兼善御史》对泰不华的事迹人品进行了赞扬："黑风吹雨海冥冥，被甲船头夜点兵。报国但知身有死，誓天不与贼俱生。廊庙正修仁义传，史官执笔泪先倾。"

除了以上这些知名文士，曾与泰不华交游并留下诗作的还有以下几位：郑元佑（1292—1364），字明德。处州遂昌（今属浙江）人。元顺帝至正17年（1357），辟为平江路儒学教授，至正24年（1364），授江浙行省儒学提举，但不久去世。享年七十三岁。诗文别集《侨吴集》十二卷、笔记《遂昌杂录》一卷，均有传本。郑元佑有《送达兼善秘书》诗："木天高拱夜何其，翠被初寒更漏迟。上帝录书藏紫禁，贵神燃火出青藜。悬知策府稽诹处，预想虞廷献纳时。厚报亟盈茶荈颂，湛恩心写蓼萧诗。岂徒述作矜雄艳？政以都人启蔽亏。国典每濡双赐笔，宠光长发万年枝。从容宝鼎开金镜，缥缈祥烟度玉墀。儒术致君还有道，皇明鉴物本无私。庙谟已发群生秘，岩穴宁令一士遗？歌咏太平还有日，腐儒头白在茅茨。"②

朱德润（1294—1365），字泽民，昆山人。元仁宗延祐6年（1319），

---

① 李修生：《全元文》第52册，第550页。
② 杨镰：《全元诗》第36册，第344页。

以荐授翰林应奉。元英宗即位，出为东征儒学提举，以献《雪猎赋》见知，命主持金书佛经事。英宗去世，归隐江南。至正中期战乱频仍，至正12年（1352），由江浙行省平章辟为行省照磨，参议军事。有诗别集《存复斋集》十卷、《存复斋续集》。另著《古玉图》二卷等。朱德润有《送达兼善元帅赴浙东》诗："伏波将士出鄞东，夜斩鲸鲵碧海中。虎帐护寒云蔽日，云旗催晓浪翻风。帆开鹢羽桅星白，箭拂旄头血点红。洗手便收歌凯捷，大藩文帅作元功。"①

钱惟善，字思复，号曲江居士，又号白心道人，钱塘人。早年精习《毛诗》，强记多才，有诗名。至治、泰定年间活跃于江浙。至元、至正间与杨维桢交往密切。参加至正元年（1341）江浙省试，置名前列。领乡荐，任江浙行省儒学副提举。张士诚据吴中，退隐吴江筒川，又移居华亭。明洪武12年（1379）尚在世，有《江月松风集》十二卷。钱惟善有三首与泰不华交游之作，其一为《送著作兼善赴奎章典金》："龙飞天子中兴年，使者弓旌集俊贤。阊阖早朝班玉笋，瀛州夜直赐金莲。五经同异须刘向，三绝才名数郑虔。黼黻当时遗老在，长歌黄鹄送楼船。"② 其二为《送兼善郎中朝京师》："名重西台为御史，礼优南省冠宾僚。周官故事行春见，唐殿新诗和早朝。梦笔生花修五凤，弯弧穿叶试双雕。孰知风月同高洁，肯向江湖慰寂寥。"③ 前两首诗作均为七律，高度肯定赞扬泰不华的政绩，其三为《奉送前御史监察河南金事达兼善移官淮西三十韵》④，这是一首五律长诗，在这首诗作中，作者从泰不华弱冠写起，描述其一生的才华、政绩，也抒发了朋友分离的依依惜别之情。

傅若金（1303—1342），字与砺，初字汝砺，新喻（江西新余）人。自幼工诗，常出语惊人。二十岁出游湖南，宣慰使阿荣延至家中，待如上宾，宾主吟咏不辍。曾为岳麓书院直学，不久即弃官而去。至顺3年（1332）携诗篇北游京师，数月间，公卿大夫皆知其名，虞集、宋褧以异材荐于朝廷。元顺帝即位，以傅若金为参佐出使安南。出使归来，授广州路儒学教授。极力兴办学校，恢复学田，后遇暴病而亡，年仅四十岁。有

---

① 杨镰：《全元诗》第37册，第140页。
② 杨镰：《全元诗》第41册，第21页。
③ 杨镰：《全元诗》第41册，第61页。
④ （元）钱惟善：《江月松风集》卷5，四库全书本。

《清江集》存世。傅若金有三首与泰不华酬唱之作，其一是《奉题达兼善御史壁闲刘伯希所画古木图》："远树含幽姿，近树亦古色。水傍尝见画不得，乃在君家中堂之素壁。青林寂寞行人窈，白涧微茫断烟隔。入门萧萧云气生，落日便恐归禽争，耳后飒爽寒风声。知君夜眠愁雨黑，留客昼坐宜秋清。刘侯学李成，画手称独步。时见作古松，盘屈百怪聚（一作任形势）。中林一株直且良，安得刘侯写其趣（一作安得挥毫纵奇气）。"在其二《寄浙省郎中泰不华兼善兼简赵郎中》中，称赞泰不华的才华和仁心："古人青春起高第，才名岂是寻常者。早将心事同稷契，直以文章拟晁贾。"① 其三为《奉送达兼善御史赴河南宪佥十二韵》，表达了作者惜别之情。

第二节　泰不华的双重身份及其诗歌特色

　　元代的少数民族诗人基本都具有双重身份特色，一重是其民族身份，另一重是其文化身份。泰不华也是如此，从其民族身份来说，他是蒙古人；但他自幼在中原长大，深受中原传统文化的浸染，而且泰不华的师友皆为当时的宿儒，其文化身份已经中华化或说汉化，这二重身份直接影响到泰不华诗歌的风格。元人胡行简《方壶诗序》云："至元、大德间，硕儒巨卿前后相望……诗文雄混（疑为"浑"）清丽，如马公伯庸、泰公兼善、余公廷心，皆卓然自成一家。"② 这里所举马祖常、泰不华、余阙皆为少数民族诗人，他们的自成一家，都是因为二重身份所造成的对立统一。

　　胡应麟《诗薮》中评价泰不华："泰兼善绝句，温靓和平，殊得唐调。"③ 唐调如何？明代的李东阳《麓堂诗话》说："宋诗深，却去唐远，元诗浅，去唐却近。"宋人以学问入诗，诗歌深邃、理性，与唐诗迥然不同。唐诗以清丽平易为本，风神情韵兼备却自然天成。元代诗坛承唐，泰不华继承了本民族质朴醇厚的基因，诗作不事雕琢，平和温润，所以明人

---

① （元）傅若金：《傅与砺诗集》卷7，民国嘉业堂丛书本。
② （元）胡行简：《樗隐集》卷5，四库全书本。
③ （明）胡应麟：《诗薮·外编》，第242页。

以为他得唐音。如《送友还家》："君向天台去，烦君过我庐。可于山下问，只在水边居。门外梅应老，窗前竹已疏。寄声诸弟侄，老健莫愁予。"①诗人希望友人还家途中，代访家门，诗歌以文为诗，明白如话，但却感情真挚动人。那门外梅，那窗前竹，都是作者心爱之物，这一句对家乡、亲人的思念尽在其中，而最后一句更直接点明，所有深情厚谊尽在其中。

泰不华的近体诗，尤其是绝句，确如胡应麟所评价的，能得唐调。如其绝句（二首）：

  绣帘钩月夜生凉，花雾霏霏入画堂。吹彻玉箫人未寝，更添新火试沉香。
  金吾列侍拥旌旄，五色云深雉尾高。视草词臣方退食，内官传敕赐樱桃。②

这两首绝句非常浅近易懂，没有生僻的字、词，也没有过多的典故。但意象的选择、意象群的建构以及意境的营造都非常有艺术匠心，其一中泰不华选择了明月、夜雾、画堂、玉箫、沉香等意象，渲染出一片朦胧绮丽却又凉意浓烈的意境，夜已深却帘未放，玉箫吹彻而人未寝，为什么？诗人不说，但诗歌描述的对象不是画屏金鹧鸪的富丽堂皇中没有生命力的女子，也不是小楼吹彻玉生寒的幽怨女子，因为她还有心情去添新火、试沉香。文有尽而意无穷，诗人得唐人神韵，把无尽的想象空间留给读者，却不乏唐人的骨柔细腻特色。

泰不华对唐诗的学习多体现在他对唐人诗歌的模拟，他所模拟的也多是那些诗歌创作得清丽自然的诗人。比如《题柯仲敬》（二首）其二："梁王宅里参差见，山简池边烂熳栽。记得九霄秋月上，满庭清影覆苍苔。"③诗歌明显是学习了杜甫的《江南逢李龟年》。杜甫的绝句不似律诗那样沉郁，明丽者多。泰不华《寄同年宋吏部》中的"嗟予已属明时弃，自整丝纶觅钓矶"句，又明显是受到孟浩然《岁暮归南山》的影响。孟

---

① 杨镰：《全元诗》第45册，第173页。
② 杨镰：《全元诗》第45册，第172页。
③ 杨镰：《全元诗》第45册，第175页。

诗云："北阙休上书，南山归敝庐。不才明主弃，多病故人疏。白发催年老，青阳逼岁除。永怀愁不寐，松月夜窗虚。"泰不华显然既化用了诗句，也化用了诗意。

泰不华学唐还以唐人典故入诗，如其《送刘提举还江南》："帝城三月花乱开，落红流水如天台。人间风日不可住，刘郎去后应重来。"① 诗歌后两句以世事无常、瞬息多变来安慰刘提举，可见泰不华的这位友人应该是被贬谪江南。诗歌妙在运用了刘禹锡的典故来进行佐证。刘禹锡是中唐著名诗人、政治家，诗歌较少雕琢，尤其是其竹枝词具有民歌特色。他在王叔文势败后被贬朗州，十年后召回京城。作《玄都观桃花》："紫陌红尘拂面来。无人不道看花回。玄都观里桃千树，尽是刘郎去后栽。"诗中有对朝政的讥讽，再被贬播州。后改连州，徙夔、和二州，晚被征为太子宾客，又作《再游玄都观诗》："百亩庭中半是苔，桃花净尽菜花开。种桃道士归何处，前度刘郎今又来。"诗歌讽刺时局，锋芒毕露，不用任何典故，语言省净自然。泰不华友人恰好姓刘，泰不华巧用"刘郎去后来"之典送别慰勉朋友，恰切自然。

泰不华对唐前诗人也有模拟，但他模拟的对象也是那些诗歌平易自然的诗人。东晋诗人陶渊明，以清新自然的诗文著称于世。如泰不华《衡门有余乐》："衡门有余乐，初日照屋梁。晨起冠我帻，亦复理我裳。虽无车马喧，草木日夜长。朝食园中葵，暮撷涧底芳。所愿不在饱，领颛亦何伤。"② 此诗第一、第二句与常建《题破山寺后禅院》首联"清晨入古寺，初日照高林"颇为相似，其后八句则对陶渊明有颇多模仿。陶渊明之"孟夏草木长，绕屋树扶疏。众鸟欣有托，吾亦爱吾庐。既耕亦已种，时还读我书。穷巷隔深辙，颇回故人车。欢言酌春酒，摘我园中蔬。微雨从东来，好风与之俱。泛览《周王传》，流观《山海》图。俯仰终宇宙，不乐复何如？"（《读山海经·其一》）与"种豆南山下，草盛豆苗稀。晨兴理荒秽，带月荷锄归。道狭草木长，夕露沾我衣。衣沾不足惜，但使愿无违"（《归园田居·其三》）都是陶后喜爱田园、纵谈归隐士人熟知的，接受模拟者历代都不少。泰不华在习唐基础上吸收陶诗意境，表达自己的隐逸情怀，实质还是儒家"无道则隐"精神的表征之作。

---

① 杨镰：《全元诗》第 45 册，第 172 页。
② 杨镰：《全元诗》第 45 册，第 172 页。

泰不华受业于周仁荣、李孝光，入仕后交游的文士多为当时硕儒名臣，往还唱和的诗歌中也多表达的是儒家士人的理想、抱负。诗作温柔敦厚，清新俊迈，说明泰不华久居中原文化兴盛之地，广被儒家文化熏陶，诗中也表现出他的儒家情怀。

首先，体现为他积极入仕的理想追求。泰不华的诗中虽然没有直接抒发自己积极入仕的理想，但在与友人的酬唱中却多有表现。如《送琼州万户入京》："海气昏昏接蜃楼，飓风吹浪蹴天浮。旌旗昼卷蕉花落，弓剑朝悬瘴雨收。曾抱乌号悲绝域，却乘赤拨上神州。男儿堕地四方志，须及生封万户侯。"[1] 诗中期望琼州万户入京后能得到朝廷的封赏，从中表现出儒家士人期望获得生前身后名的入仕理想。理想远大，现实中却有许多无法掌控的因素，致使理想无法实现，这种痛苦也在诗中有所体现，如《春日次宋显夫韵》中有"处处笙歌移白日，扬雄空读五车书"，《寄同年宋吏部》中有"嗟予已属明时弃，自整丝纶觅钓矶"，《赠坚上人重往江西谒虞阁老》也有"绝代佳人怜庾信，早年词赋动天颜"。

其次，泰不华对于儒家崇尚的一些伦理道德，也能身体力行，并行诸吟咏。第一，对孝义思想的推崇。儒家把孝作为封建伦理道德的基础，提出"百善孝为先"。在元代，浙江浦江县郑宅镇郑宅村的郑氏家族因为几百年来一直合食义居，受到世人的推崇，元廷也对其家族多次旌表。如元武宗至大4年（1311），元朝廷旌表其为"孝义门"；元顺帝后至元元年（1335）再次旌表为"孝义郑氏之门"。对此，朝廷上下，颂声如沸，上自皇太子爱猷识理达腊、丞相脱脱，下至文人学士如虞集、柳贯、黄溍、揭傒斯、危素、欧阳玄、陈旅等都作书、文、诗、词以美其行。泰不华也加入了咏郑氏义门的行列："春秋家学传来远，九世于今更一门。闻道阶庭有余地，年来偏艺好兰荪"（《咏郑氏义门》）[2]。第二，对儒家提倡的安贫乐道思想的践行。如前面所举《衡门有余乐》一诗，泰不华通过对陶渊明诗歌的模拟，以及"虽无车马喧，草木日夜长。朝食园中葵，暮撷涧底芳。所愿不在饱，领颜亦何伤"等诗句，表达了自己不畏贫贱的心态。第三，儒家看重节操和志气，泰不华诗歌中也常表露这种"抱节守志"思想，这主要体现在泰不华诗歌中一些意象的运用。自屈原诗歌开创"香草

---

[1] 杨镰：《全元诗》第45册，第175页。
[2] 杨镰：《全元诗》第45册，第176页。

美人"传统之后,传统诗歌中"梅""兰""竹""菊"等意象就有了象征诗人志节的作用。泰不华诗歌中也运用了这些意象,如《送友还乡》中说自己家"门外梅应老,窗前竹已疏"。《咏郑氏义门》诗中歌颂郑氏家族的道德品质:"闻道阶庭有余地,年来偏艺好兰荪。"而《邬处士挽诗》中称颂亡友:"翠微峰下城南月,犹照梅花万古魂。"① 第四,受儒家美学思想影响,泰不华的诗歌具有"清和"的美学风格。"中和"之美是儒家重要的美学思想,这种思想直接导致了以后的以"温柔敦厚"为基本内容的"诗教"的建立,对中国的艺术和美学都影响深远。可以说,追求或崇尚"中和"之美几乎是中国古代文学的基本审美指向。元代诗学在"中和"之美的基础上有所发展,查洪德认为:"元人的诗风追求是清和,理想境界是'至清至和'""'至清至和'是虞集为代表的元代部分诗人的诗风理想""'清和'是元代代表性诗风,也是元代代表性诗论家的诗风追求"。② 泰不华与虞集是同僚、好友,在奎章阁任职期间,广交文坛好友,他们的诗歌审美倾向自然会影响到泰不华。刘嘉伟认为泰不华的《陪幸西湖》《春日宣则门书事简虞邵庵》《赋得上林莺送张兵曹》(二首)、《与萧存道元帅作秋千词分韵得香字》《寄姚子中》等诗的风格皆圆熟醇和、俯仰雍容。③ 再结合前面所论泰不华对清丽自然的追求,所以其诗歌的整体风格就具有了这种清和的美学特色。

泰不华的诗中还表现出深厚的历史文化内涵。在元代蒙古族诗人中,泰不华诗歌是历史文化内涵最为深厚的诗人之一,单就此点而言,泰不华诗歌的成就不逊于萨都剌,这也是他诗歌的突出特点。具体说来有如下三点:

其一,泰不华的诗歌中歌咏了众多中国古代的历史人物,在其中寄予了作者的褒贬。如《卫将军玉印歌》就吟咏了汉代名将卫青的事迹:"武皇雄略吞八荒,将军分道出朔方。甘泉论功谁第一,将军全印照白日。尚方宝玉将作匠,别刻姓名示殊赏。蟠螭交纽古篆文,太常钟鼎旌奇勋。君不见祁连山下战骨深,中原父老泪满襟。卫后废殂太子死。茂陵落日秋风

---

① 杨镰:《全元诗》第 45 册,第 176 页。
② 查洪德:《元代诗学通论》,北京大学出版社 2014 年版,第 302、307、320 页。
③ 刘嘉伟:《泰不华在元大都多族士人圈中的文学活动考论》,《内蒙古大学学报》2012 年 4 期,第 13 页。

起。天荒地老故物存，摩挲断文吊英魂。"① 诗中对卫青是歌颂的，但同时也批判了汉武帝的拓边政策给中原百姓带来的痛苦。我们发现在这首诗中，作者并没有站在少数民族的立场上来评判这一史实，反而是站在中原文人的立场上，足以说明泰不华在文化身份上已经完全是汉族的、中原的了。这种现象也表现在《题岳武王庙》一诗中："将军有意拔天旄，直取黄龙复汉京。谁谓君王轻屈膝，久知戎虏定渝盟。属车不返三关路，堠火常连五国城。独使英雄含恨血，中原何以望澄清。"② 此诗中描写的岳飞也是在与北方少数民族的战争中涌现的，作者称颂他是"英雄"，对南宋统治者进行了批判。更有意思的是诗中称女真为"戎虏"，自然也是把自己放在中原人的立场上。

其二，泰不华在诗歌中常常以古喻今。如《送新进士入蜀》一诗："金络丝缰白鼻騧，锦衣乌帽小宫花。临邛市上人争看，不是当年卖酒家。"③ 诗中本来是送自己新考中的进士朋友入蜀，却以司马相如与卓文君的历史典故作喻，表现了朋友由贫贱而贵盛的经历。再如《题玉山所藏水仙画卷》中："翠羽灵旗候洛津，凌波微步袜生尘。可怜金屋重门掩，只有陈王梦阿甄。"④ 诗歌描绘画中的情境，没有采用直接描写的形式，而是运用了"金屋藏娇"和陈思王曹植与甄妃的典故，营造出一种恍惚迷离的意境。还有如《春日次宋显夫》中的"扬雄空读五车书"，《赠坚上人重往江西谒虞阁老》中的"绝代佳人怜庾信，早年词赋动天颜"，《京师上元夜》中的"道旁亦有扬雄宅，寂寞芸窗冷似秋"，《寄姚子中》中的"汉廷将相思王允，晋代衣冠托谢安"，等等。

其三，泰不华诗歌中还有一些深具历史文化内涵的语词。如《衡门有余乐》中的"衡门"一词，典出《诗经·陈风·衡门》篇："衡门之下，可以栖迟。泌之洋洋，可以乐饥。"《毛氏传》解释："衡门，横木为门，言浅陋也，栖迟，游息也。笺云：'贤者不以衡门之浅陋，则不游息于其下。'"⑤ 在后代的诗文中，衡门就代指了贤者的简陋居所。泰不华之前，

---

① 杨镰：《全元诗》第 45 册，第 173 页。
② 杨镰：《全元诗》第 45 册，第 176 页。
③ 杨镰：《全元诗》第 45 册，第 172 页。
④ 杨镰：《全元诗》第 45 册，第 175 页。
⑤ （清）阮元：《十三经注疏》，中华书局 1980 年版，第 109 页。

也有很多诗人借用这一意象及其内涵。如陶渊明《癸卯岁十二月中作》："寝迹衡门下,邈与世相绝",唐代李德裕:"稚子候我归,衡门独延伫"(《夏晚有怀平泉林居》)。泰不华作为一个蒙古族诗人,以此词入诗,表达了自己安贫乐道的志节。再如《寄姚子中》一诗中的两句:"琪树有枝空巢燕,竹花无实谩栖鸾"①。诗中的"琪树"在《尔雅》中的解释是:"东方之美者,有医无闾之珣玗琪焉。"② 医无闾之珣玗琪是古人对岫岩玉的一种称呼,它因为稀有,成为统治权力的象征,也是纯洁、美好、吉祥的象征。文人笔下常常用到此语,如李白《琼台》:"青衣约我游琼台,琪木花芳九叶开。"萨都剌诗中也有:"错骑白鹤访茅君,琪树秋声隔夜闻。"(《将游茅山》)"竹花"也是语典,如张九龄《感遇》:"白云愁不见,沧海飞无翼。凤凰一朝来,竹花斯可食。"据说,竹子开花结食,可以引来凤凰。泰不华在这句诗中用"琪树有枝""竹花无实"对举,玉树为燕雀侵占,鸾凤却无处翔集,诗人借鸾凤自比,表达了英雄无用武之地的悲慨。这些语典,非有深厚的历史文化知识才能驾驭。

综上,泰不华作为蒙古族诗人,却深受汉文化尤其是儒家文化熏陶,用汉文创作了大量的诗歌,受到时人的广泛赞誉。虽然文献存留不易,他保存下来的诗歌有限,但在这有限的诗歌中,我们既能感受到一个蒙古族诗人的民族基因所形成的诗歌之美,也能感受到在强大的中原文化影响下营造的诗歌意境。泰不华的双重身份,其诗歌的双美特色,说明了他的诗歌是民族文化相互交融、相互影响的产物,不仅是蒙古族古代文学的精华,也是中国古代文学的宝贵财富。

---

① 杨镰:《全元诗》第 45 册,第 174 页。
② 郭璞:《尔雅注疏》,北京大学出版社 1990 年版,第 193 页。

第四章

由北入南迁移的答禄与权的交游与诗歌创作

答禄与权（约1311—1380），字道夫，西域乃蛮人。至正2年（1342）进士，任职于秘书监。至正21年（1361）出使福建，元末出为河南江北道廉访司佥事。明初，寓居于永宁（河南洛宁）。洪武6年（1373）以荐授秦王府纪善，后任御史、翰林修撰等。洪武11年（1378）以年老致仕。有《答禄与权集》，久已散佚，现存《永乐大典》残帙尚可辑出他的数十首诗与少量的文。《全元诗》收其诗56首，《杂诗四十七首》是他的代表作，名为杂诗，实为咏怀之作，内容与表现手法均比较丰富。

答禄与权的族属，学界曾有争论，焦点在于他是否是蒙古族。杨镰在《答禄与权事迹钩沉》[①]及《双语诗人答禄与权新证》[②]两文中，称答禄与权是成吉思汗的劲敌——乃蛮太阳汗的裔孙，也是西辽最后一位皇帝的直系后裔，并认为《明史》等文献中称答禄与权为蒙古族是不恰当的。白·特木尔巴根根据元明历史文献，论证乃蛮部其实已经在入元后融入蒙古族中，因而答禄与权是蒙古族确切无疑。[③]云峰在《民族文化交融与元代诗歌研究》一书中也将答禄与权归入蒙古族作家中。[④]本书也认同元明文献的说法，将答禄与权归入蒙古族文人中。

答禄与权从西域至中土，在大都入仕，在河南归隐，又在南京入仕并致仕。他的生活空间在科举入仕前是由西到北的，但在科举入仕后主要在

---

① 杨镰：《答禄与权事迹钩沉》，《新疆大学学报》1993年第5期。
② 杨镰：《双语诗人答禄与权新证》，《许昌学院学报》2012年第6期。
③ 白·特木尔巴根：《古代蒙古作家汉文创作考》，内蒙古教育出版社2002年版，第110—113页。
④ 云峰：《民族文化交融与元代诗歌研究》，内蒙古大学出版社2013年版。

元廷政治中心大都和明廷政治中心南京度过。中间有数年居停河南，而那一时期不但是答禄与权元朝岁月的最后为宦期，也是他作为元遗民的归隐期。就空间而言，河南则大体处于大都与南京的隔离带上，也是中国北南双方的交界地区。答禄与权由北入南的迁移，既是政治空间与政治空间的转换，又是文化空间与文化空间的转换。在大都或者南京，他都是政治人物，与此同时，大都或南京，对于从西域到中土，从蒙元文化中心到汉文化中心的答禄与权而言，也都有着文化转换的内涵在。答禄与权，作为元末蒙古族诗人，入明后还能以蒙古族世家子弟的身份入朝，凭借其才华供奉翰林，其诗歌以独特的视角，表现了蒙古族诗人对中华民族共有精神财富的认同。

第一节　答禄与权与文坛诗人交游考述

　　答禄与权进士及第后，任职于秘书监。结识当时文坛著名文人黄溍。黄溍（1277—1357），婺州义乌（今浙江义乌）人，字文晋，又字晋卿。元代著名史官、文学家、书法家、画家。仁宗延祐间进士，任台州宁海（今浙江宁海）县丞，累擢侍讲学士知制诰等职。生平好学，博览群书，议论精要，其文布置谨严，援据切洽，在朝中挺然自立，不附权贵，时人称其清风高节，如冰壶三尺，纤尘不污。至正9年（1349），答禄与权拜访了翰林侍讲学士黄溍，请他为自己写作了《答禄乃蛮先茔碑》。在此碑文中言及答禄与权家族自西域进入蒙古政权、从龙入关到定居河南的经过，杨镰在《答禄与权事迹钩沉》中有详细的解读，此处不赘。

　　在秘书监任职期间，答禄与权还结识了葛逻禄诗人乃贤。乃贤（1309—1368），字易之，别号河朔外史，本突厥葛逻禄氏，葛逻禄译成汉语，意为马，故又名马易之。葛逻禄是西域的古老部族，世居金山（今新疆北部阿尔泰山）之西，蒙古崛起于漠北时，葛逻禄游牧于阿尔泰山一带。乃贤的家族追随蒙古宗主从西域阿尔泰山到河南南阳驻守，乃贤出生在南阳，故自称南阳人，后来又随父兄迁居庆元路鄞县（今浙江宁波）。有《金台集》二卷、《河朔访古记》二卷传世。是元末诗坛最引人瞩目的江南诗人之一。至正3年（1343），乃贤离开家乡来到大都，结识了国子祭酒赵期颐，有《投赠赵祭酒廿韵》，由此结识了其侄答禄与权。并根据答禄与权的回忆，创作了记录答禄与权祖父别的因信阳射虎的诗歌《答禄将军射虎行》，此诗序言曰："答禄将军，世为乃蛮部主。归国朝，拜隋颍万户，平金有功，事载国史。其出守信阳射虎之事尤伟。曾孙与权举进士，为秘书郎官，与余雅善。间言其事，因征作歌。"序言谈到答禄与权家族史事。据黄溍的《答禄乃蛮先茔碑》及杨镰的考证，其祖乃突厥部族乃蛮部太阳汗之子屈出律，屈出律娶西辽公主为妻，成吉思汗灭西辽，屈出律战死，其妻携子抄思为蒙古军所掳，因为成吉思汗的皇后之一是太阳汗宠妃古儿别速，抄思及其母成了蒙古汗国的部众。抄思随窝阔台汗出征，参加了元与金著名的"三峰山之战"，战后驻守河南，获赐大名府宅邸，移家于此。抄思子别的因，就是答禄与权的曾祖父。他在信阳为官时，郡内猛虎出没伤人，他命士兵烧山，逼虎出林并箭毙猛虎。乃贤诗歌分成三个层次，首先描写的还是其祖上归附蒙古的史事："将军部曲瀚海东，三千铁骑精且雄。久知天命属真主，奋身来建非常功。世祖神谟涵宇宙，坐使英雄皆入彀。十年转战淮蔡平，帐下论功封太守。"第二层描写的是别的因为民射虎的事迹，运用了渲染、衬托、侧写等手法，突出了别的因的虎将风采："信阳郭外山嵯峨，长林大谷青松多。白额于菟踞当道，城边日落无人过。将军闻之毛发竖，拔剑誓天期杀虎。弯弓走马出东门，倾城来看夸豪武。猛虎磨牙当路嗥，目光睒睒斑尾摇。据鞍一叱双眦裂，鸟飞木落风萧萧。金哨雕弓铁丝箭，满月弦开正当面。雕翎射没锦毛摧，崖石崩腾腥血溅。万人欢笑声震天，剖开一镞当心穿。父老持杯马前拜，祝公眉寿三千年。将军立功期不朽，奇事相传在人口。"第三层称颂了答禄与权的文才："可怜李广不封侯，却喜将军今有后。承平公子秘书郎，文场百步曾穿杨。咫尺风云看豹变，鸣珂曳履登朝堂。"① 乃贤这首诗是研究答禄与权家族的很好的文学史料。

答禄与权在秘书监任上，结识了著名文人危素。危素（1303—1372），字太朴，号云林。金溪（今属江西）人。以博学工诗文知名，至正2年（1342）荐授经筵检讨，参与修宋辽金三朝史。后改国子助教。除翰林应奉，至正20年（1360），累迁中书参政，至正24年（1364），拜翰林学士承旨，出为岭北行省左丞。弃官居房山。今存《说学斋稿》四卷、《云

---

① 杨镰：《全元诗》第48册，中华书局2013年版，第45页。

林集》二卷、《危太朴文续集》十卷等别集。《云林集》二卷，由乃贤编集。危素与乃贤是挚友，他在江南的名气也很大。他离开家乡在京城任职多年，思念故土，请人将家乡云林山绘成《云林图》以慰乡思。至正10年（1350），邀请答禄与权一起观赏此图，并请答禄与权为之题诗，答禄与权请危素先写一篇《云林图记》为自己介绍云林山水之胜，以便自己有较为深入的认识，使题诗更能切合图意和实际。答禄与权存诗中没有此诗。但危素的《云林图记》却保存了下来，文中谈到这篇图记的写作缘起："间以图求诗于秘书答禄君道夫，道夫曰：'吾既未能即其地，子盍为记，以副此图？'至正十年十有二月辛卯，寄居城南头陀寺，雪下盈尺，道无行人，夜展图玩之，忽忆去家十有四年，左亲戚，弃坟墓，竟何为哉？在令式，中岁之后，亦许致仕。予明年四十有九，距纳禄之年固非远矣，幸而清朝从其早退，归与樵夫野叟嬉游山间，上下云月，歌诸公之诗，亦足以自乐也。"① 危素是元末明初著名的文人，却要向答禄与权求诗，说明答禄与权在当时诗名颇著，受到诗坛诗人们的认可。

至正21年（1361），答禄与权任翰林院经历。此年春天，答禄与权参加了廉惠山海牙发起的玄沙寺雅集活动。廉惠山海牙，畏兀儿人，儒臣廉希宪之从子。英宗至治元年（1321）进士，授承事郎、同知顺州事。之后辗转在河南、江西、福建等地为官，曾入史馆，预修英宗、仁宗《实录》、辽、金、宋三史等，卒年71岁。当时参加聚会的有户部尚书贡师泰。贡师泰（1289—1362），字泰甫，宣城人。泰定4年（1327）进士，授太和州判官，累迁翰林待制，国子司农，擢礼部郎中，拜监察御史。自元世祖之后，南人复居省台，始于贡师泰。至正22年（1362），召为秘书卿，得疾卒。贡师泰以诗文知名，留有《玩斋集》十卷。参加此次聚会的除了这两位知名人士外还有汉族诗人李国凤，李国凤出身于济南官宦之家，顺帝至正11年（1351）进士，善诗文。畏兀儿人海清溪也参加了聚会。贡师泰在《春日玄沙寺小集序》中记载了此次聚会的概况："至正二十一年春正月廿六日，宣政院使廉公亮崇酒载肴，同治书李公景仪、翰林经历答禄君道夫、行军司马海君清溪游玄沙，且邀予于城西之香严寺。是日也，气和景舒，生物邕遂，花明草缛，禽鸟下上。予因缓辔田间，转

---

① 李修生：《全元文》第48册，第311—312页。

入林坞，裴回吟咏，不忍遽行。及至，则四君子已坐久饮酣，移席于见山之堂矣。既见，则皆执酒欢迎，互相酬酢。廉公数起舞，放浪谐谑。李公援笔赋诗，佳句捷出，时亦有盘薄推敲之状。道夫设险语，操越音，问禅于藏石师，师拱默卒无所答。清溪虽庄重自持，闻道夫言辄大笑。予素不善饮，至此，亦不觉倾欹傲兀，为之抵掌顿足焉。日莫将散，乃执盏敛容而相告曰：'方今宽诏屡下，四方凶顽犹未率服，且七闽之境，警报时至，而吾辈数人，果何暇于杯勺间哉？盖或召或迁，或以使毕将归，治法征谋，无所事事，故得从容，以相追逐，以遣其羁旅怫郁之怀。然而张太傅之于东山，王右军之于兰亭，非真欲纵情丘壑泉石而已也。夫示闲暇于抢攘之际，寓逸豫于艰难之时，其于人心世道亦岂无潜孚而默感者乎？他日当有以解吾人之意者矣。'乃相率以杜工部'心清闻妙香'之句分韵，各赋五言诗一首，而予为之序。"① 这是一次以汉诗创作为纽带的多民族文士的雅集，贡师泰在序言中描绘了雅集时各位参加者的表现，答禄与权"设险语，操越音，问禅于藏石师，师拱默卒无所答"。从这一记载可以看出，答禄与权不仅擅谐谑，而且还会模仿越地的方言，能难倒一位禅师，可见其禅学思想精深。

在元末明初，答禄与权还结识了另一位著名文人宋濂。宋濂（1310—1381），字景濂，号潜溪，浦江（今浙江金华市付村镇上柳村）人。远祖居京兆（今陕西西安），其后裔屡次迁徙，至六世祖始从义乌迁金华潜溪，后举家迁居浦江青萝山，又谓浦江人。自幼家境贫寒，但聪敏好学，曾受业于元末古文大家吴莱、柳贯、黄溍等。元朝末年，元顺帝曾召他为翰林院编修，他以奉养父母为由，辞不应召，修道著书，别号玄真子、玄真道士、玄真遁叟。后应召追随朱元璋，明朝建立后，任翰林院承旨。与刘基、高启并列为明初诗文三大家。朱元璋称他为"开国文臣之首"，刘基赞许他"当今文章第一"，四方学者称他"太史公"。著有《宋学士文集》。答禄与权存诗中有《送宋承旨还金华》："金华之山，巍乎莫测。乃在牛女之墟，天池之北。自昔初平牧羊处，至今灵气钟名德。圣人立极开太平，贤佐乃有宋先生。先生读书逾万卷，雄才独擅文章名。至尊临轩时顾问，皇子传经当绣绂。汉室旧闻疏太傅，明庭今见桓五更。先生行年几

---

① 李修生：《全元文》第 45 册，第 184—185 页。

七十，新春诏许还乡邑。诰词御制焕奎文，子孙簪笔当朝立。先生种德非常伦，圣明天子优老臣。从兹一往三千春，高风长与初平邻。"① 宋濂致仕还金华是在洪武 10 年（1377），说明此诗也是创作于此时。根据杨镰对答禄与权事迹的钩沉，我们发现朱元璋对这位元朝旧臣还是非常欣赏的。《明史》在洪武 6 年（1373）到 14 年（1381）的记事中都能见到答禄与权的影子，在《明史》的《牛谅传》《李原明传》等传记中也能看到一些他的作为。洪武 10 年（1377），答禄与权应该是在翰林院任应奉，所以这首诗歌中既称誉了宋濂的文才，同时也称誉了朱元璋对文臣的体恤，充满了君仁臣忠的脉脉温情。而我们知道三年后，胡惟庸案发，宋濂被牵涉其中并入狱，之后被流放茂州，病死夔州。

  答禄与权与元末明初名僧释来复也有交往。释来复（1319—1391），字见心，号蒲庵、竺昙叟。元末明初临济宗名僧，与另一禅宗高僧宗泐（字季潭，1318—1391）齐名，曾受明太祖朱元璋及诸藩王尊信，并赐金襕袈裟，封为僧官，荣宠一时。来复也是著名诗僧和书僧，《书史会要》和《续书史会要》均有传，其书法师宗赵孟頫。有诗集《澹游集》（抄本）和《蒲庵集》传世。来复在元末已极有诗名与佛名，与虞集、张翥、欧阳玄、黄溍、郑元佑、张雨、顾瑛、宋濂等文人名士交谊深厚，又与公卿权贵来往密切。后因牵涉"胡惟庸党案"，被朱元璋下旨凌迟处死，卒年七十三岁。释来复早年曾北游大都，与公卿权贵来往密切。但是释来复并没有获得自己想要的结果，于是离开京城，航海至鄞县，止于慈溪定水寺，后住持天宁寺。释来复所在的慈溪定水禅寺，《元诗选·癸集下》记载了一个相关典故。"庐陵双峰定水禅寺，自唐以来，主僧往往知名。宋庐陵僧德璘与杨文节公为方外交，寺有古桂二章，至秋花最著。德璘尝蒸花为香以饷公，公酬以诗，有'天香来月窟'之句。见心来主是寺，念前辈之流风，辟室而名之曰天香。"② 杨文节是宋代著名诗人杨万里，他有《双峰定水璘老送木犀香五首》，其二是："万杵黄金屑，九烝碧梧骨。诗老坐雪窗，天香来月窟。"③ "木樨"是桂花的别称，释来复将这样一个典故坐实，元代诗人们也在这个"天香室"上大作文章，借助

---

① 杨镰：《全元诗》第 49 册，第 479 页。
② （清）顾嗣立、（清）席世臣：《元诗选》癸集下，中华书局 2001 年版，第 1406 页。
③ 北京大学文献研究所编：《全宋诗》卷 2295，北京大学出版社 1998 年版，第 26360 页。

"同题集咏"，牵动了社会不同层面人群的关注，蒙古族诗人们也加入其中，创作出众多相关作品。答禄与权参与其中，写有《题见心禅师天香堂》诗："老僧定方起，炉火不曾添。清风入幽室，明月挂虚檐。"① 诗中没有表现二人的关系，但答禄与权游览了定水禅寺，也参观了天香堂，并在诗歌中描绘其幽居之处的清丽风光，赞誉之意溢于言表，可见二人关系应该不错。

答禄与权存诗中还有四首与文士交游的诗歌，诗中提到到友人事迹暂不可考。其中两首表现的是依依惜别之情，但具体写作时间不可推断。其一是《送孙处士还南湖》："透江泛晴澜，逝者何深广。天空远峰出，参差列仙掌。湖平秋水澄，林复朝霞上。举手揖孙登，相期谢尘鞅。"② 诗中写景极有特色，没有一般送别诗歌中的凄清景色，那澄澈的江水，辽远的晴空，明丽的山峰，绚烂的朝霞，使整首诗境界阔大，情调昂扬。其二是《赠故人任志刚》："红颜同受业，皓首各离乡。洛下欣相遇，江东岂独忘。山风吹短鬓，诗卷在行囊。此别人千里，相看泪两行。"③ 这是一位同受业的老友，分别多年偶然相遇，欣喜异常，但却又要分离，诗人此诗的感情与前一首迥然有别，别情依依，凄切感伤。

另外两首，作于明朝建立之后，其一是《寄赵可程》："闻子新登汴省庐，晨昏抱牍曳长裾。乾坤再造元非昔，日月重明自有初。作吏要循三尺法，为儒不负五车书。自惭衰朽浑无用，愿理荒园学种蔬。"④ 从诗歌的颔联可以看出，赵可程出仕的是再造乾坤的明朝，作者作为元朝的国族，在诗中却没有表现出任何的仇视情绪，反而认为这是日月重明，对朋友谆谆告诫，并慨叹了自己不被世用的遭遇。《明史》记载，答禄与权入仕明朝是在洪武6年（1373），据杨镰考证，"洪武六年二月，答禄与权以荐被任命为秦王府纪善。秦王是朱元璋次子，洪武三年封王，是时尚住南京，直到洪武十一年才就藩于西安，陛见时，他给朱元璋留下深刻印象，很快改任监察御史，留在朝中任职，成为受皇帝重视的、相当活跃、建树

---

① 杨镰：《全元诗》第49册，第479页。
② 杨镰：《全元诗》第49册，第477—478页。
③ 杨镰：《全元诗》第49册，第478页。
④ 杨镰：《全元诗》第49册，第479页。

颇多的朝臣"①。从这首诗中可观答禄与权的民族性。儒家传统文化影响下，通常士人认定忠臣不事二主，元朝灭亡后元遗民依旧很多。但答禄与权身为蒙古族，对自己民族建立政权的消亡竟没有留恋叹惋，而是在送别友人诗歌中羡慕他能被新朝起用，而自己却衰朽篱下。其二是《送徐知府赴京》："汉祖昔龙跃，丰沛多股肱。唐宗起晋阳，河汾盛豪雄。赫赫大明朝，创业濠泗中。乘时淮楚士，奋若云从龙。使君蕲黄秀，择事知所从。一麾守东洛，靡然皆向风。下车吊黎庶，豺狼咸绝踪。至今洛下氓，颂声归茂功。侧问赴京阙，膏车瀍水东。圣心眷人牧，煌煌达四听。愿言求民瘼，一一报宸衷。坐令尧舜泽，熙熙四海同。垂拱建皇极，鸿烈传无穷。"②对于诗题中的"京"，作者自注"洛阳"，说明徐知府要回洛阳任所。从诗中也可以看出，徐知府是随朱元璋起事的淮楚士，还曾经守洛阳，安抚战乱中的百姓，令其可以安居乐业，所以留下了很好的治声。此次前去任官，一定能得到百姓的拥戴。所以作者希望徐知府能够广施仁政，将明统治者的尧舜之策贯彻到地方，福泽人民。此诗开头六句以史喻今，以汉高祖、唐太宗比喻明太祖，诗中对明朝帝王也多赞美之词，说明了答禄与权对于朱明汉族政权的认同。

总之，答禄与权一生行迹可考者不多，但从仅存的史料和文学创作可以看出，答禄与权拥有极好的汉文化修养，为人诙谐幽默，善交际、辞令，不仅在元末与诸多知名文士有很好的关系，即便是到了明初，仍然结识了诸多汉族文人。作为一个蒙古族诗人，对于元朝的灭亡，能很快认清这一事实，迅即赞成明朝的统治并入仕新朝，即可说明他本身的民族基因的存在，使得改朝换代这样的鼎革之变没有让自己心灵震撼到甘心退居林下。但同时也从一个侧面反映，因为文化的深入融合，以汉文化为核心的中华文化的向心力已经非常强大，将不同民族的文人吸引到这一场域中来。

---

① 杨镰：《答禄与权事迹勾沉》，《新疆大学学报》1993年第5期，第100页。
② 杨镰：《全元诗》第49册，第478页。

第二节　答禄与权诗歌的汉文化素质

阅读答禄与权的诗歌，我们看不到来自西域屈出律子孙的影子，也找不到归附蒙古后的草原情怀和民族情怀，多的是对于历史、人生的思考，以及因此产生的失落与怅惘，这些吟咏与生长中原的汉族有智识者的咏叹异曲同工。

答禄与权的代表作是《杂诗四十七首》，但本诗题下仅存诗四十三首，所谓四十七首，《全元诗》认为应包括《偶成四首》①。"在总集编纂中，'杂诗'作为书名大概只见于六朝，作为类目只见于《文选》，作为诗题多用于失题时的替代。在别集编纂中，'杂诗'作为书名则近于小集。作为类目多见于唐人集，作为题目最为普遍。由此可认定'杂诗'的基本性质乃是编纂的一种手段。而在明人别集中，'杂诗'隐然具有抒情诗体的意味，此后的现代文学史书写则进而强化了这种观念。"②汉魏以来，诗人们常以"杂诗"为题，抒发作者的人生慨叹。诗歌史上的杂诗，尤以组诗为多，如陶渊明的《杂诗》十二首等。答禄与权这四十七首诗作主要表现了他的志节和生活中的感悟，与其他诗歌一样融入了浓厚的汉文化素质，表现了他由隐居再到入仕明朝的心路历程。

儒家与道家是中国古代两大思想派别，不仅影响了整个中国思想史，也影响了中国古代文人的出处。阅读答禄与权的诗歌，我们发现，作为一个在中原出生长大并接受了良好的汉文化教育的蒙古族作家，他的思想也基本是在儒、道两家间徘徊。

在道家"全真""保身"等思想的影响下，中国古代很多文人在乱世中，不愿出仕，甘于贫贱，躬耕园田，作一位隐士。答禄与权生逢易代，自河南江北道廉访司佥事任上回到河南永宁乡居，此时，道家避世、隐居的思想主导了其行为。《杂诗四十七首》前边多首诗歌有这方面的描写："勾芒布春令，微和满郊墟。开门足生意，青青园中蔬。抱瓮时灌溉，植杖自耘锄。寄迹衡门下，神闲体亦舒。"（《杂诗四十七首》其二）"静坐

---

① 杨镰：《全元诗》第49册，第477页。
② 颜庆余：《"杂诗"的文献学考察》，《文学遗产》2019年第2期，第42页。

掩虚室，尘事何扰扰。斋心服我形，稍欣烦虑少。披襟澹忘机，味道穷幽杳。附听枝上蝉，仰看云间鸟。好风何处来，悠悠动林杪。一笑天宇开，百年静中了。"(《杂诗四十七首》其三)"积雨忧我心，雨晴还可喜。树响清风来，天空白云起。林光动逸兴，鸟语清闲耳。宴坐久忘机，澹然独凭几。"(《杂诗四十七首》其三)研究这些诗歌，我们发现，其中多陶渊明诗歌的影子，在艺术风格上，也接近陶渊明《归园田居》《饮酒》等诗歌，语言清新，平淡自然。

在这种思想影响下，一些探究物理的诗歌也写得平和自然。如《杂诗四十七首》其一，化用了左思《咏史》之"郁郁涧底松，离离山上苗"诗句，却没有去表达"以彼径寸茎，荫此百尺条"的思想，而是说明物性本如此，就像所有的植物都会春荣秋凋一样："东风扇威绿，卉木日蕃滋。慨此春荣花，宁忘冬悴时。涧底松郁郁，淇澳竹猗猗。物性固难变，千春恒若斯。"在《杂诗四十七首》其八中描写与蒿草并植的猗兰时，也没有区别二者的品节，而是认为："溥露时雨滋，日夜自生息。异类等敷荣，此意谁能识。"诗歌中传达的思想明显是受到《庄子·逍遥游》的影响，是对庄子人格本体论思想的理解与生发，认为物类不同，不可一概较量。这种理解与向秀、郭象的理解一样，都是在强调庄子哲学中的服从世俗、顺应环境的思想。

以道家思想为基础，产生了我国土生土长的宗教——道教。元蒙统治者对于道教非常崇信，全真教、正一教、真大道教等教派在元代都获得了巨大的发展，很多蒙古族诗人都有涉道诗，如萨都剌相关诗歌就很多。答禄与权生逢乱世，自然对道教有所认同，他有一首涉道诗《洞中歌》："山中道士来天津，霞为鹤氅云为巾。潜居土室著道论，丹炉茶鼎常相亲。心如皎月照秋水，苍髯短发颜生春。辞粟不让伯夷饿，箪瓢有似颜渊贫。尔来雪落满空谷，洞门静掩傍无邻。炊烟久绝釜杨尘，萧然安坐双眉伸。一生坎坷长苦辛，东道主者知何人。"[①]虽然答禄与权涉道诗歌只有一首，但我们发现他这首诗中着意运用了道教中的语言和意象，比如"道士""云霞""鹤氅""道论""丹炉"等，说明作者服膺道家思想的同时，对于道教也有了解。

---

① 杨镰：《全元诗》第49册，第479页。

第四章　由北入南迁移的答禄与权的交游与诗歌创作

随着明王朝的建立，四海归一，天下重归太平。很多儒家士人受功业思想的影响，积极出仕新朝。答禄与权虽然是故元国族，但其思想却已经被中原化或说汉化了，再加上文人不惯经营农事，生活变得清贫。所以《杂诗四十七首》到第十几首时，平和的诗风开始变得沉郁。如其十三："瓠蛆杂粪壤，反以安其躬。斥鷃笑鹏鸟，奋翼翔蒿蓬。物类有清浊，世道有污隆。怅然拂衣起，目送天边鸿。"① 这首诗非常明显是受《庄子·逍遥游》的影响，前六句与前边所论的其一、其七、其八一样还都是在表达服从世俗、顺应环境的思想，但最后两句感情却与之前诗歌明显不同，那份怅然，那远望高翔鸿雁的眼神，让我们感觉到诗人隐居全真、躬耕田园的心态已经开始发生变化了。在第十四首诗中，虽然还是描写自己躬耕的田园，却变成了"我田悉不臧，稂莠郁芊芊。愿耘叹力薄，释此愁思牵"。田地耕种的不成功，良莠不齐，自己既无力改变现状，放弃又无以为生，于是愁思满怀。这时他开始陷入了出处的矛盾中，比如《杂诗四十七首》第十六首中写道："负暄茅屋下，采芹南涧濆。野人效微忠，持此将献君。矧兹青云上，学道观人文。大节诚有亏，功名安足云。"② 诗歌明显受到儒家节操观念的影响，虽然认为出仕新朝"大节诚有亏"，但说明他已经开始思考是否要出仕，在第十五首中就有这样的表达："青蝇附骥尾，腾骧千里遥。"所以以此诗为界，《杂诗四十七首》十七首及之后的诗歌都是受儒家思想影响的书写。具体表现如下：

第一，表现宾主相得和功成身退。儒家思想中，特别强调有为于天下，但并不是随便什么样的统治者都会去辅佐，一定是贤主，一定是重视文士之才的知音。文士出仕也不全是为了个人的荣华富贵，而是为了天下苍生的福祉。答禄与权《杂诗四十七首》中也表达了这种思想，如第十七首表达的是希望获得知遇的思想："陈蕃既下榻，蔡邕还倒屣。上有贤主人，下有高世士。今古同一时，胡宁独异此。周公躬吐握，千春照文史。"第十八首表达的是高士得遇贤主后，会建立不世之功，但不会流连富贵，功成身退，不收爵赏："绮园成羽翼，采芝南山岑。鲁连却秦军，长揖谢黄金。功成身亦退，不受名迹侵。寥寥千载后，谁识斯人心。"第十九首，描写的是自己期望入仕，实现远大抱负，将儒家仁爱思想播诸四海："纳

---

① 杨镰：《全元诗》第49册，第473页。
② 杨镰：《全元诗》第49册，第475页。

素丽且洁,实劳机杼功。制为团团扇,为君播仁风。仁风播四海,熙熙百世同。"①

第二,书写怀才不遇的愤懑。儒家文化提倡有为于天下,儒家文人都拥有积极入仕,建功立业的理想,但因为种种原因,在封建社会中很多文人却得不到重用,"怀才不遇"就成了古代诗文中常见的主题。答禄与权在诗中也书写自己怀才不遇的愤懑。《寄赵可程》诗中通过描写自己的朋友"新登汴省庐",仕途上有了较大的发展,是"乾坤再造""日月重明",于是感慨自己"衰朽浑无用"②,作者的愤懑和自惭形秽就源于儒家入仕思想。再如《偶成四首》其一:"夜气沉沉万象幽,长杨憔悴几经秋。星眸月面无人识,露泣风啼总是愁。"③也表达同样的情感。《杂诗四十七首》中这样的书写很多,如"秋至商飙发,弃掷靡所庸。行藏随所遇,哀哉吾道穷"(《杂诗四十七首》其十九)、"楚国贱荆璞,弃之等砂砾。宋人宝燕石,藏之重圭璧。举世目多盲,茫然无所识。贤愚共乘轩,谁分尧与跖"(《杂诗四十七首》其二十)、"我有三尺琴,泠泠椅桐质。上无冰素弦,妙音谁能识"(《杂诗四十七首》其二十一),等等。

第三,对儒家提倡的安贫乐道思想的思考。《论语·雍也》说:"一箪食,一瓢饮,在陋巷,人不堪其忧,回也不改其乐。"④孔子的得意门生颜回,一生安贫乐道,成为后世儒家知识分子推重的典范人物。答禄与权在《杂诗四十七首》第三十九首、第四十首、第四十一首、第四十二首中,都抒发了自己这一人生追求。这些作品中作者以颜回自比,表明自己的理想。"中年衰且贫,独抱固穷节。倾壶有醴浆,葱菁俨成列。人情贱清素,门无长者辙。我本渊宪徒,商歌心自悦。"(《杂诗四十七首》其三十九)"恶服非吾惭,狐貉非吾慕。"(《杂诗四十七首》其四十)"颜渊与原宪,饭籹还舖糟。"(《杂诗四十七首》其四十一)"我亦固穷节,局踏在蓬蒿。有生信如此,今古谁能逃。黾勉思先哲,异世为同抱。居易嗣天命,庶慰心忉忉。"(《杂诗四十七首》其四十二)⑤

---

① 杨镰:《全元诗》第 49 册,第 474 页。
② 杨镰:《全元诗》第 49 册,第 479 页。
③ 杨镰:《全元诗》第 49 册,第 477 页。
④ 杨伯峻译注:《论语译注》,中华书局 1980 年版,第 59 页。
⑤ 杨镰:《全元诗》第 49 册,第 476—477 页。

第四，歌颂"抱节守志"思想。伯夷、叔齐兄弟互让天下，商亡后耻食周粟，采薇而食，饿死于首阳山，成为儒家标榜的抱节守志的典范。答禄与权《杂诗四十七首》第二十三首称颂了伯夷、叔齐的"不移志"。"夷齐志高洁，守经终不移。遁迹首阳阿，长吟薇蕨词。清风起顽懦，百世同一时。君子贵中庸，试用此道推。"[①]

第五，对孔子及其教育思想的赞颂。孔子不仅是伟大的思想家还是伟大的教育家，"有教无类""因材施教"的教育思想影响深远。答禄与权在诗歌中也赞颂了孔子的这些思想："及门三千士，训诲无亲疏。循循善诱人，孰令蹰等趄。"(《杂诗四十七首》其三十七)"设教有先后，人才有贤愚。草木自区别，格言乃譬诸。"(《杂诗四十七首》其三十六)[②]

由以上所论可以看出，答禄与权的思想出入于儒道之间，在元亡之初，他期望全身远祸，于是隐居乡野，躬耕田园，这时他用道家思想调适自己的心态，诗歌风格也恬淡超尘。一旦社会安定，四海归一，昔日好友故旧开始陆续选择出仕，他也就无法继续平静下去。儒家思想在此时主导了其诗歌创作，因为《杂诗四十七首》后面的诗歌多沉郁苍凉。由答禄与权诗歌反映出的他的心态，我们发现汉文化、儒道文化的强大力量，将一个少数民族士人锻造的与传统中原儒生无异；当然也从另一方面说明，在历史发展的长河中，中华民族的文化精髓是不同民族的文人共同发展并传承下来的，说明了我们这个伟大民族文化的包容性、涵化性。

---

① 杨镰：《全元诗》第49册，第477页。
② 杨镰：《全元诗》第49册，第476页。

第五章

元代其他蒙古族诗人诗作述论

元代蒙古族诗人的汉文创作，除了前面已经论及的萨都刺、泰不华、答禄与权外，其他诗人创作的汉文诗歌都非常有限，基本留存情况如下：元世祖忽必烈存诗1首，元文宗图帖睦尔存诗4首，元顺帝妥欢帖睦尔存诗3首，太子爱猷识理答腊存诗1首，梁王巴匝拉瓦尔密存诗1首，阿盖公主存诗2首；伯颜存诗4首，郝天挺存诗2首，月鲁不花存诗13首，聂镛存诗9首，笃列图存诗3首，察伋存诗9首，鞑靼哑存诗1首，察罕不花存诗1首，月忽难存诗1首，达溥化存诗16首，朵只存诗1首，达不花存诗1首，不花帖木儿存诗3首，同同存诗1首，童童存诗4首，八礼台存诗1首，奚漠伯颜存诗3首，僧家奴存诗1首，伯颜景渊存诗1首，爕理普化存诗2首，别儿怯不花存诗1首，脱脱存诗2首，孛罗帖木儿存诗1首，八儿思不花存诗1首，也先普化存诗1首，完迮溥化存诗1首，伯颜九成存诗2首，和礼普华存诗4首。另外还有6位诗人的身份未能确定，一般被记载为蒙古色目人，共有诗歌14首，他们分别是：达实帖木儿存诗3首，恒哲帖木儿存诗1首，观音实礼存诗3首，别不花存诗2首，达鲁花赤存诗4首，夏拜不花存诗1首。虽是吉光片羽，但依旧可以窥见元代蒙古族汉诗的潮流影响所及。故本章就此展开论析。

第一节 忽必烈家族汉诗创作研究

中国历史上，政治与文学密不可分，历代帝王大多能文善诗。帝王的爱好与提倡是文学兴盛的重要原因之一。比较古代帝王，元朝忽必烈家族留下的汉诗最少。究其由，一是元蒙统治者并不希望完全汉化，甚至希望用蒙古文统一全国文字，并不主动学习汉族文化和文学；二是蒙古族初入中原，对汉诗的格律运用还不够纯熟，对汉语的音义语境理解有所欠缺。据传世文献来看，忽必烈家族中，只有三位帝王、一位太子、一位亲王及一位公主留下了汉文诗歌。

《全元诗》中现存元世祖《陟玩春山纪兴》诗一首，诗云："时膺韶景陟兰峰，不惮跻攀谒粹容。花色映霞祥彩混，垆烟拂雾瑞光重。雨沾琼干岩边竹，风袭琴声岭际松。净刹玉毫瞻礼罢，回程仙驾驭苍龙。"① 写出春日登山所观佳景，经眼之春风春雨，重烟古刹中繁花岩竹，诗作雍容闲雅，有帝王气象。赵翼《廿二史札记》卷三十"元诸帝多不习汉文"条："元起朔方，本有语无字。太祖以来，但借用畏吾字以通文檄。世祖始用西僧八思巴造蒙古字，然于汉文则未习也。"② 认为元世祖"于汉文则未习"，间接指出元世祖并不会写作汉诗。虽然这一论断受到学者质疑，但对于元世祖能否写出优美的汉文诗歌，众说纷纭。蒙古族学者白·特木尔巴根认为，既然清康熙年间，顾嗣立《元诗选》、顾奎光《元诗选》，均未选元世祖诗，所以"此诗极有可能是他人代劳。忽必烈在万几之暇率臣僚登山揽胜，不时用蒙语或汉语即兴吟诵几句，于是随侍儒臣和朝廷译员欣然效劳，将其联缀成上述七律"③。另一位蒙古族学者云峰则根据《元史·赵孟頫传》中元世祖叹赏赵孟頫诗的记载认为："元世祖忽必烈对古汉语格律诗亦能欣赏并颇有心得。以此为依据，并结合世祖忽必烈多年经营汉地，身边有不少汉族文人学士之实际，说其精通汉语并熟悉汉文格律诗进而可以动手写作当为可信。"④ 杨镰《全元诗》根据《御选元诗》（即《御选宋金元明四朝诗》之元代部分）选录了此诗，一者是因为《御选元诗》自清以来影响一直很大，二者是因为学者们对此诗非元世祖所作缺乏有力的证据。

此后元朝诸帝中最倾向于汉文化者是元文宗图帖睦尔（1304—1332），他出生、成长在汉族地区，四岁就开始跟随汉族儒士学习经史，诗、画、书法俱佳。因此，有元一代的帝王中，元文宗是推行汉化政策最有力者，自身的汉文化水平也最高。元文宗享国祚短，在位仅五年，然文治颇多。如兴建

---

① 杨镰：《全元诗》第3册，中华书局2013年版，第131页。
② （清）赵翼：《廿二史札记》，凤凰出版社2008年版，第460页。
③ 白·特木尔巴根：《古代蒙古作家汉文创作考》，内蒙古大学出版社2002年版，第78页。
④ 云峰：《元代蒙汉文学关系研究》，内蒙古大学出版社2005年版，第101页。

奎章阁学士院、大量任用汉儒、纂修《经世大典》等。不过，传世文献中，元文宗也仅留下了4首汉诗。即咏物诗《青梅诗》，写景诗《登金山》《望九华》，纪行诗《自集庆路入正大统途中偶吟》。《青梅诗》是其少作，写于18岁。当时因为与朝臣交往过密，被英宗勒令出居海南琼州。作为一个有远大抱负的亲王，对于自己的遭遇，他将失落的心态，颇为自嘲地表现在《青梅诗》中："自笑当年志气豪，手攀银杏弄金桃。滨南地僻无佳果，问着青梅价也高。"① 诗歌采用对比手法，写出今昔遭遇之落差。泰定元年（1324）被诏回京，封为怀王，第二年又被遣居建康（南京），在建康期间作《登金山》诗，作者采用比喻的手法，自称是"擎天真柱石""潭底久潜龙"②，对于皇位的期望已经溢于言表。致和元年（1328）被徙居江陵（今属湖北），途中路过九华山，他写有一首七言绝句："昔年曾见九华图，为问江南有也无。今日五溪桥上望，画师犹自欠工夫。"③ 诗中以今日目见九华山的美景与自己昔年所见的九华图画作对比，认为画工画得还不够逼真。元文宗多才多艺，不但能诗，而且善画，释大䜣在《恭题文宗皇帝御画万寿山画》中说："今上居金陵潜邸时，尝命臣房大年画京都万岁山于屏，大年辞以未尝至其地，上索纸运笔布，布画位置，令按稿图上。大年得稿，敬藏之。意匠经营，格法遒整，虽积学专工所莫能及。"④ 释大䜣文中之语难免有阿谀之嫌，但也足以说明文宗在《望九华》诗中的评价是中肯的。致和元年（1328）七月，泰定帝驾崩。《元史》记载：八月，元文宗图帖睦儿自江陵赶往大都，诏见镇南王铁木儿不花、威顺王宽彻不花、高昌王铁木儿补化等多位藩王，而且命人赶造帝王乘舆、仪仗等物。在匆匆赶往大都途中，元文宗作有《自集庆路入正大统途中偶吟》，塑造了一位穿着羊毛大衣，顶着残月、繁星，脚踏晨露的早行者形象。诗歌尾联"须臾捧出扶桑日，七十二峰都在前"⑤，一直广被评论家

---

① 杨镰：《全元诗》第45册，第185页。
② 杨镰：《全元诗》第45册，第184页。
③ 杨镰：《全元诗》第45册，第185页。
④ 李修生：《全元文》第35册，凤凰出版社2004年版，第411页。
⑤ 杨镰：《全元诗》第45册，第185页。

称赞，认为写出了作者的帝王气象。①

　　元朝末帝即顺帝妥懽帖睦尔（1320—1370）汉文化水平也较高。元顺帝自幼即接受汉文化教育，幼年贬谪广西时，随大图寺长老学习《孝经》《论语》。即位后，广置经筵官，研习汉文经典，是元朝后期诸帝中汉文化修养较高者，他能诗善画，任用的宰相如马札儿台、脱脱、别儿怯不花、铁木儿塔识等，多已汉化。元顺帝还将宣文阁改为端本堂，成为皇太子接受经学教育的固定场所。据载：

　　　　今上皇太子之正位东宫也，设谕德，置端本堂，以处太子讲读。忽一日，帝师来启太子母后曰："向者太子学佛法，顿觉开悟。今乃使习孔子之教，恐坏太子真性。"后曰："我虽居于深宫，不明道德。尝闻自古及今，治天下者，须用孔子之道。舍此他求，即为异端。佛法虽好，乃余事耳，不可以治天下。安可使太子不读书？"帝师赧服而退。②

　　从陶宗仪的记载中可知，到了元朝末年，儒家思想对于蒙古族统治者的影响已经非常深入，就连久居深宫的后妃都对此有深切的认知。

　　元顺帝传世的汉文诗歌三首，即《御制诗》（二首）、《答明主》。两首《御制诗》都是宣传孝行之作。"父疾精虔祷上天，愿将己算益亲年。孝心感格天心动，恍惚神将帝命传。""母渴思瓜正岁寒，那堪山路雪漫漫。双瓜忽产空岩里，归奉慈亲瘤疾安。"③ 第一首描写孝子愿减寿治愈父疾，第二首描写冬雪山间孝子因母亲想吃瓜而奔波，两个孝子的孝行都感动上苍，让他们得遂心愿享有福报。诗歌主题是宣扬儒家倡导的孝文化。就此也可以看出顺帝在宣导皇权话语时，深受儒家思想影响。相较这两首政治意图明确的诗作，其《答明主》诗更具艺术美感。诗云：

　　　　金陵使者渡江来，漠漠风烟一道开。王气有时还自息，皇恩何处

---

① "真情本色，不雕饰而饶有诗意，赋早行者，无以逾此，结语尤见帝王气象。"顾奎光：《元诗选》卷1"文宗"条，清乾隆16年（1751）刻本，第1页。
② （元）陶宗仪：《南村辍耕录》，中华书局1959年版，第21页。
③ 杨镰：《全元诗》第60册，第412页。

不昭回。信知海内归明主,亦喜江南有俊才。归去诚心烦为说,春风先到凤凰台。

此诗本无题目。顾嗣立《元诗选》中题为《赠吴王》,《御选元诗》中也题为《赠吴王》。《承德府志》则题为《开平答书》,陈衍《元诗纪事》改为《答明主》。《全元诗》在此诗下引明人徐祯卿《翦胜野闻》语:"元君既遁,留兵开平,犹有觊觎之志。太祖遣使驰书,明示祸福,因答诗云云。"① 说明此诗是元顺帝在退守开平后,为答复明太祖的使者而作。诗歌质朴无华,但格律尚工稳,既承认元朝国运已尽,江山已归明主,自己诚心禅位,但也没有亡国之君的懦弱之态。就其民族属性而言,在文化上彰显了血液中流淌的游牧民族的俊爽明快。

除了这三位朝皇帝外,明叶子奇《草木子》中还载有太子爱猷识理答腊(1334?—1378)一首《新月》诗:"昨夜严陵失钓钩,何人移上碧云头。虽然未得团圆相,也有清光照九州。"② 爱猷识理答腊是元顺帝长子,至正12年(1352)被封为太子,27年(1367)受命统领天下兵马,元朝灭亡,他随顺帝北走开平后到应昌。明洪武3年(1370)顺帝崩于应昌,他即北元帝位,洪武11年(1378)薨于漠北南。他自幼接受汉文化教育,使他具备了较好的汉文化修养。这首小诗虽然仅有20几个字,却巧用严子陵的典故与眼中之景——新月融为一体,"表现出国虽亡而志不降,地虽蹙而势仍在的思想。反映了有明一代,退居朔漠的元势力与明政权割据并行的社会现实"③。叶子奇在收录此诗后还有评价说:"真储君之诗。"

在忽必烈家族中,还有两人留存下汉语诗歌。不过这两人并非其直系后裔,但都是成吉思汗的后代。一位是梁王巴匝拉瓦尔密(?—1381),他留存的汉诗仅一首,《奔威楚道中》是他逃难中目击战乱导致天地荒芜百姓尸横遍野的凄惨场景的实录:"野无青草有黄尘,道侧仍多战死人。触目伤心无限事,鸡山还似旧时春。"诗作纯用白描手法,直击人心。不过,他本人始终与战乱相裹挟。巴匝拉瓦尔密在元顺帝时镇守云南,被封

---

① 杨镰:《全元诗》第60册,第411页。
② (明)叶子奇:《草木子》,中华书局1959年版,第79页。
③ 云峰:《民族文化交融与元代诗歌研究》,第123页。

第五章　元代其他蒙古族诗人诗作述论　　161

为梁王。至正 22 年（1362），四川起义军领袖明玉珍率军攻打云南，梁王逃奔威楚，诗作也就作于此际。大理总管段功助其打败义军，他便将女儿阿盖公主嫁给了段功。后听信谗言杀了段功，阿盖公主也绝食而死，而他与段功之子段宝的混战模式就此开启。元亡后，梁王依旧统治云南，直到洪武 14 年（1381）被朱元璋大军大败自杀。

梁王巴匝拉瓦尔密之女阿盖亦能诗。钟惺《历代名媛诗归》、钱谦益《列朝诗集小传》闰集以及《元诗选》癸集都载有她的《悲愤诗》。关于她的事迹在杨慎《南诏野史》①和柯劭忞编《新元史·列女传》②中有详细记载。大略说她在大理总管段功助其父平定明玉珍起义后下嫁，夫妻感情融洽。梁王听信谗言，杀害了段功，公主悲伤作诗曰："吾家住在雁门深，一片闲云列滇海。心悬明月照青天，青天不语今三载。欲随明月到苍山，误我一生踏里彩。吐噜吐噜段阿奴，施宗施秀同奴歹。云片波潾不见人，押不卢花颜色改。肉屏独坐细思量，西山铁立霜潇洒。"这是一首汉语、蒙古语、白语混杂的古体诗。踏里彩：蒙古语，锦被的意思；吐噜：可怜、可惜意；阿奴：白语，对丈夫的爱称；奴歹：不幸意；押不卢花：是北方传说中可以起死回生的花；肉屏：骆驼背；铁立：蒙古语，汉语译为松林。诗歌风格凄怨，语言质朴，杂用几种民族语言，非常具有民族特色和时代特色。

另据杨慎《南诏野史》记载，阿盖公主还留有一首《金指环歌》："将星挺生扶宝阙，宝阙金枝接玉叶。灵辉彻南北东西，皎皎中天光映月。玉文金印大如斗，犹唐贵主结佳偶。父王永寿同碧鸡，豪杰长作擎天手。"从诗意可以看出这是阿盖刚刚嫁给段功时所作，表达了对丈夫的赞誉，认为自己与丈夫的结合犹如是文成公主嫁给松赞干布，对于维系元政权与大理政权的友好关系意义深远，并对父亲和丈夫做了美好的祝愿。

忽必烈家族留存的诗作有限，诗人亦不多，但瓜瓞绵延，贯串整个元代，断续中彰显汉文学汉文化对元代统治者一以贯之的影响。这个家族诗歌创作语言质朴简净，元代诗坛整体宗唐的诗学思潮似乎对他们影响并不大。这说明少数民族诗人在非母语创作初期时语言不善雕琢，不能直接融

---

① 杨慎：《南诏野史》卷下，《丛书集成》本，第 10—12 页。
② 柯劭忞：《新元史》卷 245，上海古籍出版社、上海书店影印本《元十二种》，1989 年版，第 943—944 页。

入文坛潮流中；同时说明忽必烈家族对汉文化的喜爱有限，并没有投入太多的时间精力从事汉诗创作。这一点与清朝爱新觉罗家族形成鲜明对比。据此可见，元蒙统治者"蒙汉二元"的政策直接影响了他们汉语水平的提高，但同时我们也应该看到，他们的这种政策对于保护蒙古族的民族语言、文化是具有积极的历史作用的。

第二节　元代前期蒙古族诗人伯颜及其汉语创作

伯颜（1237—1295），八邻（巴林）部蒙古人。其曾祖述律哥图是成吉思汗有功封为八邻部左千户，因儿子阿剌犯罪被杀，伯颜家族沦为忽必烈家族奴隶。其父晓古台随旭烈兀西征波斯，伯颜在西域长大。元初，伯颜随旭烈兀的使臣到大都奏事，忽必烈发现伯颜很有才干，于是将他留在朝中。至元2年（1265），官拜光禄大夫、中书左丞相。至元7年（1270）迁同知枢密院事。伯颜处理政事非常果敢，所作谋划常高人一筹。伯颜还有很高的汉文化修养，根据元人傅习等辑《皇元风雅》和清人顾嗣立所编《元诗选·癸集上》以及杨镰主编的《全元诗》等，伯颜共留下汉语诗歌四首，且这四首诗歌均写于攻打南宋的战争中。

至元11年（1274）蒙古军攻克襄樊，元朝大规模灭宋战争开始。至元11年（1274）十月，作为南征统帅，伯颜攻陷鄂州后，渡过汉水来到潜江，在白鹤寺赋诗勒石。诗曰：

小戏轻提百万兵，大元丞相镇南征。舟行汉水波涛息，马践吴郊草木平。千里阵云时复暗，万山营火夜深明。皇天有意亡残宋，五日连珠破两城。①

这首诗在顾嗣立的《元诗选·癸集上》中题为《克李家市新城》，李家市在潜江边上。杨镰的《全元诗》中题为《白鹤寺题壁》。无论名称有何不同，伯颜诗作呈现的蒙古大军攻南宋时摧枯拉朽的气势，以及作为统

---

① 杨镰：《全元诗》第9册，第110页。

兵主帅，面对这样战局，油然而生的自豪感，都可一览无余。不过，这时战争的目的已经与之前有了极大的不同，不仅是开疆拓土，更重要的是争取人心，实现真正意义上的大一统，所以元世祖在甄选南征统帅时，听取史天泽的建议，委派精通汉文化的伯颜统率南下军队，并且，在至元11年（1274）七月，伯颜率军出发之际，还叮嘱他："昔曹彬以不嗜杀平江南，汝其体朕心，为吾曹彬可也。"①

一路南下杀伐前行，可以说，伯颜是秉承了世祖思想的。他也赋诗表达自己决心："剑指青山山欲裂，马饮长江江欲竭。精兵百万下江南，干戈不染生灵血。"② 这首诗的末句所表达的对百姓生命的关切之情是最感动人心的，而伯颜确乎践行了他的承诺。他在受降南宋朝廷时，积极执行世祖的旨意，禁止杀掠，尽量保护江南经济和文化、医治战争创伤、礼遇南宋降将。至元13年（1276），"江东岁饥，民大疫，伯颜随赈救之"，"发医起病，人大欢喜曰：'此王者之师也'"。③ 尤其是在接管临安的过程中，每一步都体现了元世祖平宋的军政方针。他的诗作所言和所行也因此在当时诗坛上得到了回响。至元13年（1276）正月，伯颜大军驻扎在临安郊外的皋亭山，汪元量在其《杭州杂诗和林石田》组诗第十七首中有"高亭山顶上，百万汉军屯"④ 之语，写出的就是当时境况。面对压境的蒙古大军，主政的太皇太后谢道清选择献城投降。孙华在《凤山怀古》其二中说："王气中流甲马营，残星还绕凤凰城。斯文自可同三代，诸老犹能语二京。稚帝有车将白璧，太皇无舰载苍生。只今四海渐声教，共戴尧天乐太平。"诗后有作者的自注："天兵压境，陈宜中启请太后，欲请三宫浮海，且云舟航已具。后曰：'临安十万百姓，能尽载否？'遂迎王师。"⑤ 逃入大海也许还能苟延残喘，但失去国土和百姓一样是亡国。汪元量也记录了这一历史时刻："国母已无心听政，书生空有泪成行。""太后传宣许降国，伯颜丞相到帝前。" "侍臣已写归降表，臣妾佥名谢道

---

① 宋濂：《元史》卷127，中华书局1976年版，第3100页。
② 杨镰：《全元诗》第9册，第110页。
③ 宋濂：《元史》，第3111页。
④ 杨镰：《全元诗》第12册，第8页。
⑤ 杨镰：《全元诗》第30册，第303页。

清。"① 不唯如此，汪元量《醉歌》组诗中还有多首诗作涉及伯颜克服临安后的政策："衣冠不改只如先，关会通行满市廛。被客南人成买卖，京城依旧使铜钱。""北师要讨撒花银，官府行移逼市民。丞相伯颜犹有语，学中要拣秀才人。""伯颜丞相吕将军，收了江南不杀人。昨日太皇请茶饭，满朝朱紫尽降臣。"② "殿上群臣嘿不言，伯颜丞相趣降笺。三宫共在珠帘下，万骑虬须绕殿前。"③ "淮南西畔草离离，万艘千艘水上飞。旗帜蔽江金鼓震，伯颜丞相过江时。"④ 在汪元量的这些诗歌中，不但没有亡国遗民的仇恨情绪，而且塑造了伯颜军纪严明、谋略过人、文武兼备的蒙古族统帅形象。军事上，他能指挥"万艘千艘""旗帜蔽江"的军队，除了依靠武力征服，还有"万骑虬须""趣降笺"的威慑、劝降；政治上，他在宋元交接过程中，不但不杀人，还选拔江南人才管理江南，产生了非常良好的效果。

至元13年（1276）二月，元世祖颁布《归附安民诏》⑤，这篇诏书对于稳定江南民心具有重要作用。蒙古军队在征伐中，向以杀伐重著称，伯颜挥师南下却严于律己，如其《度梅关》所言："马首经从庾岭回，王师到处即平夷。担头不带江南物，只插梅花一两枝。"⑥ 就此给时人留下"九衢之市不移，一代繁华如故"⑦ 和"宋民不知易主"⑧ 的印象。这体现了伯颜对儒家仁政爱民思想的接受及推行，说明伯颜及其所代表的蒙元大

---

① 杨镰：《全元诗》第 12 册，第 5 页。
② 杨镰：《全元诗》第 12 册，第 5 页。
③ 杨镰：《全元诗》第 12 册，第 41 页。
④ 杨镰：《全元诗》第 12 册，第 47 页。
⑤ 《归附安民诏》："间者，行中书省右丞相伯颜遣使来奏，宋母后、幼主暨诸大臣百官，已于正月十八日赍玺绶奉表降附。朕惟自古降王必有朝觐之礼，已遣使特往迎致。尔等各守职业，其勿妄生疑畏。凡归附前犯罪，悉从原免；公私逋欠，不得徵理。因抗拒王师及逃亡啸聚者，并赦其罪。百官有司、诸王邸第、三学、寺、监、秘省、史馆及禁卫诸司，各宜安居。所在山林河泊，除巨木花果外，馀物权免征税。秘书省图书，太常寺祭器、乐器、乐工、卤簿、仪卫、宗正谱牒，天文地理图册，凡典故文字，并户口版籍，尽仰收拾。前代圣贤之后，高尚儒、医、僧、道、卜筮，通晓天文历数，并山林隐逸名士，仰所在官司，具以名闻。名山大川、寺观庙宇，并前代名人遗迹，不许拆毁。鳏寡孤独不能自存之人，量加赡给。"李修生：《全元文》第 3 册，第 345 页。
⑥ 杨镰：《全元诗》第 9 册，第 109 页。
⑦ 宋濂：《元史》卷 127，第 3112 页。
⑧ 宋濂：《元史》卷 160，第 3672 页。

军对南宋全境征服的军事行动，与之前有极大的不同。

不过，伯颜征伐南宋时，民间有歌谣云："江南若破，百雁来过。"诗人刘因据歌谣创作了《白燕行》，诗云："北风初起易水寒，北风再起江水干。北风三吹白雁来，寒气直薄朱崖山。乾坤噫气三百年，一风扫地无留残。万里江湖想潇洒，伫看春水雁来还。"① "百雁""白雁"都是伯颜的谐音，歌谣和诗歌展示了伯颜所带军队摧枯拉朽扫荡江南的锐气，但同时也可看出占领区百姓内心寓有的寒气。

在军旅生涯中，伯颜还曾写有一首咏物诗《鞭》，诗云："一节高兮一节低，几回敲镫月中归。虽然三尺无锋刃，百万雄师属指挥。"② 伯颜名为吟鞭，实际以鞭象征百万大军的指挥权，歌颂执"鞭"的大军统帅。由"几回敲镫月中归"可知此诗不是作于得军权之初，而是在多次获胜之后，踌躇满志，对战争充满必胜信念。

除了诗作，伯颜还存有一篇小令《喜春来》："金鱼玉带罗襕扣，皂盖朱幡列五侯，山河判断在俺笔尖头。得意秋，分破帝王忧。"③ 从内容来看应该也作于征讨南宋之时，这首词刻画了一位为国、为君分忧的功臣形象，尤其是那种乾坤在掌，指点江山、激扬文字的气概，颇为大气。此曲收录在明人叶子奇著《草木子》和今人隋树森所编《全元散曲》中。

第三节　元代后期蒙古族诗人创作与文坛思潮影响

元朝后期，蒙古族部众进入中原日久，其汉文化水平有了极大的提高。最重要的一个表现就是他们可以参加以儒家经学为考核内容的科举考试，元代科举考试分两榜取士，蒙古、色目人为右榜，汉人、南人为左榜，右榜各科状元均为蒙古人，从历史记载中看，这些右榜状元有照顾的成分，但其自身的才华应该是主要的。根据《元典章》记载，元代科举原则上每科会试录取进士100人，而蒙古人、色目人、汉人、南人各占四分

---

① 杨镰：《全元诗》第15册，第53页。
② 杨镰：《全元诗》第9册，第110页。
③ 张月中、王钢：《全元曲》，中州古籍出版社1996年版，第2481页。

之一。① 实际上录取的人数应该没有那么多，比如第一科只录取了 56 人，就以这个数字推演，这 16 次科举中共录取 16 位蒙古族的状元，而蒙古族的进士也应该在 200 人以上。桂栖鹏的《元代进士研究》考证，16 位蒙古状元分别是护都沓儿、忽都达儿、达普化、八剌、阿察赤、笃列图、同同、拜住、普颜不花、阿鲁辉帖木儿、朵列图、倪征、薛朝晤、买住、宝宝、赫德溥化②。对中举的蒙古族进士无法一一考证，我们这里将留有诗歌作品的进士（泰不华、萨都剌、答禄与权也是进士出身，前几章已经说明，这里从略），以其中举时间先后分别论述如下：

八儿思不花，字符凯。延佑 5 年（1318）进士，授秘书监秘书郎。至顺 2 年（1331），任浦江县达鲁花赤。后至元 4 年（1338）十月，任御史，与宋耿一起巡行河南四道。至正年间出使过江南。只留下一首诗歌《咏郑氏仪门》。

完迮溥化，字渊道，蒙古忙兀台氏。因其父在沔阳（湖北天门）竟陵任职，自小深受汉文化影响。泰定元年（1324）进士及第，授官秘书监著作佐郎。后任乌城达鲁花赤、江南行省理问官等。其兄完迮也先也在元统元年（1333）登进士第。至正 6 年（1346）宋褧去世，完迮溥化曾作《挽宋显夫》诗，寄托哀思。

至顺元年（1330）进士伯颜，字景渊，生卒年不详，曾任太常礼仪院太祝、江南行御史台经历、江东道肃正廉访副使等。留诗一首《奉题见心禅师天香堂》。

元统元年（1333）状元同同（1302—?），只有一首《西湖竹枝词》传世。

成吉思汗大将赤老温后裔笃列图（1310—?），字彦诚，是至正 5 年（1345）的进士，曾为太常礼仪院太祝、南台照磨、监察御史、江浙行省员外郎及宣政院判官等。《全元诗》收其诗歌 6 首。人们常将笃列图彦诚与至顺元年（1330）状元笃列图敬夫混淆。《全元诗》认为目前署名笃列图的作品都是笃列图彦诚所作。

达溥化，生卒年不详，进士出身。有诗集《笙鹤清音》，未见传本。虞集在《笙鹤清音序》中说："溥君仲渊，国人进士，适雅量于江海，其

---

① 陈高华：《元典章·礼部四》卷 31，中国书店出版社 1990 年版，第 475 页。
② 桂栖鹏：《元代进士研究》，兰州大学出版社 2001 年版，第 197 页。

在宪府,吟啸高致,常人不足以知之。予得见其新乐府数十篇,清而善怨,丽而不矜。因其地之所遇,感于事而有发,才情之所长,悉以记之。数年前,有萨君天锡,仕于东南,与仲渊雅相好,咏歌之士,盖并称焉。"①《全元诗》收其诗16首。其中并没有被虞集称道的新乐府诗。

还有一位被《全元诗》称为蒙古色目人的右榜进士悉漠伯颜,生卒年不详,曾任南台御史,《全元诗》收其诗3首。

元代后期蒙古族诗人汉文化水平大大提高的另一个表现就是他们与汉族文人、僧侣的诗酒唱和。元代蒙古族文人与汉族文人诗酒唱和、雅集聚会,创作活动丰富多彩,交往应酬之间,送别、赠答、酬和诗作大量产生。可以这样说,蒙汉文人以汉文为媒介酬唱、雅集是民族文化交融的较高阶段,比生产生活、风俗习惯等方面的交融更自觉。

首先我们来谈蒙古族文人参与汉族文人主持的雅集。顾瑛主持的玉山草堂雅集,是元代后期最著名的文人聚会,曾经名动江南。最早拜访顾瑛的蒙古族诗人是泰不华,因第二章已论,从略。

泰不华之外还有两位蒙古族诗人参加过草堂雅集。其一是聂镛,生卒年不详,字茂宣、茂先,自号太拙生,占籍蓟丘(今北京市),故题咏多署蓟丘聂镛。擅写诗歌,游学江南,曾在至正间参加草堂诗酒觞咏。《元诗选·癸集》录其诗七题八首,包括从《玉山名胜集》选录的诗歌《可诗斋题诗》《碧梧翠竹堂题诗》两首,从《玉山名胜外集》录其诗歌《律诗二首寄怀》《席间口占》三首。《元诗纪事》卷二十四有其诗一首,钱谦益《列朝诗集小传》称其"以宫词称于时"②。现存《宫词》诗一首:"九重天上日初和,翡翠帘垂午漏过。闻到南闽新入宫,雕笼进上白鹦哥。"③张其淦《元八百遗民诗咏》曰:"茂宣自幼通经术,诗歌意气皆纵横。集中尤工小乐章,天锡音节同铿锵。乃识太拙生巧手,玉山铁崖尽心倾。"④聂镛与汉族文人交往颇多,与张宪、郯韶、杨维桢、顾瑛、虞堪等有密切的交往。诗歌中明显有参加草堂雅集的诗句,如"玉山丈人才

---

① 杨镰:《全元诗》第51册,第257页。
② (清)钱谦益:《列朝诗集小传》甲前集,上海古籍出版社1983年版,第36页。
③ (清)顾嗣立、(清)席世成编:《元诗选·癸集》辛上,中华书局2001年版,第1221页。
④ (清)张其淦撰,祁正注:《元八百遗民诗咏》卷5,《明代传记丛刊(42)》,台北明文书局1991年版,第242页。

且贤,玉山池台清且妍"。聂镛在诗中将顾瑛比作顾况、顾虎头,"久知顾况好清吟,结得茅斋深复深""虎头公子最风流,只着仙人紫绮裘"①。

　　张宪与聂镛经历相似,相知颇深,曾作《赠答蓟邱聂茂宣》,对聂镛的生活、性格和遭际有较具体的描述。其中有对其生平经历作的一些介绍:"皇帝神圣丞相贤,广寓承平乐有年。文华正富胆气盛,床头况有黄金钱。雄豪自许魏无忌,气岸谁推鲁仲连。淹缠岁月不知老,岂信朱颜易枯槁。门前客去金亦尽,故国归来空懊恼。……家徒四壁避风雨,储无儋石充烹庖。撑肠挂腹十万卷,光焰自与山岳高。"②杨维桢汇编的《西湖竹枝集》,其中收有聂镛以女子心态描写男女爱情的《和西湖竹枝词》:"郎马青骢新凿蹄,临行更赠锦障泥。劝郎莫系苏堤柳,好踏新沙宰相堤。"顾瑛构筑"碧梧翠竹堂",此是玉山草堂的著名景点之一,也是顾瑛最为得意的一处景致,"中列琴壶瓴砚图籍及古鼎彝器,非韵士胜友不辄延入也"③。聂镛曾为之赋诗一首《碧梧翠竹堂》:"青山高不极,中有仙人宅。仙人筑堂向溪路,鸟鸣花落迷行迹。翠竹罗堂前,碧梧置堂侧。窗户堕疏影,簾帏卷秋色。仙人红颜鹤发垂,脱巾坐受凉风吹。天青露叶净如洗,月出照见新题诗。仙人援琴鼓月下,枝头栖鸟弦上语。空阶无地著清商,一夜琅玕响飞雨。"④诗中既写了碧梧翠竹堂清雅的风景,也赞颂了主人脱俗高雅的生活情致。聂镛还为玉山佳处的"可诗斋"题诗:"久知顾况好清吟,结得茅斋深复深。千古再赓周大雅,五言能继汉遗音。竹声绕屋风如水,梅萼吹香雪满襟。何日扁舟载春酒,为君题句一登临。"⑤诗中把顾瑛比之唐代诗人顾况,赞颂友人的风雅生活和诗文造诣。聂镛又作有《律诗二首寄怀玉山》:"美人昔别动经年,几见娄江夕月圆。怪底清尘成此隔,每怀诗句向谁传。桃溪日暝垂纶坐,草阁秋深听雨眠。

---

　　① 杨镰:《全元诗》第50册,第123页。
　　② (元)张宪:《玉笥集·赠答蓟邱聂茂宣》卷6,《丛书集成初编》,中华书局1985年版,第95页。
　　③ (元)顾瑛辑:《玉山名胜集·碧梧翠竹堂》卷下"高明后记",中华书局2008年版,第168页。
　　④ (清)顾嗣立、(清)席世臣编:《元诗选·癸集》辛上,第1220页。
　　⑤ (元)聂镛:《可诗斋》,(清)顾嗣立、(清)席世臣编:《元诗选·癸集》辛上,第1220页。

安得百壶春酿绿，寻君还上木兰船。虎头公子最风流，只著仙人紫绮裘。筑室爱临溪侧畔，钩簾坐见水西头。常时把笔题江竹，最忆看山立钓舟。却羡多才于逸士，清秋不厌与君留。"① 诗中除了羡慕玉山主人的风雅生活，还怀念其在玉山草堂与顾瑛等名流联句赋诗、欢饮畅谈的情景，以及表达了期盼再访玉山之情。郯韶与聂镛同为玉山草堂主人顾瑛的座上宾，其《次韵聂茂宣见贻就柬陆伯渊》是与聂镛的唱和之作，但聂镛的原诗不见于其存诗中，亦可想见聂镛的佚诗不在少数。虞堪曾寻得先祖——南宋名臣虞允文遗文，刊刻传世。虞允文为南宋中兴名臣，曾于绍兴 31 年（1161）到采石犒师，适金主完颜亮率大军南下，其临危督战，大破金兵，扭转局势。聂镛为之作《虞君胜伯，求先世遗书，将锓诸梓，作诗以美之》："宋室中兴业，雄才数雍公。一军能却敌，诸将耻论功。科斗遗文在，麒麟画像空。贤孙劳购觅，镌刻示无穷。"② 诗歌赞颂了虞允文抗金却敌之功，在思想上和文化上表达对汉族正统的认同。张经曾任吴县县尹，筑室于荆溪，名曰"良常草堂"，经常举行诗酒宴集，聂镛为其常客之一。张经即将离开吴县前往嘉定任职，一班朋友分赋吴中胜迹为之送行。聂镛亦作《送张吴县之官嘉定，分题赋得天平山》送之："兹山镇吴会，秀色削金碧。拔地起万仞，去天不盈尺。剑矛辉日洁，笑落承露滴。龙门启石扇，天池湛玉液。曾横松下琴，屡驻云间袭。于今望山处，苍苍暮烟隔。"③

其二是旃嘉间，也作旃嘉问，他也大约在至正间到访玉山草堂，作诗《听雪斋分韵得夜字》，诗歌开篇即介绍了写作背景："我从高书记，穷冬走吴下。江湖风雪夜，千里一税驾。玉山有佳处，风物美无价。" 诗中还描写了顾瑛对作者的热情招待，宾主相得的情景："起坐影零乱，酣眠相枕藉。厌厌竟终宵，鸡鸣不知夜。"④

元末著名诗人杨维桢发起的"西湖竹枝词"集咏活动，与草堂雅集一样在元代后期的文坛影响空前。数百人参与其中。《西湖竹枝集》编入

---

① （元）聂镛：《律诗二首寄怀玉山》，（清）顾嗣立、（清）席世成编《元诗选·癸集》辛上，第 1220—1221 页。
② （清）顾嗣立、（清）席世成编：《元诗选·癸集》辛上，第 1220 页。
③ （清）顾嗣立、（清）席世成编：《元诗选·癸集》辛上，第 1219 页。
④ 杨镰：《全元诗》第 46 册，第 270 页。

120人的同题作品。杨维桢作品9首，其余119人的和诗，徐哲作品最多，有5首。和诗者有"元诗四大家"中的虞集、杨载、揭傒斯等诗坛泰斗，也有曹妙清、张妙净等女子，还有三位蒙古族诗人也参与了集咏活动。

不花帖木儿是祖籍西域北庭的蒙古人，只有三首诗歌传世，其中之一就是他参与杨维桢"西湖集咏"的《西湖竹枝词》："湖上春归人未归，桃红柳绿黄莺飞。桃花落时多结子，杨花落处只沾衣。"①聂镛也有一首集咏之作《西湖竹枝词》："劝郎莫系苏堤柳，好踏新沙宰相堤。"②同同是状元出身，杨维桢在《西湖竹枝集》中说同同："诗多台阁体，天不假年，故其诗鲜行于世。"《全元诗》仅收录了他的《西湖竹枝词》诗："西子湖头花满烟，谩郎日日醉湖边。青楼十丈钩帘坐，箫鼓声中看画船。"③此诗没有台阁体味道，写景清丽自然，具有民歌洗练流畅的特色。

其次我们来谈蒙汉文人间的酬唱。酬寄唱和，自曹魏邺下文人集团以来，一直为士大夫文人所推重。酬唱不仅是一般的吟诗活动，"可以说是集审美功能、社交功能、娱乐功能于一体"④。元代蒙汉文人间的酬唱诗歌作为沟通两族文人关系的重要媒介，形成了中国文学史上比较独特的民族文化交融现象。

与儒家知识分子酬唱的蒙古族诗人还有五人，其一是燮元溥，名燮理普化，字符溥，是蒙古斡剌纳儿氏，泰定4年（1327）进士及第，《全元诗》收录其汉语创作《寓锦湾望岳亭》《寓杨梅洲书舍》两首。虞集与之酬唱，在《别燮元溥后重寄》中表现了两人间深厚的友谊："郭西山路有寒梅，想见临行首重回。夜听雨声知水长，满船明月几时开。"正是因为二人友情深厚，所以当作者听闻燮元溥升迁为御史，写了两首诗，在《闻燮元溥除御史》中写道："好风天上送春来，紫陌红尘万里开。春雨春波舟一叶，题诗先到凤凰台。"在《燮元溥除御史后寄萧性渊巡检》中说："望仙亭长最清闲，日日吟诗竹树间。长官新峨豸冠去，谁与空山相往还。"对于朋友升迁，作者由衷欣喜，诗中用春风、紫陌、春雨、春波等

---

① 杨镰：《全元诗》第46册，第18页。
② 杨镰：《全元诗》第50册，第122页。
③ 杨镰：《全元诗》第43册，第218页。
④ 汤吟菲：《中唐唱和诗述论》，《文学遗产》2001年第3期，第49页。

意象表现了朋友的春风得意。在第二首诗中，作者描写自己的清闲无人往还，来说明自己对朋友的思念。①

其二是察伋，在其现存的 9 首诗中，有三首题画诗，即《题赵承旨番马图》《题张溪云勾勒竹卷》《题钱选秋江待渡图》，赵承旨就是元代著名画家、文学家赵孟頫（1254—1322），张溪云是元代画家张逊，生卒年不可考，大约在元成宗大德年间在世。钱选（1239—1299）是宋末元初著名画家。察伋选择题咏其作品，本身就有对其画作的肯定，在诗中也称颂道："嗟哉今人画唐马，艺精亦出曹韩下。玉堂学士重名誉，一纸千金不当价。"②

其三是完迮溥化，他只存诗一首，即作于至正 6 年（1346）的《挽宋显夫》，宋显夫即宋褧，在诗中作者对朋友的逝去寄托哀思"赢得哀诗抆泪看"，③ 可见二人友情深厚。

其四是达溥化。他与文士酬唱的诗歌有四首。其中两首是表现与汉族文士的交游，一是《送刘好古归武昌》，是送离家五年的朋友刘好古回乡之作，诗中有"去家万里应梦见，辞亲五年今始归"的诗句。④ 二是《题倪国祥南邨小隐试卷》。另外两首是与蒙古族诗人萨都剌酬唱的诗歌：《次萨天锡登石头城韵》《与萨天锡登凤凰台》。在《次萨天锡登石头城韵》中达溥化感悟了历史兴亡："西州城外石头寺，共说英雄事业凋。王气黄旗千岁尽，水声广乐四时朝。"⑤ 这种感悟是与元末的时代风气紧密相关的，《题倪国祥南邨小隐试卷》尾联描写了当时的历史现状："干戈满地东吴少，合把莼鲈仔细尝。"⑥

这五人之外，还有一位蒙古族诗人，只是他以曲名世，诗不传，也值得一提。杨景贤（约 1345—约 1421）⑦，原名暹，改名讷，字景贤（一作景言），号汝斋。其家居钱塘（今杭州），善弹琵琶，好戏谑，是元末明

---

① 杨镰：《全元诗》第 26 册，第 199 页。
② 杨镰：《全元诗》第 45 册，第 295 页。
③ 杨镰：《全元诗》第 50 册，第 284 页。
④ 杨镰：《全元诗》第 51 册，第 259 页。
⑤ 杨镰：《全元诗》第 51 册，第 258 页。
⑥ 杨镰：《全元诗》第 51 册，第 260 页。
⑦ 杨景贤生卒年依据马冀《杨景贤生平考索》，《黑龙江民族丛刊》2003 年第 6 期。

初杂剧作家。他创作的主要有杂剧和散曲,据《新校录鬼簿正续编》所载,杂剧共有20种:《天台梦》《玩江楼》《生死夫妻》《偃师救驾》《为富不仁》《西湖怨》《待子瞻》《西游记》《三田分树》《红白蜘蛛》《保韩庄》《巫娥女》《刘行首》《鸳鸯宴》《盗红绡》《东岳殿》《两团圆》《海棠亭》《翠西厢》《敌待诏没兴捼口儿》①。今存《西游记》和《刘行首》,《玩江楼》和《天台梦》仅存残曲。另有套数一组、小令七首散存于明人散曲总集《南词叙录》《北词广正谱》《乐府群珠》等。杨景贤与杂剧家、戏曲评论家贾仲明和散曲家汤舜民交游甚笃,且保持长久的友谊。

杨景贤曾写[中吕·普天乐]《嘲汤舜民戏妓》:"宁可效陶潜,休要学双渐。觑了你腰驼背曲,说什么撒正庞甜。你拳如斩马刀,舌似吹毛剑。你将节风月,须知权休念,三般儿惹得人嫌:间花头发,烧葱醋鼻,和粉髭髯。"② 曲中用戏谑的口吻描写了汤舜民外形、神态,且善意地劝讽朋友不要沉迷于烟花风云场所。

汤舜民曾为杨景贤作套曲[双调·夜行船]《送景贤回武林》。在这套送行曲中,汤舜民全面描写了杨景贤的学识才华、生活态度和性格人品。在友人眼中,杨景贤才华横溢、学识渊博,具有"珊瑚文采天机绚,珍珠咳唾冰花溅"的戏曲文思才华和"一襟东鲁书,两肋西厢传"的深厚文化修养,热爱"酒社诗坛,舞榭歌台"的艺术生活,追求"酒中遇仙,诗中悟禅"的精神意趣,展现出"花柳乡中自在仙,惹春风两袖翩翩"和"有情燕子楼,无意翰林院"③ 的生活态度和人生志向。汤舜民不愧为杨景贤的知己,对杨景贤的人生志趣相当了解,能从杨景贤对待生活的态度上看出他淡泊功名,追求闲雅自适的生活,有超然的思想和精神。杨景贤不满官场倾轧,追求隐居修仙的志趣和生活,这在他的小令《中吕·普天乐 听命》中表露无遗:"结鹑衣,修丹事,安排我处。正在何时?酒扫愁,诗言志。仰问天公三桩事,腆着脸也索寻思:为甚么夷齐饥死,颜回短命,伯道无儿?"④ 此小令充分表明杨景贤淡泊功名,追

---

① (元)钟嗣成、(元)贾仲明著,浦汉明校:《新校录鬼簿正续编》,巴蜀书社1996年版,第165—167页。

② 马冀编集校注:《杨景贤作品校注》,内蒙古大学出版社2001年版,第314页。

③ 郭志菊、马冀编集校注:《汤舜民散曲校注》,内蒙古大学出版社2009年版,第229页。

④ 马冀编集校注:《杨景贤作品校注》,第316页。

求娴雅自适的生活，有超然的思想和精神。

杨景贤的散曲小令既有如《中吕·红绣鞋　咏虼蚤》写得充满生趣："小则小偏能走跳，咬一口一似针挑，领儿上走到裤儿腰。眼睁睁拿不住，身材儿怎生捞？翻个筋斗不见了。"① 又有如《朱履曲　松江道中》："金灿烂高低僧刹，翠模糊远近人家，数声啼鸟唤韶华。麦风翻翠浪，桃木散红霞，游人驰骏马"②、《朱履曲　题五件昭氏凝翠楼》："水云乡天开图画，海珠寺地拥金沙，绿荫深处有人家。窗间凝翠霭，槛外落红霞，说蓬莱都是假"③ 描绘自然风景。更有对现实人生的思索，如《朱履曲　慨古》："李太白能文缮写，蒯文通骗口张舌，有一个姜吕望古今绝。气昂昂唐十宰，雄赳赳汉三杰，似这等英雄汉何处也？"④《朱履曲　叹世》："谁不待金章紫绶？谁不待拜将封侯？谁不待身荣要出凤凰楼？谁不待执象简？谁不待顶幞头？谁不待插金花饮御酒？"⑤ 另有一个套数〔商调·二郎神〕《怨别》，此套曲由景物的渲染与烘托入笔，层层铺写离愁别恨，感情真挚动人。

还值得注意的是，元代还出现了蒙汉文人的联句诗，联句诗即多人同场联合作的诗歌，一般每人一句或两句诗。在汉代称为连句诗，齐梁以后改称联句诗。一首联句诗在主题、格律、用韵、用典、语言等方面能否高度一致、和谐完美，既考校诗人声气承接的能力，同时诗人之间也可以面对面进行切磋。在元代，蒙汉族诗人的联句诗很少，《道山亭联句》是比较典型的。此诗作于至正9年（1349）八月，参与者有三位蒙古族诗人：僧家奴，也作僧家讷、僧嘉讷，字符卿，号崞山野人。为蒙古术里歹氏。他的曾祖父杰烈曾跟随成吉思汗南征北战，后子孙三代镇守山西。僧家奴年轻时做过元武宗的侍卫，至正初年任广东宣慰使都元帅、江浙行省参政，作此诗时任福建宪使，僧家奴有《崞山诗集》，已佚。奥鲁赤，字文卿，赫德尔，字本初，进士出身，当时二人与申屠駧皆为福建廉访佥事。申屠駧，字子迪，寿张（今山东）人，诗文皆佳。道山亭位于福建乌石

---

① 马冀编集校注：《杨景贤作品校注》，第307页。
② 马冀编集校注：《杨景贤作品校注》，第309页。
③ 马冀编集校注：《杨景贤作品校注》，第310页。
④ 马冀编集校注：《杨景贤作品校注》，第311页。
⑤ 马冀编集校注：《杨景贤作品校注》，第313页。

山,《道山亭联句》诗及后序云:

  追陪偶上道山亭,叠嶂层峦绕郡青。(子迪)万井人家铺地锦,九衢楼阁画帷屏。(元卿)波摇海月添诗兴,坐引天风吹酒醒。(本初)久立危栏频北望,无边秋色杳冥冥。(文卿)
  右宪使崞山僧家奴元卿公、佥宪奥鲁赤文卿公、申屠駉子迪公、赫德尔本初公,暇日燕集联句也。谭忝备宪幕,重惟诸公皆文章名士,南北隔数千里,同仕于闽,以道义相处,文字为娱,诚一时之佳会。因勒岩石以纪我元文物之盛云。至正九年八月望日,经历赵谭识。知事任允书。宪副朵儿只班善卿公,继登斯亭,览山川之胜概,睹群公之赋咏,曰:此盛事也。遂题于后。①

  正如此诗后序所说,这的确是一时之盛,体现了元代蒙古族作家汉语创作达到的至高水平,也是元代蒙汉文人关系和谐友好的见证。
  元代后期的蒙古族诗人熟读儒家经典,故而可以应举、中举,其诗歌中也打上了儒家思想的烙印,表现出文人们一定的儒者情怀。
  脱脱(1314—1355),蒙古蔑里乞人。曾为御史中丞、枢密院事。至正元年(1341),官居中书右丞相,时誉为贤相,是辽、宋、金史的总裁官。被权臣哈麻中伤,在流放大理的路上被毒死。作为汉化程度很高的贤相,脱脱同情百姓遭遇,关怀民生疾苦,他有诗《六月过安次遇大水复留题》:"安次城南水没路,波涛滚滚人南渡。沧浪番去又复来,田家何日得耕布。"②诗中描写安次城多次受到洪水的袭击,城南已洪水滔滔,行人无法渡过,表达诗人对农民无法耕种田地的忧虑。
  达溥化的《读班叔皮王命论》表现了作者对儒家天命观的思考:

  丹凤黄龙降自天,玉皇金鼎在遗编。汉王未必从陈胜,秦帝何曾愧鲁连。尧圣善推行揖让,启贤能继事相传。叔皮宏论终天在,好为群雄一再宣。③

---

 ① 杨镰:《全元诗》第36册,第154页。
 ② 杨镰:《全元诗》第56册,第123页。
 ③ 杨镰:《全元诗》第52册,第257页。

班叔皮就是班彪，他曾写作《王命论》。在这首诗中作为可以看出作者明显接受了儒家所主张的皇权受命于天的理论，承认历代王朝存在的历史必然性，但同时又认为人事在历史发展中具有重要作用。所以作者认为统治者就应该广开贤路，任用贤才，造福百姓，这样才可以长治久安，代代相继。元代后期，阶级矛盾和民族矛盾日益激化，农民起义遍及南北，称雄割据此起彼伏，战祸连绵。诗人在此时创作这样一首作品，既有对本民族统治的深切忧虑，也体现了儒家知识分子关怀现实政治的精神。

元代后期的蒙古族诗人也加入了"咏郑氏孝义"的行列，如诗人察伋有《郑氏义门诗》，诗歌开头先从历史说起：尧舜时的大同世界已经是遥远的历史，儒家美好的道德理想经常受到冲击，"纷纭竞势力，何由正三纲"。这里既是历史的阐释，也是现实的反映。元朝自世祖忽必烈去世到最后一位皇帝顺帝登基，其间的39年，一共有9位皇帝执政，在位时间最短的只有两个月，元英宗、元明宗均是被谋杀身亡，其他帝王也多是踩着反对者的鲜血登上大位。这样的时代背景下，郑氏家族"一门霭雍睦，九世同联芳"的孝义行为就显得尤为可贵："温温琏瑚器，皎皎如珪璋。"① 诗人期望郑氏家族的这种孝义行为能够世代相传，也希望史官们能将之载入史册，遗美于后世。别儿怯不花（？—1350）只存诗一首，即《咏郑氏义门》，此诗从赞美郑氏家族的孝义发端："白麟溪上有旌门，九世邕邕孝义民。"二、三两联记录了郑氏家族在元代两受旌表的史实："晋鄙多沾荆树雨，朝章两被墨花春。传家已见存诗礼，瑞世何惭比凤麟。"最后一联推衍开去，赞美江南民风的淳朴："莫道江南风土异，从兹民俗定还淳。"②

八礼台在顺帝至正年间曾居住在江南，有诗《题吴仲圭诗画》，《元诗选》戊集下题为《题梅花道人墨菜图》。在这首题画诗中表达了作者安贫乐道的思想："时人尽说非甘美，咬得菜根能几人。莫笑书生清苦意，比来食淡更精神。"③

月鲁不花的弟弟笃列图彦诚（约1310—？），有一首《题范文正公书伯夷颂》表明了作者对商亡后耻食周粟、采薇而食、饿死于首阳山的伯

---

① 杨镰：《全元诗》第45册，第295页。
② 杨镰：《全元诗》第40册，第215页。
③ 杨镰：《全元诗》第53册，第172页。

夷、叔齐兄弟的称颂，表现了他对于儒家提倡的文人"节操"的态度："韩文称颂伯夷贤，黄素真书庆历年。月照明珠还合浦，春风长共义庄田。"①

第四节　元代后期蒙古族诗人创作中的宗教影响

元代后期蒙古族诗人与汉族僧侣交游中也留下了一些诗歌。在元代后期有一位著名的诗僧释来复（1319—1391），字见心，俗姓王，受法于径山南楚悦禅师，属于临济宗名僧。他与之前已论的蒙古族诗人萨都剌也有交游。

释来复所在的慈溪定水禅寺，《元诗选·癸集下》记载了一个相关典故："庐陵双峰定水禅寺，自唐以来，主僧往往知名。宋庐陵僧德璘与杨文节公为方外交，寺有古桂二章，至秋花最蕃。德璘尝蒸花为香以饷公，公酬以诗，有'天香来月窟'之句。见心来主是寺，念前辈之流风，辟室而名之曰天香。"②杨文节就是宋代著名诗人杨万里，他有《双峰定水璘老送木犀香五首》，其二是："万杵黄金屑，九烝碧梧骨。诗老坐雪窗，天香来月窟。"③"木樨"是桂花的别称，释来复将这样一个典故坐实，元代诗人们也在这个"天香室"上大做文章，借助"同题集咏"，牵动了社会不同层面人群的关注，蒙古族诗人们也加入其中，创作出众多相关作品。如笃列图的《奉题见心禅师天香堂》：

　　双峰深处有禅房，桂树团团历岁长。每喜璘公作清事，犹传相国报佳章。月明天上开金粟，风动山中闻妙香。遥想竺昙方宴坐，秋高露气不胜凉。④

诗歌首联点明地点和写作的对象，在定水双峰山上有见心禅师居住的

----

① 杨镰：《全元诗》第49册，第283页。
② （清）顾嗣立、（清）席世成编：《元诗选》癸集下，第1406页。
③ 北京大学文献研究所编：《全宋诗》卷2295，北京大学出版社1998年版，第26360页。
④ 杨镰：《全元诗》第49册，第282—283页。

禅房，那里有一株古桂，历久年深，枝繁叶茂。颔联中吟咏了宋代德璘与诗人杨万里的故事。颈联中的金粟是指桂花，因为桂花色黄如金，花小如粟，故有此称，传说月宫有桂树，所以此联说月宫中桂花开放，随风将花香送到了山中。尾联中的"竺昙"，是见心禅师的别号，作者遥想了见心禅师正在这深秋的山寺宴客的情景。笃列图的诗主要是为我们解读了"天香室"的典故，而伯颜景渊的同题诗则能看出蒙古族诗人对佛教文化的熟悉：

清凉兰若傍慈溪，满室秋香种木樨。金粟任从禅子采，锦囊多得故人题。每疑蒼卜临风吐，或听频伽绕树啼。莫道旃檀无异种，灵根移自梵天西。①

首联中的"兰若"是阿兰若的省称，佛教名词，本意是森林，引申为"寂静的地方""远离人间热闹的地方"。颈联中的"蒼卜"是梵语的音译。也译作瞻卜伽、旃波迦、瞻波等。是佛经中记载的一种花，色黄，香味浓郁，树身高大，有人认为就是桂树。"频伽"是梵语"迦陵频伽"的省称，也音译为歌罗频伽、羯逻频迦、羯罗频伽等，是一种产于印度的鸟。据说此鸟鸣声清脆悦耳，所以意译为好声鸟、美音鸟、妙声鸟等。在佛教经典中，常用此鸟的鸣声比喻佛音的胜妙。尾联中的旃檀是香木名，古有旃檀树，用来做佛像，这里指的是佛教世界。梵天也称造书天、婆罗贺摩天、净天等，是印度教的创造之神，这里借指佛教的发源地——印度。在佛教中有五树六花之说，其中之一即为桂花，所以这里说桂树的"灵根"移自西面的"梵天"。

除了吟咏"天香堂"，蒙古族诗人也在诗歌中描写与见心禅师的友谊，月鲁不花一共流传下来13首诗，其中有12首诗与见心禅师有关，可见二人的关系非比寻常。在《次韵答见心上人二首》的诗序中作者说："至正甲辰冬，余备员南台，因怀见心禅师，为赋《天香室诗》，有相过有约待秋风之句。越明年，避地四明，见心以诗见招。适近秋期，将赴前约。先次高韵，用答雅意云。"② 从诗序可见月鲁不花与见心禅师是老友，序中提

---

① 杨镰：《全元诗》第42册，第314页。
② 杨镰：《全元诗》第46册，第405页。

到的至正甲辰（1364）冬，月鲁不花为释来复所赋《天香室诗》，指的是《四明定水寺天香室见心禅师居之吾弟彦诚御史为索诗勉赋一首以寄》，此诗开头四句说："昔年曾到广寒宫，桂树团团月正中。影落人间千里共，香分林下四时同。"回忆了自己曾经在定水禅寺所见的景色：桂树团团，香分林下。诗歌最后一句是与禅师的约定："相过有约待秋风"。诗序中所谓的"避地四明"，与元末张士诚的起义军有关。至正23年（1263），假意降元的张士诚完全领有浙西，自封为吴王。月鲁不花被任命为浙西肃政廉访使，他深知自己无法和反复无常的张士诚相处，于是藏在一个大木柜中逃到仍然为元廷控制的沿海城市四明。

在这两首次韵诗中，作者表明自己准备赴约，所以其一中有"秋风欲赴云泉约，一榻清风万虑除"的诗句。月鲁不花如期赴约，见心禅师派人迎接，月鲁不花以诗题代序说："余来四明，见心禅师以诗见招。既至山中，使人应接不暇。见心相与数日，抵掌谈笑，情好意恰。故再倡秋风之句，为他日双峰佳话云。"诗云：

相过有约待秋风，今到招提八月中。已遂登临陪杖锡，不烦来往寄诗筒。双峰对立开金粟，两涧交流贯玉虹。政好云泉共清赏，江头归棹又匆匆。①

"相过有约待秋风"句，是对甲辰年之约的回顾，而今日的相会恰恰是八月中，遂了二人的心愿。此次相会作者还得知，见心禅师曾为朋友买地安葬事。在《谢见心上人》的诗序言中说："至正乙巳秋八月，访见心禅师于定水。出翰林欧、虞诸公往来诗文，皆当代杰作也。叹赏久之。因语及同年鼎实监州，将挈家赴任，客死于鄞，贫不能丧。见心买山以葬，使其存殁皆有所托。感其高义，因成一律以谢。"②诗中说自己与见心禅师盘桓七日有余，在闲览韩林书时，见心提及这件往事，作者感慨地说："买山葬友开神道，度子为僧奉母居。方外高僧敦薄俗，同年感激更何如。"③见心禅师还带月鲁不花游览了杜若湖，游湖后月鲁不花写有《余

---

① 杨镰：《全元诗》第46册，第406页。
② 杨镰：《全元诗》第46册，第405页。
③ 杨镰：《全元诗》第46册，第406页。

来定水见心禅师登临未暇又邀试舟湖上相欢竟日遂成一律以谢》。

在至正乙巳（1365）闰十月，月鲁不花邀请见心禅师与同僚一起游天童山，在《题天童寺兼简元明长老》诗的跋文中写道："至正乙巳闰十月八日，余携伯防工部、仲能宪使、定水见心禅师，游天童山，夜宿元明禅师方丈。初十日，至大慈寺，十二日泛舟东湖，留憩月波。而见心先归湖心。余与伯防、仲能复同宿育王寺。历览三山之胜，遂各赋诗一首，以纪曾游。因录奉见心禅师印可。"[①]作者此次与见心禅师等友朋游览的"三山"，即天童寺所在的天童山、大慈寺所在的雪窦山以及（阿）育王寺所在的育王山，都位于浙江省宁波鄞县附近，皆为禅宗名山，而这几座禅寺尤其是育王寺名气颇大，是禅宗五山十刹之一。月鲁不花此行所作诗作除了前述一篇，还有《夜宿大慈山过史卫王祠下次金左丞》和《游育王山并怀见心禅师》。分别后，月鲁不花还有三首诗歌寄给见心禅师，分别是《近以口占奉寄》《余尝遣仆奉商学士山水图一幅为见心禅师寿又尝与师同宿大慈山和金左丞壁间所题诗韵而师有白河影落千峰晓碧海寒生万壑秋之句故末章及之》《简见心上人》。这些诗中作者一再回忆两人的交谊，展现了蒙古族文人对汉传佛教文化的热衷，同时也描绘了元末江南动荡的社会现实："避地东鄞郭外居，坐无斋阁出无舆。云山满眼常观画，烽火连年近得书。"[②]

月鲁不花的弟弟笃列图（1310—?）共有六首诗歌传世，有三首诗与见心禅师有关，也作于至元23年（1363）前后，分别是《蒲庵为见心禅师题》《至正二十三年三月予以使事自闽还越道过慈溪访见心禅师于定水天香室论文叙旧欢聚累日漫成唐律四韵以为后会张本云》《定水寺述怀奉呈见心方丈》，在这三首诗中言及二人友情、聚会的欢畅，也谈到了江南的烽火。[③]

察伋（1305—1360以后）流传下来的诗歌有九首，其中四首为《奉题见心禅师天香室》和《蒲庵诗三首奉寄见心上人》。如此可见见心禅师在元末江南佛教界的影响，同时也说明蒙古族诗人尤其是世居江南的蒙古族诗人所受汉传佛教影响之深。

---

① 杨镰：《全元诗》第46册，第406页。
② 杨镰：《全元诗》第46册，第407页。
③ 杨镰：《全元诗》第46册，第282—283页。

元代后期的蒙古族诗人游历江南，与江南禅僧颇多交往，往还酬唱，在出入寺观时，也会吟咏庙宇，书写自己的出世之思。

汉传佛教在汉地民间一直拥有雄厚的基础和巨大的势力，陈垣在《释氏疑年录》中录有231位僧人，其中158位僧人住持的寺庙在江南，主要是福建和长江沿线。吟咏佛寺的蒙古族诗人有四位，其一是童童，他是蒙古开国功臣速不台之后，母亲是汉族人，其父不怜吉歹是许衡的弟子，延祐元年（1314）出镇河南。虽其父、祖皆建有赫赫战功，但入中原日久，其家族已经弃武从文，童童曾为集贤侍讲学士。泰定帝时出任河南行省平章。被御史台官员参劾，改任江浙平章政事。文宗至顺2年（1331）再被监察御史弹劾，任太僖宗禋使。后又被劾，曾在嘉兴任府判。因为他曾为集贤院侍讲学士，时人称其为"童童学士"。童童诗、文、曲、画兼善，他的散曲思想价值不高，多表现及时行乐的生活态度。在明代朱权所著的《太和正音谱》中，列有"词林豪杰"一百五十位，童童即为其中之一。① 童童学士流传下来的散曲有两篇套数，即《越调·斗鹌鹑·开宴》和《双调·新水令·念远》，前者表现的是贵族宴会的奢侈，有元代皇家宴会的排场；后者表现的是闺中思妇的离愁别绪，作品铺排细腻，人物心理刻画比较传神。童童存诗四首，有一首《代祀嵩岳夜宿少林》诗，描写了河南少林寺的景物和历史渊源：

　　西来碧眼一胡僧，曾渡寒芦隐少林。半夜传衣逢断臂，当年面壁悟安心。一庭学积山犹在，五叶花开月未沉。奉命颁香瞻只履，菩提树底得幽寻。②

此诗前四句是关于达摩祖师与二祖慧可的传说，开头一句中的"碧眼胡僧"指的就是达摩祖师，禅宗本来是印度佛教与中国传统的道教以及魏晋隋唐社会发展相结合的产物，与印度佛教并没有很直接的渊源。但出于弘扬宗派的考虑，禅宗在创立之后也为自己追溯了一个漫长的形成过程。其初祖追溯到在灵山会上见佛祖拈花而微笑的摩诃迦叶，其后传到28祖菩提达摩。其实菩提达摩是禅宗真正的东传者，其他27祖都不能深究。

---

① 张月中、王钢：《全元曲》，第3079页。
② 杨镰：《全元诗》第36册，第439页。

"半夜传衣逢断臂,当年面壁悟安心"两句说的是菩提达摩到中土后,在嵩山少林寺面壁九年,其间,僧人神光来访,终日服侍在大师身边,达摩一直面壁并不理会。寒冬之际,大雪没膝,神光整夜立在雪中相候。天快亮时,达摩问神光如此坚持要求什么?神光以广度众生之法相对。达摩说这种无上妙法需要艰苦修持方能达到,认为神光不过是小德行、小智慧,不一定能做到,神光听后挥刀砍断左臂以示赤诚。达摩感动,为其更名慧可,慧可跟随达摩参禅期间,曾向达摩请教安心法门。

其二是达溥化,他有一首《题颐结方丈假山》,描写细腻,想象出尘:"仙掌芙蓉紫翠开,玉梯金磴上昭回。玉囊窈窕生灵籁,坤轴支撑尽劫灰。六月寒风森洞壑,九天清气辟尘埃。庄生志有庄西论,会与乘风出九垓。"① 其三是埜剌,生卒年不详,曾任右丞相,游览云南,隐于澄江华藏寺以终,有一首《华藏寺》诗存世。云南的华藏寺始建于南北朝齐梁年间,属于澄江十景之一,据说殿前无须打扫,灰尘不染,蛛丝绝影。还值得一提的是察罕不花《千佛崖》诗中的千佛崖,虽然不是寺庙,但形同佛寺。千佛崖国内有多处,但无论是山东、山西还是四川的都开凿于唐朝时期,也属于汉传佛教一脉。

任何宗教都是人们逃避现实的工具,所以涉佛作品往往都会表达诗人厌倦尘俗、向往超脱的思想感情。蒙古族诗人也是如此,如朵只有一首诗《水帘泉》传世,此诗虽描写的不是佛寺,但当作者写到"隔断红尘飞不到,水晶帘作老龙吟"②句时,我们也感受到作者热爱自然,厌倦红尘的思绪。萨都剌和朵只还仅仅是向往,以诗寄意。埜剌生逢元明易代,有感于"浮世已更新态度,青山不改旧容颜",他所说"法钟声远透禅关,华藏招提烟雾间""拟欲敲开名利锁,洗心常伴老僧闲"(《华藏寺》)③ 就不是寄寓理想了,而成为他出家为僧的誓言。

与其他南下中原的少数民族相比,蒙古族在守护本民族文化传统方面是非常坚定的。蒙古族退回漠北后,立即恢复了本民族的制度和文化传统,汉族文化基本没有了存续的余地。但从蒙古族诗人的汉语诗歌中,我们发现汉族文化,尤其是蒙古族统治者极力推行的儒释道三家文化已经成

---

① 杨镰:《全元诗》第 51 册,第 259 页。
② 杨镰:《全元诗》第 68 册,第 13 页。
③ 杨镰:《全元诗》第 68 册,第 15 页。

为蒙古族文化的一部分,成为蒙古族人民生活的一部分,体现了民族间文化的融合。也说明中华民族文化在历史发展过程中,不断地将一个或几个单一民族的文化,整合为所有民族共同的精神财富,而诗歌恰恰就是这种文化整合的历史见证。

乙 编

明代蒙古族汉诗创作

明朝代元而兴，元惠帝君臣北遁塞外，继续保持政权，即后来分裂发展成为鞑靼、瓦剌、兀良哈三卫和察哈尔后人统治的哈密、吐鲁番等部落，俗称北元。终明一朝，他们一直活跃于东起辽东、西迄甘肃的九边一线以北地区，与明朝有着错综复杂的密切关系，无论是在政治、军事上，还是在社会、文化上，双边政权有密切的接触与交流。既有频繁的战争冲突，也有时断时续的和平通贡；既有政权的长期对峙，也有名义上的臣属关系；既有官方的交接，也有民间的往来；既有物质上的互通有无，也有文化上的相互渗透和影响。因此，不但朝廷以极大的物力和人力去处理北方防御和外交事务，各类典籍、文书都言及蒙古边防事务，而且文人、武将，甚至是方外山人、闺中妇女也时刻关注北疆边情，除了留下较多的笔记散文和边志外，还留下了大量的反映蒙汉交流的诗歌。粗略算来大概有两百多位诗人创作、计有数千首反映蒙汉交流的诗歌。但这其中，蒙古族创作的诗歌所占份额却很小。究其由，族属问题影响了明代蒙古族汉诗创作研究。

综观以往的研究可以看出，对明代蒙古族诗人汉文创作的研究大多是单一或片面的，尚未形成体系。因此，对明代蒙古族诗人汉文创作的研究尚有很大的发展和突破空间。如果在当下的研究中能立足中华文学史观的全局视野对其进行系统考辨，或能再现明代蒙古族汉诗创作的某些历史轨迹和真实面貌。

第一章

精神—心灵秩序建构中的明代蒙古族汉诗创作

元惠帝退至漠北后,有一些蒙古族文人迫于政治压力改名换姓继续留在中原地区。随着时间的推移,族属无从考证,致使有文学才华的蒙古族文人汉文创作的诗文都难以确考。这其中最为著名者即苏祐。无论是史籍,还是时人为其所写的诗文序、墓志铭以及明清之际文人所编辑的明诗选集所附诗话或诗人小传等,都没有提及苏祐的蒙古族身份,默认其为汉族。但王士禛《池北偶谈》及乾隆年间纂修的《曹州府志》推定苏祐为蒙古族人。

第一节 明王朝民族政策与蒙古族创作低谷时期的形成

明朝立国后,对待少数民族除了强制推行同化政策外,还打压迫害,所以没有北返而滞留内地的少数民族,尤其是统治权被取而代之的蒙古族,他们为了少受迫害,也为了子孙能够在汉族统治的政权中有所发展,很多隐姓埋名或改换姓氏以隐蔽族属身份。诚如徐珂《清稗类钞》中所载:"盖元季之乱,蒙古、色目西域诸子姓转徙流亡,其存者皆从汉姓,至国朝而相仍弗替如,言其著者,则福建之萨为萨都剌后,江西之揭为揭奚斯后,江苏之廉为廉希宪后。"[①] 明初,为了避免被欺辱或遭到不测之虞,也为了他们的子孙能够在汉族统治的政权中立足,继而有所发展,如杂剧家杨景贤入明后改从他姐夫的姓氏,苏祐先祖也改名换姓。苏祐步入仕途,是在嘉靖16年(1537)皇帝下诏求言,他与当时御史桑乔痛劾严嵩

---

① (清)徐珂:《清稗类钞》卷5,"蒙古色目西域人改汉姓"条,中华书局2010年版,第2145页。

等人。严嵩对此一直怀恨于心，最终于嘉靖33年（1554）传上谕，以苏祐体衰为由，饬令其罢职致仕。为了避免遭受严嵩的再次迫害而株连其族，苏祐在致仕后没回平山卫老家营，而是举家迁居濮州城内（今范县濮城镇），还重修了家谱，隐匿其蒙古本源。因此，明朝可考的蒙古族文人极少，蒙古族诗人汉语诗歌创作亦很难见到。

第二节　苏祐家族的发展与文学力量的衍生

　　苏祐家族是明代唯一的蒙古族诗歌创作家族。苏祐（1493—1573），字允吉，号舜泽，又号谷原，明东昌府濮州人。嘉靖5年（1526）丙戌科进士，初授吴县知县，改知束鹿。后被召拜广东道监察御史，先后奉诏巡按宣大、维扬十州府县、三晋，升江西提学副使，任满转山西参政，升左参政，分守雁门关。晋大理寺少卿，转都察院金都御史巡抚保定，进右副都御史巡抚山西，入刑部右侍郎，改兵部左侍郎兼都御史总督宣大、山西军务，晋升兵部尚书。坐不请兵饷失事削籍，不久便恢复原职，致仕。后家居十八年，年八十而卒。苏祐是明代的边疆重臣，作为蒙古族诗人，多年坐守北部明、蒙疆界。

　　关于苏祐的族属，吴中行《资政大夫兵部尚书兼都察院右都御史苏公墓志铭（代作）》、于慎行《明故资政大夫兵部尚书兼都察院右都御史谷原苏公行状》、梁梦龙《苏谷原传》、雷礼《国朝列卿纪》、陈子龙《皇明诗选》、钱谦益《列朝诗集》、朱彝尊《明诗综》、张豫章《御选宋金元明四朝诗》、宋弼《山左明诗钞》、陈田《明诗纪事》等载其事迹史料，都未提及。苏祐本人在他的《建立祠堂告文》中自称为高阳后裔，其子苏濂在《昆吾台记》中也说濮阳苏氏"系出高阳"[①]。然而，王士禛《池北偶谈》中"濮阳苏氏"条载："濮州苏氏，其先本元蒙古之后，至谷原兵侍祐，始以进士起家，官至总制，以文章名海内。其祠堂藏始祖某所用铁槊，重百斤，至今尚存。"[②] 乾隆年间纂修的《曹州府志》中亦有几乎相

[①]（明）苏濂：《昆吾台记》，周方林：《鄄城文史资料·鄄城史萃》第12辑，山东聊城大学印务中心2005年版，第182页。

[②]（清）王士禛：《池北偶谈·谈异四》卷23，中华书局1982年版，第549页。

同的记载："濮州苏氏，其先本元蒙古之后，至兵部侍郎。祐始以进士起家，官总制，以诗文名海内。其祠堂藏始祖某所用铁槊重百斤，今尚存。"① 查《元史·宽彻普化传》载："和尚者，封义王，侍从顺帝左右，多着劳效，帝出入常与俱。……二十八年，顺帝将北奔，诏淮王帖木儿不花监国，而以和尚佐之，及京城将破，即先遁，不知所之。"② 根据这些记载和现存于河南范县和山东鄄城的苏氏宗祠、《苏氏族谱》，以及出土的碑文、碑刻等实物资料，今人基本确定苏祐的先祖即是蒙古义王和尚。和尚在大都将破之际逃至山东，落籍于濮州，改名苏克明。

苏祐著述颇丰，乾隆年间序刻的《曹州府志·艺文志》著录其诗文、杂著共八种。《千顷堂书目》录有《谷原诗集》八卷、《三巡集》一卷、《谷原文集》十卷、《云中纪事》一卷、《三关纪要》三卷、《谷原奏议》十二卷、《法家裒集》一卷、《舜泽翁岁历》一卷、《逌旃琐言》二卷、《孙子吴子集解》等十种。

苏祐诗集《三巡集》，原题为《三巡集稿》，一卷，明嘉靖年间刻本。卷首有苏祐自序，此序现被收入《谷原文草》中，题为《三巡集稿自序》。序文开头交代了创作的缘起与诗集题名来源："余初按宣大，继淮扬，继三晋，有所作辄谩录之，为《三巡集》。"③ 此诗集诗歌是以其任职地点先后次序创作收录，分别收录作于宣大的七十八首诗歌，江北的九十八首诗歌，山西的一〇九首诗歌，总计近三百首。时人崔铣曾为之作序，曰："往者，吾居洹野，濮阳苏子允吉寄我《昆吾集》，今年予入翰林，苏子示我《三巡诗》，凡若干首，踰有万言矣。"④ 根据崔氏所言，苏祐当还有《昆吾集》，惜今已不存。《谷原诗草续集》，一函一册，隆庆年间刻本，收录二百一十七首诗，现藏于北京图书馆。《苏督抚集》，一卷，隆庆年间刻本，由俞宪根据苏祐全集删辑录入《盛明百家诗》中，录有一百多首诗。苏祐文集《谷原文草》有明嘉靖、隆庆年间刻本，按文体分成

---

① （清）刘藻：《曹州府志》卷22，齐鲁书社1988年版，第760—761页。
② （明）宋濂：《元史》卷117，中华书局1974年版，第2912页。
③ （明）苏祐：《谷原文草》卷1，《四库全书存目丛书·集部》第89册，齐鲁书社1997年版，第290页。
④ （明）崔铣：《洹词·苏氏诗序》卷11，《四库全书·集部·别集类》第1267册，上海古籍出版社1987年版，第631页。

四卷，分别为序、记、墓志铭表和杂著。《谷原奏议》四册①，此书卷前有南充王廷作的序，录有奏疏：《巡按疏草》《巡抚疏草》《集众论酌时宜以图安边疏》《奉慰疏》《困苦疏》《督府疏草》《任事谢恩疏》《接报夷情疏》《陈言御虏要计以永治安疏》《自陈不职乞赐能出以重考察疏》等，其中有很多御边、治边的见解、经验和关于明朝与北方蒙古之间关系的珍贵资料。杂著《逌旃琐言》二卷，明嘉靖年间刻本。录载了平时的所感、所思，正如苏祐在《逌旃琐言题解》中所言："逌旃琐言，何著琐言也？夫琐屑也。何著焉，而系以逌旃也？以志思也。……有所思焉，心目未尝不在逌旃也，故系之琐言云尔。"②《云中事记》一卷，记录了发生于嘉靖12年（1533）大同兵变事件的经过和相关事宜。《（嘉靖）吴邑志》十六卷，图说一卷，为苏祐任职吴县县令时与杨循吉共同修纂，明嘉靖年间刻本。该县志比较重视有关国计民生的大事，收录载述详赅，对后世影响较大。时人张时彻《皇明文范》中辑录了苏祐文、词八篇，其中收录了未见他诗文集的有《饲豕说解》、《拟古乐府序》③、《葆春园记》、《都昌县双忠祠碑》和《青玉案·人觐旌贤帐词》一首。另外，今人从《逌旃琐言》中辑录了《苏祐词话》九则④和《苏祐诗话》十五则⑤。

苏祐子孙亦有文名，《列朝诗集小传》丁集上中录入了苏祐父子——苏祐、苏濂、苏澹、苏潢，及其孙苏棨五人的小传。《曹州府志》载："祐数子皆能文，有苏伯子、苏仲子、叔子、季子等集行世，季子（笔者注：应为叔子）任侠，名重一时，人称苏八公子。"⑥（苏祐）"有四子，皆儒雅多艺，以贤豪称。诸孙美秀，而文称其家学。"⑦ 四子苏浣，字子新，号梅石，国子生。除了他无文名外，时人谓苏祐之子是青出于蓝胜于蓝。

苏祐之长子苏濂（1513—1580），字子川，号鸿石。以荫授南京光禄

---

① （明）苏祐：《谷原奏议》，缩微中心出版社2009年版。
② （明）苏祐：《谷原文草》卷4，第355页。
③ 此篇为李先芳《东岱山房诗录》诗集作的序文。
④ 邓子勉：《明词话全编》（第二册），凤凰出版社2012年版，第885—887页。
⑤ 吴文治：《明诗话全编》（第三册），江苏古籍出版社1997年版，第2981—2983页。
⑥ （清）刘藻：《曹州府志·杂志》卷22，第761页。
⑦ （明）于慎行：《谷城山馆文集·明故资政大夫太子少保兵部尚书兼都察院右都御史谷原苏公行状》卷208，《四库全书存目丛书·集部》第148册，齐鲁书社1997年版，第87页。

第一章 精神—心灵秩序建构中的明代蒙古族汉诗创作

寺署正,官至巩昌府通判。他科场不利,六上秋闱不第,终归而著述。《千顷堂书目》录其著有《石渠意见补遗》六卷、《四书通考补遗》六卷(《明史·艺文志(一)》亦录)。工诗文,鲁王朱中立评其诗云:"鸿石诗俊雅宏壮,视厥弟为亢。"①《明史·艺文志(四)》和《千顷堂书目》卷二十三录其《伯子集》十三卷(《曹州府志》录作《苏濂文集》),现存《苏伯子集十三卷》(存十一卷,卷一至六、九至十三),明嘉靖三十八年(1559)刻本,藏于中国社会科学院文学研究所。钱谦益《列朝诗集》丁集收其《游大明湖》等五首诗,宋弼《山左明诗钞》卷二十收其《述怀》《月夕饯别龚温州性之》《杂诗二首》《宿崇宝寺》《林泉真逸图为从兄士隐题》《雨晴南园》《十六夜月》《园居》《晚至柏井驿》《闺怨》《夜过天津》《游灵岩》《秋风简同旅诸君子》《下第》《绝句》《独酌》《别龚温州》十八首诗,《曹州府志》卷十九收其《吊陈思之赋》一篇。《明史·艺文志》录其《伯子集》十三卷;(乾隆)《曹州府志》著录《苏濂文集》;范县地方史志办公室校注《濮州志校注》收录《郡人苏濂陈台吊陈思王赋》一篇;周方林主编《鄄城文史资料》第十二辑,收录其散文《吾昆台记》《绝句》《夜过天津》三篇;张振和、黄爱菊《曹州历代诗词选注》收录其《闺怨》《下第》《夜过天津》《绝句二首》;杨树茂著《泰山美韵》收录其《登泰山》一首;(清)陈田辑撰《明诗纪事·己签目》卷七,收录其《杂诗》一首;彭镇华、江泽慧著《绿竹神气》收录其《绝句》一首。据《千顷堂书目》载,苏濂另著有《石渠意补遗》《四书通考补遗》。另辑撰《诗说解颐》四卷,书成于嘉靖癸亥(1563),有作者是年自序;崇祯戊寅(1638)刊板梓行,有作者仲孙苏曙是年跋语。全书分元、亨、利、贞四卷,系"掇拾旧闻,并附己意"(自序)而成;广涉诗评、辨体、诗法、考辨、逸闻、掌故、诗句源流等,自刘勰《文心雕龙》、钟嵘《诗品》、皎然《诗式》以下,至宋人诗话、诗论,采撷甚多。皆不注出处,排列亦随意。今存明红格钞本,藏于北京大学图书馆。

苏祐次子苏濬(约1520—1571),字子冲,号元石、玄石山人。嘉靖28年(1549)举人,自幼能文,"六七岁,随其父宦吴。渡江,能为赋二

---

① (清)宋弼:《山左明诗钞》卷20,《四库全书存目丛书·集部·总集类》第412册,齐鲁书社1997年版,第195页。

联；登虎丘，能为诗四句"①。《明史·艺文志》和《千顷堂书目》录其有《仲子集》七卷（《列朝诗集小传》和《明诗综》录为《苏仲子集》）。《列朝诗集》丁集中收其诗《暮秋夜宿紫荆关》《暮春雨中集惟时西园》《盐河闻雁》《弘慈寺别沈元戎》《春暮东园独酌》《庄上闲居》《夏日园居》《三月晦日病中戏成》《清明日偶述》《背面美人二首》等十一首，钱谦益评其诗云："尝有感慨之句。中立（笔者注：鲁王朱观熰）谓其青出于蓝，且尤过之。"②宋弼《山左明诗钞》卷二十收其诗十五首：《晚秋泛钱塘江效何逊体》《秋日病怀》《述怀三首》《早秋泛舟》《送桑子诲赴平凉贰尹》《送石子材赴清河令》《送钟明府季烈赴阙北上》《弘慈寺别沈元戎》《暮秋夜宿紫荆关》《太液春波和答李伯承》《河上秋泛有怀八弟》《夏日园居》《清明日偶题》，且有苏澹简介兼评语。③《明诗综》卷四十五收其诗《盐河闻雁》《暮秋夜宿紫荆关》二首。《明诗纪事·已签目》卷七收其《背面美人》一首。张振和、黄爱菊《曹州历代诗词选注》收录其《庄上闲居》《早秋泛舟》《清明日偶题》三首。刘秀池主编《泰山大全》收录其《登岱》二首。朱传东主编《趵突流长古代诗文全编》（下册）收录其《济南谷丈卜居泉上》一首，辑自毛承霖纂修《绪修历城县志》（"民国"十三—十五年）。潘德衡编《宋金元明诗评选》收录其《盐河闻雁》一首。范县地方史志办公室校注《濮州志校注》收录《郡人苏澹〈为李户部序使金陵稿〉》一文，辑自（清）宣统元年（1909）《濮州志》卷八。

　　苏澹的诗歌创作目前所见以五言和七言为主，其中五言绝句、五言律诗和五言古体诗均有，七言也是如此。从诗歌题材看，主要有送别诗、写景诗、赠答诗。与其父苏祐的边塞诗歌和咏史怀古创作主题不同，苏澹没有那么丰富的阅历，他的生活更加优游，所以创作主题以闲适为主。苏澹诗歌在内容方面打动不了读者，在揭示、影响和塑造明代诗歌精神上无所作为，但是艺术、形式、技艺的追求无止境，他对于周遭景物观察细腻，对诗歌意境的营造丰赡。他笔下的意境之美，经常闪闪发光。前人评价苏

---

① （清）钱谦益：《列朝诗集小传》丁集上，上海古籍出版社1983年版，第389页。
② （清）钱谦益：《列朝诗集小传》丁集上，第389页。
③ （清）宋弼：《山左明诗钞》卷20，第196页。

澹:"其诗庄重精丽,雅有父风。中立谓其出于蓝而青于蓝,识者辨焉。"①认为他的诗歌庄重精巧有丽色,典雅颇有乃父风范。这是确评。不过苏祐因常年宦海颠簸,而且有军旅戍边杀伐征战之人生况味,诗歌在整体的典雅之中更多沉郁苍凉之气,后种风格尤其体现在他的边塞诗和咏史怀古诗作中。苏澹相比较而言,艺术渐趋深厚,细节愈加丰富,诗作重在精巧秀丽,但自身阅历不够多,致使诗作格局始终小气。然而苏澹的诗歌艺术风格,他的诗歌美学特质的卓越和丰富,是有明一代诗歌史佳作的显著特点。

苏潢,字子长,号杏石,苏祐之三子。官至河南布政司事,亦善诗,《千顷堂书目》卷二十三录其《苏叔子集》《游梁诗草》《元夕倡和集》和《荣善倡和集》。现存《清华轩集》六卷,明万历年间刻本善本。钱谦益评其"诗颇骄稚"②。朱彝尊《明诗综》和张豫章《御选宋金元明四朝诗》中收其诗数首,《山左明诗钞》卷二十收录《春日登昆吾台奉怀伯兄白下》《送宋二山之霸州兵宪》二首。

苏濂子苏棨"有诗,见李北山(李先芳)《齐鲁集》"③,集已失传。

苏潢子苏本亦能诗,"潢子某,亦能诗"④,《山左明诗钞》卷三十录苏本《秋日同友饮大明湖读少陵诗》《早春社集草堂得星字》《胡参军招饮楚云楼赋谢》三首诗。

苏祐家族的文学发展,为明代蒙古族汉诗创作奠定了坚实的基础,使得元明清蒙古族汉诗创作的脉络清晰可辨。

---

① (清)宋弼:《山左明诗钞》卷20,第196页。
② (清)钱谦益:《列朝诗集小传》丁集上,第389页。
③ (清)钱谦益:《列朝诗集小传》丁集上,第389页。
④ (清)钱谦益:《列朝诗集小传》丁集上,第389页。

第二章

明代蒙古族汉诗创作散论

由于明代政治、文化高压政策和苛刻的民族政策，导致可考的蒙古作家寥若晨星。即便如此，据现有可见的文献资料进行扒疏、钩沉，可概览明代蒙古族诗人的创作情况。

易代之际可考的蒙古族诗人，因其创作主体在元代，已在元代部分详述，此处不赘。

明代有数位蒙古族诗人，兹录如下：

陈喜，字仲乐，明宪宗时太监，蒙古人。其精于绘画，技艺精妙，夏文彦《图绘宝鉴·续编》载："太监陈喜，字仲乐，鞑靼人，工人物鸟兽，下笔无痕，为一代之妙。"[1]

岳彦高，号雪樵，蒙古色目人。约生活于洪武年间，曾任云阳县令。善书法，尤擅长草书。《中国书法大辞典》引明章士雅《嘉善志》曰："雪樵精怀素草书。"[2]

李贤，号丑驴，蒙古人。元顺帝时，曾官至工部尚书。明洪武二十一年（1388）归降，赐名李贤，"靖难"师起，有功绩，累迁都指挥同知、军都督佥事、右都督，封"忠勤伯"。李贤有才学，善文藻，通译书，凡塞外表奏及朝廷所降诏敕，皆命其译。《明史》卷一百五十六有传。

阿卜而嘎锡，元太祖成吉思汗长子术赤的后裔。明末为蒙古机洼部部主，住地在咸海之南（今俄罗斯中亚一带）。有学识，著有《突厥族谱》一书，该书根据拉施特哀丁《蒙古全史》写成。书中大略叙述了蒙古的先世。

哈铭，又名杨铭，蒙古人。土木堡之变与明英宗一起被北方蒙古瓦剌

---

[1] （元）夏文彦：《图绘宝鉴·续编》，世界书局1937年版，第99页。
[2] 梁披云：《中国书法大辞典》，广东人民出版社1984年版，第694页。

将领也先俘获，一直陪伴在英宗身边，后据其此段经历写成《正统临戎录》一卷。《正统临戎录》与袁彬《北征事迹》、刘定之《否泰录》等书内容大略相同，均记述英宗北狩始末。《四库全书总目提要》曰："《正统临戎录一卷》，不著撰人名氏，记明英宗北狩始末。考《明史艺文志》，有杨铭《正统临戎录一卷》。此书末专叙铭官职升迁之事，当即铭所述也。铭，本名哈铭，蒙古人。"①

道同，河间人，先祖为蒙古人，《明史》卷一百四十有传。自幼习读汉文史籍，洪武初年，荐授太常司赞礼郎之职，后出任番禺县知县。为官清廉，著有《条陈永嘉侯不法事》。

鲁鉴，蒙古人。《明史》载其先人原为西大通人，祖父阿失都巩卜失加，于明初率所部归降明朝，自其祖父三代驻守庄浪卫（今甘肃平番县），累官至庄浪卫指挥同知，死后赠"右都督"。为人忠直，智勇双全，著有《条陈边务四事》。《明史》卷一百七十四有传。

综观明代蒙古族诗人，可考的有限，蒙古族诗人汉诗创作总体处于式微状况。苏祐及其子孙则是一个例外，他们的创作总量并肩于元代蒙古族诗人的汉语创作，所取得的艺术成就也不逊色于同时代的明代文坛名家。

---

① （清）永瑢：《四库全书总目提要》卷53，中华书局1965年版，第477页。

第三章

苏祐家族：明代后期蒙古族汉诗创作的存续

  明代中期蒙古族诗人苏祐，及其子苏濂、苏澹、苏潢，其孙苏粲五人，在明代诗歌史上皆有名，《列朝诗集小传》一并收录。然文学史上对苏祐及其家族文学研究专论鲜见。考辨其族属，对苏祐及其后代传承的家族文学进行研究，不但可以丰富少数民族诗歌史的研究，也有裨于明代诗歌史乃至中华诗歌史的研究。

第一节　苏祐诗歌创作研究

  梁梦龙《苏谷原传》云："先生丰宇厚德，具文武才，起儒术，间将略，扬历中外，勋业阜然。"① 称赞苏祐是博览群书的文武全才。于慎行《明故资政大夫兵部尚书兼都察院右都御史谷原苏公行状》则更加具体状貌写识："公为人丰肌魁岸，戟髯电目，望之如神，而不为城府，和易可亲，立朝耿介，有节能，决大事。御史时大夫浚川王公署其考曰：'有学识，有操持，有胆量，有作为'，时目为四有道长。博览群籍，游心千古，为文辞歌诗遒丽典雅，海内以为名家。"② 苏祐外形魁伟，神采奕奕，和蔼可亲，为人正直，有决断能力，连当时负责考察其政绩的王廷相都夸赞其有学识、有胆魄、有能力、有操守。而且，苏祐学识渊博贯通，名闻天下。其诗文辞赋皆遒丽典雅。

  明清以来诸多明诗总集、选集都选编选录了苏祐诗，并加以品评，如

---

  ① （清）刘藻：《曹州府志·艺文志》卷201，齐鲁书社1988年版，第714页。
  ② （明）于慎行：《谷城山馆文集》卷208，《四库全书存目丛书·集部》第148册，齐鲁书社1997年版，第87页。

陈子龙《皇明诗选》，钱谦益《列朝诗集》，朱彝尊《明诗综》，张豫章《御选宋金元明四朝诗》，陈田《明诗纪事》，沈德潜、周准《明诗别裁集》等，而宋弼《山左明诗钞》卷十一收录苏祐的诗达 62 首之多。苏祐现存《谷原诗集》八卷，为明嘉靖 37 年（1558）龚秉德刻本，因为卷三和卷四又各分有上、下卷，所以，四库采集本又说《谷原集》十卷。编者龚秉德在编辑诗集序文中曰："公初按诸省，有《三巡集》，司校豫章，有《江西集》，参晋有《山西集》，抚巡有《畿内集》，总督有《塞下集》。虽各有刻本，类皆涣散不一，难以汇观。予非知诗者也，缘素出公门下兼属姻，未故合而寿梓于襄阳，公署分为八卷，外曰《谷原诗集》，俾观者因文而可以考见公之德业云。"① 由此可知，此诗集当是苏祐的诗歌合集。诗集收九百多首诗，以诗歌体裁划分为八卷，卷一为乐府；卷二为四言（附：赞、箴、铭）和五言古诗；卷三为五言律诗；卷四为七言律诗；卷五为五言排律；卷六为歌行体；卷七为五言绝句；卷八为七言绝句。本书以此本为底本研究苏祐诗歌创作。

苏祐诗歌语词典正，格调高雅。穆敬甫曰："公意兴甚高，得句不苦，自是盛唐遗韵。"② 苏祐与前、后"七子"成员王廷相、谢榛、王世贞、梁有誉、吴国伦、徐中行交游，诗文创作亦受"七子"倡导的"文必秦汉，诗必盛唐"影响，风格总体不脱离前、后"七子"复古思潮，故诗作遒丽典雅，有盛唐遗韵。不过四库馆臣对此颇有微词，云其："大旨宗李攀龙之说，不曾作唐以后格，而亦不能变唐以前格，故音节琅琅，都无新意。"③ 陈田亦云："舜泽诗是李、何成派。"④ 上述评价是否中肯，苏祐诗作的艺术特色是否是其自身特质？须对其创作背景及诗作题材内容，详明分析之后才可得出。试分类述之。

---

① （明）龚秉德：《〈谷原诗集〉序》，周方林：《鄄城文史资料·鄄城史萃》第 12 辑，山东聊城大学印务中心 2005 年版，第 181 页。

② （清）宋弼：《山左明诗钞》卷 11，《四库全书存目丛书·集部·总集类》第 412 册，齐鲁书社 1997 年版，第 103 页。

③ （清）永瑢：《四库全书总目提要·谷原诗集》卷 117，中华书局 1965 年版，第 1584 页。

④ （清）陈田辑：《明诗纪事》卷 16，《续修四库全书·集部·诗文评类》，上海古籍出版社 2013 年版，第 242 页。

一　咏物写景诗

1．咏物诗

《文心雕龙·物色》云："岁有其物，物有其容；情以物迁，辞以情发。""是以诗人感物，联类不穷；流连万象之际，沉吟视听之区。写气图貌，即随物以宛转；属采附声，亦与心而徘徊。"[①] 咏物诗是托物言志的诗歌，诗中所咏之"物"往往是作者的自况，诗人在描摹事物中寄托了自己的感情。苏祐诗集中咏物诗占有很大比例。其咏物诗常常取材于雁、朱鹭、鹤台、园竹、瓶梅、盆山、黄叶、柳絮、落叶、汤媪、竹姬、松风、甘菊等物，他在此类诗中或流露出自己的人生态度，或寄寓美好的愿望，或包含生活的哲理，或表现作者的生活情趣。如其《柳絮》，诗云：

飘飘杨白花，客路惜春华。醉忆吴姬馆，吟怜谢女家。带泥依燕垒，傍屿占鸥沙。莫作浮萍草，东西趁水斜。[②]

此诗幻化前人的古诗文或有关柳絮的典故，重构诗境。漂泊无依的柳絮在诗人的叙述中，缠绵缱绻，情深凄迷。它既能把人带入吴姬馆和谢女家的遐想中，也能让人在燕垒和鸥沙中深思，使人们驰骋在缥缈无限的情境中，随着柳絮的身影，去回忆、追踪、领悟那如"章台柳"般被湮灭在紫陌红尘里的人生，并且只能把自己的隐忧深深地埋藏在心灵深处，把自己苦闷的情怀悄悄地向人们低诉。诗终显题旨，表达诗人不愿如柳絮般随风飘零的意志。《落叶二首》亦是此类诗作，诗云：

山木莽寒宵，年华迥莫招。虬形惊尽瘦，鹤梦醒无聊。绕砌随风走，敲帘学雨飘。古来秋兴客，楚赋最萧条。

自是衰荣理，休怜摇落时。啼猿深尚怯，宿鸟近须疑。地切清阴减，天高朔气吹。上林珠树好，却有万年枝。[③]

---

①　（南朝·梁）刘勰：《文心雕龙义证》，上海古籍出版社1989年，第1733页。
②　（明）苏祐：《谷原诗集》卷3，《四库全书存目丛书·集部》第89册，齐鲁社1997年版，第392页。
③　（明）苏祐：《谷原诗集》卷3，第398页。

诗人抓住落叶的特征进行描摹，用词典雅遒丽，有韵致。第一首诗嵌入宋玉悲秋与屈原《九歌·湘夫人》"袅袅兮秋风，洞庭波兮木叶下"之意境，写出诗人在深秋的寂寥之情。第二首则一反见落叶落花悲情之常调，另辟蹊径，以树木荣枯自然之理的乐观心态道出了秋天的美好和对秋天的别致见解。苏祐诗中还有诸如《松风》《甘菊》亦是此类诗作，"端居生爽豁，琴瑟杳虚张"①"愿言日采持，何谢紫金霜"②，或有感而发，或显示出自己的人生志趣。

"咏物诗以有寄托为主，否则纵然肖形写貌酷似物象，终欠骨力"③，苏祐的咏物诗都有一定寄托。如《汤媪》，诗人借日常常用的物件吟咏，表达自己卓尔不群的人格："懒赋班姬扇，宁当卓氏垆。热中原不妨，履下可能污。"④ 如《竹姬》，诗人借咏闻舜帝东巡猝逝洒泪斑竹的"竹姬"，表达历史兴叹："向怜随帝子，洒泪楚江东。"⑤ 至于像《鹤台》《园竹》《瓶梅》《盆山》等诗更是表现了自己高洁的人格理想。"淇澳怀虚远，潇湘望转劳"⑥"逍遥展弦帙，恍惚对嵩衡"⑦等，隐然怀有超然出世的人生态度。

苏祐的咏物诗更多的是以物自况，表达自己的情感和性格，如《雁》：

  飘泊塞鸿孤，回翔万里途。声寒沉鼓角，梦远到江湖。朋侣予方念，风霜尔亦纤。上林傅羽猎，一札寄清都。⑧

"雁"是苏祐常用的意象之一，在其诗集中共出现75次之多。雁，《说文》："雁，鸟也。从隹，从人，厂声。读若鴈。"徐铉等注："雁，知时鸟，大夫以为挚，昏礼用之，故从人。"《汉语大字典》雁字条注为："鸟名。鸟纲，鸭科，雁亚科各种类的通称。形状略像鹅，颈和翼较长；

---

① （明）苏祐：《谷原诗集》卷3，第401页。
② （明）苏祐：《谷原诗集》卷3，第402页。
③ 葛晓音：《杜甫诗选评》，上海古籍出版社2002年版，第7页。
④ （明）苏祐：《谷原诗集》卷3，第399页。
⑤ （明）苏祐：《谷原诗集》卷3，第399页。
⑥ （明）苏祐：《谷原诗集》卷3，第389页。
⑦ （明）苏祐：《谷原诗集》卷3，第389页。
⑧ （明）苏祐：《谷原诗集》卷3，第386页。

足和尾较短，羽毛淡紫褐色。每年春分后飞往北方，秋分后飞回南方，为候鸟的一种。"① 苏祐这首以"雁"字为题的诗作中，诗人以雁自况，形象地比类自己如同雁一样四处漂泊，表达了诗人的羁旅之感，抒发了诗人对故乡、朋友的思念之情和孤独之感。

苏祐还借咏物表现对时事、社会的看法，寄寓诗人对国家的愿望，如《朱鹭》："朱鹭朱鹭，贲于悬鼓。哕哕其音，翩翩起羽。五音繁会，万舞具举。天子万年，吁嗟乐胥。"② 通过描绘朱鹭的美妙啼音、翩翩羽舞，表达了苏祐对盛世的赞叹，昌盛社会的歌颂。同样，《日重光》一首亦是描写了太阳重光的盛景，表达对天下太平的赞叹："日重光，熙晶明。带斯环，轮斯盈。五色纷，含和平。周黄道，晕紫庭，圣人在上天下宁。天下宁，流庆泽，皇帝万岁群臣百。"③ 这些美好的"物"也展示了诗人的美好愿望。

苏祐在咏物诗中选取吟咏对象，对其描摹歌咏，或借物抒情，或表达愿景，在描摹事物中寄托了诗人的感情，目的都是托物言志，不过，这也是历代咏物诗的共性。

2. 写景诗

苏祐从嘉靖5年（1526）进士及第步入官场至嘉靖33年（1554）罢职致仕，宦游踪迹遍及大江南北、长城内外，如其自道："宦辙三十年，几半天下"④。而苏祐的写景诗作也是"几半天下"，如龚秉德《谷原诗集》序文中所言："公初按诸省，有《三巡集》，司校豫章，有《江西集》，参晋有《山西集》，抚巡有《畿内集》，总督有《塞下集》。"⑤ 苏祐的写景诗犹如纪行，诗题即可窥见一斑。如《车遥遥晚至翼城县赋》《过陶村》《开先寺》《乘月江行夜泊白沙驿》《吉州至日二首》《渡十八滩二首》《夜泊石潭寺》《瑞州迎春日作》《渡鄱湖二首》《登滕王阁四首》

---

① 李格非主编：《汉语大字典》，四川辞书出版社、湖北辞书出版社1996年版，第1839页。
② （明）苏祐：《谷原诗集》卷1，第361页。
③ （明）苏祐：《谷原诗集》卷1，第364页。
④ （明）苏祐：《谷原文草》卷4，《四库全书存目丛书·集部》第89册，齐鲁书社1997年版，第355页。
⑤ （明）龚秉德：《〈谷原诗集〉序》，周方林：《鄄城文史资料·鄄城史萃》第12辑，第181页。

第三章　苏祐家族：明代后期蒙古族汉诗创作的存续　　199

《登恒岳四首》《至无为州作》《过泗州》《雁门关作四首》《十日登第一山得笑》《度太行四首》《观瀑布泉作》《再至白鹿洞》《彭城漫兴五首》，等等。既有对沿途的地貌风物的记录，也有对目击美景的即兴吟咏。这些俱是其辗转宦途中，对宦游所见所感的忠实记录。因此，也就常常会借写景表达自己的情怀和所感悟的哲思。如其《东湖》，诗云：

> 东湖开泱漭，水色净秋襟。谩引沧州兴，宁如鸥鹭心。客怀闲自适，云影迥虚沉。雅调徵流水，予拊弦素琴。①

诗作以闲适笔调由眼前景画出悠远东湖山水图，澹宕湖天、波光流云、高士鸣琴，颔联寓意尤其深远。"沧州"意指水滨之处，意象确立于谢朓的"既欢怀禄情，复协沧州趣"，"沧州趣"后多用来表达隐逸之思或隐逸之趣；"鸥鹭"指人无巧诈之心，异类亦可以亲近，出自《列子·黄帝》，古有好鸥者，每天与鸥鸟共嬉，鸥至者数以百计。其父说："吾闻沤（鸥）鸟皆从汝游，汝取来，吾玩之。"②后以喻淡泊隐居，不以世事为怀。诗人由欣赏东湖的美景引发归隐之思，体现了此际苏祐放旷闲适之雅士情怀。又如《十日登第一山得笑》，诗云：

> 浮骖薄行游，逶迤步灵峤。百草何萋萋，零雨被广道。鸿雁纷回翔，云日忽照耀。时节莽迁递，谁能常欢笑。佳辰已昨日，携手此登眺。葳蕤嗅寒芳，古人可同调。逍遥适情志，岂惧末路诮。岁月无中极，义命安所好。③

此诗首先描述登山时所见百草萋萋、零雨被道、鸿雁回翔、云日照耀等景象，由此进而发出感想：时节变迁、事无常态的真理，同时也传递出诗人义命自持、屹立不动的处世态度。其《登恒岳四首》，苏祐在此四首诗中描写、议论、抒情相结合，描写了登恒岳之山所观览的美景，表达了登览盛景的心情："振衣揽今夕，绵邈开心颜"，抒发了登山过程的所见

---

① （明）苏祐：《谷原诗集》卷3，第387页。
② （明）张湛：《列子》卷2，上海古籍出版社2014年版，第57页。
③ （明）苏祐：《谷原诗集》卷2，第370—371页。

所感，发表了对历史人物的感怀和"回驭朝万国，四夷咸来同。秦汉良可嗤，检玉劳登封"①的治边理想。其《徐州登黄楼》则另有一番景观。诗云：

> 云旌杳杳拂黄楼，楼下黄河振槛流。厌胜方隅元正色，迟回天地谩闲愁。帆樯尽绕青山郭，村落平分白鹭洲。今古几人同跃马，项王曾霸九诸侯。②

黄楼在今江苏省徐州市，为北宋苏轼所建，是徐州五大名楼之一。熙宁10年（1077）秋七月，苏轼为彭城太守。当时黄河决口，水及彭城下。苏轼带领全城百姓做好充分准备，及水至城下，苏又以身帅之，与城存亡，故水至而民不溃。水退后，苏轼又请增筑徐城，苏辙、秦观等都曾登黄楼，览观山川，作《黄楼赋》。后以"黄楼"为登览山水、赋诗作文的典实。苏祐也多次登览黄楼，相同的地点、类似的风景，却因登临时间的不同分别产生不同的情感体验。这首诗颈联明显化用唐人孟浩然"青山横北郭"、李白"三山半落青天外、二水中分白鹭洲"诗句诗意，与明代诗坛宗唐风气相承袭。

同是黄楼，不同的时节以不同心绪登楼，诗歌主题就迥然不同。在《徐州登黄楼》中，诗人表达了自己的雄心壮志。而《黄楼集送王秋曹》则表达了诗人因送别友人产生的怅惘之感，所谓"相会可令容易别，归云落木正纷然"③。《黄楼九日》则又表现诗人因宦游疲惫、心生归隐之感，"蓟北淮南载戟荣，三年奔走无停已。杜甫翛然怀暮云，庄生正尔吟秋水"④。

"智者乐水，仁者乐山"，自古文人爱山水。他们或寄情山水、愉悦身心，或在山水中陶冶性情，寻找创作的灵感，或借助山水表达内心的想法、情感等。苏祐写景诗中虽然不乏诸如"云旌杳杳拂黄楼，楼下黄河振

---

① （明）苏祐：《谷原诗集》卷2，第370页。
② （明）苏祐：《谷原诗集》卷4，第415页。
③ （明）苏祐：《谷原诗集》卷4，第415页。
④ （明）苏祐：《谷原诗集》卷5，第445页。

第三章　苏祐家族：明代后期蒙古族汉诗创作的存续　　201

槛流"①"帆樯尽绕青山郭，村落平分白鹭洲"②"天势围同碧，云容漾转青"③"气薄衡庐润，波涵翼轸摇"④等写景佳句，但其写景诗的主旨却并不在于景物，更多的是借景抒情，表达内心复杂情感。如《雁门关作四首》，苏祐通过对雁门关风景的描绘，表达了既悲哀于自身渺小，又满怀希望的矛盾情感；在《度太行四首》中描写西度太行山的所见之景观，表达了"比足司马游，取笑张衡赋"⑤游历的畅达心情和"节序纷推斥""踟蹰增烦忧"⑥的时序变迁之忧；在《沿眺黄河有作》中则借日夜奔腾不息的黄河之水感叹自己对四处奔波生活的厌倦，表达对隐逸闲适生活的渴望："倘逢河上公，税驾从以游"⑦；在《还乡》中描写了花柳明艳、野莺鸣啼、日换风轻，表达了归乡的欢愉；在《舟上柬倪镇卿》中借孤舟、浮云、远水、白鹭等意象勾勒出一副秋江画卷，表达了身在他乡、孤独零落之感；在《桑干河》中通过对桑干河的描写，表达了一种豪迈之情；在《再至白鹿洞》《仲秋既望寄友人》等诗中即景抒情，既描写了游览之乐，又表达了"岁月一何速"⑧"岁月亦奔驰"⑨的岁时变迁之感和对友人的思念之情。凡此种种，或登山览胜、赞美山水，或吊古伤时、托意于名胜，或征行羁旅、念友思亲等，都清晰地借景记录了苏祐的宦游踪迹和不同时段的心路历程。龚秉德曾在《〈谷原诗集〉序》中评价苏祐的写景诗："言景必本诸情，措词悉根诸理，格高而靡俗音，正而匪嫚，远追汉魏，律协唐风。其浑厚正大，真如日月星辰于天，山川草木丽于土，凡有识者，孰不知其为自然之文耶。"⑩此言既道出了苏祐写景诗能抓住景物的特点进行勾画、描写，又指出其写景诗是景中有情、寓情于景，达到情景

---

① （明）苏祐：《谷原诗集》卷4，第415页。
② （明）苏祐：《谷原诗集》卷4，第415页。
③ （明）苏祐：《谷原诗集》卷3，第394页。
④ （明）苏祐：《谷原诗集》卷3，第394页。
⑤ （明）苏祐：《谷原诗集》卷2，第372页。
⑥ （明）苏祐：《谷原诗集》卷2，第372页。
⑦ （明）苏祐：《谷原诗集》卷2，第379页。
⑧ （明）苏祐：《谷原诗集》卷2，第377页。
⑨ （明）苏祐：《谷原诗集》卷2，第377页。
⑩ （明）龚秉德：《〈谷原诗集〉序》，周方林：《鄄城文史资料（第12辑）·鄄城史萃》，第181页。

交融的风格特点。

　　苏祐另一类写景诗是与友人的同游唱和之作。或宴饮分赋歌咏，如《返照赋得露字》《章江泛月得夕字》《中秋泛月得中字》《燕北城楼得山字》等；或游赏次韵奉答，如《游醉翁丰乐山亭奉同崔东洲三首》《九日同陈史二部曹登五华台》《夏日瑞岩观讌览次韵奉答大中丞约庵周公》《清江道院简诸同游二首》等，都留下了很多写景佳句。如："沙鸥临暮集，江雁带秋还。叶落洪崖井，烟深孺子阛。天低围野阔，云断入湖闲"①"余晖满城隅，霞绮何布濩。江波淡明灭，烟草莽回互。纤月已半规，历历星与度"②"山色蒙蒙侵坐湿，泉声森森隔林微"③"岩下幽亭带涧斜，山昏游兴阻琅琊"④"瑞郁仙坛流紫烟，岩回帝里见晴川。幽泉过雨玻璃净，空谷笼云锦绣鲜"⑤"苔合碁存局，池深竹覆亭。听琴凭月宇，移烛近云屏。鼎内金花紫，阶前瑶草青。相携恣游赏，莫谩拟流萍"⑥。这些写景佳句描摹景物细致入微，意境营造闲适幽远。不但记录了苏祐与友人同游同乐的美好情景，也丰富了中国山水名胜的文化内涵。

　　综观苏祐的写景诗，首多叙事，继言景物，而结之以情理，写景模式不脱离谢灵运山水诗的藩篱，在写景之余总是喜欢言情说理。然而其诗语言清新雅练，无论是写意还是摹象，对自然景物的观察和体验都细致、独到，刻画也精妙，往往能给人以深刻印象。苏祐写景善于抓住具体景物的细微特征加以形象地描绘，其好友谢榛曾评他的《雪诗》曰："写景入微，非老手不能也。"⑦ 这评语同样适合评价苏祐的其他写景诗。

二　咏史怀古诗

　　关于咏史怀古诗，"咏史诗可简要定义为：直接截取史传上的人物、事件作为题材而赋诗以歌咏之、叹美之、感慨之的诗歌作品"⑧ "怀古诗

---

① （明）苏祐：《谷原诗集》卷5，第442页。
② （明）苏祐：《谷原诗集》卷2，第376页。
③ （明）苏祐：《谷原诗集》卷4，第413页。
④ （明）苏祐：《谷原诗集》卷4，第413页。
⑤ （明）苏祐：《谷原诗集》卷4，第415页。
⑥ （明）苏祐：《谷原诗集》卷3，第389页。
⑦ （明）谢榛：《四溟诗话》卷3，人民文学出版社1961年版，第95页。
⑧ 赵望秦：《唐代咏史组诗考论》，三秦出版社2003年版，第2页。

可简要定义为：登临目睹古代旧址、古人遗迹而赋诗以追怀往事、寄兴感叹的诗歌作品"①。自古以来，咏史怀古诗在中国诗歌史上占有相当大的比重，从东汉的班固至唐朝的刘禹锡、杜牧、李商隐等都写出了一批优秀的咏史怀古之作。他们或以史托世、借古讽今，或寄寓个人怀才不遇的感伤，或表达昔盛今衰的兴替之感，等等。苏祐诗集中也有很多咏史怀古之作。根据题材内容不同，分述如下。

1. 咏史诗

咏史诗又分为直接歌咏历史人物的和歌咏历史事件两类。苏祐诗中直接歌咏历史人物的，如《徐孺子挽》《介子推》《郭林宗》等，都是借歌咏历史人物来抒发自己的情绪，或反映当时的某些现实现象。其《徐孺子挽》歌咏的是东汉人徐稚，字孺子。作者在诗中赞美徐稚云："西山有灵鸟，矫翼凌风翔。应韶喈喈鸣，五色何辉光"，而这样可以凌风翱翔的"灵鸟"，却不被现实社会重用。诗人为此发出悲慨："一朝厌纷浊，羽化回青阳。何时复来归，慰此只凤伤。"②《介子推》全诗缅怀了春秋时期晋国贤士介之推，称颂了介子推不言禄的高风亮节，表达了作者对古人遭遇的惋惜和对今人的警示："龙蛇恻短书，玉石悲炎煽。"③《郭林宗》赞颂了东汉太学生领袖郭林宗洞察世事，在政权摇摇欲坠，宦官政治日趋黑暗之时，他明白大局难以扭转，即性甘恬退，淡于仕途，视利禄如浮云："穆穆郭林宗，深心托幽素。含章贞自抱，识微几早悟。"④ 历史人物让苏祐警醒，他在歌咏他们的同时，也借古喻今。

苏祐咏史之作亦有以历史事件为歌咏对象的，如其《哀长平》："长平一夕悲风起，四十万人同日死。燐火萧萧阴雨青，膏血茫茫土花紫。衰草黄沙寒日曛，山空野旷度愁云。西望咸阳杜邮道，不须重吊武安君。"⑤此诗是由前一首《邯郸行》咏历史遗迹而引发的歌咏"长平之战"历史事件。长平之战是战国历史的最后转折，是秦、赵两国之间的战略决战。赵国弃用偏于防守的名将廉颇，而起用只会纸上谈兵的赵括代替，秦国则

---

① 赵望秦：《唐代咏史组诗考论》，第5页。
② （明）苏祐：《谷原诗集》卷2，第371页。
③ （明）苏祐：《谷原诗集》卷2，第373页。
④ （明）苏祐：《谷原诗集》卷2，第373页。
⑤ （明）苏祐：《谷原诗集》卷6，第445页。

换名将白起，白起针对赵括急于求胜的弱点，采取佯败后退、诱敌脱离阵地，进而分割包围、予以歼灭的作战方针，最终取得战争的胜利。赵国经此一战元气大伤，客观上推动了秦国统一的进程。此诗与《邯郸行》相参看："邯郸昔日盛繁华，高起丛台接彩霞。联翩侠客藉珠履，宛转名倡回宝车。宝车珠履谁不羡，含情共侍丛台燕。缥纱朝云拂舞衣，团圆宵月流歌扇。考鼓挝钟日日闻，愿言千岁奉吾君。阃外自勤蔺夫子，座中谁是廉将军。"① 相较《邯郸行》所描写的昔日邯郸的繁盛景象，《哀长平》则侧重描写长平之战后战场的惨烈景象，通过明显的对比，使人产生强烈的心理反差效果，诗人借歌咏此历史事件，表达了自己对长平之战的看法和历史见解："重士图存理固常，征歌速灭见何晚"②，对死难者的同情，对白起的怨刺，以及总结历史教训以警醒当朝统治者。

2. 怀古诗

苏祐咏史怀古诗作更多的是怀古诗，即以历史古迹为题材，诗人身临旧地凭吊古迹而产生的联想和想象，或感人伤己，或怀古伤今，或对历史做出理性反思等，不拘一格。如《歌风台》歌咏了汉高祖斩蛇起义、逐鹿中原的史实，感慨历史兴替："世远翠华杳，秋深芳草多。"③《漂母祠》《韩信庙》二首歌咏了历史人物韩信的历史事迹和人生悲剧，表达了诗人对英雄人物的哀思和对历史的感慨："往来负剑客，瞻望几迟回"④ "带砺山河在，风云世代移"⑤。《长平驿》则是感慨沧海桑田，人生多变："贾鲁名空著，公衙变故庄……年年双燕子，依旧傍雕梁。"⑥ 这类诗多写古人往事，且喜用典故，手法委婉。再如其《谒文山祠有作》，诗云：

> 扬舲送将归，驱车止江浔。肃容揖灵祠，精爽俨照临。绰楔俯通衢，松栢郁阴森。正气浩磅礴，二仪极高深。仰视日西驰，江流逝浸浸。销毁非金石，代谢通相寻。令德昭懿轨，元化为浮沉。顾彼如鬼

---

① （明）苏祐：《谷原诗集》卷6，第445页。
② （明）苏祐：《谷原诗集》卷6，第445页。
③ （明）苏祐：《谷原诗集》卷3，第390页。
④ （明）苏祐：《谷原诗集》卷3，第389页。
⑤ （明）苏祐：《谷原诗集》卷3，第390页。
⑥ （明）苏祐：《谷原诗集》卷3，第391页。

蜮，偪侧厕幽阴。亮哉君子节，百世宜光钦。对兹增慨慷，援琴写徽音。①

这是一首典型的怀古之作，诗人登临游览，触景生情，抒发感慨。诗歌由谒文天祥祠起笔，继而描写文山祠的周遭景物，由松柏阴森、浩气磅礴进而联想到文天祥的英雄事迹，诗中赞颂文天祥的德懿、风范是"令德昭懿轨，元化为浮沉""亮哉君子节，百世宜光钦"，表达了诗人的敬仰之情。《解梁经汉寿亭侯故里》亦是同类怀古之作，诗中评述了汉寿亭侯关羽的英雄事迹和历史作用，表达了诗人的感慨："空令歆大节，秉烛坐秋宵。"②苏祐对文天祥、关羽这样留名青史的历史英雄人物特别倾心，不断地对他们进行吟诵和怀念，借以自励，其实也是感叹现实的需要和呼唤。《尉迟敬德祠有作》也是此类之作，诗中充满了对尉迟敬德的怀念与敬仰，表达对当前边防的忧虑："旗鼓倘仍悬大将，犬羊宁复寇频年。"③

苏祐的咏史怀古之作，题材多样，体裁丰富。他的集中还有以纪游形式创作的咏史怀古之作。如《望太白楼》，由太白楼起兴，行文叙议结合，通篇叹赏李白的性情、才学、诗情及逸事："龙性谁能狎，鸥情迥自浮。世人惊白璧，羽客幻丹丘。雅调瑶华丽，多言贝锦愁。放歌辞北阙，浪迹且东州。居士青莲宇，宫袍采石舟"，最后表达诗人的怅惘之情："神游还八极，名落已千秋……鲁城遗壮观，征棹怅悠悠。"④《过乌江谒项王庙》由观览所见景物起笔："岸分采石俯鼋鼍，庙倚乌江袅薜萝"，再落到楚霸王的英雄事迹和悲慨结局："关前九战收秦璧，夜半诸军变楚歌"，最后发出历史感悟："叱咤已随云鸟尽，兴亡无使是非多"⑤。《姑苏咏怀七首》虽然多面向当下的所见所感，但其中也有抚今追昔的咏史怀古："阊闾昔全胜，繁华岂殊昨。空余剑池在，华表怅归鹤。讲石亦荒凉，皓月窥虚阁"，最后发出理性的反思："古今何足悲，寒暑本代作"⑥。诚

---

① （明）苏祐：《谷原诗集》卷2，第371页。
② （明）苏祐：《谷原诗集》卷5，第441页。
③ （明）苏祐：《谷原诗集》卷4，第412页。
④ （明）苏祐：《谷原诗集》卷5，第441页。
⑤ （明）苏祐：《谷原诗集》卷4，第413—414页。
⑥ （明）苏祐：《谷原诗集》卷2，第369页。

如上述诗作分析,诗人都是由登临、观览之后发出历史感悟或理性反思,怀古之作的目的更多的是表达诗人自己对历史遗迹及其背后历史的看法、思考、感悟和反思。如《过吕翁祠》重在表达诗人对登仙的看法:"三千弱水春来梦,十二层城海上楼。紫气未沉真想在,无须物外访丹丘。"①《登隋故城观音阁柬徐芝南待御》则是歌颂历史上的兴亡故事来警告当时的统治者:"东幸无归日,离宫秋草生。今登云阁望,返照海霞晴。池曲才通水,台高尚倚城。断桥明月夜,何处听歌声。"②

苏祐的咏史怀古之作或直接吟咏历史人物和历史事件,借此抒发情怀、讽刺时事,或登临历史古迹咏叹史实,以慨叹兴衰、寄托哀思、托古讽今等。

三 边塞诗

有明一代,明朝和北方蒙古政权政治上处于对峙状态。时常有军事冲突和战争出现,甚至几次造成明王朝倾覆的危机。苏祐生活的嘉靖朝与北方蒙古之间的矛盾愈益激化,冲突更加频繁。因明朝廷拒绝与北方蒙古俺答汗"通贡互市","使得生活于草原的蒙古各部落生活困难",于是俺答汗便用"以战求贡"的方式不断侵扰明朝北部边疆,终于在嘉靖29年(1550)引发震惊朝野的"庚戌之变"。

苏祐一生中曾有数次巡边、总边的经历。他曾于嘉靖12年(1533)奉诏巡按宣大,次年(1534),他与巡抚樊继祖共同平定了大同叛乱,遂知名朝野。于嘉靖16年(1537)巡按三晋(山西),于嘉靖22年(1543)任山西参政,后升左参政分守雁门关,于嘉靖24年(1545)以都御史督抚保定,于嘉靖26年(1547)加秩副都御史巡抚山西,于嘉靖29年(1550)闰六月以兵部左侍郎暂代大同总督,直至嘉靖33年(1554)四月,严嵩奏其体衰不能胜任大同总督之职而被迫罢职致仕。苏祐多年巡按、巡抚和总督与北方蒙古毗邻的宣大、三晋和京畿之地,对边地的防务生活不但了解和熟悉,而且有切身的体验,所以,其笔下的边塞诗内容多样、描写真切。苏祐的边塞诗是其在边疆创作的对现实生活的记录,这里有表达自己守卫边疆、精忠报国的志向的,如用"平生

---

① (明)苏祐:《谷原诗集》卷2,第369页。
② (明)苏祐:《谷原诗集》卷3,第388页。

弧矢志，功岂在封侯"① "向来弧矢志，不负远临戎"② 诗句抒发平生不以封侯为志向的戍边之志，用"何日渡河驱杂虏，长缨先击两呼韩"③ "乘槎虚拟河源使，投笔谁收都护功"④ 表现早日平定边疆的决心的。还有表现生活于边疆之地人文风貌的，如"边人多解唱夷歌，能夺胡雏紫骆驼。风起腰间常带箭，月明枕底亦横戈"⑤，此诗既写出了明朝边防九镇边地的汉族民众的生活情态和方式，也表现出明朝与北方蒙古民众在长期、频繁的接触和交流中，他们互相学习、借鉴对方生产生活方式和习俗、文化。苏祐边塞诗内容丰富，现择取他描写边塞风景、表现边防形势、描写边防生活和寄赠友人的诗作进行分析，以期管窥苏祐边塞诗的内容风貌。

1. 描写边塞风景

苏祐"十载防秋朔塞间"⑥，熟悉边地的生活环境，对边地的景象和物候特征深有体会，如"关云不作雨，飞雪满重城"⑦ "八月已飞霜，云寒古战场"⑧ 等诗句描绘出边塞之地的苦寒，一入秋就风霜雨雪交加的气候。"草短含沙浅，云黄近塞多"⑨ "连天沙漠漠，落日雪漫漫"⑩ 等诗句表现了边塞之地荒凉、广漠的景象。所以，从地域性的风景和气候描写方面来看，苏祐笔下的边塞诗道出了边地荒冷的特征。这种边地的景象和气候特征的描写，在苏祐诗中俯拾皆是，比较集中描写边塞风景的当在《关巡杂咏十首》（录五首）：

倒马关逾峻，盘纡度险艰。诸峰回崒嵂，乱水泻潺湲。戍古凭岩立，垣长接塞还。宋臣遗迹在，插石箭痕斑。

迢递浮图峪，飞狐险至今。千岩盘地轴，一径入云岑。石堕晴雷

---

① （明）苏祐：《谷原诗集》卷3，第386页。
② （明）苏祐：《谷原诗集》卷3，第397页。
③ （明）苏祐：《谷原诗集》卷4，第418页。
④ （明）苏祐：《谷原诗集》卷4，第411页。
⑤ （明）苏祐：《谷原诗集》卷8，第464页。
⑥ （明）苏祐：《谷原诗集》卷4，第437页。
⑦ （明）苏祐：《谷原诗集》卷3，第398页。
⑧ （明）苏祐：《谷原诗集》卷3，第397页。
⑨ （明）苏祐：《谷原诗集》卷3，第398页。
⑩ （明）苏祐：《谷原诗集》卷3，第398页。

转，林深午日阴。尚闻戎马黠，比岁此侵寻。
　　　　斜日四山暝，奔云万马过。雷声咤辇鼓，雨势走江河。悬壁翻涛下，连峰乱霭多。将军依大树，沾洒把雕戈。
　　　　荆蔓缘山僻，松花满目鲜。当关怜锁钥，曳屐胜攀缘。日下东瞻近，云中西望偏。控弦诸将士，敌忾异它年。
　　　　黍稑连阡陌，占年慰此游。麦风迎盖拂，槐雨抱檐流。夜气消残暑，边声静早秋。论功应有日，先拜富民侯。①

　　组诗描写了诗人巡视边关时看到雄奇、险峻的北地边疆景观。既有诸峰巇巉、乱水潆洄、古戍岩立、长垣接塞等倒马关的雄峻景观，又有千岩盘转、一径入云、石堕晴转、林深午阴等浮图峪的险奇景象；既有傍晚风云变化带来的雷声咤辇、雨势走江、悬壁翻涛、连峰乱霭的恢宏景象，又有荆蔓缘山、松花满目的迷离景象。从诗中所描写的景观来看，诗人用写实的手法描绘出边地关隘的险峻、景象的生鲜新奇、景色的奇幻迷离。然而诗人对祖国的大好河山的赞美之情、对和平的渴望又饱含其中。尤其是最后一首，诗人看到边地"黍稑连阡陌""麦风迎盖拂，槐雨抱檐流"一派欣欣向荣的景象，为边地百姓感到欣慰、为边地有富民的官员称赞不已，诗人不自觉地道出"占年慰此游"的感慨。

　　苏祐还有其他描写边塞风景的诗句，"天柱云霄青并倚，芦芽冰雪郁相盘"②描写了静乐之地天柱芦芽山的绝世风景；"关城楼阁澹阴森，积雪层冰春已深"③描绘了雁门关的春深景象。再如"云黄遥雁灭，月黑暗萤流"④"笳逐黄沙起，雕盘白草飞"⑤都用胡笳、黄沙、雕、白草、黄云等这些边塞诗中常见意象，构筑表现了边地特有的风物意境。苏祐边塞写景诗中没有华丽的辞藻、没有夸张的语词、没有虚幻的想象，都是诗人目之所及之景观，加之自己自然言之成诗。似是白描，实含有诗人功力。

　　2. 反映边防形势
　　明代嘉靖时期（1522—1566）对北方蒙古采取"闭关绝贡"的外交

---

① （明）苏祐：《谷原诗集》卷3，第399—400页。
② （明）苏祐：《谷原诗集》卷4，第418页。
③ （明）苏祐：《谷原诗集》卷4，第429页。
④ （明）苏祐：《谷原诗集》卷3，第386页。
⑤ （明）苏祐：《谷原诗集》卷3，第386页。

政策，尤其是嘉靖中后期，屡次拒绝北方蒙古"通贡互市"的诚恳请求。而此时北方蒙古是俺答汗统治时期，俺答汗是北方蒙古鞑靼部著名的政治家、军事家，在他的治理下，蒙古右翼土默特部势力不断增强，最终统一了右翼蒙古诸部。因北方游牧经济逐水草而居的天然缺陷，和北方蒙古鞑靼部强盛所带来的人口增长增大了生活所需，北方蒙古俺答汗不断侵扰明朝边境，诚如时任大同总兵仇鸾所言："虏中生齿浩繁，事事仰给中国，若或缺用，则必需求，需求不得，则必抢掠。"[①] 北方蒙古鞑靼部以期用"以战求贡"的方式达到"通贡互市"的目的，于嘉靖29年（1550）引发震动朝野的"庚戌之变"。

明朝廷与北部蒙古俺答汗关系紧张，边关将士就不得不为边患所苦。"年年辛苦事防秋，几见黄河绕塞流"[②]，苏祐曾前后数次以巡守官员或驻守总督身份身处边防前线，目睹了紧张的边防形势。苏祐将所见所闻所感形诸诗歌，形成了他的边塞诗中非常重要而且独特的部分，即在诗中反映了明蒙对峙的紧张边防形势。

苏祐时时关注边防、边情，"榆塞传刁斗，经年未罢兵。竟令青海箭，复度白登城"[③]。诗人以汉高祖刘邦被匈奴围困于白登山的典故说明胡汉对峙形势的紧张，切中诗题《闻警》，表现了诗人对边防情势的高度关注。"北门天险设居庸，袅袅千旌叠翠中。口转双泉犹望阙，岭盘八达已临戎。"[④] 帝京尚可遥望，诗人出居庸关、登八达岭即有"临戎"之感，可见彼时战争已迫在眉睫。这样的诗作写出了只有身临其境者才能感受到的微妙变化。

苏祐来到边地，巡视关隘、坐视军营，或登临边防要塞，或遥望塞北大漠，触景感怀，更是不时形诸诗篇。苏祐《塞上杂歌十首》《塞下曲八首》《塞下曲四首》等诗中比较集中地描写了具有战地特点的边地景象，如"弓落旄头满月开，旗翻豹尾拥云来"[⑤] "牙旗分薄休屠帐，羽檄飞传

---

① 《明世宗实录》卷364，"嘉靖二十九年八月丁丑"条，台北"中央研究院"历史语言研究所校印本1962年版，第6483页。
② （明）苏祐：《谷原诗集》卷8，第468页。
③ （明）苏祐：《谷原诗集》卷3，第386页。
④ （明）苏祐：《谷原诗集》卷4，第411页。
⑤ （明）苏祐：《谷原诗集》卷8，第463页。

骠骑营"①"岩峣紫塞迥连云,刁斗城头昼夜闻"②"笛弄关山月,旗翻瀚海风"③ 等,诗句中所运用的牙旗、旄头、羽檄、雕弓、刁斗、鸣笛等意象,是战场和战地必备的标志或器具,被诗人运用来描写边地紧张的边防之景,营造出边地战云密布、兵气冲天的气氛,表现了边地充满了战斗氛围和处于紧张的备战状态,从而反映了边地的严峻边防情势。而诸如"荷戈西北堪怜汝,挽粟东南太不停"④"烽火照云中,分兵下大同"⑤等诗句则是直接地表述出明代嘉靖朝边地的边防形势。他的诗中还有更具体地描写不同边地的边防情况,如《塞下曲八首》(录二首):

将军营外月轮高,猎猎西风吹战袍。觱篥无声河汉转,霜华露气满弓刀。

男子生来弧矢悬,袖中常拂绕朝鞭。天骄驻牧交河北,白草黄云暗九边。⑥

第一首通过"猎猎西风""觱篥无声""霜华露气"透露出萧森肃杀的气氛,从"战袍""弓刀"词中依稀可以想见将士被甲持兵、枕戈待旦的身影和情态,强化了边地军营具有随时战斗的紧张性。第二首诗中"弧矢"源自"悬弧射矢"典故,《礼记·内则》载:"国君世子生……射人以桑弧蓬矢六,射天地四方"⑦,意为古代国君世子生,以桑弧蓬矢射天地四方,期其有志于远大,后以"弧矢"喻生男孩,亦指男子当从小立大志。"绕朝鞭"典出《左传》。《左传·文公·文公十三年》载:春秋晋大夫士会奔秦,晋恐士会为秦所用,就派魏寿馀到秦策动士会回晋。士会离秦时,秦大夫"绕朝赠之以策,曰:'子无谓秦无人,吾谋适不用也。'"⑧后以"绕朝策"喻指有先见的谋略。如果说前一首诗是通过外

---

① (明)苏祐:《谷原诗集》卷8,第463页。
② (明)苏祐:《谷原诗集》卷8,第469页。
③ (明)苏祐:《谷原诗集》卷3,第397页。
④ (明)苏祐:《谷原诗集》卷8,第463页。
⑤ (明)苏祐:《谷原诗集》卷3,第397页。
⑥ (明)苏祐:《谷原诗集》卷8,第468页。
⑦ 《礼记·内则》,辽宁教育出版社2000年版,第99页。
⑧ (春秋)左丘明:《左传》卷6,岳麓书社1988年版,第108页。

物意象描绘来表现紧张的边防，那么第二首则通过敌方人物的情态暗示边地随时爆发战斗的可能性，诗中通过代指蒙古首领的"天骄"驻牧于边界之地从而使九边之地立即紧张起来来表现边防的紧迫性。同样，《出塞二首》（其一）亦是表现当时的边防形势，诗云：

风急天高动鼓鼙，黄云白草照旌旗。单于秋牧榆林塞，烽火宵传花马池。声断悲笳胡雁起，气沉明月汉军知。长驱乌合腥膻垒，安见鹰扬节制师。①

这首诗作首联点出时间是风急天高黄云白草的秋天，"动鼓鼙""照旌旗"表明战事在即。颔联开笔即以"单于秋牧"明确指出战事起因，又通过"烽火宵传"渲染紧张的气氛，而"榆林塞""花马池"点明了边防前线位置。颈联以"声断悲笳""气沉明月"进一步渲染战事将临时的紧张压抑环境。尾联则表达了诗人对战争必胜的信心。这首诗诗风沉郁，全文诗句两两对仗，对仗工稳且意境浑融。全诗名词意象选择具有边地特色，"鼓鼙""旌旗""烽火""悲笳"都是战争特有的意象，传达出边地剑拔弩张的战斗气氛，而"单于""胡雁""腥膻垒"等特指或蔑称，更明确地表达了北疆边地严重的边患和防御北方蒙古入侵、保卫边疆任务的艰巨性。除此而外，这首诗的动词使用也很传神，"动""照""牧""传""起""知""驱""见"都是每句诗的诗眼，驱动名词意象，使整句灵动起来。这首诗作在苏祐边塞诗中，无论诗歌主题表达还是诗歌艺术手法功力，都堪称上乘。这首边塞诗准确地传达出苏祐对边防的关心和对边患的忧虑。

苏祐还通过描写边地战争的惨烈，用血腥事实展现严酷的边防形势，如"年来黠虏凭陵甚，痛哭蓬垣几寡妻"（《岢岚》）②，诗句既慨叹将士百战死之苦辛，又说明俺答汗部侵凌之频。而"沙飘残碛昏金甲，血染腥痕上宝刀"（《塞上杂歌十首》其三）③描写了得胜后的诗人没有被胜利冲昏了头脑，在星罗诸将战功之时冷静地反思战争的罪恶，淋漓尽致地呈现

---

① （明）苏祐：《谷原诗集》卷4，第411页。
② （明）苏祐：《谷原诗集》卷8，第468页。
③ （明）苏祐：《谷原诗集》卷8，第463页。

战争的血腥和惨烈的事实。

　　苏祐虽然常常要面对不容乐观的、形势紧张的边防，但他内心对自己防边、治边还是充满信心的。这在他的边塞诗中有诸多体现，其《西征遇雪》诗云："木落空林夜有霜，朔风重酿塞雪黄。寒生老臂犹三属，倦入长途讵七襄。白草旧开东胜地，赤缨先击左贤王。谩怜飞雪沾双鬓，却笑青山亦点苍。"① 此诗是西征途中遭遇风雪的感怀之作，虽然风雪给西征带来了阻碍，给西征的将士带来意外的严寒和疲倦，然而诗人心情丝毫未被这风雪所影响，从诗中"谩怜""却笑"可看出诗人的豪迈、乐观的心态，对这次出征还是充满信心。同样，作于西征途中的《自五所寨向宁武谩兴》也体现出苏祐的这种信心。诗云：

　　　绝徼风尘通五寨，连年烽火接三河。勒铭自有燕山石，服房谁清瀚海波。塞上威名传李牧，营中豪杰望廉颇。胡儿莫更轻深入，敌忾将军比旧多。②

　　诗歌由边地的连年烽火起兴，联想到出师得胜的典故，进而又联想到青史留名的名将豪杰，最后转入现实，寄语"胡儿"莫要轻易侵扰明朝边境，因为现今同仇敌忾的将军比往日更多。从诗中诗人捡取的"勒铭燕山石"历史典故和威震邻国的"战国四大名将"之李牧、廉颇可看出苏祐对自己军队此次出征必胜的信心，最后两句诗似乎在告诫敌方，更是在表示自己的信心。身处边地边患之中，苏祐不但要自己保有信心，同时更要把必胜信念传达给一起防边的诸将以激发士气，其《边报讯诸将》前四句描写了明朝与北方蒙古之间势在必战的局势，后四句则是用收复失地、建功立业于边疆等高远理想鼓舞、激励将士们英勇作战。这首诗相当于战前动员的誓师宣言，诗人把自己对战争的必胜信念传达给将士，用充满必胜的语言去感染、激励即将奔向战场上的将士，以达到激发、鼓舞士气的作用。

　　苏祐对防边、克敌充满信心的诗歌还有很多，诸如"寻常休羡胡尘

---

① （明）苏祐：《谷原诗集》卷4，第437页。
② （明）苏祐：《谷原诗集》卷4，第418页。

远，十万横行瀚海回"① "传语胡儿休近塞，雁门今是李将军"② "照天传炮火，刻日破东胡"③ "露布晓驰捷奏入，风尘秋偃战功劳。故乡动色应相问，归报书生有六韬"④ "将收蒙赵绩，无忝霍卫班"⑤。这些诗句既体现了诗人对自己能力的充分认可和信心，也表现出苏祐对国家、边防将士的信心和信任。"投分岂无齐鲍叔，请缨今有汉终军"⑥ "近见防秋诸将帅，起居犹有旧牙兵"⑦，正是这种对边防将士的信心和信任，尤其是像历史上有名的守边拓疆名将——卫青、霍去病、李牧、窦宪等，苏祐把更多的期望寄托在能征善战或守边有方的边将身上，期待有力挽狂澜的名将出现，拯救国家和百姓于危局之中，如其诗中所言："幽朔谩歌周屏翰，将军谁似汉嫖姚。"⑧

3. 记述边防生活

终明一朝北部边境的边防情况可以用李时行《古边词》中诗句来概括："万里龙沙战未休，年年烽火为防秋。"⑨ 明朝为了防御北方蒙古各部落的侵袭，在沿长城一线的边防九镇派驻了数量庞大的军队，戍守备战、修墙筑城和屯田狩猎等成为边防将士的主要生活内容。如前所述，苏祐有多次巡边的经历，他把自己在边地的生活内容也形诸诗篇，对其此类题材进行分析可以了解苏祐的政治观点、思想动态以及边防将士的生活情况。

苏祐诗中描写边防生活者，也有如《上谷书院作》中所描写的情景："甲士如云偃战戈，青衿白昼坐弦歌。……磨崖未暇镌燕石，舞羽先堪歇葛萝"⑩，但这种将士偃旗息战、太平时日的弦舞、歌赋情况毕竟少有。苏祐曾任巡按、巡抚和总督多年，他的职责之一便是巡视查看边地以了解

---

① （明）苏祐：《谷原诗集》卷8，第463页。
② （明）苏祐：《谷原诗集》卷8，第469页。
③ （明）苏祐：《谷原诗集》卷3，第397页。
④ （明）苏祐：《谷原诗集》卷4，第436页。
⑤ （明）苏祐：《谷原诗集》卷2，第380页。
⑥ （明）苏祐：《谷原诗集》卷4，第437页。
⑦ （明）苏祐：《谷原诗集》卷4，第424页。
⑧ （明）苏祐：《谷原诗集》卷8，第464页。
⑨ （明）李时行：《古边词》，陈永正：《全粤诗（10）》卷332，岭南美术出版社2010年版，第414页。
⑩ （明）苏祐：《谷原诗集》卷4，第411页。

民风民俗,如其所言:"问俗再过燕督亢,感时虚拟赵廉颇"①"悲歌问遗俗,颇牧倘归来"②。而巡视查看边地更重要的目的是勘探地形地貌以监督指导关隘边防情况。在巡察、查访过程中,苏祐创作了很多即兴吟咏的诗篇也表现这点,如《关巡杂咏十首》即是苏祐在督抚保定时所创作的,组诗描述了他巡视边关经过和所见所感,以描写边地风景为主,也描绘了边关哨所的地势、地形,如倒马关:"倒马关逾峻,盘纡度险艰。诸峰回巇嶪,乱水泻潺湲"③,浮图峪:"迢递浮图峪,飞狐险至今。千岩盘地轴,一径入云岑"④ 等。诗中所描写的连绵的群山、险峻的关隘、矗立的山峰、盘曲的地形等都形成天险的地势,因而对遮挡北方蒙古入侵具有天然的屏障效果。"团扇摇轻羽,纶巾岈阜纱。人非诸葛侣,乡是子龙家。车赋催频剧,关河度转赊。双旌报飞将,驰骑背人斜。"⑤ 通过这首诗亦可略见苏祐巡察各地的情状。

　　通过苏祐诗歌可以看出,他边防生活内容之一就是巡察,"巡行今几度,回首亦并州。"⑥ 苏祐在边地巡行查看地形地貌时更是少不了登高眺远,《镇泉堡将台眺望》:"按辔徐登百尺台,振衣四望龙沙开",诗人由看到的塞内外景象而联想到自己的重任:"汉家图像高台画,周室勋华薄伐篇"⑦ "列戍浮云外,双沟断碛隈。登临堪历数,今上最高台"⑧。诗人在《双沟墩晚眺》这首诗中明确地表露出他登高远眺的目的是勘探边防地形、地势,他也创作了一系列登高望远之作,如《大同城登干楼》《登雁门关》《李牧祠下眺望作》等。同样,在这些登眺边地关隘、城楼或高地时,诗人描写了边关具有天然优势的险峻的地势地貌,如在《登恒岳四首》中描写恒山:"巍巍一何高,云雾随跻攀。九拆丹磴危,百转回巉岩"⑨,在《度太行四首》中描写太行山:"层巘既窈窕,修坂亦回延。遥

---

① (明)苏祐:《谷原诗集》卷8,第426页。
② (明)苏祐:《谷原诗集》卷3,第399页。
③ (明)苏祐:《谷原诗集》卷3,第399页。
④ (明)苏祐:《谷原诗集》卷3,第399页。
⑤ (明)苏祐:《谷原诗集》卷3,第399页。
⑥ (明)苏祐:《谷原诗集》卷3,第387页。
⑦ (明)苏祐:《谷原诗集》卷6,第452页。
⑧ (明)苏祐:《谷原诗集》卷3,第402页。
⑨ (明)苏祐:《谷原诗集》卷2,第369页。

峰下鸣柝，重门抱雄关。土屋开道侧，石泉瀑巉岩。履深臼井堕，陟危崒嵲悬。细径聊可蹑，方轨安能前"①，在《雁门关作四首》中描写雁门关："关门高且长，杳杳通一雁。三河缀衣带，还顾细如线"② 等。苏祐描写这些沿长城一线的边地的边景既歌颂了祖国大好河山的雄奇壮丽之美，也表现出边地天然具有复杂的地形和险峻的地势，防守上具有易守难攻的特点，意在表达北疆边防具有天险优势。这种意图在《度天门关》中有明确地表达："崎岖初入天门险，宛转真看鸟道分。乱水西来应过雨，层峰北望果连云。当关虎豹蹲苍石，列队旌旗覆紫气。安得岩峦长倚塞，坐销兵甲罢悬军。"③ 崎岖宛转的地形和层峦叠嶂、高耸入云的地势是北部边防天然的屏障，加之雄险的关隘和整装待发的戍守军队，这些都是北部边防的保证，这也无疑是诗人在巡察的过程中最乐意看到的边防景象。

　　吟诗作赋是苏祐边防生活的一个重要内容。除了《云中纪事》《三关纪要》等文集外，他"参晋有《山西集》，抚巡有《畿内集》，总督有《塞下集》"④。这三部诗集都是苏祐任职边地时创作的，可见他在边防公务之余，吟诗作赋不绝于口。其吟诗内容除了本节边塞诗分析的内容外，还有与亲朋好友的赠答、简怀唱和诗作，如《寄李武川宪使》《自塞城寄赠同郡泽山桑宪使》《自雁门寄何沅溪》等，向朋友讲述边塞的见闻和自己的感受。如《大井沟简答张南墅年兄》："邂逅边隅晚，萧条霜露侵。战尘行处少，落木坐来深。诸将防秋地，孤邨薄暮心。殷勤一尊酒，须伴尔同斟。"⑤ 诗人在诗中向张南墅年兄诉说了自己身在边塞的生活情况和孤独之感。在枯寂的防边戍守岁月中，吟诗作赋极大地缓解了苏祐军旅生活的单调。如其所言："揽辔沿边郡，川原暑气深……出车闻六月，赋咏岂于今。"⑥ 尤其与友人的寄赠唱和，更成为他紧张、枯燥的边防生活的**精神寄托**。

---

① （明）苏祐：《谷原诗集》卷2，第372页。
② （明）苏祐：《谷原诗集》卷2，第373页。
③ （明）苏祐：《谷原诗集》卷4，第418页。
④ （明）龚秉德：《〈谷原诗集〉序》，周方林：《鄄城文史资料·鄄城史萃》第12辑，第181页。
⑤ （明）苏祐：《谷原诗集》卷3，第397页。
⑥ （明）苏祐：《谷原诗集》卷3，第399页。

作为一名身临前敌带兵打仗的统帅，苏祐的边塞诗与边塞诗史上的大部分作品是不同的，他的边塞诗均是身历之纪实作品。不但创作数量多，而且质量高。举凡战前动员、战时冲锋陷阵、战后打扫战场，暇时修整，反思战争之缘起演变并防御战争，以及将士苦辛、国家命运、民族冲突、短暂和平等，所有这些内容均在苏祐笔下成为不竭的创作题材，苏祐在辛勤写作中，加深了对明朝廷及蒙古政权边患的认知，而且磨炼了自己的创作技巧，使得他的边塞诗成为明代边塞诗史上最重要的组成部分。

　　作为一名蒙古后裔，苏祐的诗歌创作中呈现出的他的站位是明朝廷的属官，因此他的思想感情均与国家政策保持绝对统一，战场杀伐也没有因为涉及对本民族族人的屠戮而有犹疑。实际上，这也是历代王朝统治中非主体民族将士的态度，从某种程度上来看，应该被认为是儒家伦理价值观教化的必然结果。

　　苏祐边塞诗很少颓唐、沉闷之气，均是采用比较客观或乐观的意向表现边塞情况，整体倾向于积极乐观。关于其边塞诗风格，时人和后人多有评价，茅坤在《苏氏二子诗序》中对其评曰："故公之威名，外怖毳幕，内镇疆场，为一时重臣。而其诗歌所载，间多古者嫖姚之气。"① 此言论既赞颂了苏祐的功名成就，又评价了其诗气势雄健豪迈。就苏祐边塞诗而言，此评价不为过。陈子龙在《皇明诗选》中评苏祐边塞诗云："司马诗沉雄雅练，边塞之篇，不愧横槊。"② 不过，钱谦益不赞同此论。《列朝诗集小传》中评苏祐诗言："侍郎诗，麤豪伉浪，奔放自喜，今人不复详其风格，徒以其声调叫号，近于雄浑，遂谓关塞之篇，不愧横槊，何相者之举肥也？"③ 二者相反的言论可谓是"仁者见仁"，不过，陈子龙等提出诗歌复古口号，与苏祐诗作风格一脉相承，而钱谦益对苏祐诗歌风格的全盘否定，一如他对前、后"七子"复古派诗歌的批判，大致亦与此有关。当然，亦与他们所处时代、与之相关的时代社会心理及其欣赏、推崇的风格等有关，原因复杂。

---

①（明）茅坤：《苏氏二子诗序》，（清）刘藻：《曹州府志·艺文志》卷201，第678页。
②（明）陈子龙、（明）李雯、（明）宋征舆：《皇明诗选·五言古诗》卷3，华东师范大学出版社1991年版，第208页。
③（清）钱谦益：《列朝诗集小传》丁集上，上海古籍出版社1983年版，第389页。

四　羁旅行役诗

羁旅行役诗也称思乡怀远诗，是官场羁绊或漫游他乡的诗人长期远离故乡而产生的对羁旅生活的厌倦和对故乡的思念之情，一般是通过耳闻目睹他乡风景异物而触类感怀，表现游子异地生活的辛酸，抒发对故乡的怀念、对家乡的憧憬和对亲人的思念。苏祐常年在外为官，近三十年的官宦生涯为其创作羁旅行役题材诗创造了条件，且因为长期在边关行军，致使其诗歌有相当一部分内容是叙写行役之苦、客居他乡之难，抒发内心的孤独、凄凉，表现对久戍边地、行军作战的厌倦、对和平的渴望和对亲友的思乡之情。如其《古路台行》中所言情状："登陟良独难，之子有远怀。归宁岂无期，桑榆光摧颓。驾言不得遂，跋予空徘徊"①，亦如《从军行二首》中所概括的情感："羁愁厌日月""沉痛无晨宵""何时还故乡""忉怛增忧伤"②。

1. 对久戍的厌倦，对故乡的思念

苏祐诗多是在其为官仕宦期间创作的，故其诗中表现羁旅行役的诗作很多，如《望云亭》抒发的游子难解的思乡之情："游子日千里，迢递何时返。翘首望白云，俯首泪双泫。"③"驱车江南道，四运无停轨……怀禄难为言，望乡犹未已。"（《秋日出省作》）④诗中描写了作者为官上任登上行路，四处奔波思念家乡之情。苏祐的羁旅行役诗更多的是久戍边疆时创作的，这类诗中多表现其对久戍的厌倦。如《九日感兴》诗是触景生情之作，诗人由重阳日见到菊花盛开而联想到自己戍守边疆已经十载了，"西风几见菊花斑，十载防秋朔塞间"。诗中运用投笔从戎的班超和北海牧羊的苏武都是经过长期待在边关塞外而建功立业的两个著名典故，类比自己戍边的时间之长。"苏武尽销青海鬓，班超渐老玉门关。"⑤虽然苏武和班超在边疆建立了不世之功留名青史，然而诗人并未向建功边疆的历史人物看齐，诗人认为"世上浮名好是闲"，不如及时归隐，摆脱目前这种

---

① （明）苏祐：《谷原诗集》卷1，第364页。
② （明）苏祐：《谷原诗集》卷1，第364页。
③ （明）苏祐：《谷原诗集》卷2，第373页。
④ （明）苏祐：《谷原诗集》卷2，第376页。
⑤ （明）苏祐：《谷原诗集》卷4，第437页。

羁旅行役的生活。

《塞城歌答尹洞山太史》亦是一首同类题材的诗作。苏祐在诗中描写了对友人寄来书信的珍重，表现了友情的珍惜，继而向友人透露自己戍守边疆的雄心壮志："男儿弧矢志四方，宦辙游览多边疆。苦心已筑高关塞，怒气期缚单于王"，即使有如此的理想和信心支撑，然而诗人最后还不由得产生对久戍边疆的厌倦，表露思归的心愿："岁岁风尘拂战袍，几时趋珮逐仙曹。金印漫称如斗大，玉堂真羡比天高"①。诗句中的"岁岁"所表现出的戍边时间的长久与厌倦，"几时"表现出对边塞建功的未知和迷茫，这些都是诗人矛盾的地方。苏祐在其他诗中亦有表现："塞城风露傍干戈，荏苒年华只自歌"②"自笑频年成底事，重来华发不胜簪"③"萧萧短发愁相映，岁月新添两鬓明"④ 等，诗人不断地感叹岁月荏苒、华发早生，在感叹岁月的流逝中暗示其戍守边疆的时间之长。一如其诗"多事日经营，风尘白发生。一参行省政，三入代州城"⑤ 所言，由戍边时间之长而产生的厌倦心理在苏祐诗中多有表露，如"梦多心绪乱，役久岁华移"⑥"年年辛苦事防秋，几见黄河绕塞流"⑦，诗句中的"役久""年年""几见"等隐含了诗人在边疆的时间之长，以及对长期戍守边疆的厌倦心理。

"东望音书如隔岁，南侵戎马欲沾襟。"⑧ 一方面是边关告急，另一方面是思乡情切，久戍成为必然。然而对久戍的厌倦，对功名的不确定，再强烈的理想和壮志都难以湮灭思归心理和情感。"烽火何时定，功名为尔轻。韶华侵早艳，夜色度虚明。卧想中园草，池塘几处生。"⑨ 建功立业边疆与思归这种矛盾心理和情感在诗中表现得淋漓尽致，最终对故乡、亲友的思念占据上风。《大同城登乾楼》亦是表现建功立业、保家卫国与怀

---

① （明）苏祐：《谷原诗集》卷6，第454页。
② （明）苏祐：《谷原诗集》卷4，第424页。
③ （明）苏祐：《谷原诗集》卷4，第429页。
④ （明）苏祐：《谷原诗集》卷8，第468页。
⑤ （明）苏祐：《谷原诗集》卷3，第396页。
⑥ （明）苏祐：《谷原诗集》卷3，第397页。
⑦ （明）苏祐：《谷原诗集》卷8，第468页。
⑧ （明）苏祐：《谷原诗集》卷4，第429页。
⑨ （明）苏祐：《谷原诗集》卷3，第398页。

念故乡之间的这种矛盾："悲歌王粲宁怀土，长啸刘琨故倚楼。烟火万家今代北，勋名诸将更何求。"① 苏祐诗中多有表现对故乡的思念的羁旅行役诗。如《环翠楼》："大行东下乡关近，凝望还成梁甫吟。"② 《客夜》表现了作者羁旅关河，夜不成寐，产生羁旅之愁、思乡情切："客夜不成寐，虚窗流月明。关河郁乡思，砧杵乱秋声。归梦三更断，羁愁千里生。音书空付雁，讵悉未归情。"③《忆书》："风尘殊未定，三月杳音书。云塞堪传雁，霜台不受鱼。频搔双鬓短，独对一灯疏。只有盈觞酒，烦纡暂慰予。"④ 诗中表达了在外漂泊的诗人对家书的渴望，孤独和思乡令其忧繁难解，唯有借酒慰思乡。

"每逢佳节倍思亲"，尤其是在具有纪念意义的节日，诗人更容易产生羁旅之感。如"人日"，苏祐诗集中有《人日谷日雪不绝》《人日水竹亭独酌》《人日简答杨少室兵宪》。人日即正月初七日，南朝宗懔《荆楚岁时记》载："正月七日为人日。以七种菜为羹。剪彩为人，或镂金薄为人，以贴屏风，亦戴之头鬓。又造华胜以相遗。登高赋诗。"⑤ 人日发展到唐朝时又增添了一层思亲念友的色彩，如高适《人日寄杜二拾遗》中有："人日题诗寄草堂，遥怜故人思故乡"和"今年人日空相忆，明年人日知何处"⑥ 的感怀之句，此后古人多在此日写念远怀人之诗，以表达思家、想友的感情。苏祐在其诗中既描写了荆楚之地的人日"贴胜"的风俗习惯："问奇尊底元多字，贴胜屏间况此辰"⑦，也表达了对友朋和故乡的怀念："千里相看水竹亭，故园风物杳云汀。"⑧ 再如"上元"，即元日、元宵节，正月十五日，苏祐诗集中则是更多，单以"元夕"为题的诗作就有十首，如《元夕过隆福寺》等，以"元夜"为题的两首，如《元夜与吴中诸君谶集张将军宅内》等，以"元宵"为题的三首，如《元宵封雪》等，而直接以"元日"为题的六题七首，如《丁丑元日》《戊寅元日》

---

① （明）苏祐：《谷原诗集》卷4，第412页。
② （明）苏祐：《谷原诗集》卷4，第424页。
③ （明）苏祐：《谷原诗集》卷3，第382页。
④ （明）苏祐：《谷原诗集》卷3，第386页。
⑤ （南朝·梁）宗懔：《荆楚岁时记》，岳麓书社1986年版，第9页。
⑥ （唐）高适：《高适集》，三晋出版社2008年版，第107页。
⑦ （明）苏祐：《谷原诗集》卷4，第421页。
⑧ （明）苏祐：《谷原诗集》卷4，第418页。

《戊戌元日试笔》《丁酉元日早朝和梁剑峰》《己丑元日》《甲午元日寄赠台省诸寮友》《辛丑元日封雨二首》《庚子元日弋阳王府谯》，既描写了古代在元宵日的风俗习惯"上元灯火照春山，嘉谶晴开紫翠间。戏簇鱼龙纷蔓衍，幻增花树递阑珊。笙歌齐送秋千落，舞队双分鞦鞡还"①，也描写了自己的羁旅之情："独怜紫塞行骢马，常恐清朝负豸冠"②"云幕悬瑶瑟，星桥倚玉鞍。狂歌今且醉，凄断梦长安"③。此外，中秋也是苏祐诗集中诗作较多的节日，以"仲秋"为题的有《仲秋既望寄友人》，以"中秋"为题的《塞城中秋对月简张南墅三首》《中秋舟中对月》《中秋简谢陈曾二部使》《广武中秋不见月作》等十来首，表现了诗人身处异乡的孤独寂寞、对亲友的思念和对羁旅行役的厌倦之情："不有多贤共将引，他乡风露奈并州"④"谩从天上论圆缺，拟怯人间照别离。我亦含情怕相问，悬灯独对紫琼卮"⑤。另外，还有诸如除日、春日、清明、立秋、七夕、九日、至日等这些具有节序或传统性节日都能引起诗人的羁旅之感，正如其在《冬至》诗中所言："至日几年非故园，兹辰千里复旌旄。"⑥

2. 描述行役的辛苦，对和平的渴望

苏祐因为有长期行军作战的经历，其行役诗多是他行军作战过程中创作的，清晰地记录了他行军旅途。如《春暮登镇虏台》《秋日过居庸关》《初度日历水泉营红门堡草垛山诸塞》《崞县春夜卧雪》《宿威胡堡》《宿阻胡堡》等诗题即可看出诗人数次晓行夜宿的行军生活情况。《塞行有怀简谢刘侍御二首》⑦比较全面地表述了诗人的行军情况。这两首诗是诗人在行军途中有感而发的关于行军的见闻和感受。诗中向朋友倾诉马不停蹄地行军的辛苦："长城高逶迤，驱马陟阴山。铙歌度清吹，戎车无时闲""总辔迹无停，负肩时未息"，道出行军的原因是因为边防的危急："风劲角弓鸣，虏骑满河湾"，描写了行军情况："爰滞南驰旌，聿凭此征轼"，

---

① （明）苏祐：《谷原诗集》卷4，第419页。
② （明）苏祐：《谷原诗集》卷4，第411页。
③ （明）苏祐：《谷原诗集》卷3，第395页。
④ （明）苏祐：《谷原诗集》卷4，第417页。
⑤ （明）苏祐：《谷原诗集》卷4，第415页。
⑥ （明）苏祐：《谷原诗集》卷4，第417页。
⑦ （明）苏祐：《谷原诗集》卷2，第380页。

第三章 苏祐家族：明代后期蒙古族汉诗创作的存续

且表示出自己的行军目的和雄心壮志："鸷鸟思一击，我行迟未还。汉道守中策，秦城亘九关。将收蒙赵绩，无忝霍卫班"，以及对友人的思念："赠章怀好音，晤言阻载色。跂予望两河，骢马何时即。云长杳塞鸿，寄谢双飞翼"，等等。

　　诗人在其诗中表现行军作战生活的点点滴滴和所见所感，这可通过具体诗作略见一二。如《晓行》描写了清早整装行军的情景："戒晓双旌袅，鸡声动塞城。贝装方结束，剑气早纵横"①，《至静乐》表现了敌兵肆虐、急于平定的焦急心理："胡兵暑牧仍沙苑，汉使宵征亦玉鞍。何日渡河驱杂虏，长缨先击两呼韩"②。行役如其所言："风尘迢递苦相牵"③，苏祐在其行役诗中描述了很多行役的辛苦，如《自平刑山行历团城太安凌云诸口》描写了行进道路的艰险，表现行役的艰难："偪仄连天惟鸟道，纡回终日总羊肠。河流树里纷仍急，衣袖云边湿不妨"④；《春日忻口道中》再现了行军作战中需要克服的恶劣气候困难："迤逦关南道，春征尚苦寒。连天沙漠漠，落日雪漫漫"⑤；《倒马关遇风》既描写了行经倒马关遇到的狂风怒号的恶劣天气，又表现了途经道路的险要："倒马关前风怒号，上城下城行并遭。侧身曲径已自险，转眼危岩仍复高"⑥；等等。这些诗作都真实地记录行军的经历和过程，既描写了行军途中的艰辛，也表达了自己对行军的所见所感，没有亲历这些过程的文人是无法想象出来的，这也无疑丰富和拓展了传统羁旅行役诗的表现内容和题材。

　　苏祐虽然身负重任戍守边疆，其至有时在防守的过程中不得不率领军队与北方蒙古部落展开激烈的对战，但他一直是一个和平主义者，尤其是在"庚戌之变"后，明朝与北方蒙古鞑靼部之间议和，时任大同总督的他把握时机于嘉靖30年（1551）春向明世宗上疏，陈述明朝与北方蒙古之间处于战争状态的利害关系，提议在沿明蒙边界开放马市，进行两边民间贸易，从而缓和双边关系。此疏得到了皇帝批准，沿边定期开放了马市，

---

① （明）苏祐：《谷原诗集》卷3，第397页。
② （明）苏祐：《谷原诗集》卷4，第418页。
③ （明）苏祐：《谷原诗集》卷4，第424页。
④ （明）苏祐：《谷原诗集》卷4，第423页。
⑤ （明）苏祐：《谷原诗集》卷3，第398页。
⑥ （明）苏祐：《谷原诗集》卷4，第427页。

双方化干戈为玉帛，双边军民也皆大欢喜。苏祐为此立功，也以边功而荫其孙为国子生。苏祐的和平思想、对蒙汉之间和平的渴望与他长期的戍守边疆、对行役的辛苦有亲身的经验体会分不开的，其诗中也充分地体现出他的求和思想，如《赠方益斋闻师时余有分晋之命》中分析了国家正处于内忧外患的形势："塞垣行阵繁刁斗，江上楼船促棹歌"①，亦如"荷戈西北堪怜汝，挽粟东南太不停"②所言，即北有北方蒙古各部的侵扰，南有江浙、福建沿海一带的倭寇之乱，最后诗人向方益斋提出和平的期许："相期瀚海无传箭，猎骑翩翩渡两河"，充分表明了诗人对和平的渴望。

　　诗人的这种和平思想在他刚领命出塞时即已表露，如《出塞二首》（其二）："沙碛偏吹八月风，将军尽挽六钧弓。汉家故重麟台画，秦塞元防瀚海戎。但使军储供口北，无须兵马掣辽东。乘槎虚拟河源使，投笔谁收都护功。"③此诗首先描写了出塞的时间背景，诗人的此次出塞类似于将军出征沙场，不由得联想到中国自古即重视把战功和英名铭刻于麒麟台上，进而又想到边防要塞是防守北方民族入侵的原意。言外之意是自己出塞实际类似于古代的将军出征，有在沙场上建功立业、扬名海内外的机会，但又提醒自己出塞的真正目的是防守。至此，诗人笔锋斗转，道出自己的观点：但愿军备储量能输出到长城以北地方，可不要从辽东抽调兵马军队来预防，这也看出苏祐的远见卓识，因为此时辽东女真各部正在悄然兴起。接着诗人一连用了张骞奉命出使西域乘槎寻河源，和班超投笔从戎出使西域收拾旧山河的两个典故，更突出地表明了自己运用和平手段平定边疆、建功边疆的思想和主张。

　　苏祐的采用和平措施和方法平定边疆冲突的思想在其诗中多有表露，如"汉名虚勒燕山上，嬴谶空城青海头"④诗句所言，即使如汉朝窦宪刻石勒功于燕然山，或如项羽三户亡嬴之谶实现到头来依然是一场空，表明诗人不赞成用武力手段来解决明朝与北方蒙古之间的关系。亦如《秋日过居庸关》："圣代车书真混一，寄言诸将谩论功"⑤，诗中很明确地表示天

---

① （明）苏祐：《谷原诗集》卷4，第429页。
② （明）苏祐：《谷原诗集》卷8，第463页。
③ （明）苏祐：《谷原诗集》卷4，第411页。
④ （明）苏祐：《谷原诗集》卷8，第463页。
⑤ （明）苏祐：《谷原诗集》卷4，第411页。

下一统的宏阔高远思想，提醒出塞戍边的诸将不要有如同出征沙场急于建功的想法。

苏祐的这种以和平方式处理民族关系的思想还通过正面事例来表现，如历史上著名的为民族融合做出突出贡献的昭君，他曾专作《明妃曲二首》歌咏昭君。又有"艳骨香魂几尺坟，至今指点说昭君。能回白草生青草，应散黄云化彩云"①之诗句，借昭君出塞典故赞颂了昭君促进了民族间的贸易和文化交融，推进了民族和平与融合。尤其是最后两句，把战场上特有的白草和黄云转化成象征生命欣欣向荣和雨过天晴之后难得的彩云类比蒙汉民族关系的春天与晴天，即民族友好、和睦，比类清奇，不落俗套，而又令人印象深刻。

苏祐诗作中还有社会政治关怀一类的诗作，如《夏夜移榻》借对夏夜烦闷感受的描写，表达了作者心中万千烦忧，对家国、对历史、对世事的愁虑："崇朝积尘纷，浃旬勚嘉况""百虑感孔辞，九逝怀楚唱"，《愍霜谣》表达了作者对战事频仍导致征税加增、市价飞涨、民不聊生的哀痛之情："八月飞霜半杀谷，关前农父吞声哭……畴恤我苦，嗟嗟父母"。另外，苏祐诗集中有题赠诗，如《鸢鱼图歌为宾玉王孙题》；题画诗，如《题锦萱堂赠闻人侍御》《常乐园题赠薛子二首》《寄题五台山寺》《卧云楼题赠方崖赵侍御》《题樊双岩园景十首》等题别墅园林；咏怀诗，如《感述》《杂诗十首》《秋怀诗六首》等；贺寿悼亡诗，如《奉寿灵丘王七十》《寿禾江封君傅翁》《奉寿后庵李公》《双星篇奉寿姚翁暨余宜人偕七十》《赋得山静松乔寿钱太守》《海居篇奉寿梅斋翁公》《灵岳篇寿徐母太夫人》《双寿篇赠霍侍御》《挽封君贾翁》《天津王子挽歌》等，尤其《昭圣皇太后挽章二首》一诗为陈田所激赏，评曰："《昭圣皇太后挽章》忠爱悱恻，不愧史诗，可与朱必东《谏慈寿诞辰疏》并传。"②

苏祐"官迹所历，悉有歌咏，诸体咸备，曲尽夫天然之妙"③。其诗作内容丰富，题材多样，除了上文具体分析的咏物写景诗、咏史怀古诗、边塞诗和羁旅行役诗，还有交游诗、咏怀诗、政治写实诗、题赠诗等。然

---

① （明）苏祐：《谷原诗集》卷8，第463页。
② （清）陈田辑：《明诗纪事》卷16，第242页。
③ （明）龚秉德：《〈谷原诗集〉序》，周方林：《鄄城文史资料·鄄城史萃》第12辑，第181页。

而，其诗创作于日常生活中，描述其所见所闻所感，并非无病呻吟之作，如崔铣在《苏氏诗序》中从诗歌的实质和准则要点归纳和总结了苏祐的诗歌特点："夫其识典礼，怀羁旅，标宇治，敦友情，正官常，达民隐，若是者，诗之实也，苏子可言诗矣。诗者，文之精。本情发志，贵正而和；假物申旨，贵切而远；托风寓谏，贵婉而明；陈器叙事，贵要而统，若是者，诗之则也，苏子咸中焉。"① 此论高度评价了苏祐诗歌创作本乎情、发其志的内容特征，以及其诗贵和雅正、假物申旨、寓讽谏于婉曲之中的风格。关于苏祐诗的风格特点，选刻《海岳灵秀集》的朱观熰在其中评价曰："允吉诗，格不高而气逸，调不古而情真。"② 此言论肯定其诗情感真切，都是有感而发，然对其诗格调不甚欣赏。至于苏祐诗的格调，这也是一家之言，龚秉德则有相对的言论："格高而靡俗音，正而匪嫚，选追汉魏；律协唐风。"③ 而《皇明诗选》的另两位选家李雯曰："舜泽如嫖姚度漠，深入敢战，惟七言古少而不称，其余至处，虽四大家不避也"，宋征舆曰："司马古诗，苍老有调。"④ 这都是针对苏祐诗的格调而言的。其实，仔细阅读苏祐诗作，可以看出苏祐诗格调高，言词雅正，古诗推崇汉魏，近体宗法盛唐，与前后"七子"风格一脉相承。对苏祐个别诗体，陈子龙认为："舜泽五七言律，格律精严，声词清亮，咄咄秩群而上。"⑤ 此就格律、声词而言。李雯认为"舜泽五言律，健处极似达夫。"⑥ 达夫乃明初名家高适，向被认为是明诗杰出者。其五言律被胡应麟《诗薮》评为"极有气骨"，李雯以苏祐五言律与高适相提并论，可见对其评价之高。

第二节 苏祐子孙诗文创作

苏祐子孙亦有文名，《列朝诗集小传》丁集上中录入了苏祐父子——

---

① （明）崔铣：《洹词》卷11，《四库全书·集部（206）·别集类》第1267册，上海古籍出版社1987年版，第631页。
② （清）陈田辑：《明诗纪事》卷16，第242页。
③ （明）龚秉德：《〈谷原诗集〉序》，第181页。
④ （明）陈子龙、（明）李雯、（明）宋征舆：《皇明诗选》卷3，第208—209页。
⑤ （明）陈子龙、（明）李雯、（明）宋征舆：《皇明诗选》卷11，第735页。
⑥ （明）陈子龙、（明）李雯、（明）宋征舆：《皇明诗选》卷8，第525页。

苏祐、苏濂、苏澹、苏潢，及其孙苏橥五人的小传。

苏祐之长子苏濂与谢榛交游。谢榛有《送苏子川之云中》一诗，诗云："黄尘上马头，风日惨于秋。独羡虬髯子，能为雁塞游。孤云低驿道，万柳出边楼。自古儒生贵，功成定远侯。"① 从这首诗看出，苏濂曾经出塞，行前谢榛作送别诗，祝愿苏濂能够塞外归来功成名就。

苏祐次子苏澹的诗歌创作目前所见以五言和七言为主，从诗歌题材看，主要有送别诗、写景诗、赠答诗。与其父苏祐的边塞诗歌和咏史怀古创作主题不同，苏澹没有那么丰富的阅历，他的生活更加优游，所以创作主题以闲适为主。苏澹诗歌在内容方面打动不了读者，在揭示、影响和塑造明代诗歌精神上无所作为，但是艺术、形式、技艺的追求无止境，他对于周遭景物观察细腻，对诗歌意境的营造丰赡。他笔下的意境之美，经常闪闪发光。如其诗句"天高云叶细，风紧浪花多"（《早秋泛舟》），以云叶形容高天上狭长之散云，以灵敏心捕捉到转瞬即逝的云图之变化。"雨添新水浮萍出，径袅余香蛱蝶飞"（《春暮东园独酌》），以"袅"字形容蜿蜒花径，而更添花径柔婉之美态，逗引蛱蝶来此处翻飞。"叶溜每令山犬吠，月明常赚夜乌蹄"（《庄上闲居》），以"溜"字写出树叶自然脱落之情态，而溜叶能令山犬吠，又间接写出庄上之幽静。苏祐诗作用字，并不用僻字，但每有出人意表之用笔，见其慧意。诗人的艺术境界创新能力，并不仅止于诗作的遣词造句上，对于诗作整体意境的营造，更可看出艺术技巧之高妙。如其《盐河闻雁》诗云：

客子起常早，月明殊可亲。一声沙觜雁，匹马渡头人。顾侣鸣偏切，悲秋兴转真。兰闺梦回处，应忆客边身。

这首诗的画面感极强。诗人由视觉所至，分别把旅人、夜月、匹马、渡头人放入自己画框内，首联中"殊"字点染明月倍加可亲，暗含客子思乡之浓。画风初起静谧，重在视觉，但颔联以听觉入画，一声嘹呖雁鸣，打破秋晨的寂静，把孤独的悲感贯入画面，画风立刻由静寂转向悲戚。颈联由实景叙写转入虚写，意境承接颔联。尾联则虚实结合，现实与想象并

---

① （明）谢榛：《谢榛全集校笺》上卷9，江苏古籍出版社2003版，第419页。

存，承接首联，在时空转换圆融完成的同时，拓宽了诗作意境。

苏澹诗作，似《盐河闻雁》这样匠心独运的还有不少，《暮春雨中集惟时西园》《暮秋夜宿紫荆关》《夏日园居》《登岱二首》等，也都是诗境浑融的佳作。在苏祐家族中颇为引人注目，苏澹诗歌艺术风格，他的诗歌美学特质的卓越和丰富，是有明一代诗歌史佳作的显著特点。

苏祐三子苏潢的诗歌创作无新奇之处，中规中矩，然清秀可观。其赠答诗《写兰寄王湘云》"幽兰两三花，写在齐纨扇。寄语女校书，秋来心莫变"，用班婕妤以秋风画扇被丢弃典故，寥寥数语，写出女子心曲。

苏潢父兄都曾登泰山，并赋诗。苏潢也曾写有《瞻岱二首》。诗云："拄杖来天上，下看云气浮。乘风谒泰岱，观日渺沧州。采药迷仙路，寻经断水流。夕曛挂林杪，逸兴不堪留。""来拾金光草，旋登玉女池。逢僧谈古迹，穿径探幽奇。断碣抠秦字，摩崖读汉诗。凭轩以一望，双观郁参差。"都是典型的五律写景诗，无论诗歌艺术进境还是题材选取，皆不及父兄。

苏棻，钱谦益《列朝诗集》第7册载："苏棻，苏濂子，官主簿。有诗若干首，收于明李北山《齐鲁集》。"今未见。

第三节　苏祐家族交游考略

苏祐嘉靖5年（1526）中进士步入官场，至嘉靖33年（1554）致仕回乡，其宦游踪迹几遍长城内外、大江南北，正如其所言："宦辙三十年，几半天下"[①]。苏祐因其仕宦时间久，踪迹广远，交游极其广泛，其间创作的交游诗也多。现检阅其诗集，《谷原诗集》八卷共有947首诗（不包括卷二的六篇赞、箴、铭），其中有燕集同游、寄简怀远、送别赋赠、赠答简谢、分韵唱和等交游诗433首，与总诗数目相比，所占比例约46%，尤其是三、四两卷的五律、七律诗，交游诗作占62%强。《谷原文草》中的应酬文也占到50%以上，包括迎往赠送、集序跋记、寿贺酬答、吊祭墓志等。交游对象既有齐鲁之地的乡贤名士，也有北方和南方的海内精英；

---

① （明）苏祐：《谷原文草》卷4，第355页。

既有闻达于官场上的帝王将相等达官贵族，也有混迹于草野的山人、道长等方外人士；既有文名显赫的宿学旧儒，也有寂寂无闻的草芥之辈；既有科场前辈，也有科考同年，更有后进之士。苏祐交游广泛，交游对象繁杂，生平事迹可考者约有一百三十多人，另外，有姓名或只有姓氏和官职代称的一百多人，上有朝中权臣和地方藩王等天潢贵胄，如其诗集中有八篇与各地藩王的交游诗，涉及晋王、潘王、弋阳王、靖安王等藩王，以及明太祖七世孙建安简定王匡南山人——朱拱樋，下至无名无姓的役工、琴士等，更有官场同僚、文坛才俊。现以地域分布对其交游对象进行考略，以期展示苏祐的交游情貌。不过，其中的文学名士与苏祐家族的交游将专节论述。

一 苏祐交游考述

1. 乡帮士人群

苏祐，濮州人。濮州，明景泰年间徙治王村（今范县濮城镇），属山东东昌府，所以苏祐属山东籍，他也以山东为其乡籍①。苏祐交往的山东籍士人有穆孔晖、谢榛、樊继祖、邹颐贤、冯惟讷、谷继宗、李廷相、李士翱、官一夔、赵廷瑞、李开先、刘隅、李仁、刘源清、翟瓒、李珏、王崇庆、李学诗、桑溥、阎邻、李先芳、李文芝、龚秉德、黄卿、陈琰等。上列士人除谢榛外，都由科考进入仕途，他们除了在官场上各有千秋外，还都有一定的文学成就，而且他们之间相互交游唱和，形成了一个颇具实力和影响的文学创作团体。

穆孔晖，字伯潜，号玄庵，山东堂邑人，谥文简。弘治 18 年（1505）进士，理学家，心学学者，对稍晚兴起的山东王学学派学者有一定的影响。其著述丰富，考据学的著作有《读易录》《大学千虑》《尚书困学》《玄庵晚稿》，史学著作有《前汉通纪》《读史通编》等。苏祐未中进士前被其赏识，"正德癸酉举于乡，卒业太学，为穆文简公所知，才名益著"②。樊继祖，字孝甫，号双岩，兖州郓城人，著有《云朔行稿》《南园漫兴》《秋霁元吟》《十友传》等。大同兵变时，苏祐以广东道监察御

---

① 苏祐在《编苕集序》中认为益都人黄卿是他同乡，其中有句："余与公同乡，知公素矣。"（明）苏祐：《谷原文草》卷1，第299页。

② （明）于慎行：《谷城山馆文集》卷208，第85页。

史巡按宣大,樊继祖时任兵部左佥都御史巡抚大同,二人同心协力,一举平定了叛乱。

邹颐贤,字养贤,号芦南,济南德州人,是明朝"德州三大诗人"之一。其学识渊博,尤工古文辞,在理学方面,竭力倡导求实的治学方法,开启了博学求实的新学风,有《芦南集》。宋弼评其:"先生胸怀恬淡,情致绵邈,其诗深于比兴,多所寄托,得古人长言咏叹之旨;气体音节亦骎骎与古为化,非模拟剽窃者所及;其韵出入间有未考,无害于其诗也。"① 纪昀评其诗:"司马乐府古诗浸淫汉魏,独得神理,为有明一作手。而向之辑明诗者不及焉。北方学者朴不近名,故尔。"② 他与苏祐同年中举,私下的交往颇多,苏祐曾为其诗集作序,《芦南诗序》评价其诗,谓"三百之什本以缘情托兴,假物发志,其体正而和,其意宛而达,其节亮而远,其音雅而畅"③。他们之间诗文交往频繁,苏祐《赠邹养贤二首》,其一云:"朝日丽云霞,粲如一端绮。五色纷相鲜,下映扶桑水。我欲裁为裳,用补衮衣理。望之远莫致,相思未终已。有鸟从西来,托以申情委。鸟飞不肯顾,惆怅迨蒙汜。"其二云:"齐国有佳人,容色耀春华。明月为佩裾,兰蕙袭鬓髽。归妹愆芳期,含英誓靡它。讵知宕子怀,轻薄怜妖奢。间静顾暌违,琴瑟虚清嘉。感彼终风诗,中夜长咨嗟。"④ 以古诗调写出自己对友人的思念之情。邹颐贤也有同体诗作《寄答苏舜泽二首》回赠,其一云:"离思苦无任,会晤知何时。山川阻且长,宦达徒尔为。骢马耀南州,双凫终卑栖。岁时变春华,感物增烦悲。朴莽固倾覆,造化何嫌私。君怀远相引,眷念无遐遗。为与求匹俦,孤特鲜所俪。为荐补君裳,绤绨非其宜。荣君岂自致,数命谁能违。英贤贵用世,薄劣安所之。"其二云:"贫女寡媒妁,晚作荡子妇。荡子重容色,遭逢已迟暮。不怨青镜辉,不为红颜妒。誓心复誓心,殷勤念裙布。谷兰不异香,泥玉岂相污。妇道诚不亏,托身未为误。"⑤ 他们在赠答诗中相互向对方表明了自己的志向和怀抱,表达了对彼此的思念和情谊。苏祐《谷原诗

---

① (清)宋弼:《山左明诗钞》卷8,第73页。
② (清)宋弼:《山左明诗钞》卷8,第73页。
③ (明)苏祐:《谷原文草》卷1,第301页。
④ (明)苏祐:《谷原诗集》卷2,第370页。
⑤ (清)宋弼:《山左明诗钞》卷8,第78页。

第三章 苏祐家族：明代后期蒙古族汉诗创作的存续

集》中还有《寄赠邹新乡》《有怀同年芦南邹辟君》《送邹养贤尹新乡》等与邹颐贤送别寄怀交游诗，诗中表露了对友人的款款深情。

龚秉德，字性之，号鸿洲（一作虹洲），东昌府濮州人。嘉靖20年（1541）中进士，有《三幻集》。朱观㶇评其诗曰："鸿洲诗和粹婉丽，藻思骏发。"① 《明诗纪事》选录其诗十首，且评曰："性之诗音亮词美，俞汝成《百家诗》舍美而录瑕，几为所掩。"② 龚秉德出自苏祐门下，且二人有"属姻"关系，"素出公门下兼属姻"③，交谊自然较深。苏祐平生的诗文稿均交由他收藏，龚秉德在任襄阳副使时，将苏祐的诗文分门别类，刊刻印刷，且定名为《谷原诗集》，并为之作序。苏氏父子与龚秉德都有交游，且有诗文唱和诗留存。苏祐曾以龚秉德的号"鸿洲"为题作《鸿洲行送龚侍御还留都》为之送行，可见其用心之深，还在《赠龚性之还镇江》一诗中表达了对龚秉德的契阔之情："他乡清夜酌，契阔此逢君"④。苏濂存世不多的诗中也有两首是与龚秉德交游的诗，曾作饯别诗《月夕饯别龚温州性之》，并在《别龚温州》中表露了对龚秉德的惜别之情："回首孤帆天际远，雁声带雨入寒芜。"⑤ 此诗句夺意于李白的"孤帆远影碧空尽，唯见长江天际流"诗句，却又有所创新，尤其是后一句，意境凄清，更衬托出诗人对友人离别的心境。

谷继宗，字嗣兴，号少岱，济南历城人。嘉靖5年（1526）进士，才思敏捷，长词文、工散曲。《列朝诗集小传》"谷知县继宗"条评其："富于篇什，以倚待立就为能，故可传者绝罕。"⑥ 他以诗名世，乡人誉其为"海岱精华"。苏祐与谷继宗有《早秋喜谷少岱年兄至自济上》《寄奉谷少岱兼简徐子》《同谷少岱征君黄梅峰右史燕李民部园亭》《寄谷侍御》《送谷嗣兴尹宜兴》《至丹阳赐谷赐兴（笔者注：疑似谷嗣兴）》等数篇诗文唱和之作。与一人有如此多的交游诗在苏祐诗集中还颇少见，可知他们交

---

① （清）宋弼：《山左明诗钞》卷13，第130页。
② （清）陈田辑：《明诗纪事》卷201，第300页。
③ （明）龚秉德：《〈谷原诗集〉序》，周方林：《鄄城文史资料·鄄城史萃》第12辑，第181页。
④ （明）苏祐：《谷原诗集》卷3，第400页。
⑤ （清）宋弼：《山左明诗钞》卷20，第196页。
⑥ （清）钱谦益：《列朝诗集小传》丁集上，第392页。

往比较频繁、交谊深厚。《早秋喜谷少岱年兄至自济上》足见二人之间的情谊："春秋科第两同年，白首交情意转牵。千里幽期孤命驾，百年高谊几飞笺。芙蓉弄影移歌扇，蟋蟀声喧杂舞筵。共对挥毫多翰藻，才名海内久相传。"① 从诗中描述亦可看出，苏祐与谷继宗之间感情甚笃，苏祐对友人的才名也很认可。可惜谷继宗诗集未及刊刻，毁于火，故其与苏祐的交游诗文未见。

李廷相，字梦弼，号蒲汀，濮阳开州人。弘治15（1502）年进士。官至南京户部尚书，卒谥"文敏"。好藏书，编撰《李蒲汀家藏书目》两卷，李开先为之题诗《寄题李蒲汀尚书藏书楼》。博学厚才，著有《南铨稿》。李开先《蒲汀李尚书传》："颖异秀拔，其天性也；该博贯通，则其学力耳。"② 苏祐有《送少宰蒲汀李公赴南都》，在诗中对友人的才华称颂有加："盖世才华李谪仙，秋风遥上渡江舡。持衡早立金陵上，侍草曾临玉署前。"③

官一夔（1482—1553），字舜鸣，号少泉，莱州平度人。正德5年（1510）举人，官卫辉同知。正德11年（1516），编成一部《平度州志》，未能刊印，到嘉靖14年（1535），知州郭维渊请他重新整理增补，正式刊印，这就是《明史·艺文志》里所列为数不多的州县志中的嘉靖《平度州志》。诗文辑为《环山亭集》。康熙、道光和民国三部《平度州（县）志》，共选官一夔诗十首，多为七律，《送唐二守归广西》《夜宿范使君馆》《桃花洞饯别李方泉》《咏太泉》《池上赏莲同李正夫昆弟》《大泽晴云》等，皆为佳作。苏祐有《送官舜鸣刺深州》："符分半虎下彤闱，不尽离觞怅夕晖。沱水自随征旆转，燕云乍背客旌飞。传经并许如刘向，作赋谁怜似陆机。独拟赵张千载上，翩翩五马本王畿。"④ 从诗中可以看出苏祐对友人离别之情，及对友人诗文经赋才情的赞赏。

李士翱（1488—1562），字如翰，号长白，山东长山北关人。明朝著名大臣，宰相张居正的第一恩师。自幼勤学，嘉靖2年（1523）癸未科进

---

① （明）苏祐：《谷原诗集》卷3，第402页。
② （明）李开先：《闲居集》卷10，卜键笺校：《李开先全集》，文化艺术出版社2004年版，第748页。
③ （明）苏祐：《谷原诗集》卷4，第407页。
④ （明）苏祐：《谷原诗集》卷4，第409页。

士。受潜山县知县,又改婺源县知县。因政绩显著,再擢山西道御史,兼巡两淮盐政。皇上特赐金币,令其巡按苏松,再任荆州知府、承天知府。在任期间,革除弊规,筑监利、公安江防长堤百里,以御水患,被民颂为贤太守。又迁右副都御史,巡抚宁夏三年,使边境安然无虞。被擢升进京,先后任工部、刑部、户部尚书。后以忤权相严嵩,被罢官回家十余载。李士翱家居期间,杜门读书,教课子弟。明穆宗登基,隆庆2年(1568),李士翱被复原官,追赠资善大夫、太子少保。著有《长白集》行世。苏祐有《寄赠李长白巡抚宁夏》,诗中赞颂了友人安边的政绩:"幕府高开倚贺兰,声华籍甚近登坛。孤悬旧见黄河绕,曲抱重经碧涧盘。将相古称周吉甫,山川南下汉长安。受降城畔青青草,尽日凭云较猎看。"①

刘隅,字叔正,号范东,兖州东阿苫山人。嘉靖2年(1523)进士,授行人,巡按江北,惩治贪官污吏,打击地方恶霸,断案不避权贵。后任右佥都御史巡抚保定,嘉靖19年(1540)晋升右副都御史。不久,因犒赏的军费遭劫,罢归故里,家居三十多年。刘隅博学工文,所著文集有《奏议》、《治河通考》十卷、《古篆分韵》等。工书,尤擅章草,又善弈棋。《人物志》曰:"隅器度汪洋,居常不为小察,及遇大事,确有定夺,死生利害,坦然当之。博综群书,文词沈雅,号为名家。"② 朱观熰评其诗:"范东意气安闲,辞旨沈快,有杜陵遗意。"③ 著有《范东集》(即《家藏集》)。苏祐曾为其集作序《刘氏家藏集叙》,还写有《寄范东刘中丞同年》,诗中表达了对刘隅的思念之情。"千里舟航忽谩分,十年南北总离群。雅怀故自如安石,奇字今谁问子云。迢递音书江上得,清华风采日边闻。明珠薏苡何须问,玉树朱弦几忆君。"④

刘源清(?—1550),字汝澄,号东圃,东平人。正德甲戌(1514)进士,任进贤县知县。宁王宸濠反,消灭了叛军,拜刘源清为监察御史,后改任大理寺丞,又提升为佥都御史、副都御史、兵部侍郎。大同军叛,刘源清奉命讨伐,督总兵郄永攻城,郎中詹荣负责分化瓦解,斩

---

① (明)苏祐:《谷原诗集》卷4,第423页。
② (清)宋弼:《山左明诗钞》卷7,第68页。
③ (清)宋弼:《山左明诗钞》卷7,第68页。
④ (明)苏祐:《谷原诗集》卷4,第424页。

叛军首要分子，迫使叛军投降。侍郎黄绾散布流言蜚语，刘源清被捕入狱。一年后释放回家，苏祐有《渡罗溪有怀东圃刘司马，刘今家居，常断桥拒濠，斩其党溪上》："邑宰鸣琴日，江城伏剑辰。断桥犹在眼，报国肯谋身。先夺淮南魄，元钟岱岳神。鹰扬曾朔漠，龙卧忍风尘。丹墀棲迟久，苍生属望频。谩言歌凤鸟，应许画麒麟。何武仍遗爱，东陵岂故贫。还因今父老，为门种瓜人。"① 诗中除了记述了刘清源大同平叛的经历外，还回顾了其任进贤县知县时断桥拒濠的英雄壮举。宁王宸濠反，进贤县是叛军东进必经之地，刘源清做好战与守的准备，在旗上大书"誓死报国"四个大字，并在自己眷属住室周围堆满柴草，嘱家人危险时点火，宁死不受贼人侮辱。宸濠妻弟娄伯与阉官乐圃率兵要穿越进贤县，刘源清招募二百名死士，从叛军后面杀出。斩杀娄伯、乐圃等人。叛军送书求刘源清让路，刘源清杀使者。因此，濠兵不得越进贤县一步，遏止了他们向东进兵的企图。后王守仁起兵与刘源清合击，消灭了叛军。

　　李珏（1481—1549），字廷重，号后庵，直隶开州（今濮阳）人。弘治18年（1505）进士，授长洲知县，剪除吏弊，听断详明，有神明之称。升东昌知府，修葺城部，大建关桥，颇得民心。后授右佥都御史，巡抚甘肃。以事谪戍浔州。嘉庆21年（1542）雁门失守，召以原职提督雁门等兼巡抚山西，至日，即巡视关隘，定战守之策，有效地加强了防务。官至大理寺卿。苏祐有《奉寿后庵李公》，在诗中表彰了李珏的丰功伟绩，以及他们二人之间的感情："苏李通家世，陈荀接里邻。心兼知己恋，眉岂效人颦。"② 另有《奉送抚台后庵李公谢病东归》："雁门关外羽书稀，归客乘春赋采薇。折赠共怜杨柳色，攀留亦恋芰荷衣。龙蟠谷口云应湿，鹤警松阴露未晞。犹是宵衣西顾日，纶竿谩倚钓鱼矶。"③

　　王崇庆（1484—1565），字德征，号端溪，开州（今濮阳县胡状乡）人。弘治3年（1490），举进士，初授常熟县令，后升沁州知州。著有《古风所著》《五经心义》《山海经释义》《元城语禄解》及《端溪先生集》八卷等，他编著的《开州志》，对研究濮阳的历史变迁、地物地貌、风土人情有重要价值。苏祐有《送王端溪赴南司徒》，诗人在诗中表

---

　　① （明）苏祐：《谷原诗集》卷5，第442页。
　　② （明）苏祐：《谷原诗集》卷5，第443页。
　　③ （明）苏祐：《谷原诗集》卷4，第424页。

达了对王崇庆的同乡之谊和惜别之情:"冠盖纷纷临广途,倾城走送南司徒。宸极端居重留务,简命新衔辞帝都。与君井邑同乡土,咫尺两州隔河浒。华檐西去向西魏,茅屋东来近东鲁。东西相逢常苦迟,谁知相见复相离。赠远媿无玉如意,留行谩辞金屈卮"①。

除了上述苏祐所交往的山东乡帮文人,另外,他与赵廷瑞(字信臣,号洪洋,濮阳县五星乡人),有《让荫诗赠司徒洪洋赵公》;与李仁(字元夫,号静斋,一号吾西,今兖州东阿人),有《寄李吾西以未遂面代情见乎词》;与翟瓒(字庭献,号青石,莱州昌邑人),有《送翟青石兵备鄜州》;与桑溥(字汝公,字伯雨,号泽山,濮州人),有《自塞城寄赠同郡泽山桑宪使》;与阎鄰(字德甫,号石间,东平张秋人),有《送阎太史赴南司成》,另为其作《敕封户部主事阎公墓志铭》等。从苏祐诗文唱和对象来看,既有官场达人,也有文坛才俊,他们是明代中叶山东的精英,也是明代中叶山东文学的杰出代表,既有山东文学著名的诗人群体成员——"海岱诗社"的黄卿,又有稍后"后七子"中的谢榛;既有"嘉靖八才子"之首的李开先,又有"广五子"之一的中坚力量李先芳;既涉及当时山东诗坛真率和拟古两种创作的风格,又有曲坛之翘楚——李开先②。从苏祐父子与明代文坛主要人物的交游唱和概况可以看出,苏祐的故乡交游是建立在以文学爱好为基础上的,他们的唱和也多以提升自身文学素养和水平为目的。然而,作为一名政治人物,建立在文学基础上的交游也必须有相同的政治诉求为旨归,因此,从交游深度来看,苏祐也很自然地和他们中的政治人物或关心时政者建立了更为深厚的友情。

2. 北方士人群

苏祐交往的北方士人,山西有李浩、刘廷臣、裴宇、李新芳、尹耕、党承志、孔天胤、王崇古、寇天与、杨瞻,河南有许论、杨本仁、崔铣、刘讱、杜枏、马卿、高拱、吴瀚、王廷相、李秦,陕西有韩邦奇、赵时春、许宗鲁、张文奎、胡缵宗,河北有营怀礼、边侁、杨宜等。

杨本仁,字次山,号少室,河南杞县人。嘉靖8年(1529)进士,有《少室山人集》二十五卷。薛甲③,字应登,号畏斋,江阴人。嘉靖8年

---

① (明)苏祐:《谷原诗集》卷6,第453页。
② 苏祐家族与文坛名士的交游,见下节。
③ 薛甲虽为南方士人,为便于叙述,故放在此处。

（1529）进士，有《畏斋薛先生艺文类稿》十四卷，《续集》三卷。苏祐与他俩交游较多，他们之间的交游唱和形式也多样，既有赠别怀远之作，如苏祐有《薛畏斋兵宪假寓军署有大栢赋赠》《江阁别杨少室薛畏斋两兵宪》。对于苏祐赠别诗，薛甲和杨本仁分别有《临江道中有怀苏舜泽》《江上怀督学苏舜泽宪使》，杨本仁另外还有《送苏舜泽学宪升山西大参十六韵》《怀山西苏舜泽藩参一首》两首，可见他们三人交游甚是相契。他们之间也有互相酬谢简答之作，如苏祐与杨本仁之间有《人日简答杨少室兵宪》和《人日觞苏舜泽学宪衙》，二人同觞共酌，饮酒赋诗，相交甚欢。他们之间还有同题共作联句（一首诗由两人或多人共同创作，每人一句或数句，联结成一篇），如苏祐与薛甲之间有《舜泽廨中避暑联句》。他们三人之间交游唱和诗更多的是同题分韵之作，如共赏夕阳，分别作赋《返照赋得露字》（苏祐）、《返照用"鹤翻松露滴衣裳"为韵得滴字》（杨本仁）、《返照分韵得裳字》（薛甲）；七夕之夜共度，三人分赋为：《七夕分赋得乐字》（苏祐）、《七夕得射字》（杨本仁）、《七夕分韵得数字》（薛甲），在诗中虽然对"七夕"主题各有见解，各抒己见，但都表示对此次相聚的珍惜，要及时欢饮共度："合并良有期，时至不可谢"①"感此对樽酒，良宵共斟酌"②，并且期待下次的重逢："期尔汗漫游，云霄结良晤"③ "匪结高阳欢，益笃汝南诺"④。在苏祐同年——岑万（初名蔌，字体一，号蒲谷，顺德人）公署燕集也有分韵同赋唱和，苏祐《早秋蒲谷公署赋得枫字》、杨本仁《早秋岑蒲谷公署同赋，以"枫落吴江冷"为韵得吴字》和薛甲《新秋宴蒲谷署分韵，用"枫落吴江冷"得江字》。另外，城楼宴集有《燕北城楼得山字》（苏祐）、《登城北楼分韵得临字》（薛甲）、《秋日城北楼宴集得水字》（杨本仁）；泛江赏月分赋有《章江泛月得夕字》（苏祐）、《章江秋泛得与字》（杨本仁），薛甲虽未参加，却有追和之作《后章江泛月歌》。他们之间有如许多的同题分韵

---

① （明）杨本仁：《少室山人集·七夕得射字》卷10，顾廷龙：《续修四库全书·集部·别集类》第1340册，上海古籍出版社2013年版，第334页。

② （明）苏祐：《谷原诗集》卷2，第376页。

③ （明）薛甲：《畏斋薛先生艺文类稿》卷13，顾廷龙：《续修四库全书·集部·别集类》第1340册，上海古籍出版社2013年版，第200页。

④ （明）苏祐：《谷原诗集》卷2，第376页。

之作，说明他们时常一起同游共饮、游乐吟咏，不但促进了诗歌技艺的交流和提高了文学水平，而且促进了彼此的友情。这种唱和诗继承和延续了中国诗歌的传统，在一定程度上也丰富了明代的诗歌史。

李浩（1456—1540），字师孟，号南庄，山西曲沃县人。成化二十年（1484）进士，有才干，刚劲不屈。历兵部员外郎时赴京畿地区清理土地，势要侵占民田者悉夺回归民。为顺天府尹时，敢抗强权。是时刘瑾把持朝政，巧立名目，百端科敛，李浩予以裁抑。后累官至署通政司事礼部尚书，正德12年（1517）致仕，嘉靖19年（1540）卒，赠太子太保，谥"庄简"。著有《尚庄稿》《归田集》。苏祐为其作有两首奉寿诗，一首为《奉寿宗伯南庄李公》，在诗中追述了李浩位极人臣所受到的荣宠："忆昔公归日，倾城祖道看。君王赐乘传，千里去长安。崇秩周宗伯，南郊汉畤坛。明禋陪玉辇，庆宴侍金銮。老谢星宸履，欢承獬豸冠。"①《伏生授经图歌寿南庄李公》则是为李浩八十大寿所作，诗借用"伏生授经图"赞颂李浩颐养天年之福："南庄先生悬车早，逾八望九眉发好。方朔年年献绛桃，安期岁岁遗瑶草。侍御承颜稀所羡，千金致此丹青绚。周诰殷盘疑在耳，鹤发童颜真识面。"②

李新芳，字符德，别号漳野，山西潞州人。嘉靖2年（1523）癸未进士，官至监察御史。著有《漳埜文集》八卷，此集为其门人杨世卿所编，前六卷为杂文，后二卷为诗赋，以行状、墓志附于后。其文讲学之作多至三卷，而他文宗旨亦不离乎是，其诗亦濂洛风雅之派。另有《周易大义》《申易断章》《要道录语类》《太虚甲子经》等著作。苏祐与其有诗文赠答往来，从《答李漳野》《再答李漳野》诗题可以看出，李新芳之前有寄赠诗文于苏祐，身在边塞的苏祐在答诗中也表现出对友人记挂的欣慰："旷望多所怀，旌旆随悠扬。况与朋旧违，徘徊跂河梁。顾瞻绿云中，双雁欻回翔。雅音岂寡谐，殷勤荷来章。"③ "良友远追送，清觞见情素……感彼垂堂训，喟焉对执御。"④

王崇古（1515—1588），字学甫，号鉴川，山西蒲州（今山西永

---

① （明）苏祐：《谷原诗集》卷5，第440页。
② （明）苏祐：《谷原诗集》卷6，第445—446页。
③ （明）苏祐：《谷原诗集》卷2，第372—373页。
④ （明）苏祐：《谷原诗集》卷2，第373页。

济）人。嘉靖20年（1541）进士，为安庆、汝宁知府。喜论兵事，悉诸边隘塞。历任刑部主事、陕西按察使、河南布政使。嘉靖34年（1555）为常镇（今江苏常州市）兵备副使，击倭寇于夏港，嘉靖43年（1564）升任右佥都御史，巡抚宁夏。隆庆初年，受任总督陕西、延、宁、甘肃军务。隆庆4年（1570），改总督山西、宣大军务，力主与俺答议和互市，自是边境休宁，史称"俺答封贡"。万历元年（1573）九月，入京，督理军营，万历3年（1575）九月，任刑部尚书。万历5年（1577）任兵部尚书。是年十月，告老还乡。万历16年（1588）病故，赠太保，谥"襄毅"。王崇古身经七镇，功勋著于边陲。著有《王襄毅公奏议》十五卷、《公余漫稿》五卷、《王鉴川文集》四卷、《王督抚集》一卷。苏祐有《送王鉴川守安庆》："双旌出守傍江涯，千里王畿路未赊。谩向旗亭攀柳色，应从驿使寄梅花。风烟缥缈荆吴近，云树微芒汉沔斜。五马行春频采纳，早传嘉政到京华。"①

  刘讱，字思存，号春冈，河南鄢陵县人。父璟，刑部尚书。正德12年（1517）进士，授宁国府推官，摄芜湖县事。武宗南巡，中官因索贿不得，遂以事诬罪讱，系之狱。世宗立，复其官，寻擢御史，迁南京通政参议，历转刑部尚书，著有《银台集》《春冈集》《怡椿集》等书，纂修《（嘉靖）鄢陵志》八卷。根据苏祐的说法，苏祐受知于刘讱，刘讱曾作诗百余篇，且"属画史绘趋庭承武二图装潢成帙"②，向苏祐索序，苏祐为其作《怡椿轩诗图序》。苏祐还为刘讱读书处的"怡椿堂"作《怡椿堂春冈刘公侍司寇公时读书处赋赠》诗相赠。他们之间也有诗歌唱和，苏祐有《至安肃寄赠刘春冈先生》："云中双阙郁嵯峨，回首西曹缱绻多。问俗再过燕督亢，感时虚拟赵廉颇。剧谈建礼清宵直，雅调阳春白雪歌。浅薄只今增想象，九霄何日接鸣珂。"③在诗中，诗人向友人诉说了在边疆的所见所感。

  马卿，字敬臣，号柳泉，河南林县人，弘治18年（1505）乙丑科进士，入翰林院改庶吉士，授给事中。明武宗正德年间，任大名府知府，历十年，因整顿社会秩序和治水救灾等政绩而深得民心。后调任山西右参

---

① （明）苏祐：《谷原诗集》卷4，第436页。
② （明）苏祐：《谷原文草》卷1，第303页。
③ （明）苏祐：《谷原诗集》卷4，第426页。

政，后任浙江右布政使。有宦官在杭州督制钱币，因从中作弊被马卿制裁，宦官回朝诬告马卿，马卿调任云南鹤庆知府。当地土司凤朝文策乱攻城，马卿调度城防，平息叛贼。马卿平暴有功升任云南参政，后又相继担任云南按察使、南京太仆寺卿、光禄寺卿等。嘉靖11年（1532），任都察院右副督御史，总督漕运。任期尽职尽责，政绩显著，积劳成疾，卒于任上。马卿擅长书法，诗文雅俊，知识渊博，亦有山水画作存世。编纂林县第一部县志《林县志》，著有《马氏家藏集》。现存《中丞马先生文集》四卷、《诗集》四卷、《诗余》一卷、《抚漕奏议》二卷。苏祐与其交游较多，经常在一起饮酒作赋，探讨诗文，苏祐曾作《独山书院奉饮柳泉中丞》①《清溪馆招饮简呈柳泉中丞》②等。从《熙武堂简呈柳泉中丞》诗可见一斑："军垒虚秋苑，宾筵敞暮天。风尘净环海，露布到甘泉。清酌悬灯下，玄谈促席前。三军同燕息，莫咏出车篇。"③

高拱（1513—1578），字肃卿，号中玄，祖籍山西洪洞，先世避元末乱迁徙河南新郑。祖父高魁，官工部虞衡司郎中；父高尚贤，正德12年（1517）进士，官至光禄寺少卿。嘉靖20年（1541）进士。穆宗朱载垕为裕王时，任侍讲学士。嘉靖45年（1566）以徐阶荐，拜文渊阁大学士。隆庆5年（1571）升任内阁首辅。明神宗即位后，高拱以主幼，欲收司礼监之权，还之于内阁。与张居正谋，但张居正在太后前责高拱专恣，致被罢官。万历6年（1578）死于家中。万历7年（1579），赠复原官。著作有《高文襄公集》。苏祐有《中玄高太史持节过恒山既遂良觌复接雅谈款洽未能倚风增怅作相逢行赠焉》，在诗中，苏祐推崇高拱的家世和为人，称其为"玉堂仙人"，并且表示依依惜别之情："已辨清尊俟就道，相逢惜别何草草。梅花似解风尘况，隔水齐开慰孤抱。星轺北转定何时，倾盖论文悁素期。别后倘逢嵩岳雁，早传锦字报相思。"④

韩邦奇（1479—1556），字汝节，号苑洛，陕西大荔县人。正德3年（1508）进士，官吏部员外郎，以疏谕时政，谪平阳通判。稍迁浙江按察佥事，宦官强征富阳茶、鱼，他作歌哀之，遂被诬奏怨谤，逮系夺官。嘉

---

① （明）苏祐：《谷原诗集》卷3，第388页。
② （明）苏祐：《谷原诗集》卷5，第440页。
③ （明）苏祐：《谷原诗集》卷3，第388页。
④ （明）苏祐：《谷原诗集》卷6，第450页。

靖初起山西参议，再乞休去。自后屡起屡罢终，以南京兵部尚书致仕。韩邦奇文理兼备，精通音律，著述甚富。著有《苑洛集》《苑洛志乐》《性理三解》《禹贡详略》《易占经纬》《律吕新书直解》。所撰《志乐》，尤为世所称。韩邦奇编著《启蒙意见》，苏祐为其作《跋启蒙意见后》，苏祐还有《奉问苑洛中丞韩公》，表达了知己之论："谢病思从渭水归，亦知心事近多违。雄图自砺青萍锷，雅调谁传绿绮徽。四海风尘真转剧，三关烽火未全稀。钓竿谩倚沧州树，天下苍生忍拂衣。"①

许宗鲁（1490—1559），字东候、伯诚，号少华，陕西咸宁县人。正德12年（1517）进士，改庶吉士，升监察御史。嘉靖初年，巡视湖广学政，以义训士，省中风气为之一变。其后，以右佥都御史巡抚保定，再移抚辽东，甚得辽人信赖。嘉靖31年（1552），被劾致仕归里后，在长安城南筑草堂收藏图书，室名"宜静书屋""净芳亭"，广积图书。除了藏书外，又好刻书，赋诗工书法，著有《少华集》《陵下集》《辽海集》《归田集》等五十二卷、《少华山人诗文集》等。苏祐有《寄许少华中丞》："海内良朋意未疏，停云华岳杳愁予。揭来畿甸重开府，望入关河数致书。璧水横经三舍近，琳宫借榻半间余。当年谈笑论文侣，何日相随入禁庐。"②诗中描述了他们谈文论著时的情状，传达出苏祐与许宗鲁之间的情谊。

胡缵宗，字世甫，号可泉，别号鸟鼠山人，巩昌府秦安县人。正德3年（1508）进士，有《鸟鼠山人集》《拟汉乐府》《拟古乐府》《河洛集》《归田集》《安庆府志》《苏州府志》《秦州志》等十四部传世著作。他比苏祐年长，为官行迹与苏祐也没什么交集，但他曾任山东巡抚，当在此时与苏祐交往。他们之间也留下了诗歌唱和之作。胡缵宗有《有怀侍御苏伯子佑》："春日乘鸾过蒲坂，许公诗在水云间。"③许公指唐代的苏颋，唐玄宗时宰相，封许国公，其诗文与燕国公张说齐名，有"燕许大手笔"之称，诗中以他比类苏祐，可见胡缵宗对苏祐诗文之名和功名的期许。这种比类在《发潍县苏侍御允吉寄诗适至诗以答之》再次出现："一代苏廷

---

① （明）苏祐：《谷原诗集》卷4，第418页。
② （明）苏祐：《谷原诗集》卷4，第436页。
③ （明）胡缵宗：《鸟鼠山人小集》卷9，《四库全书存目丛书·集部·别集类》第62册，齐鲁书社1997年版，第279页。

硕,新诗海上传。素娥舞秋月,芳草吐春烟。冀北黄钟调,淮西白雪篇。开函香满颊,读罢思悠然。"① 此诗推许和赞颂了苏祐的诗歌成就,还点出了他创作的《三巡集》和《畿内集》。苏祐也有与其赠送和唱和诗篇,如在《赠胡山人还台州》诗中描写了胡缵宗拜访自己的经历:"试访草堂临濮水,谩同人拟卧龙冈。"② 苏祐在诗中对友人同样不吝溢美之辞:"云里观峰攀日月,海中楼阁上蓬莱。画熊问俗经行地,多少瑶华玉篆开。"③ 从《次韵寄呈胡可泉先生》诗题可看出此诗是苏祐依胡缵宗之前创作的诗次韵而作,可见他们之间唱和的频繁性,从"前月翻传锦鲤来"④ 诗句亦可进一步证实。

除了上述这些士人,与苏祐交游的北方士人还有很多。彼此之间唱和之作也多。诸如苏祐曾与裴宇(字子大,号内山,山西泽州县人)唱和,写有《春暮出郭寺内饯别裴侍御》《元夕简裴内山太史并令弟逊山进士》。与刘廷臣(号白石,山西洪洞人)唱和,苏祐为其母作《蟠桃图歌寿刘白石太夫人,时白石录囚畿内》,另有《寄答刘白石》。与尹耕(字子莘,号朔野,山西蔚州人)唱和,写有《送尹子莘出守汝州》。与孔天胤(字汝锡,号文谷子,又称管涔山人,山西汾州文同里人)唱和,写有《送孔文谷督学再入关西》。与党承志(字汝孝,号牧川,山西忻州人)唱和,写有《赠党牧川》。与杨瞻(字叔后,号舜原,山西蒲坂人)唱和,写有《途中逢景蒲津杨舜原赠言二首》。与许论(字廷议,河南灵宝人)唱和,写有《宣武门左燕集和答许廷议》。与杜柟(号研冈,许州临颖人)唱和,写有《奉和杜研冈银台春日郊游之作》。与吴瀚(字受夫,号耐庵,河南洛阳人)唱和,写有《送吴耐庵京尹赴金陵》。与菅怀礼(字复斋,镇定府柏乡县人)唱和,写有《初至南昌菅复斋大参将入秦赋赠》。与杨宜(字伯时,号裁庵,北直隶衡水县人)唱和,写有《送杨裁庵赴南都》。与边侊(字行父、行甫,号贞谷,京师河间府任邱人)唱和,写有《武台燕集奉答边贞谷》等。

苏祐家乡濮州范县,明代隶属山东,现位于河南省东北部,黄河中下

---

① (明)胡缵宗:《鸟鼠山人小集》卷9,第268页。
② (明)苏祐:《谷原诗集》卷4,第432页。
③ (明)苏祐:《谷原诗集》卷3,第417页。
④ (明)苏祐:《谷原诗集》卷3,第417页。

游北岸，东瞻岱岳，西望太行，与河南、山西毗邻。与苏祐交游颇多的几位陕西士人，不是有同年之谊，就是曾任职于山东，或是有共事经历。相比于南方士人群，苏祐交游的北方士人群政治上更有作为，高拱拜文渊阁大学士，任内阁首辅，王崇古"身历七镇，勋著边陲"[1]，他们共同促成了隆庆5年（1571）的"隆庆和议"，史称"俺答封贡"，结束了明朝与北方蒙古之间自明朝开国至隆庆5年（1571）长达二百多年的时断时续的冲突和战争，带来此后近六十年的双边基本和平发展局面。李浩、裴宇、刘㧑和王崇古都官至尚书；杨瞻为兵部尚书、太子少保杨博之父，自己也有政声；许论、马卿、王崇古、赵时春、刘廷臣、许宗鲁、胡缵宗、杜枏、韩邦奇、杨宜、杨本仁、吴瀚、营怀礼等有巡抚、布政使或总督的经历，都是地方或边疆行政大吏。这些士人都是科举进士出身，在政治上有作为，政声扬力。文事也毫不逊色，多有文学作品流传后世。因此，苏祐与北方士人群的交游唱和诗作不能只看作官场上的应酬之作，其中也不乏建立在相似的政治品格上、共同的文学爱好上的友情往来之作。

3. 南方士人群

苏祐交往的南方士人众多，安徽的有薛蕙、王廷干、窦润、孙存、梅守德，浙江的有徐中行、屠应竣、钱琦、闻人诠、陈侃、茅坤、沈仕、赵大佑、童汉臣、何鳌、潘希曾、戴璟、潘壶南、俞夒、邵锐，江西的有欧阳衢、毛伯温、曾忭、简霄、尹台、江以达、章衮、朱衡、胡奎、李迁、陶钦皋、敖铖、周煦、夏言，江苏的有皇甫涍、张寰、黄省曾、白悦、崔桐、杨仪、周金、薛甲、谢少南、陈文、袁褧、袁表、夏寅、王守、吴扩、郑若庸、王世贞、王宠、楚书、施文礼，福建的有詹荣、黄洪毗、傅镇、王慎中、黄廷用、姚文焌，湖南的有胡节、张守约、廖希颜、袁凤鸣、张治、李珣，四川的有夏邦谟、任瀚、王廷，云南的有孙继鲁，广东的有翁万达、欧大任、梁有誉、黎民表、岑万、梁孜等。上述所列七十余人，以江苏、浙江和江西为多，只有毛伯温、翁万达和詹荣三人曾督过军，其他都是任职文官或以文章名世，所列士人都能文工诗，而且绝大多数都流传有文学作品集。这与明代这几处是科举和文化大省密切相关，也与明代延续宋代的文人治国传统不无关系，诚如徐阶所言："至于兵事，

---

[1]（清）张廷玉等：《明史》卷222，中华书局1974年版，第5843页。

第三章　苏祐家族：明代后期蒙古族汉诗创作的存续　　241

恐南人终非本色。"① 南方士人群总体特点正是如此，与北方士人相比，他们文事方面取得更为突出的成就。

　　薛蕙，字君采，号西原，凤阳府亳州人。正德9年（1514）进士，其学宗宋周敦颐、二程，证以佛、道之说。有《约言》《西原遗书》《考功集》。文徵明评其诗曰："为诗温雅丽密，有王、孟之风。乐府歌词，追躅汉魏。"② 王世贞认为其诗技巧上自然清新、俊美清秀："薛君采诗，如宋人叶玉，几夺天巧。又如倩女临池，疏花独笑。"③ 苏祐步入仕途时，薛蕙已经回乡归隐。因此，薛蕙与苏祐的交游是完全建立在志趣相投和共同的诗文爱好上的。嘉靖初，朝中发生"大礼"之争，薛蕙撰写《为人后解》《为人后辨》等万言书上奏，反对皇上以生父为皇考。此举招致明世宗大怒，薛蕙被捕押于镇抚司，后赦免返乡，在城南筑"常乐园"，作《自赋常乐园一首》表明心意："谯国城南稍又东，一丘新买卧衰翁。人非九品羲皇上，园似千花佛界中。隐几自堪消永日，褰裳何待御泠风。文章习气今应尽，着意题诗也未工。"④ 薛蕙在诗中溢于言表地说出常乐园带给了他自由和快乐。常乐园内竹树葱郁，文石玲珑，尤其以广植牡丹名品闻名于世，此园也成为薛蕙退居家乡的精神乐园，更是他经常呼朋唤友、饮酒作赋的所在。苏祐路过谯城，拜访薛蕙，徜徉常乐园，写下了《常乐园题赠薛子二首》，在这两首诗中，苏祐不但描画了园中鸟语花香，而且对友人"明袭老氏常，静寻颜子乐"的退隐之乐表示钦羡："顾予淹行役，抚志惭达生。"⑤ 苏祐不止一次去常乐园，还曾与孔天胤一道拜访薛蕙，共同畅饮常乐园，薛蕙作《苏允吉侍御、孔汝锡金宪同觞小园，薄暮值雨骤，作四韵奉呈二公》记述了他们同觞共饮的情景："内台兼约行台使，南郭相寻负郭翁。行径追随双盖并，草堂洒扫一尊同。饮中仙侣逢苏晋，坐上嘉宾接孔融。正喜淹留乘暮雨，莫辞颠倒醉秋风。"⑥ 薛蕙在

---

①　（明）徐阶：《世经堂集》卷22，《四库全书存目丛书·集部》第80册，齐鲁书社1997年版，第84页。
②　（明）文徵明：《吏部郎中西原先生薛君墓志铭》，（明）薛蕙：《考功集·附录》，上海古籍出版社1993年版，第128页。
③　（明）王世贞：《艺苑卮言校注》卷5，齐鲁书社1992年版，第260页。
④　（明）薛蕙：《考功集》卷7，上海古籍出版社1993年版，第80页。
⑤　（明）苏祐：《谷原诗集》卷2，第371页。
⑥　（明）薛蕙：《考功集》卷7，第84页。

诗中把苏祐比作苏晋、孔天胤比作孔融，可见对友人的高视，并且对暮雨骤至导致友人淹留表示欣喜，表达出诗人乐于与友人相处。苏祐与薛蕙之间还有相互赠送诗，苏祐在《赠薛西原二首》描绘了薛蕙归隐家乡的生活情况："海内闻吾子，中园独著书。遭回鸣凤羽，偃仰卧龙庐。与物心无竞，游情日晏如。翛然抱玄览，聊复赋闲居。"① 因为赋闲家居的薛蕙正在注释《老子》，所以诗中道尽薛蕙的精神状况。薛蕙也有《赠苏允吉侍御二首》，其一云："逃虚喜同人，绝弦悲异代。独行增永怀，赏废有余嘅。平生友英俊，末路离欢爱。何图蓬藋间，复与亲仁会。知言甚合符，定交果倾盖。先民凤所仰，斯人固其辈。鸿才何炳蔚，雅行乃韬晦。官联侍从列，意寄风尘外。相望已劳积，辞诀能无㗊。差池惜良晤，缱绻见交态。吾衰采真游，子贤熙帝载。一结同心言，当令岁寒在。"② 诗人在诗中表达了二人交游的相得，以及对苏祐文才、人品的赞赏。另外，诗中还透露了他们共同讨论理学的情况，薛蕙对苏祐能认同自己深表惊喜，引为知己，并表示愿意与他共同探寻学问："举俗不见是，惟君期讨论……愿招同怀客，共入无穷门。"③ 他们之间还有诗歌唱和，苏祐曾作《鹤台》《园竹》《瓶梅》《盆山》，薛蕙都一一分题次韵相和，合题为《次韵苏允吉侍御台中四咏》④。

　　黄省曾，字勉之，号五岳山人，吴县人。嘉靖10年（1531）乡试名列榜首，后举进士不第，便转攻诗词和绘画。王阳明讲学越东，他往见执子弟礼，又请益于湛若水。其一生著述颇丰，内容涉及经学、史学、地理、农学等多方面，文学著作有《拟诗外传》《骚苑》和《五岳山人集》三十八卷。黄省曾和苏祐之间有几首赠和诗，苏祐有题为《九日》一诗，押麻韵，黄省曾有《和吴令苏允吉九日一首》，押支韵，显然，两首诗不属于一个韵部，由此可以推测，苏祐应另有题为《九日》诗，惜不见。苏祐另有《赠送五岳山人黄勉之》，在诗中表达了送别友人的惆怅之情："江上送君归兴杳，吾家茅屋傍青丘。"⑤ 黄省曾也有《吴令苏允吉过访草

---

① （明）苏祐：《谷原诗集》卷3，第387页。
② （明）薛蕙：《考功集》卷3，第43页。
③ （明）薛蕙：《考功集》卷3，第43页。
④ （明）薛蕙：《考功集》卷5，第69页。
⑤ （明）苏祐：《谷原诗集》卷4，第409页。

堂有赠一首》《长安赠苏允吉一首》和《送王兵部汝中之中都兼柬苏御史允吉一首》等赠送苏祐的交游诗，可见他们交往颇为频繁。

崔桐，字来凤，号东州，通州海门县人。正德12年（1517）"探花"进士，曾参与《武宗实录》等书的编修，编修《嘉靖海门县志》，文学著作存有《崔东洲集》二十卷、《续集》十一卷。崔桐与苏祐曾同游滁州醉翁亭，分别作有《同苏舜泽侍御游醉翁亭三首》《游醉翁丰乐山亭奉同崔东洲三首》。诗中不乏同游之乐，"松阴岩壑含风净，竹影亭台带日微"①"灏气生凉遥度海，乱石浮翠果环滁"②和"山色蒙蒙侵坐湿，泉声森森隔林微"③，这些写景佳句，丰富了滁州山水名胜的文化，二人同游唱和也成就了一段文坛佳话。

黄廷用，字汝行，号少村、四素居士，莆田人。嘉靖14年（1535）进士，有《少村漫稿》。苏祐在嘉靖29年（1550）以兵部左侍郎暂代大同总督时，黄廷用作《赠兵侍苏舜泽总督宣大》。苏祐诗集中未见与其交游诗，他们之间的交游当属官场上的同僚之谊。苏祐与另一位莆田人倒是交游甚多。黄洪毗，字协恭，号翠岩。《谷原诗集》中有《雨怀简翠岩》《长至日次韵简翠岩》《奉送黄翠岩出塞》《河汾书院招饮简翠岩道长》《贡院燕集因谈往梦翠岩有作次韵以谢》《奉和翠岩食石片鱼之作》六首与其交游唱和诗，这在苏祐诗集中实属少见，从诗中可看出，他们之间既有简怀送行，也有燕集同饮，还有依韵唱和之作，可见他们交往颇为频繁，除了脾性相合外，当是建立在对诗文共同爱好基础上。

窦润，字子雨，安徽滁州人，明嘉靖乙未（1535）科进士，户部主事。窦润为官清廉，去世时，其遗资竟不足于置办丧葬。著有《薇泉集》。苏祐曾与其一道为"进贤水次分司"分别作记和题名，这在苏祐的《进贤水次分司记》中有记述，也当是他们共同为官江西时相交的。苏祐有诗《奉送微泉窦度支还朝》："江头携手慰离颜，忽谩高标不可攀。瑟调佇余翻汉曲，棋枰胜忆对厓山。正思仙露金茎杳，忍望彤云玉珮还。留

---

① （明）崔桐：《崔东洲集》卷6，《四库全书存目丛书·集部·别集类》第72册，齐鲁书社1997年版，第646页。
② （明）崔桐：《崔东洲集》卷6，第646页。
③ （明）苏祐：《谷原诗集》卷4，第413页。

滞谁怜多病客，应须清翰到人间。"①诗歌表达了对友人的离别之情，亦可见他们的亲密程度。苏祐还有与窦润次韵唱和诗《次韵简窦度支》："碧草沧江几度来，疎帘深酌好怀开。青春不负看花伴，白昼宁辞对雨杯。虚拟王猷多雅兴，真怜安石抱雄才。放舟故慰冲泥怯，赌墅翻矜得俉回。"②

梅守德（1510—1577），字纯甫，号宛溪，人称宛溪先生，安徽宣城人。嘉靖20年（1541）进士及第，授给事中，出为浙江台州推官、户部主事、山东学政、云南参政。因忤严嵩出任绍兴知府。梅精研理学，是"宣城心学"奠基人之一。子梅鼎祚亦有文名。梅守德著述颇丰，其主要著作有《沧洲摘稿》《沧洲续稿》《无文漫草》《宣风集》《古今家诫家塾故事》，还编纂过《徐州志》、万历《宁国府志》。未完成的著述尚有《宛陵人物传》《资省名言》《理学诠粹》《景行录》等。任绍兴知府期间，他还翻刻过《越绝书》《三礼图注》等。苏祐有《赋得春雨赠梅宛溪》："暖风酿浓绿，乱抹杨柳枝。朝来一雨洒芳陌，桃李纷纷映水湄。使君有美文章伯，青琐风裁承帝泽。南国甘棠不剪伐，东山群盗浑辟易。杨云原识字，刘向本明经。暖风披拂作春雨，文宿光芒灿法星。岱宗高不穷，沧海深无极。登我泰山表东海，尼丘洙泗皆疆域。天子求贤东阁开，清庙明堂需美材。他年桃李为栋梁，须记曹南春雨来。"③

屠应竣（又屠应埈），字文升，号渐山，刑部尚书屠勋之子，嘉兴平湖人，官至太子谕德，著有《兰晖堂集》。陈懿典在《合刊屠氏家藏二集序》中曰："《兰晖堂集》诗文洋洋洒洒，遒古刻画，诸体略备，真足辉映嘉靖精明焉奕之气象。使其年与才配，名位日以尊，制作日以富，立功立言，视司寇必且超轶而前，乃不满五十，官止五品，惜哉！然文采风流亦足表见于遗集已。"④王世贞评其曰："宫谕辉焰奕奕，奄忽永终。德谢冉牛，因起斯人之叹；才同卢照，遂偕赴水之征。"⑤对屠应竣的英年早

---

① （明）苏祐：《谷原诗集》卷4，第421页。
② （明）苏祐：《谷原诗集》卷4，第421页。
③ （明）苏祐：《谷原诗集》卷6，第455页。
④ （明）屠勋：《屠康僖公文集》卷首，《四库全书存目丛书·集部》第40册，齐鲁书社1997年版，第80页。
⑤ （清）钱谦益：《列朝诗集小传》丁集，第397页。

逝深表惋惜。钱谦益评曰："文升之才长于永之（袁袠），长歌纵横，翩翩自喜，顾其音节激昂，往往揣摩北地，而未必发源于古人也。"①《四库全书总目》总结为："应埈为文，善比事属辞，诗法泛滥诸家，时有独造，一时名出其父右。然牵于华藻，蕴蓄未深。"②苏祐有《送卢职方校文江西兼简屠文升》："最爱卢司马，持衡出汉庭。鸣时非作赋，华国本明经。一水浮空去，千山入望青。豫章从此夜，奎璧动双星。"③

陈侃，字应和，号思斋，浙江鄞县人。嘉靖5年（1526）丙戌科进士，入仕后，授行人司行人。嘉靖8年（1529），进刑科给事中，辅佐皇帝处理奏章。嘉靖13年（1534），受命出使琉球。陈侃出使琉球，朝中多人作诗为其送行，苏祐与其为同榜进士，作《送陈给事应和奉使琉球》为陈侃送行："手持丹诏下明庭，万里浮槎动使星。琐闼转看天北极，楼船直指地东溟。扶桑日映仙旌赤，断石云连瑞节青。山海殊方亦堪纪，应随咨访续遗经。"④正如苏祐在诗中最后两句所建议的，陈侃在出使琉球之际，留心其山川、风俗，著有《使琉球录》一册进献嘉靖皇帝，这是目前已知最早的一部琉球册封使使录。

沈仕（1488—1586），字懋学，一作子登，号青门山人。仁和（今浙江杭州）人。工山水，风神气韵，高出流辈。花鸟亦佳。其生平雅好诗翰，多蓄法帖名画。著有《沈青门诗集》一卷、《诗余》一卷、《青门山人文》一卷。苏祐有《送青门沈逸人二首》（录其一）："休文谢病纷华远，康乐耽幽雅咏多。江左遗风犹翰藻，太宗高迹亦烟萝。招寻剩有青霄侣，慷慨翻怜白石歌。无使少微干象纬，恐防大隐抱云和。"⑤从中不难看出苏祐对沈仕品行、才学的赞许。

童汉臣，字重良，号南衡，钱塘（今属杭州）人。嘉靖14年（1535）进士。嘉靖32年（1553），以御史为泉州府知府，求八卦河之湮塞而疏导之，访民俗之淫恶而痛治之，凡应兴革者，皆奋然勇为。苏祐有《送南衡童侍御解官归越》："骢马东征攀莫留，迎寒砧杵报新秋。风波满

---

① （清）钱谦益：《列朝诗集小传》丁集，第397页。
② （清）永瑢：《四库全书总目提要》卷178，第1610页。
③ （明）苏祐：《谷原诗集》卷3，第385页。
④ （明）苏祐：《谷原诗集》卷4，第410页。
⑤ （明）苏祐：《谷原诗集》卷4，第420页。

眼宁须问，涕泪关心可自由。贾谊上书曾北阙，相如谢病且南州。他时定有云中雁，别恨先牵越水楼。"① 诗歌表达了对友人解官归乡的关心和宽解。

赵大佑（1510—1569），字世胤，号方崖，浙江黄岩明冠屿（今属温岭市）人。嘉靖14年（1535）进士，授凤阳推官。善书法，其书法有晋人风骨，诗文温雅俊爽，有《燕石集》。苏祐曾为其卧云楼题赠，在《卧云楼题赠方崖赵侍御》中称颂了友人的文才也描写了此楼的风景："方岩山下有楼居，仙子当年已著书。揽辔并推周柱史，操觚仍似汉相如。水浮日月当窗浴，云袅松萝接槛舒。四海风尘望霖雨，梦思漫到卧龙庐。"② 除此之外，苏祐还与赵大佑有寄赠交游诗，如在《寄赠方崖巡按》中描写了诗人的见闻和透露了自己的心路："万里山川开贵竹，九天旄节度皇华。炎方日近闻蛮语，海国星明识汉槎。江上音书多丽藻，眼中词翰几名家。论心喜报瓜期近，回首常瞻斗柄斜。"③《赠赵方崖都宪》："都门岐路转翩翩，十载重逢倍惘然。补衮君方依日月，投簪余复杳风烟。音书先枉青云上，梦寐常牵白雁前。三径新开无外事，愿随乡社祝丰年。"④ 此诗表达对二人分别十年之后重逢的感慨，简述了二人的宦途情况，也表达了诗人对友人的思念之情。

何鳌（1497—1559），字巨卿，号沇溪，浙江山阴县（今浙江绍兴）人。正德12年（1517）进士，授刑部主事。以谏阻武宗南巡被杖，声名大著。嘉靖初，议"大礼"，逆旨，被廷杖几死。后历官郎中、湖广金事、四川参议、江西左布政使。进右副都御史巡抚山东，改提督两广军务。未几，被劾贬官。复官原职，总理河道，进刑部尚书。有《沇溪诗集》。苏祐有《自雁门寄何沇溪》，在诗中回顾了他们曾经的交游情况及表达对友人的思念之情："忆放楼船江水头，章门滕阁绾离愁。鸣琴尚想东湖夕，得句曾分九日秋。南雁不来怀锦字，西风重入满边州。它时倾倒知何地，极塞相思独倚楼。"⑤

---

① （明）苏祐：《谷原诗集》卷4，第423页。
② （明）苏祐：《谷原诗集》卷4，第428页。
③ （明）苏祐：《谷原诗集》卷4，第428页。
④ （明）苏祐：《谷原诗集》卷4，第437页。
⑤ （明）苏祐：《谷原诗集》卷4，第432页。

第三章　苏祐家族：明代后期蒙古族汉诗创作的存续　　247

　　欧阳衢，字崇亨，号龙沙，江西泰和人。探花及第后，授翰林院编修。嘉靖 14 年（1535）升为翰林侍讲。嘉靖 16 年（1537），欧阳衢主持应天府乡试获罪，贬为南雄府判。嘉靖 32 年（1553），欧阳衢曾以南京礼部郎中升为南京尚宝司卿。苏祐与其为同年，与曾汴亦是同年，故曾作《赠欧阳洗马曾都给舍》，诗云："矫矫双云龙，乘时溢流采。曰予谬攀附，结交踰十载。岂意中乖别，分飞不相待。供奉违仙班，献纳忤时宰。曾生返林皋，欧子蹈岭海。相逢一水涯，含情岁华改。愿言慎起居，慰我思如馁。"① 此诗当是作于他们中进士十年后，苏祐在诗中诉说了他们十年的结交之谊，由各自的仕途感慨世事浮沉，最后诗人又对友人提出相互珍重的赠言。

　　曾汴，字汝诚，号前川，江西泰和人，嘉靖 5 年（1526）进士，授光泽知县，官至兵科给事中，敢言事，以廷诤夺职为民。隆庆元年（1567）复官致仕。著有《前川奏疏》。苏祐与其同年，他们之间交往颇多，除了前文提到的《赠欧阳洗马曾都给舍》，还有《寄曾前川给谏》《三月望日同曾侍御、刘宪副游青原山寺，曾谏议、胡工曹期不果至……》《赠答同年曾给谏》等，诗歌既见证了他们交游的事实，也表达了同年之谊和惜别之情："忆昔厕鹓行，端笏侍云陛。既陈云中略，复参东阁礼。拾遗乖始愿，远游结修轨。往事焉足陈，故人书尚尔。转增歧路伤，但洒素丝涕。倘无同病怜，谁与怀没齿。"②

　　毛伯温（1482—1545），字汝厉，号东塘，江西吉水人，祖籍浙江三衢。正德 3 年（1508）进士，嘉靖初年，升为大理寺丞，误判李福达重罪被革职。嘉靖 15 年（1536），因明世宗欲图征讨安南，毛伯温被任命为兵部尚书，嘉靖 19 年（1540），不费一刀一剑讨平安南归朝，封太子太保。嘉靖 21 年（1542），毛伯温上书巩固边防，得到明世宗的同意。嘉靖 23 年（1544）秋，被人诬陷发配边疆，途中被赦免还乡，不久病发去世。隆庆元年（1567），恢复了官职，并赐予恤典，天启初年，熹宗追谥他为"襄懋"。毛伯温工诗，有《毛襄懋集》十八卷、《平南录》、《东塘诗集》十卷及《毛襄懋奏议》二十卷。毛伯温征讨安南是当时轰动朝野的大事件，许多文人都赋诗相赠，苏祐也作有《送大司马东塘毛公征安南

---

①（明）苏祐：《谷原诗集》卷 2，第 374 页。
②（明）苏祐：《谷原诗集》卷 2，第 376 页。

二首》，在诗中想象出征时的恢宏景象："楼船万里渡泸溪，宝剑金符手并携""建牙树羽独登坛，曲洞回溪几伏鞍"，也表达了诗人的美好祝愿和对出征友人的谆谆叮嘱："绝域自应同正朔，先声今已震雕题""华拟见标铜柱，文物曾闻列羽干。况是王师无敌在，蛮烟瘴雨好加餐"[①]。

简霄（1481—1560），字腾芳，号一溪，又号蓉泉，江西新余人。正德9年（1514）进士。正德10年（1515）任荆州府石首县知县，第二年调任湖北黄州府黄冈县知县。在两地任知县期间，他体察民情，恪尽职守，不媚上，不欺民，不敛财，深得当地民众的拥戴和上司的好评。历官监察御史、大理寺丞、兵部右侍郎、赠封兵部尚书。擢金都御史，巡抚河南。进南京副都御史，提督操江。升兵部右侍郎，奉命护慈孝献皇后南祔显陵。著有《历官奏议及政要》《蓉泉漫稿》。苏祐曾将收藏的画题诗相赠予他。《竹间亭图为一溪简公题赠》云："竹间亭子临溪水，翠色清阴覆玉琴。晴散图书疑凤引，坐深风雨有龙唫。王猷谩抱离尘想，安石元多济世心。更羡年来繁露里，阶前苎玉转森森。"[②]

江以达，字子顺（一作于顺），号午坡，贵溪人，有《午坡文集》。官至湖南提学副使，以忤楚藩系狱，后放归。朱彝尊《静志居诗话》曰："午坡以北地文出庐陵、眉山之上。"[③] 苏祐与其交游颇多，曾作《白石谣赠江子》："之子昔云卧，白石相枕荐。白以太素着，石以坚贞见。"[④] 苏祐在诗中以白石比类夸赞友人的品行高洁。苏祐与其还有相互赠答诗，如苏祐《独坐简答江午坡学宪兼呈杨源山选部二首》，从诗题可看出江以达之前有诗文寄予苏祐，给"天上友朋书尽绝，云边乡国梦虚疑"[⑤] 的苏祐以莫大的心灵安慰，所以苏祐对这份友谊倍加珍惜，从而有"倚玉雅怀山吏部，凌云常想汉长卿"[⑥] 之感情表露。从诗中"江城斜日堕残枝""悲秋江阁暮寒生"和"未赓高唱惭巴曲，转念尘踪滞楚城"[⑦] 等诗句中点明

---

① （明）苏祐：《谷原诗集》卷4，第420页。
② （明）苏祐：《谷原诗集》卷4，第421页。
③ （清）朱彝尊：《静志居诗话》卷12，人民文学出版社1990年版，第327页。
④ （明）苏祐：《谷原诗集》卷2，第372页。
⑤ （明）苏祐：《谷原诗集》卷4，第421页。
⑥ （明）苏祐：《谷原诗集》卷4，第421页。
⑦ （明）苏祐：《谷原诗集》卷4，第421页。

或暗含的地址亦可判断,此诗当作于苏祐任江西提学副使期间,而江以达此时则任湖南提学副使。苏祐还在《九日中都登楼简谢江司农》中表现出"剑佩万年余相像,楼台九日共登临"①的愿望,江以达也在《奉酬苏允吉秋日见怀之作》中对苏祐的友谊表示回应:"相思终日对斜照,迢递清秋望不分。"②二人的赠答酬谢之诗显示出彼此真挚的友谊。

尹台(1506—1579),字崇基,号洞山,江西永新县人。嘉靖14年(1535)进士,选庶吉士,授编修。当时严嵩以同乡之故,对尹台颇有好感,欲与他结为姻亲。尹台为人耿直,对此予以拒绝。遂被外调为南京国子监祭酒,后尹台官至南京礼部尚书。万历2年(1574)致仕。著有《洞丽堂集》《思补轩稿》。苏祐与其有诗文赠答往来,在《塞城歌答尹洞山太史》中向尹台描述了诗人戍守边塞的见闻:"塞城腊月塞风逼,胡儿僵卧无颜色"、生活情况:"云中健翮风相送,天上良朋日未疏。塞余小奏怀来捷,百王遗恨行当雪"和心路历程:"男儿弧矢志四方,宦辙游览多边疆。苦心已筑高关塞,怒气期缚单于王。方今天子神且武,枢密平章皆吉甫。受成庙算别有术,倚马天山灭骄虏。岁岁风尘拂战袍,几时趋珮逐仙曹",也在诗中表达出友人此前寄赠诗文的激励作用:"故人投我怀来篇,悬诵中堂增激烈"。苏祐另有《雪中石亭寺候尹洞山太史》,书写他们交游中的一件小插曲:"出郭云深雪覆沙,禅床茗碗立袈裟。风前迟奏阳春曲,江上新停太史槎。应有篇章传丽藻,岂唯邂逅慰清华。一尊欲倚祇园树,同嗅寒梅近水花。"③此诗描述了诗人一次在雪中等候友人的情景,且描写了二人同游共赏的愉快经历。

章衮(?—1538),字汝明,号介庵,江西临川人。嘉靖元年(1522)以诗魁乡荐,次年登进士,授御史,督学南畿。后以劾左道乱政和讥刺当时宰相,贬为建宁推官。历任松江同知、陕西按察副使。后辞官归里,从事著述。为人孤傲,不畏权贵。政治上比较开明,肯定宋代王安石的变法,曾用万言为《王临川集》作序。笃学不休,学识渊博,著有《章介庵文集》十一卷。苏祐有《将北归至云山铺留别章介庵》:"三年只

---

① (明)苏祐:《谷原诗集》卷4,第413页。

② (明)江以达:《午坡文集》卷1,《四库全书存目丛书·集部》第89册,齐鲁书社1997年版,第27页。

③ (明)苏祐:《谷原诗集》卷4,第422页。

得鬓如丝,斜日沧江北望时。拟取芰荷新制服,谩将丛竹更题诗。良工自觉丹心苦,雅曲空深白雪思。相对云山共惆怅,加餐莫遣报书迟。"①诗中表现了诗人对友人高洁人品的赞赏,诗歌最后两句表达了诗人在临别之际的惆怅之情和对友人的殷勤叮咛。

胡奎,字应文,号雪滩,吉安峡江人。正德16年(1521)进士。其初授予浙江金华府推官,擢太仆寺卿,转光禄寺卿。胡奎曾两次担任顺天府(今北京)乡试的考官,不久升任顺天府尹。未几,擢吏部侍郎。得罪严世藩,外调为巡抚云南,后以疾辞归。有《易经俚解》《奏议》二十三道藏于家,皆残缺不全,未及付梓。胡奎外调巡抚云南时,苏祐作《送胡雪滩巡抚云南》相送,从中看出诗人对朋友的友谊和他们之间的交往时间之长:"天寒朔雪欲飞花,万里滇池去路赊。拟逐东风开幕府,却从北斗望京华。伏波铜柱云边塞,诸葛金钲海上笳。十载相知情不浅,愿君早返日南车。"②

朱衡(1512—1584),字士南,一字惟平,号镇山,江西万安人。嘉靖11年(1532)进士,历官尤溪和婺源知县、刑部主事、员外郎、郎中、礼部主客司郎中、福建提学副使、四川参政、河南参政、山东按察使、左右布政使、都察院右副都御使巡抚山东、工部右侍郎、吏部右侍郎、南京刑部尚书、工部尚书兼右副都御使总理河漕,加太子少保、太子太保。其所著《巡抚河道奏议》二十卷行于世。苏祐有《送朱镇山宪副督学入闽》:"驷马导华轩,文旌拂曙翻。飞尘净驰道,细雨霁都门。都门槐影沉沉绿,王事炎征弗信宿。秉笏朝辞双阙间,握符暮指三山麓。汉家天子重儒宗,玺书拜捧明光宫。逶迤粉署违仙侣,迢递楼船御远风。忆昔与君初邂逅,春风都市今何久。著作常先贾马前,诗歌不让卢王右。二十年来重所期,临岐更尽手中卮。展骥悬知崇令德,附鸿端拟慰离思。"③诗歌既描写了送别情形,又表述了诗人与友人的相识情况,既有对友人仕途的美好祝愿,也有分别时的不舍之情,另外对友人的文学才华也赞颂有加。

李迁,字子安,江西新建人。嘉靖20年(1541)进士。嘉靖42年

---

① (明)苏祐:《谷原诗集》卷4,第429页。
② (明)苏祐:《谷原诗集》卷4,第435页。
③ (明)苏祐:《谷原诗集》卷6,第453页。

（1563）任工部左侍郎总督河道。隆庆4年（1570）南京兵部右侍郎兼右佥都御史总督两广军务。隆庆5年（1571）以平定韦银豹功加右都御史，不久升为南京刑部尚书。后引疾致仕，死后赐谥号"恭介"。苏祐有《送李进士子安奉使还京》："万里南还白鹭车，滇池阁道采风余。尽收殊俗归文藻，屡梦清游奉帝居。往问尉陀非陆贾，道经巴蜀似相如。同袍好谢金门侣，懒慢年来少寄书。"① 诗歌是站在友人的角度叙写了李迁出使滇蜀的意义和价值。另有《李进士子安使滇蜀还，雨中过访上蓝寺，留饮，同两熊贡士览咏赠言二首》，从诗题中提到的"上蓝寺"可以推断，诗歌与前一首都当是作于苏祐任职江西提学副使期间。

夏言，字公谨，号桂洲，江西贵溪人。正德12年（1517）进士，官至礼部尚书兼武英殿大学士，入参机务，居首辅，谥"文愍"。其以词曲擅名，诗文也宏整，传世的有《桂洲集》十八卷、《南宫奏稿》。夏言与苏祐虽然官职悬殊，但却不妨碍他们之间的交往之谊，这从留存的唱和诗文可看出。嘉靖19年（1540）苏祐升任江西提学副使，夏言作《渔家傲·送苏副使佑提学江西》词为其送别。词云："铁笔峨冠袍绣豸，云中上党威名在，紫绶绾章金作带。增气概，文星一点明江介。顾我非才官鼎鼐，勋业无成容鬓改，后学晚生今有赖，期远大，须君着眼骊黄外。"② 夏言在词中虽然自谦自己是"非才官鼎鼐""勋业无成"，但无疑是站在官场长辈的份上肯定了苏祐此前的为官政绩后，提出对他今后的期许。如果说这首词是从功业上对苏祐的夸赞和期许，那么他的另一首《沁园春·送苏舜泽提学》则是从学业文章上对苏祐的褒誉："喜学有师承，文章丕变，士多矜式，礼义相先。振起儒风，激昂晚进，洙泗门墙得正传。共道是，有苏公条教，白日青天。"词中也表现出对友人的惜别之情："重分守，记华堂丹桂，绿酒歌筵。"从词中"宝墨楼前，赐麟堂上，一别三年"③ 句还可看出他们当定交于三年之前。值得注意的是，夏言乃政坛、文坛耆宿，他如此看重苏祐，苏祐必会感铭，理当有诗歌唱和之作，可《谷原诗集》未留存与夏言的任何交游诗，或许由于某些政治原因，不得而知。

---

① （明）苏祐：《谷原诗集》卷4，第428页。
② 饶宗颐初纂，张璋总纂：《全明词（第二册）》，中华书局2004年版，第697页。
③ 饶宗颐初纂，张璋总纂：《全明词（第二册）》，第681页。

白悦，字贞夫，号洛原，江苏武进人。嘉靖壬辰（1532）进士，官至江西按察司佥事。其家世鼎贵，为尚书昂之孙，而独刻意学诗，句调华赡，神理颇清。著《白洛原遗稿》八卷。苏祐有《六月六日同陈嘉定、郑长洲、张将军燕游司寇白公园亭，归舟有作，柬谢洛原主人四首》，记述了白悦家园亭的美景及同僚在此宴饮畅游情景，现选取一首略见一斑："引泉凿石开芳园，谷转溪回真避喧。池俯千章柟桂直，畹分百亩蕙兰繁。洞云凝润湿生袂，山月流光寒落尊。雅集不知松径暝，醉闻林鸟群飞翻。"① 是典型的写景应酬类诗作。

杨仪，字梦羽，号五川，常熟（今属江苏）人。嘉靖5年（1526）进士，授工部主事，转礼部、兵部郎中，官山东副使，后以病辞官归乡，日以读书、著述为事。致力于宋元旧本的收藏，收藏古今典籍极富，藏书楼有"七桧山房"，又别建"万卷楼"，多聚宋元旧本及法书名画、鼎彝古器，江左推为雅博。著有《杨梦羽南宫小集》一卷、《七桧山人词》一卷。苏祐有《墨竹题赠杨梦羽》："子云百世士，至性避嚣纷。检箧留玄草，开轩对此君。琴书晴自润，风雨静疑闻。伫看庭阶下，时应起凤群。"② 诗歌以竹喻人，可以看出友人杨仪在苏祐心目中的形象。苏祐又有《送杨子梦羽奉使修谒凤阳皇陵》："闭户杨云罢草玄，清秋奉使泛吴船。河山故抱兴龙地，父老应传逐鹿年。弓剑鼎湖灵自秘，松楸原庙思常悬。须知紫极愁霜露，早对丹墀慰九天。"③ 这是一首送别诗，因友人负有修谒凤阳皇陵特殊的使命，诗中充满了对友人的告诫和期许。

吴扩，字子充，自号山人，苏州府昆山人，工诗，有《贞素堂集》。苏祐任宣大总督期间，吴扩欲游其幕，后"七子"中有三位曾赋诗相送，王世贞赋《吴山人将遍游北边，谒予索诗，云元戎苏相公迎之》，在诗中，王世贞除了对吴山人的即将北游有所寄言外，还提到苏祐为其旧相识及他对苏祐的印象："旧识周司寇，齐名汉子卿。九关横却月，万里画长城。"④ 吴扩在边塞受到了苏祐的礼遇，苏祐还作《赠吴山人》相赠，在

---

① （明）苏祐：《谷原诗集》卷4，第408页。
② （明）苏祐：《谷原诗集》卷3，第386页。
③ （明）苏祐：《谷原诗集》卷4，第411页。
④ （明）王世贞：《弇州四部稿》卷30，《四库全书·集部（218）·别集类》第1279册，上海古籍出版社1987年版，第379页。

诗中对吴扩的行事为人有所比类，表达了相怜相惜之情："出车谩拟周方叔，辞爵曾闻鲁仲连。华发流年催并短，闲情羁宦转相怜。"①

詹荣（1500—1551），字仁甫，号角山，福建尤溪县人。自少聪颖，博通经史，擅长书法，尤精篆书。嘉靖4年（1525）举人，翌年进士及第，任户部主事，后升员外郎。奉命总理山西大同储粮时遇当地驻兵叛乱，詹荣设计策动叛兵反正，智擒主犯，平息了一场叛乱。因此，詹荣以功勋奇著，升迁为光禄寺少卿，继任尚宝卿转南太常，受令山东巡抚。半年后又改任大同巡抚。嘉靖25年（1546）擢升兵部左侍郎。嘉靖30年（1551），詹荣因积劳成疾，病逝于北京。隆庆2年（1568），朝廷追赠詹荣为工部尚书，并以"皇恩特宠"匾额赐予詹荣。《明史》有其传。著有两部著作——《山海关志》八卷和《河东运司志》十七卷。苏祐与其为同年，且有诗文唱和，如《次韵奉答詹角山》："才美如公世所优，分符余幸傍云州。秋深戎马无南牧，险极关河有上游。兴寄高山原自适，歌成白雪若为酬。麟台拟见开生面，方叔无劳数壮猷。"② 从诗中内容可以看出此诗当作于詹荣任职大同期间，诗中对友人的治边才能也钦佩有加。

傅镇，字国鼎，号近山，福建同安县人。嘉靖11年（1532）进士。初授南京御史，弹劾宦官挟私乱政，绳之以法。旋调任广东道御史。嘉靖20年（1541）总督樊继祖虚报战绩，冒领首功，其后孙纲受贿开脱武定侯郭勋等罪行，他上朝揭发，经其查明，均予严办。后历官河南副使、广西参政、浙江右布政、湖广左布政等职。他不畏权势，执法如山。后以病辞官回厦门。万历年间逝世。苏祐与其交往颇多，其父（傅珙，字质温，号禾江）大寿，特作《寿禾江封君傅翁》。亦有诗文唱和，如《早春登楼次韵奉答近山》《寄近山傅侍御》等，在《寄傅近山侍御》诗中回顾曾经交游的情况，"南风吹旌旌转摇，玉骢北度鸣萧萧。正想霜威照畿甸，应令暑气清河桥。谁言炙手手可热，惠文冠拄棱棱铁。挥毫文彩动流辈，秉钺山川重旌节。雅鉴亭中惜别卮，濯流湖上放舟时。今辰想象还疑梦，此地登临总系思。忆昔曾为柱下史，风流独持愧吾子。交谈意气故相亲，阔别襟期剧如此。感赠临歧出车篇，雁门登望杳风烟。三杯拔剑歌且舞，何

---

① （明）苏祐：《谷原诗集》卷4，第437页。
② （明）苏祐：《谷原诗集》卷4，第433页。

异当时尊酒前"①。表达了诗人对友人的思念之情及期待相逢之意。

黄洪毗（1507—？），一作黄洪毘，字协恭，号翠岩，莆田人。书法家。嘉靖17年（1538）进士。历官松江府推官、广西道试监察御史，后改巡按山西。嘉靖28年（1549）提调南直隶学校，升河南布政司右参议，官至江西按察司副使。著有《瞻云集》二卷，《翠岩奏议》一卷。苏祐与其交往颇为相得，《谷原诗集》中保留了多首与其交游的诗作，既有同游宴饮之作，如《贡院燕集因谈往梦翠岩有作次韵以谢》《河汾书院招饮简翠岩道长》，又有送别简怀之作，如《雨怀简翠岩》《奉送黄翠岩出塞》，还有切磋诗歌技艺的唱和之作，如《长至日次韵简翠岩》《奉和翠岩食石片鱼之作》等。无论从诗题还是从诗歌内容都可看出，苏祐与黄洪毗之间感情很深，友谊甚笃，除了燕游之乐外，有时是与友人共叙工作："不辞归路晚，迢递话防秋"②，有时又充满了对朋友告诫和期待："能事须兼武，雄图雅属文"③。

孙继鲁（？—1547），字道甫，号松山，回族，云南后卫人。嘉靖2年（1523）中癸未科进士，任澧州知州，后"坐事"改国子助教。历任户部郎中、监通州仓、卫辉府、淮安府知府。改补贵州黎平府知府，后擢任湖广提学副使，再升任山西参政。孙继鲁生性耿介，所至之处以清节闻名。巡抚山西虽仅四个月，但多有建树。隆庆元年（1567）被追赐兵部左侍郎，赐祭葬，荫一子，谥"清愍"。《明史》有传。有《破碗集》《习社词堂》《松山文集》等诗文集。苏祐有《赠孙松山》："东西壹省介江湖，文字曾怜并剖符。宋玉声华流郢曲，豫章材干负洪都。台前自挂青铜鉴，尊底谁倾碧玉壶。晋水别来伤岁晚，停云斜日几踟蹰。"④诗人在诗中称赞了友人的政治才干和文学造诣，并表达了对友人的思念之情。

苏祐与其他诸多南方士人相交，留存有唱和诗文，这从苏祐所写的诗题中就可看出。如与戴璟（号屏石，浙江奉化人）交，有《寄戴屏石》；与潘希曾（字仲鲁，号竹涧，浙江金华人）、潘徽（字叔慎，号壶南）父子交，有《竹涧潘先生文集序》《送潘壶南陟陕西少参序》；与敖铖（字

---

① （明）苏祐：《谷原诗集》卷6，第451页。
② （明）苏祐：《谷原诗集》卷3，第403页。
③ （明）苏祐：《谷原诗集》卷3，第403页。
④ （明）苏祐：《谷原诗集》卷4，第426页。

秉之，高安人）交，为其撰《监察御史敖公墓志铭》；与陶钦皋（字克允，江西彭泽人）交，有《祭陶御史文》；与胡节（字国信，号同庵，零陵人）交，有《送胡石陵少参入贺兼遂省觐》；与王廷干（字维桢，号岩潭，安徽泾县人）交，有《寄答王岩潭》；与周金（字子庚，号约庵，武进人）交，有《夏日瑞岩观燕览次韵奉答大中丞约庵周公》；与谢少南（字与槐，一字应午，上元人）交，有《史司封恭甫谢侍御应午枉过柬谢》；与陈文（字美中，京口人）交，有《台中对雨柬谢陈道长美中》；与施文礼（字克宾，晚号樵云）交，有《赠樵云山人》；与廖希颜（字若愚，号东雩，湖南茶陵县人）交，有《寄廖东雩》《双寿卷为廖太史题赠》《再入东林寺同陶、廖、罗三子》；与张守约（字彦博，号伯操，湖南华容人）交，有《元夕同给谏张伯操饮司功任少海宅》；与袁凤鸣（字对瑞，号岐山，湖南沅陵人）交，有《次韵奉答袁岐山侍御》；与李珣（字昆山，号五端，湖广衡山县人）交，有《寄李宪副五端》；与张治（字文邦，号龙湖，湖南茶陵县人）交，有《祭张龙湖阁老》；与夏邦谟（字舜俞，号松泉。重庆垫江人）交，有《送夏松泉都宪赴南京》；与任瀚（字少海，四川南充人）交，有《元夕同给谏张伯操饮司功任少海宅》，等等。苏祐与这些南方士人的交往虽然也有官场上的应酬之需，但大多是建立在对文学的共同爱好和相互欣赏对方才学基础上的交游唱和。

二 苏祐家族与明代文坛士人交游考述

苏祐子孙在晚明时期相继登上政坛，加之父亲苏祐的影响，因此，他们和明代文坛众多士人有过交游。明代诗歌流派众多，诗学思想丰繁多变，然而，对唐诗的尊崇基本贯穿有明一代。"明三百年诗凡屡变，洪、永诸家称极盛，微嫌尚沿元习。迨'宣德十才子'一变而为晚唐，成化诸公再变而为宋，弘、正间三变而为盛唐，嘉靖初，八才子四变而为初唐，皇甫兄弟五变而为中唐，至七才子已六变矣。久之公安七变而为杨、陆，所趋卑下，竟陵八变而枯槁幽冥，风雅扫地矣。"[1] 明代诗歌发展演变至嘉靖年间，宗唐已成总体态势。从苏祐及其子孙的创作来看，对唐诗的接受是显而易见的。追慕诗意、改写诗句之处比比皆是。显然，诗坛的诗学

---

[1] （清）朱彝尊：《静志居诗话》卷201，第636页。

风尚对他们的影响是深远的。苏祐家族的文学活动主要在正德嘉靖隆庆年间，前有活跃于弘治、正德年间的"前七子"，后有活跃于嘉靖、隆庆年间的"后七子"，苏祐家族与前、后七子这两个文学派别都有交游。虽然如此，但苏祐家族的创作中饱含个人的际遇悲喜，也充满着对己身体悟、时代风会与唐诗创作相结合的，苏氏心灵世界中的唐诗精神的领会和瞻仰，所以他们的创作实现了对唐诗传统的创新，和对诗歌史艺术手段的延续和交汇。苏氏家族的诗作，在以习唐后融通为特色的明代诗学格局中，融入了个人的特质、才华，由此而延展为民族、历史、时代和个体生命的融汇形态。这样的生命形态成长中，必定会受到众多的文人思想、文学交游的影响。

"前七子"中的王廷相与苏祐交游颇多。王廷相，字子衡，号浚川，世称浚川先生，河南仪封人，谥"肃敏"。著名的文学家、思想家、哲学家。著有《沟断集》《台史集》《近海集》《吴中集》《华阳稿》《泉上稿》《鄂城稿》《家居集》《慎言》《小司马稿》《金陵稿》《内台集》《雅述》《答薛君采论性书》《横渠理气辩》《答天问》等，后人均辑入《王氏家藏集》。王廷相曾对苏祐考绩评价甚高，"御史时大夫浚川王公署其考曰：'有学识，有操持，有胆量，有作为'"①，此"四有"从学识、品行、胆识和理想四个方面高度评价了苏祐的学业、政绩和人品，作为文坛和政坛前辈，此种评价对苏祐的仕途不无帮助，学业也有所鼓励。王廷相过世后，苏祐前往祭吊，并撰《祭浚川王公文》。

苏祐与"后七子"中的谢榛、王世贞、梁有誉、吴国伦、徐中行五人有交游唱和，"后七子"与苏祐之子交往更多。

谢榛，字茂秦，号四溟山人，临清人，布衣诗人，为"后七子"之一。其诗以律句、绝句见长，存诗2500多首，著有《四溟集》《四溟诗话》。谢榛"虽终于布衣，而声价重一代"②。王世贞评其诗："刻意吟咏，遂成一家……其排比声偶，为一时之最。"③ 苏氏家族与谢榛交往颇多。苏祐与谢榛实际交往具体时间始于嘉靖29年（1550），"嘉靖庚戌，临漳

---

① （明）于慎行：《谷城山馆文集》卷208，第87页。
② （清）永瑢：《四库全书总目提要》卷172，第1512页。
③ （明）王世贞：《艺苑卮言校注》卷7，齐鲁书社1992年版，第342页。

第三章　苏祐家族：明代后期蒙古族汉诗创作的存续　　257

李给谏东冈公，爱山人才而促入长安，复寓书于先大司马。"① 从苏祐之子苏潢的追忆中可知，苏祐与谢榛是因李秦（号东冈）的推介而结识，此后二人交往频繁。苏祐曾以"黄鸟正牵求友情，间关隔树流春声""日夕焚香望君至，流水高山独无意""为君先弦膝上桐，相期共坐春风中。一弦一酹不知曙，别君上马朝天去"（《赠谢山人茂秦》）② 等语，表达自己对谢榛的友爱、渴盼知己及对彼此友情的珍视，而谢榛也对苏祐有同样的情感。嘉靖29年闰六月，边关告急，苏祐受命于危难之际，以兵部左侍郎暂代大同总督，其三子苏潢为侍从，父子单车出京，驰赴大同。谢榛作《送少司马苏公总制宣大》讽刺和议论时事，最后祝愿友人"雄图骠骑在，一战取楼兰"③。果如其所愿，苏祐在大同数次战胜蒙古军队。嘉靖29年以老营堡一战，截获牛羊千余只而立战功。

嘉靖庚戌年（1550），苏祐为谢榛作《谢四溟诗序》，曰："向李东冈司谏示予谢子五言律诗，读而爱之，雅称作者肖李、何矣。"④ 认为谢榛五言律诗酷似"前七子"之首的李梦阳、何景明，对"后七子"与"前七子"的诗学源流传承作了简明梳理。而谢榛《李东冈北来，道苏舜泽中丞是予知己，有感》回应："李白相逢贺季真，尘中知有谪仙人。金龟换酒长安市，烂醉高歌天地春。"⑤ 表明他与苏祐就似盛唐时期贺知章对李白的知遇，可见对苏祐的看法是认可的。是年发生有名的"庚戌之变"，此前苏祐父子驰赴大同，严加城防，调整部署，大同转危为安。俺答军东移，京师危急，苏祐又遣时任大同总兵官仇鸾率部入援京师，自将精兵移驻南口，声援京师。嘉靖29年九月，以功获实授大同总督之职。嘉靖30年（1551）春，苏祐上疏陈述明朝与北方蒙古双边的和战利害关系，提议在明朝与北方蒙古交界开放马市，进行两边民间贸易，缓和双边关系，于慎行《明故资政大夫兵部尚书兼都察院右都御史谷原苏公行状》："辛亥，虏乞贡市，公请外示羁縻，内修战守。朝议许

---

① （明）苏潢：《谢山人全集后跋》，《谢榛全集校笺·附录一》，江苏古籍出版社2003年版，第1357页。
② （明）苏祐：《谷原诗集》卷6，第452页。
③ （明）谢榛：《谢榛全集》卷16，齐鲁书社2000年版，第537页。
④ （明）谢榛：《谢榛全集》卷首，第11页。
⑤ （明）谢榛：《谢榛全集》卷20，第692页。

之，虏执献妖贼。"① 此疏很快通过廷议，皇帝批准在沿边定期开放马市，双边化干戈为玉帛，军民皆大欢喜，苏祐为此立功，嘉靖30年秋，谢榛作《塞上曲寄少司马苏允吉六首》为友人贺。"牧马深山白草中，不闻鼙鼓动西风。老兵闲坐斜阳里，尽说今秋魏绛功。"② 称赞边地难得的和平安宁景象，而且以魏绛比苏祐，赞颂其和戎安边之功。嘉靖32年（1553），俺答汗举众越长城、入紫荆关，苏祐遣将分道击之，且自率铁骑截击敌于永安堡，浴血鏖战数昼夜而获胜。谢榛听到胜利的消息，马上赋诗《大司马苏公书至自云中，兼闻捷音赋答》祝贺苏祐。诗云："龙沙漠漠起霜风，堠火关心白发中。江海几手疲国计，胡庭此日议边功。笳吹夜月军门静，剑倚秋天房障空。麟阁久虚知不负，捷音今献未央宫。"③ 期盼苏祐早日画图麒麟阁。

征尘漫漫，各自天涯。苏祐与谢榛尽管互为知己，但晤谈之日很少。苏祐军旅之暇赋诗把自己在边疆情况和心得拿来与友人分享，谢榛也为其取得的胜利高兴。"胡笳遥动黄云暮，塞马长嘶白草秋。慷慨中丞时杖策，汉家天子莫深忧"（《登太行山西望，有怀苏舜泽中丞》）④，谢榛遥想友人镇守边塞的情景，更增对苏祐的思念。除了寄赠赋诗，诗作赠答更可表述知己心怀。苏祐《寄谢茂秦》诗曰："邺下才名世共传，梁园宾客更谁先。半生旅寄原能赋，千里神交况有缘。瑚琏共珍清庙器，雁鸿先柱塞城篇。何年共醉长安市，拼解金龟当酒钱。"⑤ 对他们的文名都做了肯定，对以文会友这种交往方式也付诸更多期许，但最盼望的还是早日相逢一醉，以解相思之忧。谢榛读诗感喟，当即赠答。《酬苏侍御允吉见寄》云："幕府书来见远情，况逢秋暮正休兵。天消朔塞烟尘色，风断燕关鼓角声。战后威名忧转剧，老来多事赋还成。应思帝里传杯夜，南北迢遥共月明。"⑥ 对远方来鸿表示欢迎，知道是秋暮休兵老友才能得闲赋诗。但作为知己，他提醒苏祐，从来功高是喜也多忧，要小心有谗言。果然不出

---

① （明）于慎行：《谷城山馆文集》卷208，第86—87页。
② （明）谢榛：《谢榛全集》卷20，第672页。
③ （明）茅坤、陈子龙选注：《明七子诗选注》卷4，此诗未见于《谢榛全集》。
④ （明）谢榛：《谢榛全集》卷20，第414页。
⑤ （明）苏祐：《谷原诗集》卷4，第432页。
⑥ （明）谢榛：《谢榛全集》卷16，第537页。

第三章　苏祐家族：明代后期蒙古族汉诗创作的存续　259

谢榛所料，不久，苏祐罢职致仕。

因为有父辈之谊，加上同乡之故，谢榛与苏祐四子都有交往。谢榛诗集中有《夏日过苏子川、子冲伯仲馆值雨，时二子将赴云中》《送苏子川之云中》《送苏子冲之云中》《送苏子长之塞上》《夜酌苏子川舟中话别，因忆乃弟子冲、子长、子新，时寓都门》《送苏子长授大梁都事不赴，归濮阳》等与苏濂、苏澹和苏潢有关的交游诗。从交游诗可以看出，谢榛与苏祐之子同游宴饮、拜赠送别，交游互动频繁。在诗中，谢榛对苏家之学及苏氏兄弟之才赞不绝口："卿家大雅存"①　"伯仲才堪并"②　"曹刘时复振，伯仲日堪论"③。谢榛的《四溟山人全集》明万历丙申（1596）初刻本，即是苏潢受赵穆王朱常清指令与陈养才等一道搜集、汇总、编辑和全校而成的，且为之作《谢山人全集跋》。中有言："潢故习山人。山人同东郡也，以邺下故建安才子之地，遂乐而侨居焉。先康主固大雅，馆谷山人甚殷，不啻邺下之曹、刘云。嘉靖庚戌，临漳李给谏东冈公，爱山人才而促入长安，复寓书于先大司马，而山人誉闻勃勃乎缙绅口吻矣。若潢乡李于鳞、李伯承、吴下王元美诸名公，悉为结社。先大司马时过之。执中原牛耳，迭唱互吟，翩翩壮也。"显然熟知谢榛。

王世贞（1526—1590），字元美，号凤洲，又号弇州山人，江苏太仓人。嘉靖 26 年（1547）进士，授刑部主事，屡迁员外郎、郎中，又为青州兵备副使。嘉靖 38 年（1559），父王予以滦河失事为严嵩所构，论死，世贞解官奔赴京师告免。未成，持丧归，三年丧满后犹却冠带。隆庆元年（1567）讼父冤，得平反，被荐以副使莅大名，迁浙江右参政、山西按察使，又历广西右布政使，入为太仆寺卿。万历 2 年（1574）以右副都御史抚治郧阳，因忤张居正罢官，后起为应天府尹，复被劾罢。居正殁后，起为南京刑部右侍郎，辞疾不赴。久之，起为南京兵部右侍郎，擢南京刑部尚书，以疾辞归。其著作文学方面有诗文集《弇州山人四部稿》一百七十四卷、《弇州山人续稿》二百零七卷和《艺苑卮言》十二卷；史学方面有《弇山堂别集》一百卷，松江人陈复表将其所著的各种朝野载记、秘录等

---

① （明）谢榛：《谢榛全集》卷 16，第 550 页。
② （明）谢榛：《谢榛全集》卷 16，第 586 页。
③ （明）谢榛：《谢榛全集》卷 16，第 550 页。

汇为《弇州史料》，前集三十卷，后集七十卷，内容包括明代典章制度、人物传记、边疆史地、奇事逸闻等，是一部较完整的明代史料汇编。王世贞与苏祐父子的交往也由来已久。王世贞虽然在《明诗评》中对苏祐的诗评价不高："司马清不如许伯诚健壮，亦可鲁卫之政也。"① 他指出其诗气格不如许宗鲁（字伯诚），肯定其诗歌至少在鲁卫之地算佼佼者。但是，王世贞在写给苏祐的《承大司马濮阳苏公惠览诗集率尔有酬》两首诗中却不吝赞美之辞："青门耕烟一老臣，黄石赤松先后身。天书姓名隶琬琰，何足道哉汉麒麟。自谱游仙度红玉，凤笙云璈宛相属。犹有军中突厥塩，污他半部清商曲。""苏家五言李少卿，半割汉语归王庭。昨埽祁连并收得，奚珠错落珊瑚明。焉支山头湛卢紫，仰划天河赤璃水。写作人间龙凤鸣，一洗千秋濮中耳。"② 既有对苏祐人品行事的美誉，把其比作张子良的老师——黄石老人赤松子之类的出尘高人；也有对其诗歌的褒赞，将其五言诗比类以工五言③著称的李陵。不过，从这里也可以看出，交游酬唱诗中的夸赞对方之语不可尽信。王世贞与苏濂也有交往，其《答赠苏鸿胪濂》有句"家声自识中郎将，词笔重归小许公。宜就承明新汉月，篇成东海旧齐风"④，称赞苏濂得其家族文学风范，并把苏濂诗文比类唐代有"燕许大手笔"之誉的许公苏颋，可见对其爱重。

苏祐不但与前后"七子"成员有诗文交游唱和，而且诗文创作风格还受其倡导的"文必秦汉，诗必盛唐"影响。《四库全书总目提要》总结苏祐诗风格曰："大旨宗李攀龙之说，不曾作唐以后格，而亦不能变唐以前格，故音节琅琅，都无新意。"⑤《四库全书总目提要》评苏祐文曰："词多骈丽，规仿《文选》，而真气不足以充之，在七子派中，又为旁支矣。"⑥ 认为苏祐诗作规模七子，没有新意。但苏祐词采风神情韵俱善，也是不争的事实。

---

① （明）王世贞：《明诗评》卷4，商务印书馆1937年版，第92页。
② （明）王世贞：《弇州四部稿》卷18，《四库全书·集部（218）·别集类》第1279册，上海古籍出版社1987年版。
③ "苏子卿、李少卿之徒，工为五言，虽文律各异，雅郑之音亦杂；而词意简远，指事言情，自非有为而为，则文不妄作。"（宋）魏庆之：《诗人玉屑》卷13，商务印书馆1938年版，第233页。
④ （明）王世贞：《弇州四部稿》卷18，第484页。
⑤ （清）永瑢：《四库全书总目提要·谷原诗集》卷177，第1584页。
⑥ （清）永瑢：《四库全书总目提要·谷原文草》卷177，第1584页。

第三章　苏祐家族：明代后期蒙古族汉诗创作的存续　　261

除了前、后"七子"外，嘉靖年间活跃的"嘉靖八才子"与苏祐亦有交游唱和。"八才子"指嘉靖5年（1526）、8年（1529）进士李开先、王慎中、唐顺之、熊过、陈束、任瀚、赵时春和吕高八人的并称。"八才子"诗学初唐，即由前"七子"的"诗必盛唐"而发的新变。因为乡帮或同年之故，所以苏祐与"嘉靖八才子"中的赵时春、李开先、王慎中、任瀚四人有交游唱和。

赵时春，字景仁，号浚谷，陕西平凉人。嘉靖5年（1526）进士，选翰林院庶吉士，授户部主事，移刑部河南司主事，调兵部武库司。写《上崇治本疏》以进，被罢黜为民。三十岁时再起用为翰林院编修，历官司经局校书，嘉靖19年（1540），同罗洪先、唐顺之联名上疏，请太子于翌年正旦临文华殿受群臣朝贺，被嘉靖帝黜为庶民。北方蒙古鞑靼部犯京师，明世宗再次起用为兵部职司主事，升按察使司副使，升都察院右佥都御史。鞑靼部进犯神池（今山西省西北部），明军不幸在大虫岭中伏，总兵李涑战死，全军覆没，时春仅以身免。为"嘉靖八才子"之一，著有《赵浚谷诗文集》《洗心亭诗余》《稽古绪论》等。晚年编纂《平凉府志》十三卷。李开先评其曰："诗有秦声，文有汉骨"。《明史》评曰："时春读书善强记，文章豪肆，与唐顺之、王慎中齐名。诗伉浪自喜类其为人。"① 苏祐与其除了有同年之谊，还有共事经历。嘉靖32年（1553），苏祐任宣大、山西总督之时，赵时春提督雁门三关，巡抚山西。在此期间，他们除了共同面对和联手抗争蒙古鞑靼部的入侵外，还在一起同游唱和，切磋诗文。如苏祐《九日感兴》："西风几见菊花斑，十载防秋朔塞间。苏武尽销青海鬓，班超渐老玉门关。天涯归计今应晚，世上浮名好是闲。寄兴沧州丛桂树，歌声拟续小重山。"② 赵时春即和作《和苏舜泽总督九日感兴韵》："塞上秋风草木斑，共看旌节出云间。金戈挽日回三舍，玉帐分弓护九关。菊圃重开绿野宴，霜威竟使白狼闲。书生岂作封侯计，拟敷皇猷重太山。"③ 两诗均以独在异乡为异客的重阳九日感慨岁寒人老尚征战不休为诗作主题，但苏祐之作更沉郁而赵时春和作更明快些。唱和

---

①（清）张廷玉：《明史》卷200，第5302页。
②（明）苏祐：《谷原诗集》卷4，第437页。
③（明）赵时春：《赵浚谷诗集》卷5，《四库全书存目丛书·集部》第87册，齐鲁书社1997年版，第667页。

诗作是二人共事经历的实录，也在表达各自心曲之时，叙写友情。苏祐出塞戍边，有《西征遇雪》："木落空林夜有霜，朔气重酿塞云黄。寒生老臂犹三属，倦入长途讵七襄。白草旧开东胜地，赤缨先系左贤王。谩怜飞雪沾双鬓，却笑青山亦点苍。"① 此诗激昂慷慨之气、潇洒乐观之态丝毫不输于唐人，赵时春和诗为《次苏总督西征遇雪韵》："边地凝寒饱雪霜，六花平掩塞沙黄。汉兵欲出匈奴散，周雅归来狁狁襄。已见锡封传祚胤，更分属国受降王。阶前剩有余光借，毋使空歌我马苍。"② 此和诗虽是步苏祐诗歌的原韵韵脚的步韵之作，却顺畅自然，无论是诗意还是豪情均不逊色原作。

李开先，字伯华，号中麓子、中麓山人及中麓放客，济南章丘人，擅长散曲，同时兼长诗文，有诗文《闲居集》十二卷；散曲《赠康对山》一卷、《卧病江皋》一卷、《中麓小令》一卷、《四时悼内》一卷；院本集《一笑散》；杂剧《皮匠参禅》；传奇《宝剑记》《断发记》《登坛记》；曲论《词谑》；杂著《画品》一卷、《中麓山人拙对、续对》三卷、《诗禅》一卷。苏祐曾以李开先的雅号为题创作《中麓行赠李司封》相赠，另有《秋夜与李伯华共卧》，其云："邂逅君如李谪仙，殷勤诵示客游篇。金龟换酒宁须惜，功锦为袍亦固然。残月转檐河欲没，疏灯伏枕壁犹悬。惭予浅劣迷音调，流水空挥玉轸弦。"③ 从诗题秋夜"共卧"可看出二人的亲密程度，苏祐把李开先比作李白，并且对自己不懂曲律表示惭愧。李开先也作《寿致政总督宣大大司马舜泽苏公》，从诗题和"生辰七夕后，致政十年前"诗句可看出此诗作于苏祐致仕十年之后。诗歌首先回顾苏祐任职宣大总督时的功绩："总督昔宣大，德威今尚传。三秋闲甲马，万里息烽烟。残卒回生气，穷民解倒悬。用兵神豹略，横槊赋雄篇。望重三台丽，官尊八座联。天王亲授钺，督府独持权。番戍鸿秋至，安居犬夜眠。酣歌弹宝剑，较射注缗钱。"然后以"出作当朝杰，归称陆地仙"转入贺寿场面和情景的描写，其间还赞颂苏祐的操守和文章："松柏操能后，文章谁

---

① （明）苏祐：《谷原诗集》卷 4，第 437 页。
② （明）赵时春：《赵浚谷诗集》卷 5，第 667 页。
③ （明）苏祐：《谷原诗集》卷 4，第 410 页。

可先。"①

较之李开先、赵时春、王慎中，苏祐与任瀚的交往不算多。任瀚，字少海，四川南充人，嘉靖8年（1529）进士，苏祐有《元夕同给谏张伯操饮司功任少海宅》。当时诗学初唐者与苏祐有交游的还有袁袠、屠应竣②等。这些以"嘉靖八才子"为代表的"诗学初唐"诗学思潮，是弘、正之际以李、何为代表的前"七子"宣扬复古思潮的承续和变体，随着这些人仕宦变迁而解体。"诗学初唐"的诗学思想因为持续时间短、成绩不显著，在明代文坛上并没有产生明显影响，而从诗学初唐中蜕变出的"唐宋派"却产生深远影响。王慎中、唐顺之既是"嘉靖八才子"的重要成员，同时也是前、后"七子"之后，调和唐宋的"唐宋派"的主导人物。苏祐家族与"唐宋派"中王慎中、茅坤交游唱和历时久而精神气质相和处颇多。

王慎中（1509—1559），字道思，号遵岩居士，晋江人。18岁中进士，授户部主事，寻改礼部祠祭司。他和当时的名士唐顺之、陈束、李开先等一起讲习，学业大进。后又任吏部验封司郎中、户部主事、礼部员外郎、河南参政等职。因触忤大学士夏言而落职。归家后，当地士子常来请教，门墙几不能容。诗文集有《遵岩集》《遵岩子》《遵岩先生集》《王参政集》《玩芳堂摘稿》《王遵岩文选》等。王慎中与唐顺之、归有光、茅坤等开创唐宋派，反对拟古，主张学习唐宋散文，直抒胸臆。沈德潜称赞他的五言古诗说："然五言古亦窥颜、谢堂庑，无一浅语、滑语"③。苏祐与王慎中是同年进士，初次相见便惊为天人："见其言循循然，理也；文翩翩然，富也；年翛翛然，少也。窃自叹曰：遵岩诚八闽之奇士乎，其志达矣！"④几年后，苏祐再次发出感叹："闻其政优优然，敷也；心于于然，乐也；思骎骎然，玄也。窃自叹曰：遵岩为一代之硕儒乎，其天定

---

① （明）李开先：《李中麓闲居集》卷4，顾廷龙：《续修四库全书·集部·别集类》第1340册，上海古籍出版社2013年版，第576页。

② （明）胡应麟：《诗薮》："嘉靖初，为初唐者，唐应德、袁永之、屠文升、王汝化、任少海、陈约之、田叔和等。"上海古籍出版社1979年版，第363页。

③ （清）沈德潜、（清）周准：《明诗别裁集》卷7，中华书局1975年版，第74页。

④ （明）苏祐：《谷原文草》卷1，第293页。

矣!"① 他们为官各奔东西，相见甚少，再次见面已是嘉靖19年（1540），苏祐升江西提学副使，尚未起行，而王慎中将赴任河南参政，苏祐作《赠王遵岩晋河南参政序》为其送行，序中叙述了他们交往的经过，并表达了对王慎中才学的钦慕。此后，嘉靖29年（1550），苏祐以少司马总制宣大诸军事，"时宣大有虏警至，失大将，朝议以为忧"，王慎中"闻而壮之，为赋诗十章"，作《寄上本兵苏舜泽公》。在这十首绝句中，王慎中发挥想象，从边关告急、朝廷震惊到号令指挥、训练士卒，终至"凌烟阁上功臣数，敕与画工特地增"等多方面表现和歌颂友人苏祐"如公文武是全材"②。苏祐与王慎中惺惺相惜，后王慎中因得罪夏言落职，而夏言对苏祐却赞赏有加。今苏祐集中不见与夏言的倡答诗，不知是否出于对王慎中的同情之故。

茅坤，字顺甫，号鹿门，归安人。嘉靖17年（1538）进士，著有《白华楼吟稿》《茅鹿门先生文集》《玉芝山房稿》《耄年录》，今人辑为《茅坤集》。茅坤文武兼长，雅好书法，提倡学习唐宋古文，反对"文必秦汉"的观点，对韩愈、欧阳修和苏轼尤为推崇。是明代"唐宋派"主将。他曾与苏祐共事过："予尝由吏部司勋谪判洺州，间为公幕下吏。"③且以文章受知于苏祐："仆以文章辱先司马公之知"④。茅坤与苏濂也有书函往来，曾应苏濂之请为苏濂和苏澹的诗集作序，在《苏氏二子诗序》中对苏祐功名与诗歌评曰："故公之威名，外怖虏幕，内镇疆场，为一时重臣。而其诗歌所载，间多古者嫖姚之气。"⑤对苏氏二子评曰："二子并隽才，其诗并能沿公之向而矩矱之者。"⑥茅坤七十五岁之时，他还与苏濂有书函往来，其《茅鹿门先生文集》中有《复苏杏石书》，在书中对苏濂的来信表示欣喜："获明公所移书，不胜蹬然喜。"⑦

---

① （明）苏祐：《谷原文草》卷1，第293页。
② （明）王慎中：《遵岩先生文集》卷11，《北京图书馆古籍珍本丛刊·集部·明别集类》105，书目文献出版社1998年版，第709—710页。
③ （明）茅坤：《苏氏二子诗序》，（清）刘藻：《曹州府志·艺文志》卷201，第678页。
④ （明）茅坤：《茅鹿门先生文集》卷7，顾廷龙：《续修四库全书·集部·别集类》第1344册，上海古籍出版社2013年版，第565页。
⑤ （明）茅坤：《苏氏二子诗序》，第678页。
⑥ （明）茅坤：《苏氏二子诗序》，第678页。
⑦ （明）茅坤：《茅鹿门先生文集》卷7，第565页。

嘉靖、隆庆年间，欧大任、梁有誉、黎民表、吴旦、李时行等师从黄佐，结社南园，相与唱和，故号称"南园后五子"，也称"南园后五先生"。苏祐父子与欧大任和黎民表二人交游颇多。欧大任，字桢伯，号仑山，别称欧虞部，广东顺德人。嘉靖42年（1563），他以岁贡生资格试于大廷，列为第一，由是声名远播。著有《思玄堂集》《旅燕集》《浮淮集》《广陵十先生传》《平阳家乘》《百越先贤志》等，后人汇刻为《欧虞部诗文全集》。黎民表，字惟敬，号瑶石、罗浮山樵、瑶石山人，广东从化人。嘉靖13年（1534）举人，喜作画，善诗词，有《瑶石山人诗稿》《梅花社稿》《北游稿》《谕后语录》等，他还曾参与修撰《从化县志》《广东通志》《罗浮山志》。欧大任和黎民表与苏氏父子都有交往。欧大任有《寄大司马濮阳苏公》，其中"谁知濮上持竿客，白首勋名在圣朝"① 两句既是对苏祐功业勋名的称赞，也是对其潇洒俊逸的人生态度的欣赏。黎民表虽然没有与苏祐的交游诗，但从"识君忆自公交日，倾盖论心若胶漆"② 诗句可知，黎民表与苏濂的交往还是因其父苏祐。欧、黎二人与苏祐之子交往更加频繁，这从他们留存的诗歌中可略见一二。欧大任与苏氏兄弟赠送寄怀唱和诗作有《怀苏子冲》（《旅燕稿》卷二）、《寄苏子长》（《旅燕稿》卷二）、《寄苏子冲》（《旅燕稿》卷四）、《寄苏子新》（《旅燕稿》卷二）、《送苏子川奉使还京》（《浮淮集卷三》）、《寄濮州苏子川、子冲兄弟》（《旅燕稿》卷三）、《苏子川、张元易二光禄见过》（《廱馆集》卷三）、《送苏光禄子川倅巩昌》（《廱馆集》卷三）、《苏光禄子川喜余至，赋诗感怀，余念孙丈济浮沉京邑、黎惟敬告归岭南，而余亦外补有日，和答一首并简二子》（《北辕集》卷一）等。在诗中，既夸赞苏氏兄弟家世："卿也起家曹濮下，严亲尚书号横野。秉钺云中节制遥，驱胡漠北威名大。绛侯世业有亚夫，穰苴兵法传司马。"③ 又对他们的诗艺、技能赞赏有加："暂为金马使，曾是步兵才"（苏濂）④、"诗篇传海

---

① （明）欧大任：《欧虞部集》卷6，《北京图书馆古籍珍本丛刊·子部·丛书类》第81册，书目文献出版社1988年版，第250页。
② （明）黎民表：《瑶石山人稿》卷4，上海古籍出版社1993年版，第40页。
③ （明）欧大任：《欧虞部集》卷1，第154页。
④ （明）欧大任：《欧虞部集》卷3，第229页。

岳，剑术老乾坤"（苏濬）①、"金扉曾谢禄，瑶草足娱亲"（苏潢）②、"早传梅石赋，不负竹林情"（苏浣）③，还对他们表示思念之情："相思日南北，吾亦别金门"（苏濬）④、"思君若河水，何以到鄄城"（苏浣）⑤。黎民表有《送苏子川之金陵》（《瑶石山人稿》卷二）、《感旧篇答苏子川》（《瑶石山人稿》卷四）、《十三夜过苏子川兄弟》（《瑶石山人稿》卷六）、《苏子川宅观芍药得枝字》（《瑶石山人稿》卷六）等。他们还经常在一起燕集、唱和，这亦可从留存的诗中看出，如欧大任有《苏子川席上观舞歌》（《旅燕稿》卷一）、《十三夜同苏子川、黎惟敬、方德新、吴明卿、苏子冲、成仁卿、黄定甫集吴约卿观灯，得开字》（《旅燕稿》卷二）、《至日同姚元白、苏子川、黄定父、吴约卿、张羽王饮黎惟敬宅，时元白将还白下，羽王将之雷州》（《旅燕稿》卷三）、《周子修、苏子川、丁庸卿、周汝砺、孙文济、孙文鼎、项思尧、黄汝会、柴季通、黄定父、纪旭仁诸君枉饯，席上留别》（《旅燕稿》卷三）、《雨后饮苏子川宅，望西山得花字》（《旅燕稿》卷三）等，黎民表有《同子与过善果寺访吴约卿，时濮阳二苏在席，得台字》（《瑶石山人稿》卷六）、《同苏子川、欧桢伯访吴化卿、姚元白于慈仁寺》（《瑶石山人稿》卷六）、《张司理羽王将之雷阳，携酒见过，招姚元白、苏子川、吴化卿、欧桢伯、黄定甫同集》（《瑶石山人稿》卷十一）、《夜集苏子川鸿胪宅，命家僮作妓舞戏赠》（《列朝诗集》丁集第六）等。从上述所列诗题还可看出，苏濂、苏濬与吴明卿（即吴国伦）、姚元白（即姚涞）、张羽王（即张鸣凤）等也有交往。由此可见，他们之间既有赠答唱和，也有燕游赠送等交游诗，表达了他们之间的交谊之深："睽离属思浅，中情不能诉。"⑥

欧大任既是"南园后五子"中坚，也是"广五子"成员。欧大任"未第时，诗名籍甚齐鲁间"⑦，曾与李攀龙、谢榛等倡导诗社，号为"广

---

① （明）欧大任：《欧虞部集》卷2，第177页。
② （明）欧大任：《欧虞部集》卷2，第177页。
③ （明）欧大任：《欧虞部集》卷2，第178页。
④ （明）欧大任：《欧虞部集》卷2，第177页。
⑤ （明）欧大任：《欧虞部集》卷2，第178页。
⑥ （明）黎民表：《瑶石山人稿》卷2，第22页。
⑦ （清）钱谦益：《列朝诗集小传》丁集上，第427页。

五子"。苏祐家族与"广五子"中李先芳的交游更多,感情也更加深厚。李先芳,字伯承,初号东岱,更号北山,濮州人。李先芳才华横溢,谙晓音律,爱好广泛,对医学、道教、佛教都有研究。以诗名著称于世,著作宏富,今存《东岱山房诗录》十三卷、《江右稿》卷上、《外集》,皇甫汸选为《李氏山房诗选》六卷(存二卷)等。于慎行序其集,将其与李攀龙并论:"吾里两李先生,其称诗不同……濮阳以才情赴调,融洽众采,而出以和平,力尝蓄于法之中。"① 因为同乡之故,加之苏、李两家有通家之谊,苏祐父子与其交往颇深。苏祐于嘉靖14年(1535)奉诏巡按宣大还朝时,李先芳作《送苏侍御按宣大还朝》。李先芳嘉靖26年(1547)进士,翌年任新喻知县,苏祐作《送李伯承还新喻》为其送行,苏祐对李先芳称赏有加:"金门供奉客,迟尔谪仙人。"② 诗中把李先芳比类李白,高度肯定了李先芳的诗学才华。此后,苏祐任宣大总督期间,李先芳写给苏祐诗有《寄大司马苏公时总督宣大》《再寄大司马苏公》《寄总督苏公》等。诗中既有对苏祐仗剑出塞的英雄壮举的称颂,也表达了对守边戍塞将士的怜悯。此外,李先芳还有《苏公园赏牡丹》《百寿图歌行寄寿大司马苏公舜翁五丈》等诗作亦是与苏祐的交游诗。苏祐也曾为李先芳之父——李鉴撰写墓志铭《寿宫双泉李公墓志铭》,为其《东岱山房诗录》作序,在《拟古乐府序》中评价李先芳的才学和诗作风格:"北山李君,赋博雅之才,禀渊朗之识,居官暇豫,制作聿精,传布艺苑,倍增纸价。……质而不俚,缋而不艳,春容含蓄,直追汉魏,有一唱三叹之风,言志依永之意,猗与休哉。"③ 李先芳与苏祐之子年纪相仿,他们之间的交往更为频繁,其诗集中与苏祐之子交游诗达二十三首之多。李先芳与苏濂的交游诗有《郊饯子川雨中即席赋》《送苏鸿石司宾南还》等,在《十四子诗(苏鸿石,濂贡士)》中高度评价了苏濂出尘的高士之风:"抛却明珠笑拂衣,汀蒲一曲旧渔矶。漆园何限婆娑树,闲看花间蝴蝶花。"④ 苏濂也有与李先芳的交游诗,在《寄北山李符卿》中表达了对友人的思念

---

① (清)朱彝尊:《静志居诗话》卷13,第394页。
② (明)苏祐:《谷原诗集》卷3,第405页。
③ (明)李先芳:《东岱山房诗录》卷首,《四库全书存目丛书·集部》第119册,齐鲁书社1997年版,第127页。
④ (明)李先芳:《东岱山房诗录》七绝,第348页。

之情："旧雨故人空在望，新丰美酒共谁尝。"① 李先芳诗集中与苏澹的交游唱和诗最多，有《醉题苏子冲园亭》《留饮苏子冲对菊得琴字》《赠苏子冲》《寺夜同子冲守岁》《寄苏子冲》《对酒怀子冲》《送苏子冲下第南归》《清明日望桃林有伤苏仲石旧游》《子冲东园即事》等，其间记录了他们同游共赏、同饮共醉和寄赠唱和情况，也见证了他们之间感情的深厚。苏澹也有《太液春波和答李伯承》，诗中描写了"太液春波"的美妙，也表示对友人的诗赋的期待："乘时词赋还公等，适意鱼龙羡尔曹。"② 李先芳与苏潢的交游唱和也较多，有《送苏子长南还》《寄怀苏子长四宜园（四首）》《送苏子长赴阳和省亲（时乃翁以尚书总督宣大）》《题苏子长画牡丹卷》《送苏子长赴济上谒朱镇翁司空》《四宜园夜集》等。另有《雪夜饮苏子长梅坞，兼送仲兄子冲赴试春官，得何字》《和苏子冲伯仲城南泛舟》等诗是与苏氏兄弟共同交游的诗作。而其《答子川子冲见寄》诗后附录苏濂和苏澹的见寄原作，未见于其他诗歌总集收录，尤显珍贵，故录如下：

有美经年别，云霄振羽仪。凤怀鸿鹄志，新拜爽鸠司。一札劳存问，三秋多梦思。圣朝刑措久，退食但哦诗。（苏濂）

萧寺谈文久，燕京恨别新。谁知附凤客，却忆饭牛人。舌在宁论贱，书来转慰贫。小山丛桂里，何日接清尘。（苏澹）③

诗中不难看出苏氏兄弟对李先芳的友谊。李先芳与苏祐之子相聚有燕集唱和、分别时有赠送赋别、分隔时有寄怀应答，这些既可增进友情，又可磨炼诗艺。他们燕游、寄送、赠答与唱和的诗作，一方面反映出他们交往的频繁性和相契性，另一方面也可看出他们之间友谊的真挚和对彼此才学的欣赏。如李先芳《赠苏子冲》具有代表性："才名重小苏，献赋有三都。身赴铜龙阙，家藏金马符。论交逾骨肉，寄字隔江湖。准拟燕台月，花间倒玉壶。"④

---

① （清）钱谦益：《列朝诗集·丁集》第二，中华书局2007年版，第4061页。
② （清）宋弼：《山左明诗钞》卷20，第197页。
③ （明）李先芳：《东岱山房诗录》五律，第262—263页。
④ （清）李先芳：《东岱山房诗录》五律，第218页。

第三章　苏祐家族：明代后期蒙古族汉诗创作的存续　　269

　　苏祐家族交游的文学派别或团体成员还有"海岱诗社"中的黄卿。黄卿，字时庸，号海亭，青州益都人。正德3年（1508）进士，与陈经、冯裕、杨应奎等结"海岱诗社"，相互唱和。有《编苕集》《编苕诗话》《拟珠集》《闲抄漫记》《海岱会集》等著作。苏祐称其方伯，为其作《朝正行送海亭黄方伯》《祭方伯海亭黄公文》等诗文。苏祐认为黄卿志趣高雅与才情出众："眼中之人吾几见，高山流水非凡抱。雅歌不废豫章行，闲情尚想辽东帽。"① 苏祐曾为黄卿的《编苕集》作序，在《编苕集序》序文中对其评价甚高："公少以词赋起齐鲁，既又以直道退居北海上，锐意高深，覃思玄远，其所造诣莫可究竟矣。"②

　　明朝文学社团众多，除了上述诗坛名家之外，苏祐家族还跟一些当时有名的文学家族交往，如"临朐四冯"的冯惟讷。冯惟讷（1513—1572），字汝言，号少洲，冯裕第四子，与其兄惟健、惟敏均以诗文著名，山东临朐人。嘉靖戊戌年（1538）进士。曾官宜兴知县、兵部员外郎、提学陕西、两浙，迁江西左布政使，皆有政声，终以光禄卿致仕。冯惟讷长于古籍整理和文学研究，在临朐冯氏文学家族中别树一帜。辑录的《古诗纪》一百五十六卷和《风雅广逸》八卷存世，被《四库全书》收录，时人称之可与《昭明文选》并辔。钱谦益评《古诗纪》（《汉魏六朝诗纪》）曰："自上古以迄陈隋，纲罗放失，殊有功于艺苑。"③ 冯惟讷另有《楚词旁注》《文献通考纂要》《选诗约珠》《杜诗删注》等。其《冯光禄诗集》现收入冯琦编的《冯氏五先生集五卷》中。关于他的诗歌创作成就，陈子龙在《皇明诗选》中于"四冯"独选冯惟讷诗，可见对其赏识有加，《明史》也认为他在其兄弟中诗名最著："惟重、惟健、惟讷皆有文名，惟讷最著。"④ 苏祐有《送冯少洲赴南度支二首》，其二云："晋疆遗霸图，周览缅长鹜。魏原初邂逅，襟期杳如素。载移蒲坂守，复综云间赋。公车缘久待，芳尊遂良晤。机云不啻过，颜谢奚远慕。诎鲜久不伸，违难终寡遇。稍登南曹荐，还指旧京路。临岐一以送，眷言各回顾。"⑤

---

① （明）苏祐：《谷原诗集》卷6，第447页。
② （明）苏祐：《谷原文草》卷1，第299页。
③ （清）钱谦益：《列朝诗集小传》丁集上，第391页。
④ （清）张廷玉：《明史》卷216，第5705页。
⑤ （明）苏祐：《谷原诗集》卷2，第380页。

诗中描写了诗人对冯惟讷的离别之情，可以看出二人的谆谆情谊。

还有一些文学家族与苏祐家族有交游，如"黄家二龙"的黄省曾，"王氏双璧"的王守和王宠，"皇甫四杰"的皇甫涍，"袁氏六俊"的袁表、袁褧等。皇甫涍（1497—1546），字子安，号少玄，长洲（今苏州）人。嘉靖11年（1532）进士。授工部主事，改礼部主事。历任仪制员外郎、主客郎中、右春坊司直兼翰林院检讨。谪广平通判，以后又任南京刑部主事、员外郎，迁浙江佥事。未及三月，坐南计论黜，未及赴调，卒。涍好学不倦，工于诗，有才名。与兄皇甫冲及弟皇甫汸、皇甫濂，皆有才名，时称"皇甫四杰"。《明史》有其传。著有《皇甫少玄集》二十六卷、《皇甫少玄外集》十卷、《春秋书法纪原》、《续高士传》等。苏祐曾有《赠送皇甫仪部》，在诗中描写了与皇甫涍相谈甚欢，无奈"寒暄辞未毕，省觐驾言遄"，表现了与友人的聚散契阔之情："无以慰阔怀，翻尔增离忧。"①

袁表，字邦正，江苏吴县（今苏州）人。与袁褧、袁褒、袁裘、袁裦、袁裳，时称"袁氏六俊"。袁表是由太学生授西城兵马司指挥，历任南京中城和临江通判。为人耿介，像其弟袁褧一样，动辄与权贵相忤；任职南京时期，曾一度系狱，索性盛年致仕，啸歌山林。袁褧（1502—1547），字永之，号胥台山人，南直隶苏州府吴县人。廿四岁乡试解元，明年考进士，得罪张璁，沉浮下僚，如主事、佥事之类的小官，遂引疾归。诗文俊爽，有《胥台集》二十卷。苏祐有《送袁邦正兼讯令弟永之》，表达了对袁氏兄弟同朝为官的称羡："步月随天仗，穿花入禁庐。悬知霄汉上，兄弟并簪裾。"② 并在送别时对袁氏兄弟颇多宽慰。

王守（1492—1550），字履约，号涵峰，吴县人。王宠同母兄。正德14年（1519）举于乡，嘉靖5年（1526）登进士。随赴外选，授宁波府推官，岁末又掌鄞、象山二县府事。嘉靖8年（1529）九月，应召前往北京，选户科给事中，后历吏科右给事中、刑科左给事中、吏科都给事中、太常寺少卿，提督四夷馆，终南京都察院御史，掌院事。有《石湖集》。苏祐与其同年，在《送王履约赴宁波》中表达了对友人的依依惜别之情："驿路惜离群，尊前忍送君。移舟淹别浦，把袂怅春云。折狱才无敌，明

---

① （明）苏祐：《谷原诗集》卷2，第370页。
② （明）苏祐：《谷原诗集》卷3，第385页。

经世所闻。余闲游翰墨,传玩右将军。"① 诗人同时在诗中还列举了王守的多才多艺。

这些文学家族群体,在不同的地域进行文学、学术活动,并且彼此交游唱和,是明清文学家族繁盛的肇端,同时也促进了明代文学的发展。

综观苏祐交游的群体,既有出色的政治家和军事家,如夏言、高拱、毛伯温、翁万达、王崇古等;也有著名的文学家,如屠应竣、茅坤、王慎中、皇甫涍、崔桐、谢少南、谢榛、王世贞、梁有誉、欧大任、黎民表等;还有成就突出的理学家,如诸儒学派的王廷相、崔铣、薛蕙,三原学派的韩邦奇,南中王门学派的黄省曾、薛甲,北方王门学派的穆孔晖等。另有如王世贞、王崇庆、崔铣、章衮、尹耕等是历史学家和经学学者。他们是当时文坛的杰出代表和创作的主力军。当然还有如徐芝南、王秋曹、杨胥江等很多有名有姓或者如王太傅、张将军、卢职方等以官职代称的众多生平不可考的友人。尽管苏祐家族的每个人身份、个性不同,和他们交往的这些人亦如是,但是,无论是以乡帮为基础的地域交游、以科举为基础的同年交游、以文学团体或派别为主的诗学理念交游,还是以家族文学为基础的文学家族交游,他们都典型地展现了明代中晚期文士的精神追求,成为明代中晚期诗坛的重要枢纽。在诗歌唱和基础上,探讨不同身份背景、仕宦经历、个性气质对他们的诗作风格的深刻影响,由此构建出一条从苏祐至苏濂、苏澹、苏潢,再至苏窠、苏本的家族文学线索,并由他们的交游,拓展成明代中晚期士人生态图。不仅可以窥见苏祐家族文学创作所受到的影响和当时文坛上的文学派别特征,而且可以管窥当时文坛创作概貌。

苏祐作为蒙古族诗人,仕宦之途的政治才能丝毫不逊色于同时代汉族士人,甚至走在前列;在文学造诣方面,能与同时代汉族文人交游唱和、争奇斗艳,足见其才能得到了普遍认可,其诗文作品的思想艺术水平达到时代高度。由于时代使然,文化和民族政策原因,苏祐及其子孙的诗作从内容到形式已经看不出与蒙古族传统文学的联系。但他们作为蒙古族诗人这层身份是毋庸置疑的,他们所创作的文学作品是蒙汉文化文学相互交融、相互影响的结晶,也是蒙古民族的精神财富,更是研究蒙汉文化文学交融发展史的珍贵

---

① (明)苏祐:《谷原诗集》卷3,第385页。

材料。苏祐家族文学作品中的交游唱和诗成为蒙汉交流不可缺少的内容,尤其是他们在与众多汉族文人交游唱和中也没有表现出丝毫异样和隔阂,这本身已经超越了蒙汉文化文学交融的价值和意义,从更深层次上来说,他们是不同文化相互交融的优秀典范。

丙 编

清代蒙古族汉诗创作

清室初起兵时，内蒙古首先归附，清室利用其武力与明对抗，清中期以后，准噶尔猖獗，清廷利用外蒙古赛音诺颜部之武力击退准噶尔，因此清廷极力优待蒙古。有清一代，计有皇后四人，皇贵妃一人，贵妃一人，妃七人，侧妃、庶妃各一人出自蒙古族①，清室公主、郡主也多嫁于蒙古人。故有"清皇室实爱新觉罗氏与博尔济吉特氏之合组体"②之说。清室以满族入主中国，立国之初，就设八旗官学，让八旗子弟学习满汉书，而八旗亦在全国驻防。京师八旗及各省驻防八旗旗人与汉族杂居，日久习于汉俗。满蒙汉交融因之在清代成为一种文化现象。少数民族汉语文学创作作为民族文化交融的产物，在清代更是风行一时。满、蒙八旗子弟鲜有不从事汉文创作者。诗歌是文学创作中最普泛也最深入人心的创作体式。有清一代从事汉诗创作的蒙古族诗人90多人，有诗集留存行世者50人。创作时间从顺康之际到光宣时期，绵延不绝，在广大的清帝国境内从历史和空间中建构了清代蒙古族汉诗创作的盛况。

---

① 赵尔巽等：《清史稿·后妃传》，中华书局1977年版，第8895—8932页。
② 王桐龄：《中国民族史》，吉林人民出版社2013年版，第551页。

第一章

历史—空间建构中的清代蒙古族汉诗创作

清代的蒙古族诗人,多有先祖随大清入关的移民记忆。这些从龙入关的武职军人,起初定居于京师,随着统治政策的变化,他们中的一些人又被派往不同区域驻防。无论是在京师扎根繁衍还是去往地方戍守蕃息,他们的后嗣多由武转文,其中还有一些人历经数代形成了家族式文学创作。最终,在约270年的漫长清代文学历史上,在京师、驻防地的不同空间中迎来了繁盛的蒙古族汉诗创作高峰。

第一节 绵延清代的蒙古族文学家族

清代的蒙古族汉诗创作家族计有18[①]家,按照有别集传世的家族核心诗人的创作时间排序,即国栋家族、和瑛家族、法式善家族、清瑞家族、柏葰家族、托浑布家族、恭钊家族、恩成家族、锡缜家族、倭仁家族、花沙纳家族、瑞常家族、那逊兰保家族、善广家族、梁承光家族、旺都特那木济勒家族、延清家族、成堃家族等。其中,国栋家族之国柱国栋文孚、托浑布家族之托浑布金铠、恭钊家族之恭钊瑞洵、那逊兰保家族之那逊兰保、锡缜家族之锡缜锡纶、梁承光家族之梁承光梁济,均为博尔济吉特氏族成员,因支系不同,人数众多,故溯源分列不同文学家族[②]。上述18个

[①] 尹湛纳西家族也是典型的蒙古族文学家族,但家族文人没有汉语诗歌别集传世,本书稿重点研究汉诗写作,故不纳入。

[②] 清代博尔济吉特氏族之恩格德尔,世居西拉木楞地方,天命2年(1617)率部属首先归降努尔哈赤,封为额驸,蒙古族诗人恭钊、恭钊侄瑞洵为其后人;古尔布什,世居西拉木楞地方,天命6年(1621)归顺努尔哈赤,娶公主,被封额驸,蒙古族诗人国柱、弟国栋及国栋子文孚为其后人;明

蒙古族文学家族，除了那逊兰保家族之那逊兰保、成堃家族之成堃为女性诗人，旺都特那木济勒家族是蒙古王公家族，其他14个文学家族中主要成员大都有科举入仕的经历，但仕路重心不同。故此本书将这18个蒙古族汉诗创作家族分为科举文学家族、边地书写文学家族、驻防文学家族、王公贵胄文学家族。其中，国栋家族、和瑛家族、恭钊家族、恩成家族、锡缜家族、梁承光家族为边地书写文学家族，尤以和瑛家族为戍边文学家族代表；法式善家族、柏葰家族、托浑布家族、花沙纳家族都是科举文学家族，其中法式善家族是科举文学家族的代表；开封驻防倭仁家族、杭州驻防瑞常家族、成堃家族，京口驻防清瑞家族、善广家族、延清家族均属驻防文学家族，但家族文化传承也有不同，倭仁家族是重道文学家族；清瑞家族、瑞常家族、成堃家族是闲适写作文学家族；善广家族、延清家族是时政文学书写家族；那逊兰保家族、旺都特那木济勒家族为王公贵胄文学家族，其中旺都特那木济勒家族是晚清代表性的王公贵胄文学家族。现就上述文学家族中之代表性家族分述如下。

一 科举文学家族

法式善先祖以军职入关，后代习翰墨，由武转文，而且渐以科第起家，终成为清代中期著名的科举文学家族。法式善《重修族谱序》云："自始祖从龙入关至法式善八世矣，世无显官，其进身又多由军职，迨余高祖官内务府郎中，始习翰墨，亟亟以修家谱为急务。而余曾祖管领公、祖员外公皆喜读书、勤于职事，余父始以乡科起家。"[①] 阮元《梧门

安，世居兀鲁特地方，天命7年（1622），明安及同部三千余户归降努尔哈赤，被授三等总兵官，别立兀鲁特蒙古旗，蒙古族诗人博卿额、德坤为其后人；琐诺木，世居乌叶尔白柴地方，天聪时来归，任散骑郎，蒙古诗人博明为其后；垂尔扎尔，世居兀鲁特地方，天聪8年（1634）率部来归，隶满洲正蓝旗，授二等轻车都尉，蒙古族诗人锡缜锡纶为其后人；昂罕，为扎鲁特贝勒色本的长子，天命4年（1619）作为质子来到努尔哈赤身边，后从龙入关，封镇边将军，谥武略，蒙古族诗人托浑布、子金凯为其后人；另有诗人桂霖，亦出兀鲁特地方。阿禄哈，世居科尔沁地方，天聪6年（1632）率部来归，果勒敏为其后人；另有科尔沁札萨克多罗郡王僧格林沁后人博迪苏。土谢图汗衮布，世居漠北，康熙30年（1691）率所属十万余人来归，封漠北喀尔喀蒙古王爷，蒙古族诗人那逊兰保为其后人。梁承光一系则为元代博尔济吉特氏后裔，可追溯至元世祖忽必烈第五子，元时居河南汝阳，后袭封云南王，汝阳地属大梁，故明初为避乱改梁氏为姓。

① （清）法式善：《存素堂文集》卷2，嘉庆12年（1807）扬州绩溪程邦瑞刻本。

第一章　历史—空间建构中的清代蒙古族汉诗创作　　277

先生年谱》载:"曾祖讳六格,官内管领,诰授中宪大夫;曾祖母赵氏,诰封恭人。祖平安,贡生,内务府员外郎,请授中宪大夫;祖母张氏,诰封恭人。父讳和顺,圆明园银库库掌,母韩氏。本生父讳广顺,乾隆庚辰科顺天乡试中式;本生母赵氏。三代皆以法式善诰赠通议大夫、翰林院侍读学士、国子监祭酒、加五级,妣皆赠淑人。"①

　　法式善家族是有清一代著名的蒙古族科举世家。《清代硃卷集成》"伍尧氏来秀"硃卷条载:法式善的家族中,从始祖以武从龙入关到高祖梦成转而习文,直至来秀的十代人中,相继出现了4位举人、3位进士。即第六代的保安,雍正7年(1729)举人;第七代的广顺,乾隆25年(1760)举人;第八代的伊常阿,道光15年(1835)举人;第九代的桂芬,道光23年(1843)举人。第八代法式善,乾隆45年(1780)进士;第九代桂馨,嘉庆16年(1811)进士;第十代来秀,道光30年(1850)进士。②

　　法式善家族不只是科举世家,也是文学世家。法式善生父广顺喜读书,善诗文,入仕途,性淡泊。赵怀玉《御园织染局司库伍尧君家传》云:"君姓伍尧氏,讳广顺,字熙若,号秀峰,蒙古正黄旗人。……君为从祖父监生长安后,长安父监牛乌达器管领之子也。幼岐嶷,七岁始肉食,九岁即能诗。及长,风气日上,年十七为生员,中乾隆二十五年举人。初充内务府笔帖式,久之,借补御园织染局司库。……织染局近玉泉山,水木明瑟,可以游憩。暇辄放舟湖滨,或泊舟选幽处坐卧。与村亡民言耕事,日夕忘倦,披襟戴笠,人亦忘其为居官也。不佞佛,而深于禅。尝游万寿山寺,有五百应真像,徘徊移时,若有所悟。夜半,忽起,索笔疾书,得偈五百首,语多出于思议。好读《资治通鉴》,尤邃于《易》,占人吉凶,或数年,或数十年,皆奇验。天性不饮,无声色狗马之好。虽疾病,不求医药。自奉约简,子既贵,每进一衣,具一膳,必瞿然以为过当。晚犹习劳,琐屑之事,未尝假手童奴。曰:'天下事,有日游其中而叩之茫然者,不躬亲则精神弗属耳。'乐道人善,亦往往面折人非,施德于人,过乃不复省记。故知与不知,咸愿与之游。以为泯绝畦畛,倏然尘

---

①　(清)阮元:《梧门先生年谱》,《存素堂诗续集录存》,嘉庆21年(1816)杭州阮元刻本。
②　顾廷龙:《清代硃卷集成》第16册,台北成文出版社1992年版,第67页。

外如君者，非特仕宦中难其人也。以乾隆五十九年八月卒，春秋六十有一。"① 王芑孙《内务府司库广公墓志铭》(《渊雅堂全集·惕甫未定稿》卷十二)、法式善《本生府君逸事状》(《存素堂文集》卷四)兼载广顺生平事迹。法式善生父广顺九岁能诗，颇有文学天赋。父亲秀峰（和顺）亦善诗，其诗作《夜步》《赠僧》《秋景玉泉山即事》等，收录于《熙朝雅颂集》中。法式善母韩太淑人亦有家学。其《先妣韩太淑人行状》道："太淑人氏韩，父讳锦，字静存，号野云。其先沈阳人。四世祖某在国初以武功著，隶内府正黄旗汉军。静存公究心闽洛之学，少为东轩高文定公所赏，妻以女。太淑人，高出也。生有凤慧，五岁喜读宋五子书，十三通经史，喜览古今忠臣烈女事。年十九，归先大夫。事舅姑，备得欢心，又能练习家政。时方萃族居，太夫人经理半年，内外秩然。"② 韩太淑人曾作《雁字诗》三十首，并有《带绿草堂诗集》存世。法式善有三女一子，子桂馨，幼喜读书，法式善曾有"吾儿方六龄，贪书更强饭"（《自题移竹图》）③之赞语。后来，法式善又为桂馨写下《生日杂感（正月十七日）》："我儿十二龄，记诵苦不敏。上口遂龃龉，下笔颇遒紧。无心取游戏，有志事研吮。人许肖乃父，我益增忧悯。此言冀弗验，厚福要愚蠢。"④ 对虽不敏慧、但专心诗文颇像自己的儿子，流露出忧虑之情，表达了法式善爱子切重之心。不过，法式善的忧虑是有道理的。阮元《梧门先生年谱》载桂馨生平："嘉庆十五年（1810）庚午，八月，乡试，子桂馨中式二十八名举人。……三月，会试，子桂馨中式一百九十名进士。……殿试第三甲第二十名。钦点内阁中书。"⑤ 桂馨素有肝郁之疾，科举入仕五年后于嘉庆20年（1815）病卒，使得法式善文学家族遭受重创。桂馨未有子嗣，殁后，其妻索绰络氏过继桂馨长姊之子来秀承后。来秀（1819—1873），字实甫，号子俊，一号鉴吾、行一。道光30年（1850）进士。官山东曹州府知府，升盐运使。来秀喜好诗词写作，著有《扫叶亭咏史诗集》四卷及《望江南词》。尤为可喜的是，来秀妻妙莲保，

---

① （清）赵怀玉：《亦有生斋集》卷13，嘉庆21年（1816）刻本。
② （清）王芑孙：《渊雅堂全集惕甫未定稿》卷12，嘉庆刻本。
③ （清）法式善：《存素堂诗初集录存》卷7，嘉庆12年（1807）湖北德安王埔刻本。
④ （清）法式善：《存素堂诗初集录存》卷19。
⑤ （清）阮元：《梧门先生年谱》。

字锦香,麟庆女,恽珠孙女,克传家学,能书工诗,著有《赐绮阁诗草》,并助其祖母恽珠辑《国朝闺秀正始续集》。

至此,法式善家族不但四代科举传家,而且均善诗文,亦以文学传家。在这样的家族中,法式善之母与孙媳均有诗集流传是值得注意的重要一环。家教是文学家族传承的重要手段,而且通常都是母教。法式善出生一月后,过继与伯父广顺一家,① 法式善父早逝,家贫,母开课教养之。法式善在《先妣韩太淑人行状》云:"六岁,行不离腹背,语尚不辨声音,偃息而已,犹未能读书、识字。九岁,先府君捐馆,太淑人年三十六,号泣欲殉。以法式善在,决意抚孤。而先大父以乾隆十九年罢官,家业中落,移居西直门外之海淀,无力延师。太淑人以教读自任,七岁后,太淑人教识字,诵陶诗。"② 又云:"太淑人条诫甚密,一篇不熟,则不命食;一艺不成,则不命寝。太淑人亦未尝食,未尝寝也。间谓法式善曰:'我虽女流,侧闻大义。宁人谓我严,不博宽厚名,误儿业也。'迨法式善入庠食饩,应试诗文,太淑人必手为评骘。辛卯京兆试报罢,太淑人颇劝慰之,而谆诲不减曩时。"③ 法式善曾作数首诗忆念母亲的教养之功。其《过带绿草堂旧居有感》云:"忆我五岁时,读书居草堂。草堂仅三楹,花竹高出墙。后有五亩园,夹道皆垂杨。我幼苦尪弱,晨夕需药汤。我母善鞠我,鞠我我病良。楚骚与陶诗,上口每易忘。老母涕泗横,书卷摊我旁。一灯夜荧荧,落叶钟声长。至今老梧桐,犹剩秋阴凉。转眼五十年,儿今毛鬓苍。徘相那忍去,几度窥斜阳。故巢燕自飞,残墨污空廊。"④ 阮元《梧门先生年谱》载:"(法式善)十五岁,太淑人典衣买善本《十三经》及字典诸书"。⑤ 法式善亦从京师人受教。法式善《陆先生七十寿序》载:"乾隆十八年正月,法式善生于西华门养蜂坊。吾师镇堂陆先生方馆余家,授两叔祖及诸叔父业。先生年才逾弱冠耳,先大父尊之若老宿,且命司库府君以文字相切劘。府君少先生二岁,因兄事焉。先

---

① "乾隆十八年癸酉,一岁。正月十七日寅时,法式善生于西安门养蜂坊,兄弟四人,皆赵太淑人出。法式善居长,生一月,即奉祖命嗣伯父后。"(清)阮元:《梧门先生年谱》。
② (清)法式善:《先妣韩太淑人行状》,《存素堂文集》卷4。
③ (清)法式善:《先妣韩太淑人行状》,《存素堂文集》卷4。
④ (清)法式善:《存素堂诗初集录存》卷23。
⑤ (清)阮元:《梧门先生年谱》。

大父罢官迁居海淀,道远,先生辞去。岁庚辰,先生与司库府君同举京兆试。又二年,先大父以法式善入家塾,复延先生督课诵,叔祖及诸叔父仍从学。"① 法式善曾从大兴陆公廷枢读书。陆镇堂,生于雍正 10 年(1732)十一月十一日,约卒于嘉庆 11 年(1806)。字廷枢,大兴人。与翁方纲为同里友,又同学。曾任山西绛县令。法式善《哭陆镇堂师》曰:"善也方九龄,抱书得亲炙。散学独留余,哦句桐荫夕。依违二十载,小子幸通籍。"阮元《梧门先生年谱》载:"乾隆二十四年(1759)乙卯、七岁。从文安邢公如澍读书。塾师以'马齿菜'命属对,以'鸡冠花'应。""十四岁,游万寿山,至湖上有《纪游》五古诗,为韩太淑人所称赏。""乾隆三十三年(1768)戊子,十六岁,入咸安宫肄业。教习为钱塘卢公风起,乙卯举人。总理为总宪满洲观公保。总裁为余姚卢公文弨,通州王公大鹤。皆一时名人。""乾隆三十六年(1771)辛卯,十九岁,仍届西华门外南池子僧寺中读书。是年雨大,路绝行人者数日,往往绝粮。院试取入学第二。""乾隆三十八年(1773)癸巳,二十一岁仍寓寺中读书,两饭俱在官学中,夜则栖息禅榻。太淑人为定姻傅察氏。是年以诗龛署于僧斋。"②

法式善是其文学与科举家族的中坚,他的成长离不开母亲的教育,母教使他成为家族文学因子传承中最为重要的一环。其子桂馨体弱多病,喜读书,法式善素爱之且亲教,终科举入仕。嗣孙来秀进入伍尧氏家族中已是法式善去世后六年的事情了,从表面上看他的成长过程与法式善没有太多关联,然而,一个科举文学家族的文脉一旦形成,就可泽被后世,影响后世多年。

法式善家族文学特色鲜明。一是好唐音,拙作《接受与书写:唐诗与清代蒙古族汉语韵文创作》中有深入解读③;二是有鲜明的地域写作特色,法式善现存诗 3000 余首,其中涉及京师地名者数百首,来秀曾作《望江南词》40 首,分为风土人情 22 首和钓游旧迹 18 首,堪称北京风情组画。家族中其他人的残存零缣中亦有涉及京师地名之作。诺伯舒兹定义

---

① (清)法式善:《存素堂文集》卷 3。
② (清)阮元:《梧门先生年谱》。
③ 参见米彦青《接受与书写:唐诗与清代蒙古族汉语韵文创作》第四章《杰出学者法式善及其家族对唐诗的接受》,中国社会科学出版社 2014 年版,第 64—91 页。

场所"是由具有物质的本质、形态、质感及颜色的具体的物所组成的一个整体。这些物的总和决定了一种环境的特性,亦即场所的本质"①。法式善科举文学家族通过家族内部的文学教育活动以及与居所周围和交往人物的文化交流,确立家族立场,建立家族影响,从而形成自身特色,并进行传播,最终确立了自己在蒙古文学史、八旗文学史乃至清代文学史上的地位。

二 边地书写文学家族

和瑛家族是清代著名的科举与边功并重之文学家族。同治7年(1868),和瑛曾孙锡珍赴戊辰科会试中式,载其家族传承为:始祖廷弼—二世祖旺鏊—三世祖满色—高祖德克精额—曾祖和瑛—祖壁昌—父同福—锡珍。始祖廷弼名下注有"原住喀喇沁地方"字样,可见和瑛先世为喀喇沁人。和瑛贵显之后,其父祖均追赠尚书衔,其实都是担当过侍卫的武职人员。和瑛家族代有显宦,且大抵金榜题名。和瑛、壁昌、谦福、锡珍四代人,其中和瑛、谦福、锡珍俱为进士。和瑛是乾隆辛卯(1771)进士,谦福是道光乙未(1835)进士,锡珍是同治戊辰(1868)进士。和瑛家族的科举入仕经历,造就了蒙八旗的又一个科举家族,但与一般的科举家族不同的是,和瑛家族成员多有在边疆戍守经历,他们的足迹,深入西北的陕甘新疆西藏、北疆蒙地、辽东闽台,这种远行,使他们在精神上深入边疆社会,当他们将所见所闻赋之于诗文后,明显有别于通过想象或者阅读获得知识而写就的边地诗文。和瑛家族身历其境写就的边地诗歌自然成为八旗文学史上的卓特之章,而这一边地书写科举文学家族也成为清代文学史上的一个不凡的文学家族。

和瑛家族无论边功还是文功均始自和瑛。和瑛科举入仕为官凡五十年,屡迁屡谪,屡谪屡迁,足迹遍及南北。其间在藏八年,先后驻节新疆七年,任职边疆的十五年在他的整个仕宦生涯中为时最长,其政绩彰著于边陲,《清史稿》称他"久任边职,有惠政"②,所以他是清史上有名的边疆重臣。其子壁昌足迹较之父亲更为广远,他于嘉庆9年(1804)授工部

---

① [挪威]诺伯舒兹:《场所精神——迈向建筑现象学》,施植明译,华中科技大学出版社2010年版,第7页。

② 赵尔巽等:《清史稿》卷353《和瑛传》,第11284页。

笔帖式开始仕宦生涯，道光 7 年（1827）从那彦成赴回疆前往喀什噶尔办理善后事宜。壁昌有吏才，以父久官西陲，熟谙情势，事多倚办。9 年（1829），擢头等侍卫，充叶尔羌办事大臣。道光 11 年（1831）二月，壁昌任喀什噶尔参赞大臣。十月，为第一任叶尔羌参赞大臣。道光 14 年（1834）二月，署正黄旗汉军副都统，充乌什办事大臣。九月，调任凉州副都统。道光 17 年（1837）十一月，调任阿克苏办事大臣。道光 20 年（1840）三月，任察哈尔都统。十二月，任伊犁参赞大臣。道光 22 年（1842）三月，任陕西巡抚，九月任福州将军。道光 23 年（1843）三月，署两江总督，24 年（1844）十二月实授。道光 27 年（1847），壁昌进京觐见，留京任内大臣，管健锐营事务。后再次出任福州将军。数月后，因病请假回旗休养。壁昌为宦五十余年，其间在新疆十五年，任职南疆在他的仕宦生涯中为时最长。著有《星泉吟草》，现存咸丰间稿本，藏于中国人民大学图书馆。和瑛之孙谦福因身体原因，早岁辞官，且一生都在京师度过，诗作虽多，但不涉边。和瑛之曾孙锡珍虽然久任京官，但其一生行迹亦遍及南北，同治 13 年（1874）四月，奉使喀尔喀，赐奠车臣汗阿尔塔什达之福晋鄂卓特氏，六月，归京，往返六十一日，长驱九千里，期间途中见闻所感录集成《奉使喀尔喀纪程》。光绪 7 年（1881）四月，命为副使，随正使镶白旗汉军都统额勒和布前往朝鲜，颁发慈安皇太后遗诰，期间途中见闻所感皆载日记之中，所录集成《奉使朝鲜纪程》，附诗草。光绪 11 年（1885）六月，以台湾道刘璈被劾，驰赴江苏会同巡抚卫荣光同赴台湾查办。赴台期间途中事宜皆载日记之中，所录集成《渡台纪程》两册，附诗草。

　　和瑛文学家族既是科举世家，也是边功世家。一门四代出了三位进士，出了三位边功卓著者，在清代文学史上这样的家族是罕见的。四代俱有诗集存留，诗作数千首，而创作中所涉边地从东到西，从西北到东南，诗笔所涉空间广袤、诗歌题材宽泛。仔细研读，和瑛文学家族创作中彰显出的家族文学共性一是对唐诗的接受，一是边地书写。前者不赘述[①]，后者则需简论。

　　和瑛家族的边地书写，在和瑛、壁昌、锡珍三人诗作中，有着不同程

---

① 参见米彦青《接受与书写：唐诗与清代蒙古族汉语韵文创作》第五章《唐诗对和瑛家族的文学创作的影响》，第 92—112 页。

度、不同角度的体现。和瑛《易简斋诗钞》中的诗作,大多为记游诗。在诗中大量展示少数民族风情及边疆风光和以诗行呈现宦行的特点。和瑛因为常年驻扎边疆,所以读其诗作,有如在看一幅幅的民族风情画,并且可以了解到少数民族地区的物产、历史、风俗以及清政府对边疆辖地的管理。读《易简斋诗钞》卷一的《渡象行》、卷三的《题路旁于阗大玉》《获大白玉》《突厥鸡诗》可以欣赏到少数民族的一些不为中土所有的"于阗玉""象""突厥鸡"等物产,而"初识关山险,人争脚马拖"(《大关山》)中的脚马,更是边地特有之物,大约诗人也意识到了这一点,故和瑛诗中自注云:"土人以铁齿束足底名脚马",从这一解释就可感受边疆的苦寒。"迢迢大雪山,万顶覆银瓯"(《东俄洛至卧龙石》)、"百川尽东注,此处独西流"(《三月抵前藏渡噶尔招木伦江》)、"坡仄群羊叱,天空一鹗寒"(《过巴则岭》)等诗句中反映的又是边地独特的地理风光。卷三的《观回俗贺节》是一幅典型的民俗图,是只有亲临其地观看后的人才能写出的。和瑛的边塞诗大部分表现出蒙古人特有的豪放、雄浑的民族写作特点,而且还选用大家所熟知的民族语言来准确地反映边疆民族生活。如《东俄洛至卧龙石》中的"鄂博""哈达"等。

和瑛诗中不只对自然,而且对历史和文物古迹也有翔实的描述。他的这些诗扩大了自从唐代以来得到成熟和发展的中国边塞诗的写作范围和创作深度。如他在藏时写的《喜闻廓尔喀投诚大将军班师纪事》,描写乾隆年间平复驱逐尼泊尔入侵者推诚服输以象交好的情形;《金本巴瓶签掣呼毕勒汗》描写金瓶掣签选达赖、班禅的情形;《大招寺》《小招寺》《布达拉》不仅描写了藏地著名寺庙的壮观,还介绍了其建筑的由来与唐代吐蕃松赞干布和汉女文成公文成亲的史实,"唐公主思念长安,故造小招东向"。特别是《木鹿寺经园》这首五律,通过写木鹿寺经园中多种文字的佛经,赞扬了各民族的文化交流。他在新疆时写的七言古风《题巴里坤南山唐碑》,介绍了古高昌国故址和高昌国的134年兴衰历史,描写唐代统治期间新疆地方割据势力的兴衰以及中央王朝平定反叛、刻碑记功的过程,强调维护祖国统一的信念更为突出鲜明,诗末说:"岂知日月霜雪今一家,俯仰骞岑共惆怅。"诗人赞扬唐王朝的平叛武功,无疑是在借古咏今。《宿库车城》写了库车作为古龟兹国所在地的千佛洞、唐壁经、汉城垒等文物古址。这类诗还有《叶尔羌城》《哀叶尔羌阿奇木阿克伯克二首》等。和瑛身为边疆重臣,在其西藏任上,他曾多次会晤班禅并作诗纪事。如卷一中有和瑛写于乾隆59年（1794）的《晤班禅额尔德尼》，卷二中有写于嘉庆元年（1796）的《班禅额尔德尼共饭》《班禅额尔德尼燕毕款留精舍茶话》《留别班禅额尔德尼》。这类诗作是对彼时政治历史的实录，可以以私人的角度和写作立场补正史之缺。恰如郭则沄《十朝诗乘》所云："和简勤尝为驻藏大臣……有《班禅额尔德尼燕毕款留精舍茗话》诗云云，燕飨款洽，历历如绘，洵杰作也。"

和瑛这些诗作不但具有"补舆图之阙"[①]的价值，而且体现了清廷从宗教、政治、军事角度都加强了对边疆地区的管控。

歌咏西域的山川景物、风土人情，是来过西域的诗人作品中必不可少的题材。与驻边重臣松筠、和琳，流放边地的纪昀、洪亮吉等诗人相比，和瑛的边地作品在表现内容和情感基调上，都具有更为昂扬的情调和鲜明的地域特征、艺术个性。和瑛在边疆任职时间长久：乾隆58年（1793），以副都统衔充西藏办事大臣，在藏八年；嘉庆7年（1802），遣戍乌鲁木齐，寻充叶尔羌帮办大臣，调喀什噶尔参赞大臣，11年（1806），复出为乌鲁木齐都统，在新疆七年。新疆西藏两地任期多达十五年，此外，还曾出任守卫西北东北边地的陕甘总督、盛京将军，因此，有清一代的守边大臣中，似和瑛这样在时间空间上广泛而长久者并不多见。远离京畿等物质丰裕地区，可能使身体的舒适度欠缺，但守边大臣的实践经历却可以丰富诗人的心路历程、充实诗人的诗作题材，加上和瑛对作品艺术风格的自觉推敲，对诗歌创作的不倦习练，和瑛笔下，举凡边塞自然风景、历史上重要事件、文物古迹、少数民族宗教信仰、社会生活习俗等皆可入诗。而且，当和瑛把对盛唐风骨的自觉踵武也凝练入自己笔端的时候，北方士子固有的经世致用、崇尚功名的进取精神在诗歌中展露无遗。因此，和瑛不仅对清代边塞文化建设做出了贡献，也扩大了中国边塞诗的写作范围和创作深度。

和瑛之子璧昌踵武其父。从道光7年（1827）十一月往喀什噶尔至道光22年（1842）离任陕西巡抚，璧昌在南疆前后任职近二十年。璧昌对西域的熟悉程度并不逊于乃父。道光7年（1827），清廷平定张格尔叛乱，璧昌随钦差大臣那彦成前往喀什噶尔办理善后事宜，途中至嘉峪关，

---

① 云峰：《蒙汉文学关系史》，新疆人民出版社1994年版，第145页。

写下《出嘉峪关口占》，诗云："山环沙绕玉门关，嘉峪云横不见山。山壮关壮人亦壮，驰驱万里如等闲。去春三帅天戈启，克复四城轻弹指。只因遁走元恶回，封章告捷君不喜。悬爵待赏授方略，先声不战追贼魄。生擒首逆张格尔，佳哉郊顺伊萨克。酬庸拜爵自天申，宵旰从今慰帝心。善后熟筹安边策，愿随边镫报知恩。男儿壮志无定止，东西南北惟君使。孰云西域多劳苦，自古公侯出于此。"① 这首古体诗歌，纯用白描手法，表达了作者对平定叛乱、国家恢复安定统一的喜悦和自己出行西域建立边功的企望，语言自然朴直。次年，对边庭已有了解的壁昌，在重阳佳节登高，写下七律《戊子重九登徕城最高亭》："白云高与雪山飞，九日登临望翠微。虎士功成天马壮，龙沙猎罢塞鹰归。雁横天外传秋信，鸭曝池边趁夕晖。匪地戎羌欣乐利，久安长策仰宵衣。"张格尔叛乱在这年得到彻底平定，诗人意兴高昂，以豪壮之笔盛赞"虎士功成"。这首七律意境浑融，西域意象鲜明，无论是白云、雪山、塞雁、寒鸭这样的自然景物，还是虎士、天马、龙沙、出猎这样的边庭人文景观，乃至匪地戎羌这样的民族用语，久安长策这样的政治术语，都能在诗歌中得到恰如其分的表达。道光11年辛卯（1831），壁昌在叶尔羌、喀什噶尔两地间奔波。二月，壁昌任喀什噶尔参赞大臣。十月，为第一任叶尔羌参赞大臣，驻地自喀什噶尔移驻叶尔羌。壁昌写下《辛卯嘉艺城筹边作》，诗云："从征来异域，秉节守羌戎。洁拟达班雪，雄称戈壁风。恩威万里布，忠信百蛮通。地广资民佃，天高待物丰。久安无善策，生聚有奇功。屯戍兵堪备，何如定远翁。"东汉班超投笔从戎，随窦固出击北匈奴，又奉命出使西域，在三十多年的边塞岁月中，平定了西域五十多个国家，为汉帝国的建构做出了巨大贡献。封定远侯，世称"班定远"。班超成为后人心中的楷模，汉后诗人常在诗作中以投笔从戎的班超表达自己内心追求功成名就的情愫，壁昌也不例外。道光20年（1840），时任阿克苏参赞大臣的壁昌，奉诏离开南疆②，壁昌写下《温宿奉召还都》，诗云："十五年前别帝居，归来边况竟何如。满车所载无他物，半是刀矛半是书。"末句彰显了这个守边重臣

---

① （清）壁昌：《星泉吟草》，咸丰间稿本，中国人民大学图书馆藏。本节所引壁昌诗均从此出，不另注。

② 《大清宣宗成皇帝实录》道光20年三月条："以阿克苏办事大臣壁昌，为察哈尔都统。"

的既是书生又是武人的本色。然而，十二月壁昌又授命回到南疆①，并接连写下两首和玉门关相关诗作。其《四出玉门操至五凉复为伊犁参赞》云："玉门初出兮浩气凌云，玉门初返兮戈壁蒙尘。玉门再出兮天意回春，玉门再返兮旱海沙深。玉门三出兮壮志犹存，玉门三返兮衰老临身。玉门四出兮再鼓精神，玉门四返兮调抚青门。"《入玉门志感》云："守边十八载，八度玉门关。戚友多不见，家园别后艰。老妻添白发，稚子改童颜。丁年初奉使，皓首始生还。"道光丁亥（1827）初次奉使来到西域的诗人，十八载岁月，八次度过玉门关。而刚刚辞别南疆又从家园重返的心境无论如何都是有些苍凉的。所以诗人对着这座象征边塞的关镇，发出沉重的人生喟叹。不过，这样的心绪是暂时的，次年，作为伊犁参赞大臣的壁昌就上奏清廷，"伊犁三道湾续垦地亩，共交三色粮二万四千石"②。

与和瑛相比，壁昌对建立边功的重视程度远超诗文写作，因此，创作数量相对也少了很多。仅著有《星泉吟草》一部，收诗98首，另还有《题担秋图》《画虎歌》存世，共留诗百首。时人称其著有《壁参帅诗稿》，惜未见传世。在现存的百首诗歌中，十几首西域诗作占比虽然只有约十分之一，却见证了壁昌生命中重要的年轮。"筹边兼战守，画策寓兵农"（《病中口占》）是其南疆生活之常态。壁昌是一位注重兵备的官吏，他根据其亲身体验，著有《叶尔羌守城纪略》《守边辑要》《牧令要诀》《兵武闻见录》等书。其中，在福州将军任上追忆守疆事略写就的《叶尔羌守城纪略》的史料价值尤高。因为其所写不仅是战事，且记载了南疆善后的措施，如叶尔羌屯田等，可与《清宣宗实录》《清史稿》《叶尔羌乡土志》等有关史料相印证。所载的有关史事较《圣武记·回疆善后记》要详备得多。《守边辑要》是道光11年（1831）所写，内容为玉素甫叛乱时维吾尔族人的反应、守御叶尔羌的方法及一些善后主张。当时就誊写分发南八城，供大臣参阅，后曾在西安等地传播。后与《叶尔羌守城纪略》合刊传世。

壁昌承其父文学遗传，诗风清新自然。论诗主张"吟咏性灵"，写于道光丁亥春天的《星泉自序》曾云："夫诗者，岂易言哉？自《三百篇》

---

① 《大清宣宗成皇帝实录》道光20年十二月条："赏察哈尔都统壁昌都统衔，为伊犁参赞大臣。"

② 据嘉业堂钞本影印《清国史·壁昌列传》第九册卷107，中华书局1993年版，第733页。

第一章　历史—空间建构中的清代蒙古族汉诗创作　　287

删定，兴赋比无体不全，至情至性出于自然，此诗之祖也。后历代乐府，及唐宋诸大家，又无美不备，发泄殆尽。而当代之诗人，吟咏性灵，又不可胜数。似我辈原不必言诗，以不作为高，然而有不得已者。幼年之窗课，壮年之阅历，此中有喜怒哀乐、忧思恐惧，不可无记也。因次第录存一帙，藏诸行箧，独居时偶尔翻阅，可以自鉴，第不堪为外人道耳。"①对于"惯写性灵诗，懒赋风月景"（《心中耿》）的诗人来说，以自然之真情真性写自然、人文之景色物象，是凝合儿时窗课和壮年阅历的最好方式。

锡珍科举入仕后久为京官，但其间曾出使北疆、东疆及朝鲜。同治 13 年（1874）四月，锡珍出使喀尔喀，往返六十一日，录集成《奉使喀尔喀纪程》，以文为主，无诗；光绪 7 年（1881），锡珍出使朝鲜，录集成《奉使朝鲜纪程》，附诗草；光绪 11 年（1885）六月，赴台湾查办台湾道刘璈，所录集成《闽还纪程》两册，附诗草。

锡珍出使朝鲜有诗《朝鲜贫弱时事棘矣慨然有作》《辽阳城》《凤凰边门》《通远堡》《游医巫闾》《纳清亭》等，其中辽阳城、凤凰边门、通远堡、医巫闾在辽宁境内，纳清亭在朝鲜境内。此间诗作多以自然之笔，抒写内心情感。记远行之景，抒忧民之嗟。如其《朝鲜贫弱时事棘矣慨然有作》，诗云："营州踰海地东偏，犹是箕封礼俗传。赫赫中天依日月，茫茫下土奠山川。海潮终古无消长，人事于今有变迁。漫说通商为受命，他时涕出更谁怜。"②

道咸间的第一、二次鸦片战争侵扰的是东部沿海与京畿地区，与之相伴长达十三年之久遍及东南沿海的太平天国运动于同治 3 年（1864）终以失败告终，但持续而来的捻军起义及回民起义在中原及西南、西北地区又浩浩荡荡地展开，一持续十六年、一持续十八年，中外战事随之而来。光绪 8 年（1882），法国进攻清朝藩属国越南，逼迫越南签订《顺化条约》，意在以越南为跳板，从西南边境入侵中国，清政府不意与法国开战，于光绪 10 年（1884）四月签订《中法简明条约》，然法军派将领孤拔为总司令进犯基隆港，于光绪 10 年（1884）七月发动马江战役，福建马尾海军全军覆没，七月六日，清政府对法宣战，冯子材于光绪 11 年（1885）二

---

① （清）壁昌：《星泉吟草》，咸丰间稿本。
② 徐世昌：《晚晴簃诗汇》卷 164，中华书局 1990 年版。

月指挥镇南关大捷扭转战争局面，同年四月中法签订《中法新约》，中国不败而败。同年六月，时为刑部尚书、镶黄旗汉军都统锡珍赴台查办台湾兵备道刘璈矿务徇私舞弊一事。《清实录》载："光绪十一年。乙酉。六月。谕军机大臣等、前有旨派锡珍前往江苏。会同卫荣光查办事件。锡珍已于本日请训。拟由海道赴沪。卫荣光著俟该尚书到后。即行同赴台湾。秉公查办。所有应查各件。已交锡珍带往。与该抚公同阅看。将此由五百里谕令知之。"① 锡珍赴台湾事毕返回途中，著有《闽还纪程》一册，记录沿途所闻所感。锡珍行进到江苏境内途中，连续几日都因为中法战事忧心忡忡，如《宝应舟中》一诗："海上归槎迥，淮南返櫂轻。湖菱添客馔，堤柳入诗情。兴废徒怀古，关河正洗兵。翻悲身历碌，终是绊浮名。"② 海上归槎暗指在马尾海战中全军覆没的清朝海军，中法战争朝廷兵败，身为朝廷重臣，锡珍不能不忧思国事，然而国事日颓，无可奈何，诗人只能感慨自己终日奔波不过是被浮名所牵制。全诗气调萧索，伤感心绪萦回于诗境之中。不久后，诗人又写下"繁华近日风波诡，寄语吴侬漫解嘲"（《桃源驲》）③ 之句，对战争走向颇费思索。恰在此时，驻扎在宿迁的铭军统领陈凤楼前来拜访，二人谈及当前的战争局势。锡珍写下《陈凤楼来见，谈及鸡笼战争》，诗云："法夷一夕夺狮毬，半载严关竟不收。群议暗留通款地，我行深及撤防秋。飘蓬土黑民居少，蘸草烟青鬼火愁。回首可怜争战处，那堪海外作神州。"④ 诗句的字里行间透露出诗人对于中法战局的担忧，以及对清廷无力把控战局的指责，讽刺群臣面对忧危只是一味求和谈判的行径。晚清的反侵略战争，结果总是换来一次次的城下之盟，这些不平等条约，轻则攫取通商开矿等经济权益，重则割地赔款，严重侵害了国家的各种主权，同时加重了普通百姓的负担。中法战争期间，法国入侵台湾，淮军统领刘铭传带领台湾军民抗击法国侵略者，但因武器装备差距较大，清军被迫放弃基隆港。台湾战役后次年，锡珍赴台办理公务，踏行宝岛大好河山，锡珍对中法战争的感触尤为深刻。

诗歌在道咸之后有一大变，在同光时期又有一个新变，这一时代，

---

① 《清德宗景皇帝实录》卷 210，《清实录》第五十四册，中华书局 1987 年版，第 971 页。
② （清）锡珍：《闽还纪程》，《锡席卿先生遗稿十七种》，稿本，北京大学图书馆藏。
③ （清）锡珍：《闽还纪程》，《锡席卿先生遗稿十七种》。
④ （清）锡珍：《闽还纪程》，《锡席卿先生遗稿十七种》。

"诗非一己之哀戚,乃时代之写照。国家不幸,赋到沧桑,亦非某氏之穷通;抒怀感愤,实有理想与办法指寓其间,更非空为大言者。故诗至同光为一大变,犹时自唐代中叶至道咸,道咸以后亦为大变也"①。此期诗坛主将同光体诗人,大都经历了晚清的一系列变局,也看到了清政府江河日下、难以挽救的事实,因此诗中都带有一种深沉的哀愁,甲午战争期间,陈三立描述彼时世道谓:"天下之变盖已纷然杂出矣。学术之升降,政法之隆污,君子小人之消长,人心风俗之否泰,夷狄寇盗之旁伺而窃发。"② 士人心中焦灼的天下之"变",也进入锡珍的思虑中,让他心有感触,在赴台返程中写下数首"觉世之诗"③。

从乾嘉到光绪,和瑛家族四代诗人们无论是戍边还是出使,他们的西域、藏地、台湾、朝鲜诗歌写作,不但将京师之外的边地变成了家族文学中的"记忆之场",而且也通过这一写作过程完成了文学家族的建构,"对自己的过去和对自己所属的大我群体的过去的感知和诠释,乃是个人和集体赖以设计自我认同的出发点,而且也是人们当前——着眼于未来——决定采取何种行动的出发点"④。因参战、驻守、出使到清帝国内外的和瑛家族诗人写作群体,诗作题材多样:举凡征战杀伐、咏史怀古、咏物写景、士人唱和、民族生活,不一而足。诗作体裁多样:律诗多见,占比一半以上,但古体诗、绝句也不鲜见。艺术风格以雄浑豪壮为主,但清新秀丽篇章亦多。诗人们以追求吟咏性灵、情感真实为其诗学理念,诗歌格调刚健质朴。这些诗歌品质的养成与边地有着千丝万缕的联系,戍守边地、对外出使的经历在和瑛文学家族诗歌演进中起了重要作用。

三 王公贵胄文学家族

蒙古王公与满族贵族同属清代的统治阶层,通过血亲和姻亲构成的满

---

① 龚鹏程:《论晚清诗》,《近代思想史散论》,台北东大图书股份有限公司1991年版,第202—203页。
② 陈三立:《散原精舍诗文集》,上海古籍出版社2014年版,第824页。
③ "觉世之诗以传播文明思想于国民为宗旨,以诗歌兴观群怨的社会功用为特色,以条理细备、词笔锐达为上,不必求工,辞达而已。"米彦青:《光宣诗坛的蒙古族创作与蒙汉诗学思潮》,《文学遗产》2018年第2期。
④ [德]哈拉尔德·韦尔策编:《社会记忆:历史、回忆、传承》,季斌等译,北京大学出版社2007年版,第3页。

蒙一体社会关系网络，成为大清社会文化中的特殊存在。不过，清廷对蒙古的控制直到晚清时期依旧外松内紧。咸丰3年（1853），咸丰皇帝还谕旨内阁："不可任令（蒙古人）学习汉字。"① 然而，在当时全国汉化趋势严重的情况下，蒙汉融合已经势不可当。旺都特那木济勒和贡桑诺尔布父子，系成吉思汗勋臣乌梁海济拉玛的后裔，卓索图盟喀喇沁右旗世袭札萨克亲王。他们家族对汉诗的喜爱，始自旺都特那木济勒的父亲喀喇沁色王爷，发展于旺都特那木济勒，繁盛于贡桑诺尔布，而喀喇沁人学习汉族文化，也是始于色伯克多尔济，成就于旺都特那木济勒，发扬光大于贡桑诺尔布。最终，祖孙三人的努力，成就了清史上这一独特的蒙古王公文学家族。

　　蒙古族喀喇沁札萨克王家族，非常注重教育。贡桑诺尔布的祖父色王十分注重对后代汉学的培养，"于每年朝觐、值年班时，都要购回千余卷古今书籍，在王府内藏阅"②。父亲旺都特那木济勒"公余政暇，种花植草，啸傲其间，书卷琴囊，风雅自赏。其人游心文艺，酷喜吟咏，吐词振藻，议论风发"③，父亲旺都特那木济勒极注重对贡桑诺尔布的培养。贡桑诺尔布的幼教除了蒙文、满文、藏文这些传统学业外，还有汉文。旺都特那木济勒先后为贡桑诺尔布延请多位家庭教师教授四书五经、诗词歌赋。用儒家"修身、齐家、治国、平天下"的思想塑造贡王。光绪2年（1876），旺都特那木济勒从山东聘请宿儒丁静堂担任贡桑诺尔布之启蒙教师。旺都特那木济勒对丁静堂非常尊敬，《祝丁静堂老夫子五旬正庆》《九月初旬祝丁静堂初度》《九日与静堂小酌》等诗题就可看出。光绪13年（1887）正月，贡桑诺尔布娶素良亲王隆懃第五女、肃亲王善耆之妹善坤。婚后，在丁静堂严教下，着力练习书法和绘画，并研究音韵和辞赋格律，同时整理其父旺都特那木济勒所著《如许斋公馀集》原稿。④ 丁静堂返回故里后，光绪18年（1892），旺都特那木济勒又聘请祝席卿至喀喇沁右翼旗王府，担任王府西席。伪满康德5年（1938），喀喇沁右旗前

---

　　① 《清实录·文宗实录》，中华书局1986版。
　　② 候志撰、李俊义增订：《旺都特那木济勒年谱》，内蒙古人民出版社2011年版，第48页。
　　③ 徐鼐：《如许斋集跋》，旺都特那木济勒：《如许斋集》，《清代诗文集汇编》第719册，上海古籍出版社2010年版，第681—683页。
　　④ 吴恩和、邢复礼：《贡桑诺尔布》，《内蒙古文史资料》第一辑。

第一章 历史—空间建构中的清代蒙古族汉诗创作

代理旗长邢致祥撰《热河省蒙古喀喇沁右旗扎萨克亲王贡桑诺尔布之略史》称："自古蒙王重武轻文，惟贡桑诺尔布聪明天亶，幼年好学。乃父旺王以世子之好学也，聘请山东宿儒丁静堂者，教授孝经、四书、五经、诸史、百家，数年毕业，兼习文章，诗、词、歌、赋，无不精通，且擅长书画，临池揣摩，未尝倦息。乃父王恐其流于文弱也，延武教师马雪樵者，授武术、驰马、射击，年逾弱冠，已成文武全才。"[①]

贡桑诺尔布自幼便接受良好教育，眼界开阔，思想活跃。虽生长于盟旗，但喀喇沁位于长城沿线，地缘上与京城接近，贡王得以常往来于王府与北京之间，身处边塞却并不闭塞。

旺都特那木济勒和贡桑诺尔布父子，借助汉诗写作，不但与亲友加深联谊，而且展开与满蒙汉多族士人的交游，成就自己的政治理想。旺都特那木济勒兄弟六人，又有三姊。旺都特那木济勒性好吟咏，诗集中留下众多兄弟间唱和诗作：同治11年（1872）孟秋，旺都特那木济勒作七绝《留别三弟芝圃九月入都》，同年，旺都特那木济勒作七绝《饯别三弟芝圃还乡四首》；光绪元年（1875），旺都特那木济勒作七律《祝三弟芝圃三旬正寿此系乙亥年作》；光绪14年（1888），旺都特那木济勒作七律《正月下浣，醇邸招饮于适园，即次元韵》；光绪20年（1894）元旦，旺都特那木济勒作七律《同日，三弟及小儿同应秩命》；光绪21年（1895），旺都特那木济勒作七律《同三弟携小儿均沐殊恩恭谒祖茔谨志》，等等。

旺都特那木济勒不只同兄弟间写诗纪行，也与亲友诗词唱和。著名蒙古族文人尹湛纳希是旺都特那木济勒七表兄，生母漫尤莎克为旺都特那木济勒二姑。在清同治至光绪年间，旺都特那木济勒作诗多首记录他们之间的深厚情谊。《如许斋公馀集》中收录《答润亭索诗》《怀朝邑润亭》《雨后润翁月同兴楼午酌口占二十八字兼赠都中诸友人》《寄润亭》等。

满蒙联姻是清代国策，故清宗室多人与旺都特那木济勒氏为姻亲。旺都特那木济勒与妹夫镇国公奕询有诗文唱和，亦互赠书画。光绪11年（1885）十一月中旬，旺都特那木济勒妻兄、礼亲王世铎为《如许斋集》作序。旺都特那木济勒在京期间与恭亲王奕䜣过从甚密，时有诗文往还。

[①] 邢致祥：《热河省蒙古喀喇沁右旗扎萨克亲王贡桑诺尔布之略史》，线装本1938年，第8—9页。

旺都特那木济勒尝赠奕䜣《如许斋集》。奕䜣亦赠旺都特那木济勒集唐诗一首，旺都特那木济勒即和《奉和恭邸集唐见赠元韵》一首。光绪18年（1892）春，旺都特那木济勒为礼部右侍郎志锐题《同听秋声馆图》，有《志伯愚少宗伯嘱题〈同听秋声馆图〉》一诗为证。除了满族王公贵族，旺都特那木济勒与蒙古王公高官也诗文往来频繁。光绪12年（1886），科尔沁辅国公那苏图为旺都特那木济勒所著诗集《如许斋公馀集》作序。光绪17年（1891），那苏图出示自作《宫词》4首，旺都特那木济勒读后，即刻《和光鉴堂主人宫词》4首以应之。光绪20年（1894）秋冬之际，旺都特那木济勒读科尔沁辅国公那苏图《光鉴堂诗存》，作七绝二首以赞之。三多《可园诗钞》卷四中收其七律诗《和夔庵主人双头牡丹》，卷七中收其七律诗《十叠牙字韵和夔庵主人》。可见二人酬唱频繁。旺都特那木济勒好友徐陠，曾为其诗集撰写跋文。云："衡斋主人以从龙华胄，循诈马遗风。卓索图之名王，环材秀世；耶律铸之新咏，异派同源……"①。

　　生活于道咸同光四朝的旺都特那木济勒，虽然适逢中华民族的变局时代，但喀喇沁地处这一时期较为安定的北部边疆，东部沿海甚至是波及京师的被入侵，并没有影响到旺王的生活，所以在其诗中没有变局下的隐忧。晚近民初之际的变革，极大地影响了蒙古王公的安逸生活。因之，这一时期的文学交游与政治交游紧密相关。素来交友甚广的贡桑诺尔布，多方结交国内外的社会名流。满蒙权贵、汉族大吏、资产阶级改良派的代表人物或者资产阶级革命派人物、沙俄在华官员或日本朝野人士，均为其座上客。而在贡王与上述诸人的交游中，汉诗都是良好的媒介。

　　晚清乌梁海氏文学家族汉诗创作的高潮期正逢中华民族政坛和文坛的大变革期，关于他们在变局中的文学创作与文学思想，有专文研究，②此不赘述。

　　以法式善家族为代表的蒙古科举汉诗家族、和瑛家族为代表的蒙古边功汉诗家族、乌梁海氏为代表的蒙古王公汉诗家族，及其他蒙古文学家族，在文学创作的质量和数量上，也许并不能占据清代家族文学创作的高地，然而他们所彰显的文学创作者的多样生态，他们所引领的有清一代的

---

① （清）旺都特那木济勒：《如许斋集》，第224页。
② 米彦青：《晚近变局中的"局内人"与"局外人"——以蒙古王公家族的文学变迁为例》，《内蒙古社会科学》2020年第3期。

蒙古族汉诗创作，不仅是少数民族汉诗创作的成就，更是清代中华民族文学书写中不可或缺的组成部分。

第二节 由武转文的驻防蒙古诗人

在近二百七十年的清史上，蒙古八旗伴随满八旗的军事移民构成了驻防各地和拱卫京师的蒙古族移民的主流。蒙古族驻防军人进入汉族聚居区后，逐渐与当地汉族交流、交融，实现了从驻防到定居，从外来军人到世居驻防者的转化。在这个过程中，清代八旗驻防安养制度的定型为驻防八旗奠定由武转文的基础，这一制度实施后清代八旗驻防与所在地汉文化融合产生了驻防诗人群体；清代八旗科举制度定型，则是驻防八旗由武转文的关捩，这一制度的实施催生了大批八旗士子投身科举仕路，最终改变了八旗的武备性质[①]。

八旗诗人既包括世居驻防地的诗人，也包括由驻防起家而仕宦京师或他地的诗人。八旗杭州驻防、荆州驻防、开封驻防、京口驻防、沧州驻防、广州驻防中，都曾产生蒙古诗人群，并留存有鲜明驻防地域特色的诗歌作品。他们是八旗文学创作的中坚力量，且形成了京师及各地驻防的蒙古族诗人的主体，也是清代文学的重要组成部分。

驻防八旗的创作，始于乾嘉时期，直至民国肇端，伴随二百多年的清王朝。蒙古族驻防诗人及眷属中有诗歌别集留存者分别是杭州驻防瑞常、瑞庆、贵成、成堃、三多，京口驻防达春布、布彦、清瑞、燮清、善广、延清、云书，荆州驻防白衣保、恩泽，开封驻防倭仁、衡瑞，沧州驻防桂茂，广州驻防果勒敏。占留存至今的清代蒙古族汉诗集三分之一多。

乾嘉时期荆州驻防白衣保是驻防诗人中最早有诗集留存者。著有《鹤

[①] 需要澄清的是：本书所述的驻防科举制度是指驻防旗人参加的文科举（包括文闱考试和翻译考试），而非武科举。驻防旗人自嘉庆18年（1813）始，可参加武科举考试，由武举人、武进士晋身，主要在绿营任职。清代的武科举地位较低，《清史稿》载："武职以行伍出身为正途，科目次之"（《清史稿》卷110，选举五）。如武举人一二等充任营千总，三等充任卫千总。武进士的地位稍高，除挑选侍卫外，可补参将、游击、守备等官。（商衍鎏：《清代科举考试述录》，生活·读书·新知三联书店1958年版，第201页。）

亭诗稿》4卷，国图现存道光16年（1836）1册刻本。《鹤亭诗稿》富谦序有"其训子也，弓马诗书而外惟迪以忠孝"①之语，说明那时期的驻防蒙古八旗已经把弓马与诗书等同训育下一代，文武并行。不过，作为一名武将，白衣保对自己的诗文写作并不自信，其诗集自序有"余橐鞬武人，见闻谫陋，曷敢妄附风雅"之语，而其友人拖克西图在其诗集跋中所说："世之文士每薄武臣为不足言诗，抑知古来名将如方叔、却縠、祭遵、诸葛武侯、羊叔子辈，以文摄武，其在军之儒雅风流焉宜也。至若岳忠武起家行伍，郭定襄奋迹兜鍪，上马挥戈，下马挥毫词章，亦传于世，抑又何耶？其故可深长思矣。"②却从梳理古代文武全才处着眼，高屋建瓴地审视并肯定了白衣保的创作行为。

　　道咸同时期京口驻防布彦工诗，有《听秋阁偶钞》四卷，集内多交游唱和、悠游山水之作，亦有感时怀世之悲怆之音。京口驻防清瑞著有《江上草堂诗集》二卷，《客邸杂诗》一卷未刊行。京口驻防燮清自幼受江南汉文化熏陶，性耽诗，嗜诗艺。志乎诗古文辞，工书画，精岐黄，尤善鼓琴，曾携琴登北固山，坐临江亭，抚琴独鼓，而江水汨汨与琴声杂错，闻者不知其为琴声、江声，而燮清旁若无人，萧然自得。亦通六壬其遁，著有《六壬明镜》《其遁元真》（已散佚），现存诗集《养拙书屋诗选》二卷，由其侄延钊刊刻于民国间。燮清曾自道诗集成书与其性爱诗歌写作有关。"余自束发以来，性即耽诗；成童以后，便以为玩好，虽寝食之间不废吟咏，殆亦赋性之然也。后习举业无暇于此，少有闲时即同二三小友唱和。"③道咸同时期杭州驻防瑞常有诗集《如舟吟馆诗钞》，同光间刻本流传甚多。其诗分年编次，自壬午至丁巳，凡三十八年，游踪幻迹，历历可指。集中多思亲忆友，游览山水之作。于描写西湖风景之作尤多。离杭后，于故乡山水，颇多眷恋。《如舟吟馆诗钞》序中有"然其中思亲忆弟，及朋僚赠答之作，低回往复，未尝不时动乡关之思，此以知真山水真性情，固有凝结于不可解者，千秋万岁，公之魂魄必犹依恋此湖也！"瑞常之弟瑞庆著有《乐琴书屋诗钞》四卷，今仅存手抄本一卷，收录近一百首诗。《乐琴书屋诗钞》一卷所载诗歌约作于道光14年（1834）前后至

---

① （清）富谦：《鹤亭诗稿序》，（清）白衣保：《鹤亭诗稿》，道光16年（1836）刻本。
② （清）拖克西图：《鹤亭诗稿跋》，（清）白衣保：《鹤亭诗稿》。
③ （清）爱仁：《重修京口八旗志》卷6，民国16年（1927）版，第10页。

咸丰元年（1851）之间。诗人作为杭州驻防，诗性特质中更多呈现的是同江南相通的感性缱绻，这一特点在其诗集的第一首诗《感作》中就有体现。同时期杭州驻防贵成诗学亦佳，有《灵石山房诗草》一卷、《灵石山房续吟草》一卷，刊印于同治年间。道咸同时期开封驻防倭仁一生崇尚程朱理学，修其身，立其行，有古大臣之风，为咸同间理学大儒、士林楷模。其诗格律高浑，后人辑有《倭文端公遗书》十一卷传世。倭仁之孙衡瑞素有文采，工诗赋，著有《寿芝仙馆诗存》一卷。道咸同时期沧州驻防桂茂喜好诗文。有《德山诗录》一集，收入《盍簪集》《咏楼盉戠集》，诗作多以古体叙时事，多为读史杂咏、记叙时事之作。荆州驻防恩泽有诗集《守来山房橐鞬馀吟》稿本存世，分上下两卷，录诗一百八十四题二百零八首。

光宣时期京口驻防起家的善广勤政爱民，有颂声。所辑《浙水宦迹诗钞》为盈川士民感念留别唱和之作。《浙水宦迹诗钞》刊印于光绪17年（1891），集中仅有《留别盈川士民七律四首》为善广所作，其余都为盈川绅耆士民唱和留别之作。光宣时期京口驻防起家诗人延清一生致力于诗文创作与刊刻。诗歌沉博绝丽，关注现实，各体兼善，尤长于七律，成就得到时人和后人认可。京口驻防延清著作宏富，其《遗逸清音集》自传云："……著有《锦官堂诗集》、《锦官堂试帖》、《锦官堂赋钞》、《覆瓿集》、《碟仙小史汇编》、《庚子都门纪事诗》、《丙午春正唱和诗》、《奉使车臣汗纪程诗》、《引玉编三四集》、《前后三十六天诗合编》、《锦官堂七十二候试律诗》。"[1] 同时期京口驻防起家诗人云书是道咸间诗人清瑞孙，著有《沈水清音集》《关外杂诗》《汉隐庵诗草》《梦溪吟社》一、二、三集。光宣时期杭州驻防完颜守典妻成塈生于驻防之家，祖父杰纯父固鲁铿均善诗，成塈有《雪香吟馆诗草》一卷。杭州驻防三多创作颇多，且对驻防文化事业多有贡献。光绪15年（1889）、16年（1890），三多于杭驻防旗营著有《柳营谣》《柳营诗传》。三多一生雅好诗学，自幼酷嗜苏轼、范成大、陆游、李商隐及西昆诸人、纳兰性德等，还曾以杜牧自况。工于诗词书文，著有《可园诗抄》《可园文抄》《可园杂纂》《柳营谣》《柳营谣传》《归化奏议》等。

---

[1] （清）延清：《遗逸清音集》卷1，商务印书馆1916年版。

驻防旗人在清代是一个特殊存在的群体，主要作为军事设置而成立，因之弓马骑射于他们是必修的，即使是参加文场科举考试，也要先验看骑射通过后方可进行。自清初至清末均如此。然而当乾隆 21 年（1756），清帝颁定《驻防兵丁置产留葬例》后，八旗驻防及其眷属就从暂居驻防地变成定居驻防地的定居者了。因之，驻防子弟与驻防地其他民族尤其是汉族交融深厚，受汉习濡染日益深入，对文治的看重，使得弓马骑射于他们而言是作为一种制度上的强制要求而存在，失去了设置之初的实质性目的。白衣保作为乾嘉时期荆州驻防，他在诗集自序中的表述及拖克西图跋文可以见出，无论其本人，还是同时代人，对武将写作诗歌之事，都认为是非常态的、具有独特性的事情。但随着时间推移，社会风俗政治文化不断变化，至道咸同时期，驻防文人的诗文表达中已鲜见这一认知，瑞常《如舟吟馆诗钞》载道光 12 年（1832）所写《春闱报捷》中有诗句"家书毕竟抵千金，能副殷殷训诫无"，后有小注："家大人有读书励品为训。"弓马已不复提及。这意味着，对这时期及其后的八旗士子而言，弓马于他们只是一种仕进的手段，失去了实质性的意义，驻防文人更趋向于成为纯粹的文人。

　　瑞常是杭州驻防起家诗人，八旗驻防受到汉文化影响从而改变固有的八旗武士生活状态，杭州驻防是显例。杭州驻防始于顺治 2 年（1645），直至 1911 年清朝灭亡方告结束。早在康熙年间，康熙帝曾经欣喜地从皇权话语的角度肯定了清代初年杭州驻防对满洲文化传统的传承，"朕今观杭州满洲、汉军官兵，皆善骑射，娴熟满话"[1]。不过，作为一代雄主，康熙对杭州乃至全国各地这样的汉文化中心的融合力量还是很明白的，所以他同时也生出了"留住外省，恐年久渐染汉习，以致骑射生疏"[2] 的隐忧。果然，才到乾隆朝，康熙的担忧已成现实。"已此百年久驻防，侵寻风俗渐如杭"（《阅杭州旗兵作诗》）[3]，驻防子弟对骑射技艺日渐生疏，全身心融入驻地文化系统，这一现象，不只是出现在杭州，其他地方的八旗驻防也大抵如此。

---

[1] 《清实录·圣祖实录》卷 192，中华书局 1985 年版，第 1040 页。
[2] 《清实录·圣祖实录》卷 115，第 191 页。
[3] 张大昌：《杭州八旗驻防营志略》，马协弟主编：《杭州绥远京口福州八旗志》，辽宁民族出版社 1994 年版，第 88 页。

第一章　历史—空间建构中的清代蒙古族汉诗创作

八旗驻防由武转文的历程中,科举的作用至关重要。顺治 8 年 (1651),在吏部官员的一再建议下,清政权开始允许八旗子弟参加乡试、会试,但对满、蒙旗人在文字上加以限制。例如,蒙古旗人参加乡试,要求用蒙古文作文一篇,参加会试,则写蒙古文两篇。这种考试中的特殊规定,既有利于巩固蒙古旗人自身的文化,也照顾了当时汉文化水平较低的蒙古旗人。顺治 14 年 (1657),旗人参加科举考试又被禁止,因顺治帝认为"八旗人民,崇尚文学,怠于武事,以披甲为畏途"①。康熙初,虽然一度恢复旗人科举,又因爆发"三藩之乱"而中止。直到清政府消灭台湾郑氏政权,完成中国统一大业之后,才于康熙 26 年 (1687) 允许八旗子弟参加科举考试,而且规定满、蒙旗人也要使用汉文,按照汉族同样试题参加考试。这一规定,从制度层面极大地推动了蒙古族汉语创作。

清廷在具体科考录取中从优增加录取蒙古旗人,在一定程度上有助于推进蒙八旗士子读书应考。童生考试是科举的初级考试,竞争最为激烈。汉族人一般是 50 名童生录取 1 名生员,蒙古旗人则较为容易。嘉庆初年"在京八旗满洲、蒙古童生,额进六十名,核计近年应试人数,均在五、六名内取进一名"②。录取率若按 5 比 1 计算,蒙古旗人参加童试录取率,是汉族的 10 倍,实际录取率甚至高于此数。不过,嘉庆年间规定驻防子弟中应试童生须"训习清语、骑射,府学课文艺"③。嘉庆帝也表明"其攻肄举业者,仍当娴习骑射,务臻纯熟"④。驻防子弟在乡会试前需经地方长官检查骑射技艺,合格后才可参加后续考试。④清代各省乡试,录取举人有定额。乾隆初年,顺天(今北京及河北)地区名额最多,为 135 人。蒙古旗人当时在顺天参加乡试,顺治 8 年 (1651) 首次乡试录取 20 名举人。乾隆 9 年 (1744),"定为满、蒙二十七,汉军十二。……会试初制,满洲、汉军进士各二十五,蒙古十。康熙九年,编满、合字号,如乡试例,各中四名"⑤。据此,蒙古旗人乡、会试都有专设名额,而且录取较

---

① 《清实录·世祖实录》卷 1,第 23 页。
② 《大清会典事例》卷 381,第 23 页。
③ 赵尔巽等:《清史稿》卷 106,第 3117 页。
④ 《清实录·仁宗实录》卷 62,中华书局 1986 年版,第 832 页。
⑤ 赵尔巽等:《清史稿》卷 108《选举三》。

易。清前期，八旗式子均需进京参加科举考试。浙江巡抚阮元在嘉庆9年（1804）以路远且耗资巨大奏请应乡试就近举行，嘉庆帝以驻防子弟应"遵守淳朴之风，只应以练习骑射为本务。……至愿应乡试者，自应赴京与考定例乡试录科"① 予以驳斥。但，不久后这一规定就被更改。18年（1813），嘉庆因"乡试必须来京，道路遥远者，每以艰于资斧，裹足不前"②，同意就近乡试。统治者的让步一方面是出于对经济疲敝的考量；另一方面也表明驻防八旗与在京八旗之间关系的疏远。与此同时，驻防子弟渐失"国语骑射"根本，专力学习汉文化，这一趋势使统治者忧心并竭力加以挽回。因驻防子弟日渐荒废对国语骑射的学习，道光23年（1843），清廷规定"（驻防子弟）应文试者，必应改试翻译"③，对满语的衰落做了最后抗争。自此后至同治元年（1862）间，驻防子弟所参加科考均为翻译考试。同治元年（1862）方准"文闱与翻译兼行"④。

　　翻译科举分为满洲翻译科和蒙古翻译科，自道光23年（1843）至同治元年（1862）间成为驻防子弟入仕的唯一途径。满洲翻译科分两部分进行，首场以满文书写四书文、孝经、性理论各一篇，第二场用满文翻译一篇汉文。自翻译科举设立以来，蒙古翻译科因应试人数过少一直未予举行，所以蒙古八旗只能参加满洲翻译科翻译会试。翻译会试只能挽救满语在一定范围内的通行，并不能使驻防子弟不忘弓马骑射的初心，他们在汉化濡染中深入诗文写作带来的文治之功，并不是对武人知识的补充，而是对八旗尚武精神的消解。作为立国之本的八旗沦陷，是大清走向覆亡的开始，堡垒都是从内部开始攻破的。

　　清代蒙古族汉诗创作主要繁盛于乾嘉及其后时期，随着清廷对汉文化学习的深入，在政治中心和文化中心的京师，蒙古族汉诗创作蔚然成风。与此同时，八旗驻防文人也受到驻防地文化的影响，开始汉诗创作。因此，在京师和驻防地，蒙古汉诗创作代相沿递，文学活动渐多，文学写作渐成气候，由京师到驻防地，蒙古族汉诗创作在清代发生了极大的变化。但是，由于这些活跃在京师或者驻防地的诗人，都出生于由武转文的家

---

① 《清实录·仁宗实录》卷136，第860页。
② 《清实录·仁宗实录》卷270，第664页。
③ 《清实录·宣宗实录》卷395，中华书局1986年版，第1085页。
④ 《清实录·穆宗实录》卷38，中华书局1987年版，第1026页。

族，祖先都是弓马骑射的游牧民族，他们身上始终都有蒙古民族的因子在，即使他们呈现在文本中的蒙古民族文化特性并不鲜明。所以，在一定程度上，这些由草原走向都城的蒙古诗人及其后代，是蒙古民族文化与中原汉文化两种文化重建的结果。

第二章

清初乾嘉诗坛的蒙古族汉诗创作

乾嘉时期是清诗史上繁盛的创作期，蒙古族诗人的汉诗创作也在此期间进入高潮。相较顺康之际的空白记录，乾嘉时期有诗集传世者计有国栋、博明、景文、白衣保、梦麟、和瑛、松筠、法式善、文孚等9人。国栋、博明、梦麟、和瑛、松筠、法式善均是蒙八旗子弟，均以科举入仕；文孚由监生考取内阁中书；白衣保是荆州驻防起家，袭职；景文袭封伯。这一时段较为漫长，但上述人员基本都有乾隆朝入仕经历，故放置在这部分。较之其后的道咸同时期及光宣时期，此期人数不为多，但诗歌创作数量、题材、体式、写作技巧、在诗坛的影响力、诗集篆刻、诗歌理论主张等方面，都堪称清代蒙古族汉诗创作的高峰。文献考证是文学研究的基础，因此，本书拟在详细考述这些诗人生卒行年文学交游及著作传播等情况基础上，将其置于此期诗坛诗学思潮中加以论述，借以阐明其在清诗史上的地位及意义。

第一节 乾嘉时期蒙古族诗人生卒行年考述

博明、国栋、梦麟、和瑛、松筠、法式善、文孚等7人均由科考或考官在乾隆年间登上仕途，景文、白衣保袭职亦在乾隆年间，虽然他们都有在京师生活的经历，但本书按照其生命或仕宦中最为重要节点之履历，将其分为京师诗人、戍边诗人、驻防诗人三类。现按照其生年，逐次就其生卒行年考述如下。

一 乾嘉京师诗人生卒行年考述

乾嘉京师诗坛蒙古族诗人计有博明、梦麟、法式善、景文、文孚

第二章　清初乾嘉诗坛的蒙古族汉诗创作

5人。

博明（1721—1789），原名贵明，字希哲，一字晰斋，又号西斋。蒙古博尔济吉特氏，隶满洲镶蓝旗，世居乌叶尔白柴地方。其祖父为两江总督邵穆布。博明出身贵胄，文史兼善，著作流布士林，然《清史稿》《清史列传》等官纂史书均无其人记载。方志、诗文总集所收小传甚为简略，且称其为满洲旗人，族属不明。如《藤阴杂记》载："博西斋明，满洲人，壬申编修，外任府道。改兵部郎中。博闻强识，于京圻掌故、氏族源流，尤能殚洽。"① 《八旗艺文编目》载："博明，原名贵明，字希哲，一字晰斋，又号西斋，氏博尔济吉特，隶镶蓝旗。乾隆壬申进士，散馆授编修。丙子主广东试。累官洗马，外任云南迤西道，降兵部员外郎。祖父两江总督邵穆布，外孙穆彰阿。"② 徐世昌辑《晚晴簃诗汇》，卷八十一收博明诗二首，小传曰："博明，字希哲，号晰斋，满洲旗人。乾隆壬申进士，改庶吉士，授编修。历官云南迤西道，降兵部员外郎。有《晰斋诗》。"③ 盛昱编《八旗文经》，杨锺羲为之撰作者考，博明小传云："博明，字希哲，一字晰斋。博尔济吉特氏，隶满洲镶蓝旗，两江总督邵穆布孙。"④ 综上，各家虽然确定博明隶籍满洲八旗，但注其姓氏为博尔济吉特氏。而博尔济吉特氏是蒙古黄金家族姓氏，⑤ 故《交翠轩笔记》明确指出："蒙古博西斋洗马明为元代后裔，有《西斋偶得》一书，中论辽金元掌故，颇足以资考证。"⑥

---

① （清）戴璐：《藤阴杂记》卷6，北京古籍出版社1981年排印本，第59页。
② （清）恩华纂辑，关纪新整理、点校：《八旗艺文编目》，辽宁民族出版社2006年版，第59页。
③ 徐世昌：《晚晴簃诗汇》卷81，中华书局1990年版，第3380页。
④ （清）杨锺羲：《八旗文经作者考乙》，（清）盛昱：《八旗文经》卷末，光绪28年（1902）刻本。
⑤ "八旗蒙古谱系博尔济吉特氏，凡十二派。一出西拉木楞，一出兀鲁特，一出扎鲁特，一出克尔伦，一出把岳武，一出察哈尔，一出瑚伦博宜尔，一出克西克腾，一出科尔沁，一出阿霸垓，一出乌药尔百柴，一出阿禄科尔沁。谨案：博尔济吉特，大元之姓，与内札萨克四十九旗及喀尔喀四部落台吉，俱系元代后裔藩长，均应汗臣，贝勒贝子公封爵，同为我朝臣仆，岁时朝觐奔走络绎无外之规，实前代所未有。今纂《八旗氏族志书》，谨遵旨以博尔济吉特氏载于蒙古姓氏之首。"（清）官修《八旗通志》卷59《氏族志》6，《四库全书》本，第716页。
⑥ （清）沈涛：《交翠轩笔记》卷1，上海古籍出版社1985年影印本，第44页。

博明生卒行年记载多零星散乱。白·特木尔巴根《古代蒙古作家汉文创作考》考博明生于康熙57年（1718），卒于乾隆53年（1788）。[①] 方华玲《博明生卒年份考辨》考博明生于康熙60年（1721），卒于乾隆54年（1789）。[②] 朱则杰《清代八旗诗人丛考》对生年与方氏持同一观点。云广英《清代蒙古族人物传记资料索引》对卒年与方氏持同一观点。

据《清人诗文集总目提要》载，博明举"乾隆十七年进士，改庶吉士，授编修"[③]，"官至云南迤西道，降兵部员外郎"[④]。而乾隆50年（1785）奉敕编《钦定千叟宴诗》，卷十二所收作者"兵部员外郎"博明，当即此人。其诗所注博明"年六十五"[⑤]，可知其出生于康熙60年（1721）。就现有资料来看，可推知方华玲所考较为合理，即博明生于康熙60年（1721），卒年下限为乾隆54年（1789），年六十九。

[①] 关于生年：白·特木尔巴根《古代蒙古作家汉文创作考》考：其一，清官方档案《宫中履历片》，乾隆17年（1752）第三卷第239号有博明履历："博明，镶蓝旗满洲。年三十五。乾隆十七年进士，历俸十个月。"下有数条任免记载，"编修。已改右江道。调云南道。革职。"推知博明生于康熙57年（1718）。其二，博明著《西斋偶得》自序虽撰于乾隆38年（1773），然此书诚如自序所言"浸久成帙"，其任云南迤西道期间的见闻亦在其中。卷下《外国纪年》有按语云："西洋称今乾隆五十三年壬申为一千七百八十八年。"另《西斋诗辑遗》卷3，有《戊申首夏乐槐亭初度》一诗，作于1788年。可见乾隆53年（1788）博明尚健在。故博明生于1718年。关于卒年，白·特木尔巴根《古代蒙古作家汉文创作考》考：翁方纲《〈西斋杂著二种〉序》云："而西斋之卒，予适出使江西。西斋以所著此二编，于疾革时始托同里邵楚帆给谏，遂有脱误，不及尽为订正。今又十余年，给谏将为付锓，而属余序之。"查翁氏生平，翁氏于乾隆51年（1786）九月，奉差督学江西，任至53年（1788）。《西斋杂著二种》刻于嘉庆6年（1801）辛酉，"今又十余年"者，与出使江西的交差时间基本相同。另翁方纲与博明有十同之谊，不会误记良师益友的故去年份。故博明卒于1788年。

[②] 方华玲《博明生卒年份考辨》考：乾隆46年（1781）二月，博明另存有履历片："博明，镶蓝旗人，年四十三岁，由进士授编修，乾隆二十三年三月内补授右中允，二十八年六月内补授洗马，二十九年三月内补授广西庆远府知府。"行间夹有批字："乾隆二十九年三月内引见，妥当似有出息。"眉批："乾隆四十六年二月内用兵部员外郎"。若循照第二种观点的判定方法，此条目内容归属时间则应为眉批中的"乾隆46年（1781）"，博明则生于乾隆初年。方华玲《博明生卒年份考辨》考：台湾学者陈鸿森曾指出，乾隆54年（1789）九月廿六日翁方纲自南昌起程北归。《清实录》中亦有翁氏于乾隆54年（1789）十一月被升为内阁学士兼礼部侍郎。应将博明卒年下限定在乾隆54年（1789），具体至当年九月二十六日之前。

[③] 柯愈春：《清人诗文集总目提要》上，北京古籍出版社2001年版，第688页。

[④] 柯愈春：《清人诗文集总目提要》上，第688页。

[⑤] 《钦定千叟宴诗》卷12，乾隆50年（1785）刻本。

第二章 清初乾嘉诗坛的蒙古族汉诗创作

博明出身贵胄，家族世代为官。雍正间官纂《八旗满洲氏族通谱》载："博明始祖为琐诺木，世居乌叶尔白柴地方。天聪时归附清朝，任散骑郎。子图巴，官护军参领兼佐领。孙舒穆布，官至江南、江西总督，此即杨氏所指两江总督邵穆布也。曾孙为德成、纳兰泰。元孙二人，其一为博林，任中书硕瞻，尚公主，为和硕额驸。另一位即博明也。"① 《清实录》："康熙45年（1706）。丙戌。以礼部左侍郎邵穆布为江南、江西总督。"②

博明生长于京师。乾隆12年（1747），博明年二十七，在哈克散佐领下应丁卯科顺天乡试，中举。乾隆17年（1752），年三十二，赴会试，廷试列二甲第七十名，赐进士出身。

梦麟（1728—1758），字文子，又字瑞占，号谢山，一号午塘，又作藕堂、喜堂，自称大谷山人。西鲁特氏，蒙古正白旗人，祖籍内蒙古科尔沁。年仅三十一卒。

因梦麟生卒行年学界有较为明晰的考述，本书不再详论。唯《清史稿》与《八旗通志》均出现明安达礼传（世系：博博图—明安达礼—都克—？—永安—？—宪德—梦麟）与宪德传（世系：博博图—明安达礼—化善—宪德—梦麟）记载相矛盾现象。对此，拙作《接受与书写：唐诗与清代蒙古族汉语韵文创作》中曾详尽考证。③

法式善（1753—1813），姓伍尧氏，原名运昌，字开文，又字时帆，别号梧门、陶庐、小西涯居士，蒙古正黄旗人，世居北京。乾隆皇帝赐名"法式善"，官宦之后。

关于法式善生年学界无异议，卒年略有差别。年谱载："（法式善）嘉庆18年（1813）癸酉，六十一岁。正月间出城数次，预约诸诗友寺中看花，步履颇健。二月初五日，晨起，开诗龛与友人奕谈，笑如平时。俄痰

---

① （清）弘昼：《八旗满洲氏族通谱》卷66，辽海出版社2002年版，第728页。
② 《清圣祖仁皇帝实录》卷227，《清实录》第六册，第279页。
③ "（明安达礼传说）从博博图到梦麟，共八世。宪德传则说：'宪德，西鲁特氏，尚书明安达礼孙也。父善，官头等侍卫。'据此，从博博图到梦麟为五世，两传相差三世。前传曾言明安达礼四世孙永安，亦即宪德之祖父，于乾隆年间官山海关都统，而据后传，宪德于雍正4年（1726）授湖北按察使，遂出现祖孙颠倒出世的谬误。从康熙8年（1669）到乾隆元年（1736），共六十余年，于常理不可能跨五世，因此可以断定明安达礼传所叙梦麟先祖世系有严重讹误，不足为凭。"米彦青《接受与书写：唐诗与清代蒙古族汉语韵文创作》，中国社会科学出版社2014年版，第51—52页。

上，扶卧寝室，遂逝。次年，六月廿五日，葬于顺天府义县三家店之高家洼新阡原。"①

按：法式善卒年为嘉庆 18 年（1813），其他文献皆载法式善卒年 61 岁，惟《清史列传·文苑传·法式善》载卒年 62 岁，误。

法式善姓氏、字号，及今名，有诸多舛误，试分述之。

今存文献载法式善姓氏为三种，即"乌吉氏"（"乌尔济氏""乌尔吉氏"）、"伍尧氏""孟姓"。

"乌吉氏"之论。阮元《梧门先生年谱》称"先生蒙乌吉氏，蒙古正黄旗人。"② 王昶《湖海诗传》中法式善的小传云："本名运昌，奉旨改今名。蒙乌吉氏。"③《冷庐杂识》称法式善"蒙古乌尔吉氏"④。黄安涛《时帆先生小传》谓："先生原名运昌，字开文，一字时帆，又号梧门。蒙古乌尔吉氏。"⑤ 钱林《文献征存录》云："法式善，字开文，又字梧门，号时帆，为蒙古乌尔济氏。隶内务府正黄旗。"⑥《清史列传·文苑传·法式善》《清史稿·法式善传》亦载："法式善，字开文，蒙古乌尔济氏，隶内务府正黄旗。"⑦

按："乌吉氏""乌尔济氏""乌尔吉氏"应为蒙汉音译分歧所致。

"伍尧氏"之论。法式善在生父离世后，曾请故交赵怀玉和王芑孙为撰碑文，赵怀玉《御园织染局司库伍尧君家传》称："君姓伍尧氏，讳广顺，字熙若，号秀峰，蒙古正黄旗人。世居察哈尔。"⑧ 王芑孙《内务府司库广公墓志铭》记"公讳广顺，字熙若，号秀峰，蒙古正黄旗人。其氏曰伍尧"⑨。另，今存赵怀玉与法式善唱和之作，常称"伍尧祭酒法式善"，如《西涯诗为伍尧祭酒法式善作》《伍尧祭酒法式善移居三首》《次

---

① （清）阮元：《梧门先生年谱》，《存素堂诗续集录存》，嘉庆 21 年（1816）杭州阮元刻本。
② （清）阮元：《梧门先生年谱》，《存素堂诗续集录存》。
③ （清）王昶：《湖海诗传》卷 36，嘉庆 8 年（1803）三泖渔庄刻本。
④ （清）陆以湉：《冷庐杂识》卷 6，咸丰 6 年（1856）刻本。
⑤ （清）黄安涛：《真有益斋文编》卷 8，道光刻本。
⑥ （清）钱林：《文献征存录》卷 5，咸丰 8 年（1858）刻本。
⑦ 赵尔巽等：《清史稿》卷 485，中华书局 1977 年版，第 13402 页；王钟翰校点：《清史列传》，中华书局 1987 年版，第 5948 页。
⑧ （清）赵怀玉：《亦有生斋集》卷 13，嘉庆 21 年（1816）刻本。
⑨ （清）王芑孙：《渊雅堂全集惕甫未定稿》卷 12，嘉庆刻本。

韵酬伍尧庶子法式善见寄》《挽同年伍尧庶子法式善》等诗篇。

按：赵怀玉与王芑孙，二人均与法式善过从甚密。且二人所撰碑文，乃为法式善所提供其家父之生平载记及家族事迹所成。可知，"伍尧"确系得到法式善认可的族姓。法式善《重修族谱序》自称："吾家先世虽繁衍，然莫详其世系。我曾祖修族谱时，惟记有元以来历三十五世之语，而未载世居何地，相沿为蒙乌尔吉氏。法式善官学士时，高宗纯皇帝召对询及家世，谕云：'蒙乌尔吉者统姓耳。天聪时，有察哈尔蒙古来归隶满洲都统内府正黄旗包衣，为伍尧氏，汝其裔乎？'盖蒙乌尔吉远宗统姓，而伍尧则本支专姓也。今族中惟知乌尔吉而不知伍尧。赖圣谕煌煌一正其讹，某敬识之不敢忘，即以传告族众，俾共闻焉。"① 法式善明确了"蒙乌尔吉氏"与"伍尧氏"之间的关系，即"蒙乌尔吉氏"乃远宗统姓，非法式善家族本支姓氏，而"伍尧氏"则是自天聪年间来归、隶内务府正黄旗包衣身份的那支蒙古人的专姓，即"伍尧"乃法式善家族的姓氏。且编竣于乾隆9年（1744）的《八旗满洲姓氏通谱》载录蒙古姓氏二百余种，无"蒙乌尔吉"氏，而有"伍尧氏，隶满洲旗，分之蒙古一姓，此一姓世居察哈尔地方"。另，盛昱《八旗文经》卷五十九《作者考》（丙）云："（法式善）奉旨姓伍尧。"② 此后，其友、子嗣兼多称"伍尧氏"。因之，赵怀玉、王芑孙有"伍尧氏"之说。法式善孙来秀道光30年（1850）庚戌进士，其硃卷题名为"伍尧氏来秀"。

"孟姓"之论。嘉庆22年（1817），翁方纲为法式善《陶庐杂录》作序云："梧门姓孟氏，内府包衣，蒙古世家，原名运昌。"③ 晚清叶衍兰等《清代学者像传合集》云："法式善姓孟氏，字开文，一字梧门，号时帆，蒙古人。"④ 关于此姓氏，晚近民初学者杨锺羲释翁方纲之说，谓法式善"高祖名孟成，内务府郎中。内务府俗例取一字为姓，故又称孟氏。苏斋序《陶庐杂录》，谓姓孟氏，非也"⑤。这一说法与《八旗文经》所云一

---

① （清）法式善：《存素堂文集》卷2，嘉庆12年（1807）扬州绩溪程邦瑞刻本。
② （清）盛昱：《八旗文经》。
③ （清）翁方纲：《复初斋文集》卷3，李彦章校刻本。
④ 叶衍兰、叶恭绰：《清代学者象传合集》，上海古籍出版社1989年版，第245页。
⑤ （清）杨锺羲：《雪桥诗话初集》卷9，民国本。

致:"高祖名孟成,内务府郎中。内务府俗例,取一字为姓,又称孟氏。"① 故"孟姓"不可取。

法式善原名运昌,后改名。《清史列传》《清史稿》均载:"法式善,字开文,蒙古乌尔济氏,隶内务府正黄旗。乾隆四十五年进士,授检讨,迁司业。五十年,高宗临雍,率诸生七十余人听讲,礼成,赏赉有差。本名运昌,命改今名,国语言'竭力有为'也。"② 阮元《梧门先生年谱》:"乾隆五十年,以升庶子具谢摺,高宗纯皇帝将改名法式善。'法式善'者,满洲语'勤勉上进'也。"③ 李元度《国朝先正事略》载:"先生名法式善,字开文,号时帆,原名运昌,奉旨改今名,蒙古正黄旗人。"④

按:本传和《年谱》法式善改名时间为乾隆 50 年(1785),但记录改名的"情状"有差异。本传载"高宗临雍,率诸生七十余人听讲,礼成,赏赉有差"⑤ 之后。《年谱》乾隆 50 年乙巳条载:"二月临雍,礼成,先生恭和御制诗,被赏。……九月,官左庶子,具摺谢恩,有改名法式善之命。"⑥ 黄安涛《时帆先生小传》:"先生原名运昌,字开文,一字时帆,又号梧门。蒙古乌尔吉氏。乾隆五十年迁庶子时,命改名'法式善'。'法式善'者,国语'奋勉上进'也。"⑦ 据此,《本传》的记载有误,乾隆皇帝命法式善改名,当在乾隆 50 年的九月。本传及《年谱》未明说改名缘由,但有嘉奖之意。另据其他文献,认为与避关帝之讳有关。翁方纲《陶庐杂录序》云:"原名运昌,以与关帝字音相近,诏改法式善。"⑧ 袁枚《随园诗话》卷十一"满洲诗人法时帆学士与书曰"条的批语中亦云:"初名运昌,因用国书书之,与'云长'同,奉旨改今名。"⑨ 叶衍兰、叶恭绰《法式善象传》:"法式善姓孟氏,字开文,一字梧门,号时帆,蒙

---

① (清)盛昱:《八旗文经》,光绪 27 年(1901)刻本。
② 赵尔巽等:《清史稿》卷 485,第 13402 页;王钟翰校点:《清史列传》,第 5948 页。
③ (清)阮元:《梧门先生年谱》,《存素堂诗续集录存》。
④ (清)李元度:《国朝先正事略》卷 43,同治刻本。
⑤ 赵尔巽等:《清史稿》卷 485,第 13402 页;王钟翰校点:《清史列传》第 5948 页。
⑥ (清)阮元:《梧门先生年谱》,《存素堂诗续集录存》。
⑦ (清)黄安涛:《真有益斋文编》卷 8。
⑧ (清)法式善:《陶庐杂录》卷 2,嘉庆 22 年(1817)陈预刻本。
⑨ (清)袁枚著、顾学颉点校:《随园诗话》下册,人民文学出版社 1979 年版,第 852 页。

古人。原名运昌，因与关圣字音相近，诏改今名。"①

法式善多字号，每号兼有意味，各文献所载略有差异。阮元《梧门先生年谱》："法式善，原名运昌，字开文，号时帆、梧门、小西涯居士。"李元度《国朝先正事略》："先生名法式善，字开文，号时帆，原名运昌，奉旨改今名，蒙古正黄旗人。"② 钱林《法式善》："法式善，字开文，又字梧门，号时帆。"③ 叶衍兰、叶恭绰《法式善象传》："法式善姓孟氏，字开文，一字梧门，号时帆。"④ 黄安涛《时帆先生小传》："先生原名运昌，字开文，一字时帆，又号梧门。"⑤

按：文献载法式善字、号有差异。"梧门"和"时帆"记为字、号有别。古人取字与名之意有关，号则较随意，常以斋名为之，可知"时帆"应为字，"梧门"为号。另，阮元《梧门先生年谱》所载"以幼时韩太淑人课读之所，每日散学，视梧阴逾门限耳"⑥ 得来。亦有"诗龛""陶庐"两号，与其对诗歌的偏爱有关。翁方纲《陶庐杂录序》云："其于诗也，多蓄古今人集。闳阅强记，而专为陶韦体，故以诗龛自题书室，又以陶庐为号。"⑦ "诗龛"一号，为法式善年轻时自称，阮元《梧门先生年谱》乾隆38年癸巳（1773）条载："二十一岁，仍寓寺中读书，两饭俱在官学中，夜则栖息禅榻。是年，乃以'诗龛'署于僧舍。"⑧ 朱克敬《儒林琐记》云："晚年告归，读书僧舍，于斋中为龛，名曰'诗龛'"⑨ 为误载。

文献关于法式善先祖记载略有差异。阮元《梧门先生年谱》称法式善"始祖讳福乐者，以军功从龙入关，隶内府正黄旗。六传而至先生"⑩。赵怀玉《御园织染局司库伍尧君家传》叙法式善族系为"文皇帝时，有代通者从龙入关，隶内务府。曾祖梦成，官内管领。祖六格，官郎中。考平

---

① 叶衍兰、叶恭绰：《清代学者象传合集》，第245页。
② （清）李元度：《国朝先正事略》卷43。
③ （清）钱林：《文献征存录》卷5。
④ 叶衍兰、叶恭绰：《清代学者象传合集》，第245页。
⑤ （清）黄安涛：《真有益斋文编》卷8。
⑥ （清）阮元：《梧门先生年谱》，《存素堂诗续集录存》。
⑦ （清）法式善：《陶庐杂录》卷2。
⑧ （清）阮元：《梧门先生年谱》，《存素堂诗续集录存》。
⑨ 转引自钱仲联主编《清诗纪事》，凤凰出版社2004年版，第1612页。
⑩ （清）阮元：《梧门先生年谱》，《存素堂诗续集录存》。

安，官员外郎。君为从祖父监生长安后，长安父，监生乌达器管领之子也"①。世系为：代通—某—梦成—六格（乌达器）—平安（长安）—和顺（广顺）—法式善，描述出至少七世。王芑孙《内务府司库广公墓志铭》云："其先有代通者，以文皇帝时自察哈尔来归，后从龙入关，隶内务府，官参领。三代而至梦成，官内管领。梦成四子，长郎中六格，次某，次监生乌达器，次某。六格有子五人，长员外郎平安，乌达器有子一人，监生长安。长安无子，而员外有五子，长曰和顺，次即公，公平安之子而出后长安者也。公生四子，长法式善。"②则八代而至法式善。法式善于《重修族谱序》中称"伏念自始祖从龙入关，至法式善八世矣"，"爰自始祖迄儿子桂馨，凡九世"③。另，法式善的嗣孙来秀于道光30年（1850）的进士硃卷记载伍尧氏来秀的家族称：五世祖六格，高祖平安，曾祖和顺，祖法式善，父桂馨。因此，综上所述，法式善家族自始祖入关以来，直至其孙来秀共十世，其中自始祖之下，梦成祖之前两世名讳不详外，大体世系较为清晰，即代通—某—某—梦成—六格—平安—和顺—法式善—桂馨—来秀。

按：法式善可考始祖至少应为七代，非《梧门先生年谱》自始祖至法式善凡六世之说。以上世系中，始祖有"福乐"与"代通"之别，需进一步考证。

法式善行年中可说明者只一点。

《清史列传·文苑传·法式善》载："乾隆四十五年（1780）进士，改翰林院庶吉士，散馆授检讨，擢司业。五十年（1785），高宗纯皇帝临雍礼成，赏赉有差，移左庶子。本命运昌，命改今名，国语言竭力有为也。五十一年（1786），迁侍读学士。五十六年（1791），大考不合格，左迁工部员外郎。次年（1792），大学士阿桂荐补左庶子。五十八年（1793），升祭酒。以读书立品，勖诸肄业知名之士。一时甄擢，称为极盛。嘉庆四年（1799），坐言事不当，免官。俄起编修，迁侍讲，寻转侍读。七年（1802），迁侍讲学士，会大考，复降赞善，俄迁洗马。十年（1805），升侍讲学士。坐修书不谨，贬秩为庶子。在馆纂《皇朝文颖》，

---

① （清）赵怀玉：《亦有生斋集》卷13。
② （清）王芑孙：《渊雅堂全集惕甫未定稿》卷12，嘉庆刻本。
③ （清）法式善：《存素堂文集》卷2。

复纂《全唐文》。"①

阮元《梧门先生年谱》载:"……嘉庆四年（1799）：正月初三日，高宗纯皇帝龙驭上宾，皇上亲政，求真言。先生上大事，又陈国子监十二事。十二月，以大臣密保，奉旨宣问，军机大臣议革职。奉旨：法式善所论八旗在外屯田一节，是其大咎。陈请亲王领兵，不过揣摩风气起见，至国子监事，已隔多年，不必深究。若照议革职，转恐阻言路，殊有关系，着加恩赏给编修，在实录馆效力行走。"②

黄安涛《时帆先生小传》："十六岁入咸安宫肄业，补博士弟子员，食廪。举乾隆己亥乡试，连捷庚子进士，改庶吉士，散馆授检讨，充四库馆提调官，又充日讲起居注官，迁国子监司业。未几，擢左庶子。明年，除侍讲学士，充文渊阁校理官，旋转侍读学士。乾隆某年御试翰詹，列三等，改官工部员外郎，擢左庶子，充功臣馆提调官。次年，迁国子监祭酒。嘉庆四年，仁宗亲政，求直言。先生上'六事'，又陈'国子监十二事'，命军机大臣询问，议革职，荷宽旨赏，给编修在实录馆效力行走。其年迁侍讲学士。八年御试翰詹，列三等，降赞善，旋擢洗马，迁侍讲学士。十二年，以纂修《宫史》篇页讹舛镌级，降授庶子。"③钱林《法式善》所载与此相差无几。

按：法式善上书《六事》，又陈《国子监十二事》，为其一生中最重要的政治活动。所言六事分别是：诏旨宜恪遵也；军务宜有专摄也；督抚处分宜严也；旗人无业者宜量加调剂也；忠党宜简拨；博学鸿词科宜举行也④。所言政务，均为时政，嘉庆帝不悦，将其贬谪。《大清仁宗睿（嘉庆）皇帝实录》卷五十六《嘉庆四年己未十二月甲申朔》载其被贬圣谕："在法式善之悖谬条奏，诸臣容或不知。其国子监之声名，诸臣不知，其谁欺乎？……即朕特经简用之人，如有不孚众望者，诸臣尚应据实执奏，何况法式善只系廷臣保奏之人，既有劣迹，岂得缄默不语。……法式善着即解任，派大学士、军机大臣会同讯问，并将丰绅济伦何以率行保举之处一并询问明白……丰绅济伦并未深知法式善平日声名才具，径以在伊家教

---

① 王钟翰校点：《清史列传》，第5948页。
② （清）阮元：《梧门先生年谱》，《存素堂诗续集录存》。
③ （清）黄安涛：《真有益斋文编》卷8。
④ 历史档案馆存法式善奏章。

读从未向伊借贷一节，即以其为人体面，遽登荐牍，实属孟浪。本应交部严议，姑念其甫经办理部务，年轻未曾历练，且询明尚无请托私弊，丰绅济伦着从宽交部议处。法式善所论旗人出外屯田一节，是其大咎；至于命亲王领兵一节，不过迎合揣度；而国子监一事，已属既往，姑不深究。若照议革职，转恐沮言路，殊有关系，加恩赏给编修，在实录馆效力行走。"①

另外，清国子监祭酒是从四品官，通常满、汉各设一人。法式善作为蒙古族却担任过此职，其文学才能不言而喻。

景文（？—1798），字彦修，一字虚舟，伍弥氏，晚号自称彦翁伍弥氏。蒙古正黄旗人。官冠军使。

景文生平文献记载多零星散乱。《清史稿》载："景文，伍弥泰子，嘉庆元年十二月袭。"②恩华《八旗艺文编目》载："景文，字彦修，一字虚舟。袭封伯。累官冠军史。"③法式善《八旗诗话》："景文，字彦修，一字虚舟，蒙古人。袭伯爵，官冠军使。"④景文的生年不详，卒于嘉庆3年（1798）。《清史列传》载："……袭三等诚毅伯，兼佐领，任兵部侍郎、镶黄旗满洲副都统，塔尔巴哈台参赞大臣。嘉庆元年，缘事革任，其世职弟景文袭，三年卒，仍伍弥乌逊袭。"⑤景文的外甥和珅在其《嘉乐堂诗集》中有《和彦翁渭阳近作二首》⑥，景文去世时，和珅写诗缅怀，《闻彦翁舅氏辞世诗以当哭（时方扈从热河）》诗云："五十年来梦幻身，忽同老大忆青春。慈亲两地皆敦睦，一在天涯一故人。（大舅远任边疆）把酒论文才半月，惊传凶问到滦来。灵帷不获躬亲奠，空对南云一写哀。因果难凭投有无，谁知曙后竟星孤（二舅唯遗两女）。如何外祖多仁厚，和善之家若是夫。"⑦从这首诗里，我们可以知晓和珅扈从乾隆皇帝在热河的

---

① （清）薛颂留：《大清仁宗睿（嘉庆）皇帝实录》，台北华文书局1969年版，第695页。
② 赵尔巽等：《清史稿》卷170《诸臣封爵表三》，第5523页。
③ （清）恩华：《八旗艺文编目》，辽宁民族出版社2006年版，第127页。
④ （清）法式善著，张寅彭、强迪艺编校：《梧门诗话合校·八旗诗话》，凤凰出版社2005年版。
⑤ 王钟翰点校：《清史列传》，第1569—1573页。
⑥ 《清代诗文集汇编》编纂委员会编：《清代诗文集汇编》第426册，上海古籍出版社2010年版，第671，672页。
⑦ 《清代诗文集汇编》编纂委员会编：《清代诗文集汇编》第426册，第675页。

时候，景文去世。诗里提及和珅有两个舅父，大舅父即伍弥乌逊，"远任边疆"，死去的二舅父即景文。

文孚（1764—1841），字秋谭，博尔济吉特氏，满洲镶黄旗人。乾隆46年（1781），由监生考取内阁中书。历官军机章京、侍读、户部银库员外郎、刑部员外郎、内阁侍读学士、鸿胪寺卿、通政使司副史、西宁办事大臣、正蓝旗汉军副都统、镶白旗满洲副都统、内阁学士、镶黄旗护军统领、刑部右侍郎、镶白旗护军统领、山海关副都统、马兰镇总兵、锦州副都统、镶白旗汉军副都统、刑部右侍郎、正黄旗满洲副都统、满洲翻译乡试副考官、户部左侍郎、礼部尚书、镶蓝旗蒙古都统、考试八旗翻译官、兵部尚书、户部尚书、工部尚书、陕西巡抚、镶蓝旗满洲都统、吏部尚书、总管内务大臣、崇文门监督、镶红旗汉军都统、镶红旗满洲都统、经筵讲官、正黄旗满洲都统、正白旗满洲都统、国史馆总裁、文渊阁大学士。谥文敬。文孚历仕乾嘉道三朝。

文孚的卒年，清史稿传载卒于道光21年（1841）。史料未载其生年，需要考证：据《枢垣记略》，道光15年（1835）"大学士文孚、在军机大臣上行走有年。谨慎小心。前岁因年近七旬，奏请解职，朕察其精神尚健。未经允准"①，向皇帝告老还家需事出有因，文孚彼时"精神尚健"，可知并非体衰不能尽忠而申请解职，而是想在七十岁时告老还家，那么推测他在提出解职请求的道光13年（1833）应是将满七十岁较为合理，姑且认为文孚出生应在1764年。因此条证据是孤证，俟发现其他佐证材料，再做精准推测。

二 乾嘉驻防起家诗人生卒行年考述

乾嘉诗坛驻防起家蒙古诗人仅有白衣保1人。乾隆丙辰（1736），白衣保年十五，蒙恩入国子监学。乾隆己巳（1749），二十七岁的白衣保由京城镶黄旗蒙古印务章京升授荆州镶黄旗蒙古佐领，此后一直在荆州驻防任上，故本章将白衣保纳入驻防诗人中。

白衣保（1722—1799），字命之，号鹤亭，又号香山，蒙古镶黄旗人。有《鹤亭诗稿》四卷。

---

① （清）梁章钜：《枢垣记略》卷2，光绪元年（1875）刊本。

《鹤亭诗稿》① 前有乾隆壬寅（1782）白衣保自序，称"乾隆丙辰（1736）予年十五"，据此推算，白衣保当出生于康熙61年（1722）。其后学富谦所作序中有"己未先生捐馆"，己未为嘉庆4年（1799），则白衣保逝于嘉庆4年（1799）。杨廷福、杨同甫编《清人室名别称字号索引》白衣保条，"别称室名"部分，有"鹤亭、香山"②。恩华《八旗艺文编目》也载白衣保又号香山。③《鹤亭诗稿》富谦序有"（白衣保）爱慕唐太傅白乐天，故又号香山"。此外，其他古籍大都仅记载其号"鹤亭"。

　　关于白衣保的族属问题，存在一些疑问，有少量古籍资料中记载他为满洲旗人。白衣保诗集《鹤亭诗稿》富谦序明确指出白衣保为"蒙古人，其先人从龙有功，世授云骑尉"，富谦子拖克西图所作跋首句即为"右诗四卷，蒙古白鹤亭先生著"，并有"先大夫受先生教最久"，根据白衣保自序，富谦序，拖克西图跋，可知《鹤亭诗稿》由白衣保删减留存，富谦搜集编校，富谦子拖克西图于道光丙申（1836）刊印。白衣保与富谦情兼师友，情谊绵长。那么富谦在序言中明确指出白衣保属蒙古族，相较于其他资料，定然是可信的。目前可知最早记载白衣保信息的是法式善的《八旗诗话》，法式善《八旗诗话》中记载诗人如为蒙古族，他会明确指出，而没有指出白衣保，则在他的诗话中白衣保并非蒙古族，当为满洲旗人。法式善是蒙古族，生活在乾嘉时期（1752—1813），与白衣保生平有重合的时间段，按理说他的记载应不会有错。但与其同时代的铁保在所撰《钦定熙朝雅颂集》中记载白衣保为蒙古人，《鹤亭诗稿》刊印于道光16年（1836），而《钦定熙朝雅颂集》刊印于嘉庆9年（1804），收白衣保诗四十一首，说明铁保在《鹤亭诗稿》刊印前就看到了白衣保的诗作。铁保生卒年（1752—1824）与法式善近，且铁保为《八旗通志》的编纂者，因此相比较而言铁保的记载较法式善更权威。另外，希元编纂的《荆州驻防八旗志》，刊印于光绪9年（1883），其中载白衣保为蒙古镶黄旗人，白衣保自己巳（1749）赴荆州，余生几乎全部在荆州度过，《荆州驻防八旗志》的记载相对于其他资料是可信的。而刊印于光绪6年（1880）的

---

① （清）白衣保：《鹤亭诗稿》，国家图书馆藏道光16年（1836）刻本。以下索引白衣保内容均出此版本，不另注。
② 杨廷福、杨同甫编：《清人室名别称字号索引》，上海古籍出版社1988年版，第893页。
③ （清）恩华：《八旗艺文编目》，第127页。

第二章　清初乾嘉诗坛的蒙古族汉诗创作

《荆州府志》记载白衣保为京城满洲人,其余记载与《荆州驻防八旗志》大体一样,推断《荆州驻防八旗志》参考了《荆州府志》的内容,但对白衣保的族属问题做了修改。不过,这并不奇怪,白衣保先祖早在清军入关以前就被降服,因从龙有功,被世授云骑尉,极有可能被分入满洲八旗。清代以"旗""民"分类,以现代意义上的民族属性论其成分,满洲八旗并不都是满族,也有蒙古族、鄂温克族、达斡尔族、朝鲜族等,所以白衣保很可能是蒙古族,但属满洲旗人。后人记载也多印证此点:张维屏《国朝诗人徵略》、符葆森《国朝正雅集》、恩华《八旗艺文编目》和孙殿起《贩书偶记续编》都记载白衣保为蒙古族,而徐世昌《晚晴簃诗汇》、钱仲联《清诗纪事》记载他为满洲旗人,但《清诗纪事》中转引符葆森《国朝正雅集》之白衣保为蒙古族的记载,侧面增加了其身为蒙古人但属满洲旗人的可能性。

按:目前有部分论著指出白衣保为和素子,并以此为依据判断他为满族以及他的祖先世系,是有误的。钱仪吉《碑传集》卷五十二有阿什坦传,后有其子和素墓志铭,均有对白衣保的记载,但在和素墓志铭中明确记载他于"康熙五十一年子告归,越六年卒……次白衣保监察御史"①,可知和素去世于康熙57年(1718),而当时其子白衣保已为监察御史。此外,学者赵炳文在《论述清代翻译世家和素》②一文中,考证和素生卒年时用到了故宫博物院所藏的一幅和素夫人像,其题曰:"此老妻六十之容也,与吾结发以来,焦劳操持过于寻常,而发犹未白,齿仍凤昔,饮食尚善,精神未颓,亦吾终身之内助也。诸子云与大人写四十六十喜容之。韩相公今居京师,请写真容,则慈颜并列,永瞻松柏之貌矣。因延来写之,数日即竣,桩表成轴,与吾容并悬,观之风彩气度毫厘不爽,虽三尺孩童亦皆识之,呼曰:'太爷太太'。余不禁自笑曰:'韩相公真可谓善传神矣,精神全在阿堵中。'但不信与?因记之。康熙五十二年岁在癸巳吉旦静一主人识。钤:'和素之印'(白文)、'纯德'(朱文)。男白衣保恭书。钤:'白衣保印'(朱文)。"可知此画作于康熙52年(1713),此时,子白衣保已出生。另,麟庆为和素后代,其《鸿雪因缘图记》有

---

① (清)钱仪吉:《碑传集》卷52,道光刻本。
② 赵炳文:《试述清代翻译世家和素》,邹爱莲主编:《清代档案与清宫文化——第九届清宫史研讨会论文集》,中国档案出版社2010年版。

"赐莹来象",记载白衣保"高祖邺仙公,讳白衣保,康熙乙酉(1705)副榜,官御史"①,而本书所言之白衣保在其诗集《鹤亭诗稿》中的自序,参酌可知出生于康熙61年(1722),可以确定他与和素家族是没有关系的,也不属于完颜氏。和素子白衣保非《鹤亭诗稿》的白衣保,两人确非同一人。

又按:《八旗满洲氏族通谱》中记载有白衣保三人,其一为阿什坦孙,上条已考证;其二为扎理穆侄孙;其三为扎伊五世孙,现为蓝翎侍卫。后两条袭爵与任职情况均与白衣保诗集中所载情况不符。《八旗通志》中所记白衣保均为满洲佐领,而本书所论白衣保为荆州驻防蒙古镶黄旗佐领,所以《八旗通志》中的白衣保与本书所论白衣保实非一人。

三 乾嘉边地诗人生卒行年考述

康乾盛世开疆拓土,有边功者众多。其中尤以在西北开疆拓土、保境安民者众。和瑛、松筠虽然都以朝廷大吏终于京师,但其功绩却是在西北地区创下,故本书将他们置于乾嘉边地重臣部分来叙述。相形之下,长于他们的国栋并没有什么太大的功绩,但大清的乾隆盛世中有一批似国栋这样的地方官吏,一生未能居庙堂之高,但在地方任上恪忠尽职。所以这一部分有国栋、和瑛、松筠3人。

国栋,字云浦,号时斋,博尔济吉特氏,满洲镶黄旗人。乾隆7年(1742)进士。历官蓬溪县令、皋兰同知、西安知府、贵州按察使、浙江按察使、山西布政使、安徽布政使等,后缘事解职。

国栋是目前可考的最早的蒙古族进士。然而公私史料记载很少,故生卒年无考。行年大致考述如下:

乾隆17年(1752),国栋任蓬溪县令。《蓬溪县志》载:"国栋,镶黄旗进士,乾隆十七年任。"② 戴亨《庆芝堂诗集》有《送国云浦栋之蓬溪县任》,亦可证国栋任蓬溪县令之事。

乾隆26年(1761),国栋补皋兰同知,乾隆27年(1762),任皋兰同知。《皋兰县志》兰同知署(兰同知署系设在城东南隅专司河桥事

---

① (清)麟庆:《鸿雪因缘图记》第三集,北京古籍出版社。
② (清)吴章祁修:《蓬溪县志》卷10,道光25年(1845)刻本,第6页。

务）补题名中记载："国栋，满洲正黄旗进士，乾隆二十六年任。"①《重修皋兰县志》兰州府提名载："满洲正黄旗进士，乾隆二十七年署任。"据国栋子文孚为国栋所作《时斋偶存诗钞》跋载："晚年塞上之作，不自矜重，已付之白草黄沙。"②塞上，应为兰州。故此处国栋当为国云浦。《皋兰县志》以及《重修皋兰县志》中载国栋为满洲正黄旗进士，而国栋旗属应为镶黄旗。此处旗籍疑为讹误。

乾隆31年（1766），国栋任西安知府。《续修陕西通志稿》载："国栋，满洲镶黄旗人，进士，乾隆三十一年任。"③乾隆37年（1772），国栋任贵州按察使，查办天主邪教之案。《清实录》载："据川东道禀称、节据彭水县典史蔡廷辂、涪州吏目蔡尚琥禀报、查获传习天主邪教之案……并著图思德查明。据实覆奏。寻奏，此案初接婺川县禀报时。正办欧韵清案，未暇分身，委署按察使国栋、镇远府高积厚，驰究流传党伙，并飞咨川省会同查办，嗣据国栋押犯，并经像到省。"④

乾隆42年（1777），国栋任浙江按察使。《清实录》载："乾隆四十二年戊午，以湖南布政使白瀛、江西布政使图桑阿对调，以贵州按察使国栋、浙江按察使永庆对调。"⑤乾隆46年（1781），官山西布政使，又调安徽布政使。《清实录》载："乾隆四十六年丁丑，调浙江布政使国栋为山西布政使。以浙江杭嘉湖道盛住为浙江布政使。"⑥"乾隆四十六年辛卯，以安徽巡抚农起、山西巡抚谭尚忠对调。山西布政使国栋、安徽布政使刘峨对调。"⑦乾隆47年（1782），国栋缘事解职。《清实录》载："乾隆四十七年辛亥，又谕陈辉祖查抄王亶望物件一案，有抽换抵兑之事，现已降旨，令阿桂、福长安前赴浙江彻底根究矣。因思国栋彼时任浙江藩司，经手此事，且查抄底册，在藩署收存，纵使无分肥情弊，国栋已有应得之罪。非王站柱之查办造册后即行离任者可比。著传谕萨载，即将国栋

---

① （清）吴鼎新修：《皋兰县志》卷6，乾隆43年（1778）刻本，第19页。
② 张国常纂修：《重修皋兰县志》卷12，民国6年（1917）陇右乐善书局石印本，第27页。
③ 杨虎城修：《续修陕西通志稿》卷13，民国23年（1834）铅印本，第21页。
④ （清）庆贵、（清）董诰等纂：《高宗纯皇帝实录》卷905，嘉庆间内府抄本，第24591页。
⑤ （清）庆贵、（清）董诰等纂：《高宗纯皇帝实录》卷1027，第28524页。
⑥ （清）庆贵、（清）董诰等纂：《高宗纯皇帝实录》卷1146，第31728页。
⑦ （清）庆贵、（清）董诰等纂：《高宗纯皇帝实录》卷1147，第31760页。

解任，派委妥员，迅速将国栋解赴浙江。……所有安徽布政使印务，著刘墫前往署理。"① 自此国栋无载。

国栋家族履历现有存疑之处。国柱与国栋姓名相仿，且时常被论者以兄弟之名并提，如《八旗诗话》《熙朝雅颂集》载："国栋字云浦，一字时斋……总兵国柱之弟"，《八旗艺文编目》载："国栋……兄总兵国柱，子文孚"。前述白衣保与国栋国柱交好，其师孙谔《在原诗草》卷一有《天峰昆仲招同鹤亭谯集》《途中欲寄天峰云浦昆仲暨鹤亭》，称国栋国柱为昆仲。白衣保诗集中亦存《岁暮游洛加庵怀戴通乾及天峰兄弟》，称国栋国柱为兄弟。《国朝耆献类征初编》有国柱传，载"国柱，博尔济吉特氏，满洲镶黄旗人，高祖古尔布什以入山海关击败流贼有功晋一等子爵"。国栋没有传记，其家世仅在杨锺羲的《雪桥诗话余集》卷四中有"时斋方伯国栋，虚宥府尹博卿额，皆忠顺公五世孙"的说法②，忠顺公指明安。但朱彭寿《旧典备征·卷三》"一门数人得谥"条目下却给出了不同说法："博尔济吉特氏恩格德尔（三等公，端顺）……七世孙文孚（文渊阁大学士，文敬）"，文孚是国栋之子，据此推测国栋应为恩格德尔六世孙，若两种说法都成立，那么明安应当是恩格德尔之子，但事实并非如此。那么明安、恩格德尔以及国柱高祖古尔布什究竟是什么关系，这就是问题的症结所在。

明安、恩格德尔和古尔布什在《清史稿》《八旗通志》均有传，明安，世居兀鲁特地方，天命7年（1622），明安及同部贝勒、台及三千余户归降努尔哈赤，被授三等总兵官，别立兀鲁特蒙古旗；恩格德尔，世居西拉木楞地方，天命2年（1617）率部属首先归降努尔哈赤，封为额驸，《清史稿》《八旗通志》等皆有传；古尔布什，世居西拉木楞地方，天命6年（1621）归降努尔哈赤，娶公主，被封额驸。首先可以明

---

① （清）庆贵、（清）董诰等纂：《高宗纯皇帝实录》卷1165，第32084页。
② 杜家骥《〈蒙古家谱〉增修者博清额之家世及该族〈蒙古博尔济吉戒氏族谱〉、〈恩荣奕叶〉》记载博卿额为明安四世孙，根据不同的计世系法，五世孙既可以是第四代，也可以是第五代，所以想探究国栋的高祖，根据记载明安家族族人之事《恩荣奕叶》所附的世系图表记载，博卿额父亲为佛佑，佛佑父亲为保柱，保柱父亲正是明安之子郎苏，《蒙古家谱》《八旗满洲氏族通谱》《清史稿》中明安及子嗣传中记载的爵位承袭情况可为佐证，所以博卿额是明安之子郎苏的玄孙，明安是博清额的高祖，国栋与博卿额同为明安后人且为同辈人，所以国栋的高祖正是明安。

确明安并非恩德格尔之子，那么国栋不可能既是恩格德尔六世孙同时又是明安五世孙，所以《雪桥诗话》和《旧典备征》关于国栋所引的两则材料实际上是相互扞格的。三人在不同时间分别降清，其中明安与恩格德尔、古尔布什居住地不同，但依据《清代朱卷集成》，明安、古尔布什和恩格德尔三人的后人如国柱、国栋、博卿额、文孚、琦善等又同在后辈葆谦与葆联的家谱之上，需进一步辨明。据《八旗满洲氏族通谱》恩格德尔传记载："按恩格德尔额驸与本旗兀鲁特地方明安镶黄旗札鲁特地方巴克贝勒等同族"，古尔布什传载："恩格德尔额驸同族"，可知明安、恩格德尔、古尔布什同为一族，而葆谦与葆联的始祖索诺穆，在《清代朱卷集成》中记载为"乌鲁特贝勒"，明安所属部族为"兀鲁特"，又《清史稿·明安传》中随明安一起投奔努尔哈赤的就有名为"锁诺木"的贝勒，其亲兄子穆赫林在《清史稿》有传，通过对比官衔，可以确定葆谦与葆联二世祖"木和林"是同一人，所以锁诺木正是葆谦与葆联的始祖索诺穆无疑。《八旗滿洲氏族通譜》卷六十六有锁诺木小传，对锁诺木和明安的关系给出了关键信息："瑣诺木，正蓝旗人，明安同族"。

从上述爬梳可以看出，国柱与国栋的家族是相当庞大的，不仅包括世居兀鲁特地方的明安、瑣诺木，还包括世居西拉木楞地方的古尔布什和恩格德尔，所以国柱与国栋，以及博卿额、文孚、琦善、恭钊等是同族是无疑的，据现有材料尚不能考确国栋的祖先，若认为国柱与国栋是胞兄弟关系，则国栋祖先也为古尔布什。

国栋族弟博卿额，字虚宥，初名纶音惠，后改讳，满洲镶黄旗人。乾隆9年（1744）中举，乾隆13年（1748）中进士。此后升迁频繁，仕途顺达。历官兵部主事、户部员外郎、典试官员、正蓝旗满洲副都统、兵部侍郎、文华殿大学士，都察院左都御史等。

按：据《雪桥诗话余集》所载："时斋方伯国栋、虚宥府尹博卿额皆忠顺公五世孙。"可知国栋、博卿额系同族宗亲，又据顾廷龙《清代朱卷集成》葆谦履历所载："高叔祖国柱，原任马兰镇总兵兼管内务府大臣，调任云南楚姚镇总兵。国栋，乾隆壬戌（1742）科进士，原任浙江布政使。博卿额，乾隆戊辰（1748）科进士。原任国子监司业，奉天府府尹。"① 可知博卿额为国栋的族弟。此外国栋于乾隆7年（1742）中进士，而博卿额于乾隆9年（1744）中举，乾隆13年（1748）中进士，常规可推知国栋长于博卿额。博卿额，著有《博虚宥诗草》三卷。首卷为乾隆庚辰（1760）典试四川时作，次卷为壬午（1762）视学四川时作，皆名《使蜀草》，三卷为戊子（1768）典试浙江时作。未见其全集。《熙朝雅颂集》存其诗二十九首。博卿额现存诗歌多为纪行诗，诗作题目多以地名命名，涿州、井陉、梁山县、大相岭、小相岭、白帝城、昭化舟中、保安、蒲州、潼关、长安、汉中、五丁峡、夔州、重庆舟次、巫峡、开封道中、襄阳皆为博卿额笔下所记，南国风情与北地风土备见，羁旅行役之感渗透其中。其诗歌格律谨严，字研句炼。《钦定八旗通志》载："《博虚宥诗草》三卷，博卿额撰。首卷为乾隆庚辰典试四川时作，次卷为壬午视学四川时作，皆名《使蜀草》。三卷为戊子典试浙江时作。寥寥篇什，近体多而古体少，亦未见其全集也。"②《梧门诗话合校》载："诗蕴藉风流，兴高采烈。仅得其督学川蜀作。"③ 铁保《熙朝雅颂集》存其诗29首。④ 博卿额现存诗歌多为纪行诗，诗作题目多以地名命名，如《涿州》《井陉》《夜宿山村》《抵梁山县》《雨度大相岭》《小相岭用周学使碑上韵》《白帝城晚眺》《广元登舟》《昭化舟中》《宿保安》《蒲州》《潼关》《长安》《夔州》《汉中》《五丁峡》《重庆舟次》《巫峡》《开封道中》《襄阳舟次》，南国风情与北地风土备见。"感怀清泪落，旅宿不成眠""孤城一夜宿，冒雨下轻航。归日三冬尽，征途万里长""独怜万里归心急，野寺钟声又夕阳"之句流露出羁旅漂泊、思乡怀人之情。博卿额擅长五七言律，结构谨严，对仗工整。如"梅花飘暮岭，杨柳折秋汀。龙水江潭黑，猿声枫树青"之句，字研句炼，色彩鲜明，却别有情韵。

国栋之子文孚，字秋谭，博尔济吉特氏，满洲镶黄旗人。生年大致在

---

① 顾廷龙：《清代朱卷集成》第99册，第3页。

② 李洵、赵德贵、周毓方等校点：《钦定八旗通志》第3册卷106，吉林文史出版社2002年版，第2076页。

③ （清）法式善著，张寅彭、强迪艺编校：《梧门诗话合校》，第510页。

④ （清）铁保辑，赵志辉校点补：《熙朝雅颂集》，第1298页。

乾隆甲申（1764），卒于道光 21 年（1841）。乾隆 46 年（1781），由监生考取内阁中书。一生仕途较为畅达。曾于嘉庆 13 年（1808）缘事降职，降二级留任。16 年（1811），召回京。此后累官至文渊阁大学士，谥"文敬"。

和瑛（1741—1821），原名和宁，避清宣宗讳改，字润平，号太（泰）菴（庵、厐），额尔德特氏，蒙古镶黄旗人。生于乾隆 6 年（1741）七月二十七日酉时，道光元年（1821）六月二十九日巳时卒，享年八十一岁。和瑛是乾隆 36 年（1771）进士，仕途启于此时，后授户部主事，历官员外郎、安徽太平府知府、四川按察使、安徽、四川、陕西布政使、西藏办事大臣、内阁学士。嘉庆 5 年（1800），召为理藩院侍郎，继任工部、户部侍郎。又出为山东巡抚、乌鲁木齐都统、陕甘总督、盛京刑部侍郎、热河都统，以及兵、工、礼部尚书，军机大臣等职。历仕乾、嘉、道三朝近五十年，足迹遍及南北，屡迁屡谪，屡谪屡迁，其间边疆任职十五年，政绩彰著于边陲。

和瑛生卒行年史料记载较为详细，故不再赘述。

松筠（1752—1835），字湘浦，一作湘圃，玛拉特氏，蒙古正蓝旗人。元达官之后，生于京师，家世显赫。佚名《松文清公升官录》载："公名松筠，字湘浦，姓马拉特氏。先世喀尔沁部人。喀尔沁为元时大臣济勒玛之后。喀尔者译语'臣下'也。始迁之祖名达尔弥岱，从太宗文皇帝平察哈尔布拉尼汗，遂为正蓝旗蒙古人。世济笃诚，迄于高祖巴彦，年代绵远，未请封典。曾祖名五十九，诰赠光禄大夫。曾祖妣蒙古勒氏，诰赠一品太夫人。祖名舒勒赫，诰赠光禄大夫。祖妣蒙古勒氏，诰赠一品太夫人。考名班达尔什，诰赠光禄大夫。妣布勒噶齐氏，诰赠一品太夫人。"① 沈垚《落帆楼文集》中《都统衔工部右侍郎前太子太保武英殿大学士谥文清松筠公事略》云："公名松筠，字湘浦，姓玛拉特氏。先世喀尔沁部人，喀尔沁为元时大臣济勒玛之后。始迁祖达尔弥岱从太宗文皇帝平察哈尔布拉尼汗，遂为正蓝旗蒙古人，曾祖五十九祖舒勒赫父班达尔什皆诰赠光禄大夫，曾祖母蒙古勒氏祖母蒙古勒氏母布勒噶齐氏皆诰赠一品夫人。赠公素好义冢，惟有香河县田三百二十亩，

---

① （清）佚名编：《松文清公升官录》不分卷，北京图书馆珍本年谱丛刊本。

有友以其父负官项系刑部狱告赠公，赠公取田契尽与之。时公生七岁，赠公指公谓夫人曰：'此子若不贤，田终当质于人，种田不如种德也'。"①《清史稿》《清史列传》有《松筠传》。佚名《光绪八年壬午科顺天乡试同年齿录》载有松筠曾孙举人麟佑之世系，其世次为达尔密砥—巴彦—五十九—舒勒和—班达尔氏—松筠—熙伦—文琇—麟佑。松筠少时，勤奋好学，广博通览，尤好理学。为人刚果正直，立朝清廉。《清史稿》中《松筠传》："和珅用事，筠不为所屈，遂留边地，在藏凡五年。"②"廉直坦易，脱略文法，不随时俯仰，屡起屡踬。晚年益多挫折，刚果不克如前，实心为国，未尝改也。服膺宋儒，亦喜谈禅，尤施惠贫民，名满海内，要以治边功最多。"③故将松筠归入边地重臣考述。

关于松筠生年，学界迄今未有定论。大致有四种说法：

一说生于乾隆 16 年（1751），享年 84 岁。今人纪大椿据《续碑传集》沈尧所撰《都统衔工部右侍郎前太子太保武英殿大学士谥文清松筠公事略》及《国朝先正事略》等书，推断松筠生于乾隆十六年。④

一说生于乾隆 17 年（1752），享年 84 岁。牛小燕《论治边名臣松筠》中将松筠的生卒年份记载为"1752—1835 年"⑤。

一说生于乾隆 18 年（1753）。⑥

一说生于乾隆 19 年（1754），享年 82 岁。《新疆历史词典》《中国少数民族史大辞典》《清代新疆军府制职官传略》《清代伊犁将军论稿》等均将松筠的生卒年份记载为"1754—1835 年"。

---

① （清）沈垚：《落帆楼文集》卷 5《后集二》，民国吴兴丛书本。
② 赵尔巽等：《清史稿》卷 485，第 11114 页。
③ 赵尔巽等：《清史稿》卷 485，第 11118 页。
④ "乾隆十六年生，道光十五年卒，享年 84 岁。"纪大椿：《论松筠》，《民族研究》1998 年第 3 期，第 71 页。
⑤ "关于松筠的卒年并无异议，为道光十五年，但生年和享年学界说法不尽相同，主要有两种：一种认为松筠生于乾隆十七年，享年 84 岁；一种认为他生于乾隆十九年，享年 82 岁。根据松筠的传记和当时清人笔记中的相关记载，并与档案、实录中的记载进行核对，笔者认为松筠当生于乾隆十七年，享年 84 岁。"牛小燕：《论治边名臣松筠》，博士学位论文，中央民族大学，第 5 页。
⑥ 贾允河《发展民族经济开发建设边疆——松筠的改革思想及其在新疆的实践》中将松筠的生卒年份记载为"1753—1835"。

第二章　清初乾嘉诗坛的蒙古族汉诗创作

按：《清史列传》载，松筠道光15年（1835）卒，"年八十有二"①。成书于道光年间的《松文清公升官录》载松筠82岁的经历，生年为"乾隆十七年壬申二月二十六日亥时生，布勒噶齐太夫人出"②。中国第一历史档案馆编《嘉庆道光两朝上谕档》中《遵旨查开王大臣年岁生日单》载："都统……松筠，年八十二岁，二月二十六日生日。"③ 道光十四年正月《遵旨查开王大臣年岁生日单》载："都统……松筠，年八十三岁，二月二十六日生日。"④ 清代以虚龄计，故松筠生于乾隆17年二月二十六日，享年84岁，此推论较为可信。

乾隆37年（1772），松筠年19，以翻译生员考补理藩院笔帖式，仕途伊始；乾隆41年（1776），年23，升任军机章京，次年升任主事；乾隆45年（1780）调户部银库员外郎；乾隆48年（1783）超擢内阁学士，兼副都统。乾隆49年（1784），松筠始任职边疆；不久被派至吉林查办参务，次年（1785）赴库伦任办事大臣；乾隆58年（1793）补授御前侍卫、内务府大臣、军机大臣等；乾隆59年（1794），累升工部尚书，即调任吉林将军。同年七月，授镶白旗汉军都统，不久奉旨接替和琳为驻藏大臣，长达五年。

松筠出仕库伦政绩突出。《清实录》之《高宗实录》一千二百五十条："又谕，据松筠奏称：官设卡座马一匹惊入俄罗斯卡座，经俄罗斯等寻获交还。即通行传知各卡，如有俄罗斯马匹误入官卡者，务须寻获，交还俄罗斯，以示大方。会同蕴端多尔济商办等语。松筠所办殊属尽心妥协。上年松筠前往库伦，曾经奏准不领盘费银两，今著加恩松筠，驻扎彼处，应得盘费银两，照例支给。其以前未经支领盘费银两，亦著按月照数全行补给，以示鼓励。"⑤ 沈垚《落帆楼文集》中《都统衔工部右侍郎前太子太保武英殿大学士谥文清松筠公事略》亦载此事。

松筠《绥服纪略》序云："余仰承知遇，既寄封沂之任，复膺专阃之

---

① 王钟翰校点：《清史列传》，第2449页。
② （清）佚名编：《松文清公升官录》不分卷，北京图书馆珍本年谱丛刊本。
③ 中国第一历史档案馆编：《嘉庆道光两朝上谕档》第38册（道光13年），广西师范大学出版社2000年影印版，第7页。
④ 中国第一历史档案馆编：《嘉庆道光两朝上谕档》第39册（道光14年），第7页。
⑤ 《清实录》第24册，中华书局1986年版，第798页。

司，八载库仑，两镇西域，又尝驻节藏地，周历徼外，爰采见闻。"①

按：松筠《绥服纪略》和李元度《国朝先正事略》中均有"八载库伦"之说，但据《清史列传》所载可知，松筠应是乾隆50年（1785）春至57年（1792）在库伦，乾隆58年（1793）时被召回京，并以军机大臣身份陪同英国使臣马戛尔尼。另《清高宗实录》"朕意原欲令松筠前往办事，但伊在库伦驻札七年，甫经换回"②的记载，可以推断松筠在库伦的时间应为七年左右，"八载"为约数。另，派重臣至库伦办事，有历史渊源。程振甲为《绥服纪略图诗》作序，云："四部之外有六盟，六盟之外有俄罗斯，于中国古无闻，其地形狭（原文'陕'，应为'狭'字之误）输以长，东抵罗刹，西迤幕北望海，若不及焉。康熙29年（1690）喀尔喀举境内附俄罗斯，始通贡，使遣人入都肄国书矣。其壤与喀尔喀相连，爰命重臣申画疆界，定互市之地，设卡伦五十九所绥之来之，迄今垂百余年。"③松筠初任藏地大臣，留心文教农事，政绩卓著，其长诗《西招纪行诗》及《西藏巡边记》记之。其好友祁韵士《万里行程记》诗云："灌溉新开郑白渠，沃云万顷望中舒"，自注云："伊犁旧无旗屯，嘉庆甲子，松湘浦先生创为疏垦，岁收稻麦甚多。"④松筠《西招纪行诗》亦云："后之君子，奉命驻藏者，庶易于观览，且于边防政务，不无小补云巡。（诗自序言）……抚宣圣德，纪行托挥毫。"⑤

按：松筠任驻藏大臣事与宰相和珅有关。《雪桥诗话》载"乾隆间，（松筠）为和相（和珅）所嫉，举以驻藏。"⑥《清史稿》与昭梿《啸亭杂录》同持此观点。

嘉庆4年（1799），松筠被调任户部尚书，不久，授陕甘总督，加太子少保。嘉庆5年（1800），赴新疆任伊犁将军，为期七年。嘉庆18年（1813），复赴新疆任伊犁将军。嘉庆21年（1816）五月，召还京城，任

---

① （清）松筠：《绥服纪略》，乾隆间刻本。
② 《清实录》第26册，中华书局1986年版，第1046页。
③ （清）松筠：《绥服纪略》。
④ （清）祁韵士著，李广洁整理：《万里行程记》（外五种），山西人民出版社1992年版，第229页。
⑤ （清）松筠：《西招纪行诗》，小方壶斋舆地丛钞第三帙本。
⑥ （清）杨锺羲撰，雷恩海、姜朝晖校点：《雪桥诗话全编》（二）卷7，北京古籍出版社1991年版，第1266页。

御前大臣；七月，管理吏部理藩院事务，授镶蓝旗满洲都统；十月，署两江总督。嘉庆22年（1817），降职补授察哈尔八旗都统。嘉庆23年（1818），署绥远城将军。嘉庆24年（1819），兼署理藩院尚书；同年九月，授盛京将军。25年（1820），授热河都统。道光元年（1821）五月，授兵部尚书；七月，调吏部尚书，充会典都副总裁，授正黄旗汉军都统。2年（1822）正月，授阅兵大臣事务，署直隶总督；十一月，授光禄寺卿。道光3年（1823）九月，授吉林将军。道光4年（1824）七月，授正黄旗汉军都统；十二月，充八旗值年大臣。道光5年（1825）九月，署乌里雅苏台将军。道光6年（1827）二月，授兵部尚书。道光8年（829）二月，任热河都统。道光9年（1830）正月，署吏部尚书；三月，署兵部尚书。12年（1832）十二月，授理藩院左侍郎。13年（1833）四月，调工部左侍郎；五月，授正蓝旗蒙古都统；六月，授阅兵大臣；八月，派考试满、蒙中书；九月，署户部侍郎，兼管钱法堂事务。道光14年（1834），命以都统衔休致。

松筠为乾隆、嘉庆、道光三朝重臣，宦海沉浮，政绩显赫，终得善终。卒于道光十五年（1835）五月。谥文清，入伊犁名宦祠。

第二节　乾嘉时期蒙古族诗人文学交游考述

乾嘉时期的蒙古族诗人，除了国栋一直任职地方，白衣保袭职后短暂在京师为宦，后长期驻防荆州，其余七人都曾在京师任职，但居京师时间长短不一。其中，法式善没有外任经历，梦麟和景文久在京师为宦，博明曾任职西南地方，和瑛、松筠曾为西北边疆大吏，文孚曾任职西北、东北。他们丰富的人生经历决定了他们交游的广度与深度。故此，考察他们的交游对象、交游方式、交游成果，对乾嘉时期文坛士人的交游唱和及诗学思潮的发展演变可以有更进一步的了解。

一　乾嘉京师诗人文学交游考述

乾嘉京师诗坛蒙古族诗人主要有景文、梦麟、法式善、文孚4人，但博明任职地方时间较为短暂，故一并置于此处讨论。

博明性情疏放，才华横溢，许多乾嘉诗坛著名文士，如纪昀、翁方纲、邵楚帆、乐槐亭、苏汝谦、陈作梅、赵文哲、王昶皆为其友，也因之诗集中博明与诸人酬唱之作颇多。现分述之。

纪昀与博明曾同在翰林院任职，作为同僚时有晤对。《阅微草堂笔记》载："余与博晰斋同在翰林时……晰斋太息曰：闻斯情状，使人觉战死无可畏，然则忠臣烈士，正复易为，人何惮而不为也。"①纪昀特地记录下的博明对忠臣烈士的忠勇褒语及世人惧死的感喟，其实也是在间接表达自己心声。同卷又言："康熙十四年，西洋贡狮，馆阁前辈多有赋咏……狮初至时，吏部侍郎阿公礼稗，画为当代顾、陆，曾囊笔对写一图，笔意精妙，旧藏博晰斋前辈家，阿公手赠其祖者也。后售于余，尝乞一赏鉴家题签，阿公原未署名，以元代曾有献狮事，遂题曰元人狮子真形图。晰斋曰：少宰丹青，原不在元人下，此赏鉴未为谬也。"②记录了二人与一件文物间的渊源，亦可见二人交往甚密。

翁方纲与博明相交多年。两人同朝为官多年，称得上良师益友。乾隆28年（1763），博明年四十三，在例行的官员考核中位列二等，不久以洗马出守广西庆远府，凡九年。后典郡柳州。杨锺羲《雪桥诗话》载："乾隆癸未（1763），博希哲以洗马出守庆远，翁正三约钱箨石作红兰图以赠其行，以庆远多红兰也。"③翁方纲曾云："余视学粤东，西斋观察粤西，余寄诗有十同之咏。"④据《清秘述闻》载，翁方纲于乾隆29年（1764）至35年（1770）以侍读学士任广东省并院，掌地方学政事务，故乾隆29年二人同时在粤之东西。博明去世时，翁方纲恰出使江西，闻之不胜悲悼之情。博明《西斋诗辑遗》刊行，翁方纲题诗二首云："'艺苑蜚声四十年，凄凉胜草拾南天。玉河桥水柯亭绿，多少琼瑶未得传。''香浓雪沍怆人琴，给事频年感旧心。留得梅盦诗话在，淮南烟月讯知音。'"

博明曾与"吴中七子"之赵文哲、王昶交游。王昶极为推崇博明诗作，曾有"使君才似萨天锡，曾向蓬瀛看画壁。揭来按部抵邪龙，十八溪

---

① （清）纪昀著，周杰、高振友、余夫、王放点校：《阅微草堂笔记》卷10，吉林文史出版社1997年版，第258页。
② （清）纪昀著，周杰、高振友、余夫、王放点校：《阅微草堂笔记》卷10，第258—259页。
③ （清）杨锺羲撰，刘承幹参校：《雪桥诗话》卷7，第229页。
④ （清）震钧：《天咫偶闻》卷2，北京古籍出版社1982年版，第28页。

流轰霹雳"① 之誉。萨都剌，字天锡，是元代最杰出的蒙古族诗人，王昶将博明比作萨都剌，显然非常推崇博明诗才，同时，他也揭示了诗歌史上蒙古族汉诗创作绵延不绝的现象。乾隆35年（1770），王昶奉命在云南办理靖边左副将军云贵总督阿桂军务，博明闻讯由广西前往云南拜访挚交，王昶作诗《博观察晰斋明至永昌携樽酒歌伶见过有作》，诗中有"隽唐云树渺天涯，细柳军中过使车"② 之语。博明任迤西道时，博明之友赵文哲亦在云南，二人时相唱酬。赵氏五言排律《赠博晰斋观察即题水石清娱画卷》，有句如"天子重循吏，畴咨界大藩。粤西接滇南，军兴正纷繁。君乃得平调，万里移朱幡"③。博明有诗《和王兰泉赵璞庵见怀韵兼寄钱冲斋》，载与他二人酬唱之事。

除"吴中七子"中的几位，博明与文士乐槐亭、苏汝谦、陈作梅等亦多唱和。博明与乐槐亭相交甚笃，所留诗篇中提及乐槐亭之作多达十首：《乙巳九日同乐槐亭宝藏寺登高和壁上韵》《题槐亭戴笠图》《题槐亭小艇人三个长桥水一湾图》《槐亭极喜一帘花雨诗中画半榻茶烟醉后禅二语因分清香二字为韵各咏之》《戊申首夏乐槐亭初度》《题乐槐亭行乐於》《题乐槐亭先生红桥扶杖图》《长歌祝乐槐亭六十》《季夏微雨中同乐槐亭过遗光寺访兴上人》《丙午九日登万柳塘限江字同乐槐亭赋》，二人情谊不言而喻。

博明临终前将自己所著两种杂著托付老友邵楚帆，十多年后，嘉庆辛酉（1801），邵楚帆和广泰将该书刻于广陵节署。虽然翁方纲《〈西斋杂著二种〉序》有言："西斋之卒，予适出使江西。西斋以所著此二编，于疾革时始托同里邵楚帆给谏，遂有脱误，不及尽为订正"，但毕竟邵楚帆完成亡友之嘱。二人生前也曾唱和，如博明《邵楚帆武部五十生日》《代楚帆题苏虚谷册子》等。

在星光璀璨的乾嘉诗坛上，博明仕途虽不够畅达，但还算平顺。博明博学，然而诗才并不出众，在相对升平的盛世中，诗歌题材的广阔度和深度都没有太多的开发。他和文士的交游是属于他们的友朋之乐，是乾嘉诗

---

① 《寄博晰斋八叠前韵》，（清）王昶：《春融堂集》卷12，《清代诗文集汇编》第358册，上海古籍出版社2010年版，第152页。
② （清）王昶：《春融堂集》卷12《劳歌集》，内蒙古师范大学图书馆藏清刻本。
③ （清）赵文哲：《娵隅集》，民国29年（1940）刻本。

坛的赏心乐事。

　　景文出身世宦之家，父亲伍弥泰是乾隆朝的大学士，博学多识，所以景文从小就受到了良好的教育。后来以荫叙步入仕途，随军出征、辗转南北。文武兼长、雅好操觚的景文，称得上是蒙古王公大臣子弟中的佼佼者。景文虽是贵胄出身，但谦恭好客，性情洒脱，交游广泛，诗作别有情趣。

　　景文的文学交游中学界较少关注的是其与外甥和珅、和琳的酬唱之作。查和珅《嘉乐堂诗集》，内中载有多首忆念景文之作，如《木兰围猎用彦翁老舅登西山元韵》："红树猎远岫，凉风吹层峦。策马登高峰，秋云涌寒澜。长剑倚天外，嗟彼空铁弹。此乐一何壮，知音良独难。"①《哨内醉中咏怀用彦翁老舅和陈景云一首元韵》："茫茫幻海待如何，生灭循环万劫过。不是蓬瀛人到少，只缘尘妄众魔多。当前境界皆空色，本地风光足寤歌。乳酒毡庐聊醉咏，傲他愁得鬓霜皤。"② 以上两首皆是和珅用景文诗韵赋诗。和珅和舅父还时相唱和。如《和彦翁舅五台佛偈元韵》："山容惨淡含空色，雪意霏微发妙香。此是涅槃一捷径，离开三昧六根忘。"③ 虽是写景诗，还是融入对人生思量。再如《和彦翁舅氏送行四绝句元韵》，其一云："岁华易逝等江河，须鬓将苍背欲驼，计得廿年前日事，轻裘肥马五陵多。"其二云："一路风吹衣袂香，每于马腹愧鞭长，偶因大暑思残酷，欲去无方怨德凉。"其三云："一任莺花到草堂，自惭庸拙敢徜徉。金钗十二浑间事，漫拟同车携手行。"其四云："驻颜乏术息难胎，未斩三尸每酿灾。数首新诗如慧剑，匣中飞去复飞来。"④ 这四首送别诗，第一首诗中，和珅翻用杜甫"同学少年多不贱，五陵衣马自轻肥"（《秋兴八首》其三），与舅父共勉，表达甥舅二人人生路上相期富贵之意。后三首都表达了送行时的祝福与甥舅唱和的快慰。和珅四十岁生日时，景文写诗祝贺，和珅复唱和一首《和彦翁母舅致贺四旬初庆元韵》："不惑翻多惑，徒惊虚度年。事浮惭后哲，政拙愧前贤。碌碌时无补，苍

---

① 清代诗文集编纂委员会编：《清代诗文集汇编》第 426 册，第 662 页。
② 清代诗文集编纂委员会编：《清代诗文集汇编》第 426 册，第 663 页。
③ 清代诗文集编纂委员会编：《清代诗文集汇编》第 426 册，第 667 页。
④ 清代诗文集编纂委员会编：《清代诗文集汇编》第 426 册，第 667 页。

苍鬓欲添。相期修德业,荏苒任流迁。"①表达了个人对进德修业的期许,虽然他后来的行为与诗作的愿景大相径庭。

从和珅和景文的唱和诗来看,甥舅二人多有来往,且诗作唱和较为频繁,他们的近作唱和诗更能体现二人的亲密关系,如《和彦翁舅近作四首元韵》之《卧病》《偶书》《病起赏雪》《雪霁》②,是和珅生病后描述自己居家生活的四首诗作,卧榻养病,思念者多为至亲之人,此时的和珅念起舅父并与舅父诗歌唱和,既可见甥舅二人之亲近,也说明诗歌写作是他们共同的爱好。和珅对景文在情感上的亲近和信赖在诗作中频频展示。其《和彦翁渭阳近作二首》之一:"我素不擅饮,寄情杯斗外。喜与雅士觞,厌共酒徒令。遮莫槽共枕,何如医可盖。昼起笑蚁旋,宵寝譬蛇蜕。名教乐地多,及乱万恶最。醉醒慎在躬,易为行止害。"(《步醉吟篇韵借以奉笺》)写出自己不擅长饮酒不喜饮酒,喜欢雅士厌恶酒徒,并时时警醒自己躬行勿醉,这样的诗句呈现了立体丰满的和珅形象,与我们感觉中的贪官和珅有很大差距。而他写给舅父的"齐心默祷为民请,幸获甘和三日霖""臣本无功民有福,志诚感恪颂吾皇"(《步喜雨吟韵聊以解嘲》)③更展示了其能在颂圣之中体察民情。"来往禅扉认客踪,解鞍沽饮对山容。途中车马空尘迹,槛外风云澹远风"(《和彦翁舅氏过久松山次壁间韵》)④则是旅程中的感喟之情。

除了和珅和舅父景文唱和之外,其弟和琳也有和舅父的唱和之作。现存和琳《芸香堂诗集》中有两首写与舅父的诗作,《答景虚舟母舅第》云:"樗材承直使,蚊负慕悇台。澄水牙樯稳,春风铃阁开。欲沾惭美玉,守拙仰通才。鄙吝思黄惠,欣瞻一雁来。"⑤《虚舟母舅赠别元韵》:"再驾星轺任转漕,绣衣已敝有馀豪。料同三品工娴驭,吏作一行宠建旄。宦境情因分袂绕,客途魂为去家遥。最怜政简无多事,只许乡心付颖毫。"⑥比较和珅和琳兄弟二人与景文的唱和,和珅在情感上与景文更为亲近。

---

① 清代诗文集编纂委员会编:《清代诗文集汇编》第426册,第668页。
② 清代诗文集编纂委员会编:《清代诗文集汇编》第426册,第669页。
③ 清代诗文集编纂委员会编:《清代诗文集汇编》第426册,第671、672页。
④ 清代诗文集编纂委员会编:《清代诗文集汇编》第426册,第670页。
⑤ (清)和琳:《芸香堂诗集不分卷》《四库未收书辑刊》拾辑·贰拾捌册,第507页。
⑥ (清)和琳:《芸香堂诗集不分卷》,《四库未收书辑刊》拾辑·贰拾捌册,第517页。

梦麟广交游，众多江南名士皆受其提携，与"吴中七子"中多位相交甚密。梦麟曾典试外省，为朝廷推选贤能之士，王昶便是其一。王昶在其《蒲褐山房诗话》自述："典乾隆癸酉南乡试，予得出其（梦麟）门下。"① 此事实在杨锺羲《雪桥诗话》卷六亦有佐证："是年，提督河南学政。癸酉，以阁学偕王芥子典江南乡试，王兰泉司寇出其（梦麟）门下。"② 王昶称赞梦麟："生平宏奖风流，惟恐不及。"③ 于梦麟《大谷山堂集》考察其交游对象，其中不乏达官贵族和博学鸿儒，然以江南的文人士子后进辈为主，其中又以"吴中七子"中多位为代表。

《大谷山堂集》中提及多名江南士子，如《古诗二章示王祖熙、张策时、赵损之兼寄曹来殷》，劝勉几名友人"努力勖崇德，以全吾本真"。梦麟与王昶亦师亦友，关系甚密。其《古诗四章喜王琴德过》载"愿折珊瑚枝，持谢知音难"，可知梦麟视王昶如朋友、知己。同时，"愿制芰荷衣，怡子以清嘉"，梦麟愿制荷衣相送，勉励其修身养性，"努力崇明德"。王昶对梦麟之悉心栽培感言："先生尝作古诗四章赠与，其推许如此，而白首无成，良自愧尔。"王昶《湖海诗传》卷十中收录梦麟诗46首，梦麟病重时托王昶为其撰神道碑，足见二人相交至深。曹仁虎、赵文哲、吴泰来等皆以文学辞章得名，三人不是梦麟门生，但其在仕途、才学上均对他们有拔擢。《雪桥诗话》云："曹来殷、严东有、吴白华、赵升之、张策时，咸所识拔以成名者。"④ 另外，王昶《蒲褐山房诗话》记述了拔擢缘由："既进谒，历询南邦人士，予以凤喈、企晋、晓征、来殷、升之、策时、东有为对，未几视学江苏，取来殷诸人，悉置之首列，而于凤喈辈推奖不遗余力。"⑤ 曹仁虎，字来殷，号习庵，嘉定人，少称奇才，史传高文典册多出其手，著有《宛委山房诗集》《蓉镜堂文稿》。梦麟为其作诗《赵文敏天山射猎图为曹来殷作》。梦麟还曾为赵文哲《媕雅堂诗集》作序，序中对赵文哲诗才大加赞赏。梦麟与吴泰来交情亦为深厚，《独坐列岫亭怀吴企晋》中表达了对吴泰来的思念，"辗转怀佳人，长天

---

① （清）王昶：《蒲褐山房诗话》，清稿本，第21页。
② （清）杨锺羲：《雪桥诗话》卷6，民国求恕斋丛书本，第196页。
③ （清）王昶：《蒲褐山房诗话》，第21页。
④ （清）杨锺羲：《雪桥诗话》卷6，第196页。
⑤ （清）王昶：《蒲褐山房诗话》，第21—22页。

独缄忆"反映了吴泰来在其心中地位。《马伏波铜鼓歌为吴企晋作》,以"吴郎对之忘飧饔"写吴泰来观看铜鼓表演时如痴如醉的情态,侧面表达了铜鼓表演的精彩。据王昶《户部侍郎署翰林院掌院学士梦公神道碑》记载,《大谷山堂集》六卷,是由吴泰来篆刻并传于世人的。《大雅堂讌歌》叙述宴饮的情状,志趣相投的嘉宾满座,"钱郎初至亦可亲",钱大昕初次参加宴会与梦麟一见如故。《送用晦之官留都》,用晦即严长明,诗中"望郎东省绶新加"饱含梦麟对友人的万千期许与祝愿。严长明也甚钦佩梦麟诗学才华,曾读梦麟《谒岱庙》,赞赏之余还奉和一首《祇谒岱庙谨和元韵并效其体》,激赏梦麟的才学与人品。

总之,梦麟广交游,以诗会友,不遗余力提拔有识之士。

不过,乾嘉京师诗人中,文学交游最为广泛者首推法式善。法式善一生任职翰苑,性情温和友善,因之交游甚广。法式善对文学活动多有关注,且素爱结社雅集,诗文酬唱,其"诗龛""西涯"文人墨客云集,可与"随园"媲美。法氏可谓乾嘉时期翰墨士人交流的"枢纽"。

法式善《存素堂诗初集录存》《存素堂诗二集、续集》中提及的朋旧有730多人,其《朋旧及见录》中提到的朋旧多达799人,其所交旧雨新知遍天下,阶层、身份不同,诗学主张各异。如性灵派的袁枚、赵翼、张问陶等;肌理派诗人翁方纲、桂馥等;曾师事沈德潜,名列"吴中七子"中的王昶、钱大昕、王鸣盛;属于常州诗人群的洪亮吉、孙星衍、赵怀玉、吕星垣等;高密诗派的李怀民、刘大观;秀水派金德瑛的外孙汪如洋;八旗诗人铁保、百龄;岭南诗人冯敏昌、赵希璜,等等。

诗龛是法式善友人雅集活动之所,其朋旧多过访于此,如罗聘、吴嵩梁、张道渥、蒋棠、百龄、黄安涛、汪均之、汪㲽之兄弟、王芑孙等。法式善《存素堂诗续集》多为友人题"诗龛"之作,诗龛是乾嘉文坛文人热切向往之地,所谓"诗龛君最喜,挑灯时促膝"(《送顾羖庵归里》)[①]写出的正是此中盛况。据法式善诗文集及阮元《梧门先生年谱》所载,朋旧过访或留宿诗龛的记录约30次,有具体时间可考的诗龛会友活动约38次,其中较大的文人聚会有8次。如法式善生子庆贺宴会,与会知名士人30余人,贺诗者达百余人。法式善《八月一日举子志感》序

---

① (清)法式善:《存素堂诗续集》卷13,嘉庆17年(1812)湖北德安王埔刻本。

云："乾隆癸丑八月辛酉朔日辰加未，桂馨生，越三日，作汤饼，邀诸君饮于诗龛，诸君亦乐余有子也。越九日，复相与张乐治具觞予于陶然亭。是日，学士大夫会者三十余人，皆天下贤杰知名士"①，言语间对自己在文坛的影响力有欣喜之感。阮元《梧门先生年谱》对此也做了说明："子桂馨生……王惕甫芑孙作《桂馨名说》，罗两峰聘、张船山问陶皆有《桂林图》，翁覃溪先生及诸名士贺以诗者百余人。"② 阮元记录中可以看出这确乎是法式善导引的京师文坛盛会。

除了主导文坛共襄盛举之外，法式善跟多名文士保持着深厚的私人情谊。王芑孙（1755—1817），字念丰，号惕甫，又号铁夫、德甫，别号楞枷山人，江苏长洲人。乾隆53年（1788）举人，官华亭县教谕。王氏为法式善挚友。乾隆58年（1793），法式善《柬王惕甫孝廉时寄居何兰士宅》其一云："王郎与何郎，皆我性命友。两人比邻居，此乐世何有。我时析疑义，就君坐谈久。"③ 王郎指王芑孙，何郎指何道生。两人都是"城南吟社"成员，法式善常去城南与他们雅集。嘉庆14年（1809），法式善《陈石士编修藏尺牍卷子记》又云："若王惕甫交最久，寄言报书，不下百通，且文繁纸长，一时未克装轴，择其精者缮为书册。"④ 王芑孙为法式善雅集常客，其《诗龛会饮记》载诗龛雅集盛况，云："吾友时帆学士，自名其居曰'诗龛'，为诗甚富，以诗求友甚勤。比由翰林改官入工部为郎，萧然自得，冲然有容，怡然无所不顺，庶几能暇于心者。于是以岁晚务闲之时，饮其常所往来者，酒不必多，饮可以醉，膳不必珍，食可以饱。其来会于斯者，有法书名画之娱，无博奕管弦之扰，退而形诸言咏，其能画者为之图"⑤。两人时常谈诗论文，对诗坛诗学思想的走向也非常关注。王芑孙《存素堂试帖》云："时帆用渔洋'三昧'之说，言诗主王孟韦柳，又工为五字。一篇之中，必有胜句；一句之胜，敌价万言。其所学与予异，而过辱好予。有作，予审定。"⑥ 法式善《王惕甫寄渊雅

---

① （清）法式善：《存素堂诗初集录存》卷4，嘉庆12年（1807）湖北德安王埔刻本。
② （清）阮元：《梧门先生年谱》，《存素堂诗续集录存》。
③ （清）法式善：《存素堂诗初集录存》卷4。
④ （清）法式善：《存素堂诗续集》卷2。
⑤ （清）王芑孙：《渊雅堂全集惕甫未定稿》卷6，嘉庆刻本。
⑥ （清）王芑孙：《渊雅堂全集惕甫未定稿》卷2。

堂编年诗至》云："渣滓除已尽，字字出瘦硬。匪缘读书精，安得行气盛。忆昔芳草斋，挑灯商竞病。"①

黄安涛（1777—1848），字凝舆，号霁青，浙江嘉善人。嘉庆14年（1809）进士，改庶吉士，授编修，历官广东潮州知府，嘉庆21年（1816）典贵州乡试，晚年阮元延讲鸳湖书院，著有《诗娱室诗集》等，亦为诗龛常客。如法式善曾在嘉庆13年（1808）写下《黄安舆孝廉安涛过访，出友渔斋家集见赠，并乞题驯鹿庄卷子，侑以新句。集序图记，皆老友郭君之笔，感触成诗》（《存素堂诗二集》卷一）记述两人的一次过从相谈。而黄安涛也曾为法式善作《时帆先生小传》（《真有益斋文编》卷八），二人感情之深可见一斑。

诗龛宴集酬唱之外，法式善亦喜延友绘"诗龛图"。法式善不善作画，"我弗能作画，而尝究画理"（《访孙少迁铨孝廉茶话许作诗龛图赋诗先之》）②，但自谓"平生嗜图画，甚于慕富贵"（《移居后乞同人作画》）③。其《诗龛图记》云："余性不谐俗，而好与贤士大夫交。……身未出国门外，而名山大川无日不往来于胸中……于是好事者争为余写诗龛图，先后凡数十人。其仕隐不同，而皆能知余意所在。其图之境亦不一，而随展一图，皆有吾在焉，皆有吾之诗在焉。吾以是图终吾身，则无往而不得。"④ 法式善收藏有大量诗龛图，现无法确定数目，嘉庆4年（1799），写下《诗龛论画诗》序："十年以来，为仆图诗龛者，不下百家。"⑤ 其中《中国美术大辞典》所载乾嘉时期名画家，如朱鹤年、顾鹤庆、吴鼒、余集、黄易、王学浩等兼为法式善图集合作者。

由"诗龛"而聚拢的文坛游宴、诗画共举、诗学思想碰撞，以及由此而来的私人之谊，在法式善的文士生活中起到了心灵支柱的作用，而南来北往的友朋麇集也提升了法式善的文坛地位。法式善的蒙古族八旗身份，更使他成为乾嘉诗坛旗民交汇的枢纽，而他也在有意无意间建构了京师以诗龛为中心的多族士人交游圈。

---

① （清）法式善：《存素堂诗初集录存》卷18。
② （清）法式善：《存素堂诗初集录存》卷8。
③ （清）法式善：《存素堂诗初集录存》卷8。
④ （清）法式善：《存素堂文集》卷1。
⑤ （清）法式善：《存素堂诗初集录存》卷6。

除了诗龛这样以空间为纽带的交友圈，法式善还建构了勾连明清的以时间为纽带的西涯雅集交游圈。"西涯"本指地名，位于明代李东阳京城故居附近，李东阳因以之自号。法式善《西涯诗》自序云："西涯即今之积水潭，因在李东阳故宅西，故名"①。法式善入仕后的居所主要有两处：一为净业湖畔杨柳湾松树街北，一为钟鼓楼街。此两处居所，均是李东阳吟咏的"西涯十二景"之一。法式善《西涯考》云："余居门外即杨柳湾。西涯则屡至其地，且尝集客赋诗、绘图纪事，然未考其始末。偶过苏斋，见《西涯图》，借留展玩，因详辨之，并补招诸君子赋诗焉。始知古人遗迹之近在目前者，向皆忽而过之也。"②法式善因身居李东阳圈定的西涯十二景中，不经意间与古人心意契合的喜悦让他开始沿波讨源考证遗迹。法式善与翁方纲借《西涯图》，详辨李东阳昔年行迹，作《西涯诗》，徽绘题画，并屡屡召集文士西涯雅集唱和诗作。一时文坛名士应者甚众。如《诗龛声闻集续编·诗·第五》中收录的有：汪迁珍《题西涯图》、陈崇本《时帆先生属题〈西涯图〉，复次韵见贻奉答》、翁方纲《梧门所作〈西涯图〉三诗》《西涯诗同梧门祭酒作》、沈琨《题西涯卷子》、李尧栋《西涯诗韵迭成四首》、刘大观《题时帆先生西涯诗卷》《戊午仲夏二十九日，奉和时帆先生西涯诗》、冯培《奉和梧门先生大司成西涯诗》、盛本《奉和祭酒夫子西涯诗》、郑似锦《奉和祭酒夫子西涯诗》、赵怀玉《西涯诗为梧门先生同年作》、何易《祭酒师示西涯诗敬赋》、熊方受《时帆前辈以〈西涯图〉命题》、冯烕《大司成梧门先生见示西涯诗，敬赋二律》、秦琦《西涯诗呈司成夫子》、秦瀛《西涯诗为时帆大司成作》、周春溶《和题西涯之作》、王绮书《西涯诗应司成夫子命》、史炳《时帆先生属和西涯诗，勉成二章应命》等。

每年六月九日西涯先生诞辰，法式善即招朋雅集，以诗纪念。嘉庆5年（1800），法式善写有《六月九日李西涯诞辰，鲍雅堂、汪杏村、谢芗泉、赵味辛、张船山、周西麋宗杭，集诗龛》（《存素堂诗初集录存》卷九），云："年年六月初，赏花西涯西。酾酒寿李公，蒲笋杂黍鸡。今岁禅侣来，入门故事稽（自注：谓静厓侍读）。论事每平心，未肯轻诃诋。诸客感前会，零落增惨凄。生者烟树隔（自注：曹俪生、洪稚存、石琢

---

① （清）法式善：《存素堂诗初集录存》卷8。
② （清）法式善：《存素堂文集》卷1。

堂、章石楼、颜运生、何兰士、王惕甫、宋梅生、吴兰雪、金手山诸君），死者秋坟迷（自注：罗两峰、王菶亭、姚春漪）。我还语诸公，物我焉能齐？日暮散群雅，各就林间栖。李公墓已划，麓堂咏重题。照人西涯花，潭影深凫鹭。"① 法式善对于李东阳的钦慕之情，在上述众多文坛活动中展露无遗。

李东阳在明代，作为内阁大学士主持朝政十数年；作为文坛领袖，在其周围形成"茶陵派"。无论是政坛还是文坛都有着极强的号召力。他成功地将仕途资本融入了诗歌创作道路，同时他的政治身份也影响了他的诗坛地位。文学角色与政治角色相得益彰。这样的成功之道是法式善最为欣羡的。而借助西涯雅集和诗龛文会，法式善也差堪比拟李东阳。

在众多来西涯名士中，翁方纲为常客，与法式善交情甚笃。翁方纲与广顺、法式善、桂馨三代人兼有密切交往。翁方纲在《陶庐杂录序》云："《陶庐杂录》六卷，法式善梧门撰。……自其幼时，颖异嗜学，尊人秀峰孝廉，受业于予。故梧门得称门人。刻意为诗，又博稽掌故，其于诗也，多蓄古今人集，闳览强记，而专为陶韦体，故以诗龛题其书室，又以陶庐自号。其于典义卷轴，每有所见，必著于录，手不工书，而记录之富，什倍于人。即此卷，可见其大凡矣。与予论诗年最久，英特之思，超悟之味，有过于谢蕴山、冯鱼山，而功力之深造，尚在谢冯二子下。故数年间，阮芸台在浙以其存素斋诗集，送付灵隐书藏，而予未敢置一语。今笠帆中丞以所梓是编，属为一言，则其中有系乎。考证有资于典故者，视其诗更为足传也。梧门子桂馨亦能文，早成进士，官中书舍人，深望其以学世其家，而今又已逝去，抚卷怀人，耿耿奚释，况吾文之谫陋，又安足以序之。"② 足见其对法式善了解之深、评价之高。

翁法二人的唱和活动长达三十余载，始于法式善翰林院散馆后任翰林检讨，直至法式善离世，因之彼此和诗题作甚多，仅举数例以示。乾隆48年（1783），翁方纲为法式善作题画诗《时帆检讨溪桥诗思图四首》，其一云："我识君门巷，溪流小板桥。疏花相倚笑，老柳最长条。"其二云："三十年交契，凭谁话素心。承家推世学，积厚起词林。"③ 乾隆50

---

① （清）法式善：《存素堂诗初集录存》卷9。
② （清）翁方纲：《复初斋文集》卷3，李彦章校刻本。
③ （清）翁方纲：《复初斋诗集》卷26，清刻本。

年（1785），法式善受庶子，翁方纲赋诗相赠，作《时帆授庶子赋赠二首》，其一云："敬以臣名承渥泽，长如帝锡作箴铭。（自注：新改名法式善，承上意也。）玉河桥水春初到，（自注：十月一日到任。）端范堂筵菊正馨。北郭回看槐雨处，四门多士待研经。（自注：祝其为祭酒也。）"① 乾隆56年（1791），翁方纲有诗《题渔洋手评边仲子诗草四首》，其四自注云："筠圃所藏，予与梧门邀两峰、季游同观。"② 法式善亦有诗《题翁覃溪先生摹王渔洋徐东痴墨迹后》四首，其序云："筠圃③大令藏边仲子诗稿一册，即渔洋先生所订之《睡足轩诗》也，前有东痴手记并渔洋跋语。覃溪先生既题诗于原册，复摹二帧，一以赠余。"④

翁方纲是法式善京师交游圈的核心友人，也是乾嘉诗坛的重要人物，与其有着同样学术地位的袁枚，虽然不在京师，但因为是乾嘉时期代表诗人，法式善也与之交好。袁枚年长法式善三十七岁，二人南北相隔，从未谋面，以鸿雁传书来谈诗品画，为文字之交。法式善《检阅笪绳斋诗龛图卷慨然赋诗兼忆题图诸知好》云："袁翁致我书，前后三十封。"⑤（按：三十封信札大多散佚，现可寻得三封，即袁枚《小仓山房尺牍》卷七《答法时帆学士》、卷八《答法学士》《奉时帆先生书》，见于袁枚著、王志英主编《袁枚全集》）法式善曾乞袁枚寄诗集一部，袁枚慷慨与之。法式善有诗《程立峰明愫大令贻袁子才枚太史诗册》（《存素堂诗初集录存》卷二）记此事。阅后，盛赞袁翁诗才，题诗《题小仓山房诗集》云："万事看如水，一情生作春。公卿多后辈，湖海此幽人。笔阵横今古，词锋怖鬼神。粗才莫轻诋，斯世有谁伦。"⑥ 袁枚在《随园诗话》卷十一第十五亦有记载此事："满洲诗人法时帆学士与书云：'自惠《小仓山房集》，一时都中同人借阅无虚日；现在已抄副本。洛阳纸贵，索诗稿者坌集，几不可当。可否再惠一部，何如？'外题拙集后云：'万事看如水，

---

① （清）翁方纲：《复初斋诗集》卷31。
② （清）翁方纲：《复初斋诗集》卷42。
③ 筠圃：即玉栋（1745—1799），字子隆，自号筠圃，满洲正白旗汉军，乾隆35年（1770）庚寅举人，著有《读易楼诗抄文抄》八卷，《金石过眼录》五卷等。
④ （清）法式善：《存素堂诗初集录存》卷3。
⑤ （清）法式善：《存素堂诗二卷》卷1。
⑥ （清）法式善：《存素堂诗初集录存》卷2。

一情生作春。公卿多后辈，湖海有幽人。笔阵驱裙屐，词锋怖鬼神。莫惊才力猛，今世有谁伦？'……素不识面，皆因诗句流传，牵连而至；岂非文字之缘，比骨肉妻孥，尤为真切耶？"①袁枚于乾隆58年（1793）癸丑四月为法式善诗集校订、作序，云："其应去应存，都已加墨，而即书此一意，以弁诸卷首。乾隆癸丑四月既望钱塘袁枚拜撰，时年七十有六。"②而法式善在《存素堂诗初集原序》亦载之。除此而外，袁枚与法式善通文论诗，相互切磋诗学主张，对二人乃至乾嘉诗坛诗学发展也产生一定影响，本章末节对此详述。

乾嘉诗坛另一著名诗人张问陶与法式善交厚。法式善为张问陶中举进士之收卷官，二人相识后，天南地北，诗赋唱和频繁，仅嘉庆5年（1800）聚会就多达八次：法式善《六月九日李西涯诞辰，鲍雅堂、汪杏村、谢芗泉、赵味辛、张船山、周西麇（宗杭）集诗龛》《立秋前二日同鲍雅堂、吴穀人、汪杏江、赵味辛、张船山集谢芗泉知耻斋迎秋》（《存素堂诗初集录存》卷九）、《七夕汪杏江招同吴穀人、鲍雅堂、谢芗泉、赵味辛、张船山芥室小集，分赋洗车雨》《立冬日赵味辛约同吴穀人、鲍雅堂、汪杏江、谢芗泉、张船山、戴金溪（敦元）亦有生斋消寒，即席次味辛韵》分别记载前四次雅集之状。法式善《偕吴穀人、汪杏江、谢芗泉、赵味辛、张船山、姚春木于鲍雅堂斋中消寒，分赋饮中八仙，拈得汝阳王琎》，张问陶《与鲍雅堂户部、吴谷人、汪静厓两庶子、法时帆侍讲、赵味辛舍人、谢香泉礼部、姚春木上舍分赋饮中八仙，得李适之》（《船山诗草》卷十五）同载第五次相聚。第六次，于诗龛消寒，法式善诗《吴穀人、汪杏江、鲍雅堂、谢芗泉、赵味辛、张船山、姚春木集诗龛消寒，题〈新篁白石图〉，分用唐宋金元人题图七古诗韵，余拈得元遗山题〈范宽秦川图〉》载之。张问陶诗《梧门侍讲筵上送秦小岘廉访》（《船山诗草》卷十五）载第七次宴集于诗龛。交往甚密。

阮元是清代中期著名的政坛达人，官至体仁阁大学士，加太傅衔，卒后谥文达。他成功的以其政坛地位会聚文士，也在一定程度上成为文坛盟主。法式善常与阮元交游赏玩、论诗品画。嘉庆16年（1811），阮元邀法式善拜朱彝尊墓，法式善有诗《阮芸台侍郎拜朱文正公墓于二老庄纤道

---

① （清）袁枚著，顾学颉点校：《随园诗话》，人民文学出版社1979年版，第852页。
② （清）法式善：《存素堂诗初集录存》卷1。

西山招余同往》；同年，两人同游西山，阮元写有《与法梧门前辈式善同游西山，先过八里庄慈寿寺》(《揅经室集·四集诗卷》卷九)。嘉庆4年（1799），法式善《寄题方薰、奚冈画陈澂水希濂旧庐图》云："学使（阮芸台侍郎）昨邀我，垂帘坐清昼。品骘浙中画，方奚实领袖。"① 嘉庆6年（1801），阮元寄《经籍纂诂》予法式善，法式善有诗《阮芸台元中丞寄段二端经籍纂诂一部》。嘉庆10年（1805），法式善诗《补辑康熙己未词科掌录寄阮芸台抚军》载其为阮元补辑康熙己未词科掌录之事。阮元在法式善身后为其编纂年谱长编。

此外，法式善与八旗诗人互动酬唱亦密，如铁保、百龄。铁保（1752—1824），原姓觉罗氏，后改栋鄂，字冶亭，号梅庵，满洲正黄旗人，著有《梅庵诗钞》六卷。工书法，与刘墉、翁方纲并称。法式善为其作《梅庵诗钞序》，中有"余与梅庵制府、阆峰（玉保，铁保弟）侍郎交契，盖三十年矣。余以庚子入翰林，制府亦以是年冬改詹事，余因是与制府称同年。明年辛丑，阆峰馆选，居且相近，时相过从。茗椀唱酬，殆无虚日。既而予三人者，一时同官学士，充讲官，出入与偕。或侍直内廷，或扈跸行幄，宫漏在耳，山月上衣，未尝不以赓和为职业也。后二公俱擢侍郎，余浮沉史局，文场酒燕，犹获执笔，与二公左右上下之。乃侍郎遽谢世，而制府远宦东南，天各一方，余能无独学孤陋之叹乎"②。可见法式善与铁保兄弟交谊深厚。铁保曾推荐法式善参与编撰《熙朝雅颂集》。

百龄（1748—1816），姓张，字子颐，号菊溪，隶汉军正黄旗。累官两江总督，协办大学士，封三等男，卒谥文敏。著有《守意龛诗集》《橄榄轩尺牍》等。铁保、百龄、法式善并称旗人"三才子"，据法式善在《春夕怀人三十二首》云："菊溪、梅庵伯仲，如何中杂劣诗。京口集刊群雅，饼金购自高丽。（自注：王豫，字柳村，丹徒人，选《群雅集》成，高丽人以重价购之。卷中《梅庵诗》后云'制府与百菊溪制府、法时帆学士，天下称三才子。'）"③ 法式善诗《菊溪制府重拜山东臬使之命，自西苑枉过叙旧，闻煦斋侍郎再直机庭喜赋，即送菊溪并柬煦斋》云："三人金石交，相交三十年。制府我前辈，接迹同登仙。下直必命侣，

---

① （清）法式善：《存素堂诗初集录存》卷8。
② （清）法式善：《存素堂文集》卷2。
③ （清）法式善：《存素堂诗续集》。

拜母堂东偏。……赏花瓦樽携,看山秋骑联。胶膝宁此逾,聚散非所怜。……"①"三人"指百龄、法式善与英和。英和(1771—1840),字树琴,一字定圃,号煦斋,索绰络氏,满洲正白旗人,隶内务府,官至户部尚书,协办大学士。亦善诗。

  法式善是借助科举之途走上乾嘉宦途的,职官所系,他一生都在文坛与政坛的双向并轨中前行。"对于进士科出身的官僚来说,诗赋即文学才能,应该是他们在官界与其他所有势力最终区别的最大的共同点和立足点。"②诗龛盛举与西涯雅集的不断积累,成就了他在乾嘉文坛上的地位和名望,而这种盛名也会影响到他的政声。乾隆50年(1785)二月,法式善官国子监司业时,对高宗钦命所建并亲临讲学之辟雍"以志荣幸"③,写成《成均同学齿录》序言。同年九月他被升为左庶子,高宗亲为之改名"法式善"。乾隆51年(1786),法式善官翰林院侍讲学士,纂《同馆试律汇抄》《补抄》,刊行之。乾隆58年(1793),延续《同馆试律汇抄》,法式善再辑《同馆赋抄》。59年(1794)五月,他成为国子监祭酒,辑《成均课士录》《成均学选录》,前者选国子监生课试之文,后者辑制艺若干首,附以五言排律。对国子监生及应试学子都有极大影响,以至于嘉庆3年(1798)再次刊行《续录》,以其极强的实用性成为畅销书,成为科举应试指南。"时前后两次《成均课士录》,风行海内,几至家有其书。十余年来,习其诗文者,无不掇科第而去。至是《同馆诗赋》,学侣亦皆奉为圭臬云。"④法式善凭借优秀的诗赋鉴赏能力和校勘能力,编纂书籍引领士风,达到政声与文名的双向旨归高度统一。而其建构的乾嘉诗坛多族士人圈在其间起到不可估量的作用。

  上述所列与法式善私谊深厚者大多为文坛名士,借此管窥法式善交友圈之广阔。与同时代交游广阔者相比,法式善的交友圈可谓地无分南北,人不分旗民。

---

① (清)法式善:《存素堂诗二卷》卷1。
② [日]内山精也:《传媒与真相——苏轼及其周围士大夫的文学》,朱刚等译,上海古籍出版社2013年版,第115页。
③ (清)法式善:《成均同学齿录序》,刘青山点校:《法式善诗文集》,人民文学出版社2015年版,第1032页。
④ (清)阮元:《梧门先生年谱》,《存素堂诗续集录存》。

文孚虽然官位高于法式善，但文学交游圈较之法式善却要小得多。他的文学创作与宦行相伴，文学交游亦如此。文孚是由监生考授内阁中书，并于乾隆55年（1790）充军机章京，渐渐走入朝廷中枢的。乾隆59年（1794），30岁的文孚随松筠赴吉林评议案件。这一事件，多年后被他写入《乾隆甲寅余随湘浦参知谳案吉林，草木蒙茸之区尚多，道光戊子使车再来，满目牛山矣，又闻伯都讷围场近已招垦，惟三姓等处四场尚存，乃服前人用意深远》，诗题中的湘浦是松筠的号，乾隆甲寅即1794年，是年松筠代理吉林将军。蒙古正蓝旗人松筠同文孚一样，历仕乾嘉道三朝，他们起点略有不同，松筠由翻译生员考授理藩院笔帖士，后任军机章京，渐渐走入朝廷中枢。

嘉庆4年（1799），文孚从那彦成赴陕西治军需。写下《奉使西晋喜逢方葆岩中丞》"终南塞天地，历遍马蹄间"注云："乙末岁，余偕中丞随释堂大司空剿陕匪，戎马驱驰终南诸山中入阅月"①，此注中的大司空指的是满洲正白旗人那彦成，字绎堂，嘉庆4年为乙未年，是年那彦成出任工部尚书，所以文孚称其为大司空。（按："释堂"应为"绎堂"，"乙末"应为"己未"，这两处舛误当是刊刻之误。）方葆岩中丞即嘉庆4年与文孚一道随那彦成练兵关陇的方维甸（1759—1815）。字南藕，号葆岩，方观承子，安徽桐城人。乾隆帝追念其父方观承功劳，恩赐内阁中书，值军机处。乾隆46年（1781）进士，曾随大学士福康安出征台湾。累迁御史，赏戴花翎。乾隆54年（1789），典试广西，晋级光禄寺少卿；随征廓尔喀，升为正卿；随同尚书苏凌阿到山东勘定案件，转为太常卿，充顺天副考官。次年，主办长芦盐政，因事撤职，发往军台效力。后特旨赦免，赏员外郎，仍到军机处办事。嘉庆4年，分校会试，迁内阁侍读学士，随尚书那彦成练兵关陇。与文孚分手后，累授山东按察使，调河南布政使，升陕西巡抚，任上先后平定川楚之乱。嘉庆14年（1809）提升闽浙总督。嘉庆13年（1808），文孚任"通政使司副使文孚、副都统衔，为西宁办事大臣"②，途中与方维甸重逢，欣喜之余，写下《奉使西晋喜逢方葆岩中丞》。这一年的早些时候，文孚还曾随钱楷

---

① 《奉使西晋喜逢方葆岩中丞》，（清）文孚：《秋潭相国诗存》，《清代诗文集汇编》第468册，第733页。

② （清）曹振镛、戴均元等纂修：《仁宗睿皇帝实录》，清道光间内府抄本，第5476页。

赴山西审案，文孚《运城差次奉青海办事之命赠别钱裴山光禄》即写于此时，钱裴山即钱楷，嘉庆11年（1806）任光禄寺卿，光禄寺卿与侍读学士同为四五品京堂，两人相交的经历从同为军机章京就已经开始了，所以有"秘阁同游二十春"之句，《雪桥诗话》卷六载："十三年以光禄寺卿偕文秋潭按事山西，小憩尧城庙简秋潭副使诗云'素心昕夕共关山，应胜戎衣匹马闲。秋潭从秦中亦曾过此'。"① 钱楷《绿天书舍存草》中收录此诗，共四首，其四为："素心昕夕共关山，应胜戎衣匹马间②。尔我劳生蛮负巨，承恩未许乞清闲。"③ 两人情谊深厚。同期，文孚还写下《运城赠别邱余二比部》④。

嘉庆17年（1812），文孚调任镶白旗满洲副都统，奉使黔阳。"偕内阁学士阮元勘止吉兰泰盐官运，改并潞商引额，以潞引之有馀，补吉课之不足，吉盐许民捞贩，限制水运至皇甫川而止，下部议行"⑤，六年后文孚写下《赠阮芸台制军两首》，中有句"六年别似须臾事"⑥，忆念他俩的这次同行。阮元也是历仕乾嘉道三朝老臣，道光29年（1849）去世，晚文孚八年，谥号文达。嘉庆18年（1813）是文孚政坛生涯中跌宕的一年。年初，文孚"缘事"⑦降调为二等侍卫，赴山东治军需，复授内阁学士，年底，与老友康绍镛奉使山海关，分手时文孚写下《送康兰皋中丞归里》，其中有句"雄关折狱见持平"，诗后注："兰皋前官枢密，后奉使榆关，余俱同事"⑧，《清史稿·康绍镛传》载："会有大名民人司敬武等十余人佣工热河、锦州，闻畿南寇起，驰归，过山海关，关吏执之，诬其预

---

① （清）杨锺羲：《雪桥诗话续集》卷6，民国求恕斋丛书本。
② 原注：秋潭从征秦中时亦曾过此。
③ （清）钱楷：《绿天书舍存草》卷6，嘉庆23年（1818）阮元刻本，第78页。
④ 《运城赠别邱余二比部》，《秋潭相国诗存》，《清代诗文集汇编》第468册，第734页。
⑤ 赵尔巽：《清史稿》卷529，民国17年（1928）清史馆铅印本，第5928页。
⑥ 《赠阮芸台制军两首》，《秋潭相国诗存》，《清代诗文集汇编》第468册，第739页。
⑦ "数日前文孚于召对时面奏、伊管理左翼税务仅三月余、今届更换之期、恐令其接管伊才短不能照料……遇事之稍涉烦难者，即嗾为推卸。设彼此相率效尤。甚乖敬事之道。此风断不可长。况密奏为公则可。为私不可。文孚迹似小心。实则胆大。文孚着交部加等议处"。（清）曹振镛、戴均元等纂修：《仁宗睿皇帝实录》，清道光间内府抄本，第7707页。
⑧ 《送康兰皋中丞归里》，《秋潭相国诗存》，《清代诗文集汇编》第468册，第742页。

闻逆谋，命绍镛偕偕内阁学士文孚往鞫，白其诬，释之。"① 两人同赴山海关查办事件，并不是首次共事，故文孚诗后注如此写出。康绍镛（1770—1834），清山西兴县人，字铈南，号兰皋。嘉庆4年（1799）进士。历抚安徽、广东、广西、湖南四省。道光10年（1830）授光禄寺卿。寻坐湖南任内废弛，降级致仕。

嘉庆23年（1818年）。文孚任刑部右侍郎兼镶白旗汉军副都统，赴福建、广西审案。《仁宗睿皇帝实录》载："着交文孚、阮元于到粤西后确加访查"②，文孚在公务之余，欣喜与阮元故友同行，写下"良朋远至喜追陪，桂玲珠江驿路开"（《赠阮芸台制军两首》）③。道光3年（1823），时任吏部尚书的文孚受命，与蒋攸铦查看文安积水，赴保定审案。文孚写有《癸未春奉命偕蒋砺堂大司寇查看文安积水风景堪伤遂成二律》④。蒋砺堂大司寇即蒋攸铦，汉军镶红旗人，砺堂是其号，时任刑部尚书，故称大司寇。道光8年（1828），文孚晋太子太傅，赐紫缰，绘像紫光阁，任满洲翻译会试正考官。差赴黑龙江勘事。前述文孚追忆与松筠赴辽东之《乾隆甲寅余随湘浦参知谳案吉林，草木蒙茸之区尚多，道光戊子使车再来，满目牛山矣，又闻伯都讷围场近已招垦，惟三姓等处四场尚存，乃服前人用意深远》即作于此年。

道光17年（1837年），文孚授张祥河旧貂朝衣。张祥河诗《道光丁酉五月初四日，蒙恩擢任豫臬，恭纪二首》"师门近感寄朝衣"注："春初，文秋潭相国惠寄旧貂朝衣，诗云：'一裘不改新花样，已染天香四十年'"，可惜该诗并未收录于《秋潭相国诗存》。道光21年（1841年），文孚卒，赠太保，谥文敬。张祥河刊刻《秋潭相国诗存》并作后跋。张祥河，字诗舲，江苏娄县人。嘉庆25年（1820）进士，授内阁中书，充军机章京。迁户部主事，累转郎中。道光11年（1831），出为山东督粮道。17年，擢河南按察使，24年（1844），迁广西布政使，擢陕西巡抚。咸丰3年（1853），召还京。4年（1854），授内阁学士，寻迁吏部侍郎，

---

① 赵尔巽：《清史稿》卷529，民国17年（1928）清史馆铅印本，第6053页。
② （清）曹振镛戴均元等纂修，《仁宗睿皇帝实录》，清道光间内府抄本，第9940页。
③ 《赠阮芸台制军两首》，《秋潭相国诗存》，《清代诗文集汇编》第468册，第739页。
④ 《癸未春奉命偕蒋砺堂大司寇查看文安积水风景堪伤遂成二律》，《秋潭相国诗存》，《清代诗文集汇编》第468册，第740页。

督顺天学政。6 年（1856），以病罢。病痊，仍授吏部侍郎。8 年（1858），擢左都御史，迁工部尚书。10 年（1860），加太子太保。11 年（1861），以病乞罢。同治元年（1862），卒，谥温和。著有《小重山房初稿》（24 卷）、《诗舲诗录》《诗舲诗外录》《小重山房诗续录》（12 卷）、《诗舲词录》（2 卷）等。编纂有《四铜鼓斋论画集》及《会典简明录》等。辑有《秦汉玉印十方》。张祥河在《秋潭相国诗存》的跋中写道"祥河在枢曹八年，随侍最久"，可见其与文孚关系之密，而获得文孚诗集的时间正是"祥河督漕山左，公奉命谳案济上，道出德州"，祥河另有诗《重葺平津馆落成》之二："使车留话禁垣春"句注"文秋潭相国出使沛上，道经禹津"①，而《秋潭相国诗存》所收的最后两首诗正是《南池怀古》《登太白楼》，所以文孚是在道光 15 年（1835）沛上唱和后将诗抄给予了张祥河，并叮嘱"子知我，万勿视外人也"②，据《济州金石志》③"道光十四年沛上唱和诗石刻"载，"文秋潭文孚《南池怀古》五律二首《登太白楼》七律二首，诗舲张祥河《南池怀古和秋潭相国师元韵》五律七律各二首。道光乙未夏五月相国奉使至沛上留题"。沛即济水，道光乙未为道光 15 年，此年文孚奉命差勘东河，故以上几诗应是石刻道光 15 年的作品。文孚《南池怀古》《登太白楼》在《秋潭相国诗存》有收录。张祥河《南池怀古和秋潭相国师元韵》收录在《诗舲诗录》，为五律二首，标题中无"师"字，另有七律《登太白楼和文秋潭相国元韵》二首，收录于《诗舲诗外》。

除上文所列文孚诗集中提到的与其交游的诗人外，尚有其他诗人文孚集中未提，但与文孚有过文学交往的，姑列于此。斌良（1771—1847），字吉甫，又字笠耕、备卿，号梅舫、雪渔，晚号随荃，瓜尔佳氏。初以荫生捐主事。历官盛京兵部员外郎、户部郎中、太仆寺少卿、内阁侍读学士、左副都御史等。好诗，有《抱冲斋全集》。《抱冲斋全集》前有斌良年谱，记载嘉庆 21 年（1816）斌良"续娶博尔济吉特夫人，为文秋潭相

---

① （清）张祥河：《登太白楼和文秋潭相国元韵》，《小重山房诗词全集》，《诗舲诗外》卷 4，道光刻光绪增修本。

② （清）张祥和：《秋潭相国诗存跋》，《秋潭相国诗存》，《清代诗文集汇编》第 468 册，第 737 页。

③ （清）徐宗干、冯云鹓：《济州金石志》，道光 25 年（1845）闽中自刻本，第 445 页。

国姪女，笔帖式讷公女"①，集中录有《巴噶济斯道中有怀秋潭相国文孚》两首，诗为："赞翊功成勇退身，夔龙物望鹤精神。敢凭禽向论交谊，不道刘卢属世亲。妙制刀圭谐品物，手疏泉石亦经纶。柳稊春晼莺鸣候，可忆乌桓万里人。""淡交如水味偏长，调护殷勤感胜常。代制珍裘驱栗烈，特裁毡笠御风霜。绥藩典重倾心示，入版图新聚米详。多感蛮笺珠玉赠，鞅尘久滞报佳章。"②第二首末句后自注：秋潭相国赠有诗出塞匆匆未和。可见二人时有酬唱。

童槐，浙江鄞县人，字晋三，一字树眉，号萼君。嘉庆10年（1805）进士，历官通政使副使。工诗善书，熟悉清代典章，晚年研讨四明文献。有《过庭笔记》《今白华堂集》等，子童华、孙童祥勋分别中道光18年（1838）、光绪9年（1883）进士，有"一门三进士，父子同翰林"之称。其诗集《今白华堂集》存有与文孚有关诗作三首：《为文秋潭学士题寒林觅句图》《偕文秋潭学士孚，松心厂郎中籁，蔡云桥主事，龚閎斋员外过须弥福寿普陀宗乘二庙》《出都后有寄》，其《出都后有寄》诗云："频劳画省关心问，都作银台旧眼看。惹得归飞一倦鸟，几番回首暮云寒。"③"频劳画省关心问"句后注："文秋潭、禧凝堂两尚书屡向曹司询访余近年踪迹"，可知其与文孚交情匪浅。

乾嘉时期京师诗坛极为活跃，彼时政治经济的发展促动文化欣欣向荣，京师以其政治地位招揽人才聚集，也是各种学说荟萃之地。"神韵"余风犹在，"格调""性灵""肌理"各种学说甚嚣尘上。诗学思潮引动的诗歌创作团体争奇斗艳，而诗人们就在频繁的交游唱和中以文会友，切磋诗学。京师的蒙古族诗人们参与其中，似法式善者，还时相引领唱和，使得中华多民族士人圈就此在京师生发开来。

二 乾嘉驻防起家诗人文学交游考述

乾隆己巳（1749），白衣保被派往荆州驻防。《荆州驻防志》记载，荆州驻防八旗，由满族八旗和蒙古八旗组成。康熙21年（1682），从京师、江宁两处拣选满蒙官兵二千五百余名，携眷在荆州设立驻防，同年，

---

① （清）延良：《年谱》，《抱冲斋全集》，光绪5年（1879）崇福湖南刻本，第27页。
② （清）延良：《抱冲斋全集》卷25瀚海绥藩集二。
③ （清）童槐：《今白华堂诗录》卷7，同治8年（1869）童华刻本，第85页。

又从西安驻防右翼满蒙兵内派兵一千五十余名驻防湖北荆州府，兵额共计三千五百四十三名。计有领催三百三十六名，甲兵三千二百七名。设荆州驻防将军一员，副都统二员，协领八员，佐领、防御、骁骑校各四十员，笔帖式四员，另设弓匠五十六名，铁匠一百一十二名。康熙29年（1690），添设甲兵四百五十七名，足兵额四千名。雍正元年（1723），增设蒙古协领兼佐领二员，佐领十四员，防御、骁骑校各十六员。此后，清代各君王又陆续增设炮手八十名、弓匠五十六名、铁匠五十六名、箭匠五十六名、委甲四百名、步甲九百名、养育兵七百二十名、余兵九百六十名，加上原兵额，荆州驻防共设兵七千二百二十八名。但由于西南征战以及驻防之间调动，兵额也在变动。康熙60年（1721）分拨一千六百名兵驻防四川成都。同治10年（1871）分拨满蒙官兵五百九十一名往江宁，第二年又往江宁分拨三百名官兵。到光绪年间，荆州驻防共有官额一百七十四名，其中将军一员，副都统二员，协领十员，佐领四十六员，防御、骁骑校各五十六员，笔贴式三员。① 因而，在荆州驻防的实际兵额始终维持在四千名左右。

蒙古荆州驻防八旗诗人白衣保是清代驻防诗人中最早留存诗集的。因而，研究他通过诗歌唱和建构的文学交游圈，对于了解像他这样的武将是如何在戎马倥偬中写就诗歌，并如何看待诗歌，有着重要的学术史和思想史意义。

白衣保与东鲁孙谔先生谊兼师友，与国柱、国栋、戴亨、傅雯、金会川、静庵、丁望如、刘铁群、兆勋等交好，众人多交游唱和之作，且构成了一个多族士人圈。

孙谔，字一士，号在原，峄县人，雍正壬子（1732）优贡。有《在原诗草》②。其诗集卷一存有《天峰昆仲招同鹤亭谯集》《五日与鹤亭联句》《途中欲寄天峰云浦昆仲暨鹤亭》等，记载自己同这三位蒙古族诗人国栋、国柱、白衣保宴饮之事，及分手后同他们以诗酬唱。这些人中，孙谔因与白衣保谊兼师友，诗文相析者更多，交往也更为密切，此点在白衣保的《鹤亭诗稿》中看得更为明晰。现存白衣保诗集载与孙谔交游唱和诗有13首。如《暮春夜雨怀孙在原》云："梦断因风雨，迢迢夜未阑。寒

---

① （清）希元：《荆州驻防志》，湖北教育出版社2002年版，第122—123页。
② （清）孙谔：《在原诗草》，《清代诗文集汇编》第293册，上海古籍出版社2010年版。

深残角壮，原静落花寒。渺矣音书绝，兼之道路难。翻思未相识，怀抱若为宽。"①记述白衣保夜阑听雨而念远怀人。《戊寅八月初六日，孙在原师任满，还里纤道过荆见访，次日别去，赋此志感》云："他乡话旧几悲欢，握手知公去住难。草草杯盘惊日暮，匆匆舟楫俟江干。当年谬被孙阳顾，此后谁怜范权寒。独有新诗慰愁思，焚香时复一开看。"乾隆戊寅（1758）深秋，时为蒲州府同知奉政大夫的孙谞任满还乡，特意绕道荆州去看望白衣保，别后白衣保赋诗感怀，将孙谞比作春秋中期伯乐孙阳，感念这场师生情谊。

国柱，蒙古族，博尔济吉特氏，字天峰，乾隆10年（1745）进士，官侍读学士。白衣保与国柱情谊笃挚，《鹤亭诗稿》中存白衣保与国柱交游唱和诗13首。如《寄国天峰》，诗题下注：时，天峰赴陕西靖远协任。诗云："壮志欲封侯，秦中岂浪游。欢声腾两部，英气摄诸酋。饮马长城窟，磨刀龙水头。君恩何以报，努力靖边陲。"《天峰自军营回有诗寄示赋此奉答》："漫道新诗不染尘，分明半偈指迷津。忘情尚有交情累，清夜时时梦故人。"诗中有对友人的鼓励也有对友人的赞誉更有对友情的称颂，诗境浑融，诗情浓郁。国栋，蒙古族，博尔济吉特氏，国柱之族弟，字云浦，一字时斋，世居兀鲁特地方，隶满洲正黄旗，乾隆6年（1741）辛酉科乡试中举，乾隆7年（1742）壬戌科进士。著有《时斋偶存诗钞》一卷（又名《时斋偶存诗稿》）。《鹤亭诗稿》中存白衣保与国栋交游唱和诗2首。戴亨，字通乾，号遂堂，奉天承德县人，原籍钱塘仁和，汉军旗人。生于京师，其父戴梓，以擅火器制造名天下。康熙60年（1721）进士，有《庆芝堂诗集》②。其诗集卷十有《国进士云浦斋中检得骑都尉白鹤亭旧诗数纸笔意迥异时蹊即同过访二首》，卷十一有《自辽东抵京往晤天峰云浦鹤亭即订西山之游得山字》《和白鹤亭送无凡上人结茅盘山原韵》《前题再叠前韵》《前题三叠前韵》等写给白衣保的诗歌。《鹤亭诗稿》则存有白衣保与戴亨交游唱和诗2首。《秋日与戴通乾方岱浩国天峰访明月庵诸园》与《岁暮游洛加庵怀戴通乾及天峰兄弟》，述与戴通乾及国柱国栋兄弟之友谊。兆勋，满洲人，字佑宸，号牧亭、牧牛子。傅雯，字紫来，一字凯亭，号香鳞，别号头凯陀。奉天广宁（今辽宁北

---

① （清）白衣保：《鹤亭诗稿》，道光16年（1836）刻本，本书所引白衣保诗均出此。
② （清）戴亨：《庆芝堂诗集》，《清代诗文集汇编》第267册，上海古籍出版社2010年版。

镇）人。家间山之阳。官骁骑校。《鹤亭诗稿》中有1首白衣保与傅雯交游唱和诗。吴龙见，字恂士，一字惺士，又字薜帷，东阁大学士吴宗达曾孙，常州武进人，乾隆元年（1736）进士，历官直隶武强知县、献县知县。乾隆15年（1750）升刑部湖广司主事、刑部陕西司郎中、山西道监察御史、陕西布政使等。有《薜帷诗钞》①十五卷。卷七有诗《中秋夜坐和云骑尉白鹤亭见怀之作》。《鹤亭诗稿》中存白衣保与吴龙见交游唱和诗1首。

法式善《八旗诗话》有"（白衣保）与兆勋、傅雯为山友，与戴亨、国栋、国柱为诗友"②之语。富谦《鹤亭诗稿》序中赞白衣保交友之旨曰："其交友也，道义相助，不计荣利，诗文酬唱，雅正足式。"诗文酬唱是君子之交的正途。从白衣保诗集中所存唱和诗怀人诗可见他的交游人员主要为在京时期的诗友，去往荆州后与他们的诗歌对答仍没有结束，这一交游圈对他诗歌创作的影响最大。白衣保离京赴荆州任职四十余年，防营中可能也有诗文酬唱友人，但与其交游唱和的人几乎都没有诗集留存，唱和诗作也大都零散，这也是驻防蒙古族诗人的共同特点。不过，出现这样的情况是有原因的。首先，对于白衣保这样的驻防文人来说，青年时期的诗歌交游在其交游诗歌创作历程中最为重要，这一时期诗友间的情谊较出仕后更为真挚，所以这种交游在诗歌创作中持续最久。其次，他由文化发达之地京师转移至文化次发达之地荆州，先期的文化经历为他诗歌创作的形成奠定了基础，并在其后的创作中易形成一种乡愁的表达。白衣保晚年诗句中仍有"南来四十年""望云怀故土""有客居南国"之类的表达，京师与荆州不仅是方位上的北与南，更是时空距离带来的情感上的暌隔，成为他生命中无法抹去的哀叹。

三 乾嘉边地诗人文学交游考述

国栋是乾嘉时期最早的久任边地的蒙古文士。弟子张翯、孟邵皆出国栋之门，连捷翰林，青云直上。自然与国栋交游甚密。李调元《雨村诗话》："云浦官蓬溪令，入乡试闱，成都张翯、中江孟邵皆出其门。连捷

---

① （清）吴龙见：《薜帷诗钞》，《清代诗文集汇编》第275册，上海古籍出版社2010年版。
② （清）法式善：《八旗诗话》，稿本。

翰林。"① 张鷟，字鹤林，成都人。乾隆25年（1760）庚辰科进士。官翰林院检讨。孟邵（1734—1814），字少逸，号鹭洲，晚年又自号蝶叟，德阳市中江县南山乡人。乾隆25年（1760）庚辰科进士，选翰林院庶吉士。历官刑部山西司主事、安徽司员外郎、山东道监察御史、工科给事中、礼科给事中、光禄寺卿、大理寺卿等，著有《蝶叟集》。

国栋与国梁、戴亨、任次琬等交谊甚密，多酬唱赠答之作。国梁，字隆吉，一字丹中，号笠民，榜名纳国栋，奉敕改今名，氏哈达纳喇，满洲正黄旗人。乾隆丁巳（1737）进士，散馆改隶部主事。官至贵州粮驿道。弟国柱，孙玉麟。有《澄悦堂集》。法式善载："国梁，字丹中，号笠民。榜名纳国栋，奉敕改今名，满洲人。乾隆丁巳进士，改庶吉士，散馆改主事，官贵州粮驿道，有《澄悦堂集》，胎息少陵，五七言古尤得苏氏家风，孙祭酒玉麟谋刻以传。"② 戴亨，字通乾，号遂堂，沈阳人，原籍钱塘。康熙60年（1721）进士。官山东齐河县知县，以抗直忤上官，解组去。寄居京师，家益贫，晏如也。为人笃于至性，不轻然诺，夙敦风义。其诗宗杜少陵，上溯汉、魏，卓然名家，有《庆芝堂诗集》。曾有赠答国栋三首诗歌：《国云浦栋来自辽东已四日矣不我肯顾郁思曷申欲往从之复愁道左聊述短章用达鄙意》："客往辽东去，关山阻修越。客从辽东来，奚囊贮冰雪。见君诵君诗，兼之释饥渴。胡为不我顾，今我增愁结。我有一尊酒，足慰风尘客。思欲携致之，歧路愁行迹。既驾情已驰，徘徊复回辙。"《和云浦送春之作》："浮生若梦寐，能得几时好。况我年就衰，蜗居怅枯槁。户外春忽来，欣然见庭草。选胜携芳尊，花间坐闻鸟。结念方未申，春去一何早。韶华虽久留，百年亦易老。一觞聊自吟，念之伤怀抱。"《送国云浦栋之蓬溪县任》云："男儿报伟志，富贵非所希。因循竟无成，日暮伤路歧。赖有青云交，时吐胸中奇。今复去万里，再见知何时。高馆列绮筵，纷纶进华祠。临觞不能饮，默坐含酸悲。年老别离难，况是平生知。东带候明发，宾众出郊畿。行李已戒途，望望情远驰。情驰结中夜，鬓髯见容仪。愿言慎始终，慰我长相思。"③ 三首诗均以汉魏古

---

① （清）铁保辑，赵志辉校点补：《熙朝雅颂集》，辽宁大学出版社1992年版，第1221页。

② （清）法式善著，张寅彭、强迪艺编校：《梧门诗话合校》，凤凰出版社2005年版，第506页。

③ （清）金毓绂主编：《辽海丛书》，辽海书社1985年版，第1181页。

体风格写就，诗中表达的与国栋情谊笃挚，显然是出于至情之人。

国栋族兄国柱，字天峰，博尔济吉特氏，满洲镶黄旗人。生年不详，卒于乾隆32年（1767）。雍正8年（1730），国柱承袭勋，旧佐领。乾隆10年（1745），升副护军参领。13年（1748），调前锋侍卫。14年（1749）升护军参领。15年（1750），调健锐营前锋参领。20年（1755），升陕西靖远协副将。28年（1763），升马兰镇总兵，十月卒于军营。史料中多载其行年，如："国柱，博尔济吉特氏，满洲镶黄旗人。高祖古尔布什，以入山海关击败流寇有功，晋一等子爵，自有传。雍正八年，国柱承袭勋，旧佐领。乾隆六年，授銮仪卫，整仪尉。十年，升副护军参领。十三年，调前锋侍卫。大金川逆酋莎罗奔煽乱，经略讷亲、总督张广泗剿贼无功。上命协办大学士傅恒，暂署川陕总督，经略军务国柱隶焉，累战有功。十四年升护军参领。十五年调健锐营前锋参领。二十年，准噶尔滋扰，随傅恒往剿，在事出力，升陕西靖远协副将。叶尔羌、喀什噶尔不靖，随定边将军兆惠往讨回疆。平，国柱留驻喀什噶尔。二十五年，管解伯得尔噶他拉沁回人赴甘肃，差竣，回抵阿克苏，参赞大臣舒赫德留于阿克苏驻扎。以收复喀什噶尔等城功，下部议叙。二十六年，因获小和卓木霍集占尸首，下部优叙。六月奉派筑伊犁城，事竣，经陕甘总督杨应琚上其功。二十八年，升马兰镇总兵，三十二年二月，丁父忧。时云南缅甸即莽子滋事，上命陕甘总督杨应琚为云贵总督前往剿办，谕曰：国柱原系健锐营翼长，即派伊带领健锐营头队官兵前往云南军营，遇有总兵缺出，酌量补授寻。赏戴花翎，补云南楚雄镇总兵。十月卒于军营。谕曰：总兵国柱前往云南出兵病故，著照福灵安一体，加恩寻。赐祭葬。曾孙裕荣承袭勋旧佐领。"① 其他公私史料中关于国柱记载也颇多，如：国柱，原任马兰镇总兵兼管内务府大臣，调任云南楚姚镇总兵。② 国柱，字天峰，满洲人。官总兵。天峰与石民学士同名。③ 国柱，字天峰，满州人，累官云南临元镇直隶马兰镇总兵。④ 国柱多任武职，但戎马倥偬之间仍不废吟咏。其诗仅存十余首，大多为西域之作，边陲风物毕现笔端。其诗雄

---

① （清）李桓撰：《国朝耆献类征初编》卷287，第18页。
② 顾廷龙：《清代朱卷集成》第99册，成文出版社1992年版，第3页。
③ （清）法式善著，张寅彭、强迪艺编校：《梧门诗话合校》，第517页。
④ （清）铁保辑，赵志辉校点补：《熙朝雅颂集》，辽宁大学出版社1992年版，第1431页。

俊有力，气象开阔，悲慨雄壮。《熙朝雅颂集》中存其《偶成》《伊犁》《洄玛拉克道中》《驻小阳河匝尔作》《哈拉玉噜衮偶成》《伊尔哈里克遣兴》《定边县道中》《春日口占》《启行之日，阊属弁兵追馈于清河客舍，即席赋此示意》《奉调应援偶成》《库车偶成》《呜纳寺道中》《回眺阿尔台》等诗十三首。① 《伊犁》云："万里穷荒地，孤城瀚海间。举头惟见日，过此更无关。朔气横伊水，阴风带雪山。犁庭边事定，壮土唱刀环。"展示了富有边疆特色、雄浑开阔的壮丽风光。《驻小阳河匝尔作》云："千林落叶镇萧骚，万里秋原肃旆旄。望月有怀弹豹弁，缀衣无线绩驼毛。双鱼梦泠书全隔，四海囊空气更豪。闻说前军犹较战，一挥何日奋铅刀。"展现了在艰苦卓绝、音书全断的环境下，军士们奋勇向前、保家卫国的情景。其他诗歌亦雄健有力、慷慨悲壮，都为边塞诗篇的力作。法式善在《梧门诗话》中评价："天峰诗多塞上作，词意苍凉迈往，雅与题称，固不必拘拘步伐，而建轮为橹，自成一队。闻其居台日，颇兴文教，不徒有宣卫之勤，则亦非屑屑以诗为事者，而诗竟可传。"② 亦比较了国柱、国栋兄弟诗歌的不同之处，国柱以骏伟胜，国栋以恬适胜。"国栋……与其兄天峰皆喜为诗，不落人窠臼，亦不傍人门户，可谓豪杰之士。天峰以骏伟胜，云浦以恬适胜，则又其性情不同者。初令蓬溪，人以佛称之。己卯入闱成都，张嵩中、江孟邵皆出其门。山阴陈大濩贺句：'南楼风月思前度，西蜀文章迈等伦'谓此也。"③

乾嘉间的边疆大吏和瑛雅好文学，且能突破民族畛域，与满蒙汉诗人往来频繁，据其唱和诗作审读，交游之人就多达 43 人。计有蒙族 2 人，松筠、法式善；满族 6 人，晋昌、贵庆、德生、和琳、成书、玉德；汉人 35 人，祝德麟、蒋因培、张澍、刘凤诰、章铨、徐长发、吴俊、吴慈鹤、管世铭、庄炘、胡纪谟、蔡必昌、裴振、吴树萱、闻嘉言、于宗瑛、徐立纲、张护、李世杰、谷廷珍、马若虚、孙士毅、秦承恩、林儁、丁阶、陈钟琛、沈琨、项应莲、刘印全、范宝琭、蒋祥墀、严烺、李銮宣、颜检、赵怀玉等。法式善是和瑛同僚朋辈，在自己诗文中屡屡提及和瑛喜舞文弄墨。《寄泰庵和宁方伯》曰："宛转碧幢影，曾来秋水庐。猿啼巴雨外，

---

① （清）铁保辑，赵志辉校点补：《熙朝雅颂集》，第 1431 页。
② （清）法式善著，张寅彭、强迪艺编校：《梧门诗话合校》，第 517 页。
③ （清）法式善著，张寅彭、强迪艺编校：《梧门诗话合校》，第 508 页。

马踏塞云初。酒半休看剑,花间且读书。少年旧狂态,老去可能除。"①嘉庆 7 年(1802),法式善又作《柬和泰庵中丞》:"官职君屡迁,性情知未改。老来愈真率,别久想风彩。忆昔话萧寺,手自调梅醢。酒残日敛山,招呼明月待。得钱便买足,谓竹消鄙猥。招我听寒簧,吟兴清于苴。自君万里行,索居十余载。譬如驾扁舟,天风吹入海。忠信虽自矢,忧惑几濒始。君讵不我念,云峰隔崔嵬。今幸引手便,良药救沉痤。君亦善调摄,勿过恃磈碌。东鲁近邦畿,百司防玩愒。倘欲筹殷阜,曷先起贫馁。大抵饱煖民,中无盗贼在。日对明湖水,豪情增几倍。新诗肯细吟,旧约夫何悔。"② 对和瑛矢志于诗文写作印象极为深刻。

和瑛在西藏时与和琳朝夕唱和,将百余首唱和之作编为《卫藏和声集》。乾隆 59 年(1794),松筠任西藏办事大臣,和瑛时任帮办大臣,二人交往密切,多有唱和。当时,项应莲政事上协助松筠、和瑛,闲暇时和瑛与之唱和。此外,迎来送往间,和瑛还与范宝琼、赵翼内侄刘印全间留有唱和之作,如《范六泉明府燕客乃藏地闰九日也》《怀刘慕陔刺史》等。和瑛任乌鲁木齐都统时,颜检、李銮宣发往乌鲁木齐赎罪,和瑛与他们过从甚密,多有唱和,并在《三州辑略》中收颜检诗歌 27 题之多,收李銮宣 17 题 26 首诗歌。晋昌、玉德都曾途经乌鲁木齐,和瑛与他们诗酒唱和,留下佳篇众多,丰富了边疆诗作与内容,为边疆诗坛的发展做出了较大贡献。

松筠作为乾嘉间的另一位守边蒙古大吏政绩斐然,且边疆任职间与同僚友朋,共谋重修西北地理志,影响深远。祁韵士(1751—1815),山西寿阳人,字鹤皋,又字谐庭;别号筠禄,晚年又号访山,翰林院庶吉士。嘉庆 9 年(1804)因宝泉局亏铜案牵连入狱,嘉庆 12 年(1807),被发配新疆。松筠安排其作"印房章京",请他重新编纂新疆地方史地之书(原山东金乡知县汪廷楷曾编纂过一部新疆地方史地之书),对书稿中的兵屯、镇抚和边防形势等重要部分,松筠亲自审阅厘定,并令城守赓宁绘制地图。祁氏与松筠志趣相投,致力于新疆方志之业。嘉庆 15 年(1810)松筠调任两江总督,感于松筠的恩泽和友谊,祁韵士到江宁为他

---

① (清)法式善:《存素堂诗初集录存》卷 2,第 26 页。
② (清)法式善:《存素堂诗初集录存》卷 13,第 143 页。

"襄理幕务"①。

后徐松谪戍伊犁，恰松筠二次任伊犁将军，命徐松继续完善此书。徐松在疆受到松筠照拂，心存感念，结为挚友。徐回京后，二人亦有交往。震钧《天咫偶闻》载："阮文达刻《皇清经解》初成，遣送公（松筠），才及门，是适徐星伯先生在座，盛称此书之佳。公命从人即将书置之星伯车中，不复取视。且笑谓星伯曰：'并省阁下赠使之资。'其无所凝滞如此。"②徐世昌《大清畿辅先哲传》所言"周历南北二路重加考订"③。道光元年（1821），松筠将徐松的修订本进呈给刚继大统的道光帝，道光帝赐名《钦定新疆识略》。松筠《钦定新疆识略》云："考证地图，非图绘不明，高宗纯皇帝《钦定皇舆西域图志》《钦定河源纪略》，上稽星度，下列土方，山水钩联，道途经纬，提纲挈领，缕析条分，诚足开历代之群疑，垂千秋之信录。今纂辑《新疆识略》，谨首编新疆总图一卷，次北路舆图一卷，南路舆图一卷，伊犁舆图一卷，南北路各城，每城各为一图。伊犁疆域较广，非一图所能尽，特绘总图一，分图四，以期详悉具备，无少遗漏。"④继松筠之后任伊犁将军的晋昌评价："凡山川城郭、土俗夷情、治兵治屯、抚夷镇边之要，莫不井井有条，了如指掌，允为任斯土者，所当奉为圭臬也。"⑤继之，徐松受松筠之命考察新疆各地，历时两三年，行程一万五六千里，为后人留下了《西域水道记》这一传世佳作。后人评价此书有五善：补阙、实用、利涉、多文、辨伪，是一部研究新疆历史地理的重要著作。

松筠曾于嘉庆3年（1798）撰写完成《西招图略》，详细阐述其治理藏地的策略，并绘图以释。道光27年（1847），《西招图略》再版，王师道为其撰《重刻序》，云："湘圃相国特膺兹任，上体天子之恩，下悉卫藏之情，著有《西招图略》一书，分为二十八条，绘以图说，于山川形势，番汉兵卡，令人开卷了然。而前招后招性情之殊，抚驭之法，练习之

---

① 参见杨建新主编《古西行记选注》，宁夏人民出版社1996年版，第383—385页。
② （清）震钧：《天咫偶闻》，北京古籍出版社1982年版，第52页。
③ 徐世昌：《大清畿辅先哲传》，民国刻本。
④ （清）松筠：《钦定新疆识略·凡例》，北京大学图书馆藏道光年间刊本。
⑤ （清）晋昌：《钦定新疆识略叙》，（清）松筠：《钦定新疆识略》，北京大学图书馆藏道光年间刊本。

方，缕晰（析，笔者按）条分，尤为切中。……余读其书想见大君子作用非必有奇策异能也，严以律己，恩以待人，虽在蛮夷，亦知感知畏矣。"① 后《西招图略》被收入《皇朝藩属舆地丛书》中，光绪29年（1903）由上海文瑞楼石印重刻刊行。

松筠勤于政务，受到时人赞誉。和瑛有《巡阿克苏城有怀松湘浦将军》："穆苏南北望崚嶒，圣德如天信可凭。岂有含沙能射影，由来误笔偶成蝇。筹边自用驱山铎，涉世须燃昭魅灯。安得比邱识六法，口风吹散雪严冰。"② 亦有诗《寄别湘浦将军瘦石参赞四首》："郭李同声世所罕，守边叔子唯轻缓。古贤志在推车行，别赠一言胜扑满。""穆苏天畔玉壶清，雅尔山头夏雪明。最是名场添故事，夕阳多处可吾城。""风恬月出无偏侧，坐镇香牛通默克。漫道壶中日月长，光阴试看磨人墨。""检点巾箱正及瓜，归心勿勿过龙沙。何当力挽沧浪水，浇遍西濛旌节花。"③ 和瑛与松筠俱是蒙古族，且是戍守边疆的朝廷重臣。二人相知可谓深厚。

松筠任职边疆，以诚待人，亦以诗会友。松筠常与陈寅、杨廷理、舒其绍、汪廷楷等人唱和。陈寅（1740—1814），字心田，浙江海宁人。乾隆36年（1771）举人，嘉庆5年（1800）以憨直忤上官被系于狱，最终被流放新疆伊犁，在塞外生活长达十五年之久，与松筠相识成友。著有《向日堂诗集》。陈寅曰："将军待士推至诚。"亦有诗《读松湘浦沙火锅诗步韵》云："雪窖新逢笔下春，宫斋每饭念同伦。田家器用存风厚，天府甄陶布化醇。一席分甘怜弃士，三军食德感仁人。边庭锜釜今方裕，鼓腹高歌共葆真。"④（另诗《和仰亭应松湘浦将军赋沙火锅韵》亦为此意）松筠为陈寅诗集《向日堂诗集》作序："嘉庆年间余帅伊江，得识陈心田大令，见其悃愊无华，性情醇朴，意必淹贯之士。既而以诗相投赠，果雍容儒雅，有淳古之风，尤讶其作于塞上而宽和博大如此，自非品诣之高，学术之笃，乌能臻斯境耶。"⑤

---

① （清）王师道：《重刻〈西招图略〉序》，西藏人民出版社1982年版，第12页。
② 米彦青主编：《清中期蒙古族诗集》（上），内蒙古大学出版社2017年版，第214页。
③ 米彦青主编：《清中期蒙古族诗集》（上），第215页。
④ （清）陈寅：《向日堂诗集》，《清代诗文集汇编》第398册，上海古籍出版社2010年版，第688、679页。
⑤ （清）陈寅：《向日堂诗集》，《清代诗文集汇编》第398册，第482页。

松筠宦海沉浮，然始终秉公刚直，受人敬仰。杨锺羲《雪桥诗话》载："武进管孝逸大令绳莱《咏史》诗：'屡抗匡衡疏，难容汲黯狂。凭迁右丞相，来逐左贤王。垂老星关外，回心玉殿旁。旄牦犹坐镇，终竟胜投荒。''前时妄男子，带剑入龙华。遂有封谞祸，徒深伍被嗟。上林搜十日，左辅逮千家。穷治原无贷，恩须一本加。''桂观初兴役，飞廉又将仙。疱入宣室宴，帐子水衡钱，减膳书频下，宵衣度不愆。何堪清史上，曼倩有文传。'盖为玛拉特文清公作也。"[1]

乾嘉时期是清朝政治、经济繁荣时期，"康乾盛世"余响犹存，文化事业也因此呈现繁茂景象。中华民族文学书写的图像在这一时期达到顶峰，各族文人往来唱和、诗学考辨融合并存。透过这一时期的蒙古族诗人的交游考述，可管窥此种情态之一端。

第三节　乾嘉时期蒙古族诗人著作流播考述

诗人能够留名于后世，诗集的留存是必要条件。故此，本章所论乾嘉诗坛的7位蒙古族诗人，都长于诗歌创作，娴习文史，而且，幸运的是，他们都有诗集留存。故此，本节拟通过对他们作品的流播考述，来看蒙古族诗人创作于当时诗坛的影响及对清代诗歌史的贡献。

一　乾嘉京师诗人著作流播考述

博明聪颖好学，兼善文史，娴习经史、诗文、书画、艺术、马步射、翻译、图书源流，以及蒙古文、唐古忒文。著有《西斋偶得》三卷，《凤城琐录》一卷，重编《蒙古世系谱》五卷。另有一部《祀典录要》，未经刊刻，以钞本形式得以著录。诗集《西斋诗辑遗》三卷，国内多家图书馆存嘉庆6年（1801）刻本。《西斋诗草》不分卷，仅国家图书馆有存。博明传世诗作近二百首。

博明《西斋诗辑遗》三卷由外孙穆彰阿刊于嘉庆6年（1801）。《西斋诗辑遗》三卷既不分体，也无时序，卷一第一首诗《赠讲书诸生》作

---

[1] （清）杨锺羲撰，雷恩海、姜朝晖校点：《雪桥诗话全编》（二）卷7，北京古籍出版社1991年版，第1266页。

于离京就外任之前，时为乾隆 28 年（1763），而同卷之《赠讲书诸生三叠前韵》则作于 34 年己丑（1769）。诗集收诗一百数十首，外任之后所作居多。博明志耽风雅三十余年，其诗绝不止于此，史料记载言之凿凿。穆彰阿曾为其诗文集撰序，序言："昨又于先生敝箧中得待刊诗文若干卷，郭景纯之碎锦依旧斑斓，李义山之烂襦并无割裂。"① 法式善《八旗诗话》也说："惜缣素零散，古刹墙壁间尚有存者。余采诗话，载壬午典试粤东咏古四首，略见一斑而已。"其《梧门诗话》又称："晰斋观察博明亡后诗多散佚，余访之而未得也。"《西斋诗辑遗》编成待梓时，翁方纲为之题有七绝，云："艺苑蜚声四十年，凄凉胜草拾南天。玉河桥水柯亭绿，多少琼瑶未得传。"点明此辑遗乃凄凉胜草，其未得流传的佳篇正复良多。以《西斋诗辑遗》名集，谓其不全也。

自嘉庆初迄清末，许多重要的诗文集均收录博明诗作。《熙朝雅颂集》（一百六卷）收其诗二十七首，铁保辑《白山诗介》（十卷）收其诗四首，符葆森《国朝正雅集》（九十九卷）收其诗一首，徐世昌的《晚晴簃诗汇》（二百卷）收其诗两首，钱仲联《清诗纪事》收其诗三首。除《西斋诗辑遗》中收录的作品外，《钦定千叟宴诗三十卷》收博明恭和御制诗一首，可做补遗。

乾隆 28 年（1763），博明年四十三，在例行的官员考核中位列二等，不久以洗马出守广西庆远府，凡九年。后典郡柳州。博明在柳州曾作《舆人言》《勘灾柳郡纪事》等四首。② 乾隆 33 年（1768），博明自腾越赴滇城襄赞试事。其《赴会城襄试事纪行仍次前韵》一诗载："嗟予七载离长安，雒粤荒城甘闃寂。簿书堆案吏奔走，故我情怀了莫觅。短衣瘦马来滇南，都护牙门听鼓笛"③。乾隆 37 年（1772），博明平调至云南，任云南迤西道。④ 在云南迤西道任上，博明曾参加缅甸的军事行动。任职云南期间，博明诗作较多。《西斋诗辑遗》和《西斋诗草》中留下了 18 篇描绘云南各地风物及军事战斗的诗篇。如描写滇城荒僻、战事激烈场面的诗篇：《会垣即事》《赴会城襄试事纪行仍次前韵》等；描写云南各地美景

---

① （清）穆彰阿：《西斋诗辑遗·序》，（清）博明：《西斋诗辑遗》，嘉庆 6 年（1801）刻本。
② （清）博明：《西斋诗辑遗》卷 3。
③ （清）博明：《西斋诗辑遗》卷 3。
④ 《清高宗纯皇帝实录》卷 846，《清实录》第 19 册，第 335 页。

的诗篇:《大理四咏》之风、花、雪、月,《泛舟洱海》《丽江杂诗》等;以及描写名胜古寺的诗篇:《游三塔寺》《游感通寺是日大风》等。① 其中,会城、昆明、大理、丽江、普洱、洱海、邓州、三塔寺、感通寺、西山皆为云南名胜景点。这些诗篇对于了解当时云南的风景名胜以及风土人情非常重要,既是抒情诗作,也是珍贵的文学史料。

乾隆50年(1785)正月,博明年六十五,时逢高宗御极五十年,复得元孙,朝廷在大内举行千叟宴,博明与宴,并作恭和御制诗一首。杨锺羲《雪桥诗话》载:"乾隆乙巳,高宗御极五十年,复得元孙,新正六日,于乾清宫重循盛典,宴席以品级班列,凡八百宴,预宴者三千人,视康熙间千叟宴,数逾三倍。"② 又载其诗:"博晰斋千叟宴纪恩诗恭和御制元韵云:'令入新春景物妍,卿云氤漫绕琼筵。羲轮正值中天日,尧朔重符大衍年。五世仙源嘉庆集,两朝盛世赏恩延。功成治定箕畴叶,史册从来孰比肩。暖日晴风节序妍,珠兰玉戺设芳筵。瑞逢虞帝呈图世,典重周王宴镐年。擒藻辉煌千载丽,湛恩汪岁万万延。须知薄海原同庆,属国耆臣坐并肩。法部声容极态妍,觩羊文鹿列长筵。温纶遍锡三千席,异数亲觞大耋年。彩绮光华縢束缚,紫貂深厚贯联延。更怜老骨须鸠杖,许傍烟霞倚瘦门。自惭衰质逊霜妍,旷典欣逢拜绮筵。得沐隆恩传后嗣,曾闻仙律愧当年。余生事事蒙亭育,寸念时时矢祝延。目眩奎光惊未定,几回濡墨耸双肩。' 是诗乾隆五十年乙巳作也。"③ 按:《钦定千叟宴诗三十卷》卷十二亦载其诗:"职司掌庚效持筹,自愧涓埃未得酬。屡庆丰年颂多稼,更陪广宴饫群羞。上尊醇胜仙家酝,百品珍逾罗氏鸠。湛露恩深还忆昔,簪豪曾到凤池头。"④ 首句自注:"臣现任仓监督"。而此诗未辑录于《西斋诗辑遗》三卷中,可做补遗。

博明的诗歌创作内容颇为丰富,在朝或在地方任职时或追慕王事、讲筵翰苑,或咏史怀古、鉴赏文物,或酬答友朋,游历山水,均入其笔下。《赋得鸭绿平堤湖水明》《舟行观雨》《游三塔寺》《泛舟洱海》《柳侯祠》《谏议词》等皆为此作代表。亦有少量反映社会现实、劳动

---

① (清)博明:《西斋诗辑遗》卷3。
② (清)杨锺羲撰,刘承幹参校:《雪桥诗话》卷9,第441页。
③ (清)杨锺羲撰,刘承幹参校:《雪桥诗话》卷9,第441页。
④ 《钦定千叟宴诗》卷12,乾隆50年(1785)刻本。

人民生活疾苦之篇章。《舆人言》《游感通寺是日大风》《勘灾柳郡纪事》四首是其代表。诗文亦如其人，黜华崇实，质而弥永。就诗歌体式而言，博明兼擅诸体。乐府诗有《天井山歌》《大观帖歌为柳城倪明府作并序》诸篇。五古、七古占有一定比例，五律、七律尤多。博明亦从民歌中吸取养料，《永昌竹枝词》《庐阳竹枝词》均为代表之作。博明是乾嘉蒙古族诗人中唯一写作竹枝词的诗人，可见其擅于从民歌中汲取艺术养分。博明写诗好用叠词，如《代楚帆题苏虚谷册子》一诗言："吾党之乐止此耳，泮水洋洋清且美。"《赋得鸭绿平堤湖水明》一诗言："澹澹青连草，涓涓碧泻油。"《天井山歌》亦有言："青山巍巍水溶溶"，叠词的运用使得意象表达准确，诗歌音律和谐，富于艺术魅力。博明诗篇中有关"酒"和"隐士"之意象多次出现。如《丙午九日登万柳塘限江字同乐槐亭赋》载："莫负清秋好节序，倚栏且覆酒瓢双。"《古垆》一诗言："兽炭初红人薄醉，黄庭一卷坐寒宵。"《万柳塘修禊图》一诗言："年君与我年虽老，酒兴诗怀未草草。"博明不仅性嗜酒，爱书卷；亦善观察生活，恋山水之美，享田园之乐，各地山水风物、花草果蔬皆入其笔。如《水仙》《美人蕉》《红梅》《朱榴》《夹竹桃》《莲藕》《青璞石》《如意》《棋》《佛手》《月》《络山》《温泉》等皆有所写。《重九日登北门楼分韵》言："嗟予十载守乡里，山水之癖同嗜痂。"《黄芽松菜》一诗言："畦田绿玉种初肥，香稻南烹恰早饥。"则写出躬耕之乐。

博明尊慕古贤，尤为推崇东晋名士陶渊明，亦常寄情于山水、田园、诗酒之中，不同流俗，任真自得。好谈禅理，亦慕隐逸之风，尤擅辩证思考，脱颖不群。博明诗《赋得人淡如菊》有言："千古诗家称独绝，南山把酒酹陶君。"《菊花》言："千古陶君独清绝，瓣香拜手借垆薰。"《宋约斋斋头盆梅八月放花索赋》言："雪后南村香粉质，东篱载酒醉花时。"《长歌祝乐槐亭六十》："君不见，晋徵士，归来三径抚松菊，瓶内无酒琴无弦。"《乙巳九日同乐槐亭宝藏寺登高和壁上韵》："一官自系同鸡肋，惭愧东篱采菊情。"可见，博明多次借诗以表明心志，向往采菊东篱、饮酒作诗的高洁淡泊的生活。此外，黔娄、陶贞白等隐士亦在博明诗文中出现，《八月十三日卧病会城书寄内子是日为内子诞日》言："事事黔娄休再问，输他荆布老农桑。"《戊申首夏乐槐亭初度》亦言："高情合是陶贞白，坐阅沧桑远世情。"《闻道》一诗言："藕红衫子芰裳清，却扇回身几度经。"博明尊慕隐士之高洁,不同流俗。

　　博明好谈禅理,儒佛道思想深入人心,见地深刻。《题槐亭行乐卷於》一诗言:"章缝其貌则为儒,超悟其心则为禅,萧散其迹则为仙。"《长歌祝乐槐亭六十》一诗言:"我为长歌介君寿,无庸说偈及谈禅。"《秋日七宁斋小轩招饮和嵇剑川李宾川韵》一诗言:"病后维摩闭户居,几回引镜讶非予。鬓丝禅榻归来后,独坐寒宵自忏除。"《题槐亭小艇人三个长桥水一湾图》亦言:"善以诗道通于禅,一言遂尔契妙言。"亦有诗篇反映了博明辩证的思维观。如"澡身进修功,洗心退藏迹"(《温泉》),强调进退之心态;"动静漫无著,虚空劳想像"(《无题》),指出动静之观点;"无动以为动,非住得常住"(《游感通寺是日大风》),品味有无相生之理。

　　博明为官三十年,不善钻营,故屡遭贬放,所谓"从政少疏通","几度获咎遭"(《邵楚帆武部五十生日》)。"宦途半作浮槎计"(《放舟》)即为诗人自身写照。《赠屠太和雁湖》曾有言:"论士于今日,存心贵以真。义言为大勇,拙政是深仁。"《赋得三复白圭》载:"乃知君子德,素履自常完。"《赠讲书请生》:"谈经久矢三冬足,课士须知六艺先。名教昭垂尊往圣,风流政跡愧前贤。"鞭策诸生勤勉读书,学习先贤,尚君子之德行。博明仕途坎坷,升沉频仍,中年以后南北奔波,诗中常提及家乡而难掩思念故园之情。《八月十三日卧病会城书寄内子是日为内子诞日》:"客里离家犹作客,愁中多病转生愁……宦情世事两茫茫,回首天涯是故乡。青镜同悲双鬓老,轻衫我愧少年狂。"《和嵇兰谷夜坐偶成韵》一诗言:"明月三秋迥,乡心万里看。"《赋得牧童遥指杏花村》亦言:"尽醉销乡梦,何须重怆神。""乡梦"一词多次提及,情真意切。晚年,博明疾病缠身,生活愈加清贫。《旧研》言:"数卷硬黄临榻遍,纸窗竹几未为贫。"《题槐亭戴笠图》言:"于今白发将垂耳,瘦骨方瞳近老资。"《万柳塘修禊图》言:"万里归来我病贫,卅年困守君侗傥。"《偶作》一诗言:"强将老骨自支持,莫怪逢人问是谁……病肠索寞慵耽酒,拙宦萧条懒赋诗。"《乙巳九日同乐槐亭宝藏寺登高和壁上韵》亦言:"六十衰颜太瘦生……扶病题襟怯远行。老骨几鏊秋气健,壮心欲傍暮云横。"《藤阴杂记》载:"博晰斋明……老年颓放,布衫草笠,徙倚城东,醉辄题诗于僧舍酒楼,洒如也。人有叩其姓氏者,答云:'八千里外曾观察,三十年前是翰林。'又云：'一十五科前进士，八千里外旧监司。'"① 博明亦关心黎民疾苦，其诗《舆人言》自序云："粤地万山悬焉，一迳蛇行于中，不惟无车，更无骑。赤足与夫蹶于石罅水涯，时闻其号，此不第劳者之歌也。作与人言八章。"杨锺羲将《舆人言》录入《雪桥诗话》，评价其："郡县劳人之职，公事刺促，不遑宁处，有不能为性命缓须臾者，岂第为舆人言哉！"② 博明《赋得麦浪》一诗亦言："仲夏祈年早，迎秋报熟先。"祈盼农人丰收。

除了赋诗表达心志排忧解愁之外，博明还通于文史。溥儒、杨璐《白带山志》载博明为西域寺所作之碑文："西域寺，为房山大刹，僧众云集，每岁游者接踵，春秋时犹多。好佛者因作赛会，鸠资作供帐，余以施僧，游者颇乐从之。旧有䴒会，盖施䴒斋僧者，至是准每岁䴒资置地若干，以为永远计。夫一念之善，常人之所易也，至于笃深不懈，计划深远，俾其施常流而弗竭若兹者，虽君子以为难。嗟乎！使其移此力而行之，其于吾儒周急之义，又岂有愧哉！"③ 法式善《八旗诗话》有言："博明……记通绝人，生平所历山川人物，以及一言一动，隔数十年纤缕不遗。于朝廷掌故，世家大族谱系尤能口授指划，条分析析，真一代行秘书也。"④ 谭献曾为光绪26年（1900）刻行的《西斋偶得》撰写序文："蒙古西斋兵部先生，夙官禁近，揽柱下之藏万卷研求，学有心得，随笔纂录。掌故舆地，经典之纲要，援古证今，无游移傅会之陋说。学人也与，史才也与。"这样的评价是中肯的。《西斋偶得》全文卷上所收《状元》条写于乾隆36年（1771），而收在卷下《外国纪年》条谈及乾隆53年（1788）之事，可推知，博明写作时间历时十七年之久。嘉庆6年（1801）广泰据邵楚帆净写本连同《凤城琐录》合刻于广陵节署，是为《西斋杂著二种》，翁方纲序之。《凤城琐录》一卷，约八千七百字，撰于乾隆42年（1777），适时博明于凤凰城任职。博明自序云："凤凰城僻在东南边门，在凤凰城东南其地形山水，即沈城人多不知况，都中乎官其地

---

① （清）戴璐：《藤阴杂记》卷6，北京古籍出版社1982年版，第59页。
② （清）杨锺羲撰，刘承干参校：《雪桥诗话》卷6，北京古籍出版社1989年版，第291页。
③ （清）溥儒辑，杨璐校点：《白带山志》，中国书店1989年版，第145—146页。
④ （清）法式善著，张寅彭、强迪艺编校：《梧门诗话合校·八旗诗话》，凤凰出版社2005年版，第512页。

者率无笔载,居人亦鲜读书。好事者轶事恐久而胥湮也,予于强圉作噩之春仲抵任,即询访故迹,惜无知之者,求什一于千百,浸录成帙,半皆琐细,用备考核。朝鲜贡员亦时相过访,并问其国中典故,亦间有所得,集其语附焉。""琐录所记皆辽东及朝鲜故实,涉及该区社会、经济、文化以及清廷与朝鲜关系等诸多方面,并附有《朝鲜轶事》《朝鲜世系考》,是研究东北少数民族的珍贵历史资料。"① 光绪26年(1900),杨锺羲重刻《西斋偶得》于杭州,谭献为之序。"《西斋偶得》属笔记杂录,分卷上、卷中、卷下三卷、九十六条。内容包括天文、地理、器物、人事、史考、饮食、音乐、文学艺术等,涉猎广博,见地深刻。"②《凤城琐录》除清嘉庆6年(1801)刻本外,尚有《辽海丛书》本和民国30年(1941)抄本行世,中外学者咸珍视之。博明还对《蒙古世系谱》重事删略,辑为五卷。"博明在卷一、卷二前缀以案语,对蒙古起源于吐蕃、天竺说予以有力的驳斥。他身为清廷儒臣,却不投清廷所好,甘冒忤逆之嫌,学而致用于辨证史籍,诚为难能可贵。"③ 恩华《八旗艺文编目》载有博明的另一著作《祀典录要》,"手抄本,满洲博明著。"④

  作为一位文史博通的诗人,学界对博明的研究较为充分,但对同时期的景文,则知之甚少。

  景文著有《抱筠亭集》,收诗198首,刻于嘉庆3年(1798),故宫博物院图书馆现藏有该刻本。诗前有弥甥丰绅伊绵和丰绅殷德同序,如序中言"自古诗人必与酒为缘"⑤,景文擅吟好饮,喜欢交结友朋。诗后附丰绅伊绵6首挽词,丰绅殷德4首挽词。丰绅伊绵挽词以绝句形式写就,丰绅殷德挽词以七律形式写就。二人诗中多有句注,如丰绅伊绵云:"舅祖一生潇洒旷达为怀,石庵先生为赠书斋对联曰:天上两丸忙日月,人间一个散神仙。"丰绅殷德云:"舅祖生平忠厚,而身后惟余两女,皆尚未字,天之报施善人,其何如哉,""舅祖好客,每游西山名胜则饮酒赋诗,

---

① 荣苏赫、赵永铣主编:《蒙古族文学史》卷2,内蒙古人民出版社2000年版,第735页。
② 荣苏赫、赵永铣主编:《蒙古族文学史》卷2,第733页。
③ 荣苏赫、赵永铣主编:《蒙古族文学史》卷2,第736页。
④ (清)恩华著,关纪新整理点校:《八旗艺文编目》,辽宁民族出版社2006年版,第59页。
⑤ (清)丰绅伊绵、丰绅殷德:《〈抱筠亭集〉序》,(清)景文:《抱筠亭集》,嘉庆3年(1798)刻本。

以及丝□博弈之事，必与客俱。所作诗歌多散落，家蓼村兄为哀集登诸梨枣，残篇断简，仅存百余首耳"，等等。这些对学界了解景文个性生平极有帮助。

法式善《八旗诗话》①、恩华《八旗艺文编目》② 等著作都提到了景文的《抱筠亭集》。云广英《清代蒙古族人物传记资料索引》③，王叔磐、孙玉溱《古代蒙古族汉文诗选》④，荣苏赫、赵永铣《蒙古族文学史》⑤ 也有记载。

按：云广英编著的《清代蒙古族人物传记资料索引》里记载："【景文】字彦修，一字虚舟，伍弥氏，蒙古正黄旗人。嘉庆元年，袭父伍弥泰三等伯爵。官至冠军使，驻藏大臣。著有《抱筠亭集》《景文驻藏奏稿》。"⑥《景文驻藏奏稿》收录于章伯锋编《清代各地将军都统大臣等年表1796—1911》："景纹咸十，库车。驻藏。"⑦，这里的"景纹"并非乾隆年间的伍弥泰之子景文，而是咸丰十年（1860）的驻藏大臣景纹，云广英编著的《清代蒙古族人物传记资料索引》收录有讹。赵相璧《历代蒙古族著作家述略》中也有同样记录："景文，字彦修，一字虚舟，蒙古族，他成年后，袭封伯，累官至冠军使。……除此之外，他还著有《景文驻藏奏稿》四卷，附录一卷。"⑧ 这里提到的《景文驻藏奏稿》⑨ 同样是咸丰同治年间的驻藏大臣景纹。

景文诗作诸体兼备，尤以近体诗为多，集中多酬唱诗、纪游诗，值得注意的是，还存有12首悼亡诗。与乾嘉时期的其他京师诗人一样，景文暇时常至京师景观处优游并记录出行，如《雨中行圆明园道上》《九日戒

---

① （清）法式善著，张寅彭、强迪艺编校：《梧门诗话合校·八旗诗话》。
② （清）恩华：《八旗艺文编目》，第127页。
③ 云广英编著：《清代蒙古族人物传记资料索引》，内蒙古大学出版社1998年版，第221页。
④ 王叔磐、孙玉溱：《古代蒙古族汉文诗选》，内蒙古人民出版社1984年版，第311、312、313页。
⑤ 荣苏赫、赵永铣主编：《蒙古族文学史》卷2，第773页。
⑥ 云广英总著：《清代蒙古族人物传记资料索引》，第221页。
⑦ 章伯锋编：《清代各地将军都统大臣等年表1796—1911》（人名录），中华书局1977年版，第255页。
⑧ 赵相璧：《历代蒙古族著作家述略》，内蒙古人民出版社1990年版，第102页。
⑨ 吴丰培编：《景纹驻藏奏稿》，四川民族出版社1986年版。

台作》《香界寺》《龙泉庵》《宿龙泉庵听雨》等都是此种景观之作。

梦麟较博明年少十岁，但中进士却早其七年，可谓少年得志。梦麟才华、能力出众，不仅表现在政途上，诗歌创作成就也有目共睹。诗作共结为五个诗集，即《梦喜堂诗》《大谷山堂集》《嵩云集》《行余堂诗》《红梨斋集》，其中《梦喜堂诗》《大谷山堂集》为刻本，余为钞本，未能传世。梦麟诗集《大谷山堂集》的编定、流传等，著者已有详细考证。"关于梦麟的诗集，最早见于《八旗通志》的著录，名曰《大谷山堂集》，刻于乾隆年间。原刻本无序跋文。持之与刘承干刊刻于民国戊午（1918）仲冬的《大谷山堂集》六卷加以比勘，三百多首诗的排序无异，唯刘氏刊本卷首有沈德潜序，次刘承干序，此本无之。沈序撰于乾隆19年（1754），当时梦麟由户部侍郎提督江苏学政。《国朝诗别裁集》是沈德潜选的诗歌总集，卷二十九收梦麟诗七首，小传后附以评语，云：'乐府宗汉人，五古宗三谢，七古宗杜韩，虽不能至，心向往之，不必议其不醇也，今日台阁中无逾此者。倘天假以年，乌容量其所到。'从沈氏评语看，编别裁集时梦麟已去世。小传，评语都未提到梦麟的诗集。嘉庆初，蒙古族诗人法式善在《八旗诗话》中较详细地记述了《大谷山堂集》的版本情况：'初刻为《梦喜堂诗》，又总《石鼎》《乙览》《南行》《入吴》诸集为《大谷山堂集》。皆门下士某某书，一仿钟绍京，一仿李北海，书刊之精，在本朝新城王文简、泽州陈文贞诗（私）集外，罕有伦比。'王昶是梦麟癸酉典试江南时甄拔的名士，他在《户部侍郎署翰林院掌院学士梦公神道碑》中也谈及梦麟的才华和创作的流传，谓梦麟'自少以能诗名，后益浸淫于汉魏六朝暨唐宋元明各大家，萧闲清远之皆与感激豪宕之气并发于行墨，四方才俊揽其所作无不色变却步。初著有《行余堂诗》，入词馆有《红梨斋集》，在江苏删为《梦喜堂集》，后为《大谷山堂集》六卷。长洲吴泰来刻之，行于世'。法式善与梦麟相去未远，又曾奉校八旗诗人诗作，见到《大谷山堂集》，并为之题诗一首，理应知之甚确。今检二种。未署刻本抑或抄本，亦未标明卷数。王昶又出于诗人门下，情谊醇挚，且曾恭聆诗教，于诗人创作必有较翔实的了解。根据上述文献记载，我们可知梦麟诗作前后结为五个集子，刻行的有《梦喜堂诗》《大谷山堂

第二章 清初乾嘉诗坛的蒙古族汉诗创作

集》二种，余皆为抄本。"①《大谷山堂集》收诗三百二十八首，加《梦喜堂诗》不存的二十八首。梦麟共存诗三百五十六首。

梦麟虽年寿短暂，但才学早显，同时代或后世人对他的诗歌风格或其才学评价颇多。沈德潜《清诗别裁集》："梦麟，字文子，蒙古人，乾隆乙丑进士，官至工部侍郎。乐府宗汉人，五古宗三谢，七古宗杜韩，虽不能至，心向往之，不必议其不醇也。近日台阁中，无逾作者，倘天假以年，乌容量其所到。"②王昶《蒲褐山房诗话》："（梦麟）先生乐府，力追汉魏；五言古诗，取则盛唐，兼宗工部；七言古诗，于李杜韩苏，无所不傚，无所不工，风驰电掣，海立云垂，正如项王救赵，呼声动地，又如昆阳夜战，雷雨交惊。"③李桓《国朝耆献类征初编》："午塘先生未弱冠而入词垣，未三十而跻入座，且屡掌文衡，进参枢务。而其为诗，五言则萧寥澄旷，七言多激楚苍凉，方处春华之时，已造秋实之境，概得于天分，非人力所能与也。"④钱林《文献徵存录》："梦麟，字文子，又字谢山，蒙古人，乾隆十年进士，官至工部侍郎。沈德潜曰：文子，乐府宗汉人，五言古宗三谢，七言古宗杜韩，虽不能至，心向往之，不必议其不醇也。近日台阁中，无逾作者，傥天假以年，乌能量其所到。"⑤李元度《国朝先正事略》："梦麟，字文子，蒙古人，乾隆十年进士，官至工部侍郎。工诗，乐府宗汉人，五言古宗三谢，七言古诗宗杜韩，皆能具体。一时台阁中无出其右者，惜早世，未竟其才。"⑥阮葵生《茶余客话》："近日称诗者，推沈宗伯、梦司空两家。沈以江南老诸生，白首遇主，七十成名，十年之中致身卿贰。归田后存问锡赉，恩礼日隆，寿且百龄，而精神尚轻健不衰。近代文人之福，鲜有及者。梦以韦、杜之胄，具班、马之才，十八入翰林，二十三官国师，二十四跻八座，衔命乘传，载咏皇华，三十一而终，其福命何相殊耶？然两家诗具在，一以人胜，一以天

---

① 米彦青：《接受与书写：唐诗与清代蒙古族汉语韵文创作》，中国社会科学出版社2014年版，第52页。
② （清）沈德潜：《清诗别裁集》卷29，乾隆25年（1760）教忠堂刻本，第608页。
③ （清）王昶：《蒲褐山房诗话》，稿本，第21页。
④ （清）李桓辑：《国朝耆献类征初编七十三》卷403，第25页。
⑤ （清）钱林：《文献征存录》卷10，第468页。
⑥ （清）李元度：《国朝先正事略》卷43，第842页。

胜。人胜者可学而至，天胜者不可学而能也。"① 将梦麟的诗歌才华与沈德潜相提并论，在对比沈德潜与梦麟际遇后，认为沈德潜是人才，梦麟则是天才。

梦麟诗歌内容广泛，沈德潜在《大谷山堂集》序文中做了较详细概括："诗凡若干卷，皆奉使于役，经中州江左，成于登临校士余者，凭吊古迹，悲闵哀鸿，勖励德造，惓惓三致意焉。准之六义，比兴居多，盖得乎风人之旨矣。至平日歌天宝，咏清庙，矢音卷阿，铺张宏休，扬厉伟绩，应有与雅颂相表里者，而此犹九川之一隅也。"② 诗歌题材广泛：反映民生疾苦，凭吊古迹，抒写个人情怀及政治抱负，描写山水风光与军旅行役等。诗学思想鲜明：崇尚"温柔敦厚"的诗教理论。诗歌艺术风格多样，或豪宕，或质直，或沉郁，或清新。

梦麟一生追求接济天下，创作诸多关注苍生同情民瘼的现实主义佳作，如《沁河涨》《河决行》《悲泥涂》《哀临淮》《舆人哭》《嶅阳夜大风雪歌》等。呈现出生活于"乾隆盛世"的劳工、舆夫等疲于奔命，朝不保夕的众生世相图。梦麟身为显宦，但他的诗作却能换位思考，从百姓角度出发，声讨贪官污吏，关注百姓生计。他的这种民本思想极为难能可贵。梦麟作有诸多历史遗迹为题材之诗歌。咏史怀人，歌颂先贤气节高尚、功勋卓著。感慨兴亡，发思古之幽情。如《汤阴岳忠武祠》其一、其三，《比干墓》《胥门伍胥祠》《艮岳》等。梦麟诗中自述："我本爱山兼爱云，爱其纡回参错无相倾。"写景诗数量多，写作对象多为寺庙。如《朝往香山山》《薄暮至万松寺》《桃花寺》《天成寺》等。

梦麟崇尚"温柔敦厚"的诗教理论。《大谷山堂集》卷六题为《长歌赠陈生宗达》的七言歌行有云："开元李杜擅标则，烂若斗极天中央。昌黎后起态稍变，语奇句重森寒芒。北地信阳轶前代，排击至弗容遮防。吹瘢索痣置狴狂，彼哉无耻愚而狂。掀腾万派涌真气，挽近奚必皆寻常。融情范性企淳古，陶韦沿溯招河梁。琼枝玉树务雕饰，婉丽但可娱嫔墙。宗彝鸡雠烁精彩，黝然焕发非浮光。挥斥八极就绳墨，法随言立堂哉皇。"③ 梦麟推崇李白、杜甫、韩愈，赞扬提倡复古思想的李梦阳与何景

---

① （清）阮葵生：《茶余客话》卷9，光绪14年（1888）本，第124页。
② （清）梦麟：《大谷山堂集》卷6，民国9年（1920）刘氏嘉业堂刻本，第4页。
③ （清）梦麟：《大谷山堂集》卷6，第59页。

明，赞同陶渊明及韦应物自然淳朴风格。对同代尊唐诗人给予褒奖，赞沈德潜"采兰餐菊"博采众长，王芥子、曹仁虎、王盛鸣、王拥等人"劲力抟捥探纯钢"。古今相较，不禁感叹"慨自元音日调丧，乃以筝笛淆箎簧"，可见其重风雅、尊诗道，追求"温柔敦厚"的正统诗论。

梦麟自幼习唐诗、饱读古籍、博采众家，因此其诗歌艺术风格多样。沈德潜在《大谷山堂集》序文中赞其曰："乐府胚胎汉人，五言咀含选体，即降格亦近王韦，七言驰骤豪宕宗太白，沉郁顿挫宗少陵，离奇坏伟宗昌黎，近体亦不肯落大历以下。"① 王昶为其撰神道碑："自少以能诗名，后益浸淫于汉魏六朝暨唐宋元明各大家，萧闲清远之旨与感激豪宕之气并发于行墨，四方才俊揽其所作无不变色却步。"② 在《蒲褐山房诗话》中又说："先生尝云，五言必从悟入，而七言古诗忽起忽落，信手拈来，纵横如意，亦非妙悟不能尤，属前贤所未发。"③ 李桓《国朝耆献类征初编》卷四十三："而其（梦麟）为诗，五言则萧寥澄旷，七言多激楚苍凉，方处春华之时，已造秋实之境，概得于天分，非人力所能与也。"④ 官修《八旗通志》卷一百二十艺文志："（梦麟）其诗才气魁卓，笔意峭厉，盖生平沈浸古籍，故用笔不落恒蹊云。"⑤ 梦麟诗作中，乐府诗尤为突出，不但数量众多，约占梦麟诗作三分之一。而且创作题材广泛，大我之情怀与小我之情志的抒写，是其乐府诗甚至是全部诗歌中成就最高的两类主题。

梦麟为清代第一位驰誉文坛的蒙古族诗人，在其短暂的生命中，以宦海生涯中的人文关怀，以天才奇纵的笔力思致，表达出内心的生发感动力量，为其后的蒙古族诗人汉诗创作提供了良好范式。"他（梦麟）的诗歌一则输入沉重的社会责任感；一则张扬清奇的个性。在意象选择上，强调宏阔壮丽的美学特征。梦麟诗歌艺术风格多样，或豪宕、或质直、或沉郁、或清新，兼而有之，究其形成原因，既是其民族、个性所致，又有来

---

① （清）梦麟：《大谷山堂集》卷6，第3页。
② （清）王昶：《春融堂集》，嘉庆12年（1807）塾南书舍刻本，第700页。
③ （清）王昶：《蒲褐山房诗话》，第21页。
④ （清）李桓辑：《国朝耆献类征初编七十三》卷43，第25页。
⑤ （清）官修：《八旗通志》卷120《艺文志》，第1383页。

自唐诗的影响。"①

　　文孚虽然喜好诗歌创作，但传播意识不强，他生前曾经将部分诗作留给跟从多年的士子张祥和，身殁后，门人张祥和整理其诗作结集刊刻九卷，无序，张祥和跋语说明刊刻情况。目前存有道光21年（1841）大梁柏署刻本，收藏在辽宁省图书馆，《清代诗文集汇编》收录了这个集子。徐世昌《晚晴簃诗汇》收录文孚诗歌四首。② 即《伯都讷道中》《宿东科尔寺》《晚到哈尔海图》《观青海图作两首》的第二首。后三首均作于嘉庆13年（1808）至嘉庆16年（1811）文孚任西宁办事大臣任上。

　　梦麟进士及第次年，法式善出生。法式善雅好诗文，对诗学有独论，亦热衷于编撰科目故实，著述丰赡，居蒙古族诗人之冠，诗文著述兼受时人好评。

　　法式善诗集有两种版本，分别由受业弟子王墉及其好友阮元刊刻。王墉刊刻的诗歌作品是《存素堂诗初集录存》二十四卷（其扉页云："存素堂诗七千余首，兹录存者，吴兰雪、查梅史选本也，彭石夫寄自京师，受业弟子王墉校刊于湖北德安官署，时嘉庆丁卯孟夏。"③）、《存素堂诗二集》八卷、《存素堂诗续集》一卷与《存素堂诗稿》二卷。阮元刊刻的诗作为"存素堂诗前集"（已佚，诗集名未知）与《存素堂诗续集录存》。阮元在《存素堂诗续集录存序》中称："时帆先生诗前集，元为之刊于杭州，收入灵隐书藏矣。"④ 法式善有诗云："阮公筑精庐，灵隐开春峦。拙诗比蜩螗，乃并朱（自注：石君先生）翁（自注：覃溪先生）刊（自注：芸台先生刻余诗二十五卷于西湖灵隐寺为前集）"⑤

　　法式善文集有：《存素堂文集》四卷、《存素堂文续集》前二卷，嘉庆12年丁卯（1807）由扬州书商程邦瑞刊刻于扬州。《存素堂文续集》后二卷（卷三、卷四）未刻，卷三已佚，卷四见存于《续修四库全书》，此卷是据国家图书馆馆藏稿本配补。诗学著作：《梧门诗话》（附《八旗诗话》）。另辑有《同馆试律汇钞》《同馆赋钞》《成均课士录》《九家

---

① 米彦青：《接受与书写：唐诗与清代蒙古族汉语韵文创作》，第50页。
② 徐世昌：《晚晴簃诗汇》卷63，民国18年（1929）退耕堂刻本，第4104页。
③ （清）法式善：《存素堂诗初集录存》卷1。
④ （清）法式善：《存素堂诗初集录存》卷1。
⑤ （清）法式善：《存素堂诗初集录存》卷8。

诗》《李文正公年谱》《洪文襄公年谱》《清秘述闻》《槐厅载笔》《陶庐杂录》等。

据李淑岩《法式善文学创作研究》考法式善诗歌辑佚有30首及文辑佚5篇。董诰辑《皇朝文颖续编》中辑得法式善诗歌辑佚5篇，分别为《恭和御制启骅幸天津，用壬子幸五台诗韵元韵》《恭和御制题敞晴斋元韵》《恭和御制文园狮子林元韵》《恭和御制登四面云山亭子元韵》《恭和御制含青斋得句元韵》；王英志《袁枚全集》辑得法式善诗歌辑佚2首，《袁枚全集》第六集《随园八十寿言》卷三《诗》；元济《虚斋名画录》卷十五：清宣统乌程庞氏上海刻本辑得法式善题画诗3首，分别为题《董文恪仿古山水册》第一帧水墨、题《董文恪仿古山水册》第七帧设色、题《董文恪仿古山水册》第十二帧设色；法式善《同馆试律汇钞》卷二十二辑得法式善诗作20首，分别为《蓬生麻中》《鱼忘江湖》《跬步千里》等。文分别为《明大学士李文正公畏吾村墓记》《春融堂集序》《与王柳村书》《瓶水斋诗集序》以及法式善给王芑孙作的题跋一则。

法式善雅好诗文创作，其《存素堂诗初集原序》云："余自十二岁即喜声诗，属草秘不敢使塾师知。十六岁肄业宫学（咸安宫），虽颇有作，亦未存稿。其存者，皆故友常月阡手为抄录。月阡死，其稿亦亡。……癸丑（1793）岁，检箧中凡得三千余首。吾友程兰翘、王惕甫皆为甄综之。汇钞两大册，寄袁简斋前辈审定，简斋著墨卷首，颇有裁汰。洪稚存编修又加校勘，存者尚有千余篇。其后，汪云壑同年……合前后诸钞本皆偕往，许为编次作序。……云壑遽以病殁。呜呼！云壑死，余诗不传矣。询其家人，云壑在床枕间犹把余诗呻吟唱叹，及仓卒易箦，两大册不知所往。"[①] 因此，即便是今天看到的法式善传世诗作已有近三千首，还并非全璧。杨芳《存素堂文稿》序："时帆先生以《存素堂文稿》示余，阅月始卒业焉。其文情之往复也，令人意移而神达；其文气之和缓也，令人藻释而矜平。采章皆正色而无胶杂；韵调皆正声而无奇衺，殆造乎易之境而泯乎难之迹者矣，文其至矣乎。先生好古嗜学，寝食未尝去书，奖励后进，汲汲常若不及。与人交，悃愊淳笃，久而弥挚，盖其和平乐易，天性然也。方今圣化翔洽，六合之内，含甘吮滋僚风瑞露，发为文章，先生居

---

① （清）法式善：《存素堂诗初集录存》。

侍从之列，将出其所业为世之司南，俾和声顺气发于廊庙，而畅浃于荒遐，岂不伟哉。先生深于文，犹深于诗，自风骚而下，如苏李赠答、《古诗十九首》，无一僻字奇句，而其味深长，后人竭力追摹，莫能仿佛其万一，惟渊明神志澄淡能与之合。有唐一代，王、韦诸公外，寥寥绝响，先生学陶而得其神髓，此中甘苦知之熟矣。然则至易之境，乃诣之极难至者也。世能读先生诗者，自能读先生之文，当不以余言为阿好也。"①程邦瑞《存素堂诗续集录存序》跋："时帆先生为艺林宗匠。名满天下，尝请刻其诗，未获也。近见所作古文四卷，读而好焉。先生雅不欲示人，窃谓斯文公器，海内闻风企慕者，必以不得早睹为憾。因亟录付剞劂，若其文之气道识卓，有当代通人学士论定。"②

  除了自己勤奋著述之外，法式善也主动积极拔擢人才，《清史稿·列传二百七十二·法式善传》云："主盟坛坫三十年，论者谓接迹西涯无愧色。著《清秘述闻》《槐厅载笔》《存素堂诗集》。平生于诗所激赏者，舒位、王昙、孙原湘，作《三君子咏》以张之。然位艳昙狂，惟原湘以才气写性灵，能以韵胜，著《天真阁集》。"③《法时帆先生事略》载："（法式善）生平以诗文为性命，士有一艺之长，莫不被其容接。主坛坫几三十年，人以为西涯后身不愧也。其为诗，质而不腥，清而能绮。论诗用渔阳三昧之说，主王、孟、韦、柳，尤工五言。与王铁夫交最善。尝自刻咏物诗一种，铁夫偶弗之善，遂止不行，其莫逆如此。所著曰《存素堂稿》。"④刘锡五《存素堂诗二集》序："先生既以诗提倡后进，又好贤乐善，一艺之长津津然不啻若自其口出，以故四方之士论诗于京师者，莫不以诗龛为会归。盖岿然一代文献之宗矣。"⑤

  法式善诗学思想在其诗话著作中可以清晰看出。其《梧门诗话》为蒙古族文人中唯一系统诗学著作，评点康雍乾及同时代诗人诗作，提倡"真性情"，对诗人作品接受唐代王孟韦柳之作尤其关注。其附录于《梧门诗

---

① （清）杨芳：《〈存素堂文稿〉序》，（清）法式善：《存素堂文集》，嘉庆丁卯（1807）程邦瑞扬州刻本。
② （清）法式善：《存素堂诗初集录存》。
③ 赵尔巽等：《清史稿》卷485，第13402页。
④ （清）李元度：《国朝先正事略》卷43。
⑤ （清）法式善：《存素堂诗二集》卷1。

话》之后的《八旗诗话》是清代最早的著录八旗诗人、搜辑八旗诗作、注意八旗诗学思想动态的著作。《梧门诗话》之《例言》（注：《例言》未辑于《梧门诗话》，辑于《存素堂文集》）表达了法式善的诗学观点及此作之旨："诗话之作，滥觞于钟嵘，盛于北宋。……余束发受书，留心韵语，通籍以来，每遇宗工哲匠，有所著咏，必为之推寻其体格，穷极其旨趣而后已。数十年间，师友投赠，朋旧谈说，钞存箧笥者颇伙，非敢作《韵语阳秋》，聊使所见所闻弗遽与烟云变灭云尔。读书论古，要当别有会心，乃不为前人眼光罩定。是编或纪其人，或纪其事，皆与诗相发明，间出数语评骘，亦第就一时领悟所到，随笔书之，未必精当。要无苛论，亦不阿好，则窃所自信焉。……即今作者，递变指归不一，而是编则第录康熙五十六年以后之人，其胜朝遗民、开国硕彦已见于昔贤著录者，概不重出，以免沓复之嫌。……诗话虽属论诗，然与选诗有别，余于先辈名集虽甚心折，无所辩证，概从割爱。至于寒畯遗才，声誉不彰，孤芳自赏，零珠碎璧，偶布人间，若不亟为录存，则声沉响绝，几于飘风好音之过耳矣。故所录特伙。太史采诗，所以观风，学者诵诗，亦以论世，是编于诸家不过品题风格，考证遗文而已。……诗人寄兴，或一题而数首，或一韵而千言，原非可以断章论之者。是编仅效窥豹之心，未免断鹤之消，短章佚句，不无摘录。至巨制长篇，则归之《诗龛声闻集》《朋旧及见录》二书。体例既定，无憾于戁遗也。"①

  法式善亦热衷于编撰科目故实，任国子监祭酒前后两次编《成均课士录》，《成均课士录序》云："成均课试之文，向例积数年辄一刊行。其后久废不刊，卷之在官中者，亦颇散失。自乾隆四十八年，法式善为司业，始加护视，不使复轶。逾二年，蒙恩擢他官去。去十年复来为祭酒，会前事诸君子，商刻课艺。于是相与论次之，得若干篇。"②《清秘述闻》《槐厅载笔》亦详细记载科目故实。《清秘述闻序》云："乾隆辛丑，法式善散馆，蒙恩授职检讨，充四库书馆提调官。凡夫史氏掌记，秘府典章，获浏览焉。嗣后，再充日讲起居注官，司衡之命，试题之颁，皆尝与闻。又充办事翰林官，玉堂故事，前辈嘉谭，与夫姓字、里居、迁擢、职使益得搜考详备。僝直之暇，一一缀诸纸笔。同馆诸先生见之，谓可备文献之

---

① （清）法式善：《存素堂文集》卷3。
② （清）法式善：《存素堂文集》卷2。

征。遂分年编载，事以类从，厘为十六卷。"①《槐厅载笔序》云："余官翰林学士时，辑录科场贡举官职、姓氏、编年、系地，题曰《清秘述闻》，兹备员太学五载矣。所与酬接款洽者，皆海内博学强识之士，猥以余喜谈科名故实，多以旧闻轶事相质。余性善忘，凡有所称说，必叩其始末，笔诸简牍。又恐无以传信，检阅群书，互相参证。岁月既久，抄撮渐多，凡十二门，厘为二十卷，题曰《槐厅载笔》，备掌故而已。"②

法式善一生仕宦不出翰苑，无论是个人创作还是编纂传播诗文，都是他毕生所爱。法式善为乾嘉诗坛诗作及诗学思想的流播做出了巨大贡献。

二 乾嘉驻防起家诗人著作流播考述

乾嘉驻防蒙古诗人白衣保著有《鹤亭诗稿》4卷，道光16年（1836）刻本1册。

生于康熙末年的白衣保，在乾隆14年（1749）赴荆州驻防。此时，据乾嘉年间最早由科举入仕的京师蒙古诗人梦麟进士及第刚刚过去四年。作为驻防将领，白衣保对诗歌写作一直心存忌惮，尝谓"余橐鞬武人，见闻谫陋，曷敢妄附风雅"。但朋友的序言却揭示了他内心的矛盾之处，《鹤亭诗稿》富谦序有"其训子也，弓马诗书而外惟迪以忠孝"，弓马与诗书在白衣保教子时是并列的技能。友人拖克西图在其诗集跋中有言："世之文士每薄武臣为不足言诗，抑知古来名将如方叔、却縠、祭遵、诸葛武侯、羊叔子辈，以文摄武，其在军之儒雅风流焉宜也。至若岳忠武起家行伍，郭定襄奋迹兜鍪，上马挥戈，下马挥毫词章，亦传于世，抑又何耶？其故可深长思矣。"驻防旗人在清代是一个特殊存在的群体，主要作为军事设置而成立，因之弓马骑射于他们是必修的，即使是参加文场科举考试，也要先验看骑射通过后方可进行。自清初至清末均如此。然而清代中后期驻防子弟受汉习濡染日益深入，弓马骑射于他们而言是作为一种制度上的强制要求而存在，失去了设置之初的实质性目的。白衣保作为乾嘉时期荆州驻防旗人，他在诗集自序中的表述及拖克西图跋文可以见出，无论其本人，还是同时代人，对武将写作诗歌之事，都认为是非常态的、具有独特性的事情。随着时间推移，社会风俗政治文化不断变化，至咸同光

---

① （清）法式善：《存素堂文集》卷1。
② （清）法式善：《存素堂文集》卷1。

宣时期，驻防文人的诗文表达中已鲜见这一认知，弓马于他们而言单纯是一种仕进的手段，失去了实质性的意义，驻防文人更趋向于成为纯粹的文人。

白衣保纵情山水，雅好诗文。白衣保《鹤亭诗稿》自识："所幸于役四方，周览名胜。泛江淮、浮洞庭、探巴蜀汉沔之胜，穷冉䮍邛笮之奥他如牦牛。徼外足迹所临，率有记录。岁月即从，笔墨碎多。暇日，汰其繁冗，次其年月，抄写成帖，犹存二百余首。"白衣保身为驻防八旗，随军征战，行万里路，这些经历拓展了他的视野，也触发其诗情，他把随手写就的诗歌裁汰整合后留存二百余首传世。友人秦维岳序对白衣保的才华虽有溢美之词，但也写出了彼时世人的感受。"白君鹤亭以乐天之才，当景宗之任。家居东北而尽览西南之胜。其为诗清和圆美，令人神恬意悦，有雅歌投壶，翩翩儒将之风。求之于古人而不可多得，而况于后世耶！籍令白君以文人入世，与青衿胄子、学士名儒角逐骚坛。……而后之读者将因诗而求君之韬略，徘徊慷慨，想见其为人，其殆风雅之英雄，即乘风破浪之志。"① 白衣保论诗主性情，喜好唐音，与梦麟颇类。白衣保的诗学主张在他为孙谔《在原诗集》所作跋文中看得非常清楚："诗至极真方能极妙，诗之真即性情之真也。诗真性情则诗与人合而为一矣，非诗自诗人自人也。古人之诗多肖其为人，彼李之豪，杜之老，王孟之澹逸，温李之香艳，各肖其性情。"② 拖克西图为白衣保所作跋中亦有"夫诗以道性情，孔子言诗归本于事父事君，人苟忠孝，性成辞气，必无近鄙倍者。"可惜白衣保作为一名武将，没有有意识地对诗学理论进行深入探讨，他的诗重性情、慕唐音的诗学思想是源于创作的，后在法式善那里得到发扬光大，并与乾嘉诗坛主流诗学思潮相统一。《鹤亭诗稿》富谦序有"（白衣保）生平爱慕唐太傅白乐天，故又号香山"之语。符葆森《国朝正雅集》引《听松庐诗话》"鹤亭参领佳句颇近唐音"③ 句法式善《梧门诗话》卷十三有"白衣保鹤亭诗无尘埃语，如'鹤曳孤云至，龙驱急雨来''乱水

---

① （清）白衣保：《鹤亭诗稿》，道光16年（1836）刻本。本节所选白衣保诗作及友朋序跋均出此书，不另注。

② （清）孙谔：《在原诗集》，《清代诗文集汇编》第293册，上海古籍出版社1010年版，第19页。

③ （清）符葆森：《国朝正雅集》卷15，咸丰7年（1857）京师半亩园刻本。

客争渡，夕阳僧独还''鸟梦荒林月，牛耕古墓烟'，《芳树窝》云：'秋深湿浓影，叶叶随风堕。山人倦扫除，抱膝树根坐。'皆有辋川余音"①的记载。白衣保还写有寄太白之作，如《秋浦怀太白》："几年梦想江南路，今日孤舟泊秋浦。江边女儿唱吴歌，歌声那似猿声苦。且将斗酒慰吟身，镜里休悲白发新。欲吊谪仙何处是，九华云外碧嶙峋。"②白衣保对于唐音的追摹已为时人所共识。白衣保亦有怀陶公之作，表达其志。如《过彭泽有怀陶公》："昔读陶公诗，今过彭泽县。微官苦拘束，松菊堪留恋。拂衣归衡门，南山正当面。乞食适谁家，饮酒还自劝。高风杳千载，三径何人践。太息林田荒，寒潮排沙岸。"《饮酒作乐》亦此趣。白衣保诗作选用意象大抵清淡圆润，诗歌整体呈现清新恬淡风味。关于白衣保的诗歌创作风格，正如秦维岳序所言"为诗清和圆美，令人神恬意悦，有雅歌投壶，翩翩儒将之风"。

白衣保身为武将，却雅好诗歌写作，于金戈铁马之中习练不辍，他是清诗史上第一个留下诗集的蒙八旗武将，他所引领的橐鞬余吟之风气贯穿了有清一代。他在乾隆癸巳至乙未（1773—1775）年间随军平定大小金川战役中的诗歌，可以补正史之缺漏，有"诗史"之功。

铁保《熙朝雅颂集》辑录白衣保诗41首，多为山水之作。

三 乾嘉边地诗人著作流播考述

国栋是清代第一个留下诗集的蒙古族诗人，也是第一个进士及第的蒙八旗士子，较梦麟还早三年。但他及第后即出任地方，仕途较为平顺，但终其一生没有入京为官。

国栋幼年习诗，久而成习。赋性聪颖，为政之暇，寄情于诗。论诗主张温柔敦厚，诲子文孚曰："诗必命意超远，立志和平，敛才华于浑厚，寓精神于含蓄，庶几无戾乎风人之旨。"有《蜀游草》《淮南草》，但均散佚。蠹剩焚余，子文孚于嘉庆2年（1797）刻为《时斋偶存诗钞》留存于世，存诗仅百首。文孚《时斋偶存诗钞跋》进一步说明诗集刊刻缘由及刊刻时间。"先君子成进士后，宦游蜀中。为政之暇，寄情于诗。及莅任淮南时，晋陵吴洵士先生为检箧中所存，序而刊之。迨壬寅（1782）岁

---

① （清）法式善著，张寅彭、强迪艺编校：《梧门诗话合校·梧门诗话》卷13，第372页。
② （清）白衣保：《鹤亭诗稿》。

以事去官，镌版散失，迄今已十余载。兹于友人案头，获见遗稿。回环庄诵，当日先君子览胜兴怀，长歌短咏，如在目前。为之潸然涕零，不能自已。向使先君子早赋遂初，乐志林泉，优游终老，而孚得于趋侍之下，掇诗草，洗酒瓢，岂非天伦至乐？乃远驻边城，遽捐馆舍。孚饮恨终天，心悲万里，曷其有极？晚年塞上之作，不自矜重，已付之白草黄沙，无由得其仿佛矣！犹忆幼时过庭，先君子尝诲之曰：'诗必命意超远，立志和平，敛才华于浑厚，寓精神于含蓄，庶几无戾乎风人之旨'。今敬阅遗诗，多与平时论说符合。曾几何时，霜露松楸，不堪回首。欲求窥先人之全集，已渺不可得；蠹剩焚余，仅存此数十首耳。既获是稿，亟归录之，重付剞劂，先君子诗品可以略见梗概。而追思先训，忾慕音容，益增悲感于无穷也。嘉庆2年（1797）仲春。"① 诗集虽然漫漶，但国栋曾留有自序，云："余髫丰学为诗，久而成习。然性懒又不自珍惜，故旧作无有存者。犹记有句云：才见黄花便觉寒。语似可味，暇日亦思补成一诗，但恐兴会不属志，烦麟角凤嘴。耳后出宰巴蜀，常与古田陈惇庵蹉使相唱酬。惇庵固有嗜痂癖者，见所作辄录之。迨予移守中，惇庵出以见示。曰以此赠君不异龙潭饼也。既感其意，且使新我与故我得相周旋。缅想畴昔，山河非邈。今承之凤卢，复有所述，爰汇为一编，并志其缘起如此。"② 其友人吴龙作序云："自出宰巴蜀，秉节淮南，所至有声。簿领稍暇，当花晨月或巡行县郡，轮蹄跋涉间恒不废吟咏，信手拈来，恢肆骀宕，全无斧凿雕饰痕。则又胸次别有一段酝酿……诗多散轶"。③

《钦定八旗通志》记载："《时斋偶存诗钞》一卷，国栋撰。国栋，字云浦，时斋其号也。是编前为《蜀游草》，盖其出宰西蜀时所作，后为《淮南小草》，则其司榷淮安时所作也。然诗前仅四十九首，后仅诗三十五首，亦甚寥矣。"④《雪桥诗话初集》载："国云浦，博尔济吉特氏，官至安徽布政使。有《时斋偶存诗钞》，子秋谭相国文孚所刻。"⑤《梧门诗

---

① 马甫生等标校：《八旗文经》卷24，辽沈书社1988年版，第214页。
② （清）国栋：《时斋偶存诗钞》，嘉庆2年（1797）刻本。
③ （清）吴龙作：《〈时斋偶存诗钞〉序》，（清）国栋：《时斋偶存诗钞》。
④ 李洵、赵德贵、周毓方等校点：《钦定八旗通志》第3册卷120，吉林文史出版社2002年版，第2081页。
⑤ （清）杨锺羲：《雪桥诗话初集》卷6，第17页。

话合校》载："国栋，字云浦，一字时斋，满洲人。总兵国柱之弟。乾隆壬戌进士，累官布政使。有《蜀游草》《淮南草》。赋性聪颖，与其兄天峰皆喜为诗，不落人窠臼，亦不傍人门户，可谓豪杰之士。天峰以骏伟胜，云浦以恬适胜，则又其性情不同者。初令蓬溪，人以佛称之。己卯入闱成都，张嚣中、江孟邵皆出其门。山阴陈大濩贺句：'南楼风月思前度，西蜀文章迈等伦'谓此也。"[1]

按：《梧门诗话合校》载：（国栋）"己卯入闱成都，张嚣中、江孟邵皆出其门。"疑为断句讹误，应为："己卯入闱，成都张嚣、中江孟邵皆出其门。"成都、中江皆为地名，中江县隶属四川省德阳市。张嚣、孟邵为国栋弟子，而非"张嚣中""江孟邵"。

国栋现存诗歌77首，按诗歌内容划分，可分为纪行诗、咏物诗、叙事诗、酬唱赠答诗，纪行诗与酬唱赠答诗居多。诗歌风格与其论诗主张相符，以恬淡胜。叙事诗有《偶成》《喜晴》《岁晏》《覆车》《再遭覆车》《梦中偶得烟生石罅水溅云根二语醒后续成一律》《新构象山亭》《计荐将赴都门留别长江》《癸酉分校蜀闱雨窗有作》《丙申仲夏将入觐赋诗志别》《秋日感怀》《暮春即事》等。纪行诗有《独坐象山寺》《晚到蓬莱场》《秋日山行有感》《早过尤溪》《卢生祠》《蜀山烟景》《再署达州四首》《春日潼川道中》《晚上归龙院》《秋日姚家渡道中》《过函谷关》《达州六相阁》《春日谒贾阆山祠》《霍山道中》《立春前三日雪是日宿霍山》《亳州道中》《夜雨宿亳州》《晚过雉河集》《过合肥四首》《盱眙县》《雪中次梅心驿》等。酬唱赠答诗有《友人翰五丁亥冬将往辽左出行藏文衡山风雪图属予题诗予置之案头三易寒暑矣巳丑冬回催索甚急为赋此诗》《小溪王园主人招引》《题孟观察新营小室》《蜀闱和图学士同年中秋喜晴作》《用前韵呈冯吏部》《前韵呈内监试徐观察》《再用前韵呈图学士》《赠蓬溪赵少尹》《答徐心岳即用原韵》《答李清浦即用原韵》《送友人南归》《述怀东长江同事诸子》《赠长江陈广文》《赠长江赵少尹》《寿州道中和次琬韵》《次蒙城因与任次琬谈途中行见远村烟树之趣漫成一律》《次怀远巡查事竣将反凤场》《泗州玻璃桥小酌戏东任次琬》《和笠民先生送别元韵》《题莲渚垂纶》《题月夕理琴》等。咏物诗有《梅》《雪》《新柳四

---

[1] （清）法式善著，张寅彭、强迪艺编校：《梧门诗话合校》，第508页。

首》《柳烟》《玻璃泉二首》《咏雪四首》《练潭二首》等。国栋诗歌清秀淡远。如《岁晏》之"岁晏雪霜繁,村寒人意静。暝色赴柴门,明月耿清影"。《次蒙城因与任次琬谈途中所见漫成一律》之"揽辔蒙城道,风光好共论。云溪还抱郭,烟树欲浮村"等诗句,情韵悠长。

国栋诗作虽传世无多,但因刊刻较早,诗集流播广远,时人对其诗多有所评。如前述法式善赞其"恬适"①。李调元评其:"《京口晚泊》云:'飞云排铁镜,怪石控云涛。'上联见笔力之健,下联见音节之高。"② 杨锺羲谓:"李雨村称其'关心花有恨,革面镜无情'及《京口晚眺》'飞云排铁瓮,怪石控云涛'之句,予谓不如《立春前三日雪》'云雪犹当腊,得春已破寒'归为近自然。"③

作为清诗史上第一位留存诗集的蒙古族诗人,国栋恬淡的诗歌写作风格与世人认知的游牧民族的粗犷豪放风格迥不相类。通览清诗史上的蒙古族创作,会发现这并非个例。因此文学创作中受到社会文化生存环境等外部因素影响大,还是家族属性民族血缘等内部因素影响大,是个值得深入探讨的问题。

与国栋久任边地中低级官位不同,松筠、和瑛宦海沉浮年久,既曾处庙堂之高,也曾处江湖之远,最终都以显宦致仕。他们阅历丰富且高寿,故而诗作题材体式乃至诗学思想都有其多样性。然捡读其作,最卓著之作都成于任职边疆期间,故将其纳入边疆蒙古诗人中考述其著作流播。

和瑛出生于乾隆6年(1741),比松筠大11岁,31岁时进士及第走上仕途,而松筠在和瑛进士及第次年以翻译生员考理藩院笔帖式走上仕途,两人均为乾嘉道三朝老臣。和瑛常以"一介书生"自称,学问淹博,著述宏富。有《读易拟言内外篇》《经史汇参上下编》《读易汇参》《易贯近思录》,编《风雅正音》《山庄秘课》《回疆通志》十二卷、《三州辑略》九卷,作《西藏赋》一部、《溁源诗稿》、《太庵诗稿》九卷、《易简斋诗钞》四卷。诗赋皆学唐音,诗多为纪游诗,以诗行呈现宦行,亦展现了少数民族风情及边疆风光。和瑛有惠政,更是天姿卓异之学者。诚

---

① (清)法式善著,张寅彭、强迪艺编校:《梧门诗话合校》,第508页。
② (清)李调元:《雨村诗话》,转引自(清)铁保辑,赵志辉校点补《熙朝雅颂集》,第1220页。
③ (清)杨锺羲:《雪桥诗话初集》卷6,第17—18页。

如吴慈鹤《易简斋诗钞序文》曰:"书破万卷,学穷百家,强识博闻,敦行不怠,抑亦文正之流亚欤。公挺河岳之英,应玑衡之曜,有楷模之范,为杗栋之资,孜孜穷年,娓娓好学。其始也,虽名冒华阀而惟事缥缃;其继也,虽南北东西,而必携铅椠;其允升也,虽高牙大纛,不废雅歌;其耆艾也,虽黄发儿齿,犹事娣素。可谓聿修厥德,终始于学者矣。"①

和瑛究心文墨,曾影响政务。《仁宗睿皇帝实录》载:"又谕、山东金乡县皂孙冒考一案,前经学政刘凤诰参奏,降旨交和宁秉公审办,乃三月之久,尚未审结。旋据给事中汪镛参奏,承审此案官员,将原告刑逼认诬,并据武生李长清,在都察院衙门控告,交刑部讯问录供具奏。朕以此案刘凤诰参奏于前,今该省地方官挟私偏听,该学政岂无见闻,谕令据实查奏。兹据刘凤诰覆奏,此案金乡县皂孙张敬礼等冒考,经李玉灿攻揭,及举人王朝驹等呈控,该学政按试兖州,访问该处生童佥称是实。且乾隆七年、二十年张姓子孙冒考,曾有两次。断逐旧案,控词底稿,现存呈验。乃承审官有心党庇,并不追究被告人证。转将原告刑求挫辱,诱令将呈稿毁灭,盛暑笞棰。并株连乡民绅士,械系多人。众心饮泣,士论沸腾。且以奉旨解任之知县汪廷楷,不行质审,竟令其借捕蝗为名回县,协同署任提拿人证,报复搜求,尤堪骇异。除此案已交祖之望等秉公严审外,和宁自任山东巡抚,闻其在署日以文墨为事,于属员亦不轻易接见。朕即恐其于地方不无废弛,今以奉旨特交事件,并不亲提审讯;一听委员偏袒徇私,任情诬枉,伊若罔闻知,直同木偶。即此一节,已不胜巡抚之任。和宁著即解任来京候旨。所有山东巡抚员缺,著祖之望捕授。"②

笔者曾对和瑛诗集《太庵诗稿》及《易简斋诗钞》的编定、体例、流传等详细考证。"和瑛自己创作的诗集有两部,即《太庵诗稿》和《易简斋诗钞》。《太庵诗稿》亦作《太庵诗钞》,九卷,为自订稿本。卷首有诗人撰于嘉庆16年(1811)的自序,时年和瑛已71岁。《太庵诗稿》未经刊刻,是为钞本。集中所收诗歌创作始自乾隆26年(1761),止于嘉庆15年(1810),创作时间为50年,收诗1060首。卷九最末一首诗作于

---

① (清)吴慈鹤:《易简斋诗钞序》,(清)和瑛:《易简斋诗钞》,道光3年(1823)刻本,第2—3页。

② 《大清仁宗睿皇帝实录》,嘉庆7年(1802)壬戌七月条,第14页。

嘉庆十五年除夕，题为《除夕偶成》，曰：'守岁儿孙拜膝前，百无一善老而传。幸开八帙陶情事，检点吟编五十年。'由此可判定此诗集确由诗人手订。经与《易简斋诗钞》比勘，《太庵诗稿》初集、二集即作于乾隆26年（1761）至51年（1786）间的诗歌100余首为前者所阙，而《易简斋诗钞》卷四的全部诗歌作于嘉庆15年之后，因而不见于《太庵诗稿》。《易简斋诗钞》四卷，清道光初刻本，收诗576首，现存于复旦大学图书馆。卷首有当时被尊为"浙西六家"之一的吴慈鹤撰于道光3年（1823）的一篇序文。与《太庵诗稿》一样，《易简斋诗钞》中的诗也是按年代次序编排的。检读《易简斋诗钞》，其开篇之作是《太平府廨八咏》，作于乾隆丙午，即乾隆五十一年，当时诗人在安徽太平府知府任上。压卷之作则是写于道光辛巳，亦即道光元年的《春分前一日雪》，而诗人逝世也在该年。"①

2016年笔者在台北"中央研究院"历史语言研究所看到和瑛《泝源诗集》（简称《诗集》）稿本及影印本，经过和《易简斋诗钞》（简称《诗钞》）比勘，发现《泝源诗集》中有诗37首（组诗算为一首），其中与《易简斋诗钞》中重复的诗作有17首（不含组诗中重复的），全部出自《易简斋诗钞》的卷三。重复的诗作也有不同情况：题目上多字或少字；个别组诗的数量两个集子不完全对等，都是《泝源诗集》比《易简斋诗钞》的数量多；诗作内容有个别字不同。《泝源诗集》中新出现的诗作，一部分是《易简斋诗钞》中原有的组诗中没有的一首或几首，另一部分是独立的诗作。下面逐首将不同情况罗列：

1.《珍珠泉恭和》，《诗钞》中题目为《济南珍珠泉恭和》，《诗集》中题目后所跟为"高宗纯皇帝御制诗"；《诗钞》中后跟为"高宗纯皇帝御制诗元韵"，在这句话后注有"碑在抚署泉上"。

2.《登城望千佛山》在"二东兹冠冕"后《诗集》所注为"山即舜耕之历山"，《诗钞》所注为"舜耕历山即此"。

3.《珍珠泉喜雪》，《诗钞》中题目为《珍珠泉上玩雪四首》第一首中"惠子鱼知乐"句后，《诗集》中注有"余前任为惠瑶圃"，《诗钞》中无。第一首中"潜僧竹可吟"句后，《诗集》中注为"吟碧山房多翠

---

① 米彦青：《清代蒙古族诗人和瑛与他的〈易简斋诗钞〉》，《内蒙古社会科学》2006年第4期，第129页。

竹",《诗钞》中注为"泉旁翠竹名吟碧山房"。第三首中"书生冷最腴"句后,《诗集》中注为"英梦堂雪诗有冷到人间富贵家之句",《诗钞》中无。

4.《登岱》,《诗集》中的题目后注有"壬戌",《诗钞》中"壬戌"二字则放在了题目的上一行并比题目少空一个字。《诗集》中第二句为"山独名泰岳称宗",《诗钞》中为"山独名泰为岳宗"。《诗集》中第五句为"医无闾脉跨海底",《诗钞》中为"医巫闾脉跨海底"。《诗集》中第二十九句为"珠玉锦绣焚殿前",《诗钞》中为"珠玉锦绣焚殿角"。《诗集》中第三十二句为"付之千载口碑公",《诗钞》中为"付之千载公"。

5.《泰山杂咏》,《诗集》中有《汉柏》《唐槐》《白骡将军》《万仙楼》《壶天阁》《二虎庙》《飞来石》《五大夫松》《斗母宫》《南天门》《一拳石》《无字碑》。《诗钞》中仅有《汉柏》《唐槐》《飞来石》《五大夫松》《无字碑》。

6.《七柏一松歌》,《诗钞》中题目为《泰安试院七柏一松歌用少陵古柏行韵》,《诗集》中题目后有一段序为"赵鹿泉前辈督学山左,于泰安试署见七柏一松,为之记名其轩,遂勒石焉,沈舫西太守其高弟也感赋长篇,予和之以志其事,盖用古柏行韵云"。《诗钞》中无。《诗集》中第十七句为"海岱英才蓄梁栋",《诗钞》中为"海岱英才蓄良栋"。

7.《和沈舫西太守登岱元韵》,《诗钞》中题目为《和沈舫西太守登岱元韵二首》,第一首第八句《诗集》中为"半日共偷闲",《诗钞》中为"半日且偷闲"。

8.《阙里恭谒》,《诗钞》中无。

9.《金丝堂听乐》与《诗钞》中相同。

10.《恭谒》与《诗钞》中相同。

11.《古楷》,《诗钞》中无。

12.《颜子庙》,《诗钞》中题目为《谒颜子庙》。《诗集》中第四句为"窥井得心源",《诗钞》中为"窥井见心源"。

13.《衍圣公府》,《诗钞》中无。

14.《南池杜子美像》,《诗钞》中题目为《题南池杜子美像》。《诗集》中为组诗二首;《诗钞》中只有"名士风流那独诗",无"遗像重逢主簿园"。

15.《望太白楼》,《诗钞》中题目后注有"济宁城上",《诗集》中无。

16.《赋赠任城孟别驾同年》,《诗钞》中无。组诗二首。

17.《宿黄河堤上》,《诗钞》中无。组诗二首。

18.《曹城道上喜雨》,《诗钞》中无。组诗二首。

19.《喜晴》,《诗钞》中无。

20.《濮州口号》,《诗钞》中无。

21.《和吴蠡涛方伯海棠元韵》,《诗钞》中无。

22.《雨中耕藉礼成志喜》,与《诗钞》中相同。

23.《廉访运使太守和诗不至戏赋前韵以催之》,《诗钞》中无。

24.《谷雨节冒雨旋者再赋前韵志喜》,《诗钞》中无。

25.《前诗既成舆中又赋短句》,《诗钞》中无。

26.《丁方轩醛使馈海虾》,《诗集》中第九句为"入汤乍看琉璃赤",《诗钞》中为"入场乍看琉璃赤"。《诗集》中第十句为"对对蟠蜗背折铠",《诗钞》中为"对对盘蜗背折铠"。《诗集》中第十五句为"蒲笋钉盘已足毫",《诗钞》中为"蒲笋钉盘已足豪"。《诗集》中第十八句为"况试琼膏脏腑改",《诗钞》中为"况试琼膏藏府改"。《诗集》中第二十三句为"愧予不省悬鱼枯",《诗钞》中为"愧予不省悬枯鱼"。

27.《次韵吴蠡涛方伯登岱喜雨》,《诗钞》中无。

28.《五月朔东郊观麦泛大明湖燕集小沧浪用东坡迁鱼西湖韵》,《诗集》中第十句为"划得闲舟弄清濑",《诗钞》中为"划得闲船弄清籁"。

29.《吟碧山房修竹成林笋胜往年次蠡涛方伯韵》,《诗钞》中题目为《喜吟碧山房修竹成林笋胜往年次蠡涛方伯韵》,《诗集》中为组诗二首,《诗钞》中只有"宜晴宜雨下疏帘",无"山房玉立沷源东"。

30.《庐凤珠观察购灵石磬二十四枚赉东雅乐大僃赋诗以志其盛》,与《诗钞》中相同。

31.《惜花次吴蠡涛方伯韵》,《诗钞》中无。

32.《夜雨书怀和蠡涛方伯西园夜月韵》,《诗集》中为二首,《诗钞》中只"夕览平泉月",无"圣地无垂拱"。《诗集》中第十句为"全消烈暑蒸",《诗钞》中为"全销烈暑蒸"。《诗集》中第十二句为"暮岱云我",《诗钞》中为"薄暮岱云升"。《诗集》中第十三句为"屋顶喧初急",《诗钞》中为"屋顶喧初寂"。《诗集》中第十九句为"觉花开欹枕",

《诗钞》中为"觉花歊压枕"。《诗集》中第二十一句为"禅学拳头",《诗钞》中为"禅学拳头识"。

33. 《题德厚圃太守寒香课子图》,《诗集》中第三句前半段为"作孝不忘孺子慕",《诗钞》中为"作笑不忘孺子慕"。《诗集》中第七句为"低回老凤将雏日",《诗钞》中为"低徊老凤将雏日"。

34. 《题厚圃太守五峰祷雨图用东坡张龙公诗韵》,《诗集》中第十三句为"冉冉檀烟",《诗钞》中为"冉冉檀烟中"。

35. 《序荣性堂诗集吴蠡涛方以诗致谢答次元韵》,《诗集》中为两首,《诗钞》中只有"菩提树养百年荣"一首,无"啸卷吟披信自诬"。第一首第七句后《诗钞》中注有"蠡涛一号昙绣",《诗集》中无。

36. 《季夏望玩月次蠡涛方伯韵》,《诗钞》中无。

37. 《题钟馗画扇次吴巢松公子韵》,《诗集》中第一句为"世传终葵厌朱紫",《诗钞》中为"世传钟馗厌朱紫"。《诗集》中第十八句为"如贼化民民驱贼",《诗钞》中为"如贼化民民化贼"。①

和瑛诗作中最为突出者为纪游诗,展现了少数民族风情及边疆风光。《易简斋诗钞》卷四《续纪游行》序云:"前诗纪游起乾隆丙午止嘉庆已未,盖行十万余里。自庚申至癸酉阅十四载,又历四万余里,其间景物聊可更。仆兹留守陪都,公余仿李义山转韵二百句为续纪游行,恐阳里子华未免操戈逐儒生也。"② 符葆森《国朝正雅集之寄心庵诗话》云:"太庵先生官半边陲,有纪游行、续纪游行两诗,自云前行十万余里,续行四万余里,可谓劳于王事矣。诗述诸边风土。"③ 和瑛诗赋皆学唐音,有学者从意象、意境等方面对此做了深入分析,指出:"作为边疆大臣,和瑛的新疆、西藏之行带动了自己对于唐代边塞诗的接受,而闲暇时的休闲诗作却又颇得王孟的轻灵笔调。和瑛对于唐诗的多样性喜好,直接影响了他的后代壁昌、谦福,使得家族性的唐诗接受传承深远而醇厚,为整个清代诗歌

---

① (清)和瑛:《泺源诗集》,台北"中央研究院"历史语言研究所傅斯年图书馆藏稿本。(清)和宁撰:《天山笔录·泺源诗集》,刘铮云主编:《中央研究院历史语言研究所傅斯年图书馆藏未刊稿钞本》集部影印版,第十一册,"中央研究院"历史语言研究所2014年版,第368—400页。

② (清)和瑛:《易简斋诗钞》卷4,道光3年(1823)刻本,第68页。

③ 转引自钱钟联主编《清诗纪事》,江苏古籍出版社1989年版,第6208页。

第二章 清初乾嘉诗坛的蒙古族汉诗创作

史也涂上了一抹亮色。"①

同为边疆大吏，和瑛在政务投入方面明显逊于松筠。松筠边疆为官多年，颇究心于边事，又雅好诗文，兼有诗学之思，著述颇多，亦有诗集留世。汉文著述颇丰。有《绥服纪略图诗》一卷、《西招纪行诗》一卷、《丁巳秋阅吟》一卷、《西藏图说》一卷、《西招图略》一卷、《卫藏通志》十六卷等。北京图书馆藏《松筠丛书》五种六卷，共四册，嘉庆道光间刻本。包括《西招纪行诗》一卷、《丁巳秋阅吟》一卷、《西招图略》一卷、《绥服纪略》一卷、《西藏图说》一卷（附《路程》一卷）。《松筠丛书》五种之中，除《绥服纪略》外，其他著作皆为在藏任职期间之作。恩华《八旗艺文编目》著录松筠《西招图略》四卷、《西陲总统事略》十二卷、《绥服纪略图诗》一卷、《古品节录》六卷、《百二老人语》不分卷、《镇抚事宜》、《西招图略》一卷、《西招纪行诗》一卷、《秋阅吟》一卷、《西藏图说》一卷（《路程》一卷）、《绥服纪略》一卷等，并附小传。震钧《八旗人著述存目》著录《西招图略》四卷和《古品节录》。盛昱《八旗文经》收《〈绥服纪略〉序》《〈静宜室诗集〉序》《阻东巡奏》《巡边记》等文章，并附小传。

《百二老人语录》是松筠在库伦办事大臣间满文之作，写于乾隆 54 年（1789），为其"于退食之余，忆及幼年所闻老人旧言"编写而成。此书含开国事、圣道佛教、驻防事、外藩事、用兵事、师教事、训教妻子事、家计事、忠孝论、勤学论、古事等内容。日本学者中见立夫称赞此书"非常具体地描写了乾隆时期满洲人的生活"②。

《西藏巡边记》完成于乾隆 60 年（1795）。详载了当时松筠巡边所行路线、山川险要、沿途见闻等。松筠认为："安边之策莫如自治，非独济咙、聂拉木番民应派廉洁营官管理，所有前后藏属各营官第巴皆能教以廉洁自持，善抚百姓，又何他患邪？"③

《西招纪行诗》是乾隆 60 年（1795）松筠任驻藏大臣在西藏期间所作纪行诗。自序云："余因抚巡志实，次第为诗，共八十有一韵。""乾隆六十年乙卯夏四月，巡边，自前藏启程，经曲水，过巴则、江孜，共十日

---

① 米彦青：《接受与书写：唐诗与清代蒙古族汉语韵文创作》，第 92 页。
② （清）松筠：《百二老人语》，满汉合璧本，北京图书馆藏本。
③ （清）松筠：《西藏巡边记》，小方壶斋舆地丛钞第三帙本。

行抵后藏,由札什伦布走刚坚喇嘛寺、彭错岭、拉木洛洛、协噶尔,过定日、通拉大山,共行十一日至聂拉木,又由达尔结岭西转,经过伯孜草地、巩塘拉大山、琼噶尔寺。南转出宗喀,共行六日至济咙,仍旋宗喀东北行十日,还至拉孜,入东山。一日至萨迦沟庙,自庙北行二日,出山,仍走刚坚寺,还至札什伦布,往复略也。"①(按:自序中所载松筠巡边所经之地所用时间翔实,如果按来时的速度回到拉萨,这次巡边共用了五十余日。可知,"抚巡志实,次第为诗"的《西招纪行诗》的写作也应是五十日左右。)

《西招纪行诗》为考察乾隆时期西藏地理人文难得的第一手资料。如诗中有涉地名诗句"曲水岩疆道",后注:"曲水地名。自前藏西南行一日宿业党,又行一日宿曲水。曲水者,东西双溜纡回湍激,故名。此地东来之水曰藏江,其源出拉萨东北,西来之水曰罗赫达江,其源出冈底斯雪山,二水汇此,曲折东南,由工布入南海冈底斯,即所谓鹫岭是也。山在藏之西北极边萨喀阿哩布陵境上。"有对藏地佛教僧人的评价,如"佛本慈悲,岂独不慈悲,札什伦布而失圆通,盖福善祸淫鬼神之所为也,佛与鬼神合其吉凶,又焉能偏袒札什伦布。缘前辈班禅为藏地活佛,知积财而不知抚恤所属,是活佛欠圆通,遗患于身后,致有祸淫之报,噫!惟活佛尤应使知福善祸淫之义"。此为对年少的七世班禅丹贝尼玛有儒家情怀的赞扬,自注:"余至后招与班禅会晤,见其年少而通经,性颇纯素,毫无尘俗之态。询悉所得布施,不多积贮,喜为施济所属,僧俗无不感仰,此其能结人心之仁政也"。亦有对藏地民众生存苦境的描述,如:"游牧缺禾稼,生计惟牛羊。民力苦竭蹷,背盐以易粮。昔有千余户,今惟二百强。壹是苦征输,荡析任逃亡。"②

松筠初任藏地大臣,留心文教农事,政绩卓著,其长诗《西招纪行诗》及《西藏巡边记》记之。其好友祁韵士《万里行程记》诗云:"灌溉新开郑白渠,沃云万顷望中舒",自注云:"伊犁旧无旗屯,嘉庆甲子,松湘浦先生创为疏垦,岁收稻麦甚多。"③ 松筠《西招纪行诗》亦云:"后

---

① (清)松筠:《西招纪行诗·自序》,(清)松筠:《西招纪行诗》,小方壶斋舆地丛钞第三帙本。

② (清)松筠:《西招纪行诗》。

③ (清)祁韵士著,李广洁整理:《万里行程记》(外五种),第229页。

之君子，奉命驻藏者，庶易于观览，且于边防政务，不无小补。"①

按：松筠《西藏巡边记》有"乾隆六十年乙卯夏四月巡边"之语，而《西招纪行诗》之自序亦有"余因巡抚志实，次第为诗，共八十有一韵。……乾隆六十年湘浦松筠自识"②之语，且《西藏巡边记》载松筠所行路线经曲水过巴则、江孜抵后藏，远至聂拉木，转至济咙，东北至萨迦沟庙，复还扎什伦布，均与《西招纪行诗》中程途一致。故可推知《西藏巡边记》与《西招纪行诗》均为松筠乾隆60年（1795）的巡边记录。《雪桥诗话》云："卫藏自康熙季年设王宫，以大臣镇之，打箭炉外悉设邮站。和泰庵《西藏赋》外，松湘浦、颜惺甫尚书有《纪事图》诗，王我师、马若虚诸人则从事幕府，作为篇什。"③

《丁巳秋阅吟》是松筠嘉庆2年（1797）巡边时写的纪行组诗。诗云："惟前则综述，后则分论，自注复述其经过，不独明其里程，亦可得知巡边抚恤情况。"诗如"游牧固安生，因何武备轻……练兵申纪律，制税养升平"（《达木观兵》），明确反映大清对西藏武备的看重；"秋阅江孜讯，蛮戎演战图，炮声发震旦，鼓气跃争驱。锐拔惟蛰进，雄师在今呼，百年虽不用，一日未应无。训练能循制，屏藩足镇隅。赏颁嘉壮健，感激饮醍醐"（《江孜》）④，描述了驻藏部队演习的威武之姿。

《绥服纪略图诗》一卷，撰写于道光3年（1823），是松筠宦迹生涯、任职边疆的又一诗集。其自序云："余仰承知遇，既寄封圻之任，复膺专阃之司，八载库仑，两镇西域，又尝驻节藏地，周历徼外，爰采见闻。""余既作西招纪行图，缘述北漠库伦所事而兼采西南沿边见闻，复得八十有一韵，名之曰绥服纪略图诗。"程振甲为《绥服纪略图诗》作序，云："疆臣之经理其地者，类皆留意抚循。于山川能说、登高能赋之旨未遑也。我湘浦先生起而修之于伊犁，已有成书。于俄罗斯复得八十一韵。允文允武，渊乎懿哉。是诗之行也，将见习国书者，人写一本进之。汗其汗征言于国之黄发日，中国有大圣人何往归至，中国之贤侯大夫美政事能文章，

---

① （清）松筠：《西招纪行诗》。
② （清）松筠：《西招纪行诗》。
③ （清）杨锺羲撰，雷恩海、姜朝晖校点：《雪桥诗话全编》（二）卷7，第1317—1318页。
④ （清）松筠：《丁巳秋阅吟》，镇抚事宜本。

何往左右之？夫乃知风人之旨与仁人之言感人深也。又岂区区为掌故计哉？"①

松筠的诗学思想没有专书记载，松筠《静宜室诗集》序曰："诗之为道，原本性情，亦根柢学问，非涉猎剽窃，仅事浮华而已。"② 其在《西招纪行诗》论诗学观点："夫诗有六义，一曰赋，盖敷陈其事而直言之也。"③ 显然松筠认为诗当写性情，当笃实当问学，看重实事求是，务去浮华。

松筠好读宋儒之书，喜理学。昭梿《啸亭杂录》卷四"松文清公好理学"条载："自和相秉权后，政以贿人，人无远志，以疲软为仁慈，以玩愒为风雅，徒博宽大之名，以行徇庇之实，故时风雅之一变。其中行不阿者，唯松相公筠一人而已。公性忠爱，幼读宋儒之书，视国事为己务，肝胆淋漓，政事皆深优厚虑，不慕近功。"④ 昭梿《啸亭杂录》卷十"满洲二理学之士"条又载："近日士大夫皆不尚友宋儒，虽江浙文士之薮，其仕朝者无一人以理学者。转于八旗士得二人焉：一焉，松尚书筠，蒙古人。虽不以科目进，然品行廉能，立朝不苟。……居家好理学，程、朱之书，终日未尝离手。性孝友，其叔谋虎而冠者也。"⑤ 乾嘉时期学术界重汉学，考据之风弥散朝野，松筠独好理学，看重一个人从一己的修身到治国平天下连成一个系统。后人所载："公喜为擎案书，尤喜作大'虎'字。每觅大幅纸，尽幅为之，间以赠人。或人以纸求书者，无弗应。枢直同人，各得一幅。余以未得大纸，不敢求公。自谓此字可驱邪镇鬼，盖亦不尽然也。"⑥ 大概心中对盛世有些微词。

按：松筠被任驻藏大臣与时任宰相和珅有关。《雪桥诗话》载"乾隆间，（松筠）为和相（和珅）所嫉，举以驻藏。"⑦《清史稿》与昭梿《啸亭杂录》同持此观点。

---

① （清）松筠：《绥服纪略图诗》，乾隆朝刻本。
② 马甫生等标校：《八旗文经》卷19，第170页。
③ （清）松筠：《西招纪行诗自序》。
④ （清）昭梿：《啸亭杂录》，上海古籍出版社2012年版，第77—78页。
⑤ （清）昭梿：《啸亭杂录》，第225页。
⑥ （清）梁章钜撰，于亦时点校：《归田琐记》，中华书局1981年版，第111页。
⑦ （清）杨锺羲撰，雷恩海、姜朝晖校点：《雪桥诗话全编》卷7，第1266页。

乾嘉时期久任边地的国栋，与封疆大吏松筠、和瑛三人中，以和瑛留存诗作最多。不过，无论存留诗作多寡，较之足迹终生不出京师者，他们的诗歌题材、体式都更为丰赡。他们以诗歌的形式记录了乾嘉时期边疆治理的功绩，补充官私史料中无载的边吏之足迹、视野，他们在治理边地时的心绪变化，更是弥足珍贵的乾嘉边地诗人心灵史文献。他们的诗作和诗学思想可从一定程度上绾结乾嘉边功与诗性拓殖。

第三章

乾嘉诗坛思潮与蒙古族汉诗创作

乾隆认为:"天下者,天下人之天下也,非南北中外所得私。舜,东夷;文王,西夷;岂可以东西别之乎?"① 因此,乾隆在位六十年,每年分春秋两次命大臣祭祀历代帝王庙,而自己也在乾隆9年(1744)二月②、乾隆29年(1764)三月③、乾隆40年(1775)二月④、乾隆48年(1783)三月⑤、乾隆50年(1785)二月⑥、乾隆54年(1789)三月⑦亲祀。其中,乾隆29年(1764)三月以重修工成亲诣行礼,并制重修历代帝王庙碑文。乾隆50年(1785)二月制祭历代帝王庙礼成恭记,中有言"夫历代者,自开辟以来君王者之通称。……我皇祖谓非无道亡国被弑之君皆宜入庙者。"

"历代帝王庙"位于北京西城区阜成门内大街路北。明嘉靖9年(1530)始建,原址为保安寺。清康熙61年(1722)十一月议修,雍正7年(1729)重修。是明清两代皇帝崇祀历代开业帝王和历代开国功臣的场所。乾隆几经调整,最后将祭祀的帝王由三皇开始确定为188位。乾隆49年(1784)七月二日,高宗颁谕,命廷臣更议历代帝王庙祀典,提出了"中华统绪,不绝如线"⑧的说法,由此,清朝以汉族帝王为自己祭祀

---

① 《群庙考》,《清朝文献通考》卷119,浙江古籍出版社2000年版,第5888页。
② 《高宗实录》第十一册,中华书局1985年版,第712页。
③ 《高宗实录》第十七册,第883—884页。
④ 《高宗实录》第二十一册,第51页。
⑤ 《高宗实录》第二十三册,第761页。
⑥ 《高宗实录》第二十四册,第423页。
⑦ 《高宗实录》第二十五册,第920页。
⑧ 《高宗实录》第二十四册,第218页。

第三章　乾嘉诗坛思潮与蒙古族汉诗创作　　　　　　　　　　　385

对象的行为，进一步强化了大清入关后就确定的中华一体的观念。[①] 乾隆的政治理念风行天下，对于乾嘉诗坛的文学思想产生了深远影响。就北方民族而言，乾嘉时期的满蒙汉文学话语融通之状貌尤为突出。满蒙文人积极地建设性地投入到以汉族文化为核心的文学创作和古代文论的理论建构之中。在这样的语境中，乾嘉时期的蒙古族诗歌创作观念、诗歌创作题材、诗歌创作体式以及诗学理念皆与乾嘉诗坛的诗学立场、表现方式互通互融。

第一节　乾嘉诗坛的多族士人圈

　　文人雅集是多族士人诗语融通的主要方式。乾嘉间的蒙古族诗人中，法式善（1753—1813）以其在馆阁之中最久而广交天下文士。翻检其诗集，对于文人间交游，有着详密的记载。即以乾隆45年（1780）为例，早春微寒之时，翰林院庶吉士秦潮邀约法式善、吉善、邹雨泰、图敏、图钦诸人小聚，嗣后法式善赋诗纪念[②]。四月九日，在京城风尘雾霾数日之后，终于迎来一场清新小雨，法式善应曹锡龄之邀，陪翁方纲和王宗诚诗酒小聚、泛舟春水，写下《四月九日，曹定轩侍御邀陪翁覃溪先生及王莲府编修泛舟二闸》[③] 诗。不久，芍药花开，法式善又应英和之邀，与翰林院同事王正亭、谢振定、萧大经前往丰台赏花。花香鸟影、诗酒流连，友朋间的欢愉令不善饮的法式善也微醺沉醉[④]。六月三日，夏令时节最美的

[①] 如顺治6年（1649）"从古帝王以天下为一家，朕自入中原以来，满汉曾无异视"（《世祖章皇帝实录》）；康熙48年（1709），"朕向待大臣、不分满汉"，康熙52年（1713）"朕灼知满汉蒙古之心、各加任用。励精图治、转危为安。"（《圣祖仁皇帝实录》）；雍正6年（1728）"天之生人，满汉一理。其才质不齐，有善有不善者，乃人情之常。用人惟当辨其可否，不当论其为满为汉也"，雍正6年（1728）"天之生人，满汉一理"，雍正13年（1735）"夫人主君临天下，普天率土，均属一体。无论满洲汉人、未尝分别"（《大清世宗宪皇帝实录》）。

[②] （清）法式善：《秦端崖司业招同竹坪、晓屏两祭酒，时泉学士暨令兄漪园编修集延绿草》，《存素堂诗初集录存》卷1，国家图书馆藏嘉庆12年（1807）王埴刻本。

[③] （清）法式善：《存素堂诗初集录存》卷6。

[④] （清）法式善：《煦斋公子招同王正亭侍讲谢乡泉编修萧云巢学博丰台看芍药》，《存素堂诗初集录存》卷1。

荷花盛放，法式善邀请老友谢振定、萧大经、英和在曙光初露的清晨来他居住的海淀观赏荷花，感受夏日清晨长河的风动水碧莲香，嗣后，以210字的一首排律①描述了晨光美景中的诗友欢会。这年的八月二十三日，法式善又邀丁荣祚、方炜、许兆椿、颜崇沨、吴鼎雯、程炎、郭在逵、初彭龄由长河至极乐寺茶话，并赋《中秋后七日，邀同丁蔚冈、方碧岑、许秋岩、颜酌山、吴朴园、程东冶、初颐园、郭谦斋由长河至极乐寺茗话》②。除了这样赏玩遣兴、诗歌记述之外，同僚联床夜话也是文人间常见情景，《澄怀园与汪云壑修撰程兰翘编修夜话》③一诗记载了是年的一个秋夜法式善和汪如洋、程昌期在词臣寓所澄怀园夜谈的佳话。

　　乾嘉年间的多民族文人雅集中，满蒙文人出于对汉文化的倾慕和想要融入汉文学圈的渴望介入其中，而汉族文人则是基于对身处统治地位的满蒙士人的迎合考虑，两厢凑泊下，建立在共同的文学爱好基础上的满蒙汉族文人聚会融合无间。不过，友朋聚会诗文切磋在交通不够发达的年代并非常态，因此，蒙古族诗人们在乾嘉诗坛演进中，或以搜集诗作的方式，或以与文坛知名文士相切磋，或奖拔后进，或同僚酬唱等方式促动诗歌发展。

　　法式善是乾嘉诗坛演进中不可或缺的人物，自乾隆45年（1780）登进士第后，三入翰林，一擢祭酒，再陟宫坊，皆官至四品即左迁。政治上的失意是文坛之幸，他生平以诗文为性命，主持坛坫者三十年，将毕生精力投入对乾嘉诗坛诗人诗作的编纂揄扬中。"士有一艺之长，莫不被其奖进。"④"虽鸿才硕彦，务得片言赏识，便足增价。于单寒之士，尤加意怜恤。"⑤ 在乾嘉诗坛上，法式善就是文学传播者。他家居净业湖畔，家藏万卷，多世所罕见者，好吟小诗，颇多逸趣。家筑诗龛三间，凡所投赠诗句，皆悬龛中。对文学士子，即或尚未成名者，他都能礼贤下士。以数年之力编众人诗《湖海诗录》六十余卷。对此，时人铭记于心，"梧门先生

---

① （清）法式善：《六月三日邀芗泉、云巢、煦斋长河晓行看荷花遂至极乐寺》，《存素堂诗初集录存》卷1。
② （清）法式善：《存素堂诗初集录存》卷2。
③ （清）法式善：《存素堂诗初集录存》卷2。
④ （清）易宗夔：《新世说》卷2，上海书店1982年版，第31页。
⑤ （清）王豫：《群雅集》卷20，国家图书馆藏嘉庆12年（1807）刻本。

法式善风流宏奖，一时有龙门之目，己卯岁余应京兆试，先生为大司成，未试前余避嫌未及晋谒，先生已知其姓名，监中试毕，呼驺访余于金司寇邸第，所以勖励期待之者甚厚。下第出都，犹拳拳执手，望其再蹋省门"①。有时，法式善也会向同人主动索诗，张维屏《国朝诗人征略·听松庐诗话》载："时帆先生索余诗，欲选入《诗龛及见录》，余方欲改定数十篇，觅人写正与之，会偕友南旋，匆促未果。后因便寄去一帙，未及闻先生归道山，令嗣亦下世，所寄诗不知入目否？"②在法式善的努力经营下，诗龛成为乾嘉诗坛多民族诗人创作汇集之处。

诗作汇编是有意识的保存诗歌创作之举，而参与创作可以更直观地介入诗歌的律动。乾嘉诗坛诗人与法式善有诗唱和者492人③，人数众多，数量众多，举凡略有名于当时者，无不在其诗集中留下刻痕。法式善与汉族诗人百龄（菊溪）、满族诗人铁保（冶亭）曾并称三才子，彼此间诗文唱和很多，法式善曾写下《次菊溪编修韵》④《雪后冶亭侍郎招同菊溪侍御芝岩编修暨阆峯阁学集石经堂和冶亭韵即效其体》⑤等诗歌，无论赏景、忆旧、探病，或只是小酌，举凡日常生活之情境皆在他们的唱和诗中可寻，而这些诗作也是惺惺相惜之情感记录。吴锡麟（谷人）是法式善的同事，二人同为国子监祭酒，交往中无任何民族界限，可称一生挚友。法式善委托吴锡麟审定自己的诗集、文集，并且写序。在吴锡麟告假南归后也时时以诗代简，殷勤致意，两人唱和作品多达近三十首⑥。

乾嘉诗坛领袖与法式善都有着千丝万缕的联系。法式善从翁方纲游十数年，并先后任职于《四库全书》馆。和袁枚没有见过面，但两人书信往来非常密切，对彼此的诗歌创作也多有品评。⑦不过，兼有诗人和学者双

---

① （清）郭麐：《灵芬馆诗话续》卷5，国家图书馆藏嘉庆21年（1816）孙均刻本。
② （清）张维屏：《国朝诗人征略初编》（二），台北明文书局1985年版，第594页。
③ 统计数字出自《存素堂诗初集录存》《存素堂诗二集》《存素堂续集》《存素堂诗稿》诗作，俱为国家图书馆藏嘉庆12年（1807）王墉刻本。
④ （清）法式善：《存素堂诗初集录存》卷1。
⑤ （清）法式善：《存素堂诗初集录存》卷2。
⑥ 法式善和吴锡麟是一生知交，两人无论是同题酬唱、同赴邀约、还是借景抒怀等，都有诗歌记录，诗如《吴谷人编修赠诗拙作后次韵》《冶亭侍郎招同覃溪先生平宽夫宫詹余秋室集》《湖上晚行偶作短歌索兰雪和》等。
⑦ （清）袁枚著，王英志批注：《随园诗话》，凤凰出版社2009年版，第402页。

重身份的法式善，并不因为熟悉翁方纲的重视创作主体的学问修养的"肌理说"而在诗作中卖弄学问，对袁枚的"性灵说"也是求同存异，认为既要重视创作主体的性情，也不能随心所欲。

梦麟在政事之余勤于创作，并有不俗的成就。他给江南汉族文士的赠诗，是他超越民族界限揄扬拔擢后起之秀的记录。王昶（琴德）是乾隆年间著名诗人，官至刑部侍郎，年长梦麟三岁，然而却是梦麟典试江南时的门生①，梦麟与王昶亦师亦友，梦麟曾作《古诗四章喜王勤德过》赠予王昶，诗中有"愿折珊瑚枝，持谢知音难"②之语，从中可以看出梦麟视王昶如朋友、知己，并勉励其"努力崇明德"。在《长歌赠陈生宗达》诗中也表达了类似的意愿："轶尘孤往奋仙翩，近今豪杰王与桑。来殷凤喈迄琴德，盘拿变灭龙腾骧。"诗后自注：王即芥子（王太岳），桑即殁甫（桑调元），来殷即曹仁虎，凤喈即王鸣盛，琴德即王昶。诗中表现出对这些后辈的极力赞许和期待。对于梦麟的悉心栽培，王昶感言："先生尝作古诗四章赠与，其推许如此，而白首无成，良自愧尔。"③王昶八十高龄辑刻《湖海诗传》，卷十收录梦麟诗歌四十六首，以怀人思旧。王昶极为推尊梦麟的诗歌创作，"先生乐府力追汉魏，五言古诗则取盛唐，七言古诗于李、杜、韩、苏无不有仿，无所不工"④。事实上，王昶的诗风也大体如此，如袁枚所言："王兰泉方伯诗，多清微平远之音。拟古乐府及初唐人体，最擅长。"⑤毫无疑问，这与二人平日间的相互交流密切相关。王昶与黄文莲（芳亭）等并称"吴中七子"。他曾推荐"吴中七子"中的王鸣盛、吴泰来、钱大昕、曹仁虎、赵文哲以及张策时（熙纯）、严冬友（长明）等人给梦麟，⑥梦麟在力所能及的范围内都给予奖拔，士林对此称颂不已。"司空卓荦沉塞，苍劲雄浑。如蛟龙屈蟠，江河竞注。阮吾山

---

① "典乾隆癸酉南乡试，予得出其门下。"（清）王昶著，周维德校点：《蒲褐山房诗话新编》，人民文学出版社 2011 年版，第 37 页。

② （清）梦麟：《大谷山堂集》卷 5，吴兴刘承幹 1918 年刻本。

③ （清）王昶著，周维德校点：《蒲褐山房诗话新编》，第 37 页。

④ （清）王昶著，周维德校点：《蒲褐山房诗话新编》，第 37 页。

⑤ （清）袁枚：《随园诗话补遗》卷 1，昆仑出版社 2001 年版，第 1129 页。

⑥ "既进谒，历询南邦人士。予以凤喈、企晋、晓徵、来殷、升之、策时、东有为对。未及视学江苏，取来殷诸人，悉置之首列，而于凤喈辈推奖不遗余力。"（清）王昶著，周维德校点：《蒲褐山房诗话新编》，第 37 页。

云：'沈宗伯以学胜，司空以才胜。'定论也。视学江苏，所赏拔如王西庄、钱竹汀、吴企晋、曹来殷、赵升之、张策时、严东有辈皆成大名。宜士林至今犹思之也。"① 杨锺羲《雪桥诗话续集》又载："文子司空校士金陵，赏上元涂逢豫文，欲偕之吴淞阅试卷，以母老辞，荐严冬有以自代。司空作三绝句怀之，有'锦样六朝随水去，夕阳愁煞庾兰成。'"梦麟怀涂逢豫的三绝句如今在梦麟诗集中已无从寻觅，但"锦样六朝随水去，夕阳愁煞庾兰成"的佳句却被侥幸地保存下来，梦麟爱才惜才可见一斑。梦麟还曾写有《独坐列岫亭怀吴企晋》②《古诗二章示王祖锡、张策时、赵损之兼寄曹来殷》③《短歌行试院中秋与王芥子萨原庵饮酒作》④ 等诗篇，和门生后进或一起宴饮唱和，或同游共乐，或思远怀赠，梦麟还曾为《媕雅堂诗集》作序，序中对赵文哲的诗才大加赞赏。而这些人也不负梦麟所望，曹仁虎诗才横溢，"以文字受主知，声华冠都下，屡典文衡"⑤。赵文哲"于文无所不工，尤以诗词明天下"⑥。钱大昕更以能诗名噪翰林院庶吉士馆，与纪昀有"南钱北纪"⑦ 之目。梦麟礼贤下士，而他奖拔的士人也对他多有感念，据王昶《户部侍郎署翰林院掌院学士梦公神道碑》记载，梦麟的《大谷山堂集》六卷就是由吴泰来刊刻传世的。

对于梦麟的艺术造诣，生前身后士人都多有品评。梦麟在"赢得孤寒啼泪多"⑧ 的短暂生命中以政事繁忙之余有可观的文学创作，时人认为他"清矫不凡"⑨，也不算谀辞。沈德潜在《国朝诗别裁集》小传后附以评

---

① （清）王豫：《群雅集》。
② （清）梦麟：《大谷山堂集》卷5。
③ （清）梦麟：《梦喜堂诗》卷6，国家图书馆藏乾隆间刻本。
④ （清）梦麟：《梦喜堂诗》卷3。
⑤ 赵尔巽等：《清史稿》卷485，第13381页。
⑥ （清）李元度：《国朝先正事略》卷42，岳麓书社2008年版，第1223页。
⑦ （清）钱大昕：《竹汀居士年谱》乾隆21年二十九条，钱庆曾续补：《中国近三百年学术史参考数据》（5编），崇文书局1974年版。
⑧ 郭曾炘《杂题国朝诸名家诗集后》有"岱岳刊诗绝顶摩，南金东箭尽收罗。午塘短折同容若，赢得孤寒啼泪多"之语。郭曾炘：《匏庐诗存》卷7，《徂年集》（下），《清代诗文集汇编》第787册，上海古籍出版社2010年版，第158页。
⑨ （清）朱庭珍：《筱园诗话》，郭绍虞编选，富寿荪校点：《清诗话续编》（下），上海古籍出版社1983年版，第2372页。

语:"乐府宗汉人,五古宗三谢,七古宗杜韩,虽不能至,心向往之,不必议其不醇也。近日台阁中无逾作者。倘天假以年,乌容量其所到。"①评语可谓实评,并无夸虚之辞。从评语可看出梦麟已经过世,作为盖棺定论的评价,既委婉地指出了诗作的渊源与不足,又说出梦麟诗作在当时台阁中无人能出其右的地位,并表示感叹和惋惜。在《大谷山堂集》序中则说:"先生具轶伦之才,贯穿百家,其胸次足以包罗众有,其笔力足以摧挫古今,而能前矩是趋,志高格正。"高度赞颂了梦麟的才学、胸襟和笔力、格调。法式善认为七言歌行这种诗歌体式非常适合"天才奇纵"②的梦麟。廖景文《罨画楼诗话》引《漫画居诗话》也说:"梦文子司空麟,诗如天马行空,不受羁靮,五七古尤为擅长。"张维屏《听松庐诗话》则说:"午塘先生未弱冠而入词垣,未三十而跻入座,且屡掌文衡,进参枢务。而其为诗,五言则萧廖澄旷,七言多激楚苍凉,方处春华之时,已造秋实之境,盖得于天分,非人力所能与也。"③林昌彝《海天琴思续录》:"七言激楚复悲凉,五字萧寥又老苍。朔气关云奇句在,敲残铁板唱斜阳。"④晚清徐世昌《晚晴簃诗汇诗话》则再次肯定了梦麟的成就"午塘年仅三十一而殁,其诗已足名家"。⑤梦麟跨越民族、等级的隔阂对汉族才士的奖拔,当时或后世多民族诗人对他的诗作的品评,在繁荣清代诗学的同时,也将不同民族间诗学观念中的碰撞、交流、吸纳、认同的轨迹和整体面貌清晰地展示在世人面前,对于正确理解中华民族多元一体文化格局下乾嘉诗坛演进有着重要意义。

博明少承家世旧闻,加以博学多识,精思强记。于经史、诗文、书画、艺术、马步射、翻译、图书源流,以及蒙古、唐古忒文,均贯串娴习。他与翁方纲既是同乡,乾隆丁卯(1747)又同举乡试,壬申(1752)同中会试,同出桐城张树彤先生之门,又同选庶常,同授编修,同直起居注,同修《续文献通考》,同教习癸未科庶吉士,同官春坊中

---

① (清)沈德潜:《国朝诗别裁集》(下),中华书局1975年版,第525页。
② (清)法式善:《梧门诗话》卷1,台北文海出版社影印稿本。
③ (清)张维屏:《听松庐诗话》,《张南山全集》,广东高等教育出版社1993年版,岭南丛书排印本。
④ (清)林昌彝:《海天琴思续录》,北京师范大学图书馆藏同治3年(1864)林氏广州刊本。
⑤ 徐世昌:《晚晴簃诗汇诗话》,中华书局1990年版。

允。后来两人皆外放,翁方纲视学粤东,博明视察粤西。翁方纲寄诗给博明。博明去世时,翁方纲恰好出使江西,闻之不胜悲悼之情。① 其后,博明的《西斋诗辑遗》刊行,翁方纲题诗二首云:"'艺苑蜚声四十年,凄凉胜草拾南天。玉河桥水柯亭绿,多少琼瑶未得传。''香浓雪沍怆人琴,给事频年感旧心。留得梅盦诗话在,淮南烟月讯知音。'"博明一生宦海颠簸,因在翰林最久,所以后人常称其为西斋洗马。他临终前将自己所著两种杂著托付老友邵楚帆(自昌),十多年后,邵楚帆和广泰在嘉庆辛酉(1801)将该书刻于广陵节署。

博明性情疏放,才华横溢,乾嘉诗坛许多文士对其赏爱有加。乾隆27年(1762)的进士戴璐熟知博明为人,曾云:"博晰斋明……博闻强识,于京圻掌故,氏族源流,尤能弹洽。老年颓放,布衫草笠,徒倚城东,醉辄题诗于僧舍酒楼。有叩其姓氏者,答云:'八千里外曾观察,三十年前是翰林。'又云:'一十五科前进士,八千里外旧监司。'性情可称洒脱。"② 赵文哲曾赠诗博明,"天子重循吏,畴咨界大藩。粤西接滇南,军兴正纷繁。君乃得平调,万里移朱幡。"(《赠博晰斋观察即题水石清娱画卷》)③,王昶也极为推崇博明诗作,曾这样评价其才华:"使君才似萨天锡,曾向蓬瀛看画壁。揭来按部抵邪龙,十八溪流轰霹雳。"④ 博明也曾写下《和王兰泉赵璞庵见怀韵兼寄钱冲斋》⑤ 与朋友们酬唱。除了"吴中七子"中的几位,博明与乾隆朝的文士乐槐亭、苏汝谦、陈作梅等唱和诗也很多,郭则沄《十朝诗乘》和杨锺羲《雪桥诗话》都对博明的才华予以肯定。

文士诗友超越民族、超越权力的诗作往往是见情见性之作,博明一生随性,保存下来并非完璧的诗集中酬唱之作最多,可见他的内心中对于文友间的话语融通是很看重的。

松筠诗作散佚较多,目前在诗集中能看到写给满汉族文士祁韵士、徐

---

① (清)翁方纲:《〈西斋杂著〉序》,博明:《西斋杂著二种》,国家图书馆藏嘉庆6年(1801)刻本。
② (清)戴璐:《藤阴杂记》卷6,北京古籍出版社1982年排印本。
③ (清)赵文哲:《娵隅集》(中),上海图书馆藏乾隆间刻本。
④ (清)王昶:《寄博晰斋八叠前韵》,《春融堂集》,内蒙古师范大学图书馆藏清刻本。
⑤ (清)博明:《西斋诗辑遗》卷2,国家图书馆藏嘉庆6年(1801)刻本。

松、富俊、富伦泰等人的诗歌，但并不多。阿桂、长龄、明瑞、和珅则在边疆政务文牍中与松筠打过交道，松筠诗文中略有提及。祁韵士在戍伊犁期间受伊犁将军松筠之命，创纂《新疆识略》《西陲要略》《西域释地》等。徐松在遣戍伊犁期间，发现新疆版图数十年视同畿甸，而未有专书，于是详述有关新疆的建置、控扼、钱粮、兵籍等事成书，由松筠奏进，赐名《新疆识略》。松筠文友中，与其同民族同官边疆的和瑛无疑是他文学、政事交往最多的士人，和瑛现存诗集中有与松筠唱和的诗作十七首，如《和松湘浦司空咏园中双鹤元韵》①《对月怀湘浦制军》②《端阳书怀寄前藏湘浦司空二首》③等。不过，松筠残集中留下的与和瑛唱和的诗作很少。

和瑛是一生勤于笔墨的封疆大吏，公事之暇，和朋友忙于酬唱。在他的现存诗作中，和他唱和最多的除了松筠，就是曾官四川总督的满洲正红旗人和琳，两人有《卫藏和声集》，④酬唱一百多首，和瑛还曾写有《前藏书事答和希斋五首》⑤及《送别和希斋制军之蜀十首》⑥，在这些诗作中追忆了两人情谊，并且对藏地和四川的风俗民情山川景色多有描述。蒙满文士的交游，因其民族属性的相似性、阶级身份大抵对等、共同秉持对汉文化的倾慕，故在诗歌唱和、情感交流中较少滞碍。吴俊（蠡涛）是和瑛的知交，常常写诗给和瑛，和瑛也写下《喜吟碧山房竹胜往年次吴蠡涛方伯韵》⑦等诗回赠友人。除此而外，与和瑛时相唱和的汉族诗人还有李世杰（云岩）、孙士毅（补山）、王澍（恭寿）、沈琨（舫西）、颜检、吴慈鹤等，都是一时名士，江西士人吴兰雪还为和瑛诗集作序。和瑛一生喜好汉文化，于易学、经学都有深入研究⑧，除了与仕途中结交的友朋诗酒唱和，互相品评赏析文学创作之外，和瑛生前身后都不乏关于他的创作的

---

① （清）和瑛：《易简斋诗钞》卷2。
② （清）和瑛：《易简斋诗钞》卷2。
③ （清）和瑛：《易简斋诗钞》卷2。
④ 《卫藏和声集》，中山图书馆藏清钞本。
⑤ （清）和瑛：《易简斋诗钞》卷1。
⑥ （清）和瑛：《易简斋诗钞》卷1。
⑦ （清）和瑛：《易简斋诗钞》卷1。
⑧ 著有《读易拟言内外篇》《经史汇参上下编》《读易汇参》《易贯近思录》，编有《风雅正音》等著作。

评述。

在乾嘉诗坛多族文士的互动中，我们可以清晰感知，无论是何民族身份，诗人们的诗学观念、诗作语言、思维方式早已与儒家诗学立场融合无迹。诸如提倡温柔敦厚的诗学理念、重视文学的教化功能等。满蒙诗人们与汉族诗人在创作中的思维方式也无所区分。俱是感悟灵妙，意境深远，葆有生命的律动。而当他们的诗集刊刻流传后，乾嘉文坛对他们的接受更加具体。

梦麟的诗集，名曰《大谷山堂集》，现有八种刻本。《梦喜堂诗》是乾隆间六卷刻本，前有沈德潜序，吴门穆大展镌字样沈德潜的序文在概括性地对梦麟诗歌创作、诗学思想做出评价的同时，也可看出对于蒙古族诗人使用非本民族文字创作的赞许及包容态度。

博明的经史书画等的考订文字，皆收于笔记散文《凤城琐录》和《西斋偶得》中，而诗歌方面的成就则存于两部诗集《西斋诗辑遗》和《西斋诗草》中。《西斋诗辑遗》三卷，由其外孙穆彰阿刊于嘉庆6年（1801），北京大学藏《西斋诗草》抄本卷首次页有王昶题四首七绝。博明志耽风雅三十余年，所为诗绝不止于此。法式善曾说："惜缣素零散，古刹墙壁间，尚有存者。余采《诗话》，载其壬午典试粤东咏古四诗，略见一斑而已。"① 当《西斋诗辑遗》编成待梓时，翁方纲为之题有二首七绝，点明此辑遗乃凄凉胜草，其未得流传的佳篇正复良多的事实。

法式善曾参与编纂武英殿分校《四库全书》，著有《存素堂诗初集》二十四卷、《存素堂诗二集》八卷、《存素堂诗稿》二卷、《存素堂试帖诗》一卷、《存素堂文集》四卷、《存素堂文续集》二卷、《梧门诗话》《陶庐杂录》《清秘述闻》等。目前国内可见的刊本都是萍乡王埔嘉庆12年（1807）在湖北德安所刻。无论单行本还是合集本均有作者原序、同时期文人序跋（如袁枚序）、画像、赞等。

和瑛一生创作颇丰，而且种类繁多。文学作品有《西藏赋》一部，《太庵诗稿》九卷、《泺源诗稿》（不分卷）、《易简斋诗钞》四卷，并编有诗歌总集《山庄秘课》。《太庵诗稿》亦作《太庵诗钞》，九卷，为自订

---

① （清）法式善：《八旗诗话》，张寅彭、强迪艺编校：《梧门诗话合校》，凤凰出版社2005年版，第512页。

稿本①。《泺源诗稿》是其所编《天山笔录》三部中之一②。《易简斋诗钞》四卷,道光3年(1823)刻本,九行十八字白口双边单鱼尾白纸本,收诗五百七十六首。卷首有当时被尊为"浙西六家"之一的吴慈鹤撰于道光3年(1823)的一篇序文。

同为边疆大吏,松筠著述种类也颇为繁富,但诗作较之和瑛少很多。现藏北京图书馆的《松筠丛书》,五种六卷,凡四册,系嘉庆道光间刻本。民国间北平文殿阁印行的国学文库本,又题作《镇抚事宜》,亦名《随缘载笔》,并注明为家刻本,刊于嘉庆2年(1797)至道光3年(1823)间。

文孚《秋谭相国诗存》九卷由其门人张祥和整理刊刻于道光21年(1841)大梁柏署,现藏于辽宁省图书馆。

白衣保著有《鹤亭诗稿》4卷,道光16年(1836)刻本,1册。

乾嘉诗坛的这九位诗人,法式善、和瑛都是自己安排诗集刊刻,并请与自己交好的汉族文士写序;国栋博明、松筠的诗集是家族后人刊刻,由汉族文士题诗作序跋;景文的诗集身后由满族后辈刊刻并作序跋;文孚生前把诗集交给追随自己多年的汉族士子,去世后,诗集由其刊刻;梦麟壮年去世,由他拔擢的汉族士子精心刊刻并请当世名人作序。因此,在他们的诗集编纂、刊刻乃至传播中,蒙汉交融得到了集中体现。与汉族诗人相比,乾嘉诗坛的蒙古族诗人诗集不是精英文学,但在文学史上的意义却非常重要,相比诗歌创作的静态分析,诗集刊刻是动态流传,传播中关涉的政治与文学,文学与文化等多方面的价值更可彰显。蒙古族在蒙汉交融视域下对乾嘉诗坛演进所做的贡献,改变了汉族士人的少数民族汉文创作水平低下的认知,刺激了坊间编纂、评析蒙古族诗学的风潮,进一步激发了诗坛中华多民族文学认同。

第二节　多元文化交融下的乾嘉诗坛创作

乾嘉诗坛是一个诗人众多、流派纷呈的时代,舒位编纂《乾嘉诗坛点

---

① (清)和瑛:《太庵诗稿》,中山大学图书馆藏稿本。
② (清)和瑛:《天山笔录》,台北"中央研究院"历史语言研究所傅斯年图书馆藏稿本。

将录》，以水浒一百零八头领录诗人，王昶编《湖海诗传》，收录自康熙51年（1712）至嘉庆8年（1803）诗人614位，选诗46卷，约四千五百首诗歌。然而这一时期政治上的高压统治和经济上的繁盛，也导致清初诗歌中葆有的那种"真气淋漓"① 诗作渐趋减少，而醇雅之诗风弥漫诗坛。即便如此，乾嘉诗坛作品依然有创作题材广泛与艺术探寻伴行、践行儒学为核心的主题创作与"盛世悲音"形成的特点。

一 创作题材广泛与艺术探寻伴行

继清初遗民诗潮的写作之后，乾嘉诗坛诗作进入了相对静谧、舒缓的写作氛围。承传诗史旧有写作题材，咏史怀古诗、写景诗、题画诗、论诗诗、纪游诗、闲适诗都在这一时期得到了继续发展。洪亮吉、毕沅、赵翼、张问陶、王昶等人对上述题材皆有可观之作。其中纪游类诗作在精神质素和艺术探寻上较之前有了很大的发展。

乾嘉时期疆域广大，而诗人因诸种原因游边者增多，创作了大量的纪游诗。毕沅、洪亮吉、王昶、和瑛、杨揆等诗人在诗歌题材的开拓性、艺术风格的多样性、诗作体式的繁复性，以及诗人的生命体验方面，都为乾嘉纪游诗注入了新的质素。

毕沅"性好游览山水，为诗益多且工"②，更因宦海奔波，行迹遍及吴、越、豫、鄂、黔、鲁、湘、甘、陕、晋、冀、蒙、新各地，所到之处均有诗歌纪游。无论秀美风物，还是壮阔景象都在笔底有所呈现。所作长篇歌行如《自兰州至嘉峪关纪行诗一百韵》《古玉门关》《蒲海望月歌》《博客达山歌》《鸣沙山》等，皆能自铸伟词，力拓异境，让人耳目一新。除了单篇之作外，毕沅尤其喜好用大型组诗的形式来进行创作，如《西山纪游诗二十首》《春和园纪游诗二十四首》《绚春园即景十首呈望山先生》《盘山纪游诗六十首》《山行杂诗十二首》《游终南山十五首》《访唐王右丞辋川别业二十首》《重游终南山》《嵩岳纪游诗六十首》《涉沅十九首》《衡岳纪游诗六十首》《红苗竹枝词二十首》，等等。同为江苏诗人，性格豪放不羁的洪亮吉，也常行走四方，留下了大量的纪游之作。其诗歌风格具有尚新、尚奇、尚真的特点，被贬伊犁的遭际，让他借西域风光，吐露了"东望嘉峪关，中怀

---

① 严迪昌：《清诗史》，浙江古籍出版社2002年版，第185页。
② 徐世昌：《晚晴簃诗汇诗话》卷89，民国18年（1929）退耕堂刊本。

渗如结"(《安西至格子墩道中纪事》)的抑郁之情,与"他时逐客倘得还,置家亦象祁连山"(《天山歌》)的豪迈之气。乾隆56年(1791),廓尔喀贵族再次大举入侵西藏,占据了聂拉木、济咙等地,一直攻到日喀则,班禅七世被迫逃往前藏,清政府派大将军福康安等进藏反击。福康安奏请杨揆为从军记室,杨揆就此写下一百三十余首"青藏高原诗"。诗人从西宁出发,走过日月山、青海湖、通天河、星宿海、昆仑山、热索桥、雅鲁藏布江、鹿马岭、丹达山、黎树山、嘉玉桥等山川诸胜,写下了一首首逸响伟辞、卓绝一世的诗章,展现了一轴轴青藏高原风景图画。[①]

和瑛科举入仕五十余年,宣力三朝,抚绥封圻,足迹遍及南北,因"老成勤慎,谥为简勤"[②]。其间在藏八年,先后驻节新疆七年,任职边地的十五年给他赢得了"久任边职,有惠政"[③]的声誉,也为他提供了丰富的诗材。和瑛作有纪游诗231题250多首,西域诗45首,其他诗作40余首,合计340多首。这些描写边疆风光及少数民族风情的诗作是和瑛诗集中最能体现民族特色的见情见性之作。日常写作,蒙汉族诗人的题材内容中很少能看出他们的民族差异,但当蒙古族诗人去往能够唤醒自己民族意识的边疆地区,来自于民族血脉中的那种发散自由,就会让他们无拘检地挥洒才情。"朔风溥波霜天高,弱水冻涩流沙焦。行人到此缩如猬,况复西指瀚海遥"(《甘州歌》)[④]展示了边疆的荒寒;"博达神皋拥翠鬟,行人四望白云间。遥临地泽千区润,高捧天山一掬悭。弥勒南开晴雪圃,穆苏西接古冰颜。钟灵脉到伊州伏,为送群峰度玉关"(《巩宁城望博克达山》)[⑤]呈现了边疆的静美。边塞之美,是由奇风异俗共同构成的。"怪道花门节,刲羊血溅腥。羯鸡充牋里,娄故震羌庭。酋拜摩尼寺,僧喧穆护经。火祆如啖蜜,石橄信通灵"(《观回俗贺节》)[⑥]是一幅典型的民俗图;"初识关山险,人争脚马拖"(《大关山》)中的脚马,则是边地特有

---

① 赵宗福:《论杨揆的青藏高原诗》,《青海师范大学学报》1988年第3期,第87—88页。
② 《清史列传》一四六,《国朝耆献类征初编》卷100,中华书局1987年版。
③ 赵尔巽等:《清史稿·和瑛传》卷353,第11282页。
④ 《易简斋诗钞》卷3。
⑤ 《易简斋诗钞》卷3。
⑥ 《易简斋诗钞》卷3。

第三章　乾嘉诗坛思潮与蒙古族汉诗创作　　　　　　　　　　　　　397

之物①。《渡象行》《题路旁于阗大玉》《获大白玉》《突厥鸡诗》又可以欣赏到新疆的一些不为中原所有的"于阗玉""象""突厥鸡"等物产。而和瑛"突厥鸡"的写作源起，更隐含西域风情之神秘性，"天聪七年，沙鸡群集辽东，国人曰：辽东向无此鸟，今蒙古雀来，必蒙古归顺之兆。明年，察哈尔来降。乾隆癸酉、甲戌，连年冬月，京师西北一带，此鸟群来万计，次年，准噶尔来降。"② 和瑛诗作中对西域风光的独特描述是久居中原的汉族士人倍加关注的，其《嘉平月护送参赞海公统军赴藏》《题乌沙克塔拉军台路旁大玉》《洗箭》都被后人摘记下来详考写作原委。③

　　和瑛诗不只对新疆、西藏这样的民族地区的自然风光有所记录，对历史和文物古迹也有翔实的描述。如他在藏时写的《喜闻廓尔喀投诚大将军班师纪事》，描写乾隆年间平复驱逐尼泊尔入侵者推诚服输以象交好的情形；《金本巴瓶签掣呼毕勒汗》叙述金瓶掣签选达赖、班禅事件；《大招寺》《小招寺》《布达拉》不仅描写了藏地著名寺庙的壮观景象，还介绍了建筑的由来与唐代吐蕃松赞干布和文成公文成亲的史实，"唐公主思念长安，故造小招东向"。特别是《木鹿寺经园》这首五律，通过写木鹿寺经园中多种文字的佛经，赞扬了各民族的文化交流。和瑛乾隆58年（1793）任驻藏大臣，入藏地八年，对西藏的佛教寺庙，官制风俗，物产地界，他考核綦详，写下《西藏赋》一卷。身为边疆重臣，在其西藏任上，他曾多次会晤班禅并作诗纪事。如写于乾隆59年（1794）的《晤班禅额尔德尼》④，写于嘉庆元年（1796）的《班禅额尔德尼共饭》《班禅

---

① 和瑛诗中自注云："土人以铁齿束足底名脚马"。《易简斋诗钞》卷3。
② （清）杨锺羲著，雷恩海、姜朝晖点校：《雪桥诗话余集》卷5，《雪桥诗话全编》第四册，人民文学出版社2011年版，第2524—2525页。
③ "乾隆季年，选进和阗所产大玉凡三，最巨者青色，重万觔。次者葱白色，重八千觔。又次者白色，重三千觔。人畜挽拽以千记。嘉庆四年二月，运至乌沙克塔拉军台，有诏截留勿进，遂委道旁。载玉四轮车亦毁弃於此。回汉欢呼，永泐盛德。和简勤纪诗二首云云。盖持节西行途中见玉而作""和简勤生时，星家言其有十万里驿马，果历使穷边，两经谪戍，遍涉前、后藏及天山、轮台、渠犁、车师之境。其《洗箭》诗云云。咏兆文襄西征事也。洗箭在叶尔羌城东七十里，文襄督战经此，被围粮绝，忽掘地得窖米；久之，弹亦绝。逆酋所放鸟枪，悉中大树，得铅弹数万。追援军掩至夹攻，遂奏大捷。"龙顾山人纂，卞孝萱、姚松点校：《十朝诗乘》卷13、卷9，福建人民出版社2000年版，第508页、第351页。
④ 《易简斋诗钞》卷1。

额尔德尼燕毕款留精舍茶话》《留别班禅额尔德尼》①，等等。这些诗不但展示了藏地独特的饮食风俗，而且更是清朝对西藏进行管辖的史证，"燕飨款洽，历历如绘，洵杰作也"②，被认为是生动的西藏风物图。他在新疆时写的《宿库车城》描述了库车作为古龟兹国所在地的千佛洞、唐壁经、汉城垒等文物故址。七言古风《题巴里坤南山唐碑》，介绍了古高昌国故址和高昌国的134年兴衰历史，描写唐代统治期间新疆地方割据势力的兴衰以及中央王朝平定反叛、刻碑纪功的过程，"岂知日月霜雪今一家，俯仰骞岑共惆怅"，诗人赞扬唐王朝的平叛武功，无疑是在借古咏今，强调维护中华统一的信念。和瑛诗作从多维角度通过对边地政治与宗教、文化与文学的融通描绘，将乾嘉时期多民族融合的人文精神和民族气质自觉地融入诗歌创作中，创作出宏阔雄健，富含多民族风情的诗歌。

和瑛足迹广远，十几年间行走十几万公里，因之诗材丰富，举凡山川景物、风土人情，无事不可入诗，其灵动高妙的笔触，对民族团结的翔实记录，对民族风情发自内心的喜爱与亲近感，使他的这类诗作明显有别于同时代的汉族诗人诗作。他曾作有一百七十六句和二百句的两首长篇纪游诗，后人以为"诗述诸边风土，可补舆图之缺"③。

毕沅、洪亮吉、杨揆、和瑛等汉蒙诗人以其丰富的边疆纪游经历和才情写就的边塞题材的诗作，扩大了自从唐代以来得到成熟和发展的中国边塞诗的写作范围和创作深度，拓展了清代文学的创作的题材，而王昶等诗人对于蒙古族地区风俗风情的叙写，更为蒙汉交融视域下的中华多民族的清代文学史留下了浓重的一笔。

王昶曾经"北至兴桓"④，因此对蒙古族风俗风景多有描述。他曾写有《诈马》⑤《教駞》⑥《榜什》⑦《相扑》⑧等有关蒙古族习俗的诗作，恐时人不解，在诗前都用小序做了解释。如"诈马为蒙古旧俗，今汉语俗所

---

① 《易简斋诗钞》卷2。
② （清）郭则沄：《十朝诗乘》卷13，第509页。
③ （清）符葆森：《国朝正雅集·寄心庵诗话》，国家图书馆藏咸丰7年（1857）刻本。
④ （清）王昶：《湖海诗传自序》，《春融堂集》卷41。
⑤ （清）王昶：《春融堂集》卷8。
⑥ （清）王昶：《春融堂集》卷8。
⑦ （清）王昶：《春融堂集》卷8。
⑧ （清）王昶：《春融堂集》卷8。

谓跑等是也，然元人所云诈马实咱马之讹，蒙古语谓掌食之人为咱马，盖呈马戏之后，则治筵以赐食耳。扎萨克于上行图木兰进宴时择名马数百列，二十里外结发尾去羁鞯，命幼童骑之以枪声为节递施传响，则众骑齐骋腾越山谷，不踰晷刻而达。抡其先至者赏之"。其"突如急箭离弓鞘，捷如快隼除鞲条。……应节直上侪猿猱，先者怒出追秋飙。后者络绎惊奔涛，耳畔但觉风刁骚。势较晷刻争分毫，或越林莽登山椒。二十里外恣逍遥，御筵黄屋苍天高"诗语灵动欢快，读之则对蒙古族沿革已久的"诈马"和"诈马宴"有了了解。再如"教騬，《周礼》所载，今惟蒙古熟悉其法，谓之骑额尔敏达騲马，三岁以上曰达騲额尔敏，则未施鞍勒者也，每岁扎萨克驱生马至宴所散逸原野诸王公子弟雄杰者，执长竿驰縶之，加以羁鞯腾踔而上，始则怒驰逸骋豨突人立顷之，乃调习焉。"诗云："塞垣生马犹生龙，瞬息百里腾长空。麒麟谁能赤手捕，蕃王王子真骁雄。长竿一丈如飞虹，扠身直上披花骢。马惊且怒作人立，奋迅一跃无留踪。云沙飒飒烟濛濛，山移谷立秋涛冲。或蹄或啮无不有，倏起倏落焉能穷。须臾力尽势稍息，俯首始受金羁笼。朱缨玉辔纷玲珑，归来振策何雍容。圉人太仆尽欢羡，真足立仗长杨宫。是时大搜寘颜东，天闲十二相追从。兰筋磩礧森方瞳，更命考牧搜名骢。花门万骑声隆隆，降精天驷宁难逢。呜呼降精天驷宁难逢，莫使大野夜夜嘶霜风。"描写形神毕肖。"榜什"则是蒙古乐器名称，今不传。按照王昶的叙述，与笳、管、筝、琵琶、阮、火不思都不相同，是酒宴时在筵前鞠躬演奏的。"相扑"则是相沿至今的一项体育运动，其起源依旧是为筵宴时助兴。王昶还分辩此项运动在清有练习健士之用，"谓之布库，蒙古语谓之布克，脱帽短裤，两两相角以搏之仆地为分胜负"。在诗人笔下，"一人突出张鹰拳，一人昂首森貆肩。欲搏未搏意飞动，广场占立分双甄。猛虎掉尾宿莽内，苍雕侧翅秋云巅。须臾忽合互角觚，挥霍掀举思争先"。相扑勇士的腾挪奋扑如在目前。除了着意于蒙古风俗，王昶也有很多描述塞外风光的诗作，或状沙漠寒夜，"沙惊圆月暗，风挟怒泉流""霜寒嘶病马，沙碛伏明驼"（《八月十五日夜进哨》）[1]；或述秋风塞上，"短衣茸帽晓迎风，塞雁行行映碧空"（《木兰围中和申光禄笏山韵》）[2]"千林黄叶飒秋风，残日初沉暮霭空。"

---

[1] （清）王昶：《春融堂集》卷8。
[2] （清）王昶：《春融堂集》卷8。

(《再次前韵》）①，不一而足。其以蒙语为标题的登高吊古之作《噶颜哈达》②，更是呈现了蒙汉话语融通下的乾嘉诗坛创作新风尚。

乾嘉时期，大量的中原人士出塞来到蒙古地区，因此，除了王昶，还有多人在诗作中描述蒙古地区风景风俗。他们的诗作，有以蒙古地区地理名物景观为意象而作的，如成都人嘉庆辛酉（1801）举人汪仲洋之《燕然山》③、无锡人乾隆壬申（1752）进士顾光旭之《五原》④、吴县人乾隆庚子（1780）举人王鄩之《绥远城遇雨》⑤；有来到塞外引动乡愁和怀古之情的，如昆明人乾隆丁卯（1747）举人杨永芳之《送李翼兹进士出塞省亲》⑥、钱塘人乾隆壬申（1752）进士周天度之《奄旦处也时朔雪被野人马衣裘满目寒色怅然兴感作怀古四篇》其四⑦。更多的诗人往往以古题为名写作，如桐城人乾隆壬戌（1742）进士姚范的《塞下曲》⑧，写的是"万里交河春草绿，十年明月戍楼多"的相思儿女的情怀；浙江山阴人乾隆庚辰（1760）进士平定金川时遇难的吴璜《塞下曲》⑨，有对烽火塞上的想象；而上海人乾隆丁丑（1757）进士曹锡宝的《秋日塞上杂咏》其一⑩，则对塞上秋日的高古之气极尽描摹，其"雄关高并太清连，终古风云壮北燕。山自朔庭环九域，城联辽海控三边。牧羝沙暖空榛莽，饮马泉清绝瘴烟。盛代即今虚斥堠，秋光满目覆平田"之诗语，读后有秋气塞垣两相高之感；曾修成《彰德府志》的卢崧的《秋塞吟》⑪呈现的则是"大漠秋空百草肥，牛羊腾趋驼马威。春不祈年秋有报，卧波山插番人旗"的水草肥美的塞上景象。诗人在末句中表现的"相看都是太平客，高吟一曲秋风来"，也是中华各民族百姓的心声。塞上景色是美丽的，风俗也是新

---

① （清）王昶：《春融堂集》卷8。
② 诗题后自注："噶颜蒙古语谓古战场，哈达山也。"（清）王昶：《春融堂集》卷8。
③ 徐世昌：《晚晴簃诗汇》卷116，第4971页。
④ 徐世昌：《晚晴簃诗汇》卷81，第3382页。
⑤ 徐世昌：《晚晴簃诗汇》卷81，第3382页。
⑥ 徐世昌：《晚晴簃诗汇》卷79，第3297页。
⑦ 徐世昌：《晚晴簃诗汇》卷81，第3388页。
⑧ 徐世昌：《晚晴簃诗汇》卷77，第3178页。
⑨ 徐世昌：《晚晴簃诗汇》卷89，第3722页。
⑩ 徐世昌：《晚晴簃诗汇》卷88，第3666页。
⑪ 徐世昌：《晚晴簃诗汇》卷88，第3666页。

异的。无锡人乾隆丁巳（1737）进士王会汾《札克丹鄂佛浴营观蒙古骑生马歌》①，以灵动之诗笔描绘观蒙古健儿操演舞马戏的场面。六安诗人夏之璜伴随卢见曾军台效力，曾亲住穹庐，其"踢踏弯庐曲似弓，膝支为几草忽忽。书成春月秋蛇体，诗在柴烟粪火中"②是对草原毡房中生活的真实写照。塞外风情在引动中原汉族诗人诗思的同时，也激发了乾隆皇帝的创作欲望，他亲身出塞后曾写下三首《过蒙古诸部落》及《科尔沁》，其"猎罢归来父子围，露沾秋草鹿初肥"与"小儿五岁会骑驼，乳饼为粮乐则那"的记述，敏锐捕捉游牧民族生活特色。

在对蒙古地区风物的描述中，胡汉和亲是历代诗人们的永恒话题，乾嘉诗坛也有多人书写这一题材。如芜湖人乾隆癸未（1763）进士韦谦恒之"红颜安社稷，青史至今存"（《王昭君》）③，表彰女子为国尽忠；无锡人乾隆丁未（1787）进士顾钰之"不恨妾身投塞外，却怜汉室竟无人"（《昭君怨》）④，用女子的口吻抒发对汉廷无能的悲叹；秀水人乾隆癸酉（1753）举人庄肇奎《无题》其一⑤之"舞衣歌板飘零尽，羞说明妃自有村"，反诘杜甫《咏怀古迹》（群山万壑赴荆门），表达诗人对昭君"花自飘零水自流"的喟叹；蒲城人著名文士屈复之"阴山一去紫台空，环佩何劳怨朔风。汉帝六宫春草碧，只今谁在画图中"（《明妃》）⑥，则是对昭君出塞之举的肯定；嘉定人嘉庆乙丑（1805）进士时铭《题明妃出塞卷子》⑦四绝句，通过想象昭君的塞外生活表达和亲对安边之功；浙江山阴人胡天游《赋得明妃三叠》其一⑧则感喟美人飘零塞外。

乾嘉诗坛汉族文士对塞外蒙古风情的描写，体现了蒙汉文化交流和文学方面的互动，丰富了清代文学。这些诗歌记录了胡笳的旋律里和歌舞、赛马的欢乐中的草原游牧民族对人生的体味和对自然的欢愉，承载了汉族文士在面对草原文化空间时对存在意义的思考，为乾嘉诗坛增添了宝贵的

---

① 徐世昌：《晚晴簃诗汇》卷74，第3083页。
② （清）夏之璜：《塞外橐中集》，中国人民大学图书馆藏乾隆间刻本。
③ 徐世昌：《晚晴簃诗汇》卷92，第3828页。
④ 徐世昌：《晚晴簃诗汇》卷105，第4463页。
⑤ 徐世昌：《晚晴簃诗汇》卷81，第3407页。
⑥ 徐世昌：《晚晴簃诗汇》卷72，第2984页。
⑦ 徐世昌：《晚晴簃诗汇》卷118，第5070页。
⑧ 徐世昌：《晚晴簃诗汇》卷72，第2972页。

草原审美艺术，以及地域环境和民族风俗的史料。

二 践行儒学为核心的主题创作与"盛世悲音"形成

乾嘉年间的著名诗人，大多写有关注儒家伦理教化之作，无论是沈德潜、翁方纲、钱载、赵翼、洪亮吉、王昶、舒位、张问陶、张维屏、包世臣、陈寿祺、梦麟、松筠、文孚、汪中、黄景仁这样以现实主义的民生写作闻名者，还是纪昀、钱大昕、袁枚、孙原湘、厉鹗、法式善、博明、和瑛这样以闲适诗、写景诗见长，偶有关心民瘼之作品者。儒学是汉族诗人的性命之学，因此，践行之不过是士人安身立命之本，但蒙古族诗人若能以身心去体察并付诸诗行，还是值得关注的。

梦麟是乾嘉诗坛蒙古族诗人中感悟灵动、意境深邃，颇能彰显生命律动的诗人。《清史稿》云："梦麟早年负清望，参大政，方驾遽税，惜哉。"① 所谓早负清望者包括两个方面，一是政绩，二是诗歌创作上的成就。《清史稿》置梦麟于列传，属于政界大臣一类。而李元度的《国朝先正事略》却将他归于文苑传②，重其文化上的贡献。国子监祭酒和翰林院掌院学士，这两个清要之职只有通儒才得以担任，梦麟以二十一岁官祭酒，三十一岁署掌院学士，他的才华在整个清代诗坛上也是非常突出的。

梦麟诗集《大谷山堂集》《梦喜堂诗》，存诗三百五十多首。其中，以歌行体写就的现实主义诗歌所占比重最大。在诗集中，梦麟的《河决行》《敖阳夜大风雪歌》《沁河涨》《舆人哭》《哀临淮》《悲泥塗》诸篇，诗人选择或冷峻，或豪骤，或跌宕的意象，呈现出生活于"乾隆盛世"的劳工、舆夫等疲于奔命，朝不保夕的众生世相图，以深广的力度、颇具典型性的生活场面来反映现实。

梦麟的诗歌显示他承载了沉重的社会责任感。当为朋友送行时，他询问"使君何以筹苍生"（《送何西岚出守凉州》）；同僚宴请时，席间他高谈"君不见，东南其亩稼与禾，高坟潦退茎穗罗。卑壤浸渍犹盘涡，河声昨夜奔前坡"（《检沁楼宴歌》）；独居四望时，他期盼"顾祝百室盈，吾

---

① 赵尔巽等：《清史稿·梦麟本传》，列传91，第10504页。
② "梦麟，字文子。蒙古人。乾隆十年进士。官至工部侍郎。工诗。乐府宗汉人。五言古诗宗三谢。七言古诗宗杜韩。皆能具体。一时台阁中无出其右者。惜早逝。未竟其才。"（清）李元度：《国朝先正事略》卷42，岳麓书社2008年版，第1223页。

亦心安居"(《园居夏夜》)。梦麟倾听着盛世下的悲吟,常常感受到苍生在灾难到来时候"天地深恩在,苍生痛哭存"(《从谒景陵》)的无助。梦麟以关注社会民生的态度和愤世嫉俗的感情,燃烧自己的内心,写作了大量伤时忧世、体恤百姓的诗篇。在整个蒙古族诗史上,似梦麟这样身居高位而如此关注百姓生活的诗人是罕见的。正如沈德潜在《大谷山堂集》序中所言:"诗凡若干卷,皆奉使于役,经中州江左,成于登临校士余者,凭吊古迹,悲闵哀鸿,勖励德造,惓惓三致意焉。准之六义,比兴居多,盖得乎风人之旨矣。至平日歌天宝,咏清庙,矢音卷阿,铺张宏体,扬历伟绩,应有与雅颂相表里者。"① 梦麟以其《大谷山堂集》在乾隆诗坛上崭露头角。"四方才俊,揽其所作,无不变色却步。"② 可见影响是颇大的。

  同为蒙古族诗人,文孚因常年奔波在外,目睹了嘉庆时期底层百姓的疾苦,他的诗作也真实反映了民生疾苦。嘉庆年间,河患频发:嘉庆6年(1801)永定、桑干两河并溢,嘉庆8年(1803)东河衡家楼溢,嘉庆10年(1805)直隶永定河决口,嘉庆13年(1808)南河频溢等。嘉庆24年(1819),兰仪北岸河决口,吴璥、琦善奉命堵修,文孚奉命督挑引河,文孚写下《嘉庆巳卯十月余自山左差次奉命来豫督挑引河路过灾区举目堪伤遂成二律》《巳卯冬举命督挑引河闻吴丞茂楠谈及兰仪决口时,见有少妇抱幼子自赴洪涛而殁,述之甚详》,前诗记载了"糊口稻粮沉水底,依人燕雀满林端……民瘼最是捞宵肝,抚字诸公莫少延"③ 的感叹。后诗是则是记述了堤坝决口,一少妇抱幼子投河的惨状。少妇全家皆死于洪水,"黄髫白发悲全家,弱草轻尘看一己",少妇纵然获救,带着幼子无法生存,所以做出了"先向洪涛掷婴儿,翻身转赴深潭里"④ 的触目惊心之举。得益于文孚以诗笔详细记录经过,使得我们可以了解到在乾嘉盛世依旧有家国苦难的"悲音",而这样的记录,正体现出诗人在儒家伦理

---

 ① (清)沈德潜:《大谷山堂集序》,(清)梦麟:《大谷山堂集》。本小节所选梦麟诗均出此集。
 ② (清)王昶:《户部侍郎署翰林院掌院学士梦公神道碑》,《春融堂集》,清刻本。
 ③ 《嘉庆巳卯十月余自山左差次奉命来豫督挑引河路过灾区举目堪伤遂成二律》,《秋潭相国诗存》,《清代诗文集汇编》第468册,第740页。
 ④ 《巳卯冬举命督挑引河闻吴丞茂楠谈及兰仪决口时,见有少妇抱幼子自赴洪涛而殁,述之甚详》,《秋潭相国诗存》,《清代诗文集汇编》,第468册,第740页。

价值观教化下的士人情怀。

梦麟、文孚的诗歌完全体现出儒家诗学立场,他们所尊崇的诗歌讽教传统、儒家兴观群怨的思想,与汉族诗人没有区别。有学者称,蒙古人对汉诗不感兴趣,没有专门译过诗作。蒙古译者有时把诗句撇开不译,但也常常以诗体译出;或运用蒙古诗歌特有的字首同音法,或以不明确分行的押韵散文形式加以表述。[①] 这种景况大约在蒙古族聚居的纯蒙语运用地区有之,而在广大的中原地区定居的蒙古族早已对汉语运用熟练如母语,汉诗成为他们表达思想感情的良好载体。大量地使用汉语创作诗歌,阐发文学思想和文化见解,是他们自觉融入以汉族文化为核心的文坛的一种方式,同时,在日渐娴熟的汉语使用中,他们自觉进行着彰显个人生命价值的诗性语言的表达。这说明,当蒙古族诗人以汉族语言文字来表达其独特的民族心理和人生经历的时候,儒家诗歌理论早已经潜移默化指导着他们的诗歌创作了。

与和瑛一样,松筠亦为边疆大吏。松筠曾于乾隆50年(1785)往库伦治俄罗斯贸易事,事历八年。乾隆59年(1794)和道光2年(1822),两次出任吉林将军。其间又在驻藏办事大臣任上供职五年。从嘉庆5年(1800)至18年(1813),先后三次任伊犁将军,在此西陲总统之区整整度过九个春秋。此外,还历任察哈尔都统,两广总督之职。其宦海生涯五十二年,一半以上时间都在边疆。故《清史稿》称他:"尤施惠贫民,名满海内,要以治边功最多。"[②] 松筠的诗作主要有《西招纪行诗》一卷,《丁巳秋阅吟》一卷,及《绥服纪略图诗》。虽然是封疆大吏,但松筠始终能关心黎庶,他以自己的所见所闻,如实地记述了藏族人民不堪忍受繁重的徭役赋税,背井离乡为乞丐的凄惨景象。"昔有千余户,今惟二百强。壹是苦征输,荡析任逃亡。……伊昔半逃亡,往往弃田间。甘心为乞丐,庶得稍安舒。乃因差傜繁,频年增役夫。出夫复不役,更欲折膏胰。凡居通衡户,乌拉鞭催呼。耕牛尽为役,番庶果何辜!"诗人在自注中解释说,萨喀、桑萨、偏溪三处原有百姓一千余户,牛羊亦本繁孳,因赋纳过重,人口日有逃亡,以至三处仅剩二百九十六户百姓,牛羊较前只有十分之

---

① [苏] 李福清:《中国章回小说与话本的蒙文译本》,田大畏译,《文献》第14辑,第116页。

② 赵尔巽等:《清史稿》,第11113页。

二。诗人认为对藏地百姓应当视为同胞,"欲久乐升乎,治以同胞与"(《曲水塘》)。"荒番遮道诉,粮赋累为深。昔户今摊派,有田无力耘。可怜兵火后,复值暴廷频。"(《还宿邦馨》)兵燹罹祸,民不堪命,大多数背井离乡,少数留下者更是苦难深重。统治者毫不因人口减少而减少徭役赋税,反而把原数摊派在留存者身上,人民挣扎在死亡线上。诗人把现实所见如实道来,无疑是对西藏僧俗统治者的有力鞭挞、控诉。松筠的诗作描述对象虽有民族地区特征,但最终却是传达儒家诗学力量和社会意义,究其实质,与汉族诗人的文学思想并没有区别。不过,他的诗作为清代诗歌史补叙了少数民族地区百姓的生活风貌,一定程度上可补史缺。

相较和瑛重在宏大叙事的西藏纪游诗,松筠更着意的是具体而细微的描写,但其对儒家兴观群怨的诗学观念领会实践更为深厚。

汪中、黄景仁是乾嘉诗坛盛世不遇的典范性诗人,他们因为长期沉沦社会下层,在现实的体会中,把个人的生命体察与天赋之诗才相结合,诗歌中颇能开拓人生经验表达的深度。他们才高而不为世用,所以在现实中葆有的耿直秉性与落拓境遇、才高位卑相偶合,使得反映社会现实的诗歌创作整体上看来是质直的,"汪中诗大量运用汉魏晋诗中常用于比兴以抒发艰辛、不遇、迟暮、悲愤的物象,如惊风、野草、飞蓬、豫章、清露、落日、倦鸟、孤鸟、黄鹄、霜雪、秋风等等,借以抒发自己的感情"[1]。而书写"咽露秋虫、舞风病鹤"[2]般凄美诗行的黄景仁,却以特立独行的萧瑟秋意和悲秋意蕴成为乾嘉诗坛上最闪亮的天才诗人。

似汪中和黄景仁这样的个体写作者,他们以疏离于主流诗坛的姿态,行走在康乾盛世的光环之外,但他们写就的盛世悲音作品,使自己永久地存留于乾嘉诗坛;梦麟、松筠、文孚等蒙古族诗人生活在康乾盛世的光环之内,但他们在作品中表现出来的对于民生疾苦的高度关注,客观上展示了盛世悲音,也在乾嘉诗坛上为自己争得了一席之地。因此,在蒙汉交流视域下对乾嘉诗坛创作进行多维度的研究,才能使得清代诗歌史更加丰富。

---

[1] 赵杏根:《论江都诗人汪中》,《扬州大学学报》1998年第5期,第25页。
[2] (清)洪亮吉:《北江诗话》卷1,王云五主编:《丛书集成初编》,商务印书馆1935年版。

第三节　蒙汉交融视域下的乾嘉诗坛诗学思想演进

　　乾嘉诗坛诗学十分发达，不仅诗学著作繁盛，而且在著述种类、批评实践、理论范畴和体系，乃至思想深度等方面都达到了清代诗史的高峰。相较于汉族诗坛，蒙古族诗歌创作产生的时代较晚，诗学批评理论在元明仅仅萌芽，入清才开始加速发展，在蒙古族诗学发展的进程中，汉族诗学的影响十分明显，乾嘉诗坛蒙古族诗学理论的兴起、繁荣是与汉族诗学理论整体繁荣的大背景分不开的。汉族诗论或直接或间接，或显或隐地对蒙古族诗学观念、诗学批评、诗学理论产生着影响。

　　乾嘉时代，神韵说余响犹在，性灵、肌理、格调三说并行，以沈德潜为代表的"格调说"，重视儒家的诗教功能，认为诗歌的政教功能先于审美功能，强调"温柔敦厚"①"怨而不怒"②的艺术风格和审美标准，"格调说"带有强烈的儒家正统思想的色彩，把传统的诗教发展到一个新阶段。含蓄蕴藉是"格调说"的艺术表现方式，沈德潜认为，"直诘易尽，婉道无穷"③"事难显陈，理难言罄，每托物连类以形之。郁情欲舒，天机随触，每借物引怀以抒之"④，通过委婉含蓄、"比兴互陈，反复唱叹"⑤的表达方式，才能达到"其言浅，其情深"⑥的诗作效果。特别是反映民生疾苦的怨刺之诗，更应借含蓄委婉以隐藏其直露的批判锋芒，如果"质直敷陈，绝无蕴蓄"⑦，则是"以无情之语而欲动人之情"⑧，自然

---

①　（清）沈德潜著，霍松林校注：《说诗晬语》卷上，郭绍虞主编：《原诗　一瓢诗话　说诗晬语》，人民文学出版社1979年版，第191页。
②　（清）沈德潜著、霍松林校注：《说诗晬语》卷上，第191页。
③　（清）沈德潜著，霍松林校注：《说诗晬语》卷上，第190页。
④　（清）沈德潜著，霍松林校注：《说诗晬语》卷上，第186页
⑤　（清）沈德潜著，霍松林校注：《说诗晬语》卷上，第186页
⑥　（清）沈德潜著，霍松林校注：《说诗晬语》卷上，第186页。
⑦　（清）沈德潜著，霍松林校注：《说诗晬语》卷上，第186页：。
⑧　（清）沈德潜著，霍松林校注：《说诗晬语》卷上，第186页。

十分困难了。溯流诗史，沈德潜认为"唐诗蕴蓄，宋诗发露"①，主张"不读唐以后书"②，故此，他对诗必盛唐的前后七子十分欣赏，而对明清以来的公安、竟陵、钱谦益乃至王世祯学王孟韦柳俱表不满。从而使其"格调说"带有明显的复古倾向。沈德潜所选《古诗源》《唐诗别裁》《明诗别裁》《清诗别裁》不仅体现了"格调说"的美学要求，在辨析源流，指陈得失方面也不乏精辟的见解，故能风行一时，扩大了"格调说"的理论影响。

流风所及，乾嘉诗坛追随者众，如"吴中七子"等人，都服膺"格调说"。梦麟没有诗学专著，像同时代的很多人那样，他的诗论主张也体现在他的论诗诗中。其七言歌行《长歌赠陈生宗达》纵览中国诗歌源流，指陈沿革，品评风格，还明确表达了对沈德潜"格调说"的赞赏，"归愚老人沈宗伯，浸淫卷轴铺云肪。采兰餐菊撷英秀，咀涵齿颊廻甘香"③。诗中还有"掀腾万派涌真气，挽近奚必皆寻常""挥斥八极就绳墨，法随言立堂哉皇"等语。梦麟诗论强调在继承传统的基础上，博采众长，创造自己的风格，体现了他崇尚"温柔敦厚"主张的诗学思想。这一思想在他为赵损之《媕雅堂诗集》所撰写的序文中也有体现。序文首先据《周礼》，阐述了传统诗教，对诗之"六要"加以概括总结，谓："惟出于正，是以直陈之为赋，曲陈之为比、为兴，无所之而不宜。诗有六要，归于雅焉可知矣。"他还就赵损之的创作特点与传统诗教的关系提出自己独到的见解，认为赵诗"大略据经史为根柢，循古人为矩镬，取丛书稗说为辅佐。又本诸萧闲真澹之志，故发于音者或婵谐慢易，或廉直劲正，如栾铣然，石播柞郁之不形也；如皋陶然，长短疾舒之悉中也。可谓广大而静，疏远而信，恭俭而好礼，于大小雅有和焉者已。"④

国栋是清代诗坛上第一位有诗集传世的诗人，也是最早关注诗歌批评的蒙古族作家。他在训育儿子文孚作诗时强调："诗必命意超远，立志和

---

① （清）沈德潜选编，吴雪涛、陈旭霞点校：《清诗别裁集·凡例》，河北人民出版社1997年版，第1页。
② （清）沈德潜著，霍松林校注：《说诗晬语》卷下，第250页。
③ （清）梦麟：《大谷山堂集》卷6。
④ （清）梦麟：《媕雅堂诗集序》，赵损之：《媕雅堂诗集》，乾隆间刻本。

平，敛才华于浑厚，寓精神于含蓄，庶几无戾乎风人之旨。"① 梦麟在乾嘉诗坛汉族主流诗学思想的影响下，诗作极重风雅比兴的传统和温柔敦厚的诗教，同时，由于北方文化的熏陶，民族气质的影响，使得梦麟在诗歌美学追求上，倾向于阳刚美风格。松筠也曾论诗，他认为，"诗之为道，原本性情，亦根柢学问，非涉猎剽窃，仅事浮华而已"②。又在《西招纪行诗》自序中说："夫诗有六义，一曰赋，盖敷陈其事而直言之也。"其见解本于诗的经学阐释学说，表现在创作上，明显地突出了诗歌的政治伦理教化意义，关心时政的美刺态度卓然可见。国栋、梦麟、松筠的诗学观，都深受"格调说"影响，可见沈德潜学说在乾嘉诗坛上是兼容多种民族文化、民族精神和民族审美传统的。

袁枚的性灵诗论，对有清以来各家诗说都痛加针砭，他反对复古思想，否定仿唐模宋，以诗书考据作诗，用僻韵、古人韵作文字游戏的种种束缚性灵的形式主义诗风，他认为模拟古人就会"满纸死气，自矜淹博"③，认为"抱韩、杜以凌人，而粗脚笨手者，谓之权门托足。仿王、孟以矜高，而半吞半吐者，谓之贫贱骄人。开口言盛唐及好用古人韵者，谓之术偶演戏。故意走宋人冷径者，谓之乞儿搬家。一字一句，自注来历者，谓之古董开店"④。他认为论诗贵变，"责虽造物有所不能"⑤，"唐人学汉、魏，变汉、魏，宋学唐变唐"⑥ 就在于时代使然，"不得不变也"⑦。诗贵变，故不能以古今定诗之优劣。不能盲目颂扬古人，"未必古人皆公，今人皆拙"⑧。故论诗标准只有工拙，"而无今古"⑨，凡工者皆抒发性情，独写性灵，一脉相传。因此，袁枚从创作的主观条件出发，强调创作主体

---

① （清）文孚：《〈时斋偶存诗钞〉跋》，（清）国栋：《时斋偶存诗钞》，嘉庆2年（1797）刻本。
② （清）松筠：《〈静宜室诗集〉序》，盛昱编：《八旗文经》，国家图书馆藏光绪刻本。
③ （清）袁枚著，王英志校点：《随园诗话补遗》卷3，江苏古籍出版社2000年版，第469页。
④ （清）袁枚著，王英志校点：《随园诗话》卷5，第112页。
⑤ （清）袁枚著，周本淳标校：《小仓山房诗文集》下册，上海古籍出版社1988年版，第1502页。
⑥ （清）袁枚著，周本淳标校：《小仓山房诗文集》下册，第1502页。
⑦ （清）袁枚著，周本淳标校：《小仓山房诗文集》下册，第1502页。
⑧ （清）袁枚著，周本淳标校：《小仓山房诗文集》下册，第1502页。
⑨ （清）袁枚著，周本淳标校：《小仓山房诗文集》下册，第1502页。

必须具备真情、个性、诗才三方面要素，认为"性情"就是"性灵"，就是诗人的心声，是诗人性情的流露，"诗人者，不失其赤子之心者也"①，"自《三百篇》至今日，凡诗之传者，都是性灵"②，古今诗人流派风格各异，但优秀的诗人诗作必定表现真性情。格调说也主张"诗贵性情"③，不过这一性情是指诗歌的思想内容，要求言之有物，诗作要选择关乎人伦日用及古今成败兴亡的重大题材，这样的诗作才能产生"理性情、善伦物、感鬼神、设教邦国、应对诸侯"④的巨大的社会反响。反对诗歌"嘲风雪、弄花草"⑤。对性情的看法，也决定了"格调说"反对在诗歌中写男女之情，而"性灵说"则充分肯定男女之情在诗中的地位。

同为性灵诗学家，与袁枚、蒋士铨并称"乾隆三大家"的赵翼也反对复古，反对分唐界宋，但他更强调"诗贵变"的观点，强调诗的发展，进化创新。认为随着时代的不断变化，纵然古代诗歌已经有了厚重的积累，诗人们仍然可以通过创新推进诗歌向前发展。其论诗绝句历来胜传："李杜诗篇万古传，至今已觉不新鲜。江山代有人才出，各领风骚五百年"⑥"预支五百年新意，到了千年又觉陈"⑦"词客争新角短长，迭开风气递登场。自身已有初中晚，安得千秋尚汉唐。"⑧这些诗论坚持文学进化论的进步见解，对于张扬独抒性情，重视创新的"性灵说"的影响，十分有力。

乾嘉著名诗人张问陶的诗论与"性灵说"相吻合，"文章体制本天生，祇让通才有性情。模宋规唐徒自苦，古人已死不须争"⑨，反对模拟；"天

---

① （清）袁枚：《随园诗话》卷3，第55页。
② （清）袁枚：《随园诗话》卷5，第110页。
③ （清）沈德潜著，霍松林校注：《说诗晬语》卷上，第188页。
④ （清）沈德潜著，霍松林校注：《说诗晬语》卷上，第186页。
⑤ （清）沈德潜著，霍松林校注：《说诗晬语》卷上，第186页。
⑥ （清）赵翼：《论诗》，郭绍虞主编：《万首论诗绝句》第2册，人民文学出版社1991年版，第453页。
⑦ （清）赵翼：《论诗》，第453页。
⑧ （清）赵翼：《论诗》，第454页。
⑨ （清）张问陶：《论诗十二绝句》，郭绍虞主编：《万首论诗绝句》第2册，第639页。

籁自鸣天趣足,好诗不过近人情"①"诗中无我不如删,万卷堆床亦等闲"②,主张诗歌应写性情、有个性。李调元也力主"诗道性情"③"立言先知有我,命意不必犹人"④。孙原湘诗受袁枚的影响颇深,主性情,认为性情是"主宰",格律是"皮毛"。"性灵说"影响深远之时,诗坛上很多诗人的创作或隐或现地体现这一诗学理念。和瑛一生诗歌创作千余首,但没有明确的诗歌理论,然其《诗囊》所提出的调和唐宋、不盲目崇拜古人的观念就贴合"性灵说"的理路。翁方纲认为神韵肤浅,格调死板,性灵空疏,故倡"肌理说"以补救:"为诗必以肌理为准"(《志言集序》)⑤。所谓肌理,包含义理、文理,具体而言就是"考订训诂之事"(《蛾术集序》)⑥。翁方纲认为诗人应该用学问作根底,以使诗的骨肉充实,质实丰厚,与"词章之事未可判为二途"(《蛾术集序》)⑦。义理文理学问三者合一,就是"肌理说"的论诗标准。因此,翁方纲特别欣赏江西诗派,其"肌理说"也为近代宋诗运动开了先河。

  乾嘉是诗学兴盛的时代,"格调说""肌理说""性情说"与之前诗坛盛行的"神韵说"余响并存,诗家对此莫衷一是。为了跟从主流文学观念对诗歌创作的导引,作为乾嘉八旗诗坛盟主的法式善力图以调和的方式对袁枚的性灵说进行改造。因此,他提出的性情说,一方面借鉴了性灵说的文学理论,另一方面强调具体的诗歌创作中对王士祯神韵说的推尊。《梧门诗话》是法式善历时多年所撰成的一部诗话著作。在这部诗歌理论作品中,法式善评点了清代乾嘉诗坛的众多诗人诗作,提出了自己的以学问修养为基础,以个体性情为核心,以蓦写王孟韦柳的神韵为依归的诗学理路⑧,并通过评点、为他人诗文集作序等途径将这一理论广为传播。法式善还有《八旗诗话》一部,以点评八旗诗人诗作为主。法式善在《梧门

---

① (清)张问陶:《论诗十二绝句》,郭绍虞主编:《万首论诗绝句》第2册,第640页。
② (清)张问陶:《论文八首》,郭绍虞主编:《万首论诗绝句》第2册,第637页。
③ (清)李调元著,詹杭伦、李时蓉校正:《雨村诗话校正》,巴蜀书社2006年版,第13页。
④ (清)李调元著,詹杭伦、李时蓉校正:《雨村诗话校正》,第26页。
⑤ (清)翁方纲:《复初斋文集》卷4,《清代诗文集汇编》382册,上海古籍出版社2010年版,第53页。
⑥ (清)翁方纲:《复初斋文集》卷4,第48页。
⑦ (清)翁方纲:《复初斋文集》卷4,第48页。
⑧ 米彦青:《从〈梧门诗话〉看法式善的唐诗观》,《内蒙古大学学报》2010年第2期。

诗话》中对女性诗歌的有意识搜集,《八旗诗话》中对旗籍诗人的表彰,这都是"袁枚所不及的"①。这两部著作表明法式善在蒙汉文化认同的大背景下,秉持自己的民族融合的独立立场,发出自己的兼容并包的文学批评的声音。仔细审读会发现,法式善对乾嘉诗坛诗语评点重在美学审读,并把对当时诗坛诗风的看法融入其中,这些都显示了法式善深厚的文学素养和对时代风潮的把握能力,也体现了其积极参与乾嘉诗坛演进的个性价值。法式善"对袁枚性灵诗学的修正、对当代诗歌历史的记录及对女性诗歌的观照,是其诗学最值得注意的倾向,它们同时也是与嘉、道诗学的主潮相一致的取向。在这个意义上,法式善诗学也可以说是代表着乾隆诗学向嘉、道诗学过渡和转型的一个典型个案,而法式善本人作为乾、嘉之际京师有影响的批评家,在清代诗学的这个重要转折中有意无意地发挥了举足轻重的作用。"②

除了法式善,乾嘉年间的蒙古族诗人们大多没有诗论专著,然而通过他们的诗歌作品,依旧能看出他们的文学思想和政治理想。谛视乾嘉诗坛蒙古族诗人们的诗学理念可以发现,他们将中国传统文化的精神视为自己思想的来源之地,从根本上认为自己的创作是中华民族文学的一部分,而无任何民族隔阂,对自己生活时代的诗学思想,他们也都能撷其长,取诸己用。他们的诗学思想体现了乾嘉诗坛多民族诗人间密切的诗学交流和文学创作理论的互动,影响着清代诗歌发展的轨迹。而乾嘉诗坛的主流诗学思想,经过蒙古族诗人的接受、揄扬、辨析,也得到进一步的彰显。

在清政权或高或低的职能部门任职的中上层士人,构成了清代乾嘉诗坛蒙古族诗人创作的主体。他们的文学价值观念,主要受他们为了更好地生存所依赖的政权话语体制的影响,尤其是主流文学社会舆论所造成的精神追求、价值取向等方面的影响。事实上,有清一代的统治者,在追溯历史文化根源时,并不强调自己的异族身份,而是认为自己亦是身处中原历史一脉当中。顺治9年(1652),"命汉册文诰敕、兼书满汉字。外藩蒙古册文诰敕、兼书满洲蒙古字。著为令"③。康熙52年(1713)追述往事,认为"当吴三桂叛乱时、已失八省、势几危矣。朕灼知满汉蒙古之

---

① 蒋寅:《法式善——乾嘉之际转型的典型个案》,《江汉论坛》2013年第8期,第41页。
② 蒋寅:《法式善——乾嘉之际转型的典型个案》,第43页。
③ 《世祖章皇帝实录》。

心、各加任用。励精图治、转危为安"①。雍正诏言"天之生人，满汉一理。其才质不齐，有善有不善者，乃人情之常。用人惟当辨其可否，不当论其为满为汉也"②。《大清高宗纯皇帝实录》记载，乾隆数次下诏强调各民族一律平等，一视同仁。③产生这种历史感受的主要原因之一，是满洲贵族早在入关前，就开始了对儒家文化的认同和学习，早在崇德元年（1636），皇太极改后金为清的当年八月，就曾"遣官祭孔子"④，崇德2年（1637）十月，"初颁满洲、蒙古、汉字历"⑤。顺治元年（1644）冬十月福临在北京登基后，即宣告"以孔子六十五代孙允植袭封衍圣公，其五经博士等官袭封如故"⑥。并下诏"文武制科，仍于辰戌丑未年举行会试，子午卯酉年举行乡试"⑦。因而在他们的诏告中不断出现的对于历史记忆的分享，一方面是为新的政权寻找政治依据，而另一个方面也是属于这个时期的文化诉求。

汉代以来，文学创作出现民族化、社会化的趋势，与之相应，文学创作的重心也逐渐下移，少数民族汉语创作作为"中华多民族文学"的意义愈益突出。其中，在蒙古族汉语创作者符号背后，更多的则是蒙古族诗人们相似的在汉文化圈成长背景、兼通满蒙汉多种语言并由科举入仕的文化身份、家族中有对汉文化学术传承传统（如法式善家族、和瑛家族）、心理上对乾嘉主流诗坛研究对象和问题与汉族文士焦点趋同。自然，话语融通背景下的乾嘉诗坛的蒙古族诗人，应该构成乾嘉诗坛文学发展的重要组成部分，他们的诗学理念，追步乾嘉主流诗坛，这个特征，可以从其创作中寻绎到。因此，在当下研究乾嘉诗坛蒙汉民族融合视域下的演进，既是一种跨越蒙汉文化语境的学术研究，也是蒙汉文化间视点、立场的交融，更是主流文学学术领域和多民族文学创作领域如何解决文化问题的对话与交锋，这种跨文化的交融，不仅使思想内容得以展开，也使思维主体在历

---

① 《圣祖仁皇帝实录》。
② 《大清世宗宪皇帝实录》。
③ 《大清高宗纯皇帝实录》乾隆11年、12年、13年、49年诏令。
④ 赵尔巽等：《清史稿》卷3，第57页。
⑤ 赵尔巽等：《清史稿》卷3，第62页。
⑥ 赵尔巽等：《清史稿》卷4，世祖本纪一，第88页。
⑦ 赵尔巽等：《清史稿》卷4，世祖本纪一，第90页。

史文化语境中的处境得以彰显。对于蒙汉文学交融研究的进一步深化和某些文学史问题的重新审视具有重要的学术价值，能够拓展中国古代文学研究领域，促进和带动多民族文学交流。

蒙汉交融视域下的乾嘉诗坛诗歌创作，反映了对汉文化圈、蒙古族文化圈、多民族交融文化圈的理解，以及作为独立存在的蒙古族汉诗创作者在这三种文化圈交织的空间里的存在意义。

第四章

清中期道咸同诗坛的蒙古族汉诗创作

　　王国维在论及清代学术时，有一个通俗形象的说法，即"国初之学大，乾嘉之学精，道咸以降之学新"①（《沈乙庵先生七十寿序》）。道咸同时代是中国古代史上发生最重大变革的时代。西方世界在经历了中世纪的蒙昧之后，快速发展并且极欲改变世界格局，而古老中国还期冀因循守旧。中西冲突不仅体现在政治经济军事的争端中，文学思想也在渐进式的改变。"华夷大防"的最终解体并不是清朝立国后由皇权话语代相沿递所致，而是中西之争占据思想舞台的结果。思想启蒙初露端倪，对经学和诗学理念都形成了冲击，诗歌创作也随之改变。作为清代少数民族主体的蒙古族，和其他民族诗人一样，对这样的变化有着敏锐的感知，思想界沉思后发出声音，而诗人们在创作问学中体味并呈现着时代的变化。本章试在考述道咸同时期蒙古族诗人生卒行年交游著述的基础上，以学界较少关注的蒙古文学思潮为视角，探讨道咸同时代变局中的中华民族文学书写。

第一节　道咸同时期蒙古族诗人生卒行年考述

　　道咸同时期是清代蒙古族诗人创作的高峰时期，无论是京师蒙古族诗人，还是驻防起家蒙古诗人，抑或是久在地方任职的蒙古诗人，其创作数量数倍于乾嘉时期，以道光间入仕算起，这一时期至今留存诗集者有22人：柏葰、达春布、花沙纳、谦福、那逊兰保、清瑞、布彦、倭仁、瑞常、瑞庆、桂茂、燮清、贵成、壁昌、托浑布、恩麟、柏春、恩成、来

---

① 方麟选编：《王国维文存》，江苏人民出版社2014年版，第707页。

秀、锡缜、恭钊、梁承光。现分述之。

一 道咸同京师诗人生卒行年考述

道咸同时期的京师蒙古族诗人是指生活和主要仕宦经历都在京师者，故目前有诗集存世者仅4人。按照生年排列，分别是：柏葰、花沙纳、谦福、那逊兰保。人数虽然不多，然可喜的是，男女诗人皆有。

柏葰（1795—1859），原名松葰，字静涛，号听涛、泉庄。巴鲁特氏，蒙古正蓝旗人。道光6年（1826）进士，选庶吉士。9年（1829），散馆授编修，历任山东乡试副考官、翰林院侍讲学士、内阁学士、礼部、刑部、吏部、户部侍郎，总管内务府大臣、左都御史、兵部尚书、户部尚书；咸丰8年（1858），拜文渊阁大学士。主顺天乡试，受舞弊情事牵连，9年（1859）因罪被诛。自道光12年（1832）至咸丰8年（1858），柏葰曾五次出任乡、会试考官，掌文衡，拔俊才，功不可没。著有《奉使朝鲜驿程日记》《薛菻吟馆诗钞》等。

柏葰生年学界尚未定论。据《道光朝上谕档》（道光29年、30年）查开王大臣年岁生日单载："左都御史柏葰，年五十四岁，十二月二十一日生日。左都御史柏葰，年五十五岁，十二月二十一日生日。"① 据此推算，柏葰生于嘉庆元年（1796）。但又据《咸丰朝上谕档》（咸丰元年、2年、3年、4年、6年）查开王大臣年岁生日单载：尚书柏葰，年五十七岁、五十八岁、五十九岁、六十岁、六十二岁，十二月二十一日生日。"②《咸丰朝上谕档》（咸丰七年）载："协办大学士户部尚书柏葰年六十三岁，十二月二十一日生日。"③ 据此，则柏葰生于乾隆60年（1795）。故，道光朝档案与咸丰朝档案记载柏葰生年相差一岁。另据柏葰《薛菻吟馆钞存》卷七《丙辰任溧阳偶得一杖，木质虽丽而竟体生瘿，如梅花结萼堪供雅玩，时石樵夫子寿跻九十有三，矍铄犹昔，敬以为献，

---

① 中国第一历史档案馆编：《道光朝上谕档》五十四册、五十五册，广西师范大学出版社2000年版，第2页、第7页。

② 中国第一历史档案馆编：《咸丰朝上谕档》一册、二册、三册、四册、六册，广西师范大学出版社2000年版，第8页、第1页、第3页、第3页、第5页。

③ 中国第一历史档案馆编：《咸丰朝上谕档》第七册，广西师范大学出版社2000年版，第5页。

乃荷赐诗属和谨依韵呈诲》一诗："先生墨宝诗书画，珍袭都归弟子家"（自注："甲寅六十贱辰，夫子曾画扇见赠"）。① 甲寅年即1854年，柏葰时年六十，据此推算其生于乾隆60年（1795）。这与《咸丰朝上谕档》记载一致。由此，柏葰应生于乾隆60年（1795）十二月二十一日。柏葰受咸丰8年（1858）顺天乡试舞弊情事牵连，于咸丰9年（1859）被诛，《清史稿》《清史列传》《东塾集》《清续文献统考》《新增刑案汇览》《东华续录》《庸盦笔记》等众多史料皆有记载，卒年清晰。

花沙纳比柏葰小11岁，不过进士及第仅晚于柏葰六年，又逝于同一年，均仕道、咸两朝。花沙纳（1806—1859），字毓仲，号松岑，伍弥特氏，初隶正蓝旗，后升隶正黄旗。道光12年壬辰（1832）进士，改翰林院庶吉士，后授编修。历官右春坊右庶子、国子监祭酒、督察院左副都御史、礼部右侍郎、镶红旗汉军副都统、工部右侍郎、户部右侍郎、正黄旗满洲副都统、正蓝旗满洲副都统、镶黄旗护军统领、吏部左侍郎、都察院左都御史、镶蓝旗汉军都统、正白旗汉军都统、正蓝旗蒙古都统、镶白旗汉军都统、正蓝旗满洲都统、镶红旗满洲都统、经筵讲官、镶黄旗蒙古都统、正红旗蒙古都统、署翰林院掌院学士、镶红旗蒙古都统、工部尚书、吏部尚书、正白旗满洲都统、户部尚书等。

关于花沙纳的生年，学界有1806年、1807年两种说法，而他的姓氏有"乌米""乌米特""乌弥特""乌济特氏""伍弥特""伍尔特"几种写法。

李灵年、杨忠《清人别集总目》："花沙纳（1806—1859），字毓仲，号松岑，伍尔特氏，蒙古正黄旗人。苏冲阿幼子。"② 柯愈春《清人诗文集总目提要》："花沙纳生于嘉庆11年（1806），卒于咸丰9年（1859）。字毓仲，号松岑，氏乌弥特，蒙古正黄旗人，居察哈尔之崇古尔地方。"③ 今人《蒙古族人物传》《清代人物传稿》《蒙古族文学史》等均认为花沙纳生于1806年。朱彭寿《清代大学士部院大臣总督巡抚全录》载："花沙纳，字毓仲，号绳武、松岑。蒙古族正黄旗人，伍弥特氏。嘉庆十

---

① （清）柏葰：《薛箖吟馆钞存》卷7，《续修四库全书》本，上海古籍出版社2002年版，第442页。

② 李灵年、杨忠：《清人别集总目》上卷，安徽教育出版社2000年版，第660页。

③ 柯愈春：《清人诗文集总目提要》中册，北京古籍出版社2001年版，第1416页。

一年十二月二十六日（1807年1月）生。"① 包桂芹《清代蒙古官吏传》赵相璧《历代蒙古族著作家述略》则从此说。

按：花沙纳《德壮果公年谱》载："（嘉庆十年乙丑）十二月次孙花沙纳生。"② 李放《八旗画录后编》载："花沙纳，字毓仲，号松岑，蒙古正黄旗人。"③ 恩华《八旗艺文编目》："花沙纳，字毓中，号松岑，氏伍弥特，世居察哈尔之崇古尔地方。初隶正蓝旗，后升隶正黄旗……壮果公次孙。"④《清史列传》卷四十一："花沙纳，乌米氏，蒙古正黄旗人。"⑤ 赵尔巽《清史稿》列传一百三十一："德楞泰，字惇堂，伍弥特氏，正黄旗蒙古人……子苏冲阿，一品荫生，授侍卫。每德楞泰战胜，辄擢其官，累迁至盛京副都统，署黑龙江将军，袭一等侯。孙倭什讷，杭州将军；曾孙希元，吉林将军：并嗣爵。次孙花沙纳，官至吏部尚书，自有传。"⑥ 蔡冠洛《清代七百名人传》："花沙纳，乌米氏，蒙古正黄旗人。"⑦ 钱仲联《清诗纪事》："花沙纳，字毓仲，号松岑，蒙古正黄旗人。"⑧ 花沙纳《家乘绀珠》："松岑自记，嘉庆十年乙丑十二月二十五日午时生。是月十四日立春，故以丙寅纪年。"⑨ 可知花沙纳生于嘉庆10年十二月二十五，即公历1806年1月。至于其姓氏，盖蒙语音译之故，遂有几种写法。

谦福较花沙纳小三岁。进士及第登上仕途也较花沙纳晚三年。谦福（1809—1861），字吉云、小榆，号六吉。额尔德特氏，蒙古镶黄旗人。道光15年（1835）乙未恩科进士。任户部主事，累官至詹事府詹事，后患疾引退。谦福因仕宦短暂，史料记载短缺，生卒字号家世等均有可述之处。

---

① 朱彭寿著，朱鳌、宋苓珠改编整理：《清代大学士部院大臣总督巡抚全录》，国家图书馆出版社2010年版，第145页。
② （清）花沙纳：《德壮果公年谱》卷30，咸丰间刻本。
③ （清）李放：《清代传记丛刊·八旗画录》，明文书局印行1919年版，第516页。
④ （清）恩华：《八旗艺文编目》，辽宁民族出版社2006年版，第42页。
⑤ 王钟翰点校：《清史列传》卷41，中华书局1928年版，第3242页。
⑥ 赵尔巽等：《清史稿》列传一百三十一，民国17年（1928）清史馆本。
⑦ 蔡冠洛：《清代七百名人传》上，中国书店出版社1984年版，第592页。
⑧ 钱仲联主编：《清诗纪事》，凤凰出版社2004年版，第9683页。
⑨ （清）花沙纳：《家乘绀珠》，清咸丰间钞本。

文康在为谦福诗集所作序中道:"小榆于今建元之前一年辛酉秋七月,以半体不为用疾归道山。"① 可知,谦福卒于辛酉年七月,即 1861 年七月。"且予年已六十有九,小榆逝时得年才五十有三,则予果逝,而存予之责当在小榆。②"谦福 1861 年五十三岁,由此可推出其生于嘉庆 14 年,即 1809 年。另据,谦福《丁巳除日余年将五十始举一子遂命乳名除格口占三绝句书以志之》一诗可知,其于丁巳年将五十时得子,丁巳年(1857)即将五十岁,亦可知谦福确生于嘉庆 14 年(1809)。综上,谦福生于嘉庆 14 年(1809),咸丰 11 年(1861)七月卒。谦福好友文康《〈桐花竹实之轩诗草〉序》曰:"谦小榆,讳福,字吉云,籍隶镶黄旗蒙古,姓额尔德特氏。"③ 徐世昌《晚晴簃诗汇》载:"谦福,字吉云,号小榆,蒙古旗人。"④ 另据,谦福在其《桐华竹实之轩试帖诗钞》中注:"柏山 谦福 六吉",⑤ 由此可知其号为"六吉"。谦福先祖为喀喇沁人,均为武职,其祖父和瑛显贵后,先祖均被追赠尚书衔。和瑛有三子,庆清三等侍卫,奎昌山东登莱青道,壁昌福州将军。壁昌亦有三子,恒福、同福、谦福,后因和瑛次子奎昌无嗣,将谦福过继,并以奎昌之字榆村为小榆。恒福有二子,一为兵备锡佩,一为员外郎锡璋。同福子吏部尚书锡珍。谦福有一女,嫁于其好友兴诗桥之子。初无子,恒福将庆清之孙锡庄过继于谦福,后近五十又得一子。

那逊兰保是清代最早有诗集存留的蒙古族女诗人。生于道光初年逝于同治末年,历道咸同光四朝,正是清代历史上最为变动纷繁的时代。那逊兰保(1824—1873),字莲友,蒙古旗喀尔喀部博尔济吉特氏,自署喀尔喀部落女史。生于库伦,系多尔济旺楚克之女。由于古代女性生平记载资料罕见,所以至今为止,那逊兰保的生卒年和族属一直众说纷纭。

李慈铭《芸香馆遗诗序》记载那逊兰保的先祖,"若宗室博尔吉特夫人者,和林贵种,瀚海名家。毓秀潆枝,远承薛禅之帝,绍封建叶,代袭

---

① (清)文康:《〈桐花竹实之轩诗草〉序》,(清)谦福:《桐花竹实之轩诗草》卷首,同治 2 年(1863)刻本。
② (清)文康:《〈桐花竹实之轩诗草〉序》,(清)谦福:《桐花竹实之轩诗草》卷首。
③ (清)文康:《〈桐花竹实之轩诗草〉序》,(清)谦福:《桐花竹实之轩诗草》卷首。
④ 徐世昌:《晚晴簃诗汇》卷 138,民国退耕堂刻本,第 3124 页。
⑤ (清)谦福:《桐华竹实之轩试帖诗钞》,《桐花竹实之轩诗草》。

名号之王"①。《蒙古世系谱》罗列那逊兰保亲缘关系："蕴端多尔济（郡王）一子名多尔济喇布丹（袭郡王），多尔济喇布丹子那逊巴图（袭郡王），那逊巴图子鄂特萨尔巴咱尔（袭郡王）、另一子名多尔济旺楚克，生女那逊兰保（嫁与恒恩），那逊兰保生子盛昱。"②张穆《蒙古游牧记》卷七记载那逊兰保生父："多尔济旺楚克即多尔济万楚克，祖父是漠北喀尔喀蒙古名王、清皇家额驸蕴端多尔济，因蕴端多尔济扎萨克郡王及其子孙承袭者世领之旗，为土谢图汗部中右旗。"③今人杜家骥《清代蒙古族女诗人那逊兰保及其相关问题考证》、李杨《八旗诗歌史》④、杨兰《那逊兰保家族文学研究》⑤、严程《清代蒙古族女诗人那逊兰保的创作历程》⑥从此说。恩华《八旗艺文编目》："《芸香馆遗诗》卷二，那逊兰保著。那逊兰保，字莲友，博尔济吉特氏。蒙古阿拉善王女，宗室恒恩室，祭酒盛昱母。"⑦今人吴肃民、莫福山《中国少数民族文学古籍举要》⑧、张佳生《独入佳境：满族宗室文学》⑨、云峰《蒙汉文学关系史》⑩、铁木尔·达瓦买提《中国少数民族文化大辞典东北内蒙古地区卷》、⑪郭延礼《中国近代文学发展史》⑫以及罗新本、苏永明等人的《中国少数民族著名妇女》⑬均从此说，记载那逊兰保为阿拉善王女。

按：蒙古阿拉善王，是指漠南蒙古阿拉善旗世袭亲王（初为郡王）。该阿拉善旗，又称阿拉善额鲁特旗、阿拉善和硕特旗，位于黄河河套以

---

① （清）李慈铭：《芸香馆遗诗序》，（清）那逊兰保：《芸香馆遗诗》，同治13年（1874）刻本。
② 《蒙古族世系谱》卷5，民国28年（1939）旧抄本排印。
③ （清）张穆：《蒙古游牧记》卷7，山西人民出版社1991年版，第149页。
④ 李杨：《八旗诗歌史》，浙江大学博士论文2014年。
⑤ 杨兰：《那逊兰保家族文学研究》，内蒙古大学硕士论文2013年。
⑥ 严程：《清代蒙古族女诗人那逊兰保的创作历程》，《民族文学研究》2017年第5期。
⑦ （清）恩华：《八旗艺文编目》，第158页。
⑧ 吴肃民、莫福山：《中国少数民族文学古籍举要》，天津古籍出版社1990年版，第159页。
⑨ 张佳生：《独入佳境：满族宗室文学》，辽宁人民出版社1997年版，第205页。
⑩ 云峰：《蒙汉文学关系史》，新疆人民出版社1997年版，第156页。
⑪ 铁木尔·达瓦买提：《中国少数民族文化大辞典·东北、内蒙古地区卷》，民族出版社1997年版，第285页。
⑫ 郭延礼：《中国近代文学发展史》卷1，山东教育出版社1990年版，第318页。
⑬ 罗新本、苏永明等：《中国少数民族著名妇女》，四川民族出版社1995版，第99页。

西，故又称西套（或套西）阿拉善蒙古，乃漠西额鲁特蒙古和硕特部之一支，迁至河套以西，其领主被清廷封以王爵，因称阿拉善王。该地现为内蒙古自治区西部的阿拉善左旗、右旗，沿用旧称。而"蒙古喀尔喀部"乃漠北蒙古部落，地处大漠以北，今为蒙古国，系清廷所辖之外扎萨克蒙古，与漠南之阿拉善蒙古大不同。另，前述两个称谓不能混一，即喀尔喀蒙古部落绝无阿拉善王者。①

关于那逊兰保生卒年，杜家骥《清代蒙古族女诗人那逊兰保及其相关问题考证》认为那逊兰保生于道光4年（1824），卒于同治12年（1873）。②孙玉溱《蒙古民族的"易安居士"》考证那逊兰保生于嘉庆6年（1801），卒于同治12年（1873）。

按：李慈铭《芸香馆遗诗序》载："竹柏之性，宜享大年。钟吕之音，吹微极贵。乃艾岁方届，萱龄忽摧。"③《礼记·曲礼上》："五十曰艾，服官政。六十曰耆，指使。"④那逊兰保卒于同治12年（1873），得年五十岁，可知其生于道光4年（1824）。另查宗室《列祖子孙直档玉牒》第三号："敬敦第三子恒恩，道光元年十月媵妾杨氏所出……嫡妻博尔济吉特氏，二等台吉多尔济万楚克之女"⑤，可知恒恩生于道光元年（1821）。亦有瑞联《宗室贡举备考》："恒恩（1821—1866），字雨亭，道光23年（1843）中顺天乡试举人。"⑥盛昱记载母亲那逊兰保"十七归先府君"，推知那逊兰保生于道光4年（1824）。《列祖子孙直档玉牒》第四号："恒恩第二子盛昱，道光三十年正月十三日，嫡妻博尔吉济吉特氏多尔济万楚克之女所出。"⑦若那逊兰保若生于嘉庆6年（1801），其子盛昱出生于道光30年（1850），亦不符合常规生育年龄，故推知那逊兰保生于道光4年（1824）。另朱吉吉《清代满族女诗人研究》："百保，字友兰，姓萨克达氏，长白人，顺天府兴某之女，瓜儿佳延祚之妻，故相国桂文端之儿媳，

---

① 杜家骥：《清代蒙古族诗人那逊兰保及其相关问题考证》，《民族研究》2006年第3期。
② 杜家骥：《清代蒙古族诗人那逊兰保及其相关问题考证》。
③ （清）李慈铭：《芸香馆遗诗序》，（清）那逊兰保：《芸香馆遗诗》。
④ 张延成、董守志注：《礼记》，金盾出版社2010版。
⑤ 《列祖子孙直档玉牒》（汉文）第3号。
⑥ （清）瑞联：《宗室贡举备考》，文海出版社1966版。
⑦ 《列祖子孙直档玉牒》（汉文）第3号。

金衡严道、谥壮介麟趾之母。生于道光元年（1821），卒于咸丰11年（1861），著有《冷红轩诗集》。"① 那逊兰保《芸香馆遗诗》中有诗《和友兰三姊留别韵》《寄和友兰三姊》《五月二八日即席再别友兰三姊》《和友兰三姊杭州见怀原韵》② 等，百保友兰亦有诗《寄莲友妹》《答莲友三妹并和元韵》《答莲友三妹并和元韵》等③，知那逊兰保称百保友兰为"友兰姊"，百保友兰称那逊兰保为"莲友妹"，故那逊兰保应生于道光4年（1824），非嘉庆6年（1801）。

二　道咸同驻防起家诗人生卒行年考述

道咸同时期驻防起家蒙古族诗人在道咸同时期的蒙古族诗人群体中占有重要地位，目前有诗集存世者8人，按照生年排列，分别是清瑞、布彦、倭仁、瑞常、瑞庆、燮清、桂茂、贵成。计有京口驻防清瑞、布彦、燮清3人；杭州驻防瑞常、瑞庆、贵成3人；开封驻防倭仁1人；沧州驻防桂茂1人。现分述之。

清瑞（1788—1858），字霁山，瓮鄂尔图特氏，汉姓艾。蒙古正白旗人，京口驻防，曾中举，但一生无仕进。清瑞生卒行年，学界认知较为统一，故本书不赘述。

布彦（1803？—1870后），原名布彦泰，字子交，一字泰如，汉姓刘，蒙古镶红旗人，京口驻防。道光20年（1840）进士，历官新乐县县尹、南宫县知县、清河县知县、三河县知县、通州知州、西路同知等。布彦资料现存很少，春元《京口八旗志》卷上"文苑"有"布彦，原名布彦泰，汉姓刘，字子交，一字泰如"④。恩华《八旗艺文编目》载"布彦原名布彦泰，字子交，一字泰如，隶镶红旗。"⑤《顺天府志》八十二载布彦为"镶红旗蒙古人"⑥。而《光绪新乐县志》《光绪广平府志》均载布彦为"正红旗进士"。但未见其朱卷履历。布彦《听秋阁偶钞》卷四有诗

---

① 朱吉吉：《清代满族女诗人研究》，浙江大学硕士论文2011。
② （清）那逊兰保：《芸香馆遗诗》。
③ （清）百保友兰：《冷红轩诗集》，同治12年（1873）刊本。
④ （清）钟瑞等修，（清）春元纂：《京口八旗志》，国家图书馆藏民国间抄本。
⑤ （清）恩华：《八旗艺文编目》，第129页。
⑥ （清）李鸿章等修：《顺天府志》，光绪15年（1889）刻本。

《向读东坡集陶归去来辞诗六首尽卷而止，苏公自云得性之所近，仆自五旬以后，一官落拓，随在萧然，岂真恬淡寡营窃慕陶苏二公自得之趣，实有志焉，因续成八首以志向往》，据《清实录》及《重修京口八旗志》载布彦咸丰3年（1853）任西路同知时被劾，后以笔帖式用，综观其仕宦生涯，"一官落拓"当为此时，据此推算，布彦大概生于嘉庆8年（1803）。布彦卒年不详，目前有关其生年的最晚记载为同治9年（1870），《听秋阁偶钞》自序后载"同治九年岁在庚午，清和月上澣京口子交氏布彦自序于听秋阁西轩"①，故卒年必在同治9年（1870）或之后。

关于布彦行年，大致如下：

道光20年（1840）进士，分发直隶。《八旗艺文编目》载布彦为"道光庚子进士"②；春元《京口八旗志》卷上"选举志"载"庚子进士，分发直隶"③。《听秋阁偶钞》自序有"余自庚子礼闱北上"。道光22年（1842）署新乐县县尹。《光绪新乐县志》卷三，职官，"县尹""布彦泰，蒙古正红旗进士，二十二年署"④。道光24年（1844）署南宫县知县。《民国南宫县志》卷十二，职官，知县，"布彦泰，二十四年"⑤。道光25年（1845）署清河县知县。《光绪广平府志》卷七，职官表四，清河县知县，"布彦泰，正红旗进士，道光二十五年任"⑥。《听秋阁偶钞》卷三有诗《清河喜雨词》，当为此时所作。道光27年（1847）署三河县知县。《顺天府志》八十二"三河知县"有"布彦，镶红旗蒙古人，庚子进士，调自清河，三十年二月去"⑦。《听秋阁偶钞》卷三有诗《九月十九日三河都尉荣防尉、成崐山诸君邀集灵山即席分韵得更字》。道光30年（1850）署通州知州；咸丰2年（1852）署西路同知。《顺天府志》八十

---

① （清）布彦：《听秋阁偶钞》，国家图书馆藏同治9年（1870）刻本。本文所引布彦诗均出此版本，不另注。
② （清）恩华：《八旗艺文编目》，第129页。
③ （清）钟瑞等修，（清）春元纂：《京口八旗志》，国家图书馆藏民国间抄本。
④ （清）雷鹤鸣修，（清）赵文濂纂：《光绪新乐县志》，国家图书馆藏光绪11年（1885）刻本。
⑤ 黄容惠修，贾恩绂纂：《民国南宫县志》，成文出版社1976年版。
⑥ 《重修广平府志》，光绪20年（1894）。
⑦ （清）李鸿章等修：《顺天府志》，光绪15年（1889）刻本。

一"通州知州"条载"布彦,蒙古镶白旗人,道光三十年二月任"①。

此处布彦记载为镶白旗人,应是错误的。据其任官时间可见前后连贯,此布彦并非他人。而在《顺天府志》中同一人出现了两个族属,存在笔误。《顺天府志》八十八"西路同知"条载"布彦,咸丰二年正月署"②。《听秋阁偶钞》卷四有诗《潞河凿冰歌》,序中有"庚戌十月,余牧通州,地冲事剧,为兼河最要之区"。《听秋阁偶钞》卷四有诗《西路厅署中杂咏》。"四路厅"为清代顺天府分管所属州县的机构。四厅各设同知。分辖若干州县,西路厅同知署在卢沟桥,辖涿州及大兴、宛平、良乡、房山四县。

布彦曾以事被劾,罢职。后由都察院笔帖式历升詹事府右赞善,降户部云南司主事。《清文宗实录》咸丰3年(1853)十一月载:"谕内阁、吏部奏、革员呈控冤抑、请旨饬查一折。已革署西路同知通州知州布彦、借用印封。赴部呈诉。据称、西路同知一缺,本以该革员升署。因前任尚未开缺,是以未将该革员题升。今奉府尹面谕。以接准省垣来信,该员尚不合例。竟将亏空旗租一万七千余两,摘顶勒交之。涿州知州郭宝勋升补,现已到任,顶带如故。其亏空之项,限期已逾,未见报解。独于该革员、多方偪勒。遽行参劾。实觉冤抑等语。着翁心存、宗元醇据实明白回奏。"③《清文宗实录》咸丰3年(1853)十二月载:"又谕、翁心存、宗元醇奏、遵查知州那亏银两、据实覆奏一折。顺天府属、涿州知州郭宝勋、于节年及本年旗租银两,挪用至九千四百八十余两之多。该管上司何以并不详查,率请题升西路同知。均属咎无可辞。所有前任兼管顺天府府尹、现任顺天府府尹、并前任直隶藩司、均着交部查明议处。郭宝勋亏那公款为数甚巨。着顺天府会同直隶总督从严参办。毋稍回护。"④ 由《清文宗实录》以上两条及其后的任官经历可知,布彦因此事被劾降职,具体由何罪未见详细记载。《听秋阁偶钞》卷四诗《自题桐荫相马图》,诗前序曰:"咸丰三年,余署西路厅任,随同霸昌道宪庆护送兵差时,僧王统兵驻扎芦沟,未几,移驻良邑,复设立粮台,余随观察亲理其事昕夕正未

---

① (清)李鸿章等修:《顺天府志》。
② (清)李鸿章等修:《顺天府志》。
③ 《清文宗实录》卷113。
④ 《清文宗实录》卷116。

违也，无何有中伤之者，尹宪俟以六百里札饬赴通州之任，余入都谒见，以亲老家贫，无力赔垫不敢回任等情面禀，未蒙俯允，即触宪怒上弹章，由兹罢职矣，固属气质粗豪，亦由实逼处此，归而自思不能无怼，因题此以自白。"诗中有"游行时向桐阴坐，旧事回思诸未妥。走马康庄得意多，一时失足殊坎坷"。春元《京口八旗志》卷上，"选举志"有"（布彦）庚子（道光二十年）进士，分发直隶，历署新乐、巨鹿、南宫、朝阳、武强、清河等县，题补通州知州，升西路同知，以事被劾，后由都察院笔帖式历升詹事府右赞善。降户部云南司主事"①。其被劾后任官微小，较少记载。仅《清穆宗实录》同治五年有"谕内阁、此次考试翰詹各员。经阅卷大臣等校阅进呈。拟定等第。一等五员。二等三十七员。三等五十二员。四等三员。……考列四等之编修边宝泉、着罚俸三年。左赞善布彦、着改为主事。仍罚俸一年。编修蒋维垣着改为内阁中书。仍罚俸一年"②。

  按：《京口八旗志》载布彦为右赞善，与《清穆宗实录》不符，应为左赞善。春元《京口八旗志》载布彦"历署新乐、巨鹿、南宫、朝阳、武强、清河等县"③，爱仁《重修京口八旗志》卷二载布彦"历任直隶、西南、巨鹿、南宫、朝阳、武强、清河、三河等县知县，题补通州知州，升西路同知"④。查《光绪巨鹿县志》未见布彦任官经历，《民国朝阳县志》卷十六中有"朝阳自咸丰十一年土寇李凤奎占踞城垣，焚烧官署，文卷荡然无存，故以前官长姓名全无可考，其道光十年前者系由承德府志录出，至十年以后虽问得二三人，率由各寺观碑碣查出，故多有姓而无名"⑤之语，但布彦应是出任过承德府地区官职，《听秋阁偶钞》有诗《出古北口》《重九日自都门赴热河忆兄子余》《承德忆瑞庭、鹤亭诸友》《热河寄母一首》等，中有句"塞上云山君莫忆，旅中灯火仆同亲""壮游岂直星霜惯，远到方知天地宽"等。而武强县仅有《康熙武强县志》。

  倭仁（1804—1871），字艮峰，乌齐格里氏，蒙古正红旗人，开封驻

---

① （清）钟瑞等修，（清）春元纂：《京口八旗志》。
② 《清穆宗实录》卷176。
③ （清）钟瑞等修，（清）春元纂：《京口八旗志》。
④ （清）爱仁纂修：《重修京口八旗志》卷2，国家图书馆藏民国16年（1927）抄本。
⑤ 周铁铮修，沈鸣诗纂：《民国朝阳县志》，民国19年（1930）铅印本。

防。祖上发源于东北长白山，其先辈自康熙 59 年（1720）始于开封驻防。道光 9 年（1829）进士，改翰林院庶吉士。从此，倭仁离开蒙旗驻防地河南开封，逐渐融入京师士林社会。历官大理寺卿、叶尔羌帮办大臣、侍讲学士、光禄寺卿、盛京礼部侍郎、都察院左都御史、工部尚书、同治帝师、翰林院掌院学士、协办大学士、文渊阁大学士、文华殿大学士，谥文端，赠太保，入祀贤良祠。作为道咸同时期理学名臣，倭仁生卒行年，学界已有定论，不再赘述。

瑞常（1804—1872），字芝生，号西桥，石尔德特氏，蒙古镶红旗人，杭州驻防。道光 12 年（1832）进士，选翰林院庶吉士，散馆，授编修。历官日讲起居注官、詹事府右春坊右庶子、转左庶子、翰林院侍讲学士、詹事府少詹事、兵部右侍郎、镶红旗汉军副都统、武英殿总裁刑部左侍、吏部左侍郎、正黄旗蒙古副都统、正黄旗护军统领、国史馆副总裁、正黄旗蒙古都统、正白旗满洲副都统、都察院左都御史署正红旗蒙古都统、礼部尚书、正白旗满洲都统、理藩院尚书、正蓝旗汉军都统、镶白旗蒙都统、刑部尚书、镶黄旗满洲都统、镶红旗满洲都统、工部尚书、刑部尚书、文渊阁大学士、文华殿大学士、文渊阁领阁事。谥文端。

瑞常始祖石达，从龙入关，原任三等护卫，诰授武德骑尉。三世祖色塞尔布承袭云骑尉，由京升镇浙镶红旗蒙古佐领，诰授昭武都尉，始驻杭州。瑞常父雅凌河，承袭恩骑尉，八旗前锋翼领，原任正白旗蒙古佐领，诰赠光禄大夫，《如舟吟馆诗钞》道光 2 年（1822）有诗《冬日随家大人北上》《随家大人入值西华门》。《清史列传》载瑞常于道光 26 年（1846）五月丁父忧，可知雅凌河卒于道光 26 年（1846）五月。母为达尔哈斯，诰封一品夫人，《清史列传》记载"二十六年（1846）五月，丁父忧，八月，百日孝满。……旋丁母忧，二十七年（1847）四月，百日孝满"，据此推算，其母应卒于道光 27 年（1547）一月。有兄弟四人，瑞成为翻译笔帖式，升骁骑校，咸丰 11 年（1861）杭州失守阵亡，赐恤云骑尉世职。瑞恒无官职。瑞亮为骁骑校，咸丰 11 年（1861）杭州失守阵亡，赐恤云骑尉世职。瑞庆为道光甲午（1834）科举人，丙申（1836）恩科进士，钦点即用知县，原任直隶遵化直隶州知州，在任候补道，赏戴花翎。素与瑞常往来密切，《如舟吟馆诗钞》中收录多首瑞常与瑞庆唱和诗。有妻三人，伍弥特氏、瓜尔佳氏、瓜尔佳氏，均诰封一品夫人。瑞常妻伍弥特氏，据《如舟吟馆诗钞》道光 7 年（1827）《授室后示内》，可知伍弥特氏道光 7 年（1827）嫁与瑞常。道光 9 年（1829）作有《寄内》，道光 13 年（1833）作有《晋秩侍讲寄内》。伍弥特氏卒于道光 15 年（1835），瑞常有《悼亡》一首。第二任妻子瓜尔佳氏，娶于何时不可确知，道光 16 年（1836）有《上元前二日赠内》，道光 28 年（1848）作有《悼亡》诗，可知瓜尔佳氏卒于此年。第三任妻子瓜尔佳氏，娶于何时不确知，道光 29 年（1849）有《寄内》，卒于何时不确知。瑞常有三子二女。长子文晖，为第二任妻子瓜尔佳氏于道光 18 年（1838）正月十三日所生，《如舟吟馆诗钞》有诗《正月十三日拴儿生》。《清代科举人物家传资料汇编》载文晖官至盛京户部侍郎兼管内务府大臣，娶妻博尔济吉特氏，为补用知府湖南候补同知耆龄公第四女。次子文德，为第二任妻子瓜尔佳氏所生，承袭云骑尉，四品顶戴，原任理藩院员外郎。《如舟吟馆诗钞》道光 22 年（1842）有诗《七月廿七日存儿生》，可知文德生于道光 22 年（1842）七月二十七日。三子文俊，应为第三任妻子瓜尔佳氏于咸丰 4 年（1854）十月七日所生，《如舟吟馆诗钞》有诗《十月七日庄儿生和镜泉贺诗原韵》。长女嫁与金佳氏庆亮，庆亮为杭州驻防，镶黄旗蒙古双庆公长子，咸丰辛亥（1851）恩科翻译举人，丙辰（1856）科翻译进士，原任山西平定直隶州知州。《如舟吟馆诗钞》有诗《介庭堉署沁州官声甚好喜而有作》《二月介庭堉抵都》《介庭堉署沁州官声甚好喜而有作》，介庭即指庆亮。次女嫁与完颜氏惠吉，惠吉为镶白旗满洲，二品顶戴花翎即选道文山公第四子，候选知府惠吉公。《清代科举人物家传资料汇编》中有瑞常孙、文晖子丛桂的朱卷履历，家族世系记载甚详。[①]

按：瑞常生年于史书及相关资料中未见，据《如舟吟馆诗钞》癸丑年（1853）诗作《五旬初度》及诗句"忽忽光阴五十年""负他四十九年春"[②] 可知这一年瑞常五十岁，推算生年为嘉庆甲子年（1804）。《清史列传》中瑞常履历直至同治 11 年（1872），同年卒。《清史稿》《清实录》均有记载。

[①] 来新夏主编：《清代科举人物家传资料汇编》第 24 册，学苑出版社 2007 年版，第 351—362 页。

[②] （清）瑞常：《如舟吟馆诗钞》，国家图书馆藏光绪年间刻本。此小传中所引瑞常诗均出此版本，不另注。

又按:《国朝正雅集》中载瑞常为蒙古镶黄旗人①;杨锺羲《八旗文经作者考》也称瑞常为蒙古镶黄旗人②。此两处应有误,《清史稿》《清史列传》《清国史》《杭州八旗驻防营志略》《柳营诗传》《杭防营志》《国朝杭郡诗三辑》《两浙輶轩续录》均记载瑞常为蒙古镶红旗人,其族属问题可基本确认。《清代科举人物家传资料汇编》③中有瑞常孙丛桂朱卷履历,家族信息记载甚详,三世祖色塞尔布起始镇杭州,为镶红旗蒙古佐领,瑞常孙丛桂为镶红旗蒙古文钧佐领下监生,但其中瑞常父雅凌河曾任正白旗蒙古佐领,有关瑞常的族属应是自三世祖镇守杭州时确定的。

瑞庆(? —1868),号雪堂,石尔德特氏,蒙古镶红旗人,杭州驻防,瑞常弟。道光丙申(1836)恩科进士。历官郧县知县、灵寿县知县、宣化县知县、直隶州知州、易州知州、赵州知州、遵化州知州、直隶候补道。

瑞庆生年未见记载。李格《(民国)杭州府志》卷一百十一载:瑞庆,驻防,镶红旗人,宣化知县。④李格《(民国)杭州府志》卷一百十三载:瑞庆,驻防,丙申进士。⑤潘衍桐《两浙輶轩续录》卷三十六载:"瑞庆,字雪堂,瑞常弟,杭州驻防,蒙古镶黄旗人,道光丙申进士。直隶候补道。著乐琴书屋诗稿四卷。柳营诗辑,雪堂与兄文端公齐名,通籍后,以知县用选湖北郧县。丁忧服阕,改直隶。历任宣化清苑令,调宣化遵化知州。同治中开缺,以道员归直隶补用。寻卒。"⑥

按:此处的"蒙古镶黄旗人"说法有误,据《清史稿》及《清史列传》中有关瑞常的记载可知,瑞庆及其哥哥瑞常应为蒙古镶红旗人。《八旗艺文编目》载:瑞庆,号雪堂,道光丙申进士,官至直隶候补道。瑞常弟。⑦《可园杂纂》载:(瑞庆)号雪堂,瑞文端公弟,道光丙申进士,官至直隶候补道。有《乐琴书屋诗钞》。⑧《明清进士题名碑录索引》(上

---

① (清)符葆森:《国朝正雅集》卷77,咸丰7年(1857)北京半亩园刊。
② 《八旗文经作者考》,马甫生等标校《八旗文经》,辽宁古籍出版社1988年版,第474页。
③ 来新夏主编:《清代科举人物家传资料汇编》第24册,第351—362页。
④ 李格撰:《(民国)杭州府志》卷110,民国11年(1922)本,第2964页。
⑤ 李格撰:《(民国)杭州府志》卷113,第3054页。
⑥ (清)潘衍桐撰:《两浙輶轩续录》卷36,光绪刻本,第1676页。
⑦ (清)恩华撰:《八旗艺文编目》(下册),第87页。
⑧ (清)三多撰:《可园杂纂》第二册,第4页。

册）载："镶红旗蒙古。"①

燮清（1813—1873后），字秋澄，奈曼氏，汉姓项，蒙古正黄旗人，京口驻防。

燮清生卒年没有明确记载，在其《养拙书屋诗序》中有"又当尔四十岁初辰，借此以解读书之嘲，则可遂欲以此问世……咸丰壬子秋八月序于养拙书屋之南窗"②之语，可知其自序诗集时为咸丰壬子年（1852），此时燮清四十岁，据此推算他应生于嘉庆18年（1813）。燮清卒年不可确知，当在同治12年（1873）后，因其诗集中有《哭高慎庵》，燮清友人高静，字慎庵，生于嘉庆15年（1810），卒于同治12年（1873），燮清当卒于高静后。

燮清行年没有清晰记载，大致如下：延钊《养拙书屋诗选跋》有"（燮清）弱冠应童子试，冠军入润庠。数战秋闱未捷。道光乙巳改制文科为翻译。公遂无意进取，日以训迪后进为乐"③。燮清《养拙山房诗序》亦有"道光乙巳年，蒙天恩将文科改作翻译。余幼未曾习，加之愚钝之资，年过三十，况业素平寒不克学习翻译，日以训蒙为业"。道光乙巳即为道光25年（1845），驻防子弟自道光23年（1843）始必须参加翻译考试，但各地驻防开始时间略有不同，燮清诗集中反复提到道光乙巳，则京口驻防的翻译考试自道光25年（1845）始。燮清数年乡试不第，道光25年（1845）京口驻防乡试改文闱为翻译乡试，燮清没有受过训练，自此放弃科举。

延钊《养拙书屋诗选》跋有"嗣缘世乱，始入魁果肃将军幕。由军功得保蓝翎同知衔候选知县。非公志也"。魁果肃即魁玉，魁玉死后谥果肃。由《清史列传》卷五十五魁玉传得知，魁玉于咸丰6年（1856）任江宁副都统，8年（1858）署江宁将军、京口副都统，同治10年（1871），由江宁将军调成都将军。魁玉在江南时期的主要功绩是击退太平军，江宁克复在同治3年（1864），延钊跋中记载燮清有军功，因此，燮清入魁玉将军幕当在咸丰6年（1856）至同治3年（1864）期间。燮清《养拙书

---

① 朱保炯、谢沛霖主编：《明清进士题名碑录索引》（上册），上海古籍出版社2006年版，第543页。

② （清）燮清：《养拙书屋诗选》，民国25年（1936）项氏晚香堂上海影印本。

③ （清）延钊：《养拙书屋诗选跋》，（清）燮清：《养拙书屋诗选》。

屋诗选》有诗《和魁军宪大观亭》，中有"江山留客醉，风月笑人忙"句。燮清由军功得保蓝翎同知衔候选知县。疑燮清后并未任知县一职，如有任职，其堂侄延钊应知晓，但延钊在跋中说"由军功得保蓝翎同知衔候选知县。非公志也"。说明燮清并未热衷于做官，加之晚清候补文官制度之繁冗，候补时间之长，燮清极有可能未任知县。由于燮清未入仕，关于其生平的记载多有缺失，仅在地方志中有少量记载。其行迹多靠诗歌进行考证。

与京口驻防燮清是在第一次鸦片战争中以民人身份体察观望战事并记录之不同，沧州驻防桂茂在内战中以军人身份英勇上阵并记录战事。桂茂与燮清年纪相当。

桂茂（1816？—?），字桐圃，号德山，吴郎汉吉尔门氏，蒙古镶白旗人，沧州驻防。生卒年无考。道光16年（1836）进士，出为甘肃西和县知县。桂茂生卒行年公私史料记载极少，大略如下：

桂茂于道光24年（1844）至道光26年（1846），任甘肃西和县知县。其为官清廉，忠于职守，关心百姓疾苦。《德山诗录》序记云："道光二十四年至道光二十六年，桂楙任甘肃西和县知县，当地百姓为立德政碑。"其诗《忆昔》云："我年三十余，出宰陇外县。"按：从此句中知桂茂出生于嘉庆末年，因桂茂是道光16年（1836）进士，而时人并未特别指出其少年进士及第，按照常理推断桂茂出生应在嘉庆丙子（1816）前后。诗《送陈彰之司马旋甘肃二首》云："我自陇右归，南望屡搔首。"恩华纂辑《八旗艺文编目》编目四载："（桂茂）官甘肃西和县知县。"① 杨锺羲《雪桥诗话》三集卷十一载："咸丰初元，累有建白，朱伯韩赠桂德山兵部诗：'犹及西疆识重臣，归来郎署老斯人。乾坤蛇豕虚垂涕，冰雪文章绝点尘。同谱知君差恨晚，两龚论史最翻新。大伸士气通言路，止为苍生不为身。'重臣谓林文忠也。"按：桂茂组诗《忆昔》中有自注写道："时方昭甫知隆德，公按其邑，问查地几何，以实对；升科几何，以实对。何以地多而升科少，对曰：'甘省土瘠民贫，非他省比，请以一半完国课，一半给百科养身家。不然，虽升科不可恃。'公怒其辩。昭甫曰：'百姓无身家。谁欤偿此国课者？'公改容谢之。事竣，语人曰：

---

① （清）恩华纂辑：《八旗艺文编目》，第129页。

'甘肃州县五十余，如隆德令、西和令，未易得也。"故作诗云："我时宰水南，抗书陈害利。往复累百言，闻者心为悸。公乃大称叹，兹言开我意。县官五十人，有此佳哉吏。隆德得方令，并此称二骥。蹀足青云间，回头待所致。"由此可见，桂茂在甘肃任职期间能关心民生、为百姓说话。时西和人好持械斗，多贼。桂茂为西和县令时，讼斗颇息，曾智擒县间贼盗马大汉、陈三、苏满成等。桂茂诗《人日与陈彰之饮酒彰之话及旧事抚然成咏》详细记载了其在任西和县令时捉拿当地贼寇的往事，此诗序云："余少无宦情，西和作令非本志也，然颇能行吾意。西和人好讼，往往持械斗。余莅事半年，讼斗颇息。阶州有山曰四沟，横亘成礼，两县间盗贼窟穴也。西和马家坝濒白水江，过江即马蟥沟，实四沟门户。马家坝逃军杨幅海，贼素畏其勇悍。余侦知之，许赦其罪。使招盗魁马大汉有成说矣。其党陈三诱杀杨幅海于途。快役往捕，伤而返。余遂详大府情，与阶、成、礼三州县会捕。时乙巳九月也。未几，大府惠公卒。贼度阶州等处无先发者，独虞西和，乃与苏满成商使行贿西和营，缓其事。苏满成，礼县石家关乡约也，受其赂，未敢行。丙午正月四日，余觞客县衙。酒散，独留外委李广成，曰：'前嘱选五十人。一呼即集此，可一验乎。'曰：'诺。'呼之五十人持刀戟立堂下，壮役五十人亦持刀戟立堂下。余与李君率众出署中，人未及知也。一日夜抵白水江，阶、成、礼文武是日无一至者。李君谓余曰：'勿渡江，某请先尝之。'余笑曰：'君岂可独劳。'策马乱流渡，众皆从。登山与贼对涧为垒，贼隔涧诉苏满成事，请于翌日献陈三。余知其缓我也，姑许之。贼砦倚大石，石高三丈许，攻以炮，应声而摧。贼妻孥皆哭。夜半，贼自断崖缒而遁，搜得火药三大桶，聚以焚，其砦火光百里外皆见。初七日，俘贼孥下山，涉白水，宿马家坝。三更月落，村人呼曰：'贼至矣。'村外火大作，一村皆惊。余曰：'贼欲夺其孥耳。'步村中令村民各归舍，不闭户，不灭灯。高声呼者，以通贼论兵役违者以军法处。熄号火撤幕帐，严队以待。贼不敢发。久之，村外火亦灭。天明，阶州都司朱君至。诧曰：'明府真好胆也。'阶、成、礼各村落皆焚香结彩，具酒以迎。路出石家关，迎者如堵墙，余指一人，曰：'此苏满成也。'咤缚之。苏满成叩头曰：'知罪矣。祈留脸面，愿报効。'余笑曰：'汝亦知脸面乎？'释其缚，令执马辔。行至青阳峡，问何以报。对曰：'愿招马大汉，擒陈三。余知马大汉能事母，令取其母血书并衷衣往。'问共此事者谁？曰：'闵宽，巨盗也。今良民胥役等请责令具限状。'余问苏满成敢具此乎？叩头曰：'诺。'余笑曰：'丈夫重一言耳。尔食言逃，中国外必擒尔。'奚限状，为叩头去，果与闵宽招马大汉来归。擒陈三戮于市，安置马大汉于职方镇，令侍其母，又养杨秀口等于署。令郑有贤为西高山乡约，意在搜四沟也。后不得行，皆散遣之。而余亦拂衣归矣。情随事迁，偶一言及，不胜今昔之感云。"

桂茂曾官兵部主事、员外郎、左庶子等职，咸丰年间，桂茂驻守沧州。杨锺羲《雪桥诗话》三集卷十一载："（桂茂）入为兵部主事。"《德山诗录》序记云："（桂楸）由兵部员外郎迁左庶子，沧州驻防。"恩华纂辑《八旗艺文编目》编目四载："（桂茂）由兵部员外郎迁左庶子。疑系沧州驻防。"① 咸丰3年（1853）九月廿五日，桂茂为沧州城守尉德成作《铁汉子》，其诗前序云："记沧州城守尉德成也。癸丑九月廿五日，贼攻沧州。德公以孤军败。贼语其党曰：'此铁汉子也。'公战殁，沧州陷，天津警矣。作铁汉子。"后序云："沧州城有火药库，储火药数万斤。兵败，公入城急焚之。北向叩头，督兵巷战。伤，陨于河而殁。是日，南来官兵驻马崔庄，距沧州城六十里耳。贼去后，得公尸于河。面如生，握刀怒目作杀贼势。"为沧州秀才庆普作《弱秀才》，其诗序云："记沧州秀才庆普也。庆普字钧亭，已亥科顺天乡试取国史馆眷录。议叙贼陷沧州，胁使从，骂不屈。贼杀其妻胁之，骂如故。复杀其女，骂愈厉。且曰：'我今日纵从汝，他日必杀汝。'遂遇害。钧亭文弱人也，作弱秀才。"为沧州骁骑校多瑞作《骁骑校》，其诗序云："记沧州骁骑校多瑞也。贼入沧州城，兵勇争窜。多君怒曰：'贼来吾杀之。'兵勇走者，吾亦杀之。挟矛持弓矢御贼，南门杀贼。前驱二人，贼来愈众。君投帻大呼，且战且骂。格杀十许贼。力尽而毙。噫！斯真骁骑矣。作骁骑校。"为沧州诸甲兵作《三百人》，其诗序云："记沧州诸甲兵也。德公督士卒御贼红河口。战正酣，后队火药笼猝为飞炮所中，民勇惊溃。前队欲引却，一夫呼曰：'去此步死，非丈夫也！'众皆奋力战而死，三百人无一却走者。作三百人。"为记沧州秀才李干罗，作《迂书生》，其诗序云："记沧州秀才李干罗也。李村居素朴，诚不苟言笑，人以迂书生目之。贼过其村，索粟米，不与；索刍豆，不与。历数贼罪，呼以叛逆。贼怒，执刃胁使拜，不屈。

---

① （清）恩华纂辑：《八旗艺文编目》，第129页。

骂愈激,遂死,人终谓其迂也。作迂书生。"为记沧州炮手刘彦,作《老炮手》,其诗序云:"记沧州炮手刘彦也。沧州城将陷,德公虑火药库为贼得,命亟焚之。众踌躇,未即往,刘彦应命。德公恻然曰:'尔乃不怖死乎?'对曰:'主将杀贼死,报国者,小人焚火药死,亦报国。知报国耳,奚怖。'往焚火药,药发而毙。君子曰:'义士也。'作老炮手。"为记沧州殉节诸妇女,作《烈女操》,其诗序云:"记沧州殉节诸妇女也。沧州南门将陷,诸妇女皆登陴,桀石击贼,助击以骂。城破,各据池井畔。骂贼极口,贼逼近则群赴池井死。盖数百人无一辱于贼者。作烈女操。"

按:清徐宗亮《(光绪)重修天津府志》(清光绪25年刻本)卷四十传二宦绩二载太平天国军队攻沧州之时:"沧州驻防桂楸,骁骑校诗,城门乍辟炮声,止万众骇曰:'贼入矣!'一夫挟矛发上指,大呼谁与敢越,此贼骑驰来违尺咫,霹一声发一矢,人倒马奔,血喷紫。又一骑来,矛突起掷空飞去,一痕水贼献,正中王龙尾。衢路渐狭,贼渐多,霍霍左右,挥雕戈,赤帻投地,目如电长,桧大斧声戛,磨尘昏日,黯风转急,贼骑凭陵四面,逼血满战袍。谁力争手,桂断矛犹鹄立,呜呼!丈夫生世谁能无死,死非其所,死亦可鄙!高牙大纛纷于云,如君胆识宁多闻。"可见桂茂在抵抗太平天国军队攻打沧州期间亦表现出英勇无畏的精神。沧州兵败,起义军入城,桂茂夜趋天津。作《义军叹》。其诗序云:"记天津义军语也。天津令谢公战殁,民勇皆缟素。人目其军曰孝义军。贼破沧州,一日夜趋天津,微谢公,天津几殆。作义军叹。"

其后桂茂无诗,文献中亦未见其后行年著录。

京口驻防爕清因驻防科考改为翻译试被迫放弃科举考试。比爕清小五岁的杭州驻防贵成却由翻译进士及第步入仕途。贵成(1818—1883后),字镜泉,马佳氏,蒙古正白旗人,杭州驻防。道光30年(1850)翻译进士,历官职方司主事、候补员外郎、骑都尉、职方司员外郎、掌武库司印、掌职方司印、候补郎中、武选司郎中、直隶热河道等。

贵成生卒年史料无载,额勒和布《奏为热河道贵成边俸期满循例送部引见所遗员缺请旨简放》光绪9年(1883)正月二十八日朱批奏折,载

第四章　清中期道咸同诗坛的蒙古族汉诗创作　　433

贵成"现年六十六岁，系杭州驻防在京正白旗蒙古奎伦佐领下人"①。据此推算贵成当生于嘉庆23年（1818）。卒年不详。据《德宗实录》卷一百一载："光绪五年乙巳谕军机大臣等。新授热河道贵成，前于召见时，奏对不甚明晰，耳似重听。该员到任后，著崇绮留心察看，如果不能胜任，即行据实具奏。毋稍迁就。将此谕令知之。"②可知此时贵成已因年龄较大，光绪帝对他是否能胜任此职已存有疑虑，因此光绪9年（1883）之后贵成或辞官或去世，辞官的可能性较大。

贵成行年所存史料无多，亦有可辨之处。道光30年（1850），贵成中满洲翻译会试进士。按：据《清实录》可知，在道光20年（1840）之后，就没有钦点京旗蒙古翻译乡试、会试考官；再据咸丰、光绪两朝所修《钦定科场条例》卷60③，可知从道光21年（1841）至光绪12年（1886），没有取中一名蒙古翻译举人或蒙古翻译进士。因此可以推断，由于应试人数不足规定的七八人，道光21年（1841）之后，实际上已经停止蒙古翻译乡、会试。那么贵成于道光30年（1850）所参加的翻译会试定属满洲翻译无疑。另：瑞庆《乐琴书屋诗集》④ 有诗《寄和贵镜泉成蓉卿同捷秋闱》，贵成道光23年（1843）捷乡试秋闱。据张大昌《杭州八旗驻防营志略》卷十所记载乡、会试题名表，道光甲辰（1844）恩科下注：自是科始，停止各省驻防文闱乡试，改翻译乡试⑤。则翻译乡试应是自道光24年（1844）始。故道光23年（1843）贵成所参加的应为文闱乡试而非翻译乡试。瑞常《如舟吟馆诗钞》⑥ 道光23年（1843）有诗《二月雪堂赴选来京作此以赠即和其韵》，可知其弟瑞庆（雪堂）于当年（1843）进京赴选，瑞庆当年亦有诗《喜文冠梅镜泉蓉卿三孝廉至即用前韵》，证明贵成此次与瑞庆在京相聚。之后瑞庆被选为郧县知县，贵成

---

① （清）额勒和布：《奏为热河道贵成边俸期满循例送部引见所遗员缺请旨简放》，第一历史档案馆藏奏折，光绪9年（1883）正月二十八，档案号：04-01-12-0530-053。
② 《德宗实录》卷101，《清实录》第53册，中华书局1987年版，第510页。
③ 《钦定科场条例》卷60，沈云龙主编：《近代中国史料丛刊》第48辑，文海出版社1989年版，第4624—4633页。
④ （清）瑞庆：《乐琴书屋诗集》，国家图书馆藏抄本。以下所选瑞庆诗均出此版本，不另注。
⑤ 张大昌辑，白辰文点校：《杭州八旗驻防营志略》，马协弟主编：《杭州绥远京口福州八旗志》，辽宁大学出版社1994年版，第109页。
⑥ 瑞常：《如舟吟馆诗钞》，国家图书馆藏光绪间刻本。以下所选瑞常诗均出此版本，不另注。

《瑞雪堂時令楚中接眷之任因作唱歌代柬》中有"我从去年归虎林,卷书抛铗囊素琴。雄心已懒名心淡,日向湖山放浪吟",可知贵成此次进京参加文闱会试不第。张大昌《杭州八旗驻防营志略》载贵成"以主事用,签分户部职方司"①。按:此处有误,应为兵部,而非户部。

三　道咸同边地诗人生卒行年考述

道咸同时期还有一部分蒙古诗人,他们或出生在京师或地方,但长期任职边疆或地方。故将其归入边地蒙古诗人之列,目前有诗集存世者9人,按照生年排列,分别是壁昌、托浑布、恩麟、柏春、来秀、恩成、锡缜、恭钊、梁承光。这部分诗人在道咸同时期的蒙古族诗人中占比最大,是很重要的组成部分。

壁昌(1778—1854),一作璧昌,字星泉,号东垣,额尔德特氏,蒙古镶黄旗人。历官陕西巡抚,福州将军,谥勤襄。

壁昌生年史料没有明确记载。《清史稿》载:"壁昌,字东垣,额勒德特氏,蒙古镶黄旗人。……四年卒,赠太子太保,谥勤襄。"②《(光绪)江西通志180卷》载:"璧昌,字星泉,蒙古镶黄旗人,署总督寻授。"③《清国史》载:"壁昌,额勒德特氏,蒙古镶黄旗人……本年春间以旧疾加增,奏请开缺,谕令安心调理。遽间溘逝,悼惜殊深,赏给陀罗经被,派醇郡王奕譞带领侍卫十员,即日前往奠醊,并赏加太子太保衔,照南书书例赐恤,任内一切处分,悉予开复,应得恤典,该衙门察例具奏。伊子恆福见在耆善军营,著回京穿孝。伊孙锡佩、锡璋均著服满后带领引见,寻赐祭葬,予谥勤襄。"④《清诗纪事》《历代蒙古族著作家述略》《清代新疆军府制职官传略》《晚清两江总督传略》《清代西域诗研究》等今人著述大都从上述史传。

按:上述材料称壁昌为额勒德特氏,而壁昌之父和瑛诗集中自称额尔

---

① (清)张大昌辑,白辰文点校:《杭州八旗驻防营志略》,马协弟主编:《杭州绥远京口福州八旗志》,第105页。

② 赵尔巽等:《清史稿》列传一百五十五,民国17年(1928)清史馆本,第4136页。

③ (清)曾国藩修,(清)刘绎纂:《(光绪)江西通志180卷》卷16,光绪7年(1881)刻本,第1542页。

④ 据嘉业堂钞本影印《清国史》第九册卷107,中华书局1993年版,第735页。

德特氏，因额勒德特氏与额尔德特氏在蒙语中同音，故本书遵照和瑛自称，确定为额尔德特氏。

由上述材料可知，壁昌生年尚未确定。据《清代官员履历档案全编》嘉庆17年二月二十八日载："奴才壁昌，镶黄旗蒙古俸泰佐领下监生，年三十五，现任工部笔帖式。嘉庆十四年，保送引见，奉旨记名，以知县用。今签升河南怀庆府阳武县知县缺，敬缮履历，恭呈御览。"① 另外，《道光朝上谕档》（道光二十三年）查开王大臣年岁生日单载："将军壁昌年六十六岁六月二十日生日。"②《清国史·壁昌传》载："二十七年四月壁昌七十生辰，御书：'福寿'字及文绮珍吴赐之，并赐紫禁城骑马。"③ 上述材料可证，壁昌生于乾隆43年（1778）。

托浑布（1799—1843），字子元，号爱山，博尔济吉特氏，蒙古正蓝旗人。嘉庆己卯（1819）进士，历官湖南知县、福建台湾知府、直隶按察使布政使、山东巡抚等。托浑布生卒年学界已有定论，故不再论。但托浑布行年中有关第一次鸦片战争中是否赞助主和派讨好英国之争，须加以说明。

道光20年（1840），英国以禁烟为由，发动鸦片战争，八月，英船途经山东砣矶岛，托浑布亲考实情。据齐思和整理的《筹办夷务始末·道光朝》载："本月（七月）初九初十等日，探见夷船八支。乘风北驶之后，惟二十四五等日，间有夷船一支，自北折回，在东省砣矶岛外洋游弈，此外并无继来船只，现在洋面平静。"托浑布当天又奏曰："有数十人上岸，内有操华音者，向该岛居民哀告，以船上缺乏薪、水，愿出番银一圆，买淡水十担，番银五圆，买牛一只。该岛居民有明晓事者，因夷匪上岸并不滋扰，且言词极为恭顺，当给淡水百余担，黄牛十余只。"④ 据《清史稿》载："以托浑布奏英船南去，命耆英、托浑布酌撤防兵。"据《鸦片战争档案史料》载："昨日因夷船在厦门滋事……恐其不但在海口滋扰，并又

---

① 秦国经主编：《清代官员履历档案全编（第24册）》，华东师范大学出版社1997年版，第678页。
② 中国第一历史档案馆编：《道光朝上谕档》第四十八册，广西师范大学出版社2000年版，第3页。
③ 据嘉业堂钞本影印《清国史》第九册卷107，第735页。
④ 齐思和：《筹办夷务始末·道光朝》第2册，中华书局1964年版，第668页。

登陆交战之计。现在筹备海防，不可以堵御口岸即为无患，尤当计及登陆后如何设伏夹攻兜剿，出其不意，方能制胜。"① 据宋稷辰《兵部侍郎都察院右副都御史巡抚山东兼提督托公墓表》中记："又明年，命巡抚山东。时海上事起，登州一隅滨海，英吉利番舶北驶所必由，经营防御，迭上筹策。三年中防海居半，心力为瘁。"②

按：庄汉新、郭居园编纂的《中国古今名人大辞典》中记："次年 8 月，英军北犯天津海口时，赞助琦善主和。英舰南撤，途经山东，他偕鲍鹏赴登州迎送，向英军馈赠鸡、肉、米、菜，以示犒劳，并谎奏'夷情极为恭顺'。后又将鲍鹏推荐给琦善，专事媚外活动。"③ 顾明远编纂的《中国教育大系 历代教育名人志》中记："同年 8 月，英军北犯天津海口时，支持琦善乞和。英舰南撤，途经山东，赶赴登州迎送英舰，并馈赠英军肉粮以示犒劳，专事媚外。"④ 戢祥成、程世高编纂的《中国革命史辞典》中记："1840 年 8 月，英军侵犯天津海口时，主张琦善妥协求和。英舰南撤，途经山东时，他又与鲍鹏专程赴登州向侵略军馈送鸡、肉、米、菜等物，并向道光帝谎报'夷情极为恭顺'，后专事媚外活动。"⑤ 这几部著述在介绍托浑布时皆认为其以"夷情极为恭顺"，认为其专事媚外活动，并认为托浑布在鸦片战争中同琦善一派主和。托浑布曾连上两篇奏章，但从托浑布的奏章中看，托浑布并没有明确表明自己主和的态度，托浑布在有英船驶近港口时始终保持警惕，几次三番地登港查看，所以认为托浑布媚外是不合理的。

恩麟（1804—1870 后），字君锡，一字诗樵，号天放闲人，诺敏氏，室名为笔花轩，蒙古正黄旗人。道光戊戌（1838）进士。曾任兵部候补主事。因接受书吏所上规礼，被罢免，发往军台效力。恩麟生平文献记载多零星散乱，《清史稿》《清史列传》皆无载。恩华《八旗艺文编目》考："恩麟，字君锡，一字诗樵，号天放散人，氏诺敏，隶属蒙古正黄旗，道

---

① 中国第一历史档案馆：《鸦片战争档案史料》第 4 册，天津古籍出版社 1992 年版，第 79 页。
② 孔昭明：《续碑传选集》，《台湾文献史料丛刊》第 4 辑 68，大通书局出版社 1984 年版，第 71 页。
③ 庄汉新、郭居园：《中国古今名人大辞典》，警官教育出版社 1991 年版，第 169 页。
④ 顾明远：《中国教育大系 历代教育名人志》，湖北教育出版社 2015 年版，第 290 页。
⑤ 戢祥成、程世高：《中国革命史辞典》，湖北教育出版社 1989 年版，第 296 页。

光壬辰（1832）举人，戊戌（1838）进士，官分部主事。著有《听雪窗诗草》《笔花轩诗稿》和《塞游诗草》。"① 蔡贵华《中国文献学资料通检》对恩麟生平的记述与恩华所考大体一致，但特别指出恩麟的室名为笔花轩。② 吴肃民、莫福山《中国少数民族文学古籍举要》除包含上述记载外，还记述了恩麟早年曾随先辈仕宦江南，后又居官塞外的事实。③

按：以上著作均记载恩麟号"天放散人"，但所述内容极为相似，有转引之嫌。而恩麟在《塞游诗草》卷首明确题有"天放闲人著"，故恩麟号"天放闲人"更为可信。

《听雪窗诗草》和《笔花轩诗稿》每卷前均题有"古燕　恩麟　诗樵撰"，可知恩麟为古燕人，又字诗樵。《听雪窗诗草》中《榜下自嘲》一诗"一身已定半生寒"后注有"主事分部蒙古籍得缺不易，升擢尤难"④ 知其族籍。恩麟父亲多容安在递呈给皇上的谢恩折中自称"蒙古世仆"⑤，再次证实恩麟为蒙古族人。

恩麟的出生年月并无明确记载，但据其诗集《塞游诗草》中《偶感》之"养儿为防老，古语良可思。我年六十二，六男两女儿"⑥，题后注有"丙寅年"字样，可推知恩麟生于嘉庆9年（1804）。恩麟卒年不详，应在同治庚午（1870）之后，其《塞游诗草》中有《祀灶日（庚午年）》⑦ 一诗。

按：恩麟为官的资料很少，又因清中晚期还有两位名恩麟的官员，因此有诸多著述将这三人的信息混淆。一是将恩麟与同时代的满族恩麟相混淆。《清史稿辞典》记载："恩麟，字诗樵，诺敏氏，隶正黄旗蒙古，道光18年（1838）进士，官至甘肃布政使。同治元年（1862）曾护理陕甘

---

① （清）恩华纂辑，关纪新整理点校：《八旗艺文编目》，第128页。
② 蔡贵华编著：《中国文献学资料通检》，中国文史出版社2004年版，第156页。
③ 吴肃民、莫福山：《中国少数民族文学古籍举要》，天津古籍出版社1990年版，第246页。
④ （清）恩麟：《听雪窗诗草》卷4，《清代诗文集汇编》第631册，上海古籍出版社2010年版，第594页。
⑤ 广西按察使多容安：《奏为次子恩麟中举谢恩事》，道光十二年闰九月二十六日折，档号03-2630-002。
⑥ （清）恩麟：《塞游诗草》，道光间抄本，国家图书馆古籍馆藏。
⑦ （清）恩麟：《塞游诗草》。

总督印。八年迁驻藏办事大臣,十二年解任。有《笔花轩诗稿》四卷行世。"①《清代职官年表》《清季职官表》《清代驻藏大臣传略》也都记载:驻藏大臣恩麟隶属蒙古族正黄旗②。但陈德鹏《清代驻藏大臣籍贯、出身校勘》考:蒙古族正黄旗恩麟是道光18年(1838)三甲第四十九名进士,并非驻藏大臣恩麟,他还根据《清穆宗实录》中驻藏大臣恩麟所上的谢恩折以及《清史列传》中熙麟所上的奏折,判断出驻藏大臣恩麟是满族人熙麟的族弟③。

中国第一历史档案馆保存的两份录副奏折,一份是署理甘肃布政使恩麟所上的奏折,他称:"奴才满洲世仆一介愚蒙,咸丰六年由户部郎中蒙恩简放甘肃兰州道,九年复荷,特恩擢授甘肃臬司历转藩司印务……同治元年二月十七日议政。"④ 奏折表明,甘肃布政使恩麟为满族人。另一份是吏部尚书全庆所上奏折,在奏折中交代了满族恩麟的为官经历:"恩麟著补授甘肃按察使,吏部尚书臣全庆等谨题为详读实授事。查定例,旗员百日孝满,奉旨简署外任督抚藩臬道府印务者,服满,文到部,即将应否准其实授之处,具题请旨等语。今恩麟镶黄族满州监生,由甘肃兰州道丁忧尚未服满,咸丰九年正月二十三日奉旨以道员发往甘肃候补,钦此。又贰月二十一日奉旨甘肃按察使著恩麟署理,钦此。今据陕甘总督觉罗乐斌奏称:恩麟于捌年拾月初拾丁母忧,不计闰扣至拾壹年拾月初拾日二十七个月服满等,因咸丰拾壹年三月初一日奉硃批:知道了,钦此。遵抄出部当经行查镶黄旗满。"⑤ 全庆在这份奏折中多次提到甘肃布政使恩麟为满族人。此外,清代官员张集馨的《道咸宦海见闻录》也记载护陕甘总督恩

---

① 孙文良、董守义主编:《清史稿辞典》(下),山东教育出版社2008年版,第1517页。

② 钱实甫编:《清代职官年表》,中华书局1980年版,第3199页;魏秀梅编:《清季职官表》,中华书局2013年版,第795页;吴丰培、曾国庆编:《清代驻藏大臣传略》,西藏人民出版社1988年版,第197页。

③ 参见陈德鹏《清代驻藏大臣籍贯、出身校勘》,《民族历史研究》2014年第2期,第94—95页。

④ 署理甘肃布政使恩麟:《奏为补授甘肃布政使谢恩事》,同治元年(1862)正月二十四日折,档号03-4596-178。

⑤ 吏部尚书全庆:《题为议得甘肃按察使恩麟期满准其实授请旨事》,咸丰11年(1861)十一月初十日折,档号02-01-03-11340-039。

麟字仁峰，并非诗樵①。

因此，《清史稿辞典》《清代职官年表》《清季职官表》《清代驻藏大臣传略》所述蒙古族恩麟曾出任甘肃布政使、护陕甘总督、驻藏办事大臣等行年，与张集馨《道咸宦海见闻录》以及中国第一历史档案馆馆藏录副奏折所记载的满族恩麟的行年混淆。受其影响下的今人著述如《中国近现代人物名号大辞典》《清人诗文集总目提要》《近代中国蒙古族人物传》《清代蒙古官吏传》等，均有此误②。只有陈德鹏《清代驻藏大臣籍贯、出身校勘》的考述合理。

二是将蒙古族诗人恩麟的著述与满族伪满高官恩麟的著述相混淆。据《铁岭市志·人物志》记载：满族伪满高官恩麟，字锡三，光绪8年（1882）生于法库县，民国年间历任开鲁、兴城、沈阳县知事，伪满时期身居高位，出任过实业厅长、民政厅长等职，编有《兴城县志》十五卷、《洵川县乡土志》二卷③。

按：满族伪满高官恩麟出生较晚，与蒙古族诗人恩麟的生活时间基本不重合，因此将这二人生平混淆的研究很少，但存在将二人著作混淆的情况。如《历代蒙古族著作家述略》就将满族伪满高官恩麟所编的《兴城县志》《洵川县乡土志》列入蒙古族诗人恩麟的著述之中④。

综上所述：蒙古族正黄旗恩麟，字诗樵，诺敏氏，室名为笔花轩，是道光18年（1838）三甲第四十九名进士，著有《听雪窗诗草》《笔花轩诗稿》和《塞游诗草》等多部诗集。而出任甘肃布政使、护陕甘总督、驻藏办事大臣等职的恩麟，字仁峰，是满族人熙麟的族弟。此外，修《兴城县志》《洵川县乡土志》的恩麟，字锡三，是另外一位满族官员，曾在伪满政府担任要职。

柏春（1808—1872后）字东敷，号老铁，蒙古正黄旗人。道光乙巳

---

① （清）张集馨：《道咸宦海见闻录》，中华书局1999年版，第378页。
② 陈玉堂：《中国近现代人物名号大辞典》（续编），浙江古籍出版社2001年版，第250页；柯愈春：《清人诗文集总目提要》（中），北京古籍出版社2001年版，第1439页；张瑞萍主编：《近代中国蒙古族人物传》，内蒙古大学出版社1992年版，第219页；包桂芹：《清代蒙古官吏传》，民族出版社1995年版，第74页。
③ 张克江主编：《铁岭市志·人物志》，科学普及出版社1999年版，第356页。
④ 赵相璧：《历代蒙古族著作家述略》，内蒙古人民出版社1990年版，第154页。

（1845）进士。曾历官兵部主事、兵部员外郎、直隶试用道。咸丰6年（1856）秋，柏春赴保阳从戎，后曾筹措军需，训练民兵。咸丰8年（1858）赴天津前线，抵御英法联军入侵，不幸战败。咸丰9年（1859）正月至七月，柏春再赴天津防海，在僧格林沁亲自督战下清军取得胜利。秋归保阳。曾官候补道，盐运使。咸丰11年（1861）夏赴河朔军营，辗转行军，久病，腊八后终获病归。后任清河道。

　　文献所载柏春生平多简略，鲜有提及生年，但柏春著有诗集《铁笛仙馆宦游草》《铁笛仙馆从戎草》《铁笛仙馆后从戎草》，其中诗作透露些许身世信息。《老铁歌》（《宦游草》卷一）序"明岁丁巳仆年五十矣，漫自号曰老铁"，可知生于嘉庆13年（1808），袁行云《清人诗集叙录》和柯愈春《清人诗文集总目提要》皆据此认定柏春生辰。《八叠前韵》（《宦游草》卷六）诗中自注：先慈见背后遇生日则素服故贺客皆先期来。而《清代官员履历档案全编（第三册）》载柏春"（咸丰）四年四月丁母忧"，可知柏春生日约在四月。

　　卒年尚无法断定。但同治2年（1863）三月至同治6年（1867）三月，柏春任清河道。推测至晚同治9年（1870）柏春离开仕途，同治11年（1872）柏春尚在世，卒年不详。《畿辅通志》（卷三十职官六）载：柏春，蒙古正黄旗进士，同治3年三月6年三月内任（清河道）。《清实录同治朝实录》（卷之一百九十七）载：（同治六年二月乙酉）"又谕前因御史朱镇奏京师引盐缺乏，奸商把持囤积，任意勒索，并另设内厂勒买引盐各节，当谕令刘长佑查明具奏。兹据刘长佑奏称：'前经步军统领衙门咨送京商何文清、王伸、周钧等具控华长祥同伙李映奎等劫留盐包一案，已发运司传讯。旋奉谕旨，复添派候补道柏春会同运司克明，讯明京师向设有京盐总局，总司进盐齐句等事。后因外句滞销，往往拨入城内各铺私售。同治四年众商公议添设内厂，以售外句不能全销之盐，由运司详明立案，商人何文清等违例进盐，欠课甚钜，请分别革追等语。'此案商人何文清、王伸、周钧将外句盐包，不遵新章卖给内厂，辄仍运归内铺，实违公例，且查出欠课甚多，自应分别惩办。何文清著暂行革去举人，王伸、周钧均著暂行革去职衔，该商等领办之各引名，著一并记革，并照例查抄监追。勒限三个月，将欠课扫数全完，方准开复给还，所请缴完三成即予开复之处，殊涉宽纵，如逾限不完，即斥革另募，以肃盐政。华长祥身充总催，既查知何文清等弊混，并不禀明运司，辄用私函知会厂书高瑞徵，听从照办，均有不合，应如所拟发落。所设内厂，既据各商佥称有益，并无把持情弊，著准其照旧设立。嗣后如查有弊端。即著裁撤严究。"此处记载表明，同治6年（1867）柏春仍为直隶候补道。《李鸿章全集》（奏议十七）有《题参晋州宿赵氏被勒死失窃案文武职疏防职名事》（同治十年九月二十一日）述："此案自同治六年四月二十五日失事之日起……除仍饬缉外，所有此案疏防文职承缉前任晋州知州陆邦煊、协缉前署晋州吏目吴兴纲、督缉不同城正定府同知郭斌寿、统辖不同城前署清河道柏春，武职兼辖不同城正定镇右营游击奎恒，相应列名指参，听候部议。谨题请旨。"《题参满城县过客姚文炳被抢案文武职疏防职名事》（同治十年九月二十一日）述："此案自同治六年九月二十六日失事之日起……除仍饬缉外，所有此案疏防文职承缉现任满城县知县胡寿嵩、协缉现任满完县丞奎光、督缉不同城保定府河盐捕同知陈崇砥、兼辖不同城前任保定府知府费学曾、统辖不同城前署清河道柏春，武职专汛方顺桥汛额外外委敖启章、兼辖前署保定营参将文林，相应列名指参，听候部议。谨题请旨。"《题参满城县过客徐定国等被抢案文武职疏防职名事》（同治十一年四月二十日）述："此案自同治六年四月初六失事之日起……统辖前署清河道柏春……听候部议。"此三处记载说明同治6年（1867）柏春还在仕途，同治9年（1870）李鸿章调任直隶总督，除这三处外，李鸿章的奏议中未曾出现柏春，说明柏春已离任。卒年不详。

按：清代名为柏春之官员不止一人。由《清代官员履历档案全编》可知，嘉庆年间也有名为柏春之人，正黄旗蒙古丰伸布佐领下监生，嘉庆13年（1808）十二月任广东广州府增城县知县。其兄为柏贵，其孙女嫁裕厚。无诗作留存。

来秀（1819—1873），字实甫，号子俊，伍尧氏，蒙古正黄旗人，道光30年（1850）庚戌科进士。引见奉旨著以内阁中书用，后历官山东青州府海防水利同知、济宁直隶州知州、泰安府篆务、兖州府知府、曹州府知府、河南卫辉府知府。

按：《中国少数民族文化大辞典》《历代蒙古族著作家述略》《清代蒙古族人物传记资料索引》等著作及论文《清代后期蒙古文学家族汉族诗文创作论述》等，论及来秀卒年或云不详，或云卒于1911年，实误。卒于1911年的来秀为满洲镶蓝旗人，字乐三，姓聂格里氏，《清史稿》有传。非蒙古来秀卒年。据河南巡抚钱鼎铭于同治12年（1873）十月初四日档案《题报卫辉府知府来秀病故日期事》:"据布政使刘齐衔呈同治十二年十月初一日据汲县知县萧晋荣禀称:同治十二年九月二十八日,据该府家人来升呈,称窃家长卫辉府知府来秀,现年五十四岁,系内务府正黄旗蒙古贵文管领下人……同治七年七月二十三日到省,因前任在曹州府任内剿匪迎护出力,保奏奉旨著赏加盐运使衔钦此。题补今职八年十二月十八日到任,兹固奉委迎护贡使出境旋署讵途次感受风寒忽患痰喘之症,医治罔效,于同治十二年九月二十八日因病出缺,理合呈报等情,查来秀景况萧条,仅止一子。"则蒙古来秀卒于同治12年(1873)。

恩成(1820—1892),字又省,又字履堂,卓特氏,蒙古正黄旗人,父富俊,子升泰、有泰,孙寿蓉。一品荫生,官至四川云安知府。著有《保心堂诗钞》一册。

按:清道光至光绪年间另有恩成,但其为叶赫纳拉氏,属满洲正白旗。《元明清少数民族汉语文创作诗文叙录》载:恩成(1820—1892),字子省,又字履堂,卓特氏,蒙古正黄旗人。咸丰13年进士,随僧格林沁同剿义军,破曹州,屡晋封至三品京堂。同治二年授镶红旗蒙古副都统。七年统领马步兵剿捻军。光绪元年兼总管内务府大臣,赴四川查办事件。11年任体仁阁大学士,十五年转东阁大学士,十八年卒,谥"文恪"。[①] 这里将卓特氏恩成与叶赫纳拉氏恩成的行年混淆。据高文德主编《中国民族史人物词典》:恩成,清朝大臣。叶赫那拉氏。满洲正白旗人。道光二十三年(1843),由翻译生员补侍卫处笔帖式。咸丰3年(1853),随参赞大臣僧格林沁镇压捻军。5年,补兵部郎中。9年(1859),英军侵入天津大沽口,随僧格林沁击退英船。从征直隶、河间捻军。同治4年(1865),授镶红旗蒙古副都统。四月,僧格林沁战死曹州,因失于应援,革职留营带罪图功。十一月,充翼长赴奉天镇压义军。五年,授理藩院左侍郎。7年,参与镇压捻军张总愚。8年,授正蓝旗汉军副都统,管理神机营事务。次年,赴盛京承修永陵工程,兼署刑部左侍郎。后历任礼部右侍郎、正黄旗满洲副都统、八旗值年大臣。光绪元年(1875),授总管内务府大臣,管理户部三库事务。10年(1884),承修东陵工程,补授大学士,管理理藩院事务。授体仁阁大学士。次年,充会典馆总裁。13年,

---

① 多洛肯:《元明清少数民族汉语文创作诗文叙录》(清代卷),中国社会科学出版社2014年版,第207页。

第四章　清中期道咸同诗坛的蒙古族汉诗创作　　　　　　　443

任国史馆副总裁。15年，授东阁大学士。卒，谥文恪。① 据郑天挺主编《中国历史大辞典·下卷》：恩成，清满洲正白旗人，叶赫那拉氏，字露圃。咸丰年间以主事随僧格林沁抵拒太平军、捻军。累擢内阁侍读学士。同治年间历任工部右侍郎、吏部左侍郎等职。光绪元年（1875）授总管内务府大臣，办惠陵工程。四年迁礼部尚书，整顿吏治，剔除时弊。十年调刑部尚书、吏部尚书。次年授体仁阁大学士。十五年拜东阁大学士。② 叶赫那拉氏恩成与卓特氏恩成，一为满洲正白旗人，一为蒙古正黄旗人。

锡缜（1823—?），原名锡淳，字厚安，号渌矼，博尔济吉特氏，蒙古正蓝旗人。咸丰6年（1856）进士，由户部郎中授江西督粮道，为驻藏大臣，乞病归。

锡缜生于道光3年（1823）三月有科举文献等可稽考求。《咸丰六年丙辰科会试同年齿录》载："博尔济吉特氏锡淳，字渌矼，号厚安，行一，道光癸未年三月初一日吉时生。正蓝旗满洲穆克登布佐领下监生，旗籍。"③ 另据其《退复轩诗》卷二壬子（1852）年《元日》："三十无名世所怜，举头又见有情天。"也可证其生于道光3年（1823）。④ 故《蒙古族文学史》⑤《中国少数民族诗歌史》⑥ 所载锡缜生年有误。其卒年无明确记载，待考。

恭钊（1825—1893?），字仲勉，号养泉，满洲正黄旗人，博尔济吉特氏，祖上系出元蒙古，发祥于斡难河。祖居西拉穆愣地方。生金陵节署，父琦善，官至总督，文渊阁大学士，父卒，恩赏四品郎中。咸丰间任甘肃西宁道。恭钊有自订年谱，生年无疑。因恭钊《酒五经吟馆年谱》止于光绪19年（1893）二月，"癸巳年，六十九岁，二月交卸江汉关道

---

① 高文德主编：《中国民族史人物词典》，中国社会科学出版社1990年版，第1417页。
② 郑天挺主编：《中国历史大辞典》（下卷），上海辞书出版社2000年版，第2124页。
③ （清）翁同龢：《咸丰六年丙辰科会试同年齿录》，国家图书馆藏。
④ （清）锡缜：《退复轩诗》卷2，古今体八十二首，清末刻本，第15页。
⑤ "锡缜（1822—1884年?），原名锡淳，字厚安，号渌石，博尔济吉特氏蒙古人。"荣苏赫：《蒙古族文学史》（第三卷），内蒙古人民出版社2000年版，第587页。
⑥ "锡缜（1822—1884），原名锡淳，字厚安，号渌石，博尔济吉特氏蒙古正蓝旗人。"祝注先：《中国少数民族诗歌史》，中央民族大学出版社1994年版，第233页。

印。"① 之后再无记录。《蒙古族文学史》将其卒年定为光绪甲午（1894）。笔者以为卒年或亦在光绪癸巳（1893）。

梁承光（1831—1867），广西临桂人。道光己酉（1849）中举，内阁中书，委署侍读，截取同知，借补山西永宁州知州，在任候补知府，诰授朝议大夫。以瘁力防寇遽卒于官，年三十六。有遗集《淡集斋诗钞》行世。其生卒年学界已有定论，不再赘述。唯其族属尚有可议之处。

梁家远祖为元世祖忽必烈之后。乾隆43年（1778）所修旧谱及同族梁焕奎民国时主持撰修的《梁氏世谱》（原刻本为《梁氏世谱三十二篇》）中皆载，梁氏始祖为元世祖忽必烈之后也先帖木儿，"承祖恭按宗图，吾家始于仕元之也先帖木儿公，居河南汝阳县，子孙世其官为右翼万户"。亦载：先祖梁虓也先帖木儿（也译作额森特尔）是元世祖忽必烈第五子和克齐之子，至元17年（1280）袭封云南王，后改封为营王，和他的两个儿子并为右翊万户，而且其后世代袭封，一直到元朝灭亡。明初，凡未跟随元顺帝北归的皇裔都为避祸改旧姓氏，汝阳之地属于大梁，因此以梁为其姓氏。从五世梁成开始进入明朝，六世为梁铭，《明史》中有传，以典兵建功被封为保定伯。不久，梁铭之弟梁鉴一支迁移至应天府江宁（南京江宁），梁铭子梁进为七世公，《明史》中亦附有传，因平定贵州苗祸立功，进封爵为保定侯。至清乾隆年间十八世梁兆鹏即梁承光高祖，为广东永安县令。从十九世梁壘即梁兆鹏第三子开始迁居广西桂林，从此隶籍桂林，梁壘育有三子，分别为宝善、宝书、宝儒。长子宝善就是梁焕奎的曾祖父，次子宝书即梁承光的父亲，梁济的祖父。② 梁承光之孙梁焕𪓰、梁焕鼎所编梁济《年谱》亦用《世谱》之说法，"吾梁氏之先可考者，当元世居河南之汝阳……一世也先帖木儿公为梁氏始祖"。梁漱溟在其著述《我生有涯愿无尽》第一辑《我的自传·我的自学小史》中提及家世："从种族血统上说，我们本是元朝宗室。中间经过明清两代五百余年，不但旁人不晓得我们是蒙古族，即便自家不由谱系上查明亦不晓得

---

① （清）恭钊：《酒五经吟馆年谱》，《酒五经吟馆诗草》，光绪间版。
② （清）梁济著，黄曙辉编校：《梁巨川遗书·年谱》，华东师范大学出版社2008年版，第5页。

了。在几百年和汉族婚姻之后的我们，融合不同的两种血统，似亦具一中间性。"①《河南省蒙古族来源试探》一文中将此梁氏一支归为在河南定居的源为元朝的蒙古和色目官员一类，作为来源之二，就以湖南湘潭梁氏之祖为例。而湖南湘潭与桂林梁氏实出一源。

按：梁宝善一家在咸丰元年（1851）太平天国起义爆发之前一直居于桂林，因战事，带家人逃出桂林，去往长沙，途经湘潭，因有族人在此，便于此安家，此为梁焕奎家族湖南湘潭梁氏一支的经过，后梁焕奎成为一代实业家，与梁漱溟交往甚密，且后代有姻亲关系，以至于有"托孤"之举，两家之关系由此可见一斑。

按：关于桂林梁氏始祖也先帖木儿是否真正具有蒙古族血统，抑或是取蒙古语名字的汉人，存疑。《元史》中未载取有蒙语名字的汉人能居右翼万户这样高的官职，《元史·太平传》："台端非国姓不以授，太平因辞，诏特赐姓改其名。"②《元史·百官志》云：中央或地方官，"官有常职，位有常员，其长则蒙古人为之，而汉人、南人戴贰焉"③。元中书省、枢密院、御史台等中央统治机构中的三个重要正官，非蒙古人不授。就其汉人任中书省右、左尽相之职而言，检元史料可知，仅史天泽、贺惟一二人。通常，右翼万户这一官职只有蒙古族功臣和王室后代承担，因此，子孙世其职的也先帖木儿公应为蒙古族。

第二节　道咸同时期蒙古族诗人文学交游考述

道光 20 年（1840）是中华民族史上灾难深重的一年，中国古代史上中华民族第一次遭到西方入侵而战败。当然，英军入侵袭扰之地仅在东南沿海，但内地或京师士人也有不同程度的震动。因之，这一时期的文人交游，更面临了真切的"西夷"话题，而这与古老中国长期以来所说的"华夷之辨"有着本质内涵的不同，就此，多族士人圈的交游真正变成了

---

① 梁漱溟：《我的自传·我的自学小史》，《我生有涯愿无尽·梁漱溟自述文录》第一辑，中国人民大学出版社 2010 年版，第 7 页。

② （明）宋濂等：《元史·太平传》，中华书局 1967 年版，第 3368 页。

③ （明）宋濂等：《元史·百官志》，第 2120 页。

中华民族士人圈的交游，中华民族的文学书写内容也发生了改变。

一　道咸同京师诗人文学交游考述

道咸同时期的京师诗人，柏葰、花沙纳、谦福俱以科举入仕，其中，柏葰、花沙纳俱为显宦，谦福短暂出任低级官吏，那逊兰保作为杰出的蒙古族女诗人，以蒙古王公之后嫁入宗室之家。在他们的日常生活中，同僚、亲友诗酒酬唱既是交际手段，也是生活方式。现大略分述之。

柏葰作为道咸同时期的高官，既喜爱文学创作，也喜欢以文学交游。现存诗集《薜箖吟馆抄存》收录诗歌596首，以纪游诗、酬唱诗、怀古诗为主。其中酬唱诗117首，占诗集近五分之一，可见柏葰钟爱交流酬酢、以诗会友之文学活动。其唱和赠答之诗篇，有迎来送往、索诗赠答之类，如《远接使赵羽堂索和》《附远接使赵羽堂原唱》《差备官李藕舫索赠》等；也有文友聚会共同唱和的。其诗集中有大量自注为"社课"之诗，如《秋柳用渔洋山人韵》《冰花》《和元人斋中杂咏八首用楳村韵》《赋得二月黄鹏飞上林》等。此外，送别诗在其诗集中占比较大，有十七首之多，如《大同府别谌葆初同年》："荷风曾忆祖离筵，漠北相逢四月天。投辖客多招旧雨，歌骊人去踏朝烟。如君善友真千古，况我同官已十年。别久始逢逢又别，教人岐路倍凄然。"①《周景垣同年改官淇县赋诗留别即步元韵》之四："才调如君信不群，临岐握手已斜曛。诗因话别情难尽，酒为淡愁量易醺。此日当歌欣接武，何时剪烛更论文。肥泉应有双鱼便，莫使离亭怅暮云。"② 将对友人的夸赞、感伤、深情厚意融为一体。柏葰用情深挚，朋友往往也会留存与柏葰的唱和诗作，彭蕴章在其诗集《松风阁钞存》中录有与柏葰的唱和诗作多首，如《九月十九日静涛协揆招同人为展重阳之会》："羽书方络绎，文讌久无期。喜听莎车捷（时英吉沙尔捷音甫至），聊持菊醆宜。江湖还入梦，风雨更催诗。老圃秋光好，惟应隐士知。"《附录和作（柏葰静涛）》："辰良情少适，游谦惬心期。园小五星聚（同席五人），楼高九日宜。纵谈联旧侣，小步得新诗。试作濠梁想，

---

① （清）柏葰：《薜箖吟馆钞存》卷2，《续修四库全书》集部·别集类，上海古籍出版社2002年版，第353页。

② （清）柏葰：《薜箖吟馆钞存》卷2，《续修四库全书》集部·别集类，第345页。

观鱼知未知。"① 又录《十月之望静涛协揆清轩少宰招集香海书堂瑞雪初晴欣然有作》:"再展重阳秋序过,西风斜日下銮坡。小园地僻行踪少,快雪时晴佳想多。花径悬灯开夜宴,蓬门弹铗听悲歌。万钱莫向何曾傲,蒿目空仓雀满罗。"《附录和作(柏葰静涛)》:"吏部高风载酒过,雪堂步月仿东坡。撤来莲炬归途晚,吟到梅花丽句多(梅谷尚书先有诗)。半日偷间留客话,万方送喜盼铙歌。卿曹记取红旌报(枢廷房红旌报捷四字御笔也),一醉同倾金叵罗。"②

道光 12 年(1832)至咸丰 8 年(1858),柏葰五次出任乡试考官,掌文衡,拔俊才,功不可没。诚如翁心存作《再叠前韵赠柏静涛冢宰》诗曰:"揽胜明湖吐纳深,江南两度使星临。奇材尽入山公鉴,甘露频沾柏子林。太华峰头秋隼出,句骊河外夜珠沈(以上指君使车所历)。凭将妙笔齐收拾,想见冰壶一片心。"③ 柏葰任乡试考官经历《清秘述闻续》记载甚详。《清秘述闻续》卷四载《乡会考官类四》:"(道光十二年壬辰科乡试)山东考官大理寺卿郭尚先,字兰石,福建莆田人,己巳进士。司业柏葰,字听涛,蒙古正蓝旗人,丙戌进士。题,民信之矣一句,来百工则归之能言距杨一句。赋得,五更沧海日三竿,得光字,解元林书奎栖霞人。"④ "(道光十七年丁酉科乡试)江南考官礼部侍郎王植,字晓林,直隶清苑人,丁丑进士。内阁学士柏葰,字听涛,蒙古正蓝旗人丙戌进士。题,博学而笃二句,礼仪三百二句,昔者有馈所哉,赋得,人在镜心,得人字,解元郑经江阴人。"⑤ 《清秘述闻续》卷五《乡会考官类五》载:"(道光二十六年丙午科乡试)江南考官吏部侍郎柏葰,字听涛,蒙古正蓝旗人,丙戌进士。通政司副使黄赞汤,字莘农,江西庐陵人,癸巳进士。题,子贡问师愈与盖曰,天之天也王在灵囿六句。赋得,半帆斜日一江风,得风字,解元汪应森旌德人。"⑥《清秘述闻续》卷六《乡会考官类六》载:"(咸丰元年辛亥恩科乡试广西省停科)顺天考官协办大学士礼

---

① (清)彭蕴章:《松风阁钞存》卷 201,同治刻彭文敬公全集本,第 199 页。
② (清)彭蕴章:《松风阁钞存》卷 201,第 200 页。
③ (清)翁心存:《知止斋诗集》卷 14,光绪 3 年(1877)常熟毛文彬刻本,第 203 页。
④ (清)王家相:《清秘述闻续》卷 4,光绪 14 年(1888)刻本,第 43 页。
⑤ (清)王家相:《清秘述闻续》卷 4,第 50 页。
⑥ (清)王家相:《清秘述闻续》卷 5,第 64 页。

部尚书杜受田，字芝农，山东滨州人，癸未进士。吏部尚书柏葰，字听涛，蒙古正蓝旗人，丙戌进士。户部侍郎舒兴阿，字云溪，满洲正蓝旗人，壬辰进士。户部侍郎翁心存，字二铭，江苏常熟人，壬午进士。题，子曰，已矣一节，故君子不二句，我亦欲正已也。赋得，山色湖光共一楼，得廖字，解元王题雁献县人，丙辰进士。"①《清秘述闻续》卷六《乡会考官类六》载："（咸丰八年戊午科乡试江南江西福建广东广西云南贵州停科）顺天考官内阁大学士柏葰，字听涛，蒙古正蓝旗人，丙戌进士。户部尚书朱凤标，字桐轩，浙江萧山人，壬辰进士。副都御史程庭桂，字楞香，江苏吴县人，丙戌进士。题，吾未见刚一句，敬其所尊一句。曰敢问夫子一节。赋得，万竿烟雨绿相招，得丞字，解元戈泰征景州人。"②从中亦可看出柏葰官职变化。

花沙纳系内大臣德楞泰之孙，黑龙江将军苏冲阿之子，杭州将军倭什讷之弟。花沙纳广泛结交名人雅士，参加文人雅集。他同文艺、春辂、慧成、福济、博迪苏、景霖等人结社，时有唱和，有《社中七友歌》纪事。文艺，满洲人，字蕉农，道光 2 年（1822）进士，道光 18 年（1838）转为赞善，系社中七友之一。花沙纳《社中七友歌》称其"蕉农老将称幽燕，疏花淡月波沦涟。自居后辈无敢前，苦心商确情弥专"③。春辂，字玉峰，满洲镶蓝旗人，道光 15 年（1835）进士，选翰林院庶吉士，后改户部主事，复转翰林院侍讲。花沙纳《吊春玉峰同年》有"虞渊日薄寒冰冷，肠断山阳思旧篇"一句自注："玉峰以中书在批本处行走，后成进士，入词馆、散馆，改户部主事，得缺后，复转翰林侍讲。"④春辂善工诗，喜古文辞，是花沙纳社中七友之一，可惜其文稿多散佚。花沙纳有《社中七友歌》《吊春玉峰同年》等诗记述二人交游。慧成（1803—1864），字裕亭，号秋谷，戴佳氏，满洲镶黄旗人。慧成于道光 16 年（1836）中三甲进士，朝考后选庶吉士，任翰林院检讨、翰林院侍讲学士，后授詹事府詹事，迁通政使，官至东河总督、四川总督、闽浙总督。慧成，系花沙纳社中七友之一，花沙纳《社中七友歌》称其"裕亭健笔

---

① （清）王家相：《清秘述闻续》卷 6，第 69 页。
② （清）王家相：《清秘述闻续》卷 6，第 76 页。
③ （清）花沙纳：《韵雪集》，道光年间稿本，中国科学院情报中心藏。
④ （清）花沙纳：《韵雪集》。

大如椽，好句山立无雕镂，兴酣走笔疑涌泉。"① 博迪苏，字露庵，蒙古正白旗人。博迪苏于道光13年（1833）中进士，先由翰林院侍读学士，充河南省乡试正考官，后调任为詹事府詹事，改授大理寺卿。道光23年（1843）充福建省乡试正考官，后升都察院左都御史，改任礼部右侍郎。博迪苏与花沙纳均出身于翰林，亦有任地方乡试考官的经历，又同为文人社成员，花沙纳《社中七友歌》《题博露庵新居》等记述二人交游。景霖（1814—?），字星桥，瓜尔佳氏，满洲正黄旗人。景霖于道光15年（1835）中进士，任翰林院庶吉士、翰林院检讨、翰林院侍讲、翰林院詹事府右赞善，充日讲起居注官。同治元年（1862），又调为左副都御使，任殿试读卷官，后调为马兰镇总兵官。景霖，系花沙纳社中七友之一，花沙纳《社中七友歌》称其"星桥烂漫天真全，诗稿散落忘蹄筌，有时高卧看青天，工拙美刺随人诠"②。

　　道光22年（1842），花沙纳补植丁香花，向当朝文人征诗，全庆、福济、裕贵、瑞常、祁寯藻等人纷纷参与唱和。道光26年（1846），花沙纳同沈拱辰、珠兴阿、玉雯、张起鹓、海瑛、刘向赞诸人相约芥园，有《芥园修禊图》纪事。在这些文学交游活动中，花沙纳与友人们即兴赋诗、抒发情怀，互相切磋技艺，而为时人称赞。裕贵，字乙垣，号八桥孝廉，巴雅拉氏，满洲镶红旗人，杭州驻防。嘉庆23年（1818）举人，官礼部员外郎，著有《铸庐诗剩》《焦竹山房词》。裕贵有《庚子科题名碑告成上大司成花松岑师》《花大司成师补种丁香花赋诗纪事谨和》等诗记述二人交游。花沙纳亦有《题裕乙垣诗稿》，还为裕贵的《铸庐诗剩》作跋，称其诗歌"浩宕如东坡，真率如香山"，而方朔也曾评价花沙纳诗歌"大似东坡""香山之遗风"，可见二人的文学风格有几分相似。张祥河（1785—1862），原名公璠，字符卿，号诗舲、鹤在、法华山人，江苏娄县人。嘉庆25年（1820）进士，官至工部尚书，著有《小重山房全集》《诗舲诗录》等。关于二人的交游，张祥河有《甲寅秋七月八日，奉命偕花松岑、司空扃试汉誊录于贡院，和壁间王衷白先生原韵》《得凫翁见怀诗，有棘闱深锁画如年句，复和二首，兼柬花松岑尚书、瑞芝生侍郎申十

---

① （清）花沙纳：《韵雪集》。
② （清）花沙纳：《韵雪集》。

利海看荷之约》》①等诗记录。祁寯藻（1793—1866），字叔颖、淳甫，避讳改实甫，号春圃、观斋，山西寿阳人。嘉庆19年（1814）进士，累官兵部尚书、户部尚书、军机大臣、体仁阁大学士等职，著有《馒飺亭集》《马首农言》《枢廷载笔》《京口山水考》等。道光30年（1850）庚戌科会试，祁寯藻担任读卷人，花沙纳任副考官，二人在工作上虽有交集，但更多的是在文学上的交游，花沙纳《和祁淳甫前辈赠行原韵》和祁寯藻《次韵题松岑少司农国子监敬思堂补植丁香图二首》②记录二人交游。此外，祁寯藻还为《德壮果公（德楞泰）年谱》作序，序中称："今公孙冢宰学问经济望重，公辅其施，益大而远。《汉史》有言：'有阴德者，必享其乐，以及子孙，岂不信哉！岂不信哉！'寯藻与冢宰昆弟，昔皆同官，又于公轶事略知一二……咸丰七年岁在丁巳十二月寿阳祁寯藻谨序。"③戴熙（1801—1860），字醇士，号鹿床、榆庵、松屏、莼溪、井东居士等，浙江钱塘人。道光12年（1832）进士，官至兵部右侍郎。戴熙以诗书画并名于时，画尤入神品，著有《访粤集》《习苦斋诗集》《题画偶录》等。戴熙与花沙纳是同年进士，交情深厚，曾赠予花沙纳《挥斥八极之概大卷》《平冈步月》《溪山闲远》《古木寒山仿剑门樵客二矮幅》等画作。戴熙《习苦斋画絮》中记载："松岑同年，酷爱六法。往时同在翰林，见辄谈画，既而南北暌违，屈指十年。余多病目昏，不复能似曩岁涂抹，而松岑膺命至沪上，嘱门下士胡公祖携册来云：'非欲张素壁为观美，实借以发画思。'盖於此兴复不浅也。勉画却寄，笔墨枯硬，意境荒寒，不足供大雅一哂矣。"④可知二人交游频繁，关系较为亲近。

花沙纳多年在国子监任职祭酒，为清廷培育了诸多优秀士子。裕贵《花大司成师补种丁香花赋诗纪事谨和》首句"司成无事不高华，树得人才又树花"中自注："辛丑会试，本监中式者为青墨卿助教、俞紫香学正、潘星斋学录，三人均入词垣，极一时之盛。"⑤花沙纳《秋日槐厅即

---

① （清）张祥河：《小重山房诗词全集》，道光刻光绪增修本。
② （清）祁寯藻：《馒飺亭集》卷28，咸丰7年（1857）刻本。
③ （清）花沙纳：《德壮果公年谱》，咸丰7年（1857）刻本。
④ （清）戴熙：《习苦斋画絮》卷3，光绪19年（1893）刻本。
⑤ （清）裕贵：《铸庐诗剩》，光绪年间石刻本，中国国家图书馆藏。其中青麟，字墨卿，图们氏，满洲正白旗人；潘曾莹，字星斋，潘世恩子；俞紫香不详。

事》有"何人坛席树芳型"一句自注:"近季助教梅钟树、博士鲍锡年,俱成进士,其余官生及肄业者,乡捷甚多。"① 这些士子们虽与花沙纳同在国子监共事,但与花沙纳在文学上的交游较多,《国学补植丁香花酬唱集》中存有其他国子监助教、国子监博士与花沙纳的酬唱交游诗多首。许曾望(1796—?),字侍颐,号可侯,江苏松江府华亭县人。道光元年(1821)举人,考取国子监学正,擢国子监助教,供职京师,从学者甚重。②《国学补植丁香花酬唱集》中收录其一首酬唱诗。吴文锡(1797—?),字莲芬,号清远庵僧,江苏仪征人。吴文锡是道光11年(1831)顺天举人,任国子监学正、助教,后选授四川水利同知,升知府,擢道员,先后担任叙州、成都知府,著有《半螺龛诗存》。《国学补植丁香花酬唱集》中收录其两首酬唱诗。胡清江(1797—1859),字画渔,号薇史,胡金城季子,浙江余姚人。道光14年(1834)浙江乡试举人,官耀州知州。道光21年(1841)后,胡清江久居京城,由国子学正补助教、京察一等。《国学补植丁香花酬唱集》收录其唱和诗一首。朱善旂(1800—1855),字大章,号建卿,浙江平湖人。道光11年(1831)顺天举人,任国子监助教二十余年③,署博士监丞,俸满记名六部主事,武英殿校理,著有《敬吾心室诗稿》。《国学补植丁香花酬唱集》中收录朱善旂四首酬唱诗,其诗在该诗集收录篇目最多,篇幅最长。潘曾莹(1808—1878),字申甫,号星斋,江苏吴县人,潘世恩子。道光21年(1841)进士,官至吏部右侍郎。据潘曾莹《墨缘小录》记载:"松岑总宪(花沙纳)蒙古正黄旗人,道光壬辰翰林。工书,善画、琴。庚子,予官学正,公为祭酒,于署中手植丁香二株,绘图征诗,一时传为韵事。庚戌年,公为会试总裁,予适奉分校之命,以朝鲜纸索画,予即用蓝笔作唐梅巨幅,公极赏之。"④ 可见潘曾莹和花沙纳在仕途和文学上皆有交游。再从潘曾莹的《雨窗作画柬松岑总宪》《松岑师属写梅花长幅》《松岑总宪枉过并以佳肴相饷即留吟兼邀凫香前辈》《花松岑先生丁香图序》等交

---

① (清)花沙纳:《韵雪集》。其中梅钟树,字霖生,道光18年(1838)进士,翰林院庶吉士,礼部主事;鲍锡年,浙江平湖人,道光20年(1840)进士,浙江仁和知县。
② (清)博润:《松江府续志》卷24,光绪14年(1888)刻本。
③ (清)潘曾绶《陔兰书屋诗补遗》中有《朱建卿助教〈善旂〉梦梅得句图》。
④ (清)潘曾莹:《小鸥波馆画著五种》,上海书店1987年版,第64页。

游作品可知，二人在文学上的交游更为频繁。花沙纳亦有《题潘星斋飞云揽胜图》记述二人的文学交游。其弟潘曾绶（1810—1883），字崧甫，号绂庭，道光20年（1840）举人，历内阁中书、内阁侍读等职。《国学补植丁香花酬唱集》中留存兄弟二人的酬唱诗各两首。

花沙纳多年在国子监和翰林院任职，又多次担任乡会试考官，十分重视人才的培养，曾书庚子、辛丑进士题名碑，其优秀的育人观念为时人称赞。当时与花沙纳交游的学生及晚辈也比较多，如孙衣言、李德仪、符葆森、方朔等，其中和花沙纳交往频繁者如下。

孙衣言（1815—1894），字劭闻，号琴西，浙江瑞安人。道光30年（1850）进士，官至太仆寺卿，著有《逊学斋文钞》《逊学斋诗钞》。道光30年（1850），花沙纳担任会试副考官，录用了孙衣言等人，被孙衣言尊称为"松岑先生"。孙衣言《送松岑先生奉命赐奠阔尔沁王》（花沙纳于道光21年奉使科尔沁）、《祭酒松岑先生花沙纳于太学东厢补种丁香命作长歌》（花沙纳于道光22年补植丁香花）、《寄怀松岑先生》（花沙纳于咸丰8年赴天津、江苏处理条约事宜），从这三首诗可知孙衣言与花沙纳交游时间较长，师生间情感深厚。孙衣言有"绝塞风云启，前旌雨雪寒""闻说至尊宵旰切，凭公回斡万方春"等诗句，俱是对老师外出的关心和期盼。李德仪（1818—1860），字成之、吉羽，号筱纶、小磨，江苏新阳人。道光27年（1847）进士，选庶吉士，授编修，后任清史馆协修、实录馆纂修，官至翰林院侍读学士。根据李德仪的诗句"礼考成均法，书规教胄篇"中注："癸卯，师典顺天乡试，仪举南卷第一，旋取学正。"（《和花松岑师补植大学丁香诗》）可知花沙纳于道光23年（1843）任顺天乡试副考官，录取了李德仪。花沙纳还曾几次邀约李德仪于自家泭园小聚，李德仪《假寓松岑座主泭园赋呈二律》《泭园放歌》《松岑师和余假寓泭园诗再叠前韵奉报》等诗①记录了二人的交游。此外，李德仪还帮助花沙纳校对了《德壮果公年谱》，"（校对）日讲起居注官、翰林院侍讲、上书房行走、教习庶吉士，新阳李德仪"②。符葆森（1814—1863），原名灿，字丹木、伯符，号南樵，江苏江都人。咸丰元年（1851）举人，后寓京城，其《国朝正雅集》纂成后，请花沙纳、瑞常、祁寯藻、张祥河等

---

① （清）李德仪：《安遇斋古近体诗》，1851—1911。
② （清）花沙纳：《德壮果公年谱》。

人作序。符葆森《寄心庵诗话》对花沙纳有很高的评价："陶凫香少宗伯携松岑尚书诗示读，真切端凝，以至性发为至情，流露于楮墨中者。《瀛洲亭》云：'定知仙沼烟波阔，到此池鱼已化龙。'见胸襟之广大。《红叶》云：'春色在花秋在叶，一般红紫各芬芳。'见万象之同春。尤爱其《授侍讲》云：'圣主有恩怜小草，侍臣无赋献长杨。'固属工丽，尤非大臣气象不能为此言。"① 此外，《国朝正雅集》还收录了花沙纳十三首诗。方朔，字小东，安徽怀宁人。方朔工篆隶书，善骈体文，以文学、书法闻名于咸丰同治年间，著有《枕经堂文钞》《枕经堂诗钞》。道光25年（1845），方朔入都，经潘曾莹、潘曾绶昆仲介绍，成为倭什讷马兰镇的幕客，在节署为花沙纳校对《滇輶日记》《东使纪程》《韩节录》《韵雪集》，并作序。方朔还帮助花沙纳代纂《德壮果公年谱》，作为酬劳，花沙纳为其代捐一州同。② 方朔的《国学补植丁香花歌并序》《别澹园赴倭陟廷通侯（什讷），花松岑侍郎（沙纳）昆仲宅，盖通侯出镇马兰侍郎，荐予偕往也》等和花沙纳的《方小东于三月十六月纳宠诗以贺之》《方小东携眷赴家陟廷兄蓟镇之幕复寄小诗兼呈家兄》等记述了二人交游。

此外，据《国学补植丁香花酬唱集》《国子监敬思堂补植丁香图诗卷》③ 记载，文善、李宗昉、祝庆蕃、叶志诜、彭邦畴、穆彰阿④、王广荫、赵光、杜乔羽⑤、贾桢、陈官俊、宋炳文、魁福、胡宝晋等人与花沙纳亦有交游，不过这些人大多只参与了道光壬寅年（1842）间的酬唱活动。

作为闺阁女子，那逊兰保的文学交游与其生活经历贴合紧密。那逊兰

---

① （清）符葆森：《国朝正雅集》，咸丰7年（1857）刻本。
② 参见方朔《枕经堂文钞》卷1中《德壮果公轶事七则》："乙卯，北关报罢，花松岑冢宰（沙纳）挽留京邸代纂，其祖壮果公年谱纵阅……其子孙予于公之长孙袭爵者倭陟廷将军（什讷）为幕客，长曾孙袭爵者希赞臣都护（元），为经师予亦为公次孙曰：翰林得正乡者，松岑冢宰，纂此谱告成时，入赀代为州同以酬劳，予乃感而奉之为师。"
③ 朱家溍：《国子监敬思堂补植丁香图诗卷》，《紫禁城》1991年第5期，第44页。
④ 穆彰阿（1782—1856），满洲镶蓝旗人，曾担任道光12年壬辰（1832）科会试副考官，录取花沙纳等人，被花沙纳尊称为"相国师"，《国学补植丁香花酬唱集》收录其唱和诗一首。
⑤ 杜乔羽（1808—1865），曾于咸丰5年（1855）三月二十日，与花沙纳、翁心存、瑞常、穆荫、卓秉等人联呈奏折《奏请以鄂惠升补四川建昌道折》，《国学补植丁香花酬唱集》收录其唱和诗两首。

保四岁移居京城，育于外家，幼承外祖母完颜金墀照抚，自幼聪颖好学，受英太夫人影响，勤于诗书。完颜金墀，字韵湘，人称英太夫人，号金源女史，侍卫英志室，知府文禧母。精绣，有针神之誉，诗独写性灵，著有《绿芸轩诗集》，存诗102首。那逊兰保《绿芸轩诗集序》言及自身家世和幼年的经历："余家世塞北，诸姑伯子皆失学，唯余以随侍京师生长外家，外祖母完颜太夫人教之以读书。"① 亦有李慈铭《芸香馆遗诗序》："夫人蕙性凤成，苕华绝出。幼受诗于外祖母英太夫人。韩太君之易学，遍逮诸孙、刘令娴之文辞，本于外氏。十三工篇咏，十五究经义。较之荣华弱龄艳传催妆之句，应真奇悟梦授左传之文，殆有过焉。"② 那逊兰保早年《初夏》《秋日》《晚秋偶成》等诗作③与外祖母完颜金墀诗《春晚》《秋日漫兴》《秋夕》④等风格相近。道光11年（1831），那逊兰保七岁，进私塾，后问字归真女师。陈冰雪，号归真道人，正黄旗人，陈廷芳女，镶蓝旗满洲内阁中书赫舍里舍巴尼浑妻。早寡，授徒自给。寿80岁，有《冰雪堂诗》，存诗词433首。那逊兰保《芸香馆遗诗》中有诗《题〈冰雪堂诗稿〉》："我师聪明由凤慧，髫龄解字传三岁""冰雪名篇人比杰，归真取字意殊超""我幸身居弟子名，执经问字早倾心。夜读清诗刚掩卷，秋高月朗碧空明。"⑤ 亦有诗《祝归真师八十寿》中言"真业来蓬岛，修龄衍麦邱。性同松柏茂，身与水云游。大节秋千定，心事万古留。绛纱称弟子，惭愧鹤衔筹。"⑥ 那逊兰保《芸香馆遗诗》中有诗《三月十六日送凤仪大嫂之盛京》《初春寄怀芸卿妹》《挽华香世娟二首》等诗风与归真道人《冰雪堂诗稿》中《冷斋夫人过访依韵奉酬》《挽冷斋夫人》《书赠静怡主人》《挽静怡主人》等相近，⑦均含而不露、意深语淡。

道光20年（1840），那逊兰保十七岁，归满洲宗室副都御史恒恩。婚后，上事姑嫜，下和娣姒。家务之暇，不废吟咏。那逊兰保于归以后，同

---

① （清）锡缜：《退复轩诗》卷1，清末刻本，第7页。
② （清）李慈铭：《芸香馆遗诗序》，（清）那逊兰保：《芸香馆遗诗》。
③ （清）那逊兰保：《芸香馆遗诗》。
④ （清）完颜金墀：《绿芸轩诗集》，光绪乙亥（1875）刊本。
⑤ （清）那逊兰保：《芸香馆遗诗》卷上，第10—11页。
⑥ （清）那逊兰保：《芸香馆遗诗》卷下，第12页。
⑦ （清）那逊兰保：《芸香馆遗诗》。

夫子经营意园，落成楼台水榭数座，各有题诗。恒恩（1821—1866），字雨亭，道光23年（1843）中顺天乡试举人，咸丰朝时曾担任奉宸苑主事，同治时历任内阁侍读学士、太常寺卿以及左副都御史（1864—1866）。同治4年（1865年），"署工部右侍郎，管钱法堂事"，未任即卒。恒恩亦能诗，与妻那逊兰保志趣相投，李慈铭《芸香馆遗诗序》："及归年丈副雨亭先生，鲍宣受学，因缔少君、傅元有闻足丽杜鞾"，称那逊兰保夫妇二人"闺房唱和，觚翰无虚。策事相矜，赌书为乐。下至举业，亦播艺林。"① 那逊兰保《芸香馆遗诗》中有诗《小园落成自题·处泰堂》《小园落成自题·淑芳榭》《小园落成自题·知止斋》《小园落成自题·得真观尚》（作者原注："斋名"）、《小园落成自题·芥舟》（作者原注：榭名。前为射圃）、《小园落成自题·艳香馆》《小园落成自题·退思书屋》《小园落成自题·快晴簃》《小园落成自题·晴虹》《小园落成自题·蓼矼》《小园落成自题·小池》《小园落成自题·假山》《小园落成自题·旷观亭》《小园落成自题·天光一碧楼》② 等都是为楼台水榭题诗。

　　那逊兰保与诗友百保及完颜家族的妙莲保、佛芸保、蒋重申等女眷往来密切，相与颇深。同当时的寓京汉族闺秀张绶英等亦有交集，与戚里闺友唱和联吟、因事缘情、送别怀人，发其雅人深致。诗歌内敛蕴藉，清雅温厚。百保（1821—1861），字友兰，氏萨克达氏，长白人，顺天府兴某之女，桂文端延柞室，故相国桂文端之儿媳，金衢严道、谥壮介麟趾之母。未期年丈夫去世，守节四十年，抚育遗腹子麟趾。咸丰11年（1861），麟趾任浙江金卫严道署藩司，居杭州。杭州再度被太平军包围。城将陷落，友兰投署内后园池水自杀。遗有《冷红轩诗集》，那逊兰保作序。记录了友兰罹难和付刻别集的始末："咸丰丙辰（1856），壮介以部郎授金华知府。时粤逆已蔓延江南北，或劝留京师，夫人以'教子作忠，不宜临难苟免'，毅然之任。辛酉冬月，杭州再被围。壮介以金衢严道署藩司，奉夫人居省城。夫人逐日饬壮介，率练勇屡挫贼。迨城垂陷，夫人饮壮介以酒，令巷战杀贼，勿返顾。乃自北向叩头，怀浙江布政使司布政使印，赴署后园池死……其子妇自海上携诸孤来，余索得其集，合之箧中所藏者，诠择删定存于家。今年春为序以梓之。此在夫人为末事，然即此

---

① （清）李慈铭：《芸香馆遗诗》，那逊兰保：《芸香馆遗诗》。
② （清）那逊兰保：《芸香馆遗诗》卷下，第4—6页。

以存夫人，使后世传列女者有所考镜，或亦夫人之所深许也夫。同治十二年春三月外藩女史那逊兰保拜撰。"又："综计夫人苦节四十年，以孝称于里，鄮晚年以身殉国，忠之气近世尤希，而其余事则研经贯史、为诗为词、作绘弹琴、弈棋女红，无不能无不精。此其人岂非天之生是以为我旗女子之光哉！"① 那逊兰保的《芸香馆遗诗》中有诗《和友兰三姊留别韵二首》《五月二八日即席再别友兰三姊》、《和友兰三姊杭州见怀原韵二首》《寄和友兰三姊二首》等，百保友兰亦有诗《寄莲友妹》《答莲友三妹并和元韵》《赴金华即席留别莲友》《答莲友三妹并和元韵》《重阳偶成》等。陈芸《小黛轩论诗诗》中有一首论及那逊兰保与百保，首句"芸香孤馆意凄凄"后诗下自注：那逊兰保字连友……姊百保字友兰亦能诗，惜未见其集。② 妙莲保，字锦香。恽太夫人女孙，麟庆女，来秀室，佛芸保姊。克传家学，能书工吟，有《赐绮阁诗草》。佛芸保（1832—？），字华香，完颜氏，满洲人。河督完颜麟庆女，尚书延煦妻。年十一，能写山水，工吟咏，善琴弈，善画，著有《清韵轩诗草》，祖母恽珠、姊妙莲保皆才女。那逊兰保《芸香馆遗诗》中有诗《挽华香世娚二首》。蒋重申，字鹤友，襄平人，程孟梅媳，满人完颜崇厚室，大学士蒋攸恬孙女。博学工诗，有《环翠草堂诗草》，诗78首，有那逊兰保题诗。那逊兰保《芸香馆遗诗》中有诗《赠蒋重申原韵》《寄鹤友七姊天津》《壬申冬日代柬招鹤友》等，蒋重申诗《赠莲友夫人二首》《和莲友姊见怀原韵四首》《春日有怀莲友夫人》等。张绹英，字孟缇，阳湖人。知县张琦长女，主事吴廷轸室。著有《澹菊轩词》。那逊兰保《芸香馆遗诗》中有诗《谢张孟缇夫人辱题小照即赠》。

二 道咸同驻防起家诗人文学交游考述

道咸同时期的驻防诗人是清诗史上最多的。清瑞、布彦、燮清是京口驻防；瑞常、瑞庆、贵成是杭州驻防；倭仁是开封驻防；桂茂是沧州驻防。既有东南沿海区域，也有中原地带、京畿地带。然而，他们大多数并非始终生活于出生的驻防之地，瑞常、倭仁都由科举入仕，成为京师显

---

① （清）那逊兰保：《冷红轩诗集序》，（清）百保友兰：《冷红轩诗集》，同治12年（1873）刊本。

② （清）陈芸：《小黛轩论诗诗》，民国3年（1914）刻本。

宦；布彦、瑞庆、贵成、桂茂由科举入仕后，贵成一生都是京师低级官吏，瑞庆、桂茂则出任地方低级官吏；清瑞一生都在驻防之地过隐逸生活，燮清除了短暂游幕，也主要生活在驻防之地。因此，他们的文学交游圈因其个人的生命轨迹不同，与驻防地既有牵绊，也有离合，呈现出多样性。

1. 道咸同京口驻防文学交游

京口驻防设于顺治12年（1655）。其实，早在顺治2年（1645）清军南下后即在南京设置江宁驻防，以八旗重兵屯驻东南中心的江宁，不过未尝在毗邻江宁的京口派驻旗兵。终顺治一朝，清廷在江南的统治并不稳固。顺治11年（1654）正月，南明鲁王政权将领张名振、张煌言率水师突入长江京口江面，登金山望祭明祖陵。清政府为加强对沿海、沿江的防御，于第二年初夏派石廷柱率汉八旗一部驻防京口。顺治16年（1659）六月，郑成功、张煌言联军攻入长江，连克瓜洲、镇江，兵锋达南京近郊，其间江南、江北反正城市总计29座，极大撼动了清廷在江南的统治。七月，郑成功在南京城下为清军所败，登舰退出海口。清廷看到处于江河交汇地镇江城战略的重要性，即于当年九月"复设重镇，命都统刘之源挂镇海大将军印，统八旗官兵共甲二千副，左右二路水师随八旗驻镇江，镇守沿江沿海地方"①。跟着，"乾隆二十八年裁汰京口汉军，由蒙古官兵一千六百四十四员名移驻京口，是为京口驻防之始"②。京口驻防归江宁将军兼辖，每年春、秋两次，例由江宁将军来京口阅兵。自乾隆中叶至清末，在京口驻防的都是蒙古八旗兵。"自是以来，无或损益，兵民相安，不异土著。武备既饬，文教聿兴，百余年间，科第名流，联翩而起"③。

京口有悠久的历史文化和文学底蕴，"镇江山川奇丽，甲于江左，诸名胜诗文最足相副"④。有清一代的京口诗坛名家众多，绽放出独有的风采。八旗驻防后，八旗官学设立。随着时间推移，在汉文化深入影响下，

---

① （清）春元纂：《京口八旗志》，马协弟主编：《杭州绥远京口福州八旗志》，辽宁大学出版社1994年版，第479页。
② （清）爱仁：《重修京口八旗志》，民国16年（1927）钞本。
③ （清）春元纂：《京口八旗志》，马协弟主编：《杭州绥远京口福州八旗志》，第477页。
④ 《乾隆镇江府志》，江苏古籍出版社1991年，第284页。

至清道咸同时期,京口驻防中产生了大批从事汉文创作的蒙古族诗人。镇江向有蒙汉文化交融传统,京江前七子是嘉道年间京口诗坛的代表诗群,他们交游广泛,与京师诗坛名家蒙古族诗人法式善往来频繁,拉开了蒙汉诗人交融的序幕。道咸同光时期,京江七子与京口驻防蒙古族诗人清瑞、燮清、伊成阿、达春布、爱仁、春元等交流密切,并且,随着京口驻防诗人入京为官,这种交流展延为京口地方诗坛与京师诗坛的多族士人往来。诗人间频繁地诗文酬唱极大地激发了京口至京师的蒙汉诗歌创作互动,推动了蒙汉诗学思想交流,进一步促进了蒙汉文学与文化的融通。

　　镇江独特的地域优势孕育出丰富多彩的京口文化,尚文之风盛行,影响了京口各族文人的创作。因京口驻防蒙古族诗人在清诗史上不彰,除了前文介绍过的有诗集留下来的达春布、清瑞、布彦、燮清4人之外,还有几位蒙古族诗人。春元,生卒年不详,汉姓怀,字凤池,蒙古镶红旗人,举人出身,列为候补直隶州知州。主纂的《京口八旗志》"文苑"一节,记载了京口蒙古诗人的姓氏及诗集名,为京口驻防诗人研究提供了重要文献资料。伊成阿,生卒年不详,字退斋,蒙古泰楚特氏人,累官至右翼协领。著有《晏如草堂诗集》一卷,① 今已散佚。达春布,生卒年不详,汉姓石,字客山,蒙古镶黄旗人。嘉庆11年(1806)进士。著有《客山诗存》,今已散佚。

　　京口蒙古驻防喜好交游者,尤以清瑞为最。清瑞自幼习染汉文化。嘉庆9年(1804)十六岁时补府学生员,逾二十岁无心科举,赋闲在家,专习古文词,尤肆力于诗。其孙云书《江上草堂诗集·序》云:"先祖年十六补府学生员,旋食廪饩,逾二十即弃举子业,专习古文词,尤肆力于诗。京口故名镇,面山背江,有城瓮然。城南有名胜十数处,均唐宋以来灵迹著于时。城之北则金焦北固三山对峙,其山川磅礴之气,恒足以为文人吐噙用。"② 清瑞师从蒋广文、汪孟慈。作诗有感而发,不喜多录,著有《江上草堂诗集》二卷,《客邸杂诗》一卷未刊行。存诗仅十之四五,乃爱女碧梧仙手录,碧梧仙年二十即逝,有诗一卷未刊行。清瑞《送蒋尘缘广文归里即用留别韵》一诗写道:"三载师恩应下泪,渔书江上有潮

---

① 赵相璧:《历代蒙古族著作家述略》,第199页。
② (清)云书:《江上草堂诗集序》,(清)清瑞:《江上草堂诗集》,民国6年(1917)铅印本。

通。"① 蒋广文，名字不详，仅知其与朱彝尊交好，朱彝尊有诗《蒋广文留饮缙云学舍为谈仙都之胜》一首。清瑞《题汪孟谦诗后》②一诗写道："不见汪孟慈，谈经罔所师。孟谦欣得见，一见托深知。"并自注："曾受教于令族兄孟慈夫子。"姚鼐曾作《复汪孟慈书》，《姚鼐文选》注："汪孟慈，名喜孙，一名喜荀，字孟慈。嘉庆举人，由员外郎出为怀庆知府，有惠政。博览群籍，于文字声音训诂尤所究心，有《且住庵诗文稿》。"③

清瑞广结京口蒙汉族文人，形成了以京口为中心的交友圈，影响深远。尤与"京江七子诗社"往来频繁，唱和之作甚多。钱仲联《中国文学大辞典》："京江七子诗社，由清嘉庆年间吴朴（朴庄）、应让（地山）、鲍文逵（野云）、张学仁（寄槎）、顾鹤庆（弢庵）、钱之鼎（鹤山）、王豫（柳村）七诗人创立于江苏丹徒。社集之作，编为《京江七子诗钞》。"④张学仁《京江七子诗钞序》⑤记载"京江七子"雅集的盛况："甲寅春，朴庄招地山馆其家，柳村复常来论诗，遂邀野云、弢庵、鹤山暨予结课赋诗，七子之名自兹始。吴门石远梅来订交，请序于王西庄光禄为梓，京江七子诗名益著。尝忆花月之交，朴庄携酒于黄鹤招隐山中，分题角胜，达旦不倦。每一篇出，诸子辄互攻其短，不作一标榜语，立身行己之大，尤正色立争，不肯依违其间。朴庄卒，觞咏如故，盖其时同游者若冯右宜、李东严、戴廉石、姚静山、杨时庵辈未尝不相与往来，而有约必集，有集必作诗，惟七子为最密。念少年时豪谈纵饮，山水友朋之乐无时不萦梦寐，而踪迹暌隔，山川阻深，欲求如昔时一日之聚，邈不可得，暇辄呼朋置酒，如少年结课赋诗时，每届岁暮，诸子皆归里。每日命一题，然须苦吟，至除夕夜方散。故集中会课诗，癸酉、甲戌间为最盛。""大酋莅镇，下令访知名士，众首以荣禄公对，遂以礼延荣禄公至兵舰"⑥，表明清瑞在京口文人中的地位。因此，清瑞与京口文人间常有雅集题画活动。如清瑞《题阮梅叔珠湖渔隐图》："凉风瑟瑟吹孤蒲，淮东

---

① （清）清瑞：《江上草堂诗集》卷2，第13页。
② （清）清瑞：《江上草堂诗集》卷2，第8页。
③ （清）姚鼐著，周中明评点：《姚鼐文选》，苏州大学出版社2001年版，第359页。
④ 钱仲联：《中国文学大辞典》，上海辞书出版社2000年版，第1311页。
⑤ （清）张学仁：《京江七子诗钞序》，《京江七子诗钞》，道光9年（1829）刻本。
⑥ （清）云书：《江上草堂诗集序》，（清）清瑞：《江上草堂诗集》。

一片皆明湖。三十六陂涨烟雨,其中闻有光明珠。蚌胎夜半吐光焰,一时甲胜淮东隅。时有渔人住其侧,钓竿直拂红珊瑚"①,七子皆作该诗。鲍文逵《野云诗钞》中《题梅叔珠湖渔隐图》诗云:"文游台畔夕阳多,甓社湖边晚放歌。怪底明珠不归海,也因闲处少风波。山抹微云绝妙词,寒鸦流水影参差。老渔不识新蓑笠,错认秦郎唱柳枝。"②清瑞曾为鲍文逵作题画诗《题鲍野云明府藏春一角图》:"宦海归来画掩关,琴樽想见在官闲。数椽老屋依寒圃,一角春城露远山。酒压新醅招我醉,诗誊旧稿就君删。写图况有龙眠笔,风景依稀北宋间。"③顾鹤庆同题《题鲍野云藏春一角图》:"春风吹到城东门,花阴隐隐如山村。先生杖履宴游处,雪上杳然鸿爪痕。七百余年春草绿,散作千家种花竹。鲍当正构清风图,一角春山贮深屋。年年春去复春来,有情旷世空徘徊。眼中吾子今归隐,酌我春风酒一杯。"④清瑞有诗《题凌烟阁功臣像》:"君不见麒麟阁耸青天高,汉家宣帝酬勤劳。又不见四七之际火为主,云台将相图光武。古来奖善记功勋,素练轻缣传阿睹。缅昔贞观十七年,诏仿旧典开凌烟"⑤,鲍文逵亦有诗《凌烟阁功臣画像歌》:"凌烟阁高云不流,明星煌煌居上头。丹青下笔亦矜贵,一时将相皆公侯"⑥。清瑞与七子中的鲍文逵、顾鹤庆、应地山交往更密。鲍文逵《野云诗钞》中《寻芙蓉楼故址》一诗写道:"王郎送客处,风景殊窈窕。江练抱城回,群峰变昏晓"⑦。清瑞和诗《寻芙蓉楼故址同鲍野云作》:"飞楼缥缈已无踪,极目高城锁乱峰。落日平原秋牧马,连江寒雨夜闻钟。橹声欸乃从边过,客路苍茫画里逢。几度欲将遗址觅,不知何处采芙蓉。"⑧《光绪丹徒县志》载:"鲍文逵(1765—1828),字鸿起,号野云,伯祖为鲍皋,丹徒人,嘉庆六年拔贡,九年顺天经魁,授武英殿校录官,外任山东海阳知县,著有《野云诗钞》。诗出

---

① (清)清瑞:《江上草堂诗集》卷2,第1页。
② (清)鲍文逵:《野云诗钞》,《京江七子诗钞》,第10页。
③ (清)清瑞:《江上草堂诗集》卷1,第30页。
④ (清)顾鹤庆:《伟云堂诗钞》,《京江七子诗钞》,第18页。
⑤ (清)清瑞:《江上草堂诗集》卷1,第13页。
⑥ (清)鲍文逵:《野云诗钞》,《京江七子诗钞》,第24页。
⑦ (清)鲍文逵:《野云诗钞》,《京江七子诗钞》,第4页。
⑧ (清)清瑞:《江上草堂诗集》卷1,第12页。

入唐宋，不名一家法。"① 清瑞有《雪中顾弢庵招同集鹤雏丈宅小饮》《秋前一夜惜顾弢庵过访不值》《题焦山借庵长老退居图次弢庵韵》等诗表现与顾鹤庆的情谊。《镇江历史文化大辞典》记："顾鹤庆，字子余，号弢庵，江苏丹徒人。17岁时补弟子员，闻名乡里。诗以风格明快、气势豪迈著称。有《弢庵集》十四卷和《天台游记》二卷。"② 应地山《澹雅山堂诗钞》有诗《清生霁山以诗见怀依韵答之兼柬石客山》还赠清瑞。诗云："下帷曾学董江都，凉夜松窗月影孤。问訉曼卿知健在，何时寄我故山图。"③ 张学仁《澹雅山堂诗钞·序》："应让原名谦，字地山，号退庵。府学生，尊甫恒圃先生与梁文定公，为一人交地山，少读书文定宅，所接皆当代名公卿，慨然抱经世志，以范文正先忧后乐自况。"④

其他同清瑞交好的京口名士，如卢春航、施云樵、戴雪农、毕莼庵、陈柳溪、戴雪农、吴霁堂等，他们与"京江七子"亦相识，形成了较大的京口文人交游圈。清瑞有《寄怀卢春航》《题毕莼庵江阁怀人图》《焦山送毕莼庵之广陵辞留别韵》《赠茅三峰丈》《雨宿先儒寺同颜问梅戴雪农作》等交游诗。《重修京口八旗志》记："施峻，字子颀，号云樵，京口驻防，汉军藉。年九十余小楷仍秀润，性嗜古砚，好奇书，诗酒唱酬，优游暮景，著有《云樵诗賸》一卷。年九十者曰'老当益壮'，峻答曰'穷且弥坚'胸中泰定，兴致依然，卒年九十有三。"⑤ 其《云樵诗剩》自序称："少从乡先辈游，颇耽吟诗。中年就馆汶阳……归旧课徒，益与二三旧游相唱和"⑥。清瑞作《春柳次施云樵韵》《施云樵招同登第一江山第一楼寻李虚谷道士不值》等和诗。清瑞所居之地在城西南隅，宅内种有葵花，故称"种葵吟馆"。名士常雅集于此，唱和赋诗，声名愈盛。清瑞《初春招同野云寄槎弢庵暨应地山夫子集种葵吟馆分赋》一诗描绘了"种葵吟馆"文人雅集的盛况："深巷从无车马喧，雨余草色绿侵门。争传良

---

① （清）何绍章：《光绪丹徒县志·文苑》，江苏古籍出版社1991年版，第662页。
② 镇江市历史文化名域研究会：《镇江历史文化大辞典》，江苏大学出版社2013年版，第817页。
③ （清）应地山：《澹雅山堂诗钞》，《京江七子诗钞》，第15页。
④ （清）张学仁：《京江七子诗钞序》。
⑤ （清）爱仁：《重修京口八旗志》，第10页。
⑥ （清）爱仁：《重修京口八旗志》，第10页。

会人三绝,剩有屠苏酒一樽。透壁吟声惊鹤梦,当窗月色写梅痕。秋来更定烹葵约,预种秋花护短轩。"① 鲍文逵《野云诗钞》中《同人集艾霁山种葵吟馆》一诗描写清瑞"种葵吟馆"的景色,勾勒了鲍野云同清瑞学种莳的画面,并赞扬了清瑞的名士气节:"草木本有心,欣欣皆向日。葵衷独恳挚,未共蓬蒿沼。君占宅一亩,堦让地数笏。不树艳春姿,但种倾阳质。楄篱卫其足,汲井烹其实。时招藜藿徒,挥箸就虚室。看剑星满地,论文月移瑟。居然开小圃,清荫堪容膝。君家柏山豪,际会从旍钺。功成食租税,奕世践华秩。君尤富文雅,绮岁耽著述。新诗如弹丸,脱手风雨疾。诏下举秀才,早见脱颖出。行看对承明,报国有风骨。紧余倦尘鞅,息影旧林樾。无田已赋归,有酒且作达。从君学种莳,使我得生活。君倘作公卿,此葵应可拔。"② 鲍文逵另有《迎春日集艾霁山秀才种葵吟馆》一诗,表现出清瑞与友人的深厚情谊,并赞扬了清瑞的诗才志向。

  清瑞与京口文人或集于居所,或结伴游览古寺名山,以酬唱吟咏为乐。据《江上草堂诗集》和《京江七子诗钞》等诗集可知,清瑞与京口文人间的雅集,时间多为重大的节日或时令。春季有"立春、初春、春日"。清瑞《立春前二日同人集焦山诗徵阁看早梅》一诗交代了"立春日"众人集于"诗徵阁"看梅花的场景。顾鹤庆《伟云堂诗钞》中有诗《焦山看梅》也正是此时所作。另有:《春日登西津江楼访山阴陈月岩作》《春日姚静山招集清宁道院》《立春夜坐清妙亭示客》《初春卢春航约雨中泛湖见沿堤柳色》《初春过宝莲庵怀鲍雅堂先生》《立春日同人登北城楼望晴雪》《迎春日集艾霁山秀才种葵吟馆》等写在不同春天季候日。夏季有"立夏、夏日、初夏、夏雨、七夕"。清瑞《同人集洪山寺纳凉用汤孔伯夏日咏怀韵》描绘了炎炎夏日众人于溪水边饮酒赋诗的场景。另有《初夏同吴朴庄、应地山、张寄槎、顾弢庵、钱鹤山访石雷上人北固山房同用韵》《七夕同石远梅、张寄槎扬州湖上泛月》《初伏第七日舸斋姑丈招同人湖上泛月》等诗。秋季有"立秋、秋日、初秋、中秋、重阳、清明"。清瑞《中秋前一夜惜顾弢庵过访不值》中流露出清瑞对顾鹤庆的深厚情谊。另有《秋日同张寄槎钱鹤山海西庵题壁》《秋日寄怀舸斋先生四首》《清明日同郭丈介于、毕莼庵泛湖即事呈郭丈》《重九同舸斋姑丈应

---

  ① (清)云书:《江上草堂诗集序》。
  ② (清)鲍文逵:《野云诗钞》,《京江七子诗钞》,第4页。

地山登平山堂，时桂花盛放》《中秋日舸斋姑丈招集北固山房》《秋日宝莲庵同吴朴庄作》《重九后二日小集》等诗。冬季有"立冬、冬日、初冬、冬雪、上元日、除夕"。清瑞写下《登城望积雪》，而鲍文逵则有《同人登定波楼望南山积雪》描绘了"定波楼"的雪景。另有《除夕前三日同应地山、谈鹤雏、张寄槎秋榭钱鹤山杨子坚集鲍野云澹存室同用除字》《雪中顾荄庵招同集鹤雏丈宅小饮》《积雪盈尺与张寄槎杨子坚至北固山后》《上元日同姚静山过鹤林寺晚酌香花桥》《冬至日杨时庵招集宝莲精舍同得添字》《上元前二日诸文士宴集饮绿山堂舸斋姑丈以诗寄示奉和元韵》等。雅集地点有时在文人居所。清瑞的"种葵吟馆"、吴朴的"青苔馆"、王豫的"钟竹轩"等都是雅集所在地。诗题中往往会看出在哪里雅集，如鲍文逵《迎春日集艾霁山种葵吟馆》、顾鹤庆《应地山招同人集澹雅山庄即席赠寄槎时余亦将有吴越之行》、应地山《青苔馆纳凉》等。有时大家还会结伴游览京口名胜，八公洞、鹤林寺、招隐寺、竹林寺、狮子窟等都在清瑞和"七子"的诗中有所描绘。如清瑞《八公洞》《招隐寺》等，鲍文逵、张学仁也有同题诗歌。

2. 道咸同杭州驻防文学交游

杭州是东南沿海战略要地，因此成为清廷最早设立八旗的驻防之地。"自顺治二年初设杭州梅勒章京，是为杭州驻防之始。十七年，设杭州总管一员。康熙二年改为杭州将军，十三年裁汉军都统，设满洲副都统二员。"[①] 驻防初设时，兵额为"四千五百五十五名，匠役一百四十九名"。后历有变迁，如汉军旗大部移驻福建等，至顺治末，兵额确定为4900余名，加上各级将领、官员，约计总额为5000名左右。[②] 雍正7年（1729），于嘉兴府平湖县设立乍浦驻防水师旗营，其兵丁由杭州、江宁两地驻防余丁中抽调，官员则由杭州派出，合计官兵约计2000余人。杭州与乍浦驻防互为犄角，一旦有警，互为应援。

杭州驻防地处文化发达的江南地区，他们以接受更深厚的中华文化而区别于其他驻防地文人，杭州驻防交游圈具有以地域文人为写作主体、以诗书琴画为交往媒介、以山水园林为创作舞台、以血亲姻亲乡谊为交游网

---

① （清）俞樾：《杭州八旗驻防营志略序》，（清）张大昌：《杭州八旗驻防营志略》，浙江书局光绪19年（1893）刊本，第1页。

② （清）张大昌：《杭州八旗驻防营志略》卷15，第11页。

络的特点，呈现出对中华文化的深层次接受。因此他们诗集留存数量多且出现两部驻防文人诗歌选集。

道咸同时期杭州驻防的代表性人物瑞常。瑞常长于杭州驻防营，幼嗜学，弱冠喜吟诗，尝读书于镶黄旗协领南尊鲁家，师生相契，南师曾言他日瑞常必显。《杭防营志》记载了这场师生情谊。"（瑞常）公自幼嗜学，弱冠即喜吟诗，尝读书镶黄旗协领南尊鲁家，尊鲁延仁和许雪香茂才课其孙，同学者有南花农、万清、白八桥、裕贵、沙履中辈，师契公最深，尝谓人曰：此生静默重厚，他日必显，其未第时，尝祈梦于于忠肃公祠，甫入寝即梦忠肃袍笏出迎，延之入扫榻使寝，遂惊觉。"①并载："昭南，字尊鲁，嘉庆丙寅任镶黄旗协领，温雅多文，工诗，与郡守严少峰相唱和，过从尤密，真书法二王，草书学怀素，皆得其妙谛，尝自集尚书语，罔以侧言改厥度，毋作聪明乱旧章为联，悬诸堂皇，遇士人尤爱敬之，额其档房曰书巢，为监官查声山、宫詹所题，曾以重金聘仁和诸生许雪香课其文孙秋谭，而万花农、裕八桥、瑞芝生，皆就学焉。"②

瑞常有三子二女。子文晖、文德、文俊。长女嫁与金佳氏庆亮，庆亮为杭州驻防，镶黄旗蒙古双庆公长子，咸丰辛亥（1851）恩科翻译举人，丙辰（1856）科翻译进士，原任山西平定直隶州知州。次女嫁与完颜氏惠吉，惠吉为镶白旗满洲，二品顶戴花翎即选道文山公第四子，候选知府惠吉公。互为姻亲关系，不但是瑞常也是其他杭州驻防与八旗贵胄、驻防文人交游的显著特色。据贵成及其他杭防文人诗作可知，贵成的岳父为喀朗；喀朗子文慧，兄喀福尔善，表弟裕贵；喀福尔善子文瑞；三多外祖父裕贵；喀朗与瑞常存在一定的姻亲关系。贵成岳家中的喀福尔善、喀朗、文瑞、文慧俱中举人。

瑞常屡掌文衡，为清廷拔擢俊才甚多。《清代科举人物家传资料汇编》中载瑞常"历充道光癸卯科顺天乡试同考官；甲辰科福建乡试正考官；乙巳恩科会试知贡举；己酉科山东乡试正考官；咸丰辛亥恩科江南乡试正考官；壬子恩科会试知贡举；己未恩科顺天乡试副考官；同治壬戌恩科顺天乡试副考官；甲子科顺天乡试正考官；丁卯科顺天乡试副考官；庚午科顺天乡试副考官；咸丰己未、庚申科，同治壬戌、癸亥、乙丑、辛未科殿试

---

① （清）王延鼎：《杭防营志》卷3，国家图书馆藏光绪16年（1890）稿本。
② （清）王延鼎：《杭防营志》卷3。

读卷大臣；道光乙巳、丁未、庚戌科，咸丰壬子、己未、庚申科，同治壬戌、癸亥、戊辰科朝考阅卷大臣；道光丁未、庚戌科，咸丰己未科，同治壬戌、癸亥、乙丑、辛未科会试覆试阅卷大臣；道光丙午科，咸丰戊午科，同治壬戌、甲子、丁卯科乡试覆试阅卷大臣；道光庚戌科，咸丰庚申科，同治癸亥、戊辰科教习庶吉士，道光庚戌科，同治壬戌、癸亥、戊辰科拔贡覆试阅卷大臣；同治戊辰科优贡朝考阅卷大臣；同治乙丑科制科孝廉，方正阅卷大臣，大考翰詹阅卷大臣，考试试差阅卷大臣，汉御史阅卷大臣，汉荫生阅卷大臣；咸丰己未、辛酉科，同治壬戌、癸亥、甲子、戊辰科武闱乡会试监射大臣；道光乙巳、丙午、丁未、己酉科武闱乡会试较射大臣"[1]。《杭州驻防八旗营志略》中记载杭州驻防共有进士7人，举人59人，于清代各地八旗驻防中属中式最多之地。[2]《柳营诗传》载"瑞文端公既贵，礼贤爱士于乡谊，尤笃"[3]。《国朝杭郡诗三辑》载"公在京邸杭人公车北上者厚敦乡谊，款待极周"[4]。除了血亲姻亲间的交谊，瑞常还重乡谊。其自词林洊登正卿，屡司文柄，于杭防子弟中属有声名威望者。杭防子弟濡染于西湖山水间，莫不亲文学而耽吟咏，大都应试科举，故杭防在京文人颇多。瑞常予以接济，款待极周。诗集内多与杭防文人在京文人唱和之作，情深义重，令人感喟。瑞常、瑞庆兄弟早于贵成出仕，经常接济并鼓励他，在与贵成交往中担任师长的角色。贵成诗集中有寄给瑞常的诗作，发出"古来屈指英雄辈，潦倒谁人识马周"（《秋日感怀寄瑞芝生少司马》）[5]的感慨，将有志难成的苦闷表达出来。瑞常有《答贵镜泉见寄原韵》示贵成，中有"遥觇器宇终腾达，漫说无人识马周"[6]的劝勉。贵成在京时，官位低且俸禄微薄，曾受到瑞常帮助。在《偶得》中有"借得数间屋"，后注：予寓蒙芝生协揆慨假者。同乡作为一种基础的社会关系，使同官京城的他们联系更加紧密。贵成与成胜于道光23年

---

[1] 来新夏主编：《清代科举人物家传资料汇编》第24册，第354—355页。
[2] （清）张大昌：《杭州八旗驻防营志略》，马协弟主编：《清代八旗驻防志丛书》，辽宁大学出版社1994年版，第104—111页。
[3] （清）三多：《柳营诗传》，国家图书馆藏光绪16年（1890）刻本。
[4] 钱塘丁氏：《国朝杭郡诗三辑》，国家图书馆藏光绪9年（1883）刻本。
[5] （清）贵成：《灵石山房诗草》（含《灵石山房诗草》一卷、《灵石山房续吟草》一卷），同治间刻本。
[6] （清）瑞常：《如舟吟馆诗钞》，光绪间刻本。

（1843）同举乡试，于次年可进京参加会试。瑞常弟瑞庆诗集中有《寄贺贵镜泉、成蓉卿同捷秋闱》，诗中有"长安须早到，有客盼风前"①之语。《如舟吟馆诗钞》序中有"窃见公之厚于吾杭人，与吾杭人之敬公爱公也"之语。《如舟吟馆诗钞》中与杭防文人唱和之作最为频繁，这一群体有赫特赫纳、裕贵、苏呼讷、万清、伊勒哈图、瑞庆、文秀等人，形成了一个杭防在京文人诗歌交游圈。

作为有诗集留下的杭州驻防，瑞常、瑞庆、贵成3人，乡谊自不必说，既是血亲，又有间接的姻亲关系，他们的交游，代表了同时期乃至其后的杭州驻防的文学交游方式。

3. 开封驻防倭仁的文学交游

开封位于黄河中下游，可以近联畿辅，上拱京师。所以早在顺治元年（1644）九月，清军击退农民军占领河南后，即于开封设置临时驻防，"委官署事并酌留官属兵丁驻防矣"②。康熙59年（1720）正式驻防八旗官兵，设立开封驻防城守尉一人，佐领、防御、骁骑校各八人、八旗满洲、蒙古领催四十名、骁骑七百六十名、弓匠铁匠各八名。雍正13年（1735）增设开封驻防弓匠铁匠各二名。乾隆3年（1738），开封府增设佐领、防御、骁骑校各二人。③ 乾隆21年（1756），开封城守尉归河南巡抚兼辖。嘉庆12年（1807）又奏准，河南驻防于原定领催之外，每旗翼各增设领催四名④，形成"城守尉一人，佐领十人，防御十人，骁骑校十人，八旗满洲、蒙古鸟枪领催十名，鸟枪骁骑二百名，炮领催八名，骁骑三十二名，领催二十二名，骁骑五百二十八名，养育兵六十名，弓匠、铁匠各十名"⑤的驻防规制，加上兵丁家属约有五千人。开封驻防一直是满洲和蒙古八旗联合驻防。开封驻防最高长官是城守尉，为正三品官，是有清一代为数不多的独当一面的城守尉之一。

开封驻防起家的倭仁，无论在开封还是京师，作为一代理学名臣，他的交游方式主要是研讨文学、理学问题。

---

① （清）瑞庆：《乐琴书屋诗集》，清抄本。
② 《清世祖实录》，中华书局1985年版，第86页。
③ 《钦定大清会典事例》，新文丰出版公司1976年版，第12256页。
④ 《钦定大清会典事例》，第18342页。
⑤ （清）纪昀：《钦定八旗通志》，吉林文史出版社2003年版，第622页。

道光11年（1831），倭仁与同年诸友十余人相约时晴馆"赋课"，吟诗作赋，时相唱和。次年散馆。张集馨《道咸宦海见闻录》："道光十一年，同年马湘帆、易晴江、朱九山、朱久香、倭艮峰、杨仰山、王雁汀、罗苏溪等十余人为赋课，每月六集，迭为宾主，皆在时晴馆……道光十二年，四月散馆。"①张集馨在同治3年（1864）刻成《时晴斋诗赋全集》，向倭仁索序。倭仁写下《张椒云赋序》，对时晴馆情谊作了美好亲切的回忆："方君在翰林时，约同官同年者数人，校诗赋艺于时晴斋。唯君独出冠时，每搆一艺，取裁宏富，持法严谨，必求尽题之能事。今读此编，宛然前日之事也。"②道光13年（1833），倭仁与河南同乡成立"正学会"，定期"会课"。李棠阶《李文清公日记》："道光十四年，九月十四日：午刻赴渔汀处，与齐伯母闲说许久。倭艮峰、靳蕉洲、吴佩斋均来会。蕉洲、佩斋来迟，渔汀仍未全记，均不见有振作气象。因约定此后每日各看小学数章，精思力践，虽忙迫不得误，误者记过。诚如此，亦有益。九月二十五日：至午正，偕宝儒赴艮峰处会课。佩斋、蕉洲、渔汀相继至。上课约看小学，蕉洲看数日而不见反己意思，佩斋全未看，渔汀作事扭于偏见，总不肯切己反求，识趣日陋，而不自知。嗯！朋友辅仁，而余毫无益于友，徒有会之名，而无课之实。清夜自思，愧怍无地，此心何以自慊乎？十月初二日：宝儒、艮峰来会，其功课皆甚密。看毕，仍默坐，总不免昏气。蕉洲、渔汀均来甚迟，酉正散。十月十三日：宝儒、艮峰来，各看日录相劝勉，默坐许久。蕉洲来，复燃香对坐，收敛中总有昏意。申正，渔汀来。饭顷，劝诸弟各就自己病痛吃紧用功，酉初二刻散。"③倭仁、李棠阶们的"会课"活动，主要是相互切磋心性修养工夫，交流修养经验。这种"会课"活动可分三个步骤：第一步，写"日录"。每天留意自己的言行思想，不断反思。第二步，互相批阅"日录"。如李棠阶《李文清公日记》中有："艮峰批：在念头上起灭检点，终非第一义工夫。艮峰批：我辈近日全从悠忽莽荡中混日子过，不加策励，大事去矣。"④第三步，当面批陈得失，指出对方不足之处以便改正。倭仁、李棠阶们的

---

① （清）张集馨：《道咸宦海见闻录》，中华书局1981年版，第18页。
② 张凌霄：《倭仁集注》，内蒙古人民出版社1992年版，第476页。
③ （清）李棠阶：《李文清公日记》，民国4年（1915）石印本。
④ （清）李棠阶：《李文清公日记》。

"会课"活动，从自我反省到互相监督、互相批评，以求共同促进，不断提高，他们所做的是非常严格的心性修养功夫。据《李文清公日记》，当时经常参加这种"会课"的，开始时主要有倭仁、李棠阶、靳蔗洲、齐渔汀、吴佩斋几人，后来又有王检心、王涤心、王辂、讷斋、畏斋等人陆续参与进来。这种"会课"一直持续到道光22年（1842）李棠阶离京出任广东学政，前后达十年之久。

倭仁早期习"王学"，与李棠阶、王检心等河南同乡关系甚密，以阳明心学入理学之门，是为早期倭仁思想之代表。后期因唐鉴、吴廷栋之故，思想转向程朱理学。于此时结识曾国藩。其弃王学而改程朱之后，至此确立其终身学派立场，是为"尊朱黜王"。明末清初大儒孙奇逢，字启泰，号钟元，晚年讲学于辉县夏峰村二十余年，从者甚众，他的学术思想对河南学者影响甚为广泛。方宗诚《柏堂师友言行记》云："中州学者大抵守孙夏峰遗绪。"① 与倭仁"会课"的河南同乡大都偏主王学。据李棠阶《李文清公日记》记载阳明心学是当时倭仁与河南同乡"会课"的中心内容。

道光20年（1840），唐鉴"再官京师，倡导正学"②，在其周围聚集如倭仁、曾国藩、吴廷栋、何桂珍、吕贤基等一批理学名士，从其问学。曾国藩于唐鉴介绍得识倭仁。曾国藩《曾国藩日记》："（唐鉴）言近时河南倭艮峰前辈用功最笃实，每日自朝至寝，一言一动，坐作饮食，皆有札记。或心有私欲不克，外有不及检者皆记出。"③ 倭仁据其多年修身经验，教习曾国藩日课。曾国藩《曾国藩家书》："亦照艮峰样，每日一念一事，皆写之于册，以便触目克治。"④ 黎庶昌《曾文正公年谱》："公（曾国藩）前官翰林时与倭仁公唐公鉴辈讲学。"⑤ 道光25年（1845），唐鉴写成《国朝学案小识》一书，严格地编制出一个以程朱理学为主干的道统传承体系。倭仁深契于唐鉴的卫道精神，《倭文端公遗书》："唐敬楷先生

---

① （清）方宗诚：《柏堂师友言行记》卷2，沈云龙主编：《近代中国史料丛刊》第二十二辑，文海出版社，第14页。

② 《清史列传》，中华书局1987年版，第5400页。

③ 《曾国藩全集·日记》，岳麓书社1987年版，第92页。

④ 《曾国藩全集·家书》，第40页。

⑤ （清）黎庶昌：《曾国藩年谱》，岳麓书社1986年版，第18页。

《学案小识》一书，以程朱为准的，陆王之学概置弗录，可谓卫道严而用心苦矣！"① 正因此，此书成为倭仁由王学转向程朱的一盏指路明灯。曾廉《元书》："其在道光时，唐鉴倡学京师，而倭仁、曾国藩、何桂珍之徒相从讲学。"② 李元度《天岳山馆文钞》中《曾文正公行状》："唐公鉴入为太常寺卿，公相从论学，唐公授以朱子书，公遂兼穷宋学，与蒙古文端公倭仁、六安吴公廷栋、昂明何文贞公桂珍……往复讨论，所作日记，多痛自刻责。"③ 方宗诚《柏堂集后编》："后与吴竹如侍郎志同道合，时侍郎方为刑部主事，公日夕相讲习，始专宗程朱之学，久而弥精，老而愈笃，名益尊位益贵，而下学为己之功益勤恳而不已。"④ 吴廷栋《拙修集》中《与方存之学博书》："其（倭仁）能洗净王学一归程朱，可谓大勇矣。"⑤ 吴廷栋，字彦甫，号竹如，安徽霍山人，道光5年（1825）拔贡，累官至刑部侍郎。倭仁与吴廷栋订交当在道光20年（1840），他年长倭仁十一岁。当时他们同从唐鉴问学。倭仁从唐鉴问学后，与窦垿、何桂珍、吕贤基、方宗诚、何慎修、朱绮等文人交谊甚密，互相切磋学问，日益精进。倭仁《倭仁日记》："兰泉（窦垿）来谈学，有心心相印之趣。"⑥ "晚与丹畦（何桂珍）畅论其旨，不觉水乳之交融也。"⑦ "过鹤田（吕贤基）家，自述所学不济，大家砥砺，痛下工夫，以求上不负君，下不负己。"⑧ "伯韩（朱琦）谆谆以刚字相勉，谓必如此，而后能任重致远，迁善不勇，改过不勇，皆委靡之故。"⑨ "精力养得强固，则百事可做。殷勤告教，皆身心要言，有友如此，何忍负之！"⑩ 方宗诚《柏堂集外编》："道光三十年读邸抄陈言诸疏，始知先生为当今名臣巨儒，私衷

---

① 张凌霄：《倭仁集注》，第203页。
② （清）曾廉：《元书》，宣统3年（1911）刻本。
③ （清）李元度：《天岳山馆文钞》，沈云龙主编：《近代中国史料丛刊》第四十一辑，文海出版社。
④ （清）方宗诚：《柏堂集后编》卷6，光绪年间志学堂家藏版，第27—28页。
⑤ （清）吴廷栋：《与方存之学博书》，《拙修集》卷9，同治10年（1871）六安求我斋刊。
⑥ 张凌霄：《倭仁集注》，第292页。
⑦ 张凌霄：《倭仁集注》，第298页。
⑧ 张凌霄：《倭仁集注》，第308页。
⑨ 张凌霄：《倭仁集注》，第230页。
⑩ 张凌霄：《倭仁集注》，第230页。

景仰。前年客吴竹如方伯署中，读先生日记，亲切笃实，正大精纯，在昔大儒唯薛文清、胡敬斋似之，尤觉佩服无已。"① 陈康祺《郎潜记闻》："（朱琦）从倭文端、唐确慎、李文清诸公游，与闻道学之统。"②

倭仁在问学求索中结交了一批志同道合的文士。

三　道咸同边地诗人文学交游考述

道咸同时期的边地诗人都有入仕经历。其中托浑布、柏春、恩麟、来秀、锡缜、梁承光科举入仕，壁昌、恭钊、恩成因父荫，被引见或恩赏入仕。长期任职地方，使他们的文学视野更为宽泛，与此同时，他们的文学交游也往往与其宦行相伴。

作为和瑛之子，壁昌交游甚广。现存诗集《星泉吟草》中与其诗文唱和者多达24人。他与文坛上的满蒙汉族文人交游颇多，汉族文人如吴慈鹤、许乃谷、帝师祁寯藻等，满族文人如宗室善煮、恩桂、驻藏大臣斌良、女词人顾太清等。祁寯藻在其诗集《馥欱亭集》中收录《送星泉将军之官福州》："自从西放事戎旃，身作长城志益坚。投笔早闻班定远，据鞍今见马文渊。大江比岁仍防险，沧海无波要得贤（君由两江总督入觐再出为将军）。垂老勋名照南国，圣恩未许即林泉。诗书易象有家传（尊公泰庵先生著述甚富），夷险生平总豁然。岂独岩关能禁觎，定知武库善筹边。七闽坐镇先声在，万里行看使节旋。早晚龙光三晋接，不须尊酒怅离筵。"③ 对壁昌的家学渊源称赞不已。而顾太清早在壁昌驻守西域时就写诗相赠，《送副都统壁昌乌什换班》云："庚寅浩汗反，寇我四新城。御敌多长策，开门接短兵。羽书宵告急，血战书巡更。半载粮垂绝，重围马尽烹。功成班定远，身退赵营平。与我初相识，如何复此行。春风一万里，沙碛百余里。乌什回疆户，浑巴大水横。长途携妻子，世学继簪缨。客舍青青柳，怜君白鬓生。"④ 也在称道壁昌家学渊源的同时，祝其早日功成名就。而这两首诗一为壁昌东宦一为其西戍，可见壁昌

---

① （清）方宗诚：《柏堂集外编》卷5，第33页。
② （清）陈康祺：《郎潜记闻初笔二笔三笔》，中华书局1984年版，第547—548页。
③ （清）祁寯藻：《馥欱亭集》卷29，咸丰刻本，第240页。
④ （清）顾太清、（清）奕绘著，张璋编校：《顾太清奕绘诗词合集》，上海古籍出版社1998年版，第544页。

宦行之踪迹辽远。

由驻藏大臣斌良诗中，可知璧昌与宗室善焘、恩桂等关系甚密。如《正月十二日至西淀访溥泉侍郎（善焘）小山尚书（恩桂）星泉将军（璧昌）畅谈竟日晚归作》："古淀千盘辙迹周，茶缘多为故人留。云边蟾魄将圆满，斛底鳞纹恣拍浮。熊耳峯高齐卸甲，鲲身岛邃又移舟（将军西征着绩近奉谕旨移镇闽海将军）。只因倾盖回车晚，漏鼓鈙如夕未收。"① 组诗四首《偕湘林少农借秋卿太仆（龄鉴）园亭邀星泉将军右亭副都统小酌世荫堂即送其之福州将军都统新任》在骊歌中表述惜别之情。

璧昌题画诗《题担秋图》，杨锺羲《雪桥诗话》与钱仲联《清诗纪事》均有录。杨锺羲《雪桥诗话》续集载："璧勤襄公星泉……尝画担秋图贻许玉年，题云：'昨夜西风太寂寥，旧篱新圃灿琼瑶。秋光烂漫闲收拾，和露和霜一担挑。'盖韩魏公以晚香自励之意。玉年题璧参帅诗稿有'肩事心逾勇，淫书气自平'之句，又有璧参赞画虎歌。"②《清诗纪事》载："璧昌……《题担秋图》：昨夜西风太寂寥，旧篱新圃灿琼瑶。秋光烂漫闲收拾，和露和霜一担挑。杨锺羲《雪桥诗话续集》：'璧勤襄公星泉……尝画《担秋图》贻许玉年，题云云，盖韩威公以晚香自励之意。'"③

托浑布宦海沉浮足迹广远，尤其在京畿地区任职时间最长。他与龚自珍、林则徐、柯培元、穆彰阿、王惟诚等往来密切，相与颇深。

龚自珍（1792—1841），字璱人，号定庵，汉族，仁和人。晚年居住昆山羽琌山馆，又号羽琌山民。托浑布与龚自珍同属嘉庆23年戊寅（1818）举人，互称同年，龚自珍在《己亥杂诗》中有诗专门描写与爱山聊海上经历："三十年华四牡腓，每谈宦辙壮怀飞。樽前第一倾心听，咒甲楼船海外归。"④ 龚自珍在诗《乞籴保阳》中赞扬托浑布"璧立四千仞，气象如华菘。"⑤ 同时还在《乞籴保阳》中向托浑布献策，建议在畿辅道

---

① 《台供职集一》，（清）斌良：《抱冲斋诗集》卷32，光绪5年（1879）崇福湖南刻本，第535页。
② （清）杨锺羲：《雪桥诗话续集》卷7，民国求恕斋丛书本，第785页。
③ 钱仲联主编：《清诗纪事》三，凤凰出版社2003年版，第10890页。
④ （清）龚自珍：《己亥杂诗》，中华书局1980年版，第48页。
⑤ （清）龚自珍：《乞籴保阳》，郭延礼：《龚自珍诗选》，齐鲁书社1981年版，第128页。

上种植桑树，发展轻纺业："我观畿辅间，民贫非土贫；何不课以桑，治织纴纽绁？"①据《龚自珍传论》载："龚自珍因与托浑布有同年之谊，当托浑布从台湾回到北京时，朋辈饮酒会谈，龚自珍最倾心听他谈乘战船从海上归来的经历。道光18年（1838），托浑布在直隶布政使任内，专管地方财政赋税、官吏考绩等政务，龚自珍因平时好发议论，被夺去俸钱，以致难以维持生活。龚自珍到了保阳去见托浑布，托浑布看了门子送进来的名刺笑了，赶紧请龚自珍进到馆里，置酒款待。这使龚自珍十分感激。……他此行请求托浑布在经济上予以援助的目的达到了，他觉得应当对这位'同年'的地方官有所建议。他从国计民生方面着想，提出了在京畿一带地方多植桑树的意见。多植桑树，可以促进蚕丝业发展，改变百姓生活穷困的状况。他认为这项建议既是对托浑布的答谢，也是对当地百姓的答谢。"②林则徐（1785—1850），字元抚，又字少穆、石麟，晚号俟村老人、俟村退叟、七十二峰退叟、瓶泉居士、栎社散人等，福建省侯官县人，官至一品，曾任湖广总督、陕甘总督和云贵总督。林则徐与托浑布的交往最早出现在道光18年（1838）的林则徐日记中。"戊戌年，十一月初六，时方清晨，托爱山方伯……俱郊迎，叙谈片刻，在西关外行馆一饭，遂入城答拜，毕，顺出北关。"③后，林则徐在给托浑布诗集作序时又详细叙述了他们的初识经过："余久闻其治行，而未及窥其诗也。戊戌冬，奉命入朝。道保定，始出《瑞榴堂稿》见示……道光十八年十一月小寒日治弟林则徐呵冻题于京师邸次。"④柯培元生卒年不详，字易堂，号复生，胶州城姜行街人。嘉庆23年（1818）举人，官实录馆协修。穆彰阿（1782—1856），字子朴，号鹤舫，别号云浆山人，满洲镶蓝旗人，军机大臣。林则徐、穆彰阿、柯培元、王惟诚分别为《瑞榴堂诗集》作序。

与道咸同时期任职边地的其他蒙古族诗人相比，恩麟的仕宦时间最为短暂。道光25年（1845），恩麟任兵部候补主事。但因接受书吏所上规

---

① （清）龚自珍：《乞籴保阳》，郭延礼：《龚自珍诗选》，第130页。
② 麦若鹏：《龚自珍传论》，安徽大学出版社2005年版，第230页。
③ 中山大学历史系中国近代现代教研组、研究室：《林则徐集·日记》，中华书局1962年版，第314页。
④ （清）林则徐：《瑞榴堂诗集序》，《续修四库全书·集部·别集类》第1513册，上海古籍出版社1994年版，第188页。

礼，被罢免，发往军台效力，差于十五台。军台苦寒而人烟稀少，又因庙堂许市粮于张家口外，遂集吴嘉宾、吴星源、衡保、蒋勤培、王恩祥、绣纶等，办消寒集会。共九次，成《消寒集咏》。

《消寒集咏》卷首吴嘉宾《塞上消寒集序》云："草木皆华于春，而梅以冬艳盖天地。生物之心无时或息者，于此见之。然则吾徒处摇落之会，各以文藻自见，得无有似之乎。曩国家用兵西陲，军行转饷、羽书往来经蒙古部落，中设台站二十余所，使被谪者分主其事，以劳自赎。远者抵逾瀚海、抵穷漠，数千里言语不通，耆欲殊绝，其风霜愁苦有常人所不能堪者。嗣承平日久，台站无所事事，而朝廷犹行遣言谪臣如故，聚居蒙古南界上今之张家口外，乃前明与蒙古互市边要之地，我朝置吏治民与内地同，而蒙古与内民交易犹以旧垣为中外限，稽禁出入，于是至此即为蒙古界矣。吾徒幸值是时虽获罪，弃逐令甲，犹许至张家口外置买粮食，将获疾病而数人者遂得朝夕聚居于此，去中国不远有乐生之心。盖国家所以待臣子犹天地之物，虽凋摧陨获，然其所以生之者未尝息也。而物之处此者，苟有可以点缀，耳目呈露端倪，其又安敢以自祕也邪？消寒图不知始于何时，盖以九为阳极之数，又自因之物极则变数也，亦理也。夫天无不爱物，物亦无不望天之爱者，故人情与草木犹为之计日以待之，而况于其非草木者乎？然则吾徒之假日以娱乐也，固有以焉尔。厚甫始约为此集，始于戊申岁之至日集，既周，而厚甫适奉归命，苦寒尽而春至也。继厚甫当归者为芝庭，在今岁冬至前又继之，为余与余宗人字星垣者。在明岁冬至前又阅一至日，而薇垣、诗樵、子均亦当归。诗樵已报满复留，若为兹集留也者，而兹集能兆厚甫之归，然则不可以不识也。集中惟星垣不能诗，子均病不能与，而薇垣后至而不尽作，又星垣戚马君暨予友张君亦皆不能诗。盖吾徒之意非以诗鸣也。诗樵录授，余使为叙时，春尽逾月矣，而杏始华也。嘉宾书。"① 吴嘉宾字子序，衡保字子均，王恩祥字芝庭，蒋勤培字厚甫，吴星垣（源）字德水，马佑庵字德顺，绣纶字薇垣。诸人在军台以诗会友，酬唱成集。

恩麟性耽吟咏，其宦游南北，尝出海，皆有诗作。南宦多滋于"性灵"，作《听雪窗诗草》及《笔花轩诗稿》，诚如卢震《听雪窗诗草序》

---

① （清）吴嘉宾、（清）恩麟、（清）衡保、（清）蒋勤培、（清）王恩祥等著：《消寒集咏》，道光年间抄本。

言："书曰'诗言志'心之所之谓之志，昔人之诗皆昔人之志，诗存即志存也。夫诗以抒写性灵为上，而专谈格调者次之。"① 北上亦存《塞游诗草》。恩麟终身善学，从侯振庭、刘业师、阎雨帆等众贤为师，且勤勉，不虚诗名。从侯振庭为师，《笔花轩诗稿》中存有《留别侯振庭四世叔大人（云悼）》，诗云："伊川明道从游遍，信是师门有凤缘。盈帙经时邀点窜，褰裳累月怅渝涟（夏间江潮骤发谨就讲院中请业）。离怀难对梅花语，别绪真如雪意绵。晋水箴言勤惠锡，释疑也抵绛帷边。"② 从刘姓老师为师，《听雪窗诗草》中存有《园居读书四首录二》（其二），诗云："纵观天地襟怀远，坐对诗书趣味深。曲槛芬芳花自落，小窗窈窕月初临。虚中默会渊微理，方寸常存贫贱心。富贵浮云浑不羡，希贤何止惜分阴。"后注有"刘业师曰：'凡读书者，日以贫贱存心，莫以富贵存心，心存富贵则功不能专。人未有不好富贵而好贫贱者，欲富贵则非读书不能得，日以贫贱存心，则功自专而学日进矣。'敬凛师言，常以自警。"③ 从阎雨帆为师，《笔花轩诗稿》中存有《八雪诗阎雨帆师命赋》（又名《八雪诗阎雨驱老夫子命赋》），八首绝句，分为待雪、踏雪、咏雪、卧雪、听雪、钓雪、扫雪、煮雪八个角度来写雪情雪景。④ 可见恩麟尊师重教。

锡缜的交游中亲属很重要。鄂恒为锡缜之舅，锡缜曾作诗《陪鄂松亭舅氏（恒）游檀柘山宿岫云寺次苏文忠公寒食诗韵二首》，写甥舅二人寒食节游潭柘山晚宿岫云寺情景。锡缜还曾有《哭鄂松亭舅氏师（恒）三十韵》，诗前序简要介绍了鄂恒："舅氏道光丙戌进士，改庶吉士。平生箸述甚富，先世以武功起家，有伊尔根觉罗氏家传一卷，求是山房试帖一卷，皆锓版行世。"⑤ 鄂恒诗语言简易，晓畅明白，如其《拟山居晚兴》："空山绝人迹，终日不开门。落照当高树，炊烟带远村。渡头秋水涨，沙上暮鸦屯。月出田家约，陶然倒酒樽。"⑥ 淡远悠长。锡缜曾为族叔恭钊

---

① （清）卢震：《听雪窗诗草序》，（清）恩麟：《听雪窗诗草》，《清代诗文集汇编》第 631 册，上海古籍出版社 2010 年版，第 547 页。

② （清）恩麟：《笔花轩诗稿》卷 2，《清代诗文集汇编》第 631 册，上海古籍出版社 2010 年版，第 616 页。

③ （清）恩麟：《听雪窗诗草》卷 1，《清代诗文集汇编》第 631 册，第 553 页。

④ （清）恩麟：《笔花轩诗稿》卷 4，《清代诗文集汇编》第 631 册，第 630 页。

⑤ （清）锡缜：《退复轩诗》卷 2，清末刻本，第 18 页。

⑥ 徐世昌：《晚晴簃诗汇》卷 132，民国退耕堂刻本，第 2974 页。

撰《〈酒五经吟馆诗草〉跋》,恭钊也为他题诗《宗侄厚安以诗稿见示阅竟志以二绝》。诗题便可知其为同宗异支族亲。恭钊诗词皆善,其诗语言朴质、通俗易懂。恭钊之友童大畲也是锡缜朋友,童大畲,生于道光6年(1826),卒年不详,字古畲,号砚云,浙江山阴人,咸丰2年(1852)进士。据《两浙輶轩续录》载:"君子于咸丰十年冬,以部郎随中州某公干役滦阳,与兀鲁特锡缜俱成《滦阳赓唱集》一卷,明年十一月又偕随钱塘某公按事陇右,成《西輶载笔》一卷,二人踪迹终始同之。"《两浙輶轩续录》曾收童大畲四首边塞诗,锡缜撰文《西輶依永集序》中记载与童大畲同去陇右之事:"与童君大畲古畲偕归滦阳,钱塘沈大司徒兆霖奉使陇右,趣缜与古畲偕,辞焉不可,疏上随行,时咸丰十一年十一月也。迄明年同治元年之五月,先古畲回京师,行六闰月,以万里计。合古畲作,得若干首,为《西輶依永集》。"

除了亲戚外,锡缜结交师长亦多。锡缜三十四岁入仕以前随父迁徙任所,游历过陕、甘、青及江淮、河北等地。其间师从名师,习汉语诗文典籍,创作诗歌、古文。道光20年(1840),锡缜到西安跟随杨澹人游历、学习。杨锺羲《雪桥诗话》载:"道光庚子,厚菴侍桓靖公官西安,从澹人游,始学为诗古文。澹人寄籍平利,试陕闱久不售,奔走衣食于文字以死。"[1] 锡缜有《呈杨澹人先生(盛朝)即送其归平利三十六韵》感谢老师教诲:"大冶杨夫子,薪传独幽阐。试功天所权,立言吾其勉。贱子故不敏,受业訾假馆。始求百氏书,爰握三寸管。匪曰自得师,所乐在攻短。指掌视诸斯,会心知未远。"[2] 锡缜与道光朝重臣林则徐友善,"道光壬寅,公以督部戍边路出西安,留两月。博尔济吉特桓靖公时官西安参将,始以子锡缜厚安见公。公手临《皇甫诞碑》一册与之,厚安为刻石于陕。乙巳,公入关,摄总督剿番,命厚安缮奏章。庚戌九月,力疾奉诏讨粤西贼,未至,卒于潮州。厚安挽诗……"[3]。林则徐在与锡缜父保恒通信中也多次提及锡缜,如:"道光23年11月24日(1844年1月13日)与伊犁……厚庵世大兄赴试北闱,满拟及锋脱颖,顷见题名录,乃知暂滞鸿毛。此虽时数偶乖,而工夫正当加密。世兄之灵心妙笔,真当拾芥

---

① (清)杨锺羲:《雪桥诗话》卷12,民国求恕斋丛书本,第417页。
② (清)锡缜:《退复轩诗》卷1,第5页。
③ (清)杨锺羲:《雪桥诗话》卷12,第373页。

科名，断不必以初次未售稍为介意。此时谅仍回陕，务嘱益加勤奋，转瞬决不留行矣。"① 林则徐去世后，锡缜写下《挽林文忠公四首》。其一云："遂初未赋玺书颁，尽瘁三朝力已孱。大事艰难谁可属，此生治乱本相关。钧天遽下巫阳诏，劫火横飞象郡蛮。知与不知齐堕泪，旌旗惨淡凤凰山（公力疾奉诏讨粤西贼未至卒于潮州）。"其二云："龙沙万里戍伊凉，曾迓高轩赋短章。绝域功名悲定远，眉山父子托欧阳（壬寅夏公戍边家大人官西安参将始以缜见公）。军容细柳看持节，幕府莲花有瓣香（乙巳公入关摄惚督勘番命缜缮奏章）。若使汉庭充国在，先零敢复掠河湟。"其三云："八瀮曾传长史师，敢书狂草醉临池。正心自有诚悬笔，堕泪难恩叔子碑（公手临皇甫诞碑一册见惠，缜为刻石于陕）。此后犹将崇世享，向来原不以文为。一篇大雅嵩高什，无限生民没齿思。"其四云："感愧交萦寄苦吟，哀词未敢托知音。八年自负陶镕意，一世公无醉饱心。海国图曾传粉本（魏默深壕公四洲志为海国图志），銕围山半有棠阴。最伤社稷臣难得，不在平生恩遇深。"② 细述自己与林则徐相识经过及林则徐勉励之情。

锡缜在户部为官时，潘祖荫亦以侍郎佐户部，二人相交甚好。潘祖荫为锡缜《退复轩诗》作序："顾以厚庵之文章如此，干济如此，初未尝入词馆，掌文衡、权枢要，与厚庵同年同官者无不横飞直上，外而封疆，内而台阁，肩背相望。而厚庵独以疾困，岂非遇而不遇欤？得不谓之命欤？……厚庵结交贤士大夫遍海内，而独有取于余，殆以余为知之者深乎！"③ 可见二人交情之深。锡缜诗集中屡见赠潘祖荫诗，如《题潘伯寅侍郎祖荫藤阴书屋勘书图四十韵》《潘伯寅司寇祖荫孟鼎歌为荫轩宗伯赋》等。杨锺羲《雪桥诗话》曰："厚庵都护尝辑师友倡和之作，为《感旧拾遗集》一卷。中如杨澹人盛朝，湖北大冶县诸生。道光庚子，厚庵侍桓靖公官西安，从澹人游，始学为诗古文。澹人寄籍平利，试陕闱久不售，奔走衣食于文字以死。……周羧甫，阳湖诸生。孙心仿运锦，江苏铜山县孝廉方正。刘子迎达善，阳湖人，道光甲辰举人，官登莱青道。……澹人句如《宜城道中》云：'远山云入画，村舍黍为墙。'羧甫云《阳晚

---

① 《林则徐全集·信札》第7册，海峡文艺出版社2002年版，第361页。
② （清）锡缜：《退复轩诗》卷2，第13页。
③ （清）锡缜：《退复轩诗序》，《退复轩诗》卷首，第1页。

泊》云：'雨来黄葛树，春尽子规声。'刘子迎《逆旅句》云：'酒酿中年泪，衣添到处尘。'披沙拣金，不无可采。"①《感旧拾遗集》一书今不存，但从杨锺羲的叙述中可知锡缜与杨澹人、周弢甫、刘子迎等交往密切。锡缜于咸丰辛亥年（1851）作《怀人诗五首》（含怀刘达善诗），又于咸丰壬子（1852）作《送刘子迎同年达善下第南归，兼寄弢甫》等，深情诗语道出其对友人刘达善之情感。锡缜还写有《赠周弢甫腾虎即送其之蜀四首》《怀人诗五首》《送刘子迎同年达善下第南归兼寄弢甫》忆念周腾虎。道光30年（1850）又曾写下《柬弢甫一百韵》，"望穿千里目，思竭九回肠。信远风倾耳，情深泪满眶"②，表达深情厚谊。周腾虎《餐芍药馆诗文集》载周腾虎于咸丰辛亥（1851）写下的《锡渌矼孝廉缜以长律百韵寄赠原韵奉答辛亥》以答之。此后周腾虎又写下《寄答锡厚庵孝廉》《怀友诗》等表达思锡缜之情。周腾虎去世，锡缜作《哭弢甫》："三十年来苦奔走，西南秦楚东江都。文章经世世不用，有才几至杀其驱"③，表达惋惜、伤痛之情。锡缜《退复轩诗》中有《喜杨翠岩大令维屏见访》，记录道光28年（1848）夏，杨维屏与锡缜二人相识于宁夏事。"久闻杨子心相许，今日相逢古朔方"④，表达二人相见恨晚之情，后成为忘年之交。锡缜《退复轩文》中有《孙心仿明经运锦诗序》，记录道光29年（1849），锡缜于徐州识得孙运锦，道光30年（1850）写有《徐州赠孙仿明经运锦二首》，后为孙心仿诗集作序事。锡缜《怀人诗五首》中曾赞孙运锦诗才横绝，"胎息苏文忠大家也"，却老而不第，令锡缜深感惋惜。

　　恭钊虽然是锡缜族叔，年龄却小锡缜两岁。恭钊早年间随侍父亲琦善，咸丰甲寅（1854）琦善卒，清廷恩赏恭钊四品郎中，恭钊就此步入仕途。两年后锡缜进士登第也步入仕途。

　　恭钊在甘肃为官及在京闲居时期，与诗友朱学勤、童大畲、徐辰告，孙濂等唱和。恭钊《酒五经吟馆诗草》中有《和朱修伯见寄原韵》《和童砚云见赠原韵》四首等。《酒五经吟馆诗草》中还有《寄怀童砚云》二首，咸丰10年（1860）至同治元年（1862）恭钊与童大畲同时远在甘肃

---

① （清）杨锺羲：《雪桥诗话》卷12，第417—418页。
② （清）锡缜：《退复轩诗》卷1，第10页。
③ （清）锡缜：《退复轩诗》卷3，第29页。
④ （清）锡缜：《退复轩诗》卷1，第7页。

为官，后同在陕甘总督沈兆霖手下办事，与童大畬相识结为好友。《寄怀童砚云》诗从"洞庭秋水欲波时"和"罕逢南燕新书字"又可知童大畬时在湖南为官。两人相差一岁，年龄相近、性格相投，恭钊曾在诗中将童大畬称为"一字师"，所谓"珠幡宝盖千家佛，锦轴牙签一字师"，二人常就诗歌写作探讨切磋。《酒五经吟馆诗草》中有《简徐葆田》二首，另有《和徐葆田见赠原韵》四首。徐葆田，名辰告，浙江人，时任兰州太守，与恭钊为在甘时同僚。恭钊还曾作诗《赠孙霁帆》，恭钊旅居四川时，遭遇家变，五弟恭鑫因受谗言忧忿去世，此机缘下与成都知府孙濂结识。

光绪 7 年（1881），左宗棠由甘回湘过鄂，恭钊随进谒，蒙叙任甘宦迹，颇加奖许。恭钊在《酒五经吟馆年谱》中记录此事。并有忆旧诗《黄鹤楼复毁于火，旧地重来凭眺唏嘘有感而作》，诗前序云："辛巳年冬，左文襄公过鄂，钊随寅僚进谒，公呼钊至前曰：君曾任甘肃西宁道乎？官声甚好，彼都人士称道勿衰。同官相顾愕然。计离陇右几二十年，忽受名流嘉奖，岂非意外之荣？洵所谓被其容接者如登龙门也。"恭钊在鄂期间，与何国琛、张炳堃、张荫桓、吴善宝、王加敏、恽祖翼、瞿延韶等诸诗友酬答唱和。胡凤丹《鄂渚同声集》收录恭钊与上述诸人唱和诗作。恭钊诗《和何白英酬彭渔骚咏雪原韵》酬和何国琛。另作有《和何白英因张樵野召洋馔不至唱酬之作并步原韵》，因友人张荫桓不至，二人就此作诗一首，可见恭钊与何、张二人往来频繁，感情至深。张荫桓《庚癸集》中有《奉慰恭观察养泉二兄悼妾》："独夜江风悲楚些，广寒秋月返香魂。他乡愁绪生云梦，盛暑行踪悔海门。客燕巢痕刚彻土，哀蝉流响已黄昏。薄营斋奠谙经忏，况是朝云有慧根。"除上述诗社中友人，恭钊还与其他一些鄂渚文人往来密切，如沈锡庆和文铬。沈锡庆有《恭观察酒五经室诗集题词》："沙堤旧德宜鸾掖，虞陛新恩改鹖冠。执戟已违郎署志，拜章翻幸外台宽。河洮感遇边声壮，春雪高歌客和难。日夜江声流笔底，故应屈宋作匃官。"文铬《画虎集》中有《寄和恭养泉前辈钊赠别元韵》，"交谊深醇蓝室臭，诗心澄澈玉壶秋"，可知二人交谊深厚。恭钊《酒五经吟馆诗草》中存《春日偕王若农、恽松云、吴定生、瞿赓甫游洪山宝通寺即景》《再叠宝通寺原韵》《和张少华参军同游东山寺原韵》《和姚彦侍方伯之任粤东作去来词原韵》等诸多唱和诗。诸人均在其诗集《酒五经吟馆诗草》和《酒五经吟馆诗余草》上或题诗，或写跋文。

第四章 清中期道咸同诗坛的蒙古族汉诗创作　　479

梁承光磊落豪放，喜谈兵，好骑马，才气过人，交游甚广。梁焕鼐、梁焕鼎编次《年谱》载："磊磊豪放，交游甚广，喜谈兵，好骑马。遵化公罢官，债累极重，固无钱，而厩中常有数骑。"① 梁承光交游者甚众，梁焕鼐、梁焕鼎编次《年谱》："在京所与游者，钱萍矼、孙莱山、潘伯寅诸君，皆一时才士。"② 梁济《淡集斋诗钞跋》："窃念先君志切匡时，究心世务，官京朝时，与宋雪帆、潘伯寅、孙莱山、崇榇山、江蓉舫、景秋坪诸先生皆为砥砺道义之交，翰牍犹存略可考见。"③ 瞿兑之《燕都览古诗话》提及："《越缦堂庚申日记》云：八月十八日，内阁中书梁某持牛酒往犒夷营。（次年日记云：梁承光，广西人也，与龚孝拱为友。）"④ 梁承光也与在《淡集斋诗钞》为之作序的孙家鼐、陆润庠相处颇深、往来密切。咸丰壬子（1852）与孙家鼐结识，孙家鼐（1827—1909），字燮臣，号蛰生，又号澹静老人，安徽寿州人。咸丰 9 年（1859）状元，与翁同龢同为光绪帝师。曾任工部、礼部、吏部尚书，宣统元年（1909），孙家鼐去世，谥"文正"。孙曾赞梁："闻邻号二人谈论，一人（梁承光）清言屑玉，娓娓动听。时广西方用兵，论及军事，慷慨激昂，关心桑梓……稚香当壮盛时，才气纵横，留心经济，使得及时显用，必能展其谋献此。"⑤ 梁济在《辛壬类稿》中云："寿州（孙家鼐）端纯诚朴，不作虚言，当世之人莫不知其言之足重，谥曰文正，士论翕然。"⑥ 陆润庠在《淡集斋诗钞》序中称："（梁承光）直钟毓气禀独异乎人。壮岁负奇气，读书泽古长益，博达能通知天下事。"⑦ 陆润庠（1841—1915），字凤石，元和（今江苏苏州市）人。同治 13 年（1874）甲戌殿试第一甲第一名。官至东阁大学士，充弼德院长。民国后，任宣统师，授太子太保。于民国 4 年（1915）病逝，赠太子太傅，谥"文端"。景廉（1824—1885），字秋坪，颜札氏，隶满洲正黄旗。历官内

---

① （清）梁济著，黄曙辉编校：《梁巨川遗书》，华东师范大学出版社 2008 年版，第 6 页。
② （清）梁济著，黄曙辉编校：《梁巨川遗书》，第 6 页。
③ （清）梁承光：《淡集斋诗钞》，光绪 2 年（1876）铅印本，第 45 页。
④ 瞿兑之：《燕都览古诗话》，辽宁教育出版社 1998 年版，第 92 页。
⑤ （清）梁承光：《淡集斋诗钞》，第 1 页。
⑥ （清）梁济著，黄曙辉编校：《梁巨川遗书》，第 188 页。
⑦ （清）梁承光：《淡集斋诗钞》，第 2 页。

阁学士、军机大臣、总理各国事务大臣,曾出使朝鲜,出任伊犁、叶尔羌参赞大臣,筹办新疆事务等。先后击败回郎妥得璘、白彦虎及安集延部帕夏等起事,官至兵部尚书。与梁承光为同年,二人互有唱和。梁济《辛壬类稿》:"先君兰谱旧交布衣友谊,如景秋坪先生,为军机大臣……"①,梁承光曾作《次韵和景秋坪同年军中即事作》:"别来七见岁星移,两地悲欢各自知。甘苦几经龙塞路,乱离会守凰城阵。分符人是曹词使,揽辔情输邺下儿。料得柳营春信早,长条面面好风吹。"② 王拯(1815—1876)初名锡振,字定甫,广西马平人。道光进士。历官军机章京,大理寺少卿,太常寺卿兼署左副都御史。拯为晚清粤西名家,词开近代粤西词群之先声。著有《龙壁山房文集》《诗草》,有《龙壁山房词》五卷,内含《茂陵秋雨词》四卷,《瘦春词》一卷。与梁承光互赠诗文,收录于《淡集斋诗钞》中。梁济《辛壬类稿》:"余夙受慈闱训诲,幼年见闻先入为主,上代模型,师友指授,皆与晚近习俗相反,故心目中远则取法王少鹤以遵家训。"③ 梁承光曾作《记怀王少鹤太常拯》:"杜诗韩笔老枢郎,坛坫雍容又战场。挥泪六军会扣马,犯颜雨疏等鸣凰。邺侯语有机先中,贾传心从谪后长。哀衮貂螺纷奏捷。功高莫问旧鹓行,尘路才定转如蓬。州岭青山未是穷,五夜梦回双阙凰。十年人仰九霄鸿。代耕借奉荣椿日,抚字深惭偃草风。每到防河河上望,记随篝火话从戎。"④ 此诗先收录于《山右后集》,为梁承光在山西任上所作,在回忆旧友王拯中表达了思念之情。梁承光与王拯都有着相似的生活背景,一是同为广西人,适逢太平天国运动爆发,二人皆怀有情系桑梓之心,如王拯《书愤》,梁承光《喜见冠臣兄又言别》之"烽火故园仍未息,墓田回首不胜悲"⑤;二是他们都有着相似的为官经历,梁承光曾在山西防河,王拯跟从赛尚阿赴广西视师。相同的人生际遇,性情上有很多的相通处,使得他们在诗文唱和中更有共鸣。崇厚(1826—1893),字地山,完颜氏,内务府镶黄旗人,道光29年(1849)举人。选知阶州,历迁长芦盐运使。咸丰10年(1860),

---

① (清)梁济著,黄曙辉编校:《梁巨川遗书》,第186页。
② (清)梁承光:《淡集斋诗钞》,第43页。
③ (清)梁济著,黄曙辉编校:《梁巨川遗书》,第184页。
④ (清)梁承光:《淡集斋诗钞》,第41页。
⑤ (清)梁承光:《淡集斋诗钞》,第7页。

署盐政。历署户部、吏部侍郎。光绪5年（1879）赴俄，擅自签订《里瓦儿亚条约》，下狱，定斩监候。崇厚输银三十万济军，释归。崇厚与梁承光为同年举人，崇厚在京对梁承光一家多有照拂，又与梁承光有过一同对抗捻军的经历，相同的经历，使他们有着深厚的情谊，他们常常在一起诉说羁旅行役之苦，如《保阳别崇地山同年》："樽酒论才地，徘徊百感侵。不堪羁旅客，莫蔚解推心。身世浮云幻，关河伏莽深。相逢才几日，饥走又从今。"① 他们之间诗文较多，《淡集斋诗钞》中除《保阳别崇地山同年》之外，还有《寄别崇地山同年》《寄怀崇地山同年》《崇雨铃中丞恩由蒲州改道赴阿克苏办事大臣任得晤于并门赋四章》等六首，表达了梁承光对崇厚深挚的感情。翁同书（1810—1865），字祖庚，一字药房，江苏常熟人。大学士翁心存长子，翁同龢长兄。道光20年（1840）进士，历官广东乡试考官、安徽巡抚等。后赴陕甘，卒于军。与梁承光为多年好友，梁曾作《翁中丞同书戍西至晋适奉命效力军营赋呈二律》赠翁同书，诗中描绘了羁旅生活的苦难。写这两首诗时，二人同在平定陕甘回乱前线，面对恶劣环境，均深有感触，梁承光把翁同书当作倾诉的对象。潘祖荫（1830—1890），字伯寅，江苏吴县人。咸丰进士，授编修。历侍读学士、大理寺少卿、左副都御史，工部、户部侍郎。光绪时，擢大理寺卿、工部尚书、太子太保，卒谥"文勤"。祖荫嗜学，通经史，好收藏，储金石甚富。与翁同龢并称"翁潘"。与梁承光为至交，系梁济座师。著有《癸酉消夏诗》《郑庵诗存》《文存》《潘文勤公杂著》。梁济在《辛壬类稿》言："潘文勤本系先君至交，又系座师……"②。潘文勤也常常向他人提及梁承光父子："蓉闻潘文勤师言，写榜时阅三代，知故人之子。"③

　　道咸同时期是大清内忧外患之时，这一时期的蒙古族诗人，同其他民族诗人一样，深刻感受变局中的国、家兴衰，友朋切磋中虽然仍旧谈诗论文，但已少了乾嘉诗坛诗人的雍容之态。

---

① （清）梁承光：《淡集斋诗钞》，第7页。
② （清）梁济著，黄曙辉编校：《梁巨川遗书》，第186页。
③ （清）梁济著，黄曙辉编校：《梁巨川遗书》，第187页。

第三节　道咸同时期蒙古族诗人著作流播考述

道咸同时期蒙古族诗人著述丰赡，留存较之乾嘉时期更多。因此，本节拟从京师、地方不同维度来考述此期文人的著作流播情况。

一　道咸同京师诗人著作流播考述

相比同时代不欲留存诗作的蒙古族诗人，柏葰很看重著作的传播。而且他也借诗作自注方式，将个人交游、创作、行年等信息有选择地传播于士人圈中。

嘉庆10年（1805），柏葰十三岁参加科举考试，以命题七古《科试试院古槐》获案首。诗云："花待春街次第过，墀前先爱碧阴拖。繁枝拂地烟云重，密叶参天雨露多。料道着花宜老树，岂真说梦问南柯。音声不羡都堂里，也自频年感玉珂。"①《薜箖吟馆钞存》末首《重九日揭晓登明远楼》："五十年前簪笔地，古槐依旧绿云稠。"诗下诗人自注：幼年岁试，古学府丞汪东序先生，讳镛，山东人。以试院古槐命题七古，擢余为案首。② 乾隆45年（1780），汪镛任陕甘学政，擢柏葰岁试魁首。柏葰诗集《薜箖吟馆钞存》卷一诗歌均为游学期间所做，入仕前，柏葰曾在山西、陕西、宁夏等地居停七年游学。证之以诗，如《癸未嘉平由北地郡将旋京师留别贾子东茂才》之句，"数载追陪称合志，一樽话别最伤神""有约与君期努力，凤池春暖奏卷阿"。③ 贾子东又名贾如镛，《太平县志》载其"字铁臣，号夔山，贡生，履中子。早岁能文，书法摹拟二王。弱冠应试，受知于陈锺溪先生"。其人恃才傲物，年过五旬中副车。再如柏葰于《闱中即事示同考诸君》诗中自注"余六试京兆始售"。《银川新年词》中有"我作贺兰山下客，遨头五度过今年"。诗下自注："余以丙子冬至宁，迄

---

① （清）柏葰：《薜箖吟馆钞存》卷1，《续修四库全书·集部》第1521册，上海古籍出版社2002年版，第327页。
② （清）柏葰：《薜箖吟馆钞存》卷8，《续修四库全书·集部》第1521册，第450页。
③ （清）柏葰：《薜箖吟馆钞存》卷1，《续修四库全书·集部》第1521册，第335页。

今四岁矣"①，证其在嘉庆 21 年（1816）冬到宁夏，后作《嘉平由北地郡将旋京师留别贾子东茂才》感叹："慨我萍踪已七年"，可知其步入仕途前七年居于秦中，于道光 3 年（1823）回京。

柏葰六试京兆始售，其间作有科举诗数篇。《薜箖吟馆钞存》中有《府试腊梅》《府试榆钱》《科试试院古槐》《阅题名录》《府试盆梅》《府试水仙》等。诗中多用典，也折射出柏葰下第羞愧之情与不取功名不罢休的坚定意念。后柏葰步入宦途三十余载，足迹遍及大江南北，自叹"嗟余南北东西惯，轮鉄鞭丝未肯闲"。西客秦陇，南逾大江，四至辽东，出使鄂尔多斯，充谕祭朝鲜正使。宦途之中，以诗相伴，所经之处，必留诗作。作《奉使鄂尔多斯驿程记》（今已不存）、《奉使朝鲜驿程日记》，真实展现了清代中国边疆和朝鲜的风土人情和自然风光，时人称："行记周详明净，足资后来考证有用之书也。诗亦秀雅绝伦，把玩不能释手。"柏葰次子钟濂在《薜箖吟馆钞存·跋》中有言："薜箖吟馆钞存诗集十卷，先大夫宦游之作也。"②诗集中共收 596 首诗，其中纪游诗则达 328 首。柏葰于道光 17 年（1837）二月升任詹事府詹事，奉命出使鄂尔多斯，祭奠鄂尔多斯贝勒。以道光 17 年（1837）作谢恩诗《致祭鄂尔多斯贝勒启行日途中报擢詹事诗以志恩》及《留别王晓林学使》一诗中"佩君兰谊真千古，笑我萍踪近一年。"诗下自注"二月奉使鄂尔多斯，孟夏始返，六月复典试江南"。柏葰于道光 18 年（1838）至沈阳途中作《道出闾阳游山未果》，自注曰："去秋至江南名胜多未能到。"据《清史列传》载：其于道光 17 年（1837）六月"充江南乡试副考官"。同年秋，典试江南，此为柏葰首次赴江南。时隔十年，道光 26 年（1846）柏葰再次赴江南，《清史列传》载："充江南乡试正考官"。刚至南京便赋《偶吟》："依旧春明太瘦生，十年重到秣陵城。雪泥踪迹怜鸿爪，宾主东南感客情。几点金焦江上梦，一帆烟雨画中行。前尘未尽登临兴，拟听归舟欸乃声"。③此外，还作《登燕子矶》《登焦山》《虎邱》《夜过慧山》等诗。于南京、镇江、常州、苏州及无锡多地游历，游览焦山、燕子矶，此行极尽游历、观赏之乐。柏葰曾四至辽东。作于道光 19 年（1839）的《腊八日出京》：

---

① （清）柏葰：《薜箖吟馆钞存》卷 1，《续修四库全书·集部》第 1521 册，第 334 页。
② （清）柏葰：《薜箖吟馆钞存·跋》，《续修四库全书·集部》第 1521 册，第 453 页。
③ （清）柏葰：《薜箖吟馆钞存》卷 4，《续修四库全书·集部》第 1521 册，第 394 页。

"几缕东风六花舞，有人迎着上陪都。"① 陪都即盛京（今沈阳），据《清史列传》载，柏葰于道光18年（1838）十一月升任盛京工部侍郎，道光20年（1840）六月调任盛京刑部侍郎，同年十二月调盛京行部左侍郎。由此可见道光18年至20年的辽东之行是为赴任。道光23年（1843），柏葰奉旨赴朝鲜往祭故朝鲜国王妃金氏，据其《奉使朝鲜驿程日记》可知，其于道光24年（1844）一月十二日由北京出发，至四月二日返回，其间途经辽东。道光27年（1847）柏葰三至辽东。"昨使江以南，兹复沈之阳"②（卷五《拟励志篇》），"三至辽东已十年，昔游风物尚依然"（卷五《驻节小黑山和松岑少农题壁》），诗后自注"戌官沈阳，甲辰使朝鲜，今三至矣"③。亦有"当年曾此作行衙，三载驹光感岁华"（卷五《榛子镇留题王氏厅事》），诗后自注"甲辰奉使朝鲜寓此"，④ 可知其此行是奉使朝鲜三年后的道光27年（1847）。又据"雨雪惯行役，东都四度来"（卷七《出都即目》），诗后自注"戊戌腊月赴工侍任，甲辰正月使朝鲜，丁未修殿工兼查东边"，⑤ 可知柏葰此行为修宫殿与巡察。咸丰4年（1854）柏葰第四次赴辽东。《清史列传》载：柏葰于咸丰4年（1854）十一月因"以前在镶白旗蒙古都统任内拣选承袭佐领错误，罢总管内务府大臣，降补都察院左副都御史"，⑥ 此载与其途中所作《燕郊道中》（诗中自注"时降补副宪"）信息相符。《清史列传》亦载："现派柏葰带同陆应穀查勘迁安县桑园山银矿"，⑦ 可见勘查银矿为柏葰此行目的之一。柏葰一生奔走，辽东来往最为频繁，实可谓"半在辽阳半在家"。

《薜箖吟馆钞存》卷四《易水于役喜晤德默庵同年》一诗自注："辛丑仲冬奉使秦中，君时官少宼，旋即移镇易水"。⑧ 即道光21年（1841）冬奉使秦中。其自沈阳至关中平原、渭水流域，在陕西、山西等地游名胜、创佳作，如《井陉关》《绵上聚怀古》《自霍州至平蒲道中》

---

① （清）柏葰：《薜箖吟馆钞存》卷3，《续修四库全书·集部》第1521册，第362页。
② （清）柏葰：《薜箖吟馆钞存》卷5，《续修四库全书·集部》第1521册，第405页。
③ （清）柏葰：《薜箖吟馆钞存》卷5，《续修四库全书·集部》第1521册，第405页。
④ （清）柏葰：《薜箖吟馆钞存》卷5，《续修四库全书·集部》第1521册，第405页。
⑤ （清）柏葰：《薜箖吟馆钞存》卷7，《续修四库全书·集部》第1521册，第433页。
⑥ 王钟翰点校：《清史列传》卷40，中华书局1987年版，第3182页。
⑦ 王钟翰点校：《清史列传》卷40，第3182页。
⑧ （清）柏葰：《薜箖吟馆钞存》卷4，《续修四库全书·集部》第1521册，第383页。

《望中条山》《细山怀古》《望少华》等都于此期所作。道光23年（1843），清廷"命户部右侍郎柏葰为正使，镶红旗汉军副都统恒兴为副使，往祭故朝鲜国王妃金氏"①。柏葰于道光24年（1844）一月十二日由北京出发，至四月二日返回。其间作《奉使朝鲜驿程日记》，由序、日记、诗歌和竹枝词四部分，诗歌四十首，为柏葰沿途所吟及与朝鲜文人赵秉铉、李尚迪等唱和之作，朝鲜竹枝词三十首，介绍朝鲜之风土民情等。

诗作已经成为柏葰记录人生、记录思想感情的最好方式，而通过向士林展示诗集，他同时也在展示个人的心灵史、思想史。所以《薜箖吟馆钞存》卷三《出古北口放歌》中，柏葰也曾溯源家族历史，"我家大漠临潢府，攀鳞附翼来燕幽。"②邓之诚与柏葰孙崇彝交好，记其祖父柏葰曰："柏葰始祖系出元太祖十五世孙达延车目汗少子，曰鄂尔博特，分居克什克腾地方。天聪八年来归，隶正兰旗蒙古。曾祖官理藩院郎中，妣博尔可氏。祖父任钦天监五官正，妣博尔腾氏。父为甘肃宁夏道，妣哈郎特氏、胡鲁古斯氏。三世皆以公贵，封光禄大夫，妣封夫人。公为宁夏公长子胡鲁古斯夫人出，成道光六年进士，授编修，由詹事府右春坊右赞善升国子监司业、翰林院侍讲学士、内阁学士兼礼部侍郎衔。"并云："（柏葰）初娶宗室氏，继博史克氏、钟氏、必禄氏、费莫氏，五娶皆前卒。子三：长桂龄，钟夫人出，早殇。次钟濂，侧室张夫人出，以任兆坚请自候选员外郎赏四品卿衔郎中，遇缺即选，累擢都察院左副都御史、盛京兵部侍郎转兵部右侍郎，未履任卒。次钟淮，费莫夫人出，早殇。女二，长雯仙，钟夫人出，适正白旗满洲笔帖式征霖，次灵仙，必禄夫人出，幼殇。孙一，崇彝，官吏部文选司郎中。"③而《薜箖吟馆钞存》也将柏葰亲友生存状况做了详细记录。卷一中悼念宗室夫人之组诗《感世词集唐二十首》（自注：时宗室夫人殁）。卷三之《灞桥感怀》"凄绝销魂桥上望，离鸾曾赋有余哀"④（自注：乙酉年携妻柩过此）可知，宗室夫人逝于乙酉年，即道光5年（1825）。卷六组诗《悼亡》追思费莫夫人，"午夜彷徨时坐起，不禁悲已自中来"，表达其失妻悲伤之情感。其在《悼亡》诗后自注"辛

---

① 《大清宣宗成皇帝实录》道光23年（1843）十二月，第19页，总页号：80402。
② （清）柏葰：《薜箖吟馆钞存》卷3，《续修四库全书·集部》第1521册，第370页。
③ 邓之诚著，邓瑞整理：《邓之诚文史札记》，凤凰出版社2012年版，第196页。
④ （清）柏葰：《薜箖吟馆钞存》卷3，《续修四库全书·集部》第1521册，第375页。

亥五月哭费莫夫人作""年五旬夫人来归"①，可知其娶费莫夫人时已年过五十，费莫夫人于咸丰元年（1851）五月去世。另，柏葰之孙崇彝诗集《选学斋诗存》卷四《悼亡》组诗中对费莫夫人逝日亦有记载："由来夏五是凶门，三世同归夜月魂。（余祖母费莫卒于咸丰辛亥五月十二日，嫡母伊拉里卒于光绪庚子五月二十九日，皆是此月。）"②《薜菻吟馆钞存》卷八之《咏衺枢相以书怀八章纨扇见赠适有感触即用元韵报之》："何事晓莺啼不住，凭栏无语泪阑干（时幼女夭逝）。"③此诗作于咸丰8年（1858），即其幼女此年夭逝。

柏葰著有《薜菻吟馆钞存》十卷、《自订年谱》一卷、《守陵密记》一卷、《奉使鄂尔多斯驿程记》一卷、《奉使朝鲜驿程记》一卷。柏葰次子钟濂《薜菻吟馆钞存·跋》云："薜菻吟馆诗集十卷，先大夫宦游之作也。先大夫生平好吟咏，自通籍后，与当时馆阁诸君子唱酬无虚日，其间典试数大郡。凡所过名山大川以及古今人物胜迹，每有所触辄发于诗，以故日积益多。暇辄手录之藏于笥，不欲出以问世，钟濂敦请，始付之梓于巳未岁。""柏葰集《薜菻吟馆钞存》十卷，刊于咸丰3年（1853），载诗八卷七百三十首，赋二卷二十八篇。符葆森辑《国朝正雅集》，录其诗四首，韵文《避暑山庄赋》载于《八旗文经》卷五。柏葰曾撰有自订年谱。《奉使朝鲜驿程日记》一卷，有道光间刊本，流传较广。除《奉诗朝鲜驿程日记》外，他还有日记数十册，其中记东陵事甚详。"④

柏葰优于文墨，擅写诗作赋。其诗歌关注现实。诗歌抒写性真，诗风清新淡远，亦沉雄悲壮。时人论其诗："抒写性真，鼓以浩气，缠绵悱恻，古直苍凉。"⑤其门下士朱学勤赞曰："诗者本于性情，其人有廉介之节，忠信之行，则其发于诗者，必有醇雅之音，以道其绻缱之怀，而不可以伪为也。"⑥柏葰诗歌博采众长，既有对神韵说、性灵说的继承，也受宋诗

---

① （清）柏葰：《薜菻吟馆钞存》卷6，《续修四库全书·集部》第1521册，第423页。
② （清）崇彝：《选学斋诗存》卷4，民国间刻本。
③ （清）柏葰：《薜菻吟馆钞存》卷8，《续修四库全书·集部》第1521册，第448页。
④ 米彦青：《接受与书写：唐诗与清代蒙古族汉语韵文创作》，中国社会科学出版社2014年版，第147页。
⑤ （清）柏葰：《薜菻吟馆钞存·跋》，《续修四库全书·集部》第1521册，第452页。
⑥ （清）柏葰：《薜菻吟馆钞存·跋》，《续修四库全书·集部》第1521册，第451页。

派熏陶，更有对唐人的学习。①

　　作为道咸间的大吏，柏葰曾东使西游。无论是在宦途还是京师，他都习惯用诗歌来记录自己的身、心足迹。花沙纳也是道咸同之际的重臣，与柏葰相同的是，花沙纳也勤于写作，把多次出使经历写成诗或文，著作颇丰，留有《东使纪程》《滇輶日记》《东使吟草》《出塞杂咏》《德壮果公年谱》《家乘绀珠》《叠膺芝诰》《国学补植丁香花酬唱集》《沂园小草》《韵雪斋小草》《韩节录》《花沙纳奏折一卷》《覆韵集》等诗文集。

　　《滇輶日记》系花沙纳道光15年（1835）奉旨典试云南的日记。道光15年（1835），花沙纳由右庶子充云南乡试正考官。六月初二启程赴云南，十二月十九日归京，《滇輶日记》记录了由北京出发至云南的沿途旅程，山川名胜，城镇馆驿，地理沿革，以及科场考试情况等。亦有诗歌载入其中，如《奉命典云南乡试恭纪二首》《六月十一日，途次良乡，有怀家芝乡兄》《雨中宿定兴》《清风店至定州》《尧母陵》《定州》《途中抒怀》《邢台县》《寄黄仙峤一札二诗》《夜宿黄果树观瀑》《题蜀道图》《题松间独酌图》等纪行。

　　道光21年（1841）十月，花沙纳奉旨祭科尔沁二等台吉和硕额驸珠尔默忒之妻，沿途写成《出塞杂咏》。途中有诗《十月二十日出都二首》《奉使出塞纪事》《过蓟州》《蓟州早行》《塞外杂咏》《塞外供给日食羊一只戏占一律》《塞垣即事》《络马行》《塞外书所见》《养马营子即目》《三台早望》《归途间咏》《归次宽城途中所作》《孩儿岭》《沙陀》《胡俗叹》等纪行。在描写科尔沁草原的自然风光、习俗风情时，手法粗犷，景象雄浑壮观，这些诗篇洋溢着他对于本民族秀丽山水和风土人情的热爱。

　　道光25年（1845）正月二十一日（2月27日），工部右侍郎花沙纳作为正使、镶黄旗蒙古副都统德顺为副使，册封朝鲜国王李焕继妃。花沙纳《东使纪程》载："寅正行，辰初入山海关，耽廷两时午，午初行，申初至深河驿换马。戌初三刻抵抚宁县住，遇宝森岩昌。于榆关接二号家

---

①　"柏葰是道咸时期重要的政治家，也是文名卓著的诗人，有清一代，他是因科场案被杀的官职最高者，同时也因为数次担任科举考试主考官而门生遍天下。柏葰诗作留存颇多，而且习唐而成的文风影响后代，他的孙子崇彝，是晚清著名才士，诗歌亦法唐人。对他们现存诗集作品中所受唐诗影响的研究，有助于揭示道咸以降诗坛的诗歌创作风貌。"米彦青：《接受与书写：唐诗与清代蒙古族汉语韵文创作》，第146页。

信，始知四月二十七日奉旨调正黄旗满洲副都统，并派管圆明园、畅春园、宁寿官、精捷营事务。"《东使纪程》记述了诗人奉命出使朝鲜经过，自道光25年（1845）旧历正月下旬至同年旧历五月下旬回京复命止，按日记载，对沿途里程、山川名胜、古迹遗址、城池馆驿、风俗民情、天时地暖，析其源流、究其沿革；即对设官分职、衣冠服饰、朝衣礼节、馈赠衣物，亦都有记载。亦如《滇輶日记》，文笔雅隽，感情细腻。而《东使吟草》收录诗人于途中写下的清新雅致的纪行诗：《乙巳三月奉命敕封朝鲜王妃恭纪》《出都》《道中新柳》《口占》《忆家山牡丹》《野望》《榛子镇》《雨后行卢龙道中》《和祁淳甫前辈赠行原韵》《出山海关》《连山早行》《雌雉行》《辽阳道中》《三月晦日出凤凰边门宿沙窝子野营》《渡鸭绿江次义州》《题定州新安馆壁》《快哉亭》《平壤道中》《洞仙关即事》《山行》《舍人岩》《洞仙岭》《晓星岭》《荵秀玉溜泉》《留题南别宫》《赠歌者尹永烈》《东林城》《差备官卞钟运见和玉溜泉诗因再叠前韵即以志别》《归路》《义州留别诸观察使》《通引三首》《杂咏四首》《自荵秀雨中宿凤凰城》《端午宿凤凰城》《洞仙馆》等。将诗与日记结合，了解诗人所见所闻，分析他内心情感的细微变化。道光28年戊申（1848）九月，门人方朔校对《东使吟草》，并作赞，亦为《东使纪程》《滇輶日记》作序。《花松岑少农东使纪程序》《花松岑少农滇輶纪程序》均收录在方朔《枕经堂骈体文》卷二中。方朔《花松岑少农滇輶纪程序》云："云南一省，自古为西南夷所居，而文教之兴，则元封司马相如创起始……然今受其《滇輶纪程》一编，读之……"并谓："国家应合干运，奋兴震方，奄有大东，造攻自亳，一时耶律之孙、完颜之族、奇渥温之旧部、高句骊之远支，莫不怀德畏威，从师戡难……乙巳之岁，为其王妃氏建立，我松岑少农奉命而行。礼固常仪，思荣可纪，掌故堪存。迄今读其《东使纪程》一册，除道里历三千五百，时日至八旬有六外，有可征古史之外编五，有足播天恩之远被三……道光二十八年孟秋月，怀宁方朔拜叙于马兰节署。"花沙纳《东使吟草》卷首云："道光二十八年岁在戊申秋八月，从学人方朔加朱敬读于马兰节，署之种玉修花宝。"且有其赞云："五律七律……道光岁次戊申八月怀宁方朔。"[1] 花沙纳《东使纪程》前有

---

[1] （清）花沙纳：《东使吟草》，国家图书馆藏道光稿本。

序言落款:"道光二十八年孟秋月,怀宁方朔拜叙于马兰节署。"① 是月,《出塞杂咏》再次修订。《出塞杂咏》题:"戊申重九抄于汧园。"②

花沙纳多年主持文翰事务,能奖励后进、选拔人才。具有很高的汉文化修养,棋琴书画无所不能,陈康祺在《郎潜纪闻》中云"文定诗画之外兼善鼓琴"。③戴熙《习苦斋画絮》中说得非常明白:"文定与坨文节同年,见讨论六法"。"松岑钦使年大人寄此册属画为作八。松岑同年酷爱六法,往时同在翰林见辄谈画,既而南北睽违屈指十年,余多病目昏不复能似昔岁涂抹,而松岑膺命至沪上,嘱门下士胡公祖携册来云,非欲张素壁为观美实藉以发画思,盖于此兴复不浅也。勉画寄笔墨枯硬、意境荒寒、不足供大雅一哂矣。"④

《国学补植丁香花酬唱集》系道光22年(1842)四月,花沙纳时见嵌壁诗刻,补种紫白丁香二株于敬思堂前,以补旧迹,赋诗追和,并属翁玉泉图以纪之,诗画精妙,酬唱遍于群雅。当时,许成名、张衮、王同祖、穆彰阿、潘芝轩、奎照、许滇生、吴姓舫、锡祉、王茂荫、杜乔羽、叶志诜、彭邦畴、李芝龄、赵蓉舫、祝蘅畦、祁寯藻、潘曾莹、潘曾绶、朱善旗、胡清江、许曾望、王堃、文善、裕贵、克顺、陈椿年、吴文锡、赵晋涵、边钟鄂、陈世绂等皆有唱和之作,并收录其中。斌良《抱冲斋诗集》⑤、陈康祺《郎潜纪闻二笔》⑥、丁仁《八千卷楼书目》⑦、孙衣言《逊学斋诗钞》⑧等均有记载。

《德壮果公(德楞泰)年谱》系花沙纳记述其祖父德楞泰的生平事迹。德楞泰于众多战役,功不可没,备受皇帝信赖和人民喜爱,使花沙纳无比自豪,备受鼓舞。遂于咸丰5年(1855)开始编纂,咸丰7年(1857)得以刊行。

《叠膺芝诰》是花沙纳于道光24年(1844),将祖上于嘉庆14年

---

① (清)花沙纳:《滇轺日记·东使纪程》,中华书局2007年版,第71—73页。
② (清)花沙纳:《出塞杂咏》,国家图书馆藏道光稿本。
③ (清)李放:《清代传记丛刊·八旗画录》,明文书局1919年版,第516页。
④ (清)戴熙:《习苦斋画絮》卷3,光绪19年(1893)刻本。
⑤ (清)斌良:《抱冲斋诗集》卷35,光绪5年(1879)崇福湖南刻本。
⑥ (清)陈康祺:《郎潜纪闻二笔》卷3,光绪刻本。
⑦ 丁仁:《八千卷楼书目》卷19,民国刊本。
⑧ (清)孙衣言:《逊学斋诗钞》卷2,同治刻增修本。

(1809)被诰封的圣旨整理成册,启示后人显祖的光耀事迹,以此为敬,以此为傲。

《家乘绀珠》是关于其家族重要成员的事件,其中家族人员的生老病死、官位升迁,有详有略,字里行间流露自己对至亲离世的悲痛之情。对父亲苏冲阿和母亲伊尔根觉罗太夫人病逝,花沙纳将这种悲痛伤感之情落在笔端,使得文章感人至深。

除了能找到的诗集以外,花沙纳还在其他著述中留下部分诗句,例如《滇轺日记》中出现的"幽兰引我怀高士,丛桂留人望小山""笠子团团白纸缘,赤跣妇女自开田。蓝缕本是荆襄俗,莘路山林续旧传"。符葆森《国朝正雅集·寄心庵诗话》也留下他的诗句:"陶凫香少宗伯携松岑尚书诗示读,真切端凝,以至性发为至情,流露于楮墨中者。《瀛洲亭》云:'定知仙沼烟波阔,到此池鱼已化龙。'见胸襟之广大。《红叶》云:'春色在花秋在叶,一般红紫各芬芳。'见万象之同春。尤爱其《授侍讲》云:'圣主有恩怜小草,侍臣无赋献长杨。'固属工丽,尤非大臣气象不能为此言。"① 钱仲联《清诗纪事》亦有记载。②

因体弱多病,谦福宦途短暂,且久居京师。但因其自幼好学,博览多识,雅好文学,尤工于诗,著有《桐花竹实之轩诗钞》附试贴诗,日与友人酬唱,编有《桐华竹实之轩梅花唱酬集》一书。诗学主张抒发性灵。诗作承续家族诗风,偏好唐音,时人赞曰:"近体佳句嗣响晚唐,古诗疏邕风骨高骞,各极其妙。"

谦福自幼好学,由其兄恒福言可见一斑:"良以吾与吾弟自龆龀间同日就学,即见其初就学时除咕哔咿唔学外若无他好也。"后患疾引退的谦福,在家更是读书吟诗,"食之余,则时见其手握一卷始终如初。"③ 其遗稿有八股时艺、读史随笔、试帖诗、古今体诗等,惜仅有试帖诗、古今体诗由恒福托好友文康整理编之,剞劂之事交于其子锡佩,使《桐花竹实之轩诗钞》刊行于世。《桐华竹实之轩诗钞》附试帖诗,清同治元年(1862)刊本,收诗二百六十八首,卷首有彭蕴章、董恂、文康、恒福序

---

① (清)符宝森:《国朝正雅集》,咸丰7年(1857)京师半亩园刻本。
② 钱仲联主编:《清诗纪事》,凤凰出版社2004年版,第9683页。
③ (清)恒福:《〈桐花竹实之轩诗草〉序》,(清)谦福:《桐花竹实之轩诗草》卷首,同治2年(1863)刻本。

文，均是恒福托而写之。"集其平昔手钞各稿，一一捡付吾子锡佩，固为以犹子亲受业于吾弟者。其意得非，以其半生苦学孤诣虑，并是区区者，且将与之俱朽，湮没弗闻耶。于虖！是亦伤已。吾既伤吾弟之未竟所学，未偿初志，复不永其年。爰亟捡其所遗各稿，见其中八股时艺最多，而散佚待理，又手草读史随笔一种，未竟乃事。兹先以其试帖诗、古今体诗，请之方家，咸以为可存，因缀跋数行，付之黎枣。冠而序之者，为彭咏莪相国，为董蕴卿少农，一吾弟同年友，一吾弟同官友也。其操选事而编之，次之复序，陈吾弟在生颠未以成是集者，为前驻藏大臣侍卫文悔荢，则吾卅年识性交，又为吾弟晚年相与以学切磋之同志友也。其剞劂事，即委吾弟之受业兄子锡佩董之，亦吾弟意也。法得备书。"① 诸人也在序中揭橥作序缘由，"是编为君友，文铁仙先生选定凡若干首。月川将付剞劂乞余言，以弁其卷端而以试帖一卷附焉。"② "制府于宫詹身后检其遗稿，编次成帙，为之殷殷求序。孔怀之谊，可不谓笃乎噫。"③ "乃兄恒月川尚书手一卷以属予曰：'吾弟毕生苦志，寄此戋戋一束矣！敢劳君为之批阅、编次，更缀数语以存之，可乎？'予以不文辞。月川泪涔涔下曰：'君胡然！君与吾家兄弟四世论交，卅年识性，小榆且为君家交端公孔修相国总裁乙未时所取士，其所性、所学唯君知之最深，即其平日一篇一什，亦多君相与切磋以成者。方其属纩时，特手此一卷，授之吾子锡佩，以白于吾前，是子固为吾弟受业，从子又为君素所属望者也。庸知当吾弟一息尚存时，此志不早在君乎？然则是役也，不君之属而谁之属，君又奚辞？'予不获再让，爰受而伏读一通，染笔为之《序》。"④ 恒福不忍其弟毕生苦志不能流传于世，煞费苦心，可见其兄弟间手足情深。谦福确实毕生浸淫诗作，且受时人好评，最为世人称颂的便是和张问陶的梅花诗，诗成后和者如云，且编有《桐华竹实之轩梅花唱酬集》，录其及他人诗百余首。文康云："有《梅花》诗若干首，板行于世，一时和者如云。"⑤ 其诗集中亦屡见叠韵之作，如《月川兄寄示沈云巢沈舜卿孙云溪三前辈曹铁香工部见和

---

① （清）恒福：《〈桐花竹实之轩诗草〉序》，（清）谦福：《桐花竹实之轩诗草》。
② （清）彭蕴章：《〈桐花竹实之轩诗草〉序》，（清）谦福：《桐花竹实之轩诗草》。
③ （清）董恂：《〈桐花竹实之轩诗草〉序》，（清）谦福：《桐花竹实之轩诗草》。
④ （清）文康：《〈桐花竹实之轩诗草〉序》，（清）谦福：《桐花竹实之轩诗草》。
⑤ （清）文康：《〈桐花竹实之轩诗草〉序》，（清）谦福：《桐花竹实之轩诗草》。

梅花诗之作仍叠前韵奉答寄月川兄》《沈云巢诸前辈与余唱酬梅花诗一时京外诸友和作不下百余首韵藻纷披各极新颖兹复再叠前韵咏梅花八首贪搜韵语未免揩摭伤纤附录诸作之未始备一格云尔》《奉和兴诗桥太守叠用三字韵咏怀诗六首》自注有"近和余梅花诗八首"、《家同叠前和三字韵作感婚诗二首互赠志喜》有"诗桥有和余梅花原韵八首载同人唱酬集中"之语。

　　谦福诗作承续家族诗风,偏好唐音,常常在诗作中化用唐人句,且又能自然和谐地结合自己诗歌的情境。正如彭蕴章评:"余为尘纲所牵,不获与君以文字相切磋,及君之殁,始读其诗,近体佳句嗣响晚唐,古诗疏邕风骨高骞,各极其妙。虽早岁辞荣隐居家巷,而有和平之气,无抑塞之情,非天怀高旷而能如是耶。"① 谦福诗歌创作主张袁枚的"性灵说",强调要写出人的真性情。如其作诗云:"脱尽寻常拘束态,清狂饶有性灵诗。"②"书宁求解从心好,诗欲言情任性灵。"③ 文康评曰:"其为诗也,试帖谨严以中矩胜,近体空灵以写性胜。"④ 谦福诗作大都是对事物的咏叹和个人情怀的抒发。但最不容忽视的,是他对现实的关注及对下层民众的关心。如"比年岁不登,水旱灾参互。今年春徂夏,薀隆咨耗斁。秋稼未及收,更为飞蝗蠹。荡然千里赤,闾阎愁涸鲋。饥来缺粥饘,寒深无襦袴。出入尽鹄鸠,号啼及妇孺"⑤。诗中描写了农民的艰难困苦情状,"入城告县官,县官急索赋。日暮此穷途,凄凉谁可呼"。揭露了当政者对下层民众的无情。此外,谦福还把笔头转向乞儿、老兵等,如其《消闲杂咏六首》分别写了《老兵》《贫士》《乞儿》等。其诗《哭亡仆孟桂》,诗中摒弃主仆关系,表露出对孟桂亡故的伤心,谦福出生在官宦人家,身居朱门,但却对下层民众深有同情怜悯之心,实为难能可贵。谦福诗才不凡,诗歌意象舒隽、意境清宛、语言清新自然。正如董恂评曰:"今读其诗,其莹洁如春江,新涨粼粼净不可唾,其爽脆如芭蕉。夜雨点点滴滴沁入心脾,其浑脱浏亮如观公孙大娘弟子舞剑器,妙造自然,伊谁与裁?置

---

① (清)彭蕴章:《〈桐花竹实之轩诗草〉序》,(清)谦福:《桐花竹实之轩诗草》。
② (清)谦福:《病骨》,《桐花竹实之轩诗草》。
③ (清)谦福:《斗室》,《桐花竹实之轩诗草》。
④ (清)文康:《〈桐花竹实之轩诗草〉序》,(清)谦福:《桐花竹实之轩诗草》。
⑤ (清)谦福:《北山农》,《桐花竹实之轩诗草》。

之香山、剑南集中几不复辨。"① 认为谦福诗艺如公孙大娘舞蹈艺术,才华则如白居易、陆游一般。

那逊兰保一生雅好诗学,著有《芸香馆遗诗》。其诗清丽恬淡,明快流畅。

赵尔巽等撰《清史稿》:"《芸香馆遗诗》二卷,宗室盛昱母那逊兰保撰。"② 那逊兰保殁后,其子盛昱取手抄本益以搜辑所得共九十一首,编为《芸香馆遗诗》,李慈铭为之作序。生平事迹《晚晴簃诗汇》有载。

那逊兰保《芸香馆遗诗》中有咏物写景诗《赏雪》《咏菊》《秋雨》《秋晴》《秋日》《晚秋偶成》《春日》《春夜》《春晚》《春午》《春日有感》《暮日即事》《初夏》《夏日即事》《夏日》《初夏》《小园偶兴》等,记游诗《游西山》《宿大觉寺》《海淀》等。李慈铭谓:"展读遗篇,悦亲昔款。清而弥韵、丽而不佻,高格出于自然,深情托以遥旨。"③ 盛昱称其母诗:"乃请于里鄹诸长者,佥为太夫人之诗,清雄绮丽,虽意不自满,而诗实可传。"④

那逊兰保没有诗学理论文章存世,但其诗作常常流露出诗学思想。《祝归真师八十寿》有"大节千秋定,新诗万古留"⑤ 之语,认为经典诗作必会历久弥新。《题〈冰雪堂诗稿〉》中又说:"诗人世每谓多穷,我道穷时诗乃工。请看后世流传者,多在忧愁激愤中","触景生情每言志,一编写尽平生思。不道风云月露词,纯以性灵追六义"⑥。相信中国传统诗教中的诗穷而后工、诗言志、诗写性灵等。而"画意粗能具,诗心最忌平"(《假山》)⑦、"诗境须从书里悟,机心漫向弈中求"(《秋夜吟》)⑧、"心清自得诗书味,室静时闻翰墨香"(《小斋宴坐》)⑨ 等语则

---

① (清)董恂:《〈桐花竹实之轩诗草〉序》,(清)谦福:《桐花竹实之轩诗草》。
② 赵尔巽等:《清史稿》,吉林人民出版社1998年版,第3024页。
③ (清)李慈铭:《芸香馆遗诗序》,(清)那逊兰保:《芸香馆遗诗》,同治13年(1874)刊本。
④ (清)盛昱:《芸香馆遗诗跋》,(清)那逊兰保:《芸香馆遗诗》。
⑤ (清)那逊兰保:《芸香馆遗诗》卷上,第10—11页。
⑥ (清)那逊兰保:《芸香馆遗诗》卷下,第12页。
⑦ (清)那逊兰保:《芸香馆遗诗》卷下,第6页。
⑧ (清)那逊兰保:《芸香馆遗诗》卷上,第7页。
⑨ (清)那逊兰保:《芸香馆遗诗》卷上,第10页。

是指明诗歌写作的具体方法。

　　作为一名女性诗人，那逊兰保在写作中对女性非常关注，其诗作《题〈冰雪堂诗稿〉》《仆妇李氏随余六七年，今为家大嫂凤仪夫人携往盛京，因成十韵以畀之》《以布衣一袭赠仆妇李氏》等为女性同胞发声。同时，对女诗人诗作也着意称赞，其《女史群芳再会图》夸翁绣君"如读离骚疏，披图得巨观"①，《谢张孟缇夫人辱题小照即赠》称赞张孟缇夫人"闺阁论才子，当今第一人"②，《忆怀》屡提才子夫人们"春到楼头人共绣，诗联棉下句生香"③的赏花联诗雅举。她自己也立志要创作出流传千古与历史上杰出诗人诗作相媲美的杰作，她曾对子女说："苟天假以争，尔辈成立，不以家事累我。我当复举所学，陶容而出，庶几可与古作者竞。"④表现出巾帼不让须眉的意志。

二　道咸同驻防起家诗人著作流播考述

　　京口驻防布彦工诗，有《听秋阁偶钞》四卷，集内多交游唱和、悠游山水之作，亦有感时怀世之悲怆之音。春元《京口八旗志》卷上，文苑，"布彦……工诗，著《听秋阁诗钞》一卷。如《京口怀古》句云：'山气不随兵气黯，涛声犹挟鼓声流'，又《古砚》句云：'有泪自伤怀宝久，成材岂畏受磨多。'"⑤布彦出仕后一直任职于直隶，仕途不顺又亲历兵燹，其诗歌之中时见抑郁难平之气。不过，就诗集整体艺术美学而言，布彦喜唐宋诗，尤爱苏轼，诗歌风格雄壮开阔，有豪迈之气。《听秋阁偶钞》卷一、卷二中有相当多以唐诗或宋诗中的句子为题的五言诗歌，用唐诗的如《苔痕上阶绿》《银烛秋光冷画屏》《柴门临水稻花香》《疏雨滴梧桐》等，用宋诗诗句的如《风动牙签乱叶声》《麦陇风来饼饵香》《下笔春蚕食叶声》《一竿红日卖花声》等。以苏轼诗句为多。其诗歌有豪迈之气，最典型的为《京口怀古》，其一有"蒜岭云归销战垒，海门潮落咽雄风"，其三有"北固开樽供指点，东流浪淘去奔腾"，其四有"山气不随

---

① （清）那逊兰保：《芸香馆遗诗》卷上，第12页。
② （清）那逊兰保：《芸香馆遗诗》卷下，第2页。
③ （清）那逊兰保：《芸香馆遗诗》卷下，第3—4页。
④ （清）盛昱：《芸香馆遗诗跋》，（清）那逊兰保：《芸香馆遗诗》。
⑤ （清）钟瑞等修，（清）春元纂：《京口八旗志》，国家图书馆藏民国间抄本。

兵气黯，涛声犹挟鼓声流"。

京口驻防清瑞著有《江上草堂诗集》二卷，《客邸杂诗》一卷未刊行。其孙云书记载"荣禄公每为诗不欲多存，其存者恒令爱女碧梧仙馆手录，碧梧仙年二十即逝，有诗一卷尚未刊行"[①]。云书在《江上草堂诗集》跋中叙述了清瑞诗集坎坷的刊印过程。其中有"先祖江上草堂诗集共计二卷，刻于道光年间，中经兵燹，原板散失，嗣后家中所藏仅为抄本"之语。现存的《江上草堂诗集》收有咸丰年间所作诗，说明云书刊印时在道光间抄本的基础上收入了清瑞在咸丰年间的诗作。但道光年间留下来的抄本应是损失严重，云书在《先祖荣禄公事略》后附有启示一则，"敬启先祖江上草堂诗集原序及题词，经战乱散失，兹谨撰事略，敬求大雅君子赐以金玉，不胜祷盼即颂"。

清瑞诗以镇江山水为写作内容，写景诗开阔雄壮，有豪迈之感，时人对此也有认知。《江上草堂诗集》卷首方朔题词其一中有"山川奇绝数金焦，酿出诗人气总超。五字苍茫七字壮，汹汹如涌海门潮"，其二有句"谁与论诗多景楼"，后有小注："嘉道间诗人，予最服膺杨子坚，此集可与颉顽也。"清瑞终其一生基本上都活动在镇江，诗歌中的风景诗大都为镇江山川，清瑞诗歌中爱用数量词，常以"万""千"对举"一""半"，以虚拟的数量的多少，给读者对诗的想象带来视觉上的冲击。不过豪宕只是清瑞诗风之一端，清瑞诗风尚有清奇之处。《江上草堂诗集》卷首顾鹤庆题词有"乾坤清气得来难"、陈凤章题词有"近体清圆陆放翁"，认为清瑞的诗歌总体上有一种清气。为此，清瑞在诗歌描写之中选取的事物、运用的意象乃至营造出来的意境大都给人以悠远宁静之感，如"雁声过远山，渔火乱前渡。双桨拨轻烟，孤蓬湿宿雾"（《舟夜》）、"一林新翠萦流水，千古名园对远岑"（《听鹂馆》）等。清瑞诗歌想象奇绝，诗句中字词的运用和排列，表达出来的画面感，带给读者一种震荡，如"日华出海红浮水，柳色因风绿到窗"（《春日登西津江楼访山阴陈月岩作》）、"北郊柳拂双旌过，东海云携两袖来"（《和簣山观察上巳日游焦岩因风不果爱集直指庵韵》）、"天劈玉成峰独立，人经波洗眼双清"（《秋晚宿玉山寺空江上人以诗索和爰走笔赋此》）等，多用夸张和拟人的手法，营造

[①] （清）云书：《江上草堂诗集序》，（清）清瑞：《江上草堂诗集》，民国6年（1917）铅印本。本节所引清瑞诗俱出此，不另注。

一幅奇丽之景。江南风景中"烟景"是必不可少的，清瑞诗中亦喜好用"烟"字，营造朦胧悠远的苍茫意境，如"断虹残雨歇，返照暮烟深"（《同人洪山寺纳凉》）、"天低烟树浮瓜步，潮挟风帆下建康"（《施云樵招同第一江山第一楼寻李虚谷道士不值》）、"横扫云烟笔阵雄，南来离恨总书空"（《雁字次吴近山韵》）、"摇落丹枫烟外浦，萧疏黄叶水边村"（《芦花用王阮亭秋柳韵》）、"轻于薄雾暗于尘，吹上梅梢不见痕……迷离萧寺皴枯树，飘渺孤山没远村"（《寒烟》）等，或直接以"苍茫"二字入诗，如"橹声欸乃吟边过，客路苍茫画里逢"（《寻芙蓉楼故址同鲍野云作》）、"独立苍茫际，凌波写照幽"（《秋影》）等。《江上草堂诗集》卷首陈凤章题词有"晚更劫火叹途穷"之语，《丹徒县志摭余》也有"咸丰癸丑后，感时记事，尤见情词沉郁"[①]的记载，故清瑞诗作中的苍茫之感或许也与时世相关。作于咸丰4年（1854）的《和鹤汀七十述怀四首原韵》其三有"梦里湖山风景在，诗中逆旅雪泥留。愧非健翮同黄鹄，剩有闲身对白鸥"，其四有"暮景无心关大计，雄谈有口似悬河。老仍少健随天过，吟不能休去日多"，《寄怀姚石甫》有"北风吹落雁声酸，泪洒穷途不忍弹。……寂寞江天惊岁晚，更谁雪里问袁安"等。清瑞晚年诗歌的总体风格不似之前诗作表现出较多起伏变化之势，转向了平和冲淡，向内心回归，大都以五言古诗的形式表现出来。《江上草堂诗集》中也可见清瑞对唐代李杜的学习与模仿，如《天下第一江山歌》首句，即"君不见长江之水岷源来，奔流到此不复回"。其《水灾行》是对杜甫现实主义诗歌手法的继承。像大多数的蒙古诗人一样，清瑞也没有诗论专章，不过片言只语依旧可循其诗学轨迹。清瑞为吉宗沅《竹深吟榭诗集》所作序中有"吾润布衣以诗名者代不乏人，如冷秋江、余江干、关雪江、鲍海门、张石帆、陈壑淙辈，皆力挽颓风，均归雅正，足以鼓吹休明，诚盛事也"语。其诗《和赵云浦给谏草堂祠谒杜工部像韵》中有"手扶大雅超先辈，力扫浮华是国风"，均表明清瑞对雅正诗歌观念的趋同。

京口驻防爕清自幼受江南汉文化熏陶，性耽诗，志乎诗古文辞，工书画，精岐黄，尤善鼓琴，亦通六壬其遁，著有《六壬明镜》《其遁元真》

[①] （清）李恩绶、（清）李炳荣纂：《丹徒县志摭余》卷21，民国7年（1918）刊本。

第四章　清中期道咸同诗坛的蒙古族汉诗创作　　497

（已散佚）。李恩绶《丹徒县志摭余》卷九《人物志·方技》载："好诗，工书画，尤善鼓琴，多弦外之音，尝携琴登北固山，坐临江亭抚弦独鼓，而江水汩汩与琴声水声错杂，闻者不知其为琴声江声，而燮清旁若无人，萧然自得。著《养拙山房诗钞》两卷。"①燮清有句"萧然悟得闲居乐，静对幽香漫理琴"（《焚香操琴》）②、"坡仙亭尚在，惜未抱清琴"（《五洲山》）③、"向夕挑灯月上迟，输赢决定一盘棋"（《登下敲棋》）④、"半幅图终烟雨里，好参摩诘话诗情"（《新晴作画》）⑤等，亦有题画诗《代友画墨牡丹题其笔上》《题傅白山画兰花》《题子和画双钩兰花》《题子和画米山》《子和与余画蝶自题扇上》《题周奎〈水月鲤鱼图〉》⑥等，都说明了燮清好诗工棋善鼓琴精书画。燮清曾自道诗集之成与其性爱诗歌写作有关，"余自束发以来，性即耽诗；成童以后，便以为玩好，虽寝食之间不废吟咏，殆亦赋性之然也。后习举业无暇于此，少有闲时即同二三小友唱和。"⑦春元《京口八旗志·文苑》记载："燮清，工书画，善琴棋，尤好吟诗，如《和魁军宪大观亭》句云：'江山留客醉，风月笑人忙。'又《竹林寺》：'流泉通秘灶，落叶打禅床'，又《夜行》句云：'霜深泥路滑，月皎夜江南'。又《题武侯小像》句云：'名士胸襟仙佛慧，英雄志气圣贤心。'又《春风》句云：'卷残杨柳烟千里，剪破桃花浪一江'，一时盛传诵之。著《养拙山房钞》一卷。"⑧燮清现存诗集《养拙书屋诗选》二卷，由其侄延钊刊刻于民国间。延钊《养拙书屋诗选跋》记载了这部诗集的坎坷出版历程。"刊于咸丰壬子。翌年郡城破版毁。原稿本藏箧中，随堂兄兰谷流离播迁，幸未遗失……兰谷未能仰承先志，重付剞氏，实一憾事。兰兄殁，付之其子星堂侄辈。民国肇造，此稿竟失去。询之星堂等，咸莫知所之云。癸丑甲寅间，……百计征访。卒被泽阮以贱价得之，喜出望外。故此诗藏泽阮箧中又历廿年矣。近渠以年逾八旬，检交于予，

---

① （清）李恩绶、（清）李炳荣纂：《丹徒县志摭余》卷9，第73页。
② （清）燮清：《养拙书屋诗选》，第13—14页。
③ （清）燮清：《养拙书屋诗选》，第10页。
④ （清）燮清：《养拙书屋诗选》，第14页。
⑤ （清）燮清：《养拙书屋诗选》，第14页。
⑥ （清）燮清：《养拙书屋诗选》，第14页。
⑦ （清）爱仁：《重修京口八旗志》卷6，民国16年（1927）刻本，第10页。
⑧ （清）春元：《京口八旗志》，光绪5年（1879）刻本，第506页。

坚属保存。予惧人事纷纭，国难靡已。爰图影印，以期多方保存。非敢云能承先志也。丙子仲冬堂侄延钊谨跋。"①

杭州驻防瑞常有诗集《如舟吟馆诗钞》，现存光绪间一册刻本。瑞常诗集存诗342首，此外在裕贵《铸庐诗剩》里有两首瑞常的题诗，符葆森《国朝正雅集》辑录瑞常八首诗，其中有三首《如舟吟馆诗钞》不存。因此，瑞常现存诗347首。这五首因不在瑞常诗集中，本著辑录如下：裕贵所存两诗有："头衔虽冷不言贫，赢得诗篇绝点尘。怒骂笑嬉皆学问，缠绵悱恻总天真。满腔热血谈时事，一片婆心待故人。莫作寻常吟句看，熏香摘艳自超伦。""芝兰臭味十分深，同宦燕台岁月骎。千里梓乡如隔世，廿年萧寺寄长吟。添来使气晨挥剑，写出情怀夜倚琴。一卷诗成快先睹，令人朗诵涤尘襟。"奉题乙垣二兄亲家大人大集，时丁巳六月初十日芝生弟瑞常拜稿。②符葆森所辑三首瑞常诗计有《园中山石》："瘦石看横斜，荒凉处士家。敢云有邱壑，聊以啸烟霞。苔色三弓让，松阴半面遮。何人工结构，意匠亦堪夸。"《山海关》："一出雄关道路长，乱山枯草半河梁。数家矮屋成村落，万顷平沙接莽苍。夕照到墩圆似笠，朔风刺面利如钢。车中不觉征尘满，忽讶重裘白有霜。"《平安道中》："黄海行来西复西，平安道上雪融泥。十分心事留燕邸，两月征途困马蹄。略有酒痕襟上着，不多诗稿箧中携。归来旧雨如相讯，东国风光待品题。"③

《如舟吟馆诗钞》分年编次，自壬午（1822）至丁巳（1857），凡三十八年，游踪幻迹，历历可指。集中多思亲忆友，游览山水之作，于描写西湖风景之作尤多。瑞常以蒙古族身份于同治文坛独领风骚，《清实录》同治7年（1868）八月，"丁未。祭先师孔子遣协办大学士刑部尚书瑞常行礼"④；同治8年（1869）八月，"丁未。祭先师孔子。遣协办大学士刑部尚书瑞常行礼"⑤；同治10年（1871）八月，"祭先师孔子。遣大学士

---

① （清）延钊：《养拙书屋诗选跋》，（清）燮清：《养拙书屋诗选》，民国25年（1936）项氏晚香堂上海影印本。
② （清）裕贵：《铸庐诗剩》，国家图书馆古籍馆藏光绪间石印本。
③ （清）符葆森辑：《国朝正雅集》卷77。
④ 《清穆宗实录》卷240。
⑤ 《清穆宗实录》卷264。

瑞常行礼"①；同治11年（1872）二月，"丁巳。祭先师孔子。遣大学士瑞常行礼"②。瑞常的仕宦经历与诗歌创作对士林，尤其杭州驻防诗人影响极大。杭州驻防诗人创作风格相近，三多《可园诗钞》、贵成《灵石山房诗草》、瑞庆《乐琴书屋诗钞》、裕贵《铸庐诗剩》及杭防文人诗歌选集三多《柳营诗传》、完颜守典《杭防诗存》，集中多风景诗，风景诗中尤以西湖山水为盛。

瑞常论诗主雅正、温柔敦厚之说。瑞常曾作《国朝正雅集·序》，中有"古者大小雅之材，其人类皆沿闻殚见，蓄道德而能文章，雍容揖让，播为诗歌，黼黻乎，休光明昭乎，政事彬彬乎，儒雅之遗也。下至里巷歌谣，輶轩所采，圣人删诗，仍录而不废者，盖将以验政治之得失，民俗其淳浇，其用归于使人得性情之正，故曰诗兴政通，道与艺合，此三百篇之大义也。后世此义不明而诗教愈晦，自汉魏六朝唐宋元明，求其不背温柔敦厚兴观群怨之旨，始卓然可以名家否，则无益身心，无裨政治纤僻乖滥之音，其去诗教也实远"③之语。瑞常之诗作，以真性情发之，善于从细微之处着笔，含蓄蕴藉。《如舟吟馆诗钞》序中有"夫温柔敦厚，诗教也。四牡、采薇诸篇，一则曰：岂不怀归？再则曰：岂不怀归？古人王事贤劳，而眷怀父母之邦，有根于性，发于情，而不能自已者。公以身依禁，近匪躬蹇，蹇不克优，游于六桥、三竺间。于是，顾瞻桑梓形之咏歌，一往情深若此。呜呼！何其缠绵悱恻，如与古诗人相语于一堂也！"④瑞常诗学思想，与乾嘉间诗坛领袖沈德潜相近，自己的诗歌创作风格清新俊逸。因身处道咸同之动荡时局，偶有苍凉之感。

瑞常之弟瑞庆著有《乐琴书屋诗钞》四卷，今仅存手抄本一卷，收录近一百首诗。国家图书馆收录。《乐琴书屋诗钞》所载诗歌约作于道光14年（1834）前后至咸丰元年（1851）之间。诗人作为杭州驻防，气质之中更多的是江南诗人的感性缱绻，这一特点在其诗集的第一首《感作》中就有体现。该诗结合多个意象，运用多个典故表现了诗人的怀才不遇、感时伤逝之感。诗人诗集中大多数诗都引用或化用了前代诗人的著名诗句，

---

① 《清穆宗实录》卷317。
② 《清穆宗实录》卷328。
③ （清）符葆森：《国朝正雅集》。
④ （清）夏同善：《如舟吟馆诗钞序》，（清）瑞常：《如舟吟馆诗钞》，光绪间刻本。

融情于景，语言明白晓畅，清新自然。咏物诗颇多逸趣。

　　杭州驻防贵成诗学亦佳，有《灵石山房诗草》一卷、《灵石山房续吟草》一卷，刊印于同治年间。载其生平游历，多湖山啸咏之作；历经战乱，伤时念乱之感亦发而为诗，寄托遥深，不失小雅风刺之旨。

　　开封驻防倭仁一生崇尚程朱理学，修其身，立其行，有古大臣之风，为咸同期理学大儒，士林楷模。其诗格律高浑，雅近唐贤，后人辑有《倭文端公遗书》十一卷传世，其中诗作几十首。倭仁《车中有感》云："千载惟将晚节看，论人容易自修难。羡他松柏森森翠，独立空山耐岁寒。"①诠释了诗言志的诗学思想。金武祥《粟香随笔》："古艮峰相国倭仁……为近时理学名臣，笃守程朱之学……有古大臣风度……把酒细评论，格律高浑，雅近唐贤，七言皆工稳清丽……统计所存本不及一卷也。"②曾国藩认为倭仁"不愧第一流人。其身后遗疏，辅翼本根，亦粹然儒者之言"③。翁同龢在倭仁逝后感慨："哲人云亡，此国家之不幸，岂独后学之失所仰哉！"④《蕉轩随录》记载："公见人极谦谨……公佩戴之物，率铜质硝石，无贵重品。朝珠一串，价不过数千，冬夏均不更换。袍惟用蓝，绝不用杂样花色。一生寒素，至无余资乘轿，罗顺德尚书辄叹为'操守第一人'。"⑤《慈禧传信录》记载："仁为理学，操行甚严，馈遗纤毫不入其门。"⑥《清儒学案小传》："文端笃守程朱，以省察克治为要，不为新奇可喜之论，而自抒心得，言约意深，晚遭隆遇，朝士归依，维持风气者数十年，道光以来一儒宗也。"⑦《道学渊源录清代篇》："其人笃实力行，专以慎独为工夫，有日记，一念之发，必时检点，是私则克去，是善则扩充，有过则内自讼而必改，一念不整肃则以为放心。"⑧《新世说》："倭艮峰体不逾中人，而洒然出尘，清气可挹。"⑨《晚晴簃诗汇》："文端

---

① 张凌霄：《倭仁集注》，内蒙古人民出版社1992年版，第468页。
② （清）金武祥：《粟香随笔》，扫叶山房石印本。
③ 《曾国藩全集·书信》，岳麓书社1987年版，第7476页。
④ 周骏富辑：《清代传记丛刊·近世人物志》，明文书局1993年版，第85页。
⑤ （清）方浚师：《蕉轩随录》，中华书局1995年版，第393页。
⑥ 费行简：《慈禧传信录》，神州国光出版社1953年版，第469页。
⑦ 周骏富辑：《清代传记丛刊·清儒学案小传》，明文书局1993年版，第239页。
⑧ 周骏富辑：《清代传记丛刊·道学渊源录清代篇》，明文书局1993年版，第769页，
⑨ （清）易宗夔：《新世说》，广文书局1982年影印版。

好读宋五子书，曾文正方官京朝，与吴竹如、宝兰泉、涂朗轩诸公共相切，笃学砥行……论者谓转移风气，成同治中兴之政，文端实开其先。诗仅十余篇，附编遗书中，气象发皇，不作理学语。"① 对倭仁的人品、节操、诗文都做了评价。

沧州驻防桂茂喜好诗文。有《德山诗录》一集，收入《盍簪集》《咏楼盍斋集》，诗歌多为古体诗，内容多为读史杂咏、记叙时事。《德山诗录》序记云："（桂楸）有《德山诗录》，收诗74首，多以古体叙时事。同治10年（1871），沈秉成将《德山诗录》与朱琦《伯韩诗录》、许宗衡《海秋诗录》、鲁一同《通甫诗录》、冯志沂《鲁川诗录》、王轩《顾斋诗录》、赵树吉《沅青诗录》、黄云鹄《缃芸诗录》、董文涣《研樵诗录》9人诗集辑于《咏楼盍斋集》，并为作序：'昔昭明作选，不录同时，体例然也。选当代诗起于唐贤《河岳英灵》《中兴间气》各集。自时厥后，祖述者众，代有可言。国朝诗人最盛，选家亦伙。无虑数十百集，选同时人诗者尤多。前后十子七子九家以及吴会英才各集，皆其著者。余于当代诗人未能遍识，然耳目所及，每读一集辄录副，未置之行箧，久而渐多。人或一两篇，多者数十百篇。尝欲仿唐贤之意，断自道光初元以后，取其著者若干家订为一编，以自悦怡。而专集多未行世。搜采自愧未广，蓄愿而已。董研樵检讨同年雅好为诗，余尝以此意相质。研樵谓此愿猝未易偿，莫如先取同时人诗编录成帙，亦一快也。余韪其言，因取生平知交师友各集，裒得十余家，略中排比，付之剞劂，大率皆寓书索取其稿，或久不得报，以故工未及竣。会奉命备兵常镇卤出都，因就已刊诸卷暂订成编，名曰咏楼盍斋集，意在存人非选诗也。诗仅九人，以稿所已得者止。非欲存者只九人也。殿以研樵，亦犹遗山三知已之意也。刊既成，因述缘起，愈以叹斯愿之果未易偿也。同治辛未十月归安沈秉成。'"《蒙古族大辞典》云："（桂茂）喜好文事，有《德山诗录》一集。其中多为言志抒情、交友酬唱之作。"② 按：桂茂《德山诗录》收诗74首，其诗多以古体记叙其经历之事，尤其是以《铁汉子》等八首诗为代表记录了其在沧州驻防期间所经历的祸乱，其余诗作也大多为读史杂咏之作，如《读史杂感》三首、《读史杂咏》八首、《读三国志偶然作》三首等。因此，《蒙古族大辞典》

---

① 徐世昌：《晚晴簃诗汇》卷135，中国书店1988年版，第563页。
② 文精主编：《蒙古族大辞典》，内蒙古人民出版社2004年版，第555页。

所言并不准确。

道咸同时期的 8 位驻防及驻防起家蒙古族诗人，现存汉诗近千首，且有诗集存世，较之乾嘉时期的驻防诗人，可以看出他们对诗歌写作的热情更高了，留存诗集的意图也更为清晰。

三 道咸同边地任职诗人著作流播考述

璧昌多年宦迹边地，注重兵备，据其亲身体验，著书多部。《天咫偶闻》载："璧星泉制府昌居方家胡同，公常从军西域，知兵最深，著有《兵武见闻录》，皆布帛菽粟之言。咸丰初元，奉诏进呈。又《守边辑要》《牧令要诀》二书亦皆有用之言也。常熟翁邃庵相国（心存）为之序云：咸丰3年秋，小丑跳梁，驿骚三辅。天子赫然震怒，命将出师。简诸王大臣统禁旅巡防京师，即家起内大臣璧公入参谋议，且命以所撰《见闻录》呈进。海内引领仰望，以为殆如《诗》所称：'方叔元老，克壮其猷'者欤！逾年贼平，而公已老病尽瘁殁矣。公以世臣，起家县令，浖擢监司。经营西域，守孤城功最。旋镇八闽，开府三江，事迹备载国史。晚年养疴，以平生所躬历而心得者，著书三种。曰《兵武闻见录》，经进御览。曰《守边辑要》，谨边防也。曰《牧令要诀》，饬吏治也。喆嗣月川制府，汇刊行世。翁心存曰：公之烈光，炳焕昭明；公之惠泽，沾渥给足。人既知之矣，亦知公之学之所本乎？"[①]《雪桥诗话》亦载："内大臣勤襄公璧昌……著书三种曰：《兵武闻见录》《叶尔羌守边纪要》《牧令要诀》。"[②]《顺义县志》载："璧昌，字星泉，第一区河南村人。咸丰年间，任太子太保衔，内大臣、两江总督，才干练达，所在称治，且富于政治、军事诸学，著有《牧令要诀》《守边辑要》《兵武见闻录》等书。卒时，御赐祭葬，谥勤襄。"[③]瑛棨《〈璧勤襄公遗书〉序》称："璧勤襄公文武俱备，扬历中外……盖尝从征滑台，立功西域，制敌之方，防边之要，口讲指画，动中机宜，于是有《守边辑要》之作。"[④]璧昌能为首造工程勾勒图样，杨锺羲《雪桥诗话》中有记载："璧星泉尚书精八分，凡有营

---

① （清）震钧：《天咫偶闻》卷4，光绪甘棠精舍刻本，第57页。
② （清）杨锺羲：《雪桥诗话》卷10，民国求恕斋丛书本，第364页。
③ 礼阔泉修，杨德馨纂：《顺义县志》卷13，民国22年（1933）铅印本，第724—725页。
④ 马甫生等标校：《八旗文经》，辽宁古籍出版社1988年版，第129页。

造，以尺纸画图，结构精绝，不差豪厘。邵汴生少宰赠句云：'索靖工书千管秃，张华缩地一图开。'"①"壁昌是一位注重兵备的官吏，他根据其亲身体验，著有《叶尔羌守城纪略》《守边辑要》《牧令要诀》《兵武闻见录》等书。其中，在福州将军任上追忆守疆事略写就的《叶尔羌守城纪略》的史料价值尤高。因为其所写不仅是战事，且记载了南疆善后的措施，如叶尔羌屯田等，可与《清宣宗实录》《清史稿》《叶尔羌乡土志》等有关史料相印证。所载的有关史事较《圣武记·回疆善后记》要详备得多。《守边辑要》是道光11年（1831）所写，当时就誊写分发南八城，供大臣参阅，后曾在西安等地传播。壁昌对《守边辑要》十分得意，说它'所关国计，岂小焉哉！'内容为玉素甫叛乱时维吾尔族人们的反应、守御叶尔羌的方法及一些善后主张。故其与《叶尔羌守城纪略》合刊传世。除了继承父辈存经存史之家学渊源，壁昌亦有和瑛的文学遗传。"②许乃谷在其诗集《瑞芍轩诗钞》中存其《壁参帅诗稿》题诗，曰："题壁参帅诗稿：公不以诗鸣，诗惟写性情。语皆有真意，世岂尚虚声？肩事心逾勇，淫书气自平。人传言亦重，要在立功名。"③许乃谷与壁昌相交甚密，其称壁昌著有《壁参帅诗稿》，惜未见传世，中国人民大学图书馆现藏壁昌咸丰年间稿本《星泉吟草》，分为上下两册，有朱笔圈点。壁昌自序曰："幼年之窗课，壮年之阅历，此中有喜怒哀乐忧思恐惧，不可无记也。因次第录存一帙，藏诸行箧，独居时偶尔翻阅，可以自鉴，第不堪为外人道耳。"④按：《星泉吟草》未付梓，或与许乃谷所称《壁参帅诗稿》是同一部，壁昌将己诗集赠予好友许乃谷，许乃谷敬称为"壁参帅诗稿"，后世均据此而载。壁昌《星泉吟草》传播不广泛，但壁昌诗才通过许乃谷所传的题画诗，还是引起了后人的关注与肯定。

壁昌曾画《担秋图》《虎》，诗集《星泉吟草》收诗98首，另还有《题担秋图》《画虎歌》存世，共留诗百首。许乃谷诗集《瑞芍轩诗钞》收录壁昌《题担秋图》及和诗一首，并收有壁昌《画虎歌》。《壁参赞画虎歌》云："蓦地狂风起堂上，班寅将军屹相向。指力千钧墨浡浓，元气

---

① （清）杨锺羲：《雪桥诗话余集》卷7，《雪桥诗话》，第1583页。
② 米彦青：《接受与书写：唐诗与清代蒙古族汉语韵文创作》，第105页。
③ （清）许乃谷：《瑞芍轩诗钞》卷4，同治7年（1868）刻本，第6页。
④ （清）壁昌：《星泉吟草》，咸丰年间稿本，第1页。

淋漓挥巨幛。虎心虽善虎气腾，欲伏忽起惊有神。回头侧目眈眈视，未遭急缚奚怒嗔。我闻画马骨瘦虎肉肥，肥中有劲方有威。握拳透爪自奇伟，谁扼其颈履其尾。先生威声高昆仑，人耶虎耶自写真。豺狼阃外纷如麻，山巅坐守磨爪牙。百兽震慑潜荒遐，草间何物犹腾拏。"① 和诗《壁参赞画担秋图题诗见贻次韵奉酬》："九秋绝塞暮天廖，铺地黄金间白瑶。忙煞晚香堂里客，要将丽水一肩挑（魏公留守大名，有'莫嫌老圃秋容淡，且看黄花晚节香'之句，其后代者谓公能全晚节，遂以晚香名堂。参赞由大名守，奉使西域不四年，而帅南疆，殚心力筹善后大旨在添兵招佃，此诗此画，殆以晚节自励也。）"② 并附原作："昨夜西风太寂寥，旧篱新圃灿琼瑶。秋光烂漫闲收拾，和露和霜一担挑。"③《星泉吟草》中《题画赠玉年大令息肩图》云："昨夜西风太寂寥，和霜和露一肩挑。秋光烂漫闲收拾，未许黄金满地飘。"二首诗歌内容相近，略有改动，二人所称题的画，一称《担秋图》，一称《息肩图》，可能是同一幅画，二人称谓不同。

　　托浑布学识渊博，著有诗集《瑞榴堂诗集》四卷，今国家图书馆、北京大学图书馆、清华大学图书馆、广东中山图书馆存有道光18年（1838）刻本。《南藤雅韵集》，今中国社会科学院图书馆藏道光23年（1843）刻本。徐世昌《晚晴簃诗汇》卷一百二十八录其诗五首，顾廷龙主编《续修四库全书1513集部别集类》中影印《瑞榴堂诗集》。林则徐《瑞榴堂诗集·序》中载："爱山方伯由文学起家，弦歌小试，早有循声……义本敦厚，语必清新，其原本山川，极命草木，无非书写性灵，而能实践于政事者。"④ 托浑布《瑞榴堂诗集·自序》云："余自幼酷嗜吟咏，顾以家世清宦终，鲜兄弟蜗角（徽）名，计不得已，肆力于免园册子中甫。……山瞻衡狱，水泛湘江，每叹屈宋遗风，千秋未泯，景行仰止，心向往之，偶行役经溪山佳处，间作小诗，信手挥洒，半归散佚。……己丑以知府简发八闽，由京遄往，水路程途四五千里，船肩鞍背，时有所作，随笔记之。嗣往来浙江鞫狱，复渡海橅篆台阳守城剿贼劳人，草草之

---

① （清）许乃谷：《瑞芍轩诗钞》卷4，第6—7页。
② （清）许乃谷：《瑞芍轩诗钞》卷4，第6页。
③ （清）许乃谷：《瑞芍轩诗钞》卷4，第6页。
④ （清）林则徐：《瑞榴堂诗集序》，《续修四库全书·集部》第1513册，上海古籍出版社1994年版，第187—188页。

余，时复借诗纪事，先后共得古今体诗如千首。"① 据宋稷辰《兵部侍郎都察院右副都御史巡抚山东兼提督托公墓表》中记："幼时家贫，日徒步六、七里从师问学，风雨不辍；志行之笃，实基于此。"② 托浑布诗作以七言绝句、七言律诗、五言律诗及少量的歌行体为主，其诗多载其于湘、浙、闽之所见所感，义本敦厚，诗风清新，多描摹山林川原之景，独抒性灵，更有诗篇可补史之不足。

《瑞榴堂诗集》就题材而言可分为山水诗、叙事诗和咏物诗。山水诗有《咏惠泉》《姑苏行》《西湖春望》《登杭州六和塔》《泊窄溪》《泊兰溪》《游乌石山》等；叙事诗有《台阳纪事八首 并序》(《抵台阳》《练勇》《守城》《筹饷》《用间》《通道》《擒渠》《凯旋》)、《奉檄督解逆犯张炳等人入京二首》《福州水灾纪事》等；咏物诗有《台阳西螺柑》《荔枝》《雪鱼》《文石》《海马》《帽华螺》《鹦鹉鱼》等。托浑布在台湾任知府期间，平定以张丙为首的起义，在史料中仅寥寥几笔，但其用《台阳纪事八首》将台湾事件的前因后果交代得一清二楚，如在《抵台阳》中："首鼠持两端，为蜮倏为鬼。朝来杂良民，帖耳居闾里。入暮昵匪人，甘为贼驱使。何以遏其流？何以端其始？募勇还登陴，一夕百回起。"③ 介绍了自己甫至台湾时看到的混乱情景及为将之辛苦。《练勇》"疲卒不盈千，团练岂易易。所幸饥馑余，人心涣而萃"④ 则描述自己为了镇压起义而练兵。这些诗作可补史料之不足。

来秀是法式善之孙，继承家学，在山东曹州府任职期间，撰《扫叶亭咏史诗》四卷，取自汉至明二百三十人，各赋七言绝句一首，咏古今之兴废，自成规模。袁行云《清人诗集叙录》载："《扫叶亭咏史诗》四卷，取自汉至明二百三十人，各赋七言截句一首，编集问世。自左思《咏史》以后，代不乏人，至清而大盛，散见各集者，数篇至百数十不等，专门成书亦不下十数种，虽论古人之事迹，犹见一己之性情。其间瑕瑜互见，而为史评资料，其价值不容贬低。"⑤ 《扫叶亭咏史诗》集前有宗稷臣、贡

---

① （清）托浑布：《瑞榴堂诗集序》，《续修四库全书·集部》第1513册，第191页。
② 孔昭明：《台湾文献史料丛刊·续碑传选集》，大通书局出版社1984年版，第72页。
③ （清）托浑布：《瑞榴堂诗集》卷4，《续修四库全书·集部》第1513册，第214页。
④ （清）托浑布：《瑞榴堂诗集》卷4，《续修四库全书·集部》第1513册，第215页。
⑤ 袁行云：《清人诗集叙录》，文化艺术出版社1994年版，第2554页。

璜、尹耕云、张宝谦、吕慎修、萧晋荣、杨彦修等人题序。宗稷辰云："左太冲咏史诗，推千古绝调。以其兼有三长出以涵泳，虽论古人之事迹，能见一己之性情。后代诗人咏史之作，散见各集，率止数篇，其诗亦瑕瑜互见，盖史学有浅深，诗学有工拙耳。来子俊世兄精熟史事，继美诗龛，尝论自汉以来二百三十人，各赋一诗，编成一集，语不主常论，不涉异，櫽括婉约，不独弦外有音，更觉味中有味，令人寻之不尽，非本乎性情而兼乎才学识者，乌能若此？至其神韵天然，如羚羊挂角无迹可求，尤得沧浪三昧，读者自能体之，他日流传应与太冲咏史并有千古矣。"① 强调来秀咏史诗作有神韵风格。贡璜谓："史赞昉于龙门，后世史官衍为史论，咏史诗虽谐以声律，实则史论耳。然论可毕畅其说，诗则婉而多风，犹有三百篇遗意，班孟坚四言韵语赞疑即咏史诗之权舆，而赞贵质朴，诗不主故常，诗与韵赞曲同，而工则异已，来子俊同年深于诗，尤熟于史事，每论及一人，即咏一诗，自汉至明得七言截句二百三十首，无一语拾人牙慧，而持论平允，令人读之首肯，泠泠然弦外有音，倾耳自能得之。古今咏史之什第，附见于各集中，兹独都为一编，则咏史诗之大观，亦外集之创制也。"② 强调咏史诗不但要深于诗，更须熟于史。尹耕云是来秀同年，且有相同的戎马倥偬中诗歌写作经历，对来秀櫜鞬余吟之作，较之他人，更多了深层理解。曰："刘越石在晋阳，贼围数重，中夜奏胡笳，胡骑向晓弃围去。张巡守睢阳作城楼闻笛诗，古人当军旅之中不废啸咏，于以见其心胆之坚定，才力之有余，而不为死生所戚戚也。耕云自辛酉壬戌以来，尝以五千人别将，追殪强寇，屡濒危殆。然军事稍暇，未尝废书，讲易歌诗与钲鼓之声间，作毡庐学易之图，所以作也。今读子俊同年咏史诗，可谓志同道合矣，诗在子俊守曹州时，正捻逆充斥之际，曹郡当贼冲，无日不举烽火，子俊登陴之余，取古人事迹，发挥而咏叹之，以劝善而惩恶。即以砺其临变，不渝之心而期无愧于古之忠臣孝子者。则诗岂徒作哉？耕云与子俊同登道光三十年陆星农榜，通籍将三十载，中外宦辙遭际多故，比来盍簪大梁，酒酣脱帽，发垂垂白，盖皆颓然老矣。故尤低徊往复，于是编而不能置也。"③ 张保谦云："诗亡然后春秋作，是史原出于

---

① （清）宗稷辰：《扫叶亭咏史诗序》，（清）来秀：《扫叶亭咏史诗》，同治刻本。
② （清）贡璜：《扫叶亭咏史诗序》，（清）来秀：《扫叶亭咏史诗》。
③ （清）尹耕云：《扫叶亭咏史诗序》，（清）来秀：《扫叶亭咏史诗》。

诗，逮体例既分，作诗者徒逞风月之词，作史者第守纪编之体，则诗自诗，而史自史，皆未能循流溯源，不善言诗与史之弊也。昔杜老推称诗史，其感时托咏实足征记载、鉴得失。然仅记开元天宝上下数十年，聊资考证已耳。若夫进退古今，臧否人物，皆能提要钩元，使诗与史胥融会焉，古人未有此格也，有之自鉴吾都转始。都转具沈博绝丽之才，擅褒贬予夺之识。凡史家数百言或千余言所不能尽者，均以截句括之。使非探骊得珠无取乎鳞爪者，何能删繁补略，合诗史成一家言，洵足补古人所未逮，为诗史独开生面者矣。葆谦才质鲁钝，无论廿一史、十七史，卷帙浩繁，即涑水通鉴、紫阳纲目，亦苦穷年莫究，则读史之宜从约审矣。顾才不大，无以删繁芜识，不卓，无以择精微今。都转挈其体要，形诸咏歌，示以由博反约，由此而再窥全豹，即汪洋浩瀚之篇亦不至游骑无归耳。昔尤展成作明史乐府，凡有关治忽者，悉托之篇什，足资殷鉴。然隘而弗广，亦如子美仅记数十年及身闻见之事，竟若以此俟诸后贤者，必谓今人远不逮夫古人，则吾何敢谓然。"① 认为来秀有沈博绝丽之才，擅褒贬予夺之识，因此咏史诗较之古人之诗史更有进步。吕慎修盛赞来秀为咏史诗作的专门名家，"春秋成于获麟，以经为史，传赞昉自司马，以史继经，太傅过秦令，升论晋文章之盛，固得失之林也。至若陈思咏三良，张协咏二疏，以韵语论古人，借古人抒己志，莫不激昂感喟，寄托遥深。然皆零星碎璧，未见专门名家，兹读扫叶亭咏史诗，叹观止矣。鉴吾都转经传祖训，学有师承，早岁登科，遂知制诰，中年典郡，得助江山，雅擅三长，兼通六艺，而又不为风月之词，窃寓褒贬之旨。公事稍闲，吟笺已展，抉皮里之书，制胸中之锦。或一字搜其隐衷，或片言中其微情，泠泠然聆弦外音，飘飘乎有凌云气，使人味之无尽，闻之动心"②。萧晋荣是来秀同事，亲见来秀在公事之余写诗，相信这才是真正的善读书。云："明张时敏少保庄简公居兵部侍郎时，或言有善读书而不善作官者，少保笑曰：此正不善读书者耳。旨哉斯言。间尝三复之，乃今益知斯言之不我欺也。古人立身治民，其见于言措诸事者，罔不笔之经史，为后人之趋步，涉猎未精者，冥然也。晋荣捧檄牧野，适鉴吾都转亦出守卫邦，窃见其莅民治事一以慈爱为心，公余辄取拈笔苦吟。今出其咏史诗命序，诗自汉唐至前明

---

① （清）张保谦：《扫叶亭咏史诗序》，（清）来秀：《扫叶亭咏史诗》。
② （清）吕慎修：《扫叶亭咏史诗序》，（清）来秀：《扫叶亭咏史诗》。

凡有可褒贬者，悉以歌咏。伸其论断，综数千年之人材政事，了于胸中而发于腕底。始知居官慈爱之有本，诚所谓善读书者，而非徒以翰墨灵妙见长也。"① 杨彦修谓："诗备劝惩，史寓褒贬，其旨一也。自世之言诗者，专袭风雅，而无与于治乱兴亡是非得失之故，论者第以诗人别之，不得与史才并衡，兹读鉴吾都转诗，得诗史合一之旨矣。都转以知制诰手典卫郡，温柔敦厚，本诗人之性情，至与僚属覈功过，侃侃直言，如古良史之无隐饰。公余寄兴吟咏，著有咏史诗二百三十首，自汉迄明，哀古今之善案善翻者，而折衷之直使千五百余年之人物事迹毕括于廿八言中，劝惩褒贬，义严辞微，作诗读可，作史读亦可。壬申仲夏彦修借莅宁邑，过承都转奖许将，进而教之，示此诗为嚆矢，敢不勉乎哉？"② 认为来秀以诗为史。

除《扫叶亭咏史诗》外，来秀另有《望江南词》一册，存词四十首，词作俚俗，专言北京风物。李宗泰《望江南词跋》："俚事以俏语出之，游戏之笔抑何绮丽乃尔，若钧游旧迹诸阕，更一往情深矣。"③ 称颂来秀词作绮丽。汤鋐与李宗泰看法类似，"以圆转之笔，运绮丽之思，绘景绘情，悉臻绝妙。"④ 而宫本昂认为"子俊太守长于律诗，气味甚厚，精于词学，法律极严。望江南词四十首，妙语天成，未经人道。其收句有味外味，酷似北宋人手笔，以视铁崖竹枝，疏觉后来居上矣。"⑤ 觉得来秀词守法度，有北宋风味，超过元人杨铁崖竹枝词。

柏春著有《今园诗钞》十卷，又名《铁笛仙馆集》，咸丰年间陆续付梓。包括咸丰11年（1861）毓文斋刻《铁笛仙馆宦游草》六卷；同治2年（1863）刻《铁笛仙馆从戎草》二卷；同治11年（1872）刻《铁笛仙馆后从戎草》二卷。其中诗作透露些许身世信息。咸丰6年（1856）秋，柏春赴保阳从戎，筹措军需，训练民兵。期间目睹灾荒及征兵（为镇压太

---

① （清）萧晋荣：《扫叶亭咏史诗序》，（清）来秀：《扫叶亭咏史诗》。
② （清）杨彦修：《扫叶亭咏史诗序》，（清）来秀：《扫叶亭咏史诗》。
③ （清）李宗泰：《望江南词跋》，（清）来秀：《望江南词》，清末刻本。
④ （清）汤鋐：《望江南词跋》，（清）来秀：《望江南词》。
⑤ （清）宫本昂：《望江南词跋》，（清）来秀：《望江南词》。

第四章　清中期道咸同诗坛的蒙古族汉诗创作　　509

平军，朝廷从察哈尔调兵）。《铁笛仙馆宦游草》跋言："丙辰秋，移官保阳。"[①] 此诗集记载其赴保阳四年间的所闻所见所思所感，亦以时间为序。卷一《移官保阳述怀呈京中亲友》谈到"居人纷鼓角，戍卒噪衣粮"，卷一《初至保阳》有"飞蝗翳翳塞天衢，麦陇青青半就芜。疾苦欲登新乐府，风沙忽唱小单于（时有察哈尔征兵过境）。利开镈铁谋寗错，恶蔓探丸气未苏。瀛莫萧条多垒后，遗黎端合费良图"句。展现当时河北情势。卷一《振仁斋观察自常德来保阳过访谈途中事诗以纪之》之"更值河南北，流民塞车辙"，白描途中灾荒情景。咸丰 7 年（1857）春，柏春送军火至江南军营，归保阳。至夏，又赴西北勘察军粮，经北京暂住，途径德胜门、昌平、怀柔、密云。八月二十五日出保阳练兵，经赵州，九月九日至邯郸，又经磁州、太行、成安、广平等地，九月十六日在大名，九月二十一日至南乐，又经开州、长垣，返回开州、大名，十月十五日在曲周，过鸡泽、永年，折回大名，赴广平又至开州，冬至日到澶州，腊八日又归开州，至年底生病归京。卷二《江南曲赠陈采臣大令》题下注：时解火药至江南军营归，首句曰"江南春雨杏花湿"。《赠陈采臣大令》诗中有注：解火药赴江南去来不及三月。卷二还有《奉檄勘西北两厅积谷出保阳》《重寓今园》《雨中出德胜门赴昌平》《怀柔道中》《密云望塞上诸山》等诗作自述其行程。卷三《督办团练出保阳》诗题下有注：时为丁巳八月二十五日。卷三《发赵州途中得四律寄息凡陈刺史》《过邯郸》《邯郸重九日》《过杜村镇（磁州界）》《磁州》《太行篇》《宿成安得家书》《广平道中》《大名雨夜》《又作（九月十六日）》《十七日月夜》《立冬日发南乐》《赠开州刘筱北刺史》《由长垣折赴开州感怀》《拜仲子墓》《发大名憩杨家桥》《曲周旅夜（十月十五日）》《鸡泽道中》《鸡泽聊卓斋大令》《暂寓永年》《折回大名》《开州征兵复由广平折回马上口占》《长至日在澶州》《腊八日在开州》等系列诗作记载其练兵旅途。陈钟祥《依隐斋诗钞》（卷十一）《柬答柏东敷观察时练勇大名》也记载了咸丰 7 年（1857）柏春在河北练兵事。卷三《病归》《移寓》透露柏春已回京师养病。咸丰 8 年（1858）初柏春病愈，旋赴天津前线，抵御英法联军入侵，不幸战败。至夏，归京病休。秋又赴天津，督各邑伐木，辗转于唐官屯、

---

① （清）柏春：《铁笛仙馆宦游草跋》，（清）柏春：《铁笛仙馆宦游草》，咸丰 11 年（1861）毓文斋刻本。本节所选本集中诗歌，皆出此，不另注。

献县、小范镇、武强、深州、武邑、景州、吴桥、南皮等地。事竣归津，闻三弟去世。冬归保阳，旋赴大名团练。《铁笛仙馆宦游草》卷四《戊午初度》题有注：时病初愈，《天津舟中》言其行程。卷四《登大沽炮台望海同陈息凡同仲卿限韵作》，陈钟祥《依隐斋诗钞》卷三之《趣园初集五种》有《次韵柏东敷观察大沽炮台望海》，二人唱和，也可证柏春此时正在天津大沽炮台。卷四《大沽折回天津衣袽尽失并今春诗草亦失去乱定追忆得十余篇耳》述及前线作战混乱。在咸丰9年（1859）的诗作《督视天津兵勇慨赋》中，注云"忆去夏大沽之役今犹心悸也""去岁津勇曾溃于大沽"，前后呼应可知柏春经历战败。《盼天津消息不得》首联"移病归休旅邸荒，炎曦赫赫昼偏长"，说明柏春最迟在夏天回京养病。《晚过赵北口》之"隐约荒汀见白莲，暗香浮动夜行船。漫天芦絮秋来雪，两岸虫声月似烟"，表明动身时应为秋天。卷四《至天津暂寓振仁斋观察公邸与心慈郑大令同舍》《发天津》《静海道中》等诗作皆说明柏春再抵天津。《感赋》诗题注："时督各邑伐木，言明其职责所在"。接下来在《唐官屯》《献县阻雨漫赋》《小范镇》《发武强》《深州中秋夜雨》《武邑道中》《景州怀古》《发吴桥晚抵东光》《南皮》《督诸邑伐木事竣将回天津途中岑寂诗以写忧得四章》等诗作中，可以看出柏春当时行迹。卷五《归保阳只三日家人适自京中回又赴大名督团练泫然于怀口占纪别》有"风雪装寒袍袴健"，《晓发正定》有"冰合滹沱后"等句可看出时间，《将至长垣》《宿老安集》《晓发开州》指明此次团练路线。咸丰9年（1859）正月至七月，柏春再赴天津防海，在僧格林沁亲自督战下清军取得胜利。《铁笛仙馆宦游草》卷五《己未正月赴天津防海闻僧邸即临大沽喜纪》《己未七月一日重登大沽炮台望海》二首诗题概述半年经历。柏春秋归保阳。卷五《假归保阳舟中作》有"一舸泛秋归"之语。挈家赴京，卷六《挈家发保阳赴都》《出都》说明行程匆忙。十月又团练，《清实录咸丰朝实录》载咸丰9年（1859）十月中"团练事务，即著传谕山海关监督，会同候补道柏春，妥为办理"[1]，知柏春又负团练之责。《晚宿营城是察哈尔兵驻营处》《大风宿辛金屯》《宿榛子镇》《发涿州至乐亭》《乐亭南行》《登澄海楼午后大风因憩天后宫》《渝关旅夜》《徐中山祠（在祠中设团练局）》

---

[1] 《清实录·文宗实录》卷297，中华书局1987年版，第351页。

《在明伦堂点视乡兵口占》《发临榆》《渡滦河作》等诗指出此次团练路线。柏春年底至大沽,卷六载《十二月二十八日至大沽》,过年归京与家人团圆,《庚申元旦试笔》云"哪期两漂泊,仍许小团圆。老怯流光速,春知闰岁寒。醉颜摇彩胜,娇女亦承欢",知他回家过年。咸丰10年(1860)正月初九日柏春至大沽,后渡潞河,正月十五至香河,随侍僧格林沁赴山海关阅视海防,后至天津,二月二十五日赴大沽。《铁笛仙馆宦游草》卷六《正月初九日至大沽》《渡潞河大雪》《上元宿香河》《将至蓟州军中作》《随侍僧邸赴山海关阅视海防》《晓发榛子镇遇雪暂驻鲁格庄》《将至天津作》《二月二十五日大风雪赴大沽》均有信息透露。三月携家赴保阳,入秋将京中住所搬至房山,后又返保阳。《携家赴保阳登舟未即行慨赋》《赵北口》《晚泊新安》《将至保阳舟行濡滞闷极有作》记载一路感怀,《重至保阳杂诗》有"三月鹃啼析木津"言明时间。《初秋露坐》诗后有《发保阳移家房山》,因此搬家应是秋天之事。随后又有《将归保阳示家人》,可知他又返保阳。九月,奉旨办理粮台。《清实录咸丰朝实录》载咸丰十年(1860)九月下"著即派候补道柏春办理粮台"[1]。

《铁笛仙馆后从戎草》载柏春咸丰11年(1861)经历,卷一即有《辛酉军中度岁》。《正月二十四日蒙恩赏花翎恭纪》,诗中有注:"己未海运得盐使衔"[2],则此年初柏春已由后补道升为盐运使。咸丰11年(1861),柏春军中迎新春,正月二十四蒙恩赏花翎。三月在彰仪门军营,诗集《铁笛仙馆宦游草》成,写跋纪念。《铁笛仙馆宦游草》跋末云:东敷柏春自识于彰仪门军营,时辛酉三月望日。《铁笛仙馆后从戎草》卷一《将赴河朔军营留别家人》有"炎风烈日今如故",点名时间。夏赴河朔军营,辗转行军,《五月初三日发房山》《保阳道中》《冀州途中赠彭豫卿大令》可见行程。七月乞病归,未允。《七月初三日作》诗末有注:屡乞病归,而胜帅未允之语。《秋晓登威县城楼》言明驻地。驻威县,有《威县月夜》二首。此后久病,腊八后终获病归。卷二《乞病得归志喜》知其终可归家休养。柏春恪尽职守,因此《清实录咸丰朝实录》卷三百四十一载"咸丰十一年……以剿办近畿一带土匪出力,赏道员柏春、总兵官伊

---

[1] 《清实录·文宗实录》卷331,中华书局1987年版,第925页。

[2] (清)柏春:《铁笛仙馆后从戎草》,同治11年(1872)刻本。本节所选本集中诗歌皆出此版本,不另注。

绵阿、游击谬长荣等花翎"。卷三百五十五又载"咸丰十一年，以克复山东馆陶、冠二县城，赏总兵官伊绵阿提督衔，道员柏春二品衔。"

作为一员武将，柏春能以诗行记录自己的宦行，这是典型的橐键余吟之作，从这里可以看出，在道咸变局中，不只是文人面对内忧外患会有记录思想变化的意图，武人也开始自觉主动地将自己的心路历程记录下来。

恩成著有《保心堂诗钞》，同治13年（1874）一册刻本，藏于国家图书馆、北京大学图书馆。《保心堂诗钞》共存诗23首。恩成诗作主要以写景咏物、纪行为主，其诗歌语言自然纯净，风格清新淡雅，有时写景中也会融入典故。恩成写景诗有：《薄暮望秋山即事》《冬夜即景》《晚眺》《游万寿寺别院》《五道岭》《大觉寺》《登明远楼》《初秋游宝藏寺》等八首；纪行诗有：《游极乐禅林》《和月舫春日早起原韵》《由沙河策马游龙王山用壁间韵》《春游良乡燎石山野寺》等四首，写景纪行诗共计12首，基本占其诗歌的二分之一。咏物怀古诗有：《咏雪》《对雪书怀三用前韵》《贡院古槐》《屈原塔用东坡原韵》《感事》等5首。纪事诗1首，即《献岛夷远载来西洋》。除此而外，还有《吴鹤卿和余宝藏寺诗用前韵答之》《题王孟端寒泉一线图》《题邯郸古观庐生卧像》《语以俟好古者鉴定》等。

锡缜因室名"退复轩"，故创作结集为《退复轩全集》，又作《退复轩诗文集》，含《退复轩诗》四卷，编年收录自道光辛丑（1841）迄光绪甲申（1884）作品近四百首，有光绪间刻本；《退复轩诗》二卷本和四卷本，均为清光绪间一册刻本，10行22字白口四周双边单鱼尾，藏于国家图书馆。《退复轩文》二卷五十篇，其中诗论、文论若干篇。《退复轩文》二卷，清光绪间六册刻本，10行22字小字双行同白口四周双边单鱼尾，藏于国家图书馆。《退复轩随笔》一卷，清光绪间一册刻本，10行22字白口四周双边单鱼尾，藏于国家图书馆。《金贞佑铜印题词》一卷；《时文未弃草》两卷，《退复轩时文》二卷合集，清光绪间六册刻本，10行22字小字双行同白口四周双边单鱼尾，藏于国家图书馆。李慈铭《越缦堂日记》同治11年（1872）四月二十日记："户部郎锡缜字厚安，丙辰进士。署中所称姚、杨、锡三大将之一也。五古长篇，句法清老，而用

第四章　清中期道咸同诗坛的蒙古族汉诗创作

事多踬驳，然亦近时之矫矫者矣。楷法亦秀健。"① 徐世昌《晚清簃诗汇》，卷一百五十五，潘文勤曰："厚安官户部，与尚书肃顺抗，遂不用。久之事白。时军事未平，度支告匮，厚安迎机立端，措置裕如，长官倚如左右手。以其间为诗，诗直逼盛唐，乾、嘉以来，江浙二派之习，无一字犯其笔端。于书则真草篆隶，无不精妙，文章干济如此，而终以疾废。天将传其诗欤！"②

锡缜少侍父官陕甘。所咏《陕州硖石驿》《西夏杂诗》《自宁夏之洮州》《六盘山》等篇，均自所历，叙次逼真。林则徐戍伊犁，有《送林少穆出西安诗》，又有《挽林文忠公诗四首》，情词亢切，间载史料。鄂恒为其舅父，锡缜集中有《哭鄂松亭舅氏恒三十韵》。又鄂恒《大小雅堂诗集》有锡缜序云："先生二十五岁入翰林，时缜方甫四岁"，两家生年，借以得考矣。又作《古北杂诗》《苏州怀戚武威四十韵》，颇涉豪壮。同治元年（1862）出使青海，作《关陇行七首》《役湟四首》《拂云楼行》《红城堡》等诗，有及于回疆时事者。尝绘西宁地图，故于湟中形势特为了然。锡缜习读古籍，有《读史十五首》《题黄山谷像四十韵》《陈农部倬填词图歌》《阿文勤公奉使朝鲜图为鄂立庭学士礼赋》等篇。尝有《金贞祐铜印作歌并属时流题词》。又作《万元户印歌》，为潘祖荫作《孟鼎歌》，为叶名澧题《风雨怀人图》。其《仿白香山新乐府十首》，是典型的习唐人之作。张之洞有《赞塔尔巴哈台参赞大臣属伊犁将军锡缜诗》，见《广雅堂诗集·五北将歌》。

锡缜存词六首。是蒙古族诗人中少数作词者之一。

恭钊喜作诗，其诗深婉绮丽、感伤哀怨，著有《酒五经吟馆诗草》两卷。存诗529首。恭钊二十一岁开始创作，但作诗存稿自咸丰元年（1851）二十七岁始。还有《酒五经吟馆诗余草》一卷，存词47首，恭钊词作数量仅次于光绪时期的三多，是蒙古族诗人中少数喜作词者，其词深得晚唐温庭筠之风。杨锺羲《白山词介》收词三首，叶公绰《全清词钞》收词二首。锡缜题词《南乡子·题恭养泉瘦鹤吟馆诗词》："绮语昔曾耽，笔底花香泥镜奁。别有痴情深似病，悁悁，愁比诗多总爱拈。别绪几年添，杯酒兰山好月衔。仙骨何缘新觉瘦，相与变灭随东

---

① （清）李慈铭：《桃花圣解盦日记》壬申正月，《越缦堂日记》第八册，第815页。
② 徐世昌：《晚晴簃诗汇》卷155，民国退耕堂刻本，第3547页。

风。"评价其词多选用纤巧细腻之意象,感情真挚却又痴情意深。以绮语写痴情。《接受与书写:唐诗与清代蒙古族汉语韵文创作》一书中认为其词作深受唐诗影响。其好友童砚跋也有"拚将好句问飞卿"之语。对恭钊词以情语情韵追步晚唐温庭筠作描述。恭钊《酒五经吟馆诗草》自题序:"既无掇耕铠甲之能,又乏斩将搴旗之绩,转不若雕虫小技犹可——艺自名也。爰衷集平日患难坎坷之托于吟咏者,联掇而叙次之,付诸手民,以见厥志,其间忿激之词,游戏之作,原不足陈之大雅,所望高明君子,谅我之心,悲我之遇,而匡我所不逮也。"童大畬题词《多丽》:"问眉棱能消几许柔情,想拈毫风前,瘦影经年,愁病伶俜,认啼痕翠衾,香冷寻韵事,蝉鬓钗横,罗琦丛中,麝兰风里,情天一梦几时醒。更消受篆烟茶韵,俏立对空庭。寻诗处,梨风半院,梅月三更。叹知交频年阔别,相逢鬓各如星,觅新题、闻笳边郡省往事,挟瑟春明,惜翠情长,吊红词婉,拚将好句问飞卿。最怊怅骊歌唱彻,良会杳难凭。重相忆,陇山晴雪,邮馆孤灯。"何国琛《酒五经吟馆诗草》题诗:"通侯华胄擅文章,余事拈毫七宝装。康乐芙蓉初日丽,屯田杨柳晓风寒。歌翻敕勒边声壮,瑟谱幺弦别恨长。绮语何须删少作,征材猎艳溯齐梁。"吴善宝跋语:"严沧浪论诗,有诗人之诗,有学人之诗,有才人之诗。大集别裁伪体,祖述风骚。词不可径也。惟曲而达情,不可激也。因譬而喻,芬芳悱恻之中,自有一段真性情流出,所谓以才人之笔而兼诗人之致者也。彼宋元而后,沾沾以能赋为工者,殆未足与语斯旨矣。"锡缜跋语:"翁石瓠嗜恬澹,甘寂寞为诗,一唱三叹,如朱弦疏越。前辈谓学盛唐者,看中晚,中晚人得盛唐之精髓,无宋人之流弊。天地间文章只在当前。搜得出便成至文。梅宛陵曰:发难显之情于当前,留不尽之意于言外。实尽古今诗法。前后读酒五经吟馆诗积四十年,寻绎其进境如此。"沈锡庆《酒五经吟馆诗草》跋语:"陆士衡云诗缘情而绮靡,三百篇后变为离骚,浸淫于汉魏六朝至唐而极盛宋元迄明代,有作者此诗之源流也。养泉廉访以金张世胄,筦钥农曹观察西陲保氓辑寇,功绩灿然,迨至楚北筦榷局整蕠网,百废俱兴,宜若不暇,以诗鸣者,顾朝夕相从,论文樽酒,见其出入百家,自汉魏六朝至我朝作者,无不登堂咮薮迺知其肆力于诗者最深,出大集示余,盥诵回环不能释手。盖以芬芳悱恻之怀发诸咏吟,不自知其词之工而情之挚也。余既从廉访游,又喜其谭诗之旨有合于士衡之训。爰书数行以志钦佩。"沈锡庆《酒五经吟馆诗余草》跋语:

"唐人歌诗，宋人歌词。故词至宋而工。秦淮海之山抹微云，柳屯田之晓风残月，千古艳称之。盖其抑扬抗坠，节奏自然，移人者远也。读集中诸阕，幽情逸韵，寄托遥深，风格近秦柳。爰跋数语，以志同好。"张炳堃跋语："以白石之性灵，写梦窗之秾艳。故宜清而能腴，丽而有则，是君身有仙骨，世人那得知其故。"

恩麟性耽吟咏，其宦游南北，南宦多滋于"性灵"，作《听雪窗诗草》及《笔花轩诗稿》。北上亦有《塞游诗草》。恩麟存诗662首，现有国家图书馆藏5卷清抄本《听雪窗诗草》2册、同治间抄本《塞游诗草》1册、4卷清抄本《笔花轩诗稿》1册。中国社会科学院文学研究所藏4卷清稿本《问月窗诗草》2册。恩麟酷爱吟咏，他八岁起便随父亲多容安南宦，历游数省，这样的人生经历深刻影响了其诗歌风格的形成。恩麟的姊丈苏清阿在《听雪窗诗草》序言中写道："余内弟诗樵，性耽吟咏，自幼所著已具有奇气，甫冠与余同习，举业临文之暇辄取历代诸名家诗，深思熟味，别有会心。"① 并言："诗樵本以聪明绝特之姿潜心词章之事，又幸而随宦南北，纵览名胜。举夫山川之胜，人物之奇，凡他人生平未获一睹者，皆得与共。晨夕而携俯仰，则所以得山川之助益者，岂浅鲜哉？抑又思之，诗必有阅历意境斯阔，必有学问根底斯厚，不然彼游侠之子，终日遨游，迹遍天下，曾不闻出一惊人之句，又奚足以拟诗樵于万一邪？"② 朱方增也称赞恩麟："诗樵随宦吴楚，振兴齐鲁之郊，击楫彭蠡之渚。过皖舒，眺八公龙眠诸胜，问枞阳射蛟故迹。溯江而南，则金、焦两山，青揿船尾。又复越常润、憩武林，策杖钱塘门外，环湖九十九峰苍翠可掇。游历凡数千里。其间林壑之秀，迤江涛之汹涌，可喜可愕之状，一一寓之于诗，而诗益工。"③ 由此可知，恩麟诗歌成就与其读书行路关系甚大。

梁承光著有《淡集斋诗钞》，分为《负米集》《薇垣集》《山右前集》《山右后集》四卷一册，全集收诗182首，孙家鼐、陆润庠分别为其诗钞作序。从创作时间来看，主要分为前期即京城时期和后期即山西时期。京城时期创作的《负米集》《薇垣集》和在山西时期创作的《山右前集》和

---

① （清）苏清阿：《听雪窗诗草序》，（清）恩麟：《听雪窗诗草》，抄本，国家图书馆藏。
② （清）苏清阿：《听雪窗诗草序》，（清）恩麟：《听雪窗诗草》。
③ （清）朱方增：《听雪窗诗草序》，（清）恩麟：《听雪窗诗草》。

《山右后集》，以酬唱诗、怀人诗、咏史诗、羁旅行役诗、咏物诗为主要内容。

梁承光其人交友广泛，性侠气，多有酬唱诗作传世，如《和张船山太史梅花韵八首呈恒月川中丞并寄谦小榆年伯》《题赠孙丹五婕花吟馆诗集》《次韵和景秋坪同年军中即事作》《之官山右雪帆仓帅以诗赠行赋答四章》《赠别龚慎斋》《茹小容介休处士相识于太原旅次嗣过其家赋赠四首》等。梁承光先后任职于北京、天津、山西等，离别的经历，为他的诗文增添了一份对故人的思念情怀。他的怀人诗有《旅次述怀留别汪九》《喜见冠臣兄又言别》《顾影》《寄别崇地山同年》等，这其中也有对妻子的思念，如《途中寄内》《月当头夕途次寄内》《和内子见寄韵》等。梁承光的诗集中有不少怀古伤今的诗作，这些诗中或以历史事件为题，或以历史人物、历史地点为对象。这其中出现最多的人物是韩信，有《威邮井隆东北五十里》《井陆口》《淮隐墓》《重过韩侯岭》《灵石道中作》等。羁旅行役诗是梁承光《淡集斋诗钞》中常见题材，多慷慨论事之作，真实地反映了咸同时期的社会现实。如《苦旱》《防河四首》《车行阻水》《翁中丞同书戍西至晋适奉命效力军营赋呈二律》等。咏物诗是《淡集斋诗钞》中数量最少的，共五首，所咏意象也是传统的花草树木等，有《花影》《竹夫人》《鞋》《水晶枕》《新柳》等五首。梁承光爱马，"马"意象多见于他的《淡集斋诗钞》中，如"马蹄飞处春光早"[1]"走马京华类转蓬"[2]"驻马先寻壮士门"[3]等诗句，为其诗歌增添民族性。

---

[1] （清）梁承光：《淡集斋诗钞》，光绪2年（1876）铅印本，第11页。
[2] （清）梁承光：《淡集斋诗钞》，第11页。
[3] （清）梁承光：《淡集斋诗钞》，第23页。

第五章

道咸同诗坛思潮与蒙古族汉诗创作

道光20年（1840）的庚子之变，改变了中华民族的走向，给士人带来巨大的心灵震撼。不同民族、不同阶层的士人，从康乾盛世的迷梦中醒来，有人看到了国家的忧危局面，开始放眼望世界，西学东渐之风自此始；有人想要改变国家之衰疲，中学之道统逐渐弥散于民间与朝堂；有人开始思考"华夷之辨"的根本，西夷入侵，将中华民族真正凝结为一个整体。但更多的士人，因远离危局之地，依旧葆有闲适之心。

第一节 国变时期的民族书写

国变时期的民族书写，是中华民族各个组成民族共同写就的。因此，蒙古族也是其中的一分子。道咸同诗坛在54年间计有蒙古族汉诗创作者28人[1]，其中有诗集传世者22人，与道光以前的177年中产生的蒙古族汉语创作文人数量相等。此期诗作，不仅量大，而且诗歌内容与现实紧密关联，既展示了时代变局中蒙汉文学的融合无间，又追步文学思想的变迁。

梁启超曾言："龚、魏之时，清政既渐陵夷衰微矣。举国方沉酣太平，而彼辈若不胜其忧危，恒相与指天画地，规天下大计……故虽言经学，而其精神与正统派之为经学而治经学者则既有以异。"[2] "举国沉酣太平"实是乾嘉境况，道咸同之际的国政已经不容士人乐观。故而，在蒙古族士人群体中，无论诗人身处庙堂江湖，"恒相与指天画地"，开始在创作中体

---

[1] 此处统计的蒙古族汉诗创作者大都生于嘉道年间，于道光年间中式，至晚卒年在光绪初年。
[2] 梁启超著，朱维铮校订：《清代学术概论》，中华书局2016年版，第116页。

现忧危。

  柏葰是道咸间任职最高的蒙古族诗人，诗作《今夏英夷扰浙，沿海骚动，朝廷命将出师荡平，有日，闱中以采薇之诗"戎车既驾"四句命题，想见圣心宵旰之不忘矣。仍迭前韵预奏凯歌》①写于1842年夏②，虽然这是一首颂圣诗，但从诗题中依然可以看出面对英国入侵浙江沿海的军情，清廷从上至下积极应对。诗云："海氛南望镇迷漫，声讨应同獯狁观。小丑跳梁藏水国，元戎佩印出天官。请缨路近人思旧，挟纩恩深士不寒。瑞雪况占收蔡兆，伫听三捷报澜安。""獯狁"即猃狁，原指我国古代北方少数民族，但柏葰诗中显然是指入侵英军。本诗的可贵之处，不仅让我们看到以柏葰为代表的清王朝高官诗作对国事关心的一面，也让我们看到以满族为主体满蒙联姻建立的清王朝，此时已经俨然以中原王朝汉文化中心自居，将以英国为代表的入侵中国的西洋人视如北方蛮族，抱有强烈的敌视态度和坚定的反击之心。因此，顺康雍乾以来皇权话语宣导的中华一体的信念，到道咸同时期，已经奏效。此时，在区分夷夏的口号下，开创了汉文化为中心的中华本位立场，而中华区域内的胡姓各族，皆一律成为华夏之正宗。华夷之辨与变，柏葰在这首诗中，不自觉地加以表达，恰呈现了历史转折时期的士人独特心态。

  女诗人那逊兰保《庚申冬寄外，时在滦阳》云："漫道相思苦，从悲行路难。烽烟三辅近，风雪一袭寒。去住都无信，浮沉奈此官。亲裁三百字，替竹报平安。"③咸丰8年（1858），那逊兰保的丈夫恒恩被授宗人府副理事官，咸丰10年（1860），英法联军攻陷北京，恒恩随咸丰帝逃至承德避暑山庄。《清史稿·文宗本纪》载："（咸丰）十年庚申……六月夷人犯新河，官军退守塘沽。七月，大沽炮台失守……僧格林沁退守通州。八月洋兵至通州……瑞麟等与战于八里桥，不利。命恭亲王奕䜣为钦差大

---

  ① （清）柏葰：《薜荔吟馆钞存》卷3，《清代诗文集汇编》第622册，上海古籍出版社2010年版，第64页。

  ② 这首诗前有《辛丑十月考试恩监闱中步龚季思宗伯守正原韵》，后有《壬寅孟夏由香山卧佛寺游翠微山诸胜》，辛丑为1841年，壬寅为1842年，诗句"元戎佩印出天官"后有小注"以冢宰奕公经为扬威将军"，查《清实录》，奕经被封为扬威将军是在1841年9月，10月到达浙江，所以诗题中"今夏"应该是1842年夏天。

  ③ （清）那逊兰保：《芸香馆遗诗》，《清代诗文集汇编》第719册，上海古籍出版社2010年版，第604页。

臣,办理抚局。上幸木兰……驻跸避暑山庄。九月,抚局成……十月,诏天气渐寒,暂缓回銮。"滦阳乃承德别称①,承德与北京相距不过二百三十公里,但在战火连天、交通阻隔的年代,丈夫久无家信,自然会令诗人忧心忡忡。诗作虽然是常见的闺阁相思题材,但因为恰逢清国被英法联军侵扰,闺中女子的思夫就写出了超越闺阁题材的诗情史意,并且保留了咸丰时期第二次鸦片战争中官员家庭对战争思考的文献资料。

庚申年是中华民族史上灾难深重的一年,火烧圆明园的悲伤至今弥散不去。面对西洋入侵,素来被视为富贵闲人的那逊兰保,开始关注国事,《送潇俊二兄奉使库伦,故吾家也,送行之日,率成此诗》中有句:"天子守四夷,原为捍要荒。近闻颇柔懦,醇俗醨其常。所愧非男儿,归愿无由偿。"② 那逊兰保之子盛昱在《芸香馆遗诗·跋》中叙述母亲"中岁喜读有用书,终年矻矻经史,诗不多作"到"内事撝挡,外御忧患,境日以困"③。西方入侵给士人带来的心灵困境,是没有民族和性别之分的。

咸丰8年(1858),英法联军攻陷大沽炮台。要挟清政府同意修约,英法兵舰退走后。咸丰帝命僧格林沁为钦差大臣、督办军务。僧格林沁赴天津勘察双港、大沽炮台。增设水师,防备英法再犯。此时柏春正在天津海防前线任职,抵抗侵略者。得知僧格林沁即将抵达大沽防御侵略者。柏春兴奋不已,和诗一首,诗云:

> 虎节龙旗降帝都,环瀛万里仰穹庐。雷潜月窟天风启,春入津门海气苏。剑晏长才工转运,浑瑊伟绩息征诛。沧溟未许扬波日,箕斗光应焕六符。(《己未正月赴天津防海闻僧邸即临大沽喜纪》)④

柏春的喜悦之情溢于言表,他目睹了战争给国家和人民带来的灾难,对身处水深火热之中的劳苦大众给予深切的同情。抵制外来侵略是整个中华民族的重任,僧格林沁的到来,给瀛洲大地上的百姓带来一丝希望与期

---

① "河北承德市的别称。因在滦河之北,故名。"夏征农、陈至立主编:《大辞海·中国地理卷》,上海辞书出版社2012年版,第790页。
② (清)那逊兰保:《芸香馆遗诗》,《清代诗文集汇编》第719册,第599页。
③ (清)那逊兰保:《芸香馆遗诗》,《清代诗文集汇编》第719册,第606页。
④ (清)柏春:《铁笛仙馆宦游草》卷5,咸丰11年(1861)刻本。

许,此刻的僧格林沁不仅是民族英雄,还是人民心中的救世主。翌年五月,英法联军再次进攻大沽口炮台,守卫炮台的是直隶提督史荣椿、大沽协副将龙汝元等。在僧格林沁的指挥下,沉着应战,开炮反击。经一昼夜激战,击沉、击伤敌舰多艘,登陆进攻炮台的一千多英军,伤亡近五百人,英舰队司令何伯受伤,英法联军惨败。清军也有史荣椿、龙汝元等三十六名将士阵亡。大沽口一战获胜。柏春将战争胜利后的喜悦之情用诗歌的形式加以记载:"雷火横动压怒涛,环瀛初见洗腥臊。圣恩自重怀柔意,臣志惟输御侮劳。甘载羁縻寒玉薄,一时顽懦振麀麚。即看坛坫和风鼓,薄海人心释郁陶。"(《五月二十二日喜闻僧邸海口之捷》)① 百姓对外国侵略者的种种罪行恨之入骨,心中的怨恨随着战场上的雷火喷薄而出。战士们不辱使命,全力以赴与外国侵略者抗争到底,随着大沽口战争取得了胜利,萦绕在百姓心头的郁结暂时烟消云散了。

  道光年间,英国商人向中国走私鸦片日益猖獗。裕谦认为"鸦片烟上干国宪,下病民生,数十年来银出外洋,毒流中国,患甚于洪水猛兽"。"方今最为民害者,惟鸦片烟一项,流毒既广,病民尤烈。"② 指出严厉查禁鸦片"尤为目前急务"③。裕谦的想法与当时主张严厉禁烟的林则徐不谋而合,他们各自在辖地严厉打击鸦片走私。道光 13 年(1833),裕谦任荆宜施道时,缉拿烟犯 1000 多名;道光 18 年(1838),在江苏按察使任内,严查漕船在上海口岸和长江走私烟土,并在城乡各地张贴布告,限期销毁烟具,逾期从重惩罚;道光 19 年(1839),时任江苏巡抚的裕谦禁烟成效显著,使江苏禁烟成果仅次于广东。道光 20 年(1840)五月鸦片战争爆发,六月英军占领虎门后,强占定海,进犯江浙地区。当时,裕谦以江苏巡抚兼署两江总督,他反对妥协,奏请添铸火炮,建造炮台,带领军民加强江苏沿海防御,坚持抵抗侵略。八月英军兵船环绕崇明,裕谦督率镇将埋伏兵勇,军民团结一致。道光 21 年(1841)八月二十六日凌晨,英军两路舰队同时进犯金鸡山和招宝山。裕谦临危不惧,是日晚以身殉国。裕谦杀身成仁,为世人景仰。裕谦分析战局,认为"前此定海之

---

  ① (清)柏春:《铁笛仙馆宦游草》卷 5。
  ② (清)裕谦:《勉益斋续存稿》卷 13,《清代诗文集汇编》第 579 册,上海古籍出版社 2010 年版,第 598 页。
  ③ (清)裕谦:《勉益斋续存稿》卷 15,《清代诗文集汇编》第 579 册,第 679 页。

第五章　道咸同诗坛思潮与蒙古族汉诗创作

失陷，本属开门而揖，以后广东之被扰，更系自受其愚，并非该逆实有强兵猛将，实能略地争城，至定海之迟久不复，坐待缴还，由于赏罚不明，机宜屡失，以致士气不振，民心解体，并非无路进攻，不能制其死命"①，作为前线领兵之将，其对大清军队乱象的认知有裨时局，但对英国侵略者的轻视实属不智。反映了中西碰撞之初的士人，虽然内心激荡，但由于视野拘束，尚不能清醒意识到中西器、识之差异，以为"逆夷尚不过疥癣之疾，洋盗几可为心腹之患"②，这种以中原老大自居、视四方为夷而轻蔑之的心态，在道咸同初期的士林群体中有着普范性③。

　　道光时期的第一次鸦片战争，使东南沿海数以百万计的官民被卷入战火中。裕谦督军杀敌，以身殉国。而京口驻防出身的燮清，则耳闻目睹了家乡成为战场的景况，并以诗笔据实记载。如《五月十八日西城守夜》《六月十四日》《六月十四日避难》《挽京口都护海公死节诗》《乱后入城》④等。《五月十八日西城守夜》写于镇江之役的前夜："报到烽烟警，城添守夜兵。何当天暂暖，堪爱月偏明。挂号灯连影，传更不断声。可怜闺里梦，一夜几回惊。"⑤《六月十四日避难》记载镇江之役的惨烈："炮声如雷火如屯，咫尺交锋人不见。兵微贱众势难敌，七昼夜中铁瓮陷……遂令城内百万家，一时逐尽人烟绝。"亦描述歹人趁火打劫："一波未平一波起，可怜奇祸不单行。凶顽更比鬼子惨，亦有生理与水溺。"生民多艰，燮清的母亲在逃难中丧命："哀哉老母殉难亡，此语一听断肝肠。生我不能全母命，终天抱恨呼苍穹。所幸老父弟与子，三人俱各无损伤。时盼天军军未下，贼类剿灭还侵疆。"⑥燮清目睹了英国侵略军的暴行和中国守军的英勇悲壮，写下《挽京口都护海公道光壬寅死节诗》，歌颂副都

---

① 杨家骆主编：《鸦片战争文献汇编》第4册，鼎文书局1973年版，第227页。
② 第一历史档案馆编：《鸦片战争档案史料2》，天津古籍出版社1992年版，第739页。
③ 如"外夷奇器，其始皆出中华；久之中华失其传，而外夷袭之。王伯厚《小学绀珠》载薛季宣云：'晷漏有四，曰铜壶、曰香篆、曰圭表、曰辊弹。'按：辊弹即自鸣钟，宋以前本有之，失其传耳。粤东温伊初先生诗云：'西夷制器虽奇巧，半是中华旧制来。'此论得之。余谓浑天仪、自鸣钟，中国人皆能为之，何必用于外地乎？他日洋烟绝其进口，并西夷所制器物，勿使入内地焉可也"。林昌彝著，王镇远、林虞生标点：《射鹰楼诗话》卷3，上海古籍出版社1988年版，第43页。
④ 诗人所写日期皆是农历，与公历相差月余。
⑤ （清）燮清：《养拙书屋诗选》，国家图书馆藏民国25年（1936）项氏晚香堂影印本。
⑥ （清）燮清：《养拙书屋诗选》。

统海龄。"海公大义世无比，壮心一柱中流砥""胜负兵家是常事，生死一念报君王""贼众不能敌，七日七夜战城隍""人臣大节能无亏，精忠直与日月贯"①，都是称颂海龄率领守军顽强抵抗侵略者的诗句。海龄（？—1842），郭络罗氏，满洲镶白旗人。春元《京口八旗志》有其传："海龄，字蓬山，山海关驻防……历升西安、江宁、京口等处副都统。任京口未久，英人违约，窥伺上海……公喝令举火，将尸焚毁，遂向北谢恩，跃入烈火，亦自焚死……朝廷表其临危授命，大节无亏，敕建寺祠，予谥昭节。"②道光壬寅（1842）七月，英军舰队侵入镇江江面，英军由城西北登岸后，一队佯攻北门，一队猛攻西门。驻防清军在副都统海龄率领下与敌人展开激烈巷战，终因寡不敌众，镇江府城陷落。《镇江府立青州驻防忠烈祠碑》记载官兵死节事更为详细："六月十四日，天将午，火箭齐发，东、西、北三城楼俱被焚烧，贼乘势攀跻。他守兵以千数皆震慑，独青州兵奋勇格杀，至血积刀柄，滑不可握，犹大呼杀贼。呼未已，而贼之由十三门登者，已蜂拥蚁附而至，犹复短兵相接，腾掷巷战，击毙贼且数十百人，直至全军尽溃，力不能支，始夺门以出……"③战争结束半年后，燮清返回故居，作《乱后入城》："妖星已落聚残兵，父子妻儿快入城。旧日家乡今又见，半年飘泊泪都倾。逢人尽道别离苦，隔世难抛生死情。满眼蓬蒿藏白骨，长江流恨几时平。"④战争的伤痛不仅是诗人也是无数东南沿海城郭父老的锥心之痛⑤。

镇江之役一周年后燮清又写下《六月十四日》："去年此月局一变，黑雾夭星时时见"，"去年去日死未卜，今年今辰生有辰"。⑥死者长已矣！但"英夷"带给时代的思考才刚刚开始。不同民族、性别的士人在长歌当哭的东西碰撞中，殊途同归。中原华夏的大清帝国面对西夷、东夷的入侵，渐渐消泯中华民族体内的隔阂。甲申鼎革之变后陈恭尹写下的"海水

---

① （清）燮清：《养拙书屋诗选》。
② （清）春元：《京口八旗志》，马协弟主编：《清代八旗驻防志丛书》，辽宁大学出版社1994年版，第484页。
③ 镇江市地方志编纂委员会：《镇江市志》，上海社会科学院出版社1993年版，第1759页。
④ （清）燮清：《养拙书屋诗选》。
⑤ 如朱琦长篇叙事诗《感事》《王刚节公家传书后》《九月朔日集万柳堂宴姚石甫丈》、张维屏《三元里》《三将军歌》、张际亮《浴日亭》、孙鼎臣《君不见》、王柏心《春兴六首和蔗泉》等。
⑥ （清）燮清：《养拙书屋诗选》。

有门分上下，江山无地限华夷"（《厓门谒三忠祠》）这样视汉满为华夷的诗句，至此已不复存在。

蒙古族文学家从不同角度和地域叙述历史，他们的抒情特色和民族记忆融入到变局中的中华民族的文学书写中，彰显自身的特色。若将其置入更广阔的道咸同时代的文学史中，更可见出他们的文学担当。其实，鸦片战争后的晚清诗人，无论是何民族，共同写就的是抗击西方侵略的彰显民族气节、家国情怀的诗歌。这是时代赋予他们的使命意识所致。

第二节 变革时代的使命意识

近人汪辟疆在《近代诗派与地域》中曾指出："夫文学转变，罔不与时代为因缘。道、咸之世，清道由盛而衰，外则有列强窥伺，内则有朋党之迭起。诗人善感，颇有瞻乌谁屋之思，《小雅》念乱之意，变徵之音，于焉交作。且世方多难，忧时之彦，恒志意经世有用之学，思为国家致太平。乃此意萧条，行歌甘隐，于是本其所学，一发之于诗，而诗之内质外形，皆随时代心境而生变化。"[①] 乾嘉以来，随着承平日久及文字狱繁重，"载道"思维在诗学世界的影响消解。人们慢慢习惯于从微观的语境中来认识社会生活的价值，并形成了一种日常生活观，大量的诗作展示普通个体的日常生活和丰盈独特的生命体验，个体存在的价值在形而下的世俗意味中提炼。诗人们在这样的日常生活观支配下，顺康之际或聚焦社会或历史的重大问题，或尊崇宏大而理性的群体性生活，或反思个体生存的理性意义，这些具有诗史性的书写对于乾嘉时期的诗人变得不再重要。然而，道咸同时期的诗人们，随着外国侵略的到来，逐渐开始意识到，日常生活尽管是一个不可忽略的审美领域，但个人化、碎片化的私人生活，在面对巨大的社会动荡时，因其在经验化的表象上所具有的高度同质化特征，相较于从宏观的历史语境中来认识生活的集体生活观，思想内容终究是单薄的。因之，道咸同时期形成两大创作潮流：一种是在传统诗歌的框架内，兴起了宋诗派的路子，发扬光大，并且与诗坛其他流派推波助澜，至光宣

---

① 汪辟疆：《汪辟疆文集》，上海古籍出版社1988年版，第283页。

时将古典诗学整合集成推向高潮；另一种则是在萌动的启蒙新观念的指导下，开始摸索突破古典诗歌的旧框架的形式，将新异的文学思想，汇入新的诗歌题材中，力图转变体裁，发动诗坛的大变革，这一路径，至光宣时转而倡导诗界革命，创立了新的诗歌格局。其中，后者所宣导的启蒙新观念，就源出魏源等人诗歌中展示的鲜明的对时代的观察。"魏源正是在今文经学经世、变法观念的影响下，面对当时中国三千年未有之变局，写下一系列政论文章。"① 其实，不唯政论文章，似魏源、龚自珍这样的人物，他们思想开放，关注边事，留心时政，也是那个时代以诗歌表现诗人心志，睁眼看世界的启蒙人物。戊戌变法失败后，保守派陈夔龙上奏慈禧太后说："咸丰、同治之间，士大夫践魏源、何秋涛、徐继畲等余习，专言时务，而以诸子文饰之，学派又为之一变。履霜集霰，浸淫至于康有为、梁启超二逆，变本加厉，丧心病狂，乘朝廷力求自强之际，悚以危言，竟欲删改圣经，崇尚异学。浮薄之士，靡然从风，佉卢旁行之字，几遍天下，一若不通外教、不效西人，举不得为士者。士风至此，败坏极矣。实为古今奇变，非圣无法罪通于天。"② 这段话虽基于反改革的极端保守立场，但也很清醒地看出从魏源至康、梁之间学风、文风的递进关系，道出魏源对后世学风、文风有巨大影响的事实。龚、魏掀起的以今文家的孔子为权威、以今文经学作掩护，鼓吹改革的政论风气，发展至康有为、梁启超形成高潮。③

　　经学与诗学理念，在道咸同时代的士人中大抵是相通的。诗人的创作也或隐或显地冀望能够表现时代中的新气象。恭钊仕于同治年间，正值清朝兴洋务、求自强方启之时，与国外列强关系、贸易之交往于其诗作体现一斑，以诗证史，摹写亲所见闻。恭钊《轮船畅　恤民艰也》有"机器灵捷资水火，出没骇浪惊涛间"④ 之句，写轮船之便；"南洋五口北三口，纳税输金耳目新。泰西入商三十载，中华失业万千人"⑤，又揭露其税务

---

① 武道房：《魏源今文经学影响下的古文新变及其历史意义》，《文学评论》2018年第3期。
② （清）朱寿朋：《东华续录（光绪朝）》卷158，《续修四库全书》第385册，第178页。
③ 武道房：《魏源今文经学影响下的古文新变及其历史意义》。
④ （清）恭钊：《酒五经吟馆诗草》，《清代诗文集汇编》第701册，上海古籍出版社2010年版，第75页。
⑤ （清）恭钊：《酒五经吟馆诗草》，《清代诗文集汇编》第701册，第75页。

第五章　道咸同诗坛思潮与蒙古族汉诗创作

繁多，以致国民失业；《洋债盛　虑财匮也》中"一分囊橐二分债，销尽腰缠巨万金。沪上人人长袖舞，多财大腹都称贾"①，写商人资金雄厚；"贫民仰屋愁生计，典衣质物三分利。债局纷开宇宙间，取携方便都如意"②，则写典当行带给百姓生活的便捷。恭钊生活跨越道咸同光四朝，因此在其诗集中也收录了注入《电线通》《铁路开》等描述光绪间才开通的有线电报及铁路运营情况，新科技对清朝军事、政治及百姓生活的影响。道咸同时代中国同西方在器识层面的接轨，最终推动了光绪朝对新科技的弘扬，促成了戊戌维新变法。③

时代的风云际会中的人物，面对新事物新思想去书写记录时，大都是诗家本能而为。如若有幸参与重大政治事件的处理，也只是想要尽责尽心。唯其如此，当岁月更迭，回溯其间的诗或史，才更感到平实中的不凡与可贵。咸丰年间是继第一次鸦片战争后中华外交史上最为纷繁芜杂的时期。考之咸丰史事，"夏四月丙午朔，谭廷襄奏俄人不守兴安旧约，请以乌苏里河、绥芬河为界，使臣仍请进京。得旨：'分界已派大员会勘，使臣非时不得入京，驳之。'戊申，俄人请由陆路往来，英人、法人请隔数年进京一次，诏不许。己酉，诏许俄之通商，不许进京。戊申，诏谭廷襄告知英人、法人，减税增市，俟之粤事结日，彼时再议来京。辛亥，谭廷襄呈进美国国书，诏许减税率、增口岸，仍不许入京。乙卯，英、法兵船入大沽，官军退守。命僧格林沁备兵通州。辛酉，英、法船抵津关。命大学士桂良、尚书花沙纳往办夷务。乙丑，英、法兵退三汊河，与俄、美来文，请求议事大臣须有全权便宜行事，始可开议。桂良等以闻，诏许便宜行事。丙寅，命僧格林沁佩带钦差大臣关防，办理防务。庚午，英船开出大沽。桂良等奏英人之约於镇江、汉口通商，长江行轮，择地设立领

---

① （清）恭钊：《酒五经吟馆诗草》，《清代诗文集汇编》第701册，第76页。
② （清）恭钊：《酒五经吟馆诗草》，《清代诗文集汇编》第701册，第75页。
③ 《清史稿·德宗本纪》："光绪十五年……八月乙亥，命李鸿章、张之洞会同海军署筹办芦汉铁路。"《清德宗实录》："振兴庶务，首在鼓励人材。各省士民著有新书，及创新法、成新器，堪资实用者，宜悬赏以劝。或试之实职，或锡之章服。所制器给券，限年专利售卖。其有独力创建学堂，开辟地利，兴造枪炮厂者，并照军功例赏励之。"《清史稿·德宗本纪》："命三品以上京堂及各省督抚、学政举堪与经济特科者。颁士民著书，制器暨创兴新政奖励章程。命中外举制造、驾驶、声光化电人材。戊寅，诏各省保护商务。"

事，国使驻京。上久而许之"①。英、法、美、俄等西方国家挟武力而来，要求扩大通商、减税、使臣入京，清廷在犹疑中许可前两项，但对于国使驻京，则"上久而许之"，这思量许久之中必定是有无尽的委屈在的：不敢违逆又不肯放开政治谈判尺度。也因此，奉命谈判的清廷使臣，在其间的折冲樽俎就会加倍犯难。礼部尚书花沙纳等人于咸丰8年（1858）四月二十一日到津，这是初次与英法美会晤。五月，花沙纳与英、法、美等国签约，英法美等国退兵。花沙纳奉旨赴上海，会同两江总督何桂清议税则。"六月，复命带钦差关防前赴江苏，于十几日启程。会同巡抚何桂清妥商税则事宜，旋以英船退出天津海口，奏奖天津官绅各员，从之。"②九月，西方侵略者不满所获利益，攻入县城并借此挟制，花沙纳与桂良奉命抵达上海，与他们会晤。

　　在第二次鸦片战争中，花沙纳作为外交使臣，在朝廷与英法联军间折冲樽俎，尽力保全帝国尊严，减少国家财产损失。花沙纳所负有的使命意识与其政治地位紧密相关。在对外交往中他秉承朝廷指令，据理力争，妥善处理，就个人而言无非是在尽职尽责，但因为时代与国家赋予他的成命，必定会使得他的使命感超过普通士人，而且他也就有了不一样的担当。时至今日回看花沙纳在处理与英法美各国第二次鸦片战争期间的外交事宜，并无不妥，他的处理政务的能力由此可见一斑，在此间所付出的心血也是毫无疑问的。有幸处于这样重大的政治事件的核心，是很可以令当事人大书特书的。然而耐人寻味的是，检索花沙纳诗集与日记，并无一语涉及这一重大史事。揣度其情，是因为不能写还是认为不值得写呢？花沙纳喜欢写诗或日记。道光15年（1835）奉旨典试云南，他著有《滇輶日记》，逐日记录了由北京出发至云南，沿途里程、山川名胜、城镇馆驿、地理沿革以及科场考试情况，均有可供史家研究参考之处。道光24年（1844），朝鲜王妃金氏卒，继室洪氏立为妃，陈请清朝册封，花沙纳遂有东使朝鲜之行。他著有《东使纪程》记述此次出使经过之作。自道光25年（1845）旧历正月下旬花沙纳奉上谕起，至同年旧历五月下旬回京复命止，对沿途里程、山川名胜、古迹遗址、城池馆驿、风俗民情、天时寒暖，析其源流、究其沿革；即对设官分职、衣冠服饰、朝仪礼节、馈赠

---

① 赵尔巽等：《清史稿·本纪》，中华书局1977年版，第746页。
② 王钟翰点校：《清史列传》卷41《花沙纳传》，中华书局1928年版，第3246页。

仪物，亦都多有记述。两次事件都有大量诗作记述。由此看来，他对引动自己心绪的事件习惯用日记或诗歌记述。但对作为外交使臣处理与西洋诸国的重大事件事后却不置一词，只能理解为他觉得不值得提起，这是必须要认真完成的日常工作。

变局中的蒙古族士人，无论身处何种境地，在写下心绪的诗文中，都隐然记得这并非是本族群内的讲述，他们早已意识到：失去政治历史格局的变动记录是苍白而狭隘的。他们的使命意识具有特定时代的普范性和共通性。而这种心态，也反映出道咸同时期士人承担的使命意识，实是其思想诉求的驱动作用所致。

第三节　思想诉求的驱动：走向意识形态的经学批评

咸同时期，西北边疆战争频仍，农民起义和少数民族暴动此起彼伏；东部沿海地区，西方殖民者的入侵，造成海疆不定的局面。在思想界、文化界，清初以来的文化专制主义政策绵力至此已形成了自我拘束、眼光狭隘的风气。内困外焦之中，急需要有人在封闭的牢笼中开出一个洞来输入新鲜的时代之氧气。"在这种情况下，龚自珍、魏源为首的经世派以今文经学为武器，借重公羊学重振清初顾、黄、王等人提倡的'学以致用'精神，将人们的眼光由书本引向社会现实，极大地促进了人们在思想上的解放。"① 龚、魏倡导的经学研究不同于清前期的"为经学而治经学"，关注国家政局变化、与社会现实紧密相连是其显著特点。而"经世致用"也成为道咸同时期学术思想"新"的一端，并逐渐引动了学术界的经世思潮。

同治初年，清廷崇尚"正学"，大量登进"正人"，李棠阶、吴廷栋、倭仁应诏入京得以重用，三人立朝辅政。时人称："海内翕然望治，称为三大贤。"②《清史稿》载："同治元年，（倭仁）擢工部尚书。两宫皇太后以倭仁老成端谨，学问优长，命授穆宗读。倭仁辑古帝王事迹，及古今

---

① 齐思和：《魏源与晚清学风》，原载于《燕京学报》第 39 期；杨慎之编：《魏源思想研究》，湖南人民出版社 1987 年版。

② （清）方宗诚：《柏堂集后编》卷 13，《清代诗文集汇编》第 672 册，上海古籍出版社 2010 年版，第 499 页。

名臣奏议附说进之,赐名启心金鉴,置弘德殿资讲肄。倭仁素严正,穆宗尤敬惮焉。寻兼翰林院掌院学士,调工部尚书、协办大学士。疏言:'河南自咸丰三年以后,粤、捻焚掠,盖藏已空,州县诛求仍复无厌。朝廷不能尽择州县,则必慎择督抚。督抚不取之属员,则属员自无可挟以为恣睢之地。今日河南积习,祇曰民刁诈,不曰官贪庸;祇狃於愚民之抗官,不思所以致抗之由。惟在朝廷慎察大吏,力挽积习,寇乱之源,庶几可弭。'是年秋,拜文渊阁大学士,疏劾新授广东巡抚黄赞汤贪诈,解其职。"①经世思潮注重的是学以致用,学问能够真正解决现实社会中的实际问题,以期起到实用的济世功效。倭仁在任上整顿吏治、反对贪腐,他与其他理学家一道,关心现实,迫切要求改革社会现状,对于理学的"救史"意义,寄望殷切。倭仁早期习"王学",与李棠阶、王检心等河南同乡关系甚密,以阳明心学入理学之门。后期因唐鉴、吴廷栋之故,思想转向程朱理学。并于此时结识曾国藩。其弃王学而改程朱之后,至此确立其终身学派立场,是为"尊朱黜王"。其黜王观点择其要录有二:其一,王学根本错误为"认心为性",其二格物致良知论。其理学思想总结为:一曰立志为学,二曰居敬存心,三曰穷理致知,四曰察己慎动,五曰克己力行,六曰推己及人。此六条为倭仁《为学大指》思想精要,也是其为学之方。倭仁从唐鉴问学后,与窦垿、何桂珍、吕贤基、方宗诚、何慎修、朱琦等文人交谊甚密,互相切磋学问,日益精进。乾嘉以来,在学术界占据统治地位的考据汉学,在社会上影响深远。埋首故纸堆中,对社会现实不闻不问的学风严重束缚了人们的思想。倭仁等倡导践行的理学思想与汉学不唯取径不同,在救治社会时弊方面更是大不同。作为帝师,他经常箴规皇帝。同治8年(1869),上疏皇帝大婚宜崇节俭,同年支持醇郡王奕譞奏请皇太后允许皇帝"升座听政",得旨允准。倭仁等人勇于面对现实的勇气,极大地鼓舞了当时及后来的知识分子。理学的经世致用经过咸同间理学名臣曾国藩、倭仁等人的提倡,在晚清"中兴事业"的发展中得到了实际验证,恰如徐世昌所言:"文端好读宋五子书,曾文正方官京朝,与吴竹如、宝兰泉、涂朗轩诸公共相切,笃学砥行……论者谓转移风气,成同治中兴之政,文端实开其先。"②

---

① 赵尔巽等:《清史稿》,第 11737 页。
② 徐世昌:《晚晴簃诗汇》卷 135,中华书局 1990 年版,第 5818 页。

"圣学勤修立德基，辑熙敬止允怀兹。辰居端拱兹徽奉，乙览光明古鉴持。曾考典谟求制治，更咨枢轴听陈词。东平入告深嘉纳，庶事惟康上理期。"①倭仁一生崇尚程朱理学，修其身，立其行，有古大臣之风，为当时理学大儒，是士人之楷模。他的诗作格律高浑，受到诗坛同光体的影响，接纳了宋诗的骨力、理致包容，一改唐诗的情韵和兴象，在意象、遣词、句式、章法四个层面都不同于乾嘉时期的蒙古族诗人创作。其《车中有感》云："千载惟将晚节看，论人容易自修难。羡他松柏森森翠，独立空山耐岁寒。"②以松柏岁寒而后知品性自况，表达了自己砥砺心性矢志修身的决心。诗境迥不似后人品评"雅近唐贤"③。方濬师《蕉轩随录》记载时人对倭仁的观察："公见人极谦谨……公佩戴之物，率铜质硝石，无贵重品。朝珠一串，价不过数千，冬夏均不更换。袍惟用蓝，绝不用杂样花色。一生寒素，至无余资乘轿，罗顺德尚书辄叹为'操守第一人'。"④倭仁一生谨重简朴，标榜理学也践行理学，为世人钦佩。曾国藩盛赞倭仁："不愧第一流人。其身后遗疏，辅翼本根，亦粹然儒者之言。"⑤倭仁生前身后凡与其有所接遇之人，无不叹服其操守。"仁为理学，操行甚严，馈遗纤毫不入其门。"⑥"文端笃守程朱，以省察克治为要，不为新奇可喜之论，而自抒心得，言约意深，晚遭隆遇，朝士归依，维持风气者数十年，道光以来一儒宗也。"⑦"其人笃实力行，专以慎独为工夫，有日记，一念之发，必时检点，是私则克去，是善则扩充，有过则内自讼而必改，一念不整肃则以为放心。"⑧"倭艮峰体不逾中人，而洒然

---

① 倭仁：《和醇郡王原韵二首》，张凌霄：《倭仁集注》，内蒙古人民出版社1992年版，第465页。
② 张凌霄：《倭仁集注》，第468页。
③ 金武祥《粟香随笔》："古艮峰相国倭仁……为近时理学名臣，笃守程朱之学……有古大臣风度……把酒细评论，格律高浑，七言皆工稳清丽……统计所存本不及一卷也。"扫叶山房石印本。
④ （清）方濬师：《蕉轩随录》，中华书局1995年版，第393页。
⑤ 《曾国藩全集·书信》，岳麓书社1987年版，第7476页。
⑥ 费行简：《慈禧传信录》，神州国光出版社1953年版，第469页。
⑦ 周骏富辑：《清代传记丛刊·清儒学案小传》，明文书局1993年版，第239页。
⑧ 周骏富辑：《清代传记丛刊·道学渊源录清代篇》，台湾明文书局1993年版，第769页。

出尘，清气可挹。"① "哲人云亡，此国家之不幸，岂独后学之失所仰哉！"②

　　倭仁理学以恪守程朱为要，认为孔孟之道遵循程朱亦步亦趋即可，其《倭文端公遗书》谓："道理经程朱阐发，已无遗蕴。后人厌故喜新，于前人道理外更立一帜，此朱子所谓硬自立说，误一己而为害将来者也，可为深戒。"③ "仁子道理，经宋儒阐发无余蕴矣。学者实下功夫，令有诸己可也。"④ "程朱论格致之义至精且备，学者不患无蹊径可寻，何必另立新说，滋后人之惑耶？"⑤ "夫学岂有异术哉？此道经程朱辨明，后学者唯有笃信教求。"⑥ 倭仁重因循守旧，轻思辨创新，其理学思想具有鲜明之保守特征。同治6年（1867），恭亲王奕䜣拟在同文馆增开天文算学馆，以倭仁为首联名反对，是为"同文馆之争"。史载："同文馆议考选正途五品以下京外官入馆肄习天文算学，聘西人为教习。倭仁谓根本之图，在人心不在技艺，尤以西人教习为不可；且谓必习天文算学，应求中国能精其法者，上疏请罢议。于是诏倭仁保荐，别设一馆，即由倭仁督率讲求。复奏意中并无其人，不敢妄保。寻命在总理各国事务衙门行走。倭仁屡疏恳辞，不允；因称疾笃，乞休，命解兼职，仍在弘德殿行走。"⑦《同治朝筹办夷务始末》对双方论辩都有记录。"（奕䜣云）务期天文算学，均能洞彻根源……举凡推算格致之理，制器尚象之法，钩河摘洛之方，倘能专精务实，尽得其妙，则中国自强之道在此矣。"⑧ "（倭仁云）夷人教习算法一事，若王大臣等果有把握，使算法必能精通，机器必能巧制，中国读书之人必不为该夷所用，该夷丑类必为中国所歼，则上可纾宵旰之劳，下可申臣民之义愤，岂不甚善！"⑨ 同文馆之争的结果是两败俱伤，一方面，朝廷支持恭亲王等人，用行政手段压制和打击了倭仁等人的反对意见，勉

---

① （清）易宗夔：《新世说》，《国学珍籍汇编》，广文书局1982年影印版，第285页。
② 周骏富辑：《清代传记丛刊·近世人物志》，台湾明文书局1993年版，第85页。
③ 张凌霄：《倭仁集注》，第299页。
④ 张凌霄：《倭仁集注》，第423页。
⑤ 张凌霄：《倭仁集注》，第495页。
⑥ 张凌霄：《倭仁集注》，第505页。
⑦ 赵尔巽等：《清史稿》，第11737页。
⑧ 《同治朝筹办夷务始末》卷408，第2页。
⑨ 《同治朝筹办夷务始末》卷408，第10页。

强设立了天文算学馆,但由于倭仁等人的反对,造成了强大的社会压力,同文馆招考正途人员学习天文算学计划严重受挫。最后学生只好与在同文馆内学习外国语言文字的八旗学生合并,所谓天文算学馆已经名存实亡。

咸同时期的"经世致用"思想影响不仅在经学,实为儒家用世思想在特定的历史背景下的具体化,它以急迫的态势激发着士人内心的民族情感。从张力论的角度看,意识形态是对社会角色的模式化紧张的模式化反应,它为由社会失衡造成的情感波动提供了一个象征性的发泄口。[1] 道咸时期的中西冲突导致社会失衡,产生情感波动。反应在意识形态中,就有文化紧张与个体心灵紧张两个维度。恭钊、那逊兰保们反映的是个体层面的心灵紧张:在亲友们由外侮而带来的自身命运的变化中,他们意识到了个体生命和中外对抗政治事变的某些牵连,然而如何化解还是不可知的。倭仁反映的是社会转型期的文化紧张:在对如何御外侮的认知上,是发扬理学的灿烂光辉由强内而御外侮,还是发展洋务由器物的转变而强内来御外侮?倭仁们认为理学依旧是社会最需要的最普遍的文化导向。洋务派认为他们的主张是社会最可行的实用导向。这些争斗中,主导者的民族身份无足轻重,社会意识形态凝聚在"中""西"两个方向上。华夷大防逐渐解构,中、洋之辨或者中学、西学之争成为社会意识形态之主体。成为"中学为体、西学为用"思想之肇端。

中西碰撞给道咸同时期的士人带来的内心激荡从长远的历史角度来看,超越清初的鼎革之变,它改变了几千年来士人传承的传统思维。中西交汇的冲击迺逗的民族情感,在现代人的悬想中纠葛繁多,但对时人而言,确是很自然的中国对西方世界侵扰的反应。无论是庙堂上的中西冲突:倭仁等理学家与洋务派之争,花沙纳数次接受朝命处理与洋人的冲突争端;还是边境风云:裕谦抗鸦片战争、蠻清战争诗录,都表明两次鸦片战争虽然历时短暂,但造成的社会大动荡严重冲击国人的自信心,文坛风气遽变,也带来一些实质性的变化,诗文创作理念上更加贴近迅速走向近代化的社会形势。而士人在政治上的激进思想,将文学与政治变革的关系结合得更加紧密。无论是乾嘉汉学,还是咸同理学,内核都是儒学一元。但道咸同时代的外侮,在逐渐改变儒学的主导地位,胡汉融通、思想多元

---

[1] 参见格尔茨《文化的解释》第八章"作为文化体系的意识形态",译林出版社2008年版。

的文化格局开始引动。道咸同之前,"夷夏大防"的立场始终存在,但到了道咸同时期已经发生了实质性的变化,不是汉民族与其他少数民族之大防,而是中华民族与外来西方或东方民族之大防了。

　　道光间,兼办福、厦两口通商事宜的徐继畬①,对清朝的封闭大有感触,潜心了解世界。道光28年(1848)秋刊行《瀛寰志略》。该书以图为纲,有地球全图和各州、各国、各地区分图43幅,共介绍了一百多个国家和地区。徐继畬试图通过介绍世界地理,唤起国民从天朝大国的迷梦中醒来,正视当下的"古今一大变局"。他催生的近代早期的开放观念深刻影响了魏源编写的《海国图志》②。《海国图志》的编写过程,也是魏源思想成长的过程。这期间,魏源对"夷"的认识有极大的变化。"夫蛮狄羌夷之名,有明礼行义,上通天象,下察地理,旁彻物情,贯串今古者,是瀛寰之奇士,域外之良友,尚可称之曰夷狄乎?圣人以天下为一家,四海皆兄弟,故怀柔远人,宾礼外国,是王者之大度。旁咨风俗,广览地球,是智士之旷识。"③魏源敏锐地察知变局,在《海国图志》序言中明确提出"师夷之长技以制夷"④的主张,所师者仅"长技",于此可以见出魏源是坚守"器变道不变"的立场的。"器变"仅只是"用"变,"器变"是顺势而变,"道"则是立国之根本,魏源在极力维护传统的"道"。魏源等人的这一认知,最终经由谭嗣同等人的努力,在认识上历经洋务派的学习西方器物层面阶段后,进入了思想观念层面,最终指向制度层面。"立中国之道,得夷狄之情,而架驭柔服之,方因事会以为通。"⑤而所谓"立中国之道,得夷狄之情"者,就是在中体确立后,以西学为用。"器变道不变"成为中国近代化的思想潮流。

---

　　① 徐继畬(1795—1872),号松龛,山西五台县人。鸦片战争时任福建汀漳龙道道员,积极布防抗英。战后道光帝召见并委以福建布政使,迁福建巡抚。

　　② 早在鸦片战争以后,道光21年(1841)八月,魏源在京口受林则徐之嘱托,开始编著《海国图志》,次年十二月魏源在林则徐请人译述的《四洲志》基础上,广搜材料,辑撰为《海国图志》50卷本,道光27年(1847)增至60卷。咸丰2年(1852)又把《海国图志》增补为百卷本,其中辑录了《瀛寰志略》关于美国、英国以及瑞士为西土桃花源等许多按语、材料。

　　③ (清)魏源:《魏源全集》,岳麓书社2004年版,第1866页。

　　④ 在《海国图志》序言中,魏源提出"善师四夷者,能制四夷;窃其所长,夺其所恃。"(清)魏源:《魏源全集·海国图志原叙》,第4页。

　　⑤ 《谭嗣同全集》,中华书局1981年版,第206页。

道咸同时期的思想者，无论是经学家还是文学家，一方面要捍卫中国传统文化，另一方面又在前人的文化选择上进行艰难而卓越的探索，实现了自身从"鄙夷"到"师夷"的重大转变，挑战传统华夷之辨的文化价值观，最终促进了以华夷之辨为标志的近代嬗变。谭嗣同、张之洞等人最终证实了只有缩小中西文化比较中更深层的思想观念层面的差距，才能让后来者更得以直面"华夷之辨"的本质，使"中学为体，西学为用"观念深入人心。在这一大背景下，晚清近代文学中的蒙古族诗人们也在展开多彩画图。

第六章

清末光宣时期的蒙古族汉诗创作

虽然晚清经济与思想与学术上的新变从鸦片战争开始,但光宣时期的甲午战争、庚子国变等一系列标志性的事件,使国家面临更为严峻的内忧外患,激烈变化的政治思想影响文坛文学思潮的走向。这种时局下的蒙古族诗人书写的题材更为宽泛,晚近民初之际的边疆保家卫国心声和忧生念乱的情怀,以及交织其间的民族关系和各族诗人们在频繁的雅集唱和中同气相求的诗作,都在一定程度上展示了光宣此期的蒙古族汉诗创作诗学思想变迁。

第一节 光宣时期蒙古族诗人生卒行年考述

光宣时期从事汉诗创作的蒙古族文人二十多人,有诗集行世者19人,分别为果勒敏、锡珍、桂霖、恩泽、云书、博迪苏、那苏图、恒焜、延清、瑞洵、世荣、衡瑞、三多、善广、升允、崇彝、旺都特那木济勒、贡桑诺尔布、成堃等。人数众多,诗歌创作数量、题材、体式、写作技巧、在诗坛的影响力、诗集篆刻、诗歌理论主张等也都在一定程度上异军突起,因此,考述诗人们的生卒行年,将有助于确定其民族属性及生存时代,而当这样众多的蒙古族汉诗创作者汇入晚清诗学世界中,必然会对中华多民族视域下的光宣诗坛演进起到积极意义。

一 光宣京师诗人生卒行年考述

光宣时期的京师聚集了大批蒙古族诗人,但这其中也包含驻防起家后通过科举考试来到京师的蒙古族诗人,循例将这样的诗人放到驻防起家诗人群考述,故此,此期有诗集留存的京师蒙古族诗人7人,即恒焜、锡

第六章　清末光宣时期的蒙古族汉诗创作

珍、桂霖、升允、瑞洵、世荣、崇彝。

恒焜（1837—1883后），字舒翘，号臞鹤，完颜氏蒙古正白旗人。同治3年（1864）举人。无仕宦经历。按：恒焜诗集《臞鹤诗存》自序中述"余自二十入泮即事吟哦""自丙辰至庚辰，计所咏诗不下二千首"。① 可推知恒焜于咸丰丙辰（1856）20岁时入泮并开始诗歌创作，则其当出生于道光丁酉（1837）。该集是恒焜友人资助于光绪癸未年（1883）刊刻的，前有恒焜自序，可证诗集刊刻时恒焜仍在世，故去世时间暂定于光绪癸未（1883）后。恒焜《臞鹤诗存》"附录试帖诗　甲子顺天乡试"，可知恒焜为同治3年（1864）中举。据诗歌记载，其活动范围为京师附近。

锡珍（1847—1889），字席卿，号仲儒，额尔德特氏，尚书和瑛之曾孙、将军壁昌之孙、诗人谦福之侄。蒙古镶黄旗人。同治7年（1868）进士，改翰林院庶吉士，同治10年（1871）散馆授编修。历官詹事府少詹事、通政使司通政使、都察院左副都御史、正黄旗汉军副都统、兵部右侍郎、吏部右侍郎、刑部右侍郎、正红旗满洲副都统、镶黄旗满洲副都统等，光绪8年（1882）奏陈整顿八旗学校。9年（1883）充总理各国事务衙门大臣，11年（1885）至天津与法国使臣换约。官至吏部尚书。锡珍遗著《锡席卿先生遗稿》为著者自订稿本，其中文学创作数种，如《奉使朝鲜纪程》（附诗草）、《使东诗草》《渡台纪程》（附诗草）、《使东琐记》等，收各种体裁的诗歌近二百首。

桂霖（1849—1904后），字香雨，博尔济吉特氏，满洲正黄旗博昌佐领下人，由附生捐纳笔帖式。同治13年（1874）进士，以礼部主事用。光绪10年（1884）授大理府知府。光绪24年（1898）任贵州贵西道。光绪29年（1903）获副都统衔，任驻藏帮办大臣。光绪30年（1904），以目疾解职。

升允（1858—1931），字吉甫，号素盦，多罗特氏，蒙古镶黄旗人。光绪8年（1882）举人。历任总理各国事务衙门章京、驻俄二等参赞、陕西督粮道、陕西布政使、山西按察使、甘肃布政使、山西布政使、陕西布政使、陕西巡抚、陕甘总督。入民国后，与逊清遗老相勾结，图谋复辟。

---

① （清）烜焜：《臞鹤诗存》，光绪癸未（1883）刻本。

升允生平史料较少，《清史稿》《清史列传》皆无载，其女婿溥儒所作《清授光禄大夫前陕甘总督大学士多罗特文忠公神道碑》一文中记载生平详尽，云："公讳升允，字吉甫，姓多罗特氏，其先插汉人也……曾祖富明阿，通州副将。祖色普真，前锋参领，父讷仁，工部侍郎。"① 升允诗集《东海吟》中《自述》有句："我本插汉一老胡"，诗后注释云：察哈尔一名察罕，魏源《圣武纪》作插汉。"② 刘锦藻《清续文献通考》："升允，字吉甫，蒙古镶黄旗人，光绪壬午举人，官至陕甘总督。"③ 沃丘仲子《当代名人小传》："升允，字吉甫，满洲人。"④ 恩华《八旗艺文编目》："升允，字吉甫，号素庵，隶正白旗。"⑤ 钱实甫《清代职官年表》："升允，吉甫，蒙镶蓝，举人，陕督。"⑥ 何刚德《春明梦录》："同部升吉甫主事（允），汉军旗人。"⑦ 升允生年据溥儒《清授光禄大夫前陕甘总督大学士多罗特文忠公神道碑》："辛未七月二十三日薨于天津德邻里，春秋七十有四。"⑧ 上推知其出生于咸丰8年（1858）。

按：升允出身八旗，但其出身记载的旗籍却相互抵牾，有汉军旗人、蒙古镶黄旗、蒙古镶蓝旗、蒙古正白旗之说。据《清代官员履历档案全编》里两次升允履历记载，都明确其旗籍为"镶黄旗蒙古瑞昌佐领下人"⑨。清代官员履历档案是吏部官员向皇帝引见时呈报资料，其真实性较其他史料为高。《清代职官年表》虽记载升允为镶蓝旗，但记载其父为："讷仁，静山。蒙镶黄。"⑩ 其父为蒙古镶黄旗，子随父旗籍，因此升允确是蒙古镶黄旗出身。

瑞洵（1859—1936），字信卿、信夫，号景苏，晚自号天乞居士。满洲正黄旗人，博尔济吉特氏，大学士琦善之孙，杭州将军恭镗之子，诗人

---

① 卞孝萱、唐文权编：《辛亥人物碑传集》，团结出版社1991年版，第657页。
② （清）升允：《东海吟》，《清代诗文集汇编》第787册，上海古籍出版社2010版，第219页。
③ 刘锦藻：《清续文献通考》，民国景十通本。
④ 沃丘仲子：《当代名人小传》，文海出版社1986年版，第122页。
⑤ （清）恩华纂辑：《八旗艺文编目》，辽宁民族出版社2006年版，第131页。
⑥ 钱实甫：《清代职官年表》，中华书局1980年版，第3131页。
⑦ 何德刚：《春明梦录》，北京古籍出版社1995年版。
⑧ 卞孝萱、唐文权编：《辛亥人物碑传集》，第657页。
⑨ 《清代官员履历档案全编》第六册，华东师范大学出版社1997年版，第84、614页。
⑩ 钱实甫：《清代职官年表》，第3220页。

恭钊之侄。光绪12年（1886）进士，改翰林院庶吉士。15年（1889）散馆授编修，迁国子监司业，后被人中伤下狱，宣统2年（1910）赐还。辛亥（1911）后皈依佛乘，晚贫甚。

世荣（1860—1929），字仁甫，号耀东，别号静观居士，土默特氏，蒙古镶白旗人。奉天抚顺人。光绪21年（1895）进士。历官授翰林院编修。詹事府右春坊右中允、国子监司业、翰林院侍讲学士、日讲起居注官、资政大夫、文职六班大臣等。民国成立后，世荣退居奉天省城，担任奉天学务总理，后担任国立沈阳高等师范学校英语、史地两专科教师、奉天公立图书馆馆长、奉天通志馆总纂。

崇彝（1884—1945），字泉孙，号巽庵，别署选学斋主人。巴鲁特氏，大学士柏葰之孙，蒙古正蓝旗人。官吏部文选司郎中。崇彝出生较晚，入民国时尚在青年，但因其诗文著述多有对晚清叙述及追忆，故本著将其纳入光宣时期诗人。崇彝的生卒年，并无明确记载，但仍可根据《邓之诚文史札记》考求。崇彝晚年与邓之诚交往过甚。《邓之诚文史札记》记载："访何孟祥、崇黼丞皆晤……今日所访皆老人，叶、何、崇三君皆七十，余只六十七，尚较予长三岁。"邓之诚生于1887年，按此推算，崇彝生年应为1884年。此书又记："得讣，崇黼丞昨日亥刻逝世，为之不乐。"记录时间为1945年十一月二日，可知崇彝卒年为1945年。

二 光宣驻防起家诗人生卒行年考述

光宣时期驻防起家诗人8人。分别是广州驻防果勒敏，荆州驻防恩泽，开封驻防衡瑞，杭州驻防成堃、三多，京口驻防善广、延清、云书。

果勒敏（1834—1900），又名果尔敏，字杏岑，号性臣，又号铁梅。博尔济吉特氏。果勒敏诗集未付梓，但生前将手订诗集《洗俗斋诗草》分赠子女。1977年，其外孙费致濬以家传稿本付香港大华出版社影印出版。费致濬在诗集出版后记中记"先外王父生于道光14年（1834），卒于光绪26年（1900）"。恩华《八旗艺文编目》载"果勒敏，字杏岑，号性臣，又号铁梅，氏博尔济吉特"[1]。林葆恒辑《词综补遗》卷78载"果勒敏，字杏岑，号性臣，又号铁梅，满洲正白旗人"[2]。崇彝《道咸以来朝

---

[1] （清）恩华纂，关纪新整理点校：《八旗艺文编目》，第121页。
[2] （清）林葆恒辑，张璋整理：《词综补遗》第4册，上海古籍出版社2005年版，第2925页。

野杂记》载"果勒敏,字杏岑,博尔济吉特氏"①。按:博尔济吉特氏为元太祖裔姓,实为蒙古姓氏。清代满蒙联姻,博尔济吉特氏女性多嫁入皇室,因此这一姓氏在清代大都为皇族拥有。果勒敏的族属在相关记载中都被记为"满洲"而非"蒙古",推测一方面与其皇族地位有关,毕竟满洲是八旗的主体,博尔济吉特氏身为皇族顺承了这一划分;另一方面,满蒙联姻始得两者之间的划分不再那么清晰。另外,满族和蒙古族是现代意义上的民族划分,在清代的"满洲"与现代的"满族"并不是划一的,清代的"满洲"相对包含更为复杂的情形。总之,从博尔济吉特氏这一族属看,果勒敏属蒙古无疑。果勒敏生母为贝勒奕纶之女。他的《重过宜园感赋》诗小序曰:"宜园者,先外祖父讳奕纶退食所也。"奕纶为乾隆帝嫡传履郡王之后。据《清史稿·诸皇子世系表》,履亲王一系之传承脉络为:允祹(康熙第十二子。雍正十三年晋履亲王,乾隆二十八年薨)—永珹(本乾隆第四子。允祹无后,以永珹为嗣子,乾隆二十八年袭履郡王,四十二年薨)—绵惠(永珹第一子。乾隆四十二年袭贝勒,嘉庆元年薨)—奕纶(绵惠嗣子。嘉庆元年袭贝子,十四年晋贝勒,道光十五年缘事降贝子,十六年卒,追封贝勒)。据清代玉牒,贝勒奕纶第三女,为嫡夫人博尔济吉特氏头等顺义侯成德之女所出,于道光九年三月嫁博尔济吉特氏散秩大臣额勒浑。②据此,可知额勒浑确为果勒敏生父。按:"头等顺义侯"这个称法是不尽准确的,据《清史稿》载:"恩格德尔初封时从例改三等昂邦章京,其长子囊弩克当袭,囊弩克先以从军授二等甲喇章京,合为二等伯,康熙间复为二等公,降袭一等侯,世宗时特命袭三等公,加封号顺义,旋改奉义"③。所以"头等顺义侯"为旧称,后均成为"奉义侯",该爵位世袭至成德,又由琦善继承,琦善正是果勒敏的舅祖父。果勒敏之父额勒浑除上引《清代玉牒》的记载为"散秩大臣"外,仅能查到两条记载:"命散秩大臣额勒浑为正使,内阁学士裕诚为副使,赐故朝鲜国世子李昊祭"④ "史谱奏额勒浑、莫崇武改由内地行走等语,散秩大臣额勒浑、头等侍卫莫崇武致祭阿拉善王,事毕本应取道口外行

---

① (清)崇彝:《道咸以来朝野杂记》,北京古籍出版社1982年版,第16页。
② 《清代玉牒》19号,第1412页。
③ 赵尔巽:《清史稿》,民国17年(1928)清史馆铅印本,第4707页。
④ 《宣宗成皇帝实录》卷171,第5922页。

走,此次改由内地,虽系自雇车马,并未动用驿站,惟改道行走究属不合,俱着交部议处"①。按:散秩大臣属"清代侍卫处(领侍卫府)武官名称。一品班次,从二品衔,三品俸,无固定员额,掌供宿卫扈从,隶属于领侍卫内大臣和内大臣。"② 一般来说由世袭爵位之人充任,《道咸以来朝野杂记》载曰:"果勒敏,字杏岑,博尔济吉特氏。世袭子爵,官杭州将军",但爵位承袭却未载于《清史稿》,导致果勒敏父系一族难以追根溯源,尚需进一步核查。

咸丰8年(1858),果勒敏奉使喀尔喀塞外。咸丰11年(1861)随扈木兰。同治元年(1862),奉使东浩奇特塞外。《洗俗斋诗草》中诗作依年排序,最早标明年份的诗作是《戊午春奉使喀尔喀塞外》,即咸丰8年(1858),此前有诗作《上元侍宴》等,据此推测果勒敏至迟在咸丰8年(1858)已于禁中任侍卫。其诗集中"风定漏声遥,轻寒已渐消"(《春夜》)、"夜静漏沉沉"(《漫成》)等句,疑似为任侍卫值夜期间所作。咸丰8年(1858)春,奉使喀尔喀塞外,作《戊午春奉使喀尔喀塞外》。咸丰11年(1861),随扈木兰,《壬戌春奉使东浩齐特塞外》有"又负金台艳丽时"句后自注云:"去年春随扈木兰"。同治元年(1862)春,奉使东浩奇特塞外,作《壬戌春奉使东浩齐特塞外》,后有诗作《赤城道中》,赤城地处今河北省西北,应是奉使归来途中所作。此后又曾出使易州,作有《塞上曲》《易州差次车中口占》。同治3年(1864),果勒敏以散秩大臣兼署正白旗汉军副都统、镶黄旗蒙古副都统。同治4年(1865),以散秩大臣为镶黄旗蒙古副都统,兼署镶白旗蒙古副都统、正黄旗护军统领、正红旗蒙古副都统、正白旗满洲副都统、右翼前锋统领。同治5年(1866),兼署右翼前锋统领。同治6年(1867),兼署左翼前锋统领。后以镶黄旗蒙古副都统为正红旗满洲副都统,兼署右翼前锋统领。同治7年(1868),兼署镶蓝旗护军统领。同治8年(1869),兼署镶黄旗汉军副都统、正蓝旗汉军副都统。同年,果勒敏以正红旗满洲副都统为广州汉军副都统。同治10年(1871),兼署广州满洲副都统。以上官职变动,《清实录》中俱有载。

《驻粤八旗志》卷八"职官表"载果勒敏同治8年(1869)至光绪3

---

① 《宣宗成皇帝实录》卷171,第7777页。
② 季德源主编:《中华军事职官大典》,解放军出版社1999年版。

年（1877）期间任副都统①。授官后，作《己巳中秋前一日奉命调补广州汉军副都统纪恩》《谢恩恭纪》《陛辞纪恩》。自京城南下，果勒敏一路作诗记之，《出都》《宿张家湾》《张湾晓发》《取道天津》《晚至蔡村》《晓发》《蒲口道中用前韵》《天津旅舍题壁》《晚泊大沽海口》《黑水洋放歌》《吴淞口夜泊是夕大风雨》《由海口泛舟至申江赏秋舟中》《吴淞口放洋》《舟次虎门》《珠江夜泊》，可知系取水路南下，出京后，从天津大沽口出海，沿吴淞，从虎门转入珠江，抵达广州。光绪3年（1877），升任杭州将军。《驻粤八旗志》载果勒敏"钦命广州汉军副都统兼署满洲副都统升任杭州将军世袭散秩大臣"②。当年果勒敏作《书丁丑年日记后》，中有"万里归帆两月程"句，自注云："丙子十月蒙恩补授杭州将军。丁丑二月北上，孟夏入京朝觐。""江乡诗酒故人情"句后注："由香港乘轮舶泛海，与希赞臣侯帅遇于沪上，盘桓十日，遂同北上。""飞花香衬朝天马"句小注："余与希君同于四月廿一日拜紫禁城内骑马恩命。"③《寓楼题壁》"万里星槎两月还"句小注云："三月晦由沪入都，六月朔由京至沪。"④ 光绪4年（1878），内召回京。《杭州八旗驻防营志略》载果勒敏"三年，由广州副都统升位，四年内召"⑤。《清实录》载光绪4年（1878）六月"命杭州将军果勒敏、副都统济禄、来京当差。调西安将军广科为杭州将军……乍浦副都统富尔荪为杭州副都统"⑥。何以短短一年余，果勒敏就被召回京。《清实录》广科调令下云："杭州驻防营制，素尚整齐。近因拨补各处兵丁，不能遵守营规，竟有滋事之案，亟应认真整顿。广科到任后，务当约束兵丁，整饬营伍，处处实事求是，勿得铺张扬厉，徒事矜夸。遇有旗民交涉事宜，并着与该抚和衷商办，务使兵民相安，不准固执己见。"⑦ 由此谕旨观之，果勒敏在杭任职一载余颇不称上意。此外，果勒敏与属下副都统富尔荪之冲突，也折射出他在杭任职期间

---

① （清）长善等纂，马协弟、陆玉华点校注释：《驻粤八旗志》，辽宁大学出版社1992年版，第356页。
② （清）长善等纂，马协弟、陆玉华点校注释：《驻粤八旗志》，第12页。
③ （清）果勒敏：《洗俗斋诗草》，香港大华出版社1977年版，第79页。
④ （清）果勒敏：《洗俗斋诗草》，第91页。
⑤ （清）张大昌：《杭州八旗驻防营志略》，辽宁大学出版社1992年版，第193页。
⑥ 《清实录·德宗实录》卷75，中华书局1986年版，第53册，第151页。
⑦ 《清实录·德宗实录》卷75，第151页。

之境况。据《清实录》光绪 4 年（1878）九月所载，果勒敏曾上奏"调任杭州副都统富尔荪未奉谕旨，自行署理乍浦副都统原缺，显违定制。并该副都统于用印事件，并不查照向章，钤用将军之印"① 等事。同年十一月，富尔荪回奏，《清实录》载："兹据奏称，该副都统于八月初五日到杭州副都统调任。先于七月二十五日咨询果勒敏乍浦副都统印信，应否择员护理。至八月初三日始接回咨，仍未将咨询情节分晰见覆。迨初七日续接该将军咨会暂行代理之文，已在列衔奏到新任仍署旧任之后。因未离旧任将到任，奏咨事件，酌用乍浦副都统印信等语。富尔荪到杭州副都统调任后，其乍浦副都统印务应暂行代理，乃率用署理字样，殊属非是。果勒敏咨覆迟延，亦属不合，均着交部议处。"② 由此可见果勒敏任杭州将军期间在旗营管理上存在疏漏，于营制也不熟悉。早在光绪 4 年（1878）三月"有人奏，杭州驻防营兵逞强滋事，请饬查办。并暂缓续调。暨乍浦营兵暂停调取各摺片。据称上年十月闲，杭州旗兵三人在盐桥地方茶叶铺强买寻衅。旋登桥出小黄旗，招党数十人，执持刀械，哄毁该铺，伤毙铺伙，居民为之罢市。闻凶犯潜匿营内，虚悬赏格，掩人耳目等语。该兵丁逞强滋事，致毙人命，殊属目无法纪。何以时已数月，案悬未办。著果勒敏、梅启照、济禄迅将此案凶犯严拿务获。秉公审讯，按律定拟具奏。至所称营门彻夜不闭，奸宄溷迹各情，似此营务废弛，尤属不成事体。并著果勒敏、济禄，严定营规，约束兵丁随时认真稽查，毋任再滋事端。杭州驻防旗兵，应否暂缓续调。乍浦修复营房，调拨营兵，需款甚钜，应否暂缓办理之处，著该将军、副都统会同该抚体察情形。据实具奏。原摺片均著钞给阅看。将此各谕令知之"③。光绪 4 年（1878）五月"甲子。谕内阁。前据国子监司业汪鸣銮奏杭州旗兵强买寻衅，招党持械，伤毙铺伙，凶犯潜匿营内等情，当经谕令果勒敏，严拏案犯。定拟具奏。兹据奏称，上年十月闲，有山东德州销档旗人郑听即荣福在联桥地方茶叶铺强买茶叶，该店不允，致相争殴。马甲哈山保等往劝争打，致店伙方正恩等受伤，首犯脱逃等语。旗兵恃强滋事，实属目无法纪。该将军等平时既约束不严，事后又不能将逸犯立时拏获，咎无可辞。果勒敏、济禄，均

---

① 《清实录·德宗实录》卷 78，第 194 页。
② 《清实录·德宗实录》卷 81，第 237 页。
③ 《清实录·德宗实录》卷 70，第 87 页。

著交部议处。仍著分饬勒拏逃犯郑听即荣福务获，归案严讯，分别重惩。至该营虽无彻夜不闭情事，仍当严定营规。饬令各营官照保甲章程设立门牌，稽查奸宄，毋任兵丁再滋事端"①。

光绪 4 年（1878）岁末，广科接任果勒敏职务。除夕，广科抵杭，二人匆匆交接。离任之时，果勒敏作《除夕解组用前韵》，诗题下注云："广力旃爵帅科于除日到省，急欲接篆，故解组。"诗云："饮到屠苏又一年，仔肩初卸即神仙。深惭上将筹边笔，快散儿童压岁钱。带雪梅花迎腊鼓，含春杨柳待扬鞭。心期不随年华换，流水行云任自然。"②诗题注中云广科"急欲接篆，故解组"，似有深意。《和长乐初善军帅五旬初度述怀原韵叩祝》诗中有"蛮烟瘴雨筹边客，淡月疏星待漏人"后注有"余时奉旨内用故云"③。奉旨内用所为何事并未说明，于史书中未见。光绪 5 年（1879）回京后有《见意》诗一首，云："十年宦游此归来（余于己巳秋外放，已卯春回京），旧雨樽前笑口开。南海云霞供画本，西湖水月助诗才。葡萄美酒今须醉，苡薏珠明莫浪猜。故里春深花自好，托根况复近蓬莱"④，带有淡淡的哀愁。果勒敏在杭州期间诗歌以写景诗居多，如《口占》《孤山》《云林寺》《游紫云洞》《雷峰夕照》《重阳风雨登楼望湖上诸山忆金台旧雨》《湖上秋感》《游南屏山净慈寺》《春日湖上》等，总体上呈现的大都是豪迈快意，未见非常明显的异样心态。

光绪 5 年（1879），果勒敏出使祭奠科尔沁扎萨克亲王格瓦占散。此时诗作有《奉使科尔沁恭纪（通州作）》，小注中有"己卯闰三月十七日，奉旨派出臣果尔敏往赐奠科尔沁扎萨克亲王格瓦占散"⑤之语。除此而外，还有《蓟州道中柳下小憩》《喜峰口》《车中谣》《九岭狐遇雨》《万塔黄崖》《宽城道中》《头台遇雨》《山行》《巴沟赛会竹枝词》《二台五十家子（每台设兵五十名，携眷以居，俗呼五十家子）》《阻雨》《书所见》《马上吟》《忆旧》《怀古》《宿石佛寺》《科尔沁道中吊忠勇亲王（王讳僧格林沁，督师数年，殁于曹州之战）》《七台》《寄家信（九

---

① 《清实录·德宗实录》卷 73，第 134 页。
② （清）果勒敏：《洗俗斋诗草》，第 102 页。
③ （清）果勒敏：《洗俗斋诗草》，第 102 页。
④ （清）果勒敏：《洗俗斋诗草》，第 104 页。
⑤ （清）果勒敏：《洗俗斋诗草》，第 104—105 页。

台）》《十一台晓发》《旧府感赋（旧府札萨克王废邸）》等诗记载行旅中的景色和感悟。光绪 14 年（1888），果勒敏以前杭州将军署正白旗汉军都统。在光绪 5 年（1879）至 14 年（1888）之间，果勒敏任何职务不确知，未见史料记载。翻阅其诗集，此期诗作较少。光绪 14 年（1888）五月，果勒敏作《述怀再用除夕解组诗韵》，云："待漏金门又十年，闲官况味等游仙。自知身外无常物，谁信囊中不一钱。励志久停陶侃杯，承恩再著祖生鞭。前程漠漠休相问，居易从来本自然。"①《除夕解组》诗作于光绪 4 年（1878）除夕，此时将要离任杭州将军返回北京，诗作中呈现的还是欢快，至光绪 14 年（1888）再次任职，果勒敏感慨这十年中的闲官情味，诗中充满了惆怅。

光绪 20 年（1894），以前杭州将军为镶白旗汉军副都统。是年果勒敏作《元日中午太和殿侍宴恭纪（甲午）》《正月二十五慈宁宫侍宴恭纪》《黎明由朝日坛散值入朝阳门》，此前还有《初冬夜雪侵晨入值望禁中楼阁》《元夕入值与荣秀山上公小饮》，职务应与侍卫相关。光绪 21 年（1895），果勒敏以镶白旗汉军副都统为镶红旗满洲副都统，同年九月以正使册封载漪为端郡王，十月以镶红旗满洲副都统为正蓝旗护军统领；22 年（1896），调正蓝旗护军统领为正黄旗护军统领，调镶红旗满洲副都统为正白旗满洲副都统；24 年（1898），以正白旗满洲副都统署镶红旗满洲副都统，十月以正白旗满州副都统为马兰镇总兵官兼总管内务府大臣；25 年（1899）六月，马兰镇总兵任内因病解职。果勒敏诗集收录约自咸丰初年至光绪 20 年（1894）间作品，光绪 20 年（1894）之后的经历已无诗歌可进行佐证。光绪 26 年（1900），抑郁而终。费致潨在诗集后记中载果勒敏"后任马兰峪总兵，因病乞开缺，回京摄养，庚子年间上书言事，不为孝钦后所纳，抑郁而终"。

荆州驻防恩泽（1838？—1900），字雨三，噶奇特氏，蒙古镶蓝旗人，荆州驻防。以军功由佐领擢协领，曾任巴里坤、乌鲁木齐领队大臣，最高至吉林副都统、黑龙江将军。

恩泽生年无载，据《题三十七岁从军时同楚静泉都护所照小相》知其最晚三十七岁已然赴疆，而恩泽入疆在同治 13 年（1874），《敦煌太守

---

① （清）果勒敏：《洗俗斋诗草》，第 129 页。

碑》序言云：甲戌秋，予应今伊犁将军金公橄调。① 所以恩泽生年大约在道光 18 年（1838）。《光绪朝实录》载：（光绪二十五年）十二月丙申，黑龙江将军恩泽因病出缺，以黑龙江副都统寿山暂署黑龙江将军。② 癸卯，黑龙江将军恩泽奏江省通商窒碍请暂缓扩充口岸。③（光绪二十六年）正月丙辰，予故黑龙江将军恩泽祭葬，孙长龄以主事用，寻予谥壮敏。④《光绪朝东华录》载光绪二十六年正月乙卯黑龙江将军恩泽卒，赐恤如例。⑤ 即恩泽逝于 1900 年 2 月 11 日。清廷于次日光绪 26 年正月丙辰（1900 年 2 月 12 日）筹备恩泽祭葬事宜。

开封驻防衡瑞（1855—1900），字辑五，号寿芝，一号又新，乌齐格里氏，蒙古正红旗人。咸丰 5 年（1855）正月初六生于河南，卒于光绪 26 年（1900）。衡瑞生平文献记载多零星散乱，《清史稿》《清史列传》皆无载。朱汝珍《清代翰林名录》载："衡瑞，倭仁孙，字辑五，号寿芝，正红旗蒙古人。"⑥ 顾廷龙《清代硃卷集成》曰："衡瑞，字辑五，号又新，行二，又行五。咸丰乙卯年正月初六日吉时生，系正红旗蒙古文翰佐领，附贡生，工部学习员外郎。"⑦ 恩华《八旗艺文编目》云："衡瑞字辑五，隶正红旗。"⑧ 关于其卒年，荣厚在为衡瑞作的序中有详细记载："夫庚子拳匪之乱，两宫西狩，诸国联军逼京师，九衢烽燧蔽目。内外城荐绅巨室死节不可作偻数。文端之门祚后叶骈死而殉者，尤最烈。时则先生既殁，兹殁虽不与难，然其诗中慷慨之气实相辉映，足见正人君子。"⑨

衡瑞祖上发源河南，世代簪缨，顾廷龙《清代硃卷集成》载："高高祖诺海，康熙五十九年移驻河南，诰赠武德骑尉右翼防御，晋赠光禄大夫，官至文渊阁大学士。高高祖妣氏相，诰赠宜人，晋赠一品夫人。高祖

---

① （清）恩泽：《守来山房囊鞬余吟》卷下，国家图书馆古籍馆藏清末稿本。
② 《清实录·德宗实录》卷 457，中华书局 1987 年版，第 1025 页。
③ 《清实录·德宗实录》卷 457，第 1030 页。
④ 《清实录·德宗实录》卷 458，第 9 页。
⑤ 《光绪朝东华录》第四册，中华书局 1958 年版，第 4470 页。
⑥ 朱汝珍：《清代翰林名录》，北京燕山出版社 2008 年版，第 456 页。
⑦ 顾廷龙：《清代硃卷集成》第 75 册，成文出版社有限公司 1992 年版，第 327 页。
⑧ （清）恩华：《八旗艺文编目》，辽宁民族出版社 2006 年版，第 131 页。
⑨ （清）荣厚：《寿芝仙馆诗存诗序》，（清）衡瑞：《寿芝仙馆诗存》，民国 2 年（1913）石印本。

达三，诰赠武德骑尉右翼防御，晋赠光禄大夫。高祖妣氏相，诰赠宜人，晋赠一品夫人。本生高祖达斌，诰赠奉直大夫，刑部主事加一级。晋赠光禄大夫，文渊阁大学士。本生高祖妣氏黄，诰赠宜人，晋赠一品夫人。曾祖文成，河南驻防右翼防御，诰赠武德骑尉，晋赠光禄大夫，文渊阁大学士。曾祖妣氏黄，诰赠宜人，晋赠一品夫人。本生曾祖文明，河南驻防骁骑，敕封武略骑尉，诰赠奉直大夫同知衔，山东淄川县知县，晋赠光禄大夫，文渊阁大学士。本生曾祖妣氏富察，敕封安人，诰赠宜人，晋赠一品夫人。"[1]衡瑞祖父辈三人连中进士。祖父倭仁，字艮峰，乌齐格里氏，蒙古正红旗人，河南驻防。道光9年（1829）进士，选为翰林院庶吉士，仕途生涯由此开始，此后升迁频繁，官至文华殿大学士。衡瑞胞伯祖爱仁，生年不详，卒于同治2年（1863）。原名斐仁，字静山，又号同仁，乌齐格里氏，蒙古正红旗人。道光6年（1826）进士，选补国子监博士。同治2年（1863）卒，谥清恪。衡瑞胞叔祖多仁，号莘农，乌齐格里氏，蒙古正红旗人。道光21年（1841）进士。历任各省知县，官至山东巡抚。衡瑞叔父辈亦有功名，在朝为官。衡瑞之父福咸，号新伯，乌齐格里氏，蒙古正红旗人。福咸由拔贡生于道光30年（1850）分发河南，以知县用。后官至江苏盐法道。咸丰10年（1860），殉难宁国。衡瑞叔父福纶，号锡廷，附贡生，官至广东理事同知。福裕，号馀庵，荫生，官至江西按察使。堂叔父福曜，号焕臣，附贡生，官至抚宁县知县。福格，号致堂，附贡生，官至广东小靖场盐大使。福润，号少农，附贡生，官至山东巡抚。福永，号子永，凤慧早逝。福昌，号世侯，官至湖南澧州直隶府。福善，号宝之，官至广东琼州府知府候选道。福敏，号子英，官至理藩院郎中。福懋，号幼农，光绪庚辰（1880）科进士，翰林院编修，后任内阁学士兼礼部侍郎衔。福盛，号和笙，官至江苏候补道。福咸，《清史列传》有其传。"福咸，乌齐格里氏，蒙古正红旗人。父倭仁，文华殿大学士。福咸由拔贡生，于道光三十年分发河南，以知县用。咸丰三年，以守城出力，巡抚陆应谷奏保，赏知州衔。四年，援例以直隶州知州在任候选。旋署孟津县知县，办理河务。五年，左副都御史王履谦以福咸防守河岸两载有馀，弹压稽查，奏请留于河南以直隶知州用，奏如所请。八年，

---

[1] 顾廷龙：《清代硃卷集成》第75册，第327—329页。

授江苏盐法道。……十年粤匪由江、浙窜扑宁国。……城陷，福咸率队巷战死之……子衡峻，为户部员外郎，次子衡瑞、钦赐举人。"① 按：据《清史列传》可知，衡瑞之父福咸于道光 30 年（1850）到咸丰 7 年（1857）一直于河南任职，咸丰 8 年（1858）才外调，而衡瑞生于咸丰 5 年（1855），其父此时任河南直隶知州，故可推知衡瑞生于河南。

衡瑞长兄亦入仕途，姊妹均出适达官，甥辈多有入仕者。衡瑞之兄衡峻，号德圃，乌齐格里氏，蒙古正红旗人，世袭骑都尉，官至户部郎中。胞妹二，长适广东即补同知印昌本；次适吏部郎中军机处章京、现任安徽徽州府知府赏戴花翎印春岫。胞姊三，长适山东候补道衡山，其长子山东候补监大使印聊辉；次适翻译进士、兵部左侍郎伊精阿，其次子工部主事英俊；三适两淮监制同知灵浚，其长子吏部主事、文选思帮掌印钟锜。关于其胞兄衡峻，《中国第一历史档案馆藏清代官员履历档案全编》记载：衡峻，系正红旗蒙古文翰佐领下人，由骑都尉报捐员外郎，同治七年，签分户部学习行走，十年奉上谕以本部员外郎即补，是年学习期满奏留，遇有蒙古员外郎缺出先尽奏补，十三年补山西司员外郎。光绪五年，因京捐局，奖叙奉旨赏加四品衔。八年京察一等，奉旨准其一等加一级。九年十月题升山东司郎中，本年十二月，吏部以拣补热河道一缺，将带领引见奉。②

按：据顾廷龙《清代硃卷集成》记载：衡瑞，字辑五，号又新，行二，又行五。按照上述记载可知，衡瑞兄妹七人，行二指在兄弟辈中排行第二，行五指在兄弟姊妹中排行第五。衡瑞有一兄三姊二妹。

衡瑞嫡堂弟衡玲，钦赐主事，广东监运同。衡珊，钦赐内阁中书，安徽候补同知。衡琪，钦赐内阁中书。衡璋，兵部员外郎，钦加四品衔，赏戴花翎。衡玖，候选员外郎，赏戴花翎。衡秀，广东候补监大使。衡端，直隶候补巡检。衡湘，广东候补通判。衡佩，附生，光绪己丑（1889）恩科乡试荐卷。衡珏，候补库大使。衡琳，理问衔。衡吉，候选监大使。衡琛，监生，光绪辛卯（1891）科乡试荐卷。胞侄保如，世袭骑都尉，候选员外郎。保春，监生候选笔帖式。

---

① 王钟翰：《清史列传》，中华书局 1987 年版，第 5224 页。
② 秦国经：《中国第一历史档案馆清代官员履历档案全编 4》，华东师范大学出版社 1997 年版，第 209 页。

衡瑞少承家世旧学，及长，以祖荫授恩赐举人。按：咸丰 10 年（1860），衡瑞父亲福咸去世，而衡瑞方 6 岁。衡瑞幼年的教育多是由母亲来完成的。衡瑞于光绪 18 年（1892）考取进士，殿试入第二甲 132 名，赐进士出身。初入散馆，后改户部主事。后又以家计改知县，未及选缺郁郁以终。

杭州驻防女诗人成堃（？—？），字玉卿，布库鲁氏。乍浦副都统杰纯女孙，广西浔州府知府固鲁铿女，杭州驻防满洲诸生完颜守典妻。成堃生卒年不详。《雪香吟馆诗草》后有三多题诗，小序中有"玉卿名成堃，蒙古人布库噜氏，乍浦副都统杰果毅公女孙，广西浔州府知府固画臣太守女，妻兄守彝斋茂才室也"①。完颜守典《逸园初集》卷首有盛元题诗，后有作者自注"甲申年，余十有六岁，补博士弟子员……"②，可知光绪 10 年（1884）完颜守典十六岁，推算他于同治 8 年（1869）生，卒年不详，主要生活在光绪年间。成堃为完颜守典妻，推测成堃主要生活在光绪年间。

成堃祖父杰纯，"字硕庭，蒙古镶白旗人，官乍浦副都统"，咸丰 11 年（1861）殉难，谥果毅，祠在西湖郡王庙侧。杰纯有二子，长子讷苏铿辛酉年阵亡。次子固鲁铿即成堃父在战争中"突围而出，晋都呈明全家死事状，赐袭骑都尉世职，由荫服官浔州郡"。杰纯孙承厚为"候选员外郎"③。成堃幼年丧母。固鲁铿有《悼亡词》，诗载"忆自乱离后，父兄妻子亡（辛酉之难）。颣躬暂不死，所以有烝尝。祖父留余荫，袭封守浔江。不能为王骏，援琴歌凤凰（继室兀扎拉氏）。明珠不易得，天乃忌其光。有妻复有妻，盖如开封张（前继室卒即以姨为再继室）。今又别我去，有女如枕长（时坤儿生七月）。空帷抚孤弱，深情不能忘"。可知成堃七个月大时，母亲去世，且成堃母为固鲁铿继室兀扎拉氏。成堃幼承家学，工诗能琴。嫁与完颜守典后，夫妇二人俱喜吟咏，诗集中常见联吟唱和之句。有《雪香吟馆诗草》一卷。诗作以闲情逸趣书写为主，少愁苦之言。

杭州驻防三多（1871—1941），号六桥，晚号鹿樵，钟木依氏，汉姓

---

① （清）成堃：《雪香吟馆诗草》，南京图书馆藏抄本。后引成堃诗均出此版本，不另注。

② （清）完颜守典：《逸园初集》，国家图书馆藏光绪刻本。后引完颜守典诗均出此版本，不另注。

③ （清）丁丙、丁申：《国朝杭郡诗三辑》，光绪 19 年（1893）刻本。

张。蒙古正白旗人。祖籍抚顺，顺治2年（1645）迁驻杭州。光绪10年（1884）袭三等轻车都尉世职，光绪22年（1896），署正白旗佐领，光绪27年（1901），任稽查商税事务，次年正月，充京师大学堂提调。一年期满后，委署乍浦理事同知。光绪32年（1906），署杭州知府。光绪34年（1908）四月始任边疆大臣。先后任归化城副都统、库伦办事大臣。辛亥革命起，由西伯利亚辗转而归。入民国后三多任山海关副都统、国务院诠叙局局长。有诗集《柳营谣》《可园诗钞》《可园诗钞外集》《东游诗词》等，存诗五百六十多首。

三多生年学界尚存疑。朱德慈《近代词人考录》中，考证三多生于同治10年（1871）五月二十二日。所据乃荣勋（字竹农）于三多《粉云庵词》的题诗："生与忆云同一（自注：君与项莲生皆五月二十二生），命如饮水定千秋（自注：成容若生于顺治乙未，君生于同治辛未）。"三多《贺竹农即真吏部左侍郎》诗中记："同岁多英俊"，又在《寄赠竹农京卿》诗中写道："总角交情廿五年"，因此荣勋所载三多生年应无误。另三多《可园诗钞》卷四收有光绪二十九年癸卯《寒食》诗云："我生三十三寒食……回溯辛未吾已降"，从是年上溯三十三年，正是辛未即同治10年。《可园诗钞》卷六宣统2年（1910）有诗《九日无菊怅然作歌》中有"吾生四十度重阳，三十九度看花黄"，上溯可知三多生于同治10年（1871）。因此可以确定三多生于同治10年。董毓舒《粉云庵词跋》："辛巳，先生忽归道山。同人恐先生遗稿湮失，乃将《粉云庵词》付之剞劂。"可知三多卒于民国20年（1941）。

三多在生活中用鹿樵为号的实例较为稀见，只在其姜玉并《香珊瑚馆悼词》（民国刻本）中何振岱用此号指称三多，陈玉堂《中国近代人物名号大辞典》、江庆柏《清代人物生卒年表》有录。王廷鼎《可园诗钞》序中有"汉姓为张"，卷七有诗《实甫先生出示前生三张诗画卷册分题六绝梦晋岁寒三友长卷》中"此图合让故将军"后有小注"吾家入关后以张为姓，故少时得一旧印曰小生姓张佩用之"。《可园诗钞》卷二有诗《题韵松东山行旅图》，其中有"吾家世居辽海东，先人沐赏从龙功。"卷七有诗《壬子秋暮将赴盛京适厂肆有……为沈阳添一掌故也》，其中有"祖居此亦堪栽柳"后有小注"吾家世居抚顺城，顺治二年迁驻杭州，盛京乃第一梓桑也"。

京口驻防善广（？—1892后），字子居，蒙古镶红旗人，伊普抒克氏。汉姓怀。同治10年（1871）进士，历官内阁中书、乍浦理事同知、代理西安县知县、浦江知县。

善广生卒年不详。推测生于咸丰年间，善广长子桂森生于同治9年（1870），据此推算善广应出生于道光年间。善广卒于光绪18年（1892）以后，《光绪浦江县志稿》卷七载善广"光绪十八年二月复任浦江知县"①，为其生平的最晚纪录。

京口驻防延清（1846—1920），字子澄，一字紫丞，号铁君，一号梓臣、小恬，晚年自号搁笔老人，巴里客氏，蒙古镶白旗人。同治13年（1874）进士。历官工部主事、翰林院侍读，官至侍读学士。著有汉诗集《奉使车臣汗记程诗》《庚子都门纪事诗》《锦官堂诗草》《锦官堂诗续集》《来蝶轩诗》《前后三十六天诗》，等等。延清卒年无明确记载。爱仁《重修京口八旗志》（下）载："……（延清）卒年七十五岁。"②朱德慈《近代词人考录》称其卒年为"1918后"③，朱彭寿所编《清代人物大事纪年》云"民国九年去世，时年七十五"④，则延清卒年当为1920年。

京口驻防云书（1874—1948），字企韩，号仲森，后以字行。鄂尔图特氏，蒙古正白旗人。道咸间京口驻防诗人清瑞之孙。光绪23年（1897）乡试举人。30年（1904）甲辰科会试进士，入翰林院。赴日留学，后升翰林院侍讲，宪政筹备处提调。辛亥革命后，补授肃政厅肃政史。1922年任奉天省印花税局局长。1925年辞职回镇江。有《沈水清音集》《关外杂诗》《汉隐庐诗草》和《梦溪吟社》一、二、三集。

三 光宣王公诗人生卒行年考述

晚清蒙古王公家族诗人有4人。即博迪苏、那苏图、旺都特那木济勒、贡桑诺尔布。

博迪苏（1871—1914），博尔济吉特氏，蒙古族科尔沁人，系左翼后旗扎萨克博多勒噶台亲王伯彦讷谟祜之子，僧格林沁嫡孙。曾官御前大

---

① （清）善广修，（清）张景青纂：《光绪浦江县志稿》卷7，国家图书馆藏民国5年（1916）黄志璠增补铅印本。
② （清）爱仁：《重修京口八旗志》下，民国16年（1927）抄本。
③ 朱德慈：《近代词人考录》，中国社会科学出版社2005年版，第284页。
④ 朱彭寿：《清代人物大事纪年》，北京图书馆出版社2005年版，第1356页。

臣、蒙古正蓝旗都统。

　　博迪苏生卒年没有明确记载。吴丰培《朔漠纪程跋》中言："博迪苏，蒙古正白旗人，道光十三年进士，后任御前大臣。达寿，字挚夫，满洲正红旗人，时官内阁学士，两人均喜吟咏……吴丰培识，一九八九年十月。"① 朱彭寿《古今人生日考》中载："盛京工部侍郎博迪苏，道光癸巳会试进士，嘉庆二十二年丁丑生。"② 钱宝甫《清代职官年表》："博迪苏，露庵。蒙正白。道十三庶。盛工；道二十四年病免。"③ 朱汝珍《清代翰林名录》载："博迪苏，字露菴。正白旗蒙古人。散馆授检讨。官至盛京工部侍郎。"④ 如若博迪苏于道光13年（1833）中进士，光绪32年（1906），他已算高寿，不可能与达寿一起护送达赖喇嘛回藏。再依据《玉牒》中《满蒙联姻总表》该婚姻当事人怡亲王载垣女生于"道光十八年五月"⑤，博迪苏的生母生于道光15年（1835），科尔沁博迪苏不可能是道光13年（1833）进士。盖因蒙古族正白旗博迪苏与科尔沁博迪苏名字相同，且皆是蒙古族，故将两人生平事迹相混淆。根据《资政院会奏资政院议员选举章程折（并单）》，1910年清廷发布谕旨，明确钦选议员人选中载"哲里木盟闲散辅国公，博迪苏，四十岁，现居职任御前大臣，领侍卫内大臣，镶蓝旗满洲都统。"⑥ 知宣统2年（1910），博迪苏四十岁，可初步判断其生年系同治10年（1871）。再据中国第一历史档案馆编《光绪宣统两朝上谕档》中《王大臣年岁生日单》载："（光绪二十八年正月）博迪苏，年三十一岁（应为三十二岁——引者注），十月初三日生日。"（第28册，第3页）"（光绪二十九年（1903）正月）博迪苏，年三十三岁，十月初三日生日。"（第29册，第3页）光绪30年（1904）正月至宣统三年（1911）正月《王大臣年岁生日单》对其生日的

---

　① 中国社会科学院中国边疆史地研究中心编：《清末蒙古史地资料汇萃》，全国图书馆文献缩微复制中心1990年，第564页。
　② 朱彭寿编：《古今人生日考》，北京图书馆出版社2003年版，第250页。
　③ 钱宝甫：《清代职官年表》（第四册），中华书局1980年版，第3229页。
　④ （清）朱汝珍辑，刘建业点校：《清代翰林名录》，北京燕山出版社2008年版，第301页。
　⑤ 参见杜家骥《清朝满蒙联姻研究》，故宫出版社2013年版，第242页。
　⑥ 《调查·资政院议员一览表·钦选外藩王公世爵议员》，《大公报》1910年8月7日第2张；中国第一历史档案馆编：《光绪宣统两朝上谕档》第36册，广西师范大学出版社1996年版，第87页。

记载均为"十月初三日生日",年龄分别为:光绪30年(1904)为三十四岁(第30册,第3页)、光绪31年(1905)为三十五岁(第31册,第3页)、光绪32年(1906)为三十六岁(第32册,第3页)、光绪33年(1907)为三十七岁(第33册,第3页)、光绪34年(1908)为三十八岁(第34册,第3页)、宣统元年(1909)为三十九岁(第35册,第9页)、宣统2年(1910)为三十九岁(原文如此,应为四十岁——引者注)(第36册,第4页)、宣统3年(1911)为四十岁(原文如此,应为四十一岁——引者注)(第37册,第3页)。① 据此可知博迪苏生于同治10年十月初三日(1871年11月15日)。博迪苏卒于1914年。据一九一四年一月二十九日《政府公报》载:"请援案派员致祭博迪苏转呈袁世凯文(一九一四年一月二十七日)为转呈事:据蒙藏事务局呈称:'据科尔沁辅国公阿勒坦巴图尔呈报,伊父固山贝子博通苏于民国三年一月八日在京病故,等因。请援案派员致祭,并给赙银。'等情。理合检同原呈,转呈鉴核示遵。谨呈。"② 毕奥南整理的《清代蒙古游记选辑三十四种》:"(博迪苏)1914年,卒。"③

旺都特那木济勒(1844—1898),乌梁海氏,字衡斋,号如许主人,另号塞上懵叟、梦园叟,生于清卓索图盟喀喇沁右翼旗王府,成吉思汗勋臣济拉玛二十四世孙,卓索图盟喀喇沁右旗世袭札萨克亲王。

贡桑诺尔布(1872—1931),乌梁海氏,字乐亭,号夔盦,旺都特那木济勒子,卓索图盟喀喇沁右旗世袭札萨克亲王,兼卓索图盟盟长。

那苏图(1856—1900),字幼农,号藤花馆主人,谥"勤恪"。科尔沁辅国公,历任蒙古镶黄旗副都统、正红旗护军统领。

《钦定外藩蒙古回部王公表传》载:"色布腾巴勒珠尔,乾隆八年,封辅国公。十七年,袭其父罗卜藏衮布爵,后以罪削。(乾隆)二十一年,复赐公品级。二十三年,封和硕亲王。三十七年,复削。四十年,以从征金川功,诏复其爵,寻卒。色布腾巴勒珠尔长子鄂勒哲特穆尔额尔克巴拜,乾隆四十年,袭多罗郡王。四十九年,诏袭罔替。五十六年八月,因罪革。九月,奉恩旨赏公衔,在乾清门行走。五十八年卒。鄂勒哲特穆尔额尔克巴拜

---

① 中国第一历史档案馆编:《光绪宣统两朝上谕档》。
② 林增平、周秋光编:《熊希龄集》(上册),湖南人民出版社1985年版,第699页。
③ 毕奥南整理:《清代蒙古游记选辑三十四种》(上册),东方出版社2015年版,第514页。

嗣子鄂哲勒图，乾隆五十九年，袭公品级。"① 那苏图六世祖色布腾巴勒珠尔是乾隆皇帝的固伦额驸，曾经承袭扎萨克亲王，后因罪削去爵职。宦海浮沉，几经波折，临终前复封亲王。色布腾巴勒珠尔之女，嫁乾隆长孙定亲王绵德。色王后代居住京师，并屡任要职。色布腾巴勒珠尔之子鄂勒哲依图，其女于道光年间嫁入顺承郡王府，为郡王伦柱之子镇国将军春英妻。那苏图祖父济克默特降袭贝子，道光6年（1826）至28年（1848），曾补授科左中旗扎萨克，晋爵贝勒，后加郡王衔。鄂勒哲依图嗣孙棍楚克林沁，祖孙三代都是皇家的额驸。那苏图父棍楚克林沁袭镇公国，曾任八旗都统、御前大臣，道光28年（1848）娶宗室奕遽之女。那苏图同治12年（1873）十二月与怡亲王府结亲，成为怡亲王载敦第三女郡主的额驸。那苏图之子达赉，又在光绪24年（1898）娶载敦长子怡亲王溥静之女，那苏图及其子达赉两代的婚姻为姑、侄女嫁于父子。"② 那苏图子达赉，字竹湘。《清实录》记载："光绪二十六年十一月，赏达赉辅国公衔。""光绪二十七年，二月袭辅国公。二十九年八月，任正红旗蒙古副都统。""三十年正月。为正红旗护军统领。""宣统二年七月，兼署镶红旗蒙古副都统。"宣统3年（1911）武昌起义后，他是"蒙古王公联合会"的重要成员。民国元年（1912）四月任北京临时参议院议员，十一月加贝子，十二月晋封贝子，是袁世凯的高等顾问。1918年六月辞镶红旗蒙古副都统。1921年四月任将军府将军。1930年五月六日卒于北京。

《玉牒》19号记载："道光二十八年三月，宗室奕遽第一女（媵妾韩氏韩福之女所出），嫁科尔沁二等台吉棍楚克林沁。"③ 据同治元年（1862）十二月二十五日《为科尔沁镇国公棍楚克林沁之子年仅六岁俟其及岁后著理藩院题奏事》④，可推知棍楚克林沁子生于咸丰6年（1856）；又据《玉牒》："同治十二年十二月，怡端亲王载敦嫡福晋他塔拉氏福禄之女所出第三女郡主嫁（科尔沁）博尔济吉特氏二品台吉那苏图（棍楚克林沁之

---

① 《钦定外藩蒙古回部王公表传》，《和硕毅亲王色布腾巴勒珠尔列传》，内蒙古大学出版社1998年版，第2页。
② 杜家骥：《清朝满蒙联姻研究》下，故宫出版社2013年版，第18—19页。
③ 《玉牒》19号1413页。
④ 中国历史第一档案馆，档案编号03-18-009-000103-0004-0056。

子)。"① 可知那苏图大婚时年十八。《清实录》记载:"光绪二十七年癸卯以故科尔沁达尔汉辅国公那苏图之子达赉袭爵。"可知那苏图亡故时间应早于光绪27年(1901)。又据《奏为代奏御前行走镶黄旗蒙古副都统驻京科尔沁达尔汗辅国公那苏图病故日期事》②可知其故去时间亦早于光绪26年(1900)十月二十六日,故推其卒年为光绪26年(1900)。

作为与皇室联姻的蒙古王公,那苏图行年任职均有据可查:咸丰九年五月十四日奕宁表奏《为棍楚克林沁兄之子那苏图著加恩赏戴二等顶戴事》③;光绪十年九月十五日载湉表奏《为闻镇国公棍楚克林沁溘逝著派贝勒载漪带领侍卫十员往奠赏银千两治丧伊子那苏图承袭辅国公事》④;光绪二十四年十月二十日载湉表奏《为以崇光调补正白旗满洲副都统以载瀛调补镶蓝旗满洲副都统以那苏图补授镶黄旗蒙古副都统事》⑤;光绪二十五年八月初六日载湉表奏《为著世续那苏图中袖祥普兜钦分别署理镶黄旗满洲副都统镶白旗蒙古副都统镶白旗汉军副都统正红旗汉军旗副都统事》⑥;光绪二十六年闰八月初五日载湉表奏《为著浦良调补镶黄旗护军统领那苏图补授正红旗护军统领事》⑦。

第二节 光宣时期蒙古族诗人文学交游考述

光宣时期的蒙古族诗人,除恒焜外,都曾出仕,且因晚清政局动荡,大抵交游广泛,在自己的生活中形成了独具特色的多族士人圈,考述他们的交游,有助于了解晚近民初之际的士人心态与社会思想状貌。

一 光宣京师诗人的文学交游

恒焜是光宣时期蒙古诗人中最早有功名的,他在同治甲子(1864)中

---

① 《玉牒》20号1939页。
② 中国历史第一档案馆,档案编号03-5945-065。
③ 中国历史第一档案馆,档案编号03-18-009-000103-0002-0022。
④ 中国历史第一档案馆,档案编号03-18-009-000114-0007-0038。
⑤ 中国历史第一档案馆,档案编号03-18-009-000121-0008-0031。
⑥ 中国历史第一档案馆,档案编号03-18-009-000122-0003-0020。
⑦ 中国历史第一档案馆,档案编号03-18-009-000122-0007-0034。

举后，没有联捷，也没有登仕途。与常筠、梅之秦、胡俊章、绍祺、昆冈、百勤、锡纶等满蒙汉文人交游频繁。

常筠《笠村山房诗草续抄》序："舒翘明经素有气节，家贫好读书，能文章，不规规于风气，故屡踬棘闱，越甲子始登贤书，惜乎未成鲤化，久羁鹏抟，吁！安得激昂青云而一展其平生之志哉？自后境遇益蹇，节操益坚，不艳羡势利之场，无落拓风尘之恨，尝与二三同调互相唱酬，视琐琐者不足介于怀，其风期之洒落盖可知也。翘一日过余出所著诗，坚请余作序，余不能辞，窃以自汉魏六朝以迄三唐，作者代兴，格调亦异，或以意趣胜，或以情致胜，或以辞藻胜，径途虽殊，而即境生感，遇物兴怀，大抵皆抒写其志趣而已。夫艰辛备历者，感慨必深，洁清自持者，胸襟必旷，故其为诗也，发乎外者，有不容己之言，必其蕴于中者，有不容己之志。余读翘诗，虽诸体俱备，而清婉之作居多，余与翘交久且深，不敢作阿谀语，致失平生欢，虽然余之序其诗，犹是序其志也，至于诗之传不传，亦关乎数之幸不幸也，然则翘亦志士也哉。"① 道出恒焜举业蹇滞实情。晚近的下层八旗子弟，若不能由科举入仕，生活自然困顿。恒焜在艰辛之余，以诗言志，寄情吟咏，令人感佩。常筠：字竹生，生平不详。梅之秦是恒焜另一好友，恒焜有《书扇赠魁友梅之秦二首》，诗曰："有句冀君志，与君将别离。挥洒团圞扇，慰望云树思。分袂长安去，正值秋深时。""去去当去去，无为儿女忧，制泪一挥手，丈夫出门游。所志在功名，离别何足尤。"② 是送别友人时所作。胡俊章是恒焜同年好友，他在《笠村山房诗草续抄》序中详述二人相识相知经过："同治乙丑与恒舒翘遇于春闱，读其文气势磅礴，不知其能诗也。光绪辛巳夏以笠村山房诗草一卷挽绍叙五昆玉，嘱俊章为之点定，展读再三，语必惊人，词真泣鬼，抑塞磊落之气溢于楮墨间，古人云诗以穷而益工，其信然与？爰缀数言，以志钦佩，光绪辛巳仲秋北平胡俊章书于灵檀仙馆。"③ 胡俊章：字效堂，号笑山，光绪2年（1876）进士。历官工部主事、工部郎中、户部广西司郎中、江南道监察御史、广东道监察御史、户科给事中、工科给事中等。

---

① （清）常筠：《笠村山房诗草续抄序》，（清）恒焜：《笠村山房诗草续抄》，国家图书馆藏光绪间抄本。

② （清）恒焜：《朧鹤诗存》，国家图书馆藏光绪癸未年（1883）刻本。

③ （清）胡俊章：《笠村山房诗草续抄序》，（清）恒焜：《笠村山房诗草续抄》。

满族文士中与恒焜交往最多者当属绍祺、昆冈。恒焜《臞鹤诗存》序："至于同人中如常竹生诸公皆有题词，焜一时无力尽付，手民仅将同人姓字登列拙集，是亦焜不没人善之意也，然非友人绍秋皋与昆筱峰二公资助枣黎，并此志且难偿焉，兹何幸皆有以助我也。"① 可知恒焜诗集由绍祺与昆冈二人赞助出版。绍祺（？—1888），字秋皋，满洲镶黄旗人，咸丰间进士。曾任詹事府詹事、内阁学士。同治13年（1874）起，历任刑部左侍郎、泰宁镇总兵、察哈尔都统等职。光绪12年（1886）擢理藩院尚书。恒焜有《得故人昆筱峰书》："行药正徘徊，顿令心目开。何期睽隔久，犹有尺书来。"② 昆冈：字筱峰，和硕豫通亲王多铎七世孙。同治元年（1862）壬戌科二甲进士，选庶吉士，散馆授编修，历官国子监司业、詹事、内阁学士、礼部右侍郎、兵部左侍郎、福建学政、左都御史、理藩院尚书、工部尚书等职，官至文渊阁大学士。光绪33年（1907）病逝，谥文达。

恒焜的交游圈中蒙古文士也有多名。恒焜《和百铁岩咏蝶》："匆匆来又匆匆去，态度虽闲意却忙。不是寻花便黏草，竟膺仙号亦徜徉。"③ 百勤：字铁岩，同治4年（1865）进士。爽良《野棠轩文集》："绚秋社有诸名流，扬挖历史最久，如大兴港小岩太史德馨、满洲玉绍莲孝廉玉瓒、蒙古百铁岩进士百勤，而汉军胡效三先生俊章在社最久。"恒焜于同治年间入探骊诗社，与锡纶等结为好友，闲暇吟咏于诗社。恒焜《重寄锡子猷公纶》：（公日下联吟诗友）流水高山秘好音，无弦兀自拟陶琴。行看寂寞春将老，草绿闲门岁月深。"④ 可知恒焜也加入过此诗社。锡纶：字子猷，号更生，博尔济吉特氏，诗人锡缜之弟。世居科尔沁兀鲁特蒙古地区。入仕后历任古北口领队大臣、塔尔巴哈参赞大臣、伊犁将军等职。性情忠厚，善作诗文。

恒焜中举四年后，同治7年（1868），锡珍由三品荫生入仕，同年中进士，改翰林院庶吉士，步入仕途。锡珍文学交游的主要方式是和同年同乡同僚共同雅集唱和。

---

① （清）恒焜：《臞鹤诗存序》，（清）恒焜：《臞鹤诗存》。
② （清）恒焜：《臞鹤诗存》。
③ （清）恒焜：《臞鹤诗存》。
④ （清）恒焜：《臞鹤诗存》。

同治 2 年（1863），宝廷、宗韶、志润等结探骊吟社，恒焜曾参与诗社活动，锡珍于登第当年参社，与社中人雅集唱和。按：探骊吟社举于同治 2 年（1863），由八旗宗室宝廷发起，主要成员有宗韶、志润等，前后共有社员五十余人，是清末重要的八旗文人诗社，刻有总集《日下联吟诗词集》。宝廷《偶斋诗草》中有诗《和子美韵，示芷亭、伯时》诗中自注："甲子，子美补兵部笔政，与伯时三人立'探骊吟社'，同社甚伙。今止余芷亭、镜寰数人。"① 震钧《天咫偶闻》卷三载："同治初，京师士夫结探骊吟社。扶大雅之轮，遵正始之轨，倡而和者，一时称盛。伯敦乃择其尤者刻之，名《日下联吟集》。"② 锡珍与宝廷同属同治 7 年（1868）丙辰科进士，《清实录》记载光绪 9 年（1883）宝廷因差次不自检束，自请从重惩责，上着交部严加议处，寻议革职，锡珍曾于光绪 10 年（1884）三月上书，保荐已革侍郎宗室宝廷"才尚有为"，请弃瑕录用。可见二人关系密切。志润集《日下联吟诗词集》载锡珍于同治 7 年（1868）开始参加探骊吟社的唱和活动，并记载了锡珍与诗社众人以《拟陶渊明归田园居》为题进行诗歌唱和活动，有诗云："人生如寄耳，动静皆适然。困我名利场，于今三十年。胡不早言归，惭愧旧林泉。乃得脱尘纲，扁舟落日边。石梁隔村树，沙岸暝墟烟。所见无故物，代谢几变迁。种我南山豆，检我白云篇。存者抑云何，无怀与葛天。"③

桂霖集中少有与人唱和之作，但据其诗词作品可知其早年参加了日下联吟社，该社的其他蒙古族诗人还有果勒敏、锡珍、寿英、希元、希贤等，时相唱酬，桂霖《新月》两首便是该社以新月为题之作。桂霖还有《清平乐·和宗室盛伯希孝廉韵》。盛伯希即盛昱，那逊兰保子，有诗名，著有《郁华阁遗集》《意园文略》《蒙古世系表》《治蒙全书》等，编有《八旗文经》。桂霖另有《甲午长夏于役河上，许仙屏河帅出示贻炜集，且命继作，为谱四阕》。许仙屏即许振祎，同治 2 年（1863）进士，历任陕甘学政、河南按察使、江宁布政使、（山）东河（南）河道总督。光绪 16 年（1890），许振祎任山东河南道总督，掌河南、山东境内黄河运河事务，故桂霖词中称其为"河帅"，光绪 19 年（1893），许振祎曾会同李鸿

---

① （清）宝廷：《偶斋诗草》卷 6，上海古籍出版社 2012 年版，第 794 页。
② （清）震钧：《天咫偶闻》卷 3，北京古籍出版社 1982 年版，第 56 页。
③ （清）志润：《日下联吟诗词集》，中国国家图书馆藏光绪 5 年（1879）丁溪新馆刻本。

第六章　清末光宣时期的蒙古族汉诗创作　　557

章筹办永定河工程，桂霖此词中的"役河"指的应该就是永定河。词中提到的《贻炜集》即许振袆的诗集，共 5 卷，另外还有《侍香集》1 卷，《度岭草》1 卷。

　　锡珍弟子徐世昌（1855—1939），字卜五，号菊人，光绪 31 年（1905）任军机大臣，民国 7 年（1918），被国会选为民国大总统。有《晚晴簃诗汇》《清儒学案》《退耕堂集》《水竹村人集》等。徐世昌《晚晴簃诗汇》有"简勤公为吾师席卿冢宰曾祖"①、"席卿冢宰师"②云云可证其为锡珍弟子。贺新培《徐世昌年谱》载："光绪十二年丙戌，三十二岁。正月下旬偕弟世光赴京应礼部会试……是科会试总裁吏部尚书锡席卿珍。"③李鸿章、翁同龢、曾纪泽、吴大澂、邵亨豫等汉族文人均与锡珍有文学交游往来。李鸿章曾与锡珍有多封信件，光绪 9 年（1883）十月十七日有《复仓场总督部堂锡》④、光绪 10 年（1884）十二月初八有《致刑部大堂锡》⑤、光绪 11 年（1885）十二月初八有《贺刑部大堂锡年节》⑥。翁同龢《翁同龢日记》曾多次提及与锡珍往来之况。"光绪五年十二月初七……到荫轩处，绍彭、敏生、锡席卿在彼，看敏生所拟公折稿，极妥洽，明日将画之"⑦，同年一月二十日、十一月三十日也有提及。"光绪八年五月初七……锡席卿来商官学事。"⑧同年"五月廿四日……驰诣全师处，锡席卿、奎星斋、祁子禾、薛云阶、淞寿泉、嵩犊山、成伟卿皆集，本家亲戚咸在。"⑨"五月廿六日……访晤锡席卿。""光绪十二年十月廿一日……今日本借伊庖人请六舟，昨六舟辞，故颂阁另请锡席卿、燮臣

---

①　徐世昌：《晚晴簃诗汇》卷 94，中华书局 1990 年版，第 3935 页。
②　徐世昌：《晚晴簃诗汇》卷 164，第 7125 页。
③　贺新培：《徐世昌年谱》，陈祖武编：《晚清名儒年谱》第十五册，北京图书馆出版社 2006年版，第 427 页。
④　（清）李鸿章著，顾廷龙、戴逸主编：《李鸿章全集》第三十三册，安徽教育出版社 2008年版，第 313 页。
⑤　（清）李鸿章著，顾廷龙、戴逸主编：《李鸿章全集》第三十三册，第 431 页。
⑥　（清）李鸿章著，顾廷龙、戴逸主编：《李鸿章全集》第三十三册，第 456 页。
⑦　（清）翁同龢著，翁万戈编、翁以钧校订：《翁同龢日记》，中西书局 2012 年版，第 1500 页。
⑧　（清）翁同龢著，翁万戈编、翁以钧校订：《翁同龢日记》，第 1670 页。
⑨　（清）翁同龢著，翁万戈编、翁以钧校订：《翁同龢日记》，第 1701 页。

及余，反客为主……"①、同年"十二月初十……赴阎相招，锡席卿先在彼，看所收字画，直待……"②。光绪4年（1878）、6年（1880）、9年（1883）、13年（1886）亦有多处提及与锡珍往来。曾纪泽《出使英法俄国日记》中亦有提及与锡珍往来。"十日……午初二刻，往译署，与与席卿、小云、仲山久谈"③、"十七日……茶食后，锡席卿、廖仲山陆续至，席卿先去"④、"廿五日……至译署，饭后，与席卿、仲山一谈。"⑤ 吴大澂《四家书札》中有"锡席卿同年，廖仲山亲家，尚有查办事件，约需十日后回京，不能久在此候送。"⑥ 邵亨豫《愿学堂诗存》中《次日寅刻起作》诗后自注："同祁子禾宗伯锡席卿司寇考试汉誊录"⑦，《夜衷》诗后有自注"同子禾席卿同登明远楼眺望"⑧。

作为光绪朝重臣，锡珍同满蒙汉文士的文学交游贯穿始终，然而，与他们纯粹的文学酬唱并不多，政治与文学的牵绊与萦回，在中国士人的身上相始终。

瑞洵是大学士琦善之孙。父恭镗，杭州将军。然其一生仕宦坎坷，并在入民国后不曾出仕，所以蹭蹬潦倒。其友人铃木吉武为其刊刻诗集《犬羊集》，并作序。《犬羊集·序》中记："公当光绪朝由乙亥科举入户部笔帖式，中丙戌科贡士。入翰林，浉历清原，学行纯粹，品节详明。性伉直，有肝胆，尤饶干略，敢言事，既充日读起居注官，盆著忠说。甲午之役，清国与我国失和，公具疏痛劾枢要，一时传诵，终为人所忌，由翰林学士，被放为北路科布多参赞大臣。"⑨

瑞洵中年以后常常作诗自遣，与潘少泉、陈三立、姚俶慈、王六垣、

---

① （清）翁同龢著，翁万戈编、翁以钧校订：《翁同龢日记》，第2099页。
② （清）翁同龢著，翁万戈编、翁以钧校订：《翁同龢日记》，第2113页。
③ （清）曾纪泽：《出使英法俄国日记》，岳麓书社1985年版，第951页。
④ （清）曾纪泽：《出使英法俄国日记》，第979页。
⑤ （清）曾纪泽：《出使英法俄国日记》，第981页。
⑥ 转引自孔祥吉《清人日记研究》，广东人民出版社2008年版，第218页。
⑦ （清）邵亨豫：《愿学堂诗存》卷21《次日寅刻起作》，《清代诗文集汇编》第671册，第209页。
⑧ （清）邵亨豫：《愿学堂诗存》卷22《夜衷》，《清代诗文集汇编》第671册，第212页。
⑨ ［日］铃木吉武：《犬羊集序》，（清）瑞洵：《犬羊集》，日本昭和10年（1935）铃木氏餐菊轩铅印本。

熙鸿甫、郭尺崖、杨雪桥、广济寺现明方丈、杨鉴资、铃木吉武、宫岛龙殊等往来唱和。《犬羊集》唱和诗与赠答诗共计 32 首：《赠潘少泉先生》《贺宗室筱峰亲家抱孙》《赠姚俶慈观察》《五十初度中秋日潘少泉先生治酒为贺即席赋谢》《和姚俶慈观察》《叠韵再和姚俶慈观察》《感赋再叠前韵呈潘少泉李蘅石二先生》《赠赘叟》《和王六垣先生原韵》《赠天城六首》《和桃花潭主韵》《赠熙鸿甫》《初度日汪玉书有诗为寿依韵答谢》《初度日郭尺崖以诗相贶依韵答谢》《赠宫岛龙殊》《谢宫岛龙殊赠绨袍》《赠天城》《玉书有见怀之作依韵答和》《周毓之见赠答和》《赠杨雪桥先生》《晨起口占赠天城》《再赠天城》《赠王晋老同年》《和郭尺崖》《天城将归国赋此赠别》《赠广济寺现明方丈》《九日广济寺现明长老约集寂照堂拈七字为韵各赋诗》《尺崖先生约游园看菊》《赠杨鉴资》《赠散原老人陈伯严同年》《天城将归国赋此赠别》《谢天城赠被》等。

  与瑞洵交谊最为深厚者无疑为其门下弟子铃木吉武。《科布多参赞大臣瑞洵传》载：铃木尝为像赞云："岳降神，星应宿。清世臣，元天族。入匡刘，出颇牧。久行边，终诏狱。劳不偿，祸乃速。荷戈还，棋局覆。松菊荒，宗社屋。束儒书，不复读。归三宝，心西竺。首阳薇，北平镞。穷益坚，但忍辱。迄今岁，七十六。梵网经，传灯录。戒行高，绝贪欲。是菩萨，佛付属。贞所志，老弥笃。中湛湛，外碌碌。噫吁嚱，天使独。"① 铃木吉武述其搜罗瑞洵遗稿，谓："余悉抄存，并从其医术中搜得书稿数页。大喜过望，谓可苍猝成一小集。付剞刘氏，传存吉光片羽。余之本怀，特欲表彰公之孤生介立畏荣厚志。冀传其人，非重其词章之美也，然则公之幽忧哀愤，君亲之思，身世之慨，大悲善萨之顾，无限呻吟之声。"②《散木居奏稿叙》又云："先生以艰难世族起家，词馆自得讲官，忠规谠论，锐意匡拂，不得久居中，筹边扞圉，志不稍衰，迄今披读章疏，得窥其蕴蓄之大凡。吉武受教有年，平昔讲论多及时事，忠义愤发，穷老弥坚，向使敭历台省，与闻国论，其表襮固不止，此朝廷得刚明任事之大臣，左右启纳，国势当不致一蹶而不可复。柳文惠云：为问经世心，古人谁尽了？徒令后人见其已陈之迹，感慨流连，资嗟叹息而不能已，乃

---

  ① （清）瑞洵：《科布多参赞大臣瑞洵传》，《散木居奏稿》，全国文献缩微复制中心 2004 年版，第 2 页。

  ② ［日］铃木吉武：《犬羊集序》，（清）瑞洵：《犬羊集》。

自古叹之矣。当先生易篑之初，吉武适归东京，鉴资以通家子，实朝夕省视，见稿草散置几案间，归白诸尊公雪桥先生，雪桥先生谓此吉光片羽，皆关国故，不可不亟与收拾。因请诸病榻，尽携以归。吉武尝语：鉴资云蒙古拟改行省，赵尚书尔巽发其端，朝论多龃其议，先生审时地，度利害，毅然驳其奏草，为属籍恒钧借录，久假不归，恒钧亦即不禄，遂无从踪迹，惜哉。先生甲午言兵事，书吉武别有福本，异日当编排别行，洹上要人菀北门，时先生在边，见其行事非纯臣，尝密疏弹劾，折既留中，稿草亦不复存留，此吉武所闻於先生者。是役梨枣之资，家兄子威壹意玉成，我师宫岛咏士先生亦极力从臾，谓孺子可教。惟是吉武年逾三十，学业无所成就，愧负师门，赧颜曷极。回意十年前立雪负墙，诲我不倦，吉武于行己应物间，不致大逾绳准之外，皆先生之赐也。"①

晚近民初之际，中日士林间交往密切。光宣时期的蒙古族诗人大多与日本人交游，瑞洵的文学交游圈也扩大到了日本士人阶层。

升允是清末民初之际重要政治人物，其一生均以政治为旨归，故文学交游极少。

世荣交友甚广，不仅与成多禄、金梁等满族人有交往，与汉族金毓黻、张作霖、张焕榕、王乃赓、陈澹然等人也有往来。

满族诗人成多禄（1864—1928），字竹山，号澹堪。光绪31年（1905），任黑龙江绥化府知府。民国5年（1916），成多禄当选吉林省第二届参议员。同年，成多禄赴北京任职，历任北洋政府教育部审核处处长、图书馆副馆长。有《澹堪诗草》传世。成多禄于丙寅年（1926）秋，在沈阳作诗《访世仁甫学士新居四首》，时世荣在辽宁国文专科学校人任教。诗中有言："城东城北路，一径古烟霞。知有高人宅，言寻学士家。贺门徐燕雀，书壁满龙蛇。节晚香寒意，东篱鞠有华。"② 世荣墓志铭由原清少保、总管内务府大臣金梁篆书志盖。金梁（1878—1962），瓜尔佳氏，号自息候、不息老人、东庐、小肃，满洲正白旗人。辛亥革命后任奉天省政务厅厅长。世荣致金梁信札一通一页，其中世荣自称"愚弟世荣拜启"。《奉天通志》载："直到民国十六年（1927年），奉天通志馆才正式成立，馆址设在沈阳故宫文溯阁东院，由白永贞和袁金铠担任正、副馆

---

① ［日］铃木吉武：《散木居奏稿序》，（清）瑞洵：《散木居奏稿》，第4页。
② 李树田：《成多禄集》，吉林文史出版社1988年版，第546—547页。

长，聘请知名学者王树楠、吴廷燮、金毓黻、世荣、吴闿生和金梁6人为总纂。"金毓黻（1887—1962），字静庵。有著作《中国史学史》，编有《辽海丛书》、《奉天通志》、《明清内阁大库史料》（第一辑）等。金毓黻为世荣学生，《奉天通志》纂修过程更加深二人情谊，且二人在修志方面的看法相同。世荣《静观斋丛录》为金毓黻《辽东文献征略》以很大启发。世荣去世，金毓黻撰写《世仁甫先生墓志》。金毓黻多次在其日记提到世荣。"师事仁老之意已决，俟其下次自京返奉，即执贽门下称弟子矣。"① 并于1920年8月22日"执贽于世荣先生之门"②。"世师仁甫为总纂……世张二公宿学名儒，东省明星"③，"（白永贞）先生及世公仁甫，蔚为一世星凤，主持其事，尤为得人，甚盛举也"④ "余谓省志、县志已经前人修成者，亦不必改作……作者以后只有续作而已。如此则有数善……尝以此论质之世仁甫师极以为是"⑤ "余读世师之书，偶有触发，拟纂集《辽东文献征略》一书，其体裁略仿志书中之人物、文章两志及碑传集，分为上下两编"⑥。金毓黻完成《辽东文献征略》时，"以《征略序录》寄给世仁甫师，请其指正"⑦。陈剑谭：字剑潭，号晦堂。光绪19年（1893）中举。世荣在《王乃赓先生八旬双寿序》中提到"其事略一篇乃吾友桐城陈剑谭先生笔也"，陈剑谭与世荣都是桐城派的诗人。王乃赓（1838—1919），同治癸酉年（1871）举人。世荣有文《王乃赓先生八旬双寿序》《王乃赓先生墓志铭》。世荣在撰写《王乃赓先生墓志铭》前有序："荣于光绪乙未通籍时曾染时疫，受公活命之恩，及民国建元又同解祖归里朝夕过从特承青睐，故于公生年事实知之特详。"张作霖（1875—1928），字雨亭，曾任中华民国陆海军大元帅，北洋军奉系首领，也是北洋政府最后一个掌权者。世荣为张作霖作祭文，名为《祭大元帅张公雨亭文》，其中高度评价张作霖"叱咤风雷，煦高五岳，名震九垓"，

---

① 金毓黻：《静晤室日记》卷2，辽沈书社1993年版，第61页。
② 金毓黻：《静晤室日记》卷3，第95页。
③ 金毓黻：《静晤室日记》卷19，第753页。
④ 金毓黻：《静晤室日记》卷19，第761页。
⑤ 金毓黻：《静晤室日记》卷45，第1946页。
⑥ 金毓黻：《静晤室日记》卷28，第1156页。
⑦ 金毓黻：《静晤室日记》卷38，第1647页。

又称"独是往昔,令人追维,革命事起,寰海阴霾。公毅然砥柱澜回,坐镇三省,净扫氛埃。纪纲整饬,上下和谐,安良除暴,和众生财,百废俱举,大启宏观……自今以往,天际紫洄,日星河岳,灵爽昭垂,再瞻伟度,铜像崔巍,高山景行,万古低徊。"在《中国近现代历史名人轶事集成》《民国轶事》《吴稚晖文存》等处均可见张作霖曾聘用世荣为国文专科学校教员的故事。张焕榕(1884—1912),别名张榕,字阴华。世荣与张榕的哥哥张焕柏(奉天赈务委员)熟识,又在北京与求学的张榕相识。张榕曾在世荣家中常住,后因革命被捕,世荣积极营救。民国元年(1912)初,张榕被东三省总督赵尔巽及奉天前路巡防营统领张作霖谋害。世荣有《题张烈士自书歌辞后步孙石叟原韵》,诗前序曰:"烈士名榕,字荫华,其兄新甫君,余旧交也。清光绪壬寅癸卯间,烈士游学京师,立于余第者一载。举止轩昂磊落,向不犹人,心窃异之,许为大器。乃自入译馆,多结交天下奇士,渐染于新学日甚,又目击时事,愤懑深邃,弃学拟东游,旋以疑似入犴狴,非其罪也。辛亥革命事起,赦党人乃得归邦人士以保卫桑梓,故名立保安会,以烈士预其议,又立亟进会,举君为之长,乃竟由此以疑似致命,呜呼!惨矣。孙石叟先生题烈士所书自作歌词绝句三首,因依韵和之,姑以志往日相与之情及雪泥之迹焉。耳至其是非得失,他日自有定论,兹不具赘也。"诗云:"负笈燕台过我时,丰姿飒爽异常儿。谁知结纳多奇士,别自相当建鼓旗。难将曲直辨蓬麻,报国无成已破家。粉骨碎身都不管,只余仙李尤中花。不教勇气挫分毫,侠意豪情写楚骚。世人如今君见否,江河日下更滔滔。"晚近民初士人心态之复杂,与世荣同张作霖、张榕交往中可见一斑。

二 光宣驻防起家诗人的文学交游

光宣时期驻防起家蒙古族诗人,大都科举入仕,后定居京师。因此,他们的交游较之其他蒙古族诗人更为宽泛,通常都有驻防地同乡士人圈和京师士人圈。

广州驻防果勒敏与光宣时期驻防起家诸人有很大不同,他并非驻防起家者,而是世袭散秩大臣,于同治8年(1869)至光绪3年(1877)期间离京任职广州副都统,后离任广州赴杭州驻防任上一年,返京。因其文学创作中的重要部分都是在驻防期间完成,恰如费致湋好友高伯雨所述,"果尔敏做过广州副都统,升任杭州将军,在这两个任所,他都留下不少

第六章　清末光宣时期的蒙古族汉诗创作　　563

篇什，尤其是在广州时所写的采风感时之作，最有价值，留为广东文献，正是绝好史料。"①故将其归入光宣驻防谈论。

在京任职时期，果勒敏为京城"日下联吟社"一员。《诗草》收录他参与诗社活动时所作《新月（日下联吟社题）》。其诗社社友，皆为宗室或者八旗显宦之后。其中有后任杭州将军及荆州将军的希元、时任职驾部的钟祺、任职比部的瀛桂等人。出京赴粤，作《留别同社诸友》《留别希赞臣通侯》《留别钟寿蘅驾部暨其弟丹五比部》；到达广州后作《九月忆都门诸友》。杨锺羲《雪桥诗话》载："哲尔德子美兵部宗韶，尝与竹坡宗、伊尔根觉罗静轩侍郎宝昌、秋渔居士延秀、兰生户部钟祺、宗室宜之将军戬谷、生庵居士德准、博尔济吉特香雨观督桂霖、杏岑将军果勒敏、索佳镜寰上舍文海、瓜尔佳子乘工部文辂、杭阿檀金甫孝廉寿英、兆佳凤冈大理英瑞、他塔剌白石太守志润、秋宸太守志觐、纳剌榘庵户部如格，结社联吟，凡五十余人，有日下联吟集之刻，子美为之序。中有穷愁衰老湮没无闻者，未尝不藉是集以传。"②

果勒敏任职期间与广州将军长善交好，于地方事务军事、文教事物悉次办理。据《驻粤八旗志》载，果勒敏广州任内与将军长善于"调补协领""新添威捷选锋队操防""骁骑校分班补放""群房地租项下支给各项银两数目""加赏白事项下分别加给赏银数目""添设拔贡、廪、增""举人资助项下支给各项银两"等旗营事物上奏。《驻粤八旗志》是由驻防官员主导的官修志书，果勒敏参与到修纂中，在"纂修驻粤八旗志衔命"中果勒敏与长善、尚昌懋、吉和同列为主纂。长善在志书告成之后上奏的奏折中提到，"奴才长善于光绪元年商于前任副都统果勒敏，派委协领刘秉和、谈广楠，率同印方熟悉例案之章京，延访八旗宿学之士、通判衔恩赐副贡生樊封等，详稽旧籍，远采前闻，纂辑《驻粤八旗志》"③。广州将军长善，字乐初，为志锐、珍妃的伯父。喜吟咏。将军衙署内有壶园，文廷式、于式枚等人都为座上客。果勒敏有诗《乐初将军长善重修西爽园落

---

① 高伯雨：《果尔敏及其诗集〈洗俗斋诗草〉》，《听雨楼随笔》，辽宁教育出版社1998年版，第382—392页。
② （清）杨锺羲：《雪桥诗话》卷12，北京古籍出版社1989年版，第600页。
③ （清）长善等纂，马协弟、陆玉华点校注释：《驻粤八旗志》，辽宁大学出版社1992年版，第18页。

成敬呈四律》，其一"鸠工几日剪荒榛，别墅重开百粤春。满树凉云添绿意，一庭疏雨静红尘。安排曲槛幽廊地，雅称轻裘缓带人。我为名园欣得主，从今不负艳阳晨"；其二"雅度雍容世少同，从来儒将擅儒风。投壶不费韬钤事，筹笔原参造化工。且作楼台舒眼界，别饶邱壑在胸中。赏心岂为闲游眺，欲筑诗坛颂治隆"；其三"移花叠石费经营，此日芳园喜落成。又拓南来新画本，重寻西爽旧诗盟。稳巢归鹤修篁密，高荫鸣鸠古木平。添得一湾流水活，潺潺清和雅歌声"；其四"清秋幕府列瑶觞，小集西斋趁夕凉。初月影寒侵几席，晚荷香冷透衣裳。飞花酒政依金谷，制序才华拟玉堂。幸际承平戎事歇，公余酬酢乐徜徉"。①

果勒敏在广州期间，与诗友文星瑞（树臣）、李羲钧（穉和）、尚昌懋（仲勉）等诗友唱和较多。文星瑞：字树臣，江西萍乡归圣乡人（今江西省萍乡市湘东区麻山镇）。道光间举人，其父文晟，曾为广东省潮州府代理知府，子文廷式，为瑾妃、珍妃老师，积极推动维新变法，是帝党重要人物。著有《啸剑山房诗草》。李羲钧：直隶人，道光30年（1850）进士，曾翰林院庶吉士、国史馆协修、延榆绥兵备道一职。尚昌懋：平南王尚可喜后裔，字仲勉，光绪年间担任广州副都统，著有《绿云轩吟草》。果勒敏写有《赠文树臣观察》："文武兼资者，南来喜见公。苏韩推巨手，褒鄂仰英雄。雅度琴樽外，豪情湖海中。乾坤留正气，信国旧家风。"②《树臣观察以秋感诗见示即依原韵奉和》："江右词坛岭外开，黄花秋雨况相催。征诗不薄雕虫技，问字频烦吐凤才。正气千秋信国派，西风九月越王台。知君高会龙山日，定取骊珠入握来。"③《赠李穉和观察》："易水钟灵气，高风最可钦。恢宏君子度，爽直古人心。伟略筹轮转，豪情付咏吟。会看骏誉□，声价重儒林。"④《赠尚仲勉协戎》："李杜才华褒鄂资，将军望重镇蛮夷。峥嵘事业旂常载，磊落胸怀笔砚知。后世有谁同气节，此生真不负鬓眉。我来得拜旌麾下，始信英雄尽解诗。"⑤果勒敏还与林玉衡有唱和。林玉衡《荣宝堂诗钞》"七字将军同激赏"原注"昨

---

① （清）果勒敏：《洗俗斋诗集》，香港大华出版社1977年版，第38页。
② （清）果勒敏：《洗俗斋诗集》，第36页。
③ （清）果勒敏：《洗俗斋诗集》，第45页。
④ （清）果勒敏：《洗俗斋诗集》，第36页。
⑤ （清）果勒敏：《洗俗斋诗集》，第36页。

果杏岑都护到柳堂论诗，余述君'眼有千秋不敢高'七字，都护大激赏"。林玉衡，字璇南，号璇台，连平州（今广东连平）人。官训导，历任曲江、花县、龙门训导，阳山教谕，嘉应州学正，因军功加六品。林玉衡父林丰园，文辞雄长岑南垂四十年，其家学渊源，师承有自，加上才气过人，好学博览，为当时粤中文坛所推许。文中提到的柳堂，即李长荣编《柳堂师友诗录》之柳堂，该集收果勒敏诗作三十六题，是果勒敏自京中日下联吟社之后，在广州的交游群体。林直，字子隅，侯官人。有《壮怀堂集》，集中有《落花吟册为杏岑都护作二首》，诗为："送春无计约诗筒，好句传来字字工。却怪封姨太匆促，嫣香一夕嫁东风。""坠茵坠溷理何常，赚得狂蜂抱蕊忙。寄语东皇好收拾，来春仍放旧枝香。"①

　　果勒敏喜吟咏，交文友众多，然而京师的日下联吟社和广州诗友是其最为集中的交游圈。

　　荆州驻防恩泽有诗集《守来山房橐鞬馀吟》存世，分上下两卷，诗法唐风，多有唱和之作，除友朋相互倾诉外，有相当诗作属官场唱和应酬。《守来山房橐鞬馀吟》录诗一百八十四题二百零八首，其中唱和之作七十二首。恩泽与友朋时相唱和。王伯心（1799—1873），字子寿，号筠亭，湖北监利人，别称雪藕、藕叟。道光24年（1844）进士，无心仕途，办荆南书院，著书立说。诗文合刊为《百柱堂全集》。恩泽尊其为世伯，《近听捷报捻逆张总愚伪众尽歼海滨貂蝉皆受上赏因忆僧忠王之被害即是此逆读王子寿世伯吊王三诗不禁栋梁之感爰即其韵敬书悲愤》《檄赴螺山为藕叟太夫人作奠藉乘炮艇喜赋》《二十六日驶至螺山登眺藕园》《藕园先生出示诸葛铜鼓芝鹿木几二物喜而有赋》《奠酹藕园假道岳阳冬干水涸不见全湖作此自遣爰记所游》等诗流露出恩泽崇敬之情，他相当看重与王伯心的交往。而和屠寄之间的唱和则呈现朋友间的轻松愉悦，恩泽看重屠寄才华，尽力提携，屠熙也感怀于心。屠寄（1856—1921），原名庚，字敬山，一字景山，号结一宧主人，江苏武进人，光绪18年（1892）进士。工诗词、骈文，长于史地之学，尤长于蒙古史，主修《广东舆地图》《黑龙江舆地图》，著有《蒙兀儿史记》《结一宧骈体文》《结一宧诗略》等。光绪21年（1895），屠寄随延松年赴黑龙江查办漠河金

---

①　（清）林直：《壮怀堂集》三集卷13南武集一，光绪31年（1905）羊城刻本。

矿舞弊案，与恩泽结识，后经恩泽奏准，屠寄留任黑龙江舆图局总纂。恩泽创办黑龙江木植公司，屠寄兼任驻省总董。《艺风堂友朋书札》载屠寄信，有"黑龙江将军恩泽公甚相敬爱，苦苦挽留，屠寄总办会典舆图事，迫于情礼，允为暂留，薪水饩馆至优极渥。大约明年可以告竣。将军尚拟创办通志，并以属寄"之语。恩泽诗集中亦有多首与屠寄唱和之作，《屠熙先生暨同人原约九日登高龙山偏值风雨未能践约书来短句属和》《贺屠熙臣先生寿》《重九日偕吴稺仙黄西垣两广文屠熙臣王文轩二先生联平三孝廉张阴斋游戎登高龙山归饮旗亭用太华峰头作重九句换字衍成辘轳体五首》等。此外，恩泽与盛福、李衡石、锡纶等人多有往来。盛福（1837—1901），字介臣，满族何图里氏，将军伊兴额之子，世袭骑都尉，恩泽有诗《和盛介臣都尉即以送行》《再送介臣》表示情谊。李衡石（1838—1922），原名均善，字守吾，号甲候，滋森，兴国州叶里石玉湾人，累官新疆按察使，善作画，恩泽有诗《题李衡石梅花账檐》。锡纶（1843—1888），字子猷，号更生，博尔济吉特氏，锡缜之弟，满洲正蓝旗人。累官乌鲁木齐领队大臣、古城领队大臣、塔尔巴哈台参赞大臣，伊犁将军。恩泽有诗《锡子猷领队慨军食维艰体使相意并感我大都护知愿挺身直造俄夷庭问所献助粮事参谋杨仿西廉访赋长歌壮其行泽闻事不能无言赘二十字小展鄙意》《锡星使以商划俄边事来营作秋感诗一首率和》。锡纶逝后，恩泽作《吊锡子猷将军》四首悼念往日之情谊。

此外，恩泽诗集中不乏官场唱和应酬之作，如《江志陶以赋怀诗见示依韵和之》《沈紫垣以感怀诗见示依韵奉和》《张福田以春夜闻笛诗索和聊以荅意》《雪夜无俚李敏斋过访出示招饮行一篇读之盖谢周尧珊太守为之作寿者也一时技痒依韵和之聊以消长夜之寒》《湘阴侯相驻军酒泉起亭障辟湖壖暇日泛舟吟诗寄兴有将其元韵来者敬以和之》《陈芋僧太守卸篆镇西将之哈密大营诗以送之》，等等。作诗是恩泽闲暇之余一大爱好，亦是沉浸官场多年与同僚的沟通方式，文学功底使恩泽身为武将多了文士气息，得到多方认可。

河南驻防起家诗人衡瑞在其诗集《寿芝仙馆诗存》中存有数首唱和诗。《和保如冬夜读诸葛武侯出师表》二首是与保如的唱和之作。保如是衡瑞胞侄，世袭骑都尉，候选员外郎。还有《乙未夏初和方芰塘少卿重游泮水四首并用原韵》四首、《再和芰塘少卿重偕花烛诗仍用原韵》四首等。方汝绍，字际唐，号芰塘，行六，道光辛卯年（1831）二月二十七日吉时生。安徽凤阳府定远县优廪贡生民籍，原籍徽州府休宁县刑部主事，奉天司行走。有《重游泮水偕花烛唱和诗存》6册。《乙未夏初和方芰瑭少卿重游泮水四首并用原韵》其一："阅历年华显达身，童颜鹤发倍堪亲。棘槐日丽宫门晓，芹藻风香泮水春。且喜重逢周岁甲，早征五福自天申。凤城佳事倾谈快，相对衔杯酒数巡。"其二："艳说同侪抢秀年，让君先著祖生鞭。剑山奇气钟才异，荆璞元神抱体坚。懋绩乌台留美誉，拜恩金穴陋时贤。本来风骨非凡品，身列鹓班亦自仙。"① 诗语典重，情感诚挚。除了与亲友的和韵诗外，衡瑞诗集中还有与众人交游酬唱之作，如《时丙申夏，赵献夫同年出其令，岳梅公与松小梦、张秋镇景岱楼赏月联吟之作，索余题咏因勉成五律三章，聊以报命不计工拙也》三首等。

除了与亲友唱酬，衡瑞的文学交游在其诗集付梓过程中也可见一端。衡瑞弟子张翼廷（1868—?），字翊宸，河北承德人，日本陆军士官学校骑兵科毕业，1912年被授陆军少将，嗣加中将衔，官至热河省政府委员兼教育厅厅长。他十九岁受业于衡瑞，感念师恩，后详述二人间交往："吾乡振秀书院在科举时代每月校士一次，向例由热河都统、兵备道、承德府分月考试，录取者按所考等次给以膏火，亦所以励文风、恤寒士也。光绪乙酉，衡德圃观察讳峻分巡乌桓，我衡辑五夫子讳瑞随兄任在热校阅士卷。翼廷特蒙赏鉴，录为门墙，维时翼廷年方十九，侧身胶庠，请益请业，教诲有加。不料德圃师伯以勤政积劳在任长逝。我夫子护灵回京以后，地北天南，迄未一亲颜色。夫子以祖荫赏举人，恒以科名非战取为憾。壬辰春，始获登雁塔，入词林，然已在以员外分部当差之后，本拟请归本班，翁叔平相国时掌文衡，以远大相期许，力为劝勉，乃三年散馆竟，以主事分部行走，后又以家计改知县，未及选缺，郁郁以终。光绪丁未，翼廷摄篆柳河，德圃师伯长公子保君莲洲总办奉天大清银行，未得盘桓，翼廷即以礼去官，服阕后，两守新民，署运司、观察中路。莲洲掌权省垣，始得朝夕过从，每谈往事，相对泫然。惟念我夫子以硕学名儒，未得展布，赍志以终，生平著述又遭兵燹，遂使天降奇才，默默无传，则莲洲与翼廷有同责焉。今莲洲于劫火之余搜集诗稿，仅得此数，吉光片羽，尚在人间，未始非夫子在天之灵有以呵护之？谨为付石，并志回（因）

---

① （清）衡瑞：《寿芝仙馆诗存》，民国2年（1913）石印本，第9页。

缘。中华民国二年七月受业张翼廷谨志。"①

衡瑞诗集在庚子事变中毁于大火，未烬者仅四十七篇。庚子事变后不久衡瑞郁郁而终。数年后衡瑞弟子张翼廷四处搜罗衡瑞残稿，冀望行世，张扬师名。衡瑞胞侄保如发箧得残编，将之转赠张翼廷，癸丑（1913）付梓之时，张翼廷请仕途荣达的荣厚和三多为诗集作序。

满洲镶蓝旗文人荣厚序云："清相国倭文端公道学为天下望，辑五先生以名公孙雍容郎署，予少即闻其尚节侠、能诗，然未之见也。癸丑，翊宸观察遇其兄子痴莲沈阳，翊宸故先生弟子，悱然有念于其师，思所以永而传之，因从痴莲求遗箸，痴莲发箧得旧书五七言四十七首，手书而授翊宸。翊宸语予曰：'吾将梓是以存吾师，君其为我序。'予受而读之。畅蔼荣茂，类所谓台阁体者。然其《咏田横》《过杨椒山先生故里》诸作，则予畴昔所闻，尚节侠者，于篇什闻见之矣，予乃啁慨。夫庚子拳匪之乱，两宫西狩，诸国联军逼京师，九衢烽燧蔽目，内外城荐绅巨室死节不可作偻数。文端之门祚后叶骈死而殉者，尤最烈。时则先生既殁，兹殁虽不与难，然其诗中慷慨之气实相辉映。足见正人君子所以绍成家学者，无忝尔祖，固别有本原也。曩者予以戚娅间尝登相公堂，博观其名物象器，难后，肢盗毁燹殆无复存。独此未烬余篇，痴莲尤能什而藏之，以应门弟子之请，则又足见可宝者行义，而不朽者唯文字已。翊宸笃古风谊，不死其师，斯又求之，今之岂有也哉。癸丑六月荣厚谨序于奉天公廨。"②

按：赵相璧《历代蒙古族著作家述略》记载荣厚读衡瑞之诗的评价为"予受而读之，畅落荣茂，类所谓台阁体者。然其咏田，横过杨椒山生生"③，与荣厚原文有出入。

蒙古镶红旗诗人三多为衡瑞诗集作序，由赞扬衡瑞修习汉学，而论及蒙汉交融对蒙古地区发展的重要性。曰："今五族共和，四海大通，惟漠南北浑浑噩噩。欲导其趋，向输汉学为尤要。冀变化其气质，舍诗书则未由。元不忽木《上世祖疏》云：'如欲人材众多，必遍设学校，然后可。'乡先伟论实获我心，第言之匪艰，行之维艰，挽疆射生者，往往视汉学诗书如异人事。循循善诱，惟有遇肄力艺林之蒙人亟表而彰之，以资观感，

---

① （清）张翼廷：《寿芝仙馆诗存志》，（清）衡瑞：《寿芝仙馆诗存》。
② （清）荣厚：《寿芝仙馆诗存诗序》，（清）衡瑞：《寿芝仙馆诗存》。
③ 赵相璧：《历代蒙古族著作家述略》，内蒙古人民出版社1990年版，第187页。

发扬精神。俾知前之马伯常、萨天锡,后之梦午塘、法梧门,代有之焉。去秋度辽,公余与二三君子觞咏遣愁,张翊宸察使怀人感旧,时与保莲痴总办谈及衡辑五先生之诗、之人,盖先生为翊宸业师,乃莲痴世父。名门右族,言德兼全,不意侘傺一官,赍志以殁,良可哀也。已而翊宸属读此编,欲公吟好,索余为序。盥而诵之,窥斑识豹,见鳞知龙,既叹莲痴抱残守缺之难能,尤觉翊宸尊师重道之可敬。他日绣弓衣、歌橐幕,顺风而呼,是又不能不望于乘边诸同志。谨序。癸丑大暑,三多书于盛京都署。"①

京口驻防起家诗人延清喜交游,广交京口、京师文人墨客,与延清交往密切之满蒙汉士人有几十人,如汉族诗人易顺鼎、赵曾望、张振卿、何润夫、左宗棠、俞樾、张邵予、陈子久、胡俊章、李钟豫、桂月亭、李恩绶、王振声等;蒙古族诗人锡钧、阔安甫等;满族诗人成多禄。他们通过结社吟诗、交游唱和、题写序跋等,形成了京口驻防交友圈和京师多族士人圈。

李钟豫《奉使车臣汗纪程诗》序曰:"光绪乙亥(1875)丙子(1876)间,子澄学士偕延松岩将军、崇仲蟾驾部联'七曲吟社'。余与侄子汝椿附焉。子澄诗才隽雅,屡冠吾曹,唱和推敲,殆无虚日。厥后,同人鞅掌四方,吟诗遂废。"② 提及延清曾组诗社与众人酬唱。赵曾望(1847—1913),字绍庭,又作芍亭,号姜汀。江苏丹徒人。同治9年(1870)优贡生,入京师为内阁中书,与延清为同学,对延清诗才很是称赞。其《奉使车臣汗纪程诗》序曰:"吾何幸于少年同学中,卒得此沈雄迈往之伟丈夫(延清)也。君夙擅能赋才诗,所繇工诗,人皆悉喻之,毋俟复赘。"③ 李恩绶(1835—1911),字丹叔,号亚白,晚号讷庵。镇江人。清末镇江文坛领袖。与延清过从甚密。其《来蝶轩诗》跋云:"水部

---

① (清)三多:《寿芝仙馆诗存序》,(清)衡瑞:《寿芝仙馆诗存》。
② (清)李钟豫:《奉使车臣汗纪程诗序》,(清)延清:《奉使车臣汗纪程诗》,《清代诗文集汇编》第765册,上海古籍出版社2010年版,第87页。
③ (清)赵曾望:《奉使车臣汗纪程诗序》,(清)延清:《奉使车臣汗纪程诗》,《清代诗文集汇编》第765册,第86页。

至性过人,居官廉介,尤礼贤好士,喜刊格言及方书以赠人。"① 二人时常同游鉴诗,《道咸同光四朝诗史》曾载:"君(李恩绶)所为诗,凡四千余首,晚年,钞存十四卷,曰《冬心书屋诗存》。已刻者,仅眉州室诗四卷词二卷而已。丙戌丁亥游宣南,有诗一卷,延子澄学士清携以示,余为录数首。"② 俞樾(1821—1907),字荫博,号曲园,浙江德清人。道光30年(1850)进士,历任编修、河南学政。俞樾曾与延清互致函论诗书。"子澄仁兄馆丈大人阁下:久钦雅望,未接芳尘。春间由效山观察示读大著,欣然有作,率尔成章。乃蒙阳春白雪下和巴人,兴往情来,不一而再。发函雒颂,齿颊皆芬。伏惟阁下久播英名,潜居郎署,竟因夙望,荣列清班。昔汉公孙弘年六十举贤良,官博士,其后大开东阁,相案貌然。先生其同之乎?弟浪窃虚名,近益衰废,无以副海内之望,乃承索观近作,时局日新,吾道将废,著述之事,久已辍笔,谨呈诗两卷,聊以见近状而已。其二十三卷,皆今年所作也,犹未毕也。又《录要》一卷,乃拙著全书之目录,附呈清鉴。天寒,呵冻草之,布陈,即请台安,统惟雅照。馆愚弟俞樾顿首。小孙侍叩。十一月初九日。"③ 按:《春在堂诗编》卷二十三所收均为俞樾光绪32年(1906)之作,此札当作于本年十一月初九日,距十二月二十三日俞樾之卒仅月馀。延清爱诗,胡俊章《锦官堂试贴》序言:"公余之暇不废吟咏。其为诗也,魄力沈雄,格调高古,且往往于险韵中出奇制胜,同人莫不辟易。丙子岁,俊章通籍观政水曹,复得与子澄为僚寀,暇日每以著作见示,罔不洸洋恣肆,畅所欲言。因服其学有本原,固非仅以诗鸣者也。其所著试律,分韵编辑共一千数百余首,待梓久矣,兹先就各家所已选刻者,又附以会课诸作刊刻百首,俊章得与校雠之役,兼索序言,自惭谫陋,何足知诗。然闻之先达论诗无不以风华典赡格律谨严为正轨,子澄之诗庶几近之。俊章前刻春明诗课以及诸家选本,采入无多而读者脍炙,究以未窥全豹为憾,是编一出必将贵一时,

---

① (清)李恩绶:《来蝶轩诗序》,(清)延清:《来蝶轩诗》,《清代诗文集汇编》第765册,上海古籍出版社2010年版,第83页。

② (清)孙雄:《道咸同光四朝诗史·乙集》卷6,宣统2年(1910)刻本。

③ (清)俞樾著,张燕婴整理:《俞樾函札辑证》(下),张剑、徐雁平、彭国忠主编:《中国近现代稀见史料丛刊》(第一辑),凤凰出版社2014年版,第520页。

虽子澄之文章经济不尽于是，然其嘉惠后学勇于立言，是编即其嚆矢焉尔。"①

延清与他人唱和之作甚多，仅以《遗逸清音集》所辑诗示之。旭超：《延子澄世伯乙卯七十正寿用引玉编春字韵寄祝》，七律，见《遗逸清音集》卷四；同裕：《子澄夫子奉使车臣汗赋此奉寄》，七律，见《遗逸清音集》卷四；延昌：《题延子澄姻叔所著〈蝶仙小史〉用卷内自题诗韵二首》，见《遗逸清音集》卷一；恩华：《延子澄师碟仙小史汇编刊成自题二律依韵奉题》，七律二首，见《遗逸清音集》卷一；锡钧：《秋日感事和延子澄同年见示诗八首》（七律），《题延子澄同年庚子都门纪事诗三首》（七绝），见《遗逸清音集》卷一；桂芳：《往谒延子澄世伯并呈四诗用吾乡李亚白先生赠伯禾世兄诗韵》（七律四首），见《遗逸清音集》卷四；延钊：《读延子澄先生前后三十六天诗至感旧书慨及书愤重题再纪数章不觉闷极悲来放声大哭家人以余为狂兹特用天字韵纪以此诗寄呈澄老》，见《遗逸清音集》卷四；善耆：《和延子澄水部秋日感事八首遵用少陵秋兴诗韵》，见《遗逸清音集》卷一；寿耆：《延子澄学士家藏翁叔平协揆所书虎字出以属题因用卷内钟秀之何润夫两前辈诗韵奉题二首以应》（七绝），见《遗逸清音集》卷一；定成：《和延子澄学士同年三十六天诗韵二首》（七律），见《遗逸清音集》卷一；清昌：《奉和子澄先生天字韵四首》，七律，见《遗逸清音集》卷二；庆珍：《奉和子澄姻长学士诗伯天字韵》（七律），见《遗逸清音集》卷二；奎濂：《乙卯冬斗室筑成率成俚句呈延子澄先生》（七律），见《遗逸清音集》卷二；定信：《子澄诗老过从招饮迟博如未来诗以纪事用成子蓄迁居韵》（七律），见《遗逸清音集》卷二；爱身：《题延子澄世伯太常仙蝶图恭用高宗纯皇帝御制诗韵》（五律），见《遗逸清音集》卷二；阔普通武：《延子澄郎中清转补翰林院侍读贺之以诗四首》（七律），见《遗逸清音集》卷三；庆恕：《和延子澄学士奉使车臣汗纪程诗》七律，见《遗逸清音集》卷三；钟灵：《连日阴雨不得出游寄延子澄学士》（七律），见《遗逸清音集》卷三；崔永安：《题延子澄水部清荷村消夏图即用自题七律二首韵》（凡三首），见《遗逸清音集》卷三；锡恩：《书感和子澄老哥天字韵》（七律），见《遗逸清音

---

① （清）胡俊章：《锦官堂试贴序》，（清）延清：《锦官堂试帖》，《清代诗文集汇编》第765册，上海古籍出版社2010年版，第57页。

集》卷三；文淇：《兰浦来京旋又言别子澄招饮遂有是作》（五言排律二首），见《遗逸清音集》卷三；董楷：《再和太常仙蝶四绝句以应子澄世丈之命》（七绝四首），见《遗逸清音集》卷三。①

成堃是光绪年间杭州驻防中唯一存留诗集的蒙古族女诗人。她生于官宦世家，与门当户对的完颜守典结为姻亲，她的物质生活是优越的，与丈夫的琴瑟相和更带来精神上的富足，因此诗歌少愁苦之言。诗歌交游范围在家庭之外延伸到杭州驻防营其他女性诗人乃至汉族女性文人。基于对诗歌的爱好而与文学家族结为姻亲，成为杭州驻防文士的普遍选择。

在家庭内部，成堃除与完颜守典唱和外，《雪香吟馆诗草》也记载了她和侍儿梅花的文学情缘，《雪中咏梅调侍儿梅花》有"飞玉满园香，枝头春意透。冰雪影团团，谁道梅花瘦"，《遣梅花省亲》云："生小相依十六年，那堪离别隔云天。如今携手长亭路，不是知心也黯然。欲留安忍送将行，一曲阳关泪欲倾。莫负黄花秋后约，有人无日不关情。云帆归去会何时，月夕花朝两不知。虽去如留常在念，也应看取别离诗。珍重离情忍泪言，风霜客路慎晨昏。长江水尽情难尽，此别关山欲断魂"。完颜守典《逸园初集》中有《遣侍儿梅花之广东省亲》，"尊前无语久徘徊，但说黄花开后来。帘卷西风人影瘦，陶然共醉夜光杯（内子玉唧别诗云：莫负黄花秋后约，有人无日不关情。要梅花兼调余也）"。可见主仆情分之深以及家庭内部文学创作环境的融洽。

在成堃诗集中，多处记录她与杭州驻防内女性文人的唱和赠答。琼仙为完颜守典大妹，《逸园初集》有《大妹琼仙为余绘梅花便面》，《雪香吟馆诗草》有《谢琼仙绘白牡丹便面》，还有《琼仙以赠梅花诗见示索和元韵》"解捧焦桐待月明，爱将横竹㩜风清。昨宵听说酬佳句，瘦损吟腰和未成"。后附琼仙《元作》"抱琴捧砚最聪明，学楷钞书亦秀清。该得郑家诗婢子，我呼崔嫂女康成"。王韶为杭州驻防富乐贺妻，钱唐司马王棣女，是杭州驻防内有名的才女，相与唱和者众多。成堃与王韶是亲戚关系，成堃诗集中有《题王乔云世伯母冬青馆集》，诗集后有王韶题诗，称成堃"清才丽质无双品，的是琼林第一枝"，对其清丽诗风的把握十分恰切。此外，诗集中还可见成堃与汉族女性的诗歌往来，如《读蕊珠仙史姜

---

① 参见（清）延清《遗逸清音集》，商务印书馆1916年版。

第六章　清末光宣时期的蒙古族汉诗创作　　573

媚川珍诗稿题赠一律》《赠徐杏丈吉曾女史》。无论是成堃还是完颜守典，都代表了一个家族。成堃的父亲和祖父不仅以军功著称还喜好诗文，都有诗歌传世。完颜守典的父亲文元为杭防将领，娶杭防文人凤瑞女为妻。成堃诗集中有《凤桐山外祖翁七十次俞曲园太史元韵恭祝》。同为杭州驻防，满蒙文人交游频繁。成堃与杭州驻防文人之翘楚三多亦有文学交游，如其《次六桥结苹香续社诗韵》云："险韵拈圆众口哦，深闺也读百回过。云篇入妙诚非易，锦句惊奇不在多。笔凤一双文竞吐，笺鸳卅六稿飞驮。昔推李峤真才子，未识人令谓此何。"称赞三多文名远播，自己虽是深闺之中，也对三多诗作叹服。后三多结集《可园诗钞》，成堃特意题赠，其《题六桥可园诗钞》两首，云："宋艳班香笔一枝，岂徒三绝画书诗。庄媛敛手梅花曲，谢女低头柳絮词。集中有柳絮一词甚佳。缃架展吟春热麝，玉台争写暝然脂。东风又绿芳原草，努力前生得句时。""碧城才性偶相同，能补骚坛一代功君继陈云伯著西泠闺咏。玉尺如衡良夺锦，珊壶不惜为敲红。柳营雅合名驰早，苹社群联句独工。我愧瘦吟楼未若，替传诗辱作吴嵩。"成堃与三多的文学交游，意味着在光绪时期的驻防诗人群体中男女诗人的交游已成为文学常态，女诗人可以通过自己与男性文人的交游传播自己的作品。

　　女性文人的出现补足了以文学家族缔结姻亲关系中的重要一环。成堃与完颜守典的琴瑟和鸣本身就已成为满蒙文学交融的显例。而他们与其交游士人共同建构了光绪年间杭州驻防多族士人圈。

　　杭州驻防三多一生足迹广远，且喜交游，因此文学交游方面不仅与杭州乃至江南士人交游密切，与京师士人交游亦很密切。

　　三多于光绪13年（1887）先后师从王廷鼎、俞樾学诗文书画。王廷鼎为俞樾得意门生，樾爱屋及乌，喜三多。三多主动问学于樾，执弟子礼，相交笃深。王廷鼎《柳营谣序》："余于丙戌岁始于花市构屋以居，距杭防营仅数武地，暇辄入城，既爱其风土清淑，旋以琴酒获交其士大夫，又钦其温文尔雅，有儒将风。未几其弟子竟以文艺来从余游。"[①] 自始三多师从王廷鼎。王廷鼎对三多影响颇深，光绪18年（1892）八月二十八日王廷鼎卒，三多作《哭梦薇师》悼念："传说骑馆

---

① （清）王廷鼎：《柳营谣序》，（清）三多：《柳营谣》，光绪年间刻本。

信尽惊，有人千里哭同声。（时善治庵同门在京）下帷设帐居花市，杨烈褒忠到柳营。（编辑《杭防营志》）红袖徒为新弟子（谓李梅仙夫人），青衫不改旧书生（遗命以常服入木）。明朝替捧俞楼仗，忍看临风老泪倾（师易簀之时，曲园太夫子适至为之一恸）。上清想是有文修，遽促壶楼赴玉楼。教诲我才违两日（师卒于八月二十八日，两日前尚循循见诱），文章师已定千秋。名高不碍中年死，梦幻虚期胜地游。（师主双山讲习，屡欲往游，迄未果行。）莫向人间重舞写，神仙只合住丹邱。"① 师生情谊深挚，读之令人泫然。俞樾《可园诗抄序》云："壬辰暮春六桥都尉携其师瓠楼诗数章访余于右台仙馆。余读之有：'云冻鸟啼腔尚潘，雏狸窃果术先工'，又云'石尽玲球何碍瘦，树求疏古不嫌枯'。余诧曰：'何其诗之似老夫也已。'而六桥又以其所作《可园诗抄》求序余。读其《春日偶成》云：'移枕簟来花好处，倚阑干趁月明时。'《咏落叶》云：'鹤爪粘来干有韵，马蹄踏去滑无香'，又诧曰：'何其诗之似瓠楼也夫。'自曲园而瓠楼，自瓠楼而六桥，沆瀣一气洵不虚矣。"② 俞樾认为三多诗风似自己也似王廷鼎，认为由己而至学生王廷鼎再至三多的师承关系非常明晰。三多也因此赠谒俞樾诗歌颇多，仅《可园诗钞》中就存有十六首之多，如《过苏谒曲园太夫子》《和曲园太夫子西湖诗六首即步元韵兼用挂貂体庚寅》《吴下谒曲园太夫子》等。其为俞曲园所做挽词甚为感人，《曲园太夫子挽词》："惊传噩电自苏垣，不见龙门哭寝门。司命忽同年里去，（易簀正祀宝日）修书犹告月初存。龄延已在汾阳上，论定真如鲁殿尊。为位小眉山馆拜，（新题郡齐曰小眉山馆）籙来知己胜怀恩。白首传经老伏生，当时安得此恩荣。二千年学殚心讲，（重赴鹿鸣诏论有殚心著述）五百卷书拚命成。写作俱佳动人主，山林大隐亦公卿。韩苏才福放翁寿，万事完全笙鹤迎。海山兜率两茫茫，襟带飘然是老庄。麟笔一枝存国粹，鸿文万丈发山光。（谓右台山书冢）问安重译同司马，（日本以太夫子与李文忠并称中国两伟人）爱礼平生不去羊。人表经师终可景，春风仍在郑公乡。心丧那得不三年，文字缘逾骨肉缘。高启梅花曾获奖，小同棠棣旧相联。（与阶青通谱多年）天涯姓氏逢人说，海内风尘独我怜。（指庚子被

---

① （清）三多：《可园诗抄》，光绪年间石印本。
② （清）俞樾：《可园诗抄序》，（清）三多：《可园诗抄》。

难京师事）从此更谁施教诲，白云低处泪如泉。"① 感情忱挚。

除了俞樾，三多与众多江南的名流宿儒交好，曾于杭州家中举诗社"红香吟社"，参加"苹香吟社"雅集唱和。三多《送世伯先善观察之宁绍台任丙午》有"年来同学竞飞扬"句，自注："公与多同出谭复堂（献）师门下"②。三多有诗《世丈高白叔云麟中翰招陪谭仲修献师梦薇师许迈孙增杨雪渔文莹筱甫古酝诸先生饮豁卢赏牡丹赋谢》，另有《侍仲修师暨雪渔筱甫古酝诸先生燕集净慈寺并访南湖诸胜》，可知三多与谭献、杨葆光交往甚密。三多还有诗《杨古酝葆光先生见过并贻苏庵集赋谢》《春分日与古酝先生沈韵松庚垚太守同谒曲园太夫子敬呈》为杨葆光（古酝为杨葆光号）所题。杨葆光为《可园诗抄》题词："夙知词藻美，企望柳营前。秋驾传心早，春光得气先。不徒夸好句，所异出英年。回首平生志，羞称老郑虔。"③ 金梁《旗下异俗》载："盛恺廷观察（元）立文课，吾从兄柏研香都护（梁）与杏襄侯协戎（梁）设琴社，三多六桥都护集诗会，吉将军（和）设字课，如俞曲园（樾）、王梦薇（廷鼎）、谭仲修（献）、杨古酝（德光）、王同伯（同）、高白叔（云麟）、章一山（梫）、林琴南（纾）诸名硕，皆先后乐与周旋，而梦薇与襄侯，订交尤密，八旗子弟，从之游者甚众。"④ 三多亦组织并参与众耆老的诗社琴社等活动，有作《闰花朝日集彝斋红香吟社联句己丑》《外舅文济川公偕梦薇师于文殊诞曰合琴社苹香吟社于湖舫作展春第二集，即席赋呈》等。

离开江南去往京师后，三多与罗瘿公、谭祖任、郭则沄等交好，入其所设诗社。积极参加文人雅集活动，诗词酬唱，词风有变，声望愈大。1912年四月入京后，三多拜会罗瘿公，后入其诗社。高拜石《新编古春风楼琐记》（五）："瘿公以世出之才，丁无可为之季，遂一意为诗，其撼愤扞怀，己酉（宣统元年，公元1909年），庚戌（二年）间，与樊樊山（增祥）、林畏庐（纾）诸人，集为诗社，每集，必选胜地，畏庐作画，众人系之以诗，豪竹哀丝，亦复寄情声伎，易实甫（顺鼎）、樊樊山、三六桥（多）以及他的顺德同乡何翙高（藻翔）、黄晦闻诸人，对乐部歌

---

① （清）三多：《可园诗抄》。
② （清）三多：《可园诗抄》。
③ （清）三多：《可园诗抄》。
④ 金梁：《旗下异俗》，《西湖文献集成》第14册，杭州出版社2004年版，第314页。

郎，多有题赠，樊、易且有千言长歌，对贾壁云等人均极侔色揣称之能事。"① 钱基博《现代中国文学史》："增祥、顺鼎爱伶人贾壁云美，各为长歌以张之，极侔色揣称之能事。而三多赠贾诗，独以少许胜多许；诗云：'万人如海笑相迎，月扇云衫隐此生。我惜贾郎仍不幸，倘逢刘季亦良平。'以张良貌似妇人女子，陈平美如冠玉，皆子都宋朝之美，非西施郑旦之美，可谓拟于其伦。"② 三多有诗《赠罗瘿公惇曧郎中壬子》，亦有诗《易实甫顺鼎观察示读召对纪恩诗次和原韵送行》。民国8年（1919），郭曾忻、郭则沄父子以其北京所建蛰园为社址，结社"蜜园吟社"。"春榆公与啸麓公在蛰园的结霞阁成立蜜园吟社，作'击钵吟'。参加者有易顺鼎、林纾等八十多人。……啸麓公《旧德述闻》中说：'月一集，集必二题，岁首亦张灯夺彩，或放烟火助兴。凡九十六集。'1928年春榆公仙逝，不再举行，将所作诗刊印为《蜜园击钵吟》。"③ 三多《水晶帘园赏牡丹即席成此博主人双笑》即为参此社活动所作。1928年冬，三多入谭祖任聊园词社。夏孙桐哲嗣慧远《近五十年北京词人社集之梗概》述："乙丑，谭篆青祖任乃发起聊园词社，不过十余人。每月一集，多在其寓中。盖其姬人精庖制，即世称谭家菜也。每期轮为主人，命题设馔，周而复始。如章曼仙华、邵伯絅章、赵剑秋椿年、吕桐花凤（剑秋夫人）、汪仲虎曾武、陆彤士增炜、三六桥多、邵次公瑞彭、金篯孙兆藩、洪泽丞汝闓、溥心畬儒、叔明儌、罗复堪、向仲间迪琮、寿石工玺等，皆先后参与。而居津门者如章式之钰、郭啸麓则沄、杨味云寿枏，亦常于春秋佳日来京游赏时，欢然与会。当时以先君年辈在前，推为祭酒。一时耆彦，颇称盛况。其时仍以梦窗玉田流派者居多。继则提倡北宋，尊高周柳。自晚清词派侧重南宋，至此又经一变风气。聊园词社自乙丑成立，屡歇屡续，直至篆青南归，遂各星散，前后达十年以上。"④

从三多的文学交游中，也可窥见晚近民初士人的心态变化。

---

① 高拜石：《新编古春风楼琐记》（五），作家出版社2004年版，第20页。
② 钱基博：《现代中国文学史》，中国人民大学出版社2004年版，第202页。
③ 北京市政协文史资料委员会编：《名人与老房子》，北京出版社2004年版，第236页。
④ 张伯驹编：《春游社琐谈》，北京出版社1998年版，第22页。

三　光宣王公诗人的文学交游

晚近清廷对蒙古的控制依旧外松内紧。咸丰3年（1853），咸丰皇帝还谕旨内阁："不可任令（蒙古人）学习汉字。"① 然而，在当时全国汉化趋势严重的情况下，蒙汉融合已经势不可挡。旺都特那木济勒的父亲喀喇沁色王爷"每岁自京归，购求古今书籍不下千卷"，就此成就了旺都特那木济勒深厚的汉学功底，而旺都特那木济勒与满蒙汉多族士人的交游也大都借汉诗写作展开。

旺都特那木济勒"性好吟咏，幼时于芝圃三弟共研席，拈毫赌韵"。同治11年（1872）孟秋，旺都特那木济勒作七绝《留别三弟芝圃九月入都》。同年，旺都特那木济勒作七绝《饯别三弟芝圃还乡四首》，其一云："相逢未暇话离情，转瞬今朝又送行。从此长亭归去后，惟留夜月一轮明。"其二云："长亭饯别不成欢，怎奈西风阵阵寒。故国亲朋如我问，凭君代我报平安。"其三云："转瞬相逢又送行，离筵触我故乡情。今番寂寞无他赠，属付云山伴客程。"其四云："饯别匆匆归故园，无情风雨断诗魂。从今盼得春三月，又自柱乏醉玉樽。"② 兄弟深情可见一斑。光绪元年（1875），旺都特那木济勒作七律《祝三弟芝圃三旬正寿此系乙亥年作》，光绪14年（1888），旺都特那木济勒作七律《正月下浣，醇邸招饮于适园，即次元韵》。光绪20年（1894）元旦，旺都特那木济勒作七律《同日，三弟及小儿同应秩命》，光绪21年（1895），旺都特那木济勒作七律《同三弟携小儿均沐殊恩，恭谒祖茔谨志》，光绪22年（1896），旺都特那木济勒作长律《秋日携席卿及三弟芝圃等同游龙泉寺，赋长律一篇以志游仿用进退出入韵体》，同年秋，又作七绝《又约三弟芝圃，诗以代柬》邀三弟共饮。旺都特那木济勒兄弟共六人：二弟那木济勒色丹（按本族排行称三弟），字芝圃，已出嗣；三弟僧贡桑旺兑（按本族排行又称四爷喇嘛），人称扎符达喇嘛贡桑旺兑，约生于道光28年（1848）；③ 四弟僧额尔仁达萨，约生于咸丰元年（1851）；五弟那逊旺布

---

① 《清实录·文宗实录》卷103，中华书局1986年版，第540页。
② （清）旺都特那木济勒：《如许斋公馀集》上卷，内蒙古人民出版社2011年版，第22页。
③ 汪国钧著，玛希、徐世明校注：《蒙古纪闻》，内蒙古人民出版社2006年版，第110—111页。

（旺都特那木济勒按本族排行称六弟），字均堂，约生于咸丰4年（1854）；六弟僧官其格普日来（又称堪布喇嘛），生于咸丰7年（1857），已出嗣。① 旺都特那木济勒有三个姐姐：大姐紫兰、二姐紫檀、三姐紫欧。

　　旺都特那木济勒不只同兄弟间写诗纪行，也与亲友诗词唱和。旺都特那木济勒二姑漫尤莎克是七表兄尹湛纳希生母，尹湛纳希（1837—1892），孛尔只斤氏，乳名哈斯朝鲁，姓宝名瑛，字润亭，别号衡山，内蒙古卓索图盟土默特右旗人，元太祖成吉思汗第二十八世孙。在同光年间，旺都特那木济勒作诗多首，记录着他们之间深厚的情谊。《如许斋公馀集》中收录《答润亭索诗》，《怀朝邑润亭》诗前序云："润亭为人落落不群，每宴饮至夜深，用灯照遍梅花，与客同看，亦雅事也。"诗云："朝邑润亭盖世才，遨游四海自徘徊。而今何事雄心息，惟有孤灯照素梅。"② 对尹湛纳西观察入微。同治12年（1873）秋，尹湛纳希和旺都特那木济勒都来到北京。一个雨后的中午，尹湛纳希约旺都特那木济勒到同兴楼共进午餐。席间，旺都特那木济勒写下《雨后润翁约同兴楼午酌，口占二十八字，兼赠都中诸友人》。旺都特那木济勒比表兄尹湛纳西小七岁，两人几乎共同成长，经历相同、喜好相同的这对表兄弟时常心意相通，离别自然充满惆怅。旺都特那木济勒曾经写下三首七绝《寄润亭》，表达思念之情。旺都特那木济勒非常钦佩尹湛纳希非凡的才华，友情深笃的二人分别后更加思念对方，其七律《寄润亭》云："鱼书一纸寄云端，为报润翁仔细看。每望京华忆旧友，闲依开树赏晴峦。君游日下应添乐，我在天涯不尽欢。幸得清欣相会早，先将抽句问平安。"③ 更可看出真挚之情。

　　徐陠，字汝亭，号颂阁，行五，道光丁酉年（1837）九月三十日生，江苏太仓嘉定县附监生民籍，世居南门内大街。徐陠与旺都特那木济勒是好友，曾为其《旧录续编》撰跋。徐陠跋如下："夫陶冶性灵，莺鹤资其清啸，脱略轩冕，竹柏助其高吟。葩搔铿锵，咀英应刘之席；襟怀冲旷，抠衣王孟之堂。闹红词新，眠绿琴古。云山妙契，恒富于春秋；觞咏高

---

① 候志撰，李俊义增订：《旺都特那木济勒年谱》，内蒙古人民出版社2011年版，第43—44页。
② （清）旺都特那木济勒著：《如许斋公馀集》上卷，第18页。
③ （清）旺都特那木济勒著：《如许斋公馀集》上卷，第55页。

情，不分乎罗衮。非天姿卓绝，慧业迈伦，能如是耶！衡斋主人以从龙华胄，循诈马遗风。卓索图之名王，环材秀世；耶律铸之新咏，异派同源。挥翰如流，韵谐竞病，当筵快写，巧斗尖叉。固已振采词场，腾声藩服，开骚坛而张赤帜，绣鸳谱而度金针者矣。加以地近仙庄，园开瑶水。摹天绘日，发扬星汉之华；藻原缛川，鼓吹鹥鸾之韵。餐霞得句，掷地成声。笳角秋高，有湛然之集；穹庐春暖，无敕勒之歌，牧政告闲，藩维就理。爰营曲榭，颜曰梦园。每当月朗花明，莺初雁晚，觅西池之句，开北海之樽。玉斗频斟，琼笺旋擘。风回荷沼，短引已成；露下望轩，长歌未已。小词时谱，帖体兼工。调寄金荃，倚绮窗之金韵，排分玉律，纪阆苑之名篇。莫不启秀珠林，翔华藻海。鲛机舒锦，合五色而成文；凤缟扬徽，叶千声而竞奏。足使金迷纸醉，松花之水回波；酒罢琴眠，木叶之山含藻。顷以来朝元日，得接清晖，出《公徐集》见示，辱承雅命，俾弁简端。陏儴直金门，章鲜暇；吟诗锦轴，琢句惭工。连城之珍，启瑶函而色喜；一日之雅，抽彩色而神倾。诗杂仙心，山水之音自古；语含天趣，钟吕之奏不凡。丽藻交辉，弓衣巧织；灵心四映，铜钵迟声。泂迹轨乎齐梁，并嗣音乎唐宋。青琐赤墀之际，良觌方新；金弧玉勒之馀，归吟促赋。他日愿从衷录，补熙朝雅颂之编；迩时请作引喤，纪朱邸游歌之盛。光绪甲午正月，嘉定徐陏谨跋。"[1] 这篇跋文指出旺都特那木济勒的三个特点，一是源出蒙古族；二是旺都特那木济勒诗词帖括时文兼擅，而且诗文无塞北高亢之音；三是诗学源流"泂继轨乎齐梁，并嗣音乎唐宋"，而形成这样创作风格的原因在于旺都特那木济勒的优游闲适生活。[2]

　　满蒙联姻是清代国策，故清宗室多人与旺都特那木济勒是为姻亲。同治2年（1863），旺都特那木济勒娶惠亲王绵愉第五女为福晋。同治7年（1868）四月六日，喀喇沁右翼旗扎萨克、多罗杜棱郡王（亲王衔），卓索图盟长色伯克多尔济病逝。七月初二，同治皇帝以故喀喇沁扎萨克多罗杜棱郡王（亲王衔），卓索图盟长色伯克多尔济之长子旺都特那木济勒袭爵。五律《恩赏福寿字恭纪》、七律《除夕侍宴恭纪》《元旦朝贺侍宴恭

---

[1] （清）徐陏：《如许斋集跋》，（清）旺都特那木济勒：《如许斋集》，内蒙古人民出版社2011年版，第224页。

[2] 详见米彦青《晚近变局中的"局内人"与"局外人"——以蒙古王公家族文学变迁为例》，《内蒙古社会科学》2020年第3期。

纪》等诗可看出，旺都特那木济勒在袭爵后备受恩宠。镇国公奕询是旺都特那木济勒妹夫，好诗文，因此二人时相唱和，亦互赠书画。喀喇沁王府博物馆现存奕询同治8年（1869）为旺都特那木济勒绘《兰草图》一幅，还有未署年款的《山水图》一幅。礼亲王世铎是旺都特那木济勒妻兄，光绪11年（1885）十一月中旬，为旺都特那木济勒《如许斋集》作序。喀喇沁王府博物馆现存世铎为旺都特那木济勒书写的对联，"品节详明德性坚定；事理通达心气平和"，文字平实，可看作是世铎对旺都特那木济勒的客观评价。恭亲王奕䜣是旺都特那木济勒妻兄，旺都特那木济勒时常赴京，在京期间与恭亲王奕䜣过从甚密，二人时有诗文往还。旺都特那木济勒尝赠奕䜣《如许斋集》，奕䜣亦赠旺都特那木济勒集唐诗《喀拉沁都楞旺王妹丈年班来京晤谈，赋赠一律》[①]，旺都特那木济勒即和诗《奉和恭邸集唐见赠元韵》一首。

　　著名满洲诗人志锐[②]与旺都特那木济勒交好。光绪18年（1892）春，旺都特那木济勒为时任礼部右侍郎的志锐作题画诗，并写下《志伯愚少宗伯嘱题〈同听秋声馆图〉》。与旺都特那木济勒过从甚密的那苏图也是蒙古王公，光绪12年（1886），科尔沁辅国公那苏图为旺都特那木济勒《如许斋集·公馀集》作序。光绪17年（1891），那苏图出示自作《宫词》四首，旺都特那木济勒读后，作《和光鉴堂主人宫词》四首唱和。光绪20年（1894）秋冬之际，旺都特那木济勒读科尔沁辅国公那苏图《光鉴堂诗存》，作七绝二首以赞之。

　　光绪2年（1876），旺都特那木济勒从山东聘请宿儒丁静堂担任贡桑诺尔布之启蒙教师。"丁静堂"一名，屡次见诸《如许斋集》。旺都特那木济勒作诗《祝丁静堂老夫子五旬正庆》《九月初旬祝丁静堂初度》《九日与静堂小酌》，后附丁静堂《答主人邀酌元韵》，丁静堂返回故里，旺都特那木济勒作《秋日留别丁静堂》《饯静堂旋里》《又口占四阙》《答静堂留别元韵》等诗作。光绪12年（1886）四月十六日，值旺都特那木济勒43岁寿辰，丁静堂作五言八韵排律《恭祝贤王千秋之禧》一首，值

---

① "铁关金锁彻明开，有客新从绝塞回。月若半环云若吐，马如飞电鼓如雷。最传秀句寰区满，更喜贤王远道来。岁岁年年常扈跸，先排法驾出蓬莱。"奕䜣：《萃锦吟》卷8，沈云龙主编：《近代中国史料丛刊续编》第三十二辑，文海出版社1976年版，第644页。

② 志锐，字伯愚，号公颖、廓轩、号穷寨主，晚号遇安，任伊犁将军。

丁静堂 53 岁寿辰，旺都特那木济勒作七律《贺丁静堂辰禧》一首。① 上述唱和可证丁静堂颇受旺都特那木济勒敬重。光绪 18 年（1892），祝席卿至喀喇沁右翼旗王府，担任王府西席。② 旺都特那木济勒与祝席卿过从甚密，常一起饮酒赋诗，多有诗文唱和，在旺都特那木济勒诗集中可见。光绪 8 年（1882）三月，喀喇沁右旗特聘画家于文藻为旺都特那木济勒绘《山水图》一幅。旺都特那木济勒与于文藻交谊甚笃。曾作七绝《洁轩临行画梅留别》及七律《秋日送洁轩还乡》，并填《饯别洁轩菩萨蛮》词，分手后再遇，作五律《雨中喜洁轩至》。

旺都特那木济勒自己重视汉学，也非常注重对贡桑诺尔布的汉文化培养，用儒家"修身、齐家、治国、平天下"的思想塑造儿子。喀喇沁人学习汉族文化，始于色伯克多尔济，成就于旺都特那木济勒，发扬光大于贡桑诺尔布。在这个蒙古王公家族中传承了汉学。

作为蒙汉语兼通的蒙古王公、皇室亲贵，那苏图交游广泛，其友朋既有政治人物，更不乏文化名流，是典型的多民族文人交游圈，但诗词唱和多在公卿贵族间进行。旺都特那木济勒是那苏图的至交，二人过从甚密。光绪 12 年（1886），科尔沁辅国公那苏图为旺都特那木济勒所著诗集《如许斋公馀集》作序。光绪 14 年（1888），旺独特那木济勒为那苏图诗集《藤花书屋集词牌三十韵》作序。光绪 17 年（1891），那苏图出示自作《宫词》四首，"凤楼香篆五云升，火树银花映玉冰。椒戚新承温诏降，御前颁赐上元灯。"其二："彩鸾殿里锦屏张，柏酒金樽列绮觞。长袖宫娥新学舞，春风吹上御筵香。"其三："梅花独绽上林枝，正是君王入宴时。三十六宫春色好，翩翩红袖拜丹墀。"其四："宜春帖子墨华新，御笔书来赐近臣。都道今年风景好，太平万岁字当珍。"③ 旺都特那木济勒有《和光鉴堂主人宫词》四首以应之。其一："五朵红云捧日升，鸳班衔簇一条冰。上元雪兆丰年瑞，不惜金钱更买灯。"其二："帝廷华胄锦屏张，共沐恩波醉羽觞。上苑春光梅信早，好风吹满御阶香。"其三："冻青浓缀万年枝，瑞爵双楼际盛时。更喜璃花飞六出，争随舞褎傍彤墀。"其四："辛年辛日两番新，协帝重华颂史臣。识字宫娥偏解事，也

---

① （清）旺都特那木济勒：《如许斋集》。
② 候志撰，李俊义增订：《旺都特那木济勒年谱》，第 249 页。
③ （清）旺都特那木济勒：《如许斋集》，第 162 页。

从席上数儒珍。"① 光绪 20 年（1894）秋冬之际，旺都特那木济勒读那苏图《光鉴堂诗存》（今不存），又作七绝二首以赞之。光绪年间，肃亲王善耆有《幼农上公以旧集词牌三十首见示，并嘱题句，率成二绝》，其一云："太液波深六月天，莲花影里御前船。中间这个吟诗客，应是才人李谪仙。"其二云："集词牌子卅章诗，如嚼冰桃雪藕丝。天不公才吾妒甚，生瑜生亮乃同时。"② 光绪甲午（1894）夏，镇国公载泽作有《光鉴堂主人以集词牌卅首见示余占二绝奉答即希》，诗云："拈来古调谱新声，几许功夫粗织成。勉效同庚添逸兴，吟坛从此结诗盟。明窗几净费安排，聊借吟诗遣俗怀。马足车尘成例事，敢夸风雅与同齐。"③

博迪苏出身于蒙古贵胄，祖父僧格林沁，祖母系贝勒文和（裕亲王福泉五世孙）之女。父亲伯彦讷谟祜，母亲系怡亲王载垣之女。博迪苏祖父僧格林沁，历仕道咸同三朝，地位尊荣。咸丰、同治年间，参与对太平天国、英法联军等战争，军功卓著。同治 4 年（1865），在山东曹州镇压捻军，中伏捐躯，予谥"忠"。其灵柩至京，同治帝陪同慈禧、慈安两宫太后亲至致奠，赐金治丧，于立功地方建专祠，配享太庙，绘像紫光阁。子伯彦讷谟祜袭亲王爵，孙那尔苏袭封贝勒，次孙温都苏封辅国公。那尔苏、温都苏是博迪苏兄长。父亲伯彦讷谟祜于光绪 17 年（1891）卒。次子温都苏袭封贝勒，三子博迪苏封辅国公。光绪 34 年（1908），赏加贝子衔。武昌起义后，在京与喀尔喀亲王那彦图等组织蒙古王公联合会。民国元年（1912），博迪苏出任北京临时参议院议员，寻晋贝子。民国 2 年（1913），博迪苏与侄子阿穆尔灵圭等参加蒙古国会议员选举。纵观博迪苏一生，诗文创作并不谓多，作为科尔沁辅国公，在晚近民初其文学交游很少，政治交游很多。

光绪 13 年（1887）正月，贡桑诺尔布娶素良亲王隆懃第五女（侧福晋李家氏常林之女所生）、肃亲王善耆之妹善坤。贡桑诺尔布之妻既是满族贵族，又性爱交际，据载，"贡王的福晋是肃王善耆之妹，为人大方爽快，喜欢交际。在民国初年蒙古王公在京最多的时候，她发起组织蒙古王

---

① （清）旺都特那木济勒：《如许斋集》，第 161 页。
② （清）那苏图：《藤花书屋集词牌三十韵》，抄本，藏于内蒙古图书馆。
③ （清）那苏图：《藤花书屋集词牌三十韵》，抄本。

公福晋联合会，每月在什刹海北岸会贤堂集会一次。"① 因此，他们的政治婚姻对于贡桑诺尔布这个究心政事之蒙古王公，助力颇多。

贡桑诺尔布虽生长于盟旗，但喀喇沁位于长城沿线，地缘上与京城接近，他自幼便接受良好教育，又常往来于王府与北京之间，因此身处边塞却并不闭塞。与其父一样，贡桑诺尔布建立起了自己的多族士人圈，较之乃父，他的视野更要宏阔得多。贡桑诺尔布无论在京师还是在自己的属地，都多方结交社会名流。他的交游圈中既有满蒙汉权贵，也有维新派人物，甚而资产阶级革命派人物也是他的座上宾。晚近中国，各种政治势力交错，因此，贡桑诺尔布不但注重和国人的往来，而且交接外国人。他既和沙俄在华官员来往，又与日本朝野人士过从甚密。在贡桑诺尔布的多族士人圈中，肃亲王善耆所起的穿针引线的作用是很值得注意的。善耆（1866—1921）是战功赫赫的清太宗长子豪格的直系后裔，与贡桑诺尔布同年袭爵，成为第十一世肃亲王。他虽是皇族中的显贵者，却非属顽固保守之流，自号遂亭主人，与外界联系甚广。在崇文门监督任内，对历来因循的陋规弊端有一定的革故鼎新之举，从而曾遭到当时一部分顽固守旧者的非议。他同情光绪支持的维新变法，所以被人们认为是帝党的成员。对于共同的政治偶像光绪的崇拜，使他与资产阶级改良派的代表人物康有为、梁启超等人发生了密切的联系。义和团运动之后，他又结识了日本浪人川岛浪速。靠近东交民巷日本使馆的肃亲王府成了日本政界人物经常出没之所。从此，他日益亲日、并多少受到日本明治维新的影响。有志于改革这一共同的政治见解，使原来已有姻亲关系的贡桑诺尔布与善耆，更成了志同道合的莫逆之交。在妻兄善耆引介之下，贡王还结识了资产阶级维新派的代表人物梁启超、严复等人，并与之建立了很深的友谊。② 贡桑诺尔布每年要由旗内运去大量的土特产分赠友朋，而这些维新人物、政界名流带给他的思想的启蒙作用，使得他在晚近时期的内蒙古所推行的新政的各项措施，在彼时的清王朝内不落后于中原内地。光绪29年（1903），32岁的贡桑诺尔布随同御前大臣喀尔喀亲王长子祺承武、肃亲王长子宪章等人私访日本，想要探寻邻邦的发展之道。渡海途中，他写下了《瀛海展轮》，诗云："放棹瀛寰眼界宽，茫茫大陆等浮滩。蓬莱雾锁三横岛，

---

① 孟允升：《北京的蒙古王府》，《满族研究》1989年第3期。
② 娜琳高娃：《试论贡桑诺尔布与蒙古族近代教育》，《内蒙古师范大学学报》1989年第1期。

芝罘云环数点峦。豪兴纵谈评屿峡，雄心低事怯波澜。黄昏极目天涯外，万顷怒涛拥一丸。"① 来自草原的诗人，在大海的万顷波涛中，与志同道合的友人纵论天下，豪情万丈。

第三节　光宣时期蒙古诗人著作流播考述

光宣诗坛蒙古诗人，除极少数外，大都由晚清入民国，生逢动荡时代，他们的著作播迁也带有时代的印记。无论是自己编纂还是后人友人资助出版，都可从中窥见古代文学在白话文时代到来后的余光。

一　光宣京师诗人著作流播考述

恒焜一生作诗二千余首，存于《朣鹤诗存》《笠村山房诗草稿》《笠村山房诗草续抄》中。国家图书馆现存《朣鹤诗存选刻》光绪9年（1883）一册刻本及《笠村山房诗草续抄》光绪间抄本。其诗多为写景咏怀之作，清新婉约，颇有晚唐人风韵。常筠《笠村山房诗草续抄》序："余读翘诗，虽诸体俱备，而清婉之作居多，余与翘交久且深，不敢作阿谀语，致失平生欢，虽然余之序其诗，犹是序其志也。"② 胡俊章《笠村山房诗草续抄》序："词真泣鬼神，抑塞磊落之气溢于楮墨间。古人云诗以穷而益工，其信然。"③ 恒焜诗作以诗言志是友人公认的。

锡珍雅好诗文，其一生行迹遍及南北，南曾赴台，又北使喀尔喀，东使朝鲜各地。闳览博物，勤于政务，期间所感多寄于诗文，故其诗文多感怀之作，记远行之景，抒忧民之嗟。诗无专集，传今诗者约二百首，在稿本《锡席卿先生遗稿》中，存于北京大学图书馆。主持编纂《钦定吏部铨选则例》《钦定吏稽勋司则例》《八旗驻防考》《国朝典故志要》。

锡珍于同治13年（1874）、光绪7年（1881）、光绪11年（1885）先后奉使喀尔喀、朝鲜及台湾。光绪5年（1879），充总理各国

---

① （清）贡桑诺尔布：《夔盦诗词集》，郑晓光、李俊义主编：《贡桑诺尔布史料拾遗》第二辑，内蒙古人民出版社2012年版，第158页。

② （清）恒焜：《笠村山房诗草续抄》。

③ （清）恒焜：《笠村山房诗草续抄》。

事务衙门大臣，亲历众多对外条约之签订，期间所感多存于诗文之中，故其诗文留有众多史料，可补史之缺。诚如徐世昌《晚晴簃诗汇》所述："席卿冢宰师，承简勤、勤襄二公之绪，早年登第，敭历清华，洊陟正卿。……师于同治甲戌赐奠喀尔喀，光绪辛巳颁诏朝鲜，乙酉谳狱台湾，皆有日记。海陆遄征，谘诹所及，地形夷险，民气惨舒，尤三致意焉。诗无专集，今所录者，皆采自日记中。登高能赋，倚马成章，亦足见其大概矣。"① 光绪7年（1881）四月，锡珍作为副使，随正使镶白旗汉军都统额勒和布前往朝鲜，颁发慈安皇太后遗诰，期间途中见闻所感皆载日记之中，所录集成《奉使朝鲜纪程》，附诗草。锡珍出使朝鲜有诗《朝鲜贫弱时事棘矣慨然有作》《辽阳城》《凤凰边门》《通远堡》《游医巫闾》《纳清亭》等②，其中辽阳城、凤凰边门、通远堡、医巫闾在辽宁境内，纳清亭在朝鲜境内。此间诗作多以景寄怀，感怀实事，记远行之景，抒忧民之嗟。光绪11年（1885），三十九岁的锡珍异常劳碌。三月，往天津会同全权大臣李鸿章与法国使臣换约。六月，以台湾道刘璈被劾，钦命驰赴江苏会同巡抚卫荣光同赴台湾查办；十月，得实，论如律。赴台期间，途中事宜皆载日记之中，所录集成《渡台纪程》两册，附诗草。锡珍赴台查案途径江苏期间，有诗《宝应舟中》《晓至山阳》等。

锡珍历任吏部尚书、刑部尚书等要职，主持编纂《钦定吏部铨选则例》《钦定吏稽勋司则例》《八旗驻防考》《国朝典故志要》，是研究清代吏治和八旗制度的重要材料。《邓之诚文史札记》曾称赞："民国二十三年一月五日……今日入城本意在托松崎代卖《锡珍手稿四种》，可得千金，以略有成说。……比略翻一过，觉《八旗驻防考》及《国朝典故志要》，实为奇书，意恋恋，不能舍，宁饥死亦不欲出手也。"③

桂霖诗文创作《八旗艺文编目》不载，《中国古籍总目》亦未收录，所以今人论文著作中皆未提及。桂霖现存光绪23年（1897）木刻本《观自在斋诗稿》，诗稿分为两部，第一部分为诗作，名《观自在斋梦痕草》，存诗近两百首。第二部分为词作，名《清霞室落叶词稿》。该集现藏云南省图书馆。桂霖还有词集《抱影庐哀蝉集》，为光绪27年（1901）贵西

---

① 徐世昌：《晚晴簃诗汇》卷164，中华书局1990年版，第7125页。
② 参见徐世昌《晚晴簃诗汇》卷164。
③ 邓之诚：《邓之诚文史札记》，凤凰出版社2012年版，第171页。

巡署刻本，现藏贵州省图书馆。

据《云南文献提要》记载，《观自在斋诗稿》九卷，书前有黄炳堃序，第一部分《观自在斋梦痕草》分为五卷，有目录。第一卷为同治7年（1868）到同治11年（1872）诗作，存79首，附1861、1864年各一首，为桂霖任职礼部尚未中举之时所作。第二卷为同治12年（1873）到光绪2年（1876）作品，存22首，附1879年1首，乃桂霖中进士到丁忧服丧之前所作。第三卷为光绪6年（1880）至光绪10年（1884）诗作，存33首，为桂霖服阕期满在京任职期间所作。第四卷为光绪11年（1885）至光绪13年（1887）诗作，存28首，为桂霖云南大理任职期间所作。第五卷为光绪14年（1888）至光绪15年（1889）诗作，存25首，为桂霖任职云南到呈请开缺期间所作。

《日下联吟集》收桂霖《新月》两首。《历代诗人咏大理》收桂霖《元旦兰》一首①。

第二部分《清霞室落叶词稿》被《清词珍本丛刊》收录。分为三卷。第一卷为同治7年（1868）到光绪6年（1880）桂霖任职礼部所作词。第二卷大半为桂霖光绪10年（1884）至光绪20年（1894）任职云南所作，其中《菩萨蛮·小楼夜雨，忽忆在大理时，坐拄笏楼听春雨，情景宛然，慨焉倚此，时辛卯三月也》为光绪17年（1891）解职在家时作，《甲午长夏于役河上，许仙屏河帅出示贻炜集，且命继作，为谱四阕》为光绪20年（1894）任职河南所作，共四阙，分别为《忆旧游》《彩云归》《忆瑶姬》《凄凉犯》。第三卷为桂霖光绪27年（1901）至28年（1902）任职贵州时所作。

按：桂霖光绪27年（1901）哀悼亡妻所作《青霞室哀蝉词》亦被收录于《清词珍本丛刊》，并统编入《清霞室落叶词稿》。《清词珍本丛刊》并未标注所收词集的版本信息，不过，《清词序跋汇编》收录了桂霖的《哀蝉集词自识》，并注明版本为光绪27年（1901）贵西巡署刻本②，而《云南文献提要》记载《清霞室落叶词稿》云："《观自在斋诗稿》九卷……第二部分为《青□□管落叶词稿》，无目录，存30余篇，主要词牌

---

① 宋文熙、张楠：《历代诗人咏大理》，云南人民出版社1990年版，第119—120页。
② 冯乾编校：《清词序跋汇编》第4册，凤凰出版社2013年版，第1864页。

有《鹧鸪天》《菩萨蛮》《沁园春》《卜算子》《长亭怨慢》《满江红》"①，为"清光绪23年木刻本"②，但《清词珍本丛刊》所收的《清霞室落叶词稿》和《青霞室哀蝉词》刊刻体例一致，似为同一刻本，且第三卷所收之词晚于刊刻时间，若《云南文献提要》记载无误，则《观自在斋诗稿》所附的词应是收录于《清词珍本丛刊》的《清霞室落叶词稿》卷一卷二部分。则桂霖诗词目前已知共有三个版本，即光绪23年（1897）木刻本，藏于云南省图书馆；光绪27年（1901）贵西巡署刻本，藏于贵州省图书馆，及《清词珍本丛刊》收录版本。另，《清词珍本丛刊》在卷末收录了桂霖《两目骤盲，百年长夜，盘旋一室，怫忧万端，口占临江仙一阕，既自悼亦自懺也》《长夜之人不知遗死，再谱前腔，以写幽愤》《解嘲用前调》《眸子不存，万事已顾，寸心未死，不能无言，复此叨叨，聊以雪郁，宣幽讬讽，解嘲云尔》，这几首词在《青霞室哀蝉词》之后，有刻本和抄本两种体例，其中刻本《解嘲用前调》共三阕，包含在手抄本《眸子不存，万事已顾，寸心未死，不能无言，复此叨叨，聊以雪郁，宣幽讬讽，解嘲云尔》六阕内，部分词个别语句不同，六阕版应是早期版本，经修改后变为三阕版刻本。这几首词不属于《清霞室落叶词稿》和《青霞室哀蝉词》，但刊刻体例与两集一致，应是桂霖晚年将其词作统一整理刊刻而来。

《日下联吟集》选桂霖词五首，为《南柯子·对月》《胡捣练·秋砧》《鼓笛令·秋笛》《苏幕遮·秋烟》《摸鱼儿·秋树》。除《摸鱼儿》外，皆被《清词珍本丛刊》收录。《摸鱼儿》在两集中略有区别，《日下联吟集》所收应为早期版本。此外杨锺羲《白山词介》收桂霖《苏幕遮·秋烟》③一首，与《日下联吟集》所收相同。

瑞洵诗稿零散，由门人铃木吉武为刻《犬羊集》一卷、续一卷，铃木吉武作序，陈三立作跋。国家图书馆今存日本昭和10年（1935）铃木氏餐菊轩铅印本，1册。所著奏议，一官一集，都二十五卷，题曰《散木居奏稿》，由杨锺羲作传，铃木吉武作序，杨懿涑作跋。

---

① 《云南文献提要》，天津古籍出版社2015年版，第414—415页。
② 《云南文献提要》，天津古籍出版社2015年版，第414—415页。
③ （清）杨锺羲纂集，李雅超校注：《白山诗词·白山词介》，吉林文史出版社1991年版，第159页。

陈三立是瑞洵同年，二人在晚近民初之际都曾深负家国情怀，都曾蒙受屈辱，故此感同身受，相知亦深。其《犬羊集跋》读之有沉郁之气。"余久遁居庐山，癸酉冬时抵故都，盆老悉卧痫跧岁。一日，姻旧郭君尺岩偕天乞居士携诗卷过访。天乞居士者，为丙戌进士榜同年井苏先生晚所自号也。往岁计偕曾邂逅，一睹颜色，距今垂五十年。居士早官禁近，直声震朝右，颇遭忌，出为科布多参赞大臣。时妖民肇乱，中外骚然，居士绥疆土遏祸萌，声绩甚著。既解任，为蜚语中伤至系狱。及遣戍释还，未几，复值国变，家产亦荡尽。居士穷饿拂逆，励清修不懈，余暇或以诗歌自遣，类清超绝俗。与其情款节概相表里者也。世欲知居士，亦可一二推而得之矣。独念沧桑后，列榜诸同年生已寥若晨星，兹乃有若志独行，被濯风雅，落落存天坏，不辱吾党，如居士者。老怀于此，辄不禁欷歔，于方密之杜于皇一辈人也。"[1] 铃木吉武是瑞洵门生，瑞洵逝后，诗稿散落，是铃木吉武刊印。其《散木居奏稿叙》也是知人之论。云："景苏先生既逝之三年，吉武重至燕都，得先生所为《散木居奏稿》，谋付剞劂，属杨君鉴资专任校勘，六阅月成书，凡二十五卷，吉武乃谨为之叙。先生以幹难世族起家，词馆自得讲官，忠规谠论，锐意匡拂，不得久居中，筹边扞圉，志不稍衰，迄今披读章疏，得窥其蕴蓄之大凡。吉武受教有年，平昔讲论多及时事，忠义愤发，穷老弥坚，向使敫历台省，与闻国论，其表襮固不止，此朝廷得刚明任事之大臣，左右启纳，国势当不致一蹶而不可复。柳文惠云：为问经世心，古人谁尽了？徒令后人见其已陈之迹，感慨流连，资嗟叹息而不能已。乃自古叹之矣。当先生易簀之初，吉武适归东京，鉴资以通家子，实朝夕省视，见稿草散置几案间，归白诸尊公雪桥先生，雪桥先生谓此吉光片羽，皆关国故，不可不亟与收拾。因请诸病榻，尽携以归。吉武尝语：鉴资云蒙古拟改行省，赵尚书尔巽发其端，朝论多趑其议，先生审时地，度利害，毅然驳其奏草，为属籍恒钧借录，久假不归，恒钧亦即不禄，遂无从踪迹，惜哉。先生甲午言兵事，书吉武别有福本，异日当编排别行，洹上要人菟北门，时先生在边，见其行事非纯臣，尝密疏弹劾，折既留中，稿草亦不复存留，此吉武所闻于先生者。是役梨枣之资，家兄子威一意玉成，我师宫岛咏士先生亦极力从臾，谓孺子

---

[1] 陈三立：《犬羊集跋》，（清）瑞洵：《犬羊集》。

可教。惟是吉武年逾三十，学业无所成就，愧负师门，赧颜曷极。回意十年前立雪负墙，诲我不倦，吉武于行己应物间，不致大逾绳准之外，皆先生之赐也。"① 对瑞洵诗稿如何流传叙述详赡。

升允现存诗百余首，日人宫岛大八为其诗编集，成《东海吟》一卷。国家图书馆现存日本昭和 10 年（1935）一册铅印本。另有罗振玉为其奏稿编辑成集，是为《津门疏稿》。升允诗学唐人，又逢易代之际，故其诗多为怀念旧国之作，并效仿杜甫，以杜为师，有沧桑写实之感。

宫岛大八《东海吟序》："升允先生吉甫寓我国三年，临归出诗若干卷，属予存之，曰'此吾末技，取舍随君意'。予为缉为一卷，名为《东海吟》，表先生之志也。先生之诗伤时悼乱，怀君忧社稷，言言出于肺腑，诵之若响金石。若夫其至者大义，因此而名教赖此而存，盖仅仅百余篇文字，将传千载之久而不泯诗之为道不亦大乎？知先生莫予若聊一言为之序。"② 升允《东海吟》中《感怀》云："辛壬癸甲历屯邅，诗酒消愁倍黯然。子美适逢天宝末，渊明止纪义熙年。古今未有不亡国，南北都成离恨天。谁继祖刘与郭李，竟教专美让前贤。"③ 诗中升允以自己所处时代与杜甫所处天宝末期比拟，表述了乱世情绪。诗集中如《自述》《感怀》《日本东京看杜鹃花》《苏武山吊古》《雁》等诗多抒发此情感。"升允处处模仿杜甫，诗歌的内容和形式都仿效杜甫，还把自己的字也改叫'吉甫'。……升允的思想虽然守旧，同样打进了时代的气息。他和同时期的很多遗民，以一种'拒新恋旧'的理念引领，沉湎在传统的学术氛围之中，有着属于他们自己的'孽臣孤忠'式的时代感。……升允把自己对于家国山河的牵系比之于杜甫的同时，他在诗歌艺术上也着力学杜。因此他的诗作，无论是风格上的沉郁之气，还是诗律的严谨、典故的运用，以及诗歌意境的浑融方面，升允都努力为之，而且也达到了较高水平。"④

世荣有《静观居士自订年谱》记事至民国 18 年（1929）。所撰先有

---

① ［日］铃木吉武：《散木居奏稿序》，（清）瑞洵：《散木居奏稿》，全国文献缩微复制中心 2004 年版，第 4 页。
② ［日］宫岛大八：《东海吟序》，（清）升允：《东海吟》，日本昭和 10 年（1935）铅印本。
③ （清）升允：《东海吟》。
④ 米彦青：《接受与书写：唐诗与清代蒙古族汉语韵文创作》，中国社会科学出版社 2014 年版，第 268—270 页。

《静观斋诗稿》不分卷，民国2年（1913）油印本，辽宁省图书馆藏。后辑为《静观斋诗文稿》不分卷，内文稿初集不分卷、二集不分卷、三集不分卷、诗稿一卷、尺牍二卷，民国18年（1929）奉天太古山房铅印，辽宁省图书馆藏。

世荣博通经史。行文尊崇孔孟、韩柳之文道，多取桐城派笔法。金毓黻《清日讲起居注官翰林院侍讲学士世公墓志铭》："虽取途于姚、曾两氏，而抉发别具匠心。"① 金毓黻《辽海书征》："世仁甫太史，尤称一时大师云。先生早得科第，入词林，员一方之望，文辞尔雅，而行谊尤高。所为文章，大抵发于道学，以此成就尤多。"按：世荣在治世与文章做法上多推崇孔孟一派，在其一百余篇书后中，提及孔孟约26次。此外，在其文中也多次提及唐代韩愈、柳宗元等人，《柳子厚墓志铭书后》《答韩愈论史官书书后》《论佛骨表书后》等文都对二人人格与文章作法大加赞赏。对于宋代的苏轼，世荣也在书后里表明了对其之喜爱，《苏子瞻代张方平谏用兵书后》《前赤壁赋书后》《后赤壁赋书后》等文都可印证。由此可窥见世荣崇儒重道之治世与作文理念。桐城派亦是主张儒家义理，故世荣写作受到清桐城派影响甚大。

崇彝是道咸间大学士柏葰之孙，自幼好学，博及经史，尤熟掌故，加之世家旧学，颇为时人所称道。著《道咸以来朝野杂记》《选学斋诗集》《枯杨词》等。

《清代历史笔记论丛》谓："他（崇彝）擅书画，工鉴赏，撰有《道咸以来朝野杂记》、《选学斋书画寓目笔记》及续编。《道咸以来朝野杂记》八卷，今本不分卷，卷首有民国36年（1947）邓之诚序。书中所记，广涉帝系宗支、政局典制、园林邸宅、寺庙古迹、节令游览、里巷琐闻、市井风俗和人物轶事，从一个侧面反映了道咸以来政治和社会面貌。崇彝出身名门，为先朝大学士柏葰之孙。咸丰8年（1858），柏葰因顺天乡试科场案被诛，也影响到了他后人的发展。不过，崇彝耳濡目染，闻见广博，又有在光绪朝为官吏部的经历，熟悉朝中的典章制度，对道咸以来朝野史事了然于心。清朝对文官的褒奖、题缺和选缺格式、京察大典、引见仪注之类，于书中有十分详细的记述，可补有关官书记录之不足。他又

---

① 金毓黻：《静晤室日记》卷55，辽沈书社1993年版，第2384页。

久居京城，熟悉有关的风俗民情，对饮食起居、服饰车马、婚丧礼仪、市肆贸易和戏曲技艺，于书中也有十分详实的反映，是很有价值的历史资料。"①邓之诚序云："巽庵先生撰《道咸以来朝野杂记》，字字珍秘，皆亲见亲闻，当与《啸亭杂录》并传，非《天咫偶闻》等书所能望其肩背也。唯当朝野并重，不当如《梦华录》专纪琐事。不妨根据官书，且订国史及他书之谬；其流传之讹，犹当奋笔辟之，方为有用之书，范围必广，纪述务存直笔，只须有关之事，不必虑遭恩怨，更无谓诋评也。实应刘蘅卿先生，曾撰咸同以来朝野杂记二十二卷。其后人云稿本尚存。不知体例及所语云何？以意度之，其见闻比不如巽庵先生之殚见恰闻，既详且骇。此事当今无第二手。当仁不让，万勿忘自菲薄，千秋事业，即在此数卷书。至刻集选诗，固亦雅事，与此相较，实不可同日而语矣。（丁亥六月之邓之诚注）"②邓之诚与崇彝是知交，对崇彝身世家望及才华十分了解，他对奠定崇彝文坛地位的《道咸以来朝野杂记》的评价也是准确的。"《道咸以来朝野杂记》书前出版说明言著有《选学斋书画寓目笔记》《道咸以来朝野杂记》，辑有《雅颂诗赓》。"③《北京史志文化备要》有言："为北京世家子弟，耳濡目染，闻见较切。著《道咸以来朝野杂记》，记近百年来北京风俗民情，保存了众多史料。"④崇彝自幼好学，博及经史，尤熟掌故，加之世家旧学，颇为时人所称道。其所著《道咸以来朝野杂记》是一部很有参考价值的史学笔记。此书原为手抄本，1982年北京古籍出版社重新加以整理出版，并加有"出版说明"，说明中对此书作了扼要的介绍："是书是一部记载清道、咸丰以来直至本世纪30年代北京掌故和风土人情的笔记著作。内容涉及清末朝野各个方面，举凡帝系宗支、政局旧间、典章制度、人物秩事、园林第宅、寺庙古迹、节令游览、里巷琐闻、风土人情，均有所叙述。"⑤此书是一部了解和研究清末民初北京历史和民俗的重要参考资料。这里需要指出的是该书所记典章制度、北京的

---

① 姚继荣：《清代历史笔记论丛》，第535页。
② 邓之诚：《道咸以来朝野杂记序》，（清）崇彝：《道咸以来朝野杂记》，北京古籍出版社1982版，代序第1页。
③ 姚继荣：《清代历史笔记论丛》，民族出版社2014版，第535页。
④ 曹子西：《北京史志文化备要》，中国文史出版社2008版，第693页。
⑤ （清）崇彝：《道咸以来朝野杂记》，出版说明第1页。

风俗民情等，都很具体。这些东西恰恰又是官书所不屑收入的，因此，可以订清史的失误和补官书的不足。更可贵的是本书还订正了一些讹传。如说北京富户"钟杨"家，并不像一般传说是清皇室的铸钟匠，而是对内务府汉军旗人杨姓，曾官河道总督钟祥的一种习惯称法。又如，说陶然亭本为文昌阁，又名锦秋墩，江亭。一处凡四名，本书均分别注出。可是《北京晚报》曾两次连载陶然亭事，均未提及。至于订正震均《天咫偶闻》之脱误处更多，兹不必一一列举。正因为如此，后人对此书的评价很高。①

《选学斋诗存》四卷作于甲辰（1904）至丁丑（1937）年间，存诗194首，有杨锺羲序言及张尔田题词。国家图书馆藏民国间刻本一册，中国人民大学图书馆藏民国26年（1937）刻本，1册（1函）。杨锺羲对崇彝诗作评价极高，序云："蒙古先达，文章学问以梦文子、博希哲、法时帆三先生为最著。道咸间则静涛相国称巨擘焉。巽庵吏部为相国孙，胚胎前光，济以通敏，游心六艺，浏览群籍，固不得仅以诗人目之……丙子冬裒辑所著为选学斋诗存四卷。雄浑似大谷山堂、典雅似西斋洗马、元澹有韵似诗龛居士。"② 可见杨锺羲对崇彝其诗、其人的认可与推崇。《选学斋集外诗》之三《花信》存诗23首，是五言咏物之作。此作为效仿李峤的咏物诗而作，诗前有并序云："按清波杂志云：江南自初春至首夏有二十四番花信风，始小寒至谷雨后二十五日止，每五日为一候，以花开一种应之，故梅花风居首，而楝花风殿焉。端居多暇，效唐人李峤咏物诗各赋五言一章，非欲夸多斗靡，聊以玩物华耳。"③ 张尔田在崇彝的诗集中题词"东阁梅花兴未开，诗人自古出郎官。海巢一记今谁嗣，莫作寻常色目看。（全谢山有海巢记为元诗人丁鹤年作，君系出却特④身世之感，异代同符，他日固将以诗传也）甘载南冠野史亭，河汾诸老半凋零。不因朝士贞元在，稀发高风栗里情。何会沈隐掩诗名，闲来携卷空山去。如听泠然水瑟声，乐府新题互补亡。更将诗品细细斟详。故人梦我长吟处记取郊西旧草

---

① 参见赵相璧《历代蒙古族著作家述略》，内蒙古人民出版社1990版，第235页。
② （清）杨锺羲：《选学斋诗存序》，（清）崇彝：《选学斋诗存》，民国26年（1937）刻本。
③ （清）崇彝：《选学斋集外诗》，民国间刻本，第1页。
④ 《钦定蒙古源流》载："以元代奇渥温得姓所自，必史乘传讹。询之定边左副将军喀尔喀亲王成衮札布，因以此书进御。考证本末，始知奇渥温为'却特'之误。数百年之承讹袭谬，得藉以厘订阐明。既已揭其旨于《御批通鉴辑览》。"

堂。(丁丑十月钱塘张尔田谨题)"①。

《词综补遗》记载："有《裕庵乐府》，曾选八旗人诗为《熙朝雅颂续》。"②后者未见刊本。崇彝《裕庵乐府枯杨词》存词40首，词前有崇彝自序，说明词集创作始末："此岁戊辰，退职深居。其冬遂与志地山太史、耆蠖斋少府，奭召南、胡韵庵两先生结社，为书课闲亦为长短句，其时余初学步句，律多不协，所作亦鲜，一并弃而弗录，后此不弹此调者。又数年，迨乙亥夏，余有骑省之戚，是岁中秋月夜无聊，偶作二小令，韵庵词宗见之以为可存，自后复理此业。比年以来，或月得一二首，或岁得十余首，积之既久，所得益多。初拟搜集五人所作汇为一编，名之戊己同声集，以存当日文字，因缘嗣，因社中人有自刊专集者，有无从寻觅者而止，兹就鄙作，删其芜杂，祛其辞之不雅驯者，仅得数十首先付手民。非敢自炫于时，亦聊存年来鸿雪之迹云耳。"③晚清蒙古诗人中词创作最多者是三多，其次便是崇彝。

二 光宣驻防起家诗人著作流播考述

广州驻防果勒敏《洗俗斋诗草》，今有国家图书馆藏同治12年（1873）1册刻本。现行香港大华出版社1977年版本是其外孙费致濬以家藏本刊本。《洗俗斋诗草》所收起自果勒敏青年任职宫中侍卫，止于其由广州驻防杭州驻防重回禁中任职之作，所收作品，反映其一生沉浮变迁之种种感受。诗风浓淡清奇，无美不备。费致濬《洗俗斋诗集》后叙："寄情与诗酒，集中率为游览题咏或与友人唱和之作，其为采风感时而咏者，及今读之，莫不与史事或乡献有关。"④饶宗颐《洗俗斋诗集》序称："行踪所至，流连山川。风土之思既深，雕藻之情弥涌。结纳名辈，酬唱益工。"⑤《洗俗斋诗集》所收作品，正反映了果勒敏一生沉浮变迁之种种感受和心情。其诗风性情正如何廷谦《洗俗斋诗草》跋文所述："承示大著

---

① 张尔田:《选学斋诗存题记》，(清)崇彝:《选学斋诗存》。
② (清)林葆恒、张璋:《词综补遗》，上海古籍出版社2005版，第79页。
③ (清)崇彝:《枯杨词》，民国间刻本，第1—2页。
④ 费致濬:《〈洗俗斋诗集〉后叙》，(清)果勒敏:《洗俗斋诗集》，香港大华出版社1977年版，第134页。
⑤ 饶宗颐:《〈洗俗斋诗集〉序》，(清)果勒敏:《洗俗斋诗集》，第1页。

数百首，浓淡清奇，无美不至，忽而铜琵铁板，忽而雅管风琴；忽而大海鲸鱼，忽而兰苕翡翠。竭数日之力披吟之，又竭旬余之力玩索之，其慷慨激昂似杜，汪洋浩瀚似苏，其清新丽媚又似玉溪、剑南，盖沉酣于此道者亦有年矣。昔宋王晋卿以朝廷戚里，出为利州防御，身虽贵胄而服礼义，左图右史，工画能诗，一洗豪华之习，与东坡极相契合。今君所造如此，得不为艺林所引重乎？况年未四十，好古多闻，由此而日近之，以入唐人之室，而追骚人之遗，不难矣。……同治癸酉十二月上浣，愚兄何廷谦拜跋"。①

果勒敏在京时期所作诗歌，多为与朋辈应酬、唱和之作，内容均不出景物、节令、题画等题材范围。然自宫闱外放，视野豁然开阔，塞外南方风景名胜、湖光山色，无一不流入笔底，行诸诗篇。果勒敏多次出使塞外，于北疆自然环境及风土民俗多有记载，如"极边春晚莺花少，大漠寒深雨雪多。对月筘声时断咽，临风树影自婆娑"（《戊午春奉使喀尔喀塞外》）、"凌晨策马渡桑干，虎帐旌旗簌晓寒。八队貔貅鸣画角，一声霹雳走金丸。"② 竹枝词之创作，本多以平白之语记风土人情，故其《广州土俗竹枝词》诸诗，与在粤所作律诗、绝句相较，观察风俗民情入微，读来更富趣味。《广州土俗竹枝词》共八十九首，大至地舆形势，小至花卉食物，可谓无所不包，巨细靡遗。突出的表现了新异之感，是记载地方风俗的绝好资料。竹枝词《总起》云："牛女星分大海滨，蛮烟瘴雨压红尘。只缘离得中原远，土俗民风好怕人。"③ 虽然以"好怕人"三字总括粤地民风，然其诗篇之中，果勒敏对广州节令、风景、市容、物种、习俗、人物的描绘，带有新奇、探究的意味。如写广州冬令如春，让作者有无限遐想："阳生冬至古今传，底事春归小雪天。有脚也难如此快，想应搭乘火轮船。"④ 北方少见的客家女，曾让作者大惊失色："渔婆巾底看娇娥，见惯司空也怕他。黑脸黄毛双赤脚，原来是个客家婆"。⑤ 而岭南的繁华之地双门底，当时已与京师前门不相上下："珠玉奇珍列万般，书坊

---

① 何廷谦：《〈洗俗斋诗集〉序》，（清）果勒敏：《洗俗斋诗集》，第1页。
② （清）果勒敏：《洗俗斋诗集》，第6页。
③ （清）果勒敏：《洗俗斋诗集》，第61页。
④ （清）果勒敏：《洗俗斋诗集》，第61页。
⑤ （清）果勒敏：《洗俗斋诗集》，第71页。

书店任盘桓。怡情争说双门底，不让京都大栅栏。"①《竹枝词》可"述土宜，陈政教"，果勒敏竹枝词中最具特色与最富价值之处，正是对岭南地区风俗习惯的记载和描绘，如粤人无所不在的拜神礼佛之心："粤人好鬼信非常，拜庙求神日日忙。大树土堆与顽石，也教消受一枝香。"② 嫁女之时的哭嫁风气："嫁女堂前小宴开，女儿啼泣女儿陪。太婆阿奶诸亲眷，同向兰房听哭来。"③ 写土人："土人爱着薯莨绸，赤足街前汗漫游。脖上横缠粗辫子，手挥雅扇细潮州"④，"风干耗子肉通红，高挂檐边为过风。寄语家猫休窃取，野猫留着打馋虫"。⑤ 果勒敏在粤任期最长，与当地名士往来密切，其中与文树臣（文廷式父）诗歌唱和最为频繁。此外，同光时期内忧外患，集中也有感时诗作，如《闻津门近事有感》《庚午因津门近事感赋》等。翻检果勒敏诗作，写景记事大都豪迈清新，除个人性情影响外，与其贵胄身份及出使塞外经历相关，诗作中少愁苦语。

　　果勒敏对戏曲、俗曲热爱，在诗集当中也多有反映。他在外放赴粤途中，舟过吴淞口，尚抽暇观剧，作《杏花园观剧》绝句三首以记其事。在岭南观剧，则有长诗《菊部五排》，记录粤地演剧种种情状。果勒敏自杭州将军罢归，"穷极无聊，日游戏园。颇通词曲，无聊时，所编牌子曲、岔曲甚多，能以市井俚语加入，而别有趣。于最窄之辙，押之极稳妥，此实偏才。"⑥ 启功《创造性的新诗子弟书》载："清末有一位文人名果勒敏，译音无定字，又作果尔敏。他字杏岑，旗下人，闻曾官遵化州马兰镇总兵。会作诗，有《洗俗斋诗草》。他对于子弟书的腔调有许多的创造，教了几个盲艺人，我幼年所听那两位门先儿所唱的，已是果杏岑的再传。可以肯定，他的创造无疑是向雅的方向去改的，事实证明极不成功，所以不到三传，就连整个的子弟书都全军覆没了"⑦。尽管如此，诚如饶宗颐所言，"其菊部排律，梨园往事，赖以有征，更为戏曲史上无上资料，有

---

① （清）果勒敏：《洗俗斋诗集》，第63页。
② （清）果勒敏：《洗俗斋诗集》，第64页。
③ （清）果勒敏：《洗俗斋诗集》，第69页。
④ （清）果勒敏：《洗俗斋诗集》，第76页。
⑤ （清）果勒敏：《洗俗斋诗集》，第74页。
⑥ 崇彝：《道咸以来朝野杂记》，北京古籍出版社1982年版，第16页。
⑦ 《创造性的新诗子弟书》，启功：《浮光掠影看平生》，北京联合出版公司2012年版，第133页。

不容忽视者。"① 此外,杨锺羲的《白山词介》选有果勒敏《苏幕遮·落花天》一首。

荆州驻防恩泽有诗集《守来山房橐鞬馀吟》稿本存世,分上下两卷,《守来山房橐鞬馀吟》录诗一百八十四题二百零八首,现藏国家图书馆。

河南驻防起家诗人衡瑞素有文采,工诗赋,著有《寿芝仙馆诗存》一卷。恩华《八旗艺文编目》云:"寿芝山馆诗存,蒙古衡瑞著。"② 今人赵相璧《历代蒙古族著作家述略》云:"衡瑞素有文采,工诗赋,尚气节。所著《寿芝山馆诗存》乃其弟子张翌宸于八国联军之役后搜集所得,编成一集,刊行于1913年。衡瑞之诗,五七言居多。所咏山川地貌,独具一格,别有风趣。"③ 云广英《清代蒙古族人物传记资料索引》云:"衡瑞(1855—?),字辑五,号寿芝,一号又新,乌齐格哩氏,钦赐举人。光绪十八年进士,散馆改户部主事,著有《寿芝山馆诗存》。"④

按:据国家图书馆馆藏可知,衡瑞现存诗集为《寿芝仙馆诗存》,故恩华为《八旗艺文编目》、赵相璧为《历代蒙古族著作家述略》,云广英《清代蒙古族人物传记资料索引》所记《寿芝山馆诗存》记载错误。

衡瑞诗集在庚子事变中毁于大火,仅余四十七篇,赖胞侄保如留存。衡瑞于庚子事变后不久郁郁而终。衡瑞弟子张翼廷请求保如发箧得衡瑞旧存五七言四十七首,并请荣厚、三多作序刊刻。

京口驻防起家的善广勤政爱民,有颂声。所辑《浙水宦迹诗钞》为盈川士民感念留别唱和之作。《浙水宦迹诗钞》刊印于光绪17年(1891),集中仅有《留别盈川士民七律四首》为善广所作,其余都为盈川绅耆士民唱和留别之作。其在盈川任职仅八个月,就将当地多年积案理清并办理赈灾事宜,可见其为官之正直有为。

《留别盈川士民七律四首》其二载"扰我地方设花会,误人子弟莠当诛",后有小注:客民设立花会诱赌,各乡皆有,时当盛暑,余禀道府宪会同营汛捕获恶党,自是赌风遂息。集中唱和诗中多提及此事,汤懋勋和诗"商贾农工沛泽留"后有小注:邑有花会诱赌,司马会营弁捕获,首从

---

① 饶宗颐:《〈洗俗斋诗集〉序》,(清)果勒敏:《洗俗斋诗集》,第1页。
② (清)恩华:《八旗艺文编目》,辽宁民族出版社2006年版,第131页。
③ 赵相璧:《历代蒙古族著作家述略》,内蒙古人民出版社1990年版,第187页。
④ 云广英:《清代蒙古族人物传记资料索引》,内蒙古大学出版社1998年版,第281页。

严惩，各业均安。《重修京口八旗志》卷三中记载善广此事甚详，"有博徒，设花会于山中，聚众数千。历任邑宰不敢捕，以其备有枪械为卫也。亦惟以文告申禁而已。善下车，即令隶人先入其会，以侦之，旋协同防营武弁，以深夜率兵，役往围其山，戒勿开枪，虑闻声而逸也。天辨色，先遣兵役之半叩关入，博徒发枪以御其魁，破后垣，遁兵役之伏垣外。音遽前擒之，遂就缚，乃抚慰其众，谕以利害而驱之出，火其庐，自是花会之害遂除。"① 可见其果敢与虑事之周详。《留别盈川士民七律四首》其二中有"健讼更教清雀角"，后有小注：余莅位之初将数年积案并新案理清百余起，数月以来，词讼渐稀。高马燨和诗中有"听观敏捷知仁储"，后有小注：听讼折狱明决无匹。《留别盈川士民七律四首》其四中"感格无能未梦鱼"后有小注：是年七月大雨连旬，沿河一带歉收；"鹤俸分时惭囊俭"后有：十八日雨止，亲率丁役秉舟给放钱粮；"鸠安普处赖仓储"后有：拨城仓积谷赈济。杨家贤和诗有"四方沉溺邀公拯"句，后有小注：四乡水灾亲临抚赈。汤懋勋和诗有"访遍灾黎一叶舟"句，后有小注：七月水灾亲历四乡，问民疾苦，遍结干粮，并奉请开仓发粟，民赖以安；"更具婆心施药石"句后有"民情多悍，往往斗殴致伤，司马预储药石，每获奇效，夏日署中兼施药饵"。《重修京口八旗志》卷三载善广"某年夏秋之交，淫雨为灾，民诣县求贷，公欲以资重植者，将万人允之。及冬，移浦江，向无积谷，岁饥，仰给于邻邑，善忧之，乃捐廉倡办，并令绅耆量为捐助，绅百计阻挠，盖误以为善将借此染指也。善反复开导，资大集谷仓，遂成某年六月，旱邑大饥，遂出谷振之。"② 上述事迹仅为八个月内之事，善广于盈川地方教育也多有贡献。如此德政使得"绅耆士民殷情眷恋，叠赠匾额牌伞，并攀辕留别等图"（《留别盈川士民七律四首》序），"禄位长生殷祷祀（后有小注：都人士思公不忘设有长生禄位牌）""图绘攀辕情莫罄（后有小注：兄交卸后，父老焚香相送，并绘图以赠）"（杨家贤和诗）。与其唱和之人大都为当地士人，"浙水留帆图题词"部分有诗"生年八十有三春。多少好官见过频。闻道此官官更好，一心只解爱吾民。"（治晚生程德燊拜题）其官声之清正于此可见一斑。

京口驻防起家诗人延清一生致力于诗文创作与刊刻。诗歌沉博绝丽，

---

① （清）爱仁纂修：《重修京口八旗志》卷3，国家图书馆藏民国16年（1927）抄本。
② （清）爱仁纂修：《重修京口八旗志》卷3。

关注现实，各体兼善，尤长于七律，成就得到时人和后人认可。延清《遗逸清音集》自传云："著有《锦官堂诗集》《锦官堂试帖》《锦官堂赋钞》《覆瓿集》《碟仙小史汇编》《庚子都门纪事诗》《丙午春正唱和诗》《奉使车臣汗纪程诗》《引玉编三四集》《前后三十六天诗合编》《锦官堂七十二侯试律诗》。"[①] 时人序跋对延清诗歌风格、题材、体裁都有详细说明。张宝森《锦官堂试贴》序言："余年十八始识子澄于场屋，睹其所为诗，愕然惊服，郑重订交而别。明岁，余侨居城东之洪溇，适子澄游学其地，过从遂密，敬爱如兄弟。余家贫以课童蒙自给。子澄时时至，至则清谈不辍。尝约为试体诗，曰或各得数首。每当落日气清，辄踯躅行吟于溪桥竹木间。推敲声病，斟酌分寸，及暝而返，得月则返益缓，或遇严寒，微霰簌簌落襟袖间，肤尽生粟，而吾两人咿晤辨论，尚未休也。见者笑以为痴，而吾两人则弗之顾。未几，子澄授徒郡城，仅以邮筒相存问，然余间以事入城，辄诣子澄，子澄辄出其近所为诗以相示赏。……甲戌之夏，余以试事入都，虽数相见，且连床彻夜话，而未暇谈艺。及子澄乞假南还途中，得诗数十首，悉以示余。余间亦献疑，乃叹子澄为学之专与交友之笃，不以穷达易其情，有如此者。子澄尝以不入馆阁为憾。"[②] 陈明绶《锦官堂试贴》跋曰："每读子澄，心未尝不俯首至地，背汗交浃也。子澄之诗，撝思精取，拄富用笔，遒炼句浑，每拈一题弃不逾晷，他人苦心经营终少能及。子澄少孤，然力学诗极群。余通籍十馀年，浮沉郎士也者，未获真，除子澄意汨如也。旅食东华课徒自给，闭门讲授著述甚富，尤邃力于试律，生乎所耻。殆子余首有，每脱稿辄为人持去，传钞以至于洛阳纸贵。"[③] 张应麟《庚子都门记事诗》序曰："铁君先生以沈博绝丽之才，擅文采风流之誉。其著作等身，若试帖、若律赋，争先快睹，莫不惊采绝艳。而尤擅长者则为七律，先后凡数刻，固已脍炙人口久矣。"陈克劭《锦官堂赋钞》题词："出新意于法度，范众材于矩狻。经精严之至转益豪放，半生俪白、妃青，对此欲焚笔。"[④] 邓树声《锦官堂赋钞》题

---

① （清）延清：《遗逸清音集》卷1《延清小传》，北京商务印书馆1916年版。
② （清）延清：《锦官堂试贴》，《清代诗文集汇编》第765册，上海古籍出版社2010年版，第31页。
③ （清）延清：《锦官堂试贴》，《清代诗文集汇编》第765册，第57—58页。
④ （清）延清：《锦官堂赋钞》，《清代诗文集汇编》第765册，第240页。

词:"以浑浩飞舞之笔运磅礴环玮之词,咏古诸作夹叙夹议兼有史才,识力尤高人一等,洛诵再三,钦佩无地。"① 众人都表达了对延清勤于诗歌创作的敬佩之情。

成垫《雪香吟馆诗草》,现有南京图书馆藏抄本。封皮有"庚寅春二月廿六日得于绍兴冷摊"字样。内存诗 62 首,诗歌题材以景物和节候及随之而生的心境变化为主,充溢着女子在庭院之内形成的闲情雅趣以及薄愁浅恨。诗歌的整体基调是闲适的,与明清时期女性诗歌创作主旨类同。成垫生于官宦世家,与丈夫完颜守典门当户对。物质生活优越,与丈夫的琴瑟相和更带来精神上的满足,因此诗歌少愁苦之言。但女性创作空间较为狭小,使她的诗作内容和风格都较为单一。

三多是光宣时期创作最富的蒙古族诗人,一生雅好诗学,自幼酷嗜苏轼、范成大、陆游、李商隐及西昆诸人、纳兰性德等,还曾以杜牧自况。三多工于诗词书文,著有《可园诗钞》《可园诗钞外》《可园文钞》《可园杂纂》《粉云盦词》《东游诗词》《柳营诗传》《柳营谣》等。现存《可园诗钞》有 1 卷本、4 卷本、7 卷本等,有光绪间石印本、刻本及民国间刻本,有 1 册本、4 册本两种,国内多家图书馆有存。《可园诗钞外》有 1 卷本和 4 卷本两种,均为光绪间 1 册刻本。《可园文钞》是宣统间抄本,1 册,现存国家图书馆。《可园杂纂》4 卷本,光绪间刻本,现存国家图书馆。《粉云盦词》全国图书馆缩微文献 2010 版。《东游诗词》民国间油印本,1 册,现存国家图书馆。《柳营诗传》4 卷本,既有民国 23 年(1934)抄本,也有光绪 16 年(1890)刻本,均为 1 册,存于国家图书馆。《柳营谣》则有光绪年间的石印本和刻本两种。

三多以杭州驻防起家,对驻防制度之起源及杭州驻防之景况非常关心,光绪 15 年(1889)16 年(1890),三多于杭驻防旗营著有《柳营谣》、《柳营诗传》,诗名鹊起。三多《柳营谣》自注:"吾营建自频治五年,迄今二百四十余载,其坊巷、桥梁、古迹、寺院之废兴更改者,既为抗郡志乘所略,而其职官、衙署、科名、兵额一切规制,又无记载以传其盛。自经兵燹,陵谷变迁,老成周谢,欲求故实,更无堪问。夫方隅片壤,尚有小志剩语,纪其文献,吾营八旗,实备蒙满大族,皇恩优渥,创

---

① (清)延清:《锦官堂赋钞》,《清代诗文集汇编》第 765 册,第 240 页。

制显荣，其问勋名志节，代不乏人，倘无一编半册，识其大略，隶斯营者非特无以述祖德，且何以答君恩乎？童于何知，生又恨晚，窃不忍其湮没无传，以迄于今，每为流留轶事，采访遗文，凡有关于风俗掌故者，辄笔之，积岁余方百事，即成七绝百首，名曰《柳营谣》。盖如衢谣巷曲，聊已歌存其事，不足云诗也。后之君子，或有操椽笔而为吾营创志乘者，则以此诗为嚆矢耳。己丑冬日自记。"①"清室入主中夏，以八旗将士驻防各省要区，控制形胜，为一种特别之制度。此项旗营，在所驻之地，自成一局面，为时二三百年，其文献殊有征考之价值，而资料则颇感缺乏。三六桥（多）以诗名，家世杭州驻防（正白旗蒙古人），于杭营掌故，素极究心。乙丑（光绪十五年）有《柳营谣》之作，用《竹枝词》体，述杭营诸事，共诗一百首，附注以说明。时犹髫年（约十四五龄），所造已斐然可观。既见诗才夙慧，尤足考有清一代杭州驻防旗营之史迹。举凡典制、人文、名胜以及轶事雅谈，略具于斯，洵可称为诗史，研究旗营故实者之绝好材料也。"②《柳营谣》"上纪乾隆中高庙南巡之盛，下逮咸丰间瑞忠壮、杰果毅两公死事之烈，而凡杜仙之坟，凤氏、凰氏之井，句曲外史之庐，临水夫人之庙，以至九月演炮，春分松鞍，云鬟月髻，湘公府之闺装，留月宾花，荣部郎之吟馆，事无巨细，一经点染，皆诗料也，即皆故事也，可以传矣"③。

俞樾称三多诗"有一唱三叹之音，而无千辟万灌之迹。合杜、韩、韦、柳而炉冶之，以自成一家"④。谭献赞其诗"如春山之秀色可餐，如秋月之朗人怀抱，如入柳荫曲径闻流莺之宛转，如栖幽岩披松风之泠泠，听流水之溅溅，抑亦啴缓和柔而无俗韵"⑤。陈衍《石遗室诗话》曰："六桥歌行，似樊山犹似实甫，七律似实甫尤似樊山。近见其《十叠牙字韵和夔盦主人》云：'兼并文武大林牙，（《辽百官志》：'大林牙，翰林学士也。'又行枢密有左右林牙。）天锡能诗敢比夸。泼墨如倾饶乐水，（喀喇沁为古鲜卑地，饶乐水出焉。）运筹当赛沈阳瓜。（近人《沈阳百咏》诗

---

① （清）三多：《柳营谣》，光绪16年（1890）石印本。
② 徐一士：《一士类稿》，辽宁教育出版社1997年版，第181页。
③ （清）俞樾：《柳营谣序》，（清）三多：《柳营谣》。
④ （清）俞樾：《可园诗抄序》，（清）三多：《可园诗抄》，光绪间石印本。
⑤ （清）谭献：《可园诗抄序》，（清）三多：《可园诗抄》。

云：'批红判白知何事？尽有输赢说赛瓜。'人才《金史》师安石，王位元朝脱不花。莫笑梁园旧宾客，春风不坐坐东衡。（此间称副都统署曰东衙门。）《吊耶律倍》〉云：'天子能为薄不为，此心千古有谁知？联唐未必全无力，立木甘吟去国诗。让国名如太伯贤，乘槎计此范蠡全。美人书卷同浮海，胜作辽皇廿一年。'句如'鞭马电驰登柳子，（峪名）楼船风顺度松花'、'倦游莫对王维竹，好学曾尝郑灼瓜'、'兀良北伐思阿术，耶律南来盼秃花'、'身复在官殊善果（唐郑善果），脀能擒将让奴瓜。（辽耶律奴瓜）'、'十分热血乌拉草，一片冰心哈蜜瓜'，皆极似樊山处"。又曰："近来诗派，海藏以伉爽，散原以奥衍，学诗者不此则彼矣。若樊山之工整，祈向者百不一二，六桥、合公其最也。"① 三多不仅诗作丰富，词作也是晚清蒙古诗人中创作最多者，他认为："夫温柔敦厚为诗教，而词则尤以温柔为主。韩昌黎以文为诗，非诗之至也；苏东坡以诗为词，非词之至也。"② "狄平子（狄葆贤）称其（三多）风格逸丽，不减迦陵。"③ 虽然三多诗与清初的陈维崧不能并提，但风格逸丽确乎如此。

京口驻防起家诗人云书有《沈水清音集》《关外杂诗》《汉隐庐诗草》和《梦溪吟社》一、二、三集。按：目前，国家图书馆所藏《关外杂诗》因诗集没有序跋且未题著者姓名，显示著者为"佚名"，内容均为在沈阳期间所作。张瑞增编《沈水清音集》收有云书诗作5首，其余皆为沈阳地区文人的和诗。这些和诗的作者与《关外杂诗》中交游唱和诗作的主人公多有重合之处，如三多、锡均等。基于此，可基本确定《关外杂诗》为蒙古族文人云书所作。

三　光宣王公诗人著作流播考述

蒙古喀喇沁王公旺都特那木济勒有《如许斋公余集》（上下卷）、《如许斋公余集续编》（上下卷）、《客窗存稿》（全一卷）等，共收录诗词1202首④，《如许斋公馀集》中有世铎、那苏图、徐郙等三人撰写的序文

---

① （清）陈衍著，郑朝宗、石文英校点：《石遗室诗话》，人民文学出版社2004年版，第142页。
② （清）俞樾：《粉云庵词序》，（清）三多：《粉云庵词》，国家图书馆藏缩微胶卷。
③ 郑逸梅：《梅庵谈荟》，黑龙江人民出版社1985年版，第204页。
④ （清）旺都特那木济勒：《如许斋公余集》。

和作者自己的序文、小引。末有作者在光绪 22 年（1896）撰写的《旧录续编》，其中收丁勤、景璞、桂一等诗人诗作和自己的二十四首诗。时人序高度评价了旺都特那木济勒的诗，如那苏图于光绪丙戌（1886）撰写的序中说："盖诗固发于性情，示感乎境……慷慨仿少陵之作。"① 旺都特那木济勒撰于同治 11 年（1872）的叙文中说："是集原名消夏。或问于余曰：'消夏何为而作也？'余应之曰：'凡人感物而动情即生焉。'"② 表达了自己的诗学理念。

《如许斋集》诗作题材分为：写景咏物诗、怀旧诗、友朋酬唱诗、纪行（游）诗、闲适诗。其中写景诗咏物诗占比最大，有百首以上。如《题梅》《野外晚景》《咏牡丹》《野边》《夏夜》《秋葵》《午雨》等对四时景物等的书写。诗集中咏物之作特别多，如《题梅》云："冷淡冰心净，横斜月影寒。几生修此福，玉骨自珊珊。"写出了梅花的清幽之姿。诗人特别喜爱牡丹，围绕这一意象写下《白牡丹》《淡红牡丹》《红牡丹》《黄牡丹》《绿牡丹》《紫牡丹》等六首诗，将牡丹的多姿多彩绘入诗作。围绕"秋"意象写下《秋夜》《秋园》《秋晚》《秋月》《秋塞》《秋燕》《秋笛》等十五首七绝，如《秋月》云："白云散去月光浮，露洗清辉映蓼洲。得意凭栏秋味好，桂香仿佛入书楼。"《秋衣》云："深闺何事尺刀忙，只为新秋阵阵凉。夜月缝来织手冷，征衣远寄恨偏永。"《秋塞》云："塞外凄凉人未还，秋风先到玉门关。纷纷落叶催征雁，远望长安月一弯。"③ 诗语以白描为主，但诗歌意境明丽，诗人对唐诗的美学接受非常明显。

《如许斋集》中纪行（游）诗有：《是日送行者甚多，晚宿骆驼山，途中口占》《有邸有怀题壁》《过茅荆坝》《过龙凤洞口占》《热河即景》《广仁岭远眺》《过青石岭》《石匣道中》《旅中听雨》《喜晴》《客中有感》《秋日旅途口占》《途中见家人来接喜占》《步燕友主人题壁原韵》《途中忆友承景璞》《晓行雨中》《客中遇雨》《旅中题壁》《旅壁留题》《见和韵再题》《提扇画莲》《甲戌暮春，自都欲归，值雨》等。怀旧悼亡诗有：《京邸口占悼亡》《仲春上旬，扶福晋灵柩出京，口占》《见亡室院

---

① （清）那苏图：《如许斋公余集序》，（清）旺都特那木济勒：《如许斋公余集》。
② （清）旺都特那木济勒：《如许斋公余集序》。
③ （清）旺都特那木济勒：《如许斋集》。

花有感》《哭科尔沁图谢图亲王》等。《如许斋集》友朋酬唱诗有:《雨后润翁约同兴楼午酌,口占二十八字,兼赠都中诸友人》《赠李子勤》《九月初祝丁静堂初度》《贺丁静堂辰禧》《祝席卿初度》《赠别席卿旋南》等。《如许斋集》中还有数首谢恩诗。如《戊子春,赏加亲王衔,恭纪》二首。光绪10年(1883)正月,光绪皇帝以查拿贼匪出力,赏卓索图盟长喀喇沁扎萨克多罗杜棱郡王旺都特那木济勒亲王衔。[①] 旺都特纳木济勒特别作诗纪念此事。

《如许斋集》除了收录旺都特那木济勒自己的诗作以外,还收了儿子贡桑诺尔布《梦园诗》30首和《梦园五言百韵诗》80首。除此之外,下册卷二中作者收录了自己的九十二首曲词。旺都特那木济勒诗曾被收录到同时代选本中。徐世昌《晚晴簃诗汇》卷一百七十九收其《观水》《风雨图》等两首诗,并附小传云:"字衡瑞,蒙古人,喀喇沁扎萨克郡王。有《如许斋诗稿》。"[②] 恩华《八旗艺文编目》著录:"《如许斋公余集》上下卷,收;《如许斋公余集续编》附《窗课存稿》,收。"并附小传云:"喀喇沁郡王旺都特那木济勒著,王字衡瑞,贡桑诺尔布亲王之父。"[③]

贡桑诺尔布之父旺都特那木济勒诗词写作造诣颇深,贡桑诺尔布幼承庭训,少学于贵胄学堂,并先后师从旗内学者、留学西藏的名僧、山东与江南名士等学习蒙古、满、汉、藏文字,攻读四书五经,诗词兼擅。贡桑诺尔布原著有《竹友斋诗集》印行,后散佚难觅,喀喇沁蒙古族学者邢致祥搜集网罗,重辑为《夔庵吟稿》一卷于20世纪30年代刊刻传世,收诗词作品数十首。今人印有《夔盦诗词集》,在其父旺都特那木济勒《如许斋公余集》中附了他的《梦园五言百韵诗》,另有少量作品收入《遗逸清音集》中。延清《遗逸清音集》卷一中收其《咏怀》《咏史》《西湖泛舟》《山村得句》等九首诗,并附小传:"乌梁海氏,号乐亭,喀喇沁右翼旗札萨克和硕都楞亲王。著有《夔庵诗词集稿》。"

博迪苏著有《朔漠纪程》一卷,并附《朔漠纪程诗》一卷。光绪32年(1906),博迪苏与达寿等人奉清廷之命,赴蒙古探视流亡的达赖喇嘛。《朔漠纪程》是此次公差行程记述。途中博迪苏与从人魏震、达寿赋

---

① 《清德宗实录》卷251,第14页。
② 徐世昌:《晚晴簃诗汇》卷179,中国书店1988年影印本。
③ (清)恩华:《八旗艺文编目》,光绪辛卯(1891)跋刊铅印本。

诗纪行，其中博迪苏赋纪游诗7首，计有三月十八日，博迪苏作诗《奉使口占》。四月十四日，博迪苏作《居庸关即景》。闰四月初三，博迪苏有诗《雨后》。四月二十四日，博迪苏有诗《途中遇风》。闰四月十六日，博迪苏有诗《虹》。闰四月十九日，博迪苏有诗《三音诺彦即景》。五月二十日，博迪苏有诗《三音诺彦道中》。郭进修为《朔漠纪程》作序。曰："丙午三月，朝命偕达阁学寿赴喀拉喀考察蒙古游牧事宜，自出都以迄还朝都，一百有五日，编为《朔漠纪程》一卷。"[①] 国家图书馆现藏有光绪33年（1907）一册铅印本。

那苏图现存诗集《藤花书屋集词牌三十韵》，以抄本形式藏于内蒙古图书馆。《藤花书屋集词牌三十韵》共30首，均为七言绝句。今人著录那苏图有"《桥山盛记》未刊"[②]。《桥山盛记》现存于首都图书馆，是一部记述大清黄陵情况的抄本，抄于1911年，而那苏图卒于1910年，若果为那苏图所著，此本则为过录本，因不在本书研究范围内，不做进一步考证。

[①] 中国社会科学院中国边疆史地研究中心编：《清末蒙古史地资料汇萃》，全国图书馆文献缩微复制中心1990年，第479页。

[②] 赵相璧：《历代蒙古族作家述略》，第199页。

第七章

光宣诗坛思潮与蒙古族汉诗创作

　　光宣时期，任职边疆的蒙古族诗人创作的诗歌，有补于世人对清廷处理东北亚问题的了解，是蒙满共同践行国家外交政策的显例。面对西方经济与军事入侵加剧、朝政衰蔽的情势，蒙、汉诗人共同对清廷昧于内外形势发出批判的声音，这种批评与满蒙汉文人间多种形式的诗学交流共同建构满蒙汉民族文化意识，也构成光宣诗坛"觉世之诗"的重要组成部分。而且，他们的诗学理念，始终追步光宣主流诗坛。因此，跨越蒙汉文化语境的光宣诗坛诗潮研究，不仅是蒙汉文化间视点、立场的交融，更是主流文学学术领域和多民族文学创作领域如何解决文化问题的对话与交锋，这种跨文化的交融，可以使思想内容在更为深广的历史文化语境中得以展开。对多民族融通下的古典诗学演进研究，起到极大的促进作用。

第一节　光宣时期蒙古族创作中的晚清政局

　　光宣时期，西北、东南、东北，乃至蒙古边疆连年有事。这一时期的蒙古族诗人，对清廷忧危局势下的边事多有书写，在记录历史表达心绪的同时，也将对政局的看法和民族关系的考量展现出来。
　　晚清蒙古族诗人大多生长于京师或者通都大邑，相较蒙地，他们更加熟稔农耕文明社会中的种种规制。对于他们而言，草原或胡人仅是血脉中存留的信念，而不是日常生活中的气息。延清先世为京口驻防，他出生于人文荟萃的镇江，师从硕儒高鹏飞，幼即饱读诗书，儒家经典对他产生了深远影响。历仕同治、光绪、宣统三朝凡三十八年。光绪 33 年（1907）延清奉使出行车臣汗祭奠病故车臣汗部郡王衔扎萨克多罗贝勒蕴端多尔济，车臣汗在喀尔喀之东计二十三旗，今外蒙东部，东界黑龙江。

行走在蒙地的延清，对眼前的景物有着如内地汉人一般的新奇。"怪石惊沙气象粗，不平沙路极萦纡。数家寥落闻鸡犬，四野安闲绝鼠狐"①（《过陀罗庙作两用宝文靖公诗韵》其二），是戈壁气候、迂曲沙路引动诗人诗情；"雨泽遐方少，风霾大漠昏。迨知耕种利，游牧抵田屯"②（《早发海流道中》），是对晚清拓垦蒙地的实录；"望中无一木，多木语无稽。地辟三春冷，天围四野低。沙虫经雪化，塞马逐风嘶。候馆荒凉甚，啾啾冻雀栖"③（《闲眺用宝文靖公诗韵》），则是诗人此行对草原春来晚的无数次叹写中的一篇。但蒙地的行走还是唤醒了诗人心中蛰伏的民族性，他在诗歌中一再表白"我亦金源巴里客，龙沙数典未全忘"④（《正月二十一日奉旨派出翰林院侍讲学士延清前往车臣汗部致祭钦此恭纪七律四首》其一），"千年桑梓名难考"⑤（《小住张垣日盼翻译不至率成》），而诗句后边的注释"余系镶白旗蒙古籍巴哩克氏，第未知究属蒙古何部落耳"、"余系镶白旗蒙古巴哩克人，究不知属内外蒙古何部落，待考"等语，则从一个侧面反映了诗人对自身民族属性源出的焦虑。这样的焦虑，或者说这样的反躬自省，是他们面对族人面对手无缚鸡之力的困境时不由自主会生发出来的。瑞洵"学书莫喻安邦略，尚武尤无悍圉才。我愧成吉斯汗裔，竟令弃甲笑重来"⑥，就是另一个显例。

晚清处于西方列强进入中国，东西方思想激烈碰撞的特殊时刻。满蒙诗人由于特殊的政治出身，较一般汉族诗人具有更加丰富的社会、政治经历。他们的诗歌中，必然对这种特殊经历有所回忆与记录。锡珍曾祖父和瑛，祖父壁昌，是乾嘉道时期著名诗人。他少承家学，勤力汉学。在锡珍

---

① （清）延清：《奉使车臣汗记程诗》卷2《过陀罗庙作两用宝文靖公诗韵》（其二），《清代诗文集汇编》第765册，上海古籍出版社2010年版，第106页。

② 《奉使车臣汗记程诗》卷2《早发海流道中》，《清代诗文集汇编》第765册，第108页。

③ 《奉使车臣汗记程诗》卷2《闲眺用宝文靖公诗韵》，《清代诗文集汇编》第765册，第109页。

④ 《正月二十一日奉旨派出翰林院侍讲学士延清前往车臣汗部致祭钦此恭纪七律四首》（其一），《奉使车臣汗记程诗·自题》，《清代诗文集汇编》第765册，第89页。

⑤ 《奉使车臣汗记程诗》卷1《小住张垣日盼翻译不至率成》，《清代诗文集汇编》第765册，第103页。

⑥ （清）瑞洵：《再戍察哈尔军台出居庸关有感》（其四），《犬羊集》，《清代诗文集汇编》第787册，上海古籍出版社2010年版，第665页。

第七章 光宣诗坛思潮与蒙古族汉诗创作

现存的诗歌中,既有对出使东亚、赴台的记录,也有勤劳王事的家国情怀。这对于我们了解当时中国在东亚的国际地位具有重要史料价值。

满蒙诗人中有很多是镇守边疆的重要功臣,他们的诗歌是晚清边塞政治的实录。西北、东北及正北地区是晚清抵御沙俄、日本入侵,反对外蒙古分裂的重要地区,蒙古族诗人在此戍边统御的同时,写下了大量反映国家关系、外交政策、民族矛盾的边塞诗歌,较为突出者有恩泽、三多等。在黑龙江任上,恩泽曾抵御日军,驱逐俄官,争划边界线。《庚寅春校阅边军,历宁姓各城,兼之省垣旋珲后,再赴黑顶子,道经俄卡一路得此》记载了其亲历的光绪 16 年(1890)中俄边交一个场面:"远夷异地亦人情,道出郊疆解送迎。揭帽伛偻三致敬,抽刀两立意多诚。"① 两国使者彼此脱帽致敬,解刀以示诚意。俄国为了展示尊重,还聘请了龟兹马队来缓解气氛,但诗人心中仍抱有警惕之心,认为俄国的殷勤接待的主要目的是为了侵吞清朝的国土。但此次外交的结果十分顺利,双方并无任何争执,诗人也以为两国的关系不必咄咄相逼,除了武力征服,也可在和平的前提下建立平等外交。而《壬辰九月中旬,驰赴南冈校阅右路军操,兼勘天宝山银矿途中得句》② 记述了当时黑龙江历夏旱后降雨,收成转歉为丰,作者欣喜于境内百姓的安居。其时高句丽有难民越境投靠,剃发易服融入当地环境的就有千余人,身为地方官吏,恩泽一方面要安置难民,另一方面还要依据现有的农耕情况作出能否养活多余人口的判断,其二末句"句丽弱小俄强横"是对当时国际局势的看法,也表达了清廷式微怀柔邻国不易的心声。身处晚清危局中,作为边臣的恩泽折冲樽俎实为不易,然谤多誉少,令时人叹惋不平。王闿运曾为恩泽诗稿作序。序中有言:"阿当全盛时成拓土之功,公当艰难时仅有保境之名,然亦谁能为公悲也?"③ 王闿运肯定了恩泽的作战能力,赞许了恩泽在晚清危局中奋发图强,昂扬向上的精神风貌,将乾隆名将阿桂与恩泽相较,揭示了恩泽为时代所困的尴尬处境。

---

① (清)恩泽:《守来山房颡鞬馀吟》下卷《庚寅春校阅边军,历宁姓各城,兼之省垣旋珲后,再赴黑顶子,道经俄卡一路得此》(其十六),国家图书馆藏稿本,第 46b 页。

② 《守来山房颡鞬余吟》下卷《壬辰九月中旬,驰赴南冈校阅右路军操,兼勘天宝山银矿途中得句》,第 51a—52a 页。

③ (清)王闿运:《守来山房颡鞬馀吟序》,《守来山房颡鞬余吟》,第 2b 页。

沙俄给晚清带来的困扰，并不仅止于东北，在北部的蒙古地区也是显而易见的。光绪 27 年（1901）清廷在全国推行"新政"。不久，时年三十七岁的杭州驻防三多出任归化城副都统，协助满族镶黄旗绥远将军信勤治理归绥地区。从江南来到塞北的三多踌躇满志，希望通过发展教育推动内蒙古地区的进步，最终达到强蒙固边的目的。他在《奏为请选内外蒙古王公以次勋旧子弟送入陆军部贵胄学堂肄业以宏造就恭摺仰祈》云："以为固圉莫如强蒙，强蒙莫如兴学，而欲兴蒙古之学，尤必自蒙古王公勋旧子弟始。盖贱之效贵，捷于影响，贵族教育实有顺风而呼之势。"① 三多自己是蒙古贵族出身，提高蒙古贵族的教育程度，以他们的实力影响带动蒙古族群的发展，是他振兴蒙地的手段。而他更一步地设想是把蒙地分为四部，以蒙地之财银自养，使得内蒙古地区得到全面发展，可以抗击沙俄的侵略。宣统元年（1909），三多出任库伦办事大臣，《奉敕毋庸来见迅即赴任六叠前韵恭纪》② 是其遥叩皇恩的谢旨诗，同时也展示了他要在蒙地一展宏图大志之意。当时沙皇俄国觊觎外蒙古土地已久，频繁和外蒙古王公、活佛接触，三多对此早有警觉。在归绥任职期间，他就曾上奏折阐述形势，认为要积极发展蒙古地区以防御日后可能发生的边境危险。任职库伦后更加注意这个问题。其《天山》③ 诗中明言："安禅城栅木，海盗地铺金。何日传飞将，跳梁丑并擒。"期望朝廷可以重视外蒙古地区的军备建设。其后写就的《自题读书秋树根镜影》④ 指出外蒙古内部矛盾不断，诗人期望各方能统一起来用武力来稳固国家疆域。宣统 3 年（1911），三多写下《公等》⑤ 诗，云："边局艰于古，中原蹙自今。屯田充国志，如水郑崇心。禄厚施同厚，恩深谤亦深。"将自己在库伦任上推行新政的艰难、与哲布尊丹巴面和心不和、与当地蒙民积怨日深等情况述

---

① （清）三多：《奏为请选内外蒙古王公以次勋旧子弟送入陆军部贵胄学堂肄业以宏造就恭摺仰祈》，第一历史档案馆藏朱批奏折，光绪三十四年十二月十八日，档案号：04-01-38-0179。
② （清）三多：《可园诗钞》卷 5《奉敕毋庸来见迅即赴任六叠前韵恭纪》，《清代诗文集汇编》第 792 册，上海古籍出版社 2010 年版，第 628 页。
③ 《可园诗钞》卷 6《天山》，《清代诗文集汇编》第 792 册，第 632—633 页。
④ 《可园诗钞》卷 6《自题读书秋树根镜影》，《清代诗文集汇编》第 792 册，第 633 页。
⑤ 《可园诗钞》卷 6《公等》，《清代诗文集汇编》第 792 册，第 636 页。

诸诗行。不久后写出的"未销边警劳相问，无补时艰负此心"①（《得阶青杭州书并赋诗见怀次韵代简》），进一步指出外蒙古王公投靠沙俄之心。晚清政局风云变化，沙俄看准时机策动外蒙古王公贵族独立，而清廷推行的拓土开疆、放垦蒙地政策又操之过急，激化了民族矛盾②，而三多在此间执行政策的迫促③及对蒙地宗教势力独大的不满④（见其《咏哲布尊丹巴呼图克图》组诗），是否最终导致了辛亥革命爆发前夕外蒙古的独立，后人对此评述不一⑤，然而诗人在诗歌中表达的富国强兵、边疆安定的意愿却是一以贯之的。

  蒙古地区是蒙古族诗人自觉或不自觉关注的地方。作为内蒙古地区的王公贵族，旺都特那木济勒与贡桑诺尔布父子不仅在诗作层面上显示安邦定边之志意，更在封地践行改革，切实发展蒙地。旺都特那木济勒，字衡斋，喀喇沁札萨克郡王，乌梁海氏，为元代贵戚之后裔，能诗，传世有《如许斋集》《公余集》《窗课存稿》，存诗一千二百余首。贡桑诺尔布，旺都特那木济勒之长子，字乐亭，号夔庵。六岁从山东宿儒丁锦堂学习经史子集，通晓满蒙汉藏日多种语言，光绪24年（1898）袭父爵袭封喀喇沁右旗札萨克郡王。受父亲影响，他创作了大量的汉文诗词作品，这些作品曾题为《竹友斋诗集》印行，后散佚难觅。现存《夔庵诗词集》，存诗四十八首，存词十八首。贡桑诺尔布曾游历日本，归国后在封地内施行了一系列兴办教育、发展经济的举措。开漠南教育先河，办崇正学堂、毓正女学堂，兴办新式教育，选拔旗人子弟去北京、上海深造，加强蒙汉文化文学交融。光绪28年（1902），他开办了内蒙古第一家图书馆。同时，贡桑诺尔布与严复、梁启超、吴昌硕、罗振玉等人都有密切交往，为蒙汉

---

  ① 《可园诗钞》卷6《得阶青杭州书并赋诗见怀次韵代简》，《清代诗文集汇编》第792册，第636页。

  ② 参见苏联科学院、蒙古人民共和国科学委员会编《蒙古人民共和国通史》，科学出版社1958年版，第191页。

  ③ 参见陈崇祖《外蒙古近世史》，商务印书馆民国11年（1922）年版，第5页。

  ④ 参见《可园诗钞》卷6《咏哲布尊丹巴呼图克图》，《清代诗文集汇编》第792册，第639页。

  ⑤ 参见汪炳明《是"放垦蒙地"还是"移民实边"》，蔡美彪主编《蒙古史研究》（第三辑），内蒙古大学出版社1989年版，第189—197页；龙顾山人纂，卞孝萱、姚松点校：《十朝诗乘》卷204"哲布尊丹巴呼图克图"条，福建人民出版社2000年版，第1017页。

文化交流，为加强蒙古族文化教育，做出贡献。

　　似旺都特那木济勒和贡桑诺尔布父子这样的蒙古贵族，蒙古地区是其生长之地，情感之牵绕自不必言，所以他们举毕生之力，为蒙地之发展励精图治。面对边疆外侮或朝代更迭时，似三多、恩泽、锡珍这样任职边陲者身临其境，不仅以一己之力抗衡强邻、保障国家利益，同时，也不折不扣地执行清朝的外交政策。所以，尽管他们是蒙古族诗人，但在政局变化中他们首先是朝廷之臣，面对困境时想到的只会是国家利益、朝廷命令，满蒙的民族区分并不在他们的考量范围之内。对满蒙关系而言，阶层的划分、群体利益始终是超越民族属性的存在。

　　清初八旗驻防各地以满、蒙贵族分任不同地区将军始，满、蒙就在统治层面上如出一家了。因此，晚清时局变动中的蒙古士人，遭遇变革时的感受与满族士人大抵是同一的。辛亥革命对满蒙贵族的影响都是深刻的，尤其是在袁世凯称帝之后，满蒙贵族后裔都有采取不合作态度者，留下了一些这方面的诗歌作品。瑞洵辛亥（1911）后皈依佛乘，晚贫甚。袁世凯称帝时，请为筹安会员，峻拒。他在和友人的诗歌唱和中叙说了自己晚年离群索居生活状态和内心坚守的意志："索居久已叹离群，海外交情竟属君。我幸不为投阁者，知云羞说振奇人。"① "三人二百三十岁，乱世何期尚苟全。久别重逢今异代，不堪再话劫灰年。"② 著有《犬羊集》及其续编，收诗六十九首，由日本友人铃木吉武刊行于日本昭和十年。值得注意的是，其诗集卷首有铃木吉武序文，卷末有陈三立跋文。在面对国族困境之时，其实民族属性对政治思想的影响是很微弱的。

　　蒙古士人在清朝终结后的追思与每一个朝代终结后都会产生的遗民情绪并没有本质的不同，但这并不意味着蒙古族士人对清政权的所有政策都会一味顺从，对朝廷政令不会有自己的看法。事实上，尽管他们对清朝的情感之愚深甚至可以让自己在清廷覆亡后不顺应历史潮流（如三多、升允、贡桑诺尔布等都曾公开抗拒"共和"），但对政局的批评声音依旧可以持续整个光宣而至其后的时期。他们试图寻找富国强兵的方法。

---

　　① （清）瑞洵：《甲戌秋餐菊轩中作赠天城六首》（其三），《犬羊集续编》，《清代诗文集汇编》第787册，第668页。
　　② 《赠散原老人陈伯岩同年》（其一），《犬羊集续编》，《清代诗文集汇编》第787册，第672页。

第七章　光宣诗坛思潮与蒙古族汉诗创作　　611

升允把清政权在近代的失败归为袁世凯篡位和掖庭女祸（指慈禧）或将相贪生怕死。他接连写下10首以古述今讽刺朝政的诗歌。其"东国英雄甘蹈死，中原将相幸贪生"①（《东京观招魂社春祭有感》）更是明确褒扬日人讥贬清朝官员。戊戌变法时，他因为顽固守旧，曾被革职。辛亥革命爆发，升允又被清政府起用为代理陕西巡抚。清帝逊位后，他顽固抗拒革命，先到蒙古库伦，后又走日本。民国5年（1916）回国，居青岛。民国6年（1917）复辟，为大学士。晚病逝于天津。他在亡命日本时写下大量感慨世事之作。其《自述》诗云："我本搢汉一老胡，云龙际会来燕都。身受国恩历七代，休戚与共无相渝。自读儒书服儒服，渐忘边外牛羊牧。美食鲜衣日不足，非复北来古风俗。"②作为一名"胡人"，升允明确表达与清廷休戚与共，也深受儒家思想影响，在他的身上蒙古族的民族属性、清朝皇权的话语顺成与汉文化思想的训育，有机地结合在一起。满蒙汉一体的精神，建构出了新的民族文化意识。这种文化意识是属于升允的，也是属于这一时代中的大多数蒙古族士人的。三多当是其中的典型。在外蒙古折冲樽俎不成铩羽而归的三多，对清政权是既爱又恨的，三多认为满洲权贵的懦弱、大臣们的愚忠和没有积极地推行新政是导致清政权失败的原因，他曾无数次地在诗歌的字里行间表达了自己的痛心疾首，以及志意难伸的苦痛。"拍案闷欲死，奇叫跳而起"③，是其真实感受。"世乱希丰稔，身存待壮图。寸心时百沸，家国系怀俱"④（《出京至羊格庄》），不只是庚子事变期间三多的心迹，事实上也是他在清廷覆亡后犹自念念不忘的。"宗庙有灵犹北护，慈舆无恙奈西行。舞阳侯辈争言战，今日如何答圣明。"⑤（《回京书慨》）"生灵涂炭失金汤，西望长安泪万行。圣主忽领哀痛诏，懿亲谁是股肱良。推翻新政无三载，枉费愚忠又一场。寇盗肃清潜德曜，联军也合算勤王。"⑥（《感时》）这些诗行中明言的对于国

---

① （清）升允：《东京观招魂社春祭有感》，《东海吟》，《清代诗文集汇编》第787册，上海古籍出版社2010年版，第213页。
② （清）升允：《自述》，《东海吟拾遗》，《清代诗文集汇编》第787册，第219—220页。
③ 《可园诗钞》卷3《拍案歌》，《清代诗文集汇编》第792册，第603页。
④ 《可园诗钞》卷3《出京至羊格庄》，《清代诗文集汇编》第792册，第610页。
⑤ 《可园诗钞》卷3《回京书慨》，《清代诗文集汇编》第792册，第610页。
⑥ 《可园诗钞》卷3《感时》，《清代诗文集汇编》第792册，第611页。

家之残破、政策之不能久长、大臣之无谋的痛心疾首,与他的《纪变》①《次韵庚子书事》②《西望行在敬赋》③ 等一以贯之。而"满空飞弹雨,性命等鸿毛"④ 之类诗语揭示工业革命后兴起的西方以枪炮对阵清帝国冷兵器的史实。

庚子事变是晚清的最大外侮,蒙古族诗人们在批评国政时,都以之为矢,直指统治者。延清的《庚子都门纪事诗》以亲见亲闻揭露了八国联军侵华恶行。"无屋不掀破,有垣皆洞穿"⑤ "难怪千家燕市哭,真同一炬楚人烧"⑥ "东隅四门启,敌进如春潮"⑦ 等语真实地记录了庚子事变时的京师惨状。延清的《感事用杜少陵哀王孙韵》⑧ 之"摧残幸逃虎狼口,珍重同保龙凤躯"对八国联军入侵都城、西太后与光绪帝侥幸离京向西避走表示关切与祝福。而"腥膻虽远难涤除"一语则是担心外侮难除。接下来的"诸将平时号忠勇,临危畏葸何其愚。相国希荣岂刚愎,天潢抱愤徒友于。号令纷更固难恃,朝三暮四如众狙",不但指责将军临阵畏缩、相国刚愎自用、天潢贵胄无谋,也对令出多门、难以统一的情势忧心忡忡。其后写出的"鼎养几人占覆疏,安危谁是救时才"⑨(《都门杂咏七律二十四首借用吾乡于子威先生金坛围城纪事诗韵》其六),更是对国家艰危、缺少栋梁之材发出叹息。此种情形,不只是延清这样的朝臣,就是身居江湖的诗

---

① 《可园诗钞》卷3《纪变》,《清代诗文集汇编》第792册,第609页。
② 《可园诗钞》卷3《次韵庚子书事》,《清代诗文集汇编》第792册,第610—611页。
③ 《可园诗钞》卷3《西望行在敬赋》,《清代诗文集汇编》第792册,第610页。
④ 《可园诗钞》卷3《纪变》(其三),《清代诗文集汇编》第792册,第609页。
⑤ (清)延清:《庚子都门纪事诗》卷1《纪事杂诗三十首》(其十六),《清代诗文集汇编》第765册,上海古籍出版社2010年版,第154页。
⑥ 《庚子都门纪事诗》卷2《都门杂咏七律二十四首借用吾乡于子威先生金坛围城纪事诗韵》(其十五),《清代诗文集汇编》第765册,第160页。
⑦ 《庚子都门纪事诗》卷1《纪事杂诗三十首》(其十七),《清代诗文集汇编》第765册,第154页。
⑧ 《庚子都门纪事诗》卷2《感事用杜少陵哀王孙韵》,《清代诗文集汇编》第765册,第159页。
⑨ 《庚子都门纪事诗》卷2《都门杂咏七律二十四首借用吾乡于子威先生金坛围城纪事诗韵》(其六),《清代诗文集汇编》第765册,第160页。

人们也可以感受的。成多禄①一直关心战事的发展、政局的走向,他的诗中有大量关于庚子事变的作品,对清政权的忧虑读之可感。《庚子塞上作四首》(其一)云:"万帐貔貅大野开,风声怒挟阵云回。天留一线容西上,地尽中原此北来。谈笑公卿王猛意,仓皇戎马李刚才。深宵无限关心事,卷入胡天画角哀。"②这是身在塞外忧心国变的代表性作品。《纪事》二首则写出庚子事变两京失守后的状态,其一讽刺盛京将军增祺御敌无能,不战而逃;其二斥责慈禧太后昏庸误国③。《汉家》则描述了庚子事变后皇室西逃的情景。对于清政权的失败,诗人一方面归因于统治者昏庸误国、领兵将军未能尽忠职守,另一方面归咎于上层官吏剥削人民,导致民心有失,并表达出自己渴望建功立业的政治理想④。借重大历史事件的叙写,抒写自己心中之块垒更是成多禄这样身在江湖心系魏阙者常有的,如其《甲午有感十首》⑤。

无论是战争中的生命脆弱的描述,还是诗人心尤未死的抑郁,面对国家遭劫,将长歌当哭式的悲愤寄寓笔端,以实录的精神,写下的众多诗歌,终究会成为记载当时离乱诗史的一部分。

第二节 满蒙汉文人交游与"觉世之诗"的创作

在满蒙汉诗人以笔抒写晚清变局的岁月中,他们是困守书斋独自书写、还是互通消息共议时局,是研究光宣诗坛诗学思潮必须要考虑的问题。因此,京城蒙汉文人大量的文学结社活动,值得引起我们的注意。例如,延清喜吟唱,结交的满汉诗人遍布京城。光绪元年至2年(1875—

---

① 成多禄(1846—1928),原名恩岭,字竹山(又字祝三),号澹堪。吉林驻防。光绪11年(1885)拔贡,后官绥化府知府,辛亥后任国民参议院议员,中东铁路理事会董事。有《澹堪诗草》二卷。

② 成多禄:《澹堪诗草》卷1《庚子塞上作四首》(其一),国家图书馆藏民国间刻本,第11b页。

③ 参见《澹堪诗草》卷1《纪事》,第10b—11a页。

④ 参见《澹堪诗草》卷1《汉家》,第11a页。

⑤ 《甲午有感十首》,成多禄著,翟立伟、成其昌编注《成多禄集》,吉林文史出版社1988年版,第90—92页。

1876），他与满汉诗人延松岩、崇仲蟾、李钟豫、易顺鼎、何润夫、王振卿等结成七曲诗社。他的《遗逸清音集》收录了满蒙汉八旗诗人100多位的1100多首诗作，其中包含许多唱和之作，如董楷《再题太常仙蝶四绝句以应子澄世丈之命》①、崔永安《题延子澄水部清荷村消夏图即用自题七律二首韵》② 等。延清与何润夫经常唱和，后何润夫罢官，延清升迁，二人依旧时相唱和。延清与张宝森被时人称为"交情不减元白"③，延清曾写下《寄张友柏同年即用见赠原韵》④ 等与张宝森唱和。张宝森病笃预以墓志谆谆见属于延清，延清出使漠北，梦及宝森，还写诗忆念《夜梦张友柏同年过访旋与话别仿佛在毡庐也，感赋五排三十二韵》⑤。延清诗友甚多，张英麟为其《锦官堂诗续集》题诗："电掣流年七十三，春宵归梦到江南。千山遮目云横岭，一水澄心月印潭。"⑥ 延清也有《率题四首寄张振老》⑦ 为其祝寿，二人还有众多唱和诗如《除夕和张振老寄示四诗奉和二首即寄》⑧ 等。张莫麟为延清这一诗集题词四言二十八韵一首。宣统2年（1910），孙雄在修编《道咸同光四朝诗史》时选有延清的诗作⑨。

---

① （清）延清：《遗逸清音集》卷4《再题太常仙蝶四绝句以应子澄世丈之命》，商务印书馆民国5年（1916）铅印本，第37b页。

② （清）延清：《遗逸清音集》卷3《题延子澄水部清荷村消夏图即用自题七律二首韵》，第20a页。

③ 《夜梦张友柏同年过访旋与话别仿佛在毡庐也，感赋五排三十二韵》一诗有玉可眉批："交情不减元白。"（《奉使车臣汗记程诗》卷2，《清代诗文集汇编》第765册，第113页。）

④ 《寄张友柏同年即用见赠原韵》，《庚子都门纪事诗补》，《清代诗文集汇编》第765册，第209页。

⑤ 《奉使车臣汗记程诗》卷2《夜梦张友柏同年过访旋与话别仿佛在毡庐也，感赋五排三十二韵》，《清代诗文集汇编》第765册，第112—113页。

⑥ （清）张英麟：《戊午新年题丁巳岁锦官堂诗续集诗三首》（其一），（清）延清：《锦官堂诗续集》，《清代诗文集汇编》第765册，第13页。

⑦ 《率题四首寄张振老》，《锦官堂诗续集》，《清代诗文集汇编》第765册，第15页。

⑧ 《除夕和张振老寄示四诗奉和二首即寄》，《锦官堂诗续集》，《清代诗文集汇编》第765册，第26页。

⑨ 参见孙雄辑《道咸同光四朝诗史》甲集卷4，上海古籍出版社2013年版，第98—99页。（收入延清诗十首：《戈壁行再用宝文靖公闻字韵》《使者日支廪羊戏作》《戈壁道中作用文靖韵》《晓发穆哈里喀顺》《豁尼齐午尖用景佩珂韵》《鸡鸣驿晚眺》《重过昌平刘谏议祠作仍用李文正诗韵》《入都作二首用前韵》《二十三日早赴颐和园宫门请安覆命》《昨以戈壁石数十枚赠徐花农前辈琪承撰七古四十四韵见诒可感也爰依韵奉和》）

延清的《庚子都门纪事诗》是"诗史"之作,刻行后耸动京师。诗集卷首有满蒙汉众多诗人写就的诗评,如李润均、锡嘏、世荣、爱仁、郭锡铭等,还有李恩绶序,程棫林集评,陈恒庆题赠诗,该集篇末有汪凤藻、吕传恺跋。光绪33年(1907)延清奉使出行车臣汗祭奠,王振声、汪凤藻等汉族诗友作诗送别,李恩绶在给延清的赠行诗中将他比之于《朔方备乘》的作者何秋涛,说:"岂止朔方搜佚乘,何秋涛敌铁君无。"① 他返京后整理的《奉使车臣汗记程诗》,前有何乃莹、汪凤藻、李仲豫等人的序跋文,介绍诗集的创作来历,并对其诗歌做出评价。汉族文人对延清的评价,或者有某些谀辞,然亦说明他们在交往中有共同的文学意趣。

民国11年(1922),王国维经罗振玉引荐至升允门下,升允很称赏王国维的学识,次年将其推荐至紫禁城充任南书房行走,使秀才出身的王国维得与蒙、汉族硕儒杨锺羲、温肃比肩成为"帝师"。虽然当时溥仪只是困守紫禁城的逊帝,但这些守旧的兼有诗人及政治人物双重身份的满蒙汉士人们,彼时的思想行迹与学术史不经意间搅扰在一起,还是为光宣诗坛多样的政治思想延展了一端。

北京当地的风土人情与人物掌故,引起了京城诗人的浓厚兴趣。此类情况,在崇彝的作品中多有反映。崇彝是大学士柏葰之孙。少承家学,博览多识,雅好文学,尤长于载记文字。其成名之作《道咸以来朝野杂记》八卷,书中记叙道咸至20世纪30年代北京的掌故旧闻,包括园林宅第、寺庙古迹、节令游览、人物逸事等,尤其其他笔记中不多见的道光咸丰间的蒙古大臣、文人的逸闻逸事,蒙古族祭祀典礼等都在此杂记中得以记载。崇彝与满、汉族文人来往颇多,其《选学斋书画寓目续编》序文为袁励准所作,诗作《读龚定庵集》② 叙述自己家族与龚自珍的交谊,此外还有《和朱幼平甲子除夕作》③《溥心畬招赏邸园海棠分韵得万字》④《春柳

---

① (清)李恩绶:《喜闻子澄学士仁兄出使蒙古近已回京率拈小诗奉怀》,《奉使车臣汗记程诗·赠行诗词汇存》,《清代诗文集汇编》第765册,第145页。
② 崇彝:《选学斋诗存》卷2《读龚定庵集》,国家图书馆藏民国间刻本,第16b—17b页。
③ 《选学斋诗存》卷2《和朱幼平甲子除夕作》,第3a页。
④ 《选学斋诗存》卷4《溥心畬招赏邸园海棠分韵得万字》,第2b—3a页。

和张坚白韵》①《秋兴用少陵重过何氏五首韵应徐又濮农部教》②《丙子除夕守岁用去岁答张孟劬见寄韵》③，等等。

  古代文学的叙述中不能没有江南。江南地区在民族文学交融的背景下，具有特殊的地位。本来居住在北方的满族蒙古族诗人，来到南方以后，面对不同的风物人情，创造了不同于北方民族诗人的优秀作品。光绪34年（1908），黑龙江将军程德全回家乡四川省亲，特邀时为幕僚的满族诗人成多禄随行，饱览江南山水名胜，至今苏州网师园廊壁上还嵌有成多禄题诗刻石《戊申七月随程雪楼中丞谒达馨山将军于网师园因成五律六章》④。"尘事忽已远，杳然心迹清。门听诗客到，园问网师名。苏李怀前哲，羊求证旧盟。不谈天宝事，闲煞李西平"，表达了和座主间的深厚情谊。而"曲径辟青萝，方池拥菱荷""画窗留树影，待壁长苔痕""阶廉滋兰竹，春秋问韭菘"的诗语则是闲逸网师园带给诗人的江南印象。另外，他们在南方也与当地的著名文人吟诗唱和，具有广泛的文学交流。宣统2年（1910），程德全调任江苏巡抚，成多禄随往。在省会苏州结识很多江南名士，如朱祖谋、郑文焯、赵熙、夏敬观、吴昌硕等，唱酬颇多⑤。成多禄集中有其与众多满、蒙、汉族诗人交游诗篇，如《送刘仲兰之呼兰》⑥《挽诚勇公尧山将军》⑦《寄张北墙四首》⑧，等等。成多禄喜爱交游唱和，他不仅与江南的诗人们结社唱和，也参加了京城诗人组织的漫社、嘤社，还曾与吉林诗人组建松江修暇社等。他的诗作《戏答垂叟同年》（《成多禄集》，第290—291页），诗前小序有"垂叟代漫社来书，兼索异味，作此戏答呈垂公并呈社中诸子"之语。《初到哈尔滨寄呈都门吟社诸老二首》（《成多禄集》，第483页）是诗人参加漫社第六次诗会后，去往

---

① 《选学斋诗存》卷3《春柳和张坚白韵》，第1b—2a页。
② 《选学斋诗存》卷1《秋兴用少陵重过何氏五首韵应徐又濮农部教》，第3b—4a页。
③ 《选学斋诗存》卷4《丙子除夕守岁用去岁答张孟劬见寄韵》，第12a页。
④ 皮福生：《吉林碑刻考录》，吉林文史出版社2006年版，第60页。成多禄的这首诗与《澹堪诗草》卷1《蓮园六首》（《澹堪诗草》卷1，第14b—15a页。）大体相同，只有个别字存在误差。
⑤ 参见程舒伟、赵文铎编著《吉林省历史文化名人》，吉林人民出版社2012年版，第136—137页。
⑥ 《澹堪诗草》卷1《送刘仲兰之呼兰》，第3a—3b页。
⑦ 《澹堪诗草》卷1《挽诚勇公尧山将军》，第9b页。
⑧ 《澹堪诗草》卷1《寄张北墙四首》，第18a—18b页。

哈尔滨，作此寄呈在京漫社诗友的诗作。《东坡先生汉砚为萧龙友作》（《成多禄集》，第361页）是他和漫社诗友张朝墉写下的同题诗。彼时，漫社已更名为嘤社。《北山雅集同郭侗伯使君雷筱秋瞿非园栾佩石诸君作》①诗下小序说明，民国6年（1917）夏，成多禄在吉林与郭宗熙等组建松江修暇社，并在风景区北山举行第一次社中雅集，是日，众诗人皆为成多禄《香雪寻诗图》题卷。

对江南钟情的还有诗人三多。三多师从俞樾、王廷鼎等大儒，是樊增祥诗弟子。汪辟疆《光宣诗坛点将录》近代诗人小传稿将其收录，说他诗歌形似增祥，尤似顺鼎，三多与当时文坛上的众多大家交游密切，《可园诗钞》前有俞樾、谭献、王廷鼎序。三多与俞陛云、徐仲可、张鹤龄、李亦元、易顺鼎等人有众多唱和诗作和书信往来。他的汉族诗友远不止于此，"与六桥往还及唱和者，尚有赵蓉楼、任卓人、陈寿松、袁巽初、嵩允中、吴学庄、邹筠波、方佩兰、李益智、何棠孙诸耆旧。相处久，人亦忘其为蒙古人也"②。诗人们在唱酬中展示诗才，但也未能忘情国事。如三多《六月十六日俞小甫杨古酝两先生邀同贝达夫、曹砺斋、盛伯平、程云承诸君子游湖作》③，表达了面对晚清政治变局中"今日何日世何世，主忧臣辱马能忘"的忧惧之情。而《偕谭琭清、彭子嘉访保安寺同次宋西陲先生集中题保安寺西院诗韵》之"车马出西郭，鞭丝带日斜。青莲宇非故，况复百年花"④，则是辛亥革命后对往昔生活的叹惋之情的流露。

在以诗歌为媒介的诗艺切磋、思想交流中，光宣时期的蒙古族诗人与诗坛上以汉族为主体的其他民族诗人融合无间，民族属性在他们的交往中没有让他们产生任何疏离感。而当时中国大江南北的风土人情、人文状况、政治经济发展情况，也在多民族诗人们饱满的热情和如椽的笔下得以完美呈现。

---

① 《澹堪诗草》卷2《北山雅集同郭侗伯使君雷筱秋瞿非园栾佩石诸君作》，第13a—13b页。
② 郑逸梅：《梅庵谈荟·小阳秋》"蒙古诗人三六桥"条，黑龙江人民出版社1985年版，第204页。
③ 《可园诗钞》卷3《六月十六日俞小甫杨古酝两先生邀同贝达夫、曹砺斋、盛伯平、程云承诸君子游湖作》，《清代诗文集汇编》，第792册，第603页。
④ 《可园诗钞》卷7《偕谭琭清、彭子嘉访保安寺同次宋西陲先生集中题保安寺西院诗韵》，《清代诗文集汇编》，第792册，第646页。

第三节 "西学东进"与光宣时期的蒙汉诗学思潮

有清一代帝王对中华一统政治理念的推育风行天下，对于乾嘉以降诗坛的文学思想产生了深远影响①，经过咸同时期诗歌创作和诗学理论的蓬勃发展，至光宣时期，满蒙汉诗学思想话语融通之状貌更加突出。满蒙文人积极地有建设性地投入到以汉文化为核心的文学创作和文论的理论建构之中。在这样的语境中，光宣时期的蒙古族诗歌创作观念、诗歌创作题材、诗歌创作体式以及诗学理念皆与光宣诗坛的诗学立场、表现方式互通互融。但是，在满蒙汉语诗歌创作的众多作品中，正如第一部分中所述，有一条类似于"诗史"的主线，一直贯穿其中。

光宣诗坛诗歌创作有传世之诗与觉世之诗之别。借用梁启超对"觉世之文"②的表述，觉世之诗，以传播文明思想于国民，以诗兴观群怨的社会功用为主旨，当以条理细备，词笔锐达为上，不必求工，辞达而已。传世之诗，则以求真之情感自然流露为主，关注自我内心情思，更看重文学的审美属性。光宣时期满蒙汉语诗歌创作中，觉世之诗与传世之诗并行且时有交汇。

光宣时期蒙古族的觉世之诗创作，既有表达反帝爱国、表现时事、表达同情民生疾苦之情的传统诗作，也有介绍新物象、新知识、新思想的启蒙之作。前述清廷遭受最大外侮的庚子事变，是光宣诗坛觉世之诗的典型。光宣时期是传统诗学走向终结的时期，末世的蒙古族诗人们同主流诗坛汉诗人一样，在遵循旧有诗学观念进行创作的同时，也力图摸索诗歌的"新"变。诗学的新变源出于诗人们在晚清格局中精神的新变，他们的诗歌创作之"新"体现在，有的诗人有新异的外交经历或异域经历，使他看到了别人未曾见过的"新世界"，于是在诗歌中以新语汇、新物象加以展现，这是一种感官上的讶异之"新"，同时也在一定程度上折射出新思想。

恰如黄遵宪自光绪3年（1877）出访日本到甲午战争中国战败，梁启

---

① 参见米彦青《蒙汉文学交融视域下的乾嘉诗坛》，《民族文学研究》2016年第4期。
② 梁启超：《湖南时务学堂学约》，梁启超著，吴松等点校：《饮冰室文集点校》，云南教育出版社2001年版，第198页。

第七章　光宣诗坛思潮与蒙古族汉诗创作　　619

超自维新变法失败走出国门，贡桑诺尔布在世纪之交留学日本，延清奉旨出使车臣汗部祭奠，三多任职蒙古并出访日本，瑞洵、升允都在日本生活多年，他们均写作了大量描写异域景物风俗的诗歌，向时人展现了新名词、新风物及新知识。"欧罗巴""亚细亚""澳洲""太平洋""华盛顿""罗马""希腊""三富兰西士果""火奴奴""伦敦""巴黎""苏彝士河"等当时少见的地名在光宣时期的觉世诗中可见，"彗星""地球""赤道""世界""世纪""半球"等与天文相关的名词，"维新""黑奴""黄种""共和""女权""民权""耶稣""天堂""玛志""藤寅""博览会"等与政治（人物）、宗教、新生事物相关的名词，以及"电""几何学""以太"等科学名词也不少见。在蒙、汉族诗人的觉世新诗中，新名词的使用让读者感受到光宣诗坛诗人整体性地包揽宇宙、放眼全球的阔大胸襟。而众多新风物的展示，又具体而细微地呈现出域外新风情。新语汇的使用和新风物的展示，都为了向光宣时期的国民宣示世界之广大，让国人知道老大中国并不是世界的中心，更不是世界的唯一，因此，新知识的传播才是觉世新诗写作的主旨。梁启超曾说："近世诗人能熔铸新理想以入旧风格者，当推黄公度。"① 确实，在晚清光宣诗坛的精神新变格局中，黄遵宪诗歌对新知识的普及无疑是不遗余力的，但蒙古族诗人们也积极投身于其中，以自己的新异感受书写新时代中的新诗语。贡桑诺尔布的《博览会志游日本客中》② 有感于万国博览会科技启发民智，认为教育有助于开发民智。三多《答人观》则欣喜于京张铁路通车后"缩短来时旧驿程"③，并告知诗友金鸡纳霜善治疟疾④，他对于自来水、自来火、摄影的描述更是令时人耳目一新⑤。其《雪窗夜坐书示僚友》⑥ 对蒙古状况作了深入描写，彼时那里已在筹划无轨电车，所以诗人写下"维新莫送香冰

---

① 梁启超著，郭绍虞、罗根泽主编：《饮冰室诗话》，人民文学出版社1959年版，第2页。
② （清）贡桑诺尔布著，郑晓光、李俊义主编：《贡桑诺尔布史料拾遗》，内蒙古人民出版社2012年版，第158页。
③ 《可园诗钞》卷5《答人观》，《清代诗文集汇编》第792册，第628页。
④ 参见《可园诗钞》卷6《螃蟹水仙次友笙元韵·五叠前韵》，《清代诗文集汇编》第792册，第634页。
⑤ 参见三多《自来水》《自来火》，《可园诗钞外·北行诗录》，《清代诗文集汇编》第792册，第650页；《可园诗钞》卷4《自题摄影》，《清代诗文集汇编》第792册，第616页。
⑥ 《可园诗钞》卷6《雪窗夜坐书示僚友》，《清代诗文集汇编》第792册，第633页。

酒，致远同迎电汽车"之语，但同时也告知世人蒙古虽在中国版图内，但晚清势弱，俄国对这里的控制日益加强，而且因为俄国苛税太重，导致这里"十户九家将破产"，并且，官方往来文牍用满蒙汉唐古特暨俄文多种文字。

受到出生地域、生活时空、政治关切度、科举出身等因素的制约，光宣诗坛的诗人们诗学思想也有很大的不同，当黄遵宪、梁启超等觉世诗人在宣扬"我手写我口，古岂能拘牵"①、在推动旧体诗革新上做出了突出贡献之时，蒙古族诗人们似乎并没有鲜明的诗学理论与之相呼应。不过，这时期的蒙古族诗人和满族诗人的诗歌完全体现出儒家诗学立场，他们所尊崇的儒家兴观群怨的思想，与汉族诗人没有区别。当满蒙诗人以汉族语言文字来展示现实世界和人生经历的时候，儒家诗歌理论早已经潜移默化指导着他们的诗歌创作了。他们中的大多数人，因为出生、成长在汉地，与母族文化早已疏离（不过，母语于身为八旗官员的他们并不陌生）。他们本能地使用汉语创作诗歌，阐发文学思想和文化见解。光宣诗坛觉世诗人在创作上刻意求新，主要的诗学理论依旧是学人之诗、性情论和不俗论。如主流诗学理论家陈衍"进一步阐发了'人与文一'的思想"，"强调不受'世缘'干扰，甘走'荒寒之路'，甘处'困''寂'之境，以保持个性的独立"②，并且特别赞赏"清而有味，寒而有神，瘦而有筋力"③的艺术趣味和美学境界。蒙古族诗人们追随其后，延清、升允在创作中提倡学人之诗，升允主张作诗不俗，在诗歌中提出了"拙诗长苦吟"④"心源一点是灵根"⑤，延清被时人认为"情深而不诡，风清而不杂。事信而不诞，义道而不迥"（《庚子都门纪事诗·集评》，第765册，第150页），成多禄"取真不取似"（《读书四首》其三，《成多禄集》，第76页），升允、延清、成多禄都以真性情为作诗根本。而且，蒙古族诗人

---

① （清）黄遵宪著，钱仲联笺注：《人境庐诗草笺注》卷1《杂感》（其二），上海古籍出版社1981年版，上册，第42页。

② 黄霖：《近代文学批评史》，上海古籍出版社1993年版，第135—136页。

③ 陈衍：《何心与诗叙》，陈衍著，钱仲联编校《陈衍诗论合集》，福建人民出版社1999年版，下册，第1057页。

④ 《东京感怀》，《东海吟》，《清代诗文集汇编》第787册，第214页。

⑤ 《梦中有悟，醒而记之》，《东海吟》，《清代诗文集汇编》第787册，第215页。

创作群体都比较推崇杜甫，在作诗时也比较强调诗歌的"诗史"特征，表现在他们的诗歌中就是写当时重大事件和对国家民生忧虑的诗歌比较多。追求诗歌的"诗史"性特征和当时诗坛上的一大批觉世诗人是相合的。因此，遵循光宣诗坛的主流诗学思想，是蒙古族诗人们本能自觉地融入以汉族诗学理念为核心的诗坛的生存方式，娴熟的多种语言使用和用汉语进行诗性语言的表达，使他们与光宣诗坛融合无间。

综观光宣诗坛，觉世诗歌的写作，主要承载者是在时人评判中被称为"诗界革命派"和"南社"诗人群体，蒙古族诗人中则主要是以经世致用为创作主旨的为官者，他们大抵以诗作表达救亡为中心的启蒙思想家民胞物与的情怀。他们的诗歌创作能与时代政治思想潮流同步前行。但与此同时，依旧有很多诗人，在时政创作之外，诗作内容更多的是酬赠送别、咏史咏物、抒情写景，他们以一己之真性情，传达宠辱不惊、淡泊自守的生活态度，固守对诗艺的精致求索，葆有诗歌审美属性。这些诗作表面看来与时代有疏离感，但隔了岁月去看，却有动人心魂之处。光宣诗坛这样的传世之诗作者主要有"湖湘诗派"诗人群体、中晚唐诗派和"同光体"诗人群体。光宣诗坛的蒙古族诗人大都属于士大夫群体，面对西学进入的挑战，坚持"西学中源"说，这种思想的影响贯穿了他们的创作，士大夫一方面承认西学在历算器算方面比中国先进；另一方面强调在"道"的层面必须坚守家法，他们基于自身的世界观、人生观、价值观构建的精神世界，无法完全接纳西学。延清、瑞洵、升允、恩泽等人都写有大量的咏史怀古之作，而升允、瑞洵、恩泽、世荣的诗中鲜见新名词，较之延清更加推崇传统的传世诗作的书写。严复在《诗庐说》中曾有文学无用之用之说："诗者，两间至无用之物也。饥者得之不可以为饱，寒者挟之不足以为温，国之弱者不以诗强，世之乱者不以诗治。又所谓美术之一也。美术意造，而恒超夫事境之上，故言田野之宽闲，则讳其贫陋；赋女子之妍妙，则掩其伫蛋。必如其言，夷考其实，将什八九无是物也。故诗之失，常诬而愚，其为物之无用而鲜实乃如此。虽然，无用矣，而大地自生民以来，异种殊俗，樊然离居，较其所以为群者，他之事或偏有无，至于诗歌，则莫不有。且恒发于隆古，盛于挽今，调均按节，侔色揣称，不谋而皆合。《记》曰：十口相传曰古。其所传者，大抵皆有韵之词也。是故，诗之于人，若草木之花英，若鸟兽之鸣啸，发于自然，达其至深而莫能自己。盖至无用矣，而又不可无如此。……诗之所以独贵者，非以其无所可用也邪？无所可用者，不可使有用，用则其真丧焉。"① 严复对文学功用的理解，更看重的是文学的情感属性与审美功能。他的文学功用观念与这时期诗坛传世诗人创作主旨不谋而合，蒙古族诗人中，崇彝是代表性人物，仙、道、佛禅的修养所塑造的崇彝人格以及体现此一人格的"闲居"生活之本质，使其在多年的诗歌创作中以风物书写展示出其生命存有之姿态。

因此，光宣诗坛蒙汉觉世诗人群体直接面对和重点描述的对象是时事和民瘼，而传世诗人群体更加关注个体内心世界的变化和自然节序改易引动的情思叙写。但无论是哪一类诗人的诗歌创作，都丰富了清代文学。这些诗歌记录了光宣诗坛诗人对人生的体味和社会的思考，承载了诗人们在面对晚清末世文化空间时对存在意义的思考。光宣诗坛发展的主体脉络，基本上由众多诗学流派的兴衰和嬗替构成。而整个社会上的诗学生活现象，如诗集的刊刻出版、广大读者的阅读风尚和批评取向等，也受诗人的文学活动主导。考量光宣诗坛思潮必须关注诗歌创作与其外部社会环境之间的关系，以对诗学发展的总体态势作出整体性描述。从文学自身的发展来说，晚近西方现代文学的输入，不但打破了中国诗学长期以来封闭式的发展状态，使得中国古典诗学开始融入世界。晚近政治思想中受到的西学思潮的冲击，与既有的经世致用思潮相伴，促成了中国诗学的雅俗交融发展，成为其后的"新文化运动"的先导，为后来者提供了变革的突破口，提供了全新的范式。

觉世诗人和传世诗人在蒙古族诗人群体中并非一成不变。当西学思想开始冲击中国诗学界时，最初只是暗流涌动，没有形成变革潮流。反之，传统的国家多难时就会产生巨大影响的经世致用思想更易在诗坛形成潮流。光宣时期，由于西方殖民者的入侵，造成"海警焱忽，军问沓至"的局面。在这种情况下，经世致用的思潮对诗学发展的影响在传世诗人群和觉世诗人群中有不同表现。对觉世诗人群而言，开了思想解放之风。"晚清学术界之风气，倡经世以谋富强，讲掌故以明国是，崇今文以谈变法，究舆地以筹边防。"② 晚清诗学思潮受到学术思想的影响，经世致用的学

---

① 严复著，孙应祥、皮后锋编：《〈严复集〉补编》，福建人民出版社2004年版，第132—133页。

② 齐思和：《魏源与晚清学风》，《中国史探研》，河北教育出版社2000年版，第600页。

风迅速反映在诗歌中。光宣诗坛满蒙汉诗人群体普遍关注时事关注民生，大量创作此类诗歌①，即或是强调诗歌审美属性和文学精神的传世诗人也概莫能外。

经世致用思潮对觉世诗人而言，倡导了他们勇于革新的精神。经世思潮注重的是学以致用，学问能够真正解决现实社会中的实际问题，以期起到实用的济世功效。黄遵宪、梁启超、延清、三多、升允、瑞洵等人先后出使或流亡各国的特殊经历，使其对于民主制度从惊异转向接受，光宣时期的政治变局，又促使他们将民主投以实践。反映在诗学思想中，则是在创作内容上多对于国事的实录、多个人新异见闻的叙述，情感上则转变为对于国家罹难的忧愤。而他们的诗作较之乾嘉以来诗坛绮丽闲逸诗语盛行的状况，也一变而为苍凉悲壮。这些人行迹、心迹的变化，诗歌的"新"变以及诗学思想的转捩，展现了他们由个人的俯仰兴怀转变为对家国情怀的牵系。从表象上看来，"新"派诗歌试图摆脱传统的雅诗学理念，因此，表现出对传统诗学的疏离特征。但从实质上看来，他们的写作中，传统诗学依旧是他们自觉不自觉的精神皈依。他们时时瞻望过去，形成历史意识；时时放眼世界，又使他们形成全球意识。历史意识使得他们对传统诗学了若指掌，看世界又使他们在大范围中同构诗歌，他们迫不及待地在诗歌创作中引入新语汇、展示新风物、宣解新知识。他们在既往的看上去能最好地传达与维系占主导地位的诗歌创作中寻找与新世界接轨的语言，并试图打破对古典诗歌的过分倚重和推崇，以期改变诗律僵化范式对人们思想造成的有形无形的阻碍，他们想要找出推动诗学乃至文学创造性发展的路子。在晚近学术思想、文学思想共同辉映的时代潮流的摸索中，渐渐由众多的追随者汇成了光宣诗坛上雅俗交融的诗学思潮。

在中国近现代史上，1905年是一个具有特殊意义的年份。就在这一年，本着"欲补救时艰，必自推广学校始，而欲推广学校，必自先停科举始"②的原则，清政府废除了"科举制"。从此，传统的士人阶层逐渐瓦解，文人们或转入新式学堂置身于"边缘知识分子"的行列，或进入洋

---

① 如时政类诗歌在蒙古族诗人诗集中比例很高：延清、升允、来秀约50%，贡桑诺尔布、锡珍、三多约有30%，崇彝20%，旺都特纳木济勒、瑞洵10%。

② （清）张之洞著，苑书义、孙华峰、李秉新主编：《张之洞全集》卷6十四"会奏请立停科举推广学校并妥筹办法折"条，河北人民出版社1998年版，第三册，第1661页。

行、报馆、书局等新兴行业成了市民阶层的一员。与这一教育制度变革相伴随的,是知识阶层整体性的转换和重组,"原有的知识和语言的有效性逐渐丧失了"①。对于新型知识者而言,这一转换所引致的冲击无疑是巨大的,他们需重新寻找自己在社会生活和文化领域中的位置,重新确立自己的价值观。自此之后的十余年间,经过辛亥革命等重大历史事件的洗礼,这一群体日益壮大,社会影响力亦趋于广泛②。

知识者的"身份认同"意识既然发生了深刻的嬗变,其"语言认同"意识势必也会随之有所改变,科举的废除使得雅文学不再与知识者紧密相关,白话由"俗"入"雅"成为一种必然的趋势。光宣诗人从民间、民俗、民歌中吸取养料并不断探索如何使他们的诗歌具有独特的艺术个性和诗美价值,为中国诗歌近代化历程作出独特的贡献。王闿运、黄遵宪对于杂歌谣的关注,黄遵宪、梁启超、贡桑诺尔布大量运用新词,三多、成多禄、延清关注竹枝词并运用蒙语藏语运用口语入诗,都在不同程度上推动了光宣诗坛的雅俗交融。光宣时期的汉学、经学与小学的研究依旧持续,且出现了总结性的学术巨擘。新材料的出土和运用,对文字学的发展起到了关键的推动作用。一些汉学家的经世取向明显增强,甚至产生革命意识。同时,西方知识传播加强,在光宣汉学家的读书世界中,开始不可避免地渗入西学,新的学科体系也使传统儒学架构产生震荡。学术随着时势而变化,配合政治变革的今文经学大行其道,汉宋调和的呼声渐强,考据学终于退出了主流舞台,而中国学术也走出了汉宋循环,走向了近代的历程③。

当满蒙联姻建构的清朝,在与俄罗斯签署的一系列条约中,渐渐把雍正以来强化的"天下一统、华夷一家"的"中国"与王权"清朝"含义等同时,表明"中国"已经成为多民族主权国家的简称,中华大地上众多族群梦想中的以"王权"为核心的"天下"终于和现实中的多民族主权国家实现了重合,多民族国家也渐由传统王朝国家向近现代主权国家转

---

① 《再思学术与社会》,汪晖:《死火重温》,人民文学出版社2000年版,第493页。

② 参见王平《清末民初的语言变革与现代文学雅俗观的生成》,四川大学博士学位论文,2007年。

③ 参见刘国忠、黄振萍主编《中国思想史参考资料集·隋唐至清卷》,清华大学出版社2004年版,第304页。

型。转型中的蒙古族诗人们,在他们的创作中或许并没有彰显想要由大一统的文化理念打造成带有"中华民族"意味的民族观念,毕竟"中华民族"的观念是在受到民族国家理论和"宪政"改革双重影响的梁启超在清末国体变革的大背景下创造性地提出的[①],因此,他们虽然是清朝精英阶层的写作者,本能地使用汉语创作,认同以汉文化为主体的主流诗学思想,但其生而有之的民族性,以及他们在诗作中对民族语言的偏好,对自己民族属性的追索,却是不能忽视的存在。发掘这样的文学创作,与"新清史"或"新蒙元史"强调的"满洲特性"或"蒙古特性"有着本质的区别。正如以汉文化为主体多民族共同促成的代代相传的诗坛,并没有让民族诗人居于其间有依违之处。

---

① 参见李大龙《自然凝聚:多民族中国形成轨迹的理论解读》,《西北师大学报》2017年第3期。

结　语

　　研究中国古代蒙古族汉诗创作，通常有几个重要的着眼点或者说切入点，如"民族属性""生活空间""诗作主题""文学家族""文学事件"等。

　　城市社会是生成中国古代蒙古族汉诗创作的土壤，是中国古代蒙古族汉诗发展的基本环境。元明清蒙古族汉诗创作者基本都有受教育的经历，而且大抵来自官宦家庭又走上仕途。公余的闲适诗、士人间的交游唱和诗是他们创作的主体，当然，乡村生活也有涉及，但并非陶渊明躬耕南山之类作品，只是京畿近郊隐逸生活诗、宦途中的纪行诗。城市生活、官场生活中基本的生活场景，是他们诗歌中热衷反映的内容。从社会文化意义上讲，城市生活中政治关系、家族关系、思想与信仰，乃至城市的控制与管理，城市公共空间的自然生态环境等，都是影响蒙古族诗人及其诗歌创作的重要方面。城市社会的基本思想和社会政治关系，是蒙古族诗人们的精神生活环境之所在。因而，元明清时期的蒙古族汉诗创作者，和一般概念中的生活在草原上的牧民有所不同。他们属于蒙古族群中的"士"阶层，他们大抵生活在权力中心、文化中心或军事中心。但是他们是与生俱来的蒙古族，蒙古族这个概念突出了诗人的民族属性，所以虽然他们已经脱离了游牧民族的生活方式，他们依旧与汉族有"质"的区别。

　　大多数蒙古族诗人诗作的主题，并非主流汉文学史关注较多的反映民瘼、针砭时弊两类。或者说，他们作诗的主要目的并非描写社会现实，而是抒写内心情思。如元代萨都剌、泰不华、答禄与权，清代法式善、清瑞、旺都特那木济勒、瑞常等人的留存诗作主体皆非描写社会现实之作。由此可见，对蒙古族诗人而言，写诗的冲动主要源于诗人的自身遭际，其中既包括困厄等社会因素，也包括时序节物等自然因素。他们的诗学观念与《诗大序》一脉相承，更加强调诗人感受之个体性与当下性。正因如此，他们笔下最常见的诗歌主题有两类：一是耳目所及之风物景象，二是亲身所历之生活情状。

中国古代蒙古族汉诗创作群体中的文学家族是构成元明清汉诗发展的重要有生力量。从元代的忽必烈家族，到明代的苏祐家族，再到清代的国栋家族、法式善家族、和瑛家族、瑞常家族、倭仁家族、延清家族、旺都特纳木济勒家族等，中国古代蒙古族诗歌发展经历了七百余年，进行汉诗创作者近150人，留下诗作万余首。其间的20多个汉诗创作家族，多则6人，少则2—3人参与其事，留存诗集40余部。蒙古族汉诗创作文学家族内部的家族文学传承，文学家族通过文学交游连接的人际关系，以及文学家族和国家政治之间产生的联系，会让文学家族汉诗创作者们产生特定族群认同和文学认同。这种"认同"的实质是一种精神联系，是文学家族特有的精神特质，使得每一个文学家族成为一个小范围的"文学社会共同体"。维系这个共同体的，不仅是物质生产关系，也包括了精神联系。这样，对于随着科举或仕宦走向全国各地的家族成员而言，汉诗创作不仅仅是家族文学传承的形式，更是家族成员心中存在的一个精神归属，并且体现在文字表达之中。文学家族成员生活在文学家族中，他们受到家族文学思维的规范和约束，家族文学与家人的科考、出仕都紧紧联系在一起。随着社会的发展，个人的才学德识对于家族的文化地位起着越来越重要的作用，而文化上的优势对于取得和维护家族门户地位有着重要的意义。因此蒙古族汉诗创作文学家族对于家族的文化教育非常重视。由于家族内部有意识的文化培训、共同的文义商讨、密切的交流切磋，使元明清蒙古族家族成员形成了相同、相近的文学观念和创作群体，他们的作品随之呈现出明显的家族共性或群体特性。如清代法式善家族所作都以清新自然为特色，和瑛家族所作都以雍容娴雅为特色，表现出相似的艺术风格。这种家族共性在清代的蒙古族文学家族体现得更为鲜明。

长期以来，少数民族汉语创作被学术界建构为一个分散与边缘的地缘学术单元，偶尔成为统一的研讨中国文学分析单元。由于或主动或被动地对这一领域的隔绝，主流学者很少进行文献整理和研究，这一领域也成为学者们研究完整的中华文学的盲区，对少数民族文学创作研究多聚焦于少数民族史诗、民间故事等。在学术语境里，相对于传统的汉族创作的中国文学发展史而言，少数民族汉语创作的概念主要指以民族形态为分野的创作者的边缘性与碎片化的学术特征，以及皇权话语为主导的政治特征。然而，这一概念所没有阐发的含义中也应该包括中国传统风俗习惯承继的文化特征。当然，与"文化中国"去政治化的族群文化政治概念不同的是，少数民族汉诗背后长期有着被皇权主导的历史文化传统内涵。

在更广阔的政治文化知识脉络谱系中，归纳起来，至少四个维度的转型进程，对理解把握蒙古族汉诗，应该非常重要。其一，是中国从秦帝国开始的一千五百多年的汉民族一统帝国传统到近七百年间的两个少数民族一统帝国的转型进程。其二，是中华文化自古至今对外文化长期交流互动进程。其三，是晚近才开始的民族国家建构以及较为清晰的民族分野。其四，元帝国与清帝国同为两个少数民族建立的政权，分别是蒙古族与满蒙为主体的满洲八旗执掌，也是帝国内各民族学者中华一统化互动与流动的交汇平台。鉴此，作为中华文化主体语言的汉语，就是所有变迁的承载体，而元代与清代的蒙古族汉诗写作者恰好成为处于蒙古族与汉族、政治与文化倒置的边缘与主流、王朝与民族、多元社会之间交汇代表性的学术文化符号。他们的写作更使这种文化符号赋予历史与时代特殊的意识形态含义。

在《事件：哲学在途》中，齐泽克提出，事件有着种种不同的分类，包含着林林总总的属性，那么是否存在着一个基本属性？答案是："事件总是某种以出人意料的方式发生的新东西，它的出现会破坏任何既有的稳定架构。"[①] 这里隐含着事件是指日常形态被打破，出现有重要意义的"断裂"，预示着革新或者剧烈的变化。由此而生发出的概念"事件性"成为认识和解读事件的一个关键，因而它成为事件的普遍特征。在中国古代史上，曾有众多的蒙古族诗人在元明清时代写作汉诗，显然这是一个非常重大的文学事件。经过几百年近古文学历程和社会变迁，回过头看中国古代蒙古族汉诗创作特征，越发鲜明。元、明、清等朝代各自拥有了一批虽然血缘、民族属性是蒙古族，但具有深厚汉文化情结的杰出诗人，例如元代的萨都剌、明代的苏祐、清代的法式善等，他们各自融合了蒙古族与汉族的元素，成为引领时代诗歌领域的社会文化符号。而这些优秀的诗人也成为中国传统文化传播的重要符号。在齐泽克看来，事件性发生的一个典型路径是观察和认识世界的视角和方式产生巨大变化。"在最基础的意

---

① ［斯洛文尼亚］齐泽克：《事件》，王师译，上海文艺出版社2016年版，第6页。

义上，并非任何在这个世界发生的事都能算是事件，相反，事件涉及的是我们藉以看待并介入世界的架构的变化。"① 伊格尔顿说，"作家在写作中的所为除了受其个人意图制约以外，同样若非更多——受文类规则或历史语境的制约。"② "文学事件的理论带来认识文学的新视角、新立场、新方法。文学或者文学性既指具体的对象、机构、实践，也可以化为语言的生成过程、作用和效果。它一方面受到具体的时间、空间、文化传统和社会历史语境的限制，同时又超越它们，修正现存的规范，甚至产生断裂性巨变。文学事件是一个动态、不稳定的系统，其所涵盖的要素包括作者的生平、写作动机、创作过程、文本、阅读、接受，甚至包括文学组织、出版、翻译等等，同时它也不限于此。"③ 蒙古族汉诗创作的进步得益于蒙古族创作者对汉诗追摹所形成的文学风气。中国古典诗歌的成就对于蒙古族汉诗发展的促进作用，向被视为蒙古族汉诗发展的最为重要的因素。在此种情况下，在过去的诗歌史研究中把蒙古族汉诗创作纳入研究体系，就像是一个文学事件。且一般认为是古典诗歌主导了少数民族汉诗创作的发展方向，并影响了其文学成就。而事实上，中国古代蒙古族汉诗创作的历史发展遵循了它自身的道路。在元明清历史变迁之中所形成的蒙古族汉诗创作发展局面，与中国古代诗歌史的发展并不相侔。中国古代蒙古族汉诗创作的巨大价值，正是在于它在七百年的民族融合和历史变革过程中，产生了能够使少数民族汉诗创作延续发展的发展机制。这个发展机制的内涵中有从中国古典诗歌中汲取的传统，也有从时代变革中激发出的新的质素。它逐渐形成，逐渐发展，也逐渐成熟并演进。蒙古族为汉诗创作所带来的特质，仍然是中华文学发展形态因素中最值得重视的，也是最需要重新审视的。可以说，在约七百年的漫长历史变迁中，蒙古族汉诗的发展空间经历了这样的折返：在古典诗歌的发展遭到挫折的同时，作为统治民族的蒙古族中滋生出来的进入城市的汉诗写作者，同汉族和其他少数民族创作者一道，把古典诗歌弘扬发展开来，并形成具有自身特色的蒙古族汉诗创作群体。不过，这一群体随着蒙元统治的终结而渐至消亡，但草蛇灰线，在明代依旧有留存者。清朝建立后，向城市聚拢、回归的蒙古族，传

---

① ［斯洛文尼亚］齐泽克：《事件》，第 13 页。
② ［英］特里·伊格尔顿：《文学事件》，阴志科译，河南大学出版社 2015 年版，第 169 页。
③ 何成洲：《何谓文学事件》，《南京师范大学学报》2019 年第 6 期，第 13 页。

承和创新汉诗创作,并推进蒙古族汉诗发展走向繁荣。这种在城市中上层士人中繁育出的巨大的文化再生力量,使得蒙古族汉诗创作发展秩序,可以适应战乱,适应不同民族统治,适应意识形态的变化而不断获得存续和重生。齐泽克对于事件的解释还有一个不同寻常之处,就是不仅谈到事件的建构,而且还在《事件》的最后讨论了"事件的撤销"。他提出,任何事件都有可能遭遇被回溯性地撤销,或者是"去事件化"(dis-eventalization)[①],去事件化如何成为可能?齐泽克的一个解释是,事件的变革力量带来巨大的变化,这些渐渐地被广为接受,成为新的规范和原则。这个时候,原先事件的创新性就逐渐变得平常,事件性慢慢消除了,这一个过程可以被看作是"去事件化"。清帝国的后期,随着时间流逝而带来的空间变化的稳固性,蒙古族汉诗人与自己的民族语言愈来愈隔膜,讲汉语与写汉诗已经成为生活中的常态,在士林阶层,持有民族语言与不会写汉诗反倒具有特殊性。蒙古族汉诗创作这一事件的特色在渐渐泯灭成常规生活样态。正如皮埃尔·诺拉所说:"记忆总是对历史心存犹疑,因为历史的真正使命是摧毁记忆,排斥记忆。"[②] 而随着白话文的普遍运用,这些文本化的中国古代蒙古族汉诗,又会由原来鲜活的多元性记忆,成为历史的一部分。即便如此,它的重要性依然无可置疑,因为,在中华民族共同体意识的构建中,中国古代蒙古族汉诗创作已然成为其间的重要一环,并见证了历史。

---

① [斯洛文尼亚]齐泽克:《事件》,第192页。

② [法]皮埃尔·诺拉主编:《记忆之场:法国国民意识的文化社会史》,黄艳红等译,南京大学出版社2015年版,第6页。

参考文献

(清) 阮元：《十三经注疏》，中华书局1980年版。
杨伯峻译注：《论语译注》，中华书局1980年版。
(晋) 郭璞：《尔雅注疏》，北京大学出版社1990年版。
孙雍长注释：《庄子》，花城出版社1998年版。
杨伯峻译注：《孟子译注》，中华书局2005年版。
(清) 庆贵、(清) 董诰等纂：《高宗纯皇帝实录》，嘉庆间内府抄本。
(清) 钱仪吉：《碑传集》，道光刻本。
(清) 吴修：《续疑年录》，粤雅堂丛书（1850年至1875年）本。
(清) 钱林：《文献征存录》，咸丰8年（1858）刻本。
(清) 李元度：《国朝先正事略》，清同治刻本。
(清) 李放：《清代传记丛刊·八旗画录》，明文书局1919年版。
徐世昌：《大清畿辅先哲传》，民国刻本。
(汉) 司马迁：《史记》，中华书局1959年版。
(汉) 班固：《汉书》，中华书局1962年版。
《明世宗实录》，台北"中央研究院"历史语言研究所1962年校印本。
(清) 张廷玉等：《明史》，中华书局版1974年版。
(明) 宋濂：《元史》，中华书局1976年版。
(清) 赵尔巽等：《清史稿》，中华书局1977年版。
章伯锋编：《清代各地将军都统大臣等年表1796—1911》，中华书局1977年版。
钱实甫：《清代职官年表》，中华书局1980年版。
《清实录》，中华书局1985—1987年版。
王钟翰校点：《清史列传》，中华书局1987年版。
(春秋) 左丘明撰，蒋冀骋标点：《左传》，岳麓书社1988年版。

杨廷福、杨同甫编：《清人室名别称字号索引》，上海古籍出版社1988年版。

柯劭忞：《新元史》，上海古籍出版社、上海书店影印《元十二种》1989年版。

叶衍兰、叶恭绰：《清代学者象传合集》，上海古籍出版社1989年版。

卞孝萱、唐文权编：《辛亥人物碑传集》，团结出版社1991年版。

顾廷龙：《清代硃卷集成》，成文出版社1992年版。

云广英总编著：《清代蒙古族人物传记资料索引》，内蒙古大学出版社1998年版。

中国第一历史档案馆编：《嘉庆道光两朝上谕档》，广西师范大学出版社2000年版。

张作耀、蒋福亚、邱远猷等主编：《中国历史辞典》，国际文化出版公司2000年版。

钱仲联等主编：《中国文学大辞典》，上海辞书出版社2000年版。

史为乐：《中国历史地名大辞典》，中国社会科学出版社2005年版。

朱保炯、谢沛霖主编：《明清进士题名碑录索引》，上海古籍出版社2006年版。

徐珂编撰：《清稗类钞》，中华书局2010年版。

（清）吴鼎新修：《皋兰县志》，乾隆43年（1778）刻本。

（清）吴章祁修：《蓬溪县志》，道光25年（1845）刻本。

（清）雷鹤鸣修，（清）赵文濂纂：《光绪新乐县志》，国家图书馆藏光绪11年（1885）刻本。

（清）李鸿章等修：《顺天府志》，国家图书光藏光绪15年（1889）刻本。

（清）潘衍桐撰：《两浙輶轩续录》，光绪刻本。

（清）张国常纂修：《重修皋兰县志》，民国6年（1917）陇右乐善书局石印本。

（清）爱仁：《重修京口八旗志》，民国16年（1927）版。

周铁铮修，沈鸣诗纂：《民国朝阳县志》，民国19年（1930）铅印本。

杨虎城修：《续修陕西通志稿》，民国23年（1934）铅印本。

（清）钟瑞等修，（清）春元纂：《京口八旗志》，国家图书馆藏民国间抄本。

黄容惠修，贾恩绂纂：《民国南宫县志》，成文出版社 1976 年版。

（清）刘藻：《曹州府志》，齐鲁书社 1988 年版。

（清）弘昼：《八旗满洲氏族通谱》，辽海出版社 2002 年版。

李洵、赵德贵、周毓方等校点：《钦定八旗通志》，吉林文史出版社 2002 年版。

（明）程敏政：《新安文献志》，《四库全书》本。

（清）永瑢等：《四库全书总目提要》，中华书局 1965 年版。

李灵年、杨忠：《清人别集总目》，安徽教育出版社 2000 年版。

柯愈春：《清人诗文集总目提要》，北京古籍出版社 2001 年版。

（清）恩华纂辑，关纪新整理点校：《八旗艺文编目》，辽宁民族出版社 2006 年版。

（明）杨慎：《南诏野史》，《丛书集成》本。

（清）松筠：《绥服纪略》，乾隆朝刻本。

（清）和瑛：《天山笔录》，台北"中央研究院"历史语言研究所傅斯年图书馆藏稿本。

（清）陆以湉：《冷庐杂识》，咸丰 6 年（1856）刻本。

（清）阮葵生：《茶余客话》，光绪 14 年（1888）本。

（清）王家相：《清秘述闻续》，光绪 14 年（1888）刻本。

（元）陶宗仪：《南村辍耕录》，中华书局 1959 年版。

（明）叶子奇：《草木子》，中华书局 1959 年版。

（清）梁章矩撰，于亦时点校：《归田琐记》，中华书局 1981 年版。

（清）张集馨：《道咸宦海见闻录》，中华书局 1981 年版。

（清）王士禛撰，靳斯仁点校：《池北偶谈》，中华书局 1982 年版。

（清）震钧：《天咫偶闻》，北京古籍出版社 1982 年版。

（清）易宗夔：《新世说》，上海书店 1982 年版。

（清）陈康祺：《郎潜记闻初笔二笔三笔》，中华书局 1984 年版。

（清）曾纪泽著，王杰成标点：《出使英法俄国日记》，岳麓书社 1985 年版。

（清）黎庶昌：《曾国藩年谱》，岳麓书社 1986 年版。

（清）曾国藩：《曾国藩全集·日记》，岳麓书社 1987 年版。

（清）张穆：《蒙古游牧记》，山西人民出版社 1991 年版。

（清）祁韵士著，李广洁整理：《万里行程记》（外五种），山西人民出版社 1992 年版。

金毓黻：《静晤室日记》，辽沈书社 1993 年版。

（元）钟嗣成、（元）贾仲明著，浦汉明校：《新校录鬼簿正续编》，巴蜀书社 1996 年版。

杨建新主编：《古西行记选注》，宁夏人民出版社 1996 年版。

（元）李志常：《长春真人西游记》，河北人民出版社 2001 年版。

（清）花沙纳：《滇輶日记·东使纪程》，中华书局 2007 年版。

（南朝·宋）刘义庆著，龚斌校释：《世说新语校释》，上海古籍出版社 2011 年版。

［意］马可·波罗著，［法］沙海昂注，冯承均译：《马可波罗行纪》，商务印书馆 2012 年版。

（清）昭梿：《啸亭杂录》，上海古籍出版社 2012 年版。

（清）翁同龢著，翁万戈编，翁以钧校订：《翁同龢日记》，中西书局 2012 年版。

毕奥南整理：《清代蒙古游记选辑三十四种》，东方出版社 2015 年版。

（清）博明：《西斋诗辑遗》，嘉庆 6 年（1801）刻本。

（清）王昶：《湖海诗传》，嘉庆 8 年（1803）三泖渔庄刻本。

（清）王豫：《群雅集》，国家图书馆藏嘉庆 12 年（1807）刻本。

（清）法式善：《存素堂文集》，嘉庆 12 年（1807）扬州绩溪程邦瑞刻本。

（清）萨龙光编：《雁门集》，嘉庆 12 年（1807）刻本。

（清）法式善：《存素堂诗初集录存》，嘉庆 12 年（1807）湖北德安王埔刻本。

（清）赵怀玉：《亦有生斋集》，嘉庆 21 年（1816）刻本。

（清）王芑孙：《渊雅堂全集惕甫未定稿》，嘉庆刻本。

（清）吴嘉宾、（清）恩麟、（清）衡保、（清）蒋勤培、（清）王恩祥等：《消寒集咏》，道光年间抄本。

（清）白衣保：《鹤亭诗稿》，国家图书馆藏道光 16 年（1836）刻本。

（清）黄安涛：《真有益斋文编》，道光刻本。

（清）花沙纳：《东使吟草》，道光稿本。

（清）花沙纳：《出塞杂咏》，道光稿本。

（清）壁昌：《星泉吟草》，咸丰间稿本。

（清）符葆森：《国朝正雅集》，咸丰7年（1857）京师半亩园刻本。
（清）谦福：《桐花竹实之轩诗草》，同治2年（1863）刻本。
（清）许乃谷：《瑞苟轩诗钞》，同治7年（1868）刻本。
（清）来秀：《扫叶亭咏史诗》，同治刻本。
（清）彭蕴章：《松风阁钞存》，同治刻彭文敬公全集本。
（清）贵成：《灵石山房诗草》，同治间刻本。
（清）完颜金墀：《绿芸轩诗集》，光绪乙亥（1875）刊本。
（清）梁承光：《淡集斋诗钞》，光绪2年（1876）铅印本。
（清）志润：《日下联吟诗词集》，中国国家图书馆藏光绪5年（1879）丁溪新馆刻本。
（清）恒焜：《臞鹤诗存》，光绪癸未年（1883）刻本。
（清）成堃：《雪香吟馆诗草》，南京图书馆藏抄本。
（清）三多：《柳营诗传》，国家图书馆藏光绪16年（1890）刻本。
（清）松筠：《西招纪行诗》，小方壶斋舆地丛钞第三轶本。
（清）方宗诚：《柏堂集后编》，光绪年间志学堂家藏版。
（清）瑞常：《如舟吟馆诗钞》，光绪间刻本。
（清）恒焜：《笠村山房诗草续抄》，光绪间抄本。
（清）恩泽：《守来山房橐鞬馀吟》，国家图书馆藏稿本。
（清）瑞庆：《乐琴书屋诗集》，抄本。
（清）陈芸：《小黛轩论诗诗》，民国3年（1914）刻本。
（清）延清：《遗逸清音集》，商务印书馆1916年版。
（清）清瑞：《江上草堂诗集》，民国6年（1917）铅印本。
（清）梦麟：《大谷山堂集》，民国9年（1920）刘氏嘉业堂刻本。
（清）爕清：《养拙书屋诗选》，民国25年（1936）项氏晚香堂上海影印本。
（清）成多禄：《澹堪诗草》，国家图书馆藏民国间刻本。
（清）崇彝：《选学斋诗存》，民国间刻本。
（清）那苏图：《藤花书屋集词牌三十韵》，内蒙古图书馆藏抄本。
（清）果勒敏：《洗俗斋诗草》，香港大华出版社1977年版。
（清）李元度：《天岳山馆文钞》，沈云龙主编《近代中国史料丛刊》第四十一辑，文海出版社。
（元）萨都剌撰，殷孟伦、朱广祁校点：《雁门集》，上海人民出版社

1982年版。

（元）张宪：《玉笥集》，《丛书集成初编》，中华书局1985年版。

（明）王世贞：《弇州四部稿》，《四库全书·集部·别集类》第1279册，上海古籍出版社1987年版。

（明）欧大任：《欧虞部集》，《北京图书馆古籍珍本丛刊·子部·丛书类》第81册，书目文献出版社1988年版。

（清）袁枚著，周本淳标校：《小仓山房诗文集》，上海古籍出版社1988年版。

汪辟疆：《汪辟疆文集》，上海古籍出版社1988年版。

（元）赵孟頫：《松雪斋集》，中国书店出版社1991年版。

张凌霄：《偎仁集注》，内蒙古人民出版社1992年版。

（元）萨都剌撰，［日］岛田翰校，李佩伦校注：《永和本萨天锡逸诗》，山西古籍出版社1993年版。

（明）薛蕙：《考功集》，上海古籍出版社1993年版。

（清）托浑布：《瑞榴堂诗集》，《续修四库全书》集部第1513册，上海古籍出版社1994年版。

（元）苏天爵撰，陈高华、孟繁青点校：《滋溪文稿》，中华书局1997年版。

（明）屠勋：《屠康僖公文集》，《四库全书存目丛书·集部》第40册，齐鲁书社1997年版。

（明）胡缵宗：《鸟鼠山人小集》，《四库全书存目丛书·集部》第62册，齐鲁书社1997年版。

（明）崔桐：《崔东洲集》，《四库全书存目丛书·集部》第72册，齐鲁书社1997年版。

（明）徐阶：《世经堂集》，《四库全书存目丛书·集部》第80册，齐鲁书社1997年版。

（明）苏祐：《谷原诗集》，《四库全书存目丛书·集部》第89册，齐鲁书社1997年版。

（明）苏祐：《谷原文草》，《四库全书存目丛书·集部》第89册，齐鲁书社1997年版。

（明）江以达：《午坡文集》，《四库全书存目丛书·集部》第89册，齐鲁书社1997年版。

（明）于慎行：《谷城山馆文集》，《四库全书存目丛书·集部》第148册，齐鲁书社1997年版。

（明）李先芳：《东岱山房诗录》，《四库全书存目丛书·集部》第119册，齐鲁书社1997年版。

（清）顾太清、奕绘著，张璋编校：《顾太清奕绘诗词合集》，上海古籍出版社1998年版。

（明）谢榛著，朱其铠等校点：《谢榛全集》，齐鲁书社2000年版。

（清）姚鼐著，周中明评点：《姚鼐文选》，苏州大学出版社2001年版。

马冀：《杨景贤作品校注》，内蒙古大学出版社2001年版。

梁启超著，吴松等点校：《饮冰室文集点校》，云南教育出版社2001年版。

（清）柏葰：《薜箖吟馆钞存》，《续修四库全书》集部第1521册，上海古籍出版社2002年版。

（清）魏源：《魏源全集》，岳麓书社2004年版。

（清）李鸿章著，顾廷龙、戴逸主编：《李鸿章全集》，安徽教育出版社2008年版。

（清）梁济著，黄曙辉编校：《梁巨川遗书》，华东师范大学出版社2008年版。

郭志菊、马冀：《汤舜民散曲校注》，内蒙古大学出版社2009年版。

（明）苏祐：《谷原奏议》，缩微中心出版社2009年版。

（清）孙谔：《在原诗草》，《清代诗文集汇编》第293册，上海古籍出版社2010年版。

（清）陈寅：《向日堂诗集》，《清代诗文集汇编》第398册，上海古籍出版社2010年版。

（清）翁方纲：《复初斋文集》，《清代诗文集汇编》382册，上海古籍出版社2010年版。

（清）恩麟：《听雪窗诗草》，《清代诗文集汇编》第631册，上海古籍出版社2010年版。

（清）恩麟：《笔花轩诗稿》，《清代诗文集汇编》第631册，上海古籍出版社2010年版。

（清）那逊兰保：《芸香馆遗诗》，《清代诗文集汇编》第719册，上海古籍出版社 2010 年版。

（清）裕谦：《勉益斋续存稿》，《清代诗文集汇编》第 579 册，上海古籍出版社 2010 年版。

（清）恭钊：《酒五经吟馆诗草》，《清代诗文集汇编》第 701 册，上海古籍出版社 2010 年版。

（清）延清：《来蝶轩诗》，《清代诗文集汇编》第 765 册，上海古籍出版社 2010 年版。

（清）延清《锦官堂试贴》，《清代诗文集汇编》，第 765 册，上海古籍出版社 2010 年版。

（清）延清：《庚子都门纪事诗》，《清代诗文集汇编》第 765 册，上海古籍出版社 2010 年版。

（清）升允：《东海吟》，《清代诗文集汇编》第 787 册，上海古籍出版社 2010 年版。

（清）旺都特那木济勒：《如许斋集》，内蒙古人民出版社 2011 年版。

（明）杨本仁：《少室山人集》，《续修四库全书·集部·别集类》第 1340 册，上海古籍出版社 2013 年版。

（清）沈德潜、周准编：《明诗别裁集》，中华书局 1975 年版。

唐圭璋：《全金元词》，中华书局 1979 年版。

王叔磐、孙玉溱：《古代蒙古族汉文诗选》，内蒙古人民出版社 1984 年版。

马甫生等标校：《八旗文经》，辽沈书社 1988 年版。

徐世昌：《晚晴簃诗汇》，中华书局 1990 年版。

（清）张其淦撰，祁正注：《元八百遗民诗咏》，《明代传记丛刊（42）》，明文书局 1991 年版。

（明）陈子龙等评选：《皇明诗选》，华东师范大学出版社 1991 年版。

（清）铁保辑，赵志辉校点补：《熙朝雅颂集》，辽宁大学出版社 1992 年版。

张月中、王钢：《全元曲》，中州古籍出版社 1996 年版。

（清）宋弼：《山左明诗钞》，《四库全书存目丛书·集部·总集类》第 412 册，齐鲁书社 1997 年版。

北京大学文献研究所编：《全宋诗》，北京大学出版社 1998 年版。

（清）顾嗣立：《元诗选》，中华书局 2001 年版。

李修生：《全元文》，凤凰出版社 2004 年版。

饶宗颐初纂，张璋总纂：《全明词》，中华书局 2004 年版。

米彦青主编：《清中期蒙古族诗集》，内蒙古大学出版社 2017 年版。

（清）杨锺羲：《雪桥诗话初集》，民国刊本。

（明）胡应麟：《诗薮外编》，上海古籍出版社 1958 年版。

梁启超著，郭绍虞、罗根泽主编：《饮冰室诗话》，人民文学出版社 1959 年版。

（明）谢榛：《四溟诗话》，人民文学出版社 1961 年版。

郭绍虞主编：《原诗　一瓢诗话　说诗晬语》，人民文学出版社 1979 年版。

（清）袁枚著，顾学颉点校：《随园诗话》，人民文学出版社 1979 年版。

（明）瞿佑：《归田诗话》，《历代诗话续编》本，中华书局 1983 年版。

（清）钱谦益：《列朝诗集小传》，上海古籍出版社 1983 年版。

（南朝梁）刘勰著，詹锳义证：《文心雕龙义证》，上海古籍出版社 1989 年版。

（清）朱彝尊：《静志居诗话》，人民文学出版社 1990 年版。

（清）杨锺羲撰，雷恩海、姜朝晖校点：《雪桥诗话全编》，北京古籍出版社 1991 年版。

郭绍虞主编：《万首论诗绝句》，人民文学出版社 1991 年版。

（明）王世贞著，罗仲鼎校注：《艺苑卮言校注》，齐鲁书社 1992 年版。

吴文治：《明诗话全编》，江苏古籍出版社 1997 年版。

（清）郭麐：《灵芬馆诗话》，《续修四库全书》本。

钱仲联主编：《清诗纪事》，凤凰出版社 2004 年版。

（清）法式善著，张寅彭、强迪艺编校：《梧门诗话合校·八旗诗话》，凤凰出版社 2005 年版。

（清）李调元著，詹杭伦、李时蓉校正：《雨村诗话校正》，巴蜀书社 2006 年版。

邓子勉：《明词话全编》，凤凰出版社 2012 年版。

（清）陈田辑：《明诗纪事》，《续修四库全书·集部·诗文评类》，上海古籍出版社 2013 年版。

葛兆光：《禅宗与中国文化》，上海人民出版社 1986 年版。

李泽厚：《中国古代思想史论》，人民文学出版社 1994 年版。

梁启超著，朱维铮校订：《清代学术概论》，中华书局 2016 年版。

赵相璧：《历代蒙古族著作家述略》，内蒙古人民出版社 1990 年版。

郭汉民、徐彻：《清代人物传稿》，辽宁人民出版社 1993 年版。

萧启庆：《蒙元史新研》，允晨文化实业股份有限公司 1994 年版。

包桂芹：《清代蒙古官吏传》，民族出版社 1995 年版。

罗新本、苏永明等：《中国少数民族著名妇女》，四川民族出版社 1995 版。

叶新民：《元上都研究》，内蒙古大学出版社 1998 年版。

萧启庆主编：《蒙元的历史与文化——蒙元史学术研讨会论文集》，台北学生书局 2001 年版。

桂栖鹏：《元代进士研究》，兰州大学出版社 2001 年版。

陈得芝：《蒙元史研究丛稿》，人民出版社 2005 年版。

郝时远、罗贤佑主编：《蒙元史暨民族史论集——纪念翁独健先生诞辰一百周年》，社会科学文献出版社 2006 年版。

萧启庆：《内北国而外中国——蒙元史研究》，中华书局 2007 年版。

方铁、邹建达主编：《中国蒙元史学术研讨会暨方龄贵教授九十华诞庆祝会文集》，民族出版社 2010 年版。

候志撰，李俊义增订：《旺都特那木济勒年谱》，内蒙古人民出版社 2011 年版。

韩儒林：《蒙元史与内陆亚洲史研究》，兰州大学出版社 2012 年版。

陈得芝：《蒙元史研究导论》，南京大学出版社 2012 年版。

李漫：《元代传播考——概貌、问题及限度》，北京大学出版社 2013 年版。

王桐龄：《中国民族史》，吉林人民出版社 2013 年版。

陈得芝：《蒙元史与中华多元文化论集》，上海古籍出版社 2013 年版。

姚继荣：《清代历史笔记论丛》，民族出版社 2014 版。

刘迎胜：《蒙元史考论》，兰州大学出版社 2014 年版。

张志强主编：《亚洲现代思想——重新讲述蒙元史》，生活·读书·新知三联书店 2016 年版。

孙雄：《道咸同光四朝诗史》，清宣统二年（1911）刻本。
钱钟书：《七缀集》，上海古籍出版社1985年版。
肖驰：《中国诗歌美学》，北京大学出版社1986年版。
邓绍基主编：《元代文学史》，人民文学出版社1991年版。
黄霖：《近代文学批评史》，上海古籍出版社1993年版。
周双利：《萨都剌》，中华书局1993年版。
云峰：《蒙汉文学关系史》，新疆人民出版社1994年版。
张佳生：《独入佳境：满族宗室文学》，辽宁人民出版社1997年版。
荣苏赫、赵永铣主编：《蒙古族文学史》，内蒙古人民出版社2000年版。
严迪昌：《清诗史》，浙江古籍出版社2002年版。
白·特木尔巴根：《古代蒙古作家汉文创作考》，内蒙古教育出版社2002年版。
杨镰：《元诗史》，人民文学出版社2003年版。
赵望秦：《唐代咏史组诗考论》，三秦出版社2003年版。
钱基博：《现代中国文学史》，中国人民大学出版社2004年版。
傅璇琮、蒋寅主编：《中国古代文学通论》（辽金元卷），辽宁人民出版社2005年版。
杨光辉：《萨都剌生平及著作实证研究》，高等教育出版社2005年版。
星汉：《清代西域诗研究》，上海古籍出版社2009年版。
云峰：《民族文化交融与元代诗歌研究》，内蒙古大学出版社2013年版。
查洪德：《元代诗学通论》，北京大学出版社2014年版。
王筱芸：《文学与认同：蒙元西游、北游文学与蒙元王朝认同建构研究》，河北教育出版社2014年版。
米彦青：《接受与书写：唐诗与清代蒙古族汉语韵文创作》，中国社会科学出版社2014年版。
蔡丹君：《从乡里到都城：历史与空间变迁视野中的十六国北朝文学》，生活·读书·新知三联书店2019年版。
［德］莱辛：《拉奥孔》，朱光潜译，人民文学出版社1979年版。
［德］哈拉尔德·韦尔策编：《社会记忆：历史、回忆、传承》，季斌等译，北京大学出版社2007年版。

后　记

　　2014年，我主持的"中国古代蒙古族汉诗创作研究"获批国家社科基金一般项目，这个项目的构想是我在做"清代蒙古族汉语创作的唐诗接受史"项目时萌生的。博士毕业后回到故乡，因为地域和语言原因，我开始走进蒙古族汉语创作这个研究领域。各大图书馆古籍部的青灯古卷里，我寻觅数百年前这些诗人们的诗情史意遗踪时，感觉到前人筚路蓝缕留下的研究材料虽然让我感铭于心，但是也存在很多问题。比如蒙古族汉诗写作者们的生卒年：前人都说来秀是光绪后期去世的，而实际上他是同治年间离世的；比如他们的族属，很多人都说成多禄是蒙古族诗人，但是据其家谱记载，他是满族无疑；再比如有别集存世的五十多位清代蒙古族诗人，他们的著作是如何流播的，大抵很模糊。我试图在《接受与书写：唐诗与清代蒙古族汉语韵文创作》这部著作中去修正这些问题，一是与主题契合度不够高，二是现有的资料尚可却不够详赡。而又迫于当时出版的时间的紧迫，这些问题只能暂且搁置，待书稿问世后，我申请了这个课题，试图沿波讨源，爬梳清楚元明清三代的蒙古族汉诗创作历程。

　　2015年"五一"节前两天，我如常打开电脑邮箱处理邮件，之前因为课多事多，已经有几天没看邮件了，本科生、研究生都有消息告知作业已发邮件，我想赶紧下载这些趁着"五一"假期处理完毕。因为我的网易邮箱很少有垃圾邮件，所以当我看到一封外文邮件时并没有在意，正常打开后，我被告知我的电脑在打开这封邮件后已被病毒攻击，电脑上所有的东西都被锁住了，如果想要恢复，我需要支付15比特币给一个地址。我是电子产品盲，跟网络世界的联系基本就是收发邮件查找资料，骤然遭遇此事，真如五雷轰顶般。待心绪稍宁，我和家人迅速询问了所有的师友同事，然而无人听说过这种病毒。两天后，中科院的朋友在请教了计算机业内高手后告知，这是一种新型病毒，目前没有解锁方式，如果实在想要电脑上的东西，两个解决方案，一是支付比特币给对方；二是巨资组一个队伍，估算两三个月有可能解锁。后者几乎不可能，而比特币虽然周围没有人有，但是可以联系兑换，彼时它也没有现在这么价昂，询价后知道折成人民币几千元可以解决。那时我还没有养成电脑备份的习惯，上次备份已经是几年前，最近几年的资料都在电脑里，不要说几千元，价格再高我也接受。然而现实是我按照指令地址联系数次对方都没有回音。那年的"五一"节成了我的噩梦，数年的教学、科研的心血毁于一旦，我不知道前路要怎么走，彻夜失眠，食不甘味，想起来就泪如雨下，哭累了睡着了，醒来又开始新一轮。家人很头疼，宽慰我说反正你已经是教授、博导了，以后就上上课，科研不要做了。看我不听，甚至提出实在不行就退休吧……假期结束后，我在五月的明媚阳光里抖落了病毒阴霾，放弃了对电脑里存着的半成文的十几篇论文的继续思考，放弃了此前进行的接受美学研究，重走自己走过的访书之路，从文本细读做起，从诗人生平行年交游乃至版本流播做起，以古典文献学为基石，进行文学的内部与外部研究。在全国各大图书馆重新搜讨资料的过程中，我学会从文学史、思想史或者学术史的角度想清楚所研究问题的意义何在，慢慢地去写出并且打磨论文。

2019年春，历时近五年的元明清蒙古族汉诗整理与研究工作终于完成了，这期间，我的博士生赵延花、周春兰分别提供了元代和明代的大量蒙古族汉诗创作资料，李珊珊、张博、张丽娟曾去往高校和地方的多家图书馆查阅资料，邢渊渊也曾协助综述工作，感谢他们的共同付出，项目成果打印上交后获评"优秀"。书稿几番修改后，我与中国社会科学出版社签订了出版合同。然而因为忙碌，出版日期一再延宕，与庚子疫情相伴，又经过辛丑年，如今终于要面世了，我却因为等待太久，失去了初始的欢喜，变得审慎起来，不知道这么多年的心血凝筑是否经得起岁月的抛光。

这部书稿的写作过程中，母亲在2017年8月辞世，从此世间不再有我可以肆意表达喜怒哀乐而只以微笑回报我的地方；儿子在2019年暑期赴美攻读，2021年学成归国，我结束了在新冠肺炎疫情笼罩下，只要儿子没有及时回复信息就会长夜无眠的状态；我的研究生们一茬毕业、一茬又把新的论文摆在我面前。微雨塞上、长沟流月，自然的改易中人生代代无穷已；薪火相传、学海无涯，学术的更迭里潮打空城寂寞回。我不知道彼岸何处，只知道既然前不见岸，后也远离了岸，就只能把自己交给远方，踽踽前行。

　　书将付梓，感谢刘跃进老师接受我的请求，写下书序。感谢宫京蕾编辑认真细致的审校。感谢我的师弟路海洋帮助修订书稿。感谢我的家人始终默默无声地支持。在这个不算严寒的冬天，在壬寅虎年到来前夕，岁月静好！

辛丑岁末于青城